中国当代乡土小说大系

SERIES OF CONTEMPORARY RURAL STORIES IN CHINA

第三卷 （2000—2009） 上

主　编　白　烨

副主编　舒　楠　兴　安

农村读物出版社

图书在版编目（CIP）数据

中国当代乡土小说大系 . 第 3 卷，2000～2009 / 白烨
主编 . —北京：农村读物出版社，2010
ISBN 978-7-5048-5350-9

Ⅰ.①中⋯ Ⅱ.①白⋯ Ⅲ.①小说–作品集–中国–
当代 Ⅳ.①I247

中国版本图书馆 CIP 数据核字（2010）第 089202 号

责任编辑	马春辉	
责任校对	郭 红 蔚 梅	
出　　版	农村读物出版社（北京市朝阳区农展馆北路 2 号　100125）	
发　　行	新华书店北京发行所	
印　　刷	北京中科印刷有限公司	
开　　本	710mm×1000mm　1/16	
印　　张	75.75	
字　　数	1 450 千	
版　　次	2012 年 1 月第 1 版　2012 年 1 月北京第 1 次印刷	
定　　价	198.00 元（上、下册）	

（凡本版图书出现印刷、装订错误，请向出版社发行部调换）

《中国当代乡土小说大系》编委会

前言：乡土中国
星移斗转的时代影像

白　烨

　　摆在读者诸君面前的《中国当代乡土小说大系》，凡三卷，四百余万字；涉及一百二十四位作家的中短篇小说、长篇小说，共计一百五十余篇（部），均为 1979—2009 年间乡土小说的代表性作品。可以说，这个精心编选的大型选本，以点带面地反映了乡土小说三十年来在不同时期的主要成果，以及姹紫嫣红的总体景象，发荣滋长的历史进程。

　　编选这样一套规模不小，字数也不少的三十年乡土小说作品大系，在我们是基于这样一种基本认知：当代以来的六十年，尤其是改革开放的三十年以来，当代中国在现代性与现代化的道路上迅猛前进，基本面貌发生了巨大而惊人的变化。但从社会的总体形态和生活的基本层面来看，一直在进行着乡土文明与都市文明的冲突与对话、商业文化与农耕文化的博弈与商兑，也即还处于由乡土中国向现代中国的过渡过程之中。而当代文学中的乡土文学与乡土小说，因为聚集了一批数量较多，质量又高的跨越数代的实力派作家，他们一方面在历时性地记述和描写着乡土社会这种由外到内的巨大演变，一方面又在这种艺术追踪中励精更始，推陈出新，带动着乡土小说写作不断发生新变，赢得了乡土小说与乡土文学的蔓蔓日茂、欣欣向荣。因此，当代的乡土小说，既由乡土一脉反映了社会生活深层变动中的主潮演进，又由乡土书写表现了当代文学自身的成功进取，显然具有社会与文学双重演进的时代影像之重要价值与特殊意义。

一、概念与总脉

描写乡村生活的小说，在现当代以来，一直有着看似相近却又不尽相同的称谓与概念，如"乡村小说"、"乡土小说"、"农村小说"、"农村题材小说"等等。而概念的内涵与外延的差异，又在指称的作者与作品上有所区别。因此，不同的论者在使用一定的概念时，首先需要加以释义。

那么，我们为何选用"乡土小说"的概念，又是怎样认定这一概念的相关含义的呢？

"乡土"的概念，早在先秦与魏晋的典籍中就有出现。如《列子·天瑞》中就说道"有人去乡土，离六亲"。又如曹操的《士不同》中也说道"乡土不同，和朔隆寒"。前一个"乡土"，是"家乡"、"故乡"的含义，后一个"乡土"，则是"地方"、"地域"的意思。对于"乡土"的兼有这样两层含义的理解，一直延续了下来。到现代之后，"乡土"又与"乡村"交替并用，或含有"乡村"的意味。如费孝通在《乡土中国》的开首一句便是："从基层上看去，中国社会是乡土性的。"这里的"乡土"的用意，显然更接近于"乡村"。

把"乡土"与"小说"连接起来，形成"乡土小说"的概念，是在近现代之交的"五四"时期。鲁迅先生于1921年发表的短篇小说《故乡》，被认为是现代乡土小说的先声与滥觞。当时一些寓居北京的作家受到鲁迅的影响，纷纷创作以回忆故乡为题材，以描写乡愁为内容的小说，成为一时的文学新风与小说时尚。鲁迅于1928年在《中国新文学大系·小说二集导言》中指出："蹇先艾叙述过贵州，裴文中关心过榆关，凡在北京用笔写出他的胸臆的人们，无论他们自称用主观或客观，其实往往是乡土文学，从北京这方面来说，则是侨寓文学的作者。"之后，在鲁迅影响下出现的以文学研究会一些成员为主的小说创作，当时就被命名为"乡土写实小说"。1934年，沈从文在

《学鲁迅》一文中就曾这样说道："（鲁迅）于乡土文学发轫，作为领路者，使新作家群的笔，从观念拘束中脱出，贴近土地，挹取营养，新文学的发展，进入新的领域，而描写土地人民成为近二十年文学主流。"二十世纪四十年代，在毛泽东的《在延安文艺座谈会上的讲话》精神指引下，解放区文学应运而生，而其中的主要代表赵树理、丁玲、周立波、孙犁等人的小说创作，多以北方乡土为背景，农民斗争为内容，使"乡土"与"革命"内在地联结起来。而由赵树理的小说创作提出来的"赵树理方向"，影响一直波及到当代。

进入当代时期之后，描写乡土生活的作品，不再被称为"乡土文学"、"乡土小说"，而代之以"农村小说"、"农村题材小说"的称谓。概念的这种变更，既有以新的概念与旧的文学相区别的意思，也有从生活到文学确实都发生了新的变异的因素。在自然化的乡土向体制化的农村急速演进的同时，描写这一"山乡巨变"的写作，其称谓由"乡土"更变为"农村"，就显得自然又必然。这一称谓一直延续到新时期之后。如 1982 年，宝文堂书店编辑出版了《农村短篇小说选》，《人民日报》文艺部编选、北京出版社出版了《农村题材短篇小说选》，1986 年，浩然编选，农村读物出版社出版了《中国农村小说大观》等。2006 年 5 月，中国作协、中共江苏省委宣传部和江苏省作协还在华西村联合举办一次全国农村题材文学创作研讨会。但在当代文学研究和文学批评领域，乡土文学的提法却越来越流行和普遍。一些文学论文在指称农村小说与农村文学时，大都代之以"乡土小说"、"乡土文学"。一些有影响的研究专著，也以"乡土"替代了"农村"。如丁帆的《中国乡土小说史论》（江苏文艺出版社，1992 年），陈继会的《20 世纪中国乡土小说史》（中原农民出版社，1996 年）等。

我们在总体称谓上，选取了"乡土小说"这样一个提法。在其基本内涵上，采用以乡土题材为主的原则，但更倾向从整体性上来把握乡土文学的概念，既强调乡土题材、乡土题旨的双重要点，又重视乡土思念、乡土关怀与乡土批判的三位一体的意蕴。这样的宽严适度的"乡土小说"的理解与厘定，大于"农村题材小说"的概念，内含了"乡村小说"的概念，并与现代文学中的"乡土小说"接轨，能比较好地反映这类题材写作的历史与现状，发生与发展。

二、阶段与演变

与整个当代文学创作始终扣合着社会变迁与时代演进的节拍一

样，当代三十年的乡土小说也是与它所表现的乡土社会现实密切相连，并随之替嬗而演变的。总体来看，三十年来的乡土小说的发展，也大致上经历了新时期（或八十年代）、九十年代和新世纪三个阶段，而三个阶段的乡土文学，既相互衔接，又不断演进，各以不同阶段的自身特点与卓异风采，构成了当代文学创作中最为绚丽和耀眼的风景线。

新时期阶段　新时期文学发出的先声，是于 1977 年底出现的"伤痕文学"。"伤痕文学"除去领衔的《伤痕》、《班主任》等少数作品外，很多作品大都属于传统的农村题材，如韩少功的《月兰》，李准的《王结实》，贾大山的《取经》，成一的《顶凌下种》等。而随后兴起的"反思文学"，更是以农村题材为主体，如叶文玲的《心香》，祝兴义的《杨花似雪》，锦云、王毅的《笨人王老大》，张弦的《被爱情遗忘的角落》等，因为当时更为关注的是这些作品的主题意义与它们的批判意蕴，这些作品在题材上集中于农村生活的特点反而被人们忽视了。

让人们越出"伤痕文学"与"反思文学"的视界，而特别注意其题材与题旨的乡土意味的，是高晓声的《陈奂生上城》、《李顺大造屋》等中篇小说，以及陈忠实的短篇小说《信任》，何士光的短篇小说《乡场上》，周克芹的长篇小说《许茂和他的女儿们》等。这些在 1979 年前后出现的农村题材小说，虽说还带有一定的"伤痕"与"反思"的意味与印记，但作品却把主要的着眼点放在了新现实中的新农人，新生活中的新问题，着意描写他们的面对新的社会现实的精神苏醒与个性显露。这些作品或可看作是新时期乡土小说写作的第一波浪潮。

农村生活的变异，农人心气的勃发，乃至农村新人在精神上气质上的吐故与纳新，新风与旧俗在现实中的冲突与较量，随后成为乡土小说写作在一个时期里反复吟唱的主要旋律。如马烽的《结婚现场会》，张石山的《镢柄韩宝山》，赵本夫的《卖驴》，王润滋的《内当家》，刘绍棠的《蛾眉》，孙键忠的《甜甜的刺莓》等。1982 年，路遥的中篇小说《人生》发表，这部作品以农村青年高加林初涉人生时道路选择的两难，把一个与乡土密切关联的主题凸显了出来，那就是城乡发展的尚不平衡与所代表的不同文明，给置身其中的农村青年带来的青春的烦恼、选择的困惑。接下来，便是带有乡土文化的反思与批判意识的一些作品的接踵出现，如李杭育的《最后一个渔佬儿》，郑义的《老井》，叶蔚林的《五个女子和一根绳子》，韩少功的《爸爸爸》，王安忆的《小鲍庄》，刘恒的《狗日的粮食》，李锐的《厚土》，邵振国《麦客》，张炜《一潭清水》等，这些作品在看取乡土上，不仅把它当成是一种社会的基层生活存在，而且还把它们看成一种传统文化的载体。撇开作品的具体臧否不论，它们在总体上都把锋芒指向乡土文化与农耕文明，开始以自己的眼光和方式，来发现和表现乡土中国的浑重与复杂，是显而易见的。由此，乡土小说便添加了一种新的写作角度，也呈现出了新的文化深度和人性内涵。

至此，新时期或八十年代的乡土小说，就大致实现了由"伤痕"、"反思"的卵翼破壳而出，立足于直面现实、关注问题的现实主义，又超越传统的写实现实主义过渡到文化批判与文明回思，有效地实现了乡土小说的三级跳式的长足发展。

九十年代阶段　进入二十世纪九十年代之后，伴随改革开放的深入引发的经济热潮、商业大潮席卷而来，文学、文化领域受到很大冲击，一些文人作家纷纷"下海"，弃文经商，文学创作在起初几年一直不太景气。之后，随着知识文人精神状态的自我调整，文学领域里的小说写作渐渐恢复常态。但重新崛起的创作态势，又呈现出浓重的个人化追求、分散化的倾向，新时期中一个文学浪潮接一个文学浪潮的热闹状况一去不回，以至有人惊呼文学进入了"无法命名"的时代。

但在乡土小说写作一脉，因为与政治思潮、商品大潮都有一定程度的疏离，也由于作家的坚守自我、甘于寂寞，似乎并没有出现中断或萎缩的情形，相反，无论是中短篇小说还是长篇小说，作家们的乡土写作，都在持续坚守中有所拓展，不懈笔耕中有所进取。但受个人化与分散化的影响，这一时期的乡土小说创作，在描写的内容与表现的形式上也表现得丰富而纷纭。这里，有以幽默的语言、混沌的叙事表现农村生活情趣与农人性格风趣的作品，如刘玉堂的《最后一个生产队》，张宇的《乡村情感》，赵德发的《通腿儿》，杨争光的《公羊串门》等；有直面乡土现实问题与乡民生存艰难的作品，如李佩甫的《无边无际的早晨》，陈源斌的《万家诉讼》，刘醒龙的《凤凰琴》、《分享艰难》，关仁山的《九月还乡》；有歌吟乡间田园情趣与平民人性美好的作品，如铁凝的《秀色》，贾大山的《莲池老人》，迟子建的《雾月牛栏》，毕飞宇的《哺乳期的女人》，岳恒寿的《跪乳》，刘庆邦的《鞋》等。总之，乡土不再是单色的，静态的，而是多色的，动态的，同时也是错综复杂的，让人咀嚼不尽的。

这一时期乡土小说中的长篇小说写作，数量不是很多，但质量却再创新高，这就是那些从个人命运、家族文化的角度反思社会历史的作品，如余华的《活着》，路遥的《平凡的世界》，陈忠实的《白鹿原》，阿来的《尘埃落定》等。这些作品，从内蕴到写法，都是自出机杼，各有千秋，既在作家个人写作历程上卓有突破，也是当代长篇小说创作的重要收获。尤其是以陈忠实的《白鹿原》为代表的由乡镇看取传统，由家族反思历史的小说，从乡土出发，又超越了乡土，以丰沛的内涵、精湛的艺术，标志了乡土小说乃至当代小说创作的时代高峰，这样的耀眼实绩着实让人欣喜，委实令人称道。

因为个性凸显，写法多样，乡土作家九十年代的艺术探索，使乡土小说的表现力与可能性，都变得更多了，更大了，这显然不啻是乡土小说创作的福音与荣耀。

新世纪阶段　比之其他时期，新世纪的文学文化领域，因为面临着商业文化、传媒文化与信息科技的多重冲击，更是一个众声喧哗，充满挑战的时期。经过近十年的碰撞与博弈，当代文坛已经一分为三，这就是以文学期刊为主导的传统型文学，以商业出版为依托的市场化文学（或大众文学），以网络媒介为平台的新媒体文学（或网络文学），这样一个"三足鼎立"的状态，构成了与过去完全不同的新的格局。当然，这样三个板块并非半斤八两，平分秋色，总体来看，因传统型文学聚集了有实力的作家、高质量的编辑，在整体文学中的作用举足轻重，具有引领文学发展、标志文学进取的重要作用。

在新世纪的传统型文学中，虽然过去较为薄弱的都市小说、婚恋小说，数量有所增多，质量也有所提升，但无论是中短篇小说，还是长篇小说，人们关注较多，影响也更大的，仍然是乡土题材小说。而这在很大程度上，是由于乡土作家的抱诚守真和化压力为动力，抵御了来自方方面面的诱惑与搅扰，从而使乡土小说创作的势头并未有所减弱，质量也并未有所下滑，毅然而然地保持了一种依流平进，稳步前行的姿态，因而取得的收获依然是平实而丰盈的。

这一时期乡土小说的艺术镜头，呈现出来的生活画面，既万紫千红，多姿多彩，在表现手段的运用上，也是各显其能，不一而足。严正的，诙谐的，温馨的，苦涩的，现实主义的，现代主义的，乃至后现代的，都花团锦簇，应有尽有。作家们从看取生活到表现生活，都显得更为灵动，高度自由。如毕飞宇的以细节真实揭现农村女性心理隐痛的《玉米》，夏天敏的以寓言方式书写农人沉闷生活的《好大一对羊》，葛水平的以冷峻故事表现山民心理较量的《喊山》，郭文斌的从童趣的角度描写贫苦乡间生活中的温馨亲情与人情的《大年》等。显而易见，作家们的视野格外宽广而又自有重点，作家们的笔墨自由灵动而又有自己的个性显现，多样化的叙事与多元化的观念，已经成为乡土小说写作中的一个基本定势。

而以自己的语言叙述自己的故事，以自己的故事讲说自己的发现这样的一些品质，则更为集中地反映在新世纪中一些乡土长篇小说之中。这些作品或在乡土的意蕴上生发别的意趣，或在乡土题材上再做新的文章，使作品在故事层面上充满十足的乡土味，但又在现状省察、历史反思、人性审视等方面，另有玄妙或别有深意。如孙慧芬的《歇马山庄》，铁凝的《笨花》，贾平凹的《秦腔》，蒋子龙的《农民帝国》，刘震云的《一句顶一万句》等。这样一些内容厚重，艺术精到的长篇小说，既拓展了人们对于乡土生活、乡土中国的既有认知，又使人们领略了乡土小说写作自身的无限可能与无尽魅力。

三、影响与意义

作为中国新文学重要组成部分的乡土小说创作，其影响与意义，并不仅仅在于它获得了自身的长足发展，使乡土小说写作一脉绵延不断，更在于它在自身不断进取的同时，又极大地促动了小说创作中的其他倾向，并积极地影响了当代文学的整体发展。

当代文学的"十七年"中，小说创作中一直是两大创作倾向引领风骚，尤其是在长篇小说创作中，那就是"革命历史题材"与"农村题材"。当代文学界把这一时期的长篇小说经典作品概称为"三红一创"，其中的《红日》、《红岩》、《红旗谱》是"革命历史题材"，《创业史》是"农村题材"。乍一看来，似乎"革命历史题材"绝对占优，细一分析，这也与"农村题材"不无干系，因为写的是"农村包围城市"的革命历程，而其中的英雄人物主人公，多是农民出身，他们的革命历程与英雄业绩，也是一个个农民顺应历史走向进步和成为英雄的过程。这在梁斌的《红旗谱》、孙犁的《风云初记》、刘流的《烈火金刚》、冯志的《敌后武工队》等作品中，都表现得既真实又充分。还有一些作品，如冯德英的《苦菜花》、徐光耀的《小兵张嘎》等作品，"革命"与"农村"水乳交融，几乎很难区分开来。可以说，正是乡土中国的变异与底蕴，才在根本上造就了在长篇小说创作中，"革命题材"与"农村题材"双峰对峙、相互辉耀的奇特现象。

新时期以来的三十年，小说与文学中的许多看似与"乡土"并无干系的现象，稍作分析就会发现它们与"乡土"，其实都有着这样或那样的关联。在新时期与八十年代期间出现的一些文学思潮和创作倾向，除去前边提到的"伤痕文学"、"反思文学"外，"改革文学"与"寻根文学"都与乡土题材文学有着不解之缘。"改革文学"有两个题材重心，一个是工业，一个是农业，前者的代表性作品是蒋子龙的《乔厂长上任记》，张洁的《沉重的翅膀》，李国文的《花园街五号》，而后者的代表则有柯云路的《新星》，贾平凹的《浮躁》，张贤亮的《男人的风格》等。而关注农村改革与现实变化的现实主义倾向，在九十年代中后期，又繁衍出以河北的"三驾马车"——何申、谈歌、关仁山及刘醒龙等为代表的"现实主义冲击波"倾向，而这种写作虽然在其着眼点上，越出了农村与农民，扩展到乡镇、学校、城市，但基层干部、小学教师、打工妹等人物的活动舞台，依然是"剪不断，理还乱"的乡镇生活与乡土社会。在他们身上，跃动着农人们的躁动的心理，折射着乡村变革的种种阵痛。

出现于二十世纪八十年代初期，至今余波不息的"知青文学"，其实也是以青春回望和精神还乡的方式，对乡土生活的别样再现，乃至对于乡土中国的深情致敬。二十世纪六十年代至七十年代的知识青年的上山下乡，既是知识青年们更换了居住地，也是农村、农场增添了新成员；影响的不只是知识青年个人的命运历程，还有当地的农村、农场的此时此地的现实面貌。因此仅仅从命运的变异、成长的苦痛的角度来看待"知青文学"，是不够全面，也不够完整的。它们确实是真实而难忘的青春记忆，同时也是动荡时期的时代记忆，窒闷时期的乡土记忆。像竹林的《生活的路》，叶辛的《蹉跎岁月》，孔捷生的《在小河那边》，张蔓菱的《有一个美丽的地方》，史铁生的《我的遥远的清平湾》，陈村的《我曾经在这里生活》，梁晓声的《这是一片神奇的土地》、《今夜有暴风雪》等，在着意表现知识青年的理想主义，英雄主义的同时，也较多地描写了知青与农民、与牧民等的深长情谊。之后的如乔雪竹的《寻麻崖》，彭瑞高的《贼船》，阿城的《棋王》、《树王》、《孩子王》，张抗抗的《隐形伴侣》，张承志的作品《金牧场》等作品，则立足于"知青文学"，又超越了"知青文学"，由"插队"生活所导致的人的艰难处世、人的特殊境遇，扩展到人的生存价值、人的生活意义等，以及由农村生活凸现出来的物质世界和精神世界之间的关系与矛盾。

因为"乡土"一词，既有"家乡"与"故乡"的第一层含义，又有"乡间"与"地方"的第二层含义，与乡村、乡土关联密切的重在描写地域民俗风情小说，因为有着深厚的传统和杰出的作家，也与乡土文学一起，得到了长足的发展。甚至有的研究者把这种写作直接列入乡土文学行列。这种写作的典型代表是汪曾祺、林斤澜等，他们的小说写作，讲究用看不见技巧的方式，把一切融化于温馨的诗情或写意的小品之中。其实，一直以乡土文学作家自居并积极倡导"建立北京的乡土文学"的刘绍棠，与这一类写作也极为靠近。他自二十世纪五十年代跻身"荷花淀派"之后，以抱诚守真的方式坚持自己所认定的现实主义，在《蛾眉》、《蒲柳人家》等作品中，着意表现京郊乡村的诗情画意与运河百姓的似水柔情，作品更为重视的是变中又不变的质朴而良善的民习与民俗、民风与民性。此外，近年来越来越为人们关注的地域作家群落，如河南的"南阳作家群"，宁夏的"西海固作家群"，云南的"昭通作家群"，四川的"达州作家群"，贵州的"黔北作家群"，无一不是由立足于乡土开始，从扎根于地方起势，来逐渐形成自己的特色和显示出自己的优势的。

与乡土小说有着直接的渊源，或由此出发另树一帜并取得重大成就的，是以长篇小说为主的家族小说写作。这一路小说写作，先由张炜的《古船》现出端倪，继由陈忠实的《白鹿原》，莫言的《丰乳肥臀》，阿来的《尘埃落定》的联袂冲刺，掀起长篇小说中波澜不断的创作新潮与高潮。从囊括生活、审察人性、反思历史、反观传统等方面看，如许作品已达到或接近达到家族小说乃至长篇小说在这个时代少有的艺术高峰。即以《白鹿原》为例，作品以乡镇村社为舞台，在白、鹿两家的世代纠葛之中，既折射了农耕文明的遗风，传统文化的影响，又映衬了中国社会的近代变迁与政治力量的较量与消长。家庭与家族，家族与民族，民族与家国，水乳交融地交织在一起，使作品在引人入胜的魅力中，充满咀嚼不尽的内力。有论者认为，"作为乡土小说的大叙事"，"（《白鹿原》）为当代乡土小说的史诗性写作树立了难以企及的标高"（张懿红《缅想与徜徉——跨世纪乡土小说研究》，中国社会科学出版社 2009 年版）。这样的看法，我深以为然。这说明，乡土小说的写作，完全可能开辟新天地，营构大作品，问题在于作者自身的生活累积、文学造诣与艺术才分。

因为有广大的乡土社会的比邻与映衬，有雄厚的乡土文学的比照与参酌，近年来以描写都市生活为主的一些小说作品，也走出了以往的题材界限，在表现生活的广度与反思历史的深度上，都取得了以前少有的拓展与掘进。这些作品或者把都市与乡村勾连起来，书写城市与乡村生活在消弭差异中的积极互动，以及给置身其中的人们带来的人生的与精神的变化；或通过走出乡村的主人公的命运遭际，描绘随着历史前进的乡村变异，以及乡下农人走向现代文明的缓慢进程。前一种写作，可以孙慧芬的《吉宽的马车》、贾平凹的《高兴》等为代表；后一种写作，则以铁凝的《笨花》、赵本夫的《无土时代》最为典型。这些作品在乡土小说的写作上，有承继，有突破，有跨越，有创新，均为传统的乡土小说在新世纪里持续探索和精彩演进的最新成果。

经过三十年的探索与跋涉，当代乡土小说历经三个阶段的不断演进，已呈现出多意蕴、多旨趣、多主题的基本趋向。但若钩玄提要地加以梳理，也可以概括出三个相对集中的主题意向来，这就是直书现状、反思历史和回望家园。直书现状的写作，或者直面杂沓纷乱的现实，或者探悉躁动不安的心理，在向人们传导乡村变动真实情景的同时，表现出对民生、民计的深切关怀；反思历史的写作，或者回思远去的年代，或追忆逝去的乡土，用历史回溯的方式带入审视的姿态，批判的眼光，其更为看重的是在启蒙民性中审问传统；而回望家园的写作，更带有浪漫主义的气息，他们或者怀恋旧时的田园风光风情，或者寻索现时的淳朴人性人情，背后起支撑作用的，既有素朴的理想主义色彩，也有对抗现代性的民族主义情味。这样一个三大主题的交叉并存又彼此互动，构成了当今乡土小说写作的大致格局，也使它构成了一个自具活力的艺术体系。

总之，乡土小说写作在三十年间，发掘着自身的潜力，运用着艺术的能量，追逐着社会的脚步，感应着时代的脉搏，一直在蓬勃发展，始终在高歌猛进。在这一过程中，作为创作主体的乡土小说作家们，也演练了自己的才情，形成了雄壮的队伍，尤其是在把握乡土现实和乡土生活上，拓展了已有的眼界，积累了丰富的经验，这种创作主体的整体性强化与综合性提升，显然更为重要，也更为可贵。而这，自然预示着已经焕然一新的乡土小说，依然有着无可限量的未来与无比光明的前景。

2011 年 5 月于北京朝内

凡 例

　　1. 本大系共三卷，每卷分上下册。精
选 1979 年至 2009 年发表的乡土小说作品
150 余篇（部）。第一卷收 1979 年至 1989
年的作品，第二卷收 1990 年至 1999 年
的作品，第三卷收 2000 年至 2009 年的
作品。

　　2. 长篇小说因篇幅较大，以内容梗概
形式收存；中短篇作品的编排以小说原初
发表的期刊年度刊号为时间顺序。在同一
卷中收入某作家两篇以上作品时，以时间
较早的作品为准，其他作品顺列其后。

　　3. 除个别错别字的修订外，方言及形
声词的用法均从原文。

　　4. 书后附录乡土作家创作谈、乡土小
说评论小辑、新世纪当代乡土文学评论
篇目辑录及新时期获奖小说篇目。

目 录
Contents

目　录
Contents

王方晨
WANG FANG CHEN

1967 年出生在山东金乡县。1986 年曲阜师范学校毕业后，曾任山东省金乡县实验小学教师。1990 年后在山东省东营市文化局从事专业文学创作。2001 年加入中国作家协会。现供职于《当代小说》编辑部。

1988 年开始发表作品。出版有中短篇小说集《王树的大叫》《背着爱情走天涯》《祭奠清水》，长篇小说《榆树灵》，长篇纪实文学《天使的声音》等。

乡村火焰

火光冲天，把村子照得通明。睡梦中的人们被惊醒后，千姿百态地从家里跑出来，只有少数人手上拿着脸盆或水桶。火势过于凶猛，整个柴垛就像一朵凌空怒放的硕大无朋的红花，使人们无法靠近，但还是有人一看是这么回事就急忙返回家里，去拿能够用来救火的工具。在火光的映衬下，人们看见王光乐村长的身影斑驳陆离，像纸灰一样的轻盈，在呼呼燃烧的柴垛前飘飘扬扬。大火已经没救了，长长的火舌旋绕着扶摇直上，正在发出越来越狂暴的喧嚣，使人们无法听清村长是不是在叫喊什么。人们在火焰舔噬不到的地方围成一堵厚厚的墙，站在后面的人就弄不明白人们为什么还不动手。

"王村长不让，"前面的转告说，"王村长说他早没看到这么大的火了。"

大火烧了整整一夜。很多人都没有回家睡觉，他们不停地唏嘘着，眼看着那么大的一个柴垛渐渐只剩下一堆死灰。天色麻麻亮了，他们也不觉得困倦，仍然停留在灰堆旁。他们忽然发觉王光乐村长不知什么时候从人群里走开了，才第一次认真地想到王光乐昨晚的举动实在有些让人摸不着头脑。

"王村长说，这把火烧得好！"有知情的人叙述着，"王村长一听说他家柴垛失火了，就说，好！这把火烧得太好了！他还说要谢谢这个点他家柴垛的人呢，但不知道这个人肯不肯站出来承认。"

"我看他是气昏了，"一个叫王贵锋的年轻人一脚踩在路边的墙上，晃荡着双臂，慢悠悠地说，"谁家柴垛让人点了会不生气呢？我家要是摊上这样的事，即使我不说什么，我老婆也会跑出来骂街呢，你还指望我老婆会骂出什么好听的？"

大多数人对此表示赞同，但心里的疑惑仍然无法消除。人们最初发现柴垛起火的时候火势并不大，完全是可以救下的，要不是王光乐拦着，根本不至于烧成这个样子。

"那么，"人们推断说，"村长是不是真想看看大火，是不是这个柴垛不想要了？大火烧起来是很好看的，又红又亮，就像把黑夜都给烧出窟窿来了。"

"嗨，你们说什么哪？"王贵锋把脚从墙上拿下来，不以为然地说，"你们怎么不把自家柴垛点了，好让大伙儿再看一回通红透亮的大火？你们要是烧着烧着后悔了，我一盆子水浇上去，管保，噗！灭了。"

这时候他女人耿玉珍从家里走过来，把他叫了回去。人们接二连三地打起呵欠，也都准备从灰堆旁离开，可是忽然有人提议要到王光乐家看看，顺便表示一下慰问，大家才又停留下来。

王光乐家就在街旁，是一溜五间前出厦大瓦房，靠东边一间还起了层楼子，被一簇繁茂的梧桐枝叶半遮着。在人们朝他家走去时就有一束闪光从楼子上射到了人们眼中来。人们不由得拘谨了一下，仿佛一直有人在某个隐蔽的角落里窥视他们。到了王光乐家中，看他仍像没事人一样，倒是他老婆陈秀宝脸上带着疲倦的痕迹，神情颓丧地在板凳上垂头坐着。

"村长，"为首的常老六谨慎地开口说，"这真是，唉！"他怪诚恳地叹了一声。

王光乐却只对人静静地看着，不说话。

"这场火该不是自己着起来的吧，你得找出这个放火的人！"常老六显得颇为义愤，"他放火烧了你家柴垛，那不是跟你家有仇么？"

陈秀宝便插嘴说："我早就不想让他当这个村长了，可他就是不听我的，得罪了这么多人，你们说有什么好处！"

王光乐转头只对她看了一眼，她就知趣地沉默下来。王光乐的目光又转向众人。"我王光乐就是不信邪，"他重重地说，"我王光乐早就说过了，这场大火烧得好！你们谁要是不高兴，谁就是那个要害我的人！你们要是想成心跟我王光乐过不去，那就随你们好了！"

人们脸上的表情一时僵住了，好半天才听到有人嘿嘿干笑了两声。那常老六也不知该说些什么，嘴张着，也没想到合上。

后来人们就默默无声地从王光乐家走了出来，相互也不打招呼，都要各自回家。常老六正低头走路，忽然撞上一个人，抬头一看，见是王贵锋。"你们去村长家了吗，老六？"王贵锋急冲冲的，问他，又紧接着埋怨道，"你们怎么不告诉我一声？"说着，继续向前走。

常老六皱着眉，扭头叫住他。"别去了，"常老六说，"你去了就知道，棺材里面伸出个屌来，哭不是笑不是。"

王贵锋没能领会他的意思，正揣度着，他就又低下头，自顾走了，着实一副百思不得其解的模样。王贵锋不想他的话了，还要再往村长家去，耿玉珍就又来叫他了："你假充什么没出五服的弟兄？"耿玉珍粗门大嗓地说，"还不给我回来！"

"我，"王贵锋支吾着说，"人家去了，我不去，恐怕村长要多心。"

"谁愿多心谁多心去！"耿玉珍说，"我搂着你睡了大半夜，还不知道你干了什么？"

耿玉珍一说话就像在嚷嚷，王贵锋便只好悻悻地又跟在她后面，回去了。到了家里，王贵锋咕嘟着嘴，坐在门槛上，像是很不高兴。耿玉珍也不理他，忙了一阵家务，再看他时他已仿佛睡着了，便轻轻摇了下头。正要唤他到床上睡，就听得外面一片嘈杂之声，像是很多人在街上飞跑。王贵锋一激灵，随之醒了。警笛尖厉地鸣叫着，刀子似的，搅割着村里的空气。王贵锋马上明白公安人员已经到村，刚要埋怨耿玉珍不让他到王光乐家中去，也好少些嫌疑，就见一帮人从院外猛地闯了进来，不由分说，上前扭住了他，把他惊得嘴巴都差点脱臼了，舌头耷拉着，一句话也说不出。几个公安人员像拎小鸡似的提溜着他，到了院门口，他才转回头来，绝望地看着同样呆若木鸡的耿玉珍。一出院门，公安人员就把他塞进了警车。人们远远地站在街旁的墙根下，睁大眼睛望着，透过车窗，影影绰绰地看见王贵锋在里面根本没有一点儿挣扎的反应。警灯闪着红光，警笛声一直都没有停下来。公安人员也跟着上去后，警车就猛地向前一窜，差点撞到墙下的围观者身上，吓得他们像一群受惊的羊，匆忙躲闪开了。警车掉过头，急速地向村外驰去了。这时候，人们才看见耿玉珍跑出院门，慌里慌张的，摇着头乱瞅，但那警车早没影儿了。耿玉珍浑身发抖，人们首先想到的是她就要破口大骂了，可她仍然只是发抖。等了好大一阵，才听到她像头恶狼似的，嗷嗥了一声，接着就露出了满嘴的牙齿，粗粗地喘息着。人们不由得打了个寒噤。

耿玉珍到底是个娘们儿，看她平时办事嘎巴溜脆，但遇上突发事件也会变得晕头晕脑的。她在街上像要去咬自己的尾巴似的转着圈，人们也没想到走过去劝慰她一声。有些人悄悄走开了，但更多的人则等候在街上，要看看在村里泼辣出了名的耿玉珍最终会怎么样。过了半天，耿玉珍才停下来，抬头朝人们看了一眼，脸上全是凶狠的表情。人们隐约感到愧疚，下意识地向旁边扭动一下脖子，躲开她的视线。看来耿玉珍最初的慌乱已经过去，她回身关上院门，就快步向王光乐家走去了。等她走过街道的第一个拐角，人们才呼啦一声离开原地，跟了上去。还没到王光乐的家门前就看见耿玉珍站在那儿叉着两手，已跟王光乐交上火了。

"俺一夜跟贵锋睡了八遍儿，敢情是哪个杨二郎点了你家柴垛！"耿玉珍高声说，"你凭什么就认定是贵锋做下的事？你就是招手能让抓人的来，也得问个清白吧。我是听见呜哇呜哇的响，耳朵还没空出来就见他们冲进家里来，扭着人就走。他们有再大的本事，也不会一来村里就查实了。我娘家轱辘沟有个大闺女让人杀死了，苦主告了一年都没个结果哩。这倒好，你家柴垛起火，他们在塔镇就看到了。你要是真想害贵锋，也该做下样子挡挡人眼！"

王光乐倚着院门，不急不忙，只听她说。

"我就不信这世道就容你一招手就算！"耿玉珍仍气汹汹的，"你招手叫来的，你不招手把人放了，我耿玉珍豁上这条命，也不叫你安生！"

这时才见王光乐和和气气地开口了。"玉珍，"他站直一些，"说实话，我不像你说的有那么大本事，我只是报了案。我家柴垛不明不白失火了，我连报案都不能么？人家来村里抓人，也没到我家门上通知我。我可不知道那些先进的破案手段，人们就认准是贵锋，我都惊奇得了不得。王贵锋是我没出五服的兄弟，他怎么能点我家柴垛？我今年冬天取暖，可就全靠这垛干柴呢。你要是觉得我能打电话让塔镇把人放了，我就当着你的面试试。"便回头对背后的陈秀宝说，"秀宝，你把手机拿来。"

陈秀宝应声去了。一会儿就见她走过来，把一部样子小巧玲珑的手机递给王光乐。

王光乐不紧不慢地接过来，开了机，拨了号，放在耳朵上听了听。

"忙音。"他说。

耿玉珍怔怔地看着。

他又拨了一遍，抬头对耿玉珍说，"通了。"接着说，"喂，喂，是派出所吗？我是王光乐，要找武所长。噢，请转告他，今早你们带走了我村里一个叫王贵锋的人，他是我的本家。没大错就放了他，看在我面子上也别把他怎么着。谢谢，谢谢啦。顶多两三天？噢，能不能现在就……"

"挂了。"他一脸无奈地说。

耿玉珍早就不由得摇晃起来，她感到身上无力，哪怕再停留一会儿，也会软瘫在地上的。"过个把小时，我再打给武所长。"他说，"这帮子小衙役，办不了事的！"他不动声色地说着，在手里玩弄着手机，也没看耿玉珍。

像憋了好长时间似的，耿玉珍长长地出了一口气。她转过身去，慢慢向前走，人们见她越走越快，趺趺撞撞的，以至于飞跑起来。

王光乐合上手机，向街上的人们瞥了一眼，就回了院子。陈秀宝在他后面忙着把院门关上了。

耿玉珍也不知自己为什么会跑起来，等她意识到已经远远地离开了王光乐家的院门，就放慢了脚步，只觉得两颊烧得很热。她为自己刚才的表现感到愤怒，但确实发觉自己突然软弱起来，王光乐不过是在她面前打了一阵手机就让她狼狈逃开了。王光乐远比她想象的厉害，她原是奔着两人相吵起来的念头去找他的，那样肯定会使她占上风，而他似乎早有所准备，完全是一副无辜的样子。他装得可太像了！耿玉珍甚至没有办法当面识破他。耿玉珍心里的愤怒持续增强着，可是当她注意街上很多人的目光都在投向她时，她忽然感到一阵羞愧。她不由得低下头，一到自家院门前就进去了。

院墙阻挡住了人们的视线，耿玉珍重又感到恼怒。她在院子里走来走去，摸摸这个掂掂那个，总是难以镇静。忽然，她听到有人从墙头上小声叫她，回头就看见了邻居马小友。他们两家的院子只隔一道院墙，上面爬满了丝瓜和扁豆。马小友把脑袋从叶子中间露出来，正朝她摇手。她走过去，马小友就说："别信王光乐那一套，贵锋就是让他打手机抓走的。他充什么好人！"

除王光乐之外，这是村里人在王贵锋被抓走后第一个对她说话的，她忍不住有些感激马小友，便轻轻叹息了一声，觉得比刚才好受多了。

"他是要显摆他在村里惹不起，"马小友接着说，"让人们看着他能呼风唤雨，想抓谁就抓谁。他才不管是不是贵锋放的火哪。让我看这说不准还是他自己放的火呢。没听他说，这把火烧得好！"

耿玉珍点点头，随即忧愁地说："现在该怎么办哪？人还在镇上。"未说完，就哽噎了一下，又忍住了，说，"看来挨打是免不了的。"

马小友就说："你去塔镇，要是要回了贵锋，看王光乐以后还有什么好说的！"

耿玉珍疑惑着。"可是，"她感到为难起来，"在村里我还能找谁说句话，到了塔镇我哪知道上哪儿要人？"

"谁抓了人上谁那儿要呗，"马小友说，"我看他们能拿你怎么样？你是女人，他们还能打你？"

"男人都快让人冤枉死了，我还怕打？"耿玉珍暗暗思量一会儿，就下了决心似的抬起头，声音也高了，"好吧，让那帮烂心烂肺的打我吧！遭这么大的冤屈有这条命跟没这条命有什么不一样！"她挺起了腰杆，还要再说，那马小友忙把头缩回叶子里去。

"你小心些就是了。"他说。耿玉珍已看不见他了，叶子在墙头上兀自摇晃着。

耿玉珍渐渐恢复了往日的那份利落，把孩子送到他奶奶家就骑上一辆自行车，风风火火地踏上了通往塔镇的大路。

塔镇派出所紧靠着镇政府，耿玉珍是认得的。以前她在来塔镇赶集时从外面看到过派出所的院子里种着很多绿得浓墨似的曲爪槐。耿玉珍平时性子本来有些直，但此刻站在派出所的活动栅门前，一见那种槐树勾连屈曲的样子，竟一下子细致了。她在门口一张望，门卫室里就走出一个人，问她要干什么。她看那门卫年纪不算轻，就多了几分信任。说道："您老看没看见上午抓进来的一个人现在哪里？这个人小平头，长长脸，穿一件灰色夹克衫。"

那门卫笑道："今天进进出出的抓了好几起了，其中倒有几个板寸头，昨夜砸了镇上一家酒店，但你说的那人我没留意。"

耿玉珍没来由地鼻子一酸，眼里就闪出了泪花。"冤枉啊，大叔！"她脱口说道。

门卫见状就忙摆手说："免谈免谈！我是个门卫，什么也不知道的。你要问可以到里面问的，我看你怪可怜的，才放你进去。"抽身回门卫室了。

耿玉珍擦擦眼睛，在门外叉上车子，进去了。可是派出所办公室有很多，她不知道该去哪一间，就在院子里停住了。忽然看见那门卫隔着窗子向她打手势，她猜不出那手势的意思，想着他刚才的神色，也不好再去问，就急得要命。那门卫见她不能领会，索性把头扭开了。一时间她觉得自己是那样的孤立无助，她微微颤抖着，身子也像正在不断地紧缩，她似乎预感到自己将在派出所的曲爪槐下消失。"冤枉"，喉咙里便冒出一声微弱的呻吟，像是生命垂危时分最后的一点存在的气息。而紧接着，出乎她的意料，她大声地呼叫起来，"冤枉啊！天大的冤枉啊！"

人们纷纷从办公室探出头来，朝她看。她已经无所顾忌了，嗓门也便更大了，"冤枉！我冤枉！"她边喊边捶胸跌足，街上的行人也被吸引到了派出所门口。门卫及时走出来，把他们挡在了门外。

耿玉珍终于看到派出所的人从办公室向她走来了。"你是哪村的？"他们问她，还说，"有事让你们村长来。"

耿玉珍见问，便说："我就是……"忽又停住了，她留神打量一下问她的人，就多出了一个心眼，说出了另一个村的名字，"我找武所长。"

那人眉头一皱，说："武所长忙得很，去县里开会了，你要等他那就老老实实地等，你这样大呼小叫的，会造成什么影响？"

耿玉珍就想到自己刚才一番心思白费了，她是怕这些人不耐烦打发了她才那样说的，现在只好不顾那么多了，就如实更正过来。

"看你这妇女，"那人很不高兴，"一会儿说是这个村，一会儿又说是那个村，还说要找武所长。我告诉你，这里可是执法机关，不容许乱来的！"

耿玉珍就急出了一身汗。"是这样的嘛，王光乐村长让来的，"她不由地为自己辩解道，"他让我来找武所长，他还要给武所长打电话。"

那人不信任地对她看了看。"那你回去就叫王村长来吧，"他说，"要都不讲究一级一级地来，领导早就忙死了。"说完要回办公室。

耿玉珍脱口说："这可是他做下的！他叫人把我男人抓起来！他又怎会来把我男人要回去？"

那人停住了。"我看你这妇女就是有点毛病，刚才说他要你来找武所长，这会儿又说他叫人把你男人抓了起来。他一个小小的村长，有这样的本事，要我们抓人就抓人？"

"他家柴垛失火了，他就让你们抓人。"耿玉珍从头说，"谁知道是哪位杨二郎点了他家柴垛，他就硬是认定是俺家里男人放的火。俺跟俺男人可是一晚上，"稍停，"俺们两口子可是一晚上都没下床！你们去调查调查，要说俺男人点的火，俺是冤死了魂都不散哩！"

那人看看旁人，转头对她说："你别给我缠了，我不知道这事儿。"

"分明是你们把俺家男人抓走的，你们怎么会不知道？"耿玉珍惊异得眼眶子都要裂开了。"难道你们半道上就把他害了不成！"

"别说这么难听好不好？"那人说，又问旁人，"你们谁知道今天逮了个放火的人？"

旁人都摇摇头，笑着说："不知道。"

耿玉珍一听，立时像哑了一样。

"快回去吧，"那人劝她，"别是发吃症还没醒。"

"俺男人叫王贵锋，"耿玉珍说，"小平头，长长脸，穿一件灰夹克，我原是要给他洗的，没来得及，一听村长家柴垛起火了他穿起来就出去了，第二天没等他脱下来你们就……"

"听你这么说，不像是个农民，倒像是个小学教师了。"那人打断她，引得旁人哄地一笑。

耿玉珍脸上已不成颜色了，知道再解释也是徒劳，便要亲自去办公室查看。门卫走过来，拦住她，说，"还是回去吧，说不定你男人正在家等你呢。"她扒着头朝每一间办公室里张望，门卫推着她退出了几步。

"贵锋！"她叫着，使劲往上蹿动着身子。"贵锋！你听见没有？你这个冤死鬼，你这个挨刀的！你躲到哪儿去了？你这个窝囊废！让你好好在家呆着，你非得充那没出五服的兄弟。这下可好，你怎么就没了呢？"她的眼泪夺眶而出。"该死的！你怎么就不答应？你答应一声，让我知道你还在这儿，你就是在这儿过上好日子，我也不会再来看你！你答应一声啊，贵锋！你怎么就没了呢？"

门卫按动电钮，把栅门关上了。耿玉珍号啕大哭着，蹲在地上。派出所里一点儿动静都没有了，围观的人群在增大着，也都不说话，只看着她哭。过了好长时间，一个听见她跟派出所里人的谈话的老人对她说："我看派出所是不会把你男人弄丢的，你还是先回家吧。他不说你男人在这里，我看是不想让你见，但也说不定他真的在家等你呢。"

耿玉珍似乎才想到自己正在号哭，又见这么多人围观，就很不自在。想想也没别的办法，站起来，捂着红肿的眼，推着自行车，从派出所门前走开了。一到田野里，就停下来。回望着塔镇，越想越难受，就又哭起来，一面破口大骂。同时心里的怒火也越来越炽烈，热得她连眼泪也没有了，整个人就像一筒泼辣辣的火药。她觉得自己又像是以前的样子了，她不用细致，想骂就骂。要她的心肠像那曲爪槐的枝条一样勾连屈曲起来，那真是对她的戕害，也真是残酷的事情。耿玉珍翻身上了车，在自由的绿色原野上，骂骂咧咧地向前一阵疾驰，很快就远远地看见了自己的样子。

陈秀宝正在田里给棉花掐边枝，耿玉珍的骂咒声从大路上传过来，身子就不由一震，头也压低了。可是耿玉珍已经看见了她，猛地在她家地边上刹住了车子，跳了下来。陈秀宝忙朝她赔笑一下，客客气气地主动招呼她，"你回来了，玉珍。"

耿玉珍并不掩饰自己的敌视，张口就骂："少他娘的舌头长在你身上，道长道短全是你！你们把我家男人弄没了，这事就算完了不成？你们不赔我男人来，咱有好说的呢！"

"怎么，贵锋兄弟不在塔镇么？"陈秀宝也感到很吃惊。

耿玉珍不想说出自己在塔镇的遭遇，便不答她的话。"他在哪里你管不着，我现在只问你，"耿玉珍逼视着陈秀宝，"王光乐连让人查都没查，怎么就认准是贵锋放的火？你们合计着害人，就不怕烂心烂肺！就不怕下辈子托生当畜生！你们把人冤死了，冤魂也会天天缠着你们，让你们的庄稼不结子，棉花不吐花。陈秀宝，等你那脸子烂掉了，王八汉子也不待见你！"

陈秀宝脸上通红，嗫嚅了半天才低声说："玉珍，你看这事儿……"

"你快去呀！"耿玉珍还不放过她，已经走进了棉花地，"快去叫你那王八村长，让他把我也抓起来。我有心留在塔镇呢，可人家说塔镇并不是谁想留就留的，得村长才能送进去。我求求你了，我求你们说句话，把我也送进去。送进去也别忘了给俺两口子送顿饭，俺把你们就当孝子贤孙看，即使俺们死了呢，有你们哭丧，还要这命干什么！留你们一家活着吧，活到一百岁，为你们儿孙杀上百十来斤肉来！"耿玉珍一口气说着，并步步紧逼。

陈秀宝突然可怕地嚎叫了一声，耿玉珍一征，看见她脸色都变了，变得像纸一样苍白。

"你再嚎！"耿玉珍说，"你快把人们引过来，就说我刚才动手打了你。"

"玉珍，"陈秀宝浑身哆嗦着，连连摇头，"别说了，别说了，我什么也不知道。"

"哼！"耿玉珍蔑视地看着她，"我男人大半夜睡在我床上，你们就栽他放火。我没打你，你们当然也能够栽我打了你。抬头看看，人们在朝这里跑，你准备好告诉他们吧。可是，可是，"耿玉珍眼里闪过一丝凶光，"我为什么就不能打你呢？"她狠狠地说了一句，接着就高高地扬起手来，猛地朝陈秀宝脸上打了过去。

陈秀宝下意识地躲，不小心被脚下的棉花绊倒了。此时的耿玉珍已控制不住自己的冲动，扑过去就把她压在了身子底下。等人们赶过来把她们拉起，陈秀宝的脸都肿了，满是青的紫的红的指印。耿玉珍气咻咻的，还要再上去厮打，早被人扯住了。

"你还手！"她大声叫着，"快还手！"

陈秀宝坐在棉花丛中，抱着头发蓬乱的脑袋，一声不吭。

"你不敢还手，"耿玉珍说，"那是因为你男人做了亏心事！你是在替他受着！你活该！"

这时候有人说"村长来了！"耿玉珍才停下，别人松开她，她回头一看，王光乐已经站在了她的身后。

王光乐朝棉花地扫了一眼，就像根本没看到陈秀宝被打似的，面色平静。"又是你在闹。"他声音不高地说了一句。耿玉珍本想着泼出去再跟他嚷一番的，但只这一句话就陡然让她的气势减低了。她还在思量着怎么再次打开突破口，王光乐却又去看被踩倒的棉花。

"这太可惜了。"他说。

陈秀宝哇地哭出声来，自己站起身，抱着两肩，低着头，沾着一屁股的泥土和棉花叶，磕磕绊绊地走出棉花地，向村子跑去了。

"这可是半分棉花哩，"王光乐还在为践踏在地的棉花惋惜，"今年风调雨顺，棉花长得好，结蕾多。"他兀自说着，"但这不算什么，去年有人用镰刀掠了一亩七分棉花苗，镇上要每户人家出钱赔偿，是我拦下了。我没让村里为我赔一分钱。踩倒这半分棉花也不当什么事。"他转过头来，忽然对耿玉珍说，"秀宝走了，你也走吧。"

刚才耿玉珍看见陈秀宝狼狈的样子，正忍不住有些愧意，现在王光乐忽然对她讲话，使她不免一慌神。"你也可以抓我的，"她愤愤地说，声音已低下来，"我要命做什么？"

"一只巴掌拍不响，"王光乐说，"这也不光是你踩的吧。陈秀宝要是机灵，早早从棉花地里跑出来，也不会踩坏这么多棉花。这里也有她踩坏的，并不能只赖在你身上。"

"我就是不踩，你也可以叫人抓我的！"耿玉珍的愤怒又开始回复。"你家柴垛烧了，谁知道是哪个杨二郎点的火，你就赖在贵锋身上。我踩了你家棉花，打了你的女人，你更可以抓我了！"

王光乐就皱起了眉头，长久地看着她。那目光跟平时也没什么不同，可她竟觉得有些抵挡不住。围观的人也都不说话，也在看她。快一天了，除了马小友，她几乎没有从任何人眼里找到支持的表示，现在她仍然不可能从别人眼中找到这种支持。她想把脸挪开，王光乐就开口了。

"我已经告诉过你，塔镇要抓谁不是我能管的。你不是去过了塔镇么？你听他们说是我让抓的贵锋么？"

耿玉珍眼里泪花一闪就消失了。"你们是一伙的！"她猛地嚷出来，"你们早商量好了！"

王光乐连呼"罢罢罢！"他转过身去，要从棉花地里离开，可又回头说，"玉珍，我给你讲不清楚了，我索性也不讲了。你口口声声说不是你家贵锋放的火，那你说是谁放的？你找出来，我王光乐撇下村里的事不干，陪你到县大衙击鼓喊冤！"

说完，脚下嘎巴嘎巴响着，径直穿过棉花地走了。棉花地里留下了他走过去的痕迹，像是犁铧在泥土上划出一道沟。

耿玉珍呆呆地站在那里，人们见王光乐走远，也开始默默地陆续散去，只有常老六从她身旁经过时对她小声说道："我看就认了吧，你孩子在他奶奶家里哭着要你，老人家也快急坏了。"

人们很快就走光了，田野上黯淡下来，变得像浩淼的大海一样幽深。耿玉珍起初什么也没听到，渐渐地有一种沉浑的声音就在她耳边由弱渐强地响起来，就像是来自海底最深层的浪涛。耿玉珍一直在棉花地里站到天色黑透。

这天晚上村里人早早就睡下了，耿玉珍在街上走过时几乎没从任何一座院子里看到灯光。她推开院门，把自行车往墙下一放就进了屋里坐在了床上。屋里冷冷清清的，她也忘了去婆婆家把孩子接来，就那么一动不动地坐着。但看上去她是沉静的，神经却是极其活跃，脑子像飞轮一样呼呼急转。白天的事回环往复地出现在她的眼前，再也停息不下来似的。要不是婆婆推门进来，脑袋恐怕就要涨破了。孩子已在婆婆的怀里睡着了，她接过来放在自己身边。

"你见到贵锋了没有？"婆婆问她。

她支吾了一下，说，"见到了。"

"他还好么？"

"还，还好，"她说，"人家也没打他。"

她婆婆放下心来。"我看你也别生气了，"婆婆劝慰她，"我也听村里人说了，两三天就会把他放回来。你也消消气，只要人能全手全脚地回来，受这些委屈也没什么的。"

耿玉珍咬牙说："我就是不服！"

"快别使这犟脾气！"婆婆赶忙说，"人已经抓走了，再犟也犟不回来。我和你公公年纪大，也帮不了你什么。村里人也不敢出面说句话，谁愿自找麻烦？你一个女人家，出门在外被人家哄了骗了，能有什么办法？还不如在家好生呆着，少生些气。听说你在地里把村长女人打了，村长也没对你怎么着，就算你把气出了。我看那女人顺眉顺眼的，是个好人。"

"可贵锋也太冤了！"耿玉珍说话就带出了哭音，"他是能害人的人么？竟稀里糊涂让人赚了！"

"这话也是，"婆婆说，"可你又怎能让人相信呢？"耿玉珍牙咬得格格响，"我就要查出是谁！弄明白了我连带派出所一起告！我就不信没个说理的地方！"

她婆婆继续劝她，"我的好闺女，贵锋被冤枉我这当娘的也一样难受，可我不想这么着一家人也不像过日子的，出去在人脸子面前受那样闲气说道。"

耿玉珍不想再让老人担惊，就不说了。

"你走后村里人商量着要捐出些柴火给村长，"婆婆告诉她，"你又不在我就做主了，替你在常老六拿来的本子上摁了手印，常老六是领头的。"看着她有些冲动的样子，忙说，"也不用你家出柴火，你公公上午就把柴火准备下了，要交就交上去，也不值几个钱的。"

耿玉珍扭着脖子，没吭声。婆婆瞅瞅她的脸色，就又说："你也累了，我刚才抱着孩子，没法给你带饭来。你等着，我这就回去给你把饭拿来。"耿玉珍才要说不饿，她就颤巍巍地走了出去。

第二天一早人们就看见耿玉珍站在了街上。"你看到柴垛起火时有谁已在那里了？"她询问着每个从跟前走过的村里人，还说，"老少爷们儿，你们就成全我这一次，你们要是不忍心看着俺家贵锋冤枉，你们就成全我这一次。不是我想查出谁放的火，是我没办法。要是那放火的人看我耿玉珍可怜，就站出来说句话。不管是我查到的还是他自己站出来的，我都会报答他。我家四亩八分地全年的收成我全给他！别看我家男人还在大牢里，我还是能做这个主。"

有人远远看见就绕过去，有人不绕也不说话，匆匆走开，有人碍着面子，就说："我赶到的时候已经有一大帮人在那里了，大家乱哄哄的，也没认出几个人，记得像是有王若环王若梅兄弟俩，有常老六，常光兴，王二俊，王光荣，马文远，恍惚还有你家贵锋。"

"多谢了，大哥。"耿玉珍说，"您对俺真是大恩大德。"

那人就像好不容易才逃脱似的走开了。

又有人说："一听街上吵吵俺就去了，看到是起火了转身回家拿了脸盆再去，人山人海的，弄不清有谁了。"

但这并不令耿玉珍失望，同样对他谢了。

一上午时间很快过去了，耿玉珍仍旧站在那里等待着有人走过。她远远看见了马小友。马小友像是迟疑了一下才向她走来。

马小友说了很多在场的人名。但是马小友并不说完就说。"玉珍，"马小友又对她说，"有你这样查法的吗？我不信你能问遍村里的每一个人。"

耿玉珍坚定地说："在街上问不到的我就到他家里问！一个村里活人也好几年了，谁会连个回话的面子都不给！"

马小友摇摇头，一副感到不可思议的样子。

中午过后，那些曾经有意绕开她的村里人也主动走来回答了她的问话。她在街上掰着指头盘算一下就离开原地，向王光乐家里走去了。王光乐一见她就连连说："玉珍，你太犟了，你真是太犟了。"

"除了毛头小子、外出打工的，我问遍了村里一百三十七个男人，"耿玉珍镇静自若地说，"现在我该问你了，你看到柴垛起火时已有谁在那里？"

"你真是太犟了！"王光乐还在这样说。

"我查清楚了，有八十三个人赶到那里时看见了你。"耿玉珍从容不迫。

"玉珍，不是我说你，"王光乐说，"就你这样是查不出名堂的。"

"查出查不出是我自己的事，"耿玉珍说，"我查不到底就誓不为人！"

王光乐叹了口气。"难道我会点我自家柴垛？"

耿玉珍鼻子里哼一声，"那可说不准！"

"好吧，我说。"王光乐偏起脑袋想一想，"当时有人在我门上一喊，'你家柴垛失火了！'我就披衣走出来，从院子里就看见火光熊熊的。到了跟前发现不少人围着，不知是谁朝火上浇了一盆水，噗一声，水就变成了白烟。我上去端了那人一脚，就说，'好！好！'你以为我是气急了？我告诉你，我是真觉得好！那么大火，把天都烧得通红，是好看哩。在场的人有谁，我可没来得及细看。那么大火我不盯着看可就可惜了。"

耿玉珍点点头。

"多谢你，村长。"她说。

她转身走了。

王光乐出神了半天，眼里也不知不觉地茫然起来。屋里传出女人的哭泣，他才像醒悟了一样，脸色也就成了恼恨的了。他穿过院子，走到屋里。

陈秀宝躺在床上，面朝着墙壁，侧起的肩头微微颤抖着。哭泣的嘤嘤声像是一缕纤细的轻烟，在寂静的空气里缭绕不断，若有若无。

王光乐无来由地一阵激动，仿佛吸进去胸膛的不是空气，而是一块黏稠的差不多就要凝滞的什么东西。在一瞬间，他的脸都憋红了。

"这个母夜叉，她倒盘问起我来了！"他气恼地说。

陈秀宝在床上动一动身子。"你惹谁不行，非要惹她。"她说，轻轻哽噎着。

可王光乐又出奇地平复下来，呼吸紧接着通畅了。他坐到窗下的一把椅子上，靠着椅背，尽量舒服地伸展开了两腿。

"惹她怎么了？"他说，"村里人不是看见了么？她又是找我来闹，又是去塔镇要人，可结果怎么样？她使得开么？"他说，忽又想到了刚才的一幕，心中的恼恨又要涌上来，但他很快克制住了。刚才他只不过看她可怜，是觉得她煞有介事地查来查去太可笑了，才放松了自己的神经，给了她使出性子的机会，乖乖地回答了她的查问。这不算什么，王光乐相信她已晓得在他面前使不开的，今天她来找他时大闹了没有？有一恍惚，都让他觉得她已经不再是原先那个泼辣莽撞的耿玉珍了。他王光乐可是不吃硬的，她已经知道了。这就好。不过，在他的心里遗憾总是还有一点点的。要是他能看到她像昨天一样从他跟前手忙脚乱地逃开，他就不至于显得闷闷不乐了。

陈秀宝又抽泣了一声。"我不知道那天早上你在电话里跟武所长说了什么，"她说，"可你就是不该惹耿玉珍。这不，"她抽泣得厉害起来，"这不，白挨她一顿打，你还有什么话说！呜呜，我还要告诉谁去！"

"妇人之见！"王光乐很不高兴，"你是要我替你打这女人不成？我放了她——"

"这自然好了，"陈秀宝说，"村里人都会讲你会做人。"她动了一下身子，泪光盈盈的脸转向上面，"我可不是让你去打她，你别弄错了。我是说，换了别人——"

"换了别人屁也不会放一个！"王光乐说。"人抓走就抓走了，放回来就放回来了，最后我不过是再得到一个柴垛，有什么意思！可是现在，我还要说，那把火烧得好！耿玉珍这娘们儿猜得对，说不准我也会放把火呢。我已经想到过这个了，从今年开春，村里有一伙子人暗中要到镇政府告我，我就想到过这个了。这下子可省了我的事了。不管冤不冤枉王贵锋，我都要谢谢他哩。"说着就站起来往外走。

"那你快打电话说说，让人家快把贵锋放回来，"陈秀宝目光紧追着他，"你说说总会管用的。"

"我倒希望耿玉珍仍再来闹上一场！她要真的能查出谁放的火，就更有好瞧的了。"王光乐只顾说着。他走到了门口。

"你要去哪儿？"

"去村委会！"

"呜，去吧，去吧，去了就别再回来。"可是门口早不见了王光乐的影子，让陈秀宝觉得自己的目光就像在那里"蹦"地折断了。

耿玉珍从王光乐家离开后，人们才真正地默认了她在村里调查失火真相的事实。人们不再有意回避，竟还有不少人走过来帮她出出点子，使她的调查比上午顺利了很多，可是纵火嫌疑人的范围依然张得过大。失火现场纷乱给确定证词的虚实造成了不可逾越的难度，耿玉珍发现几乎每个人话中都有纰漏。但她的劲头不减，走东串西地忙到半夜才回到家里。此事显然已经引起了人们的兴趣，不过，每个人仍是沉稳的。他们在静观事态的发展，整个村子就像是屏息住了一样。

耿玉珍却是难以安睡，迷迷糊糊地躺在床上，黯淡的空气里就隐约响起了喊喊喳喳的声音，像是远处鸟雀的鼓噪。她翻身爬起来，见窗子上曙光朦胧，细听，街上果真已有人声。

晨曦像一大团均匀细小的颗粒，在村子上空静静地浮动着。它们遇到什么就像是停留在了什么上面，使物体发射着微弱的光晕，却似乎增加了清晨的寒意。

耿玉珍推开院门，没想到村里人这么早就起来了。他们在还很幽暗的街上聚成一群，非常专注听着有人在人群中讲述着什么。

"他们叫我，'跪下！'我说，'又不是我放的火，我为什么跪下？'他们说，'少啰嗦，让你跪你就跪！'就在我腿弯踢了一脚。"

耿玉珍听到那么熟悉的声音传过来，她不胜寒冷似的拉紧了一下衣服。

"后来怎么样了？"

"贵锋！"耿玉珍走到了人群后面。人们闪开一条道。

王贵锋站在那里，朝她转过头，像不认识她，接着却又那么突然地朝她咧嘴一笑。"回家，贵锋。"耿玉珍上前抓住他的胳膊，"咱回家。"耿玉珍半推半拉地把他带出了人群，进了院子就咣地将门关上了。

"你看你，我正跟人说着话。"王贵锋嘴里嘟嘟囔囔地埋怨她。

"坐下！"耿玉珍狠狠地把他按在床沿上，然后就向后倾着身子看他。看一看就把他疯了似的猛地抱住，然后再看。

王贵锋脸上有些不好意思。"你干啥呀。"他说，想挣开她，但她的劲儿很大。她抱得狠了，他就止不住哎哟一声。

"他们打你了没有？"耿玉珍直视着他的眼睛。右眼靠近鼻子的眼角积着一小团血丝。

他嘿嘿一笑，"没，没有，"他说，"让我一个人住在小黑屋子里，也没管我。"

耿玉珍眼里掉下了一颗大大的泪珠。"小冤死鬼！我去找你回来，可人家告诉我那里没你这个人，你叫我怎么办哪？我在那里扯破嗓子喊，你可听见没有？"

王贵锋欲言又止。"我没有。"他低声说。

"我的小冤死鬼，我还真想着你会没有了呢。"耿玉珍抹着眼泪，又要哭又要笑，"这可是光天化日之下，你要真没了，那我还能去干什么？"泪水簌簌直落。

"哎呀，你们女人！"王贵锋又推她。"我这不回来了么？人家告诉我王光乐打过去好几遍电话，说既然不能肯定是我放的火，就早早让我回来。"

"哼，他倒要充好人！"

"你轻点儿！"

"让我咬死你！——我咬死你算了！"

人们停在他家院外唏嘘着，王贵锋的娘就来了，一看院门关着，也没说什么，就又回去了。院门关了将近一天，暮霭从田野里弥漫过来。常老六拿着一本簿子走到紧闭的门口，稍一迟疑就举手敲了敲。不大一会儿，门开了，耿玉珍从里面探出头来，看见是他，就要让他进去。他忙摆手说："我只是来告诉你，村里要为村长捐柴，你婆婆在贵锋名下画了押，可大伙儿觉得还是免了吧。"

耿玉珍却说："谢谢六哥的好心，可是这柴我们要捐！"一收身就要关门。

常老六又叫住她。"玉珍，"他左右看了看，声音放得很低，"我这句话你可不能说出去。那天夜里我在街上暗影里蹓跶，亲眼看见马小友一个人抽着烟向前面走去，等他走回来不久火光就照到一树高了。我刚想叫他回头看看，他就一闪身不见了。街上人多了他才又走出来。前几天我倒没有疑心到他身上，昨天夜里越想越觉得蹊跷，我敢肯定是他放的火。"瞥见有人远远地走过来，忙叮嘱一句，"你千万不要透露是我说的。"故意抬高了声音，"就这么说定啦，这也是大家的意思！"佯装没事人似的走了。

走过来的是王光乐。

"玉珍！"他喊，"我来找贵锋商量点事儿，他在家么？"

耿玉珍并不退避，只冷冷地说，"他不在家里还在哪儿！等养好了精神，还要趁天黑去放火！"

"玉珍就是会说笑话。"王光乐说着，已到跟前。

王贵锋在院子里听到了他的声音，就走过来说："是村长吧，你别跟她费口舌。"

王光乐擦着耿玉珍的身子进去了。耿玉珍陡然气喘起来，心里怦怦直跳。暮霭已经充满了整个院落，她看见王光乐和丈夫的影子融合在了一起，令人正不易觉察地向屋里移动。

"王贵锋！"像是什么东西突然在耿玉珍胸中炸开了，声音大得让她自己也感到惊奇，但她立刻就知道自己要做什么了，她破口大骂起来，"你这个冤死鬼！你这个没脸没皮的东西！你连女人都不如！一条扶不上墙的癞狗！撵着不走，打着倒退，冤死你一千遍阎王也不带叹口气的，你还不就一头撞死了！"

四处静静的没一点声息，王光乐早就跟王贵锋走进屋去了。耿玉珍觉得嗓子眼里咸咸的，她吞咽了一口。可是周围太静了，就像她刚才什么也没叫嚷一样。她无力地倚住院门，感受到了夜色在空气里蠕动，皮肤上是它清凉黏滑的接触，她还听到了夜色本身的轻微的沙沙声。

黑暗的街上不时有人走过，却只能看见是燃着的烟卷的红光在向前移动。耿玉珍轻轻离开院门，浑身酸疼地坐在了院子里的一只石臼上。石头的凉意侵入她的肌肤，她想她就要朝屋里冲进去了，她要指着王光乐的鼻子说，你把俺冤枉得好苦啊！她要看他现在还有什么话。但是温暖已经在身子底下缓缓升起，使她渐渐感到十分惬意并松弛下来。

屋里传出气氛融洽的交谈声，但进入耿玉珍耳中的不过是一些断断续续的片段。王贵锋正在笑着，耿玉珍不由地留心了一下，但他忽然咳嗽起来。他被烟呛住了。"这太笑人了，这太笑人了。"他连连说。

"我已经提出要你进村委。"王光乐跟王贵锋对了个火，长长地吐了一口烟，"没一个敢反对的，屁都留起来出去放！"

"这太笑人了。"王贵锋还说。

"我有什么好担心的呢？"这个声音是从含着香烟的嘴里说出的，带着嗡嗡的鼻音。他把香烟从嘴上拿下了，"上回村里人想搬倒我，塔镇传来一句话，要保护干部！可村里人还不死心。我听说有的村委成员也在掺和，这一回，他们屁都不敢乱放了。"

王贵锋笑得不能自禁，好不容易才又说出话来。"村长，"他说，"你别笑话我。我一听你要我进村委，我就这个样子了。你看，你看，我能进村委么！我还是算了吧。"

"瞧你说的！"王光乐说，"你怎么不能进村委？你就是这场大火炼出的金子。"

"可我还是觉得不大行，"王贵锋说。他又笑起来。"这太笑人了不是？"
王光乐站起身。"好！"他叫了一声。
"什么？"
"烧得好！"
王光乐走了。

王贵锋竟忘了去送他。"玉珍！"王贵锋冲着院子里的黑暗叫道。没有应声。他扑哧又笑了。"我这样笑不大合适，"他自语着，"可我忍不住。村长一说我就笑了。我笑得太厉害了，可村长也太逗，还说我是金子。"烟卷烧着了他的指头，他抓紧时间吸了两口，好像有些奇怪自己一直没有吸，烟卷怎么还没灭了。他想，这是村长买的烟卷质量好的缘故。他把烟蒂拿在眼前，端详着，等待耿玉珍回来，好细细叙说他内心的喜悦。

耿玉珍正独自站在院门外面的黑暗里，王光乐从她身边走过时也没看见她。王光乐吸着烟，像喝醉了酒一样深深浅浅地向前走去。不久，她就看见一个亮点在夜色里划了一道弧线，掉在了街上。耿玉珍哑默地站着，眼前的空气渐渐透出了大火的闪光。她知道一个新的柴垛将要在村里竖起来，而现在那火光还仅仅是来自她头脑中的一种臆想。

"好！"

王光乐又一次发出了由衷的欢呼。

在夜幕低垂的村子里，王光乐欢呼着走了下去。

（原载《人民文学》2000 年第 2 期）

邓一光

DENG YI GUANG

蒙古族。1956年出生于重庆,祖籍湖北麻城。1974年高中毕业后在开县插队务农。1978年返城,先后当过工人、新闻记者、自由写作者、文学刊物编辑。1997年加入中国作家协会。现为湖北省作家协会副主席,武汉市文联副主席,武汉市文学院院长。

1981年开始发表文学作品。出版有小说集《红色贝雷帽》《孽犬阿格龙》《遍地菽麦》《怀念一个没有去过的地方》《她是他们的妻子》《猜猜我的手指》《远离稼穑》,长篇小说《家在三峡》《走出西草地》《我是太阳》《红雾》《组织》《想起草原》《一朵花能不能不开放》《亲爱的敌人》《江山》,诗集《命运风》、散文随笔集《脚下地图》《从大地走向大地》及《邓一光文集》(4卷)。中篇小说《父亲是个兵》获第一届鲁迅文学奖。

怀念一个没有去过的地方

一

远子问推子："你拿定主意了？"

推子说："嗯。"

远子问："真不去？"

推子说："不去。"

远子说："真不去啊？"

推子摇头，脸上的神色很坚定。

远子就很失望，但很快地，他又恢复了兴奋，扬了长长的胳膊说："昨晚我把柄子爷灌醉了。我把柄子爷灌醉了，柄子爷就胡说。柄子爷说他已经看见七爷启子的魂了，柄子爷还说，七爷启子回来了，东冲镇当年出去的三十八个人，就全回来了。柄子爷喜欢胡说，他一喝醉酒就胡说，你叫我怎么不把他往死里灌。"

推子不言语，埋了头，用一根细细的漆包线，努了嘴下力匝他的鹿刀刀鞘。

远子站在屋子中央，捋了一下柔软的边分头。远子的边分头是他无比的骄傲。远子因为有这样的边分头，镇上的女孩子们对他刮目相看，有好几个女孩子一看见远子柔软的边分头就眼睛发直，身子发软，这使远子十分得意。远子曾经对他的跟屁虫大尘说，你知不知道，我为什么会那么聪明绝顶？我主要是把力气全都用在脑袋瓜子里面了，我一点也没有浪费下什么，这在科学上叫做优质集中，不像你，长一头刺猪似的毛，再加上一身横肉，唯一一点脑水全用到不该用的地方去了。

远子捋过了他的边分头，兴奋地抒情说："啊，我要去武汉了！我要去征服武汉！谁也不能阻止我！"

　　小米推门走了进来。小米进来的时候，兄弟俩都打了个寒噤。不是夜风冷，是小米。也不全是小米，小米是个一时半会儿猜测不透的谜语。但是谜语是由人来猜的，要是谜语猜测不透，小米这个谜底有一半的原因，猜谜的人老是停在谜面上也是一个重要原因。何况小米就是有那样的本事。你热乎的时候，她让你死冷，等你冷了，她又把你煽动起来，让你坐也不是，站也不是。最关键的问题是小米不能看，小米你只能去想象，尤其在人想念着一些事情的时候，越发是不能看，这就有点像是真正的猜谜。小米狐媚狐媚的，让人想入非非。

　　小米往床沿上一坐，大大咧咧地说："嗨，你们俩，到底定下来没有？你们谁去？还是你们都去？"

　　远子说："谁去又怎么样？都去又怎么样？"

　　小米嘻嘻地笑。小米一笑，屋里的灯一下子亮了一百倍。像是接了高压。小米也不能笑，小米一笑百媚生。

　　远子有些坐不住了。远子说："小米你笑什么？"

　　小米说："我笑怎么了？"

　　远子说："你笑我难受。"

　　小米说："你凭什么难受？"

　　远子说："你的样子让我难受。"

　　小米用嘴做了个漏斗，呲远子说："你难受管我什么事？"

　　远子老实交待说："我难受我就要干坏事。"

　　小米一点也不担这个心，她知道远子只是说说而已，至少推子在场的时候，他只能是说说而已。小米喜欢远子说说而已，也喜欢推子在场，这两样她都喜欢。她坐在床沿上。晃动着两条长腿。有些得意地说："推子在，你什么也干不成。"

　　远子看推子一眼。推子硕大的脑袋在强烈的灯光下晃来晃去，让人难以捕捉。远子不明白推子怎么会生成这种样子，推子尧眉八彩，舜目重瞳，筋骨健美，英姿勃发，让人看着眼累。远子不看推子了，转了头再看小米，小米千变万化，已经是让人冷却的样子了。

　　远子松了一口气说："这样就好了。"

　　小米把她稀疏的黄毛往一边扒拉了一下，就像狐子甩毛，把推子和远子甩得心里一跳。

　　小米说："我可是当真的啊，我不想和你们两个人玩捉迷藏，我把话先说在这儿，你们两个谁去我就跟谁，我上天下地也跟着。"

　　远子问："跟去又怎么样？"

　　小米说："还能怎么着？一个女人跟着一个男人，你想还能怎么样？"

远子说："睡觉不睡觉？"

小米说："睡觉算什么，你哪天不睡？"

远子说："我说的不是这个意思。"

小米说："我说的就是这个意思。"

远子说："那就没有意思了。"

小米说："意思再说。"

远子说："那，要是我们两个都去呢？"

小米又嘻嘻笑了，说："那我就跟你们两个。"

远子说："美的你抽筋，你还跟我们两个，你练出了多大的本事？你就是本事上了天，我们哥俩还不一定要干呢。"

小米抬了手，再去扒拉她稀疏的黄毛，一扬下颏，说："你试试？"

远子一时没弄懂，不知道小米说你试试，是指她真的跟着他们哥俩去了，他们哥俩不要她的话靠不住，还是指她拥有绝对能够应付他们哥俩的本事。远子想了想，说："操，小米我告诉你，你这个人从来不来真的。"

小米被说中了，把头低下去，半天才抬起头说："你们两个要都去，我就动真的。这次我说什么也动真的了，我豁出去了。我跟推子。"

远子疼得一抽搐，哼哼着说："我早晓得。"

小米冷笑了一声，把狐子似妖媚的脸抬了起来，拿目光罩住推子那一头说："还是那句话，他要不去，我跟你。"

说话工夫，推子已经把他的鹿刀刀鞘匝好了。推子龇了雪白的牙，把余出来的铜丝铮的一声咬断，举了刀鞘在灯下眯了眼看。推子眯眼看刀鞘的时候，远子感到一股凛凛的杀气飞快地向他逼过来。他感到他脖子上的汗毛一片片无声地飘落下去。他下意识地缩了缩头。

远子转了头看小米。小米停下荡漾着的腿，盯着推子，狐子似的媚眼泪光闪烁。

二

远子和推子是哥俩。

远子比推子小一岁。

镇上的人都说远子和推子不像哥俩。远子瘦瘦条条，推子壮壮实实；远子好动，推子好静；远子太狡猾，推子心眼实。远子要是土狼变的，推子一准该属马。

说远子和推子不像哥俩，还有一个原因，就是他们俩若是哥俩，就是弄颠倒了的哥俩，远子虽说比推子矮一个头，又是弟弟，却老爱指使当哥哥的推子。远子眼睛一眨就是一个主意，眼睛一眨又是一个主意。远子想出主意来，守不住，再坏出水的主意，他钻天打洞瞒天过海也去做，做成了，他得意得不行，做不成，做砸了，他就找推子，要推子给收拾残局，他自己躲到一边玩儿。推子听远子的。推子总是护着远子。远子说推子把你的李宁牌运动服借给我，推子就把衣服丢给远子。远子说推子你帮我把蒜头叔结果了，我没钱给他，推子就去银行里取了钱，替远子还上赌账。远子说推子你把火山口堵上，我看着眼累，推子就扛一柄铲去堵火山口。一句多余的话也不会有。

大尘有一次说远子，说远子我原来一直很佩服你，你在咱们东冲镇上，做什么事都能做成。你天生是个青年领袖人物，现在我终于想明白了，那些事，没一件是你做成的，全是推子做成的。

远子白一眼大尘，说："你明白什么，你屁也不明白，古人都说了，兄弟既翕，花萼相辉，兄弟联芳，棠棣竞秀，我和推子是一个娘胎里钻出来的，我用脑袋，推子用力气，我们这叫珠联璧合，我们这才叫哥俩呢。"

大尘弄不懂花萼相辉和棠棣竞秀是什么意思，大尘只知道那是两个好词，远子从古人那里借了来歌颂自己的。大尘对远子老是在各种场合歌颂自己的做法已经熟视无睹了，见怪不怪，只是有些替推子不服气，就说："我又不明白了，上学的时候，推子的成绩比你好，推子是地理课的科代表，推子基本上已经考上大学了，要是他再努一把力，现在就是大学生了。你呢，语文基本上不及格，数理化也不怎么样，高考时你都没敢去考场。推子一空下来就看书，推子整天看书，看了书就坐在门前看天上的云彩，一看一半天。谁都知道，看书是学习文化，看云彩是琢磨问题，两样都和脑子有密切的关系。你呢，一睁眼就东奔西跑，整天车轱辘似的转没见你闲下半分钟来，怎么就是你用脑袋，推子用力气？"

远子朝地上吐一口口水，双手操在兜里，说："大尘你就只能跟着我干了，你这种猪脑袋，无论如何是想不明白这个道理的。我和推子，我们都是琢磨的人，只不过我们琢磨的方法不同。我是鬼谷子，精通卜筮兵法，是领导者，推子是董狐，只能做记怪史官，是实干家。我们这样的分工，正好是兄弟的最佳分工，情况就是这样。"

远子六岁推子七岁那年，哥俩被人贩子给拐骗了。一个河南女人用一包劣质巧克力做诱饵，把小哥俩骗上了一辆开往广西的长途车。哥俩先是分别卖给十万大山里的两家人。推子红着眼睛护着自己的弟弟，谁要来牵远子他就扑上去抱了人家的脚死劲地咬，咬得人家嘶嘶地用大耳光抽他。远子会来巧的，小眼珠子一转，对人说，你们不能把我们俩分开，家里请高人给我们算过命，我俩谁离了谁都养不活。人家一听，不敢分别收养两个孩子了，要一起收养两个孩子呢，又拿不出钱来，就让人贩子退定金，气得人贩子直拿脚踹远子。后来小哥俩乘人贩子去找买主的时候偷偷地从旅社里溜出来。两个人辗转数千里，走了好几个省份。最终被人发现，送回了鄂东老家。送两个孩子回家的人一个劲地夸孩子，说他们那么小，又身无分文，却知道往家乡的方向走，特别是那个小的，知道沿着铁路走，又迷不了路，又能弄到吃的，瞅准了还能爬上一辆货车，让车带上一段路。家里人就问远子，问他怎么就知道沿着铁路走。远子想了想，说，是推子。推子说，他能闻到家乡的味道。家里人就笑骂道，胡说什么呀，家乡是什么味道？牛屎味道？苦艾味道？梨花味道？就算家乡有味道，隔着几千公里，拿什么去闻？骂过以后又抱着小哥俩，哭一阵，笑一阵，亲得不行。

远子和推子哥俩关系好得要命，好得谁也离不了谁，长到二十岁的人了，还在一张床上睡觉，不肯分了床睡，连小米都妒忌。小米说："生你们哥俩时，你妈肯定没留心，时辰给弄错了，远子该早生一年。要不推子就晚生一年，你们俩该是两胞胎。"

远子嘻嘻笑，说："事情到了这个份儿上，就别再折腾了，推子就该早我一年，推子不早我一年，我们在一个胎里待着，我要一不小心，早推子几分钟钻出来，推子做了弟弟，我做了哥，上学我得替推子背书包，洗澡我得替推子擦背，吃梨我得当孔融，降妖我得做悟空，哪有如今这个弟弟当得舒服？"

小米就骂远子。说远子难怪你个子长成了这样，要想看清楚，得买个放大镜来，你都长心眼去了。

远子说："用什么放大镜。你站近了看就行。"远子说了就伸手去搂小米。远子把小米拽一段云似的往怀里拽。小米推远子一把，差点儿没把远子推到地上。小米就咯咯地捂了嘴笑。

远子说："不行，小米你必须让我亲一口。"

小米："凭什么必须让你亲一口？"

远子说："你又不是没让我亲过。"

小米说："那是小时候，你骗我，你说亲嘴就像喝蜂蜜。你把我骗过去的。"

远子说："是不是像喝蜂蜜？"

小米老实说："是。"

远子总结说："那就不叫骗。"

小米说："现在不是小时候。"

远子说："有什么不同？你嘴长大了，丰满了，我衔不住？"

小米啐远子，说："谁不知道你，你还不是想干坏事。"

远子说："我要暂时不干坏事呢？我要只亲亲呢？"

小米说："那你就等着，等我心情好的时候。"

远子说："小米你说老实话。你到底是跟我还是跟推子，你不能老是让我和推子在半空中悬着。”

小米说：“我还没想好，我还在想。”

远子说：“你不要老是想，这种事，想是想不出结果来的，你要行动，先试一试。你先试试我，再试试推子，看我们中间，谁最适合你的口味，然后你再决定取舍。”

小米说：“呸，远子你越说越没有谱了，你当我是那种城里的女人呀，你当我跟谁都可以上床睡觉呀，你错了。”

远子说：“小米你不要把自己说得那么严重，你也不要把自己说得春风无事，那次你不是往推子怀里钻过吗？你扣子都解开了，就差一阵风，你就光光地蚕儿蜕茧了，你那不是上床睡觉是什么？按照法律上的话说，至少你是有上床睡觉的动机吧？”

小米一听这个，眼圈就红了，掩了长睫毛，半天不说话，是在想自己的耻辱。

远子看小米一眼，在一旁噘了嘴吹口哨。远子哨的是《冬天里的一把火》。远子吹了一会儿，看不得小米那个真难过的样子，就把《冬天里的一把火》熄灭了。说：“算了算了，用不着那样悲伤，其实推子也不是不近女色，那次你走以后，推子跳进府河里游了半天，怎么叫都叫不上来，活像北极熊。大冬天的，一个男人，水结着冰，你想想问题的实质性吧。”

三

正月二十八一过，远子就带了几个伙伴走了，像他说的那样，去武汉了，去征服城市了。

远子走之前，特意到镇上的发廊里吹了个头。远子把他那一绺柔软的头发吹得像刚出胎的羊羔毛，风一吹，撩得人看了心里痒痒的。远子在吹头的时候不老实，捉了发廊女孩子拿吹风机的手。一边嘴里吹着口哨，一边对着镜子里的自己在头上画圈儿。发廊的女孩子喜欢远子，自觉自愿让远子捉了手，哧哧笑，说，你这是干什么呀。远子说，这叫牵手，歌里和电视里都专门解释过。女孩子说，你真要想牵手，等晚上打烊了，你到店里来，我让你慢慢牵。远子严肃地说，对不起，我不能牵你的手，我就是想牵也来不及了，我要去征服武汉了，路漫漫其修远兮，吾将上下而求索。

镇上去武汉的人不少，也有去麻城市的，也有去更远地方的，都是过了春节返回城里的打工仔，或者新加入打工仔队伍的人。每年春节一过，通往城市的班车就超载，让市客运站高兴得要命，客运站现在承包了，这样大家都有好处。

远子带了他的人，大尘、多多、飞娃、菜包子和共生，这些人都是他的喽啰，其中大尘和多多先前已经跟他去过武汉。大尘是小头目，领着人把行李卷往长途车顶上捆。行李捆完了，又在那里和司机吵架，不准司机放《我今天有点烦》，要司机放《对面的女孩看过来》，还要司机把音乐放响点。

小米很早就上车去坐下了，人靠在车窗边，一句话不说。雪还没化，厚厚地堆在那里，太阳一出来，阳光照耀在雪地上，把雪映成了粉红色。小米也穿了一身红，但小米盖过了阳光，是人眼里最耀眼的那一点，这就是小米的特点。

远子要走了还闲不住，一个人跑到路边上，拿一根火腿肠逗推子的狗。大尘从车上下来，走到远子身边，小声对远子说，远子，葫芦他们在车上，他们有五个人，都带了家伙。远子朝车上看了一眼，继续逗狗。逗一会儿，把手里剩余的香肠头丢给狗，从地上抓一把雪洗了手，拍拍雪粉，上了车。

葫芦在车上已经观察远子很长时间了，远子一上车，葫芦就站起来，丢给远子一支烟。葫芦说，远子，出去呀？远子看了看烟牌子，把烟点上，用力抽一口，说，葫芦，你还是和你的人一起下车。葫芦说，为什么要下车？远子说，因为我在车上。我在车上，你下不了手。你下不了手留在车上干什么？你总不能陪我到武汉去吧？葫芦笑着说，我看过了，你的位置是十六排以后的，我只动十六排以前的，十六排之后我不动。远子说，你不动也不行，你不动我相反觉得别扭。葫芦说，你可以装睡。远子说，我不是装睡，我是真想睡，我想一路安静地睡到武汉，我到武汉以后还要干大事业，你不能打扰我睡觉。葫芦摇摇头，说，远子你成心坏我的事。远子说，怎么办呢？今天你只能这样，你回去打条狗煮来吃，明天你再出来。葫芦就悻悻地带着人下车了。

推子来送远子。推子一直站在车下，也不说话。车开的时候，远子坐到了小米身边，拉开车窗，把脑袋探出来。远子对推子说，推子，我走了。推子点头，说，不要瞎胡来。远子说，你放心，我不会瞎胡来的。推子就带了狗，退到一边，车摇摇晃晃地转了一个弯，车轮甩起一片雪泥，那条吃过了香肠的狗不喜欢这样，冲着车叫，车有点害怕的样子，往前一冲，加快了速度。推子和狗渐渐地远了。远子把车窗关上。小米谁也不看，恨恨地咬着牙，半天说了一句，有什么了不起！远子关了窗户，回过头来问小米，你嘀咕什么？小米脾气很坏，冲远子嚷道，我又没跟你说话，你长了狗耳朵呀？一旁的大尘等人就背过身去哧哧地笑。

四

推子从鹿场回来。母亲说，推子，屋里有你的信。推子说，远子来信了？母亲说，远子有汇款单来，信不是，远子写字一啄一啄的，写不好那样的字。

推子把鹿刀放下，去院子里洗了手，冲了头，掸了身上的土，一路滴答着水进到屋里，看见桌子上自己正读的《世界地图》旁边，放着母亲说的那封信。推子甩了甩手上的水，把那封信拿起来，歪了头看。信封的落款上写着"内详"，字迹飘飘扬扬，果然不是远子的那一手鸡扒拉字。推子把信封拆开，里面薄薄的只有一页纸，孤零零的两行字。推子好一阵没有看明白那两行字的意思。他看了一遍，又看了一遍，直到看过三遍才明白。推子把那页纸折起来，放回信封里，再把信折起来，揣进口袋里面。

母亲和父亲进屋来了。母亲说，推子，早上市里来人了，问我们今年能不能多割些鹿茸，他们今年想多收一些。父亲接话说，割多少也不卖给市里了，今年我们自己卖，我们去武汉卖。母亲说，你知道推子不肯去武汉，你脚又不好，哪个去？父亲说，哪个去武汉也不卖给市里，总不能老让市里欺负我们吧？母亲说，市里是国家，国家需要，我们没有道理讲。父亲说，要认国家，只能认北京，别的地方都不能认。母亲说，葛振青你还是少说一些，你说话骇人。父亲说，我骇哪个？我谁也不骇。

推子说，妈，吃饭吧。母亲说，好好，我去端饭来。母亲就进厨房去端了饭出来，三个人坐下来吃饭。

吃着饭，父亲母亲在那里说着鹿茸的事，推子大口往嘴里填着饼，大口喝着汤，一会儿就吃得满头大汗。推子喝完一碗汤，再添一碗，突然抬了头说，爸，妈，我明天去武汉。父亲和母亲一下子就住了声，停下来，看推子。推子又在那里咬饼了。父亲和母亲交换了一下眼色。母亲说，推子，你不是说过你这辈子决不去武汉吗？你不是说武汉不能看，只能想念吗？推子不说话。继续咬他的饼，喝他的汤。母亲又和父亲交换了一下目光。父亲咳一声，说，去就去吧，去顺便看看远子。这个东西，走了快两年了，电话不打一个，上个春节也不肯回，养他十九年，只两年就成了别人的人。推子你去了武汉，你就对远子说，他要不回来，干脆永远不回来，就做他狗日的武汉人。母亲拿眼横父亲，说，远子不回来，远子总在寄钱。父亲说，我要钱干什么？我又不卖儿子。母亲说，你不要说得那么难听，哪个我也不卖。然后母亲转了头对推子说，推子你不要听你爸的，你见了远子，你把事情办完了，就带远子回来，他要喜欢做武汉人，过了年再走。

推子点点头，往嘴里塞进最后一口饼，放下空碗，进屋去收拾东西。推子把两件换洗衣服装进旅行包里，又在包里放进那本《世界地图》，再从口袋里掏出那封信，小心翼翼地放进包里，然后在床边坐了下来，想着心思。

推子高中毕业后从市里回到镇上，养鹿。推子读麻城市一中，那是全省有名的中学，升学率非常高。推子的同班同学中有三个考进了省城武汉的大学，两个考到更远的地方。推子学习成绩是全班最好的，期考从来没有落下过前三名，还在中南地区数学奥林匹克竞赛中拿过名次，可他却在高考时落榜了。有一个女孩子叫顺藤，是班上长得最甜的女孩子，她被推子迷得神魂颠倒，她亲过推子，她还让推子摸过她的小胸脯，她说推子我爱你。顺藤考进了武汉大学。顺藤考进武汉大学以后再也不理推子了。顺藤对推子说，你知道，爱情不是想象里的事，我不能总是坐在美丽的樱花树下给你写信并且想念你。顺藤还说，你总不可能跑到武汉来找我扯皮吧？

所有的人都替推子遗憾，只有班主任李老师明白推子。李老师对推子说，推子，你不该害怕，世界地图你都背得滚瓜烂熟，你有什么可怕的？

那封信其实不是一封信，是一张纸条，纸条上是这样写的：

推子快来！推子，远子出事了！快来救他！小米

××年×月×日

又及：你来武汉后，到武昌紫阳路上的红楼宾馆找我。

五

推子瞪着眼，一眨不眨地看着窗外。那是他想念中的城市。城市上空飞扬着一些漂亮的充气气球，还有一架红蜻蜓似的直升机，直升机从花蕊般的高楼大厦间穿过，好像是它顶起了那些花粉似的气球。推子坐在落满尘土的长途汽车上，有一些眩晕，有一种激动得想呕吐的感觉。车子从长江二桥上开过的时候，推子朝桥下看，他看见很多轮船划开江水从桥下驶过，让他有一种想从桥上跳下去的欲望。车子从连绵不断的立交桥上飞驰而过的时候，推子觉得自己好像是飞起来了似的。路上的行人很多，他们全都穿得漂亮而干净，脸上是一种自信的神色，还有一种满不在乎的神色。推子一下子就觉得他们和自己不一样，他们好像是历经沧桑的样子，好像是古人类的样子。推子有时候觉得人们说的现代人和古人类差不多是一种样子，没有太大的区别。推子知道自己已经到武汉了，但他有些惶惶的，觉得那不是他心目中的武汉。

推子拎着旅行包，在武昌紫阳路上找到红楼宾馆。那是一个很漂亮的大宾馆，幕墙玻璃上蝴蝶结似的飘挂着彩色旗帜，宾馆前停着几辆甲壳虫一样漂亮的汽车，有个子高高的红衣门童在旋转大门外替人开车门。推子不用谁来替他开车门，他是自己搭了车去的，还走了两站路。

推子问一个大堂服务员小姐，杜小米在不在。服务员小姐看推子，眸子闪烁着，她看了推子好一会儿，脸蛋儿渐渐红了。推子又问过一遍，服务员小姐才省过神来，说你等等，我替你去叫。服务员小姐去了好一会儿，小米没来，来的是另外几个服务员小姐，她们在大堂员工通道口探着头，指指点点地看推子。过了一会儿小米跑来了。小米和那些服务员小姐一样，穿着海蓝色的套装，稀疏的黄毛辫子剪掉了，留了短发，有点像男孩儿。但小米不是男孩儿，

而且小米比两年前出落得更漂亮了，简直让推子吃了一惊。

小米把推子带到自己的宿舍里。小米的宿舍不是她一个人的宿舍，是十二个像小米一样打工小姐的宿舍。推子一进门就打了个喷嚏。小米问，你感冒了？推子说没有。小米问，没感冒你打什么喷嚏？推子说屋子里香水味太熏人。小米拿笑眼瞟推子一下，说你怎么是这样的人。

宿舍里有两个女孩，是上夜班的，刚睡起来，躺在床上一人抱了一本《幸福》杂志看，一边看一边唏嘘着抹眼泪。小米冲她们喊：喂，都什么时候了，快接班了，还赖在床上呀？我有客人，你们快起来。一个女孩说，有客人我们又不妨碍你，你最多把帐子放下来，声音放轻点。小米叉了腰骂道：我不撕烂你的嘴！两个女孩嘻嘻笑着，丢开杂志，爬起来，先要套外套，看一眼推子，再看一眼推子，不套了，露着两条光光的长腿，抱着衣服，拿了洗漱用具，扭着腰跑出去。小米在后面骂，狐狸精呀！小米那么骂一点也不公平，小米自己的样子才像狐狸精。

小米让推子在她床上坐了，说别到处乱坐，脏。又问："吃饭了没有？"

推子说："路上吃过了。"

小米问："吃什么了？"

推子说："面条。"

小米再问："什么面条？"

推子看一眼小米，小米的眼睛正在那里等着他。推子有些不知所措。推子心想，小米她问面条是什么意思？小米她怎么有些通了电的样子？

小米看出推子的冷漠，也不管，说："我这里有饼干，你再垫一垫。"

推子拦住小米说："远子到底出了什么事？你快说事情，饼干等着。"

小米白推子一眼，恨恨地说："人家关心你，不知好歹！饿死你算了！"

推子就知道自己太急了，笑了笑，说："算我得罪你了，行不行？"

小米眼圈一下子就红了："你还得罪少了呀？"

小米说完那话，知道再说下去就是任性了，就不应该了，小米就丢开饼干，过来坐在推子身边，把事情的原委从头到尾说给推子听。

原来，远子带着小米、大尘等人来到武汉，先在一个建筑队里打工，后来建筑队散了，他们又换了一个建筑队，再后来又凑了工钱的份子，在汉正街租了一个摊位，卖福建石狮产的鞋子。远子带大尘和多多专门管跑货，飞娃、菜包子和共生照管摊子，小米在租下的民房里守家，洗衣做饭，管大家的生活。汉正街百川纳江，生意红火，虽然竞争激烈，机会却多得很，只要肯做。远子脑瓜子灵，又有几个贴了命跟着他干的伙伴，鞋摊的生意不错，日子也还过得下去。远子带人干了一段时间，嫌人手多了。一个巴掌大的小店，用了八个菜园子张青来开，不划算，又张罗着在长青乡包了两个鱼塘，让大尘牵头，分出菜包子和飞娃去养鱼。远子特别叮嘱大尘，鱼塘里专养鲫鱼，不打鱼卖，做钓场用，收公款请客的钱。大尘按照远子的话去做，果然收入颇丰。

本来这样很好，大家都有活儿干，大家都有钱分，两摊子生意，其实是一家。大尘等人拼命干了一段时间，全都置上了羊皮夹克，远子还添置了一辆木兰轻骑，戴上墨镜，风驰电掣去长青乡看鱼塘里的情况，威风得很；晚上收了工，大尘带菜包子和飞娃从江岸回来，大家聚了堆，喝酒打牌，逛江汉路，听何祚欢的评书，快活得像神仙。远子放了话说，你们是我带出来的，你们要是翅膀硬了，除了小米不许离开我，别的人都可以走，挑单另干，你们自己选择。大尘等人一听就急了，说远子你是不是嫌弃我们？是不是觉得我们还不够卖力气？你要嫌弃我们，要觉得我们不卖力气，就直截了当地说，不要拿选择这种话来杀我们。远子呵呵地笑，说，古人说，二人同心，其利断金；同心之言，其臭如兰。大尘问什么意思。远子说，意思是说，兄弟要同心，同心了就没有什么可以把他们分开了，同心了就可以说不好听的话，再不好听的话，听起来都是香的。大尘等人把远子佩服得不得了，说，远子你简直了不起，就凭你其臭如兰的话，打死我们也不会离开你单挑。

事情先出在鞋摊上。到武汉的第二年，远子要把摊子往汉正街鞋城里挪，鞋城里生意好，一双石狮产的胶鞋能卖出一双泉州产的皮鞋的价。远子在汉正街干了一年，他讲义气，脑子活泛，会来事，人缘不错，汉口话说得越来越炉火纯青，也算是汉正街里一个不大不小的人物了，最主要的是他不想蹉跎年华，他想加快他征服城市的步伐，他要加快步伐就必须进鞋城。远子花了几万块钱在鞋城里租了一个摊位。生意真的很好，日进斗金不敢说，总之远子每天都要共生往信用社里跑一次，去存钱。但是好日子不长，很快麻烦就来了。远子在鞋城的摊位旁是一帮潮州人租下的摊位，潮州人觉得远子的摊位占了好地方，挡了他们的财路，要把远子撵走。远子当然不肯走。远子不但不肯走，远子还想把潮州人撵走，这样两下就闹起来了。远子到打了包裹滚出鞋城时才明白过来，这个世界上不是靠着脑瓜子灵光就能干出一番大事业来的。不是靠着肯吃苦能算计就能过上好日子的，是有强势弱势主宰被主宰之分的；这个世界上也不光是由着一些戴了大盖帽的人说了算，还有一种人，他们在这个世界上建立了另外的一个社会，他们在某种程度上比戴了大盖帽的人还要厉害，如果说大盖帽是社会上的血管，他们就是血管里活跃着的红细胞，是说了算的人物。远子正是被这样的人物撵出鞋城的。

紧接着出事是鱼塘。大尘把鱼塘经营得很好。大尘有力气，肯吃苦，不在客人来之前往塘子里倒粪，让鱼吃饱了不咬钩，别人塘里的鱼，要是专钓鲫鱼（武汉人叫喜头），茶水不管，饵子不管，十八块钱一斤，大尘只收十五块，还饶上茶水饵子，还饶上乡下笑话。大尘塘里一天能出百十斤鱼去，出得隔壁鱼塘的塘主看了恨不得眼睛里生出一双爪子来抢钱。

有一天，一个疤瘌眼儿领着一伙人来了，找大尘。疤瘌眼儿对大尘说，他要接管塘子。大尘说塘子是自己承包的，租子是按时交的，一分没拖欠过，合同没到期，凭什么要接管？疤瘌眼儿说，凭他刚从号子里出来，他从号子里出来，要吃饭，要穿衣，要养伢，还要打个一块两块钱的小牌，他已经是悔过自新的人了，他不能去偷去抢，那样影响武汉市的大都市形象，他只能养鱼。大尘说，你要养鱼到处都是塘子，你可以到别的塘里养。疤瘌眼儿说，别的塘子都是生塘子，不如你屋里的塘子好，我调查过，你屋里的塘子出鱼。大尘气坏了，说，你这不是强打恶要吗？疤瘌眼儿笑了，回头看看他带来的那帮人。那帮人也笑，疤瘌眼儿笑过，转过头来，撩开怀，露出胸前一条尺半长的刀疤，冷脸说，伙计，老子真的不是非要你的塘子，老子们正愁没处混环境，你递条子是抽合老子，老子们晓得不能让鱼吃肉吃顺了嘴，你要再犯犟，老子们也管不得那多，一刀捅你下塘去，充其量换一道汤重蓄一盘水！

远子骑了他的轻骑赶到鱼塘，发包的塘主愁眉苦脸对远子说，兄弟，不是我跟你扯野棉花，老疤这个人惹不起，他进号子是因为杀了他嫂子，他嫂子只顺口说了一句老疤你领带没打正，他就一刀捅过去，把他嫂子捅得肠子直流，他连嫂子都杀，还有么道理可讲？我有老婆伢，我是不讲这个道理的。

鱼塘的事没落定，又出了菜包子和飞娃的事。菜包子和飞娃鬼迷心窍，跑去钓人家的鱼。这里说的钓鱼不是真钓鱼，是三伏天，家里没有空调的里巷人家开了窗户睡觉，他们跑去用刀子划开人家的纱窗，用带钩的竹竿往外钓衣服，被发现了，捉住痛打一顿，然后送到派出所。远子闻讯后赶到派出所，交了五千块钱罚款，两个人在收容所里关满三天，留下案底，按了手印，交远子带走。

远子回到家，关上门，一脚踢飞一只板凳，劈头盖脸把菜包子和飞娃一顿臭骂，说，一件休闲西服就把你们的心钓走了呀？就把你们的眼睛打瞎了呀？商场里就没有卖的了呀？菜包子吸一下鼻子，说，商场里当然有卖的，商场里要钱。远子从兜里掏出钱夹来，往地上一甩，说，这不是钱？你们拿钱去买，加上那五千罚金，看能买出什么样子的西服来！菜包子蹲在地上抱了头说，我们晓得现在生活不好，鞋摊子被人挤掉了，鱼塘又被人吃了黑，钱没有出处，我们才出此下策的。远子冷笑道，你们什么时候出过上策？你们也争口气，出个上策来给我看看！菜包子说，上策也不是没有，上策你只是不干。远子乜一眼菜包子，鼻子里哼了一声，说，给我收起你的上策，你的上策只配做猪饲料！

接着就是共生得阑尾炎。共生忍了两天。共生跑到药店去买止痛药来吃。共生后来实在忍不住了，叫出声来。小米说，大尘你们还打牌，你们眼睛瞎了呀，没看到共生人都变形了？医生说共生的阑尾已经穿孔了，要是再送晚一点，共生就成尸体了。共生手术后被推出来，麻药还没有过，人迷迷糊糊的，认不出人来，抓住大尘的手说，远子，我晓得我们钱不多了，我想忍一忍就过去了，我不争气，没忍住，我下一回一定忍住。小米当时眼泪就下来了，扑在共生身上喊：共生你傻，你说什么忍？钱重要还是命重要？你还说下一回，你能经得起几个下一回？远子咬着牙铁青了脸吼：都把嘴给我封上！这是医院晓不晓得！

远子终于吃上了黑道的饭。

远子先帮人干收租子的活儿。

黑道上有一种营生是收自家地盘上门面的保护费，有哪家新店开张了，黑道就去打招呼，说恭喜发财，说有饭大家吃，谈好一个价，店家按时交租子，有什么食客要蛮青痞扯歪的麻烦事，黑道揭了单子出面解决，相当于小区管委会的角色。有的老板会来事，说个价，只要合理就给了；有的老板装傻，要不就扯理由，拖泥带水；有的老板不吃那一套，场面上的话说到天上去了也不肯谈钱的事。对会来事的，人家乖乖地交租子，没有什么活可干；对不吃那一套的，那要动家伙，轻则砸了店铺，重则剁指挑筋，黑道叫卖走；而那些扯理由拖泥带水一类的老板，就是远子要负责的活路了。

远子组织大尘一应人，装扮成乞丐，或者手腕上缠了脏纱布，泼上猪血，去人家门面上讨饭。讨不是真讨，有技术，一要胡搅蛮缠，别人若给了饭要嫌没有肉，饭太寒酸，别人给了钱要嫌钱给得太少，没有整票子。二要掌握时间，是饭馆的，要在开席的时候上门，是卖货的，要等有顾客的时候上门，总之一句话，要人做不成生意，要把老板惹毛。老板惹毛，定会出手。只要一出手，远子等人就躺在地上骗赖，说心脏病打出来了，腰子打掉了，打出癌症来了，只管往死亡的边缘上说。黑道上的人这时就远远地过来，手掌心里滴溜儿转着两粒霰弹枪子弹，找老板谈判，说你们打的是我的亲戚，你们把我的亲戚打残疾了，你们出个价吧……活儿就算干完了，剩下的事就与远子等人没关系了。

远子带着大尘等人干了一段时间，看出门道来，积累了经验，就开始自己挑了门户干。远子看中了江岸货场，那里盲流多，棚户多，各种帮派也多，远子带着大尘等人在那里干了一阵，虽然是外来的强龙，难得缠赢地头蛇，毕竟几兄弟没有出路，也没有武汉人那种懒惰，要混出前途来，只能提着脑袋拼命。远子又有头脑，会算计，尤其远子重信誉，一言九鼎，几个月下来，居然让远子干出名声来，在江湖上有了牌子。

有一次，一家企业在江岸货场丢了十几桶氰化物。氰化物是剧毒工业用品，这家企业正在搞企业年终考评，害怕事情被捅出来，媒介一宣传，满世界沸沸扬扬，企业先进的牌子弄毛了不说，说不定牵出其他的事情来，事情反而多出来，就托人找到远子，说好事情若有个圆满结果，企业出五万元做酬劳。远子放出耳目，三天以后，在仙桃把做那件活儿的主子找到了。远子带了大尘儿兄弟去，行李包里装着上了膛的五连发霰弹枪和猎刀。远子要做那件活儿的主子把货交出来，做活儿的主子不肯交。远子很耐心地解释，说要是别的货，我要你交，你不交，我也不勉强你，只听你一个不字，就手抽刀，当场砍翻，下你一只耳朵，回去交差。问题是氰化物，氰化物不是一般的货，这就不好办了，现在货家没报案，货家一报案，事情就成了死案，你手头的东西就算出了手，人家死追下去，迟早会牵出你来，你钱没拿到，人进去了，杀头不杀头，你先去翻翻刑法书，何苦来？不如你把货交给我，我送回货家，与你再无干系。当然你干了活儿，也不能白干，我这就给你一万块钱，你就算撞了一次霉运，下次先学学英文，看清楚说明书，莫再把这种啃不下去的东西背回来做了宝贝。

做那件活儿的人听远子说得有道理，不是哄他的，答应了远子的条件。远子把事情交待好，回到武汉，通知那家企业，于某日某时到某地取货。那家企业照时间地点去了，果然货都好好的在那儿，一件没少，还给盖了一层石棉瓦，防日晒雨淋。企业本来取回了货去，事情算是完结了，不知是怎么想的，又报了案，要把盗物的人抓住。派出所的人找远子，远子说不认识干活儿的人。派出所举出例子来，都是企业提供的，一样样有人证物证，都证明远子不但认识人，还和那个人见过面。派出所申明事情和远子没关系，只要远子交出盗窃嫌疑人就行。远子咬定了不认识盗窃嫌疑人，也不认识什么企业。远子眼睛盯着派出所的人，一眨都不眨。一脸天真无邪地说，你把企业的老板找来，我可以对质，他要说是我舅舅，明天我就结婚，要他送一份厚礼，还要他给我安排工作，最起码安排我做材料科副科长，股长我都不干。后来案子不了了之，事情传出去，江湖上都夸远子做事干净，信得住。

小米在远子换了行当帮人收租子时就拼命反对远子这么干。小米说远子你又不是没有一双手，你又不是不可以从头做起，你把猪血往手上泼，你就是作贱自己。小米和远子吵过许多架，小米还找黑道上的人吵架。黑道上的人很喜欢小米的性格，说远子，你妹妹是个角色，这样的角色整个武汉难找出十个来，你妹妹要肯干，我们出资开家餐馆，要她当老板娘。远子硬把小米拽回家。小米踢蹬着腿喊，远子你是找死！远子阴着脸说，我不能在武汉一辈子挂眼科！我也不会在武汉一辈子做马仔！小米没法说服远子，一赌气，要离开远子。小米把身上的钱全掏出来，连零币一起甩在地上，把远子给她买的衣服，还有远子给她买的一条金项链，全翻了出来，也丢在地上，拎了自己的包往屋外走。远子在身后吼，你给我站住！小米瞪了远子一眼，人没停下来。远子冲到门口，一下子揪住小米，把小米揪得龇牙咧嘴，眼泪都快疼出来了。远子咬牙切齿地说，你走你就是背叛我！小米疼是疼，人却不怵，扬了头说，我不是你的女人！我又没有卖给你！背叛了又怎么样？远子黑了脸，拳头捏得咯咯响，慢慢移向腰间的刀柄边，一字一句说，那就别怪我不客气了！小米吓坏了，但她还是强作镇定，说，远子，你要杀要剐你动手，但你要记住，你要是坏了我，推子不会答应你！远子盯着小米，他盯了她老半天，然后他松开手，吼道，你给老子滚！你滚去做鸡吧！

小米离开远子后，到了红楼宾馆。小米没有做鸡，她先在一家洗头屋找工时洗头屋的老板说你晓得行情啵，我这里的小姐是要从事全套优质服务的，像你这样的条件，怕是闲不下来，要承担满负荷工作。小米狐眼圆瞪说，放你妈的屁！洗头屋的老板一耳光把小米打出来，小米从地上爬起来，拾了自己装换洗衣服的包转身就走，最后到了紫阳路上的红楼宾馆，宾馆餐厅里做服务员。

不久前，小米从一个老乡那里听说，远子和另一路黑道火并，伤了人，把对方一个老大的膝盖打碎了。小米一下子就急了，她下班以后从武昌赶到汉口，去江岸货场打听情况。等她找到远子住的地方时，人家告诉她，远子已经搬走了，走了好长时间了，说有公安局的人来过，也是问远子的事。小米不知道远子去了什么地方，老话说，紧走慢走，三天走不出汉口，武汉太大，成了中国的肚子。她在武汉没亲没故，是个没人理睬的外乡人，能去哪里打听？她只好给推子发了一封信，要推子赶快来武汉救远子。

六

小米给推子讲远子的事，一直讲到天黑。这中间不断有同屋的女孩回宿舍来，取东西什么的。有人进来时小米就不说话，拿了饼干出来让推子吃，问推子一些镇上的事情，等人走了以后她再接着说。推子不吃饼干，身子也不动，坐在那里，眼睛盯着小米，听她从头讲到尾。

小米讲完远子的事后，端起茶缸来一气喝了半杯水，然后要推子在宿舍里等她，她出去了一会儿，很快回来了，对推子说："我找餐厅经理请了假，我说我哥来了，餐厅经理对我很好，他说我今晚可以不上班，陪陪你。我们先出去吃饭。"

小米出门前要换衣服。小米大方地对推子说，你不用出去，你给我把门守住了就行，莫让那些疯姑娘进来，那些疯姑娘非要缠着看我的胸，她们说小米你看你挺拔的样子，你都可以去做广告了。小米换了一套休闲装，不施粉黛，人鲜鲜亮亮的，出门时她要挽推子的胳膊，推子不让，小米嘟了嘴说，你是我哥，出门人家一看，是哥连胳膊都不让挽，那叫什么哥？推子就没有办法了，只好让小米挽上。小米得意忘形，把胸脯挺得老高。小米也不老是得意忘形，真出了门，她就把推子的手松开了。推子知道小米还是懂事的，但他不会掩饰，松弛下来，出了一口长气。小米看他的样子，又恨起来，说，我怎么脏了你了？我就那么脏吗？

小米把推子领到一家名叫"好再来"的洪湖人开的餐馆，叫了菜，还要了啤酒。推子说，菜别叫太多了，多了吃不完。小米还记着刚才的事，白推子一眼，赌气说，我愿意，我把全世界的菜都叫满了也是我自己，要你担什么冤枉心。

等菜上来，两个人吃饭的时候，小米突然笑起来，噗哧一声，嘴里的米饭喷了一桌。

推子停下来，不明白地看小米，问："你笑什么？"

小米说："我想起刚才的事情。你记不记得，刚才你来时，我们宾馆的小姐们围在员工通道口，巴心巴肚地看，后来我们在宿舍里说话，不断有人进进出出？你知不知道她们那是在干什么？告诉你，她们全都是在看你。"

推子脸红了，有些不适应。他把啤酒瓶子拿起来，给自己斟酒，酒斟得太快，啤酒泡溢了一桌。小米看推子那个样子，越发地乐，乐得前仰后合。

小米乐过以后又说："你今天把我们宾馆震了。你主要是把我们的小姐们震了。我去请假的时候，好几个小姐问我，你是我什么人。我晓得她们是什么意思。我告诉她们你是我哥。我只能告诉她们你是我哥。我要告诉她们你是我别的什么，她们就算忍气吞声，不在半夜里爬起来撕了我，也会把我孤立起来，那我就是孤家寡人了。推子你不知道，你让人不放心。"

推子用啤酒顺过嗓子，镇定下来了，说："你不要说得那么过分，你也不要说得那么夸张。"

小米说："我怎么过分了？怎么夸张了？我杜小米长到十七岁，眼睛从来不往上下望的，就算黎明哥哥来了，刘德华叔叔来了，还要看我高不高兴见他们呢！"

推子平时不大喝酒，喝了大半瓶啤酒，有些晕晕乎乎的，话也多了些，说："你刚才说你告诉别人我是你哥，你没告诉别人我是你别的什么，是什么意思？"

小米拿眼睛瞟了推子一眼。小米的眼睛媚媚的，关键是小米的眼睛带着电，火花四射，而且小米已经出落得水色无限了，很难让人不动心了，幸亏推子那时盯着自己面前的啤酒杯子，担心杯子里的啤酒泡泡会不会继续长高，没看小米，否则推子就会有麻烦。

推子接着问："你还说我让人不放心，我让人不放什么心？我让谁不放心？"

小米冷冷地盯着推子，不说话。推子伸出筷子去夹一块牛脯，牛脯夹起来又落下去。推子抬了头朝小米傻笑，没笑出来。

推子说:"怎么了?我说了不该说的话吗?"

小米伸出胳膊去,把推子面前的啤酒瓶子拎开,把饭端到推子面前,再把桌上的菜一盘盘都推过去,把推子围个水泄不通,自己低下头去扒了一口饭在嘴里,嚼了几下,平静地说:"推子,我知道你,要不是远子有事,我给你写了信,你是不会到武汉来的,你永远待在东冲镇,怀念武汉。我还知道你是喝了啤酒,有些把握不住了,要不也不会拿这样的话来问我。我都知道,推子。"

推子直起身子来,看小米。小米已经低下头去,吃她的饭,再不理他。推子再看看面前的那些饭和菜,它们人多势众,把他包围了,让他一时不知该往哪里突围才好,推子就在那里发愣。

推子后来愣头愣脑地说:"我一定要找到远子。"

小米抬起头来看了他一眼,淡淡地点了点头。

七

推子去了江岸货场,在那里打听远子的去向一连几天,一点结果也没有。远子好像从来没有在江岸货场出现过。推子知道远子他当然出现过,他不但出现过,他还在这里做下过很多事,多得推子找人打听远子,人家都用一种奇怪的眼光来看他,人家是把他和那个冉冉上升的远子联系上了。有一次,推子还差点儿惹上了事。推子找几个收荒货的河南人打听远子,等推子离开河南人的棚子时,他发现那几个河南人小声地议论着什么,然后一个河南人匆忙地走了。推子想,也许他打听远子打听到远子的冤家头上了,他们派人去通知他们的老板去了。

远子失踪了。远子无踪无影。

推子找远子,小米要陪推子,推子不让。推子说小米你上你的班,我不用你陪。小米说我可以请假。推子说你的老板会不高兴。小米说我管他高不高兴。我又没有卖给他。推子说你吃人家的饭,你等于是卖给人家了。小米眼睛亮亮地,盯着推子看,推子就知道自己说错了话。

推子知道自己说错了话,但他坚决不要小米陪。他只是答应小米,他去汉口江岸找远子,每天晚上仍然回到武昌紫阳路来,告诉小米他找远子的情况。推子在紫阳路上找到一家私人旅社,房租不贵,床单也干净,四人间,包一餐饭,一天十五块。小米本来已经把推子安排在宾馆男服务员宿舍里住了,小米在宾馆里已经有了很多好朋友,那些好朋友情愿自己睡在大马路上,也不肯让小米的哥哥没有地方睡,但是小米看推子很坚决地拎了他的旅行包,知道他是那种不肯商量的人,就不再提别的话。

推子每天早上起来,洗了漱了,拎着旅行包,先去红楼宾馆,把旅行包存在小米那里。小米在餐厅工作,中午和晚上上班,早上一般都起得晚。小米知道推子不肯进宾馆，每天很早就等在宾馆门口。推子来了，小米从推子手里接过旅行包，换了用食品袋装好的面窝小笼包和袋装奶给推子，叮嘱推子几句，无非是小心一点之类的话，然后站在那里，看着推子结结实实不慌不忙地朝车站走去，直到看不见人影，小米才回宾馆。

很快一个月时间过去了，推子不但跑遍了江岸货场，他差不多跑遍了整个江岸区，有关远子的事打听到不少，大多以讹传讹，让推子听了觉得那不像是远子，而是别的什么人。远子本人的影子始终没露面，他好像是真的消失了。

推子在这期间见到了好些麻城人，他甚至还见到了东冲镇的两个熟人。他们也是来武汉挣生活的，因为来了好几年，已经扎下营盘，带了老婆孩子来。两个熟人都认识葛副镇长的大儿子，热情地邀推子去他们家里坐坐。他们的家是租来的民房，属于待拆建筑。两个熟人一个做水果生意，一个做装饰材料生意，租来的房子，前店后库，逼仄得像个鸡笼子，连下脚都得小心翼翼，人和水果水泥混住在一起，分不出谁是主人。推子侧了身子坐在那里，看熟人的孩子脏兮兮地从他腿弯下爬过去，再爬过来，他手里捧着软绵绵的一次性茶杯，心里想着东冲镇开满白花的桃林和挂了几条溪涧的乌子山，推子就不想说话。

那一天，推子像往常一样，早早地起床，从武昌到了汉口，找远子。推子路过工农兵路时，从路边上一个白墙粉瓦的幼儿园里窜出一个邋遢不堪的汉子。汉子一脸胡须，高大魁梧，眼睛瞪得像牛铃铛，怀里抱婴儿似的抱着一台小王子洗衣机。一个年轻女孩子在他后面追赶，一边追赶一边喊，抓强盗呀！抓强盗呀！路边的行人都站下来，朝这边看，马路边小食摊上吃早饭的人纷纷端了碗，朝这边涌来，人们的脸上露出看热闹的兴奋，还有人呵呵笑着，但没有人上前去拦那个汉子，眼看那个汉子就窜过马路，奔进一条巷子了。

推子在那个汉子奔到他身边的时候往前跨了两步，堵住了他。汉子喘着气，瞪着牛铃铛眼睛，吼道，走开！不然我捅死你！推子不走开。推子说，我不是警察，我不捉你人，东西不是你的，你把东西放下，还给别人，我就放你走。汉子气急了，他要不是气急了，有可能就会为推子刚才那番郑重其事的话笑出声来的。汉子朝后面看了一眼，把怀里的洗衣机往胳膊肘下一夹，空出一只手，从怀里掏出一只磨出了尖头的红把大起子，指着推子的脸，咬牙切齿地说，是你自己找的，莫怪我！说了就朝推子刺过来。推子躲开刺来的起子。汉子再刺来，推子又躲开了。一边就有人兴高采烈地喊：搞！搞！往死里搞！搞出一个新世界！汉子见刺不中推子，而且他看推子毫无惧色，是即使刺中了也不会让开的样子，后面那个女孩子又追近了，就把胳膊肘下的洗衣机抢起来，砸向推子，然后掉头窜进巷子里。推子被洗衣机砸了个结结实实，他去抱洗衣机的时候又被洗衣机剐了一下，人被砸得坐在地上，洗衣机却好好地抱住了。一边两个小年青说，伙计，你可以去球场把区楚良替下来，你保证不会让国人失望，我们也不会被气死了。

那个女孩子气喘吁吁地跑到了，帮助推子把他怀里的洗衣机挪到地上放好，再拉起推子。推子很沉，不好拉，女孩子差点儿没把自己拉跌进推子怀里。推子不要别人拉，自己从地上爬起来。女孩子说，谢谢，谢谢你！推子说，没关系。推子说了拍了拍身上的泥土，就要走。女孩子掩了嘴说，呀，你的手流血了！推子低头看，真的流血了，是刚才被洗衣机剐的，破了很大一块皮。女孩子苍白了脸说，你快跟我来，我有消毒药水和纱布，我给你包一包。推子摔摔手上的血珠子，说不要紧，一下子就干了。女孩子拉住推子，说，这怎么行呢？你帮我追回了洗衣机，负了伤，我不能看着你就这么走。推子说，真的没关系。女孩子说，那，洗衣机我抱不动，你帮我抱回幼儿园好不好？

推子帮女孩子把洗衣机抱回幼儿园。女孩子已经拿了药箱子过来，把推子按在椅子上。几个苹果似的饱满的孩子跑过来。女孩子说，你们的画儿画完没有？孩子们又嘻嘻笑着跑走了。女孩子先用酒精给推子洗伤口。推子的手颤抖了一下。女孩子也颤抖了一下。女孩子的眉毛很好看，茸茸的，像两抹细细的黛色淡云，她颤抖的时候，好看的眉毛涌动了一下，好像要掉下来。推子有些担心，但是推子的担心没有过多久，女孩子手脚很轻，如柳枝儿拂动，又很利索，是干惯了这类活儿的，一会儿工夫，就替推子处理完伤口。漂漂亮亮包扎好了。

推子谢过女孩子。女孩子说，怎么是你谢我，该我谢你才对。推子看清了女孩子，是纤纤细细秀气十足的样子。推子站在那里，不知再该说什么，站一会儿，往外走，手上缠了绷带，多出了什么，有些不自然。女孩子送出来，送到门口，推子转身，说我走了。推子看见停在院子里的一辆万山面包车，朝他们滑过来。推子抢上一步，把女孩子往边上一推，回了头，就手撑住车头。推子像熊一样，两吨半重的面包车，乖乖地停下来了。女孩子大惊，说，朱大屏你干什么?!说了跑过去，拉开车门，从车里抱出一个小男孩，再上车，手忙脚乱地熄了火，摘了钥匙。小男孩嘻嘻地笑，说我开车。女孩子脸都白了，闭了眼捂胸口，捂半天，睁开眼时差点儿没流出眼泪来，说，谁叫你去碰车子的？你差点儿没把自己撞死，你差点儿没把我们撞死！

女孩子后来给推子解释，说车子是幼儿园接送孩子的，平时看得紧，今天刚接了孩子回来，不知怎么就忘了收钥匙，差点儿惹出大祸来，亏了推子。女孩子说那话时还余悸未退，脸蛋儿红红的，把胸口按着。

推子走出几步，女孩子站在幼儿园门口看他，女孩子突然追了过来，喊住他。说，我听你是黄冈口音，冒昧地问一句，你是不是来武汉找工作的？推子说，我不找工作，我找弟弟。女孩子有些失望，说，哦，是这样，我这幼儿园是自己办的，我和姑妈两个人，请了两个朋友当老师，有五十多个孩子，忙不过来。我一直想请一个帮手，打打粗，原想你要是找工作，不知会不会瞧得起我们这样的地方，你不找工作，打搅你了。

推子往黄浦路车站走，一边走一边想，我怎么会告诉一个陌生人，说我找弟弟呢？

八

推子在武汉找远子，一连找了一个月，连远子的影子也没见着。推子找不到远子，但他不放弃。推子一定要找到远子，一定要把远子带回家去。

推子给父母打电话，告诉父母他已经找到远子了，远子在一所职业学校里读书，远子想在武汉找一份好工作，武汉是个重视知识的大城市，远子必须经过职业学校的学习才能找到好工作，他决定先在武汉等远子，顺便考察一下武汉的鹿茸销售情况，等远子读完职业学校里的课程，他就带远子回家。

爸爸在电话里说，武汉是什么好地方？我六几年参加工作的时候，到武汉学习，住在招待所里，招待所里还用马桶，自己提下楼来倒，每天早晨倒马桶的排成长队，一街臭，不就是个大？要比繁华，比不上当年的东冲镇，远子要爱，干脆让他不回来。

妈妈抢过电话去，对推子说，推子你莫听他的，他是说气话。推子你还是让远子回来，他要喜欢武汉，你让他过了春节再回去。

推子决心找到远子，但推子带的钱已经用完了，武汉再不好，武汉是要花钱的，一碗热干面一块五，一张车票一块，就算不睡觉，一天怎么也得十块钱开销，没有钱，吃住成了问题。

小米要给推子钱，推子不要小米的钱。小米恨得咬牙，说，就算你借我的行不行？推子很平静地说，不行。

推子决定找一份工作，一边给人打工，一边找远子。小米说通了红楼宾馆，让推子做行李员，吃住包干，月薪二百八，小费归自己。推子英俊，推子结实，推子沉沉甸甸的，没有什么言语，这样的推子很适应做行李员。可是推子不肯。不是推子不肯做行李员，是推子不肯在红楼宾馆做行李员。这回小米什么话都没有。小米后来搂了自己的两只胳膊，看了推子一眼，再低了头看自己的脚。小米脚上穿了一双布鞋。小米的布鞋是自家做的，很结实，绣了花，看着让人喜欢。

推子出去找工作。武汉果然是大商埠，商贾云集，客流成河，打工者多得是机会。可是推子去过好几个地方，都没谈成。没谈成不是人家的事，是推子的事。推子自己给自己设置了障碍。推子不在乎工钱，不在乎吃住条件，不在乎工作脏不脏，累不累，他只是半天工作制，而且说好，一旦找到弟弟，工就辞掉。人家花钱请工，买你的劳力，先是把你的时间买下来的，你却连时间都不能保证，说来就来，说走就走，这样的工，倒不是工了，是老板，连老板都做不到这个，谁还请你？

推子一连碰了几次壁，眼见身上只有两块钱了，推子已经从紫阳路上那家旅社里搬了出来，因为没有钱坐车，索性待在汉口，夜里就在汉口火车站候车室里抱着旅行包打个盹，有两次推子被车站的工作人员查出不是等车的，赶了出来。

推子那天半夜在建设大道上拎了旅行包没有着落地走，突然想起工农兵路上那家白墙粉瓦的幼儿园，想起那个纤纤细细眉毛如黛色淡云的女孩子，推子的心一下子平静下来。他走向一个卖水饺臭干子的夜食摊，掏出身上仅有的两块钱，对摊主说，水饺。摊主找给他五角钱。他不接，说，来两块钱的……

女孩子很吃惊地看着一头一身雾水的推子，说，你怎么不敲门呢？你就这么在外面站了一夜？

女孩子很快和推子谈好，推子负责锅炉和厨房里的杂活儿，每天两次去定点的食品厂拖食品，同时夜里在幼儿园里守夜，事情干完了，时间由自己掌握，不用在幼儿园里守点。当然，如果推子愿意，幼儿园里的桌椅板凳坏了，他要能修，也帮忙修修。那就谢谢了。报酬上，统一发工装，也就是白大褂，管吃管住，每月工资三百元。

女孩子对推子说，如果你觉得这样的条件不满意，你可说出来，我们再商量。

推子站在那里，说，没有不满意。

女孩子问，那你看你还有什么事？

推子说，我能不能先洗个澡？

女孩子笑了。她那么一笑，推子就看见她两颊上深深的泗出两个酒窝，不光秀气，而且秀丽了。

女孩子跑到后院去，一会儿回来，把推子领到后院卫生间。

澡盆很小，淋浴头很矮，分明是给孩子们预备的，但收拾得很干净，屋子里亮晃晃的，一尘不染，特别是澡盆子里，已经放满了热水，旁边放了沐浴液、洗发液和一方新浴巾。女孩子对推子说，衣服换下来丢进洗衣机里。女孩子说到洗衣机时笑了，这回她的笑有点顽皮。推子后来才看见，女孩子说的洗衣机，就是他前几天从大个子汉子手上夺回来的那个洗衣机。推子关上了卫生间的门，一个人在那里，也不由自主地咧开嘴笑了一下。

推子痛痛快快地洗了一个澡，把一段时间里的疲惫和麻木洗得一干二净。等他容光焕发地回到前院的时候，女孩子已经为他准备好了四个煮鸡蛋、一碟咸菜和一大碗黑米粥。

女孩子站在那里，背后撑了腰后的桌角，笑眯眯地看推子，把推子看得有些不好意思。

女孩子说，现在，我们可以正式认识一下了。我叫桑红，是武汉市江岸区红娃幼儿园园长。

推子说，我叫推子，姓葛，我是麻城市东冲镇人，我也是园长，不过我不带孩子，我养鹿，是鹿园园长。

桑红大大方方地伸了手出来，说，那好，鹿园园长同志，我们现在算是正式认识了，今后我们在一起工作，还希望得到你的帮助。

推子就伸了自己的手，和桑红握了。

桑红说，一会儿孩子们就要入园了，有十几个孩子是园里要负责接的。上午没有什么事，你先去后面教职工休息室睡一会儿，中午我叫你起来吃饭，下午我带你去食品厂。

桑红说了就出门去。一会儿就听她在院子里发动了面包车，听她细声细气地叫，姑妈，姑妈，我们走。

推子坐下来，咬了一口嫩生生的鸡蛋，心里想，她也没有问过我，她什么也不说，怎么会心细成这样呢？

推子往红楼宾馆打了电话，对小米说，我已经找到工作了。小米问什么工作。推子说，在工农兵路，叫红娃幼儿园，做杂工。小米问，也就是说你不打算回武昌这边来了？推子说，远子在江岸，我在这边容易打听到他的消息。小米冷冷地说，那好吧。小米说了就先挂了电话。

九

推子很快熟悉了幼儿园的情况，熟悉了自己该干的活儿。推子是那种很能干的人，会干的事情，他干得很出色，不会干的事情，他只要留心了学，也能很快上路。在东冲镇时他没有接触过锅炉，特别是用油的锅炉，他连听都没听说过，但他只让桑红教了一次，又摸索着干了两次，就很快学会了，而且很快摸索出一套省油的方法。过去红娃幼儿园去食品厂拖食品，因为要的是新鲜，每天两趟，都是桑红开了小货车去拖。推子来以后，先认了食品厂的路，和发货的人接上了头，他看院子里有一辆三轮车，板子掉了两块，车轴坏了，他抽空修出来，不要桑红再开车去食品厂，自己骑了三轮车去厂里拖食品。头两天推子的车骑得歪歪扭扭的，人多的地方，路窄的地方，过马路时，得下来推着走，但很快的，他就学会了骑车，能把三轮车骑得玩杂技那么好了。这样推子不光是省了锅炉和面包车的油，还省出了桑红每天跑食品厂的那两趟时间。

厨房里的杂活儿对推子来说比较困难一些。过去在家，他是从来不进厨房的，不光他不进，东冲镇的男人都不进，东冲镇的男人从小到大没有进厨房的习惯。一般情况下，只有两种男人才进厨房，一个是鳏夫，一个是孤儿。有一个故事是这样说的，一个女人生了孩子，她男人把她从医院接回家来，因为生的是个大胖儿子，男人高兴坏了，他先抱着儿子亲了一口，再抱着老婆亲了一口，说，老婆，你立了一大功，我今天要好好地犒劳犒劳你。男人去院子里捉了鸡，杀了，再去街上割了肉，打了酒，提回家里来，然后大声喊，老婆，东西都齐了，你快起来烧饭吧！

推子在家时没有进过厨房，红娃幼儿园不是他的家，他知道这个。推子进厨房，先用眼，再用心，然后一件事一件事，从容不迫地下手，生涩很快就不存在了。桑红的姑妈负责厨房里的事，桑红的姑妈很挑剔，哪儿不干净不整洁了她都有意见，她开始也说过推子，说他这儿也不行那儿也不规矩，她后来仍然说推子，但背后里姑妈悄悄对桑红说，这个乡下伢灵醒，比前两次请的强多了，这伢眼里有活儿，手又巧，莫看不爱说话，心里头有数，这伢莫辞了，留下。

推子把自己该干的活儿都干了，又帮忙做一些分外的事情。他用两个晚上，把两间休息室、三间教室兼游戏室从上到下打扫了一遍，要桑红买了石灰和颜料，先粉了墙，等墙干了，再在墙上五颜六色地画了憨憨的熊猫、胖胖的大象、机灵的猴子、可爱的长颈鹿。剩下的材料，他用在院子里，在院子里的粉墙上画了孙悟空、哪吒、金刚葫芦娃、神笔马良、渔童。幼儿园里里外外一下子就变了样，变得生动活泼、情趣盎然，是真正孩子的乐园了。

桑红对推子的这一手显得很吃惊，她扬了她好看的眉毛，说："推子，我不晓得，你还有这样的本事呀？"

推子拿笔描着渔童脚下翡翠色的浪花，不好意思地说："我也是凑合，上小学时学过画，那时很喜欢，画了好几年，以后学习紧张，又丢了。"

桑红由衷地说："你这哪里是凑合，你这样的水平，要是会电脑设计，可以去做卡通，最起码能去广告公司吃白领饭。"过一会儿又说，"当然，我不希望你去那些地方，我还是希望你留在我们红娃幼儿园，你留在红娃幼儿园，我心里踏实一些。"过一会儿又说，"我这样想也许很自私，推子，我是不是很自私？"

桑红在那里和推子说话，推子有时候会回答她，有时候不，他画着他的渔童，他该干什么还干什么，桑红经历过几次后就习惯了。

推子来幼儿园这几天时间，已经和桑红熟悉了，也和幼儿园教音乐的张项老师、教英语的王樱老师以及姑妈熟悉了，大家都很喜欢推子，都觉得推子很懂事，又礼貌，肯干活儿，不像别的乡下人。武汉人对乡下人一贯没有好感，老是乡下人乡下人地挂在嘴上。张项、王樱和姑妈都是武汉人，不同的是她们一个是老武汉人，两个是小武汉人，她们是武汉人，当然也这么说。张项、王樱和姑妈私下也议论过对推子别的方面的印象。张项说，你们发没发现，推子长得蛮有味，又酷又有形。王樱说，不光有味，他还结实，你没看他的小腿肚子，像是练过健美的。张项说，他这种人不像广告，你一眼看不出来，需要仔细看。王樱说，你说得那么经验丰富，是不是仔细看过？张项站起来要去掐王樱，王樱嘻嘻笑着往姑妈后面躲。姑妈一边护着王樱一边说，可惜了是个乡下伢。张项放了王樱，转过身来说姑妈，姑妈又是你的故事，你老是讲这种故事，其实你的故事我后来都验证了，你说的那些人，都是黄陂汉川孝感仙桃人，并不是土生土长的武汉人，再说现在不是以前了，现在这个时代，最没有参考价值的就是出生这一条，或者说，最没有参考价值的就是传统上的出生观。相反，真正有钱有权有学识的人，十个里头有八个是乡下出来的。王樱在这个问题上和张项站在同一战线上，说，最关键的问题是，正宗武汉早就稀烂了，你看武汉的儿子伢们，豆芽大一点儿，复杂得超过奔腾98，心深得一块石头丢下去三年后才听得到响声，玩起来倒蛮能混点，遇到事情哪个又是可靠的？不像推子这样的乡下伢，一双泉水眼睛，一身青草气，一副太阳肠子，我说不虚伪的话，真的是让人想入非非。姑妈说。你们一个个说得天花乱坠，那好，你们就把推子带回去做你们屋里的女婿伢。张项一点不惧，摇一下辫子，说，我要是没有刘东缠得紧，一时三刻不松手，我就把推子带回去。王樱从姑妈身后探出脑壳来说，也不一定非要做女婿伢，做别的也行，做别的并不影响刘东的最后归属权，张项你要怯了我上，我没有刘东怕。姑妈拿眼睛狠狠地白王樱，说，樱子你越说越没得名堂了，你不要拿人家推子混点，人家伢老实，不该落得你混。王樱就做鬼脸，说，姑妈你这就是偏心了，说乡下伢的也是你，说老实伢的也是你，话都让你说完了，我们活该做哑巴。姑妈说，你能做哑巴？你要做了哑巴，天上就没得鸟儿飞了，总之你不要说人家推子的坏话。王樱笑，说，姑妈，你这么护着推子，干脆，我和张项就不打推子的主意了，我们向外发展，把推子让给桑红。

桑红不和其他几个人一起开这种玩笑。桑红知道推子话不多，他不说话，不等于他没有听见别人说话，也不等于他就对别人的话没有自己的意见，这样的人叫惜言如金，反倒是该赢得尊重。

幼儿园是租用居委会的房子，推子没有来的时候，几个人轮流着留宿，姑妈还好，三个女孩子轮上守夜，嫌六七间屋子、一个院子太大了，一个人不敢住，要拖另外两个人一起住，其实人都了，不是轮班，倒是集体守夜。推子来了以后，大家再不用守夜，特别是张项和王樱，她们两个人一个有了恋人，一个虽然还没有，但一大堆男朋友放在那里，连她自己都分不清楚，反正都是要应酬的。她们这种青春得一塌糊涂的女孩子，城市得一塌糊涂的女孩子，不能白天做了一天的孩子王，到晚上还得守着空空的屋子闻奶味，那等于是杀她们。现在推子来了，相当于把她们从牢房里放出来了，她们哪里有不高兴之理。

解放了的张项说，推子我一定要请你吃梅子，我还要请你吃冰激凌，吃正宗和路雪的。解放了的王樱说，梅子就不吃了，冰激凌吃了发胖，两样都不符合健康生活标准，推子我请你去打保龄，要不我干脆请你去JJ迪厅，那里有联邦止咳露卖，我们一人喝两瓶再去疯，我争取把你发展成我的男朋友之一，我觉得你这样的男孩子很适合做我的男朋友。姑妈就骂，说你们两个死丫头，你们积点德，莫盘人家伢好不好？推子并不恼，露出一排雪白的牙齿，笑一笑说，你们好好玩，你们吃梅子，打保龄，玩得高高兴兴的，我做你们大家的男朋友。王樱瞟一眼站在一旁一言不发的桑红，说，推子就是这点好，知道疼人，还知道平均，是新好男人的标准。但是推子我告诉你，你做我们大家的男朋友可以，不包括不表态的，不能叫不表态的人不劳而获啊。

那天下午，孩子们离园后，桑红领着张项王樱和姑妈帮推子一起做完卫生，然后收拾一番各自回家。桑红出门走到街上后，突然想起什么，说，呀，我忘了东西，我回去拿。姑妈站下来说，你快去，我等你。桑红说，不用等，你们先走。王樱说，姑妈你想当灯泡呀？人家回去不光取东西，人家说不定还要布置工作，你等到天黑呀。姑妈笑，说，樱子我看你油得不成样子了。王樱就冤屈地喊，怎么是我油，你没看屋里桑红，我们这些憨子是螳螂捕蝉，她是黄雀在后，她老奸巨猾得都可以进经典排行榜了，你还嫌我们这些人梯做得不好呀？张项也笑，说，王樱你只是一颗红心，嘴还是讨人嫌。

桑红不理会几个人说什么，转头回了幼儿园。推子正在院子里收拾花坛边的砖头，见桑红回来，没起来。桑红走到花坛边，在推子身边站着，站一会儿，推子立起身来，抚着手上的泥土，说，你怎么没走？桑红说，先走了，又回来了。推子说，你有事？桑红说，没什么事。推子说，哦。说过以后又蹲下去，继续收拾他的花坛。桑红又站了一会儿，天渐渐黑了，桑红就走了。

推子去找远子，一般是利用白天时间。推子在幼儿园的工作是定时的，虽然事情不少，相比养鹿场里的活儿却并不重，推子应付自如，这样就能有不少时间去找远子。

推子找远子找得很苦，也很茫然。武汉三镇，七百万人口，要找一个在这座城市里没有任何记录的人，无异于大海捞针。推子经常被人呵斥，遭人白眼，还被人当做做笼子的，或者是为夜晚的行动探路的，遭到不断盘问。推子一般不在乎这些，他理解他们，理解这些武汉人，他知道他们那样做有他们的道理，武汉是他们的，他们有权利怀疑任何不是武汉人的人，他们也有权利盘问任何他们认为对武汉可能会造成破坏的人。这是一种热爱。一热爱就会产生保护的欲望。推子尊重这样的欲望。推子一般会很冷静地回答人们的盘问；别人白他的眼，他当别人眼睛不舒服，换个眼睛姿势；别人呵斥他，他也不还嘴，让呵斥他的人占尽武汉人的面子。只有一次例外。那一次，推子从黄浦路立交桥下过，立交桥下有两个年轻人在那里卖墨镜，两个年轻人缠着一个乡下人，要乡下人买他们的墨镜。乡下人说自己是种田的，用不着墨镜。两个年轻人硬把墨镜往乡下人手里塞。乡下人没来得及接，年轻人突然一松手，墨镜掉在地上摔坏了。年轻人变了脸，说乡下人摔坏了墨镜，要乡下人按出厂价赔五十块钱。乡下人吓坏了，说自己身上没有那么多钱。两个年轻人就拉住乡下人，又推又搡，不让他走。本来没有推子的事，但是推子没忍住，打抱不平地在旁边说了一句，人家说了不要，你们硬要塞给人家，你们故意往地上摔，这样做买卖毫无道理。两个年轻人说，嚯，出来个年轻的吴天祥来，你是不是看见是个机会，想要拿见义勇为奖？推子说，什么奖我也不拿，我只觉得你们这样对待人不对。两个年轻人放开乡下人，走过来，说，你个把妈养的活得不耐烦了。说着就给了推子两拳。推子在挨到第四拳的时候出了手，他像一头生气的熊，三拳两脚打倒其中一个，然后把另一个逼得直往后闪。被打倒的年轻人爬起来，从摊子下抽出一把铁尺。推子弯下腰，从地上拾起一块砖头。两个年轻人见推子端了拼命的架势出来，知道真要抡开了家什，自己未必是对手。两个年轻人收拾了摊子撤退，临走时，指了推子说，你给老子等着，正式通知你，你今天死定了。推子不能等，他要找远子，他还要回红娃幼儿园去干活儿。推子丢开砖头，抹一把鼻血，也走了。

晚上推子不出门，守在幼儿园。推子知道桑红相信自己，让自己住在幼儿园里，是把幼儿园交给他来照看，他要对得起这个相信。每天晚上，推子很早就洗了漱了，关了幼儿园的大门，检查一遍水电煤气，回到休息室，铺好床。然后在灯下翻开他带来的那册《世界地图》看。

推子很喜欢这册地图。他喜欢一页一页地翻动那些微黄的厚纸，沿着淡蓝色的海洋、褐色的高原、绿色的平原和灰色的盆地穿行，他的目光在这些地方穿行的时候，额角会有微微的汗水渗出来，好像他是真的在行走着，行走得毛孔舒张。有时候推子会在一个地方盘桓，他会在一个地方流连下去，有时候他很急，会走得很远，他甚至会穿越整个科迪勒拉山系，或者从马里亚托角出发，过土阿莫土群岛、社会群岛、萨摩亚群岛、埃利斯群岛、新赫布里斯底群岛、所罗门群岛，穿过托雷斯海峡，再过努沙登加拉群岛、爪哇岛、克罗泽群岛、好望角，穿过大西洋，驶过巴拿马运河，回到最先的出发地。推子不知道自己为什么会这样，为什么会喜欢看地图，并且在地图上行走。他自己也说不清楚。

推子耳朵尖，听见外面有人叫门，他披上衣服，去院子里。把门开了，桑红站在门口。

桑红洗漱了一番，换了一身宽松的休闲服，干净得有些过分，人本来削瘦，眉毛细细的，风揉碎的云丝一样，干干净净，又是这身打扮，就有点禁风不住的样子，让人有些担心。推子在黑暗中默默地看桑红。桑红问他弄过饭吃没有。推子说吃过了。桑红问推子在干什么。推子说没干什么，看地图。桑红问，是《世界地图》吗？推子说你怎么知道。桑红说我见过那本书，你来的时候就带着它。又问，你怎么会喜欢地图？现在没人看地图，现在大家都看电视，电视里装着世界。推子不说话。

两个人站在门口，一辆垃圾车从他们面前驰过去，然后又是一辆，这回不是垃圾车，是洒水车。不远处是空军 161 医院，医院大门两旁开了不少鲜花店，天黑着，花店里灯亮着，那些花小心翼翼地簇在灯光下，变了原先的样子，有点像云彩。桑红突然噗哧一声笑了，腰弯下去。推子不明白桑红笑什么。桑红说，我来这里，只我问你问题，你也不问我来干什么，你把我堵在门口，让我站在这儿，也不请我进去，倒好像这幼儿园不是我的了。推子一下子觉得很窘，把门扇开大了，侧过身子，让桑红进了幼儿园。

两个人到了教室里，推子开了灯，桑红先在板凳上坐下，推子也拉过一只板凳来坐下。板凳是孩子的，两个大人坐在上面，蜷着身子，有些怪怪的，尤其是推子，坐得很狼狈。桑红说你别坐板凳，你坐桌子。推子说，我太重，再说那些孩子看见，他们会不喜欢。桑红说孩子不在，他们看不见。推子说我自己能看见。桑红看他一眼，目光里有一种别样的成分，说，你这个人真怪。

两个人坐了一会儿，日光灯发出嗡嗡的振流声，像有无影的蜂儿在那里飞舞着。

桑红抬起头来看着推子，打破沉寂说："看来我要不说，你一晚上都不会问的，那我就告诉你，我是来专门看你的。"

推子也抬了头看桑红，仍是不说话。

桑红看推子没有说话的意思，就继续说："白天忙孩子，顾不上，我想下班了，不忙了，我就来看看。我还想你要是没吃饭就好了，你没吃饭我就请你出去吃饭。"

推子说："我吃了。"

桑红说："我知道你吃了，你已经说过了。"

推子就又不说话。

桑红待了一会儿又说："推子你好像不太喜欢武汉，你在武汉整天没有一句话，我在想，你要不是来武汉找你弟弟，恐怕你永远都不会到武汉来。推子你给我说说，你们家乡是不是很好？"

推子低了头，他看见一粒红色的扣子躺在地上，不知是哪个孩子衣服上丢的。推子弯了腰，伸手把扣子拾起来，捏在手里。推子说："是。"

桑红没听懂。桑红想，是她没问清楚，她把两个不该一起问的问题一起问了。桑红还想说什么，外面院子里的大门敲响了，敲得像爵士鼓。

推子起身去了外面，把门打开。推子先没看清楚。后来他看清楚了。

推子说："小米？"

小米脸上汗漉漉的，头发沾了一缕在眉间，这就让她像一头刚从湖水里跃出来的梅花鹿，推子有一阵下意识地要往一边躲，是怕她一抖身上的水珠子，湿他一脸。

小米抱怨地说："鬼武汉，巷子又多，人又怪，问个路，好像问他家的钱柜，又好像问他家的祖坟，恨不得把你支到太平洋去转一圈。"

推子问："小米你怎么来了？"

小米说："你怕我来呀？问这话。"

推子就不说话，

小米看推子的样子，又好气又好笑，正打算说什么。桑红从教室里走出来，走到院子里站着。小米挑了一下狐眼，不说话了，看推子。

推子站在那里不说话。小米站在门口，桑红站在院子里，推子不说话，两个女孩子也不说话。站一会儿，桑红走过来，对推子说，推子我先回去，有话我们明天再说。桑红说过，从小米身旁走过。桑红像一棵藿草，小米像一株芙蓉树，两个人风格迥异。

小米等桑红走了后，转过头来，那时她脸上的汗珠儿已经干了，留下一片凉凉的夜光。

小米说："远子找了我。"

推子看着小米，过了好一会儿他说："他在哪儿？"

十

远子派了大尘到红楼宾馆来接小米。

大尘戴一副水晶墨镜，穿一套美尔雅西服，头发和皮鞋一样锃亮，手里捏了一只西门子手机，小米见到他的头一眼，差点儿认不出他来。小米说，大尘你怎么这一身打扮？活像个旧社会的打手。大尘端了架子笑，说，说打手对了，说旧社会，起码时间概念不对。大尘潇洒地招手叫小姐，要小姐上茶。

小米人没落座就着急地问远子。大尘说，你这么着急问远子，看来远子没说错，他知道你想他，他要我来接你。小米说，他接我干什么？大尘跷了二郎腿说，小米，现在我们算是混出来了，现在我们真正有了地盘，而且正在做大。小米说，到底怎么回事，远子现在在哪里，你快告诉我。大尘说，你先等我喝一口茶，我大老远地从唐家墩赶来，过了两座桥，打的头都打晕了，你不说问问我累不累，你只问远子，我真是伤心得很。

大尘喝过几口茶，然后告诉小米，江岸货场那件事出了以后，远子担心对方报复，带他们几个去南方躲了一段时间，再回到武汉，重新混环境，打地盘。经过一番努力拼搏，终于在杨汊湖吃掉了河南人方脑壳，做了一方老大。现在他们主要吃杨汊湖一带的安居工程建筑工地，在杨汊湖一带势力最大，不但有一支以麻城人为主的建筑队，还开了两家建筑材料加工厂，自己买了房，事业正在蓬勃发展。远子觉得这个时候已经安顿下来了，可以把小米接过去了，就打发大尘来接小米。

小米说："你们还在干这种事呀？你们怎么就不吸取教训，非要一条道走到黑？"

大尘不以为然地说："不干这种事干哪种事？你以为武汉是什么？武汉它让你干什么？我倒是想在武汉盖房子，想在武汉种地，想在武汉做生意，想在武汉当花工，你晓得我种花种得最好，我种的米兰还参加过全国花卉展览，可是武汉它不让我种米兰，武汉它连麻木都不让我踩，我不干这一行干哪一行？再说小米，你不要轻视这一行，你哪里晓得吃这碗饭的好处。这碗饭一端，对不起，我们凭霰弹枪说话，哪个枪快哪个是老大，管你是不是祖宗八代的武汉人。"

小米差一点就拿脚去踹大尘了。小米不是不想踹，她主要是考虑影响，老板不会管大尘是不是她的老乡，只要进了红楼宾馆，就算当儿子的也是客，儿子叫你上茶，你乖乖地跑都跑不赢，儿子对服务不满意，他要拿水票朝你脸上丢，你还得微笑着给他鞠躬，说对不起。

小米忍住没踹大尘，她说，你不消讲什么霰弹枪的事情，你把远子给我叫过来。

大尘晃着二郎腿，说："小米，远子已经不是当年的远子了，远子现在有身份，他如今出门都是我们几兄弟前呼后拥，一般人要见他，摆台子请他吃饭，都要看他愿不愿意。当然你不同，你是远子心目中的人，所以远子才要我来接你，我这样说对吧？你收拾一下，马上跟我走。"

小米说："我不会跟你走，我也不会到远子那里去，但是你要把远子叫来，推子要见他。"

大尘愣了一下，身子往前一欠，手中的茶碗和跷起的二郎腿一起放下了，问："怎么，推子来了？他在哪里？"

小米说："推子来了快两个月了，一直在找远子。推子说他要把远子带回去。"

大尘说："这是不可能的事，远子不可能丢下他的事业回去，我们不会答应——推子是不是知道了远子和我们的事？"

小米扬了扬眉毛，说："推子知道，是我告诉推子的，我写信把推子叫到武汉来的。"

大尘气坏了，说："小米我老实告诉你，你这样做很不对，你这样做有点像是祸水的意思。我早就告诉远子，我说远子你不能这样，你不能太迷女人，你要喜欢女人，可以有很多方法喜欢。不客气地说，找鸡也是一种喜欢，找鸡还方便，又不拖泥带水，但你千万不要迷恋她们，你迷恋她们要坏大事的，果然让我说中了吧。"

小米不说话，站起来，飞起一脚，把大尘踢得仰八叉摔下去，茶水泼了一头一脸。远处的当班小姐看见，先吓得捂了嘴，再跑过来，捡了地上大尘的打火机，也不知道该不该把大尘扶起来，只能站在那里搓着手，一个劲地对大尘说，老板对不起，老板对不起。

大尘从地上爬起来，撸了一把脸上的茶叶，瞪了小米一眼，掏出皮夹子，摸出一张蓝精灵，往桌上一拍，恶狠狠地说，连茶带杯子，算我的，零头不找，算小费。说罢拿了桌子上的手机和打火机，拎了拎衣襟，大步走出咖啡厅。小姐拿了那张大票子，脸还是白的，对小米说，小米这是怎么回事？他是什么人？你怎么敢踢他？他怎么惹了你了？他气势汹汹的，很生气，反正这个小费我是不要的，这哪个敢要？

当天晚上远子就把电话打到红楼宾馆里，找到小米。

小米余怒未消，在电话里喊，远子你告诉大尘，他做鸭都不配，我迟早会杀了他！

远子打断小米的话，干脆利索地问，推子在哪里？

小米说，你问我，我晓得他在哪里？我只晓得大尘他拿我当鸡来比，他死定了！

远子说，小米你要杀大尘我明白，你先等两秒钟，先告诉我推子在哪里。

小米说，推子在汉口，他在打工，他打工挣钱来找你。

远子问，具体在什么地方？

小米说，我只知道是一家幼儿园，在工农兵路上，别的事我也不知道。

远子说，小米我留给你一个电话号码，你记下来，如果推子与你联系，你就把这个号码告诉推子。

远子说了那个号码，然后他问小米，你来不来？

小米说，不！

远子再不说什么，把电话挂断了。

……

远子派大尘到红娃幼儿园来接推子。

大尘在红娃幼儿园的每个教室走了一圈，和桑红、张项、王樱热火朝天地说了一阵话，还把自己的呼机号留给了她们。大尘的武汉话说得大有进步，很有欺骗性。王樱问大尘，你是不是年轻时在河南当过兵？大尘一面很得意，一面又有些沮丧，说，我要说我在河南当过兵那是在骗你，但我现在的身份，和当兵没有太大的区别——你是不是觉得我现在的样子有点老？王樱实事求是地说，是有点沧桑，不过男人就是要这样，男人沧桑了有魅力。大尘很大方地对王樱说，你要是想出去泡吧，算我的。

从幼儿园出来的时候，大尘说，推子你完全是生活在鲜花丛中，你这个样子很风流。等上了出租车后他又补充了一句说，但是你白鲜花了，你没有远子潇洒。

推子和远子在建设大道电视台对面的"现代启示"酒吧见了面。

推子被大尘领上楼的时候看见菜包子、飞娃和共生坐在楼下的一个吧台前，他们是一样的黑色西服，看见推子进来时都朝推子点头，但他们没有离开吧台。推子有点认不出他们来了。

远子在酒吧楼上的一个角落里等着，一个人。推子去时，远子站起来，很亲热地过来拥抱推子。远子说推子我想你。推子在远子拥抱他的时候感觉有些异样。远子在家时也常常抱他，有时候远子爱抱他的胳膊，有时候远子爱抱他的脖子，更多的时候，远子是从远处跑过来，像止不住飞的一只鸟儿，抱一棵大树一样地抱住他。远子虽然聪明，但推子是他的一棵大树，这一点谁都知道。那个时候推子的感觉不同，那个时候推子是一条鱼，远子是另外一条鱼，两条鱼拿他们各自的依赖来相互摩擦，搅起浪花来，感觉是很好的。现在远子拥抱推子，推子没有了那种感觉，推子觉得拥抱着他的不是鱼了，而是一只陆地上的动物。推子看远子，远子还是那个柔软的边分头，眼睛也是亮亮的，满是孩子气，除了服饰变了，别的似乎一点没变。推子就不大明白，是不是自己出了问题，是不是两个月的时间里，武汉让他失去了辨别能力。

等大尘离开以后，两兄弟落座，远子把桌子上的嘉士伯啤酒和各种各样的小吃推到推子面前。推子一看啤酒，就想起来武汉的那一天，小米请他吃饭，他喝多了啤酒的事。推子有些脸红，把面前的啤酒推开，抓竹篮子里的爆米花吃。两兄弟说了一会儿话，说东冲镇的事情和家里的事情。远子哈哈地笑，说爸怎么这样，是妈把他惯坏了。推子说，你要是在，爸就不找妈扯皮，他只会疼你，没有时间扯皮了。远子就很得意，说妈呢，妈不是一样疼你。两个人说着话，远子喝啤酒，推子吃爆米花。

远子喝光两瓶嘉士伯后说："推子我知道你，你从来不到武汉来，你从小就向往武汉但你就是不来，你记不记得小时候你给我讲过多少武汉的故事？老实说我很聪明，但我一直没有想通一个问题，你为什么不到武汉来。推子我知道这一次你来武汉干什么，你不是终于想通了，你是要把我领回东冲镇去。我明白你的想法推子，但是我不能跟你去。我的想法和你的想法完全不一样，我不能回东冲镇去，我不会像你那样一直做梦，我不喜欢在梦里头生活，我说过我要征服武汉，这就是我的想法，现在我正在按照自己的想法做，而且做得很好，而且能够做得更好，我相信这一点，所以我肯定不会跟你回东冲镇去的。"

推子坐在那里吃爆米花，他差不多一口气吃光了两篮爆米花。推子知道那是一个虚假的现象，他吃掉的不过是一把美国玉米，这样的玉米他能吃掉一大盆，而不是一把。远子叫小姐继续上爆米花的时候推子隔了橡木栏杆朝楼下看，他看见大尘那几个人坐在吧台前，一边喝着啤酒一边大声地说笑，他们的声音很大，推子觉得他们是故意用那么大声音说话的。推子不明白他们怎么会坐在吧台前的，这是一个和爆米花同样奇怪的现象。推子知道道理不会是一样的，他和远子的道理不会是一样的，虽然他们是兄弟，虽然他们过去是两条亲密无间的鱼，他们在一片水域里游戏，共同搅起浪花来。推子还知道远子已经出息了，他在武汉的某一个角落里已经出息成一个人物了，这样的出息不是东冲镇的出息，这样的人物也不是推子鹿场里的一头鹿。远子拿着这样的出息是不会轻易放弃的。他不放弃，等于是一种宣布，宣布推子再没有保护他这个弟弟的权利了，没有疼怜他这个弟弟的权利了，没有在风来的时候、浪来的时候遮挡在前面的权利了。但是推子在小姐端上第三篮爆米花并且离去之后，仍然抬起头来，盯着远子。

推子说："远子你得跟我走，你不能留在武汉。"

远子笑了笑，说："那是不可能的，推子你知道那不可能。"

推子点点头，说："你如果不走，我就强迫你跟我走。"

远子脸上的笑容没有了，他把身子往椅背上一靠，让椅子前面的两只腿悬空起来，声音有些冷冷地说："推子，你不要过分。"

推子说："我是你哥，我不过分。"

远子说："哥也过分。"

推子说："那就过分。"

远子说："我不喜欢。"

推子说："我也不喜欢。"

远子从桌子上拿过烟，怂一支出来叼在嘴上，咔嚓一声打燃火机。

推子已经看出这样是不可能了。推子看见悬空在那里的两只椅子腿。推子看出来了，但推子并不认为那就是结局，并不认为悬空就是结局。推子把面前的爆米花推开，从桌子前站起来，立在远子面前。远子看推子的表情，他那样仰着头看推子有些不方便，他也从桌子边站起来。两个人站在那里，脸离得很近，像两条生着气的鱼，敌视的鱼，彼此对视着，之间干涸得没有丝毫水分。

楼下大尘等人一直在注意这边的情况，他们就像一群警觉的虾子。他们一看见两个人站了起来，并且敌视地对视着，立刻停止了大声说笑，站了起来。

菜包子朝门口走去，其他几个人昂了脖子朝楼上看。大尘在飞娃耳边小声说了一句什么，然后快步朝楼上走来。

远子和推子对视了一会儿，把目光移开了，在大尘走近前，他有些伤感地摇了摇头，把嘴角的烟准确地吐进烟碟里，离开桌子，朝大尘走去。

大尘迎住远子，朝推子看了一眼，他们一起下了楼，和其他几个人，猫儿出没似的离开了"现代启示"酒吧。

推子有些不太适应这种情况。他有点反应不过来。他在那里站了一会儿，然后坐下，坐一会儿，回过神来，从竹篮子里继续抓爆米花吃。等他快要吃完第三篮爆米花时，身边坐下一个人。推子扭过头来看了那个人一眼，把竹篮子里最后两粒爆米花塞进嘴里，说，你来干什么？

小米捋一下稀疏的黄毛短发，说："远子通知我你们要见面。远子要我带行李过来。我不想见远子，先在外面躲了一会儿。"

推子伸了伸脖子，把最后那两粒爆米花咽下去，问："酒吧贵不贵？"

小米说："这种酒吧比较贵。"

推子呆呆地看着空无一物的竹篮，说："我身上没有带钱。"

小米看他一眼，脸上什么表情也没有，说："你可以回去拿。"

推子说："他们不会让我走。"

小米说："你把我押在这里。"

推子说："押在这里怎么样？"

小米说："你要不回来，他们可以把我卖了。我这样的女孩子一般可以卖一个好价钱。"

推子从竹篮上收回目光，看小米一眼。推子被小米如星的眸子刺了一下。推子觉得大家都在跟他捣乱。推子有些赌气，他伸了手去拿桌子那一头的嘉士伯。小米一下子捉住他的手。小米把短短的头发象征性地往肩后一撩，说推子你干什么？

推子说："我喝酒。"

小米说："我知道你喝酒。我知道你身上没有钱。我还知道你回去拿钱也没有用。两张台子，你一个月的工资根本不够付账，你还没有挣够这多钱。但是你就没有想过我在这里，推子你从来不往这方面想，你就是山穷水尽了也不会往这方面想。你说他们不会让你走，如果他们要让你走呢？那会怎么样？你不用说什么，我知道，他们要让你走，你肯定会走，拔腿就走，你宁肯把我押在这里让他们把我卖了也不肯让我付钱。推子你太黑！你是个铁石心肠的人！你其实比远子还要黑！推子你干脆直截了当地承认，你根本就不会喝酒！"

小米说完那番话以后不再理推子，把小姐叫过来结账。小姐告诉小米，账已经结过了，是先头来的那几位先生结的，如果留下来的两位还需要什么，另外再算账，如果他们不要了，可以继续坐下去。

小米不需要了。小米不光不需要，也不坐，她不管推子怎么想，把推子从吧桌前拉起来，拉他离开了酒吧。小米领着推子上了806路公共汽车，在江汉大学路下了车，再领着推子往工农兵路走。她冲电动麻木车喊，这是非机动车道你晓不晓得？你想吊销本子呀？她推开兜售黄碟的人，把推子拉过来，朝人家喊，昨天的都市报看了没有？扫黄打非第三战役开始了，警方全体出动，你不赶紧跑，想进河湾疗养呀？

小米一直把推子送到红娃幼儿园门口，在那里站下。小米一路上都在朝人大声喊，就是不和推子说话。小米知道推子这个人，推子心里要是有事了，只会自己和自己说，他不会告诉任何人，他也不会和任何人商量。

小米说："推子我过武昌了，我要回去接班。"

推子点点头。

小米说："推子有一句话我要对你说。"

推子看着小米。

小米说："我很后悔给你写那封信。我写那封信一点作用也没有。你不可能把远子带回东冲镇去，远子他已经回不去了。你不知道武汉，你也不知道远子。推子你应该忘记那封信，你也把远子忘掉。你就当远子他终于成了武汉人了。你自己回去，回到东冲镇去，养你的鹿，看你的地图，你留在武汉已经没有意义了。"

推子说："你不进去坐一坐？"

小米说："算了，我不喜欢进别人家里坐。"

小米说完就走了。

推子站在幼儿园门口看小米的背影。小米的两条长腿在武汉是个奇迹，她这样的长腿在武汉的大马路上交替迈进，比任何标志性建筑都光彩夺目。她躲避武汉车辆的样子也很灵巧，这当然不仅仅和长腿有关；有几个走在路上的武汉人转过头来看小米，他们看小米青春盎然和妩媚的样子，他们还嗅到了遥远的小米身上散发出来的森林的气息，他们木呆呆地，都不怎么会走路了，就好像一个从武汉之外来的美丽的动物从面前经过，他们完全被征服了。

当天晚上，桑红又来看推子。桑红依旧是洗漱过，干净得过分，头发散披在肩上，穿一套宽大的休闲装，让人必须留心她，否则她就会悄没声息地消失掉似的。

推子给桑红倒了一杯水，在桑红对面坐下。桑红这天晚上话很多。桑红主动讲了她办红娃幼儿园的事情。桑红高中毕业后没有考上大学，她的成绩很一般，属于那种离大学很遥远的大多数，她也没有什么家庭出身背景，父母是公用局普通的职员，前些年相继过世，来不及替她安排工作。桑红没有考上大学并不失望，这种事是一开始就预料到了的，不可能有什么打击，无非是提前几年走上社会罢了。桑红和大多数高中毕业生一样，自己给自己安排工作。她先在商场里做导购小姐，然后她学过美容，她还做过晚报和市场信息调查公司的投递员。桑红做这些工作收入都不高，有时候遇到单位效益不好，还要拖欠工资。桑红有一个哥哥，原先是商业贮运公司的司机，公司经济不景气，哥哥下岗了，自己贷款买了车开出租，跑了几年，贷款还清了，落下一台伤筋动骨老气横秋的破车，总算有个能养活家小的饭碗。哥哥想办法凑了一笔钱给桑红。哥哥说，小妹，如今截车吃黑的多，警察不耐烦的多，行里抢生意的也多，生活艰难，我吃这碗饭，也不知道今天早上出车，晚上能不能回来，我做哥哥一场，其实也顾不得你，是我这个哥哥没得用，这笔钱你拿着，自己想办法，做一件事，只要能顾生活，自己喜欢，哪天我没有回来，你能自己照顾自己，就行了。桑红喜欢孩子，她觉得和孩子打交道不累。她原来就想考幼师当老师，可惜成绩不争气，现在哥哥给了一笔钱，她就辞了原来的工，请了同学王樱和朋友张项入伙，再拉了姑妈来帮忙，办起了红娃幼儿园。

推子说："原来你也不容易。"

桑红说："你是不是以为我办了这家幼儿园，大小是个老板，和你不一样？我给你说，我哥哥给我钱的时候，他说哪一天他没有回来，我自己能够照顾自己就行了，当着哥哥的面我什么都没有说，回家以后，关上门哭了一大场。其实大家都一样，都不容易。"

推子说："你有一个好哥哥。"

桑红看推子一眼，说："你也一样。"

推子沉默了一会儿，说："我不会开车，只会养鹿，鹿比人听话。"

桑红眼睛亮了，好看的眉毛往上一挑："推子，给我讲讲你的鹿。"

推子就活跃过来，给桑红讲他的鹿。推子讲他的鹿怎么听他的话，他一进鹿场，它们全都跑过来，拿嘴来拱他，拿身子来擦他，那些小鹿还会顽皮地和他的狗打闹一番，只有顶着美丽盘角的公鹿远远地站在一旁，庄严地看着他，不肯走近。他的狗名字叫肚脐，喜欢和鹿疯，疯得皮毛都竖了起来，累得直咳嗽，每次从鹿场回去时都要叫好多遍，不肯走，回家待不了一会儿就嚷着要往鹿场去，好像它不是一条狗，而是一头鹿似的。

桑红笑："怎么起了个肚脐的名字？"

推子告诉桑红，狗的名字原来不叫肚脐，原来的名字很长，叫复活节岛石像，因为名字太长了，不好叫，就改了。狗很聪明，它知道你为什么叫它，如果它不想理你，它就跑，你还没来得及叫完它的名字，它就跑不见影子了。

桑红笑得没有办法，差点儿没把杯子里的水泼了。笑过后，问怎么给狗起那么长的名字，为什么不起短一点的，比如黑豹，比如火。

推子说他喜欢这个名字，他喜欢这一类名字，他给他的每一头鹿都起了这样的名字，比如说喜马拉雅、东非大裂谷、罗布泊、马尾藻海、楼兰、南马特尔、波利尼西亚、撒哈拉、魔鬼三角，等等。狗的名字是从复活节岛石像这个典故上来的。那是智利的一个小岛，岛上遍布火山，居住在岛上的波利尼西亚人称其为"拉帕努伊岛"或"提毕托奥提赫纽"，意思是地球的肚脐。岛上矗立着六百多尊巨人石像，千百年来，谁都不清楚美洲人在远离大陆三千六百多公里的南太平洋一个小岛上雕凿如此众多的巨人石像是为了什么，这是一个千古之谜。

东非大裂谷也是一个谜，它北起红海以北的约旦地沟，南到赞比亚河口，经过埃塞俄比亚和坦桑尼亚，穿越整个东非洲，全长五千八百公里，宽度从几公里到三百公里，深度从一千米到三千多米，被地理学家称作"大地的伤疤"。在东非大裂谷布满了大小火山，乞力马扎罗山是其中最高的火山锥，海拔五千八百九十五公尺，是非洲第一高峰，它虽然紧靠赤道，山顶却终年积雪。非洲大陆的最低点阿萨耳盐湖也在东非大裂谷，湖面在海平面以下一百五十五公尺，比吐鲁番盆地的艾丁湖还要低一米。东非大裂谷曾经发掘出世界上数量最多的早期人类化石和石器遗址，考古学家普遍认为，东非至南亚一带是人类的发祥地。

桑红听推子讲那些遥远的事，眼睛直直地看着推子。

桑红突然问："推子，你找到你弟弟没有？"

推子本来兴致勃勃，桑红那么一问，兴奋就像一只漂亮的气泡，戛然爆开，消失掉了。他看桑红一眼，不说话了。

桑红发现自己犯了一个错误。她不该离开他，一个人从非洲大裂谷出来，回到现实中，问推子这样的问题。她也许是好意，也许她想要关心推子，关心他正在做的那些事，但她错了。推子开始一直在说话，这是他来到红娃幼儿园以后第一次说得那么多，她本来应该让他继续说下去，他说了复活节岛，说了非洲大裂谷，接下去他可以再说喜马拉雅、罗布泊、楼兰、马尾藻海、南马特尔、波利尼西亚、撒哈拉和魔鬼三角，他可以无休止地说下去，她甚至有可能让他说得更多。现在她失去了这个机会。

桑红后悔极了，她坐在那里，怆然若失。推子起来给桑红的杯子里斟满水，又坐下，还是那种不适应的样子。桑红叹息一声说，真的，倒像你是这里的主人而我是客人了，推子我知道你不想我再坐下去，你想一个人待着，那我回去了。

桑红站起来往外走，推子送她。桑红知道推子不是送她，推子是要关门，这是推子的任务，她布置给他的。桑红心想她还是老板，她没有让推子改变什么。但是桑红不甘心地想，难道推子在乡下，他在他的鹿场里，也是他那些美丽的鹿们的主人吗？他离开鹿场的时候，他的那些和他亲密无间的鹿们也会在他身后关上门吗？

在武汉一个极其平常的夜晚，武汉女孩桑红有些伤心。

十一

推子和远子又见了一次面。

推子按照远子先前留下来的号码，给远子拨通了电话。远子在电话里沉默了一会儿，然后约推子在台北路"明白人茶坊"见面。

推子不知道"明白人茶坊"在什么地方，问王樱。王樱问推子打听"明白人茶坊"做什么。推子说我去那里会一个人。王樱大惊小怪地说，推子你是不是去约会？推子你这么快就有武汉的女朋友了？桑红从教室里出来，说，樱子你莫盘问推子，推子是有事，你告诉他怎么走——推子要不我用车送你去？王樱看一眼推子，再看一眼桑红，说，看来我们的人没有戏。

推子没有要桑红送，他自己找到"明白人茶坊"。他去的时候，远子已经先到了，这一次远子只带了多多一个人。

两个人一落座，推子就问："大尘他们呢？他们不是总跟着你吗？"

远子说："他们有事做，泡茶馆泡不出天下来。"

推子问："什么天下？"

远子看推子一眼，说："这些事你不要问，问下去你也解决不了，那是我的事。"

推子说："什么事？这是不归路你晓不晓得？"

远子不想提这一类问题，把话头岔开，说："你来武汉也有两个月了，你是怎么打算的？是打算在武汉长期待下去呢，还是怎么样？你要是打算在武汉长期待下去，打算朝哪方面发展？推子我想好了，你这种人，是读书的材料，现在和过去不同了，现在读书只考钱，要不然你干脆读书，读大学读研究生都可以，你在华师读，在华工读，还可以读武汉大学，你要是愿意，这方面我可以去办。"

推子说："你不要把我的话转移了，我说的是你的事。"

远子用食指和中指夹住茶碗盖，轻轻拂去茶碗里的浮沫。多多在远处的一张桌子边坐着，埋着头聚精会神地打游戏机。推子觉得这种场面很奇怪。

远子拂过茶沫，把茶碗盖盖上，并不喝茶，说："推子你是真的不明白，你也没有必要明白，你不明白又没有必要明白的事，何必一定要问。"

推子说："你是我弟弟。"

远子说："我是你弟弟，但我不是你，你能管我一辈子？"

推子说："我管你该做什么不该做什么，我能管你一辈子。"

远子说:"推子你和过去不一样了,过去总是你听我的。"

推子说:"过去我是宠你。"

远子说:"推子我要怎么说你才不缠我?"

推子说:"要就干正经事,如果你答应下来,你可以继续留在武汉,我回东冲镇去。如果你做不到,那就跟我走。"

远子盯着推子说:"我不会跟你走,我不会再回到东冲镇那个地方去了,但是我也不能向你保证什么。推子你在这方面很幼稚,和你养的那些鹿一样。你要我干的所谓正经事,其实根本就不存在。你知不知道这是什么地方?这是城市。城市的意思是什么?是我们这种乡下人永远也不可能成为主人,永远也不允许进入,永远找不到位置放下自己的脚,城市就是这种地方。我不是不想干别的事,可你所谓的正经事,它们全都留给城市人了,城市人想不想干能不能干都是他们的,他们宁肯把那些事沤烂也不会让我来干,他们不光不让我干,他们中间的一个白痴都可以叫我滚。他们问我,你的户口呢?你的暂住证呢?你仔细听一听,暂——住——证,意思是停下来歇歇脚你就滚蛋,滚蛋以前还得把你弄脏了的地方收拾干净,因为你是乡下人,乡下人等于是城市垃圾。他们按照这个方式分出不同的人和人,然后他们就开始打包,把不同的人分别送到不同的地方去。我凭什么就该遵守这种秩序?凭什么要按照他们的规定生活?我要求按照我的方式来生活,按照我可以的方式来征服城市,我不会听天由命,我就是做恶人,也要咬城市一口!"

推子不知道他是怎么抬起手来的。推子的手很重,把远子抽得半天没有转过脸来,远子再转过脸来的时候,他的脸上清清晰晰地印着四条指印。

多多先是没有反应过来,等反应过来以后他扑了过来,从后面拦腰抱住推子。

远子冷静地说:"多多,松开他,这里没有你的事。"过一会儿他又补充一句,"你不是他的对手。"

多多把手松开了,有些不知所措地看着两个人。

远子站起来,盯着推子:"你打我。"

推子不说话。

远子说:"你从来没有打过我,这是第一次。"

推子还是没有说话,他被自己的行为搞蒙了。

远子抻了抻衣领,说:"就这样,你打了我,我们兄弟之间就算了结了,我也再不欠你了,以后的路,我们各走各的,你不要再管我。"说完,远子丢下推子,领着多多走出了茶坊。

推子在红娃幼儿园外面的公用电话亭给远子打电话。

推子说远子你必须跟我回去。

远子冷冷地说这是不可能的。

远子说推子你要明白我不再是东冲镇的远子了，再不是你的弟弟远子了。

远子还说推子你也不要再留在武汉，你不是武汉人，你永远也不可能成为武汉人，你还是回去吧。

远子说完就挂上了电话。推子再拨，他就不接了。推子每天都拨，至少拨几十遍，远子再也没有接过。

推子没有想到自己会动手打远子，他到最后都没有搞清楚他怎么会那样做。推子想想远子说的那些话，远子说他已经不是东冲镇的远子了，已经不是当弟弟的远子了，他不会再回去。推子还想远子对他说的另外的话，远子说他可以在武汉读书，他可以读武汉大学。推子一想到武汉大学就想起顺藤，他想那个班上最甜的女孩子，她亲过他。她还让他摸过她的胸脯，她后来说，你总不能跑到武汉来找我扯皮吧？推子不明白武汉怎么会是这种样子，让人改变原来。推子想武汉大学在武昌，他应该到武昌去一趟，他应该去看看小米。推子知道自己对不起小米，小米风来风去的，而他是不肯从头颅上割下来的鹿角，即使在风中，也永远不肯化解开。小米像跳跃着的火焰，她一直在烘烤着别人，有一次她差一点把他烤成一杯鹿血酒了，而他不喝酒，他一喝酒就出问题。小米是很好的酒，他为什么不喝酒呢？推子也说不清楚，反正他对不起小米。

推子那天干完了幼儿园的活儿，找桑红请假，说要去武昌。桑红看推子半天，突然说了一句，推子你不要太理想，理想是书上的事情，生活中是没有的，你不能老是在书上悬挂着，你要现实一些。推子不明白桑红的话是什么意思，拿眼睛看桑红。桑红就换了话题说，幼儿园要扩大，她和居委会谈好了，居委会再帮她腾两间房子，这两天签协议，协议一签下来就要动工装修。推子还是没有明白过来，但他点了点头。

推子坐车过武昌看小米，小米见到推子时有些意外，但她很快高兴起来，立刻去找经理请假。推子抱歉地说我不该下午这种时候来。小米说有什么该不该，你想什么时候来就什么时候来，你要想深更半夜我就在门口等你，大不了我不做这份工，我又没有卖给哪一个。推子说你怎么老说卖不卖的，这样不好。小米说哪样好？推子你就是这样，其实你根本就不知道哪样好，何必不懂装懂呢。小米也不听推子解释，拉了推子出去。小米先换衣服，仍然让推子在门口为她把门。小米稀疏的黄毛短发在衣领上晃荡着，就像一丛轻盈欲飞的松萝。推子就想这真是很奇怪，他穿衣服的时候是一棵桧柏，怎么小米穿衣服的时候就成了一捧松萝呢？

推子要请小米吃饭。小米瞪了媚媚的狐眼看推子。推子连忙解释说，他刚拿到工钱，另外桑红还发给他五十块钱奖金，他请小米吃饭不是还情，是真心要请小米。小米这才收了她的光彩，说，那好，我们去吃牛肉米粉。推子不同意，说你不能便宜我。小米说我喜欢牛肉米粉，我该便宜的时候便宜，不该便宜的时候自然不会便宜。推子说我不喜欢牛肉米粉。小米知道她从来没有拗过推子，只好依推子，两个人去了那家洪湖人的"好再来"餐馆。

坐下来以后，推子拿着菜单，从上依次往下点，一口气点了七八个菜。小米一把抢过推子手上的菜单，调侃说，老板，你挣的是美元还是德国马克？哪有你这种摆谱法？小米自己点菜，要了一个剁椒鱼头，一个红菜苔。小姐站在一边说，刚才要的菜都写在单子上了，要不划掉两个，剩下的照做，免得麻烦。小米说，要是你请客，一个都不用划掉，照原单子上。小姐白小米一眼。小米说，姐姐，你不用拿眼睛来白我，我眼睛比你大一倍，我白起人来比你威风。告诉你，我也干你这行，你要去我那里。你吃满汉全席还是一碗热干面，都是客，我都会搅一把热毛巾让你揩脸，这一点你要学会。小姐问。你是哪里人？小米说，麻城。小姐说，那我们是半个老乡，我是红安的。小米一摆手说，黄麻不分家。小姐就去下单子传菜。

小米等小姐走开后，把身子伏在桌子边上，笑吟吟地看着推子。推子说，刚才说了你不用眼睛威风，怎么又用眼睛威风。小米说，我是威风呀？我是看你。推子说，看就免了，有话直说。小米说，你请我吃饭，是真心请假心请？推子说，我都被你说成摆谱了，还能有假心？小米说，假心是我创造的词。我比较喜欢创造词，我给我们经理起了个绰号。我叫他花翅膀瓢虫，大家都说我这个绰号起得好。推子说，不说绰号的事，说刚才的事。小米说，你要真心请我吃饭，那今天我要喝酒。推子一听酒这个字就有些头晕。小米说，我不喝啤酒，我喝白酒。推子打了个冷战，挺住了气说，先说好，酒你喝。我是不喝的。小米冷了脸说，推子你这个人，看起来像个男人，其实一点男人味都没有，谁要嫁给你谁吃亏。小米也不管推子，把刚才那个红安小姐叫过来，要小姐给她拿一瓶黄鹤楼。小姐说，黄鹤楼辣口，北方人喜欢喝，南方人一般都不喝。小米说，那就换枝江大曲。小姐回头看一眼柜台，大声说，你不如来一瓶白云边，然后她飞快地附在小米耳朵旁边小声说，你不要喝枝江大曲，我们这里枝江大曲都是水货，你何必帮我们老板销水货。干脆来一瓶沱牌，沱牌只三块五，便宜，还没得水货。小米瞟一眼推子，对小姐说，你比他强百倍。

一会儿菜上来了，小米往一次性塑料杯子里倒满了酒，端起来，一口喝了大半杯。推子担心地说，你瞎来。小米抽一口气，拿手扇口，快乐地说，推子晓得关心我了。推子说，我不是关心你，你要喝醉了还不是我背你。小米说，你要嫌背不方便，可以抱我。推子笑，说我还是背吧。小米说。你怕什么，怕我吃了你呀？你放心，我再不会像上次那样贴你了，我还不至于那么贱。推子知道小米拿他开玩笑，推子由她说，你吃两口菜，压一压。小米就取了筷子吃菜，说，推子请我吃饭，还是头一回。推子说，你的意思是我要经常请你吃饭？小米说，你最好顿顿请我吃饭，饭钱不用你掏，饭不用你做，饭碗不用你洗，你只出个名分，端了架子坐上首，我来伺候你，好不好？推子先没明白，后来明白过来，不搭腔，低了头吃菜。小米咯咯地笑，说，骇倒了吧？你不用那么紧张，我不会缠你。

剁椒鱼头又香又辣，味道很好，两个人吃得都红了脸。小米喝了酒，脸色白里透红，眼睛朦朦胧胧的，样子非常迷人。推子有些出神，拿着筷子在那里发愣。过一会儿推子说，小米你也不容易。

小米吃菜喝酒，快乐得很，一点不容易的样子也没有。她还讲笑话来给推子听。她嘴里衔了一根鱼刺。津津有味地舔着，问推子，我现在这个样子馋不馋？推子看她一眼，说馋。小米说，我这个样子是一句武汉话。推子问是什么。小米说，吮鱼刺。推子问什么意思。小米说，就是说一个人说话办事左右为难，好比你这种人。推子说，我怎么是这种人？小米摇摇头，把挂在唇边的鱼刺满腹心思地摇掉，端起杯子，撑了手肘在桌上，一口一口地，把杯子里的大半杯酒慢慢喝下去。放下空杯子，说，推子，我知道你很骄傲，你这个人的缺点就是太骄傲了。我不该把你叫到武汉来，我犯了一个致命的错误。不过推子我还是感谢你，你说我不容易，你终于说了一句知心话，我其实并不想不容易，我想过得轻松一点儿，快乐一点儿。我太理解远子了，我觉得他有他的道理。我有一回差一点儿就做了鸡，我还赌气地想，我就跟餐厅经理睡了又能怎么样，我失去了什么呢？这个世界就是这个样子的，你能把这个世界颠倒过来不成？你说我把自己珍惜下来留给谁？见它的鬼！

小米又抓过酒瓶子倒酒。小米已经喝了大半瓶子酒了，推子不想让小米再喝，去夺小米手中的酒瓶子。小米躲开了。小米说，你不要以为我喝醉了，我心里有数，一瓶酒，就算是酒精，我也喝不醉。餐厅经理就是这样以为的。我说你让我喝可以，你是经理，经理一般比打工的能干，我也不要求你太能干，要喝我们一人一杯。他说好，我们就喝。等他喝趴下了，我就和几个姐妹去看录像。小米说完给自己倒上酒，一口又是半杯。

推子看小米不听招呼，急了，站起身来，硬从小米手中夺过酒瓶子，把瓶子里剩下的酒一口干了，然后把空瓶子亮给小米看，说你看，酒没有了。

推子仰了头灌酒的时候小米没有拦他，笑眯眯地看他，等他坐下来喘粗气的时候，小米说："推子你傻得让人不相信，你就不想想，你能拦住什么呢？你能让什么事情不发生呢？世界上不止一瓶酒，你把这瓶酒干了，其他的酒呢？未必你全都干了？"

推子红着眼睛俯了身子朝小米吼："我就是能拦住！你试一试！你敢再要酒，我先砸酒瓶子，再砸餐馆！"

　　小米趴在桌子上，一边一只手支了腮帮子，很痴迷地看推子，说："推子你醉了。"

　　推子再吼："你给我老老实实地喝汤！"

　　小米仍然痴迷地看着推子，说："汤呢？"

　　推子就把红安小姐叫过来，要她再给他们加一碗酸辣汤。等汤上来，小米果然老老实实地喝汤，什么话也不说。推子见她那样，反倒觉得不安了，想自己过武昌来看小米，真心请小米吃饭，他是有感激的，他不光有感激，还有乡情，但是他也不是没有牵挂。推子牵挂小米，他不能对自己也掩饰这一点。

　　推子说："小米你不要怪我粗鲁。"

　　小米说："你用不着给自己抹黑。"

　　推子说："我不是有意识要吼你的。"

　　小米说："你这就不光是抹黑了。"

　　推子说："你不知道，我读中学的时候有一个同学……"

　　小米说："她叫顺藤，上街郭裁缝的姑娘，现在在武汉大学读书。"

　　推子说："你怎么知道？"

　　小米说："她亲过你，她还让你摸过她的胸脯。她的胸脯小得要命。"

　　推子说："狗日的远子！"

　　小米说："算了推子。你真的醉了。"

　　两个人就再不说话。

　　吃过饭，推子结过账，两个人走出餐馆。红安小姐追出来，对小米说，妹妹你来玩啊？小米说，我就在前面的红楼宾馆餐厅打工，你有空来找我。

　　推子要赶回汉口去，他要回红娃幼儿园去守夜。推子把小米送到红楼宾馆门口，站下来，说，小米，我回江岸了。小米说，走吧，我送你上车。推子说，你不用送，我已经熟了。小米说，和熟不熟没有关系。推子只好让小米再转了头送他去车站。等车的时候，小米终于还是问了远子的事。推子沉默了一会儿说，我必须把远子带回去。小米说，带回去当然好，但是远子不会听你的，你怎么办呢？推子说，我找人帮忙，想办法。小米看推子，你是说找人把远子绑回去？推子不说话。小米说，推子你这样做没有用。你把远子绑架回去，你不能一天到晚看紧他，到过武汉就好比吃过了货（毒品），你戒不掉，远子一松绑还会回到武汉来。推子突然发作，朝小米喊，我不能让他待在这个地方！我不能让他在武汉当流氓！小米安静地看着推子，说，推子你不用喊，喊有什么用。推子沉默了一会儿，说，小米你要帮我。小米点点头，说，你放心，我会帮你的。我知道，你不想武汉坏了远子，你也不想远子坏了武汉，你心里一直装着这两样。你只有在这件事上是相信我的，只有在这件事上才需要我。推子想要解释，小米不要他解释，说，车来了，你走吧。

推子回到红娃幼儿园，天已经黑了，幼儿园的几个人却没有走，待在教室里，正在议论什么。推子进门后大家都说，推子回来了。桑红很敏感，闻出了推子身上的酒味，她注意地看推子，看推子脸上的表情。张项说，推子你看过你的老乡了？王樱说，推子你说说看，你的老乡是不是你们乡下说的那种娃娃亲？推子笑一笑，说，只是一个朋友。我们那里娃娃亲已经不太多了。

推子很快知道几个人没有走，是下午和居委会正式订下了合同，居委会把幼儿园后面的两间房子腾出来给幼儿园发展规模，幼儿园请居委会的人吃饭，刚吃饭回来。推子替桑红感到高兴，推子心想，桑红真了不起。

张项和王樱在那里争论办艺术班的事情时，桑红把推子拉到教室外，对推子说，幼儿园从明天开始就要装修，后面那堵墙要打开，两间新教室收拾出来。要吊顶，要粉刷，还要请木工来打桌椅，推子我想请你帮忙。推子说，谈不上帮忙，我在你这里打工，这些事，不用你吩咐我也该做。桑红说，我的意思是，从明天开始，恐怕你就不能去找你弟弟了，也不能去看你老乡了，你得帮我盯在幼儿园里。不是我不相信人，现在接活儿的，能马虎就马虎，到时候出了问题，我哭都哭不赢。推子点头说，我明白。桑红说，我这样要求你真是不好意思，要不是事情到了这个份儿上，我不会这样做。工资的事我也想过，我也不能太亏待你，从这个月开始，我给你四百五一个月，只不过你不要给张项和王樱讲，你要讲了她们不高兴。推子看了看桑红。桑红说，推子我这是好心，但愿你不要误解了我的意思。

推子去后面检查锅炉和煤气，桑红回教室去催大家早点回家，明天还要早起接孩子入园。推子看锅炉擦拭得干干净净的，煤气也关好了，厨房里案头整洁，推子就有些惭愧，心想自己跑去看小米，事情倒要别人来做。推子又想小米怎么就不明白呢？推子最后肯定地想，小米她是不明白。

推子从后面回来，听到几个人正从教室里出来。张项说，推子呢？桑红说，去后院了。姑妈说，这伢真是实在，做事让人放心。王樱说，桑红你抓紧啊，时不我待，你要不抓紧，到时候我就上了。张项说，还有我。王樱说。东东呢？东东晓得了饶得过你？张项说，你以为你是认真的？王樱说，我要认真也不是不可能，我主要是激桑红，一只野兽闯进了城市，推子是野兽，桑红是城市猎人，桑红做笼子，她要一点一点把推子哄进笼子里，做她的猎物，桑红套路太深。姑妈说，你们几个伢，不晓得有多复杂。我告诉你们，你们不要算计推子，人家是老实伢，我是不赞成你们的。王樱说，姑妈你老了，你是老武汉了。桑红说，少说一些，哄了一天伢，你们还不嫌累呀？

几个人出来。王樱嘻嘻哈哈撩张项。张项说，你个死鬼，吃摇头丸了呀？不舒服？桑红在院子里喊，推子，我们走了，你记住关门。

推子站在黑暗里，一动不动。

天空是红色的，那是城市霓虹灯投下的反光，就像极地光，它们在高纬度地区形成，通过副热带高气压进入信风带，来到城市。那些本是高寒地区的幽灵，在做了城市黑夜里的美丽装饰后，再也不肯离开城市了。

十二

事情结束得比推子预料得早。

那天推子从外面买材料回幼儿园，车还没蹬到幼儿园门口，焦灼不安蹲在门口的大尘远远看见他，站起身子朝这边奔过来，一把抓住车龙头，气喘吁吁说："推子快跟我走，远子出事了！"

推子刹住车，问："怎么回事？"

大尘带着哭声说："我们遭了伏击，远子挨了两枪。"

推子厉声问："人呢？！"

大尘说："在马场街一家私人诊所里，你跟我走。"

推子冲进那家藏匿在曲里拐弯的巷子里的私人诊所，多多、菜包子、共生几个人脸如白纸地站在诊所里，一个个手足无措。远子鲜血淋漓地躺在一张脏兮兮的床上，飞娃躺在另外一张床上。远子一动不动，头歪在一边，手耷拉在床沿。飞娃抱着自己被霰弹枪打得乱七八糟的腿，杀猪似的大叫，快给老子打麻药！快给老子打麻药！一个蓄着山羊胡子的干巴老医生领着一个乡下人打扮的中年妇女手忙脚乱地在两张床之间穿梭，瓶子罐子碰得一片乱响。山羊胡子声音干涩地在那里喊，你们谁是 O 型血？你们报一下血型！

推子冲过去，推开多多等人，扑到床边，一下子抱住远子。

推子喊："远子！远子！"

两枪都打在远子的肚子上，远子的肚子被打烂了，像一朵亚马逊原始森林里开得巨大而奇形怪状的食人花。远子一直处于休克状态，推子抱他的时候他不理推子，脖子硬着，手耷拉在一边，是一种真正生气的样子。远子的掌心里蓄着一汪血，血滴滴答答从指尖上淌下来，推子染了一身远子的血，这样他们两个人都像是被滑膛枪打烂了。

推子回过头来朝大尘喊："叫车来！送他们去医院！"

大尘说："不能去医院，那边的人和警察都会在医院里布控，我们去医院等于自己送进笼子。"

推子瞪着眼吼道："不要给我提什么笼子！叫车！"

大尘慌慌张张跑出去叫车。

第一辆车的司机一看见推子满身的血，没熄火，调了头跑开了。第二辆车没来得及调头，推子伸手一把抓住了方向盘。司机说，伙计，你另找车，这一趁我不跑。推子说，你只能跑。司机说，我没得油了。推子嘶哑着嗓子说，鄂A3438，我发誓三天内找到你。司机不说话了，阴沉着脸停了车。推子抱婴儿似的抱着远子钻进车里，大尘几个抬了飞娃，拦下了另外两辆车，三辆车朝医院驰去。

推子紧紧地抱着远子，他把远子湿漉漉的脸贴在自己脸上，说，远子，远子，我是推子，我是你哥推子，你不要慌，我救你来了。

推子说，远子，我们现在就去医院。我们去医院，医生给你治伤，医生全都是好医生，他们不会不管你，他们会救活你的。

推子说，远子，你要相信我，你要挺住，我们去医院，我们治好了伤就回去，我带你回东冲镇去。

车在青年大道上被堵住了，推子朝司机喊，怎么不走！司机不说话，把车弯上慢车道，挤开自行车，绕到解放大道路口。车子颠簸了一下，远子哼了一声，微微睁开眼。远子睁开眼来看见了推子。远子睁着灰白色的鱼眼，朝推子困难地笑了一下。

远子说："推子，是不是你？"

推子说："远子，你要坚持，我们马上就到了。"

远子说："推子，这一回我没有搞好，我把事情搞糟了，我太自信，我还是应该要你来帮我。"

推子把他搂紧，说："我是在帮你，事情没有糟，我们就要到医院了。"

远子咧开嘴笑了笑，他的柔软的边分头已经被弄乱了，乱得不可收拾，这样他就像是弄丢了他的骄傲，他把他的骄傲弄得不可收拾了。

远子咳一下，嘴角涌出一汪血。远子说："我现在的样子肯定很难看，我就像一堆垃圾一样，被武汉扫出去了，武汉肯定很高兴。"

还是晚了，远子被推进手术室时，脉搏已经停止了，医院做了抢救，没有把人抢救过来。一个小时后，推子在远子的死亡通知上签了字。小米在那个时候从武昌赶来了。小米一脸苍白，样子就像一只惊慌失措的狐狸。小米一把抱住推子，小米，远子呢？远子呢？推子看小米。推子看小米半天。推子说，远子死了。小米的泪水就流出来了。小米先是哭，站在急诊室外的过道中间，捂了脸，任泪水顺着指缝流淌下来，后来她恨到极致地跺脚，说，活该！活该！他为什么要这样？他为什么非要把自己丢在武汉？！

推子说他要把远子带回家，推子做到了，他带远子回家。

推子给父母打电话。推子说，我带远子回来了。

推子还带了飞娃一起回东冲镇。共生说，推子哥我陪你，我陪你送飞娃回去，我回去以后再也不来了，死都不来了。

大尘不回去，菜包子不回去，多多也不回去。大尘说，推子你不要给我们家里人说，你说了他们担心。推子点头，推子说，大尘，远子死了，我不会再来武汉，你们要回去，没有人来接你们，你们得靠自己回去。你们自己走回去，你们自己买车票，坐长途汽车回去。大尘说，我晓得，推子我晓得你的意思，你的意思是我们不要像远子，不要让你抱回去。推子你放心，我们不会再像远子了。我们不要人抱。

推子要小米随他回东冲镇，小米不干。推子说，小米你想怎么样？小米说，这就是你的问题，我不像你，我根本不想。推子说，小米我要你跟我回去。站在武汉天空下的小米有一刹那差点儿没流出眼泪来，但小米忍住了，她柔情万丈地看着推子，说，推子你终于说出来了，你终于说你要我了，你不知道我有多高兴，我都情愿为这句话去死。小米说，但是推子我不会跟你走了，我不会回东冲镇了。我不像远子，我也不像你，我不想征服什么，我也不会拒绝什么，我只是喜欢武汉，喜欢做一个武汉人，喜欢在武汉的大马路上走来走去，在武汉的人群当中走来走去。也许这样做很傻，也许这样做很难，也许我会失去什么，但我不会失去生命，我也不会失去机会，不会像远子那样，也不会像你那样，我肯定会做一个快乐的武汉人，我至少可以做一个快乐的小米，推子你和远子走吧，你不要管我。

推子谢谢桑红，他对桑红说，谢谢你帮我，我第一次出远门，你是我在路上认识的最好的路人。桑红的难过连她自己都没有意识到。桑红红着眼圈说，我没有想到会是这个结果，推子我是想你在我这里长期干下去的，我想你能经常给我讲你的鹿，你讲了复活节岛石像和非洲大裂谷，还有喜马拉雅、楼兰、罗布泊、马尾藻海、魔鬼三角、南马特尔、波利尼西亚、撒哈拉，还有那么多地方没有讲，它们要讲完可以讲一年，它们要继续讲下去可以讲一辈子，我以为你会接下去讲的，我以为有很多的时间，我没有想到会是这个结果。推子点头，说，我把《世界地图》送给你。推子说完这话以后就再不说什么，他连一头闯进城市的野兽和城市猎人这样的话也没有说。

推子离开武汉那天，武汉下了一场雪。小米到新华路长途汽车站送推子。小米看大尘领着人把飞娃挽上车，回头对推子说："推子，你记不记得，两年前我们从东冲镇出来那天，你在镇上车站送我们，那天也下了雪。你知不知道那天我在车上想什么？我想，武汉肯定不是我做梦时看到的那个武汉，它肯定会让我大吃一惊。我还想，有什么了不起。"小米说过那样的话后笑了，小米的笑灿烂如霞。

推子抱着远子的骨灰盒，站在那里没有说话。离发车有一段时间，推子不想那么早上车。推子知道远子这个人闲不住，即使没有狗逗，即使满地泥泞，他也会挨着最后一个上车，何况他们就要离开武汉了，他们离开武汉就不会再来了。

据说武汉很少下雪。据说武汉的雪很不像雪。据说武汉的雪一下到地上就化掉了。据说武汉的雪化掉以后，这座城市有很长一段时间会生涩着，变不回原来的样子去。推子不知道这些，或者说他不全知道，推子不知道的，他只有想象，而想象的事情，推子从来就不要去兑现它们，兑现了，那就不是想象里的事情了。

（原载《十月》2000 年第 4 期）

白连春
BAI LIAN CHUN

1965 年出生于四川泸州市江阳区原沙湾乡的一个贫困农家。自小遭父母遗弃，由祖父母拉扯成人。1982 年入伍当兵。1986 年复员返乡，边打工边创作。1992 年，到泸州江阳区文化馆工作。1997 年北漂至北京。1998 年到鲁迅文学院进修。2000 年加入中国作家协会。曾临时供职于《北京文学》杂志社，从事编辑工作。2008 年带病回到家乡。现在江阳区文化馆工作。

1985 年开始发表作品。有诗集《逆光劳作》《被爱者》《在一棵草的根下》及中篇小说《拯救父亲》《二十一世纪的第一天》《我爱北京》等。

拯救父亲

关于父亲
我还能再说些什么
天越来越冷了
父亲常常蹲在低矮的屋檐下
抬头怔怔地看天
接下去就把脸深深埋在胸前
长时间一言不发
五十六岁　父亲已不再年轻

我还记得今年麦收
父亲和我要把打下的粮食运回家
父亲搂紧一大袋麦子　努力了好几次
最后突然瘫坐地上
父亲的脸一下子涨得黑紫
手足无措地望着我
沮丧得像一个做错事的孩子
我赶忙用衣袖遮住了双眼

父亲终于要到南方去了
他向我数着日子的艰难
我把他送出学校土门外
直到泪水模糊了视线
我仿佛看见滚滚的民工大潮中
我衰老的父亲

身背简单的行李
像一只孤单的斑头老雁
苍茫的背影蒙满了
厚厚的尘埃

——谷禾《关于父亲》，摘自《诗神》
折叠系列诗丛《四个少女和春天》

谷禾，本名周连国，一九六七年六月十二日出生于河南郸城。大专文化。在河南郸城南本二中教书。一九八九年开始从事诗歌写作，至今只有不足百首作品散见于《诗刊》、《诗歌报》、《飞天》、《星星》、《绿风》等国内十几家报刊，得到几次不很重要的诗赛奖，一九九六年获周口地区 1992—1995 年文学创作成果一等奖。较有影响的作品有《十一月的琴声》、《大风》系列等。爱读书，但生性疏懒，认为诗歌于己是一种缘，是对流逝的时光的瞬间挽留。

一

那天是星期天，那天谷禾起床晚了。头天，他几乎熬了一宿，一宿，就写了一首诗，即上面引的《关于父亲》。其实写《关于父亲》并没有用多少时间，也就是十分钟的事。问题在于写好了《关于父亲》后，谷禾就陷入了对父亲的思恋和惦念中。这一陷入就是整整一夜，直到天大亮，老婆和儿子都起床了。他们原本说好那天去儿子的外公家的。老婆看见他脸黑眼红，额头虚幻氤氲，头发一根根枯槁仿佛十二月寒风中的荒草，似乎早已筋伤骨损精殚神耗得气息奄奄了，就说，我和儿子先去，你睡会儿吧。老婆是个好老婆，挺善解人意的，很支持他写作。她是一个小学教师。她是因为爱慕谷禾的才华才嫁给谷禾的。她的父亲是商人，有些钱，然而从不显山露水，一旦看出谷禾需要，他总是在谷禾开口前提出，并且很大方地拿出远远超过谷禾想象的那个数目。老婆一家人都喜欢谷禾。谷禾不抽烟，不喝酒，不打牌，不跳舞，也从不去卡拉OK，他是一个标准的好男人。他的实在是一眼就可以看出来的，有眼光的人家都愿意把女儿许给他，虽然他的外表很不出众。优秀的灵魂总是朴素的。谷禾能够成为我的朋友加兄弟也是这个原因，这也是我的这篇小说把谷禾当做主人公的目的，我希望我的小说有一颗朴素的优秀的灵魂。

谷禾刚在床上躺下，就听见急促响亮的打门声。门外的人恨不得一脚把门踢烂，跨进屋来。谷禾喊一声来了，顾不上穿衣穿鞋就下了床。闯进来的是一个陌生人。你是不是周连国？那人问。我是周连国，谷禾回答。周连国，周连国，那人说，你爸……那人一屁股坐下来，开始大口大口喘气。他一身灰仆仆的，脸上、手上和衣服上都无羁地放纵着劬劳过度的疲惫。他看上去比谷禾更需要休息。我爸咋啦？谷禾抓住那人的手。谷禾昨天晚上想了一夜他爸。他的心很响地颤一声，仿佛一根弦，只拉了一下，就断了。难道我爸……谷禾把那人抓扯起来。那人像一摊烂泥。我爸咋啦？他在广东，被抓了。谷禾松开手。那人跌到地上，闭上眼睛。那人喃喃着，似乎已在梦中：两……两个月了，他不让……告诉，是我自己找来……找来的，我是四川人……那人头歪到一边，嘴角挂着一丝浑浊的涎水。

那么，接下来的这段时间，让我们想象一下谷禾的心情吧。他在十六平方米的屋子里走来走去，睡眠早已消失得无影无踪了，他穿着裤头，光着脚，恨不得把躺在地上的人一脚踹醒，要他告诉他究竟怎么一回事，又有些于心不忍。那人那么远地来，看他躺到地上就睡过去的样子，他一定……可是我爸究竟怎么了？已经两个月了，他们为什么抓他？他做了什么？谷禾双手抱住头，蹲到那人的脸前。他端详着那人的脸，恨不能给那张脸上来一拳。他的牙齿咯咯地敲击个不停，脸像大海一样波浪起伏，瘦瘦的高高的身体不停地颤抖……他终于一拳头打在了那张脸上……他对那人说兄弟对不起了。那人摸了摸肿起的半张脸，对他苦笑了一下。我这是自找的。那人说。

后来，那人和他一起坐上了去广东的火车。在火车上，他们两个结拜成了兄弟。现在，你已经明白了吧？那人就是我白连春。现在我坐在这儿写这篇小说。这儿是北京远郊的一个小村。我的兄弟谷禾在北京朝阳区八里庄的鲁迅文学院读文学班。现在是五年以后。半个月以前，我有事去北京，然后去了鲁迅文学院。我去鲁迅文学院是找另一个朋友宁夏作家石舒清的，结果很意外地看见了我的兄弟谷禾。他到北京已经两个月了。我们一夜没睡。我们在空空荡荡的鲁迅文学院顶楼的大教室里谈天说地，很自然地我们就回忆起五年前那次拯救父亲的行动。我们两个都哭了，为我们共同的农民父亲。

二

我是在漯河火车站碰上谷禾父亲一行五人的。当时，我一定像个十足的叫花子，因为我三天里只吃了半个面包和半瓶矿泉水。我的一生，总是在饥饿中挣扎，现在，仍然时常填不饱肚子。记得有个什么人曾写过一篇《饿死诗人》，我就是那应该饿死的诗人。那年，我是到北京参加《诗刊》的青春诗会的。那是《诗刊》的第十届青春诗会。同去参加的诗人有阿坚、洪烛、汤养宗、蓝蓝、凌非和荣荣等人，《诗刊》的老师有李小雨和邹静之。会是在植物园开的。我记得有一座卧佛寺，卧佛寺里一扇院门的横匾上黑底金字写着：我们食用的粮食是从哪里来的。这句话留给我的印象非常深，一直萦绕着，照亮了我苦难中的精神。

离开北京，我是花一块钱买了一张站台票上火车的，火车快到河南许昌时，查票的把我查了出来。我手里正拿着海明威的《老人与海》看得入神。查票的看我不像个坏人，要我补票，可是我的口袋里掏不出钱来，于是，他缴走我的书。火车到达许昌，他就把我推下了火车，不准我再上。有一会儿，我试图从他手中把书抢回来，但是没有成功。他是个高个子，块头不小，皮肤很白，年龄在四十岁左右，他的眼睛闪现出漫然的似乎一直在浏览着什么的光，看来，他一定读过不少书，知道《老人与海》是本好书。火车开走后，我的泪就下来了。我心疼那书。《老人与海》是我喜爱的书之一。

那时候已经是一天的傍晚了，不一会儿，天就黑了下来。我又冷又饿，顺着铁轨茫茫然走着。我的心里还有一些害怕。十月的夜空，在河南应该算是冬夜，天蓝得出奇，能听到星星们的笑语。不时有一列火车轰隆隆开来。我非常羡慕那些有钱坐火车的人。我走得不快也不慢，汗把背给湿透了，凉凉的，再加上饿，很难受，但我不能停下。我想我最少也得走到下一个站。下一个站是什么站，我不知道。后来我知道了，下一个站是漯河。一个人又冷又饿，走在一条陌生的路上，而且是在十月的夜里，那是怎样一种感受？我至今仍然说不出。一路上我想了很多，似乎又什么都未想。现在我回忆起当时的情景，所有的想法加起来只有一个念头，那就是：我不能停下。

我那么走了一夜，又走了一天。第二天，天快黑的时候，我终于走到了漯河火车站。我刚在漯河火车站门口站定，一个缺了一条腿拄着单拐的白发老头儿，就向我伸过一只手来。我不好意思地对他笑了一笑，然后握住那只伸过来的手。没想到这么一握，奇迹竟然发生了。老头儿将我上上下下左左右右打量一番后，把我牵到一张长椅边，示意我坐下。那长椅上铺着他的被子。我毫不客气地挨着他坐在长椅上，拉过他的被子捂在我们俩的怀里。我们相互看着，脸上都浮现出由衷的笑。我们都明白：我们是两个被命运驱策流徙于天涯的人。我们那么紧挨着笑着相互看了一会儿，老头儿不知从什么地方拿出半个面包，塞进我的手里。我看也没看一眼，张嘴就咬。老头儿又拿出半瓶矿泉水递给我，还温温的。显然，他是一直把它揣在怀里的。我吃着老头儿的面包，喝着老头儿的矿泉水，突然，泪，猛地涌了出来。我知道，这半个面包和半瓶矿泉水的价值，是我一生都无法偿还的。我拿着剩下的面包和矿泉水，停了下来。老头儿说吃吧吃吧。见我还呆着，老头儿又说，我今天吃过了，不信，你摸摸我的肚皮，还鼓鼓的饱着哩。说罢，老头儿抓起我的一只手，去摸他的肚皮。我顺从地摸了他的肚皮后，把面包和矿泉水全吃完了。夜里，我和老头儿就搂在一块儿睡了。长椅很窄，夜很冷，我们搂得很紧，几乎搂成一个人。

半夜里，谷禾父亲一行五人就来了，他们谈起了去广东打工的事。我坐起身，静静地听他们说。看样子，他们全是跑江湖的老手，因为他们已经不止一次去过广东了。广东好挣钱。这我是早就知道的。我突然想跟他们去广东。我以前为了诗歌只往穷地方去，比如延安、黄河流域、云贵高原、北大荒、西藏和青海等。老头儿也醒了，他认识谷禾父亲他们。他说他们跑广东，他们是民工。老头儿在被窝里捉住我的手，你跟他们去广东吧。老头儿说，我看得出你是个有出息的人，总有一天你会好起来的。老头儿说你心肠好，好人有好报。爷爷。我说。我紧紧地抓住老头儿的手。老头儿把我搂在怀里，他将自己的脸贴在我的脸上，我感觉到老头儿已经泪流满面了，因为他把我的脸也弄得湿漉漉的。

天快亮的时候，我和谷禾父亲他们五个人一起爬上了一列去广东的货车。

他们果真是跑江湖的老手。他们根本不去挤客车。客车有查票的，他们中的一个说。他们五个人里，谷禾父亲年龄最大。那时候，我还不知道谷禾父亲有一个和我一样写诗的儿子。那时候，我已经读过一些谷禾的诗了。我喜欢谷禾的诗。我觉得我和他的诗路差不多。我没有想到，我会那样认识谷禾的父亲。我从生下地起就被父亲遗弃了。我是跟着爷爷奶奶长大的，所以，我见着老头儿老太就自然亲。我爱世界上所有的老头儿和老太，我认为理所当然他们都是我的爷爷和奶奶。反过来，凡是五十岁左右的我认为年龄和我的父母差不多的男女，我都会对他们产生出一种渴慕的心情，暗地里希望他们能够把我当成他们自己的孩子。

那时候，在装得满满的一麻袋一麻袋东北大土豆的车厢里，我对坐在我身边的谷禾父亲充满了潦草而仓促的猜想，我的目光带着些悲怆带着些同情也带着些疲倦和空虚，在他的身上逡巡搜索。这个老头儿，头发都半白了，眼睛里已没有多少光泽，额上的皱纹像冬天大地上冻住的麦苗，一茬挤着一茬，又枯又黄又笨拙，远看一片苍茫，近看苍茫一片。可是，就是这样一个老头儿，居然还扒火车远走广东打工。我浑身一阵哆嗦，双手更紧地环抱在胸前，以抵抗清晨火车上无边无际的寒冷……那另外四个人年龄和我不相上下，然而他们都是地地道道的体力劳动者。我和他们的区别，就是一个瞎子也看得出。

他们全都打开了随身携带的编织袋拿出肮脏的被子，把自己严严实实地裹上了。谷禾父亲拿出他的被子时曾对我招手。兄弟，他说，过来挤着吧。但是我摇了摇头。他就没有再作出别的表示。也许他认为我摇头不愿意和他挤在一起，是因为我看不起他。他哪里知道，我心里早已对他有了渴盼和向往，正是这些渴盼和向往使我不敢一下子靠他太近。他的形象，我认为正是一切诗人的父亲的形象。那时候我还不知道他就是一个诗人的父亲。那时候我根本没有把谷禾和他联系起来想。我想的是我和他——谷禾父亲——他似乎是与苦难斗争的生活的象征——怎样才能产生出持久的亲密关系。我这样想的时候，谷禾父亲的目光一直在我的身上。正如我在观察他一样，他也在观察我。他一定感受到了我的冷。他再一次冲我抬手。兄弟，他说，过来挤着吧。出门在外，他说……他把后半句话留下了。我立刻看出这个表面愚钝的老人实际上是智慧的。我对他的好感又深了一层。我差不多可以说是爱上他了。我怕挤着你，我终于说。我不怕，他说，挤着暖和。我就爬到了他的身边。他用半边被子把我也裹了起来。原来，他一直为我留着半边被子。那一瞬间，我突然理解了生活的涵义。生活打动了我。尤其是我们这些普通的在最底层挣扎的人的生活，原来每一个细节都充满着柔情。天啊，我多么热爱啊……

　　火车一直不停地开着。在这篇小说里，火车只是一个工具，它把我们从河南载到了广东。实际上我们的幸与不幸都是从火车开始的。那时候我们六个人谁也预见不到火车将会带给我们什么。那时候我们一直在谈论我们身体下的土豆。我回忆起我有一首写土豆的诗，说土豆在泥土底下悄悄地爬着前进，但我说我们一直在谈论，实际上是指他们五个一直在谈论，我只是静静地听。他们由土豆说到了别的粮食，最后说到一九六〇年前后那场大饥荒，饿死了多少多少农民。我身边的老人激动起来，他说农民不识字，不会写，也不会说，就像聋子和哑巴一样，没有人肯站出来为农民说一句公道话。他说他爹和他大哥就是那个时候饿死的。他意味深长地看我一眼，然后，站起身，面朝着我。我就听到他身后噗的一声。他放了一个屁。他放完屁后，坐了下来。我有些惊讶地望着他。我惊讶并不是因为他放屁。屁人人都要放，这没有什么奇怪的。我惊讶的是他站起身面朝着我放：他完全可以坐着放屁的。离我最近的一个小伙子看出了我的疑惑，说周伯从不在粮食上放屁，也从不对着人放屁。我才知道老人姓周。周伯说人不能糟践粮食，尤其我们农民，因为粮食是农民一手一脚种出来的。是吗周伯？老人不好意思起来，他的脸竟在黧黑中挤出了些许嫣红，像初春枝头上绽放出的第一朵桃花。粮食和儿女和爹娘一样哩。老人说。可是土豆，车厢那头一个小伙子接过话，土豆是什么粮食？土豆是天底下最养人的粮食，老人说，不信，你回家问你爹去。老人脸上的肌肉一丝一丝激烈地抽搐着，显然，他的心里很不平静。我说不出有多么爱他了。于是我说老伯你姓周？我姓周，老人脸上的表情缓和了一些，你呢兄弟？我姓白，叫白连春，四川人。看得出你不是我们河南人，一个小伙子说，你怎么和车站的那个老杨头儿搞在一起的？我也是刚认识的他，他给我吃了面包和矿泉水。他给你吃？另一个小伙子问，是你给他吃吧？不，他给我吃，我说，我去了一趟北京，一分钱都没有了，我在许昌火车站被推了下来，然后从许昌走到了漯河。啊，他们全都叫起来，真的？我朝他们笑了笑。他们就分别拿出自己的烧饼和矿泉水瓶里装的开水一个一个都往我跟前递。吃吧，吃吧，他们说，兄弟，别客气。我接过了其中一个烧饼。你和我们一块儿干活儿去吧。他们中的一个说。我想跟你们一块儿去，我怕我不会，又怕你们不要我。我老实说。怎么会呢？我们不是在一起了吗？干活儿简单得很，像你这么聪明的人……你去北京干啥？小伙子们抢着和我说话。开会。开会你会一分钱都没有？他们全都表示怀疑。是开诗会。诗会？他们不明白。就是写诗的会。啊！他们中的一个叫起来，我明白了，就像周连国一样……周连国？就是周伯的大儿子，他是个诗人，他叫什么名来着？谷禾。另一个小伙子代替老人回答。谷禾。我说。你读过谷禾的诗吧？一个小伙子问我。我想起我读过谷禾的诗了。谷禾的诗我有印象。他和我一样，我们差不多都可以叫做乡土诗人吧。谷禾的诗不错，我说，我读过不少哩。是不错吧？一个小伙子很自豪地问，仿佛他就是谷禾。他是县里的老师哩，一个小伙子说，你也是老师吧？我不是。你是干什么的？我就是写诗。写诗？什么都不干？再一次，他们全体表示怀疑。写诗能得多少钱？他们中的一个找到了我的破绽。得不了钱。得不了钱，那你还写？我……我不知道该如何回答这个简单的问题。你是大学生吧？他们中的一个问。不是，我回答，我跟你们一样，是个农民。农民也写诗？听他的口气，好像只有大学生才可以写诗，而农民只配埋头种地。你写什么呢？这是一个关键的问题，但不像刚才的那些问题那样要命。我写农民。我愉快地回答。写农民？农民有啥好写的？他们不理解。写农民生活的艰辛和困苦，我要为农民说话。啊，他们叫道，对，就应该写写农民。你写我吧，他们中的一个说，我三十岁了，因为家穷，还没有老婆。你给他写出一个老婆来吧。他们笑起来。看得出，他们接受我了，他们感到跟我在一起是高兴的，因为我有许多地方和他们一样，又有许多地方和他们不一样。他们这样同我谈话的时候，谷禾父亲一句话也没有说，但我察觉到我们说的每一句话他都是非常留心地听着的。在被窝里，他紧紧地握住我的一双手，似乎早就和我成了知己，就像火车站那个缺了一条腿的白发老人。于是我发现人在爱着的时候是相同的，是可以把对方拿来当做自己的慰藉的。人在爱着的时候绝不会装模作样，就如同两小块土疙瘩粘到一起，成为一块大土疙瘩一样。人只要相互贴着心，就容易爱。

三

谷禾先找到校长请了两天假，然后去岳父家，他的老婆和儿子一早就去了。老婆去的时候说我和儿子先去，你睡会儿吧。谷禾来到岳父家，才知道那天是岳父大人六十岁的生日，虽然已经是下午了，仍有一屋子的客人。老婆见到谷禾就问你怎么现在才来？你把爸的生日给忘了吧？谷禾把老婆拉到一边，低声告诉她爸在广东被抓了的事。老婆当下就急起来：那，咋办啊？我有办法了，我只是来给你说一声，我要回乡下去两天。谷禾说着就往门口走。千万别说出去，啊。嗯，你来了就走，也不给爸说一句话。谷禾走到岳父跟前，伸手抓了抓头发，然后认认真真地给岳父鞠一个躬，说爸，祝你老人家生日快乐。岳父一摆手，说忙去吧，我知道你有事，我快乐着哩。碰！二筒！岳父叫了一声。岳父和三个老朋友正在麻将桌上，没工夫理会谷禾。谷禾走到院子里，又折回身，把老婆拉到一边，家里有一个朋友，是从广东来报信的，我走了，你要招待好人家。

谷禾一出岳父家院门，就开始小跑。不一会儿，背上就出汗了。谷禾跑到长途车站一看，去往赤沙庄的车已经没有了。二十分钟以前，最后一班刚开走。谷禾就有些控制不住，嘴一咧，猛地就悲从心生，鼻子酸得不得了，两行泪一左一右骨碌碌打在脸上。他的眼前就浮现他爸被关住的情景：那是一间没有窗的黑屋子，门，是铁门，屋里没有床，没有凳子，他爸只能蜷缩着坐在地上。地上有老鼠、跳蚤、臭虫和蟑螂，就是蚂蚁也敢爬过来咬他爸。他先是看见他爸的脚被老鼠咬流血了，然后看见蚂蚁在咬他爸的手。蚂蚁在他爸手上咬出了白森森的骨头。谷禾叫了一声。他被眼前的情景吓坏了。

县城到赤沙庄四十公里远，车其实只能到达乡里，下车后还得走一段路，也要一个多小时，于是谷禾决定连夜走回去。这条路他曾经走过三次。第一次是他到县城上高中的时候，是从赤沙庄到县城；第二次是刚到南本二中当老师的时候，是从县城到赤沙庄；第三次是和父亲一起。父亲到县城里来买两包日本尿素。父亲说县城便宜点，一包少一块钱哩。买好日本尿素后，谷禾要送父亲去县长途汽车站，父亲说不，我走回去。走回去，化肥怎么办？父亲扬扬手中的一节竹竿，我担回去。担回去？八十里路？那怕啥？坐车要不了多少钱嘛。要不了多少钱，售票员厉害着哩，一包化肥一块钱，要坐车，我还不如就在咱乡供销社买哩，跑这么多路，何苦？就是何苦，为省一块钱……两块钱哩。父亲打断谷禾，买两斤盐还有余哩。你呀，一点都不懂农民的苦，挣钱不容易，我们去年打工的钱还没有要到哩，节约可是随时都可以节约的。我跟你一起回去。弄啥？明天是星期天。星期天你在家呆着吧。我好久没有回乡下了。是，父亲说，你应该回去看看了，你妈这几天总念叨你……

谷禾从父亲手里拿过竹竿。父亲于是掏出两截绳子，一截绳子上绾两个扣，把化肥套好。谷禾就担起了化肥。谷禾走得冲冲跌跌的，脚下有些趔趄，不稳。他本人也知道自己的身体在晃动。两包日本尿素，八十斤一包，并不太重，才一百多斤。谷禾担着竟然很吃力。是活儿干得少了。谷禾想。谷禾感觉到了周围的人投射过来的目光。那些目光里什么想法都有。偏偏那时候父亲一个劲儿叫他。父亲紧跟在他的身后，叫道：连国！连国！你放下！你放下！让我来担！让我来担！谷禾对父亲非常不满，认为父亲是有意出他的丑。谷禾后来怎么也想不明白，当时自己怎么会那样想呢？父亲完全是因为看见他担着太吃力，才一个劲儿叫他的。谷禾不理父亲。谷禾走得更快了。谷禾咬着牙，想，我怎么也要坚持到县城外。然而谷禾没有坚持到县城外，他跌倒了。也许是他用力不平衡，也许是路坑洼太多，也许是有人碰了他，总之，他跌倒了。

两包日本尿素砸到地上，其中一包破了一个口子，漏出大约两捧亮晶晶的颗粒状物质。你，你，你，父亲突然出手给了谷禾一记耳光，叫你放下你不！父亲蹲下身子，手哆哆嗦嗦捧起那些亮晶晶的东西，犹豫一会儿，又放下，他站起身，脱下外衣，将外衣铺到地上，然后解开绳子的扣，抱起化肥将化肥整包放到衣服上，又捧起那些洒落出来的颗粒。父亲捡得很仔细，地上一颗也不剩了，才重又给绳子绾扣，让衣服捆住日本尿素。父亲做这些的时候，谷禾始终怔怔地守在一边，目光凄苦无助地看着父亲身上那件黑色的毛线衣。那是谷禾上高中时穿的，一直穿到大学毕业。袖口、领口、背上和胸上以及下摆处有好几个地方都烂了。因为没有相同的毛线了，母亲就拿其他颜色的毛线把那些地方缝补。后来二弟又穿。二弟穿到大学毕业，毛衣更烂了。母亲干脆用布缝补那些烂处。最后，这件毛衣不是毛衣布衣不是布衣的五颜六色的花衣服就归父亲穿了。谷禾记得父亲穿上的那天一个劲儿乐。挺好挺好，他说。

父亲已弓身担起化肥，远远地走去，谷禾才明白过来刚才发生了什么。他摸了摸那半边被父亲打过火辣辣疼着的脸，缓缓抬脚，迟迟疑疑跟在父亲身后。刚才，究竟是怎样一种虚荣心在驱使着我呢？谷禾想，我是怕县城里的人看见我担化肥？那么，我为什么要抢着担呢？因为心疼父亲？可是父亲一点也不心疼我，洒落一点化肥，就给我吃了一记耳光，这么疼。长这么大，谷禾还没有挨过父亲的打。他觉得天大的委屈。他流着泪不紧不慢地跟在父亲身后。还好，天，很快就黑了下来，没有人知道他在哭。父亲终于在县城外停了下来。连国！连国！父亲在喊谷禾。谷禾仍然不紧不慢地走着。他听见了父亲的喊声，还看见父亲给自己招手。天已经黑下来。在离父亲大约五步远的地方，谷禾站住了。你打我。他说。你打我，他对他的父亲说，而我却……他想对他的父亲说而我却心疼你，然而他说不出。他一下就哭出了声。爸。他叫。他一边哭着一边叫爸。父亲走到他的跟前，搂了搂他。我把我儿子打疼了。父亲说。没有。他说。他拿过父亲手中的竹竿，担起化肥。两包日本尿素比刚才轻了许多。他有些奇怪。难道是父亲这一巴掌使自己突然间长了力气，成了一个真正的和父亲一样的体力劳动者？他的步子平平稳稳的。大地在脚下扎扎实实地托住他。大地无边无际。大地一派明净，因为洒满了月光。那是一个奇特的晚上。谷禾和父亲轮流担起两包日本尿素。他们说起了童年时代的一些趣事。那个晚上，谷禾和父亲，他们像两个朋友，两个人生旅途上的伙伴。

谷禾的眼睛潮湿起来。他仰头看看天。天空黑漆漆一片，没有月亮，也没有星星，一颗星星也没有。他收住脚。他感到他的腿在颤。那颤像一只虫子，从他的腿部爬了上来，于是，他感到他的腰也颤起来，接下去，谷禾觉得自己整个儿地颤了。谷禾浑身上下感到一种黏答答的冷，似乎有无数的冰凉的小手在抚摸他，那些小手剥光了他的衣服和皮肤，将冰凉直接抚摸到他的骨头上。

他看见自己的骨头白森森的，在十二月的冬夜，是一棵败节草，一节一节散落下来，摊在地上。忽然，平地一阵狂风，卷起的尘土就埋住了他。他愣愣地站着。他听见了自己的心跳。心跳的声音已经被一种特别的力量放大了几百甚至几千倍，就像是地狱中一个恶魔朝他走来的脚步声。他被吓得奄奄一息。他伸手在空中乱抓，终于抓到自己细若游丝的呼吸，于是，他看见，那堆被尘土埋住的白骨不是他的，而是他的父亲的。爸。谷禾没有声音地叫了一声。爸。谷禾又没有声音地叫了一声。天地间静得如同一座散发着一万年前的古怪气息的坟。一只巨大的恐龙从坟里走了出来，龇着牙，咧着嘴，周身都是大疤癞。谷禾拔腿狂奔。慢点！慢点！谁在叫？谁？声音这么熟？莫非是父亲？慢点连国，让爸担一会儿，今晚天气这么好。我们应该走慢点，多说些话，爸好久没有给你说话了。不是父亲是谁？就是父亲。谷禾放下担子。父亲举起手，拿衣袖替谷禾擦拭额头的汗。不用。不用。谷禾说。他试图挡开父亲为他擦汗的手。不把汗擦干要感冒的。父亲说。爸。谷禾说。父亲从他的手里拿过竹竿，担起了化肥。父亲的步子迈得不紧不慢，四平八稳。谷禾跟在父亲身后，目光落在父亲的背上。他的目光似乎具有穿透力。他觉得自己已经看到了父亲的心脏。父亲的心脏像一个拳头那么大，一下一下很用力地跳着，一张一缩的。他就是从这心脏里跳出来的。他的儿子也是从这心脏里跳出来的。父亲的心脏是他们这一家人的种子。他想伸手去摸摸父亲的心脏，但他不敢，他也不能，他只是充满柔情地看着它在他的前面嘟嘟嘟一下一下很用力地跳，他的眼睛里盈满了泪水。爸，忍不住，他又低低地叫了一声。只有他自己听见了。父亲并没有听见，因为，在他低低地叫一声爸的同时，响起了父亲的声音。父亲说有一次，那时候你可能六岁吧，你记得吗？你弟弟四岁，你弟弟饿了，他抓住你的手，一个劲儿哭，棒子，棒子，他说。他看见了队里的棒子地，就想吃棒子啦，于是，你就给他掰了一个棒子。那时候，棒子刚挂上，迟的棒子还在扬天花，根本没有长成，哪能吃呢？但是你掰了。你的弟弟吃得很香。他吃的哪是棒子，他吃的纯粹是棒子秤。那时候，我已经是生产队的队长了，有人报告给了我。可把我给气坏了。棒子还没有长成就掰下来，那不是糟践粮食吗？我一把把你给拎了起来，一只巴掌举得老高老高，要打你，可是久久落不下去。你还记得吗？你是我的儿子，你糟践粮食，是我没有教育好你，责任在我，我怎能打你呢？再说你是掰给你的弟弟吃哩。那时候大饥荒刚过，人们刚刚填饱肚子。粮食珍贵着哩，哪像现在，好好的棒子都拿来喂猪，猪吃得比那时候的人还好。你糟践了粮食，社员们一个一个大眼瞪小眼全都看着我。你妈也看着我。你一个六岁的孩子你懂得什么呢？然而不能因为你才六岁糟践了粮食就不罚你呀。你还记得我是怎样罚你的吗？你还记得吗？我想虽然那时候你只有六岁，但你应该一辈子都记得的。人什么时候都不能糟践粮食，粮食是老天爷给我们活命的东西，怎么可以拿来糟践呢？我今天失手打了你，是因为你不珍惜化肥。化肥是粮食的命，再说，你已经这么大了，还当了县城中学的老师，不比小时候不能打。这化肥从日本那么远的地方漂洋过海来到咱们中国，容易吗？怎么能不珍惜呢？咱们买它为啥？为了粮食，给粮食救命呀。我看当时你一定被什么东西迷住了，像有鬼在追你似的，担着化肥跑得那么快，我叫你放下你偏不放下。你是怕县城里人看见你有个农民父亲是吗？那你为啥要给你的农民父亲担化肥呢？怕人看见你就远远地躲着我得了吧，我不会怪你的。城市里的人都看不起农民。没有农民种粮食，他吃什么？他怎么活？你要记住：你是一个农民的儿子，你是从农民身上掉下来的肉，你不能看不起农民，更不要以为有了农民父亲是你的羞辱。农民有啥不好？农民就低人一等？你爸我一辈子没有占过任何一分一厘的便宜，活得直着哩。这些道理你比我懂得多。你读了那么多的书。书上不都写着吗？做人就要本本分分。本本分分的意思就是：做老师你就要好好地教书，做农民你就要好好地种地，做工人你就要好好地上班。我……

父亲后来又说了些什么，谷禾再也没有听进去，六岁那年的情景把他紧紧地抓住了。那一幕就仿佛煮在锅里的汤，由于火太大，太烈，潽了出来，热气嘘了他的脸和手，他揸起手来放在嘴边直吹。他的眼睛里泪汪汪的。他跪在晒场边上。他的弟弟跪在他的身后。弟弟早已经把头磕在了他的背上。他直挺着背，他不能像弟弟那样，把头磕到前面的地上去。他必须仰着头。他觉得他的脖子都快断了。他感到浑身都在痛。他的心最痛。他的父亲把自己高高地吊在了晒场边的那棵歪脖槐树上。他的眼睛直直地看着父亲的眼睛。爸呀我再也不掰棒子了求求你下来吧。他在心里对他的父亲说。你千万别吊死呀。他放声哭起来。听见他的哭声，他的父亲在槐树上说话了。他说你哭有什么用？你必须记住。我记住了！我记住了！我再也不掰棒子了……不是不掰棒子，是所有的粮食都要，都要珍惜……父亲的声音弱下去，突然断了，像一架被卡住的录音机。他爬起身，奔到槐树跟前，抱住父亲的脚。爸、爸，你别死呀，你别……来人呀！他叫喊，我爸死了！他看见他的母亲，然后是众多的乡民从晒场那头的一块棒子地里跑出来。他们在给棒子地薅草。我爸吊死了！他冲他们叫喊。他的脸上泪水像一座汹涌的大海，一下子就把自己给淹没了。他看见他的母亲摔倒了两次，几个乡民搀过她，她从地上爬起来，身体左摇右晃，前冲后跌，似乎是一个不会走路的婴孩在学跑。社员们围住了他和他的父亲：队长队长队长……他们齐声叫喊。他们中的两个爬上了槐树。父亲被放到了地上。他睁开眼睛，目光在众人脸上扫描。我……父亲说，天还没黑嘛，你们……父亲就晕了过去。后来谷禾一直在想父亲这句没有说下去的话，他想把它给补充完整，然而，时间过去了这么多年，他发现他做不到，他每次试图干这件事，都会看见父亲挂在槐树上的情景。父亲就是这样罚他的。父亲这一招太厉害了。这一招让他从六岁痛到现在，而且还将一直痛下去。很多个夜晚，他坐在书桌前，看着看着书，或者写着写着字，父亲挂在槐树上的情景都会浮现在他的书本上，让他猝然之间就泪流满面，同时，耳畔还会响起父亲的声音。父亲的声音一出现就无遮无拦，无边无际，令他无法接近，更无法逃避。你不知道六〇年前后的那场大饥荒，饿死的农民有多少，有的地方整个乡整个乡都饿死了，你爷爷和你大伯父就是那个时候饿死的，我是眼睁睁看着他们饿死的呀，你大伯父饿死的时候瘦得像一根藤了，他从来没有吃过一顿饱饭，他总是把他的那一份再分一半给我。……每一次谷禾都会痛痛快快地大哭一场才能了事。父亲让他不会笑，让他整天都阴沉着脸，严肃有余，活泼不够。幸好他是干教师的。教师严肃似乎是正常的。父亲注定了要在不知不觉之间把他培养成为一个诗人。谷禾后来总算明白了，他之所以爱上诗，写诗，完全是因为父亲的缘故。父亲影响着他的一生。父亲左右了他的一生。

他记得有一次，那时候他还没有结婚，妻子那时候还是他的女朋友，她第一次请他去她家，她说她爸妈想看看他。他就去了，心里多少有些不踏实。岳父，那时候还不是岳父，在客厅里有一搭没一搭一时正眼一时乜斜着眼和他说着话。他像一个老老实实回答问题的小学生。他坐在一把木椅上，感到手心和脚心都给汗湿了。好不容易熬到了开饭时间，女朋友把他拉到桌边。他左边坐着女朋友，右边坐着女朋友的弟弟，他的正面对着盘问了他一个上午的女朋友的父亲。在他和女朋友之间，坐着女朋友的母亲。谷禾在心里管女朋友的父亲叫商人。他想完了，没戏了，这个商人怎么会看得上我呢？开始吃饭了，大家都拿起了碗筷。一吃上饭，谷禾就完全放松了。饭和菜全都是好东西。吃饭的时候一定得有好心情。有好心情才配吃饭，才能吃好饭。好心情对饭和菜，以及对做饭和菜的人都是一种尊敬。这是谷禾差不多从小就受到的教育。小时候他们即使天天喝上豆汤也非常愉快。父亲总是要他吃饭的时候专心致志，不可开小差，因为一开小差就会掉饭。父亲总是默默地把他掉到地上的饭捡起来，然后放进自己的嘴里。有一天弟弟把一粒饭掉进了脚趾缝里，父亲都掰开弟弟的脚趾把那粒原本白生生那会儿已经变黑了的饭捡起来，放进了嘴里。那一粒饭留给谷禾的印象非常深刻，至死不忘。那天吃饭的时候，谷禾看见他的女朋友掉了几粒饭在桌子上。女朋友放下筷子，拿右手的中指把掉到桌子上的那几粒饭统统拨到了地上。谷禾低头看着那几粒饭。他迅速地数清了它们。它们一共是七粒。谷禾看见女朋友放下筷子，以为她会捡着放进嘴里，没想她……那几粒饭白生生的，那么滋润，那么温暖，膨胀着四溢的芳香，它们在谷禾和女朋友之间的地上，似乎在用充满怜悯和谴责的目光诧异地看着谷禾。谷禾忘了他是在女朋友的家里了。他的整个心思在那一刻全部集中到了那七粒饭上。他侧扭下身，伸出右手，一粒一粒地把它们捡了起来。他不知道那会儿女朋友一家人全都拿着筷子目瞪口呆地看着他，他们不明白他要干什么。他把那七粒白生生的饭全都捡到右手心里。随即，很自然地把它们放进了嘴里，然后他抬起头，坐直身子，准备吃碗里的饭。这时坐在他左边的女朋友啪的一声将手中的筷子拍到桌子上，站起身迅速离开了饭桌，同时响起她的哭声。她认为谷禾当众羞辱了她。站住！是女朋友父亲的声音。声音充满威严。女朋友站住了。她的两个肩膀还在剧烈地抽搐。还不给我坐回来。做父亲的声音继续响着。女朋友站着不动。今天，我宣布，还是那做父亲的声音，洪亮、高贵、亢奋、快意：从今天开始，周连国就是我的孩子了。女朋友转回身来，破涕为笑，是吗？是的。做父亲的回答。谷禾从那时刻开始发现女朋友父亲的声音原本是那么悦耳动听。课上课下，谷禾都经常给他的学生们讲要珍惜粮食。他给他们讲锄禾日当午，汗滴禾下土，谁知盘中餐，粒粒皆辛苦。他给他们讲春种一粒粟，秋收万颗子，四海无闲田，农夫犹饿死。有一次，他看见一个学生咬了一口就把一个馒头扔进了泔水缸，第二天他就把他的语文课上到了田野里。那时候已经是春末夏初，河南大地上一派繁忙的劳动景象，然而，在地里干活儿的人多是老人和妇女。那两节语文课，他是请一个正在给土豆松土和除草的老人上的。那个老人非常认真非常动情地给同学们讲了种粮食的不容易。那个老人后来和谷禾成了忘年交。那个扔馒头的学生写的一篇作文因此获得了全国作文大赛一等奖。

谷禾的心情好了一些。路差不多也走了一半了。天空中也升起了半个月亮。这时，他听见身后传来一辆卡车的马达声。卡车正在爬一个长长的斜坡，卡车爬上了斜坡，然后是一块平展的台地，卡车变速，它的声音渐渐减弱，最后平和下来。卡车的灯光白中带点黄，忽闪忽闪的，似乎是一条蛇。卡车超越谷禾，从他身边开过。那司机仿佛也是机械的，他并没有因为路上走着一个夜行人而有所表示。他毫不动情地开车走了。前面不远处有一条早已干涸的不知名的小河，河上有一座水泥桥。桥不大也不小。桥的中央有一个洞。那个洞刚好可以伸进一只脚下去。卡车现在已经开到了那座桥上。过了桥，前面的河滩上有一大片果园。果园里种着约五百棵苹果树。果园的周围，用花椒树栽了一圈篱笆。阳春三月，那苹果花开得方圆几十里都是香的。不过，现在是十二月的夜晚，苹果园漆黑一片，看上去比别的地方还黑一些。走到苹果园旁边的时候，谷禾在门口土屋的矮墙下看见了他的父亲。他的父亲蹲在那块大青石上，一支那个守苹果园的老人卷的纸烟在他的手中一明一灭的。那个老人也蹲在大青石上，在父亲的左边。他蹲在那里，似乎特意等谷禾的父亲，然后叫谷禾的父亲也在那里蹲一会儿。他给他一支早已卷好的纸烟。他叫他周队长。他说周队长，回来了。父亲说回来了。买了两包，守果园的老人说。买了两包。父亲说。然后谷禾听见父亲问守果园的老人都是黄元帅吧？都是，黄元帅……父亲说，有多少棵？差不多五百棵吧，守果园的老人说，四百九十七。这是你儿子？守果园的老人问父亲，在县城里教书的那个？嗯。父亲回答。比你还高哩。比我高，他都有儿子啦。父亲的声音充满喜悦。他从大青石上跳下来。回了我。父亲说，再歇会儿吧。守果园的老人说。不了，明天一早，父亲说，乡亲们都要来分化肥哩。你每年都这样跑，守果园的老人说，不累呀？累，这不，父亲用手指指谷禾，我叫我儿子帮忙了不是。从这次谈话里，谷禾才知道，父亲年年都去县城买化肥，然后担回来。谷禾想父亲去时肯定也是走路去的，要不，守果园的老人怎么知道，而且还一直在那里等父亲。谷禾还知道，父亲买的两包日本尿素原来是回村后要和乡亲们分的。

谷禾在果园门口的土屋前站了一会儿。那块大青石还在那个地方放着。谷禾不明白那个地方怎么会平白无故多出一块大青石。那块大青石又方又平，在那个天空中只有半轮月亮的十二月的晚上，那块大青石看上去比月亮还亮。大青石上什么也没有。大青石泛出一层幽幽的光。那光似乎有一些遗世独立的味道。有一瞬间，谷禾在大青石上明明白白看见了父亲和那个守果园的老人。他们一左一右地蹲着，一人手里夹一支纸烟。那纸烟亮得就像萤火虫。远远看去大青石上仿佛停着两只萤火虫。这是你儿子，守果园的老人问父亲，在县城里教书的那个？嗯。父亲回答。谷禾揉揉眼睛，他发现父亲和老人突然不见了，大青石上只有两只萤火虫。他揉揉眼睛，想继续在大青石上看见他们。他们仍然不在那儿。那两只萤火虫也不见了。谷禾揉了好长时间的眼睛。他们一直没有出现，就如同大青石上从来没有蹲过他们。然而谷禾知道，大青石上蹲过他们的。今年还蹲过哩。每年都蹲过。谷禾的眼睛就被他给揉痛了。揉痛的眼睛里满是泪水。谷禾伸手向大青石上摸去。大青石上空空的，什么也没有。谷禾抬脚，飞快地离开了果园门。离开果园门口大约还不到十步吧，谷禾忍不住就回头了。父亲和老人仍然不在大青石上。谷禾扭头跑起来。他听见在他的身后，老人问父亲，这是你儿子，在县城里教书的那个？谷禾再次回头。夜黑糊糊的，阴沉沉的，在谷禾再次回头的时候，黑糊糊阴沉沉的夜发出一声尖叫，就像一个人在痉挛。谷禾无缘无故地跌了一跤。他爬起来，朝四处惶遽不安地迅疾窥视一眼，旋即没命地奔跑，如同一只受惊吓的小兽想找一个藏身之地。在漆黑的凛冽的无边无际的夜空下，诗人谷禾看上去就是一只逃荒的土拨鼠。值得庆幸的是村庄近了，拐过前面那一大片开阔地和沙丘地，再穿过一片防风林，就是赤沙庄了。赤沙庄五队，那儿有谷禾父母的家。

母亲等在门口，屋里还坐着几个乡亲，有二大爷、王三伯、邻居张叔和张婶。他们看见谷禾和父亲进到院里全都站起身。队长回来了，他们一致说，连国也回来了。回来了，回来了，父亲说，都坐下吧。时间不早了，他们中的一个说，队长你歇着吧。明天八点啊。父亲说。十点吧，是二大爷的声音，你多睡会儿。多睡啥，母亲说，麦种等着下地哩。是啊，父亲说，准八点啊。谷禾看着墙上的钟，已经七点半了，再看看屋外，天差不多亮了。父亲还没有洗完脸，李拐子就来了，一手拄着只拐，一手端着个木盆。我看见队长回来了。他在院门口就响亮地说。他径直坐到了炕上。走了一夜。他说，到底是老了吧？叫连国帮忙了。他说，明年别去了吧，乡上贵点就贵点吧，也贵不了多少。这时，母亲插话了，母亲说贵不了多少，你来啥？我是困难户啊。李拐子说。李拐子下了炕，嗬，还给日本尿素穿衣服哩。他把绳子上的扣解开了。队长，我还来十斤吧。李拐子说。好啊。父亲说。他已经洗好了脸。有现钱吗？没。大概是明年才有吧。嘿嘿。李拐子一乐，脸上的表情有些不好意思，叫队长又出力又垫钱……明年就明年吧，父亲挥挥手，自己动手吧，别少了。好哩。李拐子弯下身，他早已把拐放到一边，往木盆里装日本尿素。他妈的，人家外国的化肥就是劲大，看，多亮啊……他脸上的东西：眉毛、眼睛、鼻子和嘴，全都在跳舞。他妈的。他说。他装了满满的一木盆。一木盆正好。他说。父亲已经在炕上躺了下来。他的一只手在被窝里摁住了腰。谷禾知道，父亲的腰常疼。那会儿，谷禾看见被子在父亲腰的部位那儿，分明有一只手在作劲，一下一下地用力。买化肥的乡亲一个接一个进来了。谷禾到了厨房里。母亲说，你也上炕睡会儿吧。我不困。谷禾说。其实他是不愿意去挤父亲，再说，屋里那么多人，哪能睡？他走出院门，来到村道上。冬天的早晨在多少有些狡狯的风中跌宕地展开原来是那么干净和静谧。

跑进赤沙庄以后，谷禾慢下来。他看见有几户人家的房顶上已经冒出炊烟。这几缕炊烟，反过来使村庄顶上的天空看上去更加整洁和亮堂，让人觉得温暖了许多。谷禾几乎像是在悠闲地散步了。他在忖度和掂量一会儿见到母亲，怎么说父亲在广东被抓了的事，还有另外四家，尤其是李拐子家。李拐子唯一的儿子李岩也和父亲一起被抓了。还有张叔张婶的二儿子张小波，还有二大爷的大孙子周地儿和二队白寡妇的儿子锁子。捎信来的人说一人要交五千块钱才能放人，不然就一直关下去。他们几个都还年轻，可是父亲……在广东被抓了，乡亲们会怎么想。一人五千。谷禾的手扶在父母家的院门上，久久敲不下去。这院门原本是涂着蟑螂色的油漆的，现在油漆已经几乎全都被岁月剥落了，木头纵向的地方还裂开了无数大小不一的缝。谷禾的手指节弯曲着，摁进了一个大缝里。他本想把眼睛贴到那个缝上，往里看的……泪水已经在他的脸上飞掠，仿佛几只不怕冷也不安分的乌鸦。谷禾在院门口站了好一会儿，就听到院里的脚步声。是母亲！是母亲来开院门了。谷禾突然心发虚，他慌慌张张地想找一个躲藏的地方。村道上空空如也，一阵风刚从身边吹过。谷禾想，我总不能钻到风里去吧。母亲已经把院门开了。谷禾只好硬着头皮，装出刚刚抵达的样子，低得不能再低地叫一声：妈。

　　母亲把谷禾让进院门，他们一前一后走到屋里。有啥事？母亲问，你这么早就回来了。谷禾垂着头，他不敢看母亲。说吧，母亲的声音听上去是平静而隐忍的，这些日子我的眼皮一直在跳，准有事。说吧。母亲在催他。爸，爸……谷禾说。你爸咋、咋啦？母亲的声音像一片枯叶，被一阵风突然摘下枝头，一时颤得厉害。在广东，谷禾想，我豁出去了，被抓了。被抓了？他做了啥？母亲的声音尖起来。啥都没做，就是扒火车。谷禾在炕上坐下来，他们五个，一人五千，就放。谷禾听到自己的胸膛里扑通一声，想，我终于说完了。他长长地吐出一口气，于是就看见父亲从炕上坐起来，披着棉衣出了门，他一边走一边把棉衣穿上，一边和院门口的什么人说着话，然后和院门口的人一起走上了村道。今年多少？是父亲的声音。一人一百八。那人回答。狗日的，父亲在骂人，又涨了二十。乡里说是今年的棒子和明年的麦子一块提留了哩。那也不能年年都涨二十呀，刚交了公粮，卖的余粮钱乡里还没给哩，要明年麦收时才给，哪里来的钱……父亲和那人走远了。谷禾在炕上躺下身子。他就那么躺着给母亲说话。是一个四川人来学校告诉我的，爸还不让告诉哩。那四川人咋知道的？他也被抓了。那他，咋出来了？人家有保人啊，保他的是广州市公安局的。母亲不说话了。母亲在炕边站了一会儿，那咋办？爸的钱我出，关键是二大爷他们，怎么给他们说？谷禾坐起身，望着母亲，因为他发现母亲的情绪比刚才好了一点，也许是由于他说了爸的钱我出的缘故吧？他说了那句话，母亲就看到了拯救父亲的希望了。照实给他们说吧，母亲说，这年头还要不要人……母亲走进了厨房。她得去给猪弄食。谷禾和母亲说话的时候，就听见猪在叫唤了。

四

　　那个广州的朋友，在公安局的那个，叫什么名？在三联书店门口，谷禾问我。万里平，我说笔名老刀。噢，我不熟，没有读过他的东西。他的诗不错，他出过一本书，《力缚狂魔》，写广东黑社会的。这人非常好，很仗义……以前我也不认识他，我在收容所里呆了一个月，感到特别难受，想呀想呀想我在广东知道些什么人：杨克、温远辉、万里平、黄荣和马莉……最后，我选择了万里平，因为他是广州市公安局的。还顺，电话打过去，一找就找着了。我说我是白连春。白连春，那边叫道，我刚读了你的《逆光劳作》，他妈的，好诗！你来广州了？快过来，让哥们儿认识认识……我说我非常想认识你，但我过不来……也许他从我的语气里听出了麻烦。他问，你怎么啦？我在收容所里。我说。他妈的！他说，你怎么把自己搞到那里头去了？我扒火车……你没杀人吧？没有。也没抢人吧？没有，我就是扒火车，他们要罚我五千块钱……你等着，我马上过来。两个小时以后，万里平把我给取了出来。他把我领到收容所附近的一家澡堂子里。先洗个澡，他说，我去给你弄身衣服，我一会儿就回来了。就那样，我和万里平一起，人模狗样地走在广州的大街上。没有人知道半个小时以前我还在收容所里。我们走进一家酒楼。万里平一抬手，把老板叫了过来。这是我的一个朋友，著名诗人，好好招待，晚上给他找个房间。然后，万里平拍拍我的肩膀，我有任务，可能要出去几天，我会尽快赶回来的。说罢，他把我拉到一个墙的拐角处，将一沓钱塞进我的手里。在这里你可以随便吃随便住。后来，我向老板打听，才知道万里平是他的姐夫。吃完饭，我又回到了收容所。我的心情和几个小时以前完全不一样了。我带去了五只烧鸡。他们五个在收容所的地上吃烧鸡的那一幕又浮现在我的眼前，当我在三联书店底层的书架上，伸手取书的时候，他们的影子还在我的眼前晃动。我想给谷禾说，我曾经努力想把他的父亲给保出来，但是没有成功。我身上，万里平给我的钱只有一千三，远远不够五千。我曾经苦苦地求所长，甚至差一点给所长跪下，要他用我换谷禾的父亲。所长说你刚出去，就想来换人？管好你自己吧，小伙子！所长把我推出办公室，然后关上门。这些话，我无法告诉谷禾，我只能让它们烂在肚子里。还好，他们五个，早已经出来了。他们一出来，就去建筑工地打工了。我完全用不着再在心里背什么负担。可是我为什么总有点怕谷禾呢？连春。谷禾在那边叫我。他朝我举起一本书。我走到他的跟前。那是一本新诗选。《中华人民共和国五十年文学名作文库》，谷禾把目录翻开，指给我看。我看到了我的名字：白连春。原来我的一首诗《一双藏在竹篱笆后面的眼睛》被选入了。我接过书，看了书的定价，又放回到了书架上。31.00。我才不买哩。我移身走了。我买了一本《鲁迅小说集》。17.70。我还承受得起。十多块钱，就能得到鲁迅的全部小说，我心里想，挺划算的。坐112路电车回鲁迅文学院的路上，我终于想起了我的那首诗。它和这篇小说的主题差不多是一致的。于是我把它录在下面，不喜欢诗的朋友可以跳过去不读。

一双藏在竹篱笆后面的眼睛

这不是一双惯于藏在
竹篱笆后面的眼睛
不是它的光泽也不是这样可以
点燃行路人的背脊现在你除了
一双沉重的手之外连胸口都
火辣辣的了　像针扎　像刀刮
像锤打　大锤　天空那么大的锤
时间的锤　今后　无论你坐在

哪一张办公沙发上　你的心

都感到这一双眼睛的力量

它藏在竹篱笆后面

没有泪水涟涟

没有怒火熊熊

没有喋喋不休地向你评说

也没有大声疾呼

它只是从魂魄处看你

你躲不开它的存在

　　我和谷禾在鲁迅文学院旁边的小店里一人吃了一碗沙锅米线，回到鲁迅文学院。三楼楼梯拐弯处墙壁的黑板上写着：今晚八点大教室文学班举行诗歌朗诵会，欢迎同学们参加。谷禾看了看表。现在八点半，去看看不？去吧，我说，看看能不能认识一个诗人朋友。我把《鲁迅小说集》放到了谷禾的床上，然后，我们上了楼。教室中间的课桌全被拉开了，约五十个同学围坐在教室的三周，正前方黑板下面讲台延伸出来的一片地方，约十米左右做了朗诵台，一个女生正在朗诵。她朗诵完后，主持人把谷禾推上了台。谷禾一走进教室，主持人就发现了他。主持人是个男生，衣着很得体，脸上的皮肤绷得很紧，头发很长，眼睛里有一种高傲的不可一世的光芒，一看便知是一个现代派的诗人。我本能地感觉到他也许是想出谷禾的丑。我和谷禾一前一后走进教室。教室里的人没有一个认识我。走进教室后，谷禾也没有同我说话。谷禾站在那一片被视为朗诵台的地方，他有一些不知所措。有人鼓起了倒掌。这些作家们都是不把别人放在眼里的货色。他们是老子天下第一。谷禾果然陷入了窘困状态。他抓了抓头发。他的举止一点也不像一个中学教师，更不像一个诗人。他穿着蓝不蓝黑不黑的上衣，和与上衣颜色相近的裤子。脚上是一双黑布鞋。他的脸和他脚上的鞋的颜色相近。这样吧，我朗诵一首《关于父亲》，他说，这首诗我是写给我的父亲的。这首诗在公开的报刊上没有发表过。谷禾羞涩地给大家笑了一下，然后，他低下头。那首《关于父亲》——就是这篇小说开头，我引的那首——就从谷禾的胸膛里流了出来——这是我第一次接触到这首诗。我被深深地感动了，特别是父亲搬不起一大袋麦子的那个细节。谷禾朗诵完，泪水就模糊了我的视线：我又看见了我和谷禾父亲在收容所的那些日子……谷禾还站在那儿。看来，他还在那首诗的情绪中出不来。我看见他突然泪如泉涌。他一定想起了他父亲在收容所里的事情。这时，我听到一个冷酷的声音：真他妈！是那主持人说的。一首破诗还他妈哭了！那主持人坐在我的左边，在我和他之间坐着两个低头说话的女生。不知怎么，我一下就控制不住自己了，仿佛刚才在校门外我吃的不是沙锅米线，而是炸药。我腾地站起身，举起我坐的椅子，就砸到了主持人的头上。那两个说话的女生跳起来，各自发出一声尖叫。主持人趴到了桌子下，他的头上，潇洒的长头发被血染红了一片。当天晚上。我被值班老师赶出了鲁迅文学院。那本《鲁迅小说集》还留在谷禾的床上。

五

我喜欢鲁迅的作品，尽管现在有人说鲁迅的时代已经过去了，说鲁迅的东西分文不值，我认为鲁迅的高度是永恒的，没有人能够超越，尤其是现在这些跳来跳去的作家们，无论他们怎样不把鲁迅放在眼里，无论他们怎样骂鲁迅，他们的咒骂实际上只暴露了他们的无知和浅薄。他们的父亲应该好好地把他们打一顿。他们中有的人也许和谷禾和我一样原本也是农家子弟。他们长大了，进城了，然后转过身去骂他们的父亲和兄长：真他妈农！他们从来不为农民说话，他们只为自己说话。他们把自己的隐私，自己的性生活拿出来给大家看。他们以各种各样的手段占据着大刊和小报。他们成了封面人物。他们是明星。他们放一个屁吐一口痰都值上千块钱……而农民们，辛辛苦苦干一年，一分钱也换不来，连过年买盐的钱都没有。要想过个好点的年，他们就必须出去打工。他们中的许多人，出门连车都坐不起，如果想不走路，他们就只能扒车。他们中有的人，比如谷禾的父亲，他已经是一个五十六岁的老人了啊（现在——即我写这篇小说的时候——他已经六十一岁了。五年一晃就过去了）。他是一个共产党员，他还是一个生产队的队长，他的两个儿子，一个女儿，都是大学生，他最小的女儿明年也要考大学了。他就是这样年年在农闲的时候去广东打工，挣钱供他的儿女们上大学……他说他有责任组织生产队的劳动力……听听，他有责任。当我们被关进收容所，他也是那么说的。他说是我的责任。他说我是他们的队长。他把我也包括在了他们里边。他说是我叫他们扒车的。他说要关就关我一个人吧，我是共产党员。你是不是觉得他有一点滑稽，有一点可笑？当他在收容所里对工作人员大喊大叫，说我是共产党员，不关他们的事，放了他们的时候，我真为他感到难过。共产党员怎么了？共产党员扒火车更应该关起来。工作人员说。对，我更应该关起来，他说，他们不是共产党员，所以他们不应该关起来。听听他的逻辑，你还认为他是滑稽可笑的吗？他是救我们哩。在那样的环境里，他首先想到的是别人而不是自己。然而，谁想到过他呢？让我们来看看他的左手吧。在他的左手背上：拇指、食指和中指，甚至无名指和小指上都刻满了刀伤留下的疤痕，它们长短大小和深浅的程度都一样，它们比真正的皮肤的颜色要深、黑、亮，也许是岁月磨蚀的缘故吧，就像一棵老树的最边枝丫上的叶子，它们经受的风雨最多，它们也是最先坠落和腐烂的——在收容所里，因为我和他紧挨着整天整天坐在一起，有机会如此细致入微如此接近地观察他，于是发现——它们已经有些僵直了，它们会莫名其妙地颤抖，有时甚至不由自主地乱动，那情景颇似无风而动的小草，一定是它们的内部有了某种意思。我曾在一本书上看见过帕金森综合症一开始就是这样的。这是劳累过度造成的。但愿他不会得上帕金森综合症。他如果得了帕金森综合症，后果就不堪设想了。我曾经无数次把他的左手（当然，也包括他的右手），抓在自己的手里，反复地看、摸，在他的左手背上两条鼓起的粗大的时而一跳一跳的青黑色的筋之间，有一个可以放进一粒花生米的坑。坑的左右两边都露出了白森森的掌骨。那坑也可以伸进我的一个小手指头，于是我就伸了一次。我的这个好奇的动作显然是愚蠢而残忍的。那一瞬间，我身体的每一个细胞都感觉到他死了过去，然而他的脸上都没有任何表情，就仿佛一潭止水。在他的左手背上，还有几块或几颗沉淀的黑色素，那样子有点像庄稼被虫咬过后不小心遗留的证据。在虎口的那个地方还有一个瘊子，它的形状和一粒黄豆相像。有两次，我曾看见他用右手抠它，其中一次，他把它抠破了，奇怪的是它并没有流出血。也许那块肉早已经死了吧。还有两片狭长的冻疮留下的深紫色斑块，它们在右手背上非常醒目，样子像小学老师给小学生的算术作业打的一个大大的×。有这个×长在他的右手背上，给人的感觉就是他的右手从来没有对过，一直都在错中。还有一点必须指给你看：就是他的左手的五个手指有三个失去了指甲，它们是拇指、食指和小指。他的小指不仅失去了指甲，而且还少一个关节，另外，食指、中指和无名指上面的两个关节都是弯的，突出的骨头在那儿形成一个个坚硬的鼓包，恍惚一看，他的左手上就像长着六颗硕大的卵石。现在，让我把他的掌心翻过来。你再看看他的左掌心吧。他的左掌心上有三个令人魂飞魄散的旋。旋怎么会长在掌心上呢？一般都长在手指上的呀。可是他的左掌心上长着三个。它们的位置看上去是一个等腰三角形。三个旋的中央部分都是一个小小的结，就仿佛波涛汹涌的大江下藏着的三块巨礁露出的尖顶。那三个旋向着无数的方向扩展，形成一浪追赶一浪的样子。还是让我早点把谜底揭开吧。这三个旋其实是三个活着的伤疤，它们每时每刻每分每秒都在他的左掌心上潮起潮涌，企图将他淹没。掌心，掌心，掌里面就是心，掌的痛连着心。你想象一下那三个活着的伤痕时时刻刻分分秒秒痛着的情景吧。手指尖上扎进一根刺，那痛都钻心哩。那是农业学大寨的时候留下的。后来他告诉我。怎么留下的？我没有问。他也就没有说。我的左掌心上也有一个旋。那是我小时候扎进一片碎玻璃留下的。我还记得我的妈妈在煤油灯下，用针给我挑出那片扎进肉里的碎玻璃的事。那玻璃碴陷在肉里怎么也挑不尽。那个地方总是肿着、红着、流着脓，那脓呈乳白色，很稠，有一种腐烂的味道，那种腐烂一天一天扩大，延伸……那种痛，至今我仍然不能准确地说出。有一些伤口，它们看上去很小，然而你要毕其一生，才能体会到它们带给你的是什么，因为它们，每一个，差不多都是致命的。那些日子，我看着我的化脓的左手掌心，害怕它会一天一天烂到手臂，烂到全身。从夏天到秋天，从秋天到冬天，又从冬天到夏天，它整整烂了一年。它把骨头都烂出来了。它差一点就从掌心烂到掌背。我的奶奶不知从哪里听来一个土方，就是用烧红的烙铁烙去那块腐烂的肉。那年我八岁。我坚持要奶奶给我烙，因为我怕它烂到全身我就死了。我要活。我疼得晕死过去。我晕死过去正好。我的奶奶于是把那一块腐烂的肉烙得干干净净。不到一月，我的左掌心就好了。它好了，就留下一个旋。它的纹像滚滚的波涛。每一次，我看到我的左掌心都会心惊肉跳，我忘不了它带给我的苦难。天气一变化，它都痛：刮风了，下雨了，落雪了，出太阳了，起雾了，阴天了，打雷了……它比天还无常。你想想谷禾父亲，他的左掌心上有三个跟我的左掌心上一模一样的旋。他只是轻描淡写地对我说：那是农业学大寨的时候留下的。如果你问我左掌心上那个旋是怎么一回事，我肯定会毫不在意地告诉你：小时候扎的。除此，我还能说什么呢？所以，当我反复抚摸谷禾父亲左掌心上的旋时，我理解他脸上呈现出的那种会意和满足的神色。因为抚摸实在是那种情况下最好的语言。我相信在我抚摸他的左掌心时，我的心和他的心是相通的，而且可以肯定，从此以后，我们的心就永远相通了。这不仅由于我们有过相同的痛。

在收容所里的那些日子，我们常常四目相对，时光和岁月都为我们凝神。没有晨昏，几乎也没有语言，我们的思维都停滞在表面可视的事物上。我们倾听，我们颔首，我们也莞尔，像任何一个有情人那样：我们的心事简单但是浩渺。我们用手指和目光说话。我们一个一个看上去都郁闷、木讷、阴沉和羞涩，然而固执。我们的手总是牵在一起的。我的手指总是在谷禾父亲的那些粗糙的茧子上来回摩擦。我的手指的每一次移动，其涵义，谷禾父亲都是懂得的。有时候我回忆起我在收容所里和谷禾父亲相处的那一个月，真是匪夷所思，那是我这一辈子遭遇到的最刻骨铭心的一段感情。它随时随地都在我的生命中亲昵、悸动、焦虑、萎靡、飞扬和贲张……我们几乎一直都那么坐着。在我们的周围，无数的小动物虽然和我们拥有共同的空间和时间，它们却生活在乐园里。成群的苍蝇简直就是鬼子的轰炸机，它们从门缝里愉快地飞进飞出，把令人烦闷、愁苦、憔悴、颓废甚至绝望的嗡嗡声和看不见的要命的病菌投掷到我们身上。它们肆无忌惮恣意妄为地在我们身体的任何一个部分停驻，它们盘桓、飞掠和滑翔，做一些古怪的空中表演。它们肮脏，但是永远自由；它们坐车从来也不买票，然而没有人把它们关进收容所。在我们住进收容所后的第五天，有两只绿头的大苍蝇在我们的头顶上打架，它们嗡嗡叫嚷着追来追去，最后，不知怎么，一只就爬到了另一只的背上。原来它们不是在打架，它们是在做爱。它们那么做着爱飞来飞去突然就落到了谷禾父亲的头上。也许是因为他的头发太长太乱，又有一些花白，苍蝇就选定他的头做爱巢吧。我的愤怒一下就不可收拾。你知道，我在心里早已经把谷禾父亲当成了自己的父亲。我从地上一蹦而起。那两只可恶的苍蝇，它们比旧社会还可恶，它们竟然先知似的，从谷禾父亲的头上一掠飞起，腾上了半空。它们还在做爱。他妈的！那只男苍蝇看上去一点也不阳痿……它们嗡嗡的叫嚷声更大了更烈了更嚣张了，它们乐得浑身都在颤抖……我觉得胃里一股酸水直涌喉头，哇的一声，就呕吐起来。现在，时隔五年，当我回忆起我在收容所里的日子，仍然会嗳气、反酸、呕吐甚至痉挛，像一个彻底的胃病患者。我把自己折腾得肠胃里一无所有，连站起身的力气都没有了，就那么，我迷迷糊糊地睡着了（谷禾父亲一直搂抱着我）。然后，我做了一个梦。我梦见我原来是……那两只苍蝇的……儿子。你可以想象出我醒来后的沮丧和悲哀。我，白连春，原来是两只苍蝇的儿子。难怪我的童年时代和少年时代都是在垃圾堆上度过的（我捡破烂。我是我们那个地方的少年破烂王。垃圾堆里有无数的宝贝哩：缺头断尾的书、透明的玻璃片、锈铁钉、铜线、偶然的硬币、揉碎的玫瑰、眼镜架、一本小学生作文、烂鞋、纸烟盒以及烟头……）。我还能说什么呢？我脱下我的鞋，满屋追赶着，发誓要打死那两只在梦里成了我的父母的苍蝇。整整一天里，我都在追打那两只苍蝇。我认识它们。它们即使不做爱了我也认识它们。我能够一眼把它们从众多的苍蝇中甄别出来，就好像它们真的跟我有过什么关系似的。整整一天，又整整一天，它们一直在屋顶上活动。我的鞋砸不到它们。终于在第三天，那两只苍蝇……不，我没能把它们打死……在第三天，它们趁工作人员给我们送午饭之机，从敞开的门洞里大模大样地飞了出去。在那几天的时间我一共打死了五百七十八只苍蝇；然而那两只最可恶的苍蝇，让它们跑掉了。在谷禾父亲身后的墙壁上，我还摁死过一只蜈蚣。那只蜈蚣被摁死后掉到了地上，我用鞋底把它给碾烂了。在墙上约一米高的地方留下了一处晦暗的痕迹。如果谷禾父亲坐着，那只蜈蚣留下的痕迹就正好在他的头顶上；如果他站起身，他就把它给遮住了。我还像一个四岁玩童一样，用我的唾沫淹死了好几只蚂蚁。在屋顶上，还有三只壁虎。它们安安静静地呆在上面，从来也不发出叫喊声。我知道它们是吃蚊子的，所以我没有干扰它们。我打死了十五只老鼠和八十四只蟑螂。蟑螂全都是会飞的。我打死了无数的蚊子。我可以随手在空中一抓，就抓到一只。在收容所的日子，我把自己锻炼成了一个捕蚊高手。我成了蚊子的克星，当然也就成了蚊子攻击的对象。我的脸上、手上、脚上，全是蚊子咬的包，我从收容所里出来五年后都没有散完。现在，你看见我的脸上有一些像青春痘一样的颗粒，它们实际上都是那一个月的收容所生活给我留下的，它们也许会在我的脸上陪伴我度过一生。

六

村庄像一朵狗尾巴花一样把自己全部给开放了出来。在那样一个深冬的傍晚，当谷禾在李拐子家刚刚站定，他似乎看见了、触摸到了村庄的内脏：村庄的内脏里有不少像李拐子一样的人和他们的所谓的家：两间半窳劣的、邋遢的、带有些恶意以及旧社会味道的土屋里农具们被堆放成各种各样的垃圾，上面仿佛一层淡褐色皮肤似的尘埃绷紧在每一个地方。已经是十二月了，还有成群的苍蝇在正屋里哀哀地飞舞，炕上因为有温度，于是停驻着黑压压一片，比县城里最好的烧饼铺烙出的烧饼上的芝麻还多。谷禾一迈进去，苍蝇们就像欢迎同伴一样萦绕着他热烈地唱起苍蝇之歌。谷禾的上腹部须臾间就生出一种饱胀感。这饱胀感中还有一种专心致志的剧痛……

李拐子正坐在炉火前的小木凳上心无旁骛地吃烧土豆。烧土豆拿在他的手里，你简直分不清哪是土豆哪是他的手，它们全都是一种焦糊色。他的脸也是焦糊色。他大大地咬了一口土豆，露出土豆淡黄色的肉，那淡黄色一闪现就消失在他的口腔里。谷禾看见他的口腔也是焦糊色的。他吃着烧土豆，发出一种轻微的嗯嗯声。那是一种动物满足时候发出的声音。谷禾曾听到猪进食时发出过那种声音。一群苍蝇围绕着他飞来飞去，有两只竟然和他抢土豆吃。李拐子眼疾手快，他把烧土豆连同一只来不及逃走的苍蝇一起送进了嘴里。谷禾双手按着胸口，逃出屋去。他逃到一堵塌掉一大半的院墙旁边，就和一个一身白的往里走的人撞了个满怀。那人脸上露出恼怒之色，刚想张嘴骂人，一看是谷禾，立刻笑起来：嘿，嘿，是连国回来了，怎么？来看看你拐子叔？谷禾认出那人是村文书兼村会计三丈，人称才高三丈的高三丈。谷禾小时候曾和一群半大孩子一起追在三丈屁股后面叫喊：三丈三丈，才高三丈；三丈三丈，才高三丈，换不来一口粮。这顺口溜有一个故事，也许是一个传说。故事也罢，传说也罢，都一样，讲的是饥荒年代有一回三丈的兄弟饿哭了，他紧紧搂抱住他哥，说哥呀哥呀我快死了。三丈说四平你等着我去给你弄吃的。四平是三丈兄弟的名字。三丈一路慢跑紧走到了县城，想用自己换一个烧饼或者窝窝头或者其他随便什么可以进口的东西。第二天两手空空回来，兄弟已经饿死了。于是村里就生产出了一条顺口溜。那时候三丈就是村文书兼会计。现在的三丈已经是一个白头发白胡子的老头儿了。现在村里的文书兼会计实际上是三丈的孙子高幸福。高幸福已经随村里的建筑队去广东打工了，他同时也是村建筑队的文书兼会计。村长是建筑队队长。三丈家住一队，平常不轻易上谁的门。三丈进门，准是要钱。赤沙庄的人都害怕三丈。

谷禾悄悄跟在三丈身后再一次踏进李拐子的家，他想看看三丈究竟怎么要。三丈一进门就高声对李拐子说，拐子兄弟。三丈比李拐子大。李拐子装着没有听见，他把头埋在炉火前。他已经吃完了烧土豆了。拐子兄弟，三丈提高了声音，再过几天就是明年了。说着，三丈蹲在了李拐子身边。两个人一黑一白形成强烈的反差，就如同一张陈旧的黑白照片。李拐子不能再装着没听见了。咋样？李拐子仰起脸，但不看三丈，不知道他看什么地方。咋样？三丈拍拍李拐子的肩膀，拐子兄弟啊你得让我过过年吧？你的年过得好着哩。李拐子说。他把背给了三丈……突然就响起了哭声。突然而起的哭声把谷禾给吓了一跳。这哭声还不小哩。谷禾仔细一看，原来三丈和李拐子两个人都一齐哭了起来。兄弟兄弟啊不是我逼你……上头也逼我呀。是三丈的声音。兄弟兄弟啊我活不下去了啦……仍然是三丈的声音……别说提留，连公粮款……一半都没有收上来，我拿什么往上交啊……三丈站起身，摇摇晃晃地走了出去。……哥，是李拐子的声音。这声音轻得像一只蚊子叫，然而三丈听见了。三丈停在院里，他的身子不摇晃了，你说吧，你哥我不聋。李拐子哆哆嗦嗦站起身，他把他屁股下的小木凳碰翻了。他的一只手探进怀里。他的一只手在怀里呆着。那是他的右手。他的右手在怀里呆了许久，许久，才伸出来。他的右手攥得紧紧的。他跌跌撞撞走到门口。他扶住了门框。我……我这里……只有五角钱，你拿去吧，一开春，咱李岩就从广东回来了，到时，我叫他给你送去……你看这样，行不？谷禾看见三丈的身子重又摇晃起来，他就像狂风中的一棵枯草。五角钱，三丈疲倦得不遑喘息的声音，五角钱，……你，你去，买半斤盐过过年吧。那……那你呢？李拐子的声音里充满着战栗的痛苦。……老了我，三丈摇摇晃晃地迈开了步子，够了，够了我活得！

　　三丈的身子摇出了李拐子家没有院门的院子。谷禾跟在三丈身后。谷禾看见三丈在村道上骤然加快了步子。那时候夜色已经开始往下落了。跟在三丈身后，谷禾的感觉就像是在梦里，又像是在飞速前进的特快列车上，或者，像是在半空中，总之，他有一种晕眩的感觉。他觑眯着眼睛，似醒未醒的样子。三丈走到了村子外面。现在，三丈站在村南路口。三丈站一会儿，转身往东走去。凛冽空旷的夜幕中，一轮圆月爬上了地平线。地平线上有三五棵光秃秃的树。那会儿月亮仿佛悬挂在树杈间似的，看上去如同某个孩子吹上去的一口泡泡糖，又干又黄又枯的麦苗，紧贴地表卧着，它们早已经给冻住了，样子和死草没有区别。三丈一直不停地走着，步态坚定、妥帖、大方，但给谷禾一种异常的感觉。谷禾觉得三丈有些不对劲儿，但究竟什么地方不对劲儿，谷禾一时还弄不清楚。三丈走到了村东口。三丈的家就在赤沙庄的东口。三丈家的门口有一棵槐树。谷禾还记得小时候爬三丈家门口的槐树摘豆角的事。有一次他从树上掉了下来，正赶上三丈站在家门口，三丈把他给接住了。那天，三丈爬上树给谷禾摘了好些豆角。谷禾把槐豆剥出来，装了满满一口袋。回到家，母亲把它们全扔了。现在谁还吃槐豆，母亲说，又苦又涩的。谷禾就坐在地上哭，说我要吃槐豆窝头我要吃槐豆窝头。母亲进来，在他手里塞个烧饼。烧饼又香又脆，但是谷禾想，槐豆窝头究竟是什么味道呢？他从地上捡起一粒槐豆放进嘴里。呀！呀！他差点把舌头给吐出来。他再也不爬三丈家门口的槐树了。从此，谷禾看见槐树就远远地绕开，他不相信父亲说的他们吃槐树皮槐树根槐树叶的事，因为槐豆早被别人吃光了。然而谷禾清楚地记得三丈家门口的槐树是没有皮的。

三丈在村东口停住，他朝家的方向看了看。谷禾以为三丈要回家了。三丈那么看了一会儿。那时候月亮已经高过树梢。河南冬天的大地是非常干净的。月亮把三丈的影子投在干净的河南冬天的大地上，仿佛静止的水面一抹虚淡的痕迹。有一瞬间，三丈给谷禾的感觉就像不存在似的，犹如他突然就已经升天而去……月光下的三丈跟传说中的神仙差不多。月亮把三丈变成了一道白光。时隔多年，谷禾仍然记得，那会儿他似乎很清楚地看见三丈的眸子，它们全然像一个春天少女的眸子：幽深、清澈、蓄满玲珑的天真和无限的爱恋……那怎么可能是一个……老人的眸子呢？回忆到这里，谷禾总是显得心神不定，满怀犹豫。的确不是因为痛苦，那么，是因为什么？谷禾不知道。三丈已经走上了北去的路，仍然是环绕着村庄而行。谷禾紧跟在三丈身后。谷禾知道三丈早已经发现自己了，然而三丈装着什么也没有发现，这使谷禾觉得三丈是一个可爱的可亲的可敬的好老头儿。谷禾原来一直没有发现这一点。

谷禾的注意力全部集中到了三丈身上。他忘了村北有一条巨大的臭水沟，长年流淌着一村人用过的废水，一直流到很远的那条夏天才有一点水的小河。那条小河谷禾走过，涨水季节，绾起裤脚也能蹚过去。三丈已经跨过了那条臭水沟。三丈的身体在月光的照映下变得轻盈起来，如同一片时而落地时而腾空的鹅毛，在风中飘荡。当他腾空的时候，谷禾想伸出双手把他接住，当他落地的时候，谷禾又想把他从地上拾起，再轻轻给他吹一口气，让他腾空。谷禾被三丈给迷住了。他跌进了臭水沟里。幸好，臭水沟里的臭水冻住了。谷禾看见前面的三丈停了下来。原来，三丈在等他……又似乎不像，三丈的目光一直望着高处：一碧如洗的天空中，那轮月亮已经升到了天空中间。月亮看上去不是纯粹的白色。月亮是五颜六色的。它有一个金黄的边，有一个湛蓝的核，然后是一圈一圈的暖昧的变幻着的色彩，像一幅亲昵的水粉画。谷禾第一次发现月亮的内容原来如此丰富、充沛，洋溢着生命的活力。谷禾从臭水沟里站起身，又跟上了三丈的步子。三丈走得轻松、愉快、甜蜜。现在三丈已经来到了村北口。村北口的风很大。风把三丈的衣服下摆给撩了起来。谷禾看见在风中站立的三丈突然转过身来。三丈的面孔上没有五官。他的脸似乎就是月亮的翻版，甚至比天空中那轮月亮还晶莹一些，还濡湿一些，有一种恬和淡的感觉。这感觉有点怪。谷禾那时想也许是岁月无情把三丈的脸给镂空了吧。三丈从村北口进入了村庄。当谷禾站到村北口的时候，他感到村北口的风不是一般的大：凛冽、放荡、无羁而且狂悖。那风吹得他浑身哆嗦，直打寒战。那简直不是人间的风。谷禾赶紧贴着墙根像条夹着尾巴的狗一样往村里走。在谷禾前面，三丈走得一如既往。在三丈的脚步中你甚至可以看出他的朴实无华深笃又高远的感情。他一进入村庄，看上去，他就成了村庄的魂。那会儿，谷禾想：三丈一定就是赤沙庄的魂。你看他白头发白胡子再着一袭白衣。你看他款款走在村道上，似乎脚不沾地，然而每一步又都是踏实了的。他的行进让人无法接近又无法逃避，只能不紧不慢地跟随。

谷禾就那样跟随着三丈走到了赤沙庄的中心。赤沙庄的中心阴暗、晦涩、诡妄，还有些怪僻和猥亵。后来——当谷禾已经像三丈那么老的时候，有一天才恍然想明白，原来三丈是故意带领他环绕村庄一圈，然后进入村庄的内部——三丈以这种方式把村庄整个地从外到里指给他看清楚。当谷禾已经像三丈那么老的时候，他终于把村庄从外到里看清楚了。三丈像冬夜大地亭亭盛开的一株白荷，玉立在村庄中央的十字路口。从四个方向来的风，现在，都可以吹到三丈。三丈的头发胡子和衣服先是鼓起，接着就随风飘扬了，像一面白色的旗帜。三丈的表情，谷禾后来一直肯定当时他看见了三丈的表情：轻松而且忧郁。后来谷禾弄不明白，三丈的表情中究竟是先有轻松呢还是先有忧郁？究竟是轻松多呢还是忧郁多？谷禾后悔当时没有靠得近点，为此，谷禾终生都觉得愧怍，因为他已经永远地失去了那个机会。

在谷禾的记忆中，雾就是那个时候弥漫起来。雾弥漫起来后，三丈看上去更像是冬夜大地亭亭盛开的一株白荷了。雾，越来越大，越来越重。在雾的掩护下，谷禾走近三丈，他产生一种给三丈说点什么的欲望。但是三丈没有给谷禾说话的时间。谷禾走近三丈后，看见三丈离开了地面。三丈离地面越来越高，越来越高，渐渐消失在了雾中。谷禾举起双手，他摸到了三丈的鞋底。那是一双黑布鞋的鞋底。是那种农村老太太在太阳底下一针一针扎的鞋底，非常结实，然而并不美观。三丈腾雾而去，从此不见了踪影。

天亮以后，村民们在三丈家门口的槐树上发现了三丈。三丈的身体已经给冻住了。他白头发白胡子穿一袭白衣服，他脸上露出的笑容也是白色的。三丈玉立的样子看上去真的是一株亭亭盛开的白荷。那时候是早晨了。那年河南大地上的第一场雪，就是那时候下的。李拐子是第一个哭出声的人。李拐子的哭声比三丈老婆的哭声还响亮。差不多所有村民都哭了。二队的白寡妇，就是和谷禾父亲一起去广东打工又一起被关进收容所的锁子的母亲，在众目睽睽之下，解开自己的衣服，把三丈给搂进了怀里。她想把他暖活过来。她揪他的白头发，抓他的白胡子，还扯他的白衣服。村民们看着她摆弄他。村民们都希望白寡妇把三丈摆弄活。白寡妇爱三丈，在赤沙庄不是秘密，也不奇怪。有人说锁子是三丈的小儿子，三丈不反对，白寡妇不反对，锁子本人也不反对。锁子总是嘿嘿乐。锁子就是在货车上，对我说你写我吧，我三十岁了因为家穷还没有老婆的那个小伙子。那是个漂亮健壮的小伙子，如果在城里，即使是个无赖，也会有一打女孩追求他。白寡妇从三丈的衣服口袋里掏出了一张折叠得四四方方的纸。是从小学生作文本上撕下来的，算是三丈的遗书吧。人们把它传给了谷禾。已经看人把它展开了，并且，已经有人把它的内容读了出来：今年又没收齐赤沙庄的提留，我有罪。乡长啊，求求你免了赤沙庄的提留吧。谷禾的目光在这张小学生作文纸上停驻了许久。写在那上面像一个小学生一样认真得一笔一画都很吃力的字，一个一个都变成了手，它们抓着、揪着、撕扯着谷禾的心。谷禾的双腿一软，就跪在了槐树下。在谷禾身后，黑压压一片村民全都跪下了。一只乌鸦从赤沙庄飞出来，像三丈遗世独立的灵魂，掠上了十二月寒冷的天空。

七

谷禾回到南本二中，是在五天以后，他的假期超出了三天，但是，一看到他脸上痛苦得无法自制恨不能椎心泣血的表情，校长不但没有责问他，反过来，校长问他需要什么帮助吗？需要。谷禾说。说吧，校长说，只要我能办到。你能。谷禾说。谷禾努力给校长笑了一下。谷禾的这个笑容就像是漂浮在冰河上的落英。校长感到浑身凋零萧瑟。说吧，校长说。给我时间。行。校长在谷禾的肩膀上拍了一巴掌，以示理解，然后，远远地逃开。

还是谷禾的岳父，那个小城的商人帮了他。谷禾离开南本二中回赤沙庄的当天，他的岳父就从女儿的嘴里知道了全部情况，后来，他又亲自到南本二中，找到我这个捎信的人，弄清了事情的来龙去脉，看我住在女儿家不方便，就把我叫到了他的家里。在谷禾回赤沙庄的那五天，我差不多都同他的岳父在一起。我心里生出一个幻想：那就是老人家还有一个没出嫁的女儿。他是一个隐居闹市的儒商，翩翩然独立于浊世。他和我谈人生、谈文学、谈世道的变迁；谈一个人的欲念、本能和如何才能出污泥而不染的灵魂。他说往事，也说现在；他说家庭的琐碎，也说童年的梦境。他温和而从容，真实而可信，就像一块蒙满尘土的里程碑，立在到处是伎俩和陷阱、癫狂和仓皇、邂逅和奇遇的路口。人们不是蠢蠢欲动，就是匆匆逃亡，谁也没有在意他的存在。他的服装生意并不十分景气。他说我每天上街出摊不是为了做生意。我是一个生活的观察者。他说。他的个子不高，块头不大，肤色也不白，就是眼睛好看。他有一双已故著名作家汪曾祺的眼睛：历尽沧桑仍然天真得可爱，那目光纯净如刚滴出山口的清泉。现在，我就是在这样的一双眼睛注视下写作这篇小说的。我有一张先生的照片——那是他生前翻开影集让我自己选的——一直随身带着，它被我装进了一个小小的镜框里，时刻在我的案头。我在这里把这件事抖出来，不是为了炫耀，而是为了纪念。因为我有一张汪曾祺先生的照片算不了什么，很多人有他的字和他的画哩，他们现在发财了，已故著名人物的字画向来都是价值连城的。我为我仅要了先生的一张照片而高兴。我穷得自豪，活得神仙。我是愉快的，我总是这样实实在在地想起那些曾经在我的生命中出现过的人。现在，我就这样想谷禾的岳父，那个隐居小城闹市毫不出名的儒商，那个小个子老头儿。他有一双意味深长的眼睛，像一个曲径通幽的花园。我虽然没有做成他的女婿，我还是爱他，就如同一棵小杨树爱它身边一棵老杨树一样自然和纯粹：充满幻想，又没有企图。他说他是一个生活的观察者。然而就是这个生活的观察者一下就拿出三万块钱给谷禾。后来我才知道其中两万是他找了五个朋友才借齐的。

八

揣着那三万块钱，我和谷禾小心翼翼地坐上了去广东的火车。我们非常疲倦，但是紧张得一点睡意都没有。你知道，我们是去拯救我们的父亲的。

（原载《人民文学》2000 年第 9 期）

孙慧芬

SUN HUI FEN

女。1961年生于辽宁庄河一个名叫山咀子的乡村。1977年初中辍学回乡务农。曾当过农民、工人。1984年毕业于辽宁大学中文系（函授）。1984年入辽宁文学院进修。1986年毕业后历任庄河文化馆创作员，庄河文化局副局长，大连《海燕》杂志社编辑。1991年加入中国作家协会。现为辽宁文学院专业作家，辽宁省作协副主席。

1982年开始文学创作。出版有中短篇小说集《孙惠芬的世界》《伤痛城市》《歇马山庄的两个女人》《城乡之间》《岸边的蜻蜓》《民工》、长篇小说《歇马山庄》《上塘书》《吉宽的马车》及长篇散文《街与道的宗教》等。中篇小说《歇马山庄的两个女人》获第三届鲁迅文学奖。

歇马山庄

（内容梗概）

在一个风暖河开、地头返青的初春时节，代课教师翁月月与歇马山庄村长林治帮的儿子林国军结婚。半夜忽然失火打破了林家的幸福，突然的惊吓也使得在镇政府上班的林国军失去了男性尊严。夫妻两人没有将此事声张，而是深深埋在心底。翁月月的好友庆珠意外落入水库溺水而亡，在葬礼上她第一次碰到了庆珠的男友程买子，并与他握握手。

林治帮的女儿小青护校毕业，没有留到城市回到了歇马山庄。儿子新婚之夜遭遇黑眼风，女儿小青没有留在城里，林治帮觉得这些都是预兆自己时运已过，从村长的位置退下来的时候到了。月月按照小姑子小青弄到药方给丈夫吃药，效果全无。月月心里惆怅万分。

买子在镇上请月月吃饭，月月觉得买子是个当村长的料，准备向公公林治帮推荐，因为娘家里的事给忘记了。买子提礼来到林家，客气向林治帮提出要与他一起竞选村长。林治帮觉得功成身退的时候到了，向镇政府提出了辞职并举荐了程买子。当翁月月把公公的喜讯带给买子的时候，她的心里开始装进了这个男人。

买子宴请歇马山庄两个混儿虎爪子、金水，告诉他们自己心中的理想，三个人喝得大醉。姑嫂石篷要被炸掉的消息惊醒了大醉的买子，买子不顾一起冲上去保卫文物——姑嫂石篷。此举既让林治帮鉴定出接班人的品质，也在歇马山庄百姓面前立起了买子的威望，买子顺理成章地当上了歇马山庄的村长。

月月来到买子家看望他，两个人好了，这一切都让林家捡来的小女儿火花看在眼里。买子上任后，将村子里最大一块沙地承包给了古本来。之后，买子跑到城里找到市建委规划设计室主任吕林森，买子的憨厚和质朴打动了他，吕主任决定帮助买子筹建砖厂。

小青顶替了潘秀英当了村卫生所的医生。寂寞无事的小青挑逗买子寻开心，逐渐，自己也走入了买子的世界并决定要和他结婚。月月听说此事如遭雷击，不顾一切的奔到买子家向买子表白自己的内心，正好被尾随而来的婆母古淑平撞见，两个人东窗事发。

翁月月与林国军离婚，她住进了学校。金水强奸了小青，买子得知此事之后把金水痛打了一顿，决定和小青结婚。怀着买子孩子的月月被学校辞退，无家可归，只好暂时寄住在学生家里，并来到古本来的苹果园挖果盘。国军、买子先后都来找过月月，月月拒绝了他们的帮助。

在买子的带领下，歇马山庄的居民兴办起了庭院经济，各家各户扣上大棚，种上了滑子菇。买子的砖厂虽然由于吕林森被抓受到了点挫折，但是在老丈人林治帮的指点下买子很快走出了困境。

翁月月的二叔被自己的学生请回来做顾问，他又大操大办地给月月的母亲过了七十六岁的大寿，在歇马山庄引起了很大震动。在二叔的教导下，月月对自己追求的爱情有了更深入的理解。林国军与同事小凤结婚，林家大大小小都非常高兴。春节过后，小青和买子回娘家看望完父母之后协议离婚。小青带着五千块钱和简易的行囊离开了歇马山庄。

林国军带着父亲到城里看病，经过专家确诊，林治帮已经是肺癌晚期。林治帮拒绝在医院治疗回到了歇马山庄。买子再次找到月月，提出两个人结合，月月觉得两个人的距离越来越远，拒绝了买子的要求，并到医院做掉了两个人的孩子。

虎爪子被枪毙了，林治帮死了，小青在城里干得如鱼得水，但她心里经常想家。

（人民文学出版社 2000 年版，樊文春编写）

雪 漠
XUE MO

原名陈开红。1963 年出生于甘肃凉州武威。1982 年曾先后在武威市任教师及教研员。1995 年甘肃教育学院毕业后在武威市东关民族小学任教。2000 年成为甘肃省文联专业作家。2002 年加入中国作家协会。2006 年至 2008 年在上海首届作家研究生班深造。

1988 年开始发表文学作品。出版有小说集《狼祸》，长篇小说《大漠祭》《猎原》《白虎关》《猪肚井里的狼祸》，专著《江湖内幕黑话考》《大手印实修心髓》《我的灵魂依怙》等。

大 漠 祭

（内容梗概）

一

兔鹰来的时候，是白露前后。漠黄了，草长了，兔儿正肥。焦躁了一夏的兔鹰便飞下祁连山，飞向这个叫腾格里的大沙漠。

和往年一样，老顺开始了网鹰、鲴鹰和捉野兔。这天，他和三儿子灵官从沙窝捉野兔回来，见老伴正陪着女儿兰兰抹泪。一问，才知道女婿白福参与赌博，叫派出所逮去了，要交上罚款才放人。婆婆打发兰兰寻钱来了。老顺火了："不交！你叫他鼻子里多钻些烟，才知道悔心。再说我也没钱，要钱没一分，搬肋巴十二根！"兰兰抹泪道："其实，我也是来尽尽心的。婆婆打发，不来说不过去。"

夜里，父子们边吃兔肉，边斗嘴，斗到趣处，相顾大笑。大儿子憨头传达队里的会议精神："队上又收钱哩。队长说打井的材料都涨价了。"老顺皱眉不语。憨头又说："还说要修学校，一人集资五十。再不修，进不了人了。"老顺狠嘟嘟说："行了行了。说这些也不分个时节，刚吃了肉，你想叫老子得癌不成？"灵官妈说："放啥咒？有命的不得无命的病。不信老天瞎了眼，病也叫穷汉得尽。"老顺说："这天爷，也就瞎眼了。"

次日，灵官和憨头去城里医院，憨头支开灵官，查了病，原来他患了阳痿。大夫把这事告诉了灵官，灵官很吃惊。回来的路上，憨头眯了眼，说："妈妈想孙子咧。见了人家的娃娃，抱住就不丢手。"灵官说："那也不是个难事呀？""是不是个难事。"憨头望一眼灵官，叹口气。

回了家，嫂子莹儿问："查了吗？"灵官说："查了。"又补充道："没啥。只是肋部有些不舒服，开了药。"莹儿淡淡地问："你真的不知道？"灵官说："其实，没啥。大夫说能治好的。"莹儿说："治过几次，没顶用。"忽然，她红了脸，问："他路上说啥来没？""没说啥。""再想。"灵官脸在燃烧，就说："忘了。"逃似的离开后院。

次日，两人在地里干活时，莹儿用"花儿"表达了对灵官的爱。夜里，大哥憨头去井上值班，灵官进了莹儿的小屋。

从此，灵官陷入痛苦自责之中不能自拔，为摆脱莹儿对他的诱惑，他跟着孟八爷和花球进了沙漠，跟孟八爷学习辨踪打狐子。期间，花球强奸了一位拾发菜的女孩。事情败露后，那姑娘的爹前来闹事，花球落荒而逃。在孟八爷的说合下，老汉答应对个亲戚，把姑娘嫁给花球。

二

老顺去上粮，见到同村的人在粮站上偷粮，老顺经过激烈的思想斗争，进行了举报，惩罚了坏人。但验粮时，干部却粗暴地压低了他的粮食等级。老顺争辩了几句。干部说："不上你拉走。你以为国家缺了你这三颗半猴食？"老顺气愤地拉了粮食出粮站大门时，很后悔自己的多管闲事的举报。

几天后，村里打了半截的井塌了。原因据说是队长大头女人身上来红时上井带来的晦气。村里人都说："叫他大头赔。这是他定的制度。"

吃过晚饭，井上灯火通明。村里人都挤到井上，黑压压的，悼念这个埋葬了全村人血汗钱和欢乐梦的黑窟窿。队长大头蹲在井台上，垂着头，一副任人宰割的沮丧相。女人们围成一团叽咕，时不时指戳一下垂头丧气的孙大头，用眼色和低语发泄自己的不满和愤怒。一提起明年或后年又要出很多钱打井，便引出一阵长吁短叹。男人们大多沉默，时不时，走到井架旁望一眼，唉一声。

瘌五爷的脸色很阴沉。他的儿子五子因娶不上媳妇，得了疯病，每次看病，都要粜粮。一听明年又要收钱，他就说："没活头了。"

孟八爷说："塌的已经塌了。总不能一个个栽这黑窟窿吧？不管咋说，总得活。塌了，再打嘛，怕啥？六〇年，大沙河里死人一层摞一层。不也过来了？怕啥？"毛旦说："老子不种地了。划不来。收上三个，叫人卡掉五个。到凉州城里要饭，也比守在这里叫人在鳌子里烤强。"

三

同村的农民企业家双福给学校捐了款，师生们隆重地送匾。对这事，村里人议论纷纷。双福女人因不满丈夫的寻花问柳，以写信为名，勾引了老顺的二儿子猛子。某夜，双福深夜回村，把猛子堵在自家炕上。两人撕拼一场，早嫌女人土气的双福趁机提出离婚。

老顺一下下扇自己的脸，"丢人啊，养下这么个爹爹，先人都羞得往供台下跳哩。你死吧。就当老子没有养你这个畜生。"他越说越气，捞过鸡毛掸子，扑向猛子。猛子一把夺过，拗成两截，怒视父亲："有本事，你给我娶呀。打老子算啥本事？"

老顺住了哭声，怔了一会，神情痴呆，梦游似飘向沙洼，凝在沙丘上。风起了，沙满天。风沙使劲抽打着老顺的脊背。忽然，他哭了，浑浊的泪流过鼻洼，冲下沙尘，流进嘴角。孟八爷和灵官们费了九牛二虎之力，才把老顺弄到家里。

当晚，白狗和猛子一起喝酒，玩笑开过了头，扭在一起，白狗一酒瓶打昏了猛子。同伴抬他回家，老顺大叫："扔出去死了倒好。"

四

憨头肋部剧痛，灵官陪他进城检查，一听做 B 超得三十多块钱，憨头死活不做，叫大夫开了点药。二人到雷台去逛，见神婆人山人海，憨头执意要算命，卜辞不吉。

次日清晨，妈打发灵官和莹儿去沙窝里看一下，看看哪儿的黄毛柴多，打几个卖点钱。二人带了食物和水，进了沙漠。两人打一阵黄毛柴。莹儿问："我是个坏女人，是不？"灵官不答。莹儿哭道："有啥法子我是女人，我认命就是了。"说着，她伸过手来。灵官经不住诱惑，一下扑倒了她。事后，他又是欣喜，又是自责，觉得对不起憨头。

次日，他们又和同村几人进沙窝打沙米。夜里，灵官和莹儿没有睡意，上了沙丘。莹儿依偎在灵官怀中。灵官流出了泪，问："莹儿，我错了吗？""如果错得美丽，值，就把这辈子错出去。杀我的刀子接血的盆，尜妹我心不悔哩。手拿铡刀取我的头，血身子陪你睡哩。"灵官叹口气，说："可我哥……"莹儿说："别提他。告诉你个事儿，我有了。没来过红。"灵官一阵颤抖。

因憨头身体不适，又出了些不顺心的事，灵官妈想祭个神。正要祭神，那头快要生崽的老母猪就不吃不喝了。请来兽医，打了几针，猪还是死了。灵官妈扯直了声，天呀地呀地嚎。老顺也颠个脸，一种近乎绝望的情绪笼罩了他。猪一死，家里的一个财路断了。村里人都说"天爷瞎眼了，瘸腿上拿的棍敲。"

明知病猪肉不能吃，老顺仍要吃肉。灵官说："你知道它得的是不是传染病？不能吃。"老顺火了："你不吃，老子吃。不就是个死吗？怕啥？去，取锅，烧火。"但灵官坚持要扔病猪肚肠，瘸五爷说："给我算了。我的罪还没受够呢，死不了。要死了倒还好了，可偏偏不死。"瘸五爷呵呵笑了。笑几声，却突地垂了头，眼角里不知何时已流出了泪。他用手悄悄抹了。

祭完神，按规矩忌门，女儿兰兰却上门了。她又怀了孕。生了女儿引弟后，她又生了几个男孩，一生下，就死了。白福请神婆禳解几次，没起大用，就说引弟是白福过去打死的那个白狐子投胎，向自己讨债来了，小时克弟，老大克夫。白福从此疑神疑鬼，恶声恶气对待引弟。一天，白福又和人发生纠纷，对方骂自己是"焦尾巴断后"，是因为缺德才养不活儿子。白福受到了很大刺激。

瘌五爷的疯儿子一见兰兰，扑上去乱亲乱拱，伤了兰兰的胎气，惹出一场虚惊。此后，五子见女人就欺负，弄得村里路断人稀。瘌五爷已家贫如洗，多次住院，负债累累，再也无力给儿子看病，只有用铁链把儿子锁在院里。

过年时，白福到老顺家来，又做了一梦：兰兰生了个娃儿，却叫狐子叼走了。这号梦老做，白福心绪大坏，又去找齐神婆。齐神婆颠个脸，眯了眼，说："实话告诉你，老娘的桃花镇法用了百次，灵九十九次，只你家一次不灵。为啥？有人克。你心里也该清楚，人家是要债的，我也只是尽尽人力。没治了。"

这天，白福给引弟买了方便面和花衣裳，悄悄说，走，引弟，爹领你玩去。引弟很高兴，跟了爹去。爹背她进了沙窝，拣了堆沙驴球棒子叫引弟看着，说自己回家拿袋子。引弟很认真地看着，哪儿也不去。夜幕降临了，天越来越冷。引弟由冻疼到麻木，最后身不由己地笑了。她听爷爷说过，冬天进沙窝，最怕笑，一笑，就要死了；就努力地晃晃小脑袋，想说，我可不想死呀，妈妈。可嘴里发不出声，像是嘴冻硬了。怕别人偷走沙驴球棒子，引弟一边身不由己地咯咯，一边费力坐下，解开上衣扣子，拣起沙驴球棒子，揽在怀中，像她妈搂她时那样，裹了衣襟，紧紧地抱了。那笑却不停，像惨叫的野兔一样，瘆怪怪窜出老远。

第二天，人们才在沙洼里发现了青紫青紫的引弟。兰兰也像引弟那样瘆怪怪笑，边笑边望白福。白福慌张地说："望我做啥呢？前天，我喝酒去了。我咋知道她去了哪儿。"兰兰笑一阵，就不笑了，坐在炕上，像泥胎。好久，才撕心裂肺地叫一声："引弟！"随后是一阵号啕。她边尖锐地哭叫，边用头撞墙。

哭了半天，兰兰木然地下了炕，穿了鞋。她瘆怪怪笑着，阴阴地瞅一阵白福，又阴阴地瞅一眼地下的八仙桌，猛地，她厉叫一声，扑过去，小腹撞向桌子角。一声惨叫。兰兰晕了过去。当夜，她就流产了。

五

灵官和莹儿的感情渐渐升温，憨头的心绪很复杂，也很痛苦。莹儿很使他自卑。他认定自己配不上莹儿，心上永远压着一块石头。

十年前，为救一个落水的丫头，他热身子跳进冰冷的水里，造下了难言的病。他无法占领他应该占领的那块土地。无论有多少激情，他都无法。渐渐地，连激情都没了。他想，到这个份儿上，没意思活了。

一天，肋部老疼的憨头发现疼处出了个疙瘩，妈逼灵官带他去检查。医生说是肝包虫，要动手术。憨头哭丧着脸，半晌不语。许久，才说："真想一头撞死到轿车上。"不管灵官咋劝，他还是灰了脸，忽尔"天的爷爷"，忽尔"乖乖，三四千哩"，叽语个不停。

全家人顿时陷入巨大的恐慌之中。老顺说："拆锅头卖炕也得生发。老天爷给你划的道儿，你不过也得过。由得了你？"灵官妈说："你拆啥卖啥，能卖几个铜子儿？想想，心里都骇哄哄的。"憨头慌乱地望一眼妈，又垂下头。屋里静极了，只有老顺吸烟的一系列声响。

憨头忽然绽出哭声，很大。虽说他强抑着，仍像牛吼。屋里人一下闷了。"我真没用。"憨头哭道，"不如死了。"

老顺动员全家去借钱。憨头在庄门上的麦秸垛下蹲着，头耷拉在两腿间，形容十分萎靡。老顺知道儿子心里不好受，但也不明说啥，只说："乏了，炕上睡去。"憨头闻声，用衣袖抹抹眼睛，抬起头，努出笑来。见了那比哭还难看的笑，老顺心一酸，进了庄门。

经过全家人的努力，终于借到一千多元，憨头住进了医院。手术前的那几日，是憨头一生中最难熬的时光。在他眼里，打吊针之类等于喝爹妈的血。一输完液，他就拉灵官出去转。可一到街上，想到自己掏了钱的床位白白空着，又想回去，狠狠睡他个驴日的。

为了早一点动手术，节省一些费用，老顺又去生发给医生送礼的钱。他从村东开始，灵官妈从村西开始，挨家挨户，说同样的话，求同样的事。憨头住院是件大事。村里人尽了自己的力帮。半天过去，总共借了八百五十元五角，老顺马上送进城去。

灵官妈也想办法给儿子禳灾：到七个人家各要了一撮面，和了，照猫画虎，捏了一个很不像老虎的老虎，送到西方百步外，烧了七张黄钱。但她心里仍不踏实，老找神婆。

六

天是越来越旱了。太阳暴戾起来，蓝焰一下下燃着，舔向地上的万物。正是青苗拔节时。

老顺抱怨老天，老骂它不长眼。确实，稍稍给点雨，就能收成。虽说那点收成终究还是微薄，但总能给人以暂时的安慰。望着毒日头下恹恹的麦苗，老顺心疼得直哆嗦。一屁股债还指望从土里刨出还呢。瞎眼的天，杀人哩。

队长大头家挤满了人，乱嚷嚷的，正商量给水管所送礼。大头说："少了不成。一口人先出五块活动费。交麦子也成。不交的，不叫浇水。"话未落，一屋子牙缝抽气声。

散会后，老顺出了大头家。心很沉。路上遇了几个老顽童，也懒得说笑。一个人在凄厉嚎叫，老顺听出是五子。

五子更疯了，没有桎梏的时候，他会扑向任何一个女人，扯下她的裤子。

瘌五爷只好用铁链子拴了他，自己蹲在屋檐下抽烟，对儿子的疯牛叫声无动于衷。老顺说："这种病，娶个媳妇，就了。"瘌五爷木木地说："谁给哩？谁敢把姑娘往这穷坑里塞？"瘌五爷很促地哑几口，说："不能再这样了。想好长时间了，总下不了手。可没法子。村里人够苦了，不能再叫受这个祸害的欺负。'做'了他。"

老顺吃了一惊，说："不成。你不要胡想……由天断吧。"

"天？嘿嘿。"瘌五爷嘴里发出笑声，眼里却流下两行浊泪："天是啥？你说，天是啥？我一辈子动不动就天呀天的，可总没见他开过眼。谁知道有没个天？"望着瘌五爷脸上的泪，老顺的心一下下抽动。

一进家门，老顺就闷闷地盘坐到炕沿上，脑中又被火烧眉毛的那些收款占满了。对他来说，这不是个小数字。天这个旱法，再不下雨，就该扎喉咙了。明知粮不能粜，但他实在无法再生发出几十块"孝敬"钱来，就粜些粮食，给队长送去。才进门，大头却说："先别交，又变了。水管站说了，供水可以，但有两不供：一是拖欠下水费的不供，哪怕村里有一个人拖欠，也不成；二嘛，水费又涨了。一亩地长十块，一口人五十。得补上，说是市上说的，一次交清。交不清，不供水。"

老顺觉得头突地大了，眼前一阵黑。天的爷爷，要命哩，真扎喉咙哩。同来的北柱怔了半晌，望望老顺，又望大头。忽地，他将那几张票子往地上一扔："天的爷爷，都成饿殍疯虬子了。"大头说："给贷款呢。交多少，就贷多少。只办个手续，钱直接交乡上。秋后上了粮，粮站不付款，到信用社领，顺便扣贷款。"北柱发怒了："贷？利息那个高法。不交要命有一条。"大头冷笑道："不交队里有一个人不交，人家就不放一滴水。不管咋说，人家是石头，你是个草苗。人家总能把你压住。还由了你？"老顺叹道："这不是趁火打劫吗？能叫人活吗？这世道。"他说不下去了，嘿一声，垂了头，一语不发，眉头拧成个结。

七

起风了。村里人在风中站着。因为瘌五爷要给那辆警车带走了。五子死在山崖下，警察只是来调查。一进门，瘌五爷就承认自己"为民除害"。"我没有罪。"他坦然地说，但他还是要被带走了。老顺很沉重。

白车尖叫着远去了。人们静默。五奶奶还在嚎，声音嘶哑而悠远。不知谁叹了口气。传染似的，人们都叹气了。孟八爷站起来，一语不发，走向村外。他的身子摇晃着，步儿发飘，梦游似的。

憨头在开刀后才被确诊为癌症。老顺目光初似戈壁滩，渐渐有了水，而且越来越多。他不停地擦，泪不停地流。渐渐，他不哭了，眼窝深枯枯的，注视地面，梦呓似问："你说，这天，咋也不长个眼睛？你们不是唱好人一生平安吗？他咋得这种病？"

猛子黑着脸，木了许久。忽地，他抬头望天，声嘶力竭吼一声："老天爷，我日你妈！"

老顺进家门时，正赶上乡上的催粮队往外抬麻袋。催粮队有十几号人，除了乡上干部，还有派出所的。老顺带了哭声吼："天老爷，老子的一个儿子就要死了，你们还这样？"灵官妈扑了过来："你说啥？憨头咋了？"老顺呜呜哭道："不瞒你了，啥都不瞒了。老天给个啥也得受……憨头是癌，活不了几天了。"灵官妈发出一声厉叫，晕过去了。

老顺对干部们哭道："爷爷们，你们走吧。饿死，也少不了你们的一颗。现在我就上去。放心，少不了。"边说边用力掐老伴的人中。掐了半天，灵官妈才哭出声来。老顺抹去泪，抽泣着说："老婆子，行了行了。老天爷能给，老子就能受。"他用衣袖擦擦眼睛，拍拍身上的土，从车棚下拉出骆驼车，取过器皿，去上粮。

憨头出院了。他说："我想逛逛文庙。我还没去过呢。"灵官认真地望一眼憨头，想，他为啥要逛文庙呢？大字识不了几个的憨头竟然选择了逛文庙。莫非，他一直对自己没念书耿耿于怀？进了文庙，憨头看得很认真，仿佛在嚼，有种地道的贪婪，口半张着，仿佛在看马戏一样。灵官也不向他解释什么。憨头也不问，只是默默地看，认真地看。这里陈列着凉州的历史，但灵官知道，憨头眼里，那仅仅是稀罕物品。

几天后，憨头死了。齐神婆的再次禳解，并没能阻止降临的死神。憨头高高的腹部很扎眼，那青桔桔的脸却似在微笑，仿佛说："死亡真好。"老顺们扑天抢地哭着，声音嘶哑而绝望。虽说明知道免不了这个结局，但还是无法接受这残酷。

墓地上，灵官抹去了泪，拾起铁锨，梦游一样，一锨锨往憨头的墓坑里填土。他经历了一个健壮的生命一步步枯竭终而走向死亡的全程。他已历经沧桑。

同时，村里发生了几件事，一是双福要离婚，答应一次给女人二十万。女人说："婚可离。可钱，老娘一分不要。老娘有一双手，就是拣垃圾，不信拣不来一碗饭。"二是，兰兰要铁心离婚，叫白福毒打了一顿。三是，花球结婚了，那个被他强奸过的女孩挺着大肚子找上门来。婚事带来的喜庆味，把憨头的死带给村里人的沉重冲了个精光。

只是，灵官却陷入了危机。一个小生命快要出生了。一想到憨头为供他念书才失学去卖苦力，灵官就撕扯头发，咬牙切齿，诅咒自己。每一次"浪漫"都成了罪恶的证据。生存，已成为一种负担。

村里人常见他在村南的黄土坡上发痴，眼珠儿木木的，瓷瓷的，不转不闪。

走路时，也像在迷迷瞪瞪地梦游。不久，灵官出了沙湾。虽然有各种各样的传闻，但老顺相信，灵官是去闯外面的世界了。他还知道灵官会回来的。不管走多远，他都会回来。他的出去，就是为了他的回来。

（上海文化出版社 2000 年 8 月版，小雪编写）

毕飞宇
BI FEI YU

1964年出生于江苏兴化大营乡陆王村。1983年考入江苏扬州师范学院中文系。1987年毕业后从教多年。1999年加入中国作家协会。现供职于南京《雨花》杂志社,为江苏省作家协会副主席。

20世纪80年代开始创作。有短篇小说集《慌乱的指头》《祖宗》《操场》,长篇《平原》《推拿》等。短篇小说《哺乳期的女人》获第一届鲁迅文学奖,中篇小说《玉米》获第三届鲁迅文学奖。

玉　米

出了月子施桂芳把小八子丢给了大女儿玉米，除了喂奶，施桂芳不带孩子。按理说施桂芳应该把小八子衔在嘴里，整天肉肝心胆的才是。施桂芳没有。做完了月子施桂芳胖了，人也懒了，看上去松松垮垮的。这种松松垮垮里头有一股子自足，但更多的还是大功告成之后的懈怠。施桂芳喜欢站在家门口，倚住门框，十分安心地嗑着葵花子。施桂芳一只手托着瓜子，一只手挑挑拣拣的，然后捏住，三个指头肉乎乎地翘在那儿，慢慢等候在下巴底下。施桂芳的懒主要体现在她的站立姿势上，施桂芳只用一只脚站，另一只却要垫到门槛上去，时间久了再把它们换过来。人们不太在意施桂芳的懒，但人一懒看起来就傲慢。人们看不惯的其实正是施桂芳的那股子傲气，她凭什么嗑葵花子也要嗑得那样目中无人？施桂芳过去可不这样。村子里的人都说，桂芳好，一点官太太的架子都没有。施桂芳和人说话的时候总是笑着的，如果正在吃饭，笑起来不方便，那她一定先用眼睛笑。现在看起来过去的十几年施桂芳全是装的，一连生了七个丫头，自己也不好意思了，所以敛着，客客气气的。现在好了，生下了小八子，施桂芳自然有了底气，身上就有了气焰。虽说还是客客气气的，但是客气和客气不一样，施桂芳现在的客气是支部书记式的平易近人。她的男人是村支书，她又不是，她凭什么懒懒散散地平易近人？二婶子的家在巷子的那头，她时常提着丫杈，站在阳光底下翻草。二婶子远远地打量着施桂芳，动不动就是一阵冷笑，心里说，大腿叉了八回才叉出个儿子，还有脸面做出女支书的模样来呢。

施桂芳二十年前从施家桥嫁到王家庄，一共为王连方生下了七个丫头。这里头还不包括掉了的那三胎。施桂芳有时候说，说不定掉走的那三胎都是男的，怀胎的反应不大同，连舌头上的淡寡也不一样。施桂芳每次说这句话都要带上虚设往事般的侥幸心情，就好像只要保住其中的一个，她就能一劳永逸了。有一次到镇上，施桂芳特地去了一趟医院，镇上的医生倒是同意她的说法，那位戴着眼镜的医生把话说得很科学，一般人是听不出来的，好在施桂芳是个聪明的女人，听出意思来了。简单地说，男胎的确要娇气一些，不容易挂得住，就是挂住了，多少也要见点红。施桂芳听完医生的话，叹了一口气，心里想，男孩子的金贵打肚子里头就这样了。医生的话让施桂芳多少有些释怀，她生不出男孩也不完全是命，医生都说了这个意思了，科学还是要相信一些的。但是施桂芳更多的还是绝望，她望着码头上那位流着鼻涕的小男孩，愣了好大一会儿，十分怅然地转过了身去。

王连方却不信邪。支部书记王连方在县里学过辩证法，知道内因和外因、鸡蛋和石头的关系。关于生男生女，王连方有着极其隐秘的认识。女人只是外因，只是泥地、温度和墒情，关键是男人的种子。好种子才是男孩，种子差了则是丫头。王连方望着他的七个女儿，嘴上不说，骨子里头却是伤了自尊。

男人的自尊一旦受到挫败反而会特别地偏执。王连方开始和自己犟。他下定了决心，决定排除万难去争取胜利。儿子一定要生。今年不行明年，明年不行后年，后年不行大后年。王连方既不渴望速胜，也不担心绝种。他预备了这场持久战。说到底男人给女人下种也不算特别吃苦的事。相反，施桂芳倒有些恐惧了。刚刚嫁过来的那几年，施桂芳对待房事是半推半就的，这还是没过门的时候她的嫂子告诉她的。嫂子把她嘴里的热气一直哈到施桂芳的耳垂上，告诫桂芳一定要夹着一些，捂着一些，要不然男人会看轻了你，看贱了你。嫂子用那种晓通世故的神秘语气说，要记住桂芳，难啃的骨头才是最香的。嫂子的智慧实际上没有能够派上用场。连着生了几个丫头，事态反过来了，施桂芳不再是半推半就，甚至不是半就半推，确实是怕了。她只能夹着，捂着。夹来捂去的把王连方的火气都弄出来了。那一天晚上王连方给了她两个嘴巴，正面一个，反面一个。"不肯？儿子到现在都没叉出来，还一顿两碗饭的！"王连方的声音那么大，站在窗户的外面也一定能听得见。施桂芳"在床上不肯"，这话传出去就要了命了。光会生丫头，还"不肯"，绝对是丑女多作怪。施桂芳不怕王连方打，就是怕王连方吼。他一吼施桂芳便软了，夹也夹不紧，捂也捂不严。王连方像一个笨拙的赤脚医生，板着脸，拉下施桂芳的裤子就插针头，插进针头就注射种子。施桂芳怕的正是这些种子，一颗一颗地数起来，哪一颗不是丫头？

老天终于在一九七一年开眼了。阴历年刚过，施桂芳生下了小八子。这个阴历年不同寻常，有要求的，老百姓们必须把它过成一个"革命化"的春节。村子里严禁放鞭炮，严禁打扑克。这些严禁令都是王连方在高音喇叭里向全村老少宣布的。什么叫革命化的春节，王连方自己也吃不准。吃不准不要紧，关键是做领导的要敢说。新政策就是做领导的脱口而出。王连方站在自家的堂屋里，一手握着麦克风，一手玩弄着扩音器的开关。开关小小的，像一个又硬又

113

亮的感叹号。王连方对着麦克风厉声说:"我们的春节要过得团结、紧张、严肃、活泼。"说完这句话王连方就把亮锃锃的感叹号撤了下去。王连方自己都听出来了,他的话如同感叹号一般,紧张了,严肃了,冬天的野风平添了一股浩荡之气,严厉之气。

初二的下午王连方正在村子里检查春节,他披着旧大衣,手上夹了半截子飞马牌香烟。天气相当地阴冷,巷子里萧索得很,是那种喜庆的日子少有的冷清,只有零星的老人和孩子。男将们不容易看得到,他们一定躲到什么地方赌自己的手气去了。王连方走到王有庆的家门口,站住了,咳了几声,吐出一口痰。王有庆家的窗户慢慢拉开一道缝隙,露出了王有庆老婆的红棉袄。有庆家的面对着巷口,越过天井敞着的大门冲王连方打了一个手势。屋子里的光线太暗,她的手势又快,王连方没看清楚,只能把脑袋侧过去,认真地调查研究。这时候高音喇叭突然响了,传出了王连方母亲的声音,王连方的老母亲掉了牙,主要是过于急促,嗓音里夹杂了极其含混的气声,呼噜呼噜的。高音喇叭喊道:"连方啊连方啊,养儿子了哇!家来呀!"王连方歪着脑袋,听到第二遍的时候听明白了。回过头去再看窗前的红棉袄,有庆家的已经垂下了双肩,脸却靠到了窗棂口,面无表情地望着王连方,看上去有些怨。这是一张好看的脸,红色的立领裹着脖子,对称地竖在下巴底下,像两只巴掌托着,格外地媚气了。高音喇叭里杂七杂八的,听得出王连方的堂屋里挤的都是人。后来唱机上放上了一张唱片,满村子都响起了《大海航行靠舵手》,村里的空气雄赳赳的,昂扬着,还一挺一挺的。有庆家的说:"回去吧你,等你呢。"王连方用肩头簸了簸身上的军大衣,兀自笑起来,心里说:"妈个巴子的。"

玉米在门口忙进忙出。她的袖口挽得很高,两条胳膊已经冻得青紫了。但是玉米的脸颊红得厉害,有些明亮,发出难以掩饰的光。这样的脸色表明了内心的振奋,却因为用力收住了,又有些说不出来路的害羞,绷在脸上,所以格外地光滑。玉米在忙碌的过程中一直咬着下嘴唇,就好像生下小八子的不是母亲,而是玉米她自己。母亲终于生儿子了,玉米实实在在地替母亲松了一口气,这份喜悦是那样地深入人心,到了贴心贴肺的程度。玉米是母亲的长女,而从实际情况来看,不知不觉已经是母亲的半个姐妹了。事实上,母亲生六丫头玉苗的时候,玉米就给接生婆做下手了,外人终究是有诸多不便的。到了小八子,玉米已经是第三次目睹母亲分娩了。玉米借助于母亲,亲眼目睹了女人的全部隐秘。对于一个长女来说,这实在是一份额外的奖励。二丫头玉穗只比玉米小一岁,三丫头玉秀只比玉米小两岁半,然而,说起晓通世事,说起内心的深邃程度,玉穗玉秀比玉米都差了一块。长幼不只是生命的次序,有时候还是生命的深度和宽度。说到底成长是需要机遇的,成长的进度只靠光阴有时候反而难以弥补。

玉米站在天井往阴沟里倒血水，父亲王连方走进来了。今天是一个大喜的日子，王连方以为玉米会和他说话的，至少会看他一眼。玉米还是没有。玉米没穿棉袄，只穿了一件薄薄的白线衫，小了一些，胸脯鼓鼓的，到了小腰那儿又有力地收了回去，腰身全出来了。王连方望着玉米的腰身和青紫的胳膊，意外地发现玉米已经长大了。玉米平时和父亲不说话，一句话都不说。个中的原委王连方猜得出，可能还是王连方和女人的那些事。王连方睡女人是多了一些，但是施桂芳并没有说过什么，和那些女人一样有说有笑的，有几个女人还和过去一样喊施桂芳嫂子呢。玉米不同。她嘴上也不说什么，背地里却有了出手。这还是那些女人在枕头边上告诉王连方的。好几年前了，第一个和王连方说起这件事的是张富广的老婆，还是个新媳妇。富广家的说："往后我们还是轻手轻脚的吧，玉米全知道了。"王连方说："她知道个屁，才多大。"富广家的说："她知道，我知道的。"富广家的没有嚼蛆，前两天她和几个女的坐在槐树底下纳鞋底，玉米过来了。玉米一过来富广家的脸突然红了。富广家的瞥了玉米一眼，目光躲开了。再看玉米的时候玉米还是看着她，一直看着她。就那么盯着。从头到脚，又从脚到头。旁若无人，镇定得很。那一年玉米才十四岁。王连方不相信。但是没过几个月，王大仁的老婆吓了王连方一大跳。那一天王连方刚刚上了王大仁老婆的身，大仁家的用两只胳膊把脸遮住了，身子不要命地往上拱，说："支书，你用劲，快弄完。"王连方还没有进入状态，稀里糊涂的，草草败了。大仁家的低着头，极慌张地擦换，什么也不说。王连方叉住她的下巴，再问，大仁家的跪着说："玉米马上来踢毽子了。"王连方眨巴着眼睛，这一回相信了。但是一回到家，玉米一脸无知，王连方反而不知道从哪儿说起了。玉米从那个时候开始不再和父亲说话了。王连方想，不说话也好，总不能多了一个蚊子就不睡觉。然而今天，在王连方喜得贵子的时刻，玉米不动声色地显示了她的存在与意义。这一显示便是一个标志，玉米大了。

王连方的老母垂着两条胳膊，还在抖动她的下嘴唇。她上了岁数，下嘴唇耷拉在那儿，现在光会抖。喜从天降对年老的女人来说是一种折磨，她们的表情往往很僵，很难将心里的内容准确及时地反映到脸上。王连方的老爹则沉稳得多，他选择了一种平心静气的方式，慢慢地吸着烟锅。这位当年的治保主任到底见过一些世面，反而知道在喜上心头的时刻不怒自威。

"回来啦?"老爹说。

"回来了。"王连方说。

"起个名吧。"

王连方在回家的路上打过腹稿，随即说："是我们家的小八子，就叫王八路吧。"

老爹说："八路可以，王八不行。"

王连方忙说:"那就叫王红兵。"

老爹没有再说什么。这是老家长的风格。老家长们习惯于用沉默来表示赞许。

接生婆又在产房里高声喊玉米的名字了。玉米丢下水盆,小跑着进了西厢房。王连方看着玉米的背影,她在小跑的过程中已经知道将两边的胳肢窝夹紧了,而辫子在她的后背却格外地生动。这么多年来王连方光顾了四处莳弄,四处播种,再也没有留意过玉米,玉米其实也到了谈婚论嫁的岁数了。玉米的事其实是拖下来的,王连方是支书,到底不是一般的人家,不大有人敢攀这样的高枝。就是媒婆们见到玉米通常也是绕了过去。皇帝的女儿不愁嫁,哪一个精明的媒婆能忘得了这句话。玉米这样的家境,这样的模样,两条胳膊随便一张就是两只凤凰的翅膀。

农民的冬天并不清闲。用了一年的水车、槽桶、农船、丫杈、铁锹、钉耙、连枷、板锨,都要关照了。该修的要修,该补的要补,该淬火的要淬火,该上桐油的要上桐油。这些都是事,没有一件落得下来。最吃力气、最要紧的当然还是兴修水利。毛泽东主席都说了,水利是农业的命脉。主席做过农民,他老人家要是不到北京去,一定还是个好把式。主席说得对,水、肥、土、种、密、保、工、管,"八字方针"水为先。兴修水利大多选择在冬天,如果摊上一个大工程,农民们恐怕比农忙的时候还要劳累一些。冬天里还有一件事是不能忘记的,那就是过年。为了给过去的一年做一道总结,也为了给下一个来年讨一个吉祥,再懒散、再劳苦的人家也要把年过得像个样子。家家户户用力地洗、涮、炒花生、炒蚕豆、炒瓜子、爆米花、掸尘、泥墙、划糕、蒸馒头,直到把日子弄得香气缭绕的,还雾气腾腾的。赶上过年了当然又少不了一大堆的人情债、世故账,都要应酬好。所以,到了冬天,主要是腊月和正月,农活是没有了,人反而更忙了。"正月里过年,二月里赌钱,三月里种田"。这句话说得很明白了。农民们真正清闲的日子其实也只是阴历的二月,利用这段清闲的日子走一走亲戚,赌一赌自己的手气。到了阴历的三月,一过了清明,也就是阳历的四月五号,农民们又要向土地讨生活了。别的事再重要、再复杂,但农民的日子终究在泥底下,开了春你得把它翻过来,这样才过得下去。城里的人喜欢伤叹"春日苦短",那里的意思要文化得多,心情里修饰的成分也多得多。农民们说这句话可是实打实的,说的就是这二三十天。春天里这二三十天的好时光实在是太短暂了,连伤叹的工夫都没有。

整个二月玉米几乎没有出门,她在替她的母亲照料小八子。没有谁逼迫玉米,带小八子完全出于玉米的自愿。玉米是一个十分讷言的姑娘,心却细得很,主要体现在顾家这一点上,最主要的一点又表现在好强上。玉米任劳,却不任怨，她绝对不能答应谁家比自家过得强。可是家里没有香火，到底是他们家的话把子。玉米是一个姑娘家，不好在这件事情上多说什么，但在心里头还是替母亲担忧着，牵挂着。现在好了，他们家也有小八子了，当然就不会留下什么缺陷和把柄了。玉米主动把小八子揽了过来，替母亲把劳累全包了，不声不响的，一举一动都显得专心致志。

　　玉米在带孩子方面有些天赋，一上来就无师自通，没过几天已经把小八子抱得很像那么一回事了。她把小八子的秃脑袋放在自己的胳膊弯里，一边抖动，一边哼唧。开始还有些害羞，一些动作一下子做不出来，但害羞是多种多样的，有时候令人懊恼，有时候却又不了，反而叫人特别地自豪。玉米抱着小八子，专门往妇女们中间钻，而说话的对象大多是一些年轻的母亲。玉米和她们探讨，交流一些心得，诸如孩子打奶嗝之后的注意事项，婴儿大便的颜色，什么样的神态代表了什么样的需求，就这些，很琐碎，很细枝末节，却又十分的重大，相当地愉悦人心。抱得久了，玉米抱孩子的姿势和说话的语气再也不像一个大姐了。她抱得那样妥帖，又稳又让人放心，还那么忘我，表现出一种切肤的、扯拽着心窝子的情态。一句话，玉米通身洋溢的都是一个小母亲的气质。而"我们"小八子似乎也把大姐搞错了，只要喝足了，并不贪恋施桂芳。他漆黑的眼珠子总是对着玉米，毫无意义，却又全神贯注，盯着她。玉米和"我们"小八子对视着，时间久了，平白无故地陷入了恍惚，憧憬起自己的终身大事。玉米习惯于利用这样的间隙走走神，黑灯瞎火地谋划一下自己的将来。这是身不由己的。玉米至今没有婆家，村子里倒是有几个不错的小伙子，玉米当然不可能看上他们。但是他们和别的姑娘有说有笑，玉米一掺和进来，他们便局促了，眼珠子像受了惊吓的鱼，在眼眶子里头四处逃窜。这样的情形让玉米多少有些寥落。老人说，门槛高有门槛高的好，门槛高也有门槛高的坏，玉米相信的。村子里和玉米差不多大的姑娘已经"说出去"好几个了，她们时常背着人，拿着鞋样子为未来的男人剪鞋底。玉米看在眼里，并不笑话她们，习惯性地偷看几眼鞋底，依照鞋底的长宽估算一下小伙子的高矮程度。这样的心思在玉米的这一头实在有点情不自禁。好在她们在玉米的面前并不骄傲，反而当了玉米的面自卑了。她们说："我们也就这样了，还不知道玉米会找怎样好的人家呢。"玉米听了这样的话当然高兴，私下里相信自己的前程更要好些。但终究没有落到实处，那份高兴就难免虚空，有点像水底下的竹篮子，一旦提出水面都是洞洞眼眼的了。这样的时候玉米的心中不免多了几缕伤怀，绕过来绕过去的。好在玉米并不着急，也就是想想。瞎心思总归是有酸有甜的。

　　不过母亲越来越懒了。施桂芳生孩子一定是生伤了，心气全趴下了。她把小八子交给玉米也就算了，再怎么说也不该把一个家都交给玉米。女人活着为了什么？还不就是持家。一个女人如果连持家的权利都不要了，绝对是一只臭鸡蛋，彻底地散了黄了。玉米倒没有抱怨母亲，相反，很愿意。做姑娘的时候早早学会了带孩子、持家，将来有了对象，过了门，圆了房，清早一起床就是一个利索的新媳妇、好媳妇，再也不要低了头，从眼眶的角落偷偷地打量婆婆的脸色了。玉米愿意这样还有另外一层意思，玉穗、玉秀、玉英、玉叶、玉苗、玉秧，平时虽说喊她姐姐，究竟不服她。老二玉穗有些憨，不说她。关键是老三玉秀。玉秀仗着自己聪明，又会笼络人心，不管是在家里还是在村子上，势力已经有一些了。还有一点相当要紧，玉秀有两只双眼皮的大眼睛，皮肤也好，人漂亮，还狐狸精，屁大的委屈都要歪在父亲的胸前发嗲，玉米是做不出来的，所以父亲偏着她。但是现在不同，玉米带着小八子，还持起了家，不管管她们绝对不行了。母亲不撒手则罢，母亲既然已经撒了手了，玉米是老大，年纪最大，放到哪里说都是这样。

　　玉米的第一次掌权是在中午的饭桌上。玉米并没有持家的权利，但是，权利就这样，你只要把它握在手上，捏出汗来，权利会长出五根手指，一用劲就是一只拳头。父亲到公社开会了，玉米选择这样的时机应当说很有眼光了。玉米在上午把母亲的葵花子炒好了，吃饭之前也提好了洗碗水。玉米不声不响的，心里头却有了十分周密的谋划。家里人多，过去每一次吃饭母亲都要不停地催促，要不然太拖拉，难收拾，也难免鸡飞狗跳。玉米决定效仿母亲，一切从饭桌上开始。

　　中饭到了临了，玉米侧过脸去对母亲说："妈，你快点，葵花子我给你炒好了，放在碗柜里。"玉米交待完了，用筷子敲着手上的碗边，大声说："你们都快点，我要洗碗的，各人都快一点。"母亲过去也是这样一边敲打碗边一边大声说话的。玉米的话产生了效应，饭桌上扒饭的动静果真紧密了。玉秀没有呼应。咀嚼的样子反而慢了，骄傲得很，漂亮得很。玉米把七丫头玉秧抱过来，接过玉秧的碗筷，喂她。喂了两口，玉米说："玉秀，你是不是想洗碗？"玉米说这话的时候并没有抬头，话说得也相当平静，但是，有了威胁的力量。玉秀停止了咀嚼，四下看了看，突然搁下饭碗，说："等爸爸回来！"玉米并没有慌张。她把玉秧的饭喂好了，开始收拾。玉米端起玉秀的饭碗，把玉秀剩下的饭菜倒进了狗食盆。玉秀退到西厢房的房门口，无声地望着玉米。玉秀依旧很骄傲，不过，几个妹妹都看得出，玉秀姐脸上的骄傲不对称了，绝对不如刚才好看。

　　玉秀在晚饭的饭桌上并没有和玉米抗争，只是不和玉米说话。好在玉米从她喝粥的速度上已经估摸出玉秀的基本态度了。玉秀自然是不甘心，开始了节外生枝。她用筷子惹事，很快和四丫头玉英的筷子打了起来。玉米没有过问，心里却有了底了，一个人如果开始了节外生枝，大方向首先就不对头，说明她已经不行了，泄气了，喊喊冤罢了。玉英的年岁虽然小，并不示弱，一把把玉秀的筷子打在了地上。玉米放下手里的碗筷，替玉秀捡起筷子，放在自己的碗里，用粥搅和干净，递到玉秀的手上，小声告诫的却是玉英："玉英，不许和三姐闹。"玉米当着所有妹妹的面把玉秀叫做"三姐"，口气相当地珍重，很上规矩。玉秀得到了安抚，脸上又漂亮了。这一来委屈的自然是玉英。玉米知道玉英委屈，但是怪不得别人，在两强相争寻找平衡的阶段，委屈必然要落到另一些人的头上。

玉秀第一个吃完了。玉米用余光全看在眼里。狐狸精的气焰这一回彻底下去了。不要看狐狸精猖獗，狐狸精有狐狸精的软肋。狐狸精一是懒，二是喜欢欺负比她弱的人，这两点你都顺了她，她反而格外地听话。所有的狐狸精全一个样。玉米要的其实只是听话。听了一次，就有两次，有了两次，就有三次。三次以后，她也就习惯了，自然了。所以第一次听话是最最要紧的。权利就是在别人听话的时候产生的，又通过要求别人听话而显示出来。放倒了玉秀，玉米意识到自己开始持家了，洗碗的时候就有一点喜上心头，当然，绝不会喜上眉梢。心里的事发展到了脸上，那就不好了。

阴历的二月，也就是阳历的三月，玉米瘦去了一圈。她抱着王红兵四处转悠了。

王红兵也就是小八子，但是，当着外人，玉米从来不说"小八子"，只说"王红兵"。村子里的男孩一般都不用大号，大号是学名，只有到了课堂上才会被老师们使用。玉米把没有牙齿的小弟弟说得有名有姓的，这一来特别地慎重、正规，和别人家的孩子区分开来了，有了不可相提并论的意思。玉米抱着王红兵的时候，说话的腔调和脸上的神色已经是一个老到的母亲了。其实也不是什么无师自通，都是她在巷口、地头、打谷场上从小嫂子们身上学来的。玉米是一个有心的人，不论什么事都是心里头先会了，然后才落实到手上。但是，玉米毕竟还是姑娘家，她的身上并没有小嫂子们的拉挂、邋遢，抱孩子抱得格外地好看。所以玉米的腔调和神色就不再是模仿而来的，有了玉米的特点，成了玉米的发明与创造。

玉米带孩子的模样给了妇女们极为深刻的印象。她们看到的反而不是玉米抱孩子抱得如何好看，说来说去，还是玉米这丫头懂事早，人好。不过村子里的女人们马上看出了新苗头，玉米抱着王红兵四处转悠，不全是为了带孩子，还有另外一层更要紧的意思。玉米和人说着话，毫不经意地把王红兵抱到有些人的家门口，那些人家的女人肯定是和王连方上过床的。玉米站在他们家的门口，站住了，不走，一站就是好半天。其实是在替她的母亲争回脸上的光。

富广家的显然还没有明白玉米的深刻用意，冒失了，她居然伸出胳膊想把王红兵从玉米的怀里接过去，嘴里还自称"姨娘"，说："姨娘抱抱嘛，肯不肯嘛?"玉米一样和别人说话,不看她,像是没有这个人,手里头抱得更紧了。富广家的拽了两下,有数了,玉米这丫头不会松手的。但是当着这么多的人,又是在自家的门口,富广家的脸上非常下不来。富广家的只好拿起王红兵的一只手,放到嘴边上,做出很香的样子,很好吃的样子。玉米把王红兵的手抢回来,把他的小指头含在嘴里,一根一根地吮干净,转脸吐在富广家的家门口,回过头去呵斥王红兵:"脏不脏!"王红兵笑得一嘴的牙床。富广家的脸却吓白了,又不能说什么。周围的人一肚子的数,当然也不好说什么了。

玉米一家一家地站,其实是一家一家地揭发,一家一家地通告了。谁也别想漏网。那些和王连方睡过的女人一看见玉米的背影禁不住地心惊肉跳,这样的此地无声比用了高音喇叭还要惊心动魄。玉米不说一句话,却一点一点揭开了她们的脸面,活活地丢她的人,现她的眼。这在清白的女人这一边特别的大快人心,还特别的大长志气。她们看在眼里,格外地嫉妒施桂芳,这丫头是让施桂芳生着了!她们回到家里,更加严厉地训斥自己的孩子。她们告诫那些"不中用的东西":"你看看人家玉米!""你看看人家玉米",这里头既有"不怕不识货,就怕货比货"的意思,更有一种树立人生典范的严肃性、迫切性。村子里的女人比以往的任何时候都更喜欢玉米了,她们在收工或上码头的路上时常围在玉米的身边,和玉米一起逗弄王红兵,逗弄完了,总要这样说:"不知道哪个婆婆有福气,能讨上玉米这样的丫头做儿媳。"妇女们羡慕着一个虚无的女人,拐了一个弯子,最终还是把马屁结结实实地拍在玉米的身上。这样的话玉米当然不好随便接过来,并不说什么,而是偷偷看一眼天上,鼻尖都发亮了。

人家玉米已经快有婆家啦!你们还蒙在鼓里呢!玉米的婆家在哪里呢?远在天边,近在眼前,就在七里远外的彭家庄。"那个人"呢,反过来了,近在眼前,却又远在天边。这样的事玉米绝不会随随便便让外人知道的。

春节过后王连方多了一件事,一出去开会便到处托人——玉米是得有个婆家了。丫头越来越大了,留在村子里太不方便。急归急,王连方告诉自己,一般的人家还是不行。女孩子要是下嫁了,委屈了孩子还在其次,丢人现眼的还是父母。依照王连方的意思,还是要按门当户对的准则找一个做官的人家,手里有权,这样的人家体大力不亏。王连方在四周的邻乡倒是打听到几个了。王连方让桂芳给玉米传了话,玉米那头没有一点动静。王连方猜得出,玉米这丫头心气旺得很,有他这样的老子,她对做官人家的男人肯定不放心。后来还是彭家庄的彭支书说话了,他们村子里的箍桶匠家有个小三子。王连方一听到"箍桶匠"、"小三子"就再也没有接话,不会是什么人高马大的人家。彭支书解释说:"就是前年验上飞行员的那个。全县才四个。"王连方咬紧了下嘴唇,

"嘶"了一声。这一来不同寻常了。要是有一个飞行员做女婿，他王连方也等于上过一回天了，他王连方随便撒一泡尿其实就是一天的雨了。王连方马上把玉米的相片送到彭支书的手上，彭支书接过照片，说："是个美人嘛。"王连方说："要说最标致，还要数老三。"彭支书默无声息地笑了，说："老三还太小。"

箍桶匠家的小三子把信回到彭支书那边去了。这封信连同他的相片经过王连方、施桂芳的手，最后压在了玉米的枕头底下。小伙子叫彭国梁，在名字上面就已经胜了一筹，因为他是飞行员，所以他用"国家的栋梁"做名字，并不显得假大空，反而有了名副其实的一面，顶着天，又立着地，听上去很不一般。从照片上看，彭国梁的长相不好。瘦，有些老相，滑边眼，眯眯的，眼皮还厚，看不出他的眼睛有什么本领，居然在天上还认得回家的路。嘴唇是紧抿的，因为过于努力，反而把门牙前倾这个毛病突现出来了，尽管是正面像，还是能看出拱嘴。然而，彭国梁穿着飞行服，相片又是在机场上拍摄的，画面上便有了常人难以想象的英武。彭国梁的身旁有一架银鹰，也就是飞机，衬托在那儿，相当容易激活人的想象力。玉米的心思跨过了彭国梁长相上的不足，心气已经去了大半，自卑了，无端端地自惭形秽。说到底人家是一个上天入地的人哪。

玉米恨不得一口就把这门亲事定下来。彭国梁在信封上写了一个详细到最小单位的地址，意思已经很明确了。玉米知道，她的终身大事现在完全取决于自己的回信了。这件事相当大，不能有半点马虎。玉米原计划到镇上再拍几张相片的，想了一想，彭国梁肯给彭支书回信，说明他对自己的长相已经满意了，没有必要节外生枝。现在的问题就是信本身了。彭国梁的信写得相当含混，口气虽然大，好像自己也不太有底。他只是强调自己"对家乡很有感情"，然后强调他在飞机上"恨不得飞到家乡，看看家乡的人民"，最露骨的一句话也只是表扬了"彭叔叔"，说"彭叔叔看上的人"，他"绝对信得过"。但是，到底没有把话挑破了，更没有完完全全地落实到玉米的身上。所以是不能一上来就由玉米挑破了的。那样太贱。不好。一点不说更不行，彭国梁要是误解了麻烦反而大了，挽回的余地都没有。彭国梁近在眼前，毕竟远在天边。遥远的距离让玉米自豪，到底也是伤神的地方。

玉米的信写得相当低调。玉米想来想去决定采取低调的办法。她简单地介绍了自己，用笔是那种适当的赞许。然而，笔锋一转，玉米说："我一点点也比（配）不上（你）。你们在天上，天上的先（仙）女才比（配）得上。我没有先（仙）女好，没有先（仙）女好看。"玉米的话说得一点都不失体面。一个人说自己没有仙女好看，毕竟是应该的。信的最后玉米说："我现在天天看天上，白天看，晚上看。天上是老样子，白天只有太阳，夜里只有月亮。"信写到这儿已经相当抒情了，关键是玉米的胸中凭空涌起万般眷恋，结结实实的，却又空无一物，很韧，很折磨人。玉米望着自己的字，竟难以掩抑，无声地落泪了，心中充满了委屈。玉米想说的话其实不是这些，她多想让彭国梁知道，自己对这一门亲事是多么满意。要是有一个人能替自己说，把彭国梁全说明白了，让彭国梁知道她的心思，那就太好了。玉米封好信，寄了出去。玉米在寄信的时候多了一分心思，她留的是王家庄小学的地址，"高素琴老师转"。信是寄出去了，玉米却活生生地瘦去了一圈。

有了儿子，王连方的内心松动多了。施桂芳他是不会再碰她的了，攒下来的力气都给了有庆家的。要是细说起来，王连方在外面弄女人的历史复杂而又漫长。第一次是在施桂芳怀上玉米的时候。老婆怀孕对男人来说的确是一件伤脑筋的事。施桂芳刚刚嫁过来的那几十天，两个人都相当地贪，满脑子都是熄灯上床。可是问题立即来了，第二个月桂芳居然不来红了。怎么说好景不长久的呢。桂芳自豪得很，她平躺在床上，两只手护着肚子，拿自己特别地当人，说："我这是坐上喜，就是的，我知道的，我肯定是坐上喜，就是的。"自豪归自豪，施桂芳并没有忘记给王连方颁布戒严令。施桂芳说："从今天起，我们不了。"王连方在黑暗中板起了面孔。他还以为结了婚了就能够甩开膀子七仰八叉的，原来不是，结婚只是老婆怀孕。施桂芳把王连方的手拉过来，放到自己的肚子上去。王连方无声地叹了一口气，指头却活动得很，在施桂芳的肚子上蠕动。蠕动了几下，手指头全挺起来了，忍不住往下面去。施桂芳抓住王连方的手，用力掐，是那种建功立业之后特有的放肆。王连方很急，却又找不到出路。这种急还不容易忍，你越忍它反而越是急，跳墙的心思都有。

王连方忍了十来天。他再也没有料到自己会有胆量做那样的事，他在大队部居然把女会计摁在了地上，扒开来，睡了。王连方睡她的时候肯定急红了眼了，浑身都绷着力气，脑子里却一片空。相关的细节还是事后回忆起来的。王连方拿起了《红旗》杂志，开始回忆，后怕了。那是中午，他怎么突然起了这份心的？一点过渡都没有。女会计大他十多岁，长他一个辈分，该喊她婶子呢。女会计从地上爬起来，用揩布擦了擦自己，裤子提上来，系好，捋了捋头发，前前后后掸了掸，把揩布锁进了柜子，出去了。她的不动声色太没深没浅了。王连方怕的是出人命。一出人命他这个全公社最年轻的支书肯定当不成了。那天晚上王连方在村子里转到十一点钟，睁大了眼睛四处看，竖起了耳朵到处听。

第二天他一大早就到大队部去了，把所有的屋梁都看了一遍，没有尸体挂在上面。还是不放心。大队部陆续来了一些人，到了九点多钟，女会计进门了，一进门客客气气的，眼皮并不红肿。王连方的心到了这个时候才算放下了，发了一圈香烟，开始了说笑。后来女会计走到了他的身边，递过一本账本，指头下面却压着一张纸条。小纸条说："你出来，我有话说给你。"因为是写在纸上的，王连方听不出话里话外的语气，一点好歹都没有，刚刚放下来的心又一次提上去了，还咕咚咕咚的。王连方看着女会计出门，又隔着窗棂远远地看着女会计回家去了。王连方很不安。熬了十几分钟，很严肃地从抽屉里取出《红旗》，摊开来，拉长了脸用指头敲了几下桌面，示意人们学习，出去了。

王连方一个人来到了会计家。王连方作为男人的一生其实正是从走进会计家的那一刻开始的。作为一个男人，他还嫩。女会计辅导着他，指引着他。王连方进入了前所未有的好光景，他算什么结了婚的男人？这里头绪多了。王连方和女会计开始了斗争，这斗争是漫长的，艰苦卓绝的，你死我活的，危机四伏的，最后却又是起死回生的。王连方迅速地成长了起来，女会计后来已经不能辅导了。她的脸色和声音都很惨。王连方听到了身体内部的坍塌声、撕裂声。

在斗争中，王连方最主要的收获是锻炼了胆量。他其实不需要害怕。怕什么呢？没有什么需要害怕的嘛。就算她们不愿意，说到底也不会怎么样。女会计在这个问题上倒是批评过王连方，女会计说："不要一上来就拉女人的裤子，就好像人家真的不肯了。"女会计晃动着王连方裆里的东西，看着它，批评它说，"你呀，你是谁呀？就算不肯，打狗也要看主人呢，不看僧面看佛面呢。"

长期和复杂的斗争不只是让王连方有了收获，还让王连方看到了意义。王连方到底不同于一般的人，是懂得意义和善于挖掘意义的。王连方不仅要做播种机，还要做宣传队，他要让村里的女人们知道，上床之后连自己都冒进，可见所有的新郎官都冒进了。他们不懂得斗争的深入性和持久性，不懂得所有的斗争都必须进行到底。要是没有王连方，那些婆娘们这一辈子都要蒙在鼓里。

关于王连方的斗争历史，这里头还有一个外部因素不能不涉及。十几年来，王连方的老婆施桂芳一直在怀孕，她一怀孕王连方只能"不了"。施桂芳动不动就要站在一棵树的下面，一手扶着树干，一手捂着腹部，把她不知好歹的干呕声传遍了全村。施桂芳十几年都这样，王连方听都听烦了。施桂芳呕得很丑，她干呕的声音是那样的空洞，没有观点，没有立场，咋咋呼呼，肆无忌惮，每一次都那样，所以有了八股腔。这是王连方极其不喜欢的。她的任务是赶紧生下一个儿子，又生不出来。光喊不干，扯他娘的淡。王连方不喜欢听施桂芳的干呕，她一呕王连方就要批评她："又来作报告了。"

王连方虽然在家里"不了"，但是并没有迷失了斗争的大方向。在这个问题上施桂芳倒是个明白人，其他的女人有时候反而不明白了。她们要么太拿自己当回事，要么太忸怩。王裕贵的老婆就是一个例子。王连方一共才睡了裕贵家的两回，裕贵家的忸怩了，还眼泪鼻涕的一把。裕贵家的光着屁股，捂着两只早就被人摸过的奶子，说："支书，你都睡过了，你就省省，给我们家裕贵留一点吧。"王连方笑了。她的理论很怪，这是能省下来的么？再说了，你那两只奶子有什么捂头？过门前的奶子是金奶子，过了门的奶子是银奶子，喂过奶的奶子是狗奶子。她还把她的两只狗奶子当做金疙瘩，紧紧地捂在胳膊弯里。很不好。王连方虎下了脸来，说："随你，反正每年都有新娘嫁过来。"这个女人不行。后来连裕贵想睡她她都不肯，气得裕贵老是揍她。深更半夜的，老是在床上被裕贵揍得鬼叫。王连方不会再管她了。她还想留一点给裕贵，看起来她什么也没有留。

十几年过去了，眼下的王家庄最得王连方欢心的还是有庆家的。除了把握村子里阶级方面的问题，王连方其余的心思全扑在有庆家的身上。十几年了，王连方这一回算是遇上真菩萨了。有庆家的上床之后浑身上下找不到一块骨头，软塌塌地就会放电。王连方这一回绝对遇上真菩萨了。一九七一年的春天，王连方的好事有点像老母猪下崽，一个跟着一个来。先是儿子落了地，后是玉米有了婆家，现在，又有了有庆家的这么一台发电机。

彭国梁回信了。信寄到了王家庄小学，经过高素琴，千里迢迢转到了玉米的手上。玉米接到回信的时候正在学校那边的码头上洗尿布。玉米以往洗尿布都是在自家的码头，现在不同，女孩子的心里一旦有了事，做任何事情都喜欢舍近求远了。玉米弯着身子，搓着那些尿布片。每一片尿布都软软的，很苍白，看上去忧心忡忡。玉米的手上在忙，心里想的其实还是彭国梁的回信。她一直在推测，彭国梁到底会在信上和她说些什么呢？玉米推测不出来。这是让玉米分外伤怀的地方，说到底命运捏在人家的手上，你永远不知道人家究竟会说什么。

高素琴后来过来了，她来汰衣裳。高素琴把木桶支在自己的胯部，顺着码头的石阶一级一级地往下走。她的步子很慢，有股子天知地知的派头。玉米一见到高老师便是一阵心慌，好像高老师捏着她的什么把柄了。高素琴俯视着玉米，只是笑。玉米看见高素琴的笑脸，预感到将要发生什么事。但是高老师光是笑，并不说什么。这一来还是什么事都没有了，相当地惆怅人。玉米也只能赔着笑，还能怎样呢。要是说起来，高老师是玉米最为佩服的一个人了。高老师能说普通话，她在阅读课文的时候，能把教室弄得像一个很大的收音机，她就呆在收音机里头，把普通话一句一句播送到窗户外面。她还能在黑板上进行四则混合运算。玉米曾亲眼看见高老师把很长的题目写在黑板上，中间夹杂了许多加、减、乘、除的标记，还有圆括号和方括号。高老师一个步骤一个步骤地，一连写了七八个等于，结果出来了，是"○"。三姑奶奶说："高老师怎么教这个东西，忙了半天，屁都没有。"玉米说："怎么没有呢，不是零嘛。"三姑奶奶说："你倒说说，零是多少？"玉米说："零还是有的，就是这样一个结果。"

高老师现在就蹲在玉米的身边，微笑着，脸上的皱纹像一个又一个圆括号和方括号。玉米吃不准高老师的心里在怎样地加、减、乘、除，结果会不会也是"○"呢？

高老师终于说话了。高老师说："玉米，你怎么这么沉得住气？"玉米一听这话心都快跳出嗓子了。玉米故意装着没有听懂，咽了一口，说："沉什么气？"高老师微笑着从水里提起衣裳，直起身子，甩了甩手，把大拇指和食指伸进口袋里，捏住一样东西，慢慢拽出来。是一封信。玉米的脸吓得脱去了颜色。高老师说："我们家小二子不懂事，都拆开了——我可是一个字都没敢看。"高素琴把信递到玉米的面前，信封的确是拆开了。玉米又是惊，又是羞，又是怒。更不知道说什么了。玉米在大腿上一正一反擦了两遍手，接过来，十个指头像长上了羽毛，不停地扑棱。这样的惊喜实在是难以自禁。但是，这封宝贵的信到底被人拆开了，玉米在惊喜的同时又涌上了一阵彻骨的遗憾。

玉米走上岸，背过身去，一遍又一遍地读彭国梁的信。彭国梁称玉米"王玉米同志"，这个称呼太过正规、太过高尚了，玉米其实是不敢当的。玉米第一次被人正经八百地称作"同志"，内心涌起了一股难言的自爱，都近乎神圣了。玉米一看到"同志"这两个字已经喘息了，胸脯顶着前襟，不停地往外鼓。彭国梁后来介绍了他的使命，他的使命就是保卫祖国的蓝天，专门和帝修反做斗争。玉米读到这儿已经站不稳了，幸福得近乎崩溃。天一直在天上，太远了，其实和玉米没有半点关系。现在不同了，"天"和玉米捆绑起来了，成了她的一个部分，在她的心里，蓝蓝的，还越拉越长，越拉越远。她玉米都已经和蓝蓝的天空合在一起了。最让玉米感到震撼的还是"和帝修反做斗争"这句话，轻描淡写的，却又气壮如牛。帝、修、反，这可不是一般的地主富农，它太遥远、太厉害、太高级了，它既在明处，却又深不见底，可以说神秘莫测，你反而不知道他们究竟在哪里了。你听一听，那可是帝、修、反哪！如果没有飞机，就算你顿顿大鱼大肉你也看不见他们在哪儿。

彭国梁的信几乎全是理想和誓言，决心与仇恨。到了结尾的部分，彭国梁突然问：你愿意和我一起，手拉手，和帝修反做斗争吗？玉米好像遭到了一记闷棍，被这记闷棍打傻了。神圣感没有了，一点一点滋长起来的却是儿女情长。开始还点点滴滴的，一下子已经汹涌澎湃了。"手拉手"，这三个字真的是一根棍子，是一根擀面杖，玉米每读一遍都要从她松软的身子上碾过一遍。玉米的身子几乎铺开来，十分被动却又十分心甘情愿地越来越轻、越来越薄。玉米已经没有一点力气了，面色苍白，扶在树干上吃力地喘息。彭国梁终于把话挑破了。这门亲事算是定下来了。玉米流出了热泪。玉米用冰凉的巴掌把滚烫的泪水往两只耳朵的方向抹。但是，抹不干。玉米泪如泉涌。抹干一片立即又潮湿了一片。后来玉米索性不抹了，她知道抹不完的。玉米干脆蹲下身去，把脸埋在肘弯里头，全心全意地往伤心里头哭。

高素琴早就汰好衣裳了。她依旧把木桶架在胯部，站在玉米的身后。高素琴说："玉米，差不多了，你看看你。"高素琴说完这句话，向河边努了努嘴，说，"玉米，你看看，你的木桶都漂到哪里去了。"玉米站起来，木桶已经顺水漂出去十几丈远了。玉米看见了，但是视而不见，只是僵在那儿。高素琴说："快下去追呀，晚了坐飞机都追不上了。"玉米还过神来了，跑到水边，顺着风和波浪的方向追逐而去。

当天晚上玉米的亲事在村子里传开了。人们在私下里说的全是这件事。玉米"找了"一个飞行员，专门和帝修反做斗争的。玉米这样的姑娘能找到一个好婆家，村子里的人是有思想准备的，但是"那个人"是飞行员，还是大大超出了人们的预料。这天晚上，每一个姑娘和每一个小伙的脑子里都有了一架飞机，只有巴掌那么大，在遥远的高空，闪闪发亮，屁股后面还拖了一条长长的气尾巴。这件事太惊人了。只有飞机才能在蓝天上飞翔，你换一只老母猪试试？要不换一头老公牛试试？一只老母猪或一头老公牛无论如何也不能冲上云霄，变得只有巴掌那么大的。想都没法想。那架飞机不仅改变了玉米，肯定也改变了王连方。王连方过去很有势力，说到底只管着地上。现在，天上的事也归王连方管了。王连方公社里有人，县里头有人，如今天上也有人了。人家是够得上的。

玉米的"那个人"在千里之外，这一来玉米的"恋爱"里头就有了千山万水，不同寻常了。这是玉米的恋爱特别感人至深的地方。他们开始通信。信件的来往和面对面的接触到底不同，既是深入细致的，同时又还是授受不亲的。一来一去使他们的关系笼罩了雅致和文化的色彩。不管怎么说，他们的恋爱是白纸黑字，一竖一横，一撇一捺的，这就更令人神往了。在大多数人的眼里，玉米的恋爱才更像恋爱，具有了示范性，却又无从模拟。一句话，玉米的恋爱实在是不可企及。

人们错了。没有人知道玉米现在的心境。玉米真是苦极了。信件现在是玉米的必需，同时也成了玉米没日没夜的焦虑。它是玉米的病。玉米倒是读完初小的，如果村子里有高小、初中，玉米当然也会一直读下去。村子里没有。玉米将将就就只读了小学三年级，正经八百地识字只有两年。过了这么多年，玉米一般的看看还行，写起来就特别地难了。谁知道恋爱不是光"谈"，还是要"写"的呢。彭国梁一封一封地来，玉米当然要一封一封地回。这就难上加难了。玉米是一个多么内向的姑娘，内向的姑娘实际上多长了一双眼睛，专门是向内看的。向内看的眼睛能把自己的内心探照得一清二楚，所有的角落都无微不至。现在的问题是，玉米不能用写字的方式把自己表达在纸上。玉米不能。那么多的字不会写，玉米的每一句话甚至每一个词都是辞不达意的。又不好随便问人，这太急人了。玉米只有哭泣。要是彭国梁能在玉米的身边就好了，即使什么也不说，玉米会和他对视，用眼睛告诉他，用手指尖告诉他，甚至，用背影告诉他。玉米现在不能，只能把想象当中见面的场面压回到内心。玉米压抑住自己。她的一腔柔情像满天的月光，铺满了院子，清清楚楚，玉米一伸手地上就会有手的影子。但是，玉米逮不住它们，抓一把，张开来还是五只指头。玉米不能把满天的月光装到信封里去。玉米悄悄偷来了玉叶的《新华字典》，可是这又有什么用？字典就在手头，玉米却不会用它。那些不会写的字全是水里的鱼，你知道它们就在水的下面，可哪一条也不属于你。这是怎样的费心与伤神。玉米敲着自己的头，字呢！字呢？——我怎么就不会多写几个字的呢？写到无能为力的地方，玉米望着纸，望着笔，绝望了，一肚子的话慢慢变成了一脸的泪。她把双手合在胸前，说："老天爷，可怜可怜我，你可怜可怜我吧！"

玉米抱起了王红兵，出去转几圈。家里是不能呆的。一呆在家里她总是忍不住在心里"写信"，玉米恍惚得很，无力得很。"恋爱"到底是个什么东西？玉米想不出头绪。剩下来的只能是在心里头和他说话了，可是，说得再好，又不能写到信上去，反而堵着自己，叫人分外难过。玉米越发不知道怎样好了。玉米就觉得愁得慌，急得慌，堵得慌，累得慌。好在玉米有不同一般的定力，并没有在外人面前流露过什么，人却是一天比一天瘦了。

玉米抱着王红兵来到了张如俊的家门口。如俊家的去年刚生了孩子，又是男孩，所以和玉米相当地谈得来。如俊家的长得很不好，眼睛上头又有毛病，做支书的父亲是不会看上她的。这一点玉米有把握。一个女人和父亲有没有事，什么时候有的事，逃不出玉米的眼睛。如果哪个女人一见到玉米突然客气起来了，反而提醒了玉米，玉米会格外地警惕。那样的客气玉米见多了，既心虚，又巴结，既热情周到，又魂不附体。一边客气还要一边将头发，做出很热的样子。关键还是眼珠子，会一下子活络起来，什么都想看，什么都不敢看，带着母老鼠的鼠相。玉米想，那你就客气吧，不打自招的下三烂！再客气你还是一个骚货加贱货。对那些骚货加贱货玉米绝不会给半点好脸的。说起来真是可笑，玉米越是不给她们好脸她们越是客气，你越客气玉米越是不肯给你好脸。你不配。个臭婊子。长得好看的女人没有一个好东西，王连方要不是在她们身上伤了元气，妈妈不可能生那么多的丫头。玉秀长得那么漂亮，虽说是嫡亲的姊妹，将来的裤带子也系不紧。

人家如俊家的不一样，虽说长得差了点，可是周正，一举一动都是女人样，做什么事都得体大方，眼珠子从来不躲躲藏藏的，人又不笨，玉米才和她谈得来。玉米对如俊家的特别好还有另外的一层，如俊不姓王，姓张。王家村只有两个姓，一个王姓，一个张姓。玉米听爷爷说起过一次，王家和张家一直仇恨，打过好几回，都死过人。王连方有一次在家里和几个村干部喝酒，说起姓张的，王连方把桌子都拍了。王连方说："不是两个姓的问题，是两个阶级的问题。"当时玉米就在厨房里烧火，听得清清楚楚。姓王的和姓张的眼下并没有什么大的动静，风平浪静的，看不出什么，但是，毕竟死过人，可见不是一般的鸡毛蒜皮。死去的人总归是仇恨，进了土，会再一次长出仇恨来。表面上再风平浪静，再和风细雨，再一个劲地对着姓王的喊"支书"，姓张的肯定有一股凶猛的劲道掩藏在深处。现在看不见，不等于没有。什么要紧的事要是都能看见，人就不是人了，那是猪狗。所以玉米平时对姓王的只是一般的招呼，而到了姓张的面前，玉米反而用"嫂子"和"大妈"称呼她们了。不是一家子，才要像一家子对待。

玉米抱着王红兵，站在张如俊的院子门口和如俊嫂子说话。如俊家的也抱着孩子，看见玉米过来了，把自己的孩子送进里屋，拿出了板凳，却把王红兵抱过去了。玉米不让，如俊家的说："换换手，隔锅饭香呢。"玉米坐下了，向远处的巷头睃了几眼。如俊家的看在眼里，知道玉米这些日子肯到她这边来，其实是看中了她家的地段，好等邮递员送信呢。如俊家的并不点破，一个劲地夸耀王红兵。千错万错，夸孩子总是不错。扯了一会儿咸淡，如俊家的发现玉米直起了上身，目光从自己的头顶送了出去。如俊家的知道有人过来了，低了头仔细地听，没听到自行车链条的滚动声，知道不是邮递员，放心了。身后突然响起了一阵哄笑，如俊家的回过头，原来是几个年轻人过来了，他们把脑袋攒在一处，一边看着什么东西一边朝自己的这边来，样子很振奋，像看见了六碗八碟。慢慢来到了张如俊的家门口，小五子建国抬起了头，突然看见了玉米。小五子招了招手，说："玉米，你过来，彭国梁来信了。"玉米有些将信将疑，走到他们的面前。小五子一手拿着信封，一手拿着信纸，高高兴兴地递到了玉米的面前。玉米看了一眼，上头全是彭国梁的笔迹。是自己的信。是彭国梁的信。玉米的血冲上了头顶，羞得不知道怎样才好，好像自己被扒光了，被游了好几趟的街。玉米突然大声说："不要了!"小五子看了一眼玉米的脸色，连忙把信叠好了，装进了信封，再用舌头舔了舔，封好了递过去。玉米一把又把小五子手上的信打在了地上。小五子捡起来，解释说："是你的，不骗你，是彭国梁写给你的。"玉米抢过来，再一次扔在地上。玉米说："你们一家都死光!"巷子里僵持住了。玉米平时不这样，人们从来没有发现玉米动过这么大的脾气。事态已经很严重了。

麻子大叔一定听到巷子里的动静，挺了一个指头，走到小五子的面前，捡起信，对着小五子拉下了脸。麻子大叔厉声说："唾沫怎么行？你看看，又炸口了!"麻子大叔用指头上的饭粒把信重新封好,递到玉米的面前,说:"玉米,这下好了。"玉米说:"他们看过了!"麻子大叔笑了,说:"你兴旺大哥也在部队上,他来信了我还请人念呢。"玉米说不出话了,只是抖。麻子大叔说,"再好的衣裳,上了身还是给人看。"麻子大叔说得在理,笑眯眯的,他一笑滚圆的麻子全成了椭圆的麻子。可是玉米的心碎了。高素琴老师拆过玉米的两封信,玉米关照过彭国梁,往后别再让高素琴转了。这有什么用?难怪最近一些人和自己说话总是怪声怪气的,一些话和信里的内容说得似是而非,玉米还以为自己多心了,看来不是。彭国梁的信总是全村先看了一遍,然后才轮到她玉米。别人的眼睛都长到玉米的肚脐眼上了,衣裳还有什么用?玉米小心掖着的秘密哪里还有一点秘密!麻子大叔宽慰了玉米几句,回去了。玉米的脸上已经了无血色,而两道泪光却格外地亮,在阳光下面像两道长长的刀疤。如俊家的都看在眼里,一下子不知所措,害怕了。连忙侧过身去,莫名其妙地解上衣的纽扣,刚露出自己的奶子,一把把王红兵的小嘴摁了上去。

　　有庆家的是从李明庄嫁过来的。李明庄原来叫柳河庄,一九四八年出了一个烈士,叫李明,后来国家便把柳河庄改成了李明庄。有庆家的姓柳,叫粉香,做姑娘的时候是相当有名气的。主要是嗓子好,能唱,再高的音都爬得上去。嗓子好了,笑起来当然就具有号召力,还有感染力。而她的长相则有另外一些特点,虽说皮肤黑了一些,不算太洋气,但是下巴那儿有一道浅浅的沟,嘴角的右下方还有一颗圆圆的黑痣,这一来她笑起来便有了几分的媚。最关键的是,她的目光不像乡下人那样讷,那样拙,活动得很,左盼右顾的时候带了一股眼风,有些招惹的意思。人们私下说,这是她在宣传队的戏台上落下的毛病。柳粉香微笑的时候先把眼睛闭上,然后,睫毛挑了那么一下,睁开了,侧过脸去接着笑。关于柳粉香的笑,李明庄的人们有个总结,叫做听起来浪,看上去骚,天生就是一个下作的坏子。柳粉香的名气大,不好的名声当然也跟着大。人们私下说:"这丫头不能惹。"话说得并不确切,反而让人浮想联翩,听上去黏糊得很,有了"母狗不下腰,公狗不上腔"的意思,也许还有摊上谁就是谁的味道。有些话就这样,不说则罢,只要说了,越看反而越像,一刀子能捅死人。不管怎么说,柳粉香是带着身子嫁到王家庄来的,这一点毋庸置疑。眼力老到的女人曾深刻地指出:"至少四个月!"屁股在那儿呢。柳粉香肚子里的孩子到底是谁的,不容易弄得清。尖锐的说法是,柳粉香自己也弄不清。那阵子柳粉香在各个公社四处汇演,身子都让男人压扁了。身子扁了下去,肚子却鼓了起来。女人就这样,她们的肚子和她们的嘴巴一样,藏不住事。柳粉香被她的肚子弄得声名狼藉,赔大了。但是王家庄的王有庆却赚了,可以用喜从天降和喜出望外来双倍地形容。柳粉香办婚事的速度比她肚子的成长速度还要快，称得上雷厉风行，真是说时迟，那时快。才听说王有庆刚刚订了婚了，一转眼，柳河庄的柳粉香已经在王家庄变成有庆家的了。柳粉香连一套陪嫁的衣裳都没有捞到，就算王有庆置得起，以她现在的腰身，还浪费布证做什么。

有庆家的并没有把孩子生下来。她结结实实地摔了一跤，当晚见红，当夜小产了。据说，只能是据说了，谁也没有亲眼看见，是她的婆婆"一不小心撞了她的屁股"，把她从桥上推了下去。那还是有庆家的过门不久的日子，有庆家的和她的婆婆一起过桥，两个人在桥上说说笑笑的，像一对嫡亲的母女。快到岸边的时候，婆婆一个趔趄，冲到她的屁股上了。婆婆站稳了，有庆家的却栽了下去，一屁股坐在了河岸上。有庆家的一躺就是一个月，婆婆屋里屋外地伺候，有庆家的还吃了半斤红糖，一只鸡。婆婆对人说，"我们家的粉香把小腰闪了。"婆婆真是精明得过了分了，精明的人都有一个毛病，喜欢此地无银。谁还不知道有庆家的躺在床上做小月子呢。不过有庆家的说起来也怪，带着身孕过门的，过了门之后却又怀不上了。转眼都快两年了，有庆家的越来越苗条。最先沉不住气的还是婆婆。婆婆相当地怨。她在有庆的面前嘟囔说："我算是看出来了，这丫头当着不着的，是个外勤内懒的货。"有庆听了这话不好交待，委屈得很，但是有庆太老实，只能在床上加倍地刻苦，加倍地努力。然而，忙不出东西。可是有庆他不该在老婆的面前搬弄母亲的话。有庆家的一听到"外勤内懒"这四个字脸都气白了，她认准了是婆婆在嚼舌头。有庆老实巴交的样子，放不出这样阴损毒辣的屁。有庆家的发了脾气，大骂有庆，一字一句却是指桑骂槐而去。有庆家的一不做，二不休，勒令王有庆和寡母分了家。"有她没我，有我没她。"有庆家的把婆婆扫地出门之前留下了一句狠话。"×老了，别想夹得死人！"其实婆婆说那句话是事出有因的，有庆家的总是生不出孩子，外面的话开始难听了，好多话都是冲着有庆去的。做母亲的怎么说也要偏着儿子，所以才对儿媳有怨气。外面是这样看待有庆的："有庆也不像是有种的样子。"

有庆家的心里头其实有一本明细账，她是生不出孩子来了。只不过有庆太死心眼，在床上又是那样地吃苦，不忍心告诉他罢了。她小产的那一次伤得太重，医生已经说得很明白了。有庆家的自己当然也不肯甘心，又连着吃了三四个月的中药，还是没有用。说起中药，有庆家的最怕。倒不是怕中药的味道，而是别的。按照吃中药的规矩，药渣子要倒到大路的中央去，作践它，让千人踩，万人跨，这样药性才能起作用。有庆家的不想让人知道她在吃药，不想让人知道她有这样的把柄，很小心地瞒着。好在有庆家的在宣传队上宣传过唯物主义，并不迷信，她把药渣子倒进了河里。但是瞒不住，中药的气味太大，比煨了一只老母鸡味道还传得远。只要家里头一熬药，过不了多久，天井的门口肯定会伸头伸脑的，门缝里挤进来的目光绝对比砒霜还要毒。这一来有庆家的不像是吃药了，而像在家做贼，吃药的感觉上便多了一倍的苦。有庆家的后来放弃了，哑巴苦当然是不吃的好。

有庆家的和王连方的事并不像外面传说的那样。事实上，他们没有事。王连方真正爬上有庆家的身，还是在1970年的冬天。时间并不长。要是细说起来，有庆家的做完小月子不久就和王连方在路口上认识了。王连方和蔼得很，目光甚至有点慈祥。但是有庆家的只看了他一眼，立即看出王连方的心思来了。有了一官半职的男人喜欢这样，用亲切微笑来表示他想上床。有庆家的对付这样的男人最有心得。她冲王连方很不好意思地笑了笑，知道被他睡是迟早的事，什么也挡不住的。有庆家的心里并不乱，反而提早有了打算。无论如何，这一次她一定要先怀上有庆的孩子，先替有庆把孩子生下来。这一条是基本原则。还有一点不能忘记，既然是迟早的事，迟一步要比早一步好。男人都是贼，进门越容易，走得越是快。有庆家的在这个问题上有教训，历史的经验不能忘。

但是王连方急。有庆家的认识王连方的时间不算长，已经感受到这一点了。他在寻找和创造与她单独见面的机会。不管怎么说，当着外人的面王连方还是不好太冒失。猫都知道等天黑，狗还知道找角落里呢。王连方要是逛到她家的天井里来了，有庆家的热情得很，嗓门扯得像报幕，还到隔壁去讨开水，高声说："王支书来了，看我们呢。"王连方很窝火。但是你不能对人家的热情生气，只能亲切，再加上微笑。有庆家的大大方方的，把一切全做在明处。这和胆小慎为和时刻小心的女人大不相同了，你反而不好下手。你不能像公鸡那样爬上去就摁母鸡的脑袋。王连方有一次都跟她把话说破了，说："有庆这个呆子，我哪一天才享到有庆那样的呆福。"有庆家的心口咯噔了一下，都有点心动了。但是有庆家的装出一脸的没心没肺，嗓子还是那么大，反而把王连方弄得提心吊胆了。不过有庆家的却拿捏着分寸，决不会让王连方对她绝望。王连方要是对你绝望了，到头来你一定比他更绝望。有庆家的知道自己，懒。懒的人必须有靠山，没靠山只能是等死了。那一回生产队长已经摊派有庆家的沤肥去了。沤肥是一个又脏又累的活儿，工分又低。生产队长这样摊派有庆家的，显然是给她颜色了。有庆家的扛着钉耙，夹在男人堆里一路说说笑笑地向田里去。迎面却走来了王连方，一起招呼过了，走出去十来步，有庆家的却回过身，来到王连方的面前。她把王连方衣领上的头皮屑掸干净，随后扯出一根线头。有庆家的没有用手，而是把脸俯上去，用牙齿咬住了，咬断，在舌尖上打成结，很波俏地吐了出去。有庆家的小声说："死样子，一点不像支书，替我沤肥去！"有庆家的没头没脑地丢下这句话，王连方被弄得魂不守舍，幸福得两眼茫茫。有庆家的当然没有和那些男人一起沤肥，她只是在地头站了一会儿，把绿格子方巾从头顶上摘下来，窝在手里头，说"不行"，说她得"先回去"。有庆家的当着队长的面扛上钉耙打道回府了。屁股一扭一扭的，像拖拉机上的两只后轮。没有人敢拦她。谁知道她什么"不行"了呢？谁知道她"先回去"干什么呢？

到了1970年的冬天，有庆家的对自己彻底死了心了。她不可能再怀上。有庆似乎也放弃了努力，他忙不出什么头绪来。一赌气，有庆上了水利工地。大中午王连方来了。有庆家的刚刚哭过，想起自己的这一生，慢慢地有了酸楚。她不知道自己错在哪儿，怎么会落到这一步的。有庆家的当初是一个心气多旺的姑娘，风头正健，处处要强，现在却处处不甘，处处难如人意了，越想越觉得没有指望。王连方进门了，背着手，把门反掩上了。人是站在那儿，却好像已经上了床了。有庆家的并没有吃惊，立起身，心里想，他也不容易了，又不缺女人，惦记着自己这么久，对自己多少有些情意，也难为他了。再说了，作为男人，他到底还是王家庄最顺眼的，衣有衣样，鞋有鞋样，说出来的话一字一句都往人心里去，牙也干净，肯定是天天刷牙。有庆家的这么一想，两只肩头松了下去，望着王连方，凄凉得很。眼泪无声地溢了出来。有庆家的慢慢转过身，走进屋里，侧着身子缓缓地拿屁股找床沿，撤下头，脖子拉得长长的，一颗一颗地解。解完了，有庆家的抬起头，说："上来吧。"

有庆家的到底是有庆家的，见过世面，不惧王连方。就凭这一点在床上就强出了其他女人。王连方最大的特点是所有的人都怕他。他喜欢人家怕他，不是嘴上怕，而是心底里怕。你要是咽不下去，王连方有王连方的办法，直到你真心害怕为止。但是让人害怕的副作用在床上表现出来了。那些女人上了床要不筛糠，要不就像死鱼一样躺着，不敢动，胳膊腿都收得紧紧的，好像王连方是杀猪匠，寡味得很。没想到有庆家的不怕，关键是，有庆家的自己也喜欢床上的事。有庆家的一上床便体现出她的主观能动性，要风就是风，要雨就是雨。没人敢做的动作她敢做，没人敢说的话她说得出，整个过程都惊天动地。做完了，还侧卧在那儿安安静静地流一会儿眼泪，特别地招人怜爱，特别地开人胃口。这些都是别别窍的地方。王连方一下子喜欢上这块肉了。王连方胃口大开，好上了这一口。

这一回王连方算是累坏了，最后趴在了有庆家的身上，睡了一小觉。醒来的时候在有庆家的腮帮子上留下了一摊口水。王连方拖过上衣，掏出小瓶子来，倒出一只白色的小药片。有庆家的看了一眼，心里想，准备工作倒是做得细，真是不打无准备之仗呢。王连方笑笑，说："乖，吃一个，别弄出麻烦来。"有庆家的说："凭什么我吃？我就是要给王家庄生一个小支书——你自己吃。"从来没有人敢对王连方说这样的话，王连方又笑，说："个要死的东西。"有庆家的歪过了脑袋。不吃。无声地命令王连方吃。王连方看了看，很无奈，吃了一颗。有庆家的也吃了一颗。王连方看了看有庆家的，把药片吐出来了，放在了手上。接着笑。有庆家的抿了嘴，也是无声地笑，慢慢把嘴唇咧开，两排门牙的中间咬着一颗小白片。王连方很幸福地生气了，是那种做了长辈的男人才有的懊恼，说："一天到晚和我闹。"赌气吃下去一颗，张开嘴，给她普查。有庆家的用舌尖把小白片舔进去，喉头滚动了一下，吐出长长的舌头，伸到王连方的面前，也让他普查。她的舌头红红的，尖尖的，像扒了皮的小狐狸，又顽皮又乖巧，挑逗得厉害。王连方很孟浪地搂住了有庆家的，一口咬住了。有庆家的抖了一下，小药瓶已经给打翻在地，碎了，白花花地散了一屋子，像夏夜的星斗。两个人都吓得不轻，有庆家的说："才好。"王连方急吼吼的，却又开始了。有庆家的吐出嘴里的药片，心里想，我就不用吃它了，这辈子没那个福分了。这个突发的念头让有庆家的特别地心酸。是那种既对不起自己又对不起别人的酸楚。但是有庆家的立即赶走了这个念头，呼应了王连方。有庆家的一把勾紧了王连方的脖子，上身都悬空了，她对着王连方的耳朵，哀求说："连方，疼疼我！"王连方说："我在疼。"有庆家的流出了眼泪，说："你疼疼我吧！"王连方说："我在疼。"他们一直重复这句话，有庆家的已经泣不成声了，直到嘴里的字再也连不成句子。王连方快活得差一点发疯。

王连方尝到了甜头，像一个死心眼的驴，一心一意围着有庆家的这块磨。有庆在水利工地，正是一寸光阴一寸金，寸金难买寸光阴。可是有些事情还真是人算不如天算，那一天中午偏偏出了意外，有庆居然回来了。有庆推开房门，他的老婆赤条条的，一条腿架在床框上，一条腿搁在马桶的盖子上，而王连方也是赤条条的，站在地上，身子紧贴着自己的老婆，气焰十分的嚣张。有庆立在门口，脑子转不过来，就那么看着，呆在那儿。王连方停止了动作，回过头，看了一眼有庆。王连方说："有庆哪，你在外头歇会儿，这边快了，就好了。"

有庆转身就走。王连方出门的时候房门、屋门和天井的大门都开在那儿。王连方一边往外走一边把门带上。王连方对自己说："这个有庆哪，门都不晓得带上。"

玉米现在的主攻目标是柳粉香，也就是有庆家的。有庆家的现在成了玉米的头号天敌。这个女人实在不像话了，把王连方弄得像新郎官似的，天天刮胡子，一出门还梳头。王连方在家里几乎都不和施桂芳说话了，他看施桂芳的眼神玉米看了都禁不住发冷。施桂芳天天在家门口嗑葵花子，而从骨子里看，施桂芳已经不是这个家的人了。在王连方的那一边，施桂芳一生下小八子这个世上就没有施桂芳这么一个人了。王连方有时候都在有庆家的那边过夜了。玉米替母亲寒心。但是这样的状况玉米只能看在眼里，不可以随便说。这一切都因为什么？就因为有了那只骚狐狸！这一切全是骚狐狸一手做的鬼！玉米对有庆家的已经不是一般的恨了。

关于有庆家的，玉米的感觉相当复杂。恨是恨，但还不只是恨。这个女人的身上的确有股子不同寻常的劲道。是村子里没有的，是其他的女人难以具备的。你能看得出来，但是你说不出来。就连王连方在她的面前都难免流露出贱相。这是她出众的地方，高人一头的地方。最气人的其实也正是这个地方。比方说，她说话的腔调或微笑的模样，村子里已经有不少姑娘慢慢地像她了。谁也不会点破，谁也不会提起。这里头无疑都是她的力量。也就是说，每个人的心里其实都有一个柳粉香。而男人们虽说在嘴上作践她，心里头到底喜欢，一和她说话嗓子都不对，老婆骂了也没用，不过夜的。玉米嘴上不说，心里还是特别地嫉妒她。这是玉米恨之入骨的最大缘由。

玉米一直想把王红兵抱到她的家门口去，但是有庆家的并没有躲躲藏藏的，她和王连方的事都做在明处，还敢和王连方站在巷口说话，那样做就没什么意思了。这个女人的脸皮太厚，小来来羞辱不了她。不过玉米还是去了。玉米想，你生不出孩子，总是你的短处。你哪里疼我偏偏要往哪里戳。玉米抱上王红兵，慢悠悠地来到有庆家的门口。一起跟过来很多人。一些是无意的，一些是有意的。她们的神情相当紧张，又有些振奋。有庆家的看见玉米来了，并没有把门关上，而是大大方方地出来了。她的脸上并没有故作镇定，因为她的确很镇定。她马上站到这边和大家一起说话了。玉米不看她。她也不看玉米，甚至没有偷偷地睃玉米一眼。还是玉米忍不住偷偷瞄她了。玉米还没有开口，有庆家的已经和别人谈论起王红兵了。主要是王红兵的长相。有庆家的认为，王红兵的嘴巴主要还是像施桂芳，如果像王连方反而更好。她对王连方嘴巴的赞美是溢于言表的。不过长大了会好一点，有庆家的说，男孩子小时候像妈，到了岁数骨架子出来了，最终还是像老子。玉米都有点听不下去了。而王红兵的耳朵也有问题，有些招风。其实王红兵不招风，反而是有庆家的自己有点招风。玉米侧过身，看着她，毫不客气地对着她的脸说："也不照照！"玉米的出手很重了，换了别的女人一定会惭愧得不成样子，笑得会比哭还难看。但是有庆家的没听见。话一出口玉米已经意识到上了这个女人的当了，是自己首先和她说话的。

有庆家的还是不看她，和别人慢慢拉呱。这一回说的是玉米，反而像说别人。有庆家的说："玉米这样漂亮的女孩子，就是嘴巴不饶人。"有庆家的没有说"漂亮的丫头"、"漂亮的姑娘"，而是说"漂亮的女孩子"，非常地文雅，听上去玉米绝对是鸡窝里飞出的金凤凰。她的话锋一转，却帮着玉米说话了，她说，"我要是玉米我也是这个样子。"她很认真地说了这句话。玉米没法再说什么了，反而觉得自己厉害得不讲方寸，像个泼妇了。而她偏偏就说玉米漂亮，她这么一说其实已经是定论了。有庆家的又和别人一起评价起玉秀的长相了，有庆家的最后说："还是玉米大方。玉米耐看。"口气是一锤子定音的。玉米知道这是在拍自己的马屁，但她的脸上没有一点巴结玉米的神色，都没有看自己，完全是有一说一，有二说二的样子。看来是真心话。玉米其实蛮高兴的，这反而气人。玉米最不能接受的还是这个女人说话的语气，这个女人说起话来就好像她掌握着什么权力，说怎样只能是怎样，不可以讨价。这太气人了。她凭什么？她是什么破烂玩意儿！玉米"哼"了一声，挖苦说："漂亮！"口气里头对"漂亮"进行了无情打击，赋予了"漂亮"无限丰富和无限肮脏的潜台词。都是毁灭性的。玉米说完这句话走人了。这在看客的眼里不免有些寡味。玉米和有庆家的第一次交锋其实没有什么实质性的成绩。充其量也就是平手。不过玉米想，日子长呢，你反正是嫁过来的人。你有庆家的有把柄，你的小拇指永远夹在王家庄的门缝里头。

彭国梁原计划在夏忙的季节回家探亲，他的爷爷却没有等到那个时候，开春后匆匆地咽了气。真是黄泉路上不等人。一份电报过去，彭国梁探亲的日程只好提前。彭国梁已经回到彭家庄了，玉米的这边还没有半点消息。彭国梁没有能够和爷爷见到最后一面，他走进家门的时候爷爷做死人已经做到第三天了。爷爷入了殓，又过了四天，烧好头七，彭国梁摘了孝，传过话来，他要来相亲。

玉米失措得很。这件事是不好怪人家的。彭国梁这个时候回来，本来就是一件意外。问题是，玉米连一件合适的衣裳都没有。玉米打算穿上过年的新衣裳，试了一下，那是加在棉袄上的加裥，上身之后大了一号挂在身上，有点疯疯傻傻的，很不好看。重做吧，还要到镇上扯料子，无论如何来不及了。玉米惆怅得很，心情相当地压抑，老是想哭，但到底心里头是欢喜，一直没哭出来。这反而更压抑了。

玉米没有料到有庆家的会把她拦在路口。看上去好像前几天她们一点也没有发生过什么事，都好像没有见过面。有庆家的把玉米叫住，还没等玉米开口，有庆家的先说话了。有庆家的说："玉米，你恨我的吧。"玉米没有料到有庆家的先把话题挑开来，一时嘴更笨了。玉米想，这个女人的脸皮是厚，换了别人把裤子穿在脸上也不敢这样说话。有庆家的说："飞行员快来相亲了，你这身衣裳怎么穿得出去。"玉米盯着有庆家的，想一想，说："你都有人要，我怎么会嫁不出去。"有庆家的显然没想到玉米说出这样的话。这句话打脸了。玉米自己都觉得过分了。但这个女人脸太厚，不这样不足以平民愤。有庆家的从胳肢窝里取下小布包，用方巾裹着，递到玉米的手上。她一定预备了好多话的，但是玉米的话究竟让有庆家的有些乱，一时忘了想说的东西，所以手上的动作分外地快。有庆家的说："这件衣裳是我在宣传队上报幕时穿的，没用处了。"这个举动大大出乎玉米的意料。有些出格。但是不管她是什么用意，她的东西玉米怎么可能要。玉米没有打开，推了回去。有庆家的说："玉米，做女人的可以心高，却不能气傲，天大的本事也只有嫁人这么一个机会，你要把握好。可别像我。""天大的本事也只有嫁人这么一个机会"，这句话玉米听进耳朵里去了。有庆家的又把包裹塞到玉米的怀里，回头便走。走出去四五步，有庆家的突然回过头，冲着玉米笑。她的眼眶里头早就贮满泪光了，闪闪烁烁的，心碎的样子。"可别像我。"玉米没有想到有庆家的会说这样的话。看起来这个女人并不气盛，没想到她对自己的评价这样低。玉米再也没有料到这个女人心中盘着那样的怨结，差一点心软了。有庆家的这一个回头给了玉米极其疼痛的印象。玉米这一回算是大胜了有庆家的，但是胜得有点寡味，不知道是哪里出了毛病了。玉米站在那儿，望着手里的衣裳，脑子里一直翻卷的都是有庆家的那句话："你要把握好，可别像我。"

玉米想扔了的，但是，毕竟是有庆家的"报幕"时穿的，这件衣裳一下子有了特殊的诱惑。这是一件小开领的春秋衫，收了一点腰身。虽说玉米的体形和有庆家的有点类似，可是玉米还是觉得紧了一些。玉米走到大镜子前，吓了自己一大跳。自己什么时候这样洋气、这样漂亮过？乡下的女孩子大多挑过重担，压得久了，背部会有点弯，含着胸，盆骨那儿却又特别地侉。玉米不同，她的身体很直，又饱满，好衣服一上身自然会格外地挺拔，身体和面料相互依偎，一副体贴谦让又相互帮衬的样子。怎么说人靠衣裳马靠鞍呢。最惊心动魄的还在胸脯的那一把，凸是凸，凹是凹，比不穿衣服还显得起伏，挺在那儿，像是给全村的社员喂奶。柳粉香当年肯定正是那样，挺拔四方，漂亮得不像样子。玉米无法驱散对柳粉香当年的设想，可是，设想到最后，玉米却设想到自己的头上去了。这个念头极其危险了。玉米相当伤感地把衣服脱了下来，正正反反又看了几回。想扔，舍不得。玉米都有点恨自己了，什么事她都狠得下心，为什么在一件衣裳面前她反而软了？玉米想，那就放在那儿，绝对不可以上身。

彭国梁被彭支书领着，来到了玉米家的大门口，施桂芳正站在门框旁边，看见彭支书领着一个当兵的冲着自己的大门走来，心里有数了。她把葵花子放进口袋，做出站相，微笑也预备好了。彭支书来到施桂芳的面前，喊过"嫂子"，彭国梁跨上来一步，立正，"啪"，一个军礼。施桂芳的胳膊一阵乱动，把客人请进了堂屋。施桂芳很欢喜，只是毛脚女婿的军礼让她觉得事态过于重大了，光会赔笑，不会说话了。好在施桂芳是支书的娘子，处惊不乱。她打开广播，对着话筒说："王连方，请你立即回到家里来，家里来了解放军！请你立即回到家里来，家里来了解放军！"

广播也就是通知。只是一会儿工夫，玉米家的大门口立即挤满了人，男男女女老老少少高高矮矮胖胖瘦瘦的。"解放军"是什么意思，不用多说了。后来王连方过来了,大步流星,一边走一边系下巴底下的风纪扣。人们让开了一条道。王连方来到彭支书的面前,握过手。彭国梁起立,立正,"啪",再一个军礼。王连方掏出香烟,给了彭支书一根,也给了彭国梁一根。彭国梁再一次起立,立正,"啪",又一个军礼。彭国梁说:"报告首长,彭国梁不吸烟。"王连方笑起来,说:"好。好。"气氛相当客气,但是有点肃穆,甚至紧张。王连方大声说:"你回来啦!"这句话其实是废话。彭国梁说:"是。"门外围观的人们似乎也受到了感染,他们不说话。他们相当崇拜彭国梁的军礼,他的军礼很帅,行云流水,却又斩钉截铁。

玉米的到来把故事推向了高潮。玉米被人们拖回来了。王红兵早就被女人们抢过去抱走了。人们同样给玉米让开了一道缝隙。这一幕人们盼望已久了。只有这一幕看到了,大伙儿才能够放心。玉米被人拥着,推着两条腿一左一右地在地上走,其实是别人的力量,她的身子几乎后仰了。到了家门口,玉米胆怯了,不走。两个胆子大的闺女把玉米一直推到彭国梁的面前,人们以为彭国梁又要给玉米敬军礼了,没有。四周静悄悄的。彭国梁不仅没有敬礼,甚至没有立正,差不多也没了站相,只是不停地咧嘴,又不停地吃力地抿上。玉米迅速地瞥了一眼彭国梁,看到了他的神情,玉米放心了,但是人已经羞得不成样子。腰那一把像蛇。玉米的脸庞红彤彤的,把眼珠子衬得更黑,亮闪闪地到处躲。可怜极了。门外的人再也没有想到玉米会这样扭捏,一点都不像玉米。他们想,到底还是个姑娘家。门外的人一起哄了几声,高潮过去了,气氛轻松下来了。他们为彭国梁高兴,但主要的还是为了玉米。

王连方来到门口敬烟,是男人都有份儿。王连方最后给张如俊的儿子也敬了一根,如俊的儿子被如俊家的抱在怀里,傻头傻脑的。王连方把香烟夹到他的耳朵上,说:"带回去给你老子抽。"人们没有想到王支书这样客气,都说笑话了。门口响起了一阵大笑。气氛相当地好。王连方对着门外掸了掸手,人们散去了。王连方关上门,深深地吸了一口气。

施桂芳安排彭国梁和玉米烧水去了。作为一个过来人,施桂芳知道厨房对于年轻男女的重要意义。初次见面的男女都这样,生疏得很,拘谨得很,两个人一同坐到灶台的后面,一个拉风箱,一个添柴火,炉膛里的火把两个人烤得红红的,慢慢会活络的。施桂芳带上厨房的门,把玉英玉秀她们都哄了出去。这几个丫头不能留在家里,她的七个女儿,除了玉米,别的都是人来疯。

玉米烧火的时候彭国梁给了玉米第二份见面礼。第一份是按照祖传的旧规矩预备的,无非是面料和毛线那一路的东西。彭国梁到底有不同凡俗的地方,另外又准备了一份。一支红管英雄牌铱金笔,一瓶英雄牌蓝黑墨水,一札四十克信笺,二十五只信封,外加领袖的夜光像章一枚。这一份礼物更有了私密性,同时兼备了文化和进步的特征。彭国梁把它们放在风箱上,旁边还有他的军帽。军帽上有一颗红色五角星，鲜红鲜红的，发亮，是闪闪的红星。这几样东西组合在一起，此时无声胜有声。彭国梁拉着风箱，他的每一个动作都要反映到炉膛里的火苗上。在他做推手的动作时，东倒西歪的火苗立即竖了起来，像一根柱子，相当有支撑力。玉米则把稻草架到那根火柱子上，这一来他们的手脚暗地里有了配合，有了默契，分外地感人。稻草被火钳架到火柱子上去，跳跃了一下，柔软了，透明了，鲜艳了，变成了光与热，两个人的脸庞和胸口都被炉膛里的火苗有节奏地映红了，他们的喘息和胸部的起伏也有了节奏，需要额外地调整与控制。空气烫得很，晃动得很，就好像两个人的头顶分别挂了一颗大太阳，有点烤，但是特别的喜庆，是那种发烫的温馨。就是有点乱，还有一点催人泪下的成分，不时在胸口一进一出的。玉米知道，自己恋爱了。玉米望着火，禁不住流下了热泪。彭国梁显然看见了，还是不说什么，只是掏出了他的手帕，放在玉米的膝盖上。玉米拿起来，没有擦眼泪，却捂住了鼻子。手帕有一股香皂的气味，玉米一闻到这股气味差一点哭出了声音。好在玉米即刻忍住了。泪水却是越忍越多。他们到现在都没有说一句话，没有碰一下手指头。玉米想，这就对了，恋爱就是这样的，无声地坐在一起，有些陌生，但是默契；近在咫尺，却一心一意地向遥远的地方憧憬、缅怀。就是这样的。

玉米望着彭国梁的脚，知道了是四十二码的尺寸。这个不会错。玉米知道了彭国梁所有的尺寸。女孩子的心里一旦有了心上人，眼睛就成了卷尺，目光一拉出去就能量，量完了呼啦一下又能自动收进来。

按照旧规矩，玉米过门以前，彭国梁不能在王家庄这边住下来。但是王连方破字当头，主张移风易俗。王连方发话了，住。王连方实在是喜欢彭国梁在他的院子里进进出出的，总觉得这样一来他的院子里就有了威武之气，特别地无上光荣。施桂芳小声说："还是不妥当。"王连方瞪了施桂芳一眼，极其严肃地指出："形而上学。"

彭国梁在玉米的家里住下了。不过哪里也没有去。除了吃饭和睡觉，几乎都是和玉米呆在了灶台后面。灶台的背后真是一个好地方，是乡村爱情的圣地。玉米和彭国梁已经开始交谈了，玉米有些吃力，因为彭国梁的口音里头已经夹杂了一些普通话了。这是玉米很喜欢的。玉米自己说不来，可是玉米喜欢普通话。夹杂了普通话的交谈无端端地带上了远方的气息，更适合于爱情，是另一种天上人间。炉膛里的火苗一点一点暗淡下去。黑暗轻手轻脚地，笼罩了他们。玉米开始恐惧了，这种恐惧里头又多了一分难言的企盼与焦虑。当爱情第一次被黑暗包裹时，因为不知后事如何，必然会带来万事开头难这样的窘境。两个人都相当地肃穆，就生怕哪儿碰到对方的哪儿。是那种全神贯注的担忧。

　　彭国梁握住了玉米的手。玉米终于和彭国梁"手拉手"了。虽说有些害怕，玉米等待的到底还是这个。玉米的手被彭国梁"拉"着，有了大功告成的满足。玉米在内心的最深处彻底松了一口气。玉米其实也没有拉着，只是伸在那儿，或者说，被彭国梁拽在那儿。彭国梁的手指开始很僵，慢慢地活了，一活过来就显得相当地犟。它们一次又一次地往玉米的手指缝里抠，而每一次似乎又是无功而返的，因为不甘，所以再重来。切肤的举动到底不同一般，玉米的喘息相当困难了。彭国梁突然搂住玉米，把嘴唇贴在了玉米的嘴唇上。彭国梁的举动过于突然，玉米明白过来的时候已经晚了，赶紧把嘴唇紧紧地抿上。玉米想，这一下完蛋了，嘴都让他亲了。但是玉米的身上一下子通了电，人像是浮在了水面上，毫无道理地荡漾起来，失去了重量，只剩下浮力，四面不靠，却又四面包围。玉米企图挣开，但是彭国梁的胳膊把她箍得那样紧，玉米也只好死心了。玉米相当害怕，却反而特别地放心了。玉米渐渐把持不住了，抿紧的双唇失去了力量，让开了一道缝，冷冷的，禁不住地抖。这股抖动很快传遍全身了，甚至传染给了彭国梁，他们搅在一起抖动，越吻越觉得吻的不是地方，只好闷着头到处找。其实什么也没有找到。自己的嘴唇还在自己的嘴上。这个吻差不多和傍晚一样长。施桂芳突然在天井里喊："玉米，吃晚饭了哇!"玉米慌忙答应了一声，吻才算停住了。玉米愣了好大一会儿，调息过来了。抿着嘴，无声地笑，就好像他们的举动因为特别地隐蔽，已经神不知鬼不觉了。两个人从稻草堆上站起身，玉米的膝盖软了一下，差一点没站住。玉米捶了捶腿，装着像是腿麻了，心里想，恋爱也是个体力活儿呢。玉米和彭国梁挪到稍亮一点的地方，相互为对方掸草屑。玉米掸得格外仔细，一丝一毫都不肯放过，玉米不能答应彭国梁的军服上有半根草屑。掸完了，玉米从彭国梁的身后把他抱住了，整个人像是贮满了神秘的液体，在体内到处流动，四处岔。人都近乎伤感了。玉米认定自己已经是这个男人的女人了。都被他亲了嘴了，是他的人，是他的女人了。玉米想，都要死了，都已经是"国梁家的"了。

　　第二天的下午彭国梁突然把手伸进玉米的衣襟。玉米不知道彭国梁想干什么，彭国梁的手已经抚住玉米的乳房了。虽说隔着一层衬衫，玉米还是吓得不轻，觉得自己实在是胆大了。玉米和他僵持了一会儿，但是，彭国梁的手能把飞机开到天上去，还有什么能挡得住?彭国梁的搓揉差点要了玉米的命，玉米搂紧了彭国梁的脖子，几乎是吊在彭国梁的脖子上，透不过气来。可是彭国梁的指头又爬进玉米的衬衫，直接和玉米的乳房肌肤相亲了。玉米立即摁住彭国梁的手，央求说："不能，不能啊。"彭国梁停了一会儿，对着玉米的耳朵说："好玉米，下一次见面还不知道是哪一年呢。"这句话把玉米的心说软了，说酸了。一股悲恸涌冲进了玉米的心窝，无声地汹涌了。玉米失声痛哭。顺着那声痛哭脱口喊了一声"哥哥"。这样的称呼换了平时玉米不可能叫出口，而现在完全是水到渠成了。玉米松开手，说："哥哥，你千万不能不要我。"彭国梁也流下了眼泪，彭国梁说："好妹子，你千万不能不要我。"虽说只是重复了玉米的一句话，但是那句话由彭国梁说出来，伤心的程度上却完全不同了，玉米听了都揪心。玉米直起身，安静地贴了上来。给他。彭国梁撩起玉米的衬衫，玉米圆溜溜的乳房十分光洁地挺在了他的面前。彭国梁含住了玉米的左乳。咸咸的。玉米突然张大了嘴巴，反弓起身子，一把揪紧了彭国梁的头发。

最后的一个夜晚了。第二天的一早彭国梁要回到彭家庄去，而下午他就要踏上返回部队的路。玉米和彭国梁一直吻着，全心全意地抚摸，绝望得不行了。他们的身体紧紧地贴在一起，困苦地扭动。这几天里，彭国梁与玉米所做的事其实就是身体的进攻与防守。玉米算是明白了，恋爱不是由嘴巴来"谈"的，而是两个人的身子"做"出来的，先是手拉手，后是唇对唇，后来发展到胸脯，现在已经是无遮无掩的了。玉米步步为营，彭国梁得寸进尺，玉米再节节退让。说到底玉米还是心甘情愿的。这是怎样的欲罢不能，欲罢不能哪。彭国梁终于提出来了，他要和玉米"那个"。玉米早已是临近晕厥，但是，到了这个节骨眼上，玉米的清醒与坚决却表现出来了。玉米死死按住了彭国梁的手腕。他们的手双双在玉米的腹部痛苦地拉锯。"我难受啊。"彭国梁说。玉米说："我也难受啊。""好妹子，你知道吗？""好哥哥，我怎么能不知道。"彭国梁快崩溃了，玉米也快崩溃了。但是玉米说什么也不能答应。这一道关口她一定要守住。除了这一道关口，玉米什么都没有了。她要想拴住这个男人，一定要给他留下一个想头。玉米抱着彭国梁的脑袋，亲他的头发。玉米说："哥，你不能恨我。"彭国梁说："我没有恨你。"玉米说到第二遍的时候已经哭出声音了，玉米说："哥你千万不能恨我。"彭国梁抬起头，想说什么，最后说："玉米。"

玉米摇了摇头。

彭国梁最后给玉米行了一个军礼，走了。他的背影像远去的飞机，万里无云，却杳无踪影。直到彭国梁的身影在土圩子的那头彻底消失，玉米才犯过想来，彭国梁，他走了。刚刚见面了，刚刚认识了，又走了。玉米刚才一直都傻着，现在，胸口一点一点地活动了。动静越来越大，越闹越凶，有了抵挡不住的执拗。但是玉米没有流泪，眼眶里空得很，真的是万里无云。她只是恨自己，后悔得心碎。说什么她也应当答应国梁、给了国梁的。守着那一道关口做什么？白白地留着身子做什么？还能给谁？肉烂在自家的锅里，盛在哪一只碗里还不都一样？"我怎么就那么傻？"玉米问自己，"国梁难受成那样，我为什么要对他守着？"玉米又一次回过头，庄稼是绿的，树是枯的，路是黄的。"我怎么就这么傻。"

　　有庆家的这两天有点不舒服，说不出来是哪儿，只是闷。只好一件一件地洗衣裳，靠搓洗衣裳来打发光阴。衣裳洗完了，又洗床单，床单洗完了，再洗枕头套。有庆家的还是想洗，连夏天的方口鞋都翻出来了，一左一右地刷。刷好了，有庆家的懒了下来，却又不想动了。这一来更加无聊了。王连方又不在家，彭国梁前脚离开，他后脚就要开会去。他要是在家或许要好一点。有庆家的以往都是这样，再无聊，再郁闷，只要和王连方睡一下，总能顺畅一点。有庆现在不碰她，都不愿和她在一张床上睡。村里的女人没有一个愿意和她搭讪，有庆家的现在什么都没有，反而只剩下王连方了。有时候有庆家的再偷一个男人的心思都有，但是不敢。王连方的醋劲大得很。有庆家的和别人说几句笑话王连方都要摆脸色。那可是王连方的脸色。你说女人活着为什么？还有什么意思？就剩下床上那么一点乐趣。说到底床上的乐趣也不是女人的，它完全取决于男人在什么时候心血来潮。

　　有庆家的望着洗好的东西，一大堆，又发愁了。她必须汰一遍。可她实在弯不下腰了。腰酸得很。有庆家的只好打起精神，拿了几件换身的衣裳，来到了码头。刚刚汰好有庆的加裤，有庆家的发现玉米从水泥桥上走了过来。从玉米走路的样子上来看，肯定是刚刚送走了彭国梁。玉米恍惚得很，脸上也脱了色。她行走在桥面上，像墙上的影子，一点重量都没有。玉米也真是好本事，她那样过桥居然没有飘到河里去。有庆家的想，玉米这样不行，会弄出毛病来的。有庆家的爬上岸，守候在水泥桥头。玉米过来了，有庆家的堆上笑，说："走啦？"玉米望着有庆家的，目光像烟那样，风一吹都能拐弯。玉米冷得很，不过总算给了有庆家的一点面子，她对着有庆家的点一下头，过去了。有庆家的一心想宽慰玉米几句，但是玉米显然没有心思领她的这份情。有庆家的一个人侧在那儿，瞅着玉米的背影，她的背影像一个晃动的黑窟窿。有庆家的慢慢失神了，对自己说，你还想安慰人家，再怎么说，人家有飞行员做女婿——离别的伤心再咬人，说到底也是女人的一分成绩，一分运气，是女人别样的福。你有什么？你就省下这份心吧，歇歇吧，拉倒吧你。

　　玉米离开之后有庆家的跑到猪圈的后面，弯下身子一顿狂呕。汤汤水水的，竟比早上吃下去的还要多。有庆家的贴在猪圈的墙上，睁开眼，眼睫挂了细碎的泪。有庆家的想，看来还是病了，不该这么恶心。这么一想有庆家的反而想起来了，这两天这么不舒服，其实正是想吐。有庆家的弯下腰，又呕出一嘴的苦。有庆家的闭上眼，兀自笑了笑，心里说，个破烂货，你还弄得像怀上小支书似的。这句作践自己的话却把有庆家的说醒了，两个多月了，她的"亲戚"还真是没有来过，只不过没敢往那上头想罢了。转一想，有庆家的却又笑了，挖苦自己说，拉倒吧你，你还真是一个外勤内懒的货不成。

　　医生说，是。有庆家的说，这怎么可能。医生笑了，说你这个女的少有，这要问你们家男人。有庆家的又推算了一次日子，那个月有庆在水利工地上呢。有庆家的眼睛直了，有庆再木咕，但终究不是二憨子，这件事瞒得过天，瞒得过地，最终瞒不过有庆。要还是不要。有庆家的必须给自己拿主张。

　　有庆家的炒了一碗蛋炒饭，看着有庆吃下去。掩好门，顺手从门后拿起了捣衣棒。有庆家的把捣衣棒放在桌面上。有庆家的说："有庆，我能怀的。"有庆还在扒饭，没有听明白。有庆家的说："有庆，我怀上了。"有庆家的说："是王连方的。"有庆听明白了。有庆家的说："我不敢再堕胎了，再堕胎我恐怕真的生不出你的骨肉了。"有庆家的说："有庆，我想生下来。"有庆家的说："有庆，你要是不答应，我死无怨言。"有庆家的看着桌面上的捣衣棒，说："你要是咽不下去，你打死我。"有庆最后一口饭还含在嘴里，他把筷子拍在了桌子上，脖子和目光一起梗了。有庆站起身，拿起捣衣棒。有庆把捣衣棒握在掌心，胳膊比捣衣棒还要粗，还要硬。有庆家的闭上了眼睛。再睁开的时候有庆已经不在了。有庆家的慌了，出了门四处找。最后却在婆婆的茅棚里找到了。有庆家的追到茅棚的门口，看见有庆跪在婆婆的面前，有庆说："我对不起祖宗，我比不上人家有种。"有庆嘴里的那口蛋炒饭还含在嘴里，这刻儿黄灿灿的喷得一地。有庆家的身子骨都凉了，和婆婆对视了一眼，退了回来。回到家，从笸斗里翻出一条旧麻绳，打好活扣，扔到屋梁上去。有庆家的拽了拽，手里的麻绳很有筋骨。放心了。有庆家的把活扣套上脖上，一脚蹬开脚下的长凳。

　　婆婆却冲开门进来了。婆婆多亮堂的女人，一看见儿媳的眼神立即知道要出大事了。婆婆一把抱住有庆家的双腿，往上顶。婆婆喊道："有庆哪，快，快！"有庆已经被眼前的景象弄呆了，不知道前后的几分钟里他都经历了什么。木头木脑的，四处看。有庆把媳妇从屋梁上割下来，婆婆立即关上了屋门。老母亲兴奋异常，弯着腿，张开胳膊，两只胳膊像飞动的喜鹊不停地拍打屁股。她压低了嗓子，对儿媳说："怀上就好，你先孵着这个，能怀上就好了哇！"

　　春风到底是春风，野得很。老话说"春风裂石头，不戴帽子裂额头"，说的正是春风的厉害。一年四季要是说起冷，其实倒不在三九和四九，而在深秋和春后。三九四九里头，虽说天冻地冻，但总归有老棉袄老棉裤裹在身上。又不怎么下地，反而不觉得什么。深秋和春后不一样，手脚都有手脚的事，老棉袄老棉裤绑在身上到底不麻利，忙起来又一身汗，穿戴上难免要薄。深秋倒是没什么风，但是起早贪黑的时候大地上会带上露水的寒气，秋寒不动声色，却是别样的凛冽。春后又不一样了，主要是风。春风并不特别地刺骨，然而有势头，主要是有耐心，把每一个光秃秃的枝头都弄出哨声，像嚎丧，从早嚎到晚，好端端的一棵树像一大堆的新寡妇。春寒的那股子料峭，全是春风捣的乱。

麦子们都返青了。它们一望无际，显得生机勃勃。不过细看起来，每一片叶子都瑟瑟抖抖的，透出来的还是寒气。春天里最怕的还是霜。只要有了春霜，最多三天，必然会有一场春雨。所以老人们说，"春霜不隔三朝雨"。虽说春雨贵如油，那是说庄稼，人可是要遭罪。雨一下就是几天，还不好好下，雾那样，没有瓢泼的劲头，细细密密地缠着你，躲都躲不掉。天上地下都是湿漉漉的，连枕头上都带着一股水汽，把你的日子弄得又脏又寒。

王家庄弥漫着水汽，相当濡。风一直在吹。人们睡得早，起得迟，会过日子的人家赶上这样的光景一天只吃两顿。这也是先辈的老传统了。青黄不接的时候，多睡觉，横着比竖着扛饿。吃得少，人当然要懈怠了，这就苦了猪圈里的猪。它们要是饿了不可能躺下来好好睡觉的，它们会不停地喊。猪喊得很难听，不像鸡，叫起来喜喜庆庆的；也不像狗，狗的叫声多少有那么一点安详，远远地听上来让人很心安。猪让人烦，天下所有的猪都是饿死鬼投的胎。猪是会喊冤的庄稼人，要不就是不会抽穗的肉。

天上没有太阳。没有月亮。天黑了，王家庄宁静下来了。天又黑了，王家庄又宁静下来了。

出大事了。

王连方被堵在秦红霞的床上事先没有一点预兆。王家庄静悄悄的，只有公猪母猪的饿叫声。烧晚饭的光景，家家户户的屋顶上都冒着炊烟，炊烟缠绕在傍晚的雾气里头，树巅的枝杈上都像冒着热气。其实蛮祥和的。突然来了动静，王连方和秦红霞一起被堵在了床上。怪只怪秦红霞的婆婆不懂事，事后人们都说，秦红霞的婆婆二百五，真是少一窍！你喊什么？喊就喊了，你喊"杀人"做什么？王连方要是碰上一个聪明的女人，肯定过去了，偏偏碰上了这样一个二百五。一切都好好的，秦红霞的婆婆突然喊："杀人啦，杀人啦！"村子里的水汽重，叫喊的声音传得格外远，分外地清晰。左邻右舍们操起了家伙，一起冲进了秦红霞的天井。秦红霞的男将张常军在河南当炮兵，去年秋天在部队上解决了组织问题，到了今年秋天差不多该退伍了。张常军不在，邻居们平时对红霞一家还是相当照顾的，她的婆婆喊"杀人"，这样重大的事，不能不出面。秦红霞的婆婆站在天井的中央，上气不接下气，光会用手指头指窗户。窗户已经被秦红霞的婆婆拉开了，半开着，门却捂得极死。天井里站的全是人。拿扁担的小心翼翼地来到了窗户跟前，而扛着钉耙的急不可耐，一脚把门端开了。王连方和秦红霞正在穿戴，手上忙得很，却是徒劳，没有一个纽扣扣得是地方。王连方虽说还能故作镇静，到底断了箍，散了板了。他掏出飞马香烟，说："抽烟，大家抽。"

这怎么抽。

形势很严峻。平时人家给王连方敬烟，王连方还要看看牌子。现在王连方给别人敬的是飞马，他们都不抽。形势很严峻了。

当天晚上王家庄像乱葬岗一样寂静，真的像杀了人了，杀光了那样。而王连方已经来到了镇上，站在公社书记的办公桌前。公社的王书记很生气。王书记平时和王连方的关系相当不一般，但是现在，他对着王连方拍起了桌子："怎么搞的！弄成这样嘛！幼稚嘛！"王连方很软了，双眼皮奔拉下来，从头到脚都不景气。王连方很小心地说："要不，就察看吧。"王书记正在气头上，又拍桌子："你呕屎！军婚，现役嘛！高压线嘛！要法办的！"形势更严峻了。王连方不是不知道，这件事弄不好就"要法办的"，但是第一次没有事，第二次也没有事，最终到底出事了。现在王书记亲自说出"要法办的"，性质已经变了。王书记解开了中山装，双手叉腰，两只胳膊弯把中山装的后襟撑得老高。这是当领导的到了危急关头极其严峻的模样，连电影上都是这样。王连方望着王书记的背影，王书记一推窗户，对着窗外摊开了胳膊："都被人看见了，你说说，怎么办？怎么办嘛！"

事情来得快，处理得也快。王连方双开除，张卫军担任新支书。这个决定相当英明，姓王的没有说什么，姓张的也不好再说什么。

日子并不是按部就班地过，它该慢的时候才慢，该快的时候却飞快。这才几天，王连方的家就这么倒了。表面上当然看不出什么，一砖一瓦都在房上，一针一线都在床上，但是玉米知道，她的家倒了。好在施桂芳从头到尾对王连方的事都没有说过什么。施桂芳什么都没有说，只是不停地打嗝。作为一个女人，施桂芳这一回丢了两层的脸面。她睡了好几天，起床之后人都散了。这一回的散和刚刚出了月子的那种散到底不同，那种散毕竟有炫耀的成分，是自己把自己弄散的，顺水而去的，现在则有了逆水行舟的味道，反而需要强打起精神头，只不过吃力得很，勉强得很，像她开口说话嘴里多出来的那股子馊味。

玉米现在最怕的就是和母亲说话。她说出来的话像打出来的嗝，一定是沤得太久了。让玉米心寒的还有玉穗，小婊子太贱，都这个岁数了，还有脸和张卫军的女儿在一起踢毽子，每一回都输给人家。张卫军的女儿小小的一个人，小小的一张脸，小鼻子小眼的，小嘴唇又薄又嚣。姓张的的确没一个好货。她踢的毽子那还能算毽子？草鸡毛罢了。玉穗肯输给她，看来天生就是吃里扒外的坏子。玉米算是看透她了。

玉米把一切都看在眼里，反而比往常更沉得住。就算彭国梁没有在天上开着解放军的飞机，她玉米也长不出玉穗那样的贱骨头。被人瞧不起都是自找的。玉米走得正，行得正，连彭国梁的面前她都能守得住那道关，还怕别人不成？玉米照样抱着王红兵，整天在村子里转。王连方当支书的时候别人怎么过，她玉米就能怎么过。王玉米的"王"摆到哪儿都是三横加一竖，过去不出头，现在也不掉尾巴。

最让玉米瞧不起的还是那几个臭婆娘，过去父亲睡她们的时候，她们全像臭豆腐，筷子一戳一个洞。现在倒好，一个个格格正正的，都拿了自己当红烧肉了。秦红霞回来了，小骚货出事之后带着孩子回娘家去了，一去就是十来天。返村的时候秦红霞的脸上要红有红，要白有白，弄得跟回娘家坐月子似的。她还有脸回来！河面上又没有盖子，她硬是没那个血性往下跳，做做样子都不敢。秦红霞走在桥上，还弄出不好意思的样子，好像全村的男人一起娶她了。秦红霞快下桥口的时候不少妇女都在暗地里看玉米，玉米知道，她们在看她。她们想看看玉米怎么面对这件事，怎么面对那个人。秦红霞过来了，玉米抱着王红兵，站起来，换了一下手，主动迎了上去。玉米笑着，大声说："红霞姨，回来啦！"所有的人都听到了。过去玉米一直喊秦红霞"红霞姐"，现在喊她"姨"，意味格外地深长了，有了难以启齿的暗示性。妇女们开始还不明白，但是，只看了一眼秦红霞的脸色，领略了玉米的促狭和老到。又是滴水不漏的。秦红霞对着玉米笑得十分别扭，相当地难看。一个不缺心眼的女人永远不会那样笑的。

王连方打算学一门手艺。一家子老老少少，十来张嘴呢。从今年的秋后开始，不会再有往年那样的分红了。和社员们一起做农活儿，王连方没有那个身板了，主要还是丢不下那个脸面。王连方对自己有一个基本的认识，虽说支书不当了，但他这一辈子睡过那么多的女人，够本了，值得。回过头来再和自己的老部下一起挑大粪、挖墒沟、插秧割麦，很不成体统。妥当的办法是赶紧学一门手艺。王连方做过很周密的思考，他时常一手执烟，一手叉腰，站到《世界地图》和《中华人民共和国地图》的面前，把箍桶匠、杀猪匠、鞋匠、篾匠、铁匠、铜匠、锡匠、木匠、瓦匠放在一起，进行综合、比较、分析、研究，经过去粗取精、去伪存真、由里而外、由现象到本质，再联系上自己的身体、年纪、精力、威望等实际，决定做漆匠。漆匠有这样几个好处：一、不太费力气，自己还吃得消；二、技术上不算太难，只要大红大绿地涂抹上去，别露出木头，终究难不到哪里；三、成本低，就一把刷子，不像木匠，锯、刨、斧、凿、锤，一套一套的，办齐全了有几十件；四、学会了手艺，整天在外面讨生活，不用呆在王家庄，眼不见为净，心情上好对付一些；五、漆匠总归还算体面，像他这样的身份，做杀猪那样的脏事，老百姓看了也会寒心，漆匠到底不同，一刷子红，一刷子绿，远远地看上去很像从事宣传工作。主意定下来，王连方觉得自己的方针还是比较接近唯物主义的。

有庆家的这边王连方有些日子不来了。时间虽说不长，毕竟是风云变幻了。王连方中午喝了一顿闷酒，一直喝到下午两三点钟。王连方站起来，决定在离家之前再到有庆家的身上疏通一回。别的女人现在还肯不肯，王连方心里没底。不过有庆家的是王连方的自留地，他至少还可以享一享有庆的呆福。王连方推开有庆家的门，有庆家的正在偷嘴，嚼萝卜干。有庆家的背过身，已经闻到了王连方一身的酒气。王连方大声说："粉香啊，我现在只有你啦。"话说得虽然凄凉，但在有庆家的这边还是有几分的感动人心的，反而有了几分温暖了。王连方说："粉香啊，下次回来的时候你就喊我王漆匠吧。"有庆家的转过脸，王连方的脸上有了七分醉了，特别地颓唐，有庆家的想安慰他几句，却不知从哪里说起。虽说秦红霞的事伤了她的心，到底还是不忍看见王连方这副落魄的样子。有庆家的当然知道他来做什么。如果不是有了身孕，有庆家的肯定会陪他上床散散心的。但现在不行。绝对不行。有庆家的正色说："连方，我们不要那样了——你还是出去吧。"王连方却没有听见，直接走进西厢房，一个人解，一个人脱，一个人钻进了被窝。等了半天，王连方说："喂！"又等了半天，王连方说："——喂！"王连方一直听不到动静，只好提着裤子，到堂屋里找。有庆家的早已经不在了。

王连方再也没有料到这样的结果，两只手拎着裤带，酒也消了，心里滚过的却是世态炎凉。王连方想，好，你还在我这里立牌坊，早不立，晚不立，偏偏在这个时候立，你行。王连方一阵冷笑，自语说："妈个巴子的！"回到西厢房，再一次扒光了，王连方重新爬进被窝，突然扯开了嗓子。王连方吼起了样板戏。是《沙家浜》。王连方睡在床上，一个人扮演起阿庆嫂、胡传魁和刁德一。他的嗓门那么大，那么粗，而他在扮演阿庆嫂的时候嗓子居然捏得那么尖，那么细，直到很高的高音，实在爬不上去了，又恢复到胡传魁的嗓音。王连方的演唱响遍了全村，所有的人都听到了，但是没有一个人过来，好像谁都没有听见。王连方把《智斗》这场戏原封不动地搬到了有庆的床上，一字不差，一句不漏。唱完了，王连方用嘴巴敲了一阵锣鼓，穿好衣裳，走人。

其实有庆家的哪里也没有去。她进了厨房，站在厨房的门后面。有庆家的再也想不到王连方会来这一手，吓得魂都掉了。稍稍镇定下来，有庆家的涌上了一股彻骨的悲伤，只觉得自己这半年的好光景还是让狗过了。有庆家的手脚一起凉了。她摸着自己的腹部，恨不得用指头把肚子里的东西挖出来。可又不忍。有庆家的颤抖了，她低下头，看着自己的肚子，对自己的肚子说："狗杂种，狗杂种，狗杂种，个狗杂种啊！"

王连方四十二岁出门远行，出去学手艺去了。一个家其实就交到了玉米的手上。家长不好做。不做当家人，不知柴米贵，玉米现在算是知道这句话的厉害了。当家难在大处，说起来却也是难在小处。小处琐碎，缠人，零打碎敲，鸡毛蒜皮，可是你没有一样能逃得过去，你必须面对面，屁大的事你都不能拍拍屁股掉过脸去走人。就说玉叶，虚岁才十一岁的小东西，前几天刚刚在学校里头砸烂了一块玻璃，老师要喊家长；现在又把同学们的墨水瓶给打散了，泼得人家一脸的黑，老师又要喊家长了。玉叶看上去没什么动静，嘴巴慢，手脚却凌厉，有些嘎小子的特征。这样的事要是换了过去，老师们会本着一分为二的精神来看待玉叶的。现在有点不好办，老师毕竟也有老师的难处。玉米是作为"家长"被请到学校里去的，第一次玉米没说什么，只是不停地点头，回家抓了十个鸡蛋放在了老师的办公桌上。第二次玉米又被老师们请来了，玉米听完了，把玉叶的耳朵一直拎到办公室，当着所有老师的面给了玉叶一嘴巴。玉米的出手很重，玉叶对称的小脸即刻不对称了。玉米这一次没有把鸡蛋抱到学校，却把猪圈里的乌克兰白猪赶过来了。事情弄大了，校长只好出面。校长是王连方多年的朋友，看了看老师，又看了看玉米，手心手背都不好说什么。校长只好看着猪，笑起来，说："玉米呀，这是做什么，给猪上体育课哪？"撅着嘴让工友把乌克兰猪赶回去了。玉米看着校长和蔼可亲的样子，也客气起来，说："等杀了猪，我请叔叔吃猪肝。"校长慢腾腾地说："那怎么行呢。"玉米说："怎么不行，老师能吃鸡蛋，校长怎么不能吃猪肝？"话刚刚出口，玉叶老师的眼睛顿时变成了鸡蛋，而一张脸却早已变成猪肝了。

玉米一到家就摊开了四十克信笺，她要把满腔的委屈向彭国梁诉说。玉米现在所有的指望都在彭国梁那儿了。玉米没有把家里的变故告诉彭国梁，那件事玉米不会向彭国梁吐露半个字的。玉米不能让彭国梁看扁了这个家。这上头不能有半点闪失。只要国梁在部队上出息了，她的家一定能够从头再来，玉米对着信笺说："国梁，你要提干。"玉米看了看，觉得这样太露骨，不妥当。玉米把信撕了，千叮咛、万嘱咐，最后变成了这样一句话："国梁，好好听首长话，要求进步！"

公社的放映队又来了。这些天施桂芳老是喊心窝子疼，玉米不打算看电影去了。玉米其实是爱看电影的，母亲倒是从来不看。那时候玉米还在心里头嘀咕，怎么人到了岁数连电影都不想看了呢。现在玉米算是明白了，母亲不愿意往人多的地方去。再说了，电影也实在是假得很，那么多的人挤在一块白布里头过日子，就一块白布，它知道什么是暖，什么是冷？这么一想玉米也觉得自己到了岁数了，只是觉得自己的心也冷了。心冷一次岁数自然要长一次。人就是以这种方式一次又一次地长大的，心同样也是这样一次又一次地死掉的。这和年月反而没有什么关系了。

刚吃过晚饭，玉秀偷了一把葵花子想早点出去，玉米把她拦住了。玉米不让玉秀这么早出去有玉米的道理，以往放电影，玉秀都要去抢位置。大白布还没有扯上去，玉秀扛着板凳已经把放映机前最好的位置抢下来了。玉秀每次能抢到地盘，当然不是玉秀的能耐，说到底还是人家让着她。现在玉秀再指望有人让她显然就太不知趣了，弄不好又是一番口舌。玉米不怕口舌，可是以现在的光景，多一事当然不如少一事。玉米得拦着，不要找不自在。玉秀没有听玉米的，却撂过来一句话，说："你烦不烦，你看看我有没有带板凳？"玉秀是个聪明人，这丫头还是知道深浅的。玉米说："那你也得把玉叶带上。"玉秀说："我不带，她自己又不是没长腿。"玉米说："你带不带？要不哪里也别想去。"玉米现在绝对是家长了，声音一大肯定是说一不二。玉秀这一回没有顶嘴，顺手又多抓了两把葵花子。老三玉秀带着老五玉叶，老二玉穗带着老六玉苗，老四玉英自顾自，老七玉秧留在家里睡觉。这样安顿完了，玉米点上煤油灯，抱着王红兵来到了母亲的床前。母亲瘦了，然而，这种瘦倒没有体现在脸盘的大小上，而是反映在面部的皱纹上。施桂芳脸上的皱纹一条一条地都挂了下来，呈现出水往低处流的格局。一句话，一副哭丧相。玉米把新炒的葵花子端到母亲的面前，施桂芳说："玉米，往后别炒了。"玉米说："为什么？"施桂芳说："别丢那个人了。"玉米看着自己的母亲，厉声说："妈，你不能不吃。"母亲说："这是怎么说的？"玉米说："吃给别人看。"施桂芳笑笑，想说什么，但终于没有开口，只是把手放在了玉米的手背上，拍了两下。玉米感觉出来了，母亲的拍打有劝解的意思，更多的却还是认命的意思。玉米站起来了，说："妈，为了我们，你就当药吃。"施桂芳拍了拍床沿，示意玉米坐下来。虽说天天在一个屋子里头，但是这样安心地和玉米说说话，还真是少有的光景。再怎么说，有这样一个女儿和自己说说话，打通打通心里的关节，多少能够祛痰化瘀。

夜很静了，是那种清心寡欲的静，施桂芳听了一会儿，却听出了孤儿寡母的那种静。王红兵已经睡着了，在玉米的怀里乖巧得很。施桂芳接过来，端详了好大的工夫，他倒是睡得安稳，没心没肺的憨样。施桂芳抬起头来再看玉米。灯芯照亮了玉米的半张脸，玉米的半个面侧被油灯出落得格外标致，只不过另外的半张脸却陷入了暗处，使玉米的神情失去了完整性，有了见首不见尾的深不可测。这时候外面吹过了一阵风，把电影里枪炮的声音吹到这边来了。玉米伸长了脖子，侧着耳朵，十分仔细地从枪炮声中分辨飞机俯冲的声音。施桂芳猜得出玉米这一刻的心思，说："去看看吧。"玉米没有动，只是望着灯芯，目光专注而又恍惚。施桂芳长长地叹了一口气，灯芯顺着施桂芳的叹息扭了一下腰肢，好像也躲着她了，心思早已经坐飞机了。房间里暗淡了一下，玉米半张明亮的脸即刻也暗淡下去了。施桂芳突然直起了上身，打了一连串的馊嗝，同时用力拍打着床面，说："还是这样好，还是这样好哇。"母亲的突发性举动没有一点由头，没有一点过渡，吓了玉米一跳。玉米看了看母亲，"呼"地一下吹灭了煤油灯，说："早点睡吧。"

玉穗带着玉苗回家的时候玉米已经偎在枕边睡了一小觉了。接下来回家的是玉英。玉米坐在床沿，关照她们几个用水。玉米要等的其实是玉叶，玉叶这丫头真是个假小子，懒得很，你要是不逼着她她就是不肯用水，钻进被窝一焐，一双脚臭得要了命，身上还臊烘烘的。玉叶由玉米带着睡，除了玉米，谁还肯和玉叶的那双臭脚裹一个被窝？电影已经散了，玉叶还不回来，一定是玉秀拉着玉叶在外头疯。玉米知道玉秀的心思，有玉叶陪着，回家之后她才好把屎盆子往别人的头上扣。等了一会儿，外面已经没什么动静了，玉秀和玉叶还没有回来。玉米生气了。玉米披上棉袄，拔上两只鞋后跟，怒冲冲地出门去了。

玉米最后在打谷场的大草垛旁边找到玉秀和玉叶，电影早就散场了，大草垛的旁边围了一些人，还亮着一盏马灯。玉米大声喊："玉秀！玉叶！"没有声音回应。草垛旁边的脑袋却一起转了过来。四周黑漆漆的，只有转过来的脸被马灯的光芒自下而上照亮了，悬浮在半空，呈现出古怪的明暗关系。他们不说话，几张脸就那么毫无表情地嵌在夜色之中，鬼气森森的。玉米怔了一下，一股不祥的预感在胸口迅速地飞窜。玉米走上去，人们让开了，玉秀和玉叶的下身一丝不挂，傻乎乎地坐在稻草上。玉秀玉叶的身上到处都是草屑，草屑缀满了乱发、牙缝和嘴角。玉秀一动不动，眼睛在眨巴，但目光却已经死了。玉米已经明白发生什么了，张大了嘴巴，望着她的两个妹妹。围在旁边的人看了看玉米，丢下马灯，一个又一个离开了。他们的背影融入了夜色。夜色里空无一人，但更像站满了人。

玉米跪在地上，给她们穿上裤子。玉秀和玉叶的裆部全是血，外加许多黏稠的液汁。她们的裤子上洋溢着一股陌生而又古怪的气味。玉米用稻草帮她们擦干净，拉紧她们的手，左手一个，右手一个。玉米拽着自己的两个妹妹，在黑色的夜里往回走。马灯还放在原来的地方。漆黑的夜色中，巨大的草垛被马灯照出了一轮金色的光轮。一阵夜风吹了过来，吹乱了玉米的头发，几乎盖在了脸上。玉秀和玉叶都哆嗦了一下。她们在夜风的吹拂下像两个摇摆的稻草人。玉米突然立住，蹲在玉秀的面前，一把揪紧了玉秀的双肩。

玉米问："告诉我，谁？"玉米扳着玉秀的肩头，拼命摇晃，大声问："是谁？"玉米摇晃玉秀的时候自己的头发却汹涌澎湃，玉米吼道："——谁?!"

玉叶接过了问话，玉叶说："不知道。好多。"

玉米一屁股坐在了地上。

彭国梁远在千里之外，然而，村子里的事显然没有瞒得过彭国梁。彭国梁来信了，他的来信只有一句话，"告诉我，你是不是被人睡了?!"虽然远隔千里，玉米还是感受到了彭国梁失控的体气，空气在晃动。玉米差不多被这句话击倒了，全身透凉，没有了力气。玉米无端地恐惧了。玉米看到了一只手，这只手绕过了玉秀还有玉叶，慢慢伸向她玉米了。阳光普照，但那只手却伸手不见五指。玉米知道了，村子里的人不仅替玉米看彭国梁的信，还在替玉米给彭国梁写信。玉米怎么回答彭国梁呢? 这样的问题玉米如何说得出口呢? 玉米实在不知道怎样回答这个问题。人都想呆了。彭国梁现在是玉米和玉米家最后的一根支柱，他这架飞机要是飞远了，玉米的天空真是塌下来了。

玉米把四十克信笺摊在桌面上，团了好几张，又撕了好几张。玉米发现这一刻自己只是一张纸，飘飞在空中，无论风把她抛到哪儿，结果都是一样的，不是被撕毁，就是被踩满了脚印。哪一只脚能放过地上的一张纸呢。脚的好奇心决定了纸的命运。夜深人静了，玉米把红管英雄牌铱金笔捏在手上，她其实并不想写信，只是以这种空洞的方式和彭国梁说说话。玉米憋了很久，却发现信笺上已经写着一行话了，这句话把玉米自己都吓了一跳。玉米自己也不知道是什么时候写的，特别地大胆，特别地放纵。信笺上写道:"国梁哥，我的心上人，你是我最亲最爱的人。"玉米只觉得自己的脸皮也已经厚了，这样的话也有胆子说了。玉米想了想，壮起胆子，又写下了一行:"国梁哥，我的心上人，我的亲人，你是我最亲最爱的人。"写到第二遍，玉米的胸脯拼命地向外鼓了。她望着灯芯，拿灯芯当彭国梁，好让彭国梁亮亮地、暖暖地在她的面前立正。玉米又写了一行:"国梁哥，我的心上人，我的亲人，你是我最爱最爱的人。"玉米说不出别的什么来了，前前后后就是这一句。这是玉米心中藏得最深的一句，需要加倍地吃力才敢说得出。玉米从来没敢说过，玉米终于把它说出来了。别的还有什么呢? 就是从头再说，玉米还是这一句，只有这一句，就是这一句。玉米一口气写了五页纸，因为信笺只有最后的五页了。五页纸上写的全是同样的一句话。第二天的上午玉米把这五页纸横着竖着又看了几遍，看到最后玉米自己都不敢再看了，一页一页的泪。玉米告诉自己，要是心底的话国梁哥还是听不见，那只能是山太高，水太长，说什么也是白说了。玉米把信寄了出去。信件寄出去之后玉米还想找点什么事情做做，但是没有找到。那就坐下来歇歇吧。玉米坐在那儿，后来睡着了。玉米睡着了，坐在那儿。

等信的那几天玉米把王红兵交给了玉穗，她要亲自到桥头慢慢地等候。她现在对彭国梁的回信没有一点把握。要是彭国梁不要她了，说什么也不能让这封信丢到别人的手上。玉米丢不起那个人，谁要是有胆子把玉米的这封信拆开来，玉米会让他吃刀子，玉米守在桥头，等，没有等到彭国梁的来信，却等来了一个包裹。那是玉米的相片，还有玉米写给彭国梁的所有信件。全是玉米的笔迹，很难看。玉米望着自己的相片、自己的笔迹，不知道怎么弄的，并没有预想的那样难过，却特别地难为情。不知道怎么弄的，特别地难为情。太难为情了，就想一头撞死。

有庆家的偏偏在这个时候出现了。玉米想把手里的东西掖紧一些，一不小心却弄掉了一样东西，是玉米的相片。相片躺在地上，一副不知好歹的下作相，居然还有脸面笑。玉米想用脚踩住，还是迟了，有庆家的已经看在了眼里，她的脸上已经明白了。玉米羞愧得连有庆家的都不敢看了。有庆家的捡起相片，一抬头便从玉米的眼里看到了危险。玉米的眼睛特别地坚决，是那种随时都可以面对生死才有的沉着和坚定。有庆家的一把抓住了玉米的胳膊，拽起来就往自己的家里跑。有庆家的把玉米一直带进自己的卧房，卧房的光线很不好，但是玉米的目光却出奇的亮，出奇的硬。然而配着一脸的痴，那种亮和硬分外地吓人了。有庆家的拉过玉米的手，央求说："玉米，你要是还拿我当人，你就哭！"

这句话把玉米的目光说松动了，玉米的目光一点一点地移过来，望着有庆家的，嘴角撇了两下，轻声说："粉香姐。"玉米的声音并不大，听上去却像是喷涌出来的，带着血又连着肉，给人以血光如注的错觉，有庆家的呆住了，她再也没有料到玉米会喊她"粉香姐"。嫁到王家庄这么长时间了，她有庆家的算什么？一条母猪、母狗。谁拿她当人？有庆家的被玉米的"粉香姐"打翻了五味瓶，竟比玉米还要揪心了。有庆家的没有能够憋住，一口放开了嗓子。有庆家的一把扑在了玉米的肩头，顺便把嘴巴捂在了玉米的胸前。这时候她的肚子里面却是一阵动，有庆家的感觉到了，那是小王连方在踢她的肚子了。有庆家的一想起自己的肚子气又短了，不敢再出声了——要是没有王连方，她和玉米不知道会成为多好的姊妹。可她偏偏就是王连方的大女儿。这个想法把有庆家的塞住了，说都没法说。有庆家的调息了半天，总算把自己收拢回来了。

有庆家的抬起头，抹去了眼泪，却发现玉米已经在看着她。没事的样子。又吓了有庆家的一跳。玉米的脸上虽然没有一点血色，可神情已经恢复得近乎平常了。有庆家的有些不相信，可玉米的样子在那儿呢，这是装不出来的。有庆家的到底不放心，小心地说："玉米。"玉米的头让开了，说："我不会去死。我倒要好好看——你别给我说出去，就算帮过我了。"玉米说这句话的时候居然还笑了一下，虽说不太像，但是嘲讽的意思全有了。有庆家的想，玉米这是怨我多事了。玉米脱下自己的上衣，把相片与信件包裹起来，什么也没有说，开门出去了。有庆家的一个人被丢在卧房里，僵在那儿。有庆家的想，这下好了，多事有事，这件事要是传出去，玉米又要恨自己一个洞。

玉米睡了一个下午，夜深人静时分，玉米来到了厨房，一个人躺在了灶台后面。她把自己解开来了，轻轻地抚摸自己的乳房。手虽然是玉米自己的，但是，那种感受和国梁给她的并无差异。就是手是自己的，这一点太遗憾了。玉米的手慢慢滑向了下身，当初国梁的手正是到了这儿被玉米挡住的，现在，玉米要替国梁哥做他最想做的事。玉米无力地瘫在了稻草上，身子慢慢地烫了，越来越烫，难以按捺，只好吃力地扭动。但是不管怎样扭，总觉得哪儿不对，特别地心愿难遂，更需要加倍地扭动了。玉米的手指再怎么努力都是无功而返，就渴望有个男人来填充自己，同时也í断自己。不管他是谁，是个男人就可以了。夜深人静，后悔再一次塞满了玉米。玉米在悔恨交加之中突然把手指头抠进了自己。玉米感到一阵疼，疼得却特别地安慰。大腿的内侧热了，在很缓慢地流淌。玉米想，没人要的×，你还想留给洞房呢！

　　不幸的女人都有一个标志，她们的婚姻都是突如其来的。正是三夏大忙的时候，农民们都在和土地争抢光阴。谁也没有料到玉米会把她的喜事办在这个节骨眼上。麦子们大片大片地黄在田里，金光灿烂的，每一颗麦粒上都立着一根麦芒，这一来每一只麦穗都光芒四射，呈现出静态的喷涌之势。这个时节的阳光都是香的，它们带着麦子的气味，照耀在大地上，笼罩在村庄上。但是农民们在这个时候顾不上喜悦，因为这个时候的大地丰乳肥臀，洋溢着排卵期的孕育热情。它们按捺不住，它们在阳光下面松软开来了，一阵又一阵地发出厚实而又圆润的体气，它们渴望着借助于铁犁翻个身，换个体位，让初夏的水弥漫自己，覆盖自己。它们在得到灌溉的刹那发出欢娱的呻吟，慢慢失去了筋骨，满足了，安宁了，在百般的疲惫中露出了回味的憨眠。土地换了一副面孔，它们是水做的新媳妇，它们闭着眼睛，脸上的红润潮起潮落，这是无声的命令，这还是无声的祈求："来，还要，还要。"农民不敢懈怠，他们的头发、衣襟和口腔里全是新麦的气味。他们把新麦的气味放在一边，欢欣鼓舞，强打精神，手忙脚乱，他们捏住了秧苗，一棵一棵地，按照土地的意愿把秧苗插到土地最称心如意的地方。农民们弓着身子，这里面没有偷工减料，每一棵秧苗的插入都要落实到农民的每一个动作上。十亩，百亩，千亩，秧苗一大片一大片的，起先是莺莺的，软软的，羞答答的，在水中顾影自怜。而用不了几天大地就感受到身体的秘密。大地这一回彻底安静了，懒散了，不声不响地打起了它的小呼噜。

　　在这个手忙脚乱的时候玉米办起了喜事。回过头来看看，玉米把自己嫁出去实在是太过匆忙了，就像柳粉香当初的那样。不过玉米婚礼的排场柳粉香就不能比了，玉米是被公社干部专用的小快艇接走的，驾驶舱的玻璃上贴着两个鲜红的纸剪双喜。

　　说起来给玉米做媒的还是她的老子王连方。清明节刚刚过去，天气慢慢返暖了，正是庄稼人浸种的时刻，王连方从外面回到王家庄，他要拿几件换身的衣裳。王连方吃过晚饭，一时想不起去处，坐在那儿点香烟。玉米站在厨房的门口把王连方叫出来了。玉米没有喊"爸爸"，而是直呼其名，喊了一声"王连方"。

王连方听见了玉米的叫喊声，他听到了"王连方"，心里头怪怪的。掐掉烟，王连方慢悠悠地走进了厨房。玉米低了眼皮，只是看地，两只手背在背后，贴住墙。王连方找了一张小凳子，坐下来，重新点上一根烟，说："你说说，什么形势？"玉米静了好半天，说："给我说个男人。"王连方闷下头。知道了玉米那边所有的变故，不说话了，一连吸了七八口香烟，每吸一口，香烟上的红色火头都要狠狠地后退一大步，烟灰翘在那儿，越拉越长。玉米仰起脸，说："不管什么样的，只有一条，手里要有权。要不然我宁可不嫁！"

玉米的相亲进行得十分保密，款式也相当新鲜，选择在县城的电影院，一上来便有了非同一般的一面。傍晚时分玉米被公社的小汽艇给接走了，王家庄的许多人都在石码头上看到了这个壮丽景象。小汽艇推过来的波浪十分的疯狂，一副敢惹是敢生非的模样，没头没脑地拍打王家庄的河岸，把那些可怜的小农船推搡得东倒西歪。因为这条小汽艇，玉米走得相当招摇，但是她出去做什么，谁也弄不清。王家庄的人只是知道，玉米"到县里去了"。

玉米到县城里相亲来了。她要见的人其实不在县里工作，而是在公社。姓郭，名家兴，是分管人武的革委会副主任，职务相当的高了。玉米在小汽艇上想，幸亏她在父亲的面前发了那样的毒誓，要是按照一般的常规，她玉米决不会有这样的机会的。玉米肯定是补房，郭家兴的年纪肯定也不会小了，这一点玉米有准备。刀子没有两面光，甘蔗没有两头甜，玉米无所谓。为了自己，玉米舍得。过日子不能没有权。只要男人有了权，她玉米的一家还可以从头再来，到了那个时候，王家庄的人谁也别想把屁往玉米的脸上放。在这一点上玉米表现得比王连方更为坚决。王连方肯定是过分考虑了年龄方面的问题了，他在玉米的面前显得吞吞吐吐的，有些欲言又止的样子。玉米把王连方想说的话拦在了嘴里。他要说什么，玉米肚子里亮堂。说什么都是放屁。

玉米第一次踏进县城，已经天黑了，马路的两侧全是路灯，尽管是晚上，还是欣欣向荣的好景象。玉米走在路上，心里相当地杂，有点像无头的苍蝇。玉米对自己没有一点信心，但是无论如何，玉米要拼打一回，争取一回，努力一回。说到底现在的玉米不是那时的玉米了，心气已经大不如过去，但是，却比以往更坚决、更犟。路过一家水果店的时候，玉米站住了，水果们一个个半悬在空中，却没有滚下来。玉米愣了半天总算弄明白了，是镜子斜放在上面，悬挂在上面的都是水果的影子。但是玉米马上从镜子中间看到了自己，玉米的穿戴土得很，在营业员的面前一比较全出来了。玉米真是后悔，说什么也应该把柳粉香的那一身演出服穿出来的。司机看了一眼玉米，以为玉米想吃水果，抢了要买。玉米一把把他拉回来。司机笑着说："你这位小社员力气大得很嘛。"

关键时刻再一次来到了。玉米来到了新华电影院的门口。电影院的高墙上挂着一幅红色的横幅，"热烈祝贺全县人武工作会议胜利召开！"玉米知道了，原来郭家兴是在县里头开会呢。司机把电影票交到玉米的手上，说："我在外面等你。"玉米想，你真是会拍领导的马屁，要你等什么？我还没嫁过来呢。不过玉米转又想，你想等那就等，有机会我会给你说几句好话的。电影已经开映了，玉米掀开布帘，放映大厅里黑咕隆咚的，彩色宽银幕却大得吓人，一个公安员正在银幕上吸烟，他的鼻孔比井口还要大。电影真是不可相信，一个人想大就大，想小就小，哪里有这样便宜的事。玉米捏着票，四处看了几眼，有点紧张了，不知道下一步要做什么。好在过来了一个女的，她拿着一把手电，把玉米送到座位上去了。

玉米的心口疯狂地跳跃了。好在玉米有过相亲的经验，很快把自己稳住，坐了下来。左边是一个男的，五十多岁；右边也是一个男的，六十多岁。两个人都在看电影。玉米不敢动，弄不清一左一右到底是哪一个，又不好乱看。玉米想，到底是公社的领导，在女人的面前就是沉得住气。王连方要是有这样的定力，何至于落到这般田地。玉米告诉自己，郭家兴不愿在这样的地方和自己说话，肯定有他的道理。还是不要东张西望的好。

玉米的这场电影看得真是活受罪，有一搭没一搭的。好在光线很暗，她可以不停地用余光察看左右。总的说来，玉米对五十多岁的那一个印象要稍好一些。如果玉米能够选择，玉米还是希望郭家兴是年轻的这一个。但是他的那一头一直没有动静。他哪怕用脚碰一碰玉米也好哇，那样玉米也好有个数。玉米望着彩色宽银幕，心里头没有一点底，又慌又急。玉米想，你就碰一碰我又怎么样？不能算什么作风问题。但是不管怎么说，要是郭家兴是六十多岁的那个，玉米也还是会答应的。过了这个村就没这个店了。做官的男人打光棍的可不多。不过呢，总还是五十多岁的好一些。玉米就像摸彩的时候等手气那样看完了整场电影，累得想喘。电影上说了什么，玉米一点都不知道。反正结尾也不复杂，就是那个最像坏人的人终究不是好人，被公安局拉走了。

灯亮了，电影结束了。五十多岁的向左走，六十多岁的向右走，玉米被丢在了座位上。这样的结果玉米始料未及。怎么连一声招呼都没有。玉米突然明白过来了，人家第一眼就没有看上自己，自己还在这儿挑，还在这儿东一榔头西一棒呢。玉米羞愧万分。难怪司机都要说在外面等着她，人家司机早都看出来了。

玉米一个人走出电影院，自尊心又扒光了一回。司机一直守候在柱子旁边。玉米再也不好意思看司机了。司机说："都给你安排好了。"玉米相当疲愈，只想早一点躺下来，玉米厚着脸对司机说："你还是送我回家吧。"司机没有表情，说："郭主任怎么说，我怎么做。"

玉米躺在人民旅社的 315 房间。玉米恍恍惚惚的，早就睡下了。好像睡着了，又好像一直没有睡。要不就是在做梦。大约十点钟的光景，房门响了。外面说："在吗？我姓郭。"玉米被吓得不轻，有些疑神疑鬼的。门又响了。玉米不敢迟疑，打开灯，小心翼翼地拉开一道门缝。一个陌生的男人已经推着门进来了，一脸的寒气，没有任何表情。好在玉米已经看见他胸前的会议出入证了，上面有他的名字：郭家兴。玉米一阵狂喜，既像绝处逢生，又像劫后余生，原来郭家兴没有去看电影哪。玉米低下头，这才想起来还没有穿外衣呢。玉米瞥了一眼郭家兴，刚想穿衣服，但是郭家兴的脸色立即让玉米不踏实了，郭家兴从头到脚看不出"相亲"的风吹草动，像一个路过客人。玉米的心提上来了，在嗓子那儿跳。郭家兴坐到椅子上，说："倒杯水。"玉米一时没有了主张，因为没有了主张，所以格外地听从指挥。郭家兴接过水，玉米傻站在郭家兴对面，忘了穿了。

郭家兴端着杯子，目光既不看玉米，也不回避玉米。玉米注意到他的眼珠子是褐色的，对着正前方，看，十分的专注，却又十分的漠然。郭家兴一口一口地喝，喝完了，玉米说："还要不要？"郭家兴没有接玉米的话，而是把杯子放在了桌面上，这就是不要了。因为找不到合适的话，玉米只好继续站在郭家兴的跟前，反而拿不定是穿还是不穿。他怎么这么冷静？他怎么就这么镇定？什么也不说，什么也不做，脸上布置得像一个会场。玉米禁不住紧张了。玉米想，完了，人家没看上。可是也不对。郭家兴的脸上没有满意，说到底也没有不满意。或许他觉得这门亲事已经妥当了呢？这应该是领导的作风，不管什么事，只要他觉得行，事情就定下来了，没有必要再咋咋呼呼。这就更不像了，玉米好歹还是个姑娘，哪里是木头？这里又没有人，他不该一点动静都没有的。玉米傻站了半天，居然也冷静下来了。玉米自己也觉得奇怪，怎么自己也这么冷静，像是参加人武会议了。但是冷静归冷静，玉米实实在在已经害怕了郭家兴了。

郭家兴说："休息吧。"

郭家兴站起身，开始解自己的衣裳。郭家兴好像是在自己的家里面，面对的只是自己的家人。郭家兴说："休息吧。"玉米明白过来了，他已经坐到床上了。玉米这一下子更慌神了，脑子却转得飞快，但是不管什么样的决定都是不妥当的。郭家兴虽说解得很慢，毕竟就是几件衣服，已经解完了。郭家兴上了床，是玉米刚才睡的那张床，是玉米刚才睡的那个地方。玉米还是站在那儿。郭家兴说："休息吧。"口气是一样的，但是玉米听得出，有了催促的意思。玉米不知道该怎么弄。玉米这一刻只盼望着郭家兴扑过来，把她撕了，就是被强奸了也比这样好哇。玉米还是个姑娘，为了嫁给这个人，总不能自己把自己扒光了，再自己爬上床——这怎么做得出来呀？

郭家兴看着玉米，最后还是玉米自己扒光了，自己爬进了被窝。玉米觉得自己扒开的不是衣裳，而是自己的皮。只能这样。柳粉香说过，女人可以心高，但女人不可以气傲。玉米赤条条的，郭家兴也赤条条的。他的身上散发出淡淡的酒精味，像是医院里的那种。玉米侧卧在郭家兴的身边，郭家兴用下巴示意她躺开。玉米躺开了，他们开始了。玉米紧张得厉害，不敢动，随他弄。起初玉米有一点疼，不过一会儿又好了，顺畅。看来郭家兴对玉米还是满意了。他在半路上说了一句话，他说："好。"到了最后他又重复了一遍："好。"玉米这下放心了。不过事情有了一些周折，郭家兴检查床单的时候没有发现什么颜色。郭家兴说："不是了嘛。"这句话太伤人了。玉米必须有所表示，但是，表示轻了不行，表示重了也不行，弄得不好收不了场。玉米想了想，坐起来穿衣服。其实这样的举动等于没做，也只能安慰一下自己。玉米自己都知道自己的心里虚了一大块。玉米直想哭，不太敢。郭家兴闭上眼睛，说："不是那个意思。"

玉米重新躺下了，卧在郭家兴的身边。玉米眨巴着眼睛，想，这一回真的落实了。玉米应该知足了。不过玉米突然又想起彭国梁来了。要是给了国梁了，玉米好歹也甘心了，一直留到现在，这样打发了，一股说不出的自怜涌上了心房。好在玉米忍住了，到底有所收成，还是值得。郭家兴抽了两根烟，再一次翻到玉米的身上，因为是第二次，所以舒缓多了。郭家兴的身体像办公室的抽屉那样一拉一推，一边动一边说："在城里多住两天。"玉米听懂了他的意思，心里头更踏实了。她的脑袋深陷在枕头里，侧在一边，门牙把下嘴唇咬得紧紧的。玉米点了几下头，郭家兴说，"医院里我还有病人呢。"玉米难得听见郭家兴说这么多话，怕他断了，随口问："谁?"郭家兴说："我老婆。"玉米一下子正过脸，看着郭家兴，突然睁大了眼睛。郭家兴说："不碍你的事。晚期了，没几个月。她一走你就过来。"玉米的身上立即弥漫了酒精的气味。就觉得自己正是垫在郭家兴身下的"晚期"老婆。玉米一阵透心的恐惧，想叫，郭家兴捂住了。玉米的身子在被窝里疯狂地颠簸。郭家兴说："好。"

（原载《人民文学》2001 年第 4 期）

夏天敏

XIA TIAN MIN

1952 年出生，云南昭通市人。小学毕业后到昭通机械厂当工人。先后从事过宣传干事、文化馆美工、报纸编辑等工作。曾任昭通市文化局副局长、《昭通市报》主编。2002 年加入中国作家协会。现为云南省作家协会聘任制签约作家，云南昭通市文联主席、市作家协会主席。

1986 年开始文学创作。著有中短篇小说集《乡场上的皮匠》《乡村雕塑》《飞来的村庄》《好大一棵桂花树》，长篇小说《极地边城》，散文集《情海放舟》等。中篇小说《好大一对羊》获第三届鲁迅文学奖。

好大一对羊

一

　　德山老汉被人从山坡上喊回来的时候，一直懵懵懂懂地搞不清为啥事。当时老汉正弯腰撅腚地刨土，就听见顺生鬼喊呐叫地喊他快回村去，情形就像他家的房子被烧了、娃娃着水淹了样急切。成天面对空无一人的大山，德山老汉也木讷、笨拙成大山了。顺生拽着他的袖子下山来，只知道有个大官要见他，想不清这个大官为啥要见他，也没杀人放火抢东西。想不清也就不想，反正见就是了，管人家见了干啥呢？

　　才到坡脚，就见到村口的空场上停了十几张蒙满灰尘的小车。德山老汉是没见过一回小车的，就是大卡车，也是去年到乡政府领救济粮才看到的。这地方偏僻，走上几十里才见得到一个小村子，从来没有来过小车的。德山老汉用手摸摸细皮嫩肉的小车，心疼地咂嘴。跑这老远来干啥呢？一山的石头疙瘩，一山的黄土白尘，作践车呢。

　　村子过年样热闹了。才到村口就听见些娃娃叽叽喳喳的叫声，就见到些婆娘蹿来蹿去母羊发情样兴奋。村里光秃秃的土墙上，不知什么时候竟贴了几排标语，那标语不是用石灰水写的土黄土黄、霉里霉气的，而是写在鲜亮的红得滴血的红纸上的，那是只有过年贴春联才用的红纸啊。咋个恁地舍得，一大张一大张贴在墙上呢。一个土黄色的村子，因了这几多鲜红的标语，变得活泛起来，就像婆娘出嫁时才穿上红袄的样子。德山老汉看得眼涩涩的流下许多浊黄的泪来，于是看人也就更模糊了，谁是谁也认不清。

　　一切都仿佛是做梦似的，德山老汉将眼睛擦得看得清人时，他觉得一切都不真实，似乎是在看电视。他看到他家低矮的土房前，站着一群花花绿绿的电视上的人。男的都穿着西装、穿着茄克、穿着皮鞋；女的都穿着短袖衬衣，扎着皮带，或者穿着裙子，虽然像那小车样都蒙了一层灰，还是天仙样鲜丽。村子灰蒙蒙的，他家泥土舂的土房灰蒙蒙的，杂草苫的房顶有多少年了也说不清，风吹雨淋，黑黢黢的恶心。门口那堆作燃料的海垡，平时金贵得很哩，现在黑黢黢地像堆牛屎样戳眼睛。这些光鲜的人往门口一站，房子就丑陋得自己都不忍心看了。德山老汉被村支书扯住，往一人身边引，众人呼啦啦地山潮水涌地向一人拥去。那人个子高高的，身体胖胖的，额头很亮很亮，头发朝后梳去，脸色红润，鼻梁高挺，还是双下巴呢，只是看不清他的眼睛。他戴着一架又宽又大的墨镜，乡场上算命的瞎子戴的那墨镜，比起来就叫人觉得好笑了，像儿童玩具似的。那人脸上是灿灿的蔼然的笑，伸出双手，就将他的手捉住了。就在这一瞬间，一道道闪光像旱天扯的火闪，把德山老汉惊得七魂出窍，"咔嚓、咔嚓"的声音响个不停。老汉茫然而站、惊魂未定，又见两台黑乎乎的机器伸出大嘴，在他周围闪个不停。老汉的魂被摄去了，脸木怔怔的，眼里空洞，了无表情。

粗壮得像条牛似的乡长温柔成小媳妇，他说这是地区的刘副专员，从城里灰尘仆仆地来看望乡亲们，来扶贫。德山叔，领导没忘记我们呐，你还不感谢。德山老汉头脑里一片空白，不晓得说啥，只一个劲地点头。他腰又驼，越发像鸡啄米了。

德山老汉像块浮柴似的被人拥进屋去。乡长、村支书也忙着招呼大家坐。那屋里有什么可坐的呢？几个草墩，也散了草辫歪歪斜斜地放不稳屁股。乡长迅速地扫描了一下屋里，将一个不算歪斜的草墩抬来请刘副专员坐。刘副专员将外衣交给秘书，刚坐下去就歪了一下，差点跌倒。乡长焦躁，叫人去找凳子，刘副专员用手止了，打消了促膝谈心的念头。就站着说话。问的话都被村干部抢着答了，仿佛这家是他们的，他们比德山老汉还熟悉似的。

德山老汉那屋里也真叫人目不忍睹了。那是什么样的屋呵，土舂的墙裂了许多许多的口子，最长的一道从墙根裂到墙头，娃娃儿的手都伸得进来。终年的烟熏火燎，屋里黑漆漆的。楼很低，刘副专员高大的身躯往屋里一站，就顶天立地了。那楼其实是些树枝枝搭成的，七翘八凸。屋里只有一个说不清年代缺了一扇柜门的碗柜，靠墙角挖了一个火塘，火塘边用土舂了个台阶，就是坐的了。屋不大却空旷开阔，丢个石头也打不到啥的。刘副专员这里瞅瞅、那里摸摸，脸冷得掉得下水来。神色凝重，眼里有了忧伤。屋里人多，但静如亘古。记者们也不敢乱拍乱摄了。刘副专员见火上吊着一个黑漆漆的大吊锅，吊锅里噗噗地冒出一股难闻的说不清什么味儿的气息。他揭开锅，见里面是些黑糊糊的稀泥样的东西，间杂着几个拇指大的洋芋。问是什么东西？德山肚里正饿得咕咕响，这些人不来，或许早已呼噜呼噜咽进几大碗去了。心中不悦，就没好气，就是晌午饭嘛。刘副专员惊得合不拢嘴，问什么煮的。"羊贴根叶。""啥羊贴根叶？"乡长说路边沟边长的一种叶片很厚的野草，一般是喂猪的。

"喂猪的?!"刘副专员很惊愕很气愤:"你们就让群众吃这种野草,群众是猪?"乡长委屈:"这高原山区,一年不是霜冻就是冰雹,地里种啥没啥……"刘副专员恼火:"不要谈客观条件,这些我知道。"说罢起身去看堆在耳房里的粮食。有什么粮食呢?也就是不大的一堆鸡蛋大的洋芋,还有一堆新鲜的荞叶尖,再就是半瓮没碾过的荞子。刘副专员问一年差几个月的粮?德山老汉搓着松皮般的手:"差多少呢?差多少呢?"他茫然地望着大家。乡长说问你呢,差多少说多少。德山老汉甚至羞涩起来:"一年到头都饿着,说不清差多少。"刘副专员摘下墨镜转过脸去抹了一下眼睛,他的眼圈有些红了。

刘副专员执意要上楼去看,乡长想劝,见刘副专员愠怒的样子就忍了。所谓楼梯,其实就是两根手臂粗的木杆绑些木棍。人踩上去,吱吱扭扭地叫人提心吊胆。乡长敏捷,先上去了,费了些劲才把刘副专员拉上去。扛摄影机的小伙子差点连人带机跌下来。人还未到楼梯口,一股浓烈的馊臭味扑鼻而来。刘副专员本能地掩鼻,但也只是扬了下手,抓虫子似的。好一阵才看清上面啥也没有,七翘八凸的树枝搭的楼上,铺了一层乱七八糟的山茅草。墙角是一堆渔网似的烂棉絮,一团一团油渣似的。乡长说他一家三口睡这儿呢,姑娘十多岁了,也挤着睡。刘副专员没说话,空气沉重凝滞阴郁而惨淡。刘副专员流泪了,浊重的泪水悄然流下脸颊,打得小楼摇摇晃晃。记者刚把镜头对准他,他猛一扭头悄然下了楼梯。

在火塘边,刘副专员一语不发。他将德山老汉的小女儿揽到怀里,说好好读书吧,只有读好书才有出息。他开始搜口袋,将身上的四百多元全交给德山老汉。老汉惶恐得不行,这么多钱,他这一生还没摸过,怎么能平白无故地要人家的钱呢?老汉甚至想人家是不是看中了自己的小女儿,要买去做女儿呢。德山老汉莫名其妙地将小女儿扯回自己身边。木讷呆板的眼里有了惊慌,有了恼怒:"不,不,我不要钱!我不要钱!"乡长看出他的意思,说:"你把钱收下,这是刘副专员的一片心意,帮助你解决生活困难,帮助你脱贫呢!"刘副专员将钱压在德山老汉手掌上,镁光灯扯火闪样闪起来。随同来的人也纷纷将手伸进口袋里……

二

刘副专员和德山老汉一家结对子的消息,使大山深处的黑凹村激动兴奋了好一阵子。村子荒寂,平日无事总爱蹲墙根、晒大阳、瞎聊。那几日德山老汉家密密匝匝蹲满山里汉子,婆娘娃娃些挤在门外,擦头擦脑听他们神聊。每天都有人反复地问刘副专员在他家讲了些啥,做了些啥,给了多少钱。有人认定刘副专员已收德山的小女儿做干女儿了,结对子不就是结亲家么,结了亲家不就是亲戚了么?有人问那小伙子肩上扛的是什么玩意儿,会不会把人的魂摄去？那些穿着花花绿绿衣裳的娘儿们往小本子上记些啥？德山老汉究竟得了多少钱？有钱不要吃昧心食，拿出来打酒大家吃。德山老汉嘴拙，老也讲不清爽，老也答不明白，急得嘴角淌白沫。德山的婆娘是哑巴，哇啦哇啦地激动，乱比手势，众人不理她，任她自去激动，只一迭声地让德山买酒喝。德山忍着心疼买了酒，用土碗盛着喝转转酒，日子节日般喜庆，过年样滋润。就有人说德山的宅基风水好，地气足，早上屋顶冒出的气一团一团地不散，主富贵。不是么，人家副专员多大的官呀，和他结对子了，这对子是随便什么人能结的么。结了对子就是亲戚了，有这样的亲戚吃喝还用愁么？

德山老汉爱听这样的话，德山老汉觉得浑身舒服，德山老汉觉得腰板上的劲似乎比过去足了，佝偻的腰也直了许多，眼里的阴郁呆板也少了许多。那些日子，德山老汉成了全村人的景仰，走到哪里都有人仁仁义义地招呼，不是喊去吃饭，就是喊去喝酒。吃饭必尊他为长，让他坐上八座。酒他不喝别人是不敢喝的，菜他不夹别人是不敢夹的，连村支书也尊着他。村支书家杀猪吃刨汤，只请了村长和村小的王眼镜，另外就是他。村支书在吃饭时狠劲地往他碗里夹腰花、夹猪肝，连他的亲家王眼镜也没夹一筷子。村长不断地给他敬酒，像孝敬亲爹样的。末了，俩人央着他，要他进城去找刘副专员要笔扶贫款子。村里穷得掉得下毛来了，村小烂得像猪圈，村里的浇灌渠早就淤平了。连人吃猪喝的水都要到几里外的小黑箐去挑。村支书说德山大叔，这事只有你办得成，乡长去都枉然，你办成了，全村人给你烧头香，给你送匾。德山老汉高兴归高兴，但他是实实在在的憨厚人，自己有几斤几两心中有谱，不敢踩着鼻子就上脸。但又不敢回绝村长、支书的情，人家请你吃刨汤为甚，恁好的东西没人吃了？人家尊敬你为甚，过去连正眼也没人看你。现在你人模狗样了，不要让人背后戳肋巴骨骂先人。德山为难地搓手，一脸为难的样子，嘴里哼哼哈哈说不清楚。村长酒已上脸，猛的就发作起来："德山老汉，你到底去还是不去？不要狗坐轿子不服人尊敬，你为啥和刘副专员结对子，不是我们牵头人家认得你是什么大二哥，现在还拿起架子来了。"德山老汉被村长吵得懵头懵脑的，急出一头的汗水，嘴哆嗦着，"我，我啥时拿架子啦？牛养……马下……才拿架子。"德山老汉被委屈得老眼里蒙上一层泪花。老汉才有的一点自尊又被村长吵得丝毫不剩。村支书赶紧劝："顺达，你咋能这样说呢。你没见德山大叔正在思考咋办呢，就西皮流水说些啥。"眼镜老王也说："就是，就是，德山大叔咋会看着那些娃娃不管呢，他正想咋去才好呢。"

日子漠漠的，山坡漠漠的，村庄漠漠的，这高原上的荒野，啥也不出，只出些漫无际涯的卵石和黄黄的尘土，只有无边亘古的寂寥和慢慢流淌的日子。已是春末了，村尾的几棵白杨树还没发芽，坚硬如载、漆黑如铁的几棵刺老苞树，瘦弱、孤寂地绽几个芽苞。德山老汉在黄土的海洋中有如一座礁盘，定定地在高原黄土的灼热的土浪中刨着没有希望的荒凉。天旱、冷凉、又多霜，这高原大山的顶部，种啥啥不长。荞子耐寒，洋芋耐寒，粗贱如德山老汉，但荞子、洋芋也难得有好的收成。叶片儿刚出齐，一场霜下来，荞子洋芋嫩绿的叶子，就成枯里的叶子了，手一捻，就成粉末顺手指流下来，连洋芋都没吃的了。但地还得种，德山老汉虽然答应村长去找刘副专员求人情，但节令到了脖嗓眼儿，能丢掉节令么。德山老汉就这样地耐耐心心地刨地、耐耐心心地看着日子从一锄一锄地锄动中流失。

德山老汉直起软耷耷的腰，他的腰似乎永远没有直起过。他举起手来罩住眼睛，定定地看着远方，看得眼睛酸涩了，渐行渐远直到空无的山地边上什么也没有，他莫名其妙地叹了口气。高原的荒原上只有绵绵不绝的连接远天的卵石，卵石会叹息么？当一阵阵轰隆隆的响声自黄土地的另一端传来时，德山老汉就会莫名其妙地兴奋，当这样的声音渐渐消失时，德山老汉就会莫名其妙地叹息。

德山老汉这次是坚信这种声音是冲自己来的了，他就固执成一株弯曲的残树，定定地朝那地方望去许久、许久，那声音终于由地下而地上，由混沌而清晰。那声音是一团灰尘，灰尘怪兽般在黄土地上奔突，渐渐地滚落进村里去了。德山老汉毫不犹豫地朝坡下走，他下坡时失去了往日的稳重，连奔带跌、趔趔趄趄走成童年的状态。德山老汉被卵石绊了一跤，膝盖、手掌被擦出血，细碎的砂子嵌了不少在肉里，老汉粗糙地抹抹又飞哒哒地跑。

果然，那车就停在德山家门外的敞地里。老汉认不出车的品牌和好坏，在他眼里凡是会跑的都是好车。那车前有座位后有车厢，车厢上有个木笼，里面竟站着两只羊！德山看着座舱里，隔着茶色玻璃啥也看不见。他觉得胖胖的高高大大的刘副专员正笑眯眯地坐在那里。正凝神，乡长和村长出来。村长说德山大叔，你看啥？我们等你好一阵了。进屋，老汉焦虑地问刘副专员呢？刘副专员呢？德山老汉从来没有这样地思念过一个人，结成对子了，就是一家人了。人家多大的官呀，连乡长见了也低头顺脑的，人家对自己却始终是个笑脸。一辈子狗样卑贱，活到这份儿上也值了。乡长黑着脸，说刘副专员没来，人家管着几百万人的地区，你以为就像你赶乡场啥时想去啥时去。

德山老汉就失望，肚里掏心掏肺地难受，手上脚上的伤就疼起来，脸色也白起来。前次来，刘副专员给了钱，又交待乡长、村长一定要好好帮他脱贫。人家连口水也没喝，老汉心里一直歉疚着。在村上，老汉见刘副专员爱吃这里的炒面。当时，村里用一个新的雪白的瓷盆抬了一盆满满的炒面来，又有人抬了满满一碗白糖来。村小最漂亮的小刘老师加水放糖搅拌均匀，用秀气的小手捏成团。村长又叫人用新瓷盆盛了清水来，请大家洗手。

德山老汉看见提小本本戴眼镜的姑娘、扛机器的小伙洗了一盆又换一盆，心疼的牙齿发酸。那水是从五里外的山箐里挑来的呀，起个大早，一早上也就是挑一挑水。村小小刘老师最先将捏成团的炒面递给刘副专员，刘副专员吃得很开心，胖胖的腮帮子更胖了，一鼓一鼓地叫老汉心疼。德山老汉认定刘副专员爱吃炒面，暗暗下了决心要做一袋最好最好的炒面送给刘副专员。

德山老汉手温热温热的，他想起了刘副专员握过他的手。德山老汉想起压在他手上的钱，更忘不了刘副专员说的我们结成帮扶对子，你的贫困就是我的贫困。你不脱贫，我的心就不安的话。德山老汉更忘不了那"帮扶表"，上面还有刘副专员红朗朗的章。德山老汉一辈子没用过章，他用大拇指蘸了鲜红的印色一按，这一按，他的魂就永远按在那张白白的表上了。

然而，刘副专员没有来。

德山老汉自然失望，他瞅瞅那袋悬在梁上的炒面，连口袋也是新买了白布做的呢。

乡长说德山大叔，你别瞎张罗了。我进城去开会，刘副专员买了外国高级羊送给你，这是两只珍贵品种的羊。县畜牧局也只有几对，值钱得很呵！你一定要把这两只羊喂好。记住，只能喂好，不能喂坏；只能喂多，不能喂少！这是政治任务，在山区要脱贫，只能发展羊子。刘副专员不放心，叫我随时将情况向他汇报呢。

随行来的人将羊子从车上抬下来了。两只羊个头好大哟，羊角弯弯的，嘴唇粉红而娇嫩，眼睛外国人似的凹而蓝，蓝得深邃。羊身上的毛白得耀眼，没有一根杂毛，羊身上洗得干干净净的，不像山区的土羊身上的羊屎疙瘩、污泥粪草糊满一身，眼角上永远糊着眼屎，瘦骨伶仃。这外国羊咋像外国人那样高大，站着有人的腰高，神情傲慢而冷漠悲哀，像被流放的贵族。这么高贵的羊使德山老汉一下子卑怯起来，紧张起来，这羊，能养好么？就像人家白白胖胖的外国人，叫人家住茅屋吃苦荞粑粑吃烧洋芋，能壮么？

乡上的牲畜站兽医按乡长的吩咐向德山老汉交待：这羊是美奥利羊，以美国奥霜羊为父本，以法国达利羊为母本繁殖而成，羊毛细度为 66～77 支，体侧净毛率 99%，净毛量 15 公斤，体侧部毛丝自然长度 30 厘米左右……德山老汉听得脑壳胀大，手脚抽筋。乡长烦躁，对畜牧兽医吼道："好了，好了，你不要孔夫子的鸡巴文皱皱的了。你讲的我都记不得，不要说德山老汉了。你讲点通俗好记的。咋个才喂得好羊的经验，让老汉照着去做。"年轻的畜医脸腾地红了，口齿变迟钝了：春季牧草枯绿交替，气温寒未去，要选择背风暖和的地方，要做到顶风出牧顺风归，多吃嫩草少跑路，要给羊加钙，要给羊补体，黄豆面、红糖水、麦麸子搅拌在一起，早晚各喂一次；夏季要抓青，要做到顶风背太阳，抓腰勤灭虻，多洗澡、多梳毛、多饮水，水要清洁，加碘加盐……德山老汉听得一身起鸡皮疙瘩，额上的冷汗渗了一层又一层，我的妈呀，这不是养羊是养爹了。我爹活着还没这样精细呢，这羊，能喂好么?!

那两只外国羊望着他，公的那只白眼仁多黑眼仁少，像村上的青光眼刘瞎子。母的那只蓝眼仁多白眼仁少，像以前下放来的一个资本家姨太太。它们眼里竟然都有鄙夷的神色，德山不懂这个词，但看出了看不起他的意思。心里愤愤：日你洋先人，老子管你土的洋的，该吃干草一样吃干草，有毬啥了不得的。

乡长焦躁起来，不要念你的经了，将羊子交给德山大叔，喂好喂坏，喂胖喂瘦，喂了生儿带崽两个变成五个、五个变成十个就行，增加效益、改变贫困面貌就行。但有一句话德山大叔你要牢牢记住，这是政治任务。你是刘副专员结对的脱贫对子，喂出问题刘副专员的脸上往那里搁，我们对得起刘副专员么？德山大叔，这羊值一千五六百元哪，是刘副专员用工资买的……

德山老汉的心猛地坠下去了，他感到一阵晕眩，飘飘忽忽虚弱。他感到这两只羊压在他肩上背上，比父母妻儿还要沉重。他的腰更佝偻了，背更驼了。

乡上的人还从车上拿来一大包衣服，是刘副专员一家捐给他家的衣物，长的短的，衣裤、裙子啥都有，五颜六色、五彩缤纷，老汉把个浊眼看得清纯了，一股暖流轰隆隆淌过，这刘专员呐……但心里更沉重了。

乡长他们要走，村长从背后踢了德山老汉一脚。老汉突然想起村长交待多次的任务，急忙拽住乡长的袖子："乡长，我想搭车进趟城。""进城干啥？""找刘副专员要笔款。""要款？你不要丢底现形了，才送你羊子又要？""不，不，是村上要的。""周顺柱，咯是你叫德山大叔去要钱？不要要这些小聪明了。要要你自己去要，德山大叔去要钱你帮他喂好羊子？"村长不敢吭气。望着乡长已上车，才愤愤地说你以为我不敢去，你时常往刘副专员家里跑，谁不知道你的小九九。

德山老汉解下悬在梁上的那袋炒面，追出去，就只见一团黄尘土早已滚去很远、很远。

老汉眼里有了泪水。

三

德山老汉才在坡上锄一会儿地，村长顺柱又火烧房子样在坡下鬼喊呐叫："德山大叔，你快回来，听见没有你快回来，有急事哩。"德山老汉焦躁，这是咋啦，不让人活了。这些日子都绑在羊身上，一天围着羊转，荞子、洋芋该锄二遍了，却连一遍也没锄。才上坡，又有事了。

村长摸着羊身子，一寸一寸地摸，比摸他媳妇还耐心。"大叔吔，这羊瘦了，在跌膘！"村长细细心心往羊身上拈草屑："大叔吔，羊咋个恁脏，白毛变黄毛了。"德山老汉一肚子委屈，瘦，这也叫瘦？一天几次比人还吃得好，还瘦！脏，这还叫脏？自己的小姑娘长恁大还没跟她梳过一次头，这羊哪天没给它梳毛。羊喂到这样金贵，我老汉一生也算开眼界了。

摸完羊，村长火烧屁股样说："大叔，过几天记者要来采访羊，不，采访你。刘副专员在报上写了发展山区经济要走以养羊为主的畜牧业路子的文章。记者鼻子是狗鼻子，也不知道咋个晓得刘副专员买了外国优良羊送你的消息，要下来采访。乡长这狗日的一天打几次电话来，说要做好准备工作，出了差错由我负责。大叔昵，你养羊，我闻腥，这鸡巴村长没啥干头。但这事千万马虎不得，千万千万出不得差错。"

德山老汉在心里嘀咕，还敢出差错哩，对这外国贵重羊真正比对爹还孝顺了。村里的羊圈，都是在房子外头，老汉不敢让羊冻着。不晓得这外国杂种脾性，村小的最漂亮最有知识的小刘老师说人家外国的羊圈有恒温设备哩，老汉老是搞不懂啥是恒温猪瘟的，小刘教师说就是保持一定的温度，老汉仍不懂。小刘教师说你把圈砌在屋里、燃起火，火由小到大，看羊在大火、中火、小火里哪种最舒服就得了。德山老汉倒吸了一口凉气，拢火给羊烤！这是他活到六十岁才听说过的事。这高寒、冷凉的山区，草都长不好树更长不出。多少年了都烧海堡。这海堡要到老远老远的海子边去挖去挑，拉一车海堡要几天工夫。海堡不经烧，就是些草根根和着黑泥浆变成的嘛，一火塘海堡要不了多少时辰就变成轻飘飘的白灰了。高原山区的人家，连吃的都恨不得吃，还舍得烧海堡烤火。天一黑，一家人钻在一起，抖抖索索混到天亮。

圈是得砌的，这老高山区的夜晚，白霜一层一层降下来，连荞子、洋芋的叶子会冻成枯黑的蜷缩的干叶子，手一捻就成灰。本地羊世世代代整惯了，挤在外面的圈还过得去，但冬天都要冻死好些。这金贵的外国爷们儿娘们儿不冻死才怪哩。德山老汉下决心砌圈。没有材料，把隔墙拆掉，拌土和泥，老伴咿哩哇啦乱激动，拌泥拌得起劲，小女儿喜欢这高大漂亮的羊子，仿佛和外国小朋友交了朋友似的，一会儿搂着母羊的脖子，一会儿给羊搔痒，恨不得跟羊亲嘴。

忙乎了一天，圈砌好了。小女儿把圈扫得干干净净的，怕土墙脏，又去村上的杂货铺买了几个纸盒，拆开，钉在土墙上。没有干净的垫草，去跟村长家要，村长倒大方，叫拿就是。村长老婆叽哩咕噜地不高兴：喂得起羊子打不起草，我们又不是那个大官的三亲六戚，人家又没给钱又没给衣……村长威风，说闭住你的×嘴，再说老子扇烂你。

当晚那羊却怎么也不睡，在圈里咩咩、咩咩地哀嚎。到底是外国羊底气足，咩咩的叫声又大又长又哀怨，还一波三折凄凄楚楚哀哀怨怨。也许它们想起了美利坚合众国的故乡，也许想起它们不幸的身世，怎么一下子就从天堂跌落到地狱般的荒山野岭。令它们百思不解的是这么荒凉这么贫瘠这么艰苦的环境竟然有人生存，还世世代代地繁衍下去。人痛苦了会悲泣，羊痛苦了会哀嚎。长夜漫漫，外面的高原上的风一阵紧似一阵地狼嗥般呼啸，美利坚合众国的羊又惊恐又寒冷又悲哀，再不高声鸣叫高声宣泄，它们怕自己的精神要崩溃了。

德山老汉窸窸窣窣从楼上摸下来，自古以来这高原山区就没有过电。天一黑，人就进入万丈深渊了。他燃亮煤油灯，这灯除了小女儿做作业外是舍不得点的。老汉心烦，这羊好说比人还金贵么？圈就在屋里，还铺了从村长家挑来的厚厚的冬茅草，干生生的、暖和和的，还叫个毯。但老汉立即自责，这羊可是人家刘副专员花了大价专门买了送自己的。人家和自己无缘无故、非亲非戚，恁大的官，见自己又是握手又是问寒问暖。村长、乡长够凶的了，人家连个手都不跟他们握。人家是为自己好呵，要不然你穷得只剩下裤裆里的两个蛋子叮当响，关人家屁事。喂不好这外国羊，对不起人啊！这样一想老汉心里就不烦了。他摸进羊圈，温柔得像摸自己小女儿的脸蛋一样摸羊的头、摸羊的脸、摸羊的身。老汉喃喃："羊呵，你们来到这寒门小户，实在是遭罪了。我也不晓得你们那外国是啥样子，反正比我这儿好。来了就要安心，人家当年资本家的姨太太细皮嫩肉水灵灵的，还不是要过日子。再苦的日子，过惯就好了，过惯就惯了。"美利坚合众国的羊似乎天生就会外语，它们似乎听懂了德山老汉方言极重的山区中国话。它们温顺一些了，那只外国母羊还伸出粉红细嫩的舌头舔了舔老汉的手。这仅仅是一种友谊的表现也使那只健壮的公羊嫉妒，它用屁股狠狠抵了母羊一下。母羊赔情似的舔了舔它的鼻子，它才老实了。

可是温情毕竟代替不了严酷的现实。这西部高原上的高原风太冷了，一阵紧似一阵的寒风从门缝里、从墙缝里吹进来，连德山老汉都起了一层又一层的鸡皮疙瘩，冷得一身乱抖，连擎在手里的煤油灯里的煤油也泼洒出来。这狗日的天气。老汉狠狠地骂着，起身去找东西塞墙上、门枋上的缝。老汉用山茅草将墙上的缝塞住了，门上的缝却怎么也塞不好。两只羊冷得咩咩地乱叫，浑身抖个不停，眼泪涎水不断线地流下来，粉红的嘴唇冻得乌青。老汉摸摸羊的脑门，不好，滚烫滚烫的，怕要病了呢。老汉心里愈发地急，日它先人板板的风哟。你将我的外国羊冻坏咋个了得哟，你叫我咋个对得起刘副专员哟。老汉哼叽着不晓得咋个办，这时小女儿、哑巴老伴也起来了。哑巴老伴又比又划叫德山老汉心烦，推搡着叫她去睡。老伴硬是不去，将个身子搂着那只母羊，想以身子去暖和羊，那羊仍然抖个不停，把头朝老伴瘪塌塌的胸口偎着。哑巴老伴心疼不已，扯起披着的旧夹袄披在母羊身上，她穿着背心更是冷得打抖打颤。小女儿也学着她妈的样子温暖另一头羊，老汉看着淌眼泪。老汉突然蹭蹭蹭地爬上楼，将藏在墙角的刘副专员送的那包衣服找出来，那些衣服都挺新的，老汉一辈子连见也没见过，更不用说穿了。衣服拿来时，小女儿找出一套粉红的衣裳要穿，老汉硬是不让。不年不节的，穿恁好的衣服不是作践么？老汉任着小女儿流泪，就是不准穿，非要留着过年才穿。现在老汉也顾不得许多，小女儿不穿不咋个，羊可不能冻坏了。打开包裹一看，尽是单衣单裙，摸着滑溜溜的，提起来长索索的，抖抖的，也不晓得是啥料子，合起来一小把，穿在身上跟纸差不多。老汉心里一震，刘副专员也不富有呵，连点厚实的衣裳也舍不得买。他狠狠心将这些衣裳裙子裤子朝两只羊身上一件一件压上，这两只羊变得像马戏团里的羊一样滑稽可笑了，红的绿的衣裳裙子盖在它们身上，实在惹人好笑。但事实令人笑不起来，那些薄若蝉翼的衣裙虽然不少，质地也高贵，就是不御寒，随着羊子一阵比一阵剧烈的抖动，那些滑溜溜薄菲菲的衣裙全抖落在地上了。

急得跺脚的德山老汉想起了村小小刘老师的话，恒温。恒温恒温，就是拢火嘛，把火拢得不大不小，羊子觉得舒服就行，德山老汉此刻颇有大将风度，他比着手势让哑巴老伴去门外搬海垡。哑巴老伴哇啦哇啦地比手势，就是不去。老汉明白她的意思，这海垡来得不容易，越来越少了，到山后的海子去挖海垡，来回十几里路，要请马车去拉，要付拉车的钱。平时煮饭都是凑合着煮熟，恨不得啥东西能生吃就好了。老伴、女儿和他的双脚，经常被冻得裂开老宽老宽的口子，钻心地疼，也舍不得拢火烤。裂得实在凶了，拿针线来向缝衣服一样缝拢。现在，却要拢火给羊烤。……德山老汉不耐烦像她解释，他打开门，自己去搬海垡，让小女儿帮他一起拢火。火拢燃了，海垡在初燃时烟很大，两只外国羊呛得眼泪长流。公羊说上帝，这那里是羊过的日子哟，如果不是为了你，我宁愿死。母羊说闭住你的嘴，你没见人家为了我们什么都豁出来了，羊哪，要讲羊心。它们流泪、咳嗽、争执。浓烟呛得德山老汉浊泪长流、焦躁不已，老汉听见羊在咩咩叫，羊在咳嗽，心中鬼火窜起，恨不得过去狠狠踢它们一顿。日你外国羊的先人，你们倒比人还金贵了，老子几十岁没人服侍倒一天到晚孝敬先人一样来伺候你们了。皇帝的龙子龙孙也没得你们舒坦，老子今天先踢了再说。老汉走到羊圈边，那外国公羊看出了他的险恶用心，白马王子一般窜到母羊前边护住母羊，母羊好一阵感动，心里的暖流汩汩流过。老汉见这外国公羊鬼瞪起凶狠的眼，低着头，架起角，蓄势拼搏的样子，老汉气不打一处来，也后退两步，蓄起力量正准备狠命踢。突然，小女儿一声尖叫："爹，踢不得呀，这是刘副专员送我们的脱贫羊呀。"这一声如石破天惊，就像有人从上面狠劲给他脑袋一巴掌，把他打得清醒过来。老汉眼里浮现出刘副专员高高大大、富富态态、和蔼可亲的脸庞，浮现出紧紧握住他的手、嘱咐他一定要脱贫的情景。他的气一下子全消了，颓然地蹲在地下，喟然长叹一声。

海堡火慢慢燃起来了，浓烟散尽了，暗红暗红的海堡火使屋内温暖如春。海堡是海子边的草根腐烂而成的，燃烧时有股很好闻的气息淡淡的带有草根带有海子腥味的气味，使人非常惬意地想睡，也把人的思绪扯得很远很远，也把羊的思绪扯得很远很远。两只外国羊在温馨的环境中安静下来，低垂着眼，想起了故乡蓝蓝的晴空，一望无垠的碧草，想起美丽的栅栏、哗哗流淌的清泉，还想起大海带腥味的风，大海辽阔得使它们想哭想哭……

坐在火塘边的德山老汉也鼻子酸酸的想哭想哭……

村长检查完羊圈，检查完羊的情况，说德山大叔，这羊要赶紧抓膘，乡长说羊只能养壮不能养瘦，只能养好不能养坏，你是典型呵，养不好刘副专员的脸搁那儿？这经验咋个推广？记者来了咋个交代？

村长走了，德山老汉蹲在火塘边，愁得眉毛结成了大疙瘩。老汉想这外国羊难养呀。为了啥干湿恒温，家里过冬的海堡全烧完了。村长答应给他拉车煤来，这煤要从很远很远的山外拉来，价钱贵得很呐，德山一家还没用过煤呢。村长说刘副专员和其他人给你的钱在我这儿存着，用这钱来开支。老汉本想用这点钱带小女儿进城治治病，这死姑娘脸黄黄的，病恹恹的，一到晚上就发烧。那次巡回医疗队看病，医生说怕是肺上结什么核，要进城好好医一医。咳，也不管了，反正钱是刘副专员给的，用在羊子身上也是羊毛出在羊身上，该的。但要给羊抓膘，难哟……

这高原上的荒原，沙化程度是很严重的了。没有植被，遍野的卵石滩，有土的地方也变成没有任何有机成分的浮土，脚踩下去陷进脚脖子。草很少，出来一点立即被羊们啃得干干净净。一匹孤独的马在荒原上踢草吃，这里的马不是啃草是踢草，没有草啃，马练就了特殊的本领，用蹄子将草根踢出来吃。德山老汉第一次将两只外国羊牵到草滩上吃草，两只外国羊惊讶得嘴都合不拢：上帝呀，这地方怎么还有羊生存还有羊吃草？茫茫的卵石滩上。空气干燥得没有一丝水分，密密麻麻的卵石看得羊眼发花，除了卵石就是卵石，卵石之间偶尔见得到断茬的焦焦的草根，从草根里泛出一点似有若无的绿。外国羊深凹的蓝眼看见了，一点食欲也没有。公羊说亲爱的琼斯，在故乡时我听我们的主人读资料，说一亩丰茂的草地可以载畜两只，就是说可以养活几只我们这样的羊。怎么这瘦弱的草都长不出来的地方会放这么多羊？母羊神情忧郁、恹恹地不想说话，更不想吃草。她懒懒地说约翰，我不想讲话，你莫惹我心烦。你看它们，又黄又瘦，身上挂满羊粪蛋子，眼角结满眼屎，恐怕从生下来就没洗过澡，一身的膻味腥味臭味，熏得我透不过气。约翰忧伤地回想起过去的日子，约翰说唉，我们的那片草场是多么美丽啊，周围的山上，全是一片一片青翠的云杉，一片一片青翠的草，快有我们的腰深。一丛一丛紫云英，一丛一丛的红芍药，天上蓝得没有一丝云彩，一边吃着鲜嫩的青草，一边看着美丽的风景，嘿，那是什么样的日子哟……琼斯说你还说呢，看屁的风景，你尽顾看我了，又脸皮厚，有羊无羊，就要来吻嘴唇，就要用角来摸身子……约翰说这里有一丛冒点尖的草，你来吃罢。琼斯过去看了看，一点食欲也没有。琼斯说这草咋吃呀，尽是干根根，我这嘴唇怕要被划破了。

羊不吃草，德山老汉也没办法，总不能按着头去啃吧。看着草这样子，德山老汉心里着急，心里也难过。羊啊羊，你来错地点了，就像我投错了胎一样，认命吧认命吧。

回到家，老汉将舍不得吃的洋芋煮了一锅，又掺了青洋芋叶、剁碎的洋芋藤、荞叶，连德山老汉、哑巴老伴和小女儿闻着都香喷喷的了，恨不得舀起来吃。可那狗日杂种的外国羊就是不吃，闻闻，就走开了；走开，又走来闻闻，还是不吃。那公羊试着吃一口，噎得眼睛像卵子直翻，母羊害怕似的退回圈里，再也不出来闻了。

德山老汉真正地来了气，日你外国杂种羊的先人，老子舍不得吃的拿给你吃，你还装疯卖傻煽情，老子饿你三天，你怕见着饭凳脚都要啃几口。

话是这样说，但羊真正地过了两天半仍然不吃东西时，德山老汉急得嘴上起了一层大燎泡。这龟儿杂种羊哟，你要害死人哟。老汉看见两只壮羊倏忽之间瘦了，四只健壮的脚承受不了体重，身子摇摇晃晃要倒下。粉红细嫩的嘴唇起了黑壳，老汉又焦急又心疼，拿啥给这瘟羊吃呢？老汉看看自己黑黢黢的身子皱麻麻的手脚，要能吃，就给它们吃了，可它们连闻也不会闻的。情急之中，老汉抬头看见那袋悬在楼上的炒面。这袋炒面是他费尽心血做的，准备送给刘副专员，想请乡长捎去，乡长坐车来过一回再没来过。想自己去，自从外国羊来后，出门一点都不放心，咋敢进城去呢。

那次刘副专员进城后，从不赶场的德山老汉那段时间场场不拉地去赶场。黑凹村离乡场远，少说也有三十里路程。老汉天不亮就起床，腰不直、腿不健、肚又饥，那三十里山道就像到外国那么遥远。赶到乡场时，正是吃晌午饭的时候，乡场上到处是炉火旺旺的热气腾腾的小吃店，那一碗一碗的香喷喷热腾腾的臊子米线，多少次诱惑得老汉的口水不听打招呼地流出来。但老汉无论如何也奢侈不起，一碗米线一块五角钱，一块五，可以买两斤盐了。他就走到乡场背后的小河边，掬着清凉的河水啃自己背着的冷洋芋，噎得眼睛一翻一翻的，直打嗝。脖子一伸一伸的像公鸭叫，但他还是舍不得买一碗米线或者面条吃。

在连续赶了几个场以后，德山老汉终于选好一箩最好的燕麦。乡场上到处都是现成的炒面，但掺假、不干净，能送刘副专员么？他选了多少次才选中的燕麦，价钱是贵了点。但是真正的好燕麦，粒粒饱满，颗颗油亮，丢在嘴里一咬嘎嘣脆，半天嘴里还是凉凉的回味悠长的清香，这可是真正的好燕麦。回家的路上，漫长漫长的山道上多了一道风景，德山老汉驼了的背上又多了道驼峰，踽踽地迟缓地移动着，像漫漫戈壁滩上一只衰老而孤独的骆驼。

在家里，德山老汉让哑巴老伴反复淘洗燕麦。老伴虽聋哑，做事是蛮认真的。水是金贵，老汉陪着老伴，半夜赶路，到离村里很远的山箐去淘洗。淘洗得没有一颗瘪籽、一粒砂粒。德山老汉又驮着燕麦到乡场上，村里没有哪家做得好炒面。老汉甚至咬咬牙，买了一瓶酒，一包好烟送给乡场上做炒面做得最好的人家，央求人家一定一定要将炒面做好，工价高点也无所谓。德山老汉饿着肚子站在人家的屋里，监视着人家做炒面。很挑剔地指责这指责那，直到做出那香喷喷、甜悠悠、口感极好、回味绵长、油性十足的炒面，他眯着眼尝了一小撮满意得直咂嘴才算完事。

于是，那炒面成了他家的珍品，成了他的渴慕和思念。小女儿眼巴巴地望着悬在梁上的口袋，嘴角流着涎水，小猫样蜷缩着，看得老汉心疼。好几次他都动了念头，想让她吃点，但想想又忍了。人是贱畜牲，有个开头就难得有结尾。老汉怕小女儿尝到好味道了，忍不住要偷偷地吃。

看到炒面，老汉就想起刘副专员，想得钻心钻肺。刘副专员对自己的大恩大德，一辈子都还不了。这袋炒面却一直送不出去，都是被鬼羊子拴牢了，他想这外国羊子肯定喜欢吃炒面，连刘副专员这么大的官都喜欢吃，你再是外国羊，始终是羊啊。望着日渐衰弱、消瘦的羊，老汉想只有喂炒面了，他心中很沉重很愧疚。刘副专员，老汉对不起你了，我只有把这炒面给羊子吃了，喂不好羊，是我的罪过啊，以后我一定再做一袋最好最好的炒面送给你。

约翰对着一大碗香喷喷的炒面不知如何下嘴。琼斯，约翰说这是啥玩意儿，闻着挺香的，就像我们闻过的汉堡包的味儿，你是不是也来尝尝。琼斯说约翰，我实在没有胃口，我现在见啥厌啥，我怕是要死了。昨儿晚上，我梦见了我死去的爸妈，它们在向我招手呢。约翰焦躁，你别胡思乱想了，几天没吃东西，你弱得出现幻觉了。不管咋说我们总得活下去，那个刘副专员跟记者说我们还要生儿育女呢。琼斯说做你的梦罢，我头晕眼花站立不稳我真想找我的爸爸妈妈去了。琼斯哀伤地流下了泪。约翰急了，说琼斯我先吃，你也吃，为了我们的爱情你必须吃，否则我就死在你的脚下。约翰悲壮地把嘴伸到炒面碗前，像个赴难的勇士。它猛地吃了一口，那炒面太干太干没有一丝水分，呛得约翰猛咳不止，涕泪横流。琼斯焦急万分，不断地用嘴唇去吻它，去舔它，用背去撞它，去拍它，两只羊像发情样在圈里转圈子。

德山老汉见状也焦急，抬瘟的不会吃干炒面，看来还是要和水它们才爱吃。老汉赶紧舀了一瓢清水，公羊低着头猛吸了一口，才止住了咳。

德山老汉想到刘副专员吃的炒面，那是小刘老师用手捏出来的，掺了白糖，捏成一团一团的。德山老汉笨手笨脚地捏，也不是什么难事，尽管形状不好看、龇牙咧嘴的总成团了。老汉用手托着给羊吃，公羊碰了母羊一下让母羊吃。德山老汉不知道羊的爱情，说狗日的，连这也不吃呀。母羊香甜地吃起来了，母羊吃得秀气而文静，公羊伸嘴过来叼了一个炒面团。老汉笑着骂，我以为你狗日杂种成神仙了，不会吃了。

羊开始吃东西了，德山老汉的心情一点也不愉快。啥子杂种羊哟，专门吃好东西，人也吃不起的东西。像这样养羊，脱啥贫子哟，不把这点家底折腾完才怪呢。这个念头一闪，德山老汉心里就不安起来，咋能这样想呢？咋能这样想呢？你是把人家刘副专员的好心当作驴肝肺了。

尽管后来德山老汉往炒面里掺的水越来越多，尽管在炒面里掺的荞叶、洋芋叶、野草野菜越来越多，那袋炒面还是吃完了。

村长摸呀摸的，站在羊的前面了，看到羊的脑袋了。"妈呀，你这是咋个搞的，羊的脑袋咋个了，咋个血糊糊的一片?!"村长眼睛瞪得卵子大，急得直跺脚："你说，你说，这是咋个搞起的，这是专员送的羊，你可晓得？这是外国羊脱贫羊，你可晓得？老辈子，你瞎毬整，整出问题你自己兜着，羊子被整成这样，不是小事哟！乡长晓得，不扒我的皮才怪呢。"

德山老汉被村长骂得一愣一愣的，德山老汉委屈得想流泪，德山老汉觉得这日子被外国羊搅得过不下去了，多年没流过眼泪的老眼里泪花在转，心里闷闷的坠坠的难受……

……炒面快吃完的时候，德山老汉觉得光吃炒面也不是办法，就是把这房子扒了卖掉也喂不起这两只羊。况且炒面上火，羊吃多了拉不出屎，拉不出屎羊憋得难受。羊的肚子越来越胀，再胀就麻烦了。请兽医来看，兽医给了点麻黄素，说这不是办法，羊再不吃青草，就要出事。青草呢，这方圆十几里尽是光山板板，家家的羊饿得瘦骨瘦肉的，肋巴骨都数得清楚。一放到坡上，贼样的慌里慌张乱啃，连草根也啃得差不多了。儿多母苦，当年老母亲奶自己时，正是春荒，哥三个抢着唔老母亲的老瘪奶，连血都唔出来了。这两只外国杂种羊咋个也不吃这种草。想来想去，想去想来，看来只得到花鹿坪去放了。花鹿坪离村有三十多里路，那里人烟少草长得好。但那里蚊虫多，没吃没住的，必须连人一起去。但那里晚上冷，又没有房子，人呢倒是将就着搭点棚棚弄点草整床披毡就行了。可这杂种外国羊烤惯了火，不冻伤才怪呢，得了病更麻烦。德山老汉把脑袋都想疼了还是想不出办法。还是小女儿聪明，说爹，租马来驮羊，驮到那里吃完草又驮回来。德山老汉气得给小女儿一巴掌，马驮羊，这怕是黑凹村几千年没有过的事，你爹一辈子也没骑过几回马，你妈要饭要到这儿捡来了，也没骑过一回马。好了，这羊爹爹羊妈妈倒骑马了！

老汉说归说，气归气，但最终还是采纳了小女儿的建议。三十里路，来回六十里路呢。人倒是走得起，可这外国杂种羊走得去吗？你看它们那娇贵样儿，如果有汽车，怕要坐汽车呢。德山老汉忍着疼，把刘副专员托人带来的钱拿出来租马，这钱老汉捏得死紧死紧，想留着有时间带小女儿进城检查病，她的啥肺结核越来越重了，脸色苍白，咳嗽发烧、疲软、做不了事。但现在而今眼目前，羊子是最重要的。

马租来了，两匹。外国羊体型大，乌蒙马个头小，一匹马只驮得起一只羊。放马的周万山听说是驮羊，惊得眼睛卵子大，不晓得老汉得了啥毛病。马驮羊，活几百岁的人也没听说过，老汉的爹妈在世怕也舍不得这样。惊归惊，怪归怪，但当老汉把硬扎扎的票子拍在他手上时，他也没表示拒绝。

蓝天悠悠、白云悠悠，贫瘠的高原都贫瘠，唯独这湛蓝的天、悠悠的云是任何地方都不能比的。天蓝得幽远，蓝得纯粹，蓝得令人心醉，也蓝得令人伤感。坐在大团箩里驮在马背上的约翰心情异常舒畅，马背一摇一摇的，像坐在婴儿的摇篮里。约翰说，琼斯，长这么大还没坐过摇篮呢，现在终于体会到了摇篮的滋味了。就是在美国，我们恐怕也坐不起马呢。中国人民真友好，这老汉真厚道，我想作诗了呢。琼斯说别酸溜溜的了，约翰，我们坐马，老汉走路，这合适吗？你没见老汉背着那袋洋芋，走得那么艰难吗？琼斯，约翰说，你别假文假醋的了，你晓得我们能坐马，不是因为我们是外国羊，而是因为我们是刘副专员送的外国羊。老汉不把我们喂好，对得起刘副专员吗？村长、乡长不把我们喂好，交得掉差吗？你没听见刘副专员对记者讲我们是样板羊、脱贫羊吗？你呀，啥也不懂。琼斯忧伤地说约翰，我真的弄不明白为啥要把我们弄到这儿，中国这么大，水草丰茂的地方也多的是，这里生态这样差，连本地羊也没吃的，咋发展呢？我真不愿在这里生儿育女，我们的小宝宝生活在这里，我会难过一辈子的。我真怕它们会夭折在这里……唉，不说了，也许连我也活不下去了。约翰烦躁起来，琼斯，你别老是这样好不好，你不是说过羊要坚强一点，你不是说过只要有了纯洁的爱情，在哪里都可以快乐的生活？琼斯锐声叫起来，求求你，约翰，你别说了，我现在最怕听到爱情这个字眼。活都活不下去，还爱情个屁。你要爱谁我不管，这里中国母羊多的是，你去爱你的吧，别烦我。

颠簸了两个小时，终于到了花鹿坪。不错，这里的草是比黑石凹的好多了。黑石凹的草地经过多年的开垦，早就风化得像戈壁滩，残存的草地癫痫头似的东一块、西一块，风一起，风化的沙土一团一团卷过来，厚重的泥沙将草地覆盖住，沙化的土地连一星半点的水也存不住，草还咋长呢？这里的草是连片的，虽然周围的风沙已漫卷过来，正在一点一点地吞噬，但毕竟要比别处好一些。但令德山老汉惊诧不已的是这里的羊怎么会这样多呢？老汉多少年没放过羊了，十多年前他为村里放过羊，这里是羊抓膘的地方。一片连绵不绝的草场延伸到天的尽头，那时，这里的草是多么繁茂，多么的青碧，草深的地方有羊的腰深，羊用不着走多远就吃得肚儿滚圆。草场上有许多自然流淌的清粼粼的小溪，绿草丛中有一丛丛耀眼的小花，羊渴了，头伏在小溪里就可以喝到清粼粼的水。现在小溪咋没有了呢？那时宽阔的草场上羊群很少，只有水草不好的村庄才会来这里放羊抓膘。现在的羊咋个这么多呢？放眼望去，到处都是羊，羊们仍然贼慌慌地抢吃青草。唉，才十多年呀，像这么多的羊来啃青草，这片草场也长久不了多久了。

约翰比德山老汉还失望。约翰说琼斯，我以为我们会到一个繁花丛丛、水草丰茂的地方，我以为我们会遇到美丽的小河，小河里的水清澈见底，潺潺的水流摇碎了蓝天白云，水里的小鱼成群结队，水里的卵石波光粼粼。当夕阳悄然落下，天边的晚霞灿烂无比，夜莺已在草场深处唱歌的时候，我俩顺流而行，啊！多么美丽的草原，呵！多么诗意的风景。那时，我俩已经冰冻的爱情就会复苏，生命的激情正喷薄而起……唉，你看，草是比黑石凹好点，但这么多羊，我们抢得过它们么。琼斯本来也是充满希望，心怀憧憬，见到这状况，琼斯也失望极了。但多少天没吃过青草了，羊不吃青草还算羊么。琼斯觉得自己的肚子胀得难受，消化不良、肠道发炎、食欲衰退、体弱神虚。琼斯悲哀地想到吃不到新鲜的嫩草，自己的皮肤已经很干燥，容颜憔悴，神情疲惫，迅速衰老。一闻到青草的清凉的气息，琼斯就兴奋起来。但这里的草太稀，羊太多，琼斯不想和本地羊去抢青草。羊么，也要有羊的尊严，羊的羊格。美利坚合众国来的羊，去和本地羊抢青草，太不雅观了，太不自重了，太掉价太没身份了。约翰看出琼斯的心思，嘿，这美丽的羊姑娘哟。约翰说琼斯，我们继续走吧，反正我们已经坐够了马，腿也不酸，多走走吧，到草场深处，那里一定有鲜嫩的草，一定有清凉的水，走吧，走吧，我美丽的公主哟。

到了草场深处，草果然比外面好一些了，但羊也不见得少。多少天没走动的琼斯不想再走了。约翰是男子汉，是白马王子，约翰就让琼斯在原地休息，它蹦蹦跳跳去找好草，好不容易找到一滩好草，那里却早有几只本地羊在吃草。约翰顾不了许多，招呼琼斯过去，满心欢喜地正想吃草，几只本地羊却恼怒了。长着山羊胡子的一只公羊说：这是哪里来的外国杂种，招呼都不打就来吃草了。我们跑了老远老远，腿都跑肿了。这点草还不够我们吃，你们还来抢草。一只火气旺的小公羊说不要饶它们，把它们赶出去，不听招呼就打毬狗日杂种。一只老羊说算了算了，它们也不容易，千山万水的从外国来，还不是混口吃的，大家将就点吧。壮羊说就你会做好羊，我们不管它哪里来的，反正不能和我们抢吃！众羊说是的是的，它们不走，打断它的羊腿。

琼斯听到它们的话，琼斯恐惧极了。别看它们瘦，打起架来它们凶得很呀，拼了老命也要打赢。琼斯说我们走吧，约翰我怕。我不吃草了，走吧，走吧，我求求你了。琼斯的惊恐哀求激怒了约翰，约翰男子汉的自尊和保护恋人的心情使它丧失了理智。约翰羊眼血红、怒气冲冲，决心奋力拼搏。琼斯哀求它，阻拦它，甚至跪下了一只羊腿。约翰丧失了理智，它也不发表宣言，冲出去就要打架。这几只本地羊本来就气不顺，这还了得，欺侮到家门口来了。几只羊一起出击，那只老羊劝也劝不住，倒被它们抵了角，气咻咻地不管了。约翰虽然高大，体格也比它们好，但它毕竟很长时间没好好吃过料了。毕竟没跑惯山路，几只本地羊从几个不同角度来抵它，它左躲右闪，前进后退，跳跃腾挪，发狠使劲，但总不是几只本地羊的对手。琼斯急得哭起来，跑来相劝，约翰气得用屁股将它抵出包围圈。激烈的羊战在乌蒙高原展开，硝烟弥漫，尘土飞扬，羊角砰砰相撞的声音使人胆战心惊。一只本地羊被约翰抵伤了腿，一只本地羊被约翰抵破了肩，受伤的羊更愤怒了，众志成城，同仇敌忾，轻伤不下火线，活着战死了算，不杀仇敌誓不还。"砰砰砰"战斗声传得老远老远。等德山老汉气喘吁吁赶来时，战斗正在白热化，约翰的前额和角后被抵伤了，血汩汩流着。气急败坏的德山老汉用牧羊鞭左抽右打，费了老半天的力，才将杀红眼的几只羊分开。

德山老汉心疼地撕下衣襟为公羊包扎，老汉懂药，去寻了些止血的草药用嘴嚼碎了，敷在公羊的伤口上。琼斯急得去抵公羊，这怎么行呢？口里的细菌多得很，伤口发炎怎么办呢？但约翰的伤口终于没发炎，倒是慢慢地结了痂，在脑门上多难看。琼斯没有遗弃毁了容的约翰，琼斯更敬重更喜欢勇敢的约翰了。

村长看到公羊头上的伤疤大为恼怒，羊子打架并不稀奇，打得头破血流也是常事，但这羊与羊不同呵！明天记者来，把头破血流的羊照下相来，那就完了，一切都全完了。刘副专员的脸往哪里搁呢？自己负得起这个责么，乡长也负不起这个责！乡长狗日的自己不来看，随时用电话遥控指挥，我成了他的听差了。羊只能喂好不能喂坏，只能喂壮不能喂瘦，只能喂多不能喂少，这是命令，是纪律！

急得热锅上的蚂蚁似的村长在屋里转出转进也想不出啥好办法，他只好叫德山老汉将羊圈彻彻底底打扫好，将羊彻彻底底洗个澡。老汉咬着牙忍着累到离村里几里的地方去挑水，一挑水不够挑两挑。小女儿去向小刘老师要了一小袋洗衣粉，她和哑巴娘把羊洗了又洗，清了又清，牵到太阳地里晒毛，用梳子梳理，像打扮新娘一样细心。

村长在家里一直没睡着，公羊脑袋上的伤疤是藏不住掩不了的。日他妈，这些杂种羊，你要抵抵在胯下、肚皮下要不得，偏偏朝显眼的地方抵。记者一来就会发现，这事让记者回去跟刘副专员讲了，咋好交待呢？拍下照更恼火，这事要砸锅。村长想呀想，半夜时分迷迷糊糊睡着了，梦见自己去参军，全村人来送。他胸口上戴着朵大红花，神气活现地朝前走，走着走着却踩进一个黑窟窿，心里猛地一惊，人却醒了。村长回味着梦里的情节，他觉得那朵大红花格外清晰，村长突发奇想，这不是上天的启示么，自己确实有朵红绣球，红绸扎的，讨媳妇时戴的。多少年了，还放在箱子里，明天将红绣球戴在公羊受伤的额上，不是就将伤口遮住了么。记者如果问这是为什么，就告诉他这是山区的风俗，新来的羊都要戴红绣球，表示吉祥、安康，表示繁荣、兴旺。只是光公羊戴不行，母羊也要戴。村长将婆娘喊起来，叫他找截红布扎红绣球，婆娘哼哼叽叽不乐意。村长鼓起牛眼睛，说你到底扎不扎，不扎你就滚回你妈家去。婆娘虽不乐意，到底还是扎了。

第二天清早村长老早就来了，把两朵红绣球紧紧扎在两只羊头上，还真像一回事。伤口不光遮住了，两只羊还变得格外漂亮。约翰说难道我们要结婚了吗，打扮得新郎新娘一样。琼斯说这下真好，你脑门上的伤遮住了，变得更英俊更漂亮更有魅力。约翰，我想吻你，约翰陶醉地闪着眼，任琼斯的柔嫩的舌头在脸上舔。

小刘老师也来了。小刘老师挺喜欢这对漂亮的外国羊，隔上几天她就要来看看、来摸摸。小刘老师惊诧地问这是咋的了，你们要给这对羊举行结婚典礼么，打扮得这么漂亮。村长说你嫉妒啦，干脆将绣球扯下来我俩戴算了。小刘老师给他一拳，去你的，你去和外国母羊结婚吧，还讨了个外国媳妇，将来还可生个洋娃娃呢。村长告饶，好利嘴好利嘴，以后谁讨了你谁倒霉。

开过玩笑，说了正题。小刘老师说这羊喂好喂坏，不光是德山大叔一家的事，其实还是全村的事，全乡的事。这羊德山大叔一家是费尽心思吃尽苦头的，只是条件太差了，难得喂好。你看，这羊毛洗倒洗得干干净净了，但毛色是黄的，不像才来时白生生的。村长一看，果然如此，这也是件大事，毛色黄了就像人营养不良、黄皮寡瘦的。村长急了，又满屋乱走。走着走着，村长瞥见小刘老师脚上的白胶鞋。小刘老师爱美，村里尽是黄土路，白胶鞋一穿就成黄胶鞋。小刘老师进城去买了白鞋粉，将它均匀地往变黄的鞋面一涂，黄胶鞋又成白胶鞋。小刘老师说妈耶，你搞这唬弄人的事硬是成精了，亏你想得出这个办法来，你这专利怕是世界首创呢，快去申请专利。村长说别饶舌根了，我也是万不得已的，快去拿你的白鞋粉来。

鞋粉拿来了，小刘老师亲自用毛刷给公羊母羊身上均匀地刷了一层清水，接着就匀匀地涂白粉，涂了一遍又涂了一遍，把两只羊涂得雪样白。琼斯说我披上雪白的婚纱了，约翰说我听见教堂的音乐了。琼斯说可惜他们不是为我们举行婚行，约翰说管它呢，就当婚礼吧！小刘老师说可惜我的一盒鞋粉了，才买的呢，村长，你可要为我报销哟。村长说好说好说，等记者走了，我给你报两盒。德山老汉说村长，这羊我喂不起了，我求你派给别家喂吧！村长说德山大叔，这话我可不敢说，你找刘副专员说罢。德山大叔啥也不说了。

《高原日报》以头版头条位置刊载记者朱军长篇通讯《副专员爱洒山乡，脱贫羊健壮成长》。文章写得极有感情，材料充实、行文流畅，读罢引人深思，催人泪下。与长篇通讯同期刊载了一组照片。刘副专员与老农赵德山紧紧握手的画面；刘副专员与乡、村干部座谈，对山区脱贫致富作指示的画面；大荒山乡乡长代表刘副专员赠送外国优良羊的画面；一对外国羊在山区落户，贫困户赵德山精心饲养，羊毛雪白，身上没有一点草屑，羊头上戴着大红绣球，表达了山区群众对上级领导的感谢之情；大荒山乡乡长满怀激情地表示，山区要脱贫，要走畜牧路，刘副专员的脱贫思路，是我们脱贫致富的正确方向。

《高原日报》出刊后，引起方方面面的强烈关注。地区畜牧局派出以副局长宋明为组长的畜牧脱贫调研组，组员中有高级畜牧师、草场管理高级技工、防疫专家、羊种进化遗传基因选育专家等；地区林业局派出规划组、设计组、林业高级工程师、土壤分析专家、树种选育专家、树木抗寒耐旱不怕冰凌不怕霜冻不惧土薄喜爱砾石研究专家；广电局也不甘落后，派出声波专家、无线电专家、高原信号传递专家、图像专家、测试安装专家等准备在高寒山区甩开膀子大干一场。科协经费有限，但也带上一大摞资料，仪器，优良植物类品种、动物类品种，看大荒乡能不能种出天麻、三七、人参、枸杞、银耳、杜仲，能不能养殖珍珠鸡、野鸡、牛蛙、鳝鱼、蛤蚧、蝎子、松鼠、水獭、长毛兔等；文联坐不住了，文联无钱无项目无技术无选题无专家无良种无资料，但文联有作家，于是文联派了一名专业编辑兼业余作家去写长篇报告文学，又派一名专业出纳兼业余书法家去写标语。师出有名：文化扶贫。

四

沉寂的高原苏醒了，寒冷的高原热闹了，各级各部门争相到大荒山乡定点扶贫。"高寒山区要致富，少生娃娃多栽树"，于是就栽树，乡机关干部全体出动，一月之内不放假；学校师生全体停课栽树，挖鱼淋塘、填土、定苗、施肥，一片片山头红旗飘扬，共青团先锋队、青年妇女队巾帼队、退休职工余热队、少先队员憧憬队、基干民兵实力队、退伍军人先遣队、林业部门绿色队、外来部门脱贫队、"村建"工作"村建"队，轰轰烈烈、扎扎实实掀起植树造林高潮。

"高寒山区要致富，村村社社通公路"，于是就修路。大荒山乡是高原顶部的乡，海拔虽高，却广阔而平坦。虽然有不少丘陵，但却平缓，卵石滩、荒原滩、沙土滩一片接一片，路还是要修，选路线、筑路基、铺砂石，低凹处填平，高耸处铲低，干河道架桥，流水处修涵，大战一冬春，村村社社通公路。

"高寒山区要脱贫，发展畜牧是根本"，于是就养羊、养牛、养马。各级各单位齐支持，畜牧部门千里迢迢，从内蒙、新疆、青海、甘肃、宁夏进了一批又一批优良品种的羊、马、牛，大荒山乡的草滩上，到处挤满各种品种的羊、马、牛，还有善奔跑、身板细、脚力健、宜放牧的猪。

五

德山老汉眉头紧攒、忧心忡忡，他家的门槛被来参观、采访、探望，看热闹的人踩得光溜溜的。不光村长来得勤，乡长隔三差五也要亲自来看一转。村长来问："咯怀上了？"乡长问："咯怀上了？"德山老汉急得嘴起泡，怀个干毡，一天就是怀怀怀，会怀的不让怀，不会怀的偏让怀。

德山老汉喂的两只外国羊，不管咋个喂，就是不会怀胎。要脱贫、要致富，老是两只羊怎么脱贫？老是两只羊咋个致富？羊和人的根本差别就是羊越多越能说明发展，可这两只外国杂种羊就是不生育。半年多了，冬去了，春来了，万木复苏，春风和煦，春情袅袅，各种生命在春风里张扬，可羊呢，仍是死木温吞的像暮年的老人，没有一点生命的激情。

乡长比德山老汉焦急，乡长进城去刘副专员家。刘副专员第一句话就问："钟乡长，那羊现在添了几只了？"乡长窘迫，乡长知道刘副专员的心思，羊子不发展咋能脱贫呢，又不是养来玩的。乡长不敢说假话，吞吞吐吐地说还是两两、两只。刘副专员脸上不悦，说怎么老是两只呢，难道我送的羊是阉过的？同志，你们做基层工作的，要求真务实、真抓实干。群众的困难就是我们的困难，群众不脱贫我心难安哟！今年是两只羊，明年是两只羊，年年两只羊，这能说是发展？能说是脱贫？我以一个朋友的身份，请你把这件事抓好，你看行不行？

乡长回来急得一夜睡不着觉，刘副专员这番言辞恳切有分量的话，够乡长慢慢消化的了。乡长感到有千钧重担在肩上，羊倒是两只羊，但仅仅是羊吗？永远是两只羊，这仅仅是数量问题吗？同志哥哟，你的脑袋是啥脑袋哟。

乡长带乡畜牧站的兽医来，乡长说你给我认认真真详详细细地检查，看这两只外国杂种羊到底咋回事，虫虫蚂蚁都会发情，猫儿叫春苍蝇爬背，咋个这两个像太监样的。兽医这里摸摸那里捏捏，一会儿弯腰一会儿趴下，低着头看羊的生殖器，他甚至用听诊器听外国羊的心脏，怕外国羊不适应高海拔，有高山反应。甚至将公羊、母羊的尿接了回去，要做化验分析。乡长见不得他这样神秘兮兮瞎折腾，叫村长去请一个最有经验的放羊老倌来，看看有啥办法能叫外国羊怀上种。

胡子雪白步履蹒跚的七大爷被请来了，七大爷昏花着老眼弯腰撅腚地这里摸摸那里捏捏。七大爷用漏气跑风的沙嗓说不碍事、不碍事，这羊的卵子大得很哩，它不发情是这里太冷太凉，去找些淫羊藿、猫抓草、菟丝子、葫芦巴来，给它吃下就行了。

约翰这天羞躁得不行，约翰觉得它的羊格和自尊心受到极大的伤害。一只健壮而又没有疾病的公羊没有性功能还能称为公羊吗？可它奇怪自己来到这鬼地点确确实实没有做爱的欲望。好在漂亮、美丽的琼斯也和它一样没有任何做爱的欲望，否则，它不知怎样地羞愧、怎样地无地自容。约翰在兽医没来检查之前也试图做过爱，那是一个月白风清的夜晚，一轮明月悄悄爬上高原的天空，这是高原难得的一个好天气。时至半夜，约翰老是睡不着，冰清玉洁的月光使约翰神思飞扬，情难自禁。它见琼斯刚刚从睡梦中醒来，美丽的琼斯此刻睡眼惺忪，粉红的嘴唇润湿柔软，一副娇憨惹羊怜爱的样子。约翰心里泛起一股热潮，觉得胯下有些异样的感觉。自从来到异国的大荒山乡，它一直产生不了丝毫的激情，约翰晓得这是身体状态越来越差所导致的，约翰为此而常常感到悲哀。它和琼斯正值青春年华，生命的张力生命的激情应该是激昂的。在这高原难得的好天气里，约翰终于找到一些感觉，它悄悄地靠近琼斯，它看见琼斯和它一样也有了求爱的表情。琼斯脸色绯红，鼻息急促，粉红柔嫩的嘴唇沁出津液，潮湿而温热。约翰急急忙忙地和琼斯亲吻起来，紧接着约翰迫不及待地爬到琼斯身上。但情形却很糟糕，使琼斯很沮丧，很尴尬，很悲哀……约翰不甘心就这样失去了公羊的尊严、自信和能力。一次、一次又一次，但情形就是如此。沮丧极了的约翰羞愧得简直想一头撞死在墙上。

德山老汉觉得乡畜牧站的兽医和七大爷说的话都有道理。兽医说要以调理为主，这里山高水寒牧草质量差气候极其恶劣，外国羊适应不了这里的气候和物质条件，体质下降要调整饮食结构，以进补来增强体质。体质一好羊就想干事，还怨怀不了儿。七大爷说要给羊吃春药。兽医说这也对，但要等体质好些再吃，否则难得怀上，即使怀上质量不高，也难保胎。

按照兽医开的食谱，德山老汉忧心忡忡。见他妈的鬼哟，这羊子不是羊是人了，比人还金贵比人还娇细。又要买黄豆来推成面增加维生素，又要每天在饲料中打几个鸡蛋催情，又要将鸡蛋壳舂碎掺在饲料中增加钙质，又要有新鲜的青草调节，……德山老汉晕晕乎乎，心中又难过又紧张又委屈又愤怒，自己的婆娘生娃娃都没吃过鸡蛋更没有啥子黄豆面啥子补钙，生娃娃前天天吃洋芋坨坨，生过娃娃也就是吃了些荞面汤。自家喂的几只鸡靠刨草根吃虫子黄不焉叽，很少很少下蛋。过去下几个蛋，攒起来去买盐巴去买煤油，哪啥得吃过一个鸡蛋哟。

刘副专员给的几百元现在已经用得差不多了，其他人捐的不多点的钱在村长手头。德山老汉狠狠心、咬咬牙，起个大早到乡场去买黄豆。这高原山乡是产不出黄豆的，买了，又推成细面背回来。鸡蛋家里没有，只得去向村里其他人家买。村里的人说德山老汉现在靠上大官了，人家有钱买鸡蛋吃了。德山老汉苦着脸，任人们去议论去挖苦。

最使德山老汉恼火的是青饲料的事，把黄豆面、鸡蛋、蛋壳粉等拌在青草里，两只外国杂种羊吃的欢得很。没有好青草，杂种们嗅嗅扭头就走。德山老汉再也没有钱请马驮羊了，他决心带着哑巴老伴去野鹤湖边去割草。那里太远太远，已经临近别县的地界了。半夜起床，走到湖边正好天明。踩着露水，忙着找嫩草割。割好两背箩，正好吃晌饭，德山老汉和他的哑巴老伴开始啃冷洋芋。过去，这湖边还有一些杂木、灌木丛和荆棘，割一些来拢燃还可以带生洋芋来烧熟吃。现在这些都没有了，只有吃带来的冷洋芋。

吃着冷洋芋，德山老汉的心里泛起一股酸水，心里莫名的难过。他看见哑巴老伴苍老的脸庞、花白的头发，看见她树根一样皲裂的手掌，老伴跟着自己吃了多少苦呵。什么痛苦什么灾难什么苦楚都埋在心里，无法表述。老伴生娃娃时还在坡上挖地，肚子一疼蹲在地上就将娃娃生了，自己用牙齿咬断脐带，用衣襟将娃娃包着就回来了。日它先人的外国羊，吃这样吃那样还不够，还要吃新鲜嫩草。走了半夜的路割了一早上的草，哑巴老伴吃着吃着冷洋芋就睡着了。德山老汉眼里涌出了苦涩的泪水，过去将衣裳盖在老伴身上，自己也睡着了。

老汉梦见自己变成了羊，哑巴老伴也变成了羊。奇怪的是自己变得不是本地羊，而是那只外国公羊，哑巴老伴也变成了美丽的外国母羊。变成羊的德山老汉心里的甜蜜就不用说了。它和母羊大口大口地吃捏成团的炒面，吃打碎的鸡蛋，吃得心花怒放。它看见哑巴老伴变的母羊狠起劲地吃，心里十分不高兴，去你娘的，几辈子没吃过拼了命吃也不怕吃穷，它一头向母羊抵去，母羊也发了怒，一头向它撞来，将它撞了个趔趄，德山老汉醒过来了。

避过毒日头，德山老汉和哑巴老伴背着青草，走到天大黑，才将青草背来了。

德山老汉觉得一辈子对不起小女儿的就是打她的那一巴掌了。这件事永远永远地折磨着老汉，折磨着老汉那一颗迟暮衰老的心，直到死，老汉也不能原谅自己。

瘦瘦小小、头发麻黄、身体细弱像棵狗尾巴草的小女儿，是德山老汉唯一的女儿。在之前，也曾生过几个娃娃，都没活下来。近五十岁了，哑巴老伴才给他生下这棵苗苗。小女孩也好可怜，长到十二岁，没吃过一顿饱饭，没穿过一件囫囵衣。得了该死的啥肺结核，人病恹恹的，没钱看病，就这样拖着。小女儿太懂事了，懂事得不像她这个年龄的人。肚子饿了，随便有点什么塞进肚去就行；冷了，小猫一样蜷缩在墙角，看见别的娃娃有什么从来不要。即使是给外国羊吃炒面、吃黄豆面汤、吃鸡蛋，小女儿馋得清口水直流，眼睛直勾勾地盯着，也不开腔要。一次，老汉实在看不下去了，小女儿那病恹恹小猫一样的可怜让他的心绞疼，他狠狠心拿起一个鸡蛋让她吃。小女儿眼睛紧紧盯着，眼里跳着惊喜、欢乐、满足的光。但她还是怯怯地缩回手，扭过头，嘴里喃喃地说："我不要，我不要，留给刘伯伯的羊吃，羊吃了下羊崽，刘伯伯高兴。"

可是那天，小女儿却不懂事地缠着老汉。老汉刚要出门去买鸡蛋，买鸡蛋的钱是村长按天数给的，每天三元，买六个鸡蛋，这数量是兽医定的，说不能少的。老汉紧紧攒着钱要出门，小女儿拦着不让走。明天是"六一"儿童节，村小要举行少先队员入队仪式，小女儿虽然十二岁了，才读四年级。小刘老师疼爱她，发展她加入少先队。小刘老师说了，"六一"儿童节要戴着鲜艳的红领巾宣誓，没有鲜艳的红领巾不能参加宣誓。小女儿那天变得非常执拗，非常不听话，从来没有过的任性。老汉耐着性子和她讲，那钱是专门用来买鸡蛋给羊子吃的，兽医说了，不把羊子养壮不能下小羊崽，下不了小羊崽就对不起刘伯伯，乡长、村长也着急，放不下心。下了小羊崽，爹带你进城去找刘伯伯，刘伯伯喜欢你哩，还要带你去看病，买好多好多东西给你。小女儿就是不让老汉走，嘴里说："不嘛，不嘛，我啥也不要，就要红领巾。没有红领巾，就不能宣誓。"老汉烦躁："啥先死后死的，快走开，羊叫得很了。"小女儿就是不让，扯着老汉的衣襟拽出拽进。老汉火了，扬起手来给小女儿一巴掌，他也不晓得咋一回事，就见小女儿树叶一样轻飘飘地落在地上，悄无声息地躺在地上。

羊子饥饿的叫声使老汉来不及多想，匆匆忙忙去买鸡蛋。等老汉买鸡蛋回来，见小女儿还像树叶一样躺在那里，老汉才慌了。忙抱起来，见小女儿脸像干了的菖蒲一样白。眼睛紧闭，牙关紧咬，身体凉冰冰的。老汉浑浊的泪一串串流下来，摇着小女儿轻飘飘的身子："翠花、翠花，你醒醒呀，你咋啦？爹该死，爹不是人，爹不该打你呀。"老汉悲怆的受伤老狼似的哀鸣，引来了周围的人。有的去坡上叫哑巴大婶，有的忙着拿老汉的鸡蛋去冲蛋花。老汉摇着手："莫拿呀，你们莫拿呀，那是羊子吃的呀！"王二毛说你怕疯了，羊子是你爹是你娘，姑娘成这样子，你还舍不得给她吃，你是痰迷心窍了。张黑痣飞哒哒地去请村上的赤脚医生，说是医生他那儿的药就几种，房檐上吊着的多是筋筋络络的草草药。这医生倒是长于针灸，一团乱头发上插着大大小小十几颗银针，也不消毒，在油腻腻的袖口上擦两下，就插进穴位里，又捻又搓又提又扎的，挺熟练。几针扎下去，小女儿就醒过来了，又喝了一大碗鸡蛋花，小女儿脸色就好些了。但在以后的日子里，小女儿一直沉默寡言，忧心忡忡，惭愧羞怯的样子。虽然那红领巾后来小刘老师垫钱给她买了，她还是快乐不起来，一天到黑偎在羊身边，心事很重很重。

可怜的小女儿怕她那天吃了羊子的鸡蛋影响羊生小崽崽。她听见兽医对爹说这鸡蛋一天都不能拉下，直到羊怀上为止。她老觉得她吃了羊的鸡蛋，羊生气了就不下小崽崽了。她心事重重、思虑重重，她甚至对羊有了一种负罪感。她想那天要是不惹爹生气就好了，要是不被爹打也就不会吃鸡蛋了。羊要是不下崽崽，自己的罪过就大了。为这样，爹娘操了多少心。爹的背更驼了，脸上的皱纹更多了，头发胡子快全白了。娘也好可怜好可怜，不会讲话，一天急得哇哇乱叫，地里的活全是她一个人去做，又要去割草，累得坐在哪里都在打瞌睡。前几天，娘半夜和爹去野鹤湖边去割草，背了一大背箩草回来天已黑得很了，过干沟时踩进一个黑坑里，把脚也扭伤了，肿得老高老高。爹急得脸色黝黑，胡子拉碴，嘴上起一层大燎泡。羊再没青草吃，咋会下羊崽崽呢？这鬼羊子又挑嘴，背一背箩草来，走好远好远的路，外面的一层草被风吹蔫了，被太阳晒蔫了，得把外面一层草剔掉，光吃中间的新鲜草。一背箩草也就吃上天把两天。

这天德山老汉又起了个大早，要去野鹤湖割草。心事重重的小女儿也醒了，她看见爹一个人孤零零地要出门，她心头一阵难过。对爹的怜爱和对羊的愧疚，使她决定跟着爹去，好给爹做个伴，也可以背点草来，弥补她吃鸡蛋的过失。爹不让她去，说路太远太远，她背不动草。她的执拗劲又上来，左缠右缠，缠得爹的火气又上来，刚举起巴掌，突然又放了下去，长长地叹一口气，只得带她出门。

漫漫的夜、长长的路，德山带着小女儿在路上的艰难和困顿就不用说了。走到野鹤湖边的时候，小女儿累得再也站不起来了。那时，天将黎明，正是霜冻正浓的时候，老汉找了个背风干燥的凹地，抱着小女儿休息，爷俩的衣裳裤子都被早霜水凌打湿了。高原的黎明是很冷很冷的，又找不到柴禾干草来驱寒，老汉心疼地紧紧地将小女儿抱在胸前暖着。疲倦极了的小女儿立即睡着了，老汉的头也垂下来，沉沉睡去。

当老汉感到背脊痒痒的时候，太阳已升高了。老汉一动弹，小女儿也醒了。他让她再睡一会儿，自己去割草。小女儿揉着涩涩的眼睛，也跟着起来。他们沿着湖边走呵走，老也寻找不到一块像样的草滩。高原上的草太少了，这么远的地方仍然有人将羊赶来放牧。羊多草少，好点的草也就不多了。走呵走，总算看见一块好点的草滩，老汉丢下她，忙着去割草了。他怕羊群来了，这草也耐不住啃。老汉低着头撅着腚一刻不停地割，小女儿紧跟着用小镰刀割。割了一阵，毕竟人小体力弱，就累得停了下来。她看见一只有自己小手一样大的黑蝴蝶伏在一株草梗上。高原寒冷，很少见到蝴蝶，像这么大的蝴蝶几乎没人见过。这是个黑色的精灵，是个黑色符号，是个黑色的暗示。黑蝴蝶飞起来了，小女儿始终是个孩子，再沉重的生活也难以泯灭她的童稚的心。她跟着黑蝴蝶追去，黑蝴蝶飞过凹地，飞上一面浅坡，翻过浅坡就是碧水盈盈的仙鹤湖。这是高原最明丽的一面镜子，这面镜子嵌在高原荒凉残败的怀抱里，美丽得惊人，清纯得惊人，童话般充满诗情画意，简直就是仁慈的上帝对苦难、贫穷的人类的慰藉。飞呀飞，黑色的蝴蝶突然不见了，小女儿茫然地寻找着，连每棵草叶也搜寻了，就是找不到黑蝴蝶。

失望极了的小女儿直起腰来，她向湖里望去，呀，沿着湖边进去一段路，有一片凸起的草滩，草滩上的草好茂盛好茂盛，好长好长，好青翠好青翠。这么好的草怎么会没人发现呢？这么好的草怎么会没人割呢？这么好的草不晓得那两只外国羊怎的喜欢，爹不知怎的喜欢，城里的刘伯伯也不知怎样的喜欢。下了好多雪白的小羊，刘伯伯会来看的。他高兴了，会将我带进城去，让医生给我治病，治好了病，我会好好的读书的。小女儿边想边向湖里走去，连接那边凸起的孤岛样的草滩的是一条似路非路的沼泽地，她小心翼翼地走着，尽管小小的瘦瘦的身体很轻很轻，但还是像降落在草茎上的蝴蝶一样左右摇摆起来。越往里进泥越稀稠黏软，开始只是陷到脚脖子，她艰难地拔出腿来，一步一步朝里挪。渐渐地，泥越来越稀，陷到大胯了，她开始感到恐惧，想朝后走。在泥里喘息一阵后，她还是决定向前走，前面是绿色的诱惑，绿色，美丽的颜色，生命的颜色呵！绿色，那葱绿茁壮鲜嫩的草，汁水四溅，甘甜娇嫩，那是梦里才有的青草呀！但她还是感到藏在这绿色诱惑下的巨大危险是越来越明显了，身子不听使唤的往下坠，一只无形的手从泥淖里伸出来，把她往被太阳晒得温暖、柔软、舒服的稀泥里扯下去。小女孩本能地挣扎起来，越挣扎她陷的速度越快。她看见那只黑蝴蝶了，它栖息在离她不远的那蓬茂密的青草上面，草是太绿太绿了，黑蝴蝶成绿蝴蝶了。那绿蝴蝶飞在她的前面，她跟着它走，没有风声、没有雨声、没有寒冷、只有软软的、暖暖的温馨，突然，绿蝴蝶不见了，一切都陷于永恒。

水面无痕，只漾过几圈浅浅的涟漪。

（原载《当代》2001 年第 5 期）

漠 月
MO YUE

原名王月礼。1962年出生。内蒙古阿拉善左旗人。1982年宁夏大学政治系毕业后曾任中学教师、党政秘书、报刊记者、编辑等职。2002年加入中国作家协会。现任宁夏文联《朔方》副主编,宁夏作协理事。

1986年开始发表作品。著有中短篇小说集《锁阳》等。

放羊的女人

　　入秋的时候，丈夫回家。

　　丈夫赶着一群羊。一群走路打摆子的乏羊，大大小小的有三百只。

　　她去井上挑水，一群羊就走进眼窝里，又都是垂头丧气的样子，把她吓了一跳。心想，是从北边过来的羊贩子吧？没想到羊群后面的那个男人就是自己的丈夫。直到丈夫在秋风中一摇一摆地走近，她才惊叫了，手里的帆布兜子"嗵"一声掉进井里。一群羊被突然激起的水声唤醒，百米冲刺似的向井上扑来。羊瘦得让她心惊肉跳，挤成一堆骨头，干巴巴地磕出了响声。

　　丈夫一句话不说，从羊身上大跨步越过，扔掉搭在肩上的那只黑包，转眼没到了井里。水不深，丈夫站在水中喘着粗气，胸脯起伏得像风箱一样来回撕扯。她让丈夫赶紧上来，丈夫说，我要洗个澡。她说，你在镇上还没洗够么？丈夫这才很不情愿地攀援上升，头上扣着那个水兜子，像颗蘑菇。她把水兜子取掉，丈夫的头湿淋淋地露出来，黑扎扎的头发和胡子上闪耀着秋天的光芒。她笑了，说，没见过你这么个人，不打声招呼就往井里跳。丈夫说，你是故意丢脱了水兜子，让我去捞，没你这么心狠的。她眉眼一挑说，该！接着说你咋又瘦了？丈夫的一身秋衣湿透后，紧贴在肉上，肋巴骨像刀棱子，腿裆那个地方却很阴险地凸鼓着，让她看了忍不住脸红。她的面色就绯着。她是个好女人，好女人都容易害羞。她这时就感到自己像是站在月亮地里，有一种很真实的冲动，蛇般在血管里突奔，血管就开始涨满。

　　丈夫盯住她：我瘦了吗？

　　她说，你就没吃胖过，离开我你胖不了。

　　丈夫说，我可是蓄着呢。

　　她听明白了，一听就明白。

　　这时，羊群提出了抗议，犄角砸得槽帮哐哐响，像半截枯朽的木头，有一只老公羊还龇露出满嘴黄牙。在她和丈夫的"对话"中，水槽里很是空了一阵，羊群的抗议合情合理。丈夫挽起袖子打水，哗啦哗啦的水声夹着一股股清爽，弥漫了将要西沉的秋阳。丈夫显见得手生，打水时用的是蛮劲，把力气全浪费在井绳上。井绳扬起时在身后很夸张地打着旋儿，又凶顽地落回地面。

丈夫不是个称职的羊把式，这是谁都能看得出来的。

还有这群来路不明的羊。

羊们倒是满不在乎，尽顾了喝水，把肚子撑成灯笼一般才一拨一拨地离开水槽，傲慢地立在井边的塄坎上，打量起它们陌生的家园。夏末秋初，这里降过一些雨水，滩上的草有的黄了，有的还绿着，都硬扎扎戳在地上，很刚猛。草是好草，养一群羊还是很富余的。这群羊撒到草滩上，白花花一大片，就很壮观，让日子能够往前窜出一截去。

饮完了羊，丈夫扭头四处乱看，变得很不规矩。她说，你找啥？羊吗？丈夫拾起那只黑包，拍掉上面的土。我还没问你呢，这些乏羊都是哪来的？她又说。丈夫这时才说，买的。买的？这得一大笔钱。她知道丈夫没有多少钱，却总是端一副发了财的臭架势，那只黑包里盛的肯定也不是钱。不过，她的眼睛还是亮了一亮，丈夫到底赶回家一群羊。羊乏不怕，滩里有草，吃上几个月，羊的脊梁就会拱起来。一季的秋膘蓄满，这些羊都成了银蛋蛋。怕啥？啥也不怕。丈夫从那黑色包里掏出一个花里胡哨的东西，望远镜。丈夫两手举起望远镜对在眼睛上，模样就变了，像个杀人越货的悍匪。这几年，望远镜这东西不稀罕，牧人家里差不多都有。牲畜走远了，用望远镜照一照，抽直了身子去，省下许多麻烦和力气。弄不清头一个用望远镜的牧人是谁，他让望远镜在牧区普及开来，让望远镜丧失了纯军事上的意义。

她又闻见了一股异样的味道，鼻子母羊那样地抽搐几下。

她说，是啥味道？有些熟怪，却一下子想不起来。丈夫说，怕是你身上的骚气，晚上我给你揉揉就好了，让你化成一摊水。放屁，熬不住的是你们这些不着家的臭男人。她说。你不是哭死扒活的让我回家么？还让人捎话到镇上。丈夫说着这样的话时，脸上开始流露出不满，两眼盯紧黑洞洞的井口。她的心里悄然地浮上一丝得意。她想，我可不能说软话，让丈夫得着了理，顺竿子往上爬，说不定明天就像疯儿马撒起欢来，又一溜风跑到镇上去。

那镇上她夏天去过，傍着个偌大的盐湖，人多车多，还起了高楼。夜里灯火通明，人更稠，大姑娘小媳妇身上只扯几块布头，那"二股筋儿"连肚脐眼儿都遮不住，奶和屁股蛋子前翘后撅，在舞场上让男人拥着，摇摇晃晃地转圈子。明里白里都这样，暗下里谁知道会干些啥不要脸的事。丈夫领她去看，说让她开开眼，牧人也不该一辈子捅羊屁股，人有许多活法。看了几眼，她转身就走。在丈夫租住的小屋里，她和丈夫吵了一架。她认为这个地方到处是狐狸精，把男人的血都吸光了。她让丈夫回家去，回到牧区的那个家，安安稳稳地过日子。她还说，我不图你的钱，可你身上的肉一丁点都不能粘野女人，粘了就像喝过脏水的牲口，全身起骚皮流汤流脓，烂到骨头里去。她像个天才那样预言着，变得有些语无伦次。她一夜不合眼地呆坐着，等到天麻麻亮。镇子还朦朦胧胧地不曾醒来，她就离开了，丈夫大呼小叫攥一气，让早起的几个中学生看得嘻嘻哈哈直乐。现在的中学生啥都懂，眼里透着色情，他们肯定认为这是一对嫖客和婊子，之间出了什么问题。丈夫一下子觉得，自己把人丢尽了，连个捅羊屁股的婆姨都管不住。可是，她是个好女人，见了生人就脸红，眼下这样的女人少得很。丈夫舍不得动她一指头。这样的女人也有脾气，丈夫没有料到。丈夫说，我送你回家，还不行吗？她说，往后你得一步不离地陪我。丈夫就一点办法也没有了，立在早晨空荡荡的街道上，呆望着她不再回头地离开镇子，最后剩下一个模糊的背影。

现在，丈夫回家了，又赶回一群羊。

她偷着乐，身子也变得格外轻巧。屋里还有点干肉，犒劳丈夫一顿。丈夫爱吃带点哈喇味的干肉，她就给留着，留了一个夏天，她自己舍不得吃。还有，那晚间的事情。她是一个结结实实的女人，咋能不想呢？他们没有孩子。丈夫不在家的日子，她常常彻夜睡不着，就骂丈夫是死鬼野鬼，恨不得把枕头当丈夫一样掐。这样想着，她又忍不住笑了。丈夫挑两桶水在前面走，回头说，你笑啥？她说，走你的路，当心把水泼洒了。

丈夫就乖乖地在前面走，嘴里嘟囔一句：我晚上再好好收拾你。

天黑得彻底，把粪场上卧着的羊淹没了。屋里点的依旧是煤油灯。屋里一片昏黄，丈夫把眼睛眯上，有些不大适应。丈夫这时就当起了大男人，坐在炕上喝茶，一边喝一边暧昧地看她进出屋子，心里很动。丈夫知道这阵子还不行，得老老实实地忍着，等到天再黑上一阵。她是个好女人，好女人容易害羞。她端来煮熟的干肉放在桌子上，盆里斜插着一把刀子。丈夫说，一起吃。她说，你先吃，我还要给汤里添把米。丈夫割一块肉放进嘴里，咕噜咕噜地嚼，逐渐放慢了速度，又"噗"一声吐出来。桌子上便多了一团乱七八糟的东西，仿佛一坨牛粪。她说，咋？没煮透？丈夫说，味道不对。她说，哈喇味，你最爱吃的。丈夫说，我还是觉得不对。她说，城里的饭吃惯了。丈夫说，球！我吃了半辈子肉，能有错？她割一块肉尝了，也觉得味道不对。突然想起是水的问题，这是一股子汽油味。丈夫跳进井里把水给污染了，煮出来的肉就有怪味。她凑近丈夫身上闻闻，脑子猛地开了窍。

你的车呢？

你把车卖了？

丈夫垂下头，手里的刀子咣啷一声掉进肉盆里。

许久，丈夫才抬起头，一脸的痛苦。丈夫恶狠狠地盯住她。她突地一惊，心里害怕起来，站在炕沿下一动不动。她明白这一下子戳着了丈夫的痛处，戳得很准。痛正在悄然地扩散，遍布丈夫身上的里里外外。她就呆立着，等着让丈夫发火，劈头盖脸骂她一顿。男人都是有脾气的，发出来心里才好受。屋里一下就静了，汽油味从肉香里分离出来，很鬼魅地飘来荡去。丈夫看她那愣怔的样子，就又嚼起了肉，嚼得忧郁而沉闷。后来，丈夫才说，我把车换了三百只羊。新崭崭一辆车，才换了三百只乏羊。她把"乏"字拉得很长，像撕扯肉里一条没有煮透的筋。丈夫说，你不依不饶，我就知道这车开不成了，后半辈子我又得放羊。

她说，放羊有啥不好？

丈夫说，我开车开上瘾了，我连屋顶上有几个烟囱都不知道。

她说，上房去数。

丈夫说，我就记得前后换了四辆车，小嘎斯，老解放，大东风，车越开越好。

她说，你挣下的钱呢？

丈夫说，我不是又买了车吗？

她说，车是你婆姨，还是我是你婆姨，你一辈子就"猴"在车上？

丈夫说，我都"猴"。

她睡得很不踏实。丈夫也是，翻来覆去的，身上生了虮子般地折腾。丈夫后来把手伸进被窝里，触到她的肉。她全身"哗"地响了起来。她没动，丈夫的手就犹豫地缩了回去。这个举动让她生出了点暖意，气也消了多半。但她没回应丈夫，脸冲着墙，吵架归吵架，日子还是要过下去的，如果丈夫再把手伸进来，她就不会拒绝了。她等待着，身上很燥，就把最后一层衣服脱掉。她感觉自己已经透亮了，多一句话都不用说。等过一阵，她的身上又凉了下来，丈夫竟然再没动作，就像中间隔起一道墙。她这次真的很生气，心想，你能熬得住，梦里抱上车轱辘睡去。这一夜，她的眼睁着，脑子里很乱，不明白自己究竟做错了什么。让丈夫回家，天经地义的事。

屋里还飘浮着汽油味，像丈夫仍旧开着车跑来跑去。

她的日子少了空闲。每天早晨煮一壶酽茶烙两张油饼放在桌子上，她就赶上那群乏羊去草滩。丈夫睡得很死，欠下的觉太多。她不叫醒丈夫，把炕睡塌都行。只要丈夫在家，她乐意自己受累，屋里屋外她都包了。丈夫心安理得地吃睡，眼屎都堆成了坨，起了身还是睡眼惺忪的样子，像没了骨头。她一点都不恼，把饭双手端上，全当是养下个好吃懒做的娃，不怕你长不大。她进出还哼着曲儿，没啥明确的唱词，调子透着欢快。丈夫说你唱的啥？她说我唱的啥？我唱的是婆姨放羊，喂饱不听话的娃，让娃天天想家。丈夫就笑，笑得龇牙咧嘴，让饭噎得直打嗝。她说，我当你不会笑，我欠了你的，我当牛作马。

丈夫说，你骂我我明白，我今天就放羊去。她说，你去你去，我烧一炷高香。丈夫挪腾到炕沿穿上鞋，两脚落地时浑身发虚，瘫了了炕沿下。她大笑，笑出了眼泪。她把丈夫扶到炕上，说，你啥也不用干，我养活你。丈夫说，你等着，看我收拾你。

秋天往深处走了走，羊就开始撒欢，下滩的时候都跟不上了，她累得血往脸上涌。羊还到处乱磨蹭，草棵上挂满了毛絮。她知道羊身上瘙痒，要蓄膘了。羊粪里有草籽儿，草都黄了，羊的胃里开始发胀。丈夫和羊一起胖起来，身上渗油，头发乌亮，脸上比先前多了点慈善，眼睛变得狭细。丈夫说，你猜我为啥能睡得踏实？她猜不出。丈夫说，我天天闻着汽油味。她不信。丈夫让她闻，把衣襟撩上去。她就去闻，鼻子深吸几下，她吓了一跳，果然有股淡淡的汽油味，从汗毛孔里渗出来。她愣愣地看着丈夫，却也醒悟了。丈夫夜夜睡得香甜，是因为梦里"猴"在车上，把她当成个生客了。她说，你该洗个澡了。丈夫说，我洗的啥澡，我又不开车。丈夫的脸突然灰暗了，眉眼低垂。她也低了声气。丈夫还没忘了那车，就像那车仍然停在心里。她去灶屋里呼哧呼哧地拉起风箱，让水在锅里翻跟头。她把水兑好端到丈夫面前。丈夫狭细的眼睛突然睁大，惊恐地喊：你干啥你干啥？她两手叉腰，说，你扒光了洗。她手上的劲很大，丈夫只挣扎一下，就被她从里到外扒得精光，无奈地坐进盆里，她下定了决心。她搓着丈夫身上的垢甲，一搓一个卷儿，有如一条条垂死的蛆，落进水里啪啪有声。丈夫身上汗气很重，毛孔都张开。她又把鼻子凑上去闻，她挺满意，好像已没了汽油味。丈夫却在咬牙切齿，嘴角抽扯着歪到一边去了，狼一样盯紧了她。她的脸红了，又忍不住露出羞样来。她看见丈夫腿裆里那物件忽地挺拔起来，像一只野兽探出草丛。她浑身鼓舞。她知道丈夫再也熬不住了。她故意不理睬丈夫，眼里含了泪，你不是不愿"猴"我么？我就是不让你"猴"。还没走到门口，丈夫扑过来，她就悬空了，昏头涨脑地弹到炕上。

她像一颗苞谷被丈夫剥光了，身子深深地陷了进去。陷落的瞬间，她听见一群羊在耳边欢乐地咩叫。

她又乏又困，像是腰也折了。天亮后，她还不想起来，想狠狠地睡一觉。她看着丈夫，眼里流光溢彩。丈夫却眼巴巴地看屋顶，目光幽冥。夜里几乎没睡，丈夫和她一如新婚。她要穿衣服，丈夫说，让羊困上一天。她说不行，羊正在蓄膘，圈里又没存下干草。她还说，我不把这群羊放好了，就不是好婆姨。丈夫说，你睡，我去草滩。丈夫就赶着羊群走了。她抬头向窗外望，丈夫笨头笨脑地吆喝羊群，羊群拉成白花花的线，像一条路，丈夫把手里的羊鞭子端成个圆，拧来拧去。她担心地抚着胸口。她睡不着，穿一身新衣服，把屋里收拾干净，她认为崭新的生活从今天开始，应该有个好模样。她把剩下的几小块干肉用刀背砸碎掺上晒干的沙葱花，包起了饺子。上马饺子下马面，她挺迷信的，吃顿饺子圆圆润润，往后都是好日子。饺子包好，她等着，一眼看见丈夫挂在墙上的望远镜。她来了兴趣，把望远镜摘下来走出屋，站在墙根下学丈夫的样子。她看草滩上的丈夫和羊群，怎么看怎么模糊，一片雾白，就像眼里长了萝卜花（白内障）。她把望远镜又挂回墙上，很不信任地看了一阵，心里起疑，但觉这望远镜未必是个什么好东西。依着她的心性，这东西根本就用不着，放羊又不是打仗，拿这东西换羊倒还合得来。

天黑时分，丈夫和羊群从草滩上回来，她守在圈门口，一五一十地数，她手上那五根指头弯不回去。她看丈夫，丈夫见她举手愣怔，就知道自己把羊放丢了。

丢了五只羊。

丈夫说你再数一遍。

她摇摇头说，丢的是哪几只羊我都知道，一群羊天天从我的眼睛里进出。

她屋都没进，就往草滩上去了，黑夜像头巨兽一口把她吞掉。直到后半夜她才进屋，披一身秋凉。她的心情很坏，简直是坏到了极点。见丈夫端坐在灯影下，一副愣神的样子，她又忍着。丈夫说，羊会自己回来。她说，羊是人么？人都不想回家，羊还想回？丈夫说，我不是回家了？你说这话是什么意思？她说，我这是心疼羊。丈夫说，你心疼羊比心疼我还厉害。她说，我不心疼你能让你回家？她去煮饺子，端上桌时只吃五个。丈夫说，就吃五个？她说就吃五个，一个饺子就是一只羊，我把五只羊都吃进肚子里。丈夫说，你让我去死吗？她说，我让你好端端地活着，陪我一辈子。我要让羊群再多出五十只五百只。

丈夫不再去草滩上放羊。她不让丈夫去。她真把丈夫养起来。秋深了，一群羊都蓄满了膘，绵羊的尾巴大得能塞住井口。她笑，像是忘了那丢失的五只羊。丈夫又胖出一圈，后脖根上竟有了淤肉，还打一个挺深的褶。她感到很幸福，丈夫身上裹了一层很厚的油和肉，就像穿上厚重的衣服。发胖之后的丈夫显出了蠢样，呆头呆脑的，不再是过去那个喜笑颜开风趣幽默开上汽车满天飞的司机。丈夫开了十年车。丈夫终于变成一个好吃懒做的人，她很放心。汽车司机算什么？方向盘上拴只羊腿，狗都能开，她这样想，就偷着笑。

丈夫说，你笑啥？

她说，我笑了吗？我没笑。

丈夫说，你没笑你牙花龇得红兮兮的像母羊的屁股。

丈夫要挑起战争了，嘴巴上的战争。丈夫骂得恶毒。丈夫从来没这样骂过她，她听后呆怔一下，手里端着的碗滑脱了，碗碎成两瓣，黄米稠饭像石榴籽儿一样鼓涌而出。丈夫说，你狗日的把我也像只碗扔了更好，我就到小镇上去，再不回家。她一惊，知道丈夫还恋着小镇，恋着汽车，在心里憋了一个秋天。秋天快尽了，一只脚差不多已经迈进冬的门槛，早晚的气候凉得让人出门缩脖子。她的脸上渗出两坨血红，紧巴巴地发痒。她不和丈夫吵，朝窗外望，眼里是一群滚瓜溜圆的羊。羊的尾巴下面挂了羊粪蛋蛋，像一串串黑色的铃铛。羊身上长满又细又长的绒毛，粪蛋蛋粘在绒毛上，走路时滴里当郎的，仿佛轻音乐。她爱听这样的轻音乐。丈夫终于要挑起战争了，这是丈夫最后的武器。她不哭不闹，日夜守候着一群羊。晚间睡觉把丈夫搂得紧紧的，她一丝不挂，把自己展得很开。丈夫吃不住劲，就骂她是妖精。她说，我就是妖精，榨干你身上的汽油味。丈夫就像开车那样折磨她，在她身上做的是拧方向盘和踩刹车的动作。她故意发出欢快的呻吟，浪声浪气。

天说冷就冷。水槽里开始结一层薄冰，玻璃似的晶莹剔透。羊喝水越来越少，伸出小巧的舌头舔冰，舔出一个个圆润的洞口，水从洞口涌上来，槽里长满了泉眼。

羊在做着冬天来临的游戏。

她站在井口，有如母亲，目光仁慈地流连羊群。

她一定要把这群羊放到底，让所有的母羊生儿育女。这个想法一经明确，她的肚子就突然动了一下，像有只老鼠往上蹿，抵达嗓门。她呕一声，是干呛呛的那种，却有股子酸苦的味从鼻腔里冲突而至。她困惑地左右看看，然后用手捂着肚子。她已经穿上了棉袄，手让棉袄隔着，恶心的感觉并没有减轻。她终于忍不住地呕出了一小股酸水，酸水鬼崇地从嘴角溢出湿了衣襟。一只俊秀的小母羊正在撒尿，后腿叉得很开，尿像珍珠断续垂落。她的脑子"轰隆"一声，她的肚子里有了娃，丈夫要她时她有几次隐隐地厌起来。她长久地看那只小母羊，满含情意。小母羊却若无其事地离去，随羊群向草滩上走去。她想立刻告诉丈夫，心怦怦乱跳。她看着土屋，柔情万种。她却跟着羊群往草滩里去，她心生一计，把这个秘密保持一段时间，直到丈夫自己完全地意识到。她见过怀孕的女人撒娇，那是让她酸涩并涌而又羡慕异常的人间景象。她不会对丈夫撒娇的，但她一定要让丈夫知道，差不多十年，她是受了多么大的委屈。这样想着，她就迎风流泪了。她没有出声，她坚强地走向草滩。

她保守着秘密。

她的肚子正在发生变化，只有她自己明白。

黄豆，她想起了黄豆，胎儿大概有黄豆那么大了。怎么会是黄豆呢？那可是有鼻子有眼睛的小人儿呀！

又过了些日子，她觉得自己快要忍不住了，害酸害得厉害，屋里没她能吃的东西，嘴里的口水却不断地聚拢，吐掉不行，咽进去又泛上来，把她折磨得够呛。她想，这样忍下去可不行，没等丈夫发现，就自我暴露了。她想到了娘家，娘家屋里有一个很大的酸菜缸，每年都腌白菜萝卜。她想捞一些回来，这个理由是顺理成章的，丈夫不会怀疑。丈夫要问起，她就说想娘了，再捞些酸菜让丈夫下酒。夜里，她给丈夫说了。丈夫说你去你去。她担心羊群咋办？丈夫说，羊群我放上几天，到草滩上我眼睛都不眨巴一下，再说羊群都让你放顺了，还能跑掉？丈夫突然亢奋得不行，想要她。丈夫就趴到她的身上，下身很硬。她想到肚子里的那颗"黄豆"，迟来的小人儿。她说，我不舒服，腰疼得很。丈夫半晌没吭声，脸在她奶上拱一拱，像个乖顺的娃儿溜了下去。她心里生出一丝不安，觉得对不起丈夫。她说，你实在想要就上来。丈夫说，算了吧，我困了，睡足觉明天去放羊。她说，我就走两天。

丈夫说，你去你去。

她就去了。

她去了两天，和娘说了两晚上的话，心里却惦记着丈夫和那群羊，甚至在半夜里也能听见羊的咩叫。娘说你再住上几天，娘想和你说话。她说不，屋里有丈夫和一群羊。她一早就往回走，身后背个泡得鼓胀的羊皮袋子，酸菜的腐味一路播撒，她深嗅着，感觉的是一路芬芳。她抵挡不住这样的诱惑，走一走、停一停，掏出酸菜嚼得嚓嚓有声，像羊埋头吃细嫩的青草。她尽量控制着自己的欲望，多留些酸菜给丈夫下酒。她加快了脚步，在酸菜水的咣当声里一路行走。断断续续的有几十道沙梁，她走得一点都不累，信心十足。不过，她还是有一点担心，丈夫不是个羊把式，别再把羊给放丢了，那么胖的羊，丢了就亏了。整整一个秋天，她放羊放出了一个饱满的希望。人都得有希望，活着才有劲。她浑身是劲，越走越快，脚下趟出了一溜儿沙尘，扬帆破浪似的。

她趟上最后一道沙梁。

她没看见屋顶上的烟囱冒出烟来，也看不见羊的影子。羊在圈里圈着，天还没黑透，羊不会那么老实地在圈里卧着，会弄出动静来的。她听不见羊的咩叫声，心里就"咯噔"一下，有了一种不祥的预感。她几乎是奔跑着了，从屋前掠过，来不及回头地向羊圈跑去。她气喘吁吁，胸脯一起一伏。圈门敞开着，圈里除了一地的羊粪，就没个别的活物。羊呢？也许丈夫放羊还没回来。她向屋里去，丢下酸菜，直接上了屋顶，往四处看。草滩上空着，没有羊的影子，草是乌黑的一片，融进落日的余晖里。夜幕已在合拢，用不了几个时辰，天就会黑透。她猛地跺一下脚，屋顶突然晃起来。

她下了屋顶，往屋里去，这是她最后的一丝希望。

屋里也空着。屋里干干净净的，被褥叠得整整齐齐，屋里的东西一样都不乱。靠墙的那口大黑缸里，是满满一缸水，清亮亮的。有一些水溢到地上，留下一只清晰的鞋印。那是丈夫的鞋印。丈夫留下一只鞋印，人却不见了，屋里很冷清。要是没人，就是金銮宝殿也会冷清的。她的心一下就冰凉了。她跌坐在地上，木呆呆地望着四壁，一时不知所措。肚子动了起来，她再也忍不住了，就大口大口地吐，吐得一塌糊涂，眼泪也哗哗地流下来。这时天就黑透了，屋里一片昏暗。

丈夫走了。

丈夫离她而去的时候，赶走了那群膘肥体壮的羊。

她就明白了丈夫的阴谋。

这个阴谋系在一群乏羊上，然后在这个秋天里成熟。

她要去娘家两天，丈夫说你去你去。丈夫早就想好了，等着这一天的到来。在丈夫的眼里，这群羊从眼睛里走进去再走出来，像镇上的娃们玩的变形金刚，三下五除二地变成了一辆崭新的汽车。她知道这群羊已经没了，已经变成了一辆汽车。丈夫正开着一辆汽车跑来跑去，脸上写满了得意。丈夫换了好几辆汽车，这次是第五辆。丈夫一心想开一辆好车，看见别人开好车，自己就难过，很不是滋味。丈夫给她说过，说得凄惶。她左耳朵进右耳朵出，她不能心太软，就心硬着，让身子柔软着，坚持了一个秋天。她却没能把丈夫拴住。牧人说，直溜溜的桩子，能拴八匹骏马；俊俏俏的女子，能拴住所有男人的心。她不是根桩子，拴不住一匹马；她可是个俊俏俏的女子，为啥就拴不住自己的男人呢？她不吃不喝，在屋里黑灯瞎火地想了一夜，直到天亮。她想到镇上去，像上次那样大吵大闹，把丈夫再弄回家。把那汽车也卖了，再换回来更多的羊。她冲动了，几乎就要动身，一条腿迈出门槛后，她停下了。肚子里又动起来，她干呕着，吐不出任何东西，只挤出点眼泪。

她在门槛上坐下来，一动不动，手抚着肚子，原本愤怒的脸缓慢地柔和了。初冬早晨的阳光很好，暖暖地照着她，她困得很，有了睡的欲望，而且越来越浓烈。她就把眼睛闭上，真的睡着了。阳光下的墙很白，屋里很黑，她坐在门槛上如同镶嵌在黑色的画框里，成了一幅静默的油画。

她还没有这样睡过觉，她睡得很沉，这是积攒了整整一个秋天的觉。

没有羊的咩叫。

也没有鸟鸣。

世界真静。

······

天越来越冷。

她的肚子一天比一天大起来。

她是看着自己的肚子一天天大起来的，肚子大起来的时候，她的人也平静多了。她穿上更厚的衣服，坐在门槛上晒太阳，让温暖遍布全身。她肚子里那颗"黄豆"终于变成了一个有鼻子有眼的娃。娃真正地动着，动的时候很厉害，又伸胳膊又蹬腿，一点都不老实，她经常被动醒来，她就抚着肚子，说，我的娃，快了快了，再有几个月，你就出世了。她做好了娃出世的全部准备，她第一次当母亲，她要一个人迎接娃的出世。她没给任何人说过自己怀了娃，连丈夫都不知道。她想给丈夫一个惊喜；丈夫却反过来给了她一个意外，趁她不在家时赶着羊群跑了，连个招呼都不打。

她其实还想着丈夫，心里惦记着，甚至动过给丈夫捎个口信的念头。她终于打消了这个念头，她要把这个秘密保持下去，直到丈夫自己知道。

她坐在门槛上晒太阳，让温暖遍布全身。

她的肚子一天天大起来，像一座隆起的小山。

她的乳房柔软而坚挺，开始渗出一种淡黄的汁水。

她的娃正在一步一步抵达生命之门，期待着喷薄而出的那一时刻。

她提个很小的小桶走在通往水井的路上，她得把屋里那口大黑缸给蓄满水。她的身子已经显重了，她走得很艰难，不长的一截路要走好几个时辰，走几步歇一阵，歇一阵再走几步。她直一直腰，笑一笑，朝着镇上的方向，说：

"你永远'猴'在车上，你别回来。"

（原载《青年文学》）2001 年第 7 期）

陈忠实

CHEN ZHONG SHI

1942 年生于西安灞桥区西蒋村。1962 年高中毕业,曾做乡村小学和中学教师以及区乡干部 20 年。1982 年调陕西作家协会从事专业创作。曾任陕西作家协会主席,现为陕西作家协会名誉主席,中国作家协会副主席。

1965 年发表文学作品,1973 年发表第一篇短篇小说。已出版中短篇小说集《乡村》《到老白杨树背后去》《初夏》《四妹子》《李十三推磨》,长篇小说《白鹿原》,散文集《告别白鸽》,文论集《创作感受谈》《寻找属于自己的句子》及《陈忠实小说自选集》(3 卷)、《陈忠实文集》(7 卷)等。小说《信任》获 1979 年全国优秀短篇小说奖,《渭北高原,关于一个人的回忆》获 1990—1991 年全国优秀报告文学奖,长篇小说《白鹿原》获第四届茅盾文学奖。

日　子

一

发源地周边的山势和地形，锁定了滋水向西的流向。那些初来乍到的外地人，在这条清秀的倒淌河面前，常常发生方向性迷乱。

在河堤与流水之间的沙滩上，枯干的茅草上积一层黄土尘灰，好久好久没有降过雨了。北方早春几乎年年都是这种缺雨多尘的景象。

两架罗筛，用木制三脚架撑住，斜立在掏挖出湿漉漉的沙石的大坑里。男人一把镢头一把铁锨，女人也使用一把镢头一把铁锨；男人有两只铁丝编织的铁笼和一根水担，女人也配备着两只铁丝编成的铁笼和一根水担。

铁镢用来刨挖沉积的沙石。

铁锨用来铲起刨挖松散的沙石，抛掷到罗网上。石头从罗网的正面哗啦啦响着滚落下来，细沙则透过罗网隔离到罗网的背面。

罗网成为男人和女人劳动成果的关键。

铁丝编织的笼筐是用来装石头的。

水担是用来挑担装着石头的铁笼的。

从罗网上筛落下来的石头堆积多了，用铁锨装进铁笼，用水担的铁钩钩住铁笼的木梁，挑在肩上，走出沙坑，倒在十余米外的干沙滩上。

男人重复着这种劳作工序。

女人也重复着这种劳作工序。

他们重复着的劳动已经十六七年了。

他们仍然劲头十足地重复着这种劳动。

从来不说风霜雨雪什么的。

干旱的冬季和早春时节的滋水是水量最稳定的季节，也是水质量清纯的季节，清纯到可以看见水底卵石上悠悠摆动的絮状水草。水流上架着一道歪歪扭扭的木桥。一个青年男子穿着军大衣在收取过桥费，每人每次五毛。

我常常走过小木桥，走到这一对刨挖着沙石的夫妇跟前。我重新回到乡下的第一天，走到我的滋水河边就发现了河对面的这一对夫妇。就我目力所及，上游和下游的沙滩上，支着罗网埋头这种劳作的再没有第二个人了。

在我的这一岸的右边河湾里，有一家机械采石场，悬空的输送带上倾泻着石头，发出震耳挠心的响声。

沙坑里，有一个大号热水瓶，红色塑料皮已经褪色，一只多处脱落了搪瓷的搪瓷缸子。

二

早春中午的太阳已见热力，晒得人脸上烫烫的，却很舒服。

"你该到城里找个营生干。"我说，"你是高中生，该当……"

"找过。也干过。干不成。"男人说。

"一家干不成，再换一家嘛！"我说。

"换过不下五家主儿，还是干不成。"女人说。

"工作不合适？没找到合适的？"我问。

"有的干了不给钱，白干了。有的把人当狗使，喝来喝去没个正性。受不了啊！"他说。

"那是个硬熊。想挣人家钱，还不受人家白眼。"她说。

"不是硬熊软熊的事。出力挣钱又不是吃舍饭。"他说。

"凭这话，老陈就能听出来你是个硬熊。"女人说，"他爷是个硬熊。他爸是个硬熊。他还是个不会拐弯的硬熊——种系的事。"

"中国现时啥都不缺，就缺硬熊。"他说。

"弓硬断弦。人硬了……没好下场。"她说。

"这话倒对。俺爷被土匪绑在明柱上，一刀一刀割。割一刀问一声，直到割死也不说银元在哪面墙缝里藏着。俺爸被斗了三天两夜，不给吃不给喝不准眨眼睡觉直到昏死，还是不承认'反党'……我不算硬。"

"你已经硬到只能挖石头咧！你再硬就没活路了。硬熊——"

"噢！好腰——"

我看见男人停住了劳作，一只手叉在腰间，另一只手挂着铁锨木把儿，两眼专注地瞅着河的上方。我转过头，看见木桥上走着一位女子。女子穿一件鲜红的紧身上衣，束腰绷臀，许是恐惧那座窄窄的独板桥，一步一扭，腰扭着，臀也扭着，一个 S 身段生动地展示在凌水而架的小木桥上。

"腰真好。好腰。"男人欣赏着。

"流氓！"女人骂了一句，又加一句，"流氓！"

　　那个被男人赞赏着被女人妒忌着的好腰的女子已经走过木桥，坐上男友摩托车的后座，呜噜噜响着驰河堤，眨眼就消失了。

　　"好腰就是好腰。人家腰好就是腰好。"男人说，"我说人家腰好，咋算流氓？"

　　"好人就不看女人腰粗腰细腰软腰硬。流氓才贼溜溜眼光看女人腰……"

　　"哈呀！我当初瞅中你就是你的腰好。"男人嘻嘻哈哈起来，"我当初就是迷上你的好腰才给你写恋爱信的。我先说你是全乡第一腰，后来又说中国第一腰，你当时听得美死了，这会儿却骂我流氓。"

　　女人羞羞地笑着。

　　男人顺着话茬说下去。他首先不是被她的脸蛋儿而是被她的腰迷得无法解脱。他很坦率又不无迷津地悄声对我说，他也搞不清自己为什么偏偏注意女人的腰，一定要娶一个腰好的媳妇，脸蛋嘛倒在其次能看过去就行了。

　　他大声慨叹着，不无讨好女人的意思："农村太苦太累，再好的腰都给糟践了。"

　　男人把堆积在罗网下的石子铲进笼里，用水担挑起来，走上沙坑的斜坡，木质水担吱呀吱呀响着，把笼里的石头倒在石堆上。折返身回来，再装再挑。

　　女人对我说："他见了你话就多了。嘎杂子话儿也出来了。他跟我在这儿，整晌整晌不说一句话。猛不丁摞出一句'日他妈的！'我问他你日谁家妈哩？他说'谁家妈咱也不敢日，干乏了干烦了撒口气嘛！'"

　　男人朝我笑笑，不辩白也不搭话。

三

　　"把县委书记逮了。"

　　"哪个县的县委书记？"

　　"我妹子那个县的。"

　　"你怎么知道？"

　　"我晌午听广播听见的。"

　　"犯了啥事？"

　　"说是卖官得了十万。"

　　我已不太惊奇，淡淡地问："就这事？还有其他事没有？"

　　"广播上只说了卖官得钱的事。"男人说，"过年时我到我妹子家去给外甥送灯笼，听人说这书记被'双规'①了。当时我还没听过'双规'这名词。我妹家来的亲戚，都在说这书记被'双规'的事，瞎事多多了。广播上只说了受

---

　　① 双规：对有腐败问题的干部采取的一种隔离措施。

贿卖官一件事。"

"老百姓早都传说他的事了？"

"我给你说一件吧。县里开三级干部会，讨论落实全县五年发展规划。书记作报告。报告完了分组讨论，让村、乡、县各部门头头脑脑落实五年计划。书记做完报告没吃饭就坐汽车走了，说是要谈'引资'去了。村上的头头脑脑乡上的头头脑脑县上各部局的头头脑脑都在讨论书记五年计划的报告。谁也没料到，书记钻进城里一家三星宾馆，打麻将。打了三天三夜。第三天后晌回到县里三级会上来做总结报告，眼睛都红了肿了，说是跟外商谈'引资'急得睡不着觉……"

"有这种事呀？"

"我妹子那个县的人都当笑话说哩。你想想，报告念完饭都不吃就去打麻将。住在三星宾馆，打得乏了还有小姐给搓背洗澡按摩。听说'双规'时，从他的皮包里搜出来的尽是安全套儿壮阳药。想指望这号书记搞五年计划能搞个球……"

"你生那个气弄啥？"女人这时开了口。

"我听了生气，说了也生气。我知道生气啥也不顶。"

"那就甭说。"

"广播都说了，我说说怕啥。"

"广播上的人说是挣说的钱哩，你说是白说，没人给你一分钱。"

"你看看这人……"

"书记打麻将，你跟我靠捞石头挣钱；书记不打麻将不搞小姐，咱还是靠掏沙子捞石头过日子。你管人家做啥？"

男人翻翻白眼，一时倒被女人顶得说不上话来。闷了片刻，终于找到一个反驳的话头："你呀你，我说啥事你都觉得没意思。只有……只有我说那个女人腰好，你就急了躁了。"

"往后你说谁的腰再好我也不理识你了。"女人说，"我只操心自家的日子。"

"你以为我还指望那号书记领咱'奔小康'吗？哈！他能把人领到麻将场里去。"男人说，"我从早到黑从年头到年尾都守在这沙滩上掏石头，还不是过日子么！我当然知道，那个书记打麻将与咱球不相干，人家就不打麻将还与咱球不相干喀！他被逮了与咱球不相干不逮也球不相干喀！"

"咱靠掏挖石头过日子哩！"女人说。

"我早都清白，石头才是咱爷。"男人说。

听着两口子无遮无掩的拌嘴，我心里的感觉真是好极了。男人他妹家所在县的那个浪荡书记，不过是中国反腐风暴中荡除的一片败叶，小巫一个。我更感兴趣的，或者说更令我动心的，或者说最容易引发我心灵深层最敏感的那根神经的，其实是这两口子拌嘴儿。

他们两口子拌嘴的话所涉及的内容和范围，我都不大在意。我只是想听一听本世纪第一个春天我的家乡的人怎样说话，一个高考落榜的男人和一个曾经有过好腰的女人组成的近二十年夫妻现在进行时的拌嘴的话。我也只是到现在终于明白，我频频地走到河滩走过小木桥来到这两口子劳动现场的目的，就在于此，仅在于此。我头一次来到他俩的罗网前是盲目的，两回三回也仍然朦胧含糊，现在变得明白而又单纯了，看这一对中年夫妻日常怎样拌嘴儿。

"呃！这书记而今在劳改窑①的日子可怎么过呀！"男人说。

"你看你这人！老陈你看他这人——就是个这！"女人说，"刚才还气呼呼地骂人家哩，这会儿又操心人家在劳改窑里受苦哩！"

"享惯了福的人呀！前呼后拥的，提包跟脚的，送钱送礼的，洗澡搓背的，问寒问暖的，拉马坠镫的，这会儿全跑得不见人影了。而今在号子里两个蒸馍一碗熬白菜，背砖拉车可怎么受得了？"男人说。

"你是闲（咸）吃萝卜淡操心。"女人说。

"他这阵儿连我都不如。我在这河滩想多干就多干想少干就少干不想干了就坐下抽烟喝水，运气好时还能碰见一个腰好的女子过河，还能看上两眼。他这阵儿可惨了，干不动得干不想干也得干，公安警卫拿着电棍在尻子后头伺候着哩！享惯了福的人再去受苦，那可比没享过福只受过苦的人要难熬得多吧？"

没有人回答他的发问。我没有。他的她也没有。他突然自问自答——

"我说嘛人是个贱货！贱——货！"

……

太阳沉到西原头的这一瞬，即将沉落下去的短暂的这一瞬，真是奇妙无比景象绚烂的一瞬。泛着嫩黄的杨柳林带在这一瞬里染成橘红了。河岸边刚刚现出绿色的草坨子也被染成橘黄色了。小木桥上的男人和女人被这瞬间的霞光涂抹得模糊了男女莫辨了。

四

应办了几件公务，再回到滋水河川的时候，小麦已经吐穗了。

我有点急迫地赶回乡下老家来，就是想感受小麦吐穗扬花这个季节的气象。我前五十年年年都是在乡村度过这个一年中最美好最动人的季节的。我大约有七八年没有感受小麦吐穗扬花时节滋水河川和白鹿原坡的风姿和韵致了。

太阳又沉下西原的平顶了。河堤和石坝的丁字拐弯的水潭里，有三个半大

---

① 劳改窑：关中犯人劳动改造多是烧制砖瓦，民间俗称劳改窑。

小子在游泳嬉水。我看见对岸的沙滩上，支撑着一架罗网。女人正挥动铁锨朝罗网上抛掷着沙石。石头撞击的刷啦刷啦的声音时断时续，缺乏热烈，有点单调。

男人呢？

那个尤其喜欢欣赏女人好腰又被嗔骂为流氓兼硬熊的男人呢？

我脱了鞋袜，涉过浅浅的河水。水还是有点凉，河心的石头滑溜溜的。我走到她的罗网前的沙梁上，点燃一支烟。

"那位硬熊呢？"

"没来。"

我便把通常能想到的诸如病啦、走亲戚啦、出门办事啦这些因由一一询问。她只有一个字回答：没。

我就自觉不再发问了。她的脸色不悦。我随即猜想到通常能想到的诸如吵架啦与邻居村人闹仗啦亲戚家里出事啦等等这些令人烦心丧气的事。然而我不敢再问。

她轻轻叹了一口气。

我还是决定发问："咋咧？出什么事了？"

她停住手中的铁锨，重重地深深地呼出一口气："女子考试没考好。"

"就为这事？"我也舒了一口气，"这回没考好，下回再争取考好嘛！"

她苦笑一下："这回考试不是普通考试。是分班考试。考好可进重点班。考得不好就分到普通班里。分到普通班里就没希望咧。"

这是我万万没有料想得到的事。

她这时话多了：

"女子自个儿不敢给她爸说。

"他听了就浑身都软了，连镢头铁锨都举不起来了。

"他在炕上躺了三天了，只喝水不吃饭，整夜整夜不眨眼不睡觉，光叹气不说话。我劝了千句万句，他还是一句不吭。"

"女子在哪儿念书？高中还是初中？"

"县中。念高一。这学期分出重点班。"

我也经历过孩子念书的事。我也能掂出重点班的分量。但我还是没有估计到这样严重的心理挫败。

她伤心地说："这娃娃也是……平时学得挺好的，考试分数也总排前头。偏偏到分班的节骨眼上，一考就考……"

"直到昨日晚上，他才说了一句话：我现在还捞石头做啥！我还捞这石头做啥……"

"你不是说他是个硬熊吗？这么一点挫折就软塌下来了？"我说。

"他遇见啥事都硬，就是在娃儿们上学念书的事上心太重。他高考考大学差一点点分数没上成，指望娃儿们能……

"他常说，只要娃儿们能考大学，他准备把这沙滩翻个个儿……

"他现时说他还捞这石头做啥哩！"

"我去跟他说说话儿能不能行？"我问。

"你甭去，没用。"

我自然知道一个农民家庭一对农民夫妇对儿女的企盼，一个从柴门土炕走进大学门楼的孩子对于父母的意义。我的心里也沉沉的了。

"他来了！天哪！他自个儿来了——"

我听见女人的叫声，也看见她随着颤颤的叫声涌出的眼泪。

我瞬即看见他正向这边的沙梁走来。

他的肩头背着罗网，扛着镢头铁锨，另一只肩头挑着担子，两只铁丝编织的笼吊在水担的铁钩上。

他对我淡淡地笑笑。

他开始支撑罗网。

"天都快黑咧，你还来做啥！"她说。

"挖一担算一担嘛。"他说。

我想和他说话，尚未张口，被他示意止住。

"不说了。"他对我说。

女人也想对他说什么，同样被他止住了。

"不说了。"他对她说。

"再不说了。"他对所有人也对自己说。

"不说了。"他又说了一遍。

我坐在沙梁上，心里有点酸酸的。

许久，他都不说话。镢头刨挖沙层在石头上撞击出刺耳的噪声，偶尔迸出一粒火星。

许久，他直起腰来，平静地说：

"大不了给女子在这沙滩上再撑一架罗网咯！"

我的心里猛然一颤。

我看见女人缓缓地丢弃了铁锨。我看着她软软地瘫坐在湿漉漉的沙坑里。我看见她双手捂住眼睛垂下头。我听见一声压抑着的抽泣。

我的眼睛模糊了。

（原载《人民文学》2001年第8期）

莫 言

MO YAN

原名管谟业。1956 年出生于山东省高密市大栏乡一个农民家庭。小学五年级辍学后，回乡务农近十年。1976 年入伍。1979 年秋调至解放军总参谋部，历任保密员、政治教员、宣传干事。1984 年秋入解放军艺术学院文学系学习，1986 年毕业，到解放军总政治部工作。1985 年加入中国作家协会。1989 年秋入鲁迅文学院研究生班学习。1991 年获文艺学硕士学位。1997 年后转至《检察日报》工作。为中国作家协会第七届全国委员会主席团委员。

1981 年开始小说创作。作品有中短篇小说集《透明的红萝卜》《红高粱家族》《欢乐十三章》《爆炸》《金发婴儿》《白棉花》《怀抱鲜花的女人》《神聊》《猫事荟萃》《师傅越来越幽默》《长安大道上的骑驴美人》《战友重逢》，长篇小说《天堂蒜薹之歌》《十三步》《酒国》《食草家族》《丰乳肥臀》《红树林》《檀香刑》《四十一炮》《生死疲劳》，散文随笔集《会唱歌的墙》《小说的气味》及《莫言文集》（12 卷）等。小说《红高粱》获 1985—1986 年全国优秀中篇小说奖，长篇小说《丰乳肥臀》获首届"大家文学奖"。

檀 香 刑

（内容梗概）

　　故事发生在十九世纪末二十世纪初的山东高密县。小说分凤头、猪肚和豹
尾三部分展开故事情节。猪肚部分以全知视角的第三人称方式叙事，而凤头和
豹尾部分则分别通过小说的几个人物——眉娘、赵甲、孙丙、钱丁和小甲——
进行主观视点的叙事。

　　山东高密东北乡猫腔戏班班主孙丙在乡里财主喜得孙子的筵席上，与县衙
皂班的衙役发生口角，他一时性起，口无遮拦，羞辱了高密县令钱丁，被抓进
大牢。在大堂审讯中，县老爷钱丁念孙丙为人尚属鲠直，干事敢做敢当，争持
既然由双方的胡须引起，故决定法外施恩，答应与孙丙斗须：看谁的胡须能够
入水不漂，一插到底！输者自拔胡须，从此不再蓄须。结果孙丙认输。

　　在斗须场地，已与钱丁有一面之缘的孙丙之女，人称"狗肉西施"的孙眉
娘，被县令钱丁一举手一投足的丰姿深深吸引，她心醉神迷，似乎心都已经飞
起来。

　　县令钱丁因夫人虽是清代名臣曾国藩的后人，举止端庄，饱读诗书，但于
儿女之事却冷如冰霜。所以钱丁与貌美如花的孙眉娘一拍即合，虽然好事多
磨，但终成相好。两人假借眉娘给县衙送黄酒、狗肉，暗中往来不断。

　　孙眉娘自幼丧母，跟着父亲孙丙的猫腔班子，十里八乡，走南闯北。十八
岁时，她出落成高密东北乡最美丽的姑娘。但两只天生的大脚这一致命的缺
陷，使她成了嫁不出去的老姑娘。后来，只好委屈地嫁给了县城东关的屠户赵
小甲。

　　赵小甲痴痴呆呆，整日幻想能够得到一根虎须。因为他那死去的娘曾经告
诉过他，老虎满嘴胡须中最长的一根，是宝。谁要是得了这根宝须，带在身
上，就能看到人的本相。

　　赵小甲虽然愚钝痴傻，而他退休返乡的父亲、孙眉娘的公爹赵甲倒是一个

厉害的角色。赵甲是京城刑部大堂里的首席刽子手，精通历代酷刑且能推陈出新。他在刑部当差四十余年，为国家杀人无数。他曾经用干净利索的刀法砍下了"戊戌六君子"的头颅，用自己高超的行刑技艺，向六君子表达了敬意。他也曾出京替袁世凯行刑，将刺杀袁世凯的骑兵卫队长钱雄飞凌迟。剐了钱雄飞五百刀，只是在最后一刀才使钱雄飞咽气。他兢兢业业的职业精神受到了慈禧太后和光绪皇帝的赏赐，更使他具有了强烈的荣誉感和自豪感。

孙丙与县令钱丁斗须失败后，自薅胡须。但没过几日，他又遭人暗算，胡须尽数被拔光，毁了他与猫腔戏的缘分。他只好解散了戏班子，与戏班唱旦角的小桃红回乡开了一家茶馆，卖茶度日。夫妻俩带着一儿一女，过上了四平八稳的幸福生活。不想，此时德国洋鬼子正在山东修建胶济铁路。一天，孙丙的妻子小桃红在镇上被德国技师侮辱，孙丙闻讯棒打了洋鬼子，惹下了弥天大祸。结果遭到德国鬼子的报复，马桑镇二十多人惨死在德国人的枪下。早对洋人修铁路，坏风水，占地毁坟，欺男霸女的行径不满的乡亲们终于将心中的仇恨和怒火迸发出来。妻死子亡的孙丙逃到鲁西南，结交了义和拳，回来设神坛，扯旗放炮，拉起一千人马，扛着土枪土炮，举着大刀长矛，扒铁路，烧工棚，杀洋人。孙丙造反震动了清廷，激怒了外国列强，也惊动了山东巡抚袁世凯。袁世凯催逼高密县令钱丁速将孙丙逮捕归案。

钱丁虽然对德国鬼子血洗马桑镇悲愤填胸，但对上峰要其剿灭义和团的命令也无可奈何。在炮火强大的德国人即将对马桑镇发起强攻的危急时刻，为了避免乡亲们的更大伤亡，钱丁只身进入孙丙的神坛，劝说孙丙放弃抵抗。最终敢作敢当的孙丙束手就擒。——但这仍然没有阻止德国人的炮轰和屠杀。

孙丙深陷牢狱，但袁世凯觉得，义和团的余党仍在四乡蠢蠢欲动。北京被列强包围，形势万分危急。值此兵荒马乱之际，对孙内非用重刑不足以震慑刁民。

袁世凯将已退休在家的清廷首席刽子手赵甲请出，商议如何对孙丙用刑。赵甲说本朝刑罚中最惨的莫过于腰斩了。但德国的克罗德总督认为腰斩犯人，犯人即刻死去不好，最好是执刑过程能绵延五天，等到青岛至高密的铁路通车庆典那天再让犯人死。这时，赵甲想起了他师傅讲过雍正年间曾给犯人施行过的檀香刑。赵甲详细地解释了檀香刑的用刑方法，这令德国人克罗德大为赞叹中国的刑罚是世界最先进的，让人忍受巨大的痛苦再死去是中国的艺术。赵甲当着袁世凯和克罗德的面保证让孙丙在酷刑中煎熬五天。他唯一的要求是让他的儿子、也是孙眉娘的丈夫小甲，做他这桩杀人大活的副手。

赵甲把这次死刑的实施视为他刽子手生涯中最后的辉煌，他精心布置行刑的各种准备，一心要让自己的亲家死得"轰轰烈烈"……

孙眉娘为了拯救父亲孙丙的性命，想尽办法去见自己的情人——县令钱丁，都无功而返。她与敬仰孙丙为人品性的花子头朱八设计，企图用人替换孙丙受刑，但行动终告失败……

皇都陷落，国家败亡。异族入侵，裂土分疆。深明大义的钱夫人服毒自杀。

行刑台上，赴死之心已下的钱丁弯腰从靴筒子里抽出锋利的匕首，纵身刺向备受酷刑煎熬已达四天的孙丙的胸膛。但在危急的关头，小甲用自己的身体挡住了孙丙。小甲软绵绵地坐在了孙丙的脚前。

赵甲哀鸣一声，像一头凶猛的黑豹子，扑向钱丁，顺势骑在了他的身上，鹰爪子一样的双手，卡住了钱丁的咽喉……但赵甲的手指突然松开了。

钱丁将赵甲的身体顶翻，艰难爬起。——赵甲的背上插着一把匕首，孙眉娘木呆呆地站在赵甲的身体旁。她惨白的脸上肌肉扭曲，五官挪位，已是三分像人七分像鬼。

钱丁对着她伸出了手：眉娘……我的亲人……

孙眉娘嗥叫一声，转身往台下跑去。身体如同一团败絮，轻飘飘地失去了重量。

钱丁从赵甲背上拔出了匕首，用衣服把血擦干，走到孙丙的眼前，借着灯火和月光，他看清了孙丙神色平静的脸庞。孙丙啊，我做过许多对不起你的事，但你的胡须，的确不是我薅的。他诚恳地说着，顺手就将匕首刺入了孙丙的胸膛。

孙丙的眼睛里突然迸发出了灿烂的火花，把他的脸辉映得格外明亮——比月光还要明亮。血从他的嘴里涌出来，与鲜血同时涌出的还有一句短促的话："戏……演完了……"

（作家出版社 2001 年版，舒楠编写）

王祥夫
WANG XIANG FU

1958年出生。辽宁抚顺人。曾任大同市大同照相馆摄影师，中共大同市委党校讲师，山西文学院专业作家。1992年加入中国作家协会。现为《小品文选刊》主编，山西省大同市作家协会主席。

1979年开始发表文学作品。出版有中短篇小说集《永不回归的姑母》《西牛界旧事》《鸟巢》《狂奔》，长篇小说《乱世蝴蝶》《生活年代》《种子》《百姓歌谣》《屠夫》《榴莲榴莲》《米谷》，散文集《纸上的房间》《何时与先生一起看》《子夜随笔》《杂七杂八》等。短篇小说《上边》获第三届鲁迅文学奖。

上　边

　　外边来的人，怎么说呢？都觉得上边真是个好地方，都觉着上边的人搬到下边去住是不可思议？这么一来呢，就显出刘子瑞和他女人的与众不同，别人都搬下去了，上边，就只剩了刘家老两口，好像是，他们是留下来专门看守上边的空房的。人们都知道，房子这种东西就是要人住才行，一旦没人住就会很快破败下来。一开始，人们搬下去了，但还是舍不得上边的房子，门啦窗子啦都用石头堵了，那时候，搬下去的人们还经常回来看看，人和房子原是有感情的。后来，那房子便在人们的眼里一点点破败掉，先是房顶漏了，漏出了窟窿。但是呢，既然不再住人，漏就漏吧，结果那窟窿就越漏越大，到后来，那房顶就会慢慢塌掉。人们一开始还上来得勤一点，到了后来，下边的活计也忙，人们就很少上来了。有些人家，虽然搬下去了，但上边还有一些碎地，零零星星的碎地，一开始还上来种，到了后来，连那零零星星的碎地也不上来种了。这样一来呢，上边就更寂寞了，人们倒要奇怪老刘家怎么不搬下去？外边的人来了，就更是觉得奇怪。村子破败了，味道却出来了，好像是，上边的村子要是不破败倒没了味道，破败了才好看，而这好看的破败和荒凉之中却让人意外地发现还有户人家在这里生活着，却又是两个老人。这就让这上边的村子有了一种神秘感，好像是，老刘家真是与众不同了。这倒不单单因为老刘家的儿子在太原工作。

　　人们把这个村子叫"上边"，因为它在山上，村子的后边也就是西北边还是山，山后边呢，自然还是山。因为是在山里，房子便都是石头盖的，石头是那种白色的，给太阳晒得晃眼。村子里的道路原是曲曲弯弯的，曲曲弯弯的道路也是石头铺的，是那种圆石头，起起伏伏地铺过来铺过去，道路两边便是人家，人家的墙也是石头砌的，高高低低的石头墙里或是一株树，或是刘子瑞今年种的玉米，今年的雨水又勤，那玉米就长得比往年格外好，绿得发黑，年轻力壮的样子。既然人们都不要那院子了，老刘便在那荒败的院子里都种上了庄稼，这样可以少走一些路，村子外的地就可以少种一些。老刘的院子呢，在一进村不远的地方，一进去，左手是三间矮房，窗台下就是鸡窝。右手是一间牲口棚，那头驴在里边站着，嘴却在永远不停地动。驴棚的顶子上晒满了玉米，紧靠着牲口棚是一间放杂物的小房，房顶上堆满了谷草，房子里是那条狗，来了人会扑出来，却给铁链子拴着。因为给铁链子拴着就更愤怒了，不停在叫，不停在叫，也不知是想咬人一口还是想让人把它给放开。而那些鸡却不怕它，照样在它的身边寻寻觅觅，有时候呢，还会感情暧昧地轻轻啄一下狗，亲昵中有些巴结的意思，又好像还有些安慰的意思在里边。老刘家养了一院子的鸡，那些鸡便在院子里到处刨食，这里刨一个坑，那里刨一个坑，坑里有什么呢？真是让人莫名其妙。有两只鸡不知是老了还是得了什么病，最近毛都脱光了，露出红红的鸡皮，好像是，鸡也知道好看难看，别的鸡也许是嫌这两只鸡太难看，便不停地去啄它，你啄一下，我啄一下，这两只鸡身上的毛便更少。鸡这种东西，原来都是势利眼，刘子瑞的女人把玉米往院子里一撒一撒，这就是在喂鸡了，而那些鸡却偏偏不让这两只脱了毛的鸡吃食，只要这两只鸡一表现出要吃食的欲望，别的鸡就舍弃了吃食而对那两只鸡群起而攻之。有时候，这两只鸡简直就给啄晕了，就缩在土坑里，闭着眼，像是死了，却是活着。等别的鸡吃完了，这两只鸡才敢慢慢慢慢站起来，脱了毛的鸡真是难看，红红的，腿又是出奇的长，每迈一步都很夸张的样子，啄食的时候，要比别的鸡慢好几拍，好像是，那只是一种试探，看看别的鸡是不是同意自己这么做。这也是一种日子。

　　日子呢，是什么意思？仔细想想，倒要让人不明白了。比如就这个刘子瑞，天亮了，出去了，去弄庄稼去了，他女人呢，踮着小脚去喂驴，然后是喂鸡，然后呢喂那条狗。日头高起来的时候又该做饭了，刘子瑞女人便又踮着小脚去弄柴火，把灶火点着了，然后呢，去洗山药了，洗好了山药，那锅里的水也开了，便下了米。锅里的水刚好把米埋住，这你就会明白刘子瑞女人是要做稠粥了。水开了后，那米便被煮涨了，水不见了，锅里只有"咕咕嘟嘟"的米，这时候刘子瑞的女人便把切好的山药片子一片一片放在了米上，然后盖了锅盖。然后呢，便又去捞来一块老腌菜，在那里"嚓嚓嚓嚓，嚓嚓嚓嚓"地切。然后是，再用水淘一淘，然后是，往老腌菜丝里倒一点点麻油。这样呢，饭就快要做好了。饭做好的时候，刘子瑞的女人便会出去一回回地看，看一回，再看一回，站在院子的门口朝东边看，因为刘子瑞总是从那边上来。她在这院门口简直就是看了一辈子，从前呢，是看儿子回来，现在呢，只有看自己的男人。有时候，连她自己都觉着自己有些奇怪，为什么不搬到下边去住？好像是，她怕这个她住了一辈子的村子寂寞，她对村子里的一草一木太熟悉了。要是自己走了呢，她常常问自己，那庄稼，那树，那鸽子该怎么办？要是儿子一下子从太原回来呢？怎么办？她这么一想的时候，就好像已经看到了院子里长了草，房顶上长了草，好像是，都已经看到了儿子站在院门口失望的样子。儿子已经有好长时间没回来过了。好像是，她现在已经习惯了。

当时，下村的刘泽祖就是从东边的那条路把儿子给他送来的。儿子当时才六岁。看上去呢，像是三四岁，太瘦太小。村里的人都说怕这孩子不好活，说不要也罢。刘泽祖呢，说这孩子也不知是哪里的？在麻镇走来走去跟个狗似的已经有一个多月了，又不是麻镇上的人。镇上的人说天也要冷了别把这孩子冻死，谁家没孩子就把他领走也算是做了件好事。刘泽祖当时正在镇里开村干会，就把这孩子给刘子瑞背了回来。这都是多会儿的事情了。人们都知道刘子瑞的女人不会生孩子，她是三十岁上抱的这孩子，这孩子来刘子瑞家的时候已经六岁，这孩子叫什么？叫刘拴柱，意思全在名字里了，是刘子瑞和他女人的意思。这孩子也真是争气，上学念书都好。在上边村住，要念书就要到下边去，多少个日子，树叶子一样，原是算不清的，刘子瑞的女人总是背了这个拴柱往下边村送，刘子瑞的女人偏又是小脚，背着孩子，那路怎么好走？下坡，又着腿，一步一步。一年级，两年级，三年级就是这样过来的，天天都要送下去，放学的时候，还要再下去，再把拴柱背回来，一直到上四年级那年冬天，是刘子瑞女人大病了一场，山里雪又大，刘子瑞又正在修干渠，刘子瑞的女人才不再接送这个孩子。人们都说生的不如养的亲，这话什么意思呢？刘子瑞的女人再清楚不过，亲就是牵肠挂肚。比如，一到拴柱下学的时候，刘子瑞的女人就坐不住了，要到院子外去等，等过了时候，她便会朝外走，走到村巷外边去，再走，走到下边的那棵大树那边。再走，就走到村外了。那小小的影子呢，便也在远远的地方出现了，一点一点大起来也就走近了。日子呢，也就这样不知不觉地过去又过来。就是现在，天下雪了，刘子瑞女人就会想儿子那边冷不冷？刮风呢，刘子瑞女人就又会想儿子那边是不是也在刮风。儿子上中学时的笔记本子，现在还在柜顶上放着。柜顶上还有一个铁壳子闹钟，现在已经不走了，闹钟是儿子上学时买的。闹钟上边是两个镜框，里边是照片，儿子从小到大的笑都收在那里边。镜框里边还有，儿子同学的照片。还有，儿子老师的照片，还有，儿子搞过的一个对象，后来吹了，那照片却还在那里。刘子瑞的女人有时候还会想：这姑娘现在结了婚没？还有，一张请帖，红红的，什么事？请谁呢？刘子瑞女人亦是不知道，总之是儿子拿回来的，现在，也在镜框里。

玉米是个好东西，玉米可以煮上吃的时候也就是说快到秋天了。今年上边的玉米长得出奇的好。玉米棒子，怎么说呢，用刘子瑞的话说"长得真像是驴球！"刘子瑞上县城卖了一回驴球样的玉米，他还想再去多卖几回，他发愁地里的玉米怎么收？收回来怎么放？房顶上都堆满了，总不能让玉米在地里待着。偏巧呢，天又下开了雨，而且是下个不停。屋子又开始漏了。刘子瑞上了一回房，又上了一回，用塑料布把房子苫了一回，但房子还是漏，刘子瑞女人把柴禾抱到了东屋里，东屋的炕上摊了些粮食，炕着。东屋也漏，炕上便也放几个盆子。刘子瑞的女人时不时要去倒那盆里的水，端着盆，叉着腿，一下，一下，慢慢出去，院子里简直就都是稀泥。那些鸡算是倒了霉，在驴圈门口缩着发愁，半闭着眼，阴阳怪气的样子。那两只脱毛鸡好像要把头和翅子都重新缩回到肚子里去，或者是，想再缩回到一个蛋壳里去，只是，现在没那么大的蛋壳。刘子瑞的女人把盆子里的水一盆一盆都倒在院子外边去。院子外边的村道是个斜坡，朝东边下去，道上的石头都给雨淋得亮光光的，再下去就是一个小场面，刘子瑞现在就在那小场面上收拾庄稼，场面上那个黑石头小碌碡在雨里黑得发亮。雨下了几天呢？足足下了两天，地里的玉米长得实在是太高了，雨下得地里的玉米东倒西歪，像是喝醉了。玉米棒子太大了，一个一个都驴球样垂了下来。雨下了两天，然后是暴太阳，这才叫热，房顶，院子，地里和远远近近的地方都冒着腾腾的蒸汽，像是蒸锅，只不过人们都把这种汽叫做雾。太阳也许是太足了，又过了几天，地就全干了。上边村的地是那种细泥土，那土简直要比最细的箩筛出的莜面还要细，光脚踩上去那才叫舒服。院子里，鸡又活了，又都东风压倒西风地互相啄来啄去。鸡的爪子，就像是一把把小耙子，不停地耙，不停地耙，把院子里的土耙得不能再松，土耙松了，鸡就要在土里洗澡了：土是那么的干爽，那么的细粉，热乎乎的，鸡们是高兴的，爪子把土刨起多高，然后是翅子，把土扬起来，扬起来，身子一紧，接着是一抖，又一紧，又一抖。好像是，这样还不够，鸡们有时候也是有创意的，有的鸡就飞到房上去，要在房上耙。刘子瑞的女人就不依了，骂了。房顶上能让鸡耙吗？刘子瑞的女人就一遍遍地把鸡从房顶上骂下来，那鸡竟也懂，她在那里一骂，鸡就飞到了墙头上，好像是，懂得害羞了，小冠子那个红，一抖一抖的，但鸡是没有上过学的，不懂得什么是纪律，过一会儿就又飞到了房顶上。刘子瑞的女人就又出去骂，忽然呢，她愣住了，或者，简直是吓了一跳，是谁上了房？从后边，上去了，"嗯咻、嗯咻"地赶房上的鸡，房上的鸡这下子可给吓坏了，叫着从天而降：咯咯，咯咯，咯咯咯咯。好像是在说"妈呀，妈呀，妈妈妈呀！"是谁？谁上了房，刘子瑞的女人不是用眼，是凭感觉，感觉到房上是谁了。是不是拴柱？刘子瑞的女人问了一声，声音不大，像是怕把谁吓着。房顶上的塑料布给从房后边"哗啦哗啦"扯下去了，答应的声音也跟着到了房后，是不是拴柱？刘子瑞的女人知道是谁了，但她还是又问了一句，声音不大，紧张着，好像是，怕吓着了谁。房上的塑料布子，刘子瑞早就说要扯下去了，要晒晒房皮，但刘子瑞这几天让玉米累得不行，一回来就躺在那儿了。刘子瑞女人绕到房后边去了，心是那样的跳，刘子瑞女人绕到房后去了，好像是，这又是一个梦，房后边怎么会没有人？人呢？她急了。妈你站开。儿子却又在房上说话了，他又上了房，去把压塑料布的一块青砖拿开。妈你站开。儿子又在房上说，塑料布子，从房上"哗啦"一声，落下来了。刘子瑞女人看到儿子了，叉着腿，笑着，在房上站着，穿着牛仔裤，红圆领背心。房顶上有窟窿了。儿子在房上说，弯下了腰，把一只手从那窟窿里伸进去。然后呢，儿子又从房上下来，然后呢，又上去，然后呢，又下来。儿子把一块木板补在了那窟窿上，然后又弄了些泥，把那窟窿抹平了。刘子瑞女人在下边看着房上的儿子，儿子每直一下身，每弯一下身，刘子瑞女人的嘴都要随着一张一合。儿子弄好了房上的窟窿，要从房上下来了，先探下一条腿，踩在了墙上，刘子瑞女人的嘴张开了，儿子站稳了，她的嘴就合上了。儿子又在墙上弯下身子，从墙上又探下一条腿，刘子瑞女人的嘴又张开了。刘子瑞女人站在那里给儿子使劲儿，嘴一张一合一张一合地给儿子使劲。忽然，她想起做饭了。她慌慌地去地里掰了几棒玉米，想了想，又慌慌地弄了一个倭瓜来。倭瓜硬得简直就像是一块石头，这是多么好的倭瓜，但还是给切开了，她一下一下把籽掏尽了，锅里的水也要开了。她把玉米，先放在锅里，倭瓜再放在玉米的上边。锅烧开后，她又去打了一碗鸡蛋。她站在那里想了想，想哪只鸡哪只鸡该杀？鸡都在下蛋，哪只都不该杀。公鸡呢，更不该杀。刘子瑞的女人就出去了，先是去了小场面那边，探探头，那边没有刘子瑞的人影。她站在那里喊了：嘿——她喊了一声还不行，又喊了一声：嘿——她这么一喊呢，刘子瑞就从玉米地里探出头来了，他不知道自己女人喊自己做什么？嘿——刘子瑞也嘿了一声，对他女人说自己在这儿呢，有什么事？这下子，刘子瑞才知道儿子回来了，并且知道自己女人是要让自己到下边去买只鸡来，家里的鸡都下蛋呢。

　　刘子瑞便马上下去了，去了下边的村子，去买鸡，下边村子有不下蛋的鸡，他走得很急，出汗了，脸简直比下蛋鸡的脸还红，这是庄户人的脸，很好看的脸，脸上还汪着汗，在额头上的皱纹里。酒呢，还有两瓶，就不用买了。刘子瑞在心里想，还是儿子上回回来时买的。烟呢，该买一盒儿好一点的，买什么牌子的呢？刘子瑞在心里想。刘子瑞忽然觉得脚下不对劲儿了，下去的路和地里不一样，都是石头，不像地里的细土是那么让人舒服。鞋还在玉米地里呢。刘子瑞想想，还是没回去，就那么光脚去了下边。路边的玉米长得真壮，绿得发黑，一棵挨着一棵，每一棵上都吊着一两穗大得让人吃惊的棒子，真像是好后生，一伙一伙地站在那里炫耀他们的大玉米棒子。过了玉米地，又是一片高粱地，高粱也长得好，穗子头都红了，红扑扑的，好像是姑娘，挤在一起在那里站着，好像是，因为她们看到了玉米地那边的大棒子，害羞了，脸红了。这他妈的真是一个好秋天。

　　雨水这东西是个怪东西，如果下足了，那简直就是对地里的庄稼的一种怂愚，长吧，长吧，使劲长吧。而且呢，雨水一足，季节也好像是给怂恿的放慢了脚步，没有那么足的雨水，地里的庄稼就会早早地黄了，没信心了，秋天也会跟上来了。

儿子回来了，先是在地里忙了一天，把收下的玉米十字披开搭在树上。然后去了一趟下边，去看了看他的同学。隔一天，又把同学招了上来，来做什么？来给房子上一层泥，这么一来呢，刘子瑞这里就一下子热闹。和刘拴柱现在是个能干的城里人一样，他的同学现在都是能干的庄稼人。以前还看不出来，现在在一起一干活儿就看出来了，刘子瑞的儿子干活儿就有些吃力了。他先是去和泥，先和大葜泥，也就是，把切成寸把长的莜麦秸和到泥里去，莜麦秸先在头天晚上用水泡软了，土也拉回来了，都堆在院子外窄窄的村道上，反正现在也没人在那村道上走来走去。刘子瑞的儿子把莜麦秸先散在土堆上，然后用耙把莜麦秸和土合起来，这是个力气活儿，规矩的做法是用脚去踩，"咕吱咕吱"地把泥和草秸硬是踩在一起。刘子瑞女人烧了水，出去看了一回儿子在那里和泥，出去看了一回还不行，又出去看了一回，好像是不放心。儿子踩泥的时候，她站在那里嘴一动一动地给儿子使劲。她看着儿子踩一回，又用耙子把泥再耙一回，把踩在下边的草秸再耙上来，然后再踩。儿子用耙子耙泥的时候，先是把耙子往泥里用力一抓，身子也就朝前弯过去，往起耙的时候，儿子的肩上的肩胛骨就一下子上去，上去，那是在使力气，肩胛骨快并到一起的时候，耙子终于把一大团泥草耙了起来。儿子在那里每耙一下，刘子瑞的女人的嘴就要张开一回，泥草耙好一堆，她的嘴也就合上一回。她在那里看了一会儿子耙泥，然后又慌慌地回去，去端开水了。拴柱，喝口水。刘子瑞女人对儿子说。儿子呢，却说不喝不喝，现在喝什么水？我给你把水放这儿，你咋不喝点儿水？刘子瑞女人又对儿子说。不喝不喝。儿子又耙好了一堆，直了一下腰，接着又耙。你不喝一会儿又要上火了。刘子瑞女人对儿子说。不喝不喝。儿子还是说。刘子瑞的女人闻到儿子身上的汗味儿了，她对这种汗味儿是太熟悉了，这让她觉得自己又像是回到了从前的日子，这让她有些恍惚，又有些说不出的兴奋。她站在那里又看了一会儿儿子和泥。这时候有人从院子里出来了，说房上要泥呢，拴柱你和好了没？行了行了，拴柱说，连说和好了和好了，我这就来。从院子里出来的人又对刘子瑞女人说，婶子您在这儿站着做什么？待会儿小心弄您一身泥。刘子瑞女人便又慌慌地回到了院里。刘子瑞的院子里，好像是，忽然有了某种欢快的气氛，这种欢快挺让刘子瑞女人激动的。那两个人在房上，是刘子瑞儿子的同学，其中一个会吹笛子，叫刘心亮。小的时候就总是和刘子瑞的儿子一起吹笛子。另一个早早结了婚，叫黄泉瑞，人就好像一下子老了许多，现在呢，好像是因为和过去的同学一起劳动又欢快了起来。刘子瑞的儿子这时拖了泥斗子过来，要在下边当小工，要一下一下把泥搭到房上去，这其实是最累的活儿。刘子瑞的女人站在那里，心痛地看着儿子。她忽然冲进屋去，手和脚都是急慌慌的样子，她去给儿子涮了一条毛巾，儿子却说现在干活儿呢，擦什么擦？儿子把一勺泥，一下子，甩到房顶上去了。给，给，刘子瑞女人要把手巾递给儿子。不擦不擦。儿子说，又把一勺泥，一下子，甩到房顶上去了。要不就喝口水？刘子瑞女人说。不喝不喝。儿子说，声音好像有些不满，又好像是不这样说话就不像是她的儿子。仔细想想，当儿子的都是这种口气，客气是对外人的，客气有时候便是一种距离。刘子瑞女人的心里呢，是欢快的，人好像也一下子年轻了。她又站在那里看了一会儿，然后，绕到后边去，看了一回刘子瑞在后边一点一点补墙洞。然后她合计她的饭去了。她合计好了，要炒一个鸡蛋韭菜，韭菜就在地里，还有一个拌豆腐，还有一样就是烩宽粉。肉昨天已经下去割好了，晚上已经在锅里用八角和花椒炖好了。乡下做菜总是简单，一是没那么多菜，二是为了节省些柴禾。总是先炖肉，肉炖好了，别的菜就好做了，和豆腐在一起再炖就是一个肉炖豆腐，和粉条一起做就又是一个肉烩粉条子，还要有一个山药胡萝卜，也要和肉在一起炖。刘子瑞的女人在心里合计好了，再弄一大锅稀粥，等人们干完活儿就让他们先喝两盅，酒喝得差不多的时候就蒸糕。刘子瑞女人先用大锅熬粥，儿子从小就喜欢喝豆粥，她在锅里下了两种豆子：小红豆和绿豆，想了想，好像觉得这还不够，又加了一些羊眼豆，想了想，又加了些小扁豆。

给房子上泥的活儿不算是什么大活儿，但吃饭却晚了。好像是，这顿中午饭都快要和晚上饭挨上了。人们上完了第一层大菜泥，要等它干干，到了明天就再上一层小菜泥，等它再干干，然后还要上去再压，把半干的泥压平实了。人们现在都忙，第一天，刘子瑞儿子的那些同学帮着刘子瑞家干了一天。第二天，又上来，又帮着干了一天。晚上吃过饭，刘子瑞儿子的同学就都又下去了。第三天，是拴柱，一个人上了房，在上边仔细地压房皮，先从房顶后边，一点点一点点往前赶。头顶上的太阳真是毒，刘子瑞的女人不知什么时候，又从后边上了房，要给儿子身上披一件单布衫子。不要不要不要。儿子光着膀子说，好像有些怪她从下边上来。我要我不会下去取？谁让您爬梯子？儿子说。过不一会儿，刘子瑞女人又从后边踩梯子上来了。给你水。她给儿子端上来一缸子水。不要不要，我不渴。儿子一下一下地压着房皮。你不喝你小心上火。刘子瑞女人说。我渴我不会下去喝？谁让您爬梯子。儿子说，好像是，不高兴了。刘子瑞女人这边呢，好像是在下边怕看不清楚儿子，所以，她偏要爬那个梯子，下去了，但她马上又扒在了梯子上。这会儿，她就站在梯子上看儿子在那里压房顶。儿子把泥铲探出去，压住，又慢慢使劲拉回来，再把泥铲探出去压住，再慢慢慢慢使劲拉回来。儿子每一使劲儿，刘子瑞的女人便把嘴张开了，到儿子把泥铲拉回来，松了劲，她也就松了劲，嘴又合上了。你喝点儿水，你不喝水上了火咋办？刘子瑞的女人又对儿子说。您下去吧，下去吧。儿子说。你喝了水我就下。刘子瑞女人说。儿子只好喝了水，然后继续压他的房皮，压过的地方简直就像是上了一道油，亮光光的。刘子瑞的女人就那么在梯子上站着，看儿子，怎么就看不够？

　　儿子压完了房顶，又去把驴圈补了补。鸡窝呢，也给加了一层泥。儿子说，做完了这些，再把厕所修修，下午就要往回赶了。他这么一说，刘子瑞女人就又急了。急什么？她自己也说不清，其实她昨天晚上就知道儿子今天下午就要回去了。她迈出院子去，跟着儿子，好像是，怕儿子现在就走。儿子呢，昨天和黄泉瑞说好了的，要去他那里先弄一袋子水泥上来，要修修厕所了。家里的厕所不修不行了。儿子说要在走之前把厕所给再修一修。这会儿，儿子下去取水泥了。刘子瑞女人已经把鸡都圈了起来，怕它们上房，怕它们到处刨。儿子去了没有多大工夫就把水泥从下边扛了回来。沙子是早备下的，儿子现在做活儿就是麻利，很快，就把厕所给弄好了，弄了两个台，还抹得光光的。正好可以蹲在上边。儿子说可千万等干了再用，又嘱咐他妈千万要把鸡和狗都拴好了，别把刚刚弄好的水泥弄糟了。儿子又看看天，说最好是别下雨。刘子瑞女人跟在儿子后边就也看看天，也说是最好别下雨。儿子进屋去了，刘子瑞女人也忙跟着进屋。儿子说下午就要走了，再在炕上躺躺吧，城里可没有炕。儿子用手巾把脸擦了擦，又把脚擦了擦，就上了炕。刘子瑞女人知道儿子是累了，儿子上了炕，先是躺在炕头那边，躺了一会儿说是热，又挪了挪，躺到了炕尾。不一会儿，儿子就睡着了，天也是太热，和小时候一样，儿子一睡着就出了一头的汗，人呢，也就躺成个"大"字了。刘子瑞女人想好了，中午就给儿子吃抿面条，接风的饺子送风的面。她一边揉着面，一边看着儿子。刘子瑞这时候去了地里，说是要让儿子带些玉米去给那些城里人吃，他去掰玉米去了。屋里院外这时又静了下来，鸡和狗都让关在圈里，它们不知道这个世界上出了什么事，怎么会大白天把它们关了起来？它们的意见这会儿可大了，简直是怨气冲天，便在窝里拼命地叫。"咕咕咕咕，咕咕咕咕"叫一气，忽然又停了，好像要听听外边的反应，然后再叫。

　　坐在那里，慢慢慢慢揉着面，刘子瑞女人忽然伤起心来。什么是梦呢？人活着就像个梦。儿子现在躺在炕上，忽然呢，马上就要走了，那么点儿，那么点儿，当时他是那么点儿，在自己的背上，让他下来多走半步他都不肯，有时候要背他他偏又不让。两个人都在地上走就都费鞋！妈背着你就省下一个人的鞋！刘子瑞女人还记着当年自己对儿子这么说。刘子瑞女人也不知道自己给儿子做过多少双鞋，总是一双比一双大。那个猪槽子呢，刘子瑞女人忽然想起了那个褪猪的大木槽。以前总是她，把儿子按在那个猪槽子里洗澡，左手按着右手洗，右手按着左手洗，按住上边洗下边，按住下边洗上边。以前，她还把儿子搂在一起睡，冬天的晚上，睡着睡着，儿子就会拱到自己的被子里来了。好像是，不知出了什么怪事，儿子怎么就一下子这么大了。刘子瑞女人忽然抹起眼泪来。面揉好了，她用一块湿布子把面团蒙了，让它慢慢饧。然后，她慌慌张张去了东屋，去了东屋，又忘了自己要做什么。站了一下，又去了院子里，儿子穿回来的衣服她都给洗了一过，都干。她把衣服取了下来，放在鼻子下闻闻，是儿子的味儿。儿子穿回来的那双球鞋，她也已经给洗了一过，放在窗台上，也已经干了。她把鞋放在鼻子下闻了闻，是儿子的味儿。还有那双白袜子，她也洗过了，她把它从晾衣服绳上取了下来，也放在鼻子下，闻了闻，是儿子的味儿。儿子的味道让她有说不出的难过。她把儿子的衣服和袜子闻了又闻。

　　刘子瑞的儿子是下午两点多走的，吃过了他妈给他擀的面，面是用井水过了一下，这就让人吃着舒服。吃过了饭，刘子瑞女人心里就有点受不住了，她已经把儿子要带的东西都收拾好了。那么大一个蛇皮袋子，里边几乎全是玉米。刘子瑞要送一送儿子，好像是，习惯了，儿子每次回来他都要送一送，送到下边的站上去。东西都收拾好了，刘子瑞也下了地。刘子瑞女人一下子受不了啦，好像是，这父子两个要扔下她不管了，每逢这种时候，她总是这种心情，想哭，又不敢哭泣。这时候，儿子出去了，她在屋里看着儿子，她的眼睛现在像是中了魔道，只会跟着儿子转来转去，儿子去了院子西南角的厕所，但儿子马上又出来了，然后，就像小时候那样，又腿站在院子里，脸冲着厕所那边，做什么？在撒尿。原来厕所的水泥还没干呢。儿子像小时候一样把尿撒在院子里了。院子里的地都让鸡给刨松了，又干又松，脚踩上去真舒服。刘子瑞女人在屋里看着儿子又着腿在院里撒尿。刘子瑞也朝外看着，他心里也酸酸的。等干了再用，现在一用就坏了。儿子撒完了尿，又从外边进来了，说水泥还要干半天，别让鸡刨了。是是是，放出来就刨了，我一辈子不放它们。刘子瑞女人说。该走了该走了，再迟就赶不上车了。儿子又说，故意看着别处。刘子瑞女人心就"怦怦"跳开了。玉米也太多了吧？儿子说，拍拍那一大袋玉米。不多不多，要不，再掰些？刘子瑞说。儿子笑了，说又不是去卖玉米，这么多。不重吧？刘子瑞女人对儿子说。不重不重。儿子说，把那一袋子玉米就势上了肩，这一上，就再不往下放了。那我就走了。儿子说，故意不看他妈，看别处。

　　刘子瑞女人跟在刘子瑞和儿子的后边，踮着小脚，一直把儿子送到了村子边，然后就站在那里看儿子和自己男人往下走，一点一点变小，天那么热，日头把周围的白石头照得让人睁不开眼。儿子和自己男人一点一点变小的时候，刘子瑞女人就开始哭，眼泪简直是"哗哗哗哗"地流。她一直站着，直到儿子和自己男人的人影儿小到一下子不见了。她再看，就只能看到庄稼，远远近近的庄稼。石头，远远近近的石头。还有，再远处蓝汪汪的山。这一切，原本就是寂寞的，再加上那远远近近蚂蚱的叫声，它们要是不叫还好，它们一叫呢，就显得天地都寂寞而旷远了。

刘子瑞的女人回去了，慢慢慢慢回去了。一进院子，就好像，一个人忽然梦醒了，才明白过来房子是重新抹过一层泥了，那泥还没怎么干，湿湿的好闻。驴圈也抹过了，也还没干，湿湿的好闻。鸡都给关在圈里，院子里静静的，这就让刘子瑞的女人有些不习惯。好像是，自己一下子和自己的家有些生分了。她进了屋，心里好像一下子空落落的。儿子昨天还在炕上躺着，坐着，说着，笑着，还有儿子的同学，这个在这边，那个在那边，现在是什么也没有。儿子一回来，这个家就活了，其实呢，是她这个做妈的心活了。刚才还是，儿子的鞋在炕下，儿子的衣服在绳上搭着，儿子的气味在屋里弥漫着。现在，一下子，什么也没了。刘子瑞的女人又出了院子。好像是，屋子里再也不能待了，不能待了！不能待了！刘子瑞的女人站在了院子里，院子现在静了。昨天，儿子就在房檐下给房上上泥，上累了，还蹲在那块儿地方抽了一支烟。昨天，儿子的同学在这院里走来走去。现在呢，院子里静得不能再静。刘子瑞女人一下子看到了什么？嘴角抽了抽，像是要哭了，她慌慌张张地过去了，靠厕所那边的地上，湿湿的，一小片，但已经翘翘的，是儿子临走时撒的尿。刘子瑞女人在那湿湿翘翘的地方站定了，蹲下了，再后来呢，她把手边的一个盆子拖过来，把那地方牢牢盖住了，又哭起来了。

第二天呢，原来的生活又好像是一下子变回来了。刘子瑞早上起来又去了地里，弄他的庄稼。刘子瑞女人，起来，先喂驴，然后喂那些鸡。鸡给关了整整一天，都好像疯了，又是抖，又是跳，又是叫。那只公鸡，精力怎么就会那么旺？一个挨一个往母鸡身上跳，那两只脱毛鸡，受宠若惊了，半闭上眼睛，欲仙欲死的样子，接受那公鸡的降临。又好像是给关了一天关好了，红红的鸡皮上顶出了尖尖白白的毛根儿，但还是一样的难看。刘子瑞的女人做完了这一切，便又在那倒扣的盆子边站定了，她弯下身子去，把盆子，慢慢慢慢，掀开了，盆子下边是一个干干的翘起来的泥碗样的东西，是儿子给她留下的。没有人能够听到刘子瑞女人的哭声，因为上边的村子里再没别人了。那些鸡，它们怎么会懂得主人的心事？它们吃惊地看着刘子瑞的女人，蹲在那里，用手掀着盆子，看着被盆子扣住的那块地方，呜呜咽咽……

隔了半个多月，又下过几场雨，刘子瑞儿子山下的同学黄泉瑞这天忽然上来了。来取泥铲子，说也要把家里的房顶抹一抹，今年好像是到了秋后雨水要多一些。黄泉瑞坐了一会儿，抽了一支烟，然后下去了。走的时候，黄泉瑞站在院子里看看，说这下子收拾得好多了，鸡窝像个鸡窝，驴圈像个驴圈。黄泉瑞还看到了院子里地上扣的那个盆子，他不知道地上扣个盆子做什么？他对刘子瑞女人说拴柱过年回来的时候他一定会再上来，来好好喝几口。他还说：还是拴柱好，现在是城里人了。他还说：城里就是比乡下好，过几年拴柱要把婶子接到城里去住。他还说：回去吧，我一个晚辈还让您送，您看看您都送到村口了，您不能再送了。他还说：过几天，也许，拴柱就又要回来了……

山上是寂寞的，远远近近，蚂蚱在叫着，它们为什么不停地在那里叫？也许，它们是嫌山里太寂寞？但它们不知道，它们这么一叫，人的心里就更寂寞了。

（原载《花城》2002 年第 4 期）

鬼 子

GUI ZI

仫佬族。本名廖润柏。1958年出生于广西罗城仫佬族自治县天河镇金城村。广西罗城师范学校毕业后曾先后当过教师和县文化馆职员。1989年西北大学中文系毕业。2002年加入中国作家协会。现任广西作家协会副主席，广西文学院副院长，《广西文学》副主编。

1984年开始发表文学作品。主要作品有《瓦城上空的麦田》《大年夜》《谁开的门》《苏通之死》《被雨淋湿的河》《上午打瞌睡的女孩》《艰难的行走》《你猜她说了什么》，长篇小说《一根水做的绳子》等。中篇小说《被雨淋湿的河》获第二届鲁迅文学奖和第七届全国少数民族文学创作骏马奖。

瓦城上空的麦田

　　我六岁多快七岁那年，母亲被别的男人偷走了。当时我不知道，我只知道我们家的床上突然间空了一个人。我问父亲，我妈呢？我妈怎么空空的了？父亲没有回答。父亲只是朝我拉着那张老脸，像是拉扯着一块抹布。父亲那年已经是一个老头儿了。我母亲不老。我母亲比我父亲小好多好多，而且长得好看。我们三人走在一起的时候，很多人都在背后指点着我的父亲，说他应该是我的爷爷。但我没见过我的爷爷。我母亲也没见过我的爷爷。我不知道我的父亲为什么不去找回我的母亲。我只是发现，父亲时常一个人坐在那里，呆呆地想着什么，一边想一边狠狠地咬着牙，空空地啃着什么，啃得很苦很苦的样子。

　　过了没有多久，好像是下了一场连天的大雨，雨一停，太阳出来了，阳光刚刚照在我们家的门槛上，有人就跑过来对我说，你也七岁了，你跟我们一起到学校报名去读书吧。我跟着他们去了，我交了钱，我领到了书，我还上了两天课。第三天，我正在教室里歪头写着我的作业，父亲突然闯进来把我拉走。老师当时就站在我的旁边，那是一位女老师，长得跟我妈一样好看，胸膛也是那种高高的像两座摇摇晃晃的山。她对我父亲说，你这是干吗？我父亲说不读了，我儿子他不读你们的书了。说着把我的课本统统塞到老师的山头上。女老师吓得往后一退，但她拖住了我父亲的胳膊。她说你不能这样，你不能不给你的儿子读书，你没有这个权利。父亲没有跟她多嘴，他把胳膊往外一抡，就把女老师抡到了一边。父亲拉着我，直直往学校门外走去，一边走，一边骂着那位老师，什么权利？你他妈才没有权利！我听不懂他们说的权利是什么。我就像一只小鸡，被父亲紧紧地提在手里，两条小腿好像随时都要离开地面。

　　父亲告诉我，我们不读书了，我们到城里去！

　　我说城里在哪里？

父亲说，到了你就知道了。

我提着两条细细的小腿，就这样跟在父亲的身后，走呀走呀，一直走到天黑，我们才走到了瓦城，从此开始了捡垃圾的生活。

我曾以为，我的母亲也在瓦城，我以为父亲把我带到城里，不只是为了捡垃圾，同时要捡回我的母亲。但父亲提都没有提起过。直到第四年的冬天，他病倒在床上，我才从他的嘴里知道，我的母亲其实不在瓦城。我不知道父亲得了什么病，父亲也不知道，因为我们不上医院。父亲只是觉得呼吸越来越困难了，他觉得胸膛里的空气越来越稀，越来越少，越来越不够用了，就好像桶里的米一样，一天比一天少了，眼见着就要见底，眼见着就要吃没了，只等哪一天一场大风忽然吹来，那米桶就会把屁股翻起来，然后随着大风呜呜地叫着，朝另外一个世界飘去。我父亲说，真要翻就翻吧，他不怕。父亲怕的是，他翻了我怎么办？我那年才十一岁。他把我叫到床前，让我坐在他的床边，让我挨他近一点，再近一点。他说他不能大声说话了，如果大声说话，也许只能说完两句，也许两句都不能说完就断气了。我说那你就慢慢说吧，你别大声。我说你小声一点我能听见。

父亲说，我可能要死了，你知道吗？

我说我知道。

父亲说，我有一句话要留给你，你一定要放在心里，你要给我牢牢地记住。

我说只要好记，我会记住的，你说吧。

他说不，不管好记不好记，你都要给我牢牢地记住。

我说好的，那我一定牢牢地记住，你说吧。

父亲没有马上告诉我，而是把话绕到了远处，绕到死后他看不到的地方。

他说，你能不能先告诉我，我死了你怎么办？

我说回家。我说你死了我马上就回家去。

那时候我还不太喜欢瓦城，我知道瓦城好，但我觉得瓦城是别人的瓦城，不是我的。我们住的房子在瓦城并不叫房子，而是乱搭乱住的棚子，我们干的活儿在瓦城也是最脏的活儿。我不喜欢。我还是喜欢我的村子。村里有山有水，有田有地，什么都有，爱怎么玩就怎么玩。可是在瓦城，哪里都是别人玩的地方，哪个好玩的地方我们都进不去，我们只能在远处两眼傻傻地看着。父亲却因为我的回答伤心起来，他突然忘了胸膛里的空气已经不多，他的声音突然大了起来。

他说不！我死后你千万千万不要离开瓦城，你知道吗？

父亲要留给我的，其实就是这么一句。父亲的两眼跟着就流下了泪来。

他说你知道我为什么把你带到瓦城来吗？

我说知道，你是带我找妈妈来的。

父亲的声音就又大了起来，他说不！我们不找她，她也不在瓦城。她跟一个男人私奔了，他们去的是另一个城市，那个城市叫米城。

我说米城在哪儿？

父亲说米城在米城，等你长大了你就知道了。

我说，那我们来瓦城干什么？

父亲说，我是为了让你有一天能成为瓦城的人。

我说现在我们不是瓦城人吗？

父亲说不是。

父亲说，只要你自己不离开瓦城，只要你永远在瓦城住下去，总有一天你会成为瓦城人的你知道吗？他说，你别小看你现在只是一个捡垃圾的小孩，你要知道，捡垃圾也是能够发大财的，等到你有了钱了，你就在瓦城买一套房子，那时候，你就是真正的瓦城人了，你知道吗？

我没有做声。我不知道那一天会是哪一天。

父亲说你听到我的话了吗？

我说听到了。

他说你不能光是听到，你要给我牢牢地记住你知道吗？

我没有做声。

父亲忽然又急了起来，他说你记住了没有？

我说，你就是为了这个不让我读书的吗？

父亲说对。他说我们村里有那么多读书的人，你看他们有哪一个成了城里人呢？没有！一个也没有。为什么？你知道为什么吗？

我不知道为什么。我那时才十一岁，我怎么知道呢？我没有回答。

父亲也没有回答。父亲只是说，只要你不离开瓦城，我们村上的任何一个人，不管他们读过什么书，只要他们还住在村上，他们就永远也比不上你，你知道吗？

见我还是没有回答，父亲便问，你知道是谁把你妈偷走的吗？

我说我不知道。我没有见过那个男人。

父亲说，我告诉你吧，偷走你妈的那个男人，就是一个捡垃圾的。可他有钱啊，他是捡垃圾捡成了有钱人的，你妈一看到他手里有钱，脚就软了，就跟着他走了，就不要我们了。

我恍然地呵了一声，好像蒙在眼睛上的一层什么突然被撕开了，突然间什么都清楚了。

而父亲的眼睛却一直在流泪。想起母亲被别的男人偷走，父亲的眼泪总是堵不住。

他说你能向我保证你永远都不离开瓦城吗？

我答应他，我说好的，我向你保证。

父亲的眼泪这才慢慢地停在了眼角。

我父亲后来没死，后来又好好地活了下去，活了一年又一年，而且再没有生过那样的病。

说实话，如果不是因为前不久遇着了李四，我父亲如今还会活得好好的，而且还会一直地活下去，一直活到我在瓦城买下房子的那一天。

都是因为李四！

李四不是捡垃圾的。

李四和我父亲一样，也是山里的一个老头，但他们的山比我们的山还要偏远。李四的几个孩子，没有一个是捡垃圾的，他们都是瓦城真正的市民，他们都念过很多的书，他们是念书念成了瓦城人的。这一点，我父亲不能与李四相比，我也不能和李四的孩子们相比。我父亲遇见李四的那一天，是李四的生日，李四是为了过生日从山里跑到瓦城来的。那一天他整整六十。李四对我说，人的生命走完了六十，就相当于走完了一个大圆圈，往下走，那是另一个圆圈的开始，而这第二个圆圈是谁也走不完的，谁都是走完一天算一天，走完一年算一年，谁也说不准哪一天吭当一声就走不动了。他因此很看重走满六十岁的那一天，然后再点放几笼鞭炮。但天亮的时候，他便怀疑了，怀疑他的孩子们也许不会回来，也许，他们已经把他的生日给忘了，他们已经好几年没有回家给他过生日了，往年的这一天，他总是摇摇头便原谅了他们。但那天，他愤怒了！

当时他坐在门槛上。

天亮起来他就一直坐在门槛上。

他老伴也坐在门槛上。两人都默默地坐着，谁也没有吭声。

太阳快要起来的时候，他忍不住了，他问了一声，你说，他们今天会回来吗？

他的老伴当时正一动不动地望着远处的一朵白云。李四说，那是一朵湿漉漉的白云，那种白云在瓦城是永远看不到的。那种白云好像在慢慢地飘，又好像总是一动不动。他老伴经常看着那种湿漉漉的白云发呆。她没有回过头来。

她说我怎么知道呢？不回来就又是忙呗。

李四说他不喜欢她这么回答。哪一年她都是这一句，好像她已经习惯了，她无所谓了，她好像已经不再企盼着他们回来。

李四说，忙就可以不回来给老子过生日了？

他老伴没有回话。

他说那我养他们干什么？

李四说着就愤怒地站了起来。

他老伴这才回过头，然后仰望着他，就像仰望着屋头上的太阳。

李四告诉她，今天是老子的六十岁生日你知道吗？老子六十岁的生日他们都可以不回来，你说！你说我养他们干什么？

说着，他猛地一脚，踢开了老伴的双腿。他说早知道这样，当初生他们的时候，我还不如抽掉你屁股下的床板，我让他们从你的大腿那儿，一个一个地掉到床底去！

那里当然不是床底，那里只是一块很大的青石板。

他老伴知道他确实愤怒了，她看了看脚下的青石板，然后把腿拢上。

李四却不让，他一脚又踢开了。

他说生他们的时候，我们忙不忙？我们也因为忙就不要他们，就把他们统统地丢到床底，你说，你说他们还会有今天吗？

李四说着转身就跨进了屋里，然后扛出了一坛黑米酒。

那是他每年为自己的生日亲手酿制的一坛黑米酒，他说他整整陈了一年了。

他告诉他的老伴，今天这个生日，老子不在家里过了。

他老伴一下就吓慌了，她从门槛上慢慢地站起来。

她说你要去哪儿？

李四说，老子到他们城里去，我要看看他们是不是把老子的生日给忘了！

他老伴一下急了，她说他们要是真的忘了呢，他们忘了今天是你的生日你怎么办？

李四原来没有想到这一点，他被问住了。他想是呀，他们要是真的忘了今天是老子的生日，老子怎么办？

于是，他想起了身份证。

他对她吼起来：我的身份证呢？把我的身份证给我找来，快点！

他老伴却愣了，她说你要身份证干什么？

李四说，没有身份证我晚上住哪儿？

他老伴的脑子一下就糊涂了。她心里可能想，你不是去找孩子们吗？你不住在他们家里你还能住哪儿呢？李四告诉她，他们要是忘了今天是老子的生日，我就不住在他们家里，我不住，我为什么要住？他老伴说，那你还去干什么呢？李四说，我不去他们怎么知道今天是我的生日呢？他老伴说那就对了呀，你去了你告诉了他们今天是你的生日，他们还能不给你做生日吗？他们给你做了生日，你还要什么身份证，还找什么地方住呢？

李四说我为什么要告诉他们呢？他们要是忘了今天是老子的生日，我为什么还要告诉他们呢？老子拿着身份证，哪一个旅馆不可以住一个晚上呢？老子有这坛黑米酒陪着，我可以喝它一个通宵我怕什么呢？

他老伴觉得不对头，她说那你就别去了，你还去干什么呢？说着把手伸过来，要把酒坛给他拿下来。

李四却不给，他狠狠地打掉了她的手。他说快去，快点把我的身份证找来，快点！

他老伴只好转身哆哆嗦嗦地走进了屋里。

李四说，那天她是真的被他给吓慌了，她找到身份证走出来的时候，他看到她的手在不停地打抖。他知道，那是她的心在发慌，是她的心在暗暗地打抖。但李四没有替她想这些，李四觉得她的手一抖一抖的，他看了心里难受，他指着她的手就骂了起来。

他说你这是怎么啦？你有病啦你？

他老伴没有回答。她把身份证递给他，让他快点拿走。

李四却不接。他让她把手停下来。

他说你到底怎么啦？你怕是不是？你怕什么呢？老子到城里找孩子们过我的生日，你以为我去找死呀？你怕什么呢？

她的手却越抖越厉害，那身份证在她手里抖着抖着，差点就要掉到地上。

李四更加愤怒了，他说你这样抖来抖去的，是存心让我难受呀？

他老伴把身份证塞进了他的手中。就在这时，李四看到她的眼里拉下了两滴长长的泪水。那两滴长长的泪水，就像两条长长的绳子，李四说后来一直挂在他的心中。李四说，如果在往时，他的心会被牵住的，但那天不行，他的心那天比石头还硬。他收起身份证就转身走了，他丢下她孤零零地站着。他想象不出，她那两滴泪水流到什么时候才会停下。但他知道，她会一直那么站着，可怜兮兮地看着他，一直看到没有了人影，然后收下身子。孤零零地坐在门槛上，然后伤心地哭起来。他知道她的哭声不会太大，她会把那种声音默默地压在心底。她是哭给自己听的，她会一边哭一边不停地数落着她的那些孩子，数落他们千不该万不该，不该忘了他们父亲的生日。

他想，她会那样唠唠叨叨地哭下去，一直哭到他在瓦城下车的时候。

李四在瓦城下车的时候，瓦城的太阳已经没有了。

一路上，李四都在想，他想他们一定是忘了。一定是真的忘了，但他总是希望有一个孩子还能记住，哪怕这个孩子是因为看到了他的到来才忽然想起的。他想这也没有关系，只要能想起来就可以原谅他，原谅他确实是太忙，确实是走不开，所以才没有回家给他做生日。

可这一个孩子是哪一个呢？他怎么也想不出。他站在瓦城的街头上，望着满街上班的人群，心里乱糟糟的。

李四一共三个孩子，一个女的两个男的，一个叫李香，一个叫李瓦，还有一个叫李城。

李城是他的小儿子，一直一个人过着，还没有找到对象。如果先上李城那里，弄不好门是锁着的，弄不好等到后半夜都见不到他的人影。他想不行，他不能先上李城家。他得找一个屋里有人的，那就是李香了。李四的三个孩子里，就李香是一家三口，他的孙女艳艳都快高中毕业了，这时候艳艳肯定已经放学回来了，但是她爸爸妈妈呢？他们要是不在家，艳艳会知道今天是她爷爷的生日吗？她不会知道的。她不会知道。算了吧，看来还是先上李瓦家。李瓦是李香的弟弟，李城的哥哥，结了婚，但还一直过着两个人的生活。在李四的三个孩子里，李四知道李瓦是混得最好的。李四想，李瓦可能不在家，但他的老婆谢晓不应该不在，她应该下班后就回家给李瓦做饭，要不还算什么好女人？

就这样，李四敲开了李瓦家的房门。

李瓦不在家。谢晓告诉李四，一下班李瓦就跑到瓦城酒店订桌去了。那当然不是为了他的父亲李四，而是为了他们的局长。谢晓说，那餐饭李瓦早就跟局长说好了，可局长一直没有给他时间，便一直拖着，拖到了今天。谢晓是回来拿酒的。她手里提着四瓶茅台酒。

谢晓说爸，你来得正好，你也一起去吧。

李四却不去。他说他请他的局长吃饭，我去干什么？我不去！

谢晓不知道怎么办，她掏出手机告诉李瓦，她说爸来了，你爸来了。李四坐在沙发上，但他听到了李瓦在手机里的声音。李瓦说，他来干什么？谢晓说我不知道。李瓦说那就让他一起来吧。谢晓说我说了，他说他不去。

我不去！李四又说道。

谢晓说，你听到了没有？他说他不去。那就随便他，李瓦说，那你问问他，他想吃什么，你到楼下的小炒店，给他炒两个，让他们送上去。谢晓放下手机问，爸，你喜欢吃什么？李四说不吃。他说你们吃你们的去吧，我不吃。我歇一下就走，我去你们大姐家。就这一句，谢晓的神色轻松了，她说那就随便你。她说，那我走了，他们在等我呢。李四说走吧走吧。她便下楼去了。谢晓下楼没有走远，李四就抓起了桌面上的一只茶杯，狠狠地摔在了地面上，摔得满屋都是。

李香一家三口正在吃饭，一看见李四进来，几乎同时地放下了手中的碗筷。最先尖叫的是艳艳，她说哇是爷爷，爷爷来了！然后是李香。她说爸，什么时候到的？跟着接话的是李香的丈夫刘大奇，他说是刚下的车吧？怎么这么晚呢？

刘大奇的手很长，远远地就伸了过来，把他肩上的酒坛端走了。

李四心里说光热情有什么鸟用呢，老子想听到的不是这些。

他一屁股重重地坐在沙发上。

他说不！我是从李瓦那里过来的。

李香的嘴里呵了一声，把手停在了冰箱上。她说那你要不要再吃点？冰箱里有菜。

李四说不用。他说你们吃你们的，你们不用管我。

刘大奇说，那就让爸歇着吧。他说爸，那你看电视吧。喜欢看什么？我来帮你调。刘大奇拿起遥控器，就被艳艳抢走了。她说爷爷，我来帮你调，你说，你想看什么？李四说，你给我，我会调。李四不想调，他坐在那里就像一只被干烧的铁锅，就差没有冒火了。他胡乱地调调调，调出了一个唱歌的女人，然后把遥控器丢在了沙发上。

吃完饭，李香一家三口都出去了。

李香下岗后借钱买了一辆桑塔纳，在忙着跑出租，她恨不得三天内就把借款统统还上。

她说爸，哪天我拉你在城里逛一逛！

李四说不逛，逛逛有什么意思，我又不是来逛逛的。

李香笑了笑，就出门去了。

李香没有听出父亲的话藏着话。

刘大奇说他夜里值班，也出门去了。

他说爸，明天晚上我陪你好好喝两杯。

李四说喝什么喝？你会喝酒吗？

最后走的是艳艳，说是去补习英语，准备高考。随着房门咣一声关上，屋里转眼孤零零的只剩了李四一人。李四坐了一会儿，也愤怒了，他摇摇头，又骂了一句：

我操你们的妈！

骂完，他抓起身边的遥控器，往地上狠狠一砸，砸得粉碎。

他让电视里的大嘴女人继续哇哇地唱着，他懒得把她关掉。

李城正牵着一个女孩的小手，在马路上散步。看见父亲的时候忽地一愣，把女孩拉住了。他告诉她，这是我爸。那女孩随即深深地鞠了一躬。她的腰很细，鞠得很深，李四等了好久，才看到了她那浮起的脸面。李四觉得还长得不错。他看了看李城手里的那只小手，心里忽然就有了一点好受。

他说你们要去哪儿？

李城说没去哪儿，吃完饭，随便走走。转身要领父亲回家，李四却把李城拦住了。他顺势在李城的胸膛上拍了拍，他说去吧去吧，散你们的步去吧。不用管我。

李城当真就停住了，他笑了笑，说，真的？那我们走了？

李四说走吧走吧，一边说一边把手挥过了头顶。

李城牵着那个女孩的小手，真的就走了，走了好远，才被李四喊了回来。

他说你先给我开门呀，你不开门我怎么进！

李城这才笑笑地跑了回来。李四心里便暗暗地骂，他说这兔崽子，有一个女孩牵着，就把给老头儿开门的事给忘了？晚上老子要训训你。可他哪里想到，门一开，李城就把他缠住了。

李城说爸，晚上你准备住哪儿？不会住在我这儿吧？

李四一听什么话，他说你什么意思？

李城说你能不能帮个忙，先住我哥我姐他们那儿，你看我这儿，就这么一张床。

李四说一张床怎么啦！你睡你的，我睡我的，我们一人睡一头。

李城的那张脸，一下就皱成了一团。他说爸，你刚才没看到呀？

看到什么？李四愣了半天才明白了过来，他说好好好，我不住，我不住，我歇一下就走。

李城这才笑笑地出去了。

这一次李四没有砸东西，也不骂，他只觉得真的像被抽走了什么筋，抽得他一身软塌塌的，一点力气都没有。他喝了半杯桌上李城剩下的茶水，紧紧地抱着那坛酒，慢慢地往外走去。

我父亲就是随后遇着李四的，那是在大街上。我和我的父亲，我们每天都遇到许多不幸的人，但没有几个被我们放在心上的，我们总是泛泛地看两眼，转身就走了，捡我们的垃圾去了。用我父亲的话说，真放在心上了，又能怎样呢？你同情他，谁同情你？我父亲的意思是，可怜的人多着呢，你同情得过来吗？

但他偏偏碰上了李四。

李四来到大街上的时候，到处已经灯火辉煌，但李四的心情却黑灯瞎火的。他扛着那坛黑米酒，两脚软塌塌地走着。他想，看来得真的找一家旅店住下了，住下了再好好地想一想，想一想这几个孩子到底都怎么啦，怎么就把老子的生日给忘了？

于是，他掏出了身份证。

然而就在这时，他发现他的手竟然也在颤抖。

　　他忽然就想起了早上的老伴来。他想这是怎么啦？他咬着牙，想让手上的身份证停下来，他希望它不再颤抖，可他越是使劲，身份证就越是抖得厉害。他不由骂了一句，你他妈的今天怎么啦？一边骂一边把酒坛换过去，把身份证换到另一只手上。但那手也一样地颤抖。好像颤抖不是因为他的手，而是因为那张身份证。李四说怪了，怪了，他妈的怪了！他说这身份证他妈的到底是怎么回事？怎么这么操蛋呢，他有点不肯相信，他把酒放在地上，把身份证丢在酒坛的上边。他想他的手可能是麻木了，手一麻木，就常常不太听话，他于是来来去去地甩动着。

　　但一点用处都没有，甩完了手，那身份证还是一样地颤抖。

　　我猜想，那一定是他的心在发虚，那是他的心里没底，他对他进城的事情感到了恐慌。接着他便想，他要是这样拿着身份证走进人家旅馆去，人家会说他是有病的。他知道旅馆里都是一些漂亮的小女孩，他会把她们吓坏的。

　　于是他把肩上的酒再次放下来，他想先找一个地方喝它两口酒。他想喝下两口酒，他的手也许就好了，也许就不抖了。他四下看了看，最后他看到了一个地方，那是不远处的一块绿地，绿地里有两三张水泥桌，其中有一张正好空着。

　　他捧着黑米酒，走了过去。

　　因为心太急，因为手还在暗暗地抖，他把酒坛捧到嘴边，一股酒水就猛地扑了出来，满满地灌了他一嘴，还灌到了他的脸上，弄得他满胸都是，呛得他不停地咳着。

　　就在这时，他听到了一串嘲笑声。

　　那人就是我的父亲。我父亲就坐在不远的另一张桌子边。他是捡垃圾捡累了坐在那里的。

　　我当时不在，我到别的地方玩去了。我晚上一般不再捡垃圾。

　　李四把嘴边的酒擦了擦，就朝我父亲看了过来。他知道我父亲是捡垃圾的，他说因为我父亲的手里拿着一把长长的钳子。李四自己也笑了，他朝我父亲招了招手，让我父亲过来跟他一起喝酒。但我父亲坐着不动，他只是对着他笑着。父亲的那种笑其实是一种傻笑，但李四说，你父亲笑得特别有礼貌，他就捧着酒，朝着父亲走来。

　　喝酒吗？他问我父亲，陪我喝几口，怎么样？

　　他拍拍那坛黑米酒，这可是深山的黑米酒，不信你闻闻？

　　他哪里知道，我父亲是个酒鬼，别说是他的黑米酒。就是一般的水酒，只要有酒味，只要能闻到，走在大街上他都会悄悄地放慢他的脚步。

　　而李四却说。你父亲真是一个好人，他闻都不闻就点头答应了。

　　你父亲真他妈好！好人！

李四随即把酒坛推到了我父亲的面前，他叫我父亲喝！

我父亲却没有端起，他说换个地方吧，这怎么喝呢？

李四说好，那我到旅馆开个房，我们到旅馆好好喝去。

我父亲说不用，开什么房呀？你要是不嫌弃，到我那里去，我们慢慢喝，怎么样？

李四问都不问你家在哪儿，他抱着酒坛就站了起来。

路上，李四告诉我的父亲，说那天是他六十岁的生日。我父亲马上停了下来，他说真的？李四说当然真的。我父亲马上往街边一家熟食店走去。掏钱给李四买了一块长长的红烧肉，回家后又替李四切成了方方正正的六十个小块，整整齐齐地摆在一个菜盘里，摆在李四的面前，然后请李四下筷。

你先来，今天是你的生日，你先来！我父亲对他说。

看着那切得整整齐齐的六十个方块红烧肉，李四说。他的眼泪哗地就流了下来，他想他的那几个孩子，怎么连一个捡垃圾的老头都不如呢？

我想象不出，那六十个方块的红烧肉，我父亲切成什么模样。那天晚上我回来很晚，我走进住棚的时候，他们早就喝醉了。他们扑在桌边，响亮地打着呼噜。那六十个方块的红烧肉，早就被他们吃得精光，桌上只剩了一个空空的盘子，两个空空的酒碗，还有就是那个黑黑的酒坛。

我当时不知道那就是李四，我以为也是一个捡垃圾的，很多捡垃圾的老头，都爱找我父亲喝酒。我把他们两个一一地弄到了床上，给他们放下了蚊帐，便找别的朋友搭铺去了。我们家的那个住棚里只有一张床，那张床睡不下三个人，我不走也得走。

但我没有想到，那一走，就再也见不到我的父亲了。

那天夜里，我也喝了半碗黑米酒才离开了住棚。

那确实是一坛好酒，很香，香得我受不了。我捧起来摇了摇，我发现至少还有半坛。那酒喝进去的时候，一点都不像别的那些水酒，一点都不辣，一点也不烧，喝完了你的咽喉还是舒舒服服的。走在路上的时候，你才慢慢感到脸上有点温热，那种温热是一种全身都很舒服的温热。就像小时候把脸贴在母亲的大腿上，那是一辈子都忘不掉的一种感觉。我真想不明白，李四的孩子们，怎么就忘了那种黑米酒的滋味呢？

就因为那半碗黑米酒，我在朋友的住棚里一直睡到了第二天的中午，醒来后，我首先想到的还是那坛黑米酒。我想我父亲他们就是醒来了，也是喝不完的。我拉着那位朋友就一起往回赶。我那位朋友叫做溜子，我想让溜子也尝一尝那种黑米酒的美味。

然而，那坛黑米酒已经被他们喝光了。

　　我带着溜子走进住棚里的时候，住棚里一个人也没有，只闻到一股香喷喷的酒味。我指着摆在桌上的酒坛对溜子说，闻一闻，你先闻一闻，你闻闻这味道怎么样？溜子的鼻子早就吸得满屋都是嗞嗞嗞的响声，他笑着脸，嘴巴往一旁的耳朵歪着，说他妈的这味道真的不错。说着把酒坛搂进了怀里，摇也不摇，就高高地捧了起来，嘴巴大大地在酒坛下张开着。我知道他那是禁不住了，我知道他想先喝两口再说。我没有阻拦他。我站到旁边用手护着那个酒坛，怕他一不小心砸了。

　　我说慢点，你慢一点，你不要着急。

　　谁知溜子的大嘴等了半天，只接到了一滴两滴三滴，第四滴一直挂在坛边，拍了两拍才肯落下。

　　溜子没有做声，他把嘴里的三滴酒细细地品了品，然后把酒坛塞进我的怀里。

　　我摇了摇，酒坛里，声音确实空空的。

　　我当时有点难堪，我觉得有点对不起溜子。我突然将酒坛举过了头顶，然后狠狠一砸，把酒坛砸得粉碎。

　　也许，就在那酒坛落地时候，我父亲在大街上出事了。

　　我父亲他喝醉了酒，李四也喝醉了酒，他们两个老头正在大街上摇摇晃晃地走着，突然，他们站在街道中央让车的时候，父亲伸手抓住了一根从眼前飞过的木头。那是一辆装满了木头的大卡车。父亲的嘴上好像还骂了一句什么，但李四没有听到，他刚要拉住我的父亲，那木头已经把我父亲拉走了，我父亲往前踉跄了几步，狠狠地摔在了一个花坛的边上，把脑袋的一半给摔飞了……

　　李四说，是我父亲拉着他上街去的。

　　天亮的时候，他本来要赶早回家，他抱起酒坛的时候，发现剩下的酒还挺多的。他叫我父亲找两个空瓶来，他说坛里的酒给你留着吧，我把酒坛拿回去。我父亲却抓来了两个大饭碗，咣咣地放在了桌面上，他说找什么找，喝！喝完了你把酒坛拿回去。李四说不行，我待会儿还得回家呢。我父亲笑了笑，一眨眼就把两个大碗灌满了。李四没办法，只好笑了笑，俩人又喝了起来。喝完我父亲告诉他，回去干什么？找你那几个兔崽子去，我帮你！他说你既然来了，你就不能不让他们知道昨天是你的生日，走！我跟你一起找他们去。李四说他不想去，他觉得生日都过了，再找还有什么意义呢？无非是他们给你补一餐，那又怎么样呢？他说他要的不是这些。不是。一点都不是。他告诉我父亲，有些东西是永远也补不回来的。他说算了。我父亲说不能算了，怎么能就这样算了呢？他说该要的东西，你就必须要回来，不要你就永远也得不到。

　　我父亲拉着他，就到了大街上。

李四说，都是因为他。

他说，你父亲的死，我是有责任的。如果我不邀他陪我喝酒，他怎么会出事呢？

但我父亲倒在地上的时候，李四却没有想到我父亲已经死了。他说坛里剩下的酒，他们是平分喝掉的，两个人的醉，也是一模一样的。我父亲倒地的时候，他身上的酒恍恍惚惚醒了些，但没有完全醒来。他说在他的一生中，不知见过多少死人，但没有见过像我父亲那样死的，脑壳有一半都飞走了，飞到了远远的一边去。我父亲倒地的时候，他以为我父亲还活着，他扑过去就抱住了我的父亲，他不停地呼喊着救人呀，救人呀！一直喊到来了警察。

警察一来就把他拉走了，但他还不停地往我父亲扑回来，他让警察们帮他把我父亲快点送到医院去抢救。他说医院在哪里？你们快点帮我呀，快点帮我送到医院去，你们听到了没有！

我知道那些赶来的都是交警，是专门处理交通事故的。那些人见过的死人多着呢，什么样的死他们都看到过，他们对我父亲那块飞出去的脑壳，没有太多的惊讶。他们只用粉笔在脑壳的外边画了一个大圆圈，还有一个大圆圈，是把我父亲圈起来。李四便大声地喊叫，画什么画，你们画这些干什么？你们快点帮我送他去医院呀！他在他们的手里拼命地挣扎着。

他们告诉他，人都死了，还送什么医院。

李四还是不信我父亲已经死了。他说他们乱说。他拼命地扑腾着，叫喊着。

一个警察气愤了，把李四拉到我父亲的脑壳边。他说你看到没有，这是他的脑壳，他脑壳都飞出来了，你看到没有？

李四说我知道这是他的脑壳呀，可你看到他流血了吗？他一滴血都没有流呀，你看到没有？

李四也拖着那个警察，拖到我父亲的旁边。

那警察这才愣了一下，好像他也弄不清我父亲为什么没流出一滴血。这是李四对我说的，他说他可能一辈子都弄不清楚，我父亲为什么没流一滴血。可事实上我到我父亲倒地的街面上看过，我父亲的血流了好大的一摊。我不知道李四为什么看不到我父亲的血。可能是酒多了，眼睛红了，什么都看不清了。

李四身上的酒气一下就被交警们闻出了。那交警马上抓住了他，你们刚才喝了多少酒？

李四猛一把将那警察压倒在地，让那警察的脑袋紧紧地靠在我父亲的嘴边。他说你问问他吧，你问问他，我们喝了多少酒？

李四自己都不敢相信，他哪来的那么大的力气。但随后倒地的，便是他李四，几个警察呼啦啦上来，就把他给放倒了。

李四说，那天他是真的喝多了，醒来后，才恐慌得全身不住地打抖。他原先想回家的念头是一点都没有了，醒来后便到处奔跑着找我。是交警让他找我的。交警问他，他家里还有什么人。李四说有一个儿子。交警说，那你帮我们把他找来吧，快点。李四便到处地奔跑着。他当然找不着我。那天我不再捡垃圾，为了给溜子一个交代，我在街边的小店买了六瓶瓦城啤，喝完我们就玩别的去了。

李四为了找我，跑得全身是汗，他的脑子里一直记着一句话：让你去找人你可不能溜了，你要是不回来。我要找你的！这话当然是一个交警对他说的。他还真是怕警察等他等久了，他怕警察等急了，他跑着跑着，很快就又跑回到警察们的身边。警察们说没找着你回来干什么？再去。他就又跑了回去。来回跑了几趟之后，他决定不再跑了。他对警察说，我不找了。他说我都跑遍了你们瓦城了，我哪里都找不着他。

直到这时，一个警察才问他，他儿子干什么的？

李四说，捡垃圾的。

警察一听，脸上的表情马上就换了。

他问李四，那他是干什么的，也是捡垃圾的？

李四说对，也是捡垃圾的。

李四还告诉他们，说我们都不是瓦城的人，我们是从山里跑到瓦城捡垃圾来的。

警察接着便问道，你呢？你也不是瓦城的吧？

李四摇着头，说不是。他说我也是山里的。

那警察于是张大了嘴巴，空空地呵了一声，他说我还以为他儿子是哪单位的呢。一个捡垃圾的你怎么找？弄不好十天半月都找不着，你信不信？

李四说那我怎么办呢？

警察说，你说你怎么办吧？

李四不知道怎么办。他说你说我怎么办呢？

警察说，你还能怎么办呢？你不是他的朋友吗？你帮他送到火葬场去吧。

李四当时有点迟疑，他说我帮他送可以吗？

警察说，怎么不可以呢？他儿子你又找不着，你当然可以帮他送去呀。

李四想了想，说，好的，那我就帮他送去吧。

警察说好的，那就这样，我给你写个证明吧，否则人家也不帮你火化的。

可李四没有想到的是，那警察给他证明的时候，竟把我父亲的名字写成他李四的名字了。警察问什么名字？李四以为是在问自己，随口说李四，木子李的李，一二三四的四。那警察跟着还重复了一遍，说好，木子李的李，一二三四的四。就这样，那证明上的名字就成了李四了。其实，他在写证明的时候，应该问问身份证的。李四说，他没问，所以他就没有给他，他要是问，他会给他的，因为我父亲的身份证一直就在他的身上。他是因为在住棚里找不到我，才跑回来从我父亲的身上拿走了身份证的，他拿着我父亲的身份证到处去问人，他说你们认识这个人吗？你们认识吗？他是捡垃圾的，我想找他的儿子，他的儿子你们认识吗？那警察不问的理由，可能是李四告诉过他们，说我和我的父亲不是他们瓦城的人，说我们是山里来捡垃圾的。

那警察把写好的证明，放在一个信封里，还用订书机把信封口封好，然后递给李四，让李四跟着一辆车子，把我父亲送到了火葬场。那封信李四不敢打开，到了火葬场，他就按照火葬场的规矩，把那封信交到了一个窗户里。窗户里坐着一个光头的男人，那光头低着头忙着，忙完头也不抬，只对窗外的李四说，明天来吧，明天中午十一点。

李四一下就愣住了，他不明白。他说明天中午还来干什么？明天我没有时间了，明天我要回家去，我的家在很远很远的山里。

那光头这才竖起了脑袋来，他嘴巴张得开开的，好像窗外的李四是他没有见过的怪物。

光头说，你什么意思？你是说，告别仪式呀这些，你不给他搞了？你想马上给他火化，你想把他的骨灰马上拿走？

李四连连地点头，他说对对对，我想把他的骨灰马上拿走。

那光头当时觉得有点奇怪，就又问了一大堆什么有没有单位、有没有家属的问题。李四也觉得光头有点奇怪，他想你是警察吗？你问这些干什么？但他还是回答了他。说完那光头倒同情起他来了，他说那好，那我帮你去问问，我让他们给你加个班，好不好？最后让李四交了一些钱，给李四放了一段音乐，说是给我的父亲放的，然后让李四等着。

拿到骨灰的时候，天已经黑了。

送我父亲去的车子，早就走了。李四只好顺着来路，往城里匆匆地走着。

李四说，他本来要把我父亲的骨灰拿到我的住棚里，等着我回来。他打算等我一个晚上，如果天亮了我还不回来，他就把我父亲的骨灰放在桌子上，然后压一张纸条，简单说明一下我父亲撞车的经过，然后就回去。可是，他回到城里的时候，却突然想起了一个问题，他想，如果他手里捧着的骨灰盒不是我的父亲，而是他李四呢？弄不好他李四到现在都还丢在那个可怜的停尸房里，他想他的那些孩子，他们会知道吗？李四感到一种从来没有过的凄凉，一种从来没有过的悲伤，他一边走，一边禁不住对着我父亲的骨灰盒默默地念叨起来。他说胡老头呀胡老头，你死了还有人帮你收尸，你死了还有人帮你去火化，如果是我李四呢？谁来帮我收尸呢？谁来送我去火化？

想着想着，李四突然愤怒了。

他说我操你们的妈！

我操你妈李香！

我操你妈李瓦！

我操你妈李城！

我辛辛苦苦一辈子，我养你们干什么？我把你们一个一个地养大，一个一个地送进了瓦城来，我让你们都成为了瓦城人，可你们呢？你们把老子的生日都给忘了，我操你们的妈！

街上的行人都被他的骂声给吓住了，都以为可能是个疯子，也可能是个被抛弃的老人，都远远地闪开了。

但李四不管这些，他望都不望他们。

骂过以后，他突然在大街上站住了。

他突然觉得，他不能这样便宜了他们。他不能这样便宜了他的李香，他不能这样便宜了他的李瓦，也不能这样便宜了他的李城。他想，他得给他们一点厉害看看，就像他们小时不听话的时候，他将他们的裤子脱下来，用竹鞭狠狠地抽在他们的屁股上，或者瞪着眼猛地给他们一个耳光，一个响亮的耳光，让他们痛哭一顿，让他们在痛哭中想一想错在哪儿啦，想一想父亲为什么这样打我，想一想以后再也不能这样，否则，父亲还会脱下他们的裤子，还会抽打他们的屁股，还会给他们响亮的耳光！

老子得让他们痛哭一场！就是不痛哭，也要让他们的脑子愣一愣，让他们在心里疼一疼，让他们想一想。你们到底都怎么啦？你们对得起你们的父亲吗？

他捧着骨灰盒，转身就朝李香家走去。

他想李香你是大姐，你有什么理由记不住你父亲的生日呢？我知道你和你丈夫都下岗了，我知道你借了钱买了车，你想尽快地把欠债还上，可这就有理由把你父亲的生日给忘了吗？你看人家胡老头，人家是捡垃圾的，人家的日子难道比你更好吗？可你知道人家是怎么一个好人吗？人家一听说是你父亲的六十大寿，人家掏钱给你父亲买了一块长长的红烧肉，还给你父亲切成了六十个方方正正的小方块，人家是一个捡垃圾的啊，你难道连一个捡垃圾的老头都不如吗？

李香的家正好没人，在楼下就可以看到，她家的窗户都是黑糊糊的。他想这样好，这样等到他们回来的时候，还没进门，他们就看到了。

他不让李香的邻居看到他，他悄悄地摸上楼去，他悄悄地摸下楼来。他把我父亲的骨灰盒悄悄地放在李香家的门前，然后把他自己的身份证放在了我父亲的骨灰盒上。

　　他在楼下的不远处等着，等一个陌生人经过。后来他拦住了一个二十来岁模样的大女孩。他对她说，你帮我一个忙好吗？女孩说什么忙你说。他说你能不能帮我转告李香家，说放在他们家门前的那个骨灰盒，是他们爸爸的骨灰盒，是一个捡垃圾的老头送来的，你告诉她，是她的爸爸临死前吩咐我把他的骨灰盒送来的。那女孩好像被吓得身子缩了缩，远远地朝李香家的方向看去，眼光里顿时有点怕怕的。她问李四，你是说，李香他们爸爸死了？李四说对，你就告诉她，你说他们的爸爸死了，是一个捡垃圾的老头帮他们送去火化的，火化前本来要告诉他们的，但他们的爸爸死前吩咐了，说他恨他们，他只能让他们看到他的骨灰，火化前他不让他们看到他。

　　李四说完就走了。他想那女孩肯定会帮他告诉李香的。他想她会的。

　　那天晚上，我回到住棚里不是太晚，大约是九点多不到十点的时候。

　　远远地，我就看到有一个人坐在住棚的门前。灯光从住棚里照出来，投在他的脊背上，脸当然是看不清的，但我还是看出他不是我的父亲。一直走到了他的面前，我才发现原来是昨夜跟我父亲喝醉酒的那个老头。当时我还不知道他叫李四。

　　李四一直地坐着，我都走到他跟前了，他还一直地坐着，只是眼睛定定地看着我，然后问道，你是胡来城吗？

　　胡来城是我的名字，这是我到瓦城后一个捡垃圾的老头帮我改的。我的名字原来叫胡红一，我不知道是什么意思，反正听起来一点意思也没有，但胡来城不错，我没读过书我都能够读出很多理想的东西来。

　　我说对，我是胡来城。

　　他的两条腿便顺势往前一扑，跪在了我的面前，把我吓了一跳。

　　随后，他便告诉了我父亲的死，以及没有交给我骨灰的经过。

　　你说我还能有什么办法呢？我觉得他这种做法太过于荒唐了，我说你那几个孩子他们不就忘了你的生日嘛，哪里用得着这样收拾他们呢？你也太毒了一点了。但细细看过他那一脸的愤怒和痛苦，你又觉得他那样闹一闹他们，也是有一点点合理的。我不想对他说得太多，一个十六不到只有十五岁的毛头小子跟一个六十岁的老头，有一些话是永远说不到一块的。我担心的只是，他那几个孩子真把我父亲的骨灰当成是他了，那我怎么办呢？但李四告诉我不会。

　　他说他那几个孩子绝对不会。你以为我那几个孩子他们是饭桶吗？他说，我告诉你，他们一点不饭桶，他们比你，比我，比谁都聪明，他们才不会以为他们的父亲是真的死了，不会一见骨灰就以为是真的。

　　我当时觉得奇怪，我说那你的目的是什么呢？

　　他说我只是为了吓唬吓唬他们，他们看到骨灰盒的时候，肯定会想到那是我给他们闹的，但他们随后就会想起，他们的父亲为什么要这样？他们的父亲昨天是干什么来了？我相信他们想着想着，就会有人想起昨天是他们父亲的生日了。

他说，他们肯定会想起的。

我对他的这种心情表示理解，但我对他的想象表示怀疑。他却一口咬定你用不着怀疑。他不停地告诉我，他那几个孩子聪明得很，他那几个孩子很聪明。他说你想想吧，他们要是不聪明，他们要是跟其他的山里人一个样，他们能一个一个走进瓦城吗？他们基本上都是国家的干部呀，你以为他们的脑子饭桶吗？

经他这么再三地说来说去，我又多多少少地有了一点相信。

他说你放心吧，明天早上我还你父亲的骨灰盒。

但那天晚上，我还是怎么也睡不着，我的脑子里翻来覆去的，都是父亲被车撞死在大街上的情景。就因为我没有在场，就因为我没有看到，所以父亲的惨状便显得各种各样的，每一种惨状都把我吓得半死。李四也睡不着，我发现他的身子在床上动来动去的，怎么也睡不安宁。但我们谁都没有开口，我们的嘴巴和我们的心一样的难受。

天快亮的时候，我却迷迷糊糊地睡着了。等到我醒来的时候，我看见李四早已坐在住棚的门前，不知在看着什么，也不知他在想着什么。我看到的是他的背影。

李四的背影像一块石头，一动不动。

我问他什么时候了？

他说中午了。他的脸却没有回过来看我。

我说，我父亲的骨灰呢，拿回来了吗？

这时他才回过了头来。他说我在等你呢，你醒了？

我说废话，我没醒我在跟你说梦话吗？

他说我在等你呢，我们一起去拿呗。

我说你什么意思？骨灰是你放在那里的，你应该自己拿回来给我，你凭什么要我跟你去？没等他回话，我又说，去吧去吧，你去拿回来给我吧，我不会跟你去的。话没说完，我往后一倒，又躺了下去。

但他没有去。他悄悄地走到我的床边，竟走得一点没有声响，我被他突然出现的影子吓了一跳。我歪歪地眯着眼睛看着他。我没有说话。而他，有点像一头善良的老牛，不幸跌进了一个路边的坑坑里，那坑坑虽然不是很大，也不是很深，但怎么也起不来，在乞求着我的帮忙。

他说，我要是愿意见到他们，我一个人早就去了。可我不想再见到他们，也不想让他们再见到我。走吧，你跟我一起去拿吧，待会儿我也不上去，我告诉你哪是她的家，你上去拿，我在下边等着你，等你拿到了，我也不回你这里了，我回我的山里去。

看着他的那种眼神，我好像看到了他的心在流血的样子。我的心不知不觉地也就软下了。

我随即翻身下床，我不再多嘴。

我说好的，那走吧。

走了没有多远，他突然站住了。他朝我回过头来，呆呆地看着我的脸。

我说怎么，不走了？

他说你还没洗脸呢。

我说洗什么脸呢，不洗。走吧。

他还是站着不走。他说去吧，你先回去洗个脸吧。

我笑了。我说你看到我那里有洗脸的东西吗？毛巾、脸盆，有吗？

他说那你就用水擦一擦吧。我们去拿你父亲的骨灰你知道吗？别让他看到你这样的脸。

我说反正他又看不到。

他说他能看到的。他说人一死就什么都能看到了，你知道吗？

我心里暗暗一笑，我说你这是什么歪理？

他说我这不是歪理。人一死真的什么都能看到。他能看到你，也能看到我，他能看到我的心，也能看到你的心，真的，他现在就等着我们去拿他回来。

听他这么一说，一股凉飕飕的东西，恍恍惚惚地在我的脑后飘起。我转身回到水龙头的下边。向很肮脏的脸上一捧又一捧地泼着水，泼了一次又一次，然后是拼命地搓，搓得一脸热乎乎的。最后，我把脑袋塞到水龙头的下边，也狠狠地洗了一次。

路上，我告诉李四，我以前也是天天早上洗脸的，后来，我妈被别的男人偷走了，我跟着父亲到了瓦城，我就再也不洗了。

李四说为什么？他觉得奇怪。

我说我也说不清楚，反正天亮起来，父亲就把我拉走了，让我跟他捡垃圾去了。我父亲说等出汗的时候抹一抹，就什么都干净了。

他说你明天可以不洗，但今天不洗不行；今天不洗，你爸爸不会认你的。

然而那天中午，我没有拿到我父亲的骨灰。

李香家的房门紧紧地关着。我在李香家的门前没有看到任何盒子，我跑到李香家的楼下，顺着院子的围墙找了一圈，也没有看到任何像是盛骨灰的盒子。最后，我拦住了一个过来的人，我说李香家人都哪儿去了？那人的嗓门粗得吓人，他说你找他们家人干什么？你是他们家亲戚吗？我说不是。他的眼睛便翻了翻，说走了，天一亮就回山里去了。我一愣，不由惊诧起来，我说他们回山里干什么？那人的声音就更大了，他说她父亲死了！她和她的弟弟几个，他们一家人全都回山里给他们父亲奔丧去了。你有什么事吗？有事你十天半个月以后再来吧。

那人说完往前边走去，好像有什么急事。

我站在那里愣了一下，随后，一转身就急急地离开了。

李四看见我两手空空的，远远地就迎了上来。

他说怎么啦？他们不给你是不是？

我当时已经生气了。

我说你已经死了，他们拿着我父亲的骨灰，回山里给你奔丧去了。

李四的脸色忽然就难看了起来，嘴巴张得大大的，像是要死的样子。他忽然转过脸，朝远处的什么地方远远地看着。

我问他怎么办？

他没有回答我。

我又问一句，怎么办？

他好像还是没有听到。

我于是大声地吼了起来，我愤怒了。

我说怎么办，你快说呀！

他吓了一跳，这才转过了脸来。但他摇摇头，收着身子，蹲在了脚下。他双手紧紧地抱着头，嘴里不断地呢喃着：他们怎么这么笨呢？怎么这么笨？

听那声音，好像快要哭了。

但我没有同情他。我感觉全身都是火，我把许多想到的气话，统统朝他的脑壳上砸了下去。我说你不是说他们不会当真吗？你不是说你那几个孩子不是饭桶吗？你不是说他们都是聪明人他们一点都不愚蠢吗？他们怎么就把我父亲的骨灰当做了你了？

突然，李四从地上站起来，大声地吼了一声：好！他说这正好让他们好好地哭几天！让他们尝尝父亲要是真的死了，那是一种什么样的滋味。他要让他们好好地想一想，想一想是否对不起他们的父亲。

我说，那我父亲的骨灰怎么办？

他说你放心，我给你保证，等他们哭够了，我保证还给你。

他不停地摇着我的肩膀，他让我相信他。

不相信又能怎么样？

我只能相信他。

后来我们才知道，李四的三个孩子，还有他的女婿、他的儿媳妇，以及他的孙女艳艳，他们六个人，从后半夜一直哭到了天亮，他们除了哭还是哭，没有人对父亲的死有过一点点的怀疑。最先回到门前的是艳艳，她马上就拨响了妈妈李香的呼机，李香跟着就拨响了丈夫刘大奇的电话，刘大奇再把电话拨到李瓦的家里，李瓦一听，马上开车跑到李城的楼下，把李城拉到了姐姐的家中。

从瓦城回到山里的路挺长的，他们捧着我父亲的骨灰，一路哭个不停。听那司机说，他们的哭声，把他弄得手也软了，脚也软了，有几次踩刹车都踩不灵了，差点把车开到了山脚下。

最惨的当然不是他们，而是他们的母亲，这一点谁都可以想象。他们的母亲就坐在门槛上看着他们回来。她被他们给吓住了。她指着李瓦手里的骨灰盒，问他这是什么？你们干吗哭成这样？

李瓦噗地一下，就跪在了母亲的脚下。

他说妈，这是我爸。

后边的五个人，也扑通扑通地跪在了门槛下，哭声哇哇地烂成一片。

你爸他怎么啦？你们干吗都跪着？老太婆顿时惊叫了起来。

李瓦说，我爸，他死了。

老太婆忽然就全身颤抖了起来，她想摸一摸我父亲的骨灰盒，她的手还没有落到上边，她的身子歪倒了。等到她醒来的时候，便哭诉着，牙齿都咬崩了。

她一个一个地盘问着：

你知道你爸到你们城里干什么吗？

你知道吗？

还有你，他跟你说了吗？

直到这时，他们还是无人想起，想起那天原来是他们父亲的生日，他们只是愣愣地看着老人家，不敢点头，也不敢摇头。

他是到你们城里过生日去的，你们知道吗！

老太婆的牙齿咬得格格地响。

跪在地上的六个人，这时突然停止了哭声。静静的，每个人的咽喉都像被人掐住了。

老人的哭声却无法停止，她一边哭，一边不停地责骂着：

你们爸是怎么死的？

你们给他做了生日吗？

是你们把他给气死的吧？

谁？

是谁把他给气死的？

她越哭越恨，越恨越伤心。她一个脑袋一个脑袋地点过去，一个脑袋一个脑袋地点过来。

你们为什么把他的生日给忘了呢？

为什么？

你们给我说呀？

没有一个开口。谁都想不起自己是怎么把父亲的生日给忘了的。他们只知道哭，好像只有哭才能证明对不起死去的父亲。于是又开始哭了起来，而且谁也不肯先停下。

说呀？

你们为什么忘了呢？

老太婆不停地骂着：

你们为什么不说话？

你们把你们爸的生日都给忘了，你们还活着干什么？

你们也都死去吧！

你们死了就自己找你们爸爸说去，你们不用跟我说，跟我说一点用都没有。

去呀，你们也都死去呀！

你们为什么不去死呢？

你们给我这么跪着干什么？

是我叫你们忘了他的生日吗？

你们给我跪着干什么呢？你们跪着干什么？……

当天晚上，老太婆就断气了。他们让她吃东西，她不吃；他们让她到床上歇一歇，她也不去；她连坐都不坐，哭完了，骂完了，她用一个布袋装了一些米，提在手里，往门外走去。孩子们都慌了，都不知道母亲要去干什么，都紧紧地跟在她的身后说，妈，你要去哪儿？你别去。他们跟在她的身边想扶她，她把他们的手一一打掉。

她摇摇晃晃地往前走。

她说你们不要管我，我也不要你们管。你们爸是到城里找你们去的，你们都让他死了，你们还管我干什么，你们谁都不要管我。我不要你们管。

但孩子们还是紧紧地跟在她的身后。他们都想不出她要去哪里，都担心她脚下一空，会一头栽下路边的深沟。

天上的月亮很亮，亮得只剩下了孤独地挂在夜空，像是动也不动。

老太婆走的不是大路，她走的是路边的那些田坎，那些细细的窄窄的田坎。一边走，一边把抓在手里的米撒些出去，一边撒，一边喊着李四的名字。

她说李四呀李四，你快回来吧，你不回来我怎么办呢？你不会丢下我一个老太婆不管吧，你不会这么狠心的，你快回来吧！她说你看到我在喊你吗？你听到我在喊你吗？听到了你就回来吧，你在月亮里听到了你就从月亮里回来吧……你要是在城里听到你就从城里回来……你在树林里听到了你就从树林里回来吧……你要是在河水里听到你就在河水里回来……我看见月亮了，月亮现在就在我的头上，我看见它冷冰冰的，那里不是你住的地方，你快点从月亮里回来吧……瓦城我也看到了，我看到瓦城也不是你住的地方，你也从瓦城回来吧……回来吧……

她一路走，一路喊，一路撒；一路撒，一路走，一路喊；走过了一块田又一块田，走过了一块地又一块地，她把米袋里的米撒完了，就把米袋递给身边的孩子，去，给我再拿一点来。我要给你们爸喊魂，我要把你们爸丢在你们城里的魂喊回来。头一次给的是谢晓，谢晓急急就接过母亲的空布袋，急急地往家里跑，然后急急地给母亲装了一点米跑回来，像是生怕耽误了母亲喊魂的时间，父亲的魂就真的回不来了。第二次给的还是谢晓，谢晓装了一点米又急急地跑回来。第三次，她的目光还是落在谢晓的脸上，这一次，谢晓装满了整整一大袋，装得沉甸甸的，她怕第四次喊的还是她。回来的时候。她没有把米袋递给母亲，她说妈，我帮你拿。老太婆不用，她把米袋接了过来，但她没有想到米袋那么重，米袋一沉，竟把她的身子给拉了下去，吓得孩子们的心都从喉头飞了出来，惊慌失措地扑上去，一边扶住母亲的腰一边接住米袋不让落地。都说妈，你放手吧，我们帮你拿。老太婆却死活不肯放手。她像驱赶苍蝇一样，驱赶着他们，她让他们去去去，都给我一边去，我要给你们爸喊魂，我要把你们爸的魂从你们城里喊回来，他是到你们那里被你们给弄丢的，我要把他喊回来。

老太婆接着又摇摇晃晃地往前喊过去。老太婆的喊叫一声高，一声低，一声长，一声短，最后又顺着走去的田坎往回喊来，回到门槛前的时候，她的声音突然没有了，她张着一张嘴巴，愣愣地站着，也不进门。孩子们等一会儿，以为母亲有话要说，都愣愣地等着。谁知，老人的咽喉里突然滚出一声怪响，一股血从嘴里喷了出来，她就这样倒在了门槛上。

父亲如果不死，母亲怎么会死呢？

在随后守灵的日子里，李四的孩子们，真是不知如何痛苦才是。

他们先是一个接一个地忏悔着自己的不是。这个说，其实那天夜里进门的时候，他们就发现父亲的愤怒了，父亲把他们家的一只杯子给砸烂了，绝对是他砸烂的，如果不是有意砸烂，父亲会清理干净的，可父亲没有收拾，就愤怒地到大姐家去了。当大姐的随即把话接了过去，她说父亲是到他们家里去了，而且父亲也愤怒了，父亲把他们家的电视机一直地打开着，声音很大，轰轰轰的，遥控器也砸烂在了地上，但他们没有放在心上，他们想，父亲愤怒后一定是到老三李城那里去了。李城说父亲倒是没有砸烂他家的任何东西，没有，但李城也在脑子里找到了对不起父亲的地方，他说自己应该让父亲留下的，他的女朋友后来并没有住在他那里，他的女朋友说那天晚上她没有情绪。李城没有办法，李城说没有情绪就没有情绪，那你就回你家里去吧。她就回她的家里去了。李城说，他要是把父亲留在他那里，父亲是不会出事的，父亲不出事，母亲怎么会出事呢？

所以他说，他是最最该死的！于是将脑门狠狠地撞在了墙上，撞得咚咚咚地乱响。

他们就都劝他，说你用不着这么想，该死的不光是你，我们都该死，谁叫我们都把父亲的生日给忘了呢？

这时，艳艳说话了。

艳艳觉得，平时你们不都以为我是个有问题的女孩吗？没想到，你们的问题比我大多了，你们都弄出了两条人命了。

艳艳的嘴有点毒。她说，我觉得你们应该一个一个地说一遍，你们是怎么把爷爷的生日给忘了的。

艳艳的话谁都听到了，但谁都没有做声。

艳艳又说了，她把手横过去，直直地指着她的母亲，她说妈，从你开始吧，你是老大，你说，你是怎么把爷爷的生日给忘了的？

李香看着女儿，不知如何开口，也不敢愤怒。

坐在姐姐对面的李城却忽然开口了。

他说姐，你还记得前年吗？

大家的眼光便乱窜了起来，看看李香又看看李城，看看李城，又看看李香。

李城说，我说真心话吧，前年我是真的记起了父亲的生日的，不信你们问姐，姐，是吧？我是为父亲的生日专门跑到姐家去的。我说姐，后天爸爸的生日，我们要不要回去一趟。姐，你当时怎么说的，你还记得吗？

李香暗暗地有点紧张，她说我说了什么啦？我好像没有说什么。

李城说，你说了，你说回什么回，不回！你有时间你回吧，我没有时间。你当时就是这么说的。

李香的眼睛突然爆开了一样，她说你瞎编，我怎么会这么说呢？我绝对不会这么说。

李城说，姐，你当时就是这么说的。

李香说，那后来你回来了吗？你怎么不回来呢？

李城说，这就得怪你了，我是因为你不回来，我才不回的，我干吗一个人回来呀？

李香说，那你可以找李瓦呀，你跟李瓦两人一起回来不行吗？

李瓦的脸色也暗暗地紧张了起来。

李城说，我去找过他，但没有找到。后来我就想，怎么就我一个想到父亲的生日呢？你们怎么没有想到呢？如果想到了，为什么没有听到谁说呢？我想了想，后来不知怎么，就懒得往下想了。去年，我说真话，我是一点都没想起，真的，今年就不用说了。

李瓦把话接了过去。他说我有一年也是想到过要回来的，我还跟朋友说好了要开他的车回来呢，朋友都答应了，说你开吧，我给你留着。后来不知碰着了一个什么事，就给忘了。这事我好像跟姐说过呢。

李香说，你什么时候跟我说过呢？你没有跟我说到过。你们今天是怎么啦，怎么什么事情都说跟我说过呀？

李瓦说。要么我就是跟老三说过的；反正我跟谁说过，我绝对跟谁说过的。

李城说，你这是瞎说，你没跟我说过，你绝对没有跟我说过。

说来说去，好像还是弄不清楚父亲的生日是怎么给忘了的。后来，就都把原因归结为太忙了，实在是太忙了，整天都在忙，忙得人的脑子都热烘烘的，像被火烧着了一样。可不忙行吗？不忙怎么活下去呢？你不忙，别人忙呀，别人就会当着你的面，把所有的好东西，一样一样地抢走，最后会把你碗里的饭也抢走，你说你不忙你怎么办？

这时，艳艳又说话了。

她说其实呀，你们也用不着光在自己的身上找原因，我觉得爷爷本人也是有问题的，爷爷太过分了，不就一个生日吗？城里人又不是什么神仙，干吗非要记住你的生日呢？

艳艳的话好像还没有说完，一个巴掌飞了过来，把她的脸给打歪了。

那是她父亲的巴掌，打得很重。

屋里突然静了下来，所有的嘴巴都闭上了，什么自己的不是，什么别人的不是，都不再议论了，能做的，只是默默地守灵。当然，在后来的几天里，他们还是决定了几件事。他们决定，回家后马上拿父母的相片去放大，然后各家摆在屋里，每家都给父母做个灵堂，一直到做完七七。七七就是七个七天的意思，就是每一个七天都要给父母的在天之灵举行一次送行的仪式，好让父母在另一个世界里得到安生。此外，还决定每年清明节都要回到山里来，回来给父母烧香，回来给父母扫坟，就是天上下着刀子也不能免掉；还有，就是把房子卖了，不卖留着干什么？卖房的钱，全都交给李城，就当是父母留给他的结婚钱。

　　离开山里的那一天，天刚亮，买房的人就把钱拿来了。那是一摞不薄的钱，买房的人问，给谁？你们谁点一点。老三李城走上去，说，点什么点，给我吧。他拿过钱，就直直地往门外走去，然后对着远处的山头，大声地喊叫着：

　　爸！

　　妈！

　　我是老三李城。

　　我会尽快找一个女的结婚的，你们放心吧！

　　在等待去拿骨灰的那些天里，我没有捡过一天的垃圾。李四也觉得我没有必要再去。那些天的饭菜，也都是他给买的。我没让他买，也没说不让他买，反正他买回来了，我就照吃不误。我为什么不吃呢？要不是因为他，我父亲怎么会死呢？吃完了我便躺到床上，我脑子想的几乎都是死去的父亲。我不停地催着李四，让他快点带我回他的山里，我想早一天把我父亲的骨灰拿到。我不敢让他一个人回去，我怕他一个人走了，不把我的父亲带回来，我怎么办呢？我到哪里去找他呢？我还不时地警告他，我说你不能一个人偷偷地回去你知道吗？你一定要带我跟你一起回去。李四总是告诉我，你放心吧。我怎么能不还你父亲的骨灰呢？我要是不还你，你说我的心里就好受吗？我又不是坏人，你看我像坏人吗？但我总是有点不太相信他。我总是担心他会一个人什么时候偷偷地跑了。睡觉的时候，我总是让他睡在里边。以为那样他夜里就跑不掉了，其实这样的想法是很天真的。那些夜里，我虽然时常因为父亲的死而睡不着，可一旦入睡，都是睡得很死的，李四要是想溜，早就溜掉了，但他没有溜。

　　李四这一点还是挺不错的。

　　我敢说，这一点城里人很少能做到。

　　那样的情景一直熬了十天。

　　临走的前一天，李四让我带着他，到商店里去走了一圈。

　　他说，他要给他的老伴买点吃的东西。

　　他没想到他的老伴已经死了。

　　我当然也没有想到。

　　我问他买什么吃的呢？

　　他说有一种很好吃很好吃的东西，但他忘了名字了，只知道有点像是他们山里的米糕，但山里的米糕做得没有那么软，也没有那么好吃，吃的时候有点软软的还有点粉粉的，反正是十分的好吃。他问我哪里有卖？听他那么一说，我知道那肯定是云片糕。云片糕很便宜，在城里根本算不得好吃的东西。我说那种东西有什么好吃呢，一点都不好吃。我给他推荐了很多好吃的，尤其是巧克力，他却坚决不买。

他说他就买云片糕。他说，你说不好吃那是你的嘴巴，我老伴的嘴巴她觉得好吃，那就是天下最好吃的，你知道吗？

接着，他便比划着他老伴吃云片糕时的那种模样，说她总是很端正很端正地坐在门槛上，一小片一小片地把云片糕掰下来，然后一只手轻轻地提着放进嘴里，一只手在下巴的下边接着，那是以防万一，万一有云片糕的碎片从嘴边跌落，她好把它们接住。她总是吃得很香，吃得一脸甜甜的，一点都不着急，好像一个永远长不大的小女孩。

我心里便暗暗地笑他。

路上，我曾想象过李四那老伴的模样，我想我一定要好好地看一看，看一看她拿到云片糕时的模样，是不是真的像个永远长不大的小女孩。一个小女孩与一个老太婆，那是一个天和一个地呀。

你知道，我的这种想象早就提前落空。

就连李四家的那栋房屋，我都看不到是什么模样了。

那一天从清早起，买主就请来了一帮人，把李四的那栋房子给拆了。我们看到的时候，房子已经没有了，拆下来的东西乱七八糟地丢得到处都是，就像一堆垃圾。

在我的眼里，那就是垃圾。

当时的天，是准备黑下来的那个时候。

前来拆房子的人，有的已经走了，收工了，回家喝酒去了；有的正扛着拆下的木头，走在李四家门前的路上。

李四远远地就站住了。

我也站住了，我站在李四的身后。

我说怎么啦？走呀，不走啦？

李四半天没有说话。

那些人也不说话，他们也远远地就站住了。

接着，有人把话问了过来，说：是四叔吗？

李四没有回答。李四愣愣地看着他那已经没有了的房子。

有人再一次把话问了过来，说：四叔，是你吗？

李四还是没有回答。

突然有人慌了起来，以为是遇着鬼了，咣地就将肩上的木头丢在了地上。

木头落地的声音很响，那声音把其他人也都吓慌了，跟随着，木头落地的声音和四散奔逃的脚步声响成一片，像是天要塌了似的。

回来，我是李四！你们跑什么跑？

李四突然朝着他们吼道。

那些人的身上都像是牵了绳子，李四那么一喊，就把他们都牵住了。

说真话，从那天晚上开始，我是真真地同情李四了。在那之前，我觉得他其实没有那么大的可怜，不就一个生日吗？做也过，不做也过，干吗弄得那么严重呢？我觉得他闹得太过了。可那天晚上，我觉得这个老人的命，还真是他妈的比我还苦，比我还惨！我失去的只是我的父亲，而他呢？他的老伴没有了，他的房子没有了。他，一个六十岁的老头，也在他孩子们的心中死去了，往下，他该怎么办呢？

当天晚上，李四打着火把，带我去拿我父亲的骨灰盒，他刚要揭开坟墓，被我喊住了。

我说算了，不挖了，就让我父亲埋在这里吧。

我想，我父亲他不死也死了，我拿着他的骨灰回瓦城又能怎样呢？还不如就这么留着，让他躺在这个静悄悄的深山沟里。我想，或许这还是老天爷的一种安排呢。如果哪一天我能了却他的心愿，我真的成了瓦城的人了，我再看看有没有别的什么办法吧，比如能不能把他迁进瓦城的公墓什么的。如果没有，就永远让他躺在这里吧。

李四没有多想，他只是对我说，随你的便，你自己想好。

我说那就随我的便吧，我想好了。

他说，反正这事你以后不能后悔，后悔了也不能怪我。

我说，我不会怪你的，我也不会后悔。我说你放心吧。

然后，我们来到他老伴的坟前。

他把买回的云片糕，一片一片地掰下来，一片一片地摆放在他老伴坟前的石板上。

就在这时，我禁不住问他，我说你怎么办呢？

他说，我还能怎么办呢？你说，你说我还能怎么办？

一个六十岁的老头子竟然这样回答一个毛头小子的问话，你可以想象，他的心是多么的难过，多么的凄凉，他已经不知道自己怎么办了。你说，你不同情他，你同情谁呢？我简直觉得，如果全世界只有一个人需要你去同情，那个人可能就是他李四。

我说，你不会想到死吧？

他没有回话。

我说你千万不要想到死你知道吗？

他还是没有回话。

我说，你跟我回瓦城去吧，我带你去找你的那些孩子。

他说，你说他们还会认我吗？

我明白他的意思，他是担心他们会不会因此而恨他，而不认他。我说怎么可能呢？你是他们的父亲，他们是你的孩子，他们怎么敢不认你呢？

他说，他们要是不认我，我怎么办？

我当时觉得，这个老头怎么有那么多的顾虑呢？我觉得只要他回到瓦城，只要他站在他们的眼前，他甚至不用开口，他们都会知道，这就是他们的父亲。他们怎么会不认他呢？于是我安慰他，我说在你回到他们的身边之前，你就跟我住在一起吧，反正我也没有父亲了，你就当做是我的父亲好了。你可以一直住到他们认你的那一天。

我说，我父亲的身份证不是还在你身上吗？他说是的，还在。说着要掏出来还给我。我说不用，我说你先拿着吧，在城里，没有身份证有时还挺麻烦的，一不小心，就会碰着喜欢盘问的警察，他们的手总是伸得长长的，然后问你，有身份证吗？拿来看看。

我说你就拿着我父亲的身份证吧，反正你的身份证已经没有了。

他的身份证已经被他的孩子们烧掉了，连同烧纸，一起烧在了我父亲的坟前。

他看着我父亲愣了好久，他说我拿你父亲的身份证也没用呀，谁不一眼就看出来了。

我不由愣了一下，相貌确实是个问题。我拿过父亲的身份证，说实话，在这之前，我还真的没有看过几次父亲的身份证，这一看，我吃了一惊，因为我父亲在身份证上的人头，也不太像我的父亲。当然，也不像李四。

于是我把身份证递给了李四，我让他好好地看一看。

李四也觉得怪了。他说真的不是太像你的父亲，为什么呢？

他说那有人怀疑过这不是你的父亲吗？

我说怀疑多了，但我父亲的名字是对的，这上边的地址也是对的。还有一点，就是这脸上的颧骨，还是很像的。李四便摸了摸自己的颧骨，我顺眼看了看，发现他的颧骨，也是我父亲的那种颧骨，不是太像，也不是一点不像。他说那我的名字不一样呀？我说这就简单了，有人问你，你就说你是我的父亲，你只要记住我父亲的名字，记住这身份证上的地址就行了。

他的手便深情地落在我的肩头上。我看到他的嘴巴动了动，他好像有话要说，最后却什么也说不出来，他的眼睛眨了眨，好像暗暗有泪。

回瓦城的那天早上，山里的露水挺重的，走了没有几步，腿上的裤子就湿透了。

走到一个半山腰的时候，他突然停下来，指着不远处的一块地，他说，那是我家的。

我说你家都没有了，你哪里还有地呢，你的孩子们不是把地都卖了吗？

他说没有。他说他们卖掉的只是地里的东西，不是地。地是不能卖的。我没死，那地就还是我的，我要是死了，那地就回到国家的手里，谁也不能卖。

他忽然眼光默默地望着我，他说，要不你回你的瓦城去吧，我不去了。

我说为什么？

他说我还有地。我怕什么呢？

我说你已经没有房子了你知道吗？

他说那要什么紧呢？盖一个茅棚，我就可以住下了。

我说算了吧你，你今天盖了茅棚，明天后天，你的那些孩子他们总有一天会知道你还活着的，到时，他们还得把你弄到城里去的。你已经六十了，你一个人在山里能呆多久呢？

他便不再说话。

但他还是朝他的那块地走去。

我悄悄地跟在他的身后。

他是朝地里的那个稻草人走去的。那个稻草人歪歪的，眼看就要倒了。

我看到他扶起稻草人的时候，眼里悄悄地竟流下了泪来，好像他扶的不是什么稻草人，而是他那永远离开了人间的老伴，或者那稻草人就是他自己。

他让我帮他，帮他把稻草人往地里插深一点，插牢一点，他希望它别再倒下。

他说这里风大，你使劲点，免得我们一走，风一来，又倒了。

插好后他又试了几下，扯了扯稻草人的手，然后朝我点点头，算是放心了。临离开时，他又整了整稻草人身上的衣服，他的动作很细，从衣领开始，慢慢地往下顺，先是衣袖，然后是胸襟，然后是衣摆，然后是裤子，我看到他的手几乎没有放过一个地方。一点一点都做得十分熨帖；完了，才去整理那稻草人头上的帽子，完完全全地把稻草人当成了一个人。最后，他把稻草人手里拿着的那个白色的塑料口袋，也重新系了一遍。

我指着那个塑料袋问他，挂这个干什么呢？

李四只对我笑了笑，没说。

我想了想，觉得那塑料袋不可能有什么特别的意思，也许只是随便挂挂，就没有追问。

从地里出来，走到路上的时候，我的脑子突然被什么挂住了，我马上回过头去。这一次，我终于明白了，那个稻草人，除了头上的帽子是李四的帽子，那稻草人身上穿的衣服，那稻草人下面穿的裤子，全都是他那老伴的。我看着看着，竟像是突然看到了他的老伴了，她就站在我们的面前。

按理说，让李四回到他的孩子身边，不是一件太难的事，至少比捡垃圾要容易一些。你没捡过垃圾你当然不懂，但你可以想象一下，捡垃圾确实不是一件容易的事情。首先是臭，垃圾臭，捡完垃圾你一身的臭，但这些都是你自己愿意的，你怪不了谁。我说的不容易还不是这个，我是说，捡的时候你得在垃圾里不停地翻，你得不停地找，你得把你的眼睛睁得大大的，你一点都不能迷糊，你要是迷糊了，你就会除了一身的臭气，什么也没有得到。

然而事实上，李四的事情，简直难透了。

刚刚回到瓦城的大街上，我们就碰着了他的孙女艳艳。

那是我头一次看到艳艳，我先是看到了李四的那张照片，然后才看到艳艳的。李四的照片，比锅盖还大，他被装在一个很好看的镜框里，被艳艳抱在胸前，正从街对面的一家照相馆里出来。

我一下就愣住了，我想那照片怎么这么像李四呢？

我忽然叫李四等一等，我说你先在这里等等，你先别走。我横过街面，直奔李四的照片追去，然后把她拦住。

我问小姐，你这抱的是谁？

我真的用了小姐二字，别以为我是捡垃圾的，讨女孩喜欢的一些字我还是会说的。

她扫了我一眼，说，你认识他吗？

我说，我可能认识。

我本来想说，我应该认识。或者直接说，我认识。但我给我留了一点余地。

她便告诉我：这是我的爷爷，他死了，你知道吗？

家里死了人的人都这样，他们好像都担心别人不知道他们家里有人死了。

我心里一下就咬定了，我知道那照片上的人头就是李四，捧着李四的这个女孩，就是李四的孙女。我因此高兴了起来，我马上对她摇摇头，我说你看看那是谁？

我朝着站在街对面的李四指了过去。

李四的目光一直跟着我，他早就看到了他的艳艳了，他们的目光这时碰在了一起。

艳艳哇的一声尖叫了起来，但她马上就把嘴巴挡住了，她说真的好像我爷爷耶，怎么这么像呢？

我说不，不是像，告诉你吧。那就是你的爷爷。你爷爷他活得好好的，他没死。

我一边说一边迫不及待地朝街对面的李四招手，我让他过来。我想只要李四过来，只要他们把话对上，往下就什么都不用多说了。

可是，街对面的李四突然转身走了，而且走得很急，就像是小偷逃脱追踪的样子。我大喊了一声，哎，你干吗？你到哪儿去？

李四没有回头。李四的身影转眼就在前边消失了，被乱糟糟的人群吃掉了。

我一看急了，我丢下艳艳就朝李四追去。但那李四不知怎么溜的，怎么找都没有他的影子，等到我回头想对艳艳说些什么的时候，艳艳也早就走了，艳艳不在原来的地方了，她回家去了。我在大街上又胡乱地找了一下李四，还是没有找到。我的心里当时真是恨死了李四了！

我心里想，这老头，你他妈的，老子不理你了！

我差点在大街上自己给自己几个巴掌，我发誓他现在就是死在了大街上。老子也不理他。在走回住棚的路上，我一身都是愤怒，愤怒得不知如何是好。

一进门，我就把自己摔在了床上，可我刚刚躺下，突然有人敲门。

我说谁呀？

外边没有回话，但敲门声却没有停止。

我把门打开一看，他妈的，门口站着的就是那个讨厌的李四！

当时的天，已经黑下来了。

我说你他妈的李四，你还来找我干什么？你已经没戏了，你完蛋了，你知道吗？你错过了一次最好的机会，你知道没有？可他怎么说？他说，他是怕他的艳艳会被他吓疯在大街上。我说疯你妈，她年龄比我都大，她怎么会被吓疯呢？他说她是女的你是男的，他说在她的心里，她爷爷，我，李四，已经死了，你知道吗？我说我当然知道你死了呀，可你只要一过去，你和她，你们两人只要一说话，她就知道你真的就是她的爷爷，你真的没死，你知道吗？他说，问题是，我还没有跟她说话她就被我吓疯了，我怎么办？

他说幸亏没有过去，他要是过去了，艳艳肯定会被他吓疯的。

他一口咬定，他是为了他的艳艳。

真拿他没有办法。

我说好，那你现在怎么办吧？没有等到他回话，我又把话拦了过去，我说你不用再跟我说怎么办，我不管你怎么办了，反正你的事从此与我无关了，你不用再跟我说什么，你说了我也不听。

他愣了半天，最后问道，你真的不帮我了？

我说我帮你干什么？我不帮了。

他暗暗地叹了一口气，然后说，那我明早就回我的山里。

我说回吧回吧，明早天一亮你就回你的山里去吧。

他说那我今晚怎么办呢？我在你这里住一个晚上可以吗？

我说住吧住吧，反正明早天亮你就走了，今晚你爱住就住吧。

他爬到了床上，一声不吭地躺下了。

也不知怎么搞的，第二天凌晨，天还黑麻麻的我就醒来了。

我是怕他真的溜回了他的山里。

我看到他还躺在我的身旁，于是把他推了起来。他睁开眼睛一看，说天还没亮呢，我天亮再走吧。我说走什么走，你要是真的走了，以后你再来找我，我就真的不帮你了。

他说你什么意思？

我说我告诉你，你不要走。

他说不走我怎么办？

我说我给你想办法吧。

他说你有什么办法呢？

我说我现在还没有，我现在要睡觉。

说完，我一头睡了下去，一直睡到了中午才醒来。

我的办法还是从艳艳身上下手。

李四也表示同意。但他说，只能让艳艳告诉她的爸爸妈妈和她的叔叔们，让他们到这里来找他，他不想先去找他们。我明白他的心思，这是一个有关脸面的问题。不管怎么说，事情已经闹大了，事情的最初应该说是他那些孩子的过错，而事情的后来，则是他李四的不对了，这一点，李四心里是清楚的。我对他说，先这么办吧，不行了再想别的办法。人只要活着，办法总是会有的，我父亲活着的时候时常对我这样说。我父亲说，只要你永远记住了这句话，你就总有一天会成为瓦城人的。这个道理放在李四的身上，我觉得也是适合的。

我相信李四能回到他那些孩子的身边。

于是，每天中午的放学时间，我都跑到艳艳的学校门前，等着艳艳放学出来。

我告诉艳艳，你爷爷真的还活着，你的爷爷现在就住在我家里。

可艳艳就是不肯理我。

头一天她急急地走着，我跟她说了不到两句，她就拔腿飞跑了起来。

我当然不敢追，也不能追，我要是追上去，她要是告诉街边的人，说我是流氓，我就是不被打死，也有可能遍体鳞伤。

第二天，我告诉她，你叫你家里的人先去看一看吧，看一看就知道那是不是你的爷爷了。可是，我话没说完，她拔腿又一次跑了。

第三天，我刚要上去，她身边的三四个男孩呼的一下，把她围住了，他们的眼睛全都火一样往我的身上燃烧着，他们的手和他们的脚，都在做着一种随时出击的样子，张牙舞爪的。我哪里还敢靠近呢，我不敢，我只有远远地看着她走远。

第四天和第三天一样。我知道这样下去肯定不行了。于是，我把第五天的方法改了，我让李四把事情的经过简单地写在了一张纸上，然后装在一个信封里，我拿去交给艳艳他们学校的门卫，让他帮我转交给艳艳。

那天我躲在暗处，我看见那门卫把信封交到了艳艳的手里，我看到她把那张纸抽出来看了看，又把它放回了信封里，她四处张望了一下，她可能想看看我在什么地方，但她没有发现我。她把信封装进了书包里，就慢慢地回家去了。

回来后我告诉李四，我说这两天你就在家里呆着吧，我相信他们会来的。至少有一点，我想他们会想到他们的父亲还活着，那就是李四的笔迹。

我问李四，他们应该熟悉你写的字吧。

李四说怎么能不熟悉呢？

我说那就好办了，那你就等着吧。

我说等他们把你接走的时候，你告诉他们，就说我有一个要求。

他说什么事你说。

我说你让他们给我一点钱，算是对我的辛苦和良心一点小小的回报。

他说这应该不成问题吧。

我说这很难说，到时你说了，可能就不成问题，你要是不说，不就成了问题吗？

他说你这脑子里怎么想得这么复杂呀，你不是没读过书吗？

我说读过一点，读了差不多三天。

他说三天算什么呢，三天算个鸟！

李四就这样等着，每天都在住棚附近等着，我吩咐他不要走远。我担心他们来了看不到他。但我不能等，我得出去捡垃圾。

第三天中午，我出门没有多久，他们来了。

一共来了七个人，除了李四的几个孩子和他的女婿儿媳孙女，还有一个警察。

他们是坐着那个警察的车子来的，那警察是李瓦的好朋友。那是一辆警用的面包车，面包车的头顶上装着那种可以叫唤的红灯，一路走一路叫一路放射着红色的光芒。

李四当时正在住棚不远处的路边，整理一堆我弄回来的垃圾，那是一堆转眼就可以换钱的垃圾，是我从很多很多的垃圾里捡回来的。我让李四把它们分类，哪天拉到各种不同的收购站去。

李四说，他以为那车子是路过的，没想到不是，那车子突然停了下来，把他吓了一跳。车子一停，他就看到了他们，看到他的那些孩子还有那个警察。

但他没有站起来，他就那么坐着。他只是抬起胳膊往脸上擦了擦，他想抹掉脸上的汗水，可他没有想到，他的胳膊很脏，抹过之后，他才发现胳膊上都是脏兮兮的汗水。

那警察却先说话了，他说身份证，把你的身份证拿给我看一看。

李四当然知道他的意思，但他不想理他，他觉得他的话没头没尾的，他把目光投到了孩子们的脸上。他的嘴巴紧紧地关闭着，他不想开口，他想听听是谁最先叫他爸爸。

孩子们就散开在警察的身旁，都在愣愣地看着他，没有人说话。

终于，李四发现李瓦的嘴巴连连地动了动，但是没有声音，他想他妈的，这小子什么时候得了结巴了，叫一声爸爸这么难？

李瓦的话终于出口了。李瓦说，你，你听到没有，把你的身份证拿出来。

李四猛地瞪了李瓦一眼，但他还是没有做声，他把目光转到了李香他们的脸上。

那警察又说话了。这一次，他蹲下了身子，蹲在李四的面前，声音很低，也很平和。他说大爷，你有身份证吗？让我看一看吧。

李四的心里一下舒服多了，这一舒服，李四忽然糊涂了。李四手也不擦，就从身上掏出了身份证。

那警察接过身份证的时候，那种神态谁都可以想象，高兴得就像抓到了坏人了。他一看那上边的人名，就知道不用再说什么了，他两根手指紧紧一夹，就把身份证高高地举过了他的头顶。李瓦他们没有看到那身份证上的人头，那人头刚好夹在警察的手指间，那是他有意夹的，他觉得，让李瓦他们看到那上边的名字就什么都不用再说了。

那是我父亲的名字。我父亲叫胡来。

李瓦他们全都看到了胡来这个名字，而且看得一清二楚。

那警察把我父亲的身份证狠狠一摔，摔在了李四的脚下。

然后，他转身走了。

李四想这人怎么这样呢？他看了看脚下的身份证，伸手刚要捡起，突然，有人把垃圾狠狠地踢到了他的身上。

是他的李瓦。

李瓦指着他的父亲，狠狠地警告道：

老头，好好捡你的垃圾吧！

李四的心头突然一阵绞痛，像是被刀深深地插了进去。他想愤怒地站起来，他想给他一个耳光，可他竟然站不起来。他只有一双愤怒的眼睛，狠狠地盯着李瓦，但他的眼睛盯不了多久，就被迫闭上了，因为他的另外两个孩子。他的女婿、他的儿媳，还有他的孙女，他们都愤怒地把垃圾踢到了他的身上，踢得垃圾满天飞舞，他睁不开眼睛，也张不开嘴巴，最后，一屁股倒在了地上。

随着那些满天飞舞的垃圾，李四听到的尽是恶毒的咒骂。

他们说，想过好日子是不是？做你的狗梦去吧！

他们说，死去吧老头！别以为长得像我们父亲，就可以冒充我们的父亲了！死去吧！

刘大奇还上来给了他一脚，狠狠踢在他的大腿上。

他说你儿子呢？你儿子哪儿去了？

李四心想我儿子不都站在你旁边吗？你说我儿子哪儿去了？

刘大奇说，你告诉他，要是再敢骚扰我的艳艳，当心敲烂他的脑袋！

说完，一个一个愤怒地扬长而去。

看着他们走去的背影，李四好久才从垃圾堆里坐了起来。

随后，他放声大哭。

我从外边回来的时候，李四还在乱糟糟的垃圾里坐着，我看到他两眼血红。

他说他永远都不会原谅他们，他们把那么多的垃圾都踢到了他身上，他永远都不会原谅他们。总有一天，他要让他们统统跪在他的面前，他说总有一天。好像他恨的不是他的孩子，而是几个趁火打劫的恶人。

但我告诉他，我最恨的却是他，是他李四。我说你应该对他们说话呀，你怎么能一句话也不说呢？

他说，他们都认不出我是他们的父亲，我对他们说什么呢？

他说他说不出。

我说有什么说不出呢？你首先得让他们听出你的声音呀，你可以叫他们的小名，你可以说出他们很多很多的事情。你不说他们怎么能认出你来呢？在他们的脑子里你已经死了，你知道吗？

李四却因此愤怒了起来。

他说死了怎么啦？我就是烧成了灰，他们也应该认得出来！我是他们的父亲，他们是我养大的，他们有什么理由认不出我来？

我说你他妈的做梦，你还没烧成灰呢，他们都认不出你了，你要是真的烧成灰，你说还有谁能认出你呢？

他却一口咬定，他们没有理由认不出我来。你说他们有什么理由？

事情都成了这样了，他还找理由，真他妈的有点可恨！

我说你这老头你怎么这么犟呢，你要是这么犟你就永远回不到他们身边，你相信吗？

李四没有回答，他只说，反正他们认不出我来，我回到他们身边又有什么用呢？

他说只要他们认不出他来，他就永远也不认他们。

我死也不认。他说。

他说他们只要往我身上闻一闻，他们都能闻出我是他们的父亲来。他说他们根本就用不着看什么身份证。看身份证干什么？那身份证是什么东西？就因为身份证上的名字不是我的，我就不是他们的父亲了？

这话说得还算有点道理，可道理这东西有时就是不能成为道理。用我父亲的话说，垃圾堆里的道理多着呢，那都是被城里的人们扔掉的，都变成了垃圾了。

其实，早在艳艳扛着遗像回家的那天晚上，李瓦他们就一致认为，可能有人想冒充他们的父亲。那天，他们为了艳艳在大街上的奇遇，做了整整一个晚上的分析，最后的结论是：肯定有人想冒充！这年月，什么荒唐的事情都有可能发生，不是连市委副书记都有人敢冒充吗？而且还在市政府的办公楼里开会作报告，风光了整整半个年头。他们都觉得应该提防呀，应该小心，千万不能上当，千万不能被人当成传说的笑柄。

唯独没有人想一想，他们的父亲是不是真的还活着。

所以，艳艳拿回那封信时，也没人细心地看一看那信上的笔迹，哪怕怀疑一下也是好的，那是他们父亲的亲笔呀，他们竟然视而不见。或许他们有人在脑子里想到过，但他们的心里就是不肯相信，他们只是相信：冒充他们父亲的人，终于来了！

他们觉得不可思议，一个捡垃圾的老头胆子怎么这么大呢？

李瓦当即就把电话打到了那个警察的手机上。他问他有空吗？什么时候有空，有空帮我们收拾两个捡垃圾的混蛋。他妈的，一个捡垃圾的老头竟敢冒充我的父亲，对，他说他还活着，他说他正在捡垃圾度日，真他妈的此地无银。

捡垃圾是我和李四在信里留下的疏忽，我们真的不该写，也许那样他们就不会一眼把我们给看低了。不过，当时我和李四也是想到过的，我们最后觉得，说真话也许更好些，谁想到真话反而把李四的事情给砸了？

李四的那些孩子，他们为什么会这样呢？

李四想不明白。我也想不明白。

我和李四曾经想过，是不是跟他们的职业有关呢？是不是他们的职业把他们的脑子弄成了那样？其实不是的。除了艳艳是读书的，李香是开出租车的，李香的丈夫李香的弟弟还有李香的弟媳，他们都是干什么的，我好像一直没有提到过，其实不提反而好，免得有人误解。我告诉李四，我在瓦城捡了快十年的垃圾了，我可是什么人都见过，他们都差不多，真的差不多。

可话说回来，如果我们是李瓦，如果我们是李香，我们又会怎么样呢？

我们也会怀疑吗？

会的，我们可能也会怀疑的。

但这话我没有告诉李四。

城里的很多事情，他也许到死都弄不清楚。

我也弄不清楚。

从此，我和李四，两人像两根木头，经常呆呆地站着。你望望我，我望望你，我说怎么办呢？他也说，怎么办呢？都不知道怎么办。每天晚上，我们好像都在想呀想呀，想看看还有没有什么办法，但什么办法也没有。那些天里，李四也跟着我上街捡垃圾去了。那是他自愿的。我说不用，我说只要住棚里还有吃的。你就每天都睡着吧，只要你能睡出什么办法来，那就好办了。我心里想，他不可能一直地跟我往下住，他还得想办法回到他的孩子们身边去。可他觉得老是那么睡呀睡呀，可能睡死了都睡不出办法来，就跟着我上街去了。

在大街上，李四只要见到他的孩子，就会急急地往前走去，他想让他们看到他，他希望他们在看到他的时候，突然找回他们心里的印象。毕竟，他是他们的父亲呀，他不信他们真的一点都没有了印象。他不信。

但是，一点用处都没有。除了几个白眼，或者几句咒骂，没有得到更多的东西。

我说，你还是想办法跟他们说说话吧，你别光是那么愣愣地看着他们。光是愣愣地看着他们是不行的，绝对不行。

可他还是那一句，他说只要他们认不出他来，他就永远不会对他们开口。

我对他们开口干什么呢？他说。

有一天晚上，深更半夜了，他睡不着，他把我推醒。他说，你能陪我去一个地方吗？

我说去哪儿？你一个人去吧，我要睡觉。

可他还是拉着我，他说去吧，陪我去一下。他说他不能一个人去，他怕出事。

我只好迷迷糊糊地跟着他去了，但他却没有告诉我要去什么地方，直到走到了，他停下了脚步，他才悄悄地告诉我，他想听听他那李城的房里睡着几个人。

我当时没有听懂。我觉得这老头怎么这么奇怪。我说睡一个人又怎么样，睡两个人又怎么样？

他说睡一个人那就是他的老三李城一人。

我说那睡两个人呢？

他说睡两个那就不光是他老三李城了，另一个肯定是他李城的女朋友。

我说那又怎么样呢？

他便不再看我，他说你不懂，我说了你也不懂。

我说我有什么不懂的呢？你说吧！

他还是不说，他说待会儿告诉你吧，待会儿告诉你，你先给我听听，听听是一个还是两个。

李城住的是一楼，楼下的路灯全是黑的。李四拉着我悄悄地摸到李城的窗下，我们听了好久，才听到了睡的不光是李城，还有一个是个女的。毫无疑问，那就是李城的女朋友了。但那女的声音一点都不好听，有点像是猫叫。而李四心里却是甜丝丝的，我当时还想多听一点什么，他却把我拉走了。

他说行了，不要再听了。

往回的路上他告诉我，他心里最牵挂的只有这个老三了。他说他李城快三十了，他的房里如果晚上总是睡着一个人，那他以后就难了。我说难不难是他的事，他们连你都不认了，你还管他干什么呢？他就说，这你就又不懂了，再怎么说，他总是我的孩子吧，我心里不挂念他，谁挂念他呢？他妈妈没有了，他的哥哥和他的姐姐，他们这样没心没肺的，他们还会想着他吗？

这老头真他妈的不可理解。

人心其实都是不可理解的，但人心都是肉长的，就连李瓦他们也是这样。李瓦他们的心也不是那种完全的木头，真的不是。在他们的心里，他们的母亲死了，他们的父亲他们也以为死了，他们真的很伤心，他们真的感到他们是有错的，他们不知道如何才能弥补他们的过失。每天晚上，吃饭的时候，他们都会在桌上多放两个饭碗，两双筷子，喝酒的时候，还给父亲也满满地倒上一杯。每一家的电视机旁，都放着父母的照片，都镶在那种很高档的镜框里，照片的前边，就是父母的灵位。进门的时候，都会首先走到父母的面前，默默地看一看；出门的时候，也是首先走到父母的面前，默默地站一会儿，然后才转身出门，然后，轻轻地把门关上，而且关门的声音都比以前小了，像是声音大了会吵着了父母，他们总是把门轻轻地带上，可是轻轻地带上了，那门还是响，他们就在锁头那里抹上一点蜡，在门的合页上滴几滴油，让门的声音慢慢地小下去，最后几乎没有了响声。这些是后来李四自己发现的，他先是怀疑他们的门，怎么都不像以前会发出梆梆的响声了，毕竟，李四是有经验的，他把门上的合页，一个一个地看了，还用手去摸，摸得手指上都是油。头一次，他是在李城家里看到的，他当时看着手上的油，泪水就下来了。我不知道他的心里当时是怎么想的，我没问他，我只是对他的这种说法表示有点怀疑。我说你凭什么以为这合页的油，就是为了不让门的声音太大，而不让门声响得太大，又是为了不惊动他们的爸爸妈妈，为了让他们好好安息呢？

但李四说，你不用怀疑。

他说我知道。

有一件事，我倒是完完全全地相信，那是艳艳当面告诉我的。她说，她母亲每天深夜开车回来，临睡前，都会走到她爷爷和奶奶的面前，然后默默地说着：

爸，

妈，

我累了，

我要睡了，

我要关灯了，

你们也好好歇着吧！

说完了默默地鞠上一躬，然后再把灯慢慢地关上。

她说她妈妈几乎每天晚上都要这样，而每一次都让她十分的感动。

我当时只闪过一点点的怀疑，我说真的吗？

她说当然是真的。

我便在脑子里把她母亲那种默默的样子默默地想象了一遍，并在嘴里默默地念道：爸，妈，我累了，我要睡了，我要关灯了，你们也好好歇着吧！就这么刚一念完，我还来不及在想象中把灯慢慢地关上，我的眼睛忽然一热，我悄悄地被感动了，我差点要落下泪来。

艳艳和我曾有过一次亲密的接触，当然，我说的这种亲密不是你们说的那种亲密，而是她在我的屁股上狠狠地踢了一脚。在我的大腿上踢了一脚，一共踢了我两脚。

是她自己找到我的，因为我和李四，我们俩偷偷地打开了他们家的房门。

那是李四忽然想到的一个绝招。有一天，我回家的时候，看见他蹲在住棚的门前等我。他说他的钥匙丢了，我当即就告诉他，丢了也可以进啊，你用不着这么等着。我让他把身份证拿出来，我用我父亲的身份证轻轻一插，就把锁头打开了。

他一看，两眼就惊奇地大了起来，他拿过身份证不停地看着，摸着，他没想到那身份证竟然还有那么大的用处。

突然，他喊了一声，有了！

我问他什么有了，他竟不说，只拉着我，让我跟着他走。我没想到他要拉我去干什么，直到我们悄悄地摸到了艳艳家的门前，我还不知道他要干什么。我不知道那就是艳艳的家。在那之前，我没有去过。直到他用我父亲的身份证打开了艳艳家的房门，一眼看到了电视机旁他和他老伴的遗像，我才大吃了一惊。他要是在路上把这个想法告诉我，我会死死地拉住他，我不会让他去做这样的事情的。倒不是怕他捅烂了我父亲的身份证，不是。我是怕他这种小偷的做法，要是被人发现了，问题可就大了，如果屋里有人，如果打开房门的时候突然碰着了邻居出来，结果真是不堪想象。

然而，我们进了一家又一家，而且往返进出了好几次，我们从来都没有碰到过哪家有人。我们在楼道上倒是碰到过几次楼里的邻居，但没有人把我们放在眼里。我们在开门的时候也碰着有人上楼下楼，但没有人怀疑我们是坏人，就连一丝怀疑的眼光也没有。其实他们咳嗽一声都能把我们吓得半死，但他们见了我们，好像反而把嘴巴闭上了，闭得紧紧的。

有一天，李四还为此专门问我，他说瓦城人怎么这样呢？

我说全靠他们这样，要不你早就完蛋了，你早就被当做坏人抓了好几次了。

他点点头，他说这倒是。

我问他你胆子怎么这么大呢？

他说没什么胆子，我只是想，那是我孩子的家，我怎么不能进呢？

别的，他说他没有多想。

每一次，我跟着李四走进李瓦他们的家里，李四都不让我乱走乱动，他就让我在他的身边站着。他说你别动他们的东西，你什么都别动。我跑到厕所，也就是你们的洗手间，我要撒泡尿，李四都不让，我的东西都掏出来了，他还跑过来一把狠狠地揪住我的东西，硬是塞回我的裤子里。他怕我的尿会留下异味，会让他们产生怀疑。

我说我的尿有那么臭吗？

他说臭死了，不跟你住在一起我还不知道呢，你的尿简直是臭死了，好像整个瓦城的垃圾都在你的尿里，你的尿里全他妈的都是瓦城的垃圾。

为了李四，我只好憋着。

李四的目的十分简单。一进门，他就走到他们的遗像前，先是给他的老伴默默地说上一句什么；然后拿起他的遗像，狠狠地摔到地上，把他的遗像摔得粉碎，然后找出一些能让他们想起他的东西，丢在被他砸烂的遗像旁边。比如，他从山里给他们拿来的一些竹器；比如，他们给他穿过的一件什么衣服。有一天，我们在李香的家里，他竟把厨房里的切菜板也扛了过来，丢在碎玻璃的边上。我看着纳闷，我说你这是干什么？他指着菜板边上的铁箍说，这是我帮他们箍上的，我要不箍，这菜板早就没有了。

在李瓦的家里，我们又看到了我们写的那封信，我想把它撕了，他却叫我放手，他让我把信给他，然后他在李瓦家的书房里，找到了以前他给李瓦写的信，他把两样东西放在一起，放在那些碎玻璃的上边。

他想唤醒他们的记忆。

然后，我们回到住棚里等着。我们等着他们的动静，我们以为他们会悄悄地出现在住棚的门前，然后悄悄地把住棚的门推开，然后……然而没有，什么动静也没有。

李四不肯相信。他说我们再去，我不相信他们真的这么麻木！

就这样，我们反反复复地进出在他们的家中，每一次重去，我们都看到李四的遗像又换了一次新的，李四就再一次摔烂在地上，再一次地把那些能让他们想起他的物件，一一地摆在碎玻璃的上边。

那样的过程很痛苦，有时我看到他很愤怒，愤怒得两眼血红；有时，我则看到他默默地流着老泪，一滴滴，一串串，落在那些物件的上边。

然而，李瓦他们都把这些当做什么了呢？他们当然不会视而不见，但他们只是感到恐慌，感到一种从来没有过的恐慌。看着摔碎在地上的镜框，看着碎玻璃上的那些物件，他们只是在暗暗地发抖，他们都以为是父亲在发怒了，是他们的父亲回来显灵了。李瓦不敢告诉李香，李香也不敢问李城，李城当然也不敢跟李瓦吱声，都以为父亲怪罪的只是自己，都再一次地在心里默默地骂着自己，骂自己真他妈的该死。骂自己那天晚上为什么不问问父亲后来住在哪里，如果问一问，如果找一找，即使头一天晚上没有找到，第二天也许还是能找着的。父亲不死，母亲怎么会死呢？肯定是父亲怪罪来了，所以，他们都默默地承受着，谁都没有吱声。

这是艳艳告诉我的，因为艳艳猜到了是我们干的。

但她没有告诉他们家的大人。

那天我正在街边捡我的垃圾，我没想到艳艳会突然出现在我的身旁，一脚狠狠地踹在我的屁股上，把我踹倒在垃圾桶旁。

我回头一看抽身就想逃跑，我怕她还有同学跟上，我怕他们揍我。

但我被她喊住了。

她说别跑，跑了明天还得找你。

我看了看四下没有别人，就站住了。

她说，你和你爸爸，你们是怎么进的我们家？

我当然不能告诉她，我装着没有听懂。我说我不知道你说什么。

她说你别装，你再装我也知道是你们。

我说你凭什么，你有证据吗？

她说我不要任何证据，你也不用慌，我只要你给我保证，以后不能再进了，知道吗？

说着，她打开那瓶拿在手里的矿泉水，递到我的手里。

我没想到会有那样的好事。你别看那只是半瓶的矿泉水，而且是她喝剩的，在那之前，有谁给我喝过吗？没有。我们整天在大街上来来往往地捡我们的垃圾，从我们身边走过的人，有大的也有小的，有男的也有女的，有是官的也有不是官的，有有钱的也有没有钱的，有谁给我喝过半口水呢？有人的手里拿着矿泉水剩下的比那还要多，可他们总是当着你的面，直直地丢进了垃圾桶里。

看着那半瓶矿泉水，我是真的有点感动，当然，我不至于感动得两手发抖，我只是忽然觉得她长得真是有点漂亮。我对她笑了笑，我说了一声谢谢。她随后把我叫到一旁的台阶边坐下。我不坐。我怎么能跟她坐在一起呢？我在她的面前站着。然后她告诉我，说她的爸爸妈妈，她的叔叔他们，是如何如何的愚蠢，只有她猜到是我们干的。

你知道我怎么猜到你们吗？她问。

我说我不知道。

她说因为你们没有拿过任何一样东西。我说不拿东西就能证明是我们干的吗？她说当然啦，因为你们有更大的阴谋，你们想让我们觉得我爷爷还活着，你们还是想让你的爸爸成为我的爷爷。

我说那其实就是你的爷爷。

她说你别再这么说，你再这么说，我就报警去了。

我说那你去呀，你报警去呀。

她说你以为我不敢吗？我刚才就是要报警去的，可我看到你，我就不想去了。

我说为什么？是因为觉得我们可怜吗？不会吧？

她便生气地站了起来，她说你别不相信人好吗，我真的是看见你可怜才停下的。我觉得你们这些捡垃圾的还真的不容易，整天跟这些垃圾在一起，又臭又脏，能挣几个钱呢？

我说挣不了几个，一般般吧。

她说这我知道，捡垃圾如果能捡出好日子，你们也就不打我爷爷的主意了。对吗？

我说对什么对，不对！那真的就是你的爷爷。

她一脚就狠狠地飞在了我的大腿上，把我飞得远远的。

我有点吃不透艳艳这个女孩。她是真的可怜我们吗？

过了好几个晚上，我才把艳艳的发觉告诉了李四。李四听后脑袋突然一沉，掉到了大腿根上。好久才抬起了头来。他说完了，完了，他们怎么这么麻木呢？他们不是都读过书吗？他们怎么就相信那是我显的灵呢？我人都还活得好好的，我显什么灵呢？我就是死了，我也是显不了灵的呀，我怎么显呢？我一个山里的老头子，我都不相信那些东西。他们怎么反倒相信了？你们都读过什么书呀？你们有的还是国家的干部呢！你们到底干的国家什么部？

我一声不吭。

就是那天晚上，深更半夜的时候，他突然从床上悄悄地爬了起来，灯也不开，就悄悄地往外走去。我以为他是撒尿去的，但他一出门就回头把门掩上了。我心里忽然一沉，心想这老头会不会去寻短见呀？我不敢多想，也不敢把他喊住。我悄悄地就跟在了他的身后，跟着他慢慢地走着。

最后，他爬上了一段高高的城墙。那是一段古老的城墙，人们把那里叫做古南门。

我想他爬到那上边干什么呢？他要是头朝下往下一栽，那也是必死无疑的。我于是大声地喊道：李大叔，你要干什么？

我的声音把他吓了一跳，他在城墙上朝我回过了头来。但他没有做声。

我急急地朝他爬去。

他说你来干什么呢？

我说那你呢？你来干什么？

他说我睡不着，我想到这里来坐坐。

我说这么远的地方有什么好坐的呢？你不会有什么想不开吧？

他说不，我只是想到这里坐一坐。

我不肯相信。我说你不用骗我。

他说我骗你干什么呢？

然后，他把目光抛往远处，好像要在前边的黑暗里寻找什么。然后，他告诉我，这里他已经不知坐过多少次了，前前后后，都二十年了。头一次，是送他的李香进城的那一天。那一天你知道我上来干什么吗？他问我。

我摇摇头，我说我不知道。

他说，我当时只是觉得这个地方好，我想找一个高一点的地方坐一坐，我想好好地看一看瓦城。因为瓦城是我心里一直向往的地方，我早就发誓要让我的三个孩子，一个一个地都成为瓦城的人。那时他们还小。

我忽然就感到异常的惊奇，我说那你跟我父亲一样。

他定定地看了我一下，他的头接着摇了摇，他说不一样。他说你父亲怎么跟我一样呢？不一样。我和他完全不一样。

我知道他的意思。他的意思是我的父亲不如他，我不能随便地拿我的父亲与他相比。

他接着便转过了头去，继续看着远处的黑暗。他说，那天我就坐在这里，那时太阳已经下山了，但天上的白云还在，还在东一朵西一朵地飘着，我就看着那些白云，我想啊想啊，突然，我跟里的一朵白云变成了一块麦田，我发现那块麦田是从远远的山里飘过来的，飘呀飘呀，就飘到瓦城来了。

你知道我的意思吗？他问我。

我觉得这种想法蛮有意思的，我觉得有点像梦。但我不知道他说的是什么意思。

我摇摇头，我的意思是我不知道。

他说，我当时的感觉是那一块麦田就是我的李香。

我有点想乐，我不由轻轻一笑。

他说你别笑，真的。你现在还小你还不知道，在每一个当父母的心中，他们的任何一个孩子，其实都是一块麦田，等你大了，等你结了婚，等你有了小孩，你就什么都知道了。从那以后，不管是送来我的李瓦，还是送来我的李城，送到后我都会爬到这里来，我总是像现在这样坐着，然后看一看天空，看一看天边的白云，我会觉得我心中的又一块麦田，在飘呀飘呀，从山里又远远地飘到了瓦城来了。那种感觉你可以想象，那真是太幸福，太幸福了。李城是最后一个到瓦城来的，那一天，我还拿来了一瓶酒，我坐在这里慢慢地喝着，我喝一口，想一想；想一想，又喝一口。我觉得在我们那个山里，我是永远没人敢比的。我在我们那里，是最能干的，也是最被别人羡慕的，因为别人的孩子，别人的麦田，他们都在山里呆着，永远在山里呆着，就我李四，就我李四的孩子，就我李四的麦田，全都一块一块地飞到了瓦城来。你说，谁能跟我比呢？

没有。

绝对没有！

李四说得有点激动，说着说着，就流了一脸的泪水。

从古南门回来，我的脑子里也经常飘荡着李四的那些麦田，我想象着，如何把那些麦田，一块一块地拖下来，然后铺垫在李四的脚下，铺展在李四的身边，让李四轻轻地抚摸着它们，让李四在上边任意地走来走去，累了，他还可以躺在上边呼呼地睡着他的大觉，一直睡到月亮升起的时候，才被那些麦田慢慢地托起，托起，然后在夜风中晃来晃去，晃去晃来……

但我不知如何帮他。

李四好像也没了捡垃圾的劲头了，整天蔫蔫的，像一块一直等不到雨天的麦田，我安慰他，我说实在不行，你就真的当我的父亲好了，我们一起捡垃圾过我们的日子吧。

他却总是摇头。很坚决地摇着。

他说不，我再等他们几天，我看看他们在七七那天做些什么，我看他们还能不能让我看到希望，如果没有了希望，我还是回我的山里去吧。只要回到我的山里，只要我不死，总会有一天，会有人把话传到他们的耳朵里的。到时，他们会回到山里去的，到时，他们会自己跪在我的面前的，我让他们一个一个地跪，我让他们给我跪成一排。

我没有做声，从他的声音里，我觉得有点阴森森的，我觉得身子有点发冷。

于是，我们便数着日子，等着第七个七天的到来。

那一天，他早早地就把我推醒了。

他让我帮他去侦察，看他们各家都有些什么动静，然后回去告诉他。

我急急地就跑到了他们各家的楼下，但我看不到他们有什么与往常不一样的动静，该上班的他们还是一样去上班；该跑车的，还是一样去跑车；该上学的，也还是一样去上学。中午的时候，他们该回家的还是一样的回家，接着，该上班的还是转身就上班去了；该跑车的，还是一样去跑车；该上学的，也还是一样去上学，一个下午就这样也过去了。我在他们经过的路口，注视着他们。我看不到什么值得跑回去告诉李四的事情。

我心想，完了。这李四看来要彻底地失望了。我想，我该不该把他挽留下来呢？怎么挽留？留下来又能怎么办呢？让他跟我一起捡垃圾，一直捡到死去？就这么几个问题，让我整整犯难了一天，有的问题，在阴暗的地方想不开，我就跑到强烈的阳光下，我让太阳拼命地晒在我的头顶上，我希望太阳晒着晒着，突然间就把我的脑袋晒出了一点什么想法来，可太阳把我都晒昏了，我还是想不出该怎么办。我想还是再等一等吧，我希望能等出一个李四希望得到的结果来。

李四要等待的是一个什么结果呢？

李四没有告诉我。我问过他，他说到时看情况吧，看情况再说。他说，他也有点吃不准，吃不准会不会还有希望。

临黄昏时，我才突然发现了他们的活动。

我先是发现了李瓦夫妇，他们都换了衣服，然后站在街边拦住了一辆出租车。门还没有打开，李瓦就朝里边的司机喊道：

去瓦城酒店。

看着往前开走的车子，我也飞腿朝瓦城酒店狂奔而去。

到了瓦城酒店我才发现，李城早就来了，李香一家也来了。还有一些我不认识的人，肯定都是他们的朋友。他们在瓦城酒店的一楼餐厅里，摆了大大的一桌酒菜。

我转身就往回跑去，我要回去告诉住棚里的李四。跑没多远，我便拦住了一辆的士，我怕等我跑到住棚，再和李四跑回来的时候，他们早就离开了酒店了。那是我有生以来头一次坐的出租车，也是至今唯一的一次。我让出租车先拉我回到住棚的门前，然后拉李四，飞一样回到了瓦城酒店的大门前。

我告诉李四，他们肯定是在这里吃饭。

李四说对，他们今天是应该吃饭，跟他们在一起吃的，还应该有他们的母亲，还有我。等吃完了这一餐了，他们的母亲，还有我，就算是跟他们永远地离别了。

我说永远离别的是他们的母亲，不是你，你还活着，你还要回到他们的身边。

他说对呀，我就是要回到他们的身边，我没说我死呀，我那说的是道理。

他突然就急了起来。

我说那我们怎么办？我们也进去跟他们坐在一起吗，不可能吧？

他不再理我，他四处乱窜着，最后，窜到了一楼餐厅外边的一面玻璃墙下蹲着。从那里，可以清清楚楚地看到酒桌上的他们。

那是一面高高的玻璃墙，从顶上几乎一直装到地面上。李四拉着我在他的身后坐着，他不让我靠在他的身边，不让我与他并排。但我还是从玻璃的反光里，看到他在胸前举着一张小小的照片。那是他老伴的照片。是他在翻李瓦家的书房时翻到的，被他偷偷地收在了身上。

我知道他的意思，但我说，你这样没有用的，你还是进去吧，这可是一次最好的机会了，你进去一个一个地叫他们的小名，你告诉他们，你是他们的父亲，你手里拿着的是他们的母亲。你让他们好好地看一看。他们要是再不相信，你就一个一个地说出他们身上的印记，然后让他们一个一个地脱下他们的裤子。我话没说完，就被打住了。

他说你怎么老这么下流呢？你不能光想着这些下流的手段。

他说完狠狠地白了我一眼。

我说那你就进去跟他们说说话吧，你一说话，他们会听出你的声音的。

他摇着头，他说他不进去。

他说我进去干什么呢？我只让他们看到我，我让他们看到我难受，这就够了。

因为我是他们的父亲！他说。

我说好好好，你是他们的父亲，那你就这么蹲着吧，你看他们难受不难受。

一转身，我也蹲到一边去了。

酒桌上的人都吃得挺开心的，该喝的还是一口就把杯里的酒喝掉了，该吃的，还是一嘴塞得满满的，吃得眼睛一翻一翻的，几乎都是白眼。看他们的吃相，你一点都看不出来，他们的爸爸死了，他们的妈妈也死了，这一餐，是给他们的父母送行的。

玻璃墙外的李四默默地蹲着，默默地看着，默默地在胸前举着老伴的照片。

从玻璃的反光里，我看到李四的眼泪在默默地流着；在默默地往下滴答着，慢慢地，他好像有点受不了了，他的身子好像在暗暗地颤抖，他晃了晃身子，最后把脑门重重地顶在玻璃墙上，但他手里的照片没有放下，他的眼泪还在慢慢地往下流着，他的眼光穿过泪水，还在充满希望地盯着酒桌上的孩子们。

那样的情景，我都受不了了，但我不敢过去惊动他。我的眼睛眨了眨，我也禁不住流下了泪来。

终于，李四被他们看到了。

最先看到的是艳艳，她两眼忽然一惊，随后把手长长地横到桌面上，她让他们把手里的酒杯和饭碗停下。她让他们快看，快看一看玻璃墙外边的李四。

就这样，所有的眼光都朝李四投来。

他们可能没有看到李四胸前的那张照片，因为那张照片太小了。但李四脸上的泪水呢？李四的脸那么大，他们是应该看到的。

但没有！

李四的泪水只是李四自己的泪水。双方的眼睛对视了没有多久，李瓦就招手把一个饭店里的保安叫到了面前。从李瓦那动来动去的嘴巴上，我能猜得出他跟保安说了些什么。

他一定说，去！去帮我把外边的那个老头轰走，那是一个捡垃圾的老头，他趴在那里影响我们吃饭你知道吗？一边说，一边朝玻璃墙外的李四胡乱地指着。那保安不住地点着头，然后对着玻璃，直线朝我们走来。一边走，一边朝着我们不停地扬手，嘴巴也跟着不停地说话，那意思是让我们走开走开，捡你们的垃圾去，这是饭店知道吗？饭店里没有你们要捡的垃圾，到别处去吧，走走走！人家里边要吃饭你们知道吗？他肯定是这么说的，不这么说他会怎么说呢？

我怕保安。我怕保安远过于害怕警察。他们根本不跟你讲什么道理，他们的道理是，你们这些人不能随便跑到我们这里来。

我一看不好，马上过来拉了李四一把。

李四却不理我，他把我的手打掉了。

我说再不走待会儿就要挨打。

他还是不理我。他依旧那么蹲着，手里的老伴贴在胸前。

那保安不停地敲打着李四脑门上的玻璃，让李四走开走开。

李四却不怕。

李四没有把脑门从玻璃墙上挪开。

那保安的眼睛突然就愤怒了，他接连比划了几下之后，转身就往外扑来。

一着保安那怒气冲冲的样子，我的两条腿早已惯性地往远处飞去，但我还是紧紧地拖住了李四，我使出了全身的力气，把他从玻璃墙下拖得飞了起来。

我说走吧，不走就他妈的遭殃了！

李四的身子沉沉的，他拼命地与我对抗着，我都把他拖出了好远了，他还倾着身子往回扑着，想回到那块玻璃墙下。

全靠艳艳飞快地跑了出来，才把那个怒气冲冲的保安给拦住了。艳艳的手里提着一个不小的食品袋，袋里装有不少随意倒进来的吃的东西，有鱼，有肉，还有虾子等等，都是一些我从来没有吃过的东西。她把那些递到李四的手里，一边推着李四快走，一边回头叫那个保安回你的酒店去，你不要管。

然后，我听到艳艳对李四说了一声大爷，她说你别哭，你用不着难过。

李四推回手里的袋子，但艳艳不让，艳艳让他拿着。她说你拿着吧，你真的很像我的爷爷，你要不是捡垃圾的，我也许会认你做我的爷爷的，你相信吗？说着，她还从身上掏出了一些钱来，硬是塞进了李四的手里。

李四当时只剩了哭，只剩了流泪，他的嘴巴哆嗦着，就是说不出一句话。

也许从艳艳的身上他感觉到了一点点温暖，回来后，李四竟不再提要回山里的事了。他整天只是默默地坐着，泪水也是要掉不掉的。我也不再问他往下怎么办，否则就等于要把他赶走。有关他的话题，我一句都不提。

默默地，又过了好几天。

但不知怎么，我的心里总像结着一块疙瘩，我觉得他这么住下去总不是办法，毕竟，他是李瓦他们的父亲，而不是我的父亲。我想我还得帮他。我决定硬着头皮，找他的孩子们谈一谈。我想让他们到我的住棚里坐一坐。我想只要坐一坐，只要谈一谈，李四就会眨眼间又是他们的父亲了。李四要的不就是他们给他先开口吗？

出门之前，我换了一身好点的衣服，我还在大街上剪了一下头发，我让我变得干净一点，我不能让他们觉得我一身臭烘烘的，那样他们不会理我，也不会听我说话。

走过派出所门前的时候，正好碰着了李瓦。他正跟那个警察朋友聊着什么，聊得满嘴笑哈哈的。于是我站住了。我想，我先跟李瓦谈一谈吧。但我没有朝他们走上去，我说过我怕警察。我在一棵树下等着，等李瓦走开了，我再追上去。

但李瓦却先看到我了。

他朝我招招手，让我过去。

我没有过去。我也没有走开。

他便拉着那个警察，两人一起朝我走来。他们两人的脚步声挺重的，也挺响的，一步步的就像是一脚脚踏在我的心上，让你有一种要震要裂的感觉。真的。

李瓦一上来就问我，你和你的父亲，最近还有什么新的想法？

我知道他的意思，但我告诉他，我不知道你说的什么意思。我说，那真的就是你的父亲，我今天就是想找你好好地谈一谈。

李瓦的嘴里突然就嘿嘿了两声，回头对那警察说，听到没有，他还想找我谈一谈哩，他说那老头就是我的父亲。

我说真的，那真的就是你的父亲，不信你去跟他聊一聊你就知道了。

他啪的一声，一个巴掌狠狠地打在了我的脸上，把我的脸都打歪了。

我揉了揉，我把脸又扭了回来。我的泪水已经出来了，但我的嘴巴没有停下。

我说真的，你去跟他聊一聊你就相信了。那真的就是你的父亲。他叫李四。

李瓦啪的一声，又一拳打在了我的脸上，我突然感到嘴里一阵温热，我知道我的嘴里出血了，我努努嘴，我想把血吐出来，但我的双手忽然被那警察扭住了，他往后一拉，就把我铐在了身后的小树上。那树很小，摇摇晃晃的，让你想靠都靠不住。李瓦也不让我靠，他猛然一脚就踢在我的小腿肚上。我脚下一软，身子从树上滑了下来，一屁股重重地坐在了地上。

李瓦慢慢地蹲下来，蹲在了我的面前，然后问，告诉我，那老头是谁的父亲？

我告诉他，我说那老头真的不是我的父亲。我说我的父亲已经死了，你们拿回山里埋掉的那个老头，那就是我的父亲。

李瓦说，我不听你说这个，我现在只问你，我要你直接地给我回答，你告诉我，那老头是谁的父亲？

我说真的是你父亲，他真的叫李四。

他呼地就站了起来，猛地一脚就踢在我的大腿间，踢在我的东西上，让我感到彻骨的酸痛。但我不敢大声尖叫，你越是大声尖叫，他就越要踢你。我只是咬着牙，我夹紧了腿，我拿屁股在地面上胡乱地搓着。

接着，李瓦又蹲了下来，像是要慢慢地看着我那疼痛的样子，好久，才又问道：

说！那是谁的父亲？

我说不是我的。

他说，我是在问你，那是谁的父亲？

我摇摇头，我那时疼得实在太难受，但我还是说，那真的是你的父亲。

这一次，他慢慢地站了起来，然后拿眼去看一旁的警察，好像不想再理我了，可是，谁知他忽然地就转过了身来，一脚狠狠地踢在了我小腿前的骨头上，这个地方只有皮，只有骨头，只有筋，一点肉都没有，整根骨头都像被他的皮鞋踢断了一样，我疼得简直不知如何才是，往时要是伤着这个地方，我会在地上不停地跳，不停地转圈，会不停地搓来搓去，可这次，我只剩了胡乱地晃着腿，只剩了不停地歪着嘴巴。

李瓦却没有完，他随后又慢慢地蹲了下来，歪着头，嘴里慢慢地问道：

我再问你，那老头是谁的父亲？

这一次，我的嘴巴突然软了，因为我的心在不住地颤抖，我觉得李四是他的父亲他都不要，我却为了李四忍受着他的折磨，我值得吗？何况，我的手在树后边铐着，我的屁股在地上坐着，我的整个人都在他的皮鞋前摆着，我的嘴巴还能硬到哪里去呢？

我于是说，我的，我的。

我说那老头是我的父亲。

李瓦这才满足地呵了一声，然后笑了笑，然后在我的脸上轻轻地拍了拍，然后慢慢地站了起来，然后，站到一旁抽烟去了。

这一次，是那警察上来了。他一边接过李瓦给他的香烟，一边在我面前蹲下了身子。他说，你不就是不想让你的父亲再捡垃圾吗？你不就是想让你的父亲生活得好一点吗？从这点上说，你还是一个挺孝顺的孩子，我们很多人都比不了你呢，但你不能在大街上看到有人捧着一幅像你父亲的照片，你就要让你的父亲去冒充别人的父亲呀。我告诉你，我现在就可以这么铐着你，把你送到医院去，然后给你抽血，然后给你做亲子鉴定，到时候，你就等着坐牢吧，你相信吗？

我相信，我不停地点着头，我说我相信。

其实，我是怕坐牢。别人怕不怕坐牢我不知道，我觉得我这种捡垃圾的，我还是怕的好，我要是一不小心进了监狱，我还怎么成为瓦城人呢？我父亲的理想我怎么实现？

谁都可以想象，回到住棚后我是如何愤怒。我把李四狠狠地骂了一顿，然后捡起我的东西转身走了，我自己离开了我的住棚。我不管他了。我想我一个捡垃圾的。我管他那么多干什么呢！我说你这个老头，你也死去吧！你不是想回到你那些孩子的身边去吗？做你的梦去吧！没人要你这顽固的老头。就为了一个烂生日，你弄得我爸爸死了，弄得你老婆也死了，眼下就只剩了你孤零零的一个人，你的孩子也不要你了，你说你还活着干什么呢？你也死去吧！

他埋着头，没有做声。

我说你这个老头你怎么就那么顽固呢？你的孩子们他们不认你，他们是有理由的，因为你已经死了，何况你的死是你自己弄出来的，你怪不了他们。他们当然有他们的不对，可你是他们的父亲呀！你怎么就不能原谅他们呢？有一句话，说是大人不记小人过，你没听过吗？我一个捡垃圾的我都听说过，你怎么没听说过呢？你怎么光是知道指责他们，你怎么就不知道也指责你自己呢？

在我看来，只要他肯把那张父亲的脸皮撕下来，他的孩子们会原谅他的。毕竟，他是他们的父亲呀！

他却埋着头，还是没有回话。

我说我在瓦城捡了快十年的垃圾了，我还没有捡到过像你这样麻烦的。

就这一句，他竟说话了。他说你什么意思？他的两只眼睛有点恨恨地瞪着我。

他说你说我是垃圾？

我说我没说你是垃圾，我只是觉得你有点让人讨厌。

可他却一口咬住了。他说你就是说了，你说你捡了十年的垃圾了可你没捡到过像我这么麻烦的，你就是把我当成了垃圾了。

我一下竟不知道如何给他回话了，我说你他妈的李四，你就是垃圾，你的孩子们他们都不要你了，他们把你扔掉了，你说你不是垃圾你是什么？

我话没说完，他突然一个巴掌打在了我的脸上，打得我一脸火辣辣的。说实话，我当时真的想还手，但我后来忍住了，我没有把手举起来。我愣愣地站了一下，我摸了摸被打得火辣辣的脸。我说好，好！你不是垃圾，是我说错了，你的孩子们他们没有扔掉你，他们还在等着，等着你回到他们的身边。你自己想办法吧，你要是想不出办法你就死在这里，反正这个住棚我也不要了，我要去米城找我的母亲，我不会回来了。

当天，我真的就去了米城，我真的想乘机打听我母亲的消息。

我无法想象，后来的李四是怎么过的。

住棚里的米已经不多，我猜想，那天晚上的李四，可能是灯也不开饭也不煮，他就那么黑糊糊地躺着。一直躺到了第二天的早上。天一亮，他就赶到了瓦城的汽车站，然后在售票的窗口来回地转圈，他手里可能紧紧地攥着一些钱，但不会太多，也许刚够买一张回到县里的车票，也许不够。他迟疑着，是回去呢，还是继续留下，还是回到孩子们的身边？最后，他望了望车站上空的白云，也许他真的看到了白云了，于是他把钱收进了口袋，转身又回到了我的住棚里。

　　我猜想，后来的李四，肯定是出现在了李香李瓦李城他们家的门前，一家一家地敲打着他们的房门。他只是默默地敲打着，他绝对不会做声。他要敲打的也不是他们的家门，而是他们的良心。他等着他们出来，然后，两眼愣愣地看着他们。

　　反正，他不说话。

　　可他们呢？李香李瓦李城，他们认出了那是他们的父亲吗？

　　没有。

　　肯定没有。

　　在他们的眼里，李四还是那个捡垃圾的老头，而不是他们的父亲。他们对他的敲门感到讨厌，感到愤怒，他们总是梆的一声就把门关上，关门之前，或者给他一点吃的，或者给他一点钱，然后告诉他，我们这是可怜你，你知道吗？因为你长得确实很像我们死去的父亲，但你不能太过分，你不能老是这么缠着我们你知道吗，你不能这么缠着，你老这么缠着，你就太不懂事了。

　　去吧，捡你的垃圾去吧！

　　然后，把李四推到了楼道上。

　　有一次，李四的敲门声把李城给气疯了，他提着一把炒菜铲，差点就要劈在李四的脑门上。李城说，你不会真的想找死吧？你要是真的想找死，你就一直地往上走，你可以爬到楼顶上然后狠狠地往下摔。知道怎么摔吗？头朝下，知道吧，别脚朝下，脚朝下有时死不了。这是李城的邻居后来传说的，他们说，那个捡垃圾的老头果真就顺着楼梯往上爬，一直爬到了那高高的楼顶上，好在他没有往下跳，他只是在上边默默地坐着，坐得整栋楼的人一个个都心惊肉跳的，尤其是李城，简直吓得半死。那以后，李城就再也不敢骂他了，他总是乖乖给他递上一点吃的，然后让他走走走，走吧你。

　　听说，从楼顶下来的李四，后来再也不要那些吃的了，他把那些吃的全都丢在了楼脚的垃圾桶里。

　　出事的那一天有很多的说法，但我知道，很多都是不真实的，都是对李四的嘲笑或谩骂。我相信的只是有关馒头的那一个。

　　时间说是已经中午，那个捡垃圾的老头也就是他们说的我的父亲其实是李四，他正从大街边的一家馒头铺经过，那是一家瓦城很有名的馒头铺，瓦城人喜欢称它为"老馒头"。李四看着"老馒头"里的大馒头，他想他应该吃两个，他以为他身上还有钱，他张嘴对"老馒头"的小老板叫道，给我拿两个。

　　可是，他掏了好久，才掏出了一个馒头的钱。

　　他的脸色于是有点难堪，他把声音也低低地压住了。

　　他说我先买一个吧，我先买一个。

　　他拿了一个就悻悻地走了。就是那个馒头，他后来也没有吃，而是把它扔掉了。谁也不知为什么，只说他一直地拿着，一直地看着，最后就把它抛到了空中。

也许，就是扔掉馒头之后他来到了李香的家门前。他想用我父亲的身份证再一次把李香的房门打开。他想进去找些吃的？他想进去好好地躺一躺？毕竟，他是他们的父亲呀，他累了，他不想再走了，他不想再这样下去了。

然而，他却怎么也进不去。

我父亲的身份证早已软塌塌的，怎么捅也捅不开李香的房门了。李四绝望地摇摇头，恨恨地把我父亲的身份证丢进了楼道上的垃圾桶。丢出之前，他也许闭了一下眼睛，然后软软地坐在了楼道上，然后，呜呜地哭了起来，哭得颤悠悠的。

随后，他出现在了瓦城人民法院的大门里。

在他想来，他已经是走投无路了，这里，是他最后的选择。

法院大门的一旁有一个接待室，那是专门接待告状的。李四直直地朝接待室走去。

接待室里有很多人，几个法警正在不停地忙碌着，但他们几乎都看到了进来的李四，有人给他点点头，让他先找个地方坐着。

李四却不坐。他就那么站着。

他说我要告我的三个孩子！他们一个叫李香，一个叫李瓦，还有一个叫李城。

他的声音很急，他的声音很躁，他的声音把他们全都镇住了，都朝他愣愣地看了过来。

这时，有一个脑袋从旁边的门里探了出来。那个脑袋认识李四，他就是李瓦的那个警察朋友，叫李四拿出身份证的是他，用手铐把我铐在树下的也是他。他怎么无处不在呢？无处不在的警察当然是好警察了，但这天他来这里干什么？李四还没有把话说完，他就指着李四大声地喊道：

你们别听他的，这老头是一个捡垃圾的老头，他想冒充李瓦他们的父亲，李瓦是我的朋友，我见过李瓦的父亲，李瓦的父亲已经死了，李瓦的父亲长得跟他有些相似。

李四突然就愤怒了，他指着那警察也骂道，他胡说！我知道他跟我的李瓦相好，他胡说！

那警察没有理他，他冲上来就推着他往外走。他告诉他走走走，这里不是你进的地方，这里是给那些有冤的人进来的，你走吧，你想讹诈你到哪个垃圾桶边讹诈你们那些捡垃圾的去吧。走走走，不走我就把你关起来。

李四的任何抗拒都显得力不从心。

就这样，李四被那警察推拉着，一步一步地退出了法院的大门，一步一步地被推到了法院门前的大街上。

一个无可避免的后果，就这样随后发生了。

李瓦和他的姐姐李香，两人正在大街边说着什么。也许他们是无意中出现在那里的，他们不可能是有意，但他们被那警察一眼就看到了。那警察忽然就大叫了一声李瓦，然后给李瓦招招手，像是抓住了一个什么坏人，他提着李四就直直地走到了他们的面前。

他说李瓦，你知道这老头跑进去干什么了？他到里边告你们去了，他说，他是你们的父亲。

李瓦笑了笑便朝李四凑过了脸去。

他说老头，你是不是疯了？

肯定是疯了！一旁的李香随口说道。

就在这时，李四的两个巴掌突然闪电一样，啪啪地打在了他们的脸上。

打完，李四转身慢慢地往前走去。

李四的巴掌很重，打得李香满嘴哇哇地乱叫，她想上去拖回李四，却被弟弟拉住了。他不让。那个警察也被李瓦拉住了。

他说不要去管他，让他疯去吧。他肯定是疯了。

李瓦的话李四听到了，李四听到后，李四不走了。

他突然笑笑地回过头来。

他笑笑地看着他们。

然后，脑袋一闪，撞向一辆飞奔而过的大卡车。

听说，李四的血，洒了一地。

李四的死，我是在米城的晚报上看到的。瓦城的事情怎么跑到米城的晚报上，我不知道。那张晚报就丢在街边的一个垃圾桶旁。我一看就愣住了，我的心咚咚地乱跳，好像要跳出我的胸膛，我没有多想就跑到了米城的汽车站，连夜赶回瓦城。

米城的晚报说，有一个捡垃圾的老头，有一天，在大街上看到一个女孩怀里捧着一张她刚刚去世的爷爷的遗像，他发现那张遗像跟他长得相似，于是就异想天开，想冒充那女孩的爷爷，想从此过上不再捡垃圾的生活。但是，女孩的家人们一次又一次地粉碎了他的痴心妄想，最后，那个捡垃圾的老头竟因此而发疯了，他傻傻地笑着在街上撞死在了他们面前。

这样的故事，在瓦城不会新鲜太久，三五天我就能在垃圾堆里捡到一个，不同的只是故事的真假。可谁能告诉他们故事的真假呢？你告诉给谁呢？谁相信你呢？我能够做的，就是赶快回到瓦城，回到瓦城去认领李四的骨灰。

我不领，他李四就会永远的没有人领。

火葬场的外边太阳挺大的，但火葬场的里边，却让人感到阵阵地发冷。

窗户里的那个人，还是李四原来跟我说过的那个光头。

我说，前两天有人送来了一个老头，叫做李四，记得吗？光头摇了摇，说没有。我于是发现说错了，我改口说，是一个叫胡来的老头，叫胡来，记得吗？光头还是摇了摇，说没有。我只好给他拿出了那张晚报，我让他看看那上边的文章，他这才呵了一声，然后问，你是他什么人？我一时不知如何回答。

光头说，是你的父亲吗？

我只好点点头。我怕他不给我认领。

光头的嘴里便毫不留情地骂了起来，他说你知道一个人能死几回吗？一个人只死一回你知道吗？可你怎么连父亲的死都不管呢？我说我不在家，我说我是看了报纸才知道的。光头就说，你不在家你到哪儿去了，你不是捡垃圾的吗？我说我是捡垃圾的，但我到别的城市去了，我去了一趟米城。光头便觉得奇怪，觉得不可思议，一个捡垃圾的，你到米城干什么呢。我没有回答他。我说，我父亲现在在哪儿？他说你先交钱吧，我们不能白白帮你火化你知道吗？我说行，我交钱。他就带我走了，交完钱，他们才把李四的骨灰盒交到了我的手上。

走出火葬场的时候，我却突然走不动了。我的腿突然一软，我跪倒在了如火的阳光下。

我看着手上的骨灰盒，嘴里默默地问道，李大叔，如果我不离开你，你说，你会死吗？

我把李四送回山里的那一天，一出门，天就下起了雨来、我曾犹豫了一下，但我后来想，也许那样的雨，就是为李四而下的，就直直地往车站走去了。从瓦城到瓦县，雨没有停过，雨一路地下着；从瓦县到瓦镇，雨还是没有停过，雨还是一样地下着。从瓦镇开始，就没有车了，就要开始走路了，老天爷这才忽然地睁开了眼睛，把雨悄悄地收了起来。但我却不走了。山里的路都是石板路，并没有太多那种想象的泥泞，但我走到李四的山里，天也黑了，我住哪儿呢？我还不如住在镇上。

住在瓦镇的那天晚上，我做了一个梦，我梦见李四从后边忽然揪住了我的衣领，他说，我死了，你知道吗？我说我知道。他说你知道了你就应该替我报仇你知道吗？我说你不是自己死的吗？你报什么仇呢？他说不，我是冤死的我当然有仇，你一定要替我收拾他们。我说算了吧，他们都是你的孩子你的骨肉。你用不着这么歹毒。他说不，你要是不替我报仇，我就死不瞑目。我不答应，他就一直地拉扯着我的衣领，说一句拉一下，拉一下说一句，拉得我全身像散架似的。我只好说好好好，我怎么帮你，你说吧，我看我能不能帮你？他的手这才慢慢地放下，他说你当然能帮我，你肯定帮。你不是有个理想要成为瓦城的人吗？我说是，我说这是我的理想，也是我父亲的理想。他说那你就要努力，你要尽快在瓦城买下一套你的房子，然后，你就去追求我的孙女艳艳，你先是跟她恋爱，然后你跟她结婚，然后，等她的爸爸妈妈和她的叔叔都老的时候，你就像他们对待我一样对待他们……但他没有说完，我就跑开了，我嘴里说不不不，我不！我不是说我不喜欢他的艳艳，不是，我是觉得他的这种想法太他妈的小心眼，太他妈的庸俗。瓦城的垃圾堆里，每天都有很多很多这样的故事，我说没意思。然后，我就醒来了。

醒后我还摸了摸后边的衣领，我感觉着有种异常的冰凉。

本来，我想把李四放进他老伴的坟墓里，让他与他的老伴永远地生活在一起的，但我后来放弃了，我想他的老伴不一定就喜欢他，因为他临出门的时候，她曾劝过他，但他不听，他要是不到城里去，她是不会死的，我想她不会原谅他的。

最后，我把李四和我父亲放在了一起。

我想，这两个老头，他们不都渴望他们的孩子成为瓦城人吗？一个早就实现了，另一个还远远地看不到边。让他们两人在一起交流交流，也许是挺有意思的。埋好后，我给他们两人深深地鞠了三躬，我说你们好好聊吧，我走了，我还得回我的瓦城去。

路过李四那块地的时候，我停了下来，我想起了地里的稻草人。

然而，那稻草人早已经倒在了地上。我觉得不对呀，当时我插得挺深的，怎么就倒下去了呢？我把稻草人扶了起来，重新插好，而且插得深深的，然后，我学着李四当时的样子，先是整了整李四的那顶帽子，然后从他老伴的衣领那里慢慢地整理下来，然后到胸襟，然后到衣摆，一点一点，细细地没有放过，就连那稻草人手中的那一个白色的塑料袋，我也给重新系好。但就是这个塑料袋，我才刚刚系好，它忽然就飞走了。是一阵风把它忽然吹走的。它先是跟着风动了动，忽然就从稻草人的手里飞走了，就像一个白色的精灵。

我想我明明是系好了的呀，它怎么就飞走了呢？

我的目光愣愣地追随着它，我有点发呆。

忽然，我好像发现了什么，我看到它飘去的前方，就是瓦城的去向。

于是，我大声地喊了过去，我说慢点，你等等我！

然后，我拔腿飞奔而去。

（原载《人民文字》2002 年第 10 期）

何玉茹

HE YU RU

女。1952年出生于河北石家庄郊区。1971年，高中毕业后，回乡务农两年。此后当过建筑队的工人、清洁队里的厨师、小学代课老师、郊区文化馆小报的临时编辑等。1986年河北廊坊师专中文系毕业后，分配至《河北文学》杂志社。先后任《河北文学》、《长城》杂志小说编辑、副主编。1991年加入中国作家协会。1997年调河北省作协创研室从事专业创作。

1976年开始发表文学作品。已出版小说集《楼下楼上》《她们的记忆》、长篇小说《爱看电影的女孩》《小镇孤女》《生产队里的爱情》《冬季与迷醉》及散文集《梦想与成长》等。

地久天长

风刮起来了，
雨下起来了。
草长起来了，
虫叫起来了。
老婆走了，
孩子哭了。
母鸡飞了，
蛋也打了。
……

这是书秀的奶奶经常哼唱的一首歌。书秀的奶奶今年八十岁了，一张嘴看不到一星亮点，但就是这张黑洞似的说话都说不清的嘴，硬是能把这儿歌唱得明明白白。奶奶一唱书秀的母亲就烦，书秀的母亲使劲地拧着眉头，使劲使得脸都青了，但她宁愿青着脸也不阻止奶奶，她只在当了外人的时候和奶奶说话，在家里她是从不和奶奶说话的。

书秀倒是喜欢奶奶，但不喜欢奶奶这歌儿，她觉得调子不好听，词也叫人莫名地心慌。奶奶一唱她就嚷，奶奶奶奶，您还有完没完呀？或者以自个儿的唱对抗奶奶的唱。书秀唱的是：

爹爹给我无价宝，
光辉照儿永向前。
爹爹的品德传给我，
儿脚跟站稳如磐石坚。
爹爹的智慧传给我，
儿心明眼亮永不受欺瞒。
爹爹的胆量传给我，

儿敢与豺狼虎豹来周旋。

......

书秀一唱奶奶就不唱了，书秀今年十七岁，正是有劲不知往哪儿使的时候，一嗓子唱出来，能惊得一村的鸟儿飞起来，奶奶就是再唱得明白，也难是她的对手了。

书秀的母亲不喜欢书秀唱，书秀的父亲早去世了，书秀老是"爹爹、爹爹"的母亲听着心里堵得慌。特别是这阵子，村里正搞清理阶级队伍运动，每个生产队都要搞，生产队运动领导小组竟想到母亲头上来了。母亲出身贫农，自是不能算是清理之列，但母亲的丈夫在日伪时期当过警察，人死了历史的污点还在，作为当事人的老婆总是该向人民有个交代。母亲想着"交代"的事，怎么能听书秀唱"爹爹"，书秀一唱母亲就说，滚，给我滚出去！母亲是个识文断字的人，轻易不说"滚"的，现在说出来书秀就知道，母亲是又遇上大的烦心事了。

不过母亲的烦心事也太稠密了，一件接一件的，在书秀的印象里，母亲的眉头就像一把锁，一年四季总是锁着，锁她自己，也锁书秀和奶奶，家里到处弥漫着"锁头"的气息，即便是母亲眉头舒展的时候，这气息也仍留存着，就像浸染布料的颜色，颜色已是渗透到了每一个布丝，无论如何也休想改变了。因此，书秀也不问母亲，有空就找鸣英玩儿，生怕那气息会渗透到自个儿的身体里，她要的是快乐，她可不想要什么锁头。

村里能给她快乐的也就是鸣英了。鸣英比她大半岁，但这半岁给了她太多的方便，她可以冲鸣英赌气、撒娇、使性子，还可以自私自利，在好事临头的时候把鸣英忘得一干二净。鸣英当然也生气，但不到两分钟就恢复了常态。她的常态是奉献大于收获又不斤斤计较的那种（当然只对书秀），书秀喜欢这独属于她的常态，因为喜欢就愈发地要和鸣英斤斤计较，以更充分地享受鸣英的不计较。

这一天吃过晚饭，书秀和鸣英约好了去打谷场上学骑自行车。

主意是书秀出的，和书秀、鸣英同龄的女孩子都在学针线，书秀偏偏要不同于她们，偏偏要学骑自行车。在这之前书秀还和鸣英学过安装半导体，学过吹笛子，学过拉二胡，就是不学针线。书秀不学，鸣英也不学，任凭家里人骂死也不学。鸣英倒不是对音乐、无线电感兴趣，是因为书秀要学，书秀要做的事她永远是支持的。书秀也不是对音乐、无线电感兴趣，除了要不同于别的女孩，还因为她愿意显示她和鸣英的好，愿意鸣英和她形影不离地在一起。鸣英对书秀来说更像是风和雨的关系，书秀是风，鸣英是雨，只要有风，雨一定是会跟上来的。书秀要的就是这种跟，村里现在都在讲亲不亲阶级分，书秀的奶奶被划的中农，鸣英家则是贫农，严格说起来不能算一个阶级的，但书秀觉得那是大人们的事，碍不着她和鸣英的，她和鸣英是亲不亲"跟"上分的。当然这是她私下的想法，对鸣英也不能说出来的，愈不能说出来的话反愈是扎了根似的，对错都是随它去了。

自行车是一辆大队公用车，漆都掉光了，车圈也锈得没了亮度，铃铛、车闸也没了，一推咣咣啷啷响，就像村西那个常年看地的秃兮兮丑兮兮的小老头儿。即便这么辆车，还是鸣英从哥哥房里偷出来的，鸣英的哥哥这些天正在外出调查书秀父亲的历史问题，他是生产队目前当红的人物，据说完成了外调任务他的入党问题也就差不多了。他白天出去调查，晚上回来向运动领导小组作汇报，鸣英就是在他作汇报的当儿偷偷扛出来的（鸣英的父母就在隔壁，他们知道了一定会告密的，他们为儿子的当红正陶醉得要命）。两人咣啷咣啷地一起往谷场上走，书秀说，小老头儿就小老头儿吧，咱是学骑，又不是真骑，真骑的时候要借个鸣英这样的。鸣英就呵呵地乐。村外的新鲜空气和自行车的声响让她们格外兴奋着，她们就愈发憧憬着"真骑"的一天，那一天她们将借上一辆年轻的好看的自行车，一个骑一个坐了，转遍城市的每一个角角落落。她们是想去哪儿去哪儿想不去哪儿就不去哪儿，再也不必用两条腿走路了。从村里到城里二十多里路，每回走到城里都该吃晌午饭了，她们进城的第一件事永远得是寻找吃饭的小饭馆。学会了骑车就不同了，骑车进城顶多也就个把钟头吧，那她们进城的第一件事，就可以是看电影或者逛公园了，看出来逛出来说不定还会有富余时间，她们就骑上车逛城市的街道，把从前两条腿走不到的地方全都逛个遍。然后，她们就去找饭馆吃饭，这家不行再换一家，东城不行就去西城，反正有自行车呢，有了自行车的她们还怕什么呢！她们还想着骑上车到三里外的中学找老师们去，吹笛子、拉二胡、安装半导体就是跟老师们学的，虽然她们到底是照葫芦画瓢，没学出个样儿来，但她们的目的是要显示与众不同，与众不同了就够了，因此她们不能忘了老师。说到老师时书秀故意提起了教物理的范老师，说，范老师真是的，上回从他那儿回来，刚刮点风就死乞白赖要咱们带上雨伞，雨伞还在你那儿吧？鸣英说，还在。书秀说，还在还在，装得跟没事人似的。鸣英说，怎么了？书秀说，他死乞白赖你也死乞白赖。鸣英说，我怎么死乞白赖了？书秀说，他是死乞白赖让人拿雨伞，你是死乞白赖要把雨伞留在你家里。鸣英着急道，你又冤枉人了，是你不肯留我才拿回家的呀。书秀说，我是看你想留才不肯拿的。鸣英说，我说想留了吗？书秀说，你没说但你心想。鸣英说，我没想。书秀说，你想。鸣英说，我没想。书秀说，想了就是想了，你瞒不过我。看鸣英不吱声了，书秀又说，你是没上过中学，范老师对女生一向是关怀备至，对每个女生都那德性。鸣英沉默了一会儿，忽然说，我看范老师对你就不一样，他对我好其实是为了对你好。书秀望一望夜色中的鸣英，脸是模糊的，身影却是赌气的，一双眼睛借了夜色凶凶地放着光。书秀不由得笑起来，说，看不出你倒有这份聪明，不过跟你说实话，就算范老师对我好，我也不会跟他好的，我不喜欢他脸上的那颗黑痣，那颗黑痣真是长错了地方，长在你脸上准就是颗美人痣了。说得鸣英也笑了。这一笑，立时就将那范老师笑远了，鸣英甚至说，这世上除了书秀，她任何人都不会看上的。书秀也被鸣英说得激动起来，表示只跟鸣英一个人好，其他任何人想挤进来冲散她们都是妄想。身边的自行车咣啷咣啷的，地里的草虫们在轻轻地鸣叫，空阔的打谷场已像一个新世界一样展现在她们面前，她们心里几乎是荡漾着幸福的感觉，开始了骑自行车的学习。

"小老头儿"其貌不扬，却是挺难驯服，书秀和鸣英一次次地骑上去，一次次地又被摔下来。但两人正是不知怕的年龄，愈是摔就愈是不服，车子摔她们，她们也摔车子，摔来摔去的，倒是车子先有些经不住，咣啷咣啷的声音更大起来。她们不怕摔，对车子的声音倒有些怕了，她们开始谨慎地对待"小老头儿"，有时候宁愿摔着自个儿，也要拼命抓了车子不让它倒下。特别是鸣英，在力气上鸣英是强过书秀的，逢到鸣英替书秀扶车时，车总是要稳妥得多，多少次惊险都是靠鸣英的拼力相扶而转危为安了。相反书秀替鸣英扶车时候就不行了，鸣英一上去车就歪歪斜斜的，骑不出几米远就落得人仰马翻了。书秀怪鸣英两手用力不自然，车把捉得太死，鸣英就说，算了算了，我不行，还是你学吧。书秀倒也不客气，接过车子就骑了上去。车子自也是歪歪斜斜的，鸣英急忙用力扶住，一扶住车子就不歪不斜地往前走了。鸣英就说，也不知是怪我还是怪你。书秀骑在车上说，怪我。书秀一说"怪我"，鸣英就不吱声了。鸣英最怕书秀不高兴了。书秀却不算完，骑完一圈下来，一定要换了鸣英上，好歹不肯再接着骑了。鸣英说，不行不行，我一上去就摔车子，车子都让我摔烂了。书秀说，还以为是为了我呢，原来是为了车子呀。鸣英说，车子坏了，不就谁也骑不成了。书秀说，首先是你哥骑不成吧？

鸣英没想到，书秀会忽然提起她的哥哥，她怔了一会儿，说，他骑不成才好呢。

书秀却不讲理地说，你心里才不这么想，你心里生怕他骑不成呢。

鸣英说，我没那么想。

书秀说，你就想了。

鸣英说，我没想。

书秀说，你想了。

鸣英说，我没想。

书秀说，想了就是想了，你瞒不过我。

鸣英又一次不吱声了。但这一回，书秀面对鸣英的不吱声却不知该说点什么了。

已是深秋季节了，一阵风吹来，两人都不由得打了个冷战。

过了一会儿，倒是鸣英先开口道，我知道我哥不该调查你爸的事，可人家派到他头上，他有什么办法。

书秀说，听听听听，他有什么办法，他怎么就没办法？

鸣英委屈地说，为这事我都不理他了。

书秀说，不理他你就有理啦？我呢，因为你哥的调查我就要变成反革命的狗崽子了！

鸣英说，我早说过，你变成什么我都会跟你好的。

书秀说，拉倒拉倒，一提你哥你就心疼，跟我好个屁呀！还有车子，看把你心疼的，你家的命一样，有一天你哥飞黄腾达了它可是第一个功臣呢。

鸣英气得嘴唇直抖，忽然就将脑袋趴在车座子上，呜呜地哭起来了。

书秀却还不依不饶地说，你哭什么，好像谁欺侮了你了，其实是你在欺侮我呢！

鸣英忽然停了哭，抬起头来说，你说这世上你最烦的就是你妈了，我看不是。

书秀也没想到鸣英会忽然提起她的母亲，但她仍气势不减地说，不是怎么了，你向了你哥我就不能向了我妈了？再说，我向我妈是看她可怜，你向你哥是为了什么，是看他整我妈整得还不够？

最后的结果自是鸣英不再吱声，但两人也没像以往一样重新好起来，书秀扔了车子就往村里走，鸣英则推了车子咣啷咣啷地跟在后面，一路上谁也没再说一句话。

第二天下地干活儿。两人没被派在一块地里，谁也没见着谁，直到下工往回走的时候，鸣英才老远地见到书秀走在前面。书秀正和一个叫大霞的女孩并肩走着，时而还将手搭在大霞的肩上，十分亲密的样子。那大霞显然很兴奋，说话的声音比平时高了两倍。鸣英加快脚步，赶上她们，然后和她们擦肩而过。

鸣英非常希望书秀会喊她一声，只要喊她一声，她就会重新与书秀和好。可书秀没有，书秀反而与大霞更亲热地说笑着，就像压根儿没看见她一样。鸣英的眼泪立刻流了出来，她几乎是小跑着回到家的。

吃晚饭时，鸣英的哥哥还没回来，鸣英妈让鸣英去队部看看，说下工时看见队部外面有辆自行车，说不定早回来了。鸣英知道哥哥又在汇报外调的事情，便说，不去，爱吃不吃。鸣英妈说，没良心的，饭桌上没你的时候你哥可是从不肯吃饭的。鸣英爸也说，你哥是干大事的人，顾不上吃饭是常有的事，家里人不替他想谁替他想？鸣英说，什么大事，调查一个死了的人，明摆着是整活人嘛。鸣英爸说，你懂个屁，这话可是能说的？这是全国的事，全国都在搞调查，你哥能参加进去是咱家的光荣，你少胡说八道吧！

在父母的责骂下鸣英到底是往队部去了，过去的日子里哥哥对她还是蛮不错的，只是最近显得严肃了许多，动不动就告诫她别和书秀那么火热，她家是个不清白的人家。她说，她家不清白跟她有什么关系。哥哥就说，跟她没关系跟我有关系，我调查她爸的历史问题，你又跟她打得火热，人家会怎么说？她说，为什么非得你来调查？哥哥还没说话父亲就说，你懂个屁，多少人想调查还调查不上呢！

去队部要经过书秀家，书秀家的门敞开着，里面传来书秀奶奶的哼唱，还是那首老掉牙的歌，风刮起来了，雨下起来了。草长起来了，虫叫起来了。老婆走了，孩子哭了。母鸡飞了，蛋也打了……鸣英觉得书秀的奶奶很可怜，好好的个识文断字的儿媳，不知为什么一辈子不理她，她不哼唱几声，憋也要憋死了。鸣英的脚步匆匆的，生怕书秀从门里一步走出来，看见她往队部里去，这时的队部，对书秀家来说就好比是一个可怕的指挥部，指挥部一个命令，就可能给她家带来天大的灾难。而这命令，多半又要由她哥的调查来决定……但于她来说哥哥更是那个饭桌上的哥哥，没她在哥哥就不肯吃饭，哥哥还总把好菜让给她，即便这些天不理他他仍不改变……想着想着鸣英鼻子又有些酸，眼泪直在眼圈里打转，要不是队部到了，她简直都想痛痛快快地哭一场了。

队部门外的自行车果然是哥哥骑的那辆，没了漆的车身满是大大小小的泥点子，车圈和辐条几乎都被污泥糊满了，车踢也没了作用，靠在墙上随时要倒的样子。鸣英便有些吃惊，又疼又恨地想，车都这样了，人该是什么样呢。

队部的门虚掩着，门里传来一个陌生人的声音。陌生人一定是上面派下来的工作组的人，不经常来队部的，鸣英不由得停了脚步。

鸣英听到那声音说，很好，这样的调查材料太宝贵了，人进了坟墓，历史不能进坟墓，再说这事他老婆不会不知道，他老婆要是知道就也难逃罪责，至少是在替历史反革命包庇。这一趟没白去，可谓是一箭双雕啊。

一个兴奋的声音说，一不做二不休，干脆晚上就把刘惠平叫来，来个速战速决，有材料在手，还怕她不老实交代？

鸣英听出来，这是生产队政治队长，他地里活儿不会干，开会讲话可是一套一套的。鸣英的心扑扑直跳，哥哥的调查果然是要给书秀家带来灾难了！

静了一会儿，鸣英听到哥哥的声音说，是不是再调查一两个人，只他一个人的材料……

哥哥的声音有些胆怯，还没说完就被政治队长打断了。政治队长说，没有必要，要相信人民群众嘛，再说人也是刘惠平提供的啊。

工作组的人问，她还提供了别人没有？

哥哥说，有，可那两个人早死了。谁知她还能不能提供别人？

你小子是不是骑车骑上瘾了？为她这鸡巴点事，可用了咱队七八个工了。

鸣英听出是生产队长的声音，生产队长是个暴躁又吝啬的家伙，他最拿手的就是克扣社员的工分了。

只听砰的一声，好像谁拍了下桌子，接着那个陌生的声音说，什么话，这是政治，是革命，七八个工算什么，七八百个工也得干，没有革命，哪来的生产！

没听到生产队长的反驳，屋里安静极了。生产队长怕是还从没这么被驯服过呢。

工作组的人接着说，话又说回来了，没必要的工我们也不会用的，不是为了节省，是服从革命的意义，革命的意义就是，保护我们的运动成果，不放过任何一个现行的、历史的阶级敌人，把他们彻底清理出来，以保证我们的无产阶级政权更加巩固。

哥哥问，那，那还调查不调查了？

政治队长说，还没听明白，保护运动成果啊，你自个儿调查来的材料，你还不相信啊？

工作组的人没再理哥哥，开始安排晚上的事情，说要政治队长全权负责，审讯完后立刻上报工作组。

鸣英听着，转身正想走掉，忽听政治队长说，我看鸣英和刘惠平家的书秀好得一个人一样，你回去可要注意保密。哥哥说，这你放心，我不会说的。政治队长说，光不会说不行，还要劝她别整天跟书秀黏在一块儿，老大不小的了，连这点深浅都不懂……

鸣英没敢再听下去，匆匆地就往书秀家走，她想，问题真是严重了，连书秀他们都注意到了啊！

鸣英在书秀家里，说了刚才听到的一切。书秀家的人都在跟前，母亲，奶奶，书秀。鸣英原本只想说给书秀一个人的，可书秀不肯让她进自己的屋，还是奶奶和母亲把鸣英请进大屋的。

鸣英说完就走了出来，母亲和奶奶连送别的话也没说，似还沉浸在她的述说里。走出几米远后鸣英回头看了看，发现书秀站在家门口，正朝她瞭望呢。鸣英转过头去继续走。她听到书秀在后面喊，晚上还去不去打谷场？鸣英头也不回地说，不去。书秀却更大声地说，去，不去也得去！鸣英心里的乌云一下子驱开了大半，脚下不知是什么东西绊了一下，鸣英飞起一脚就踢了出去，那东西定是打中了谁家的狗，狗汪汪地叫起来，引得其他的狗也呼应似的叫着。

大队的喇叭里正放着李铁梅的"打不尽豺狼决不下战场"，高昂的声音使那几声狗叫显得微不足道。鸣英不喜欢这段唱，太激昂，太高亢了，不是一般人能唱得了的，相比之下还是书秀喜欢的"爹爹留下无价宝"要好得多，就像鸣英说的：韵味十足。有一阵子书秀着了魔似的，每天每天地唱这段子，自个儿唱，还非教鸣英唱不可，每一个节拍每一个咬字都教得认真得要命。不学不知道，一学鸣英才明白这京戏真不是人人都能唱的，只最后一句"铁梅我定要把它好好保留在身边"的"边"字，鸣英学了半月都没学会。那是个长长的拖腔，别说韵味，只那拐来拐去的音调也没几个能唱得准的。可书秀就行，她是无师自通，无论什么唱段只要听几遍收音机就能唱得跟收音机里一样样的了。鸣英想起"心明眼亮"的"亮"字，她唱出来总是又直又白，书秀一遍遍地纠正她，告诉她如何地张口，舌尖先阻在哪里等等。鸣英就问书秀，舌尖的事你怎么知道？书秀就说，天才呗。鸣英想着书秀得意的样子，脸上不由得也露出了笑意。

吃过晚饭，待哥哥去队部，鸣英就又悄悄扛出自行车，到村外的打谷场去了。

打谷场也是过去的麦场，场角堆了两个大蘑菇一样的麦秸垛，鸣英从麦秸垛上抽出把麦秸，擦着车上的泥点子。泥点子都干巴了，抓在车上像长了腿，捋都捋不下来。鸣英一遍遍地捋着，想象那泥巴巴的腿已被她扯得七裂八瓣，再也难抓下去了。秋风将她擦下的尘粒吹得远远的，给她送来的倒是一阵阵的麦秸的香味儿。

擦完了，鸣英就坐在麦秸垛下等待书秀。若是往常书秀早来了，书秀傲气是傲气，却是讲信用，说来肯定会来的。鸣英望着夜色中那条通向村里的小路，时时期待着会有一个身影出现。

天上的星一会儿比一会儿多起来，夜色也一会儿比一会儿加重了颜色，可是小路上还是不见书秀。鸣英便有些急，站起来自个儿先骑了几回，却又骑一回摔一回的，摔得腿都一瘸一拐的了。正捋起裤腿看摔伤处时，忽听得身后有人咳了一声，知是书秀，故意仍低了头，不去看她。书秀转到前面，蹲下来面对着她，鸣英才抬起头来，将抑制着的高兴露了出来。

书秀没有解释晚来的事，不声不响地同鸣英学骑自行车。

书秀的母亲这时候正在队部受着审讯，书秀和鸣英都知道，但她们都不提起。

让她们满意的是，今天一上车，就明显比昨天有了长进，骑车的人有了准头，扶车的人也省了力气，有时候，扶车的偷偷放开一会儿，骑车人竟可以顺顺当当地骑出好远了。这让她们更来劲了，学会了拐弯又学上路，一上路才发现，上车竟还没学会，总不能每回都让人扶了上车吧。两人竟哈哈地笑了一阵，然后开始你一回我一回地轮流学着上车。这一回，鸣英是三上两上就学会了，书秀却不知为什么，一上车就倒一上车就倒，试了几十回也没学会。鸣英自是耐心地示范，要书秀这样或者那样的，但无论怎样，这上车于书秀就像鸣英学那句拖腔，永远地没了希望似的。

鸣英建议歇一会儿，书秀却几乎翻了脸道，歇吧歇吧，你当然想歇了，反正你也学会了！吓得鸣英立刻不敢再说什么，扶了车继续陪书秀练下去。而书秀又坚持自己练，不要鸣英扶车，鸣英刚说了句小心摔着，书秀就接过去说，摔死了才好呢，摔死了省烦心了！书秀说得狠，做起来更狠，她的身体就像有意冲撞着车子，而车子又总撞着地面，一次又一次的，猛烈而又鲁莽。站在一旁的鸣英又惊又怕，心想，这书秀也怪了，平时灵巧得什么似的，今儿是怎么了？

好在书秀到底是学会了，似乎是经过了太多的摔打，上下车比鸣英还要稳当多了。

书秀终于坐了下来。

鸣英望了书秀说，好家伙，快把人吓死了，这下高兴了吧？

书秀没有吱声，却忽然仰面躺了下去。

鸣英也学书秀的样子在她一侧躺下来。

一躺下来眼前显得开阔、豁亮了许多，满天的星星之光都像投到她们这里来了。

沉默了一会儿，书秀忽然开口道，要是能到天上去就好了。

鸣英不知该说点什么，就没说话。

书秀又说，你哥调查来的材料都是真的。

鸣英说，你怎么知道？

书秀说，奶奶告诉我的。

鸣英说，材料上说什么？

书秀说，我爸干警察时，跟一个日本女人相好过。

鸣英说，你妈知道不知道？

书秀说，知道，所以我妈才不理我奶奶。

鸣英说，这跟你奶奶有什么关系？

书秀说，我奶奶袒护过我爸，她说那个日本女人是个好人。

鸣英说，这就是你奶奶不对了，她再好也还有你妈呀。

书秀说，我奶奶说，她袒护不袒护我爸都不会听她的，那阵子他像疯了似的。

鸣英说，这也太不公平了，他疯了似的，倒叫你妈替他受罪。

两人一递一句的，一个漠然，一个热切，一个看了天说，一个看了人说，就像一瘸一拐的两条腿。鸣英自是觉出来了，就愈是显示着热切，期望书秀的目光能从天上转到她的身上。

书秀又一次说道，要是能到天上去就好了。

鸣英安慰书秀说，不能到天上到城里也好啊，赶明儿咱就去城里吧？

书秀冷笑道，到城里就不搞运动了？我这样的到哪儿都一个样。

鸣英说，我说过，不管你什么样，我都会跟你好的。

书秀说，你跟我好？你跟我好我就一定跟你好啊？

书秀的声音更加漠然更加生分了，鸣英怔了说，怎么了？

书秀说，没怎么，回家。

说着书秀站了起来，她的声音在空阔的田野上起着回声，就像另一个人的声音。鸣英不甘心地跟着站起来，问，为什么？不跟我好你干吗还要来？

书秀说，来是对你去我们家的报答，报答完了跟你也就两清了。

鸣英带了哭声说，你说清楚，是因为我还是因为我哥还是因为你爸？

书秀却说，不知道。然后丢下她一个人，顾自往村里走去了。

第二天晚上，在工作组的指导下，队里召开了对汉奸包庇分子刘惠平的批斗大会。会上书秀坐在角落里，一直低了头，没看任何的人。在这之前，鸣英哥哥骑的那辆公车奇怪地丢失了，政治队长派几个人挨家搜寻也没找到。工作组为惩罚鸣英的哥哥取消了他的大会发言，还在建议党支部延缓他的入党问题。

只有书秀明白车的事是谁干的。即便这样，她也觉得她已再无法同鸣英像从前那样好起来了。鸣英呢，也没再来找她，彻底地伤了心似的。

全队只有奶奶一个人没参加批斗大会，政治队长曾派人通知过她，但她只顾哼唱着一首老掉牙的歌，就像没听见一样。通知的人报告政治队长说，也许是吓出毛病来了，老太太只会唱歌不会说话。政治队长只好作罢。

（原载《人民文学》2002 年第 10 期）

孙春平
SUN CHUN PING

满族。1950 年出生于辽宁省锦州市。1968 年初中毕业后，赴辽宁省兴城县元台子公社插队务农。1971 年返城，历任工人、管库员、团委书记、宣传干事等。1984 年调锦州市文联工作。1985 年毕业于辽宁广播电视大学中文系。1990 年加入中国作家协会。现任辽宁省作协副主席，锦州市文联主席。

1975 年开始文学创作。出版有中短篇小说集《路劫》《男儿情》《逐鹿松竹园》《老天有眼》《怕羞的木头》《公务员内参》，长篇小说《江心无岛》《老师本是老实人》《阡陌风》《县委书记》，报告文学集《这里锌光灿烂》《金的光，银的彩》《一个养路工和他的妻子》《绿魂》及影视剧本《阿 C 的口福》《远方有绿灯》《欢乐农家》等。小说集《路劫》获第四届全国少数民族文学创作骏马奖。

乡间选举的乐子

　　数伏后的一天夜里，暴风雨突然降临。听电匣子里的天气预报讲，是本年第多少号台风在菲律宾海域生成，一路北上，经台湾海峡，过东海和黄海，在渤海湾登陆。

　　狂风是夜里从芦苇荡方向扑过来的，呼呼地嘶啸；那雨又岂止瓢泼，仿佛是魔鬼打开了天河的闸门。漆黑的天空，漆黑的田野，半空里窜动起一道道惨白骇人的火蛇。被刮落的窝棚上的油毡纸和稻草，像被击落的鸟儿一样拍打着翅膀，在稻田上空挣扎飞舞。紧接着便是雷的轰鸣，又焦又脆，一声声炸得天摇地动。伸手不见掌的稻田里，却到处可见一束束手电光在闪跳，那是蟹农们在山埂上奔跑，他们可以不要看蟹的窝棚，却不能让狂风将塑料围障吹倒吹飞，不能让稻田里的积水漫过山埂，他们是在用生命护卫着眼看到手的劳动果实。

　　暴风雨中，县乡两级领导深入到田间了，指导抗灾，慰问村民。有位县领导还在雪亮亮的灯光照射下，把自己身上的雨衣脱下来，披到于家屯的蟹农于旺田身上，说了一些让人心窝发热的话。

　　天亮时，风住了，雨停了，于旺田一夜之间成了屯里的新闻人物。那天的晚间新闻，市县电视台都在播发抗大灾保丰收的消息，首要的一条就是市县领导顶风冒雨深入抗灾第一线。屏幕上出现了县委书记脱下雨衣往蟹农于旺田身上穿的镜头。屯里人很感动，说天底下还有这么好的官，真是"霹雳一声响得邪，来了救星县太爷"。隔了一天，又有人将市里的报纸拿来，第一版上挺大的一幅照片，也是县委书记给蟹农披雨衣。看到的人便戏笑于旺田，说于老旺时来运转，福光高照，不定还有什么好事要找上门来呢。

　　说于老旺好事上门，本是乡亲们的一句玩笑，没想，生活中的事果然就照这玩笑上来。暴雨过后的没几天，县里下来通知，说要召开抗洪救灾庆功大会，会上要表彰五十个先进集体和一百名先进个人，并把表彰的名额分配给了各乡镇和县直各单位。乡里依葫芦画瓢，一个电话把村支书们找到乡里去，于水丰从乡里回来时，就带回选出一个先进个人的任务。

时间要求挺紧，村里的人听到喇叭喊，一家出一个当家管事的，晚饭后到村委会开会，谁家人不到罚款五十。正是稻田里的蟹子蜕壳长个儿的时节，蟹子又傻，见亮就扑，闻令即奔，夜里让谁诱捕出一抄子都是钱啊。青壮年们早卷了铺盖住到田里的窝棚去了。蟹农们心疼五十元钱，更担心田里的蟹子没人看守出意外，便打发了老人和妇女去开会。中小学生们正在放暑假，岂能放过这个热闹，闹闹哄哄的不请自到。小孩子哭，大人们叫，半大不小的学生们趁机瞎起哄，村委会大院立时变成了蛤蟆塘。

村支书于水丰一看不是事儿，脸拉下老长，伸手将墙上的插销一拔，院里的大灯泡便熄了光亮。他往胳膊上绾电线，然后提着灯泡子往屯外走，扔下话，“到稻田里开去，我看谁还敢给我不到。”

人们呼啦啦跟在村支书身后走，一路走一路笑。于水丰提着的大灯泡子则一路走一路晃。于水丰本来走路就一窜一窜的，那灯泡子便越发悠晃得欢势。有人喊，于书记小心啊，灯泡子碰到谁不当紧，可碰碎了就得摸黑开会啦，你想开黑会呀？于水丰忽略了有人在跟他戏闹，便中了计，伸手去抓灯泡，没想那大灯泡还灼热着，手一抓便急扔开了，如果不是有电线牵着，真就掉在地上摔碎了。人们轰地笑起来。于水丰立住脚，回身骂，刚才是谁的馊主意？我把灯泡子塞你裤裆里去，把卵子烤化了，看你还打不打种淘不淘气！人们越发笑得不可收拾，笑得满天星星都显得繁密起来，那是寂寞的星星们跑出来看人间的笑话呢。

于水丰选了一处宽阔些的地方，把电线往那家窝棚里一接，大灯泡子往窝棚前一挂，便算会场了。雪亮的灯光引来无数的蛾虫，在人们的头顶上翻飞出一番迷幻的图景，比城里歌舞厅里的那种宇宙灯还别有味道。上百号人挤站在水渠上，畦埂上，说着笑着，那情景又像一群企鹅，见人拍照便总要排成队列。

于水丰扫了一眼，见老人们已基本不见，那是老人们见会场转移，田里自有当家主事的男人，便不再跟来凑热闹，自回家里歇息去了。于水丰喊：“女人孩子们往后边靠一靠，各家睡炕头的往前边来，要开会啦!”

北方冬季长，热烘烘的火炕头便成了家里主事男人的特权之地，即便到了炎炎夏日，男人们宁可在炕头加垫木板门窗，也不会让别人篡权夺位。炕头也是一种地位和权力的象征。有人接话：“我家炕头都是老猫睡，我回家去叫猫啊?”

人们笑，哈哈地起哄。

于水丰绷紧了脸：“你去叫吧，小心秋后我叫你多交一份提留款!”

这就更惹人笑，有女人嗷的一声，已经闪进水渠里去了。

挂了灯泡的那家主人半真半假地提醒："于书记，这个电钱……还算不算？"

于水丰眼睛一翻楞："算，谁说不算。你自个儿牢绷儿地给我记着，秋后我保证有账跟你算！"吓得那人立刻闭了嘴巴不吭声了。

闹腾了这一阵，于水丰开始说正事。讲意义，提要求，说这是激励斗志，夺取今年全面丰收的重要举措。"这可不是小孩子过家家，正经事，大家都说说，选谁合适？"除了最后这句话，前面的那些都是从乡里开会现买现卖，八哥学舌学来的。

朱景发立刻接话："那还选个啥，咱人现成，于旺田嘛。一春加一夏，人家把蟹田当洞房，把螃蟹当媳妇，连三顿饭都在地里吃。那天下暴雨时，连县官儿都亲自来看他，又上电视又登报纸的，不选他还先谁？再说，一乡二十多个屯子呢，一县好几百个屯子呢，这上榜的才一百个，为啥咱们家屯能摊上一个，指定是上头带下了笼头，看于家屯有驴，咱赶快套上笼头让人家牵走算啦！"

朱景发是那种二八月的庄稼人，靠着脑子活，嘴巴巧，农闲时东乡弄篓鱼虾，西乡收些鸭鹅蛋，贩到城里去，腿跑手不空。到了农忙这几个月，倒也在田地里撅腚猫腰，可干也不正儿八经地干，入夜后窝棚是留不下他的，常是跟相邻的于旺田招呼一声，"帮照看一眼呀"，就猴燎腚般地跑了。十有八九他是去筑长城赌麻将，十里八村的不定钻进哪个黑窟窿赌窝去。听说玩的也大，有一次突然被乡派出所的警察抄了赌窝，慌急之间，他蹿进灶间便操起了菜刀。警察急拔枪在手，喝道，你要干什么？放下！朱景发说，我往后要是再赌，就是狗娘养的王八蛋！说着手起刀落，当地一响，一截手指便齐刷刷地丢在了菜板上，从此落下了朱老九的外号。那一次，乡派出所念他有痛改前非的决心，只没收了他的赌资，没再罚款，也没送他去劳教。可朱老九哪有金盆洗手的志气，没等手上的纱布拆下来，已又坐到麻将桌前去了。

于旺田却是极老实本分的庄稼人，以往村上不管开什么会，他都往不显山不露水的地方一躲，从不多说话，村官咋定咋是。去年冬天，他老婆得了急症，把家里存的几个钱儿都扔进了医院药店，还拉下一屁股饥荒，人也没留住。开春时，他求爷爷告奶奶好不容易又借来万八千块钱，才算抢在节气前把蟹苗放进了稻田。这一春一夏，他对稻田里的活计一丝一毫也不敢大意，恨不得收成翻番，好快把欠债还上呢。可今夜听朱景发这般说，他不能不挺身而出了：

"你朱老九才是驴呢，套上你到县里去正对路。"

人们轰地笑起来。连朱老九都笑，说："老旺哥，我不过是打个比方，可能把围脖当了套包，没对上撇子。中，中，我是驴，你是劳模，中了吧？"

朱景发没说先进，而说的是劳模，这让人们越发笑得不可收场，又有人笑掉到稻田里去。这让人想起个故事，也可算个乡间典故了，是前些年搞生产队时发生的事。有个铁姑娘队长，当初干活没的说，假小子一个，不怵泥不怵水，有点儿显彪，后来就成了县里的劳模。劳模后来又当妇联主任，便挨家去割资本主义的尾巴，还把育龄妇女追得鸡飞狗跳，逼着人家上环结扎。劳模理所当然地还常常跟大队书记出去开会，一来二去的，姑娘家家的，她的肚子竟大了，看实在遮不住丑了，先是偷偷进城做了人流，又草草远嫁了他乡。却说这姑娘有个侄子，十一二岁的毛小子，有一天跟屯里的孩子玩着玩着打起了架，一个骂你妈是大金牙，一个回你爸是小歪嘴，一个又骂你爸是小偷，一个又回骂你妈大破鞋。对方那个孩子被骂得实在没了词儿，吭哧了一阵，竟回了语破天惊的一句，"那你姑还是劳模呢！"劳模的小侄一下被骂哑了嘴巴，再找不出一个比这"劳模"更解恨更恶狠的"对仗"骂词来，只好大哭着跑回家去。臭嘴的朱景发突然整出句"我是驴你是劳模"的话，便有了巧用典故的高妙。

于水丰忍住笑，故作正色说："说笑归说笑，正事是正事。选谁是先进总得说出个一二三来吧，都说说。"

已零比一亏了一个回合的于旺田岂肯服输，说："说说就说说。咱这一屯子，从清早到夜里谁最辛苦？大伙儿都大眼灯似的嘛。朱老九哪天不是白天忙了一天，夜里接着忙？不过半夜他很少回窝棚啊。就说那天下暴雨吧，人家是顶着冈烟儿大雨从几十里外赶回来的，怕蟹子出了闪失，还花钱打了车。就凭这股劲儿，大家说该不该选他当劳模？"

便又有人笑，还有人夸张地使劲点头，并大声喊，对，对，朱老九最辛苦，革命生产两不误，把一个手指头都磨秃了，绝对劳模。人们都知道朱景发一天到晚在忙啥，在地里累了一天的人们都想借此找个乐儿呢。

主持会议的于水丰不能让这种乐子再闹下去，说："好，候选人有两个了，于旺田和朱景发，大家看还有没有？"

人们喊，没了，就他们俩了，差额选也够了。

于水丰说："举手表决。"

有人接话："别呀！乡里乡亲撞头碰脸的，低头不见抬头见，举胳膊多不民主啊。我们要求背对背，投票。"

更多的人响应："对，投票。"

也有人质疑："就别整景儿啦，都没带纸和笔，还现跑回家取去呀？"

于水丰低头在地上找。要是在屯里，随手撅些稻草棍儿，或让谁捡回一捧小石子，就可当选票了。可这是在稻田里，哪里去捡石子？水稻刚在抽穗，又哪里可撅稻草棍儿？于水丰抬头望望众人，见有人正一闪一闪地抽烟，便说：

"谁带着烟呢，献出来。以烟代票，一人一棵，这民主了吧？"

可谁又肯当这种白献烟的冤大头呢？就连那正抽烟的，也鬼头鬼脑地急急狠吸上两口，便把那大半截烟头丢到田里去了。于水丰低声骂了句什么，从衣袋里摸出一张票子，往身边年轻人手上一塞，说：

"你跑跑腿儿，快去快回，到屯里小卖部给我拿回一条烟来。大伙儿的事，高级就高级点儿，石林吧。"

这几年，村民们养蟹子，村里有特产税可收，提留款也明显了不少，村委会花钱也大方多了。

石林烟很快买回来了。于水丰让撕扯开分发，妇女孩子不算数，每人一棵。"都点上，抽吧，一人一棵烟尾巴，就顶选票了。这回我民主了吧？"

有女人抗议："民主个屁，男女为啥不平等？都啥年月啦？"

于水丰说："愿啥年月啥年月，家有千口，主事一人，不服回家改户口本去。"停了停又说，"当然，谁家爷们儿没来，二当家的也可以发一棵烟。可你一定得投票啊，想把烟带回去巴结老爷们儿可不行。"

女人们心满意足地嘎嘎笑成一片。

是个无风的仲夏夜，夜幕中的田野里，立时升腾起一片微蓝的烟雾。那不会抽的，也把烟叼在嘴上，抽两口，吭吭地咳着，又把那烟送到会抽的手上。女人们笑骂着，掩了口鼻往后躲，就连灯下的飞蛾，在那一刻也似乎减了不少。

于水丰让于旺田和朱景发站到灯下去，两人隔开三步远，投票人依次从两人身后经过，同意谁便把烟尾巴扔在谁的身后。于水丰则站在两人对面监督选举，和候选人最后投票。于旺田初时还不肯站过去，对于水丰说，我不选，不选中不？于水丰故意冷下脸，说民主你懂不懂？这不是我村支书让你候选，是全体村民让你候选，少扯里哏儿扔，稳当站好。于旺田便只好乖乖地站过去了。朱景发却不费话，他充满自信不会当选，便大大咧咧站过去，还嬉皮笑脸地对着灯光吐烟圈，先吐了一个圆圆的，再吐出一根直直的烟柱从烟圈里穿过去。男人们见了，哈哈坏笑，还有人模仿。女人中有明白的，便笑骂，这缺八辈儿德的朱老九，下回再剁掉根指头，就变成八爪螃蟹了。有那懵懂的，偏还要问，朱老九咋啦？明白的女人便嗔她，回家问你当家的去！

投票开始了。于旺田可怜巴巴地双手作揖打躬，"求求各位老少爷们儿，可别骂我啊。我于老旺老孤雁一个，还拉扯着两个孩子，活下来就不容易了，千万别再埋汰我啦！"那朱景发则一直咧着大嘴笑，不时还嚷上一句，"我是一头北方的驴，我是一头北方的驴。"

投过票的村民们却不离去，复又站回渠沿畦埂上等待选举结果，一个个掩了嘴巴不说话。结果已明晃晃地丢在了两个候选人身后，这个大乐子不捡岂不太亏了！

终于轮到两个候选人投票了。于旺田和朱景发一转身，便都哈哈地大笑开了。于旺田把手上的烟头往朱景发脚下一甩，便往人堆里跑，还喊着，谢谢啦，谢谢啦！朱景发先是一怔，随即也把烟头往自己脚下使劲地摔，转身笑骂，"我操，你们这是光棍腿子操驴，拿我穷开心啊！可我不是骒驴啊！不算数，不算数！"

人们都跟着大笑开了，是那种洪水蓄势轰然爆发的笑，是那种极开心极得意的笑，笑得弯腰抱肚，笑得你推我搡，有人被推搡掉进水里，就故意不上来，借机击水抛泥，惹得夏日的田野里比过大年放炮仗还热闹。

于旺田和朱景发一闪开，选举结果便清清爽爽地展示在了村支书的眼前，于旺田只得了七八票，朱景发得到的烟头却堆了一小堆，过百不止。这个结果太出人意料，却又在情理之中。也许最初的几个人还是选了于旺田的，可有人同情于旺田并开始恶作剧后，随后的人便心领神会积极配合。这个恶作剧让一村之官哭不得，笑不得，喜不得，也恼不得。老百姓在艰辛而平淡的日子里就巴望着一点儿乐子，法不责众，你又能怎么样呢？

于水丰绷着脸，等人们等得有些累了，才重重咳了两声，说："大伙儿把烟给我骗抽了，乐子也找去了。"狡黠的村支书这样给刚才的事情定性，既宣布了选举的无效，也给自己找了一个很体面的台阶和重新启动选举的借口，"还是抓紧回到正事上来。天不早了，明儿各家还都有不少活计呢。同意于旺田的请举手。"他率先高高地举起了胳膊。

村民们知道见好就收的道理，乐子到了这一步，再闹下去就过了，过犹不及。当官的没翻脸，咱也就别再讨那二皮脸（厚脸皮）了。便也纷纷举起了粗粗黑黑的胳臂。只有于旺田没举手，蹲在那里把脑袋奁在裆间，垂头丧气地叽咕说，你们就骂我吧，你们就往死碢碜我吧……

"同意朱景发的请举手。"于水丰接着说。

只有蹲在田埂上的于旺田孤单单地举了，可他四下撒目了一眼，又把手放了下去。那朱景发见状，却急忙把自己的手举起来，喊：

"我操，选不选的，也别让我成个蛋啊！"

人们又笑起来，只是不再那般热烈。搞乐子也像过年，腊月二十三是序幕，除夕之夜是高潮，到了正月十五便是尾声。这最后一乐儿便是恰到好处的收尾之作了。

村支书于水丰很高兴地说："一人只有一次举手的权利。你朱景发刚才选了于旺田。再举胳膊就是废票。你不是个蛋，也是个球！好，我宣布，于旺田当选。散会！"

（原载《作家》2003 年第 1 期）

郭文斌
GUO WEN BIN

1966 年出生于宁夏西海固西吉县。祖籍甘肃。固原民族师范学校毕业后在宁夏西吉县将台中学任教。后考入宁夏教育学院中文系,毕业后分配在西吉县教育局当秘书。随后调至固原市文联《六盘山》编辑部,历任编辑、副主编。2001 年调入银川市文联,任文联副主席、《黄河文学》副主编。2003 年加入中国作家协会。现为宁夏作协副主席,银川市文联主席,银川市作协主席,《黄河文学》主编。

1986 年开始发表文学作品。著有小说集《大年》《吉祥如意》,长篇小说《西夏》(与他人合作),散文集《空信封》《点灯时分》《孔子到底离我们有多远》《寻找安详》及诗集《我被我的眼睛带坏》等。短篇小说《吉祥如意》获第四届鲁迅文学奖。

大　　年

父亲挑水回来，明明和亮亮已经把炉子生着，把茶罐架上了。父亲笑着在他们每个人的头上抚了一下。明明说，今年早点写，争取到中午写完。亮亮说，中午晚了。明明说，对，中午以前。父亲说，那你们就赶快准备纸墨。明明和亮亮齐声说了一句戏词：高台已筑就，单等东南风。惹得父亲笑起来。父亲看了一眼后炕，他们果然已经把要准备的都准备好了。炕桌上放着碟子，碟子里倒了墨汁，墨汁里泡着毛笔，大红纸也裁好了。父亲说，明明和亮亮到底是长大了，今年的字就你们写吧。明明搓搓手，笑笑；亮亮挠挠耳朵，笑笑。父亲说，那样的话，爹就单等着过年了。明明说我们明年开写字课。父亲说晚了，我像你们这么大时，都拿毛笔给人写状子了。明明说那时没有钢笔嘛。父亲说也有，可是你爷爷不让用。亮亮说那么现在呢，现在老师咋让用？父亲说现在的人都图个快嘛。父亲见明明和亮亮站在地上不停地搓手，就让他们先到炕上暖着。可是明明和亮亮都说他们不冷。说着，明明给炉子里添了一块木炭。亮亮歪了头噘着嘴从炉眼里往里吹气，吹得木炭叭叭响。父亲看着，心里涌起一股温暖。就给明明说，就按你们的意思，今年我们过个早年。明明说可是你还没有喝茶呢。父亲说等开了再喝。亮亮就忽地一下跳到炕上，压了纸的天头，等父亲开写。父亲提起毛笔，一时记不起对联。明明说："天增日月人增寿，春满乾坤福满门。"父亲欣赏地看了明明一眼，明明的脸上是一句话：这算什么，小事一桩。父亲开写。明明和亮亮跟着毛笔念：天，增，日，月，人，增，寿。

几乎在父亲毛笔离纸的同时，明明已经把对联接过，顺墙放到地上。从明明能记事起，全村的对联都是父亲写，年三十写一整天，直写到天麻麻黑，还写不完。一些活忙不过来，母亲就嚷，父亲一不耐烦，就吵起来。让他们感到扫兴不说，更重要的是，把半个子年都给占去了。别人家都在吃年饭了，他们才忙着贴对联，请三代。今年明明和亮亮决定早早地动手，争取正儿八经地过个年。

明明接过"春满乾坤福满门"往地上放时，亮亮抢先说："向阳门几春藏在，积善之家庆有余。"明明大笑，然后纠正说是"门第"，不是"门几"。亮亮说就是"门几"么。明明说，"门第"。亮亮说，"门几"。这时，父亲已经把"第"写在纸上。明明说你看是哪个字。亮亮说我说的就是这个字。父亲笑笑说，你们二人都对，是亮亮没有把字咬清楚。明明说"常"也念成"藏"了。父亲说亮亮也出息了，去年写的对联，今年还记着，上学肯定是个好学生。明明说亮亮还记下哪一句？亮亮想了想说，还有"三阳开泰从几（第）起"。明明问，下一句呢？亮亮咬了嘴唇想，没有想起来。是个啥呢？刚才还记着呢。明明说算了吧，刚才还记着呢，咋就这时记不起来了。亮亮说就是么，刚才还记着呢，都怪腊月八吃了糊心饭。明明说那是封建迷信，咱们都吃了，可是我咋能记着呢？亮亮说那你说是啥？"五福临门自天来。"明明拨算盘珠子似的飞快地说。可是亮亮还是从"自天来"跟上了。明明暗暗吃惊亮亮的记性。这时，父亲哎哟了一声，提了笔看着对联。明明就知道父亲把字写错了。看时，父亲果然把"在"写成了"来"。明明念了一遍"向阳门第春常来"。说，可以的。父亲没有肯定，也没有反对，又看了一会儿，说，通是通，可是别扭。明明说只要通了就行。父亲说，不行，别人看了要笑话的，尤其是你舅舅。明明说我舅舅说今年不来，堆堆要来呢。说着，拿了对联去地上放了。父亲说堆堆也识字呢。亮亮说要不重写吧。父亲说那不白白地把一绺纸浪费了。亮亮说要不等一会儿给别人家。父亲说，那不行，怎么能把一个错对联给别人家呢，亮亮你这点不好，说着，写下"积"字。亮亮说那就给瓜（傻）子家，反正他家没人去。不料父亲陡地停了笔，定了神看亮亮。明明知道父亲生气了，忙说，我给我妈说了，今年过年咱们争取不吵嘴。明明的提醒见了效，父亲把刚才端得很硬的架子放下来，一边写"善"字，一边给亮亮说，正因为是瓜子家，就更不能给他们，知道吗？明明和亮亮不知道，却屈从地点了点头。父亲说，只有小人才欺负瓜子，知道吗？明明和亮亮又点了点头。明明说亮亮年一过就长大了。父亲说我说的小人，不是没长大的人，而是那种品德不好的人，有些人即使活到一百岁，也是小人，知道吗？明明看见亮亮的脸色一时转不过来，就接着刚才的话题说，堆堆肯定不看，堆堆只爱耍枪。明明说这话时，父亲的笔落在"家"字上。父亲好像没有听到明明说的话，而在端详那几个字，在里面寻找什么似的。明明和亮亮突然觉得这对联不单单是对联，就不再多说话，只是默默地配合着父亲，父亲写完一个字，亮亮就把纸往前拽一下，写完一个字，把纸往前拽一下。写最后一个字时，明明已经右手把天头拿在手里，左手等着地脚了。

茶开了。明明迅速提起茶罐，悄悄地倒在茶杯里。他想等再开一罐，倒在一起再叫父亲喝。可是父亲却像长着后眼似的，把手伸到后面来。明明就把一块馍馍塞在父亲手里，可是父亲长时间地不肯接受。明明无奈，只好把茶杯给父亲。父亲接过茶杯，手里的毛笔果然就停下来。父亲放下毛笔，直起腰喝了一口茶。父亲的茶罐很小，一罐茶完全可以一口喝完，可是父亲却把它喝成了马拉松，好像端在手里的不是一杯茶，而是长江黄河。明明和亮亮就急得抓耳挠腮。

　　姑父，起来了吗？是忙生的声音。他们已经来了！明明急得差点要尿裤子了。忙生一来，地生就会来，地生一来，免生肯定跟着，免生之后还有新院，得院，等等。而他们一来，父亲就会放下自家的给他们写。等给他们写完，天就黑了。父亲果然放下自家的，给忙生写。忙生把裁好的对联往炕桌上一放，让明明和亮亮压着，他自己则坐在茶炉旁边吹火喝茶：把人忙的，连吃口馍馍的时间都没有。说着，一连往炉子里架了三块木炭，噗噗噗几下把火吹旺。父亲让亮亮去厨房里看馍馍熟了没有，给忙生端些。亮亮奇怪。平时忙生来时，父亲从来不让吃让喝的，今天怎么就客气起来了。到厨房里，母亲正把锅盖揭开，一锅的白面馒头气腾腾地冲他笑。亮亮的口水都要下来了。伸手拿时，被母亲挡住。母亲说灶爷前还没有献呢，大门上还没有泼散呢。说着，向碟子里抓了三个，放在锅后面。亮亮说灶爷还没有贴上呢。母亲说贴不贴心里要有呢。亮亮想，灶爷本来是一张纸么，怎么能在心里有呢。接着，母亲拿起一个馒头掐了几小块，让亮亮去大门上泼散。曾听母亲说过年时有许多无家可归的游神野鬼会凑到村里来，怪可怜的，就给他们撒一些，毕竟在过年嘛。这样想时，亮亮觉得五花八门的游神野鬼像队伍一样排在大门口。亮亮把手里的馍馍又往小里分了一下，反手向门两边扔去。然后迅速地跑回厨房。母亲正把馒头往簸箕里拾。亮亮向母亲脸上看了一下，母亲就拿了一个小些的给亮亮。亮亮掌在手里看着，一时不忍心下口，直到口水把嘴皮打湿。母亲说你怎么不吃，一年到头了。亮亮说一年到头了，你也吃一个吧。母亲说我的肚子里现在全是馒头气。母亲又问，明明呢？亮亮才记起自己是父亲差来端馒头的，就压低声音给母亲说，忙生来了。母亲问，领着改娃吗？亮亮说没有。说着，拾了几个馒头让亮亮端过去。亮亮想不通母亲为什么和父亲一样开舍。说，等下一锅吧，下一锅黑面的出来再端吧。母亲说要端就端白面的么，过年呢，咋能给人家端黑面的呢？亮亮说那就拾几个小些的吧。母亲说说不定人家不吃呢，端去吧。亮亮就只好端去。亮亮一面向忙生跟前走，一面向忙生脸上看着。亮亮看见忙生的两眼放了一下光，就像是村长家的拖拉机发动着了，嘟嘟嘟地在亮亮心里响。接着亮亮看到忙生的脸上全是嘴，至少有一百张。亮亮还没有把馒头放到炕头上，忙生就伸手抓了一个，左看看，右看看，说姑父你明年怕是要发财了，你看这面起的，向你开口笑呢。父亲说，借你吉言。明明闻声回过头来，见亮亮的目光在忙生手上定着。就说亮亮该你压纸了。

亮亮的心里痛了一下，忙生开口了。亮亮说，爹你今早也没有吃呢，明明你也没有吃呢，亮亮想，他一共端了三个馒头，如果父亲和明明一人拿一个，碟子里就没有了，忙生再想吃，也没有了。可是父亲却不肯放下笔。忙生就要把那个馒头吃完时，亮亮出去了一下。然后进来说，我听见你们改娃喊你呢。忙生说，是吗，我咋没有听见。亮亮说家里当然听不见。忙生说，你去给他说，就说我在这里呢。亮亮说我说了，可是今天吹的是南风，他听不见。忙生就出去看。忙生刚一出去，亮亮就给明明说，快吃快吃，娘一共蒸了三十个白面馒头，你再不吃，过一会儿就没有你的了。明明觉得亮亮说得有道理，给父亲说，爹吃些再写吧。父亲说你们先吃吧。这时，亮亮已经把碟子里剩下的那个馒头擎在父亲面前了。可是父亲并没有表现出他想象的那样高兴，反而说，你们这样不好，大过年的，怎么能把碟子腾空呢？亮亮说还没有过呢，明天才过呢。父亲有点生气地说，把纸压好。

忙生又回来了，说亮亮这碎尿咋哄人呢，亮亮说谁哄你了？忙生说改娃还在睡觉呢。亮亮说我明明听见他喊你么么。忙生就盯了亮亮看，直看得眼珠子就要爆出来。父亲又停下笔，狠狠地看亮亮。明明见状，说我也听见谁喊你了，如果不是改娃，就是别人。说着，替亮亮压了纸，同时偷偷地捅了亮亮一下。亮亮会意，从父亲的视野中走开。亮亮很气，真想把碟子端走，可又不敢。无奈，就盯了忙生看。可忙生却像没有那么回事似的，继续吹火喝茶。这让亮亮不可忍受。亮亮把嘴皮松了一下，放出些声音来，希望忙生能够招茬儿。不想忙生的耳朵像驴毛塞着似的。更气人的是，忙生竟然端起碟子，去了厨房里。亮亮跟着。嘴皮又松开一些，你是寻着吃来了么，还写啥对联呢。可是忙生还是没有听见。忙生到了厨房里，给母亲说，姑妈，年做好了么。母亲说好了。忙生揭起衣服下摆，捉虱子似的从腰里掏出五角钱给母亲，我提前来把你看一下，初一我就不来了，我和别人走不到一块。母亲推让着，不拿那五角钱。亮亮对忙生的印象一下子改正过来，同时在心里为母亲急着，你就拿上么，怎么不拿呢。母亲硬是不拿，忙生就生气了，你不拿这五角钱，就是看不起侄儿么。母亲说，你个碎尿胡说个啥呢。如果你看得起侄儿，就拿上，现在侄儿没有多的，等将来侄儿日子过好了……母亲说好着呢，和过去比起来，现在好着呢，这五角钱你拿回去，就当我给改娃的，让他上学买本子吧。忙生说本子有呢，上次扶贫队送来的还没用完呢。亮亮想，忙生怎么不把那五角钱给他呢，他替母亲拿着不是一样吗？可是忙生坚持着要母亲把那五角钱拿上。最后忙生竟然无礼到自己动手揭起母亲的衣襟子，把那五角钱装在母亲棉袄口袋里。忙生把手抽出来，手里的钱没有了。可是亮亮总觉得那钱没有到母亲身上，而是被忙生耍了一个魔术给变回去了。亮亮再看母亲时，母亲已经伸手抹眼泪了。不知为何，亮亮的眼睛也潮起来。亮亮过去拉着母亲的手，母亲把亮亮抱起来。忙生说等年过完，我来接姑妈到我那里去浪。母亲说你知道，这家里离不开人，闲了我自己会来的。说着放下亮亮，往碟子里抓了三个白面馒头，三个黑面馒头，让忙生端回去，亮亮想，五角钱就买六个馒头，忙生也太会算账了。可是忙生却无论如何不拿，母亲说这不是我给你的，是给你媳妇和改娃的。最后，忙生从头上摘下破暖帽，拿出帽里子，往里面放了一个白面的，一个黑面的，一拎，提在手里。母亲拿起另外四个，坚持让忙生装上，可是忙生却无论如何不装了。门外有人喊碎爷爷。忙生一下子把那两个馒头塞进棉袄里，估摸着来人进了屋，才从厨房里出去。

人越来越多，屋里坐不下了，就蹲在房台子上。父亲让明明把旱烟放到院里，把火炉也端到院里。今天没有工夫招呼你们啊。大家说你把毛笔招呼好就行。一个远房孙子说，爷爷把年写红了。父亲就笑。另一个说，爷爷你也到过手的时候了，不然，你这一百年，谁还能提得起笔啊。父亲说村里的大学生多着呢。大家说现在的大学生，哪个能往红纸上写字。父亲就很得意，写得更加起劲。好像大家的好日子就在他的笔头上，点金是金，点银是银。

写成的对联房地上放不下了，房墙上挂不下了，明明就放到院里。不多时，就是一院的红。明明能够感觉得到，满院的"春"和"福"像刚开的锅一样热气腾腾，像白面馒头一样在霭霭雾气里时隐时现。大家看着满院红彤彤的对联抽烟，说笑，明明和亮亮幸福得简直要爆炸了。

常生等了一会儿，院里的对联迟迟不干，就拿了对联到炉子上烤。大家就笑，你这么急，咋还没有把孙子抱上。常生说我给你们腾地方呢。大家说怕是急着回去给媳妇烧锅呢。常生说烧锅咋了？烧锅又不犯法。常生烤好一对，折了。烤好一对，折了。一边说乘太阳好，赶快贴上，不然天一冷，糨子还没有抹到墙上呢就冻住了。经他这么一说，有人也跟了烤，院里十分整齐的对联就显出参差来，让明明和亮亮觉得可惜不说，心里更加急起来。明明和亮亮心里的急传到手上，给父亲按着对联天头的亮亮明显用了劲，让父亲不得不加快速度，否则那字就要身首两处。而明明往往还等不到父亲把最后一个笔画写完就把对联从父亲手里夺走。

人们陆续把对联拿走，家里渐渐安静下来。父亲放下笔，坐在炕头抽烟，抽得十分狠，就像是一头渴急了的牛一猛子扎进泉里喝水。抽了一会儿，父亲问谁家的对联还没有写。明明斜了眼睛算了算，说全写完了。父亲说现在干啥呢？亮亮说别人家的都贴好了。亮亮说这话时，明明跑到院里把火炉抱进屋内，又架了几块炭，埋了头拼命吹火，屁股一撅一撅的，里面像是安了一百个马达。不一会儿就吹开了一罐茶。亮亮往茶罐里添水时，父亲说行了，有一杯行了，叫你娘在小锅里弄些面来，把糨子打上。明明唉了一声，一下子跳到门外，很快端来一个小锅。明明打糨子时，亮亮已经拿了老刃子站在凳子上刮门上的旧对联。亮亮刮得十分卖力，小身子一屈一伸，有种披荆斩棘的豪迈气概。明明见状，加大了吹火的马力，两腮都快要鼓破了。父亲说，小心把你吹炸了。明明没有理父亲，吹得更加狠命，不一会儿就吹得水吧嗒嗒响起来。明明就拿了筷子哗哗哗地搅，把锅里的面水搅成几千个向心圆。

明明把糨子打成，亮亮已经把几个门框刮完，把炕桌放在地上，把对联翻过放在炕桌上，手里执着一个老笤帚，不停地倒着步子，随时出击的样子。明明把锅端到地上，看了一眼亮亮，哈的一声笑起来。亮亮的头上脸上全是灰尘。明明突然止了笑，抱了亮亮的头噗噗地吹，把亮亮吹成一个炸弹。硝烟尚未散尽，亮亮已经把老笤帚伸进锅里，蘸了糨子往对联上抹。明明找了新笤帚，夹在胳膊下，两手提了抹好的对联到大门上。父亲见状，把一摞对联搭在肩上，端了锅提了炕桌跟了出去。据说对联要从大门开始向里贴才吉利。父亲从明明手里接过"天增日月人增寿"和新笤帚，左手拿了"天"，按在门框上边，右手里的笤帚搭在"增"字上往下一扫，"天增日月人增寿"就乖乖地趴在门框上。明明一下子觉得右边的这个门框有意思起来。接着，父亲又把"春满乾坤福满门"贴在左边的门框上。整个门洞哗地一下红了起来。明明看了看父亲的脸，父亲的脸红彤彤的。看亮亮的脸，亮亮的脸也是红彤彤的。明明想，这也许就是年的颜色吧。

贴好对联，父亲让明明和亮亮帮母亲抬一桶水，他收拾供桌。明明和亮亮把水抬来，父亲又让他们赶快洗脸准备上坟。明明和亮亮就倒了盆水在院里洗。明明和亮亮比任何一天都洗得认真，一副陈年旧账一起算的架势，一副不从脸上揭下一层皮绝不罢休的架势。明明甚至连脖子都洗了。平时明明洗脸总是洗个脸面子，脖子那儿，耳根那儿总是黑着。洗完脸，亮亮问，现在可以穿新衣服了吗？明明想了想说，可以把上身穿上，裤子穿上磕头时就跪脏了。亮亮说我不跪不就行了。明明说怎么能不跪呢？我们请爷爷去呢，怎么能不跪呢？亮亮说爷爷是个死的，跪不跪又有啥关系呢？明明说谁说爷爷是个死的？亮亮说不是死的还是活的不成？明明说当然是活的。亮亮说你哄瓜子去，是个活的我咋看不见。明明说你当然看不见。亮亮说难道你就能看见？明明说那当然。亮亮说你再别吹牛了，你还长着个驴眼不成。明明本来要说一句什么话，却被一声炮响炸断了。明明喊父亲快点，别人都到坟上了。说着，一跃到西屋里，帮父亲收拾好纸钱香裱，奠酒奠茶。

　　明明父子出门时，山上已经布满了人。大大小小的炮在山上开花，庄稼一样。明明说快点走，不然太爷叫三爷爷家请去了。亮亮说请去就请去么，还少吃些咱们的献饭。明明说我说你是个瓜蛋，太爷哪一年把咱们的献饭吃了？还不是都进了你的嘴。亮亮说既然不吃咱们的献饭，那谁请去都一样么。明明把黑眼仁转到上眼皮上，瞪了亮亮一眼，说，这哪里是无产阶级的话，这分明是资产阶级的话么。明明说这话时，亮亮已经掏出一个炮拿在手里端详，明明说的什么，他根本没有听见。明明也很快忘了他们刚才讨论的话题，凑到亮亮面前，用目光抚摸着炮捻，用目光把炮捻点燃，倾听那一声脆响。

　　太爷的坟院到了。父亲在太爷的脚下跪了，明明和亮亮跟着跪了。太阳懒洋洋地照着。有风，父亲把上衣襟子揭起，在里面点了火，捧在手里。明明把一页黄裱折成条状，接了火，再把纸钱点燃。亮亮急着点燃一根香去放炮，明明喊了一声亮亮，头还没有磕呢。可是亮亮不理他。而父亲也没有让亮亮回来磕头的意思，任由亮亮去放炮。在父亲和明明磕头的时候，亮亮把炮点响了。亮亮高兴得就像一个响了的炮。明明看了看父亲，父亲也很高兴。明明在想亮亮没有向太爷磕头，父亲怎么不呵责，反而如此开心？

　　到了爷爷的坟上，明明有一种到了家里的感觉，觉得亲切、温暖。明明差不多把盘子里的纸钱全拿出来。父亲看了明明一眼，分出三分之一，把其余的重新放进盘子里。明明觉得父亲拿了一个橡皮擦子在他心里擦了一下，把他本来的一些想法给更正了，他心里的某一处就留下了涂改的痕迹，让他不快。可是这一页很快就被亮亮的炮声翻过去了。

　　最后是大爷爷。明明就把所有的香裱和纸钱拿出来。可父亲仍让留着点。明明问还留着干啥？父亲没有说话，只是点火。明明就只好留下一份。出了坟院，父亲并没有回家，而是向另一个方向走去。走了一程，明明终于明白，父亲是去乱人坟。父亲每年都要去乱人坟，他怎么就给忘了呢？

　　回来，母亲已经把西屋打扫干净了。父亲站在供桌前点香行礼。明明和亮亮跟在后面。大红纸三代（家神牌位）坐在桌子后边的正中央。前面的红木香炉里已经燃了木香，木香挑着米粒那么大的一星暗红，暗红上面浮着一缕青烟，袅袅娜娜的，宛若从天上挂下来的一条小溪。左右两边的红木香筒里插满了木香，像是两朵黑喇叭花，又像是两支就要出发的队伍。香炉前面已经摆好了献饭。献饭当然是最好吃的东西做的，是明明和亮亮平时想不到的。但是现在明明和亮亮却一点没有生出馋来。献饭左前是一沓纸钱，右前是一个蜡台，上面已经插了蜂蜡。黄黄的蜂蜡顶着一朵狗尾巴花一样的火苗，让明明觉得爷爷如果不在那支香烟上，就在这烛火苗上。

　　点完香，明明和亮亮一齐找母亲要新衣服。穿戴一毕，二人竟不知道接下来要干什么。就从东屋到西屋，从西屋到东屋地跑。天色暗了下来，院里像是泊着一层水。新衣服发出的光在院里留下一道道弧线，就像鱼从水里划过，明明能够听到鱼从水里划过时哗哗的响声。亮亮跟在明明身后跑着，有点莫名其妙。但他没有理由不这样做，他想明明之所以要这么跑，肯定有他的道理。明明在西屋停下来。亮亮也在西屋停下来，影子一样。坐在炕头上抽烟的父亲微笑着看了他们一眼，没有说话，只是看了他们一眼，一脸的年。桌子上的蜂蜡轻轻地响着，像是谁在小声地咳嗽；炕头的炉火哗哗飙着，映红了父亲的脸膛。

那个美啊。

母亲喊明明端饭。明明噢地叫了一声，飞出屋去；亮亮也噢地叫了一声，飞出屋去。母亲正把筷子伸到锅里往出捞长面。明明和亮亮的目光跟着母亲手里的筷子划出水面，上，上，上，然后落在碗里，前折一下，后折一下，再前折一下，最后停在鸡蛋臊子上面。明明问母亲，现在可以端吗？母亲说先去泼散吧。明明这才看见母亲早已把散饭舀好了。明明飞到大门口把散饭泼出去。大概泼出去的散饭还没有落地，明明已经站到厨房地下。声音先进去：现在可以端了吧。母亲说先去献了。明明又端了一碗在供桌上献了。这才给父亲端去。父亲说等你娘来了一块吃。明明就到厨房里去叫母亲。母亲说我正忙呢，你们先吃吧。明明一把拽了母亲的后襟子，把母亲拽到西屋里。母亲说我刚才把些馍馍渣子吃了。父亲说年三十么，一块吃吧。父亲说这话时，明明端了一碗饭给母亲，母亲不好意思地接过，看了看，给父亲说，我给你拨一些吧，我吃不完这些。父亲说你就吃吧。明明和亮亮跟上说你就吃吧。说着，一人端起一碗长面，预备赛跑似的等父亲和母亲动筷子。

父亲和母亲刚把筷子插进碗里，明明和亮亮的第一口饭已经下肚，亮亮把第一口吃完，一边往嘴里喂饭，一边看了明明一眼。天哪，明明的第二口已经下肚，正在准备第三口了。明明的嘴真大啊，比牛还大。亮亮再看时，明明碗里已经只剩下些汤了。亮亮急得头上直冒汗。母亲看见明明碗里没了饭，就放下碗到厨房里给明明下饭。明明这才意识到自己吃得太快了，红了脸说，娘你吃，我自己去下。母亲说你不会下，我去。不想第二碗明明却吃得非常非常慢，就像是丈量面的长度。等亮亮把第二碗吃完，明明还在一根一根往嘴里吸。

吃完饭，父亲开始分年。当父亲把墙柜上锁着糖果的抽屉拉开的时候，明明和亮亮的眼睛同时变成探照灯。父亲手里的糖纸被点燃，啪啪地响着。包在其中的水果糖开始溶化。刹那间整个屋子就被糖的味道充满。父亲开始分类。把核桃归到核桃里，把枣归到枣里，把水果糖归到水果糖里。然后凝神计算。

明明和亮亮就觉得父亲的眉头上有一个仓库。等明年一定给你们每人一百个。父亲说着，把糖果分成五堆。其中三堆少两堆多。明明和亮亮知道，多的两堆是他们的，少的三堆一堆是爷爷奶奶的，一堆是母亲的，一堆是父亲的。明明先把爷爷奶奶的献了，然后把母亲的拿到厨房里。亮亮跟着。母亲说我就不要了，你和亮亮分了吧。明明说一年到头了，你就吃一个吧。亮亮说，对，一年到头了你就吃一个吧。说着，明明给母亲剥了一个水果糖，硬往嘴里喂。母亲躲着，我又不是没吃过。亮亮抹了一下口水说，娘你就吃一个吧。母亲看了亮亮一眼，就张开嘴接受了明明手里的那枚水果糖。亮亮的心里一喜，口水终于流了下来。母亲看见，弯下腰去给亮亮擦。一边擦着，一边把嘴里的水果糖咬成两半，一半给明明，一半给亮亮。明明和亮亮不接受。母亲说娘吃糖牙疼呢，再说我已经噙了半天了，都已经甜到心上去了。可是明明和亮亮还是不要。这时，父亲喊明明。明明一边答应着，一边揭起母亲的衣服下摆，把糖果装给母亲，然后跑出厨房。母亲看着，眼睛就潮了。

今年父亲给明明和亮亮每人分了三十个糖果，分别是十枚枣，十颗水果糖，十个核桃。明明和亮亮翻去覆来地数着。从未有过的感觉到数数的美好。他们本来已经把糖果装进兜里，可是等上那么一会会，又掏出来数。如此反复了差不多一百遍。他们只有在这样不停地数着时才感到心里踏实，才觉得这些糖果是真实的，就像它们随时可能乘他们不注意飞走似的。突然，明明发现父亲看着他。明明的脸一下子红起来。给你留得太少了，明天拜年时不够散。明明不知自己为什么要说这句话。父亲说差不多了。亮亮说地生媳妇又生了一个，明天地生肯定会抱上他来挣核桃的。明明说还有新院媳妇，也生了一个。父亲说这不要紧，生的生着，老的老着。添一个小的，就去一个老的，总数不变。父亲的话让明明的心里开了一个窍，大大减轻了他心里的负担。看来谁家娃娃多谁家就占便宜，亮亮说，让娘给咱们多多地生些。父亲就笑起来，笑得像核桃一样。亮亮接着说我们明天一早就去拜年，不然一迟，有些人家都散完了。明明说那不太丢人了。亮亮说那有啥丢人的。父亲说看来明明已经长出息了，亮亮你要跟着明明学。拜年是要早些，但不要一心想着挣核桃，那样即使挣来的核桃也是坏瓤子。亮亮想，核桃就是个核桃么，怎么是个坏瓤子呢？明明说明年过年时专门买些小核桃，这样就够散了。亮亮说把糖也买成小的，最好买成豆豆糖。豆豆糖怎么能够给人散，明明笑笑说，关键是爹的辈分太大了，一庄的人不是把爹叫太爷，就是叫爷，都要来给爹拜年。亮亮说，那好么，爹就多盛些头。明明说头又不能当饭吃。亮亮说头怎么不能当饭吃，如果我们不要把猪交了，今天晚上就可以吃猪头。明明看见父亲的神情暗了一下。忙把自己的糖掏出一个，剥了纸，给父亲。明明把糖给父亲时有些舍不得。这样自己就只剩下八个了，就比亮亮少一个了。年还没有过呢，就只剩八个糖，这让明明无法接受。不想父亲却说他不爱吃糖。明明的心里就出了一口气。亮亮说那就吃个核桃吧，说着要给父亲砸核桃。父亲说他也不爱吃核桃。明明说那就吃个枣子吧。明明想，是给父亲呢又不是别人，怎么能有舍不得的想法呢？这样想时，明明从自己兜里往外掏枣子时就不那么吝啬了。明明很大方地把枣子给父亲。可是父亲照样说他不爱吃枣子。明明无法把属于自己的糖果散给父亲，就到院里打了几块炭，放在炉子里，给父亲炖茶。到厨房里舀水时，明明问母亲家里还有白糖吗？母亲问要白糖干啥。明明说用一点。母亲犹像了一下，大概是想正是年三十，终于决定取给明明。可是明明突然改变了主意，复又到西屋里拿了父亲的茶罐，用勺子往茶罐里舀了两勺子糖，然后把糖袋还给母亲。母亲才知道明明是什么意思，心里生出许多感动来。明明想，这次父亲再也推辞不掉了，等他知道，糖已经化在水里。给父亲炖好茶，明明和亮亮每人剥了一个水果糖，含在嘴里，跑在当院站下。明明问亮亮甜吗？亮亮说，甜。明明问在哪里甜？亮亮说在嘴里甜。亮亮问你在哪里甜？明明说我在心尖尖上甜。亮亮问怎么个甜？明明说就像糖一样甜。明明问亮亮怎么个甜。亮亮说我就像日他妈一样甜。

夜色落下来时，一家人坐在炕上给灯笼贴窗花。明明要贴"喜鹊戏梅"、"五谷丰登"和"百鸟朝凤"。可是亮亮不喜欢，亮亮挑的全是猫狗兔。明明说把个猫狗兔么有个啥看头呢。亮亮说我就觉着猫狗兔心疼（可爱）。父亲说把你们两人挑的各样贴一些。说着，亮亮已经把挑好的猫狗兔贴在父亲裁好的白纸上，然后再把白纸往灯笼上贴，不想给贴反了。父亲说贴窗花的那面应该在里面。亮亮说在里面人怎么能看得见？父亲说灯一打就看见了。亮亮说灯还日能。明明说灯就是光明么。

把油灯放在里面，灯笼一下子变成一个家。坐在里面的油灯像是家里的一个什么人，没有它在里面时，灯笼是死的，它一到里面，灯笼就活了。明明和亮亮把灯笼挂到院里的铁丝上，仰了头定定地看。灯光一打，喜鹊就真在梅上叫起来，把明明的心都叫碎了。而猫狗兔则像是刚刚睡醒，要往亮亮怀里扑。一丝风吹过来，灯花晃了起来。就在明明和亮亮着急时，灯花又稳了下来，像是谁在暗中扶了一把。就有许多感动从明明和亮亮的心里升起。在灯笼蛋黄色的光晕里，明明发现，整个院子也活了起来，有一种淡淡的娘的味道。明明和亮亮在院里东看看，西看看，每个窗格里都贴着窗花，每个门上都贴着门神，门神顶头粘着折成三角形的黄裱，父亲说门画没有贴黄裱之前是一张画，贴上黄裱就是神了。现在，每个门上都贴着门神，让明明觉得满院都是神的眼睛在看着他，随便一伸手就能抓到一大把。

明明叫亮亮去外面。家家门上都是"天增日月人增寿，春满乾坤福满门"，家家门墙上都是"出门见喜","出门见喜"的下边钉着一个用红纸折的香炉，里面插着木香。明明和亮亮挨着家门看了一遍，最后在村头的一个麦场里停下来。明明似乎有些累，一屁股坐在场墙上。亮亮说把裤子弄脏了。明明像触了电似的站起来。可是明明的腿有些软，就往起提了提裤管蹲在场墙上。亮亮见明明蹲了，也蹲了。亮亮不知道明明蹲在这里干啥，却不好意思问，他想明明蹲在这里肯定有他的理由。明明说，多美啊。亮亮才知道明明蹲在这里是为了看美。亮亮把眼睛睁成铜锣，也没看出什么美来，可是他不得不随着明明说，真美啊。不想一说话，嘴里的水果糖掉了。亮亮腾地一下跳到地上寻起来。明明问亮亮咋了。亮亮打着哭腔说，我的糖掉了。明明说你是七十（岁）了还是八十了，怎么就敞门子着呢？亮亮说，都怪你，我说了这么多话它都没有出来，就一说"美啊"它就出来了。亮亮在地上摸了半天，终于把糖摸到手，可是糖上面已经沾了土。亮亮说，我们回家吧，到坐夜的时候了。明明说回就回吧。到了巷口，明明突然站住。亮亮问明明咋了。明明说你看。亮亮顺着明明指的看去，就看到了小巷的腰身处有两排红米，一直红到小巷的尽头，像是两排悄悄睁着的眼睛，像是谁身上的两排纽扣，又像是两列伏在暗处的队伍。明明问亮亮，你说它们像啥？亮亮说像解放军。明明说不对。亮亮问，那么你说像啥？明明说像太爷。亮亮再看时，果然就像太爷。亮亮说那太爷就是解放军？明明说太爷是解放军，那么敌人呢？亮亮说敌人就是太太吧。说得明明哈哈大笑起来，你个傻瓜蛋，敌人怎么就是太太呢？

太爷我给你拜年。环环一进门就跪在地上给父亲磕了一个头。环环平时总和明明亮亮在一起，天天见父亲，今天一来就给父亲磕头，让人觉得可笑的。可是环环磕得十分庄严。环环给父亲磕了头，又去厨房里给母亲磕。父亲把糖果拿在手里，喊环环，可是环环却像没听见似的。环环肯定听见着呢，明明想，环环真是志气。环环家比他们还穷，平时上学时，他总是偷偷地给环环拿一个馍馍，可是好多次都给不到环环手里。环环给母亲磕了头。母亲掏出糖果给环环，不想环环却死不要。母亲就掰开环环的手把一个核桃一个糖硬塞给环环。自己怎么没有想起来给娘磕头呢，或者去给环环娘磕头？出乎明明和亮亮意料的是环环竟然要给他们磕头。碎爷，我给你拜年。环环都把一个头磕在地上了，明明才回过神来。明明一把把环环抱起，说你个尻咋胡来呢。环环说你是大辈么。明明说咱们哥们，啥大辈不大辈的。住口！父亲说大辈就是大辈，怎么能是哥们。在学校，你们是同学；回家，就是爷爷孙子。说着，父亲要给环环糖果。环环说我太太给过了。父亲说你太太是你太太的，我是我的。可是环环却再也不肯伸出手。父亲问环环爹干啥着呢。环环说睡觉着呢。父亲说大年三十怎么能够睡觉呢。你去告诉他，叫他起来糊灯笼。说着，让明明和亮亮拿了些窗花过去。明明和亮亮到了环环家，同样趴在地上要给环环爹磕头。环环爹惊得一骨碌从炕上滚下来，一手提起明明，一手提起亮亮。你们咋胡来呢，这不是让我遭罪么，哪有大辈给小辈磕头的呢。明明和亮亮才知道还有这一说。可是他们每年都给小郭老师磕头，如果按辈分，小郭老师是他们的重孙子，比环环爹还小一辈。可是父亲不但没有阻止他们，反而每年让他们先去给他拜年。明明掏出兜里的窗花说，我爹让你起来糊灯笼哩。环环爹说，他老人家还有心思糊灯笼？要啥没啥的，还糊个啥灯笼。明明和亮亮回去，父亲问，环环爹真在睡觉？明明说真在睡觉。父亲说把窗花给他了？明明说给了。可是他肯定不会糊的，他说还哪里有心思糊灯笼，要啥没啥的，还糊个啥灯笼哩。父亲说你和亮亮去取他们的灯笼，我们糊，一个年轻人，也太没有精神了。明明和亮亮出门时，又被父亲叫住。父亲说叫你娘给包上几个馒头。因为是给自己最好的伙伴家，亮亮这次表现得倒是很大方的。

明明和亮亮到环环家时，环环爹果然又睡下了。明明说我爹叫你把灯笼给他，他给你糊。环环爹就虎地从炕上翻起来，眼睛潮潮地说，这是五爷打我呢。说着，眼里噙了泪。惹得环环娘和环环也抹眼泪。明明把几个馒头放在炕头。环环爹就定定地盯了明明和亮亮看。看得明明和亮亮心里直发怵。他们担心环环爹会突然向他们扑来。好在环环爹马上收起了目光，十分和气地说，明明你能不能给侄子帮个忙？明明说那还用说。环环爹说，你回去给五爷说，就说我早已把灯笼糊好了，正和环环娘唱《华亭相会》呢。明明不明白环环爹的意思，却分明觉得自己接受了一个无比光荣的任务，决心再加一些令人高兴的事情，说给父亲。

交过夜时，有人喊着去庙里。明明和亮亮问父亲去不去，父亲说去就去吧。明明说，我看这神还是不灵，去年给它戏也唱了，愿也还了，谁想今年它却连一点雨都不下。父亲笑了笑，没有说话。亮亮说去吧去吧，去庙里很欢的。父亲说欢就去吧。明明和亮亮就洗了手脸提了灯笼拿了香表去叫环环。一出大门，明明和亮亮的眼睛猛地一亮，一庄的灯笼在动，就像在梦里一样。环环家的院顶头也亮了，看来环环爹真的把灯笼糊好了。明明在门外喊环环去庙里。环环爹说去去去，替我给土地老人家磕个头。环环问，关圣呢？环环爹说也磕一个吧。明明说九天圣母呢？环环爹说见神就磕。环环说一下子捎带这么多头，怎么捎得动。

庙在几个村子中央的沟台上。远远地就看见，那边的天被灯光映得透亮。一出庄，只见四面山上的灯笼都往沟台上涌，明明和亮亮的眼前是一个灯笼组成的巨大的锅。不知为何，明明的心里涌起了感动。环环问，今年喜神在哪一方？明明向四面天上看了看，说，在西方。亮亮说你还日能，你咋知道在西方？明明说西山里今年考上了两个大学生，那还不是说明喜神在西方。亮亮又向西方看了看，觉得西边的天真比其他几方的天要亮。可是亮亮马上反驳说，爹说喜神到处转着呢，它专往那些善人家的房上落。喜神落在谁家房上，谁家就要出状元，说不定今年就落在咱们房上。明明说那是封建迷信。亮亮让环环说是不是封建迷信。环环笑了笑，说，小心，到沟边上了。

庙墙上已是一片红。还是那些老对联。什么"山门不锁白云封，古寺无灯明月照""金炉不断千年火，玉盏常明万载灯""志在春秋功在汉，心同日月意同天"一类。红红的对联让明明他们觉得眼前的庙不是庙，而是一个新郎。

明明和环环还没有把头磕完，亮亮已从香炉里拔出一根香，到外面去放炮：看一下今年是个响炮么还是哑炮。亮亮点着炮，看见明明和环环捂着耳朵，就倏地上前，一把把明明和环环的耳朵掰开，日你姐，就听着个响声，你们还把耳朵捂住，这不等于白放了。明明和环环觉得亮亮说得有道理，就把耳朵放开，同时往远里跳了一下。是个响炮。三人的心里都乐开了花，好像把一年的日子都点响了似的，好像把雨都点下来了似的，好像把白面馒头都从地底下点出来似的，好像……哎呀，这把人美日巴了，是个响炮。明明说。亮亮说小心把你个尿给美晕了。明明说还有么，再放一个。亮亮说还要留着开门呢。明明说再放一个吧，开门又没人听。亮亮说咋没人听，门听呢。说话间，对面山上传来几声炮响。亮亮说他们放了，等于我们放着呢。明明想想也对，炮又不像核桃枣，只要一响就是大家的。

一觉醒来，院里的灯笼还亮着，明明的心里痛了一下，做了一件对不起人的事似的。明明飞身下炕，扑到灯笼下面。灯里的油已经着下去了一半。我竟然睡了半盏油的时间。我怎么就给睡着了呢？灯笼该是多么伤心啊。明明决定守着灯笼。明明把父亲的红泥小火炉抱到房台子上，在上面架了些炭，一个人坐在房台子上守着灯笼。不觉间，身边坐了一个人，一看，是亮亮。他说你怎么不去睡觉呢？亮亮说，三十晚上睡觉太可惜了。

鸡叫头次时，明明和亮亮张罗着开门。明明含了一嘴蒜，亮亮拿了一个鞭炮。明明猛地开开大门，把蒜喷出去，嘴里大声念，过新年开新门，过新年开新门。说着，亮亮的炮就响了。奇怪的是，炮刚一响，父亲就从大门外进来，后面跟着花花。亮亮说爹咋这么巧。明明说爹是新年的爹么。父亲笑笑，一边往进走一边问明明还有红纸吗。明明说没有了。父亲怔了怔，向厨房走去。明明和亮亮没有想到父亲会把厨房门上的对联剥下来。明明和亮亮心里痛着，看父亲把剥下来的对联夹到胳膊下，到西屋里拿了糨子和笤帚，向大门外走去。明明和亮亮跟着。父亲到瓜子家的门上停下来。亮亮要说话，父亲做了个手势，明明就捂了亮亮的嘴。原来瓜子家门上没有贴对联。没有贴对联的门看上去不像个门，就像个死人一样。亮亮悄声问明明，瓜子家大门上咋不贴对联呢？明明说大概是他们不想过年。亮亮说胡说着呢，谁还不想过年呢。明明说一定是他们家买不起红纸。明明和亮亮给父亲帮忙把对联贴好。回家时，明明想，父亲是啥时候出去的呢？

天亮了，明明和亮亮出去，看见天也过着年，地也过着年，山也过着年，树也过着年。年像一个大面包一样，把人都香懵了。两人一口气跑到对面山头。站在山头朝下看，村子静静地躺在村子里，就像一个睡着的年。明明说到咱家的阳坡地里看看吧。亮亮说看就看看吧。两人又一口气跑到阳坡地里。明明问好吗？亮亮说好。明明说你听，地下面好像有人在说话呢。亮亮倾了身子听了半天，什么也没有听出来，可他不愿意表现出没有听出来的样子，说，真的，就像是爹和娘在拉闲呢。亮亮的话把明明震了一下，他觉得地下面有人说话只是一种感觉，而亮亮却把它说得这样具体，这很让他感到意外。这时，亮亮提议"接地线"。明明说接就接吧。说着掏出家伙来。亮亮的尿都出来了，明明说我们写个字吧。亮亮问写啥呢？明明说就写你心里最想说的话。亮亮想了半天，也没有想出最想说的话。明明想了想，也没有想出最想说的话，就说，那就写个"年"字吧。亮亮说那就写个"年"字吧。两人就写。尿水洒在地里，被黄土吸收，发出滋滋滋的声音，让明明和亮亮体会到了一种贡献的舒畅。收笔，两人同时往后退了一下，端详着他们的杰作。明明问亮亮面前的两个"年"字像啥。亮亮没有看出来，让明明说。明明说你说它们像不像一对兄弟？

没有等亮亮回答，明明又说咱们去戏台上看看吧。亮亮说看就看看吧。两人又向戏台跑去。戏台当然也过着年。两人蹲在戏台下，仰首静静地看了一会儿戏台。然后又蹲在戏台上，静静地看了一会儿村子。一家两家的烟囱里开始冒出烟来，如同一根根大白菜，又像是刚刚睡醒的村子在打哈欠。亮亮说我们回家吧。明明说回就回吧。

回到家里，母亲在扫院。刷，刷，刷。初一早上的母亲是多么好啊。明明要从母亲手里往过接扫帚，母亲说你们去耍吧。亮亮说娘你也耍吧。惹得母亲笑起来。母亲说娘还耍啥呢。亮亮说我们跳房子吧。娘的脸上掠过一层光彩，说，好，等娘扫完了我们就跳。明明说我还没有见过你跳房子呢。亮亮说我也没有见过。母亲说，娘小时跳房子总是赢。明明和亮亮就想象着母亲小时跳房子的样子。接着，亮亮就要在院里画房子格。明明一把拉住亮亮说，把院弄脏了，要跳我们到大门上去跳吧。亮亮说大门上有啥跳头，别人看见，肯定也要来，大过年的，应该自家人关起门来跳——我们还是打牌吧。明明说，对，就打牌吧。两人就帮母亲快快地收拾了院子，把母亲连推带搡地弄到西屋里。父亲已经把火生着了。炭烟弥漫在屋子里，有一种湿湿的年的味道。明明到厨房里给父亲端了些馒头，然后和亮亮上炕坐定。怎么分家呢？亮亮说我和爹吧。明明说那就我和娘。亮亮说赢啥呢？明明说就赢核桃枣吧。亮亮想了一下，反正是自家人，核桃枣就核桃枣。就打起来。大红被子在他们腿上绵绵地苫着，花花在他们身边静静地卧着，炭在炉子里啪啪地响着，木香在供桌上袅袅地飘着，火炕在屁股下暖暖地烙着，牌在四人手里你一张我一张地揭着，不怕输，赢也无所谓，只是这么一张一张地揭，一张一张地出。那个美啊，真能把人美死。

谁想就在这时，常生来拜年。亮亮气得差点骂起来。常生给父亲磕了头，又给母亲磕。亮亮心想，你就磕一个行了，把你的个头磕上一百个也不能当馒头吃。常生走了，父亲说快去给你三爷爷磕头，最好抢在常生前面，最迟也要跟上他。母亲说这常生也扇得太早了。父亲说他辈分最小，早些也应该。明明说再早也不能天不亮就来。父亲说还不快去。明明和亮亮就极不情愿地下炕，去给三爷爷拜年。

常生一进三爷爷家的门就说，三太爷你咋还活着呢？不想三爷爷不但没有恼，反而乐哈哈地说，就是，又要费你一个头。常生点完香，趴在地上磕头时，屁股上挨了两脚。挨这两脚时常生正把第二个头往地上磕，就是说整个身体正在往前下方送，往前下方送的身体再加上这两脚，情景就十分美妙。直听嘭的一声，常生的头重重地磕在地上。回头，明明和亮亮已经跳到院里。明明骂，常生我日你妈，我三爷爷又没有吃你们家的，不靠你们家养活，不靠你娘暖被窝，你盼着他死干啥？骂得常生哈哈哈笑起来。三爷爷更是笑得栽跟打斗的。栽跟打斗的三爷爷让常生坐了，给他散烟。明明接着骂，把你个没良心的东西，农业社时，今天没米了你来找我三爷爷，明天没盐了你来找我三爷爷，庄里人谁不说，没有我三爷爷，你现在怕还在你爹的腿肚子上转筋着呢，你还以为是你的能耐，就能摸到你妈肚子里。这些话是明明从三婶和常生媳妇骂仗时听来的，觉得很美，可是一直没有机会用，不想今天机会来了。还有更美的，明明正要用，不想后脖上麻了一下。是新院。明明回头，院里又进来一茬人。让明明没有想到的是，他们一进门就异口同声地说，三太爷你咋还活着呢。这让明明犯了难，一个常生他还可以对付，人一多，他不知去踢谁的屁股还是骂谁的娘了。明明急得在大门上哭起来。亮亮说，娘说过年不能哭的。明明说，娘也说过年不能说"死"的，可是他们一个劲地说。亮亮说我们去告爹。

爹不在。娘正在后院的牛圈里给牛拌料，一听，笑得拨浪鼓一样。娘说他们是给你三爷爷说吉利话呢。明明说明明在咒呢还说吉利话呢。娘说他们这样说你三爷爷才高兴呢。亮亮你咋还活着呢。明明把嘴搭在亮亮的脸上说。慌得母亲忙捂了明明的嘴。这让明明很纳闷。你不是说这样说人才高兴吗？母亲说，给那些老年人你这样说意思是说他们寿命长，他们才高兴，对娃娃可千万不能这么说，这么说就是咒人家了。亮亮就跳起来踢了明明一脚，又一脚。明明很大方地笑笑，显出愿意接受这两脚的样子。被人咒了就咋了？亮亮问。母亲说也不咋。亮亮说这么说我们是把常生错骂了？娘说新年头上是不能骂人的。亮亮说可是我们已经骂了。娘说不知不为错，以后不要骂就行了。亮亮问，如果骂了呢？娘说骂了有罪呢。亮亮问，有多大的罪呢？娘说这要看你骂了什么话。亮亮说明明要日人家常生的妈，这有多大的罪呢？娘就笑得捂了肚子。亮亮一边给娘拍着背子，一边问，那么过年要说啥话呢？娘说要说吉利话。明明问怎么样的话才是吉利话？娘说对联上写的都是吉利话。明明看了一眼对联，对联上写的是"积善之家牛羊满圈，向阳门第骡马成群"，横额是"槽头兴旺"。明明一边说他明白了，一边拉了亮亮往出走。不想和改改碰了个迎面。改改两手捧着一个洋瓷碗。三爷爷让我给你们端些饺子。亮亮咂巴着嘴唇说，三爷爷就是好。明明说，等会儿我们也去给他老人家说吉利话。

　　吃完饺子往出走时，明明给了改改一个枣子，亮亮给了改改一个核桃。改改说美吗？明明问啥美。改改说过年啊。明明说当然美。亮亮说要是天天过年就好了。

　　人家城里人天天过年呢。是地地。地地按了一下他的裤兜说，我都挣满了。明明的心里就咔嚓响了一声，怎么把挣核桃的事给忘了。明明什么话也没有说，一把抓了亮亮就往庄头跑。人们见明明和亮亮像一对燕子一样在巷道里飞，问出了什么事。明明和亮亮也不回答，只是飞。一同在飞的还有他们的思想。康姨夫家的核桃大概已经被地地他们挣完了。亮亮说明明你慢一点好不好，小心把我肚子里的饺子抖出来。明明想想也是，他们刚刚吃过饺子，千万不能让它抖出来。可是康姨夫家的核桃催着他，让他的步子慢不下来。明明的大脑飞速转着，终于转出一个办法来，如果你觉着饺子要出来了，就用手堵住。亮亮想想也对。一只手下意识地举到口边，让人觉得只有半个亮亮在跑。康姨夫一定把大核桃散给地地一伙了，地地他妈的也不是人，每天早上他和亮亮还没睡醒呢就在大门上嘶哇嘶哇地喊，到挣核桃的时候却独自去。得想个办法，大核桃没有了，小核桃多散些也可以。对了，就按娘说的，见了康姨夫多说吉利话。明明我日你外奶奶。明明回头。发现亮亮一身的泥。明明我日你外奶奶。明明说日去罢，爱日了日去罢，反正又不是奶奶。亮亮想骂日你奶奶，心想娘刚说过新年头上骂人不吉利，奶奶是自己的奶奶，当然不能骂的。那么骂谁呢？想来想去，能骂的都不解恨，解恨的都不能骂，就哇的一声哭起来。亮亮别哭，娘不是说过新年不能哭么。亮亮想想也对。可是才穿上的一身新衣服全被泥了，不由他心里不难过。脏了一洗不就净了。经明明这么一说，亮亮不再哭。可是一看泥着的衣服，心里仍然不是个滋味。就用指甲往下抠泥，不想越抠越脏。这时，明明看见回缠几个走来，不由分说拉了亮亮再次飞起来。边飞边说后面来了一大阵，肯定是奔康姨夫家来了。亮亮一听情况有些严重，就把衣服被泥一事暂时放下，一心一意随了明明飞。就在这时，他们担心的事情发生了。

这次亮亮终于没有忍住，明明我日你妈。明明说日去罢，我妈也是你妈么你爱日了日去罢。亮亮就改口，那我就日你。明明还没有听过"日你"，觉得很新鲜。心想就让亮亮日一下吧，他毕竟是把两个饺子吐出来了。明明没有想到，亮亮看着吐出来的饺子，眼泪下来了。明明鼻子一酸，泪也来了。明明俯下身去把那两个饺子拾起放在地埂上。我们回去时拿上，正好让花花也过个年。听明明这么一说，亮亮止了泪。

明明和亮亮只好慢跑前进。亮亮一边跑一边问明明，到底是两个饺子值钱呢，还是一把核桃值钱呢？明明想了想，说，当然是一把核桃值钱。饺子你已吃过一回了，关键是吃的那一阵美，在嘴里的那一阵美，往下咽的那一阵美，对吗？一到肚子里，就啥都不知道了，对吗？在不知道的时候吐出来，和不吐出来没有啥区别，对吗？可是核桃却在兜里装着，被咱们看着，摸着，对吗？亮亮一边跑一边点头，就像是给年打着拍子。

谢天谢地。康姨夫家总算到了。明明和亮亮一进康姨夫的屋就说："积善之家牛羊满圈，向阳门第骡马成群。"之后，等着康姨夫的夸奖。不想康姨夫却吊下脸来。康姨夫说，这是你爹给你教的？明明想，应该让康姨夫知道是父亲的好意。就说，是的。康姨夫总算笑了一下，接着给明明和亮亮说，今天早上给你爹拜年了吗？明明说没有。康姨夫说，你去给你爹拜个年，把这句话也这样说一遍，我把这些核桃全给你。说着，把手里的核桃袋晃了一下。明明和亮亮就往回跑。他们跑得同样飞快，如果迟了，说不定有人也去给康姨夫说这句吉利话，康姨夫说不定就把核桃给别人了。

明明和亮亮回到家里，院里密密麻麻地站满了人。不用说，他们是来给父亲和母亲拜年的。出乎明明意外的是人群中还有不少外村的孩子。明明的心里紧张了一下，飞速穿过人群，贴到父亲身边，两只手插在上衣兜里，神情警觉而又机敏，如同一个贴身警卫。明明在等一个时刻的到来。领头的新院祭奠一毕，跪在供桌前大声说，给太爷拜年了。院里的人都跟着跪了下来，齐声说，太爷，把核桃准备好。就在大家伏下身去磕头的时候，明明几下子把自己的糖果转移到父亲裤兜里，整个过程就像是几次闪电。父亲一边哎哎地应酬着大家，说你们今年的头简直像好年成的麦穗子一样，一边低头看了一眼明明，用目光和明明说了好几句话。明明的心里就落起雪来。父亲说的是什么呢？明明没有去细想，明明只是觉得，被父亲看着的那一刻很幸福。明明甚至觉得，那就是年了。

（原载《钟山》2004 年第 2 期）

陈应松
CHEN YING SONG

1956 年出生于湖北公安县。祖籍江西省余干县瑞洪镇。1973 年插队务农。1977 年后历任公安县水运公司职工、县文化馆创作辅导员，湖北省文化厅艺术处干部。1987 年武汉大学中文系毕业。1994 年加入中国作家协会。1997 年调至湖北省作协，曾任《芳草》杂志社编辑。现为湖北省作家协会副主席，湖北文学院院长。

1979 年开始发表文学作品。出版有小说集《豹子最后的舞蹈》《大街上的水手》《黑艄楼》《苍颜》《松鸦为什么鸣叫》《狂犬事件》《马嘶岭血案》，长篇小说《魂不守舍》《失语的村庄》《别让我感动》《到天边收割》《猎人峰》，随笔集《世纪末偷想》《在拇指上耕田》《小镇逝水录》及诗集《梦游的歌手》等。中篇小说《松鸦为什么鸣叫》获第三届鲁迅文学奖。

马嘶岭血案

　　我就要死了。活着也就跟死了一样，脑壳瘪瘪的，像一个从石头缝里抠出来的红薯。头上现在我连摸也不敢摸，睡觉不是坐着就是俯着，九财叔那一斧头下去我就这个样子了，当梨树坪的两个老倌子把我从河里拉起来时，说，这是个人吗？这还是个人吗？可我还活着，我醒过来了，指着挑着担子往山上跑的九财叔说："他、他、他要抢我的东西！"我是指我们杀了七个人后抢来的财物，又给九财叔一个人抢走了。医生在给我撬起凹进去的颅骨时说："撬过来了反正还是得崩。"还有一个刮瘦的护士给我扎针时说："你还晓得怕疼，我的天，到时一枪下去，那么大的洞看你喊疼去。"我疼得天昏地暗，这不是报应吗。九财叔砸我，我砸了别人，别人都死了，我却疼痛地活着。

　　就这么等死的时候，前天老婆水香捎来了儿子的照片，一张嫩生生的照片，背景是红的，是在镇照相馆刘瘸子那儿照的。儿子在向我傻乎乎地笑着，咧着没齿的嘴巴，眼泡肿肿的，耳朵大大的，活脱脱一个水香，活脱脱一个我。

　　现在是深冬了，早上放风出去地上有凌。再有一个月我就要与这世界再见了。

　　今年的秋天，九财叔来找我，让我跟他一起去当挑夫。我当时想都没想，就答应了。一个月三百块钱呀，不少了！尽管是到很高很远的马嘶岭。

　　我记得那个秋天早晨的山路是多么安详，水香的声音在干爽暖和的山路上飘荡着，还带着一股子挥之不去的乳香，紧紧倚着我的鼻扇。临走的那天晚上，我糊糊涂涂地就要爬水香了，水香说，别压坏娃子哦。我说不压，不压。我忍了几个月了，可这一走一两个月，我实在忍不住了。水香在下面说，别压坏娃子哦……那个早晨的山道上红叶似火，天空像一张豁然张开的大嘴，瓦蓝瓦蓝，温馨的风像狗毛一样骚扰着脸颊，水香的声音就在那儿荡漾着，像山岚一样娇软若无："别压坏娃子哦……"这声音只有我一个人能听见。我嗅吸着声音里的乳香，在前头快快地走着。我不想跟九财叔走一起。分别时，九财叔睁着那只没眼皮的右眼睛，瞪着我跟水香道："快点上路！"

九财叔也在死劲地嗅吸着，他是在嗅吸空气中霜打过的野柿子的甜味。我给站在石坡上的水香挥手，水香穿一身紧身红袄，肚子鼓鼓的。我在想，一个月三百块，这次去当挑夫，我是为水香挑的，为水香肚子里的娃儿挑的。

我们两天以后才到了马嘶岭。

马嘶岭是南山里面的野岭，燃烧得愈加炽烈。茂密的冷杉林，鲜红的桦树，高挺的山毛榉，英气逼人的岩上松，还有那么多枫、栌、槭树和灌木的金黄色，喧红色，到处的秋花，野葱，兽迹，让人看得呆哑无言。五十多岁，戴着眼镜，头发爬顶的祝队长拿出一个仪器来，说："到了，是这儿。"另一个姓王的小王就拿出一张地图，指着说："正是这儿。"又问九财叔说："这是马嘶岭吗？"九财叔说不清，小王又问炊事员老麻，老麻也是我们当地人，他说这应该是马嘶岭，他说他听打猎的讲过，马嘶岭到处是野葱野蒜，"这就是了。"他扯了一大把野葱，他说以后我们就有野葱吃了，特别好吃的，用盐溇了最好吃。他掐着野葱的根须，一根根把它们分开，放到鼻子下闻闻，又让那些人闻。小杜就接过去闻了，她是踏勘队唯一的女娃子，她说："好香，好香。"

我们就这么住下来了。他们住一块，我们住一块是三个人，炊事员老麻、九财叔和我。老麻后来嫌我们，住到厨房小棚里去了，在灶口柴窝里铺一床絮，比我们强多了。我们冷，头一夜就跟睡在冰岩上差不多。我一床被，九财叔一床絮，打伙的。他的絮又破又烂又薄，怎么也隔不断冰冷的地气，第二天我去割了几捆巴茅垫在下面，才略微暖和些。我们的棚子是塑料纸的，而祝队长他们是帆布的，还没有缝隙，完整的帐篷，像一个屋子，里面还有间隔，那女娃子小杜就睡在最里头。

刚开始我们知道他们是找矿的，第二天就得知他们是专来找金矿的，是为我们找金矿的。也许就是那个该死的"金"字，这黄灿灿的让人想到荣华富贵的"金"字，开始撩拨了我们。不对，应该是撩拨了九财叔了。撩拨他心中早已枯死的那个欲望了。本来他都老了，两条腿虽说能挑个百八十斤儿的，但常也有蹒跚的样子了，眼睛也没什么神了，内心快坍熄了，只等哪一天一场大病，或是喝酒喝死，阎王爷安静地把他收去。

第二天就听到祝队长说："这就是我们的踏勘靶区了。"他指着马嘶岭和岭下的马嘶河谷，声音洋溢着一种喜悦和轻松，好像来这里是玩耍的。其实这里荒无人烟，崇山峻岭，巨大的河谷吞噬着天空，马嘶河和雾渡河在这儿汇合，流淌着的河水在秋天通体泛红，好像一头巨蟒吐出的信子。我听见小杜那女娃子说："好美呀，太美了。"还拿着一个很小的相机咔嚓咔嚓地给他们拍着照片，也让人给她拍。小杜这女娃子长得像山里的洋芋果，圆圆叽叽的，个头也不高，爱笑，爱唱歌，我就暗自给她取了个洋芋果的诨名。那个身子单薄的小谭长得像根峨眉豆，他的刀条脸和身子，不是峨眉豆是什么。我听见他们说着那周围的岩石，祝队长指着河谷说："这就是开门金。"他比划说："河流骤然变宽了，流速减慢了，上游带来的泥沙、砾石、砂金都沉积于此了，看见了吧，开门金！"他说了几遍开门金，说过去这儿因为没有人烟也没被开采，可能有小量开采，因为这周围是土匪窝子，没人敢来，就算淘出了金子，也会被抢被杀。

我的心那时有一种豁然开朗的感觉——开门金！我忽然对这些产生了兴趣，仿佛也成了他们中的一员，完全忘了我不过是他们的苦力和挑夫。祝队长是头儿，他总是站在中间，那几个人站在两旁，听他手拿着小锤敲打着岩石讲解，那个常在他手上的有数字跳闪的东西我也知道了它叫 GPS，卫星定位的。后来洋芋果小杜给我说它是用十二颗天上的卫星定位的，我们现在站在哪儿，经度多少，纬度多少，海拔多高，它一下就显示出来了。她说我们现在站的这个地方，马嘶岭的海拔是三千四百零九米高。我问她这个东西值多少钱，一头牛钱吧？她当即就哈哈大笑起来，把我笑毛了。可我之所以敢问她，是那天大家喝了点酒后我在他们的怂恿下唱了几个山歌子。她说我的山歌子唱得好，当即就把我的山歌录下来了。我知道那是录音机，可没见过那么小那么薄的录音机。我还问过她关于剥夷面的事。她指着祝队长指过的河谷对岸，高耸入云的一扇巨大石壁，光秃秃的。我只能隐约知道"剥夷"是怎么回事。剥夷面上，经她的指点，我似乎看到了一条石英矿脉，因为在夕阳里那儿闪着耀眼的光斑，还有云母。她说在它的顶上，也就是台面上的塔状熔岩，很好看吧，是一种碳酸盐岩。她说他们去看过了，那儿曾有炼过硝盐的痕迹，地图上有个地名叫晒盐坡，估计是那儿。她说你们这地方保存了第四纪冰川地貌，也就是七八十万年前的，那刃脊，冰斗，冰蚀槽谷，还有漂砾。"你看，"她指指河谷中那些巨型的石块说，"那些石头不是原本在此的，是从别处搬运来的，谁有这么大的力量？就是冰川，冰川就是神仙，力大无比。你看那三角面，很清晰的冰川流动时削磨的痕迹，把巨石从远处搬来了。"

她轻描淡写地给我说着这些，我却觉得她的话撼人心魄，在那个晴朗无风的傍晚，无数玄燕和蝙蝠滑翔的河谷上空，我听到了冰川轰隆隆运动的声响，而当时的山冈是寂静的，旷古的寂静，这女娃子的话让我热血沸腾，浮想联翩，仿佛眼际滚过了那个壮观的七八十万年前的场景。我真的佩服他们。这女娃子跟我跟水香一般年纪。可我没读多少书，初中没读满就辍了。我爹是个"八大脚"，八大脚就是抬死人的杠夫，他除了抬死人，挣几双草鞋钱，没屁的本事。

这天晚上，西南方的山坡上突然射出了一道强光，有如电焊的弧光，一直刺入云天，把周围的山坡、沟坎都照得如同白昼。那边帐篷就有人惊醒了，问是谁在照。大家都起来了。忽然那强光变成了两个光点，一上一下。大家以为是野兽，五六只电筒一起射去，那光点一动不动，祝队长就叫大家操了家伙跑过去扑打，不见了影形，也没有什么野兽，遂回到帐篷。而这时那光点又只剩下一个了，在帐篷顶不远的崖上直射我们。

"这莫不是鬼么？"九财叔说。祝队长他们那一夜都没有睡着。早晨起来去山坡上查看，什么都没有。方圆百里无一个人，无村庄和电线，这么强的光是从哪儿来的呢？又是什么东西所为？这个问题困扰着我们，祝队长宽大家的心说，你们不要怕，长期在野外生存，什么神秘的事儿都有。这个地方，听说过怪事不少。九财叔坚持说是野鬼，还说是什么独眼鬼，见了我们这些人稀奇。他说南山里不仅有几丈高的红毛大野人，还有鬼市。你们不知道鬼市吧？有一年来南山采药的一群人，晚上在老林里看到了一条小街，好不热闹，什么京广杂货都有，买货卖货的人把衣裳都挤破。几个采药人也去买了些东西，有买鞋子的，有买衣裳的，便宜得不得了。第二天早晨一看，鞋子变成了草鞋，衣裳变成了棕叶，店家找给他们的钱全变成了冥钱，再去找那条街，哪儿找去，莽莽森林，除了树还是树，什么都没有。做饭的老麻也附和道，他们隔壁村也有过怪树的，有棵叫水洞瓜的树，是千年老树，从来只结籽不开花的，只要六月开花，这年必山洪暴发，开花的时候，树心里面就传出丁丁哐哐的锣鼓声，天一放亮就没了。说有个小娃子去上面掏鸟窝，掏出了三双草鞋云云。事情越说越玄乎了，说得大家脸色发白，倒抽冷气。祝队长就严厉制止道："老官，老麻，你们不要在这儿瞎说了。老官，你要是信鬼，今晚你跟我捉一个来，如果捉不到，你就走人。"

一开始祝队长就不喜欢九财叔，九财叔本来就不是一个讨人喜欢的人，所以祝队长就想赶他走，这是九财叔恨祝队长的始因。另外，那个一听九财叔说话，就从喉咙深处发出一种怪笑的姓王的博士也不喜欢九财叔。姓王的博士总是干干净净，头发方寸不乱，油水很厚的样子，不过他那个头就像个大田螺。他说："别吓唬我们了，我们这些人都是久经沙场的，别看你们经常在山里转悠，但也比不上我们在野外生活的人。"

九财叔没有捉到鬼，踏勘队就响起一片嘲笑之声。我们跟在他们屁股后面，挑着一两百斤的东西随行。我们挑夫挺苦，一天十块钱，赚得很难。挑着一两百斤的东西，翻山越坎，过河上坡，他们徒步都困难，更何况我们这些挑夫。一头是他们刻槽取样的石头，剥离的石头，一大块一大块的，就往我们箩筐里丢。有时候，扁担上肩，腰却挺不起来，咬着牙，腰椎一节一节地压趴了，人站起来了，腿都在哆嗦，心想，这就是命。担子的另一头有石头也有一些贵重的东西，那个像夜壶一样的家伙，是个什么水准仪。水准仪不止一台，有一台是日本的家伙。这些仪器常被分成几段拆卸后放进箱子里，再装入箩筐。祝队长虽然讨厌九财叔，可还是信任他的力气，认为让他多挑贵重的东西牢靠些。

两天后，祝队长和小谭去了一趟山外。为了防止野兽和坏人，他们上山来时配了一杆闪闪发亮的双筒猎枪，还给他们每人带来了一把跳刀，祝队长的绑腿里原来就插了一把美国猎刀，一尺多长，听他说，是一个外国同行送给他的。我慢慢才知道祝队长其实是去替他们领钱去的，还买烟买电池买扑克，给洋芋果小杜买来了许多糖果和女人用的东西。小杜把祝队长喊祝老师，小谭把他喊祝教授。听说祝队长是小杜的导师，小杜是他的研究生。小谭不是，只是祝队长手下的一名工作人员。他下山是去给他在乡下读书的妹子寄学费去的。我听小杜问他："寄了么？"他说寄了。这是与钱有关的事。每当这时，九财叔的耳朵就支棱得很长，好像是与自己有关的。他晚上忿忿不平地告诉我说："他妈的他那娃子一个月就能赚两千块钱。"他说的是瘦小的小谭，我们都知道他是个山里娃子，与我们口音相近。我问那祝队长不更多？九财叔说，听说他有好几个金矿。我说他有金矿？九财叔说是人家的金矿，他会找金子，人家就拉他入伙，叫技术股，那金矿他还不占一份？这儿若找到了金矿，他又有了一份。听说他光乌龟车就有两部，有一部现在停在县城里，是他自己从省里开来的。我不知道九财叔是怎么知道的，你别看他平时闷声不响，瞪着一只永远也关闭不上的可怕的眼睛，可他知晓别人的事来，好像他长了好几个耳朵。

祝队长回来说到那怪光的事，说调查了，周围没有电焊的，说山下的人说了，南山山里是有一种奇怪的光，学大寨那会儿，山下一个村里有一块田也发出过怪光，也是贼亮贼亮的，像探照灯。他说是否与我们踏勘的岩层有某种关系，比如是一种石英，反射了太阳的光或者别的什么光，透明石英也就是水晶。离这里不远据说有几个水晶洞，而且可能还含磷。在那个剥夷面上，你们看见没有，有许多水晶亮点，在早晨尤其清楚，已经可以断定，这是石英脉型的金矿。那边的剥夷面，花岗闪长岩与石英闪长岩的身边，与金矿最密切，所以，这是金矿给我们的强烈信息。他转过头来对我跟九财叔说，"有了金矿，当地政府开始开采，你们这儿的经济就会大发展，农民就会富起来，公路就会修通，这儿，说不定你们说的那个鬼市就真变成了现实哟。"他对九财叔说："你会顿顿有酒喝。"祝队长罕见地给他开了个玩笑。这种未来的憧憬把老麻说得一愣一愣的，老麻对我们说："祝队长是给我们做好事来了。"

晚上他的菜做得格外有味，野葱拌上了更多的香油和野花椒，加上祝队长与小谭提回来的两瓶酒，我们一人分了一杯。九财叔和老麻看到酒，眼睛就放光，他们眼里充满了对祝队长的感激。上山来的这几天，我、九财叔和老麻，跟他们六个踏勘队的人是分开吃的。我知道他们的饭比我们好，每顿都有肉，做的时候我和九财叔就闻着香味，直咽口水。我想要是我们天天吃上他们那样的饭，也就等于做上了城里人，跟他们平起平坐了。

下山了，我那想做城里人的想法，让那一担沉沉的石头压得无影无踪。

我们要挑出他们取样的石头，到山下一个地方交给后勤分队，然后再挑回大米、面粉、菜、油盐。下山就是出山，得来去三四天。当你挑着那么沉重的石头走无穷无尽的山道时，你的心里就像压着一块石头，脚上绑着两块石头。石头缠上了你，百多里的路，峡谷，险峰，乱石滚滚的高地，龇牙咧嘴的悬崖，全是石头，石头，石头。我们上山时还行，与九财叔下去，两担石头，两个无声的人，走在茫茫的石头上，走在深深的石缝里。从出生以来，哪儿挑过这么沉重的东西呀，挑的是石头。九财叔一句也不吭声，我在苦巴巴地想着家里待产的老婆水香，欲哭无泪。我在想着人与人差别真是太大了，过去在家不觉得。原以为一月三百块的工钱，是抱金娃儿呢，而人家小杜、小谭、王博士他们一月就能轻松拿好几千。我们村长听说一个月才拿一百五呢，大家还羡慕得要死。今年天干，庄稼没啥收成，羊也渴死了几只，收农特税的村长上了几次门，威胁我爹说，你不交税就不让你家媳妇生娃子。八大脚的我爹是横了，叫嚣说我倒要生生看，生下来你村长有种的把他掐死。我挑了石头就能生娃子，我挑了石头就能给家里交税，还能给水香和娃儿买吃的穿的。就为这，我也要挑啊。

那天晚上，我累得开始屙血。

我给九财叔说我屙血了，九财叔不相信，到草丛里一看，九财叔叹着气，说屙两天就好了，人的力气都是压出来的，不压不知道过日子的滋味。九财叔说，你知道祝队长有两辆乌龟车吗？我问他是听谁说的，他说总有人给他讲。他躺在葛藤攀附的石头上，望着林子上面的天空，用石头敲着石壁，说："村里的吉普是村长三千块钱买回来的，那他的两辆乌龟车不要几万么？"我们那儿的人把小车都叫乌龟车，因为它们都像个骚乌龟。我没有答理他，我在想水香肯定不知道这会儿我在荒郊野地屙着血，对着一担死石头无可奈何。她以为我是到外头寻快活见洋广去了。没有我在身边，水香肯定是眼巴巴地望着念着我，被子里也空凉凉的。她嫁过来，我还没离开过她，她也没离开过我。我揉着自己已经开始磨烂的肩膀，看着箩筐里的那些石头，想着想着，泪就出来了。九财叔吃惊地看着我，那只没有眼皮的眼睛像一颗苦桃一动不动，突然从他背着的垫絮里"哧啦"撕下一块棉絮，过来垫到我渗出血水的肩上，又抱出我箩筐里的一块石头，"哗啦"丢进了沟壑里。

我一见慌了神，喊："甩不得的，甩不得的。"我顾不了一切滑进深沟去捡那块石头，"这不能甩，这编了号的！"

我抱着石头爬上来，九财叔还是那么瞪着我："蛋毯！"

"这是编了号的！"

九财叔什么都不知道，人家在石头上写了字，也在他们的图纸上记下了的，画了好多图。可九财叔什么都不懂。

我把矿石重新放进箩筐里。"这是矿样！"我对九财叔说。

"这不就是石头吗，蛋毯！"九财叔说。他没有文化，我跟他是说不清楚的，只当跟猪说。

"好，你屙血，屙！屙！"他恶狠狠地说。

他不理我，他挑上石头一个人上前走了，我也只好又把石头上肩，扁担在磨破的肩上吱嘎，吱嘎，吱嘎……

我正在埋头一步一挨着，听见前面一阵响声，我猛然一抬头，看到九财叔握着扁担，站在那儿，一动不动。前面的箭竹丛里，窜出来一群野猪，就在九财叔不远！

"上树！"九财叔一声喊，我甩下担子就往最近的一棵树上爬。我还没有看见过那么多拖儿带女黑压压的野猪群，我往上爬，踩断了一根枝桠，从树上掉下来，摔得屁股一阵锐疼。我看见九财叔非常紧张，可他又不能动，只能对峙在那儿。我这摔下来的一声，让野猪们引起了警觉，一个个竖起毛刺刺的耳朵，亮出尖尖的豁吻和寒光闪闪的獠牙对着我们。我接着又往树上爬去。"叔，你上啊!!"我拼了老命喊。这一喊，野猪们出击了，箭竹丛一阵哗哗的骚乱，滚滚黑浪就向我们卷来。

"你混蛋！"

九财叔拉下我就朝陡坡下跳去，至少有三米高的陡坡，我落到地上，卡在一个石缝里，脑袋好像撞上了什么，一阵迷糊。野猪的吼叫声在岩上面，过了一会儿，我头脑清醒了，听见九财叔说："治安，治安，你在哪儿?"我说："叔，你在哪儿?"九财叔爬过来替我翻了个身，恶声恶气地说："让野猪把你吃得干干净净！"我摔得不轻，懒得跟他论理，他又吼我要我快抽出开山斧来。我在腰里抽出了开山斧，我们谛听着头顶，野猪们急吼吼的，但并没往下面跳。我们贴在石头下，大气不敢出。"得亏没有血腥味。"九财叔说。他是指我们没有摔出血来，野猪没有对我们继续追击。我看九财叔，已摔得鼻青脸肿了，那只没眼皮的眼睛里充血，红森森的，脸上、手上有深深的划痕。我知道自己也摔得不轻，浑身疼痛。天渐渐黑了，我们不敢上去，就着石崖，点燃了一堆火。这深山里的秋夜，寒气浸人，又冷又饿。九财叔说千万别动，野猪是很有头脑的。坐了一夜，第二天天亮后，见没什么动静了，我们手拿开山斧小心翼翼地爬上岩去，看到我昨天爬的那棵树，已经被野猪撞倒撕烂了，我们的箩筐也被掀翻，矿石、我们的被子践踏得脏乱不堪，沾满了臭烘烘的猪屎。我们收拾好石头，只好慌乱地逃出这个野猪出没的野猪坡。

这一趟，少了两块石头，是九财叔担子里的。他不知祝队长都标了记号，回来签收单上都记下了。估计是在野猪坡被猪拱翻后弄丢的。为此祝队长又狠狠批评了九财叔一顿，并且宣布扣他两天的工钱。为这两块石头，九财叔这趟白挑了。九财叔言语不多，没有解释，只是瞪着那只没眼皮的眼睛看着祝队长。我给他们解释说我们遇到了野猪群，可能是野猪把我们的石头掀到山下了，我们还差一点没了命。可是办事认真的祝队长说这不是理由，这些矿样比生命还珍贵。

"你以为石头跟石头都是一样的？"姓王的博士歪着田螺头给祝队长帮腔说。他们不相信我们的话，以为我们是故意丢弃的。

"你这么一丢，我们这么多人至少一天的劳动白费了。"洋芋果小杜笑着想缓解气氛。

事实上那天的气氛并没有缓解。那天晚上吃饭的时候，小谭还给了九财叔一杯酒，说是请他"代"了。九财叔把酒喝了，连谢也没谢人家，倒头就睡了。

我怀疑那石头是他故意丢的，在半道上趁我没注意把它丢掉了，以减轻肩上的重量。

深秋的马嘶岭夜晚。寒风比白天严厉千百倍，有时候飘下一点小雪，有时候飘下一阵细雨——雨是由浓雾而来的，滚滚的浓雾时常淹没我们。在夜晚的深处，马嘶岭万马嘶鸣，它们从天庭滚过，践踏得森林嗡嗡直响。这种马嘶的声音，就像有无数鞭子鞭打着它们。而那几天，我听到的却总是黑压压的野猪在奔跑和狂叫的声音。仿佛它们就在我们头顶，不断地来去，不断地聚散，没有停歇，让我噩梦连连。老麻听了我们的故事啧啧称奇，说："我不信，你惹了野猪没被吃掉，这说不过去嘛。熊比虎狠，猪又比熊狠，这谁都知晓，你们就损失了两块石头？哄鬼。"我说："钱就是用命换的嘛。"老麻就劝九财叔说："有命在，二十块钱就不算啥了，留得青山在，不怕没柴烧。说不定哪一天，你们在这山上能捡块狗头金回家呢。"

没有灯，我们坐在火堆旁，火堆是抵御这凶恶寒夜的一道温暖的屏障。用盐粉揉着一盆野葱的老麻来了兴致，说给我们讲一个狗头金的故事。

老麻那天说的是他们雾渡河上游上辈子人的事。他说马嘶河沿途是有金子的。他说的是旧社会。他说有个人捡了一坨金子，刚开始只觉得是块石头。他把话岔到九财叔丢矿石上去，说，你看起来是块石头，他们看起来里面就有金子，听说含金量还蛮高呢。他说有这么个人，是到河滩刨地刨的一块石头，黄黄的，也没作金子想，捡回去丢到猪栏屋里了。晚上起来拉尿，看到那块石头闪闪发光，就知道有内容了，找人一问，我的娘哎，是块狗头金，这么大——他比划有一个狗脑壳大——于是就到宜昌去，换了足足五百大洋。他揣着这么多丁哐乱响的洋钱，就想到窑子里去嫖一嫖。问好了，有个宜昌城最有名的婊子，长得闭月羞花沉鱼落雁掐得出水来，于是就寻去了。嫖过之后，两人互问籍贯姓名。那婊子一听，知道遇上了自己的亲生老子。为何呢，因这男的生了五六个妮子，后又生了一个妮子。这妮子长到六七岁时，家中无力抚养，便卖给了别人，哪知这妮子长大后误入妓院。虽然与父母姐妹分别时还小，互不认识了，但那妮子还记得自己的老家，记得亲娘老子的大名。于是在生父离开时，在他一双备用鞋里插了根针，针下附了一信。那男的离开后，到晚上在一客栈里洗脚换鞋，一穿便扎了脚，细细查看，发现鞋内有一根针，还扎了一张信笺，展开一看，上写：您是我的亲老子，做了不该做的事，云云。这人读完后觉大事不好，赶去那妓院，一问，知自己的女儿因羞愧难当，已经投江自尽了。

讲过这些故事后，老麻对我们说："你们天天跟他们一起出去挖，说不定走狗屎运，真挖出一坨金子，也有可能。运气来了。门板都挡不住。"九财叔苦笑了一声，沉默了。我给老麻解释说："你以为这石头是狗头金啵？听说最富的矿，一吨石头才能炼出几克来。"我用手指抓了一撮冷灰示意，"就这么多。不过，也有的一吨石头里含一斤多金子的，但这少而又少。"九财叔横了我一眼道："你懂！"我拿出枕头下的一本书给他们看说："这里面全有。"他们就像看生人一样看着我，我便有点得意了："是小杜借给我看的。"

的确是她借给我看的，是一本《金矿地球物理找矿》。我跟她出去有几天，我们是分两个组，我帮小杜他们挑东西。小杜给过我一种糖吃，不知啥糖，吃到口里一股糊锅巴味，我就问这是啥糖，她说叫巧克力。"很难吃的，"我说。"一颗抵你们小卖部一斤水果糖的价。"她对我说。这么贵！怪不得包得这么精精巧巧的，我就把那红色的玻璃糖纸留住了。她之所以给我糖吃，是听了我唱歌。她有个小机器，里面放一张薄薄的闪亮的圆盘，然后就戴上耳机听，估计里头也是歌。

有一天她要我再唱，我就给她唱了两句"阳呀阳坡的姐，阴呀阴坡的郎"。我说，我再给你唱几首五句子吧。我想了想就唱了一首五句子："吃了中饭下河游，一对石磙顺水流，你要沉来沉到底，你要流来流到头，半路丢郎短阳寿。""很好听，"她说，"也很有意思。"我就又唱了一首："吃了中饭巴门站，泪水滴得千千万，可惜泪水捡不起，捡得起来用线穿，情哥来哒把他看。"她一个劲说好，我胆子就大了，就唱起邪一点的："吃了中饭下河耍，河下公鸭撵母鸭，公鸭撵得喳起个嘴，母鸭撵得叫喳喳，扁毛畜牲也贪花。"小杜和大家都笑了。小杜用那小机子把我的歌都录下来了，她还边听边记下那词儿："为什么总是以'吃了中饭'开头？"是啊，这一问问得我也有点傻了，我说我不知道。王博士却说了："这还不简单，饱暖生淫欲，饥寒起盗心嘛。吃饱了饭没事干，就想那公鸭撵母鸭的事，听说这山里的女孩子是很性开放的喔。"我说："也不见得吧。"我说可能是与我们这儿只吃两餐有关，我们这儿早上起来是不吃不喝的，洗了懒就出坡干活；洗懒就是洗脸，因为早晨起来人容易懒，吃了喝了更懒。干了一气活，太阳当顶了，才回家吃中饭。所以，人吃了饭，才有劲，才想唱歌做别的。因小杜要听我的歌，还把它录进她的机器里去，我的胆子就大了，见到丢在她旁边的一本书，就拿起来翻。他们测量，刻槽，取石，我没事，就看那本书，全是怎么找金矿的，后来她就借给了我。

在我得到那本书以后的几天里，山岭却是极安静和明朗的。白云们在天空如影随形，有时候，一股小风吹过，会带来一种混合的但印象强烈的野果成熟的气味，野柿子啦，五味子啦，鲜红的茶果啦，咧着大嘴傻笑的"八月炸"啦，还有吊在藤上快撑不住了的沉甸甸的猕猴桃啦。我钻进林子中去摘，我把五味子、"八月炸"给小杜，把酸不啦唧的猕猴桃给两个背测杆的杨工与龙工。把不软不硬的野柿子给王博士。他们吃着，不停地点头说："嗯，好吃，酸，好吃。"我又给他们唱了一首："吃了中饭肚里嘈，要到后山摘仙桃，七尺竿竿打不到，脱了草鞋上树摇，摇得仙桃满地抛。"

那天小杜、王博士和小谭他们出去了，回来时每人都弄到了大大小小的水晶，就是那种透明得像玻璃和冰块的玩意儿。小杜还意外地弄到了一块红水晶。原来他们是去了一个水晶洞。那块通体透明红如胭脂的水晶让大伙啧啧称奇。可是祝队长却把他们几个人熊了一顿，说他们是胡来，说我们要把一个完整的矿山留给县里。祝队长因为激动两腮都出现了红疹子，摘下眼镜蒙眬着眼瞪他们说是搞破坏，当场就把小杜说哭了，大家也就不敢吭声，连晚上吃饭的时候也鸦雀无声。那块红水晶是否被祝队长没收了，我不知道。

一般来说，我们是早出晚归。每天天刚亮，祝队长的哨子就响起了，"起床了，起床了！"大家惺惺忪松地起来，不辨滋味地把稀饭裹着馍馍吞下肚去，就灌水，就拿上馍馍，拿上腌野葱野蒜，摇摇晃晃地走了，到了傍晚我们就回到营地，几乎每天如此。这群人——祝队长他们，无论男的女的，就像我们村头磨苞谷的水磨子，不停地干活，爬坡下坎，下坎爬坡，写写画画，然后收了仪器，抱来石头丢进我们担子里让我们挑回来。

好天气并不是经常有的，没过几天，寒风就缠在岭上、河谷间不走了，黏黏的浓雾悄悄地泛上来，与寒风一起，搅得天昏地暗。但是即使能见度非常低，祝队长还是催促大家出去，他的要求是：赶在大雪封山之前完成此次踏勘。在雾里我们挑着仪器以及他们中午的饭食，甚至还有睡袋，还有我们的被子，往勘测点走去。等到中午难得的太阳出来的一会儿，赶紧工作。如果晚上回不来，走得太远了，就随便找一个岩洞住下来，住一晚。在那样的晚上好歹他们会给我们一张塑料布，也不能抗拒石头上的砭骨冰凉，人像赤身裸体丢在冰窖里。他们虽然有睡袋（是鸭绒的），睡袋下又有油布，拉上了拉链就隔开了寒风，可我看见他们还是在睡袋里瑟瑟发抖，像打摆子的瘟鸡。这些城里来的知识人，还真能吃苦呢，虽然抖，第二天一爬起来，又有了精神，又抖擞着活了，而且他们还啥病都不生呢，我却因受了风寒发起高烧来，浑身滚烫发热，还咳嗽。小杜小谭他们给了我几颗药吃，老麻还给我熬了些姜汤。我时冷时热地躺了一天，天一放亮，祝队长就进了我们棚子说："你们得挑粮食去了哦。"

挑粮食就意味着又要挑石头下山，听到这话，我骨头都软了，我看见九财叔的脸也阴沉了下来。可那是跑不脱的，堆在帐篷里的那些石头，迟早得要我们把它们挑下山去。我就说，那就走吧。我往箩筐里装着石头，杨工和龙工记着数，记着，然后将记了的纸装入一个信封，封上口，让我们带着一起送下山去。

我们正准备要走的时候，小谭突然说要跟我们一起出山，他说他请了个假。是不是又要给他上学的妹子寄钱呢？当时不知道，走到半道上，他才说是想下山去打个电话，问他母亲的病怎样了。小谭穿着一双旧旅游鞋，披着油布（又防下雨又可垫着睡），背着旅行包。他说他母亲得了绝症，做了手术，家里欠了许多债。他说他早就不想在祝队长这儿干了，才两千块钱一个月，他早联系好了深圳那边，一去就是八千的月薪。可祝队长留他，说不能缺少他，他是看祝队长的面子才留在他身边的，祝队长对他有知遇之恩。当他说深圳有八千块钱的月薪，着实让我有点吃惊，我们那儿也有人去深圳打工的，不就几百块钱一个月么？来去的车费一除，也就跟在宜昌打工差不多。我说起这，小谭就说：这就是知识值钱。他说他们那儿也是穷山沟，他家有五姊妹。他是他们乡第一个大学生。他说他上大学的那天，全村的男女老少都来送他，一直把他送了十几里地，还放起了鞭炮，就像过年似的。他问九财叔几个孩子，九财叔说三个女娃，老婆死了，还有个八十多岁的老母。他问我为何没读高中，我说没钱嘛。他说他母亲之所以得绝症，是因为卖血给他读书，他说他还有个姐姐，成绩很好，为了他，就辍学去打工了。九财叔在后面暗暗地对我说，别听他说得可可怜怜的，他是防我们呢。我不解，九财叔就说：很明显么，我们两个，他一个。可是我不信，回来的时候我见他眼睛红红的，看来电话是打通了，他说他母亲不行了，他抽着鼻子，说等这次踏勘完了就回家去，还不知能不能见上母亲一面。

好在来回都没有再碰到野猪，多了个人，胆也大些。我因为感冒，四肢无力，回来时挑着挑着就实在挑不动了。我挑着两袋共八十斤面粉，一袋五十斤的米，加上蔬菜、肉鱼，足有两百斤。小谭说："看你这瘦小的个子还真能挑啊。"我说哪是能挑，还不是为了一天十块钱。你们是知识值钱啊，我们这儿也有个说法叫力大养一人，志大养千口，而我连力也不大，唉。我挑不动了，就让他们先走，反正有床被子，挑到哪儿睡到哪儿。九财叔说不行，你一个人，碰上野猪和其他野牲口了怎么办？我们出山的那天，在野猪坡的箭竹林里虽没遇见野猪，但看见过一头老熊，可能快冬眠了，躺在竹窝里没理我们。九财叔说："万一不行小谭你就先走，我跟他慢慢来，你反正知道的，跟祝队长说一声，小官他病没好，路上要耽搁一些。"小谭说："我倒也不怕，一个人走，我身上又没有钱，连手机都没有，就一块手表，还是电子表，十几块钱的。"这话是说给我们听的，意思是跟我们一样，穷鬼，让我们打消打劫他的念头，他已经暗示过无数次了。他说的也是实话，那么多人里，就他没手机，那些人都有手机，是他告诉我们的。他说手机是个寻常物，城里一人两三部也不稀奇，而且淘汰很快，年把就得换个新式样的。小谭说还是大家一起走吧，安全些。他把我箩筐里的那袋米背上，这样我就轻了许多。但腿还是软的，又加上咳嗽，人一咳，就气喘，气一喘，心就慌，心一慌，身子就飘，一步不稳，歪下了沟坎去。

这一跤人没摔坏，爬起来，面粉袋子摔破了一个，白花花的面粉撒了一地。我很害怕，说："小谭，你得给我作证啊。"九财叔把我从沟里拉起来，又去收拾面粉。小谭说："这不是你们的错，面粉就算了，树叶石子的，收起来也没法吃。"

好在有小谭作证，本来我又是带病，祝队长没扣我的工钱。可到营地我就倒下了，有种快死的感觉。八大脚我爹说人死就是一口气，一口气上不来，人就死了，就归他抬上山了。如果就一口气的有无来证明一个人的死活，那死就是很轻松的事。为什么有的人临死前疼得清喊辣叫？为什么有人死时流着不断线的泪水？我认为我那一次体验到了死亡，在那个垭口，三两里地外的营地在向我招手，可是我再也挑不动了。"你真的不能挑了吗？"小谭问我。我说我挪不动了。他说时间还长啊。意思是你这个样子，不能跟我们干到头啊。我一想，又怕他们赶我走，不要我了，我就咬了牙，不让担子歇下来，一歇下来，担子就成了座山。我走，那两个筐子就像有两个魔鬼一前一后使劲扳着你的扁担。筐脚还时常绊着石头或者树枝、葛藤，脚下又是沟坎又是悬崖，每当筐脚碰一下，手抓住的绳子就会拧圈儿，人就晃悠，就像无常鬼来拽你的命让你进地狱。脚下没有弹性，扁担就没有弹性，就会东磕西绊，这是挑担的人都知道的。看着破了的面粉口袋，祝队长一言不发。小谭真的就为我说话了，我终于等到了一个主持正义的人。他说小官病得不轻。我坐在地上，浑身汗泥，真的病得不轻了。祝队长挥挥手说："好吧，好吧，赶快吃药。"

祝队长没有扣罚我的工钱，这刺激了九财叔，他大着胆子去找祝队长说：

"能不能不扣我上次的二十块钱?"

"这次与上次无关。"祝队长说。

"可我这次什么也没撒呀!"

他在表功,他在把我做错的事与他作为对比。这让我十分恼怒,再怎么我们是一起来的,还是你的表侄,你这个表叔哪像个长辈?你的意思是不是说,该扣的要一起扣,一视同仁?他就是这个意思,九财叔。九财叔就这样让我看轻贱了他。

然而过了一天,又要我们下山。说是我们搭回的信上说,就这两天就有发电机了,是山上要的,要我们去挑上来。

祝队长催督我们,是因为头一天晚上那该死的怪光又出现了。我们的营地黑咕隆咚,那光白皑皑地出现,照过来,就像被坏人、被土匪团团围住似的,十来个人无路可逃了,末日来临了。

"大家拿上家伙!"

半夜就听见那边的帐篷里祝队长他们吼叫着。我们操起了开山斧——一般我们都是插在后腰的木叉子里的,山里的每个男人都这样,每天出门上山都要带上,可以砍葛藤荆棘树枝开路,可以对付野牲口,还可以对付歹人。我们拿着开山斧出去,老麻拿着一根棒子。就见一道白光从崖顶直射下来,令人睁不开眼睛。一声果断的枪响,那光倏忽消失了。祝队长提着枪,大家的电筒一起照着,手举刀棍跑过去,中弹的地方什么也没有,是一块石头,上面留着清晰的弹痕。姓王的王博士接过枪去,又朝林子深处开了一枪,大喊道:"有种的出来!"

"出来!出来!出来!"大家齐声喊。

没有东西出来。祝队长就说,赶快把发电机挑上来。

九财叔要提条件了。因为他有气,所以他提出了条件。他说要把那管双筒猎枪给我们带着,因为野猪坡野猪很厉害,人命关天。另外能不能少挑一点儿,下山后再叫两个挑夫来。没有一个条件能让那个古板的祝队长答应的。祝队长说枪不能带,队里只有一杆枪,要保护那些仪器,还有这多人。他说你们两个在山里钻惯了,多留个心眼没事的。九财叔说,那要是有个三长两短呢?祝队长火了,说,你们的开山斧是吃素的么。可是,再要是碰上那群野猪,甭说是开山斧,就是枪也没用,野猪横了,一头猪顶三只虎两头熊。我和垂头丧气的九财叔就商量着怎么样躲过野猪坡,九财叔说反正这命要丢在马嘶岭了,回不去了。那怪光缠着我们不走,野猪又来撵我们,未必来这儿就是命?九财叔就对着山磕起了头,他拜了几拜,也没说话,站起来,从背后抽出开山斧,朝一棵红桦猛地砍去,哗啦啦,红桦上飞出了两只大鸟,哇哇地叫着消失在林子上空。我看见红桦淌出了乳白色的汁液。那大鸟凄厉的叫声萦绕在山冈上,久久在我们心上盘旋。

我们走了。九财叔好像攒着一把劲，匆匆走在前面。我心里好害怕，只得紧紧跟着。走了一气，九财叔在前面歇下来了，把扁担横在俩筐上，坐在上面，敞着怀，吼着气。我们已经过了河谷，望不见营地了。九财叔说，见了野猪别跑，这还要我教吗。我点着头，九财叔又说，光是对他们来的，我算了算，我们熟，他们生，要害害他们，他们这么不讲道理，还是读书人，种田搓泥巴的就不是人么？我也替九财叔说话，我说他们是要不得，我们命都快丢了，他们还扣二十块钱。九财叔恶狠狠地说："有独眼鬼干脆把他们都吃掉！不讲理！"在枯死的箭竹林里，光秃秃的风发出翻来覆去的沙沙声，好像也在恶咒，好像有无数的野牲口和野鬼来了，被九财叔召唤来了。"来一个敲他们一个！来一个敲他们一个！"我听他说。他一定是很恨了。忽然，我听见"哗"的一声，抬起头一看，九财叔把一箩筐石头全倒出来了。

"九财叔，你这是干什么！"

"嘿嘿，"九财叔干笑了，九财叔踢了箩筐一脚，那颗快蹦出来的眼珠子对着我，"我找狗头金。"

他好可怕，我跑过去，站在他的前面。他真的在石头里扒拉着。

我赶快帮他把石头往箩筐里装。他说："你不要怕，你何必这么怕他们。"我说："我不是怕，我怕哪个，我是想平平安安回去，弄完了我们好回去，我去伺候月子。"九财叔说："二十块钱哪，你晓得，二十块钱！"他仰天长叹，我看见他那只不能闭合的眼里流出了浑浊的泪水。我的心里也沉重起来，我知道这二十块钱对他来说是个大数字；我知道他家徒四壁，三个女娃挤一床棉被，那棉被鱼网似的；我知道他长年种洋芋刨洋芋用一张板锄一张挖锄，第三张锄是没有的；我知道他家房里做牛栏，牛栏破了没瓦盖，另外也怕人把他家的牛偷走了，这可是他家最值钱的家当；我知道有一年他胸口烂了一个大洞，没钱去镇上买药，就让它这么烂，每天流出一碗脓水；我知道去年村长找他讨要拖欠的两块钱的特产税，他确实没有，村长急了，铲了自己一嘴巴，说："我他妈这么贱让人磨，我给你付了。"二十块钱对祝队长他们来说也许什么也不值，可对于九财叔来说，那可是十年的特产税啊。

菩萨保佑，这一趟出山还顺。在山洞里呆了一晚。我已经不屙血了，肩膀和脚上的血痂也慢慢好了。这次回来时我们挑着小发电机，汽油，小心翼翼地趟河爬垭，翻山越岭。我们大多走兽道；兽道是野牲口们走的，野牲口爱走熟路，走多了，就有一条道。回到马嘶岭之后，晚上发电机一响，电灯亮了，营地有了从未有过的生机。

整个马嘶岭好像也有了生机，天气彻底地晴朗了，灌木丛和森林红艳艳地拥挤在一起，远处的山脊从红绿相间中跳出来，惨白惨白，像涂了一层石灰似的。一切都显得那么幽深，壮丽，清晰，懒散，而更远的群山如黛，连绵不绝，像一些晾在阳光下的绿绸子，环绕着我们。河谷里的流水也越来越明亮，越来越光滑，细得像一根绳子。

不过这次回来后，有好几次，我就发现九财叔站在祝队长的身后，也不说话，也不动。他也站在我身后过，不动，把我吓一跳。他是不是想说那二十块钱的事？不得而知。祝队长爱坐下来抽一支烟，眯着眼望群山。祝队长似乎知道九财叔站在他身后，有时慢慢转过头来，看九财叔一眼，表情平静，这时候，九财叔就会走开。祝队长有时候也摆弄他的手机，按去按来的，因为这里没有信号，不知他摆弄什么。老麻说，上次那两个人给祝队长又带上来一个手机。他伸出三个手指，表示有三个手机，"啧啧"了几下，说："有五十多个电话找祝队长，可找不到他，都是要他下山去。他说他不理会这些，在春节之前把这次踏勘搞完了再说。"老麻说，我们可能还得呆一两个月。我愕然了，说："那我媳妇就要生了。"老麻说："多一个月是一个月的工钱啊。"

老麻显然心安理得，可能为多呆一些时日暗暗叫好。这老麻顶多是跟别人整零席的红案师傅，平时也没啥人找他，在这儿吃了喝了还拿工钱，又不挑又不扛，又不早出晚归又不吹风淋雨，他当然喜欢了。

好像要下雪的样子。这天半夜果然下起了雪子儿，然后就是雨，这场雨来势可凶猛，雨夹雪霰，打得我们的塑料布顶像要穿洞了一样，正迷糊间，雨水漫进了我们帐篷。我是做梦梦见掉进了村里的那口深潭，腆着个大肚子的水香硬是不来救我，她就站在潭上面。我冷啊，醒来一看，我们已经泡在水里了。外面已经闹哄哄一片。"快转移！快转移！"许多电筒的光柱在那儿横来扫去。我们出去一看，崖上的雨水就像瀑布一样朝我们泻来，非常急遽。我们按指挥把东西挑往一个不远的小山洞，先到洞口的杨工和龙工说刚才洞里出来了一头野兽，但我们没有看见。他们说像羊，进去后里面果然有一些野牲口的粪便，根据我的经验，好像是灵鬃羊，个头挺大的那种。洞里本来就有水流出来，现在更大了，我们把他们认为贵重的东西搬进去。搬完东西，就升火烤衣裳。可烟雾出不去，熏得大家都受不住，特别是九财叔，那只不能关闭的眼睛里就哗哗地淌泪，他后来干脆就出洞去了。他披着雨布，坐在洞口，那只眼睛亮晶晶地看着远处我们被淹的营地。我们就睡在门口，其实是坐，裹着湿漉漉的被子，坐等天亮。

天亮后又因柴火全湿后，没有吃的，他们给了我们一人一块压缩饼干，九财叔说："这石头一样难啃啊。"老麻说："他们有风尾鱼。"我已经看见了，是一种铁盒罐头。我们闻见了鱼香。

中午太阳出来了，我们抱被子翻晒，拉垫絮的时候，从絮里抖出一个红红的东西，我一看，是个女人的发卡。这是小杜的，小杜夹在前额上的，是其中的一个。小杜有两个，那两天我看见她只夹了一个，原来这一个到我们絮底下来了！那东西抖落出来后，九财叔就飞快地抢了过去，对我说："你小子别管。"他藏进了内衣口袋，把个破毛衣领拉得大大的，往胸里头塞。他露出宽大的烟牙，嘴巴就不由自主地缩到了耳根，耳朵也突然变得很紧了，那只可怜的右眼珠好像要跳出来，变成一颗落地的秋板栗，会发出"叭"的一声。这使我不再敢惊讶，装着没事的样子，继续晒着被子。不管怎么说，小杜的红发卡都是很漂亮的。小杜长得不漂亮，但不知怎么，夹上那两个红发卡在右前额的头发上后，就显得好洋气，头发还是黄的，染了的，黄发加红发卡，跟咱们山里人夹发卡又不一样，夹在不该夹的地方。

我明白九财叔是在暗中弥补他的那二十块钱。他要把它补回来。吃饭的时候他死胀，一碗一碗添。人家要四个馍他要五个六个。"我能吃，怎么的？"他说。若在家里，顶多一碗洋芋就解决了肚子，他是个铁骨膦，瘦，肚子并不大。他吃得直翻白眼，嗳气，打嗝，我都看不下去了。踏勘队的人已经看出了他是在闹情绪，他故意夸张地吃饭，是在与祝队长作对，是在表示他的抗议和愤怒。

就在我们遭水劫没几天，好消息传来了，祝队长他们在那剥夷面的西南，发现了一个厚度达三十多米，斜深达千米的富金矿，说还伴生有黄铁矿、铜、锌、铅等多种矿物。这是初步证实的结果。祝队长说，最保守估计，以后一年可以给县里带来几百万的财政收入。那天营地真的是一片欢呼。姓王的博士在回来之前还用红油漆在那儿的石壁上写下了"我来也"三个大字。祝队长余兴未尽地用望远镜望着河谷对面，望着小王写过字的地方，说："证明我当时的推测没错。"我记住了他们那天所说的"斜卧矿柱"。我没有望远镜从远处看他们的发现，河谷总是雾霭蒙蒙。我在想象这个斜卧矿柱的巨大，它哪一天站起来，像一个有生命的东西站起来，站得比马嘶岭还高，浑身是金黄色，金灿灿的，该是一种什么气魄啊。

"关你鸡巴事！"九财叔对我说。他拍了我一下肩。他在我的傻傻的表情上看出了高兴——分享着踏勘队的喜悦。他忌恨地说："咱们后山的磷矿也说是国家的，给谁包了？给乡长的一个朋友包了，金子再多，会多给你二十块?!"

我说："这总归是好事呀。"

老麻说："老官的气还没顺。我说，矿是肯定给人包的，但承包款和税收是每年得给当地政府交的啊，祝队长说的财政收入，是指这个。"

九财叔讽刺他说："你是乡长的口气咧。"

老麻说："有一说一嘛。"

我说："我不管金矿银矿，他们早点结束了，我们就可以早点滚蛋了。"

我想的是这个，我真的想这个，想回家，想水香，想她那么沉甸甸的肚子。我只想水香生娃子时我在她身边，我拿了踏勘队的工钱，我就去县城给水香买一对那样的红发卡，穿了洞的小树叶一样的，也夹在水香右额的头发上，怪好的，怪经看的。黄连垭的人都不知道这种夹法，也没有这么漂亮的发卡。九财叔的三个妮子虽然长得还不错，可一个发卡，看他给谁夹。我们水香脸型好，眼睛、嘴巴都比小杜好看，皮肤也比小杜好，又不戴眼镜，怎么看都舒服。别看山里人，山里人喝的水好，人就是灵醒。小杜的胸奶也不大，我看比野柿子大不了多少，早上不吃，大家笑她减肥。这么不肉气的妮子为什么还要减肥呢？城里人真搞不懂，蛮好笑的。我突然想到我买了红发卡还要给水香买一条红牛仔裤的，就像小杜身上的那条。可我想了想县城我见过的衣摊，似乎没有红牛仔裤，只怕是要到武汉城去买。红牛仔裤真是很亮，贴身贴肉，裹得屁股大腿怎么看怎么舒服。我真的有愧于水香，什么都没能给她买过，她跟上我了，吃没吃什么，穿没穿什么，在家里地里忙这忙那，去了集上，买这不敢，买那没钱。几个小票子捏出水来了，回来时，还捏着，还是没用，还对我说："不要买，街上尽宰人，哪儿都贵！"

踏勘队遭了水劫后，许多图纸淋湿了，丢失了不少数据，祝队长为此闷闷不乐，说时间又耽误了，要加紧补数据。他的情绪影响了踏勘队。踏勘队的人都木着脸干自己的事，一点儿笑声都没有。那一天他们去补数据，我们就在姓王的博士的指挥下，在营地加固帐篷，主要是把帐篷四周的土堆堆高夯实，以防崖上的雨水再下浸。小王不让我们进他们的帐篷，这没什么。他守在帐篷的门口，看着我们挖土，挑土，培土。那天天气尚可，雾渐渐开了，他就搬出一个仪器来，许是没事，就摆弄那玩意儿，朝河谷和河谷对面看着。这小子一定是在观察祝队长他们。远处的森林浓如烟霞，依山势的爬高而呈现出陡峭的层次，树干白得耀眼，山壁黄得瘆人，天空云彩斑驳。我们的一双肉眼看到的就是如此。不知怎么，九财叔被那个仪器引诱了，他想看看让王博士入迷的东西究竟是什么。于是趁姓王的去山崖边解溲时，跑过去瞄了那仪器一眼。估计他还没看清楚仪器里面的东西，身后就传来了排山倒海的一声怒吼："干什么！"

又说："这个值几十万！"

九财叔腿一软，当时脸都白了，人吓人，吓掉魂，有这句老话。九财叔就赶忙跑到一边去了。几十万哪，九财叔还真没把它碰倒，碰坏了，他拿什么赔？

九财叔躲到了一边去挖土，锹怎么也插不进去，没力了，整个身子都软了。一种深深的委屈和愤恨从他的那只眼里射出来，像刀子一样，让人心尖发寒。到了晚上，他开始发烧，躺在床上，身子发着抖，还四肢抽筋，发出喊叫，像被鬼掐了喉咙一样。

他说："快去给我收魂。治安，快去喊我的魂回来！"他从头上扯了一把头发下来，让我用一张树叶包好，烧了，放进他装水的碗里，喝了，用一块石头刮着空碗。他把碗交给我，说："你就这么刮着到外面去，喊我的名字，要我回来。"他指示我往黑夜的深处走去，越远越好，我走着，喊着："官九财，回来啊，回来啊，官九财。"我在向深邃无边的黑暗走去，到处都是鬼魂，昏暗的星星，恐怖的森林，陌生的荒野，还有一些绿荧荧的野兽的眼睛……我喊着，浑身寒毛倒竖，鸡皮疙瘩鹊起。我看见了在森林里游荡的九财叔向我走来了，有一群高矮不一的野鬼簇拥着他，有两个鬼拿着钩子，两个鬼拿着刀戟，寒光闪闪，好不骇人！黑无常头戴"天下太平"的帽子，手拿绳索，白无常头戴"一见生财"的帽子，撑着破伞；夜叉豹眼，猪腿，手拿催魂鞭，贵神长舌，鹰爪，腰扎障眼巾……我的魂好像也要同他们会合了，我喊着，又不敢大声，我跟着大神小鬼送九财叔的魂回棚，我刮着碗，吱啦吱啦，吱啦吱啦……后来我丢下了碗，发疯一般朝棚子里狂跑，大叫一声，与老麻撞了个满怀，顿时委地瘫痪了。

唤魂的事让老麻说出去了。祝队长气急败坏，说："好啊，你们在这儿装神弄鬼，这还得了，这是什么地方？这不是你们的村子！"他拿我们没有办法，他那些东西要挑，他只能发发气。奇怪的是，九财叔的烧不吃药就慢慢退了，这作何解释，这是啥原因？

这以后，九财叔又盯上了王博士，只要姓王的背对着他，他就会不顾一切地站到姓王的后头，就那么站着，跟站在祝队长身后一样，等姓王的回过头，他又什么事都没有的赶快走开。有一天，在踏勘休息时我看见姓王的拿着一个钱夹子大声追着九财叔质问："你看什么嘛？你看什么嘛？"王博士并不知道他吓掉了九财叔的魂，只当是他爱看个稀奇。祝队长就说："这老官，有病。"王博士晃动着他那个钱夹，意思是没什么钱，钱夹里夹有一张照片，与一个女的合影，两个人戴着那种方帽子，从上面还坠下黄缨络。听他们说那就是他的老婆。不过我心里清楚，九财叔不是想看稀奇或者好奇才站到他后面的，那是九财叔一种无声的示威。他恨，执拗的，单刀直入的愤恨。一个不能表达，无从表达，不敢表达的人，很快就将一般的成见变成了仇恨。这太正常了，可是，也许祝队长和王博士未有察觉，这非常危险。为什么不让他表达出来呢？可怜的九财叔，沉默的九财叔。他这以后真的就像掉了魂似的，躲在一处抽烟，发呆，丢三挪四，爱理不理，眼神恍惚。

我的印象也被搞坏了。我给九财叔唤了魂的，装神弄鬼也有我一份。我发现小杜都懒得理我了，他们瞧不起我们。那天晚上，当我把书去还给小杜时，经过他们的床铺，他们问我干什么，有什么事，我说给小杜还书，他们要我丢在那儿，可我又想再借一本，我就说我亲手交给她。我就进去了，我感到他们的目光像针扎在我的背上。让我变成了一个刺猬。那些目光是审视的，冷漠的，也是不屑一顾的。我那天知道不该闯入他们的帐篷，但我那天实在好想再弄点东西看看，特别是关于"斜卧矿柱"的内容，书上肯定是会有的。我进去后看到洋芋果小杜在一个本子上记着什么，已经偎在她的睡袋里了。她见了我，像被火烫了的一样往里缩，慌乱地"哦"了一声。我说我是来给你还书的。我再没敢说什么，便飞快地出来了。前面的火塘边，祝队长他们正在分烟说着话儿，看了我，也像看一个怪物。我本来想好了，出他们帐篷时有一句客套话"你们歇吧"说的，可出来根本轮不到我说，因为我不存在，我是个很让人小瞧的乡里人。

外面一片漆黑，马嘶岭上荒凉的夜嘶声像老妇人的呜咽，像受难的马在马槽里惨叫着。那天我真希望神奇的怪光出现，照着我，我就要向它走去，告诉它这里的一切，向它讲我心里的话。我什么也不会怕的，我在心里喊："光，光，你怎么还不来啊！"那像利剑一样的骇人的光，刹那间照彻了这深广黑暗的光，刺中了什么，还真是一种惊异呢。我真希望这儿多出现点怪事，冲冲这里的压抑，冲冲人心里黏稠的东西，让人振奋得发一下抖！我走进我们那塑料布吹得呼呼乱响的棚子，摸黑钻进被子，听见九财叔磨牙的声音多么响亮，就像在磨一把斧头！

其实，我知道踏勘队的他们是对着九财叔来的。他们对九财叔有些警惕，他们就把我们一起防了。这些都让老麻无意中说出来了。有一天老麻弄了几个套子，套了一只经常出没在坡上的麂子，弄了一锅热气腾腾的麂子肉汤，结果祝队长不但不领情，还硬要把老麻赶走，说是"两个山字一垛，请出"。老麻好心办了坏事，祝队长从不吃野味。老麻背着行李卷就只好走了。但是踏勘队其他人替老麻求情，因为做这么多人的饭是件大事，炊事员一走，工作就乱了。于是劝好了祝队长便去追赶老麻，把老麻从路上截了回来。老麻好像知道他们会来截他，在山道上紧走慢走哼着歌儿，见他们赶来，故意说，缺了我这个烂萝卜，还整不出酒席来，再请个好厨师，比如说老官，可以给你们做饭蒸馍呀。姓王的王博士就说，你就别假客套了，你明知道我们不放心那个老官。

老麻重返营地拿起锅铲的那个晚上，在棚子里他对我们说："读书人认死理，犯牛倔。我在镇委会给镇长他们做饭，点着要吃野味，县里的干部下乡来了，也是说：老麻，今天吃啥呀，有没有鲜一点的炉子（火锅）？你看人家！山上的野牲口，不是吃的是干什么的？我们镇长最有能耐，为了把家鸡混成野鸡，他可以把鸡脖子抻到一尺多长，乍一看，就像野鸡了。上头来的人也不知道，放了一把花椒，以为就是野鸡，就说：还是野鸡鲜。我们镇长真是个天才。"老麻给我吹嘘说："我说不回来了，他们几个人拉脱我的袖子。我说，衣裳拉坏了是有价的，他们就说，拉坏一件赔你两件。嗬咳！不是我说，你叔走，他们还巴不得呢。"

老麻得意了好几天，把姓王的说的话全透给了我。他还唱歌："远望姐儿穿身白，擦身过去不认得，鹞子翻身掐一把，桃红脸儿变了色，如今的姐儿挨不得。"他唱起歌来，棚边的几棵拍手树就一阵乱响，像喝倒彩。他剁着砧板边剁边唱，我的心却乱了。我不能把那些话告诉九财叔，告诉了就会乱套，说不定九财叔会做出什么出格的事来。我只好也恨起了田螺头王博士来，九财叔他做了什么呢，不是你吓他，他会站在你后头？每天给你们担着担子，这么辛苦这么可怜，你们还提防着我们，发烧了叫个魂还不是没药吃，又没碍你们什么事。这老麻就他妈话多，你得意个什么呢？我要是告诉了九财叔，你那颗黄姜鼻子只怕要搬家。

九财叔不是不知道，其实九财叔是个非常有心的人，他肯定感觉到了，他在想着怎么扭转这个局势。

短暂的秋天就像一片浮云欸乃而过，马嘶岭白天的风跟夜里的风一样不分伯仲，凌厉凶猛了，落叶像波浪一样翻滚在山坡上，整个山岭笼罩在死灰色的烟幕中，密匝匝、枯蔫蔫的箭竹丛在北风的打压下发出荒凉如梦魇的声音，与河谷呼啸的风声一起遥遥呼应着，天空，山冈，森林都在哆嗦。而我们的营地好像要被彻底掀翻了，要掀下河谷去，落到乱石累累的地方，摔得粉身碎骨。

踏勘队的两支队伍合了起来，变天后他们主要圈定矿体的边界线，还要圈定什么"矿化富集地和蚀变带"。早晨起来，冒着风出去，走得很远很远。

好像要下雪的样子了，早晨起来，有厚厚的霜，到处一片白。雪没有下时，大雨呼呼地来了，来了还不走，还很绵很赖的，圈定的活儿圈不了啦。

大雨不急不躁，从河谷里腾起的浓雾霭时弥漫了山岭，所有的植物都在雨水中无奈地蔫奄着，高的，矮的，粗的，细的。森林一片昏暗，千万年的山崖和天空死气沉沉。两天之后，河谷的水满了，河道消失了，狂乱的水流在巨石间粗野地激荡着，把河岸推向角落，山与山之间的联系湮没在一片啸声中，远远地制造着深沉的恐怖。

在风雨的摇撼中踏勘队龟缩了三天，大家坐在火堆前不停地抽烟，去外面看雨势和水势。但情况如故。

接下来的就是，没有粮食了。没有菜了。要断顿了。

九财叔不等祝队长他们安排，就说要下山挑粮食去。

他们也不是傻瓜，这一河的滚滚河水，插翅也难飞过。祝队长看着九财叔，像不认识似的，说，你怎么过去？九财叔就说是到四川那边去买米。"那，谁陪你们一起去呢？"九财叔说不要谁陪，他跟我俩去。祝队长说："把钱给你你去买？"九财叔说，是啊。我们买，我们挑不我们买？但是祝队长扬起的眉宇间有无数个问号。九财叔根本不知道祝队长不想把钱交给他，九财叔还以为他们会笑眯眯地送我们上路的呢，九财叔肯定在想他筹粮的高招，以为他们会感谢他，改变对他的看法。可是祝队长就是不同意，说不行。他一定是以为我们要偷懒，少挑一趟石头下山。但到四川虽然远点，可以不过河谷，马上弄到粮，路上还可以收一些老乡家的腊肉与鸡。这确是一个好点子，老麻破天荒地与九财叔站在了一起，但就是祝队长不松口。他说他想办法送我们过河谷。

那就过吧，看他们怎么让我们过。他们还是要我们带点钱下去，帮他们买香烟之类的东西。在祝队长进去拿钱的时候，九财叔突然出现在祝队长面前！九财叔看见了祝队长长期捆在腰间的一个大腰包，那里面的三部手机和四五千块钱全暴露在九财叔的眼皮子底下，那是踏勘队的所有经费。过了几天九财叔就把他看到的告诉我了。当时祝队长想掩藏已来不及了，他把钱退回腰包，可由于慌乱，怎么也塞不进去。他朝九财叔说："我没叫你，你进来干什么？"喝退了九财叔，祝队长又在帐篷里弄了半天，出来时他拿出来的不是钱，而是一封信。他把信裹了几层，用塑料纸包好了，对九财叔说："交给下面，他们会买齐的，买齐了你们带回。"他又说："快去快回，别把大伙饿死了。"

他们有雨靴，我们没有。九财叔的力士鞋还破了后跟，他用一根布条把鞋捆好，这样的鞋一上路就会湿透，这么寒冷的天气我们要穿两天的水鞋。好在，他们给了我们一个电筒，一个换过电池的三节电筒。他们几乎倾巢出动了，说是能把我们送过河谷。我和九财叔都知道，这是枉然，我们是当地人，我们还不知道这样的河谷在连阴大雨中是一个什么情况吗。到了河边，那真是望河兴叹了。溯河而上，他们也绝望了，就开始砍树，他们说要临时搭成一个"桥"。树放下了，树扑倒在河里，眨眼间就无影无踪，被湍急的河水卷走了。接着他们又砍了一棵更长的树，又放倒河中，但是树一头扎进水中，离对岸还有好远。就算搭上了，谁敢往这样的"桥"上挑担过去？谁不要命了？

折腾了一整天，晚上一个个浑身泥水地回了营地，他们中的有些人就开始倒向九财叔了，可祝队长还是不表态。小谭自告奋勇地说："我陪他们一起去四川。"祝队长摇头不同意，就发动大家一起上山去挖野葱，采野菜，野果。吃了两天野菜，大家意见大了，逼着祝队长来跟我们说："去四川吧。"

我们便怀揣着他们给的三百块钱，踏着采药人隐约走过的路，像两头野牲口没入了雨雾茫茫的无边荒岭。

又是一趟生死路。那一天我们遇到了许多可怕的事儿。我们走进一个峡谷时，在一个凹进去的石崖边，遇到了一群躲雨的鬣羚，怕有百十只。鬣羚胆小。见了我们，就开始逃跑，只有一条窄窄的崖路，那些鬣羚朝我们跑来，我们贴着石壁给它们让路，九财叔那件破烂的棉衣还是给一只鬣羚角挂住了。我看见九财叔一下子飞了起来，箩筐也飞了起来，好在九财叔那衣服不经拉，

"刺啦"撕了个大口子，重重地摔在了地上，后面的鬣羚从他身上跃过去，竟没伤着皮肉。九财叔叹他命大，骂着要拐下鬣羚的角来，"那倒是一味不错的中药呢。"他说。

我们想走进一个山洞中休息，生点火烤干衣服，黑黝黝的山洞里扑棱棱飞出了一大窝秃头老鹰。进得洞去，一股腥气，也没在意。生了火后，又有老鹰窥伺在洞口想往里钻，我们烤着衣服，火越烧越旺，九财叔突然指着我身后说："那、那是个什么？"我回过头去，妈哎，一副骨头架子朝我们走来！

我们爬起来挑上箩筐就跑，跑出山洞，跑了两里开外，跑得天有些开了，峡谷矮了，才停下来。

"那真是鬼么？"我问九财叔。

九财叔到底比我有山中经验，说："那不是鬼，是一副被鹰啄净了的骨头架子。"

九财叔说，不是冻饿死的就是被人害了。他说，鹰子吃腐物。山里头什么事都会发生，没事谁愿意到山里头来呀。我就问到四川还有多远，九财叔说他也不知道。我说："九财叔，那三百块钱，你给我一百五十块，让我回去吧。"九财叔听了痛骂我："命都快赔了你就值这一百五?! 桩桩件件的，你就值一百五?! 你这没出息的，这点钱打瞎你的眼睛！"我说："那总比被老鹰啄吃了强些。"九财叔就说："我要走，我给他抢完了走。"我说你抢哪个？他说我总不能就这么走。他就溜出了那话："光一百元的就有这么一扎。"他用指头示意。他说出了祝队长腰包的秘密。他说："你不想把它抢过来？为什么他们那么有钱，而我们啥都没有。"我说咱是农民，人家是大学搞研究的，不能比。九财叔却说："咱受的苦比他们多，都是一样的人，不该这样啊。"我直笑九财叔愚笨，认死理。我知道他不懂，他没想过来。我说，人家的钱与我没有关系，我只想回家，水香要生了。九财叔说，抢，我们抢他个精光。你未必不要钱吗？我说我要钱，我咋不要钱？他说那就抢。我说抢不来的，他们人多。他忽然说他想了个好法子，看那边有没有老鼠药，把他们毒了抢。我说这是犯法的，抓到了咋办？他说你胆子咋这么小，麻雀胆也比你大呀。这里人不知鬼不觉的，这次不干以后就没机会干了。你还到哪儿碰到这么有钱的？他还说那个值几十万的家伙，有好几个，不得了。其实那个家伙，王博士说的值几十万的那仪器，就值两三万块钱，是王博士吓唬我们的，唬我们这些乡下人的，如今进了监狱，我才知道。当时因为恨吧，在路上没事，就胡乱商量着怎么抢，我说还是不要抢的好，偷，偷了就走。九财叔说："你能飞走？他们一赶来，咱们就被抓住了。"他说我想好了，就这么做。我说没有老鼠药呢？他就不吭声了。过了一会儿，他回过头举起开山斧对我说："一不做二不休，杀，杀了抢。要得你安逸，就不得他安逸。"九财叔想横了，想窄了。我只是觉得他是开玩笑的，心里恨，才这么说，图个嘴巴快活。

不过那些钱确实让我有些兴奋，九财叔认真的撩拨让我在这荒岭寒雨中有些走神。二十块钱的不满已经演变成了抢劫更多钱财的企图，不，是决心。我感觉到我将要与这个九财叔大弄一笔了，可这是冒险，如果真能做得万无一失也未尝不可以干干。听有打工回来的说，外头这年头都是撑死胆大的饿死胆小的。抢的，偷的，骗的，拐的，杀人的，海了，有几个抓住了？又一想，九财叔，哼，你胆大，你这个熊样子，你也什么都敢？我不信。在他动手的那一刻，我都没法相信他是那种敢出手杀人的人。

九财叔与我走在寒雨淋淋的山岭上，挑着湿漉漉的空箩筐。九财叔的湿球鞋不知轻重地一走一咕，一走一咕，他脚上的肉已经裂口了，从里面流出鲜血；胡子拉碴的，鼻子里喷出的团团热气变成水珠子，挂在他花白的胡茬儿上，那只不能关闭的阴冷的眼里向远处看着，好像多有不甘似的，有一种念头燃烧在他眼睛深处。我好像重新认识了一个人，这个人不是那个死了老婆、家庭负担蛮重、蔫不啦唧、又脏又烂的九财叔，不是的，是另一个。大前年，九财叔老婆只感腹疼，一阵抽搐，还没等到抬去医院，就半道上死了。死了女人的家里还有什么好呢，三个妮子整天在那儿哭着，他八十多岁的老母亲还得给他们烧饭和喂猪呢。三个妮子是被他打着去山上放羊的，后来又打着她们去山里采药，去山里割猪草，去地里刨洋芋种苞谷。就这样，三个妮子越长越像人了，老婆坟上的草也越长越高了。九财叔就不爱理人了，瞪着眼看山，坐在地头打盹儿。后来他家里就放进了牛，牛就在房屋中拉屎，屋里就飘出了畜便的气味，被子越来越薄成了鱼网，一直到两块钱的特产税也交不起了，让村长大骂他的祖宗十八代。家里并不因此就没了热闹，三个小妮子突然间脾气暴躁起来，只要九财叔不在家就大打出手，为一点小事都打得鸡飞狗跳，捅妈搞娘的，抓头发，蹬裆，样样有。九财叔从地里回来，常常看到三姊妹的脸上大窝小坑，已无完肉。又没读书，又无娘调教，村里的人都在想，这三个妮子咋办啊，送一两个去学校也好呀，三个女人一台戏，这戏太早了点。可别这么说，她们打归打，长着长着一个个就水灵漱漱的了。家里的羊啊，猪啊，不比人家少，菜园里该长白菜的时候长白菜了，该长辣椒的时候长辣椒了，该升火做饭的时候屋上有烟了，该点灯的时候窗口有亮了。村人就说，如果这三个妮子脾气改一点儿，慢慢长大，九财叔的好日子就会来了。可惜的是，日子很慢，三个妮子还远没有到谈婚论嫁的年龄。因此，遭孽的还是九财叔，一个人扶犁，一个人还得背篓，一个人赶集担柴，一个人还得照秋收秋。脸也黄了，皮也松了，他多大的年纪呀，跟他同庚的八大脚我爹，见了都不敢喊他九财弟，恨不得喊叔。八大脚我爹对我说："九财，三个酒坛子是泥巴捏的，难出头啊。"

我们披着雨布坐在冰冷的石头上，九财叔说："腰酸。"他揉着两边的腰，我怀疑他是肾有问题了，他脸上浮肿，眼珠发黄。我扶着他找了个背风的石坎，想拾点柴生火，这个念头被吸一锅烟取代了。九财叔费劲地点燃烟锅，递过来要我吸。我就接过吸了几口，那种冲人的辣味差一点把我呛翻了。我咳嗽了一会儿，又犯起了迷糊，竟坐着睡着了。再醒来，天已经大亮，我浑身似乎都没了热气，脚已冰凉得失去了知觉，雾，雨，风，冷冷地包裹着我们。好在不一会儿我们闻见了柴烟，就知道有了人家。

我们见到的第一个人是个女人，后来也只见到她，没有其他人。这女人在家煮猪食，头脑不太清醒的样子，她回答我们这儿没有粮食和腊肉卖，她甚至说不出她是四川还是湖北的。我们只好再继续走，可是，没走多远，就听见前面的九财叔一声尖叫，接着响起了枪声，九财叔中了安放在大蕨丛中的垫枪。

那垫枪先从箩筐穿过，再擦过他的小腿肚。只见九财叔一个前扑，箩筐就丢了，倒在地上喊："我中枪了！我中枪了！"

血从九财叔的裤腿里流了出来，他抱着腿左顾右盼，我一时也愣在那里不知如何是好。我听见他呻吟，就去找枪，九财叔大喊道："别动枪，别动那枪！"

他自己的手里抓了一绺破茎松萝，水淋淋的，他掸着水，慢慢捋起裤子，把松萝往流血的地方按。肯定很疼，按得他歪了嘴，眼珠子凸得更厉害，眼里全是浑浊不清的念头和绝望。雨还在下，雨挂在他凄凉焦黄的脸上。我扶他拖着腿坐到扑过来的箩筐上，坐在一棵大树的背后，他才说："把那该死的垫枪给我取出来。"

我慢慢走进大蕨丛中，找到了绳子。我解开绳子，再找枪，是一杆只有铁管和木头枪托的很简单的土铳。这就是垫枪，它绑在一根树桩上，专杀游走的野牲口的。我把枪递到九财叔手上，九财叔没细看那枪，他的心里好像还平静，他从头上解开宽宽的帕子，去缠伤口，他小心翼翼地缠着伤口，血还是往外渗。我问他究竟怎么样，他摇摇头。

就在这时，我们的面前出现了一个男人，这个男人要死不活的，问我们是干什么的。口音是四川的。九财叔见了他眼睛就绿了，知道是他的垫枪，九财叔看样子要爆发了，要跟他拼命了。可他的腿又负了伤，还加上没睡，没吃，显然他在克制。他对那个男人说："这里是四川么？你的枪打着我了。"那人说："你们是干什么的？"我给他说，我们是探矿队的，是从马嘶岭过来的，是来买粮食的。那人"噢"了一声，想走。九财叔喊住他："你卖点粮食给我们，我们用钱买。"他这么克制，是想用他的枪伤来换取那人卖给我们东西。那人想了片刻，就点头让我们跟他走。那人在前面走，走了一截，在前面转过头等我们，并不想帮我们一把。

到了他的家里，也就是遇见那个女人的家里。这男人就很热情了，他解开九财叔缠伤的帕子，用熊油给九财叔抹了伤口，又用干净的布给九财叔包扎，并吩咐他老婆给我们一人炒了一大碗香喷喷的洋芋。我们已经看见了他堂屋里堆着的一大堆洋芋，个儿很小，估计是剁了给猪吃的，但卖给我们就能解决问题。

我们吃了洋芋，烤干了衣裳，就被安排到他的牛栏屋的楼上，那上面堆着柔软干爽的苞谷衣壳子，还盖着他给我们的一床被子，美美地睡了一觉。就在我们睡觉的当儿，那个人给我们准备了一担洋芋，只准备了一担，因为九财叔有伤，他的箩筐就空着了；担子里还有他们种的一些水菜，如茄子和芫荽。芫荽不多，只有一把。我们醒来后见到那担洋芋，九财叔又问他有肉吗？他说真要的话他可以杀一头羊子给我们。我们说要，他就把一头山羊牵来了，一刀下去，羊就倒了，就剥皮，掏肚。把肚里的下水煮了一锅，让我跟九财叔吃了。九财叔看着那满满一担问他多少钱，要他说个价，他说，你们看着给吧。九财叔想了想，说八十块钱。那人说随便吧，就给了他八十块钱。九财叔又问有没有"三步倒"，那人说，你们要"三步倒"干什么？九财叔说山上老鼠太多。那人找了半天，出来说没有了，用完了。那人又给九财叔砍了根拐杖，问他碍不碍事？九财叔拄着拐杖走了几步，还行。交易完后我一直想提醒九财叔，让那人打个收条，但九财叔似乎不给我机会，我以为他会记着这事的，因为祝队长交待过，但这事好像让九财叔忘了个一干二净。

回程的路上，我就问这事，九财叔不置可否，含糊其辞。问急了，九财叔就说，到时我们作个证就行了。他对我说："我们讲一百二十块。"我说："为什么？"他说："你二十我二十。"他就先把二十块钱给了我，要我拿上。他不打条子是想黑踏勘队的钱！我说这干不得吧。他说天知地知你知我知。他说："老子把那二十块钱终于搞回来了。"九财叔的表情已经是一种很舒畅的表情，甚至把腿伤都忘了，虽然拄着拐杖，但走得比我还雄壮，他说他们难不倒我，他说你做初一我做十五，老子也不是好惹的。他在雨水和泥泞中瘸着腿兴奋地絮絮叨叨，带着凯旋的气势。二十块钱终于愈合了他心中那撕裂的巨壑般的伤口。九财叔骂那个人道："他妈的，这毬人，我还没找他付医药费呢。"他说，"他为什么要杀羊给我们，还不是理亏了，送给我补枪伤的。"他要我估这一担的价，我摇摇头，估不好，他说怎么估至少也得一百五吧。

我们在半路上意外地碰到了老麻和小谭，他们等不及了，说大伙都饿着。老麻说话很不利索，原来他一边接我们一边沿途采野蘑菇，为试蘑菇有没有毒，把舌头试麻了，毒蘑菇是麻舌头的。

回到营地，听说九财叔绊上了垫枪，都来看他。洋芋果小杜还来给他治了伤，擦了药，用白纱布包扎了。但是九财叔的伤红肿了，他们说这叫感染。九财叔吃了他们的药。晚上大家吃羊肉，吃洋芋，非常高兴。虽然没能吃上大米，但那些瘦小的洋芋果也是九财叔差一点用命换来的。看来他们对我们的印象就要好起来了，九财叔这只腿的血流得值。

但是事情总是莫名其妙地凑巧碰在一起。就在这天的晚上，发生了一桩意想不到的怪事。

我们回来后就雨如瓢泼，还响起了罕见的冬雷。我们正脱衣睡觉时，就听见王博士喊我们："你们都过来！"我和老麻披衣过去，不知道发生了什么事，他们的帐篷里没有光，熄灭了灯。有人打电筒，也被喝令关了，他们手上都攥着东西，有刀，有枪。等大家都安静下来，祝队长在黑暗中说：

"刚才听见了枪声。你们没听见吗？"

他问我们。我们就竖起耳朵来听。果然，有隐隐约约的枪声。后来枪声越来越大，好像在周围的山头，还能听见人的喊叫声，好像有一伙人！

"都听见了！我们怎么办？"姓王的博士说，声音有点颤。

接着又响起了一阵轰隆隆的冬雷声，还有风雨声，呜呜的，一阵一阵地扑向悬崖。加上河谷里澎湃愤怒、捶胸顿足的水声，还有那本已存在的马嘶声，尖声的、固执的马嘶，现在全来了，在我们吃掉了一只羊后全来了。

"你们真是买的吗？"祝队长突然这时说出了这么一句。

我忙说："是，是买来的。"

"带上重要的东西，赶快撤退！"祝队长端着枪说。

枪声东一阵，西一阵，是不是有人包围了我们呢？我们在密集的枪声里赶快带上东西，特别是仪器，他们包上重要的资料，往后山一条隐蔽的路而去，那儿通向一块高岩。上去有个一线天，易守难攻，一夫当关，万夫莫开。九财叔因枪伤和发烧，就留在了棚子里。我心里挺纳闷的，我们花钱买了东西，人家来找我们什么事啊，未必是打劫的？那时候我没时间想了，我给他们挑着东西，往上爬着。人没休息，又出怪事。来打劫就打劫吧，反正我们没啥。就在我们往上走时，枪声模糊起来。小谭说："这只怕是个误会。"我听见小杜说，这可能是个自然现象。也许是杨工也许是龙工在黑暗中说："马嘶岭没马，为何能听见马叫？我看都是风声作怪。"王博士说："马嘶岭之所以叫马嘶岭，据当地的地方志说，是因为过去这山上有许多野马。"

争论不休时，祝队长一声吼说："都不许说话！"

我们选定了一线天的一个凹处，那儿背风，避雨。坐下来后，他们又忍不住继续说话了。有说是风声，有说是自然现象，说是一种什么磁铁矿现象，因为这一带过去打过不少仗，土匪火并，官府剿杀，恰好打仗时遇打雷下雨，把那些枪声喊声全录进去了，以后一打雷下雨，这声音就出现了。他们争论我们无权插嘴。不过我心中支持这种说法，这等于是替我跟九财叔解脱，不然就会让祝队长怀疑我们，以为我们是偷了别人的东西，让人追赶来了。不相信我们的还有王博士，他对那种说法反唇相讥道："老官中了枪也是磁铁矿现象？"

哦，我明白了，枪声加上九财叔腿上的枪伤，这一串起来，我们就完蛋了！难怪难怪！我们成了嫌疑人，这一趟是黄泥巴掉到裤裆里，不是屎也是屎了。我好一阵绝望，这些人咋就不信我们？这些人还是有文化的人呀，咋就跟乡清算队的横子们一样蛮不讲理呢？事情就问到为什么没让对方写个收条。这事我们有愧，这事都是九财叔的鬼点子。我就只好说我不知道，是九财叔办的。这事我不能多讲，免得两人讲的对不上。我只是说羊子肯定是买的，我们要人家杀的，全部是一百二十块钱。

"我们可没有偷羊啊！"我喊道。

"或者，你们是不是跟山里的人说了这儿的事？说我们有钱，有物？"他们问。"你们暴露了我们。"

我对他们说："我们去四川什么也没说，我们只说我们是探矿队的，在马嘶岭探矿。"

"问题是，你们没有打收条。"他们说。再问收我们钱卖羊卖洋芋的那一家姓什么，我也回答不出，我们真没有问人家姓什么。在我们山里，吃过人家的饭不问人家姓名很正常。你走累了，一声大哥，一声大姐，就可以找人家借宿，吃饭，然后只记得"松树坡"、"柏子岩"、"赵家坪"这些地名，并不知这家姓甚名谁。

越问我越说不清，他们就越不信任我们。是偷的，抢的，哄骗来的，要追杀我们，老官已经负伤了，他是逃脱的，人家又追过来了……这些狐疑正在我们那里悄悄蔓延，我已经嗅到了那种气味。

我在恐惧中坐着，我希望出现一些有利于我们的结果。

下半夜还没有动静，他们要我去"侦察侦察"，我就下去了。我急急去棚子，九财叔躺在那里，发着高烧，眼睛瞪得贼圆贼圆，嘴里吐着火红的热气，脸颊像泼了一桶猪血。我给他额上搭了个冷毛巾，他醒过来恍恍惚惚地看着我，说："红薯都收不回来了……"

"你说家里的红薯吗？"我问。

"地里的……"

他记挂着他地里的红薯，肯定想着这么大的雨他三个妮子怎么去挖红薯。他问我怎么人都不在了？我说你不知道？我问他听见枪声和喊声没有，他摇摇头。他烧昏了，他肯定没听见，他可能梦见了家里还未挖的红薯地。我弄醒了他，我说坏事了，你中了枪，周围又响起了枪声，没打收条的事他们又问得紧，是不是他们知道了那四十块钱的事？我心里很害怕，就把二十块钱掏了出来，塞到九财叔手里。九财叔不接，说："到哪儿知道去？你这成不了大事的，你就死咬着一百二！"

雷声似乎在很远的地方响着，枪声偃息了，秋雨无力地打在棚顶上。可是我忽然听见了天上有巨石滚动的声音，一阵阵向我砸来，这让我心惊肉跳！我惶顾四处，终于弄清了声音来自我自己的心跳，轰隆隆，轰隆隆，轰隆隆……

天亮了，雨住了，几只猕猴在树上发出了呼唤太阳的安静唛叫。东边，有一晃而过的朝霞，只有浅浅一线，但很爽眼。接着我又看到了一只漂亮的锦鸡在我们前面不远的坡地上跳舞。它亮出了它锦缎一样的通红的腹部，橙红的颈子，金色的冠毛，在晨雾中美艳至极，它亮开清亮的嗓子唱着："茶哥！茶哥！茶哥！"爽脆得就像一对铜镲。视野渐渐地开阔起来，我等着踏勘队的回来。没有事的，他们没有事，我们也没有事，没有什么来打劫他们的人，全是雨天的怪现象，这马嘶岭就是这样的奇怪，不过是虚惊一场，他们没有发现那四十块钱的事，发现不了的，一切随着白天和天晴的到来都会过去，他们要忙他们的去了，会把这一切忘了。我这么祈祷着，祝队长他们果然回来了。

整整一天都平安无事，阳光亮得人晕晕醉醉的，风也温暖柔和起来。睡了一天，那些人神清气爽了，呼朋唤友，要打牌了，要唱歌了。哪来的侵扰我们生活的四川劫匪和捉拿我跟九财叔的农民啊。没有！我真高兴。

平安无事了。他们吃着我们的洋芋，也无话了。

他们继续在周围圈定矿体边界线。

那天傍晚我们回到营地时，却没见炊烟袅袅，厨房冷火无声。这就奇怪了。大家紧张地走进营地，去厨房一看，翻了天，老麻和九财叔双双躺在各自的铺上，两人头破血流，老麻最可怕，嘴张着，却掉了几颗牙齿。

他们两个打架了。九财叔先动的手，他为什么要动手，他肯定有他的道理。是在替老麻择菜时，老麻伤了九财叔那易伤的自尊。老麻像个领导喊九财叔过去择菜，他是想埋汰九财叔几句，因为那些茄子是些收尾的茄子，又有筋又有虫眼。老麻说："老官哪，你碰见了鬼市吧？"九财叔眼就直了。老麻又说："这像是鬼市上买回来的菜。"他显然不满意这些菜。九财叔就没好气地回了一句："我买的羊肉呢，你切的时候是不是变成了人肉？"老麻一听就打寒噤，这营地没人，就他们两个，老麻可能因为害怕而觉得要在气势上压倒对方，便说："老官你有什么资格凶啊，我说你碰见鬼市又不是我说出来的。""那是谁说的？"九财叔当时就浑身乱颤得不能自持，他又问："你说是谁说的？"他要问个所以然。他忽然就站起来揪住了老麻的衣领，唾着老麻的鼻子说："我跟你说，你不要仗势欺人，你跟老子一样，出苦力的，你能得到个什么？这些东西是我拿命换来的，用命换的，你知道吗?！"他可能越想越气，一拐杖扫过去，老麻就倒了。老麻做垂死挣扎，抓到锅铲就铲九财叔的头，九财叔差一点脑袋搬家，一拐杖再横扫过去，打到了老麻的嘴。老麻哇地嚎了起来，他喊："让省里的领导来判你的刑！"

他把踏勘队的说成是省里的领导。最后"省里的领导"祝队长他们决定扣老麻三天工资，让九财叔挑上箩筐回家。

这是打架后的第二天早上。九财叔听了那个决定，眼珠子就要掉出来了，他的嘴唇嗫嚅着，想说话，说不出，后来终于哭嚎起来："为什么要我走？为什么要我走?!"

所有人都蒙了，看他哭。祝队长说，因为你打掉了人家的门牙，这儿不准打架，不是放牛场。因为是你先动的手，为了维护踏勘的正常秩序，经研究，只好让你下山了。可九财叔不走，只是哭，哭得鼻涕都流了下来，埋着头，用一双锉子般的手揩着涕泪。他不接工钱，不签字，坐在那儿，好不伤心。

这事就僵了，也没人再说什么。可老麻急，老麻肿着牙床和腮帮，眼巴巴地要等着九财叔走。他没有等到那个激动人心的时刻，他看见九财叔还在这里，赖着不走。他不服啊，不解气啊，就用猛烈的剁刀声表示着他的态度。等人散了，九财叔偶然抬起头来，看一眼厨房，眼里全是刀子！

"叔，你怎么办？"我问他。

他没回答我。嘴巴在动着。后来我听清了，他在说："我给妮子筹几个学费……"

我听见了"学费"这两个字，我听得很清楚。他未必还想让三个妮子去读书？我后来突然想他真的会的，他多少天来都是这么想的，他一定会这么想的。就冲着那一个红发卡，冲着那些手机和钱，冲着小他一辈的人对他的吼叫，他迟早会下决心把孩子们送到学校去的。

"你是说，让她们去上学？"我问。

他点点头。

看来他们真的想要他走了，我也不想呆了，我更加思念我身怀六甲的水香，我拼命地想她。我就对九财叔说："算了吧，要走我们一起走。"可九财叔摇着头，摇着头。

这样僵持着怎么办呢，九财叔竟挑起箩筐跟踏勘队一起外出了！并没有要他去，再说他的腿还没有痊愈，走路还有点瘸。小谭就出来说老官你不能做，你的腿挑不起。这样行不行？除了不少你工钱，还补助一百块钱，你走吧。这不少了。我想九财叔会同意的，可九财叔不表态，以沉默作答。这更坚定了他们要赶九财叔走的决心。我当时不知道，踏勘队一致认为九财叔是个危险人物，在这样的荒山野岭，必须要提高警惕。种种印象加迹象表明，九财叔对踏勘队有威胁，并非是个善良之辈，这一次斗殴就是一个证明，是一次暴露。

多难受啊，九财叔和大家。大家干着活，九财叔挑着空筐跟着他们。我把我挑的东西分给他挑，他感激地看着我。这一天非常难熬，非常漫长。

而老麻在营地整整一天都在盼着九财叔灰溜溜地回来，乖乖地卷起他的破铺盖滚蛋。老麻甚至用老虎钳子将九财叔的碗夹掉了一只角，并在那个缺碗里撒了一泡尿。老麻看着黄灿灿的尿液，咧着没齿的嘴黑洞洞地笑。到了夕阳西下时，九财叔也没一个人孤零零地出现在老麻面前，而是跟大家一起回的。老麻于是将那些烂了的、长了芽的小洋芋果都煮进了锅里。结果可想而知，那天晚上大家吃了这些毒洋芋后，一个个都拉起了肚子。

在拉肚子的热闹中大家把九财叔忘了，我和九财叔什么都没拉，肚子好好的，我们抗得住。老麻对他导演的这出戏可高兴了，"看你们都吃了什么！"他说。"我也没办法，就这些洋芋了。"老麻把责任推给了九财叔和我，煽动踏勘队对我们的仇恨。九财叔在晚饭吃洋芋的时候吃出了一股尿臊味，可是他没有说什么。即便是大家不停地拉肚子，也没把怨气撒到我们头上，至少没有公开撒到我们头上。老麻就开始索赔了。那天晚上，老麻高声在营地说着："一百一颗！"

他要九财叔赔他的牙齿。若是一对一，老麻是不敢在九财叔面前这么嚣张的，九财叔那只右眼里透出的寒气，让人见了会不由自主打三个激灵，但老麻仗着祝队长们对他的暗地支持，有恃无恐。算算，我们来马嘶岭有二十一天了，也就二百一十块钱，九财叔扣掉二十，只有一百九十块钱，要按这个价赔老麻的两颗牙齿，九财叔还得倒贴十块钱。当九财叔听到他还得拿出十块钱来，他的脸一下子就垮了，他是多么无望。他张着嘴看着祝队长和在灯光尽头豁牙暗笑的老麻，除了乞求之外，看不出他要大肆行凶的念头。他的嘴巴两边稀黄的胡子和皱褶成了一个大大的括号，宽大单薄的下巴就托着那个"括号"，十分的无奈。那只鼓起的眼睛现在只是一个浑浊的晶体，充满了惶然，另一只有些坍陷的眼睛眯缝着，满是意想不到的驯良。

九财叔走出来，他一定是很难办，他算了算，他走，工钱加上踏勘队补助一百，还有个两三百块，不走，赔了老麻的，能剩多少？但现在老麻又不让他走，要索赔——他走又不能走，留又不能留。

晚上的风很大，依然是北风，河谷的冬汛好像在作最后的挣扎，在宽阔无边的河床上扑腾着，整个山岭到处是它们的腥味。九财叔在吃着什么，我闻到了一股刺五加果的味道。九财叔摘了不少的刺五加，那种豌豆样大的黑果子。这两天因为他无法安眠，就吃这个。

"把他们杀了！"

这天晚上，九财叔作出了最后的决定。他狠狠地嚼着刺五加，开始看他的斧头。

"你，咋说？"他问我。

"我，我……"

"事情成了，我们就安逸了。"

他说。

"你跟我搞。"他鼓着劲说。

"搞了，我们就过安逸日子了。"他这么说。

"叔，你声音小点行么。"我说。

"不要怕的，跟我搞。"我也觉得九财叔进退两难的时候他是会什么也不顾的。他的这个决心让那些钱和财物如此逼近我们，好像就在手边，唾手可得了。我在被子里，闭着眼睛，那些钱啊仪器啊就在我的头顶飘荡，还有红牛仔裤和发卡和小小的薄薄的录音机，还有好多手机。它们飘呀飘呀，它们穿行在蓝色的天空里，像一些鸟飞着，穿梭着……我看见水香穿着红牛仔裤，别着红发卡，站在马嘶岭河谷的对面向我喊着：

"回来啊治安，治安快回来！"

我的梦被惊醒了！我听见了真实的男人的喊声："有东西！有东西！"

睁眼一看，营地亮如白昼，瞬间，又倏地进入了黑暗。怪光又出现了！这光总是在晴朗的晚上出现！有人敲起了脸盆搪瓷碗，并且放起了枪。马嘶岭是一片恐慌中的混乱。

"注意隐蔽，不要面对它！"有人喊。

光没有了。

"这东西把我们折磨得太苦了！"祝队长啐着，"怪事，他妈的！"

大家一字排开在门口，要死守我们的营地。老麻抱出了柴火，说："点火吧？"

"点！"火就点起来了。因为没了汽油，已经有几天都没发电了。火点了起来，半干半湿的柴烧得啪啪乱响。

"是不是有什么东西把远处县城或镇上的灯光反射过来了？"有人说。

"别想那么多，把火加大些，烧！去砍树，砍棒子给我们！"祝队长敞着羽绒衣，哑着喉咙在那儿指挥。我就跟九财叔去坡上的灌木丛砍树了。大家打着电筒，有的举起箭竹做的火把。找准了树，一顿砍伐，一根根胳膊粗的树棒就到了大家手里，树枝就被他们抱去投进了火里。

在砍树时九财叔很兴奋，我听他说："来了，来了好！都来都来！"我们砍了一会儿，回到棚子里，祝队长他们的帐篷里全是削砍木棒的声音，是在把木棒砍光滑。老麻一个人也在厨房里砍，还发出"嘿嘿"的虚张声势的声音。九财叔一头的汗，对我说："机会来了，一定要搞！"

"咋搞啊？"我说。

"一斧头一个，你管那么多！"他说。

我说："不能啊，叔，这是犯法的。"

"鸡巴法，"他说，"跟我搞。"

"现在就动手么，叔？"我真的好怕。

他说："迟早的事，要趁他们分散，下狠手，让他们连哼都不能哼。"他咬牙切齿地说。

我松了一口气。他说的是白天趁他们在野外分散工作时下手。

他躺下来又说了一句："搞一次，用一辈。"

九财叔呀，你害了我！我又想，跟着这种胆大的人，说不定真能一下子翻身呢。谁不想翻身啊，有这个机会，说不定是老天促成的。咱们黄连垭的人没这个机会，我跟九财叔有这个机会，为什么不干呢？

"要是山下的人知道了来找他们呢？"我担心地问。

"我们早就走了，山下的人又不知道我们是哪里的。我估了估，马上要落大雪，大雪封山，进不来了，雪一埋，一直到来年的五月，野牲口都会把他们啃干净了。寻不到，还以为他们跌进河里淹死了……"

早晨，在水沟边洗脸时，眼睛充血的九财叔转过头来问我："今年七月你家的羊渴死了几只？"我说三只。他喔了一声。"我两头种羊全渴死了。"九财叔说。他摸着包头的帕子，帕子上有斑斑血迹，那是头被老麻打破了流出的血。

我正准备走，他突然叫我："你磨磨。"

他要我磨斧！昨晚所说的一切又在我头脑里响了起来。他还是要杀呀？我看看他，就蹲下身在水边磨起斧来。我在问我，我要杀人吗？今天的天气没有什么不同，气氛也没有什么两样。开山斧本来就很快，我无力地磨着，瞅瞅旁边的九财叔，他无事一样，好像很平静，没有什么恶念。

一切都跟往常一样，我庆幸一样。这天继续圈定矿界。

早晨的雾气很大，我们出去四面都没有路，到处烟雾腾腾，像着了山火一般，我们摸索着走路。九财叔跟上来了，他箩筐里的东西不知是谁装的。"带上了么？"他小声地问我，是指我的开山斧。开山斧本来就在身上，每天都插在腰间的。我感到他这天真要动手了。我借故扯鞋跟，落在了后头。我忐忑地走着，雾越来越浓，有人在路上说着话，我什么也没听见。

到了工作地，雾还是很浓。我到处找九财叔，我希望见不到他，可还是看到了他。他袖着手，干坐着，抽着烟，烟锅在雾中忽闪忽闪。我们的浑身都被雾打湿了，雾里有很稠密的鸟叫。这天只要雾散，肯定是个焦晴焦晴的天气。我在想着我怎么办，我浑身不自在，心上巨石滚动的声音又响起了，轰隆隆，轰隆隆……好不容易熬到快中午的时候，突然有人喊我，要我到祝队长那儿去一下。当时我就快昏厥过去了，我在想完了，他们发现我们的计划了！我冒着冷汗，不由自主地摸着腰上的斧子，好在还有雾，喊我的龙工没有看到。到了祝队长那儿，祝队长若无其事地说："明天，你们挑石头下去，水退了。"我没说话。祝队长又说："老麻也去，他说他要补牙齿，他去补完牙齿，再挑东西回来。"我放心了，就说："行哪。"我又问："那……我表叔也下去吗？"祝队长说："下去，怎么不下去，你们三人一起下去。"当时他们作了决定，把九财叔交给山下后勤分队处理，这比较安全些，他们带了信下去。可我不知道，我当时只是说："他们在路上打起来了咋办？"祝队长说："你们前后走嘛，不要一起走。"我说："三个人怎么走还是一条路，老麻也不情愿的。"祝队长就说："你劝劝他们嘛。"我说："劝不住的。"

九财叔正伸着颈子在坡上等着我。见我来了，他哼了一声，说："没用的，留与不留都没用了。"我给他说："他们要我们明日下山。"他却说："没用了。"我说老麻也要跟我们一起下山。他说你别给我说这个，没用了。我就骗他说，他们要你挑。他从鼻子里哼了一声，削断了一根树枝，他用手试试开山斧的刃口，说："没用了。"他站起来，用斧头砍进一棵树，一棵糙皮松里，我看到新出的太阳正好照在了那把斧头上。

雾渐渐开了。九财叔的手指头有血珠子滚了出来。他放进嘴里去吮吸，我就开始吃早上带出来的煮洋芋，吃得冷揪揪的。九财叔也吃，木木地嚼着，从嘴角往外掉着洋芋渣儿。

雾全开了。这每天金贵的好时间他们就抓紧忙活起来。我正在搬仪器，就听见有人在树林里大声说："你干吗老跟着我？"是树林中的一个坎子下，而当时并没有人，我没看到人。但循声看去，坎子上却出现了九财叔。说话的好像是王博士，我没见到他的人。我正在找是不是王博士，总算看见了那个田螺头，黑油油的头发在白晃晃的巴茅里，像一只头朝下的鸭子的尾巴浮在水中。就在这时，只见一道寒光一闪，那黑油油的头发就不见了！我听见了什么东西倒地的声音，有点像鹞鹰拍击着翅膀的声响，估计是压下了一些树枝和草丛。

九财叔动手了！

九财叔已经冲到了我面前，握着开山斧，脸色惨白地说："搞！"

我的第一个反应是：王博士已经不在了！九财叔拽住了我，他是在"告诉"我发生的事，指令我赶快行动。他拽着我向另一个地方跑，说："快！"

我的大脑无法反应过来，就已经被他拖下水了。事情来得太突然，已经出了人命，一条人命跟十条人命是一回事，必须赶快灭口。这容不下我多想，也容不下九财叔多想。就听见有人喊："小王，小王！"话音未落，斧头就落到了祝队长头上。只见祝队长头上有白花花的东西飞溅出来，眼镜弹到一棵树干上，手晃晃，就倒地上了。不知为什么，九财叔并没有再给他一斧头，而是挥舞起斧子在树丛中左右开弓乱砍一气，见什么砍什么。

"九财叔！"我喊。

　　九财叔转过头来，注视着我，他醒了神，丢下斧头就蹲下地去，拉祝队长腰上的那个腰包。没有声息了的祝队长这时候突然在草丛中动弹起来，一只手捂着头，一只手捂着包，不让拉。我看到祝队长睁开了血淋淋的眼睛，九财叔在地上摸起开山斧，祝队长用颤抖急迫的声音对九财叔说："你、你放了我，我给你一、一辆小汽车。"

　　九财叔大声问："在哪儿？"

　　祝队长气短，半天才说出："在……县城。"

　　因为祝队长捂包的手死死不松开，九财叔就与他争夺着，回头对我吼道："快来呀！"

　　我的开山斧已抽出来了，可我迟迟下不了手，我看看祝队长说："叔，他给你乌龟车啊！"

　　我的话让祝队长听到了，他睁开一双血淋淋的眼睛向我求救："你、你、你……"

　　"还不快动手！"

　　九财叔的一声断喝，让我手起斧落，我闭上眼睛就是一下，我听到祝队长在我的斧下一声惨嚎，就像年猪在刀下的惨嚎一样！我再一睁眼，祝队长的口里就冲出一块黑红色的血块来，并从嘴里发出"噗"的一声，脸突然变成紫茄色，头坚定地歪向了一边。

　　九财叔拉开了那个腰包，果然掉出来手机，他又抓钱，完全是钱，全都是一模一样的大钱。他要我解祝队长腰包的带子，我去解，解不开，他就用斧头一刀割了，割开了，他把钱再塞进那个腰包。此刻祝队长已经三魂缈缈，七魄飘飘。九财叔抓上那个黑色的腰包，还抽出了祝队长绑腿里的那把美国猎刀，要我提上遗弃在草丛中的仪器，那个像夜壶一样的数字水准仪。我们又去搜王博士的口袋，搜出了手机，还有钱包。没有多少钱，有一张他经常看的照片，他与他老婆的照片，戴方形帽子的照片。

　　"咋办，叔？"我浑身哆哆嗦嗦地问。

　　九财叔把箩筐倒空，然后装那些搜来的东西，我也学着他把资料和石头倒出来，只装仪器。我们挑着担子往营地跑去时，就撞上了那四个人。离营地不远，在一个岗坡上，估计全在那儿。杨工和龙工这两个烟鬼都含着烟在小声嘀咕并记录什么，都蹲着的。九财叔向我一招手，丢下箩筐就隐过去了，照那两个人一人一斧，像敲岩羊的头，两个人手上的东西一撒手，就仰面倒地了，烟在草丛里还冒着烟。

　　这时可能让小谭听到了什么，他突然站起来，像一只受惊的兔子，伸起脖子朝我们这边看了看。他看到了什么？他看到了两个杀红了眼的人，两个农民，手上提着山里人特有的开山斧，他还看见了两个倒地的人。他拔腿就跑！

洋芋果小杜还弓着背对着仪器看什么，她背对着我们，她耳朵里塞着耳机，她什么也没听到。小谭撒开脚丫子跑时也没喊什么。他跑错了方向，一堵石崖拦住了他的路，他想爬崖，却又转过身来往另一个方向跑，九财叔已经离他不远了，他就一头迎了上来，从绑腿里抽出一把跳刀："我跟你们拼了！"我听见他这么从喉咙里大吼道，声音是一种哭声，一种类似于哭泣的愤怒的声音，从牙齿缝里射出来的声音。我一转头忽然看到了一双好柔亮的眼睛，是小杜的眼睛！她带着诧异的眼睛！她一定看到了撂在坡上的倒在那儿的杨工和龙工。她一定惊诧，那些低矮的巴山冷杉的枝条把她看到的一切都割得零零碎碎。

"你死了！"

九财叔向我喊，高声骂我。他的声音也变了形。我转过身去看时，他已经与小谭扭打在一起了，我看见血花飞翔，就像有无数只红色的蜻蜓从风中溅了起来，一定有人中了刀！

九财叔完了，我就完了！我拼命向他们跑去，树枝一路抽打着我的脸，好像全是在与我作对，整座山，全在反抗！我被抽打着，脸上火辣辣的，眼睛都花了，我不顾一切地冲了过去。我看见了一只龇牙咧嘴的猴子，薄薄的刀条脸上全是汹涌的血水，现在已经扭曲得像棵秋扁豆了。

"你们这些土匪！"

他来夺我的斧，我不能让他夺我的斧，我的斧举得很高，只是没有砸下去。可九财叔不知出于什么原因，一把将小谭推到我怀里。他手上的跳刀就刺进了我胸口，我一阵尖锐的疼痛，本能地一让。听见了一声尖细的叫喊。是发生在那边的，九财叔的斧敲中了小杜。我看见小杜摇晃着抓住了一棵树，头发散开了，一眨眼，那头又埋在了九财叔的手上，好像是在咬他。

我这儿的事依然在发生，面前的小谭再一次用头向我撞来，我一个趔趄，后退一步，站稳了。他全身都在淌血，像一匹发了疯的野牲口。我看看胸前，棉衣破了个小口，没血出来。我听见九财叔在狂骂我，他用手挡着小杜，向我挥着开山斧，好像在示意要我用家伙。我又闭上眼睛，朝小谭的头上砍去。斧背砸瘪脑壳的声音真的很难听，短促，沉闷，哑声哑气，就像砸一个未成熟的葫芦。我干完了一件事，我握着开山斧站在山坡上，我看到的小谭扑倒在地上，抱着一块大石头，好像要亲吻。这个山里娃子就这么完了。接着又响起了小杜的几声连续的尖叫，油嫩嫩的声音。后来就没有了，我知道小杜也完了。我最后看见九财叔直起了他的腰杆，在扬眉吐气，手上拿着一个红彤彤的东西，是一只发卡！

我抹了一把脸上憋出的汗，心尖又疼。我瘫坐在地上，看到旁边的小谭正怒目直视着我。他没有闭眼。我想把他的眼珠子挡住。我没有力量了，我只好自己闭上眼，泪水突然从我紧闭的眼里往外咕噜噜冒出来。我怀疑冒出的是血，是从心里流出的血，又从眼里流出了。我不想证实。那一摊摊的血在我的眼前恣肆飞旋，我一阵恶心，胃里似有千百条蠕虫搅动，胃液顿时冲天而出。

我吐得一塌糊涂。我无力地抬起头，看到九财叔正在拉小杜红裤子前的拉链。

"别这样，叔！"

我冲过去就拽住了九财叔的手，"叔，别这样！"我死死地拽着，我一掌就把九财叔推出了老远。九财叔在地上爬着，支棱起脑壳不解地望了我一眼，他手上拿着许多东西，估计洗劫得差不多了。他恶毒地骂了我一句，就说："快！快！"他挑上了箩筐就跑。

我跟在他后头，我看到了前面不远的树丛间出现了一群红腹锦鸡，好多好多！这些林中的舞女，发出一阵振聋发聩的聒叫："茶哥！茶哥！茶哥！"这时，天已经大晴，西坠的夕阳突然间挂在万山空阔的天边，苍山滚滚，晚霞滔滔，好像在洗浴那一轮夕阳！我回过头，马嘶岭上，那几个或蜷或卧的人，都在夕晖里透明无比，像一块块形状各异的红水晶，静静地搁在那儿，神奇瑰丽得让人不敢相信！

我被这壮观的景象惊呆了，我站在那儿，手拿着开山斧，脚下像生了根一样。我发现我另一只手在裤兜里紧紧攥着，好像捏着一个东西，拿出来一看，是一张玻璃糖纸。那时候我听见河谷的风吹过来一阵喧哗之声，好像一个窥视的人一样，那声音在山岭上曲曲折折地游动，又折回了河谷，在群山间回荡，就像一阵惊叫！我发现我的泪水像泉涌一样不可遏止，澎湃而下。

我在后头慢慢走到营地，九财叔正在往箩筐里装东西，他要我快装。老麻不在了，我四下寻找，在一个坡前看到了倒下的老麻。

"装啊！装啊！"九财叔喝令我。

"装，你要什么？装！"他说。他问我。他要给我分钱，还丢给我一把好跳刀。

我说："我不要钱，我不要刀，我只要那个录音机。那里面有我，有我唱的歌！"

他不听我的，硬是把一些乌七八糟的东西塞进我箩筐里。他教训我："你这个小杂种，你想跟老子过不去？"

我只好挑上他给我装的满满的一担。他还说："睡袋也是好的，他娘的，他们睡这么好的褥子。"

我们挑着东西，开始往河谷溯水而上。我发现九财叔从离开马嘶岭起就已经神经错乱了，他在前头急急挑着，不停地说："装啊，装啊，装啊……"

九财叔时不时回过头来骂一句："蛋毬！蛋毬！"不知道骂谁。他目空一切了，那只杀人不眨眼的右眼环顾四周，真像一个独眼鬼。我陡然觉得那奇怪的白光就是从他的右眼里发出的！

我们在河谷转悠的第三天，天空乌云滚滚，九财叔突然甩下担子，纵身跳进河中。他飞快地划着水，在水中又拍又打，他真的疯了。好在他没被河水卷走，我喊着他，把他从河里拉上岸来，他浑身抖得不行。那天傍晚，我们又遇见了几头野猪，九财叔毫不惧怕，抽出开山斧就杀入野猪群，奇怪的是，那些凶猛的山中之王，那天被他砍得哇哇大叫，四散奔逃。九财叔砍跑了野猪，又在地上拔食野草。

确实没有吃的了，我只好跟着疯了的九财叔啃吃野草，吃蛐蛐菜，鹅儿肠，云雾草。我们在山里转悠了九天，衣衫褴褛，饥寒交迫。第九天的夜里，山里飘起了大雪，这一场大雪一下子就没了膝。九财叔不让我歇息，不让我们进山洞，那个大雪纷飞的晚上，我们不停地在森林里转圈，早晨到了梨树坪河边。白雪皑皑的黄连垭已经在望了！已经快走出森林了，快到家了！我给他说快到家了，我说："九财叔，那是黄连垭。"我指给他看。九财叔恍恍惚惚地看着远处的山冈，看看我，又看看自己挑着的担子，停了下来。我们坐下，他好像清醒了。他问我："我们是到哪儿去的？"我说是回家呀。他说我们从哪儿来的？我说是马嘶岭啊。他左看右看，说："我们杀了他们是吧？"我说是的。他说："这是他们的东西？"我说是的，我就拿出他给我的钱来说这是你分给我的。他问多少？我数数说三千多。

"三千多？"他说。

我说："还有这些东西。"我翻出藏在睡袋里的三个手机说："还有这个。"

他想起了什么，就去翻自己的箩筐，也翻出了手机和钱。还有那两个红发卡，还有一些仪器。他指着我的东西："都是我们两人平半分的？"

我说："是啊，平分的。"

"我们杀了人，你也杀了人，我们都杀了人。你杀了几个？"

我忙说："我没杀人，我没有！"

他说："这些钱够你用了。水香生了么？"

我说："我不知道。"我说，"他们不会沿我们的脚印找来么？"

"你看看哪有脚印？"他说。

我去看来路，雪真的掩盖了我们走来的脚印。森林里一片恍白，阳光在云中模模糊糊，好像天要晴了。

"你发财了。你没杀人却发财了。"

"我们一起干的！"我说。

"你是个无用的卵货。你这家伙。"九财叔说。"我肚子饿了，你能弄点吃的来么？"

到哪儿弄吃的去？前面梨树坪我记得是有个代销店的，在福利院门口。我说："前面能买到吃的了，快到家了。"

他说："我们商量这些仪器先藏哪儿？"

我说："随便吧，叔，先找个山洞藏着吧。"

他直直地看我，好半天，笑了，说："今年过一个好年了。"

我说："我心不安实。"

九财叔就站起来，重新挑上了担子。走了几步，他忽然指着河里，对我说："看，水里是什么？"我放下担子就去河边，一阵狂风袭来，我的头上就落下了重东西——九财叔在背后冷不丁给了我一斧头，用的是斧背，就觉得脊椎一阵压榨，我的颅骨顿时瘪进去了，脚一失重，扑通一声，跌进冰冷的河里，就什么也不知道了。

我没想到九财叔会对我动手，他是想独吞那些财产——他清醒过后后悔了，那么些现钱，也不排除他想彻底地杀人灭口。我根本没防备。所有的经过就是这样——我被人救了起来。

九财叔被梨树坪的几十个村民围着搜山抓住了。那也保不了命，他和我一样得毙。我等待死期来临，等着当八大脚的爹来收他儿子的尸骨。

八大脚我爹怕是没想到，他会从这么远的县城抬回他的儿子。又一想，小谭得绝症的母亲假如还活着，她又未必想到会这么远从南山抬回她的儿子——这全乡第一个大学生，魂都丢在了南山的马嘶岭。

高墙外的那轮太阳照着铁窗，我无意间从兜里掏出了那张糖纸——这是唯一没被警察搜走的东西。我把糖纸放在眼前，对着那轮可爱的温暖的太阳。天空全变成了红色。我又想起那个让我惊讶的傍晚。我们离开马嘶岭的那个傍晚，那些红水晶一样的透明无声的死者。我的意识突然觉得，结局只能是这样的，他们最后只能在那儿——在那个时刻，安安稳稳地躺在那里，永远地躺在那里。

这是为什么呢？这种想法让我至死也弄不明白。

（原载《人民文学》2004 年第 3 期）

李约热

LI YUE RE

壮族。原名吴小刚。1967 年出生，广西都安人。1984 年初中毕业后，曾干过乡市场管理员、县广播电视局编辑、县文联创作员等工作。在武汉中南民族学院学习两年。2009 年加入中国作家协会。现为广西作家协会理事，《广西文学》小说编辑室主任。

1988 年开始发表文学作品。出版有小说集《涂满油漆的村庄》等。

李壮回家

　　我弟弟李壮站在我家的船上，对着这一网闪光的银鱼，摘下眼镜。每当他要看非常近的东西的时候，他都要摘下眼镜。他凑近渔网。他说，哥，这能卖多少钱？这能卖不少钱吧？

　　老实说，我从来没有看到自家的渔网里捞出这么多的银鱼，爹一网撒下去，收网时就闪了腰，瘫在船上。我把这一网银鱼拖到船上时我还有点不相信，我以为银鱼下面会有几颗大大的欺骗我们的石头——如果真的是石头的话我爹的腰算是白闪了。我的两手急忙插进银鱼堆里摸了一遍，里面没有石头。这时候别提我有多开心，我一口浓痰就吐在这鄱阳湖上，这鄱阳湖，一直都在欺负我们，今天，总算开了眼了。

　　我突然听见我弟弟喊了一声，爹，你这是干什么？

　　我家的船晃了一下，我回头一看，我爹已经游在水里。

　　爹说，下来，你也下来。

　　我弟弟李壮不明白爹为什么叫他下去，他问，下去干什么，摸鱼吗？我爹说，摸你的头！现在哪里还能摸到鱼，你快下来，别把我们家的船弄沉了。

　　我爹是有点过分了，我家的船不是那么容易就沉掉的，就是再有一网这么多的银鱼我家的船都不会沉掉。这也怪不得他，好久已经捕不到鱼了，久得他已经不相信自己家的船了。

　　我弟弟李壮看了我一眼，意思是要不要下去？这还用说吗，爹叫你下去你就下去。我弟弟站在船尾，哆嗦着脱掉衣服和裤子，露出他那当老师的白花花的身子。你也别说，也许真的是他给我们带来好运气。他从来都没想到要跟我们去捕鱼，今天鬼使神差却跟我们上了船。他说他要给学生布置一篇作文，让他们写一写秋天的鄱阳湖，他要跟我们的船去看一看。他说现在的学生很难教，你让他写鄱阳湖，没准他写出来的却成了黄河。开始我不想让他跟我们去，写鄱阳湖就到鄱阳湖去，哪天你让他们写美国，难道还要亲自去一趟美国不成?!

我弟弟李壮跳进水里，和我爹一起扶着船，看他们的样子，好像我家的船走得多么吃力，没有他们在后面推就根本走不动似的。事实是，我家 2.5 匹马力的渔船载着我和一网活蹦乱跳的银鱼，拖着我爹和我长了一身白肉的弟弟，向岸边的家进发。

后来我的朋友唐精说，你懂得你为什么捕到那么多的银鱼吗？一网下去，就网住了银鱼的老窝？是因为你的弟弟是一个童男子。是童男子给你带来了好运气。我想一想确实有道理。现在，童男子们都到城市里打工去了，这鄱阳湖上，除了我腰不好的爹和我这样瞎了一只眼睛的废人，有谁还在打鱼？

说到童男子，我的弟弟李壮真的是一个童男子。为什么说他是童男子，因为他喜欢的女人总是在很远的地方。去南昌读师范时他是全班最小的学生。其他同学谈恋爱，他去帮送信，送完信只知道偷笑，也不知道为自己找一个。看了都让人着急。这也难怪，他读师范的时候根本就没有发育，一个人瘦瘦地呆在那里，看其他的男同学和女同学在眼前亲热都不知道是为什么。一直到最后一个学期，他才像做了一场梦似的惊醒过来，但是已经晚了，他刚喜欢上同班的姑娘王小菊，手都还没拉一下就被分配回了老家，所以他只能没完没了地给王小菊写信了。他喜欢写信的毛病就是那时落下的。去年镇长杨家强想招他当上门女婿，爹和我都认为这是一门好亲事，都想等着沾光，可是这个糊涂蛋就是不愿意，一心恋着远在南昌的王小菊。我去问他，杨美有什么不好？杨美是杨家强的女儿。开始他不说，后来我逼急了他才说，杨美有狐臭。我说千张镇的每一个女人都有狐臭，这不算什么理由。他说，杨美一只腿长一只腿短。杨美小时候患小儿麻痹症，由于医得好，瘸得不怎么厉害，如果不细心看，根本看不出。我说，杨美虽然一只腿长一只腿短，但是她的爹爹是镇长，腿短一点又有什么关系？李壮看见我不死心，最后说道，哥，我告诉你吧，杨美已经跟了十二个男人睡觉，你说，她还能不能当我老婆。他这么一说我的头皮就麻了。我不相信杨美已经跟了十二个男人睡觉，我跑去问唐精。唐精说确实是这样，还把跟杨美睡觉的人的名字告诉我。我还是不相信，找了其中的几个去了解，他们都承认他们曾经跟杨美睡过觉，这下我才死心。但是杨家强没有死心，他不停地托人来找我弟弟。我弟弟最后给杨家强写了一封十几页的信，解释他不愿意当他的女婿的原因，其中有一条就是：我已经有女朋友了。杨家强把信撕了，说不愿意就不愿意，还那么多废话。之后我的弟弟李壮就从一个镇小教师变成了村小教师。为此，我和我爹生了一个冬天的闷气。不过话又说回来，如果我弟弟李壮答应当杨家强的女婿，他就是十个童男子也早就完蛋了，这样今天在鄱阳湖上，我们也许就打不到那网百年一遇的银鱼了。

银鱼可真是件好东西，我看见它们，我就感觉我那只被摘掉的眼球又回到我的眼窝里。告诉你吧，我的眼睛就是炸银鱼时被炸瞎的，如果我的眼睛不是炸银鱼时被炸瞎，今天我看到这网银鱼时我就不会如此激动。瞎了一只眼睛之后，我看东西的感觉跟以前大不一样，一斤重的东西我会认为那是两斤重的东西，一百条鱼我会认为那是两百条鱼，这只眼睛没瞎之前，鄱阳湖是有岸的，这只眼睛瞎了之后，鄱阳湖就无边无际了，以前我老是想到海边去，瞎了眼之后，鄱阳湖就跟海一样宽了。

我告诉你这一网银鱼我将怎么样处理。我要将它们全部烤干，之后我不会急着出手，我要等到市场上连银鱼的腥味都闻不到，那些想吃银鱼想得发疯的人哇哇叫时我才出手，这样，一斤的银鱼我就能卖三斤的钱。将这些银鱼卖掉之后，我要到南昌给自己配上一只假眼，我的一边眼窝空了好几年了，很不好看，这回我要让它亮起来。他们说可能要配上狗眼或者猫眼，管他是狗眼还是猫眼还是牛眼，配在我眼窝里就是我的眼，我要好好地对待它，虽然它看不见。

我家2.5匹马力的船突突突地朝岸边驶去，我的感觉好得不得了，因为从今天起，我几乎又算是一个同时拥有两只眼睛的人了。

一连十天，我和我爹成了千张镇最牛逼的人，尤其是我爹，他的腰杆贴着三张膏药，歪着腰走路，笑起来哎哟哎哟直叫唤，也不觉得疼。那些银鱼贩子，他们肯定长了一只猫的鼻子，我家装银鱼的箩筐还在吧哒吧哒地滴水，他们就开着车到我家来了，他们围着我家的银鱼转了又转，恨不得将我家所有的银鱼一口吃掉。我都懒得跟他们说话。这十天，我说得最多的话就是：不卖！不——卖！

但是到了第十一天，我就狠狠地将我家的银鱼卖掉了。

我的朋友唐精看见我往银鱼贩子的车子上装银鱼，跑过来说，不是说不卖吗？怎么又卖啦？我以为他会看我脸上的表情，但是他根本不看，又说，老鼠不留过夜食，你是不是急着给自己装上假眼？

去你妈的唐精，老鼠不留过夜食跟装上假眼有什么关系？再说了，我是急着给自己装上假眼的人吗？我是急着给自己装上假眼的人吗？现在是秋天，要装假眼，那也得等到春天，到春天时装上假眼，就像春天种草种树容易生根发芽那样容易成活，这么简单的医学知识都不知道，真笨。这也怪不得他，他根本就不看我的表情，我的表情当然是十分的愉快啦，本来我不想跟他多啰嗦，但是如果我不告诉他，他肯定一直围着我说个不停，为了让他闭嘴，我只好把那个消息告诉他了。我说唐精，我的弟弟李壮，要到北京去了。

你们不知道这个秋天我们老李家运气有多好，刚刚打上一网银鱼，我的弟弟李壮就接到去北京学习的通知。到北京去学习，我敢说整个鄱阳湖边任何一个村小老师都没有那个福分，他们的福分最多只能到地区去学习，而且是自带伙食。他们要到北京去学习，只有在做梦的时候了。当李壮把这个喜讯告诉我和我爹的时候，我们都不相信，就像当初不相信我们自己能打到一网银鱼一样。我问李壮，为什么是你？他说，因为我教书教得好。是镇上让你去的？我问。不是，是北京的老师点名要我去的。也是，你别指望镇上那些混蛋让李壮去北京学习，镇长杨家强恨不得把李壮开除才好呢。北京的老师怎么知道你？我说。我的弟弟李壮从他的箱子里翻出一本杂志，飞快地翻到印有他名字的那一页递了过来。我接过来一看，不知不觉就念出声来：《乡村小学素质教育初探》，李壮。哎唷，李壮，我的弟弟，他的名字印在了纸上。这些天我一直认为我和我爹是千张镇最牛逼的人，没想到，最牛逼的人竟然是我的弟弟李壮，《乡村小学素质教育初探》，白纸黑字，如果谁不服气，我就拿着这白纸黑字去抽他耳光。说实话，我和爹对李壮不愿当杨家强的女婿一直不高兴，他从镇小老师变成村小老师我都觉得活该。现在，就是他回心转意想当杨家强的女婿我都不答应。因为，我弟弟李壮是一个不简单的人。而杨家强的女婿，算个什么东西?! 我的弟弟李壮说，我现在还没有决定去还是不去。我说，为什么？李壮说因为去北京需要一大笔钱，我们家没有太多的钱。我和爹对看了一眼，爹喘了一口粗气，我咬了一下嘴唇。最后，我和爹几乎同时说，去，一定要去，就是卖掉银鱼也要去。我弟弟半天说不出话来，他眼镜后面闪着点点泪光，当时我还以为他是因为我们的支持而感动，为有这样的爹和这样的兄弟而感动，到后来我才知道，他在自己哭自己。

我的弟弟为什么自己哭自己后面我才讲给你听。现在他亮出他要去北京学习的牌子时，我和我爹马上把这件事当成我们老李家的骄傲，逢人便说，我的弟弟要到北京去了。要不是我弟弟李壮制止，我们还要请客呢。

在我往银鱼贩子的车上装银鱼时我以为唐精已经知道这一喜讯，没想到唐精这个笨蛋竟然把传遍整个千张镇的好消息丢在脑后，以为我是为了急于装假眼而卖掉银鱼。我真想大声地告诉他，不是，我不是为了我自己，我是为了我的弟弟李壮，只要他更加有出息，就是卖掉我的一只肾，我都愿意。

我和我爹到南昌火车站去送李壮。我爹为了让他的腰骨不影响他走路，又在上面加了两块膏药，三块膏药加上两块膏药，变成了五块膏药，五块膏药，那就是一根腰骨的长度啦。果然，火车开动时我爹跟着火车边喊边跑，那五块膏药，真的起作用了。我没有听见我爹喊什么，我只看见车厢里有一副眼镜一闪而过。我的弟弟李壮真到北京去了。他要在北京呆上一年。我和我爹都希望他在北京好好学本事，一年之后脱胎换骨，回千张镇时不再被人欺负。

送走我弟弟之后，我和我爹仍然到鄱阳湖上打鱼，我仍然希望一网下去，能捞上来我的一只假眼。但是我们已经没有这个运气，因为我的童男子弟弟，已经到北京去了，他不可能再和我们一起到鄱阳湖上打鱼了。好在我是瞎了一只眼的人，看东西的感觉跟他们不一样，我把一条鱼看成两条鱼，我把一斤重的东西看成两斤重的东西，我把鄱阳湖看得跟大海一样。所以我平静得很。在鄱阳湖上打鱼，打到鱼的时候少，打不到鱼的时候多，我又不是第一天才知道。

前面我已经说过，我的弟弟喜欢写信，他一到北京之后，就给我们写信啦。如果你没有看过我弟弟李壮的信，你就不知道他到底有多啰嗦。他拒绝当乡长的女婿一共写了九页信纸，到北京之后给家里写信一写就是十几页。而且每隔几天就写一封。开始的时候我和我爹很高兴，接到他的信后，我们狠狠地打开，然后高声朗读，恨不得让整个千张镇的人都知道。一个月之后我们就有点烦了。为什么呢？那是因为我的弟弟太啰嗦了，一开始的时候他告诉我们一些关于长城故宫天安门的事情，一个月之后还是这些东西，看来他不是被这些东西吓傻了就是被这些东西迷住了，一张口就是长城故宫天安门，一个月了还是改不了。我在心里说，李壮啊李壮，这些东西我们在电视里都看了一千遍了，你也说了二十几遍了，该换点别的了。你要是想吓唬吓唬千张镇的人，你最好还是说点别的，比如说中央领导接见你啦之类的。你知道，千张镇的人基本上是不关心风景的。但是我的弟弟李壮已经停不下来啦，北京的风景，已经灌得他晕头转向，每一封信都要大说特说一番。弄得我和我爹都不耐烦了。我爹说，王府井关我们什么事？颐和园关我们什么事？开始的时候他的来信我们每一封都要高声朗读，愉快得不得了，后来我们的声音慢慢低下来了，再后来干脆就没有声音了。这样还不算，我们阅读信件的速度也越来越快，开始还逐字逐句，后来一目十行，再后来只是飞快地看一眼之后就干其他事情去了。最后我们干脆不是每封信都看，而是抽样看。因为看一封和看十封都差不多，我们干吗要浪费那么多的时间？！我见邮递员一两天就往我们家跑怪辛苦的，我就钉了一个木箱，上面写上我爹的名字，让邮递员挂在千张镇的邮局里，让他把我弟弟的来信都投到里面，然后由我一个月去取一次。我们以为这样做以后邮递员会感激我们。没想到邮递员不高兴啦，现在，已经很少有人写信啦，邮递员的邮包，已经瘪得跟老母猪的肚皮一样，如果再没有我弟弟的来信，说实话，邮递员就要失业啦。但是我们哪里管得了那么多，我还是把写有我爹名字的木箱让邮递员挂在千张镇的邮局里，到月底的时候，我手里拿着钥匙到千张镇的邮局里吧哒一声将木箱打开，我弟弟的信雪片般地从箱子滑落，这时我会在心里嘀咕一句：这个李壮。

我和我爹不喜欢读我弟弟的信，因为他信里的内容全是虚的，完全没有我们关心的东西，他没完没了地歌颂北京，有什么用啊，北京早就伟大了，你不歌颂它也伟大，还是多写一写你在北京都做了些什么吧，吃的什么饭？睡的什么床？长没长冻疮？我弟弟李壮冬天长冻疮是千张镇的人都知道的事情，每到冬天，他的两只耳朵肿得跟如来佛的耳朵一样，手肿得像是戴了一副肉手套，腿就不用说了，一到冬天就冻瘸了，因此他最怕过冬。我爹经常跟人说，我家李壮，一到冬天就残废。北京比我们这边冷，他肯定躲不过长冻疮这一关的。他的来信没有提到他长没长冻疮，我和我爹非常不满意。我几乎看见我的弟弟李壮一瘸一瘸地在天安门一带溜达，他的两只耳朵被北风烤红，他的双手缩在衣袖里，但是他的脸上却挂着兴奋的表情，一点不觉得自己在给北京丢脸。我的弟弟，快给我们来一点实在的吧。

有一个人喜欢读我弟弟的信，那就是唐精。每隔几天，他就到我家，问，李壮来信了没有，这时候我们已经厌倦了我弟弟千篇一律的来信，已经不是每一封都读了。我说，来了，就随便扔几封信给他。他喜滋滋地看，一个字一个字地念，好像那信是自己的弟弟写的。然后他说，哎呀，北京变化真大呀。他生怕我们忘了他当年曾经去过北京。这个唐精，刚刚分田到户的时候，他到北方去卖狗皮膏药，有一次到北京的时候他就不走了，想试一试他的狗皮膏药在北京好卖不好卖，可他在北京火车站刚转几圈，还没来得及摆摊就被遣送回来了。都二三十年了，他还好意思说北京。后来我懒得到邮局去取我弟弟的信时，干脆把钥匙交给唐精，让他去邮局打开那个木箱，我告诉他，唐精，你不是爱读我弟弟的信吗？钥匙给你，你爱读哪一封就读哪一封。我敢说，后来在千张镇流传的关于北京的消息就是由唐精散布出去的。

一转眼半年就过去了。这半年我们千张镇有很多变化，最大的变化就是，我们整个千张镇，就要迁到广东去了，说是生态移民，而且很快就要实施，一年之后，我们千张镇就要从地图上消失啦。我和爹在鄱阳湖上打鱼的日子就要到头啦，我和爹的心一下子就乱了起来。爹让我写信告诉李壮，我没有像我弟那么啰嗦，那封信我只写这么几句：李壮，我们家要搬到广东去啦，你什么时候回来？少写信多来电话，0796-68843215（隔壁黄洪家的电话）。接下来我和爹每天都竖起耳朵，等黄洪喊我们去接电话，他家的电话铃响得很，跟学校的上课铃一样响，每响一次，我和爹的脖子就伸长一次，就等着黄洪喊我们。但是黄洪就是不喊我们，整整一个月都是这样。我跑去问唐精，唐精，最近我弟弟的信都说些什么？其实我并不指望能从李壮的信里知道他的近况，他连在北京冬天长没长冻疮都没告诉我们，他还会告诉我们什么?！果然，唐精说，李壮近期喜欢上十三陵和卢沟桥了，关于十三陵的信写了两封，关于卢沟桥的信写了三封，你看。唐精递过来几封信，我每一封都看了一遍，全是关于十三陵和卢沟桥的事，把我气坏了，也不知道我的信他收到没收到？我把李壮最近喜欢十三陵和卢沟桥的事告诉爹，爹说，看来他真的被北京的风景砸昏了。爹又说，要不就是他有什么心事不想告诉我们，专门用北京的风景来对付我们。我一想，爹说得有道理，我弟肯定有什么事不想让我们知道。他连电话都不敢打回家，肯定是遇到什么事了。我走了十几里路到李壮的学校去问他的同事。没想到他们却告诉我这样一个消息，他们说李壮已经不是他们学校的人啦，他已经被镇上开除啦，我们正要去通知你呢。我以为他们跟我开玩笑，他们拿出一份文件，《关于李壮同志擅自离岗的处理决定》，一看到这份文件我几乎瘫倒在校园里。我说李壮不是去进修吗？你们弄错了吧，你们为什么开除一个到北京去进修的人？他们说，他根本不是去进修。我说他就是去进修，他收到去北京进修的通知书。他们笑了起来，纷纷拿出一封封信，说，我们每一个人都收到这样的通知书。他们这么一说我的头就大起来了。我说不是去进修那他到北京去干什么？他的一位同事跟我说，那是因为王小菊到北京去了，王小菊，是他最最喜欢的姑娘，他要和王小菊在北京比翼双飞。我的脑海里马上出现那位南昌姑娘王小菊，我曾经在我弟弟的教案本里见过她，她长得确实漂亮。他的另一位同事说，除了王小菊之外，李壮还讨厌千张镇，他就是因为讨厌我们千张镇他才去的北京。

我几乎是哭着跑了十几里。自从瞎了一只眼睛，我经常想，没有了眼球，眼睛还会不会流泪，现在我总算知道了，会，他妈的会。我的那只眼窝，由于没有眼球的阻挡，眼泪流起来顺畅多了，比没瞎的那只眼流的泪还多一倍。回到家里，我没有把这不幸的消息告诉爹，我想当务之急是瞒着我爹，能瞒多久算多久。回家的路上我又遇见唐精，唐精说你的弟弟今天给我们介绍北京的防空洞，他说北京的防空洞大得跟鄱阳湖一样。我没说什么，我只想马上跟唐精要回钥匙，不想再让他每天读着李壮的信丢人现眼。但是我不知怎么开口，我只好跑到邮局去，把那只写有我爹名字的信箱摘下来。这样唐精再去取我弟弟的信时，就找不到地方了。

接下来的日子我太难过了，我不知道我的弟弟李壮在北京到底怎么样了。他肯定在受苦。我真的太想他了。我真的想到北京去看他，但是我没有钱，我只好干着急了。着急到什么程度呢，我也不怕你们笑话，我到鄱阳湖上打鱼，一网撒下去，捞起来的我都不希望是银鱼，而是我的弟弟李壮。不过话又说回来，他没了工作，如果他回来，在千张镇他肯定像个废人一样。我也是个废人，但是我会撒网。李壮不会，虽然他是个童男子。所以，有些时候，我不得不在心里喊，李壮，在北京你要好好干呀！为了不让爹知道这件事，我想着法儿骗他，我对他说，爹，学校里的人说，李壮在北京好得很，学习又有进步啦。一夜之间，李壮那些专门介绍北京名胜古迹的信就变得重要起来，虽然我不喜欢读那些信，但是那些信至少告诉我，我的弟弟还活着。如果几天没见到他的来信，我就心惊肉跳。唐精在邮局看不到写有我爹名字的信箱，跑来问我，我说，唐精，从今以后，你不要再看我弟弟的信了。他问为什么？我骗他说，李壮说了，从今以后，他不再介绍北京的风景啦！很短的时间我就连骗两个人，我真的是迫不得已呀。

在我想念我的弟弟李壮的时候，千张镇的标语多了起来，内容只有一个，要到新家去过中秋节。新家就是广东。千张镇大规模搬迁的日子就要到来了。每天，装有高音喇叭的汽车在大街小巷里来回广播，负责广播的不是别人，而是镇长杨家强。千张镇的很多人不愿搬到广东去，所以杨家强就将自己的声音录起来，每天来回播放，以示对这件事情的重视。本来我们很想搬到广东去，但是杨家强的声音每天都在我的耳边响起，那阵势好像我们不搬就把我们杀死一样，我就有点反感了。我心里想，我们搬到广东去过中秋，那我的弟弟李壮从北京回来，就找不到家了，怎么说我也要等到他回来。不知道他知道不知道千张镇要搬迁的事情，他再不回来，他真的找不到家了。

为了等我的弟弟，我和爹决定推迟搬到广东的时间，我不止一次地对来我家动员我们搬迁的干部说，我要等我的弟弟李壮，他现在在北京。

但是他们根本不管我的弟弟还在北京，来了几次之后，刷刷刷，就把我爹的名字，写在第一批搬迁的名单上。我和我爹就不干啦，我们不走，看你们能把我们怎么样?! 这段时间别人家都在收拾东西，而我和我爹每天吃了就睡。但是哪里睡得着哟。李壮的信还在源源不断地寄回来。我在心里说，李壮，你现在到底怎么样啦?

我和爹没有等到我的弟弟。到第一批移民搬迁的那一天，我和爹仍然躺在床上发呆，一辆车就开到我家门口，一群人来到我家中。他们什么话都不说就去收拾我家的东西，我和爹要上去阻拦，有一台摄像机就朝我们照射过来，我和爹就怕了，我怕这台摄像机把我们拍到《焦点访谈》上曝光，北京人看见之后会说，看，这是李壮的父亲和哥哥，我家李壮在北京就没法混了。我和爹老老实实地坐在家里，任凭他们帮我们收拾东西。有一个干部问我们，这个米缸带不带走? 爹说，带走。一个人就去扛我家的米缸。干部说，这几根木柱子带不带走? 木柱子是晒渔网用的。爹说，带走。干部说，老李，到广东之后就不用晒渔网了，带这些木柱子干什么? 爹说，这些木柱子跟我几十年了，我舍不得。干部一挥手，几个人就去扛那些木柱子。爹说，你们得把我家的渔船也带走。干部说，船可没法带走，你的渔船值多少钱? 爹说三千块。干部当场就叫人数三千块钱给爹。后来爹说他后悔当时没有叫五千块，爹说如果他叫五千块他们肯定会给。就这样，我和爹和我家拉拉杂杂的一堆破烂一起，全都上了车。车子即将开走的时候，我突然想起来，我们走后，我弟弟的来信怎么办? 我冲着镇上的干部说，信，我弟弟的信。他们冲着我喊，所有寄到千张镇的邮件，都会转到广东那边，你弟弟的信也一样，别担心你弟弟，只要他一回来，我们就让他到广东找你。我和爹虽然点了点头，但是我们的心还是没有放下来。一路上，我的心扑通扑通地乱跳，好像我们离开了千张镇，就再也见不到我的弟弟李壮一样。

广东的家确实很好，比我们在千张镇的家好上十倍。刚到的第二天，就有人来宣布我和爹成了玩具厂的工人。但是这个消息没有让我高兴。我跑到当地的邮电局，看有没有我弟弟的来信。没有，他们说，没有。我的心一下子就抽紧了。在一个月的时间里，我几乎天天都往邮局跑，但是都没有问到一封信。

千张镇的人陆陆续续迁到这边来了，他们也没有带给我任何有关我弟弟的消息。我的朋友唐精最后一批迁过来，他说自从我们搬来以后，我弟弟的信就断了。他的话把我吓坏了，我的弟弟李壮不会出了什么事吧？接着唐精从口袋里掏出一本书，递给我，书名为《北京名胜古迹录》。我不知道唐精为什么让我看这本书，我问唐精你这是什么意思？唐精说你自己看吧，你先看看这本书，再看看你弟弟以前写的信，你就明白怎么回事了。我照他的话将书和信都看了一遍。我发现我弟弟的信跟书上写的一模一样，连标点符号都差不多。我就明白是怎么回事了。我的弟弟李壮，根本没有去过他信里写的那些地方，为了让我们放心，他就到书上去抄，他不敢给我们打电话，他怕他在说话的时候露马脚。

我决定去找李壮，我不去北京，也不去南昌，而是去千张镇——那里已经不是我家啦。我选择中秋节的时候去，是因为中秋节的时候，我的弟弟会想家，一想家就可能会回家，而回家他只有回千张镇了。

我在中秋节那天来到千张镇，这里已经变成废墟啦。一群群水鸟在我头上飞，有点像乌鸦。我走得很辛苦，因为这里已经没有人，所以已经没有班车发过来。我从有车的地方走到千张镇，差不多用了十几个钟头。我走在熟悉的街道上，脚下沙沙作响，我没想到街道这么快就长草了，照这样的速度，几个月之后再来，得拿刀开路了。我在心里想，李壮啊李壮，要回来你就现在回来，过几个月回来，老鼠和蛇就要咬你了。

我来到我家，我家还在，空空地冒着凉气。我把随身带来的铺盖打开，先睡一觉再说，我希望醒来的时候，就能看见我的弟弟。

这一觉睡得很沉，当我醒来的时候中秋节都过去了。

我在千张镇等我弟弟。我身上背着一个装有油饼的袋子，饿了我就吃油饼，渴了我就跑到鄱阳湖边喝水。几天过去，我在千张镇转了一圈又一圈，也没有见到我的弟弟。后来，我突然冒出一个念头，这个念头是我躺在我家冰冷的地板上想出来的，我想一天换一个地方睡觉，我在我家睡了四十年了，现在，我要睡到别人家去，看看是怎样的一种味道。千张镇好几百间房子，够我睡的。

我决定先睡单位的房子，单位的房子结实。我先到镇政府大楼睡了五间房子，然后就去睡银行、工商、税务、医院的房子。有时睡到下半夜我觉得睡不踏实，我又卷起铺盖换个单位睡。单位的房子很快就睡腻了，我就去睡私人的房子，你们猜我先睡哪一家？当然是镇长杨家强家啦，他家的小楼跟单位的房子一样结实，睡在里面我好像睡在广东。睡完第一天之后我觉得不过瘾，又睡了第二天第三天第四天，到第五天的时候我干脆睡到他家的阳台上，也就是在杨家强家的阳台上，我看见我的弟弟李壮回来了。

那天天刚刚擦黑，就下起雨来，杨家强家的阳台很好，雨根本打不着。我站起来，看见远处的鄱阳湖灰蒙蒙的。（以前我还指望它能给我装上一只假眼，现在已经不能了，现在我只能指望广东了。）这时候我看见鄱阳湖的湖面印出一个人影，朝杨家强家走来，我的心猛一沉，使劲眨了眨眼，那人眼镜映出两束光。我知道，我的弟弟李壮回来了。李壮！李壮！我放声大喊，喜出望外。

李壮没有回答，他仍然朝杨家强家走来。我终于看清楚他啦，他的头发很长，衣服脏得不得了，那个旅行袋裂了一个口子，里面的东西差不多要掉下来啦。

李壮！李壮！我又喊了一遍。

这时候雨越来越大，我的弟弟李壮停下脚步，我看见他摘掉眼镜，朝杨家强家空空荡荡的房子喊道：

杨美，我爱你！

杨美，我爱你啊！

那个有狐臭的杨美，那个一只腿长一只腿短的杨美，那个已经和十二个男人睡过觉的杨美，现在被我的弟弟声声呼唤。

我赶忙冲下楼去，冲进雨里，雨水打在我的脸上，我那只没有眼球的眼窝被雨水灌满，像一只装有烈酒的酒杯那样，火辣辣的。

（原载《上海文学》2004年第6期）

葛水平

GE SHUI PING

女。1966年出生于山西沁水县十里乡山神凹。1976年进山西长子县的剧团当演员。后考入晋东南戏校学习。毕业后分配到山西晋城上党戏剧院工作。2005年加入中国作家协会。2008年调长治市戏剧研究院任研究室主任。现为山西长治市文联主席，长治市作协副主席，山西省女作家联谊会副会长。

1980年开始发表文学作品。著有中短篇小说集《喊山》《守望》《官煤》《陷入大漠的月亮》，诗集《美人鱼与海》《女儿如水》，散文集《心灵的行走》等。中篇小说《喊山》获第四届鲁迅文学奖。

喊　　山

一

　　太行大峡谷走到这里开始瘦了，瘦得只剩下一道细细的梁，从远处望去赤条条的青石头儿悬壁上下，绕着几丝儿云，像一头抽干了力气的骡子，瘦得肋骨一条条挂出来，挂了几户人家。

　　这梁上的几户人家，平常说话面对不上面要喊，喊比走要快。一个在对面喊，一个在这边答，隔着一条几十米直陡上下的深沟声音倒传得很远。

　　韩冲一大早起来，端了碗吸溜了一口汤，咬了一嘴黄米窝头口齿不清地冲着对面喊："琴花，对面甲寨上的琴花，问问发兴割了麦，是不是要混插豆？"

　　对面发兴家里的琴花坐在崖边上端了碗喝汤，听到是岸山坪的韩冲喊，知道韩冲想过来在自己的身上欢快欢快，斜下碗给鸡们泼过去碗底的米渣子，站起来冲着这边喊："发兴不在家，出山去矿上了，恐怕是要混插豆。"

　　这边厢韩冲一激动，又咬了一嘴黄米窝头，喊："你没有让发兴回来给咱弄几个雷管？獾把玉荚糟害得比人掰得还干净，得炸炸了。"

　　对面发兴家里的喊："矿上的雷管看得比鸡屁眼还紧，休想抠出个蛋来。上一次给你的雷管你用没了？"

　　韩冲咽下了黄米窝头口齿清爽地喊："收了套就没有下的了。"

　　对面发兴家的喊："收了套，给我多拿几斤獾肉来啊！"

　　韩冲仰头喝了碗里的汤站起来敲了碗喊："不给你拿，给谁？你是獾的丈母娘呀。"

　　韩冲听到对面有笑声浪过来，心里就有了一阵紧一阵的高兴，哼着秧歌调往粉房的院子里走，刚一转身，迎面碰上了岸山坪的外来户腊宏。腊宏肩了担子，担子上绕了一团麻绳，麻绳上绑了一把斧子，像是要进后山圪梁上砍柴。韩冲说："砍柴？"腊宏说："呵呵，砍柴。"两个人错过身体，韩冲回到屋子里驾了驴准备磨粉。

　　腊宏是从四川到岸山坪来落住的，到了这里，听人说山上有空房子就拖儿带女的上来了。岸山坪的空房子多，主要是山上的人迁走留下来的。以往开山，煤矿拉坑木的包了山上的树，砍树的人就发愁没有空房子住，现在有空房子住了，山上的树倒没有了。獾和人一样在山脊上挂不住了就迁到深沟里，人寻了平坦地儿去，獾寻了人不落脚踪的地儿藏。腊宏来山上时领了哑巴老婆，还有一个闺女一个男孩。腊宏上山时肩上挑着落户的家当，哑巴老婆跟在后面，手里牵着一个，怀里抱着一个。哑巴的脸蛋因攀山通红透亮，平常的蓝衣，干净、平展，走了远路却看不出旅途的尘迹来。山上不见有生人来，惹得岸山坪的人们稀罕得看了好一阵子。腊宏指着老婆告诉岸山坪看热闹的人，说："哑巴，你们不要逗她，她有羊羔子疯病，疯起来咬人。"岸山坪的人们想：这个哑巴看上去挺利索的，要不是有病，要不是哑巴，她肯定不会嫁给腊宏这样的人。话说回来，腊宏是个什么样的人——瓦刀脸，干巴精瘦，豆豆眼，干黄的脸皮儿上有害水痘留下的窝窝。韩冲领着腊宏转一圈子也没有找下一个合适的屋，转来转去就转到韩冲喂驴的石板屋子前，腊宏停下了。

　　腊宏说："这个屋子好。"韩冲说："这个屋子怎么好？"腊宏说："发家快致富，人下猪上来。"韩冲看到腊宏指着墙上的标语笑着说。标语是撤乡并镇村干部搞口号让岸山坪人写的，当初是韩冲磨粉的粉房，磨房的主要收入是养猪。韩冲说："就写个养猪致富的口号。"写字的人想了这句话。字写好了，韩冲从嘴里念出来，越念越觉得不得个劲，这句话不能细琢磨。韩冲说："我喂着驴呢，你看上了，我就牵走驴，你来住。"韩冲可怜腊宏大老远的来岸山坪，山上的条件不好，有这么个条件还能说不满足人家？腊宏看中这房子，主要石头房子离庄上远，他不愿意抬头低头地碰见人。

　　住下来了，岸山坪的人们才知道腊宏人还懒，腿脚也不勤快。其实靠山吃山的庄稼人，只要不懒，哪有山能让人吃尽的。但腊宏常常顾不住嘴，要出去讨饭。出去大都是腊月天正月天，或七月十五八月十五，赶节不隔夜，大早出去，一到天黑就回来。腊宏每天回来都背一蛇皮袋从山下讨来的白馍和米团子。山里人实诚，常常顾不上想自己的难，老想别人的难，同情眼前事，恓惶落难人。哑巴老婆把白馍切成片，把米团子挖了里边的豆馅，摆放在有阳光的石板上晒。雪白的馍、金黄的米团子晒在石板地上，走过去的人都要回过头咧开嘴笑，说哑巴聪明，知道米团子是豆馅，容易早坏。

　　腊宏的闺女没有个正经名字，叫大。腊月天和正月天，岸山坪的人会看到，腊宏闺女大端了豆馅吃，紫红色的豆馅上放着两片酸萝卜。韩冲说："大，甜馅儿就着个酸萝卜吃是个什么味道？"大以为韩冲笑话她就翻他一眼，说："龟儿子。"韩冲也不计较她骂了个啥，就往她碗里夹了两张粉浆饼子，大扭回身快步搂了碗，进了自己的屋里，一会儿拽着哑巴出来指着韩冲看。哑巴乖巧的脸蛋儿冲韩冲点点头，咧开的嘴里露出了两颗龅牙，吹风露气地笑，有一点感谢的意思。

韩冲说："没啥，就两张粉浆饼子。"

韩冲给岸山坪的人解释说："哑巴不会说话，心眼儿多，你要不给她说清楚，她还以为害她闺女呢。"

挖了豆馅的米团子，晒干了，煮在锅里吃，米团子的味道就出来了。哑巴出门的时候很少，岸山坪的人觉得哑巴要比腊宏小好多，看上去比腊宏的闺女大不了多少，也拿不准到底小多少。哑巴要出门也是在自己的家门口，怀里抱着儿，门墩上坐着闺女，身上衣服不新却看上去很干净，清清爽爽的小样儿还真让青壮汉们回头想多看几眼。两年下来，靠门墩的墙被磨得亮旺旺的，太阳一照，还反光，打老远看了就知道是坐门墩的人磨出来的。

岸山坪的人不去腊宏家串门，腊宏也不去岸山坪的人家里串门。有时候人们听见腊宏打老婆，打得很狠，边打还边叫着："你敢从嘴里蹦一个字出来，老子就要你的命！"岸山坪的人说，一个哑巴你倒想让她从嘴里往出蹦一个字？

有一次韩冲听到了走进去，就看到了腊宏指着哆嗦在一边的哑巴喊着"龟儿子，瓜婆娘"，看着韩冲进来了，反手捏了两个拳头对着他喊起来："谁敢来管我们家的事情，我们家的事情谁敢来管？"腊宏平常见了人总是笑脸，现在一下黑了脸，看上去一双豆豆眼聚在鼻中央，怪凶的。韩冲扭头就走，边走边大气不出地回头看，怕走不利索身上沾了什么晦气。

现在韩冲驾了驴准备磨粉，他先牵了驴走到院子一角让驴吧嗒两粒驴粪，然后又给驴套上护嘴捂了眼罩驾到石磨上，用漏勺从水缸里捞出泡软的玉茭填到磨眼上。韩冲拍了一下驴屁股，驴很自觉地绕着磨道转开了。

韩冲因为家境不好，三十岁了还没有说上媳妇。想出去当上门女婿，出去几次也没有找到合适的家户，反复几年下来就这么耽搁了。也不是说韩冲长得不好，总体看上去比例还算匀称，主要问题还是山上穷，山下的哪个闺女愿意上来？次要问题是他和发兴老婆的事情，天下没有不透风的墙，这种事情张扬出去就不是落到了尘土深处，而是落入了人嘴里，人嘴里能飞出什么好鸟吗？

头一道粉顺着磨缝挤下来流到槽下的桶里，韩冲提起来倒进浆缸，从墙上摘下箩，舀了粉，一边箩，一边擦着溅在脸上的粉浆。白糊糊的粉浆像梨花开满了衣裳，韩冲想：都说我身上有股老浆气，女人不喜欢挨，我就闻着这个味道好，琴花也闻着这味道好。一想到琴花，想到黑里的欢快，他就鸟儿一样吹了两声口哨。他箩下来的粉叫第二道粉，也是细粉，要装到一个四方白布上，四角用吊带拎起来吊到半空往外冷水，等水冷干了，一块一块掰下来，用专用的荆条筐子架到火炉上烤。烤干了打碎就成了粉面，和白面豆面搭配着吃，比老吃白面好，也比老吃玉茭面细，可以调换一下口味。

甲寨和沟口附近的村子，都拿玉茭来换粉面。韩冲用剩下来的粉渣喂猪，一窝七八头猪，单纯用粮食是喂不起的，韩冲磨粉就是为了赚个喂猪的粉渣。做完这些活儿，韩冲打了个哈欠给驴卸了眼罩和护嘴，牵了出来拴到院子里的苹果树上，眯了眼睛望了望对面崖边上，远远地他就看见了他现在最想找的人——发兴的老婆琴花。

"韩冲，傍黑里记着给我舀过一盆粉浆来。"

琴花让韩冲舀粉浆过去，韩冲就最明白是咋回事了，心里欢快地跳了一下，他知道这是叫他晚上过去的暗号。还没等得韩冲回话，就听得后山圪梁的深沟里下的套子轰的响了一下，韩冲一下子就高兴起来，对着对面崖边上的琴花喊："日他娘，前晌等不得后晌，崩了，吃什么粉浆，你就等着吃獾肉吧！"

韩冲扭头往后山跑，后山的山脊越发的瘦，也越发的险，就听得自己家的驴应着那一声爆炸，惊得"哥哦哥，哥哦哥"地叫。

韩冲抓着荆条往下溜，溜一下屁股还要往下坐一下。韩冲当时下套的时候，就是冲着山沟里人一般不进去，獾喜欢走一条道，从哪里来到哪里去，一点弯道都不绕。獾拱土豆，拱过去的你找不到一个土豆，拱得干干净净，獾和人一样就喜欢认死理。韩冲溜下沟走到了下套的地方，发现下套的地方有些不对劲，两边有两捆散开了的柴，有一个人在那里躺着哼哼。韩冲的头霎时就大了，满目金星出溜出溜地往出冒。

炸獾炸了人了！炸了谁了？

韩冲腿软了下来问："是谁？"

"韩冲，你个龟儿子，你害死我了。"

听出来了，是腊宏。

韩冲奔过去，看到套子的铁夹子夹着腊宏的脚丢在一边，腊宏的双腿没有了。人歪在那里，两只眼睛瞪着比血还红。韩冲说："你来这里干啥来了？"腊宏抬起手指了指前面，前面灌木丛生，有一棵野毛桃树，树上挂了十来个野毛桃果，有一个小松鼠鬼鬼祟祟朝这边瞅。韩冲回过头，看到腊宏歪了头不说话了，他忙把腊宏背起来往山上走，腊宏的手里捏了把斧头，死死地捏着，在韩冲的胸前晃，有几次灌木丛挂住了也没有把它拽落。

韩冲背了腊宏回到村里，山上的男女老少都迎过来，看背上的腊宏黄锈的脸上没有一丝儿血色。把他背进了家放到炕上，他的哑巴老婆看了一眼，紧紧地抱了怀中的孩子扭过头去，弯下腰呕吐了一地。听得腊宏轻轻地咳嗽了一声，哑巴抬起身迎了过来，韩冲要哑巴倒一碗水，哑巴端过来水，突然腊宏的斧头照着哑巴砍了过去。腊宏用了很大的劲，嘴里还叫着："龟儿子你敢！"韩冲看到哑巴一点也没有想躲，腊宏的劲儿看着猛，实际上斧头的重量比他的劲儿要冲，斧头咣当垂直落地了。哑巴手里的一碗水也落地了。腊宏的劲儿也确实是用猛了，背过一口气，半天那气丝儿没有拽直，张着个嘴歪过了脑袋。韩冲没敢多想，跑出去紧着招呼人绑担架要抬着腊宏下山去镇医院。岸山坪的人围了一院子伸着脖子看，对面甲寨崖边上也站了人看，琴花喊过话来问："炸了谁了？"

这边上有人喊："炸了讨吃了！"

他们管腊宏叫讨吃。

琴花喊："炸没人了，还是有口气？"

这边上的说："怕已经走到奈何桥上了。"

韩冲他爹扒开众人走进屋子里看，看到满地满炕的血，捏了捏腊宏的手还有几分柔软，拿手背儿探到鼻子下量了量，半天说了声："怕是没人了。"

"没人了。"话从屋子里传出来。

外面张罗着的韩冲听了里面传出来的话，一下坐在了地上，驴一样"哥哦哥，哥哦哥——"地嚎起来。

二

炸獾会炸死了腊宏，韩冲成了岸山坪第二个惹出命案的人。

这两三年来，岸山坪这么一块小地方已经出过一桩人命案了。两年前，岸山坪的韩老五外出打工回来，买了本村未出五服的一个汉们的驴，结果驴牵回来没几天，那驴就病死了。两人为这事麻缠了几天，一天韩老五跟这汉们终于打了起来。那韩老五性子烈，三句话不对，手里的镰刀就朝那汉子的身子去了，只几下，就要了人家的命。山里人出了这样的事，都是私下找中间人解决，不报案。他们知道报案太麻缠，把人抓进去，就是毙了脑瓜，就是两家有了仇恨，最终顶个屁？山里的人最讲个实际，人都死了，还是以赔为重。村里出了任何事，过去是找长辈们出面，说和说和，找个都能接受的方案，从此息事宁人。现在有了事，是干部们出面，即使是出了命案，也是如法炮制。两三年前，韩老五还不是最终赔了两万块钱就拉倒了事。

如今腊宏死了，他老婆是哑巴，孩子又小，这事咋弄？岸山坪的人说，人死如灯灭，活着的大小人儿以后日子长着呢，出俩钱买条阳关道，他一个讨吃的又是外来户，价码能高到哪儿去。

这天韩冲把山下住的村干部一一都请上来，干部们随韩冲上了岸山坪，一路上听事情的来龙去脉，等走上岸山坪时，已了解得八九不离十了。

看了现场，出门找了一个僻静的地方站下来，商量了一阵子，认为最好的办法是按这里的老规矩办。他们责成会计王胖孩来当这件事情处理的主唱：一来他腿脚勤；二来这种事情不是什么好事，一把二把手不便出面；三来这王胖孩的嘴比脑子翻转得快。

返进屋里坐下，王胖孩用手托着下巴颏对哑巴说："你们住的这房是韩冲原来的吧？韩冲对你家腊宏应该是不错吧？他俩没仇没恨吧？腊宏因为砍柴误踩了韩冲的套子，这种事谁也没有料到吧？"咳嗽了一声，旁边的一人突然想起了什么，有些摸不着深浅地问："都说哑巴是十哑九聋，不知道你是听得见还是听不见？要是听见了就点一下头，要是听不见说也白说。"村干部和韩冲的眼光集体投向哑巴，就看到那哑巴居然慌秋秋地点了一下头。

干部们惊讶得抬直身体嗷了一声，王胖孩舔了舔发干的嘴片子，尽量摆正态度，把话说普通了："这么说吧，你男人的确是死了……不容置疑。"

说到这里就看到腊宏老婆打了个激灵。王胖孩长叹一声："真是生死由命，富贵在天。你说骂韩冲炸獾炸了人了吧，他已经炸了，你说骂腊宏福薄命贱吧，他都没命了。这事情的不好办就是活的人活着，死的人到底死了。活的人咱要活，死的人咱要埋，是吧？这事情的好办是，你不是一个不讲道理的妇女，你心明眼亮可惜就是不会说话。我们上山来的目的，就是要活的人更好地活着，死的人还得体面地埋掉。你一个哑巴妇女，带了两个孩子，不容易啊。现在男人走了，难！咱首先解决这个难中之难的问题，你相信我这个村干部，就让韩冲埋人，不相信我这个村干部，你就找人写状纸，告。但是，你要是告下来，韩冲不一定会给腊宏抵命，我们这些村干部因为你不是岸山坪的，想管，到时候怕也不好插手，说来你母女仨还是个黑户嘛！"

腊宏的哑巴老婆，惊讶得抬起头瞪了眼睛看。王胖孩故意不看哑巴扭头和韩冲说："看见这孤儿寡母了吗？你好好的炸球什么獾？炸死人啦！好歹我们干部是遵纪守法爱护百姓的，看你凿头凿脑咋回事儿似的，还敢炸獾？赶快把卖猪的钱从信用社提出来，先埋了人咱再商量后一步的赔偿问题！"

哑巴像是丢了魂儿似的听着，回头望望炕上的人，再看看屋外屋内的人，哑巴有一个间歇似的默想，稍顷，抽回眼睛看着王胖孩笑了一下。

这一笑，让有强烈的表现欲望的王胖孩沉默了。哑巴的神情很不合常理，让干部们面面相觑不知道她到底笑个啥。

干部们做主让韩冲把他爹的棺材抬出来装了腊宏，事关重大，他爹也没有说啥。韩冲又和他爹商量用他爹的送老衣装殓腊宏，韩冲爹这下子说话了：

"你要是下套子炸死我了倒好了，现成的东西都有，你炸了人家，你用你爹的东西埋人家，都说是你爹的东西，但埋的不是你爹，这比埋你爹的代价还要大，我操！"

韩冲的脸儿埋在胸前不敢答话，他爹说："找人挖了坟地埋腊宏吧，村干部给你一个台阶还不赶快就着下，等什么？你和甲寨上的娘们混吧，混得出了人命了吧？还搭进了黄土淹没脖子的你爹。你咋不把脑袋埋进裤裆里！"说完，韩冲爹从木板箱里拽出大闺女给她做好的送老衣，摔在了炕上。

把腊宏装殓好，棺材准备起了，四个后生喊："一二，起！"抬棺材的铁链子突然断了，抬棺材的人说："日怪，半大个人能把铁链子拉断，是不是家里不见个哭声？"

哑巴是因为哭不出声，女儿儿子是因为太小，还不知道哭。王胖孩说："锣鼓点儿一敲，大幕儿一拉，弄啥就得像啥！死了人，不见哭声叫死了人吗？这还是咱们的工作没有做好，这样吧，去甲寨上找几个女人来，村里花钱。"

马上就差遣人去甲寨上找人，哭妇不是想找就能找得到，往常有人不在了，论辈分往下排，哭的人不能比死的人辈分大。现在是哭一个外来的讨吃，算啥？

女人们就不想来，韩冲一看只好一溜儿小跑到了甲寨上找琴花。进了琴花家的门，琴花正在做饭。听了韩冲的来意后，琴花坐在炕上说："我哭是替你韩冲哭，看你韩冲的面，不要把事情颠倒了，我领的是你韩冲的情，不是冲村干部的面子。"

韩冲说："还是你琴花好。"

看到门外有人影儿晃，琴花说："这种事给一头猪不见得有人哭。这不是喜丧，是凶丧。也就是你韩冲，要是旁人我的泪布袋还真不想解口绳呢。"

门外站着的人就听清了——琴花要韩冲出一头猪，这可是天大的价码。

琴花见韩冲哭丧个脸，一笑，从箱子里拽了一块枕巾往头上一蒙，就出了门。

走到岸山坪的坡顶上看了一眼黑压压的人群，就扯开了喉咙："你死得冤来死得苦，讨吃送死在了后梁沟——"

村干部一听她这样哭，就要人过去叫她停下来——这叫哭吗？硬邦邦的没有一点儿情感。

琴花马上就变了一个腔："水流千里归大海，人走万里归土埋，活归活啊死归死，阳世咋就拽不住个你？呀喂——啊啊啊。"

琴花这么一哭把岸山坪的空气都抽得麻秫起来，有人试着想拽了琴花头上的枕巾看她是假哭还是真哭，琴花手里挂着一根干柴棍抢过去敲在那人的屁股蛋上，就有人捂了嘴笑。琴花干哭着走近了哑巴，看到哑巴不仅没有泪蛋子在眼睛里滚，眼睛还望着两边的青山。琴花哭了两声不哭了，你的汉们你都不哭，我替你哭你好歹也应该装出一副丧夫的样子吧。

埋了腊宏，王胖孩叫来几个年长的坐下商量后事，一千人围着石磨开始议事。比如，这哑巴和孩子谁来照顾，怎么个照顾法，都得立个字据。韩冲说：

"最好一次说断了，该出多少钱我一次性出够，要连带着这么个事，我以后还怎么讨媳妇？"大伙研究下来觉得是个事情，明摆着青皮后生的紧急需要，事儿是不能拖泥带水，得抽刀斩水。

一个说："事情既出由不得人，也是大事，人命关天，红嘴白牙说出来的就得有个道理！"

一个说："哑巴虽然哑巴，但哑巴也是人。韩冲炸了人家的男人，虽然不是他有意想炸，既然炸了，要咱来当这个家，咱就不能理偏了哑巴，但也不能亏了韩冲。"

一个说："毕竟和韩老五打架的事情不是一个年头了，怕不怕老公家怪罪下来？"

一个说："现在的大事小事不就是俩钱嘛？从光绪年到现在哪一件不是私了？有直道儿不走，偏走弯道儿。老公家也是人来主持嘛，要说活人的经验不一定比咱懂多少，舌头没脊梁来回打波浪，他们主持得了这个公道吗？"

王胖孩说："话不能这么说，咱还是老公家管辖下的良民嘛！"

王胖孩要韩冲把哑巴找来，因为哑巴不说话，和她说话就比较困难。想来想去想了个写字，却也不知道她是否认字。王胖孩找了一本小学生的写字本和一根铅笔，在纸上工工整整写了一行字，递给哑巴看。

哑巴看了看，取过笔来，也写了一行字递过去。韩冲因为心里着急伸过去脖子看，年长的因为稀罕也伸过脖子，发现上面的第一行是村干部写的："我是干部王胖孩，你叫啥？"后一行的字歪歪扭扭写了："知道，我叫红霞。"

所有的人对视了一下，稀罕这个哑巴不简单，居然识得俩字。

"红霞，死的人死了，你计划怎么办？要多少钱？"

"不要。"

"红霞，不能不要钱。社会是出钱的社会，眼下农村里的狗都不吃屎了，为什么？就因为日子过好了。钱是啥？是个胆儿，胆气不壮，怕米团子过几天你母女仨也吃不上了。"

"不要。"

"红霞妇女，这钱说啥也得要，只说是要多少钱？你说个数，要高了韩冲压，要少了我们给你抬，叫人来就是为了两头取中间主持这个公道。"

"不要。"

小学生写字本上三行字歪歪扭扭看上去很醒目，大伙儿觉得这个红霞是气糊涂了，哪有男人被人炸死了不要钱的道理？要知道这样的结果还叫人来干啥？写好的纸条递给韩冲，要他看了拿主意，使了一下眼儿，两个人站起来走了出去。收住脚步，王胖孩说："她不是个简单的妇女，不敢小看了，她想把你弄进去。"韩冲吓了一跳，脚尖踢着地面张开嘴看王胖孩。王胖孩歪了一下头很慎重地思忖了一下说："哪有给钱不要的道理，你说，她不是想把你弄进去是什么？"韩冲越发不知道该说什么了。王胖孩指着韩冲的脸说："要暖化她的心，打消她送你进去的念头，不然你一辈子都得背着个污点，有这么个污点你就甭想说上媳妇。"韩冲闭上嘴，咽下了一口唾沫，唾沫有些划伤了喉咙，火辣辣地疼。

"这几天，你只管给哑巴送米送面。你知道，我也是为你好，让老公家知道了，弄个警车来把你带走了，你前途毁了，以后出来怎么做人？趁着对方是个哑巴，咱把这事情就哑巴着办了，省了官办，民办了有民办的好处。明白不？"韩冲点了头说："我相信领导干部！"

两个人商量了一个暂时的结果，由韩冲来照顾她们母女仨。返进屋子里，王胖孩撕下一张纸来，边念边写：

"合同。甲方韩冲，乙方红霞。韩冲下套炸獾炸了腊宏，鉴于目前腊宏媳妇神志不清，不能够决定赔偿问题，暂时由韩冲来负责养活她们母子仨，一日三餐，吃喝拉撒，不得有半点不耐烦，直到红霞决定了最后的赔偿，由村干部主持，岸山坪年长的有身份的人最后得出结果才能终止合同。合同一方韩冲首先不能毁约，如红霞对韩冲的照顾有不满意之处，红霞有权告状，并加倍罚款。"

合同一式两份，韩冲一份，哑巴一份。立据人互相签了字，本来想着会有一番争吵的，但事情就这么说断了，岸山坪人的心里有一点盼太阳出来阴了天的感觉，心里结了个疙瘩，莫名地觉得哑巴真的是傻，互相看着都不再想说话了。

送走王胖孩，韩冲叠好条子装进上衣口袋，哑巴前脚走，韩冲后脚卸了炉上的粉走进了哑巴家。

进了哑巴家，韩冲看到哑巴的房梁上吊下来两个箩筐，箩筐下有细小的丝线拉拽着一条一条的小虫，韩冲知道那箩筐里放的是讨来的晒干了的米团子和白馍。哑巴没有停下手里的活儿，她手里正拿了一捧米团子放在锅台边，一块一块往下磕上面生的小虫，磕一块往锅里煮一块，锅台上的小虫伸展了身子四下跑，哑巴端下锅，拿了笤帚，两下子就把小虫子扫进了火里，坐上锅，听得噗噗的响。

韩冲眯缝着眼睛歪着脖子说："这哪是人吃的东西。"提下了锅走回家倒进了自己的猪圈里，猪好久没有换口味了，咂巴着干邦硬的米团子，吐出来吞进去，嘴片子错得吧唧吧唧响。韩冲给哑巴提过来面和米，哑巴拉了闺女和孩子笑着站在墙角看他一头汗水地进进出出。韩冲想，你这个哑巴笑什么，我把你汉们炸了你还和我笑，但他不敢多说话，只顾埋头干他的活儿。

这时候就有人陆续走上岸山坪来看哑巴和孩子，有的想收留哑巴的孩子，有的干脆就想收留哑巴。韩冲装作没看见，他想要是真有人把哑巴收留了才好，她一走我就啥也不用赔了。但哑巴这时候面对来人却很决绝地把门关上了。

王胖孩又来到了岸山坪，要韩冲叫了年长的和有些身份的人走进了哑巴的家。王胖孩坐下来看着哑巴说："今天我来是给你做主，有啥你就说。"韩冲坐到门墩上琢磨着这个事情该怎么开头，说什么好。就听得王胖孩说："咱打开天窗说亮话，不绕弯子了，这理说到桌面儿上是欠了人家一条命，等于盖屋你把人家的大梁抽了，屋塌了。现在，你一个孤寡妇女，又是哑巴，带着俩孩子，容易吗？要我说就一个字——难。红霞，老话重提，你说出个数字来，要多少？"

哑巴抬起头拿过一根点火的麻秆在石板地上写了俩黑字——不要。村干部接过麻秆来，大大地在地上写了两个字——两万。韩冲低下头看，请来的人也低下头看，抬起头互相点了点头，大意是有了韩老五的事情在前面做样板，这样的处理结果也是说得过去的。韩冲说话了："胖孩哥，两万块暂时拿不出，能不能分期付？如果不行，就得给我政策，让我贷。"

王胖孩想了半天说："上头的政策主要是鼓励农民贷款致富，哪有让你贷款用来买命的？这事要说也没有个啥，摆到桌面上就是个事。你是不是到对面的甲寨上找一找发兴，他儿在矿上，煤矿现如今效益不错，他家里想来是有货的，借一借嘛。琴花虽然是出了名的铁公鸡，毕竟是喝过你的粉浆，吃过你的獾肉，还是你的相好，你炸死的这个人用的雷管还是她提供的。咱嘴上不说，如果要说，她是脱不了干系的。"

韩冲不好意思地低下了头。

事情说到这里，王胖孩对哑巴红霞说："按我的意思来，你不要，不等于我们不懂，我们不懂就是欺负你了，这不符合山里人的作风。等韩冲凑够了钱，我再到这山上来亲手递给你。咱这事情就算结束，你也好准备你的退路。一个妇道人家没有汉们帮衬，哪能行啊！韩冲，话说回来大家是为了你办事，光跑腿我就跑了几趟，你小子懂个眼色不懂？"

韩冲大眼儿套小眼儿看着王胖孩，王胖孩举起手里的麻秆说："这，缩小了像个啥？"韩冲想，像个啥？哑巴从王胖孩手里拿过麻秆掰下的一小截，叼在嘴上呷巴了两口，韩冲明白了，他是想要烟呢。稀罕得岸山坪的长辈们放下手中的旱烟锅子看哑巴，哑巴看得不好意思低下了头。

韩冲赶紧出去到代销点上买了两条烟递给了王胖孩。王胖孩说："这是啥意思？乡里乡亲的弄这？"说罢，掰开一条烟给坐着的长辈一人发了一包，自己把剩下的夹在腋窝下起身走了。

长辈们看着手里的烟，咧开嘴笑着，心里却不是个滋味，啥也没表态走了两步路就赚了一包烟，很有点不好意思。韩冲说："算个啥嘛，都是德高望重的人，就是没事我韩冲也应该孝敬你们！"

三

借钱的事情很简单，也很复杂，简单得就像天上的一颗太阳，无际蓝天，没有鸟儿飞翔，看上去空旷；复杂得突然就乱云飞渡，飞渡的云不是瓦片和挠钩状，是黑云压山，兜头浇得韩冲凉刷刷的。

韩冲去对面的甲寨上，要下了沟，绕出山，再转回来上对面，大约要一个半钟点。

这地方的人叫吃亏不叫吃亏，叫吃家死，韩冲这一回借钱就吃了大家死。

走到甲寨上人们就说："韩冲，还敢不敢下套子了？胆子大啊，那讨吃下那深沟做啥去了，活该要他的命。"韩冲挠了挠头发，呵呵笑了一下，很不舒展。不断有人问，韩冲就不断很不舒展地呵呵。

走进发兴的院子里，看到发兴坐在小马扎上抽旱烟，烟锅子在地上磕了一下子，说："你来了，稀客。有啥事不喊要过沟来说？我可是头一回见你大白天来。也是的，炸獾咋就炸了人？"

韩冲说："话不能这样说，大白天不来搭黑来干啥？老哥你就不要瞎猜了，人倒霉了放个屁都砸脚后跟。我也思谋着他下那沟做甚了，两捆柴好好地甩在一边，手里握着一把斧头不丢，看见我眼睛瞪得快要出血，恨不能把我吃掉，我操。不过话说回来，咱是断了人家哑巴的疼了。"

琴花撩开碎布头拼成的门帘出来，说："韩冲，以后不要下套子了，那獾又不是光吃你的玉茭，你把人炸了，亏得他是外来的，要是本地的，不让你抵命才怪。"

韩冲低下头看着自己的脚尖，鞋是一双解放球鞋，因为旧了，剪了前边和后边，当凉鞋穿。韩冲看着看着就想把过来的意思挑明。韩冲说："我过来是有个事情想求你们两口儿帮忙。"

琴花返进去从屋子里端出一罐头瓶水来递给他说："帮啥忙？跑腿找人的事，发兴能帮得上就一定帮。这两天驾驴磨粉了？你不要因为这事把猪饿了，该做啥还做啥，腊月里我大儿要定婚，还想借你一头猪下酒席呢。你要赶不上喂，赶过来我喂，秋口上卖了咱二一添作五。"

韩冲抬起头看琴花，琴花脸上挂着笑，嘴角角上的一颗黑土眼（痣）翘起来顶在鼻子边。韩冲想，琴花脸上的这个黑土眼坏了她好几分人才。

发兴说："事情最后怎么处理了？说了个甚解决办法？听说有人上来说哑巴，女人要是没有了男人，小腰就断了，就拖不动腿了，也怪可怜的。"

琴花说："傻哑巴不知道哭，看来是真有病，山下有人要她，收拾走算了，省了你来照顾。"

韩冲鼓了鼓勇气说："不瞒你们两口儿说，我今儿过来这甲寨上就是想和你们打凑俩钱，给哑巴。救个急，误不了你娶媳妇，我韩冲是说话算话的。"

一听说是借钱，琴花就示意发兴闭嘴。琴花走到韩冲的面前看着他说："说起来是应该帮忙，出了这么大的事情，啊呀，我当时就不敢过去看那死鬼，听人说，下半截整个都没了，吓死了。事情是出了，有事说事，按道理是得赔人家，是不是？按道理谁能帮上忙就帮忙，乡里乡亲的，抬头不见低头见，谁家不出个事？古话说了，有啥别有事，没啥别没钱，两件事都让摊上了。可有些事情摊上了，还真是帮不上你这个忙。我给你说吧，腊月里要给大儿定婚正月里不娶，明年秋口上也得娶。如今说个媳妇容易吗？屁股后捧着人家还要脱落，敢松口气？我要是真有钱我还真舍得借你，不怕你不还，可就是没有钱，活了个人带了个穷命，难啊！"

韩冲看着琴花的嘴一张一合的，想自己还亲过这张嘴，嘴里的舌头滑溜溜的，有时候也咬一下韩冲的下嘴片子，到韩冲的忘情处会说，人家都穿七分裤了，你也给我买一条穿穿，我是二尺四的腰，要小方格子的面料。韩冲会说，穿那干啥，不好看，憋得屁股和两瓣瓣蒜一样。琴花说，你不买，你就给我下来，我看你哪头难受！韩冲在她身上正忙着，只好忙说，买买。

韩冲你给我买一盒舒肤佳香胰子，韩冲你给我看看我的肚皮是不是松得厉害了，我也想买条裹腹裤。韩冲，我除了不和你住一个屋子，住一个屋子里干的事，咱都干了，也就等于是一家人了，你赚了钱就给我花，我从心里疼你……

韩冲看着琴花心想你身上穿的从里到外哪一样不是我买的，你琴花疼我了？疼我什么了？关键的时候，说到钱的时候，你就和我二心了。

发兴说："这不是帮忙不帮忙的事情，是帮不了这忙，是人命关天。小老弟，都怪你炸球什么獾嘛！"

韩冲想，也就是啊，炸球什么獾嘛！

琴花的短腿直着一条，斜着一条，直着的硬邦邦地站着，斜着的抖抖地闪，闪得人心中想生气。韩冲说："看在以往的面子上，你们就帮我一回吧。我炸死人，要不是你给我雷管，我拿什么炸他？"

琴花一下把斜着的那条腿收了回来指着韩冲说："以往怎么啦，以往就吃了你几次粉浆，当是什么好东西啊，给猪吃的东西，从崖下吊给我吃，讨你什么便宜了？韩冲，不是说不借给你钱，是没有东西借给你，你当是清明上坟托鬼样，八月十五打月饼，找个模子就现成？我是给你雷管了，我叫你韩冲炸人了？你炸死人怨我的雷管，笑话！既然说到这个份上了，我哭讨吃的那头猪不要了，落得送你个人情。"

韩冲说："我多会儿说要送你一头猪了？"

发兴说："装傻，谁都知道你要给一头猪！要说讨便宜，你是讨了大便宜了，别说是一头猪，十头猪你也不吃家死。别人不知道，我是心知肚明。"

琴花打断了发兴的话："你心知个啥，肚明个啥？不会说不要抢着说。"

韩冲端起罐头瓶一口喝了瓶里的水说："我也就是到了困难的时候才找你们来张嘴，张一回嘴容易吗？张开了难合住，给个面子，没多总有个少吧？这沟里就你们还有俩钱，我也是屎憋到屁股门上了，我要有二指头奈何也不会张嘴求人，琴花求你了！"

琴花说："韩冲，我是真想帮你这个忙，可就是心有余而力不足，十块八块的又不顶个事情办，三千两千的我还真没有见过，要有就借你了。丑话说到头了，你走吧，甲寨上的人在大门外看咱的笑话哩。"

韩冲站了起来要走，琴花又说话了："你欠我多少，不是一头猪能还得了的，走归你走，但你得记清楚了。"这一句话说得不是时候，琴花的本意是想说，要是还想着我，你就来，来就得带零花儿来。可说这话儿不是个地方，韩冲都快急得火烧眉毛了他哪里能绕过这个弯。

韩冲一下站住了说："两清了。这钱我不借了，你有本事继续要你的本事，隔着崖，你是甲寨上的，我是岸山坪的，井水不犯河水。发兴，你老婆本事大啊。"

琴花的脸霎时就青了，这叫人话吗？得了便宜卖乖，不借你钱，舌头就长刺了，这就让琴花难咽这口气。

琴花说："站住，韩冲！"一下就扑过去跳起来照着韩冲的脸捆了一个巴掌，韩冲没有防备，一下就怔住了。

韩冲说："不借钱就算了，你还打我，我打你吧，我不君子，不打你吧你太张狂了，跳起来打，不够三尺高的人就是毒。我拿雷管炸了人，那雷管我有吗？还不是你给的！就是你给的！"

发兴站起来拖住了琴花，琴花兜头给了发兴一巴掌，跳着脚跑出院外，甲寨上看热闹的人自动让了个场地看琴花表演："你个缺德鬼，你害了死人害活人，你炸獾咋就不炸了你，讨吃哪天说不定就来勾你命，你等着吧，不在崖下在崖上，不在明天在后天，你死了也要狼拖狗拽了你，五黄六月蛆轰了你！"

韩冲听着身后的叫骂声，踢着地上的石头蛋走，脑子里轰轰响，石头蛋掀了脚趾甲盖，也不觉得疼。自己说得好好的，这个傻逼就翻了脸，真是人小鬼大难招架。我操！

四

这是哑巴第一次出门，她把孩子放到院子里，要大看着，她走上了山坡。

熏风温软地吹着，她走到埋着腊宏的地垄头上。坟堆有半人多高，她一屁股坐到坟堆上，坟堆下埋着腊宏。她从心里想知道腊宏到底是不是真的去了？一直以来她觉得腊宏还活着，腊宏不要她出门，她就不敢出门。今儿，她是大着胆子出门了，出了门，她就听到了鸟雀清脆的叫声从山上的树林子里传过来。

哑巴绕着坟堆走了几圈，用脚踢着坟上的土，嘴里喃喃着一串儿话，是谁也听不见的话，然后坐到地垄上哭。岸山坪的人都以为哑巴在哭腊宏，只有哑巴自己知道她到底是在哭谁。哑巴哭够了对着坟堆喊，一开始是细腔儿，像唱戏的练声，从喉管里挤出一声"啊"，慢慢就放开了，唢呐的冲大调，把坟堆都能撕烂，撕得四下里走动的小生灵像无头的苍蝇一样乱往草丛里钻。哑巴边喊边大把抓了土和石块砸坟头，她要砸出坟头下的人问问他，是谁让她这么无声无息地活着？

远远地看到哑巴喊够了，像风吹着的不倒翁回到了自己的院子里，人们的心才放到了肚子里。哑巴取出从不舍得用的香胰子，好好洗了洗头，洗了脸，找了一件干净的衣服换上出了屋门。哑巴走到粉房的门口，没有急着要进去，而是把头探进去看。看到韩冲用棍搅着缸里的粉浆，搅完了，把袖子挽到臂上，拿起一张大箩开始箩浆。手在箩里来回搅拌着，落到缸里的水声哗啦啦哗啦啦地响，哑巴就觉得很温暖。哑巴大着胆子走了进去，地上的驴转着磨道，磨眼上的玉茭塌下去了，哑巴用手把周围的玉茭填到磨眼里，她跟着驴转着磨道填，转了一圈才填好了磨顶上的玉茭。哑巴停下来抬起手闻了闻手上的粉浆味儿，是很好闻的味儿，又伸出舌头来舔了舔，是很甜的味道，哑巴咧开嘴笑了。

这时候韩冲才发现身后不对劲，扭回头看，看到了哑巴的笑，水光亮的头发，白净的脸蛋，她还是个很年轻的女人嘛，大大的眼睛，鼓鼓的腮帮，翘翘的嘴巴。韩冲把地里看见的哑巴和现在的哑巴做了比较，觉得自己是在梦里，用围裙擦着手上的粉浆说："你到底是不是个傻哑巴？"哑巴吃惊地抬起头看，驴转着磨道过来用嘴顶了她一下，她的腰身碰了一下驴的鼻子，驴打了个喷嚏，她闪了一下腰。哑巴突然就又笑了一下，韩冲不明白这个哑巴的笑到底是羊羔子疯病的前兆，还是她本来就是一个爱笑的女人。

大搂着弟弟在门上看粉房里的事情，看着看着也笑了。

哑巴走过去一下抱起来儿子，用布在身后一绕，把儿子裹到了背上走出了粉房。

岸山坪的人来看哑巴，觉得这哑巴倒比腊宏活着时更鲜亮了。韩冲箩粉，哑巴看磨，孩子在背上看着驴转磨咯咯咯笑。来看她的人发现她并没有发病的迹象，慢慢走近了互相说话，说话的声音由小到大。谁也不知道哑巴心里想着的事，其实她心里想的事很简单，就是想走进她们，听听她们说话。

哑巴的小儿子哼唧唧地要撩她的上衣，哑巴不好意思抱着孩子走了。边走孩子边撩，哑巴打了一下孩子的手，这一下有些重了，孩子哇的一声哭了起来。孩子的哭声挡住了外面的吵闹声音，就有一个人跟了她进了她的屋子，哑巴没有看见，也没有听见。孩子抓着她的头发一拽一拽地要吃奶，哑巴让他拽，你的小手才有多重，你能拽妈妈多疼。哑巴把头抬起来时看到了韩冲，韩冲端着摊好的粉浆饼子走过来放到了哑巴面前的桌子上。他说："吃吧，断不得营养，断了营养，孩子长得黄寡。"

哑巴指了一下碗，又指了一下嘴，要韩冲吃。韩冲拿着铁勺子梆梆磕了两下子鏊盖，指着哑巴说："你过来看看怎么样摊，日子不能像腊宏过去那样儿，要来啥吃啥，要学着会做饭。面有好几种做法，也不能说学会了摊饼子就老摊饼子，你将来嫁给谁，谁也不会要你坐吃。妇女们有妇女们的事情，汉们种地，妇女做饭，天经地义。"

哑巴站起来咬了一口，夹在筷子上吹了吹，又在嘴唇上试了试烫不烫，然后送到了孩子的嘴里。哑巴咬一口喂一口孩子，眼睛里的泪水就不争气地开始往下掉。韩冲把熟了的粉浆饼子铲过来捂到哑巴碗里，就看到了梁上有虫子拽着丝掉下来，落在哑巴的头上，一粒两粒，虫子在她乌黑的头发上一耸一耸地走。孩子抬起手从她的头上拽下一个虫子来，噗的一下捏死了它，一股黄浓的汁液涂满了孩子的指头肚，孩子呵呵笑了一下抹在了她的脸上。哑巴抹了一下自己的脸，搂紧孩子捏着嗓子哭起来。

哑巴一哭，韩冲就没骨头了，眼睛里的泪水打着转说："我把粮食给你划过一些来，你不要怕，如今这山里头缺啥也不缺粮食。炸獾炸死了腊宏，我也不是故意的，我给你种地，收秋，在咱的事情没有了结之前，我还管你们。你就是想要老公家弄走我，我思谋着，我也不怪你，人得学会反正想，长短是欠了你一条命啊！你怕什么，我们是通过村干部签了条子的。"

哑巴摇着头像拨浪鼓，嘴里居然还一张一合的，很像两个字："不要！"

岸山坪的人哑巴不认识几个，自打来到这里，她就很少出门。她来到山上第一眼看到的是韩冲，韩冲给他们房子住，给他们地种，给大粉浆饼子吃。腊宏打她，韩冲进屋子里来劝，韩冲说："冲着女人抬手算什么男人！"女人活在世上就怕找不到一个好男人，韩冲这样的好男人，哑巴还没有见过。哑巴不要韩冲钱的另一层意思就是想要他管她们母女仨。

韩冲背转身出去了，哑巴站起来在门口望，门口望不到影子了，就抱了儿子出来。她这时看到韩冲的粉房门前站了好多人，手里拿着布袋，看到韩冲走过去就一下围住了他。韩冲粉房前乱哄哄的，先进去的人扛了粉面急匆匆地出来，后边的人嚷嚷着也要挤进去。一个女人穿着小格子裤也拿着一个布袋从崖下走上来，女人走起路来一摆一摆的，布袋在手里晃着像舞台上的水袖。哑巴看清楚是甲寨上的琴花。琴花替她哭过腊宏，她应该感谢这个女人。

琴花上来了，韩冲他爹在家门口也看见了。昨天韩冲去借钱受了她的羞辱，今日里她倒舞了个布袋还好意思过来，这个不要脸的娘们。一个韩冲怎么能对付得了她，好好的三门亲事都荒了，为了啥，还不是为了她。人家一听说韩冲跟甲寨上的琴花明里暗里的好着，这女人对他还不贴心，只是哄着想花俩钱儿，谁还愿意跟韩冲？名声都搭进去了，韩冲还不明白就里。我就这么一个儿，难道要我韩家绝了户！韩冲爹一想到这，火就起来了，他从粉房里把韩冲叫出来，问他："你欠不欠你小娘们的粉面？"韩冲说："不欠。"韩冲爹说："那你就别管了，我来对付这娘们。"

琴花过来一看有这么多人等着取粉面，她才不管这些，侧着身子挤了进去。琴花对韩冲爹说："老叔，韩冲还欠我一百五十斤玉茭的粉面，时间长了，想着不紧着吃，就没有来取。现在他出事了，来取粉面的人多了，总有个前后吧，他是去年就拿了我的玉茭，一年了，是不是该还了？"

韩冲爹抬头看一眼琴花就不想再抬头看第二眼了。这个女人嘴上的土眼跳跃得欢，欢得让韩冲爹讨厌。韩冲爹头也不抬地说："人家来拿粉面是韩冲打了条子的，有收条有欠条，你拿出来，不要说是去年的，前年的大前年的欠了你的照样还。"

琴花一听愣了，韩冲确实是拿了她一百五十斤玉茭。拿玉茭，琴花说不要粉面了，要钱。韩冲给了琴花钱。琴花说："给了钱不算，还得给粉面。"韩冲说："发兴在矿上，你一个人在家能吃多少？有我韩冲开粉房的一天，就有你吃的一天。"琴花隔三差五取粉面，取走的粉面在琴花心里从来不是那一百五十斤里的数，一百五十斤是永远的一百五十斤。孩子马上要定婚了，不存些粉面到时候吃啥？说不定哪天他要真进去了，我和谁要去？

琴花说："韩冲和我的事情说不清楚，我大他小，往常我总担待着他，一百五十斤玉茭还想到要打条子？不就是百把斤玉茭，还能说不给就不给了？老叔，你也是奔六十的人了，韩冲他现在在哪儿，叫他来，他心里清楚。他要是真有个三长两短，你说这粉面还真想要昧了我的呢。"

韩冲爹说："我是奔六十的人了，奔六十的人，不等于没有七十八十了。我活呢，还要活呢，粉房开呢，还要开呢！"

看着他们俩的话赶得紧了，等着拿粉面的人就说："不紧着用，老叔，缓缓再说，下好的粉面给紧着用的人拿。"说话的人从粉房里退出来，觉得自己在这个时候来拿也没有个啥，现在这女人一点透似乎真有些不大合适，不就是几斗玉茭的粉面嘛。

琴花觉得自己有些丢面子了，她在东西两道梁上，甚时候有人敢欺负她，给她个难堪？没有！她来要这粉面，是因为她觉得韩冲欠她的，不给粉面罢了，还折丑人呢。

琴花说："没听说还有活千年的蛤蟆万年鳖的，要是真那样儿，咱这圪梁上真要出妖精了。"

韩冲爹说："现在就出妖精了还用得等！哭一回腊宏要一头猪，旁人想都不敢想。你却说得出口，你是他啥人呢？"

琴花说："我不和你说，古话说，好人怕遇上个难缠的，你叫韩冲来，我倒要看他这粉面是给啊不给？"

韩冲爹说："叫韩冲没用，没有条子，不给。"

琴花想和他爹说不清楚，还不如出去找一找韩冲。

琴花用手兜了一下磨顶上放着粉面的筛子，筛子哗啦一下就掉了下来。琴花没有想那筛子会掉下来，她原本只是想吓唬一下老汉，给他个重音儿听听，谁知道那筛子掉了下来，满地上的粉面白雪雪地淌了一地，琴花就蛮横地说："我吃不上，你也休想吃！"

韩冲爹从缸里提起搅粉浆的棍子叫了一声："反了你了！"

琴花此时已经走到院子里，回头一看韩冲爹要打她，马上就坐在地上喊起来："打人啦，打人啦，儿子炸死讨吃了，老子要打妇女啦！打人啦，打人啦！岸山坪的人快来看啦，量了人家的玉茭不给粉面还要打人啦，这是共产党的天下吗？"

韩冲爹一边往出扑一边说："共产党的天下就是打下来的，要不怎么叫打江山，今儿我就打定你了！"

哑巴不明白发生了什么事，刚才她回家为琴花做了张粉浆饼子，端了碗站在院边上看，碗里的粉浆饼子散发出葱香味儿，有几丝热气缭绕得哑巴的脸蛋水灵灵的，哑巴看着他们俩吵架，兴奋了。她爱看吵架，也想吵架，管他谁是谁非，如果两个人吵架能互相对骂，互相对打才好。平日里牙齿碰嘴唇的事肯定不少，怎么说也碰不出响呀。日子跑掉了多少，又有多少次想和腊宏痛痛快快吵一架，吵过吗？没有，长着嘴却连吵架都不能。哑巴笑了笑，回头看每个人的脸，每个人看他们吵架的表情都不同，有看笑话的，有看稀罕的，有什么也不看就是想听热闹的，只有哑巴知道自己的表情是快乐的。

琴花还在韩冲的粉房门前嚎，看的人就是没有人上前去拉她。琴花不可能一个人站起来走，她想总有一个人要来拉她，谁来拉她，她就让谁来给她说理，给她证明韩冲该她粉面，该粉面还粉面，天经地义。现在她眯着眼睛哭，瞅着周围的人，看谁来伸出一只手。她终于看到了一个人过来了，这一下她就很踏实地闭上了眼睛——过来的人是哑巴。哑巴端了碗，碗里的粉浆饼子不冒热气了。哑巴走到琴花的面前坐下来，两手捧着碗递到埋着头的琴花脸前，哑巴说："吃。"

这一个字谁也没有听见，有点跑风漏气，但是，琴花听见了。

琴花吓了一跳，止住了哭。琴花抬起头来看周围的人，看谁还发现哑巴会说话了。周围的人看着琴花，不知道这个女人为什么突然噤了声！

琴花木然地接过哑巴手里的碗，碗里的粉浆饼子在阳光下透着亮儿，葱花儿绿绿的，粉饼子白白的，琴花的眼睛逐渐瞪大了，像是什么烫了她的手一下，她叫了一声"妈呀"，端碗的手很决绝地撒开了。地上有几只闲散的觅食的鸡，发现了地上的粉浆饼子，小心地走过来，快速叼到了嘴里，展开翅膀跑了。琴花站起身，看着哑巴，哑巴咧开嘴笑，用手比划着要琴花到她的屋里去。琴花又抬起头看周围的人群，人们发现这琴花就是不怎么样，连哑巴都懂得情分，可她琴花却不领情，却把哑巴的碗都摔了。

琴花弯下腰捡起自己的面口袋想，是不是自己听错了？却觉得自己没有听错，她突然有点害怕，一溜儿小跑下了山。岸山坪的人想，这个女人从来不见怕过什么，今儿个怕了，怕的还是一个哑巴。真的没明白。看着琴花那屁股上的土灰，随着琴花摆动的屁股蛋子，一荡一荡地在阳光下泛着土黄色的亮光，弯弯绕绕地去了。

五

炕上的孩子翻了一下身子蹬开了盖着的被子，哑巴伸手给孩子盖好。就听得大从外面蹦蹦跳跳地进来了。大说："我有名了，韩冲叔起的，叫小书。他还说要我念书，人要是不念书，就没有出息，就一辈子被人打，和娘一样。"哑巴抬起头望了望窗外，黝黑的天光吊挂下来，她看到大手里拿着一包蜡烛，她知道是韩冲给的。

用麻秆点燃了蜡烛，找来一个空酒瓶子把蜡烛套进去，有些松。她想找一块纸，大给她拿过来一张纸，她准备卷烛往里塞时，发现了那张纸是王胖孩给她打的条子，上面有她的签字。她抬起手打了大一下，大扯开嗓子哭，把炕上的孩子也吓醒了。哑巴不管，把卷在蜡烛上的纸小心取下来，又找了一张纸卷好蜡烛塞进酒瓶里，放到炕头上。拿起那张条子看了半天抚展了，走到破旧的木板箱前，打开找出一个几年前的红色塑料笔记本，很慎重地夹进去。哑巴就指望这条子要韩冲养活她母女仨呢，哑巴什么也不要！哑巴摸了大的头一下，抱起了炕上的孩子。这时候就听得院子里走进来一个人，是韩冲。韩冲用篮子提着秋天的玉米棒子放到屋子里的地上，说："地里的嫩玉米煮熟了好吃，给孩子们解个心焦。"

韩冲说完从怀里又掏出半张纸的蚕种放到哑巴的炕上，说："这是蚕种，等出了蚕，你就到埋腊宏的地垄上把桑叶摘下来，用剪刀剪成细丝儿喂。"

蚕种是韩冲给琴花订下的。琴花说："韩冲，给我订半张秋蚕，听说蚕茧贵了，我心里痒，发兴不在家，你给我订了吧。"韩冲因为和琴花有那码子事情，韩冲不敢说不订。琴花就是想讨韩冲的便宜，人说讨小便宜吃大亏，琴花不管，讨十个算一个，哪一天韩冲讨媳妇了，一个子儿也讨不上了，韩冲你还能想到我琴花？现在秋蚕下来了，韩冲想，给你琴花订的秋蚕，你琴花是怎么样对我的？还不如哑巴。我炸了腊宏，哑巴都不要赔偿，你琴花心眼小到想要我猪啦，粉面啦，我见了猪，猪都知道哼两哼，你琴花见了我咋就说翻脸就翻脸了呢？

韩冲说："一半天蚕就出来了，你没有见过，半张蚕能养一屋子，到时候还得搭架子，蚕见不得一点儿脏东西。哑巴，你爱干净，蚕更爱干净，好生伺候着这小东西。"

哑巴想，我哪里还知道什么叫干净呀，我这日子叫爱干净吗？

夜暗下来了，把两个孩子打发睡下，哑巴开始洗涮自己。木盆里的水汽冒上来，哑巴脱干净了坐进去，坐进木盆里的哑巴像个仙女。标标致致的哑巴躬身往自己的身上撩水，蜡烛的光晕在哑巴身体上放出柔辉。哑巴透过窗玻璃看屋外的星星，风踩着星星的肩膀吹下来，天空中白色的月亮照射在玻璃上，和蜡烛融在一起，哑巴就想起了童年的歌谣：

> 天上落雨又打雷，
> 一日望郎多少回。
> 山山岭岭望成路，
> 路边石头望成灰。

蜡烛的灯捻哔剥爆响，哑巴洗净穿好衣服，找出一把剪刀剪掉了蜡烛捻上的岔头，灯捻不响了，摇曳的灯光黄黄的铺满了屋子。倒出去木盆里的脏水，看到户外夜色深浓，月亮像一弯眉毛挂在中天上，半明半暗的光影加上阒寂的氛围，让哑巴有点嗒然伤心。她觉得腊宏是死了，又觉得腊宏还活着，惊惊地四下里看了一遍，她的思维在清明和混沌中半醒半梦着。走回来脱了衣裳，重新看自己的皮肤，发现乌青的黑淡了，有的地方白起来，在灯光下还泛着亮，就觉得过去的日子是真的过去了。哑巴心头亮了一下，有一种新鲜的震惊，像一枚石头蛋子落入了一潭久沤的水池子，泛了一点水纹儿。水纹儿不大，却也总算击破了一点平静。

现在的季节是秋天，刚入秋，天到晚上有点凉，白天还是闷热的。摸索着从窗台上找到一块手掌大的镜子来，举起来，看不清楚，镜子上全部是灰。下地找了块湿布子抹了两下，越发看不清楚了。一着急就用自己的衣裳抹，抹到举起来能看到眉眼了，走到灯影下慢慢地看到了自己的脸。好久不知道自己长了个啥样，好久了自己长了个啥样并不重要，重要的是挨了上顿打，想着下顿打，眼睛盯着个地方就不敢到处看，哪还敢看镜子呀。

突然听得对面的甲寨上有人筛了铜锣喊山，边敲边喊："呜叱叱叱——呜叱叱叱——"

山脊上的人家因为山中有兽，秋天的时候要下山来糟蹋粮食间或糟蹋牲畜，古时传下来一个喊山。喊山，一来吓唬山中野兽，二来给静夜里游门的人壮胆气。当然了，现在的山上兽已经很少了，他们喊山是在吓唬獾，防备獾趁了夜色的掩护偷吃玉茭。

哑巴听着就也想喊了，拿了一双筷子敲着锅沿儿，迎着对面的锣声敲，像唱戏的依着架子敲鼓板，有板有眼的，却敲得心慢慢就真的骚动起来了，有些不大过瘾。起身穿好衣服，觉得自己真该狂喊了，冲着那重重叠叠的大山喊！找了半天找不到能敲响的家什，找出一个新洋瓷脸盆。这个脸盆是从四川挑过来的，一直不舍得用。脸盆的底儿上画着红鲤鱼嬉水，两条鱼儿在脸盆底快活地等待着水。哑巴就给它们倒进了水，灯晕下水里的红鲤鱼扭着腰身开始晃，哑巴弯下腰伸进去手搅啊搅，搅够了掬起一捧来抹了一把脸，把水泼到了门外。哑巴找来一根棍，想了想觉得棍儿敲出来的声音闷，提了火台边上的铁疙瘩火柱出门。

山间的小路上走着想喊山的哑巴，滚在路面上的石头蛋子偶尔磕她的脚一下。偶尔，会有一个地老鼠从草丛中穿过去；偶尔，恓惶中的疲惫与挣扎，让哑巴想惬意一下，哑巴仰着脸笑了。天上的星星眨巴了一下眼睛，天上的一勾弯月穿过了一片云彩，天上的风落下来撩了她的头发一下，这么着哑巴就站在了山圪梁上了。对面的铜锣还在敲，哑巴举起了脸盆，举起了火柱，张开了嘴，她敲响了：

当！

新脸盆上的瓷裂了，哑巴的嘴张着却没有喊出来。当！裂了的碎瓷被火柱敲得溅起来，溅到了哑巴的脸上，哑巴嘴里发出了一个字——啊！接着是一连串的当当当——啊啊啊——从山圪梁上送出去。哑巴在喊叫中竭力记忆着她的失语，没有一个人清楚她的伤感是抵达心脏的。她的喊叫撕裂了浓黑的夜空，月亮失措地走着、颠着，跌落到云团里，她的喊叫爬上太行大峡谷的山脊把山下的植被毛骨悚然起来。直到脸盆被敲出了一个洞，脸盆才喑哑下来，一切才悄然无声。

哑巴往回走，一段一段地走，回到屋子里把门关上，哑巴才安静了下来。哑巴知道了什么叫轻松，轻松是幸福，幸福的芽头儿正顶着哑巴的心尖尖。

六

韩冲赶了驴帮哑巴收秋地里的粮食。驴脊上搭了麻绳和布袋，韩冲穿了一件红色秋衣牵了驴往岸山坪的后山走。这一块地是韩冲送给腊宏的，地在庄后的凤凰尾上，腊宏在地里种了谷。齐腰深的黄绿中韩冲一纵一隐地挥舞着镰刀，远远看去风骚得很。看韩冲的人也没有别的人，一个是哑巴，一个是对面甲寨上的琴花。琴花自打那天听了哑巴说话，回来几天都没有张嘴。琴花想，哑巴到底不是哑巴，不是哑巴她为啥不说话？琴花对发兴说。

发兴说："你不说没有人说你是哑巴，哑巴要是会说话，她就不叫哑巴了，人最怕说自己的短处，有短处由着人喊，要么她就是个傻子，要么就像我一样由了人睡我自己的老婆，我还不敢吭个声。"

琴花从床上坐起来一把搂了发兴的被子，说："说得好听，谁睡我了？我还不是为了这个家，你少啥了？倒有你张嘴的份子！你下，你下！"琴花的小短腿小胖脚三脚两脚就把发兴蹬下了床。发兴光着身子坐在地上说："我在这家里连个带软刺儿的话都不敢说，旁人还知道我是你琴花的汉们，你倒不知道心疼，我多会儿管你了？啥时候不是你说啥就是啥，我就是放个屁，屁眼儿都只敢裂开个小缝，眼睛看着还怕吓了你，你要是心里还认我是你男人你就拽我起来，现在没有别人，就咱俩，我给你胳臂你拽我？"

琴花伸出脚踢了发兴的胳臂一下，发兴赶紧站起来往床上爬，琴花反倒赌气搂了被子下了床到沙发上睡去。琴花憋屈得慌就想见韩冲，想和韩冲说哑巴的事情。

琴花有琴花的性格，不记仇。琴花找韩冲说话，一来是想告诉他哑巴会说话，她装着不说话，说不定心里怄着事情呢，要韩冲防着点；二来是秋蚕下来了，该领的都领了，怎么就不见你给我订的那半张？站在崖头上看韩冲粉房一趟，哑巴家一趟，就是不见韩冲下山。现在好不容易看到韩冲牵了驴往后山走了，就盯了看他，看他走进了谷地，想他一时半会儿也割不完，进了院子里挎了个篮子，从甲寨上绕着山脊往对面的凤凰尾上走。

韩冲割了五个谷捆子了，坐下来点了根烟看着五个谷捆子抽了一口。韩冲看谷捆子的时候眼睛里其实根本就看不见谷捆子，看见的是腊宏。腊宏手里的斧子，黄寡样儿，哑巴，大和他们的小儿子。这些很明确的影像转化成了一沓两沓子钱。韩冲想不清楚自己该到哪里去借，韩冲盘算着爹的送老衣和棺材也搭里了，给不了人家两万，还不给一万？哑巴夜里的喊山和狼一样，一声声叫在韩冲心间，韩冲心里就想着两个字——亏欠。哑巴不哭还笑，她不是不想哭，是憋得没有缝儿，昨天夜里她就喊了，就哭了。她真是不会说话，要是会，她就不喊"啊啊啊"，喊啥？喊琴花那句话："炸獾咋不炸了你韩冲！"咱欠人家的，这个"欠"字不是简单的一个欠，是欠一条命。韩冲狠狠掐灭烟头站起来开始准备割谷子。站起来的韩冲听到身后有沙沙声穿过来，这山上的动物都绝种了，还有人会来给我韩冲帮忙？韩冲挽了挽袖管，不管那些，往手心里吐了一口唾沫弯下腰开始割谷子。

韩冲割得正欢，琴花坐下来看，风送过来韩冲身上的汗味儿。琴花说："韩冲，真是个好劳力啊。"韩冲吓了一跳，抬起身看地垄上坐着的琴花。琴花

说："隔了天就认不得我了？"韩冲弯下腰继续割谷子，倒伏在两边的谷子上有
蚂蚱蹿起蹿落。琴花揪了几把身边长着的猪草不看韩冲，看着身边五个谷捆子
说："哑巴她不是哑巴，会说话。"韩冲吓了一跳，一镰没有割透，用了劲拽，
拽得猛了一屁股闪在了地上。韩冲问："谁说的？"琴花说："我说的。"韩冲抬
起屁股来不割谷子了，开始往驴脊上放谷捆。韩冲说："你怎么知道的？"琴花
说："你给我订的半张蚕种呢？你给了我，我就告诉你。"韩冲说："胡球日鬼
我，你不要再扯淡！咱俩现在是两不欠了。"

　　韩冲捆好谷子，牵了驴往岸山坪走。琴花坐下来等韩冲，五个谷捆子在驴
脊上耸得跟小山一样，琴花看不见韩冲，看见的是谷捆子和驴屁股。看到地里
掉下的谷穗子，捡起来丢进了篮子里。篮子满了，看上去不好看，四下里拔了
些猪草盖上。琴花想谷穗够自己的六只母鸡吃几天，现在的土鸡蛋比洋鸡蛋值
钱，自己两个儿，比不得一儿一女的，两个儿子说媳妇，不是个小数目，现在
就得一分一厘省。

　　韩冲牵了驴到哑巴的院子里，哑巴看着韩冲进来了，赶快从屋子里端出了
一碗水，递上来一块湿手巾。韩冲摸了一把脸接过碗放到窗台上，往下卸驴脊
上的谷捆。这么着韩冲就想起了琴花说的话：哑巴会说话。韩冲想试一试哑巴
到底会不会说话。韩冲说："我还得去割谷穗，你到院子里用剪刀把谷穗剪下
来。你会不会剪？"半天身后没有动静，韩冲扭回头看，看哑巴拿着剪刀比划
着要韩冲看是不是这样剪。韩冲说："你穿的这件鱼白方格秋衣真好看，是从
哪里买来的？"哑巴不好意思地低下头，抬起来时看到韩冲还看着她，脸蛋上
就挂上了红晕，低着头进了屋子里半天不见出来。韩冲喝了窗台上的水，牵了
驴往凤凰尾上走。没走多远，就听得对面有人问："看上哑巴啦？"

　　一下子坏了韩冲的心情。韩冲一看是琴花，说："你咋没走？"琴花说：
"等你给我蚕种。"韩冲说："你要不怕丢人败兴，我在这凤凰尾上压你一回，
对着驴压你。你敢让我压你，我就敢把猪都给你琴花赶到甲寨上去，管她哑巴
不哑巴，半张蚕种又算个啥！"

　　琴花一下子脸就红了，弯腰提起放猪草的篮子狠狠看了韩冲一眼扭身
而去。

　　韩冲一走，哑巴在院子里盘腿裸脚坐在地上剪谷穗，谷穗一嘟噜一嘟噜脱
落在她的腿上脚上，哑巴笑着，孩子坐在谷穗上也笑着。哑巴不时用手刮孩子
的鼻子一下，哑巴想让孩子叫她妈，首先哑巴得喊"妈"，哑巴张了嘴喊时，
怎么也喊不出来这个"妈"。

　　哑巴小的时候，因为家里孩子多，上到五年级，她就辍了学。她记得故乡
是在山腰上，村头上有家糕团店，她背着弟弟常常到糕团店的门口看。糕团子

刚出蒸笼时的热气罩着掀笼盖的女人，蒸笼里的糕团子出笼时，冒着泡泡，小小的，圆圆的，尖尖的。泡泡从糕团子中间噗地放出来，慢吞吞地鼓圆，正欲朝上满溢时，掀笼盖的女人用竹铲子拍它两下，糕团子一个一个就收紧了。弟弟伸出小手说要吃，她往下咽了一口唾沫，店铺里的女人就用竹铲子铲过一块来给她。糕团子放在她的手掌心，金黄色透亮的糕团子被弟弟一把抓进了嘴里烫得哇哇喊叫，她舔着手掌心甜甜的香味儿看着卖糕团子的女人笑。女人说："想不想吃糕团子？"她点了一下头。女人说："想吃糕团子，就送弟弟回去，自己过来，我管包你吃个够。"她真的就送回了弟弟，背着娘跑到了桥头上。

桥头上停着一辆红色的小面包车，女人笑着说："想不想上去看一看？"她点了一下头。女人拿了糕团子递给她，领她上了面包车。面包车上已经坐了三个男人。女人说："想不想让车开起来，你坐坐？"她点了一下头。车开起来了，疯一样开，她高兴得笑了。当发现车开下山，开出沟，还继续往前开时，她脸上的笑凝住了，害怕了，她哭，她喊叫。

她被卖到了一个她到现在也不清楚的大山里。月亮升起来时一个男人领着她走进了一座房子里，门上挂着布门帘，门槛很高。一进门，眼前黑乎乎的，拉亮了灯，红霞望着电灯泡，想尽快让光线将她带进透亮中，但是她只能看到幽暗的墙壁上有她和那个男人拉长又折断的影子。她寻找窗户，想逃跑，但被那个男人推到墙角。这时，火炉上的水壶响了，她吓了一跳，同时看到了那个叫腊宏的男人把幽暗都推到两边去的微笑。她哆嗦地抱着双肘缩在墙角，那个男人拽过了她，她不从，那个男人就开始动手打她——红霞后来才知道腊宏的老婆死了，留下来一个女孩——大。大生下来半年了，小脑袋不及男人的拳头大，红霞看着大就想起了自己的弟弟。在这个被禁锢的屋子里她百般呵护着大，大是她最温暖的落脚地，大唤醒了她的母性。红霞这时才知道人是不能按自己的想象来活的，命运把你拽成个啥就只能是个啥。她一脚踏进去这座老房子，就出不来了，成了比自己大二十岁的腊宏的老婆。

一个秋天的晚上，她晃悠悠地出来上厕所，看到北屋的窗户亮着，那北屋里住着腊宏妈和他的两个弟弟。她看不见里面，听得有说话声音传出来。

腊宏妈说："你不要打她了，一个媳妇已经被你打死了，也就是咱这地方女娃儿不值钱，她给咱看着大，再养下来一个儿子，日子不能说坏了。下边还有两个弟弟，你要还打她，就把她让给你大弟弟算了。娘求你，娘跪下来磕头求你。"果真就听见跪下来的声音。

红霞害怕了，哆嗦着往屋子里返，慌乱中碰翻了什么，北屋的房门就开了，腊宏走出来一下揪住了她的头发拖进了屋子里。

腊宏说："龟儿子，你听见什么了？"

红霞说："听见你娘说你打死人了，打死了大的娘。"

腊宏说："你再说一遍！"

红霞说："你打死人了，你打死人了！"

腊宏反转身想找一件家伙，却什么也没有找到，看到柜子上放着一把老虎钳，顺手够了过来扳倒红霞，用手捏开她的嘴，揪下了两颗牙，红霞杀猪似的叫着，腊宏说："你还敢叫？我问你听见什么了？"红霞满嘴里吐着血沫子说不出话来。

还没有等牙床的肿消下去，腊宏又犯事了。他合伙和人用洛阳铲盗墓，因为抢一件瓷瓶子，他用洛阳铲铲了人家。怕人逮他，他连夜收拾家当带着红霞跑了。卖了瓷瓶子得了钱，他开始领着她们打一枪换一个地方。腊宏说："你要敢说一个字，我要你满口不见白牙。"

从此，她就寡言少语，日子一长，索性便再也不说话了。

哑巴听到院子外面有驴鼻子的响声，知道是韩冲割谷穗回来了。站起身抱着睡熟了的孩子放回炕上，返出来帮韩冲往下卸谷捆。韩冲说："我裤口袋里有一把桑树叶子，你掏出来剪细了喂蚕。"哑巴才想起那半张蚕种怕孩子乱动放进了筛子里没顾上看。掏出叶子返进屋子里端了筛子出来，把剪碎的桑叶撒到上面，看到密密的蚕蛹心里就又产生了一种难以割舍的感觉。游走在外，什么时候哑巴才觉得自己是活在地上的一个人呢？现在才觉得自己是活在地上的一个人！心里深处汩汩奔着一股热流，她想起小时候娘说过的话：天不知道哪块云彩下雨，人不知道走到哪里才能落脚，地不知道哪一季会甜活人呀，人不知道遇了什么事情才能懂得热爱。

哑巴看着韩冲心里有了热爱他的感觉。

七

蚕脱了黑，变成棕黄，变成青白，蚕吃桑叶的声音——沙沙，沙沙，像下雨一样，席子上是一层排泄物，像是黑的雪。

韩冲端了一锅粉浆给哑巴送。送到哑巴屋子里，哑巴正好露了个奶要孩子吃。孩子吃着一个，用手拽着一个，看到韩冲进来了，斜着眼睛看，不肯丢掉奶头，那奶头就拽了老长。哑巴看着韩冲看自己的奶头不好意思地背了一下身子。韩冲想：我小时候吃奶也是这个样子。韩冲告诉哑巴："大不能叫大，一个女娃家要有个好听的名字；不能像我们这一代的名字一样土气，我和庄上的小学老师商量一下，想了个名字叫'小书'，你看这个名字咋样儿？那天我也和大说了，要她到小学来念书，小孩子家不能不念书。我爹也说了，饿了能当讨吃，没文化了，就是你哭爹叫娘也讨不来知识。我就是小时候不想念书，看见字稠的书就想起夏天一团一蛋的蚊子。"

韩冲说："给你的钱，我尽快给你凑够，凑不够也给你凑个半数。不要怕，我说话算数。你以后也要出去和人说说话，哦，我忘了你是不会说话的。琴花说你会说话，其实你是不会说。"

哑巴想告诉韩冲她以前会说话，她不要赔偿；她就想保存着那个条子，就想要你韩冲。韩冲已经走出了门，看到凌乱的谷草堆了满院，找了一把锄来回搂了几下说："谷草要收拾好了，等几天蚕上架织茧时还要用。"

说完出了大门，韩冲看到大趴在村中央的碾盘上和一个叫涛的孩子下"鸡毛算批"。这种游戏是在石头上画一个十字，像红十字协会的徽标，一个人四个子，各摆在自己的长方形横竖线交叉点上。先走的人拿起子，嘴里叫着鸡毛算批，那个"批"字正好压在对方的子上，对方的子就批掉了。鸡毛算批完一局，大说："给？"涛说："再来，不来不给。"大说："给？"涛说："没有，你不下了，不下了就不给。"大说："给？"涛学着大把眼睛珠子抽在一起说："给？"说完一溜烟跑了。韩冲走过去问大："他欠你什么了？我去给你要。"大翻了一眼韩冲说："野毛桃。"韩冲说："不要了，想要我去给你摘。"大一下哭了起来说："你去摘！"韩冲想，我管着你母女仨的吃喝拉撒，你没有爹了我就是你的临时爹，难道我不应该去摘？韩冲返回粉房揪了个提兜溜达着走进了庄后的一片野桃树林。野桃树上啥也没有，树枝被害得躺了满地。韩冲往回走的路上，脑里突然就有一棵野毛桃树闪了一下，韩冲不走了，仄了身往后山走。拽了荆条溜下去，溜到下套子的地方，用脚来回量了一下，发现正前方正好是那棵野毛桃树。韩冲坐下来抽了一棵烟，明白了腊宏来这深沟里干啥来了。

来给他闺女摘野毛桃来了。韩冲想：是咱把人家对闺女的疼断送了，咱还想着要山下的人上来收拾走她们母女仨。韩冲照脸给了自己一巴掌，两万块钱赔得起吗？搭上自己一生都不多！韩冲抽了有半包烟，最后想出了一个结果：拼我一生的努力来养你母女仨！就有些兴奋，就想现在见到哑巴就和她说，他不仅要赔偿她两万，甚至十万，二十万，他要她活得比任何女人都快活。

天快黑的时候，从山下上来了几个警察，他们直奔韩冲的粉房。韩冲正忙着，抬头看了一眼，从对方眼睛里觉出不对。韩冲下意识地就抬起了腿，两个警察像鹰一样地扑过来掀倒了他，他听到自己胳臂的关节咔叭一响，然后就倒栽葱一样被提了起来。一个警察很利索地抽了他的裤带，韩冲一只手抓了要掉的裤子，一只手就已经戴上了手铐。完了完了，一切都他妈的完蛋了。

审问在韩冲的院子里，韩冲的两只手铐在苹果树上，裤子要掉下来，警察提起来要他肚皮和树挨紧了。韩冲不挨紧也不行，裤子要往下掉。一个男人要是掉了裤子，这一辈子很可能和媳妇无缘了。苹果树旁还拴了磨粉的驴，驴扭头看着韩冲，驴不知道因为什么主人会和自己拴在一起。驴嘴里嚼着地上的草，嘴片儿不时还打着很有些意味的响声。

警察问了："你叫腊宏？"

韩冲说："我叫韩冲，不叫腊宏。我炸獾炸死了腊宏。"

警察说："这么说真有个叫腊宏的？他是从四川过来的？"

韩冲说："是四川过来的。"

警察说："你只要说是，或者不是。你炸獾炸死了人？"

韩冲说："是。"

警察说："为什么不报案？"

韩冲看着警察说："是或者不是，我该怎么说？"

警察说："如实说。"

韩冲说："獾害粮食，我才下套子炸獾。炸獾和网兔不一样，獾有些分量不下炸药不行，我下了深沟里。那天我听到沟里有响声泛上来，以为炸了獾，下去才知道炸了人。把他背上来就死了。人死了就想着埋，埋了人就想着活人，没想那么多。况且说了，山里的事情大事小事没有一件见官的，都是私了。"

警察说："这是刑事案件，懂不懂？要是当初报了案，现在也许已经结了案，就因为你没有报案，我们得把你带走。你这愚蠢的家伙！"

韩冲傻瞪了眼睛看，看到岸山坪的几位长辈和警察在理论。

韩冲斜眼看到岸山坪的人围了一圈，看到他爹拄了拐棍走过来。韩冲爹看到韩冲，脸上霎时就挂下了泪水。韩冲一看到他爹哭，他也哭了，泪水掉在溅满粉浆的衣裳上。韩冲说："爹，我对不住你，用你的棺材埋了人，用你的送老衣送了葬，临了，还要让老公家带走，我对你尽不了孝了。爹呀，你就当没有我这个儿子算了。"

韩冲爹用拐杖敲着地说："我养了你三十年，看着你长了三十年，你娘死了十年，说没有养就没有养，说没有长就没有长了？你个畜牲东西！"

韩冲看到王胖孩大步走小步跑地迎过来，边走边大声问："哪个是刑警队长同志，哪个是？"

看到韩冲旁边站着的警察赶快走过来一人递了一根烟，点了点腰说："屋里说，屋里说。"一干人就进了韩冲的粉房。

韩冲搂着苹果树，看身边的驴，耳朵却听着屋子里。屋门口围了好多大人小孩，屋外的警察走过来把他们驱散开，韩冲不敢扭头看，怕一下子扭不对了裤子会掉下来。就听得屋子里的人说："我们是来抓腊宏的，你把腊宏的具体情况说一下。"村干部说："这个腊宏我不大清楚，毕竟他不是我的村民，我给你们找一个人进来说。"村干部王胖孩走出来，踮着脚尖瞅了一圈岸山坪的人，指着韩冲爹很是神秘地说："你，过来。"韩冲爹就走了过来。王胖孩小声说："不是抓韩冲，误会了，是抓腊宏。逃亡在外的大杀人犯，炸死了，韩冲说不定还要立功。你进去反映一下腊宏的情况，如实的基础上不妨带点儿色。"重重拍了拍韩冲爹的脊背。

两人走了进去，接下来的话就有些听不大清楚。隔了一会儿又听得有话传出来："真要是说上边查下来，你这个代表一级政府的村干部也得玩完。""是是是！"外面的人吵得乱哄哄的，有说腊宏是在逃犯，有说韩冲炸他炸对了，就把屋里的说话压了下去。听不见说话声，韩冲就看驴，驴也看他，互看两不厌。

不大一会儿，粉房里的人都出来了。警察递给村干部韩冲的裤带，村干部王胖孩走过去给韩冲塞到裤襻里，紧了裤，韩冲才离开了紧靠着的苹果树。一个警察过来打开了韩冲的手铐，并没有放韩冲，而是让他从树上脱下手来，又铐上了，要韩冲走。韩冲知道自己是非走不行了，走到爹面前停下来，腿不由自主地跪了下来，安顿了几句粉房的事情，最后说："哑巴的蚕眼看要上架了，上不去的要人帮助往上捡，她一个妇女家，平常清理蚕屎都害怕，爹，就代替我帮她一把，咱不管他腊宏是个啥东西，咱炸了人家了，咱就有过。"

韩冲爹说："和爹一样，嘴硬骨头软，一辈子脖子根上就缺个东西，啥东西？软硬骨头。"

韩冲抬了脚要下岸山坪的第一个石板圪台的时候，身后传来一声喊："不要！"

岸山坪的人齐刷刷把小脑袋瓜扭了过来，看到了哑巴抱着孩子，牵着小书往人跟前跑。

警察不管那个女人是谁，只管带了人走。韩冲任由推着，脑海里就想着一句琴花的话：哑巴她会说话，哑巴她真会说话！

八

哑巴手里拿着那张条子，走过去拽住村干部王胖孩。

哑巴比划的意思是：你打了条子的，怎么说把人带走就带走了，要你这村干部做啥？

王胖孩说："说，说！你明明会说话，要我拐着弯子办事，你要是早说话，咱还用打条子？"

哑巴半天憋得脸通红了才憋出一个字："不。"

王胖孩说："那你现在是哪里在发声儿？"

哑巴哭了，低着头看着自己的脚尖。韩冲爹走过去拉了小书的手对王胖孩说："要她跟着个杀人犯逃命，还要说话，不如绝了话好！"

韩冲爹找来村上的人要他看一天粉房，他想进城里去看看韩冲。

韩冲爹说："你只用把火看好，不要让火灭了，火好粉才好干透，下来的粉面才不怕老浆臭，老浆臭的粉面不出货，还不够筋道，谁也不想要。午后喂一次猪，七八头猪要吃三桶粉渣，你做好这两项就好了，我搭黑就会回来。"

韩冲爹第二天就进了城里，在看守所里见到了韩冲，知道还在调查中。韩冲的雷管从哪里来的，琴花给的。琴花的雷管从哪里来的，发兴从矿上取回来的。发兴从矿上哪里拿的，从他儿子保管的仓库里找的。这样下来一件事情就拉长了战线。现如今才调查到了矿上，发兴的儿子也被看守了起来。

韩冲问他爹粉房的事情，他爹说："好好，都好。那哑巴是真会说话。"

韩冲说："会说话就好。"

韩冲爹瞅了韩冲一眼没吭声。

韩冲觉得有一句话憋在嘴里想说，却又不知道该怎么说，就说："回去安顿哑巴，就说我要她说话！"

韩冲爹啥话也没有说，点了一下头扭身走了。

回到岸山坪，看到家户都黑了灯，唯有粉房亮着，村人正把火上烤的粉往下卸，一块一块地打碎。村人的身影映在墙上像个小山包，一伸一缩的，在黑黝黝的山梁上看着这么点光亮，这么点晃动的影子，韩冲爹心里酸酸的，那个人就是我啊，我在替我儿子还债呢。

韩冲爹掏出两包烟走进门放到磨顶上，说："小老弟，舀一锅浆拿两包烟，我搭黑了，你也辛苦了。"村人说："谁家里不遇个难事，说啥客气话嘛。"

韩冲爹觉得门外有个东西晃，返身走出去，看到是哑巴。韩冲爹看着哑巴半天说了一句："韩冲要你说话。"

月光下，哑巴的嘴唇蠕动着，她感到了一种前所未有的东西撞击着她的胸腔。这天夜里，她做了一个梦，突然被一个人叫醒了，那种生死两茫茫的无情的隔离随即就相通了。

秋天的尾声是悄无声息的。蚕全部上了架，蚕在谷草上织茧，哑巴看蚕吐丝看累了想到外面走走。因为长年闭门在家，很少到山间野地晃荡，深秋是个什么样子她还真不知道。山头上的阳光由赤红褪成了淡黄，抱了孩子站在崖头上望，看到所有在地里劳作的农民脸上挂了喜悦的微笑。哑巴想，在地里劳动真好啊。四处看去，但见天穹明净高远，少许白云似有若无，望过去显得开阔而清爽，之后山风涌动凉意渐生。她在粉房里看着驴磨着泡软的玉茭从磨眼里碎成浆磨下来，就是看不到韩冲。看到岸山坪的人们一挑一挑地往家挑粮食，就是没有韩冲。哑巴的心里颤颤地有说不出来的东西梗在喉头，哑巴回头教孩子说话。

哑巴说："爷爷。"

孩子说："爷爷。"

秋雨开始下了，绵绵密密地下个不停，泥脚、墙根、屋子里淤满霉味和潮气。天晴的时候，屋外有阳光照进来，哑巴不叫哑巴了叫红霞，现在红霞看到阳光是金色的。

（原载《人民文学》2004 年第 11 期）

罗伟章

LUO WEI ZHANG

1967 年出生于四川省宣汉县。1989 年重庆师范大学中文系毕业。曾在达竹矿务局子弟中学教书，后在达州广播电视报社从事编辑、记者等工作。2000 年辞职专事写作。2006 年至 2008 年就读于上海首届作家研究生班。现为四川达州市创作办公室专业作家，四川省巴金文学院签约作家。

20 世纪 90 年代开始发表文学作品。出版有中篇小说集《我们的成长》《奸细》、长篇小说《饥饿百年》《寻找桑妮》《妻子与情人》《不必惊讶》《磨尖掐尖》等。

我们的路

我刚走出售票厅，春妹就迫不及待地迎上来问："我们的座位在一起吗？"

我摇了摇头，怯怯地看了她几眼才说："春妹，怎么办呢，只剩最后一张票了。"

春妹一听，泪水滋滋地冒出来，使她又深又弯的睫毛亮闪闪的。

"大宝哥，你拿着车票回家吧，"她说，"我回不去就算了。"

春妹的哭和她乞求的目光让我很恼火，我想她不应该哭，也不应该乞求，她出来才一年多，而我整整五年没回过家了；我家里有妻子，还有女儿，老实说，我已经忘记了她们的模样！女儿自不必说，我出门的时候她不到三个月大，可是妻子的长相我也忘了，晚上想她的时候，一会儿她是这个样子，一会儿又变成那个样子，飘飘忽忽的，老也固定不下来。我想我无论如何也该回去一趟了，再不回去我就把家给丢了。

可我手里只捏着一张票！眼下离除夕不到一天半，错过这趟列车，就只有买年后的。最早也是正月初一。然而真到了那时候，我就舍不得回去了，我干活的那家建筑工地，说好正月初五开工。从广东回到我四川东北部的老家，说什么也要两天，我总不能回家屁股也没坐热，又颠颠扑扑地往路上赶。

我把春妹让我帮她买车票的钱还给她。

春妹猛地收住哭声。她是绝望了。她刚过十六岁，绝望起来却像个大人似的，眼里装满了内容，又仿佛什么也没装，冷静得让人可怕。

她说："大宝哥你慢走啊，大宝哥你回去后不要对我爸妈说啥啊……"

"你相信大宝哥，我不会说的。我就当啥也不知道。"

春妹又哭了，无声地哭，眼泪一潮一潮的，把一张稚嫩的脸弄得花里胡哨。春妹哭得无声，她背上的孩子却哭出了声。那孩子是她一个半月前生下的，是个男孩，瘦小得像只老鼠，哭起来也像只老鼠，吱吱吱叫。春妹隔着背裙搂住孩子的屁股，一边轻轻地抖，一边别过头，嘴里喔喔喔的："我的宝宝饿了，我的宝宝要吃奶奶了，妈妈知道，妈妈等会儿就给我的宝宝喂。"

　　这其间，她的泪水来得更勤，从黄皮寡瘦的两腮汇聚到尖尖的下巴上，在下巴形成一根水柱子，不断线地往下滴，把前胸湿了好大一片。

　　那真是眼泪湿的，而不是乳汁，虽然刚生了孩子，春妹的胸脯却还是那么不起眼，两根背带从中间勒过，也没鼓出一点内容来。

　　人心都是肉长的，这情景轮到谁见了也会心软，我一把抓过她手里的钱，将车票塞给她，迅速转身穿过人山人海的广场，坐车回工地去了。

　　我劳动的工地在广州正西的佛山境内。铁皮工棚里搭的是地铺，住了四十二个人，现在有一大半被盖叠得规规矩矩，它们的主人都回了家；剩下的一小半，除了我，也都到别的工地找老乡去了。在整个佛山，我只有一个老乡，就是春妹，可是她再等三个小时就该上车；在东莞和顺德还有老乡，但相距太远，再说我也不知道他们是否回家过年。

　　该是吃午饭的时间了，可我没有心情吃饭，鞋子一脱就钻进被窝，把头蒙得死死的。我再一次想起我的妻子和女儿。二十天前，我给家里发过一封信，说我今年春节前一定回去，具体哪一天到家，我没说，也没法说，这就意味着可能是昨天，也可能是前天，我妻子就会带着女儿去村口的大石盆上等我了。她们会从早上一直等到天黑。那块石盆光秃秃的，前后左右都是大片大片的青冈树林，这时节，青冈树剩不了几片叶子，寒风可以自由自在地穿林而过，人站在石盆上，会被吹成冰棍的。妻子是有风湿病的人，哪经得住这样吹呢……我的妻子和女儿盼啊等啊，结果把春妹等回去了，春妹会告诉她们，说大宝哥今年又不回家过年了！

　　这成什么事呢，难道我郑大宝为了挣钱，连家也不要了吗？

　　每年春节前，天晴也好，天阴也罢，都阻挡不了空气里浮荡着的节日气氛。这气氛到了我的眼里，全都变成了寂寞。尤其是今天，我本来决意回家，而且有机会回去，结果我把机会让给了春妹。

　　想到这里，我无法不怨恨春妹。她真不该哭。来广东不过一年多，年龄刚满十六岁，就生了一个孩子，这实在太不像话，她有什么资格哭呢！……

　　我把被子敞开的时候，天已黑透。遥远处发出尖厉的哨音。那是城里孩子在提前施放礼花。工地离城区还有一段距离，哨音传过来的时候，只尖厉那么一下，就把世界丢进死灭一般的沉寂里。铁皮棚外是凌乱的工地，除了一个守材料的保安，恐怕见不到第二个人了。我觉得自己再这么呆下去，就会变成孤魂野鬼。

　　正这么想，屋外就起了阴风。那风长了手指，钻进我的被窝，掐我臭不可闻的脚丫。我想这会不会是贺兵回来了？会不会是贺兵在以这种亲热得无以复加的方式，来消除我新年前的孤独？

　　贺兵是陕西籍民工，跟我关系最好，可他去年从脚手架上掉下来摔死了。

出事的前一个钟头，他跟老板吵了一架，因为老板扣了我们三个月工资，贺兵说："你怎么能扣我们的工资呢，中央不是说不准扣农民工的工资吗?"老板是个大汉子，站在瘦瘦小小的贺兵面前就像一堵山墙，他很看不起贺兵的样子，吐着烟圈，眯着眼说："中央还不准官员腐败呢!"贺兵说："那是另一码事，我们管不着官员腐败，我们只要自己的工资。"老板"呸"的一声把烟屁股吐在地上："你小子闹个球啊，我又不是不发，我只是暂时扣下来买材料，你要是不想干，滚蛋好了。"贺兵就不敢开腔了，现在的农民工这么多，有的在外面干了一二十年，他们的儿女都成长为民工了，城里的民工都已经是两代人了，真的从工地上滚蛋，他可能就再也找不到事做，在城里流浪一些日子，就灰头土脑地回到他的黄土地上，愁愁地看着生他养他的地界，把眼睛都看绿了，黄土还是黄土，黄土里生不出钱。贺兵不声不响的，又攀上了脚手架。谁知他就摔下来了呢! 头在地上制造出的声音，像煤气罐爆炸。他就这样简简单单地死掉了。老板给他前来料理后事的父亲付了一万块钱，他年迈的父亲就用褡裢背着冰冷的骨灰盒回了老家。怕在路上被偷被抢，老人家把钱也塞进了骨灰盒里，还埋在了最底层。

把我的脚丫子掐了一会儿，贺兵就不见了。他来跟朋友道一道别，就要赶回家乡和父母团聚。工棚里又只剩下我一个人。我不仅寂寞，还感到恐惧。

还是回去吧，我对自己说。我已经五年没回去过了。我把妻子和女儿的样子都忘了。我的父母早已过世，在家里，妻子和女儿是我现在仅存的两个亲人，我实在应该回去跟她们团圆，跟她们同过这个春节。

但问题是，我还有两个月的工钱在老板手里呢，老板把包括我在内的十二个人的工钱扣押了两个月，说春节过后，我们按时回来上班就补上。他的意思很明确，没按时回来的，那一千多块他就不给了，我们的冬月和腊月就算白干了。老板这样做是想留人。现在就有这么怪，一方面是民工找不到事做，一方面是老板找不到民工，天地亮堂堂的，不知道双方在哪一点上错过了。其实不是老板找不到民工，老板永远都是主动的，车站旁，树荫下，到处都蹲着从外地来的农民，老板只要舍得出去一趟，不需一个钟头，民工就会牲口似的跟在他们屁股后面。老板是怕找不到像我这样老实巴交的民工。

四周黑乎乎的，我觉得自己像躺在棺材里。但是我饿了，这证明我还活着。饥饿抓扯着我的五脏六腑，再不吃点东西，这一夜就没法熬。

我爬起来，走出工棚到了三百米外的街上。在几家饭店前徘徊了许久，我最终也没敢进去，索性花三块钱买了一包方便面回来。

工棚里的灯由看材料的保安掌控，他是老板的舅子。我去找到他，让他把灯打开，他问里面有多少人，我说就我一个。

他说："一个人还开什么灯呢? 你出门打了几年工，都打出老板的派头了。

但你不是老板，你还是民工呢!"

"……那就不开灯算了。"

"开不开灯是我说了算，又不是你说了算，我想开就开，不想开就不开，你说不开灯算了，我偏要开。"

说罢他走到墙角，只听"啪"的一声，那边铁皮棚里就亮了一下。

只亮了一下，因为他很快又把灯关掉了。

我本来想问他要点开水冲方便面的，现在看来那是自讨没趣，就朝黑暗的深处走去。

他在后面吹口哨。我想象得出他吹口哨的样子，他吹口哨的时候一定盯着我的后背。可是我计较这些干什么呢，现在我饿了，饿得肚皮像一片破布，风一吹就荡来荡去的。

我摸到工棚外的自来水笼头边，把纸做的碗加得满满当当。几分钟之后，我吃着用自来水泡的方便面，心里奇异地充满了感激。我也不知道感激谁，反正骨头里热乎乎的。

当我喝"汤"的时候，我突然想起春妹。我不知道春妹是否有钱用，她拿给我去买车票的钱，都是零零碎碎凑起来的，每一张钱上都写了许多数字，那可能是春妹平时没事的时候在上面计算她的收入，事实表明她根本没什么收入，她只是收入了一个身份不明的孩子，然后凄凄惶惶地往家赶。我真不该把她的车票钱抓过来，我至少应该给她留一些，让她在路上花。

我买方便面用的就是春妹写上数字的钱，把那钱递给店主的时候，我心里就像被割了一刀……

到后半夜，同伴们还没回来。看来他们今晚上不会回来了。我也没睡。我想着我的妻子和女儿，想着那满山遍野的青冈树。虽然我呼吸着异乡的空气，吃着用异乡的自来水泡软的方便面，但我跟那遥远地域的联系要紧密得多。

那是一种连血带骨的联系。

可是，如果我再不回去，我就把那地方丢掉了!

直到把铺盖卷打成捆，我还不明白自己做了些什么，当汹涌如潮的激动从脚板心蹿上来，我才问自己："这是要回家了吗?"

是的，我这是要回家了。我要趁这夜深人静的时候，背着包裹逃出这个地方。其实没有谁拦着我，我铁了心走，不要说老板的舅子，老板本人也拦不住我。

真正能拦住我的，是那两个月工钱。那两个月工钱像两只有力的大手，对我强拉硬拽。我说："你们放开我，我要回家了。"

可是它们不放，它们说："傻瓜，你现在去买票，只能买到初二或初三的，路上再耽搁几天，你初五之前肯定赶不回来，初五之前回不来，我们就不是你的了，我们就是别人的了！"

这的确让我伤心，对民工来说，一个子儿也是亲人，我怎么能把自己的亲人扔给别人呢，何况是扔给那个总是穿着吊带裤像个外国绅士一样的老板。那个老板有的是亲人，我把自己的亲人给他，他不会当数的，他会在烟雾缭绕的赌桌上轻轻松松又交给别人，或者以杀手一样冷酷的神情，摔到某位刚陪他玩过的小姐的脸上。

这么一想，我真是舍不得。连腿也软了。我坐在铺盖卷上，大口大口地呼吸着干燥的冷空气。

我的那两位亲人又进一步来说服我："你要是初五赶不回来，不仅把我们丢掉了，还会丢掉更多的亲人，因为你很难再找到一家愿意收留你的工地了。你不要看城市大得比天空还宽，城市里的工地到处都是，但城市不是你的，工地也不是你的，人家不要你，你就寸步难行。你的四周都是铜墙铁壁，你看不见光，也看不见路，你什么也不是，只不过是一条来城市里讨生活的可怜虫！"

最后这句话让我伤透了心。不过它也没什么了不起的，我在城里是可怜虫，回到老家去还不行吗？老家不会嫌弃我，在那片贫瘠的土地上，我不是可怜虫，而是一个真正的人！既然如此，我还等什么呢？走吧，走吧，回家去吧，那两个月工钱就不要了，那两个亲人我就白送给老板了，让他去打牌吧，让他去玩小姐吧，那是他的自由。

我也有我的自由。我的自由就是不要那两个月工钱，提着东西回家去！

我老家的村子位于大巴山脉南段的老君山腹部，名叫鞍子寺。许多年以前，这里有一座寺庙，由于山高路陡，前来祈福的香客并不多，到上世纪中期，一场大火把庙宇烧成了灰烬，两个一老一少的僧人，从此云游四方去了。几年以后，村里在寺庙原址修了一所小学兼幼儿园，就叫鞍子寺小学，周围几个村的孩子，都来这里念书。我们居住的村落在学校东边，依地势高低，摆放着三层大院。我的家在中间院子。

我是初四清早爬上村口的。

雾气大得仿佛把那个石盆都浮起来了。前几天肯定下过大雪，石盆上是东一块西一块的雪垛。沿一条蛇形小路走出林子，田野就呈现在眼前。四周很静，一切都还在沉睡之中，只有捂在雪被下的麦苗在偷偷地生长。

快到西边院落时，我生怕自己的脚步声引来一声狗叫。只要有狗叫，证明有陌生人进来了，村里再贪床的人也会起来看一看的，而我不想让村里人知道我回来了。我坐了那么长时间的火车，又脏又累，脸上胡子拉碴的，肩上的帆布包也磨出了好几个洞，破了面子的被盖从那些洞里挤出来，露出又老又旧的棉絮。这就是我出门五年的样子。我不愿意让村里人看出我的窘迫。

这是一个方面，另一方面，是我不愿意见到春妹的父母。

越担心的事情越是撞上门来，我刚刚走到西院底下的黄桷树旁，一条狗就从云中降落了。那正是春妹家的狗。春妹家砌了很高的堡坎，堡坎上是没有栏杆的虚楼，这条养了不下八年的老狗，就卧在虚楼上。老狗体形硕大，全身灰白，凶悍无比。它飞身跃下，差点就砸到了我的头上。幸好我早有准备，手里拿着一根斑竹棍，一棍向它弓着的身体打去，它以迅雷不及掩耳之势隐藏到浓雾之中，但汪汪汪的吠声却把清晨的空气震得发抖。

一个像蒙了几层纱布的声音在上面问："是大宝啊？"

我一听就知道是春妹的父亲陈老奎。雾气那么稠，两米之外也只见白糊糊的空洞，他怎么知道是我？这说明村里人还听得出我的脚步声。

我又亲切又紧张地应了："是我，老奎叔这么早就起来了？"

没有回答，只有他教训狗的声音："背时老公你找死呀，你连大宝也认不出来了呀！"

之后是一阵惊天动地的咳嗽。

趁这当口，我加快脚步离开了。像是逃跑。

家近在眼前。穿过一片慈竹林，再下二十来步石梯，就是我家的前门。但我没走前门，而是从竹林的斜刺里下去，到了后门外。前门与大院里别的人家隔门相望，后门则是独立的，左面是喂猪牛的偏厦，右边是一个粪坑。偏厦是父亲在世的时候立起来的，距今有三十多年了，梁柱被虫蚀得千疮百孔，轻轻一摇就要断裂似的。偏厦顶上覆盖的茅草，被风扯走了好大一部分，剩下的被雪长久地捂着，发出一股霉烂的气味。牛圈空着。我出门的时候牛圈就空着，当时我对妻子金花说："我争取到广东打一年工，就寄钱回来把牛买上。"金花听到这话，不住地点头，仿佛生活从此得到了保障。这也难怪，牛是农人的半个粮仓，在我们这山岭连着山岭的偏远地区，没有牛帮忙，更是寸步难行。结果我前两年根本没挣到钱，五年来，只寄回了三千一百块，现在牛贵，用这点钱买头成牛是不够的，买头蛋子牛儿该没问题，但牛圈还是空着，跟我离家时一模一样。猪圈里倒是传出咕噜咕噜的叫声，是一条需要戴上眼镜才能看到的小猪。

路途中的兴奋已消失大半。

后门上了闩，我只得拍门。屋子里老半天没有动静。我加大力度，把黑迹斑斑的门板拍得啪啪直响。不一会儿，里面响起器物碰撞的声音，紧接着门被拉开了。

我的妻子金花，蓬松着头站在我的面前。

她变得苍老了，与我记忆中的差距很大。她比我小两岁，现在只有二十六，但看上去怎么说也是四十岁的人了，额头和眼睑上的皱纹，一条一条的，又深又黑，触目惊心。我多么想拥抱她。那一刻，我多么想拥抱她，就像那些城里人一样。

我情不自禁地张开两臂，但金花并没有扑上来，她依然把着门，带着疑虑的目光望着我。我觉得很失落，张开的两臂无处放，便撑住门框。

"我以为你不回来了呢，"金花说。

"敲了那么久的门，为啥不开？"我带着隐约的恼怒这么回了一句，就挤进门去。

金花没回话，摸摸索索地把灯打开。一尊巨大的土灶，占据了差不多半间火房，猪食桶、饭碗、筲箕和筷子，都堆积在土灶上面；灶沿黑乎乎的，是长年烟熏火燎的结果，黑中偶尔露出一条白，是米汤，也可能是鸡屎。

我心里涌起一阵厌恶。其实我没有理由厌恶，我出门之前就是这样子的，鞍子寺村的所有人家，差不多都是这样子的。

"银花呢？"我问。

银花是我们的女儿。

"睡呢。"金花说。她蹲到灶孔前，划火柴为我烧洗脸水。柴屹崂里放着一捆松毛，松毛枝上还有没完全化掉的雪痕，证明是昨天下午甚至昨天晚上她才从山上弄回来的。老君山上不缺柴烧，青冈树就是很好的烧柴，火性硬，又经熬，但需要劳力去砍，青冈树的质材比它的火性还硬，要是弯刀磨得不快，哪怕是壮男人，一刀下去，把手震得发麻，也只能抖落几片叶子。在这大山里，尽管女人跟男人一样受累，但砍柴的活，犁田耙地的活，历来都是男人做的，家里没有男人，女人就只能把骨髓里的气力抠出来，起早贪黑地忙，也不一定能盘活几多日子……

金花就是这样苍老下去的。

再说她还有风湿病呢！

她不是不想我，她是被生活逼得只知道怎样把日子一天一天地熬过去。

此刻，她蹲在灶前，划了无数根火柴，松毛却没有点燃，屋子里涌动着黄色的烟雾，又潮湿又呛人；烟雾裹住她的头，她眯着眼睛，继续划火柴。我站起身，想去帮她一把，脚底却发出"咯——"的一声长鸣。是两只鸡，它们不知什么时候从门角的鸡窝里出来了，静静地偎在我的脚边。

鸡一叫，火像被吓住了，自动燃了起来。

屋子里的烟雾陆续走出家门，飞到田野上，和晨雾抱成一团。

我进卧室看女儿去了。

对当父亲的感觉我是陌生的。我还没有学会当父亲就离开了家。眼下，女儿已经五岁，她会叫我爸爸吗？

卧室跟火房一样凌乱，墙角堆着土豆、红苕和锄头，墙上挂着蓑衣、斗笠乃至犁铧。这样的布局，使放在角落里的那张木床显得特别怪异。床上笼着蚊帐——这时候不是挡蚊子，而是挡风。屋子里无处不漏风。我又激动又胆怯地撩起蚊帐，看见女儿平卧在靠里的位置。她的脸那么小，又那么漂亮，就跟她母亲留在我记忆中的一模一样。

"银花，银花。"

我这么叫了两声，没把女儿叫醒，妻子却在外面招呼了："让她多睡一会儿，她感冒了七八天，一直没好。"

我把手掌合在一处，不停地搓，搓得都生电了，才放到女儿的额头上去。热乎乎的，并没怎么发烧。我又凑近她耳边悄悄喊："银花，银花。"

银花到底醒了，两只手揉着眼睛，然后又紧张又好奇地瞅着我。我一把将她提起来，揽在怀里。银花"咝"的一声，抽了口冷气。

原来，我的衣服和头发都被雾气湿透了。

我正准备给她穿衣服，她却挣脱我的胳膊，又钻进了被窝，带着哭腔叫："妈——"

金花跑了进来，脸上红通通的，目光在我和女儿之间游移，之后半嗔半恼地看着女儿说："傻女子，他是你爸呀！"

话音未落，两行泪水涌出来，在金花的鼻翼间浸润。

见妈妈哭了，女儿很懂事地翻身起来，自己穿衣服。

我一把将妻子抱住，坐到床边上，又将女儿抱住。

一家三口，就这么一言不发。回家的感觉，这时候才在我身上彻底复苏。

五年来，我都是一棵无根的草，现在我终于找到根了。我能清晰地听到自己呼吸的声音，发芽的声音，五年打工生活的辛酸，像潮水一样往后退。

疲倦袭上来，我感到自己的骨头松散了，软成了一摊泥。金花站起身，叫还没穿好衣服的女儿赶快下床。"让爸爸就在这里睡一会儿。"她对女儿说。

那边屋里还有一架床，但这架床是女儿睡暖和了的，再说那边床上也没挂蚊帐挡风。

女儿跳下去，光着脚丫子，提着衣裤就去了火房。

"睡一会儿吧，"妻子对我说，"你浑身都湿了，脸也是肿的，车上怕是没眨过眼。"

接着，她把我的头抱在她的双乳间，麻利地从蚊帐架上扯下一件破衣服，在我头上擦，之后又为我脱掉湿衣湿裤和鞋袜，将我往床上一横，盖好被子，才出去了。

她刚把门一关，我的泪水便汹涌而出。

这是蓄了几年的……

去广东的时候，我首先进了一家水泥厂当搬运工，有一天我往车上扛包装袋的时候，不小心绊了一跤，袋子破了，水泥撒了出来，老板就找这个岔子将我赶出了厂门。进厂之前，我是交了一百元押金的；每个进厂的农民工都要交押金，无偿地干两个月，才计算工资，也才将押金退还，而我在这家厂里只干了四十多天，现在被赶出来，意味着我不仅领不到工钱，连那一百元押金也扔到水里去了。

之后我流浪了好几个月，才去了一家位于城郊的磨石厂。我的工作是干水磨。里面有二十多个工人，其中还有女人，一天十六个小时，站在污水遍地的地板上，腰深深地弯着，双手握住一只手臂似的电刷为石料抛光。电刷的声音尖厉刺耳，再加上旁边石磨房的电锯声，整个简易的牛毛毡房里鬼哭狼嚎。抛光之前，需给锯成各种形状的石料上胶，那是树胶，有毒，电刷一挥，白色的有毒粉末扑得我们满脸满身，最多干上十分钟，头发全都变成了白色，就连手臂上的汗毛也像结了霜。但我们谁也没戴口罩，我们是农民工，怎么能那么娇贵呢？一天干下来，衣服当然早就湿透了，即便在胸前围一块塑料布，四处飞溅的水点子也会积少成多，把衣服淋湿；连内衣内裤也湿了，不过那是汗湿的。我们一边拼命，一边想着花花绿绿的钞票，心里充满了美好的向往。可是老板一直没给我们发工资，拖了四个月也没发。

有一天，放在台面上的一张石料鬼使神差地掉到地上，当即碎成几段。

老板恰好站在那石料旁边，当即破口大骂："猪，你们全都是猪，连放一块石料也放不稳！"

他跳上那断裂的碎片，又踩又踏，上了树胶的石料打滑，他双脚一溜就坐了下去，肥大的屁股刚好硌在断裂处，痛得他龇牙咧嘴。

我们马上跑过去拉他，可他不要我们动，接着骂："他妈的，一群猪，不要把老子碰脏了！"

他自己爬了起来，一手摸屁股，一手像画圈那么一挥，厉声喝道："跪下！"

我们都怔住了，像没听懂他的话，迷惑地望着他。他口齿清晰地说："谁不跪下，就别想领那四个月工资！"

他甚至说："谁不跪下，老子就放他一条腿！"

有人跪了下去。那是一个四十五岁左右的女人，她跪在自己身旁的水槽边，湿漉漉的头发耷拉着，遮住了黄黑色的脸，但嘴角的一串白沫却触目惊心；这女人身体瘦弱，每天劳动八个来小时，嘴角就挂着白沫。

女人跪下之后，陆陆续续地有人跟着跪了下去。

只剩我了。老板的目光慢慢移到了我的脸上。他的目光带着锥子，直往我的心脏里扎。

我也跪了下去。

我不怕他放我一条腿，但我怕他不给我工资，我出来不就是挣钱的吗？家里房子那么仄逼，人跟畜牲差不多挤住一块，地气潮湿，让妻子的病总也不见好转，我要挣钱回家修新房，要为妻子治病，还要存一些钱为女儿将来读书。我出来要是挣不到钱，不要说下跪，死了也活该。

在湿地上跪了整整半个钟头，老板才让我们起来。

那一次经历使我明白，人可以给天地跪，给父母跪，给自己尊敬的人跪，但是决不能给老板下跪。跪了一次，你的脊梁就再也直不起来了，你就只能趴着走路了，你就真的不是人了。

后来我们又给老板跪过几次，原因都是放在台面上的石料掉下地摔碎了。

从第二次开始，我们就知道那是老板故意把石料掀下来整治我们的，但我们不敢点穿。据说城里许多老板都用故意损坏东西的方法来整治农民工——故意损坏东西，再惩罚做工的人。他们认为这是管理农民工最行之有效的方法……

老板让我们跪了，出门的时候，还要委屈地咕哝："他妈的，我为什么这么倒霉，养了一群白痴，一群猪！"

他说的"养"，是因为他老婆在给我们做饭，我们吃饭不交现钱，以每顿五元计，将来在工资中扣出。

我们站着干活，跪着做人，就是为了看到钱。可是老板依然不给我们发钱。一直拖到那年的腊月二十六，老板早上进来说："货就只有土坝上那点了，你们必须在今天之内全部做出来，只要按时按质地完成任务，后天就发工资！"

我听到自己身上的血液轰的一声响。我看不到自己的脸，但我知道自己的脸一定红透了。那个嘴角挂着白沫的女人，没被树胶粉罩住的耳壳，红得快要浸出血来。

平时凶神恶煞的老板，这天显得特别亲切，他没骂我们白痴，更没骂我们是猪，他还笑着说："大家领了工资，回家好好过个春节啊。"

我们身上像长了八只手，下午三点钟，就把所有石料全都打磨出来了。老板派人验了货，就一车一车往外拉。拉到黄昏时分，土坝就腾空了。

吃晚饭的时候，老板说："后天我就去银行提款给大家结账，明天大家休息，你们可以去找找老乡，也可以去外面玩，广东好玩的地方多呢，大家伙安安心心地去走走吧，谁说农民工就不能玩呢，农民工同样是可以玩的嘛。"

这话听得我们心里暖洋洋的，这话表明他把我们也是当人看的。当然，我们身上分文不名，不可能去外面玩。也没有人去找老乡。大家都等着领钱呢，哪有心情去找老乡。

第二天的天气出奇的好，太阳毫无遮拦地照耀着。厂房附近有一条废弃的铁轨，铁轨两旁荒草丛生，我们吃了早饭，便相约去铁轨边坐坐。一起干了大半年活儿，彼此间却没怎么说过话，我们都以为自己不会说话了，可坐到铁轨旁边的草丛里，话却那么多，说的都是自己守在家里的亲人。

那个皮肤黑黄的女人，第一次没在嘴角挂上白沫，她说她是陕西人，叫邹明玉，十年前就离了婚，但离婚的事她只是一笔带过，紧接着就幸福地说起她的儿子（她说话时，一句一喘，由此我们才知道她出来干水磨干了好些年，早就得上了硅肺）。她儿子正读高中，成绩好得不得了，她出来打工，就是给儿子挣书学费，供他将来读完大学。

"儿子读了大学，就可以去城里上班了，就能堂堂正正地当一个城里人了，就没有人叫他下跪了。"邹明玉说到这里，红了眼圈，抬头望天。

天空上万里无云，一群自由自在的鸟，在阳光下悠闲地飞翔。

邹明玉的话引起我无限的惆怅。在场的人都不知道，我当年的成绩同样优秀，还以不低的分数考上了大学，收到了西南师范大学中文系的录取通知书，只是因为家里穷得叮当响，没有资格跨进那道越来越高的门槛。我的失学让得了多年肝病的父亲病情急剧加重，没过多久就饮痛含恨地死去。父亲去世不久，母亲就得了一种怪病，浑身的骨头像水泡后的面条，软得提也提不起来。母亲在床上躺了三年，也去世了。母亲死后睁着眼睛，想尽各种办法也没能让她的眼睛闭上。

吃午饭的时候，我们回了厂。

食堂的门敞开着，但里面冷目瞅眼，空无一人。

连做饭的大铁锅也不见了！

我脑子里发出尖厉的声音。所有人的脑子里都发出尖厉的声音。

那一声响过，我们终于明白：老板跑了，他扔下一个破厂房，扔下我们这群傻瓜，跑了！

几乎在同一时刻，我们捂住肚子，蹲了下去。不是肚子疼，而是碎了心。

我们就那么蹲成一排，像举行某种仪式……

次日，我们去报了案。平时只听说老板姓黄，叫黄发金，四十来岁，操粤语，但他住哪里不清楚。派出所把资料提取出来。在那一地区共有八个人叫黄发金，一个是女人，五个是年过六旬的老人，还有两个是小孩。

在派出所门外，我们一直等到除夕天，却一无所获。民警叫我们不要等，留下了我们的家庭住址，说有结果就通知。

迄今四年过去，金花根本就不知道有那回事，可见那案子早就不了了之。

我们除夕天分手的时候，没有一句道别的话，也没有一句祝福的话，只是阴一个阳一个走向了另一片陌生的土地。

邹明玉上路的时候，胸腔和喉咙里发出沉闷的喘息声，鼻孔嘴巴张得像待宰的牛。

她身体里的吼声与新年的炮仗交相辉映……

在那个新年里，我在异乡城镇的大街小巷流浪，过着乞讨的生活。又经历很长时间，才找到现在的建筑老板。建筑老板虽然也克扣了我的工钱，但他没让我下跪，他是难得的好人，大大的好人。我实在不该对他有更高的奢望。

两只冰凉的手在我的脸上游走，迷蒙中，看到妻子和女儿站在我的床头边。

女儿见我睁开眼睛，立即把手缩了回去，眉宇间出现一丝羞赧。

妻子怜惜地看着我说："你怎么哭了？"

我还没完全从噩梦中醒来，但我知道这是在自己家里，巨大的安全感使我心里踏实。可我不想让妻子知道我的另一种生活，那种生活对当事人而言，因为别无选择而必须熬过去，但对牵挂你的人，却是一种折磨。以前那些打工回来的人，无论男女，说的都是城里人怎样对他们客气，自己在城里又是如何的风光，为了印证，有的男人还穿上西装，女人则在耳朵上挂一个花三五块钱买来的铜圈（她们把这叫耳环），我以前把那当成虚荣，现在我不这样看，那绝不仅仅是虚荣，也不仅仅是把梦想当成真实的自欺欺人，还是给守在家里的亲人一颗踏实的心。

我抓住妻子和女儿的手说："我没有哭啊，我睡得很沉，哪里哭了呢？"

女儿说："爸爸你哭了，你的脸上还有眼泪水。"

因为叫了声爸爸，女儿的耳根都红了。

幸福的暖流在我身体里淌过。我朝女儿做了个鬼脸："银花，爸爸这不是眼泪水，是汗水。"

火房里发出噗的一声响。是鸡飞到灶台上去了。金花叫打着抿笑的女儿出去把鸡赶走。

女儿刚翻过卧室半人高的门槛，金花就凑到我的额头上说："你真的哭了，哭得呜呜呜的。"

她的鼻息里散发出一股热热的气息，带着某种草香。我一把抱住她的脖子，在她脸上又舔又啃。她一边轻轻推我一边说："孩子还在外面呢，晚上吧，晚上……"

这时候，她的目光那么亮，像把空气都烧起来了。

我放了她，她再一次问我为什么哭，我说："是想你和银花想哭的。"

爸爸回来了，女儿得了七八天的感冒像突然就康复了。她要好好表现一下，站到大板凳上去，从高高的壁橱里取了碗筷，把饭盛好，才叫爸爸妈妈出去吃。

金花心疼地说："那孩子，你睡觉的时候她把几层大院都跑遍了，见人就说我的爸爸回来了。"

我鼻子发酸，但不想表露，下床穿鞋的时候，问是否有人来找过我。

金花说："老奎叔来过。"

我心里一沉。睡了这一觉，我已经不怕遇见别人，就怕见春妹的爹妈。春妹去广东之前，老奎叔特意给我写过一封信，让我照顾她，她到佛山，首先也是去工地上找的我，是我带着她去寻了工作，可谁又料到会发生后面的事情呢？我该怎样向老奎叔他们交代呢？

金花看出我在皱眉头，小心翼翼地说："春妹生那个孩子是咋回事？"

我没回答，故意将话题岔开："出去打工的人，今年回来了多少？"

"只有你和春妹回来了。"

金花还想问春妹的事，银花却在大声武气地叫我们吃饭，听那口气，像在教训她爹妈似的。

早饭是汤圆。这是老君山新年里最珍贵的食品之一。女儿银花自己不怎么吃，只偷偷地看我吃。我装着不明白她在看我，一口一个，吃得特别狠，也特别香。我的碗快空了，她马上用漏瓢给我添来几个。

金花嫉妒地说："养女儿都是向着爹的，我一把屎一把尿把她拉扯到五岁，她可从来没给我添过饭。"

银花闻言，立刻又去给妈妈舀了几个。金花笑起来，笑得眼泪花子直转。

可是我的心里却充满了忧伤。当我独自在外经受劳累和屈辱的时候，守在家里的人并不比我好过。尤其是孩子。他们生命中残缺的部分，大人可能永远也不会知道。

吃罢饭，金花说她要去点洋芋。依照老君山的气候，点种洋芋应该在年前，自从年轻人接二连三从村里消失，什么农活都拖后了，这样，错过季节造成粮食减产的事情时有发生。由于缺劳力，大年初一也有人上坡干活，鞍子寺过年就没有一点过年的气象了。

金花去偏厦里用粪水和了一大背篼柴灰，对银花说："你就在家里陪爸爸，妈妈把桑树田那两分地点了就回来。"

和了粪水的柴灰很沉，金花跪下去背，背篼没撑起来，额头上的汗就出来了。金花的风湿主要在腿上，将这一背篼柴灰爬坡上坎地背到地里去，她不知要歇多少趟气，要经受多少痛苦。

金花走后，我一把将女儿抱在怀里。

银花嘴一咧，哭了，哭得特别伤心。

我懂得她为什么哭，她幼时看到过我，可那时候她还不会认人，她等于从来没有看到过自己的爸爸。

我没说话，只是紧紧地搂着她。她的小身体在我怀里颤抖着，寒风中的树叶一样。她是还没长成的树叶，我，还有她的母亲，是她的枝桠，我是否能牢牢地抓住她，是否能为她供给足够的营养，我没有把握……

过了一会儿，院子里有小朋友在叫她，她迅速擦干泪水，却没有回答，也没从我怀里下去。她擦泪水的动作让我心酸。她只有五岁，却学会遮掩情感了。

她的小朋友又在喊，可她依然默然无声。我说："叫你呢，你该答应一声才对。"

她很不情愿地离开了我的怀抱。

我从帆布包里捧出一把糖果，说："这是爸爸给你买的，爸爸还没来得及拿给你吃呢，你要是愿意，就给小朋友分两颗。"

她牵开小小的荷包，我给她装进去，她就去门外和小朋友交涉。

不到两分钟，她又回来了。

我说："银花，你跟小朋友在家里玩，爸爸要上山砍柴去。"

她很惊恐地望着我，然后一本正经地说："妈妈不是让我陪你玩吗？你去砍柴，我也跟你一块儿去。"

屋外早已起了风，一进入冬季，北风就翻越秦岭和大巴山，雷阵似的往这面山体里灌，起雾的时候万物是静止的，雾一撤退，风就挥动着割人的鞭子，把雾驱赶到山的那一边，将雪后的土地吹得又干又硬。银花还在流鼻涕，感冒毕竟没完全好，去野地里吹几个小时是不成的。

我说："宝贝，你放心，爸爸不出门打工了，爸爸从今天起一直跟你在一起！"

她不相信地望着我。我俯下身，捧着她的小脸说："爸爸说的是真话。"

我心里还在说："爸爸就算穷死，也要穷死在家乡，我再也不愿意离开这个村子了！"

银花将信将疑地问我："真的？"

"真的，爸爸跟你拉钩。"

我们俩拉了钩，她才放心大胆地找小朋友去了。

我依然是从后门出去的。那片慈竹林里藏着一条从山上流下来的水沟，我可以沿着这条水沟爬到我家的柴山附近。风已把浓雾赶出很远，扇面形的老君山呈现出它清晰的轮廓，可是风自己却累得在林子里呜呜叫唤。太阳并没有出，灰白的天空压得很低，好像天空全靠远处的那几棵松树支撑似的。我放下背篓和弯刀，站在柴山的边缘向远处张望。

村落的影子依稀可见，黑乎乎的瓦脊上，残存着正在消融的白雪。田野忧郁地静默着，因为缺人手，很多田地都抛荒了，田地里长着齐人高的茅草和干枯的野蒿；星星点点劳作的人们，无声无息地蹲在瘦瘠的土地上。他们都是老人，或者身心交瘁的妇女，也有十来岁的孩子。他们的动作都很迟缓，仿佛土地上活着的伤疤。这就是我的故乡。

可以想象，老君山之外的农村图景，也大致相当。

最近一些年来，就是这些留守的老人、妇女和孩子，坚韧地支撑着庞大的农业。

为了生活，壮者走诸他乡。

要是村里不幸过世一位老人，找遍邻近几个村子，也凑不齐能够抬丧的年轻男人。

然而，最大的苦累和伤感不是来自土地，也不是来自老人，而是来自孩子。有些家庭，两口子刚结婚就一起出门打工，在外面怀了胎，胎儿都坠到小腹底下了，女人才急急慌慌地赶回老家把孩子生下来，最多挨到满月，女人又离开，将孩子扔给老人。

有些老人本已是风烛残年，又要为田地忙，为猪牛忙，无法随时跟在孩子身后，悲剧就由此常常发生。

在我出门之前，村里就死掉了三个孩子，两个掉进水塘，一个摔下近十丈高的悬崖。听金花说，前不久，东边院子张大娘的孙女又淹死了。是掉进粪坑淹死的。把孩子捞起来后，张大娘猛地扑了下去，喝粪坑里的水，旁人拉她起来，抓烂她的衣服也拉不动，只有扯头发的扯头发，抬脚的抬脚，强行把她弄回了家⋯⋯

我拿着弯刀走进林子。大山里的冬天，每向上一步都会加深一重寒冷，塄坎下田土里的雪已像零星散失的棉球，这林子里的雪团，却如大鸟歇在松垛上。金黄色的青冈叶在地上铺得很厚，被雪水泡过，被山风吹过，踩上去又湿润又绵软。

树林刚刚把我与外界隔绝，我情不自禁的，膝盖一弯就跪了下去。在外地给老板下跪，我被打断了脊梁，现在下跪，是要塑造我的脊梁。在庄严的静寂中，我听到了故乡的天籁。这是一种能够开花结果的声音，丰饶甜美，充满乳汁的芳香。世界上最坚硬的事物，都是水造就的，故乡就是我的水乳大地，她这么忧郁，却又能奇迹般地给予我尊严和自由。

（我又一次想起那个叫邹明玉的陕西女人，我不知道她是否也回到了她的故乡？）

人啊，总得想办法活下去。远方的世界不愿意公平地待你，回到世代祖居的村落还不行吗？

我站起来，举起弯刀就朝一棵粗壮的青冈树砍去。

树屑飞扬，树上的雪尘和水珠也一起飞扬。砍掉这些老树，等到农历的二三月份，鹅黄的新枝就会把大山点染得春意盎然，新气勃发。

春妹是什么时候到我身边来的，我一点也没警觉。当我的手臂累得麻木之后，就停下来，坐在地上的枯枝败叶堆里，准备抽支烟。

我就是这时候看到了春妹。

她用背条把孩子绾在背上，外面罩了一层棉披风，孩子的头上还搭了条滤帕样的东西。看来他是睡着了。春妹这样子虽然不像在广州火车站那样让我觉得扎眼，也足够使我难过。——她自己也还是个孩子！她的脸很瘦，皮很薄，额头周围布满了淡淡的静脉血管。不知是因为寒冷，还是因为紧张，她不停地抽着鼻子。

"大宝哥。"

她这么叫了一声，就无话了。

我说："春妹，路上还顺利吧？"

"顺利，大宝你咋又想起年后回来了？"

我点上烟，若有所思地说："我不想干了。"

她走近了些，帮把我头发里的几片枯叶拈去，又陷入无语之中。

我从身边翻出一些相对干燥的叶片，让她坐下。

"我不能坐的，"她说，"一坐他就醒了，醒了就哭，哭起来就收不住。"

停顿片刻，她问我："爸爸早晨去找你……"

我打断她说："那时候我在睡觉，没碰见他，你爸没告诉你？"

她像松了一口气："爸回家没做声。他像有些怀疑。"

"你是怎样给你爹妈说的？"

春妹翻开疲惫的眼皮看着我。她的眼睛长得美极了，双眼皮又宽又深，要不是这几个月来瘦得厉害，她的脸也长得很美，是那种柔婉而迷茫的美。

此刻，她目光里的迷茫让石头看了也会揪心。

她说："我说我在外面嫁了人，是个很有钱的男人。"

"你爹妈相信？"

"咋不信呢，反正我们这山上的人结婚又没人办过手续。"

"我不是指这个，我的意思是，要真是那样，你嫁人的时候只有十五岁。"

"他们才不管呢！"

沉吟片刻，我问："你爹妈听后咋说？"

"高兴啦！"春妹的嘴角浮起一丝嘲讽的笑意，"我这么小就出去打工，不就是挣钱供他们儿子读书的吗，嫁了个有钱的男人，除了高兴，他们还会说啥呢？"

春妹有一个姐姐一个哥哥，姐姐春梅已经嫁人，哥哥春义最大，论读书，春妹成绩最好，春义最差，春妹不仅在班上常常是第一名，在全镇也名列前茅。而春义从一开始就垫底，小学到高中，他不知留了多少个级，不算今年即将参加的高考，他已经参加六次了，也就是说，单是高三，他就读了六年！可是，老奎叔觉得儿子才是他的正宗根苗，一心一意地栽培他，也坚信他定能考上大学；至于女儿，读一点书，将来出门认得男女厕所，也就够了，春妹的姐姐只读满了小学，春妹本人初中二年级上了半学期，老奎叔就让她辍学了，她在家做了一年农活，就被父亲紧催慢逼地赶到广东挣钱。

老奎叔自己是石匠，方圆几十里的山体上，哪里有活他就往哪里奔，可他毕竟是五十多岁的人了，腰杆累断也挣不了几个钱，现在的书学费就像汛期来临的河水，只涨不消，他实在无力支撑儿子的巨大开支，只有寄希望于还没嫁人的春妹……

春妹透过一丛我没砍掉的糖刺铃望向远处。

远处是另一面山，比老君山更加崔嵬和沉寂，嶙峋的石崖壁立云天。

"可是，他们只高兴了一会儿。"春妹说，像是说给远山上忽聚忽散的白雾，"当他们明白我没带回一分钱的时候，脸马上就垮下来了，我爸本来叫我哥给我做汤圆的，说我为了他，在外面辛苦了，听说我没带钱回来，立即又让我哥去复习功课了。但我哥没听他的话，还是去给我做汤圆。我哥是爱我的，看见我背着个孩子回来，他脸上的肉不停地跳，像抽风一样。我爸走到我哥面前，大声训他，说还有几个月你又要高考了，火都烙到脚脖子了，还不知道急！我哥把手中的汤圆面往地上一扔，直骨骨地看着爸说：'我不读书还不行吗？我不考试还不行吗？'爸当即就在他肩膀上敲了一烟斗。"

停顿了一下，春妹又说："这几天，我们家就像老坟场，死气沉沉的。"

我很想问她在火车上是否有钱买饭，买水，但我没敢把这话问出来。

春妹又沉默了。好一阵过去，她说："爸妈开始以为是我嫁的那个男人不愿意给钱，后来就有些怀疑了，怀疑我是不是真的嫁了人。"

我不知道该怎样安慰她，只好老调重弹："春妹，你在美容店干得好好的，为啥偏偏要跟了那个不要天良的家伙？他身边的女人不止一个，在你之前就有两个啊！你分明清楚，为啥要同意呢？……既然在你生孩子前他就不要你，你为啥又要把孩子生下来？"

春妹垂下眼帘，左手捏拿着右手的指拇："大宝哥你不要说了……我在那美容店里……也是做那种生意的……不然，我一个月挣四百块，又要租房又要吃饭，哪有钱寄回家呀。我早就不是人了。我想与其让那么多男人糟蹋，不如跟一个的好，我哪知道他是那种人呢……他去那家美容店一共去了三次，三次都是找的我，最后一次他就让我跟他走，说只让我陪他玩，每月给我两千块工资……我就跟他走了，结果他要了我大半年，只给我买了两套衣服，一分钱也没给过。我买车票的钱，还是自己以前存下的……我本来没脸回来，可是，不回来看一眼爹娘，看一眼哥哥跟姐姐，我就活不下去了！再说，我带着个孩子，漂在外面咋办呢，回到这里来，至少有个家吧，至少有碗饭吃吧……"

我长长地叹息了一声，说："春妹，前面的事我就不说了，你都是为了家里在牺牲，为你哥哥在牺牲，你千不该万不该，就是把孩子生下来。"

春妹突然蹲下身，双手捂住眼睛，指拇钢筋铁骨似的抓扯自己的脸皮："大宝哥你不知道，有好多次我都想掐死他，把他掐死算了！掐死！掐死！……"

背上的小家伙，仿佛听出了自己的危险，没有一点预兆就啼哭起来。

春妹把手放下来，她的眼珠血红，却没有一滴泪水。

那孩子继续哭，哭声是那样奇异，像不是出于本能，也不是一般的不舒服，而是哭得很悲伤，很动容。

春妹站起身，凄然地对我笑笑说："大宝哥你忙吧，我要回去喂他了，山上风大，我不敢把他解下来。"

说罢，她走了。

即便身上捆着一个孩子，她的背影也像影子似的单薄。

春妹走出很远，我也能听到她"喔喔喔"地诓抚孩子的声音。

那个白天，老奎叔并没来找我，倒是其他人来找我的特别多，吃过午饭，家里就没断过人。都是老人、女人和还不会下地走路的婴儿。他们来是过问自己亲人的情况。在他们的心目中，整个世界只有两个地方：老君山和老君山之外。他们的亲人散布全国，有的在浙江，有的在福建，有的在新疆，有的在北京……但无一例外的，都问我是否去他们亲人那里看过。当我如实相告之后，一群人深深的失望溢于言表。

他们的心思我理解，如果我去看过，我的身上就带上了他们亲人的气息，他们也就觉得自己和亲人近了一步。但我实在不能满足这一愿望。我只是提醒自己：千万不要泄漏自己在外面的遭遇。那将是一枚毒针，击中的不仅是我的妻子和女儿，还是在场的每一个人。

我让他们失望，却也保持了他们的骄傲，他们说，从我们鞍子寺出去的，没一个孬种，你们看那羊角村的（比鞍子寺更高的一个村子），有的造假证，有的偷电缆，女人就卖×，真不像话！既然让你去城里赚钱，你就老老实实地干活嘛，搞那些没名堂的事害谁呢。接着，他们就说到自己的亲人了，都是很自豪的口气，有的说儿子受到了老板的重视，被提拔为包工头，有的说女儿或孙女正被厂里派去学电脑……这些事都是有可能的，并不是所有外出打工的人都像我这么倒霉。但作为亲历者，我知道每一个农民工都必须忍受家里人无法感知的痛楚。这是跟故乡割裂的痛楚……

谈了自己的亲人，话题就绕来绕去的，但不管怎样绕，都朝着同一个方向。

我早就听出来了，这个方向就是春妹。

他们问我："大宝，春妹打工跟你是一个地方吧？"

我说："大地方是一个，其实也隔得很远。"

"你没到她那里去过？"

我摇了摇头。

有人终于说："这村子里要算春妹最有福气了，出门一年就找了个有钱的男人。"

可立即就遭到了反对。反对的人把话说得很小声："她嫁了个有钱的男人，那男人在哪里？我把春妹翻过来翻过去的看，就是看不出她找了个有钱男人的样子！"

从情形上看，大家都是这么怀疑的，因为他们全都变得有些诡迷了，声音也一律放低了："我也是这么想呢，你看她怀里那娃娃，比一把挂面还小！有钱的男人，财大气粗的，哪会下那么不起眼的种？"

大家笑得前仰后合。

我砍回的青冈棒架在火堂里，一闪一闪地吐出蓝色的火苗。这时候，火苗好像也在跟着笑，嘿嘿嘿的。我家的屋顶本来就很低矮，很压抑，这么一笑，空气里便弥漫着沉闷的欢乐。

又有人说："你看春妹穿那一身，还有那娃娃穿那一身，都是表面光，其实是很孬的料子，那天我看到春妹给娃娃垫屁股，用的还是苟月珍（春妹的母亲）的一件破衫子。"

另外的人接腔道："再说那陈老奎和苟月珍，平时是最爱凑热闹的，今天都是正月初四了，你们见那两口子出来耍过？那两口子就像冬天缩进洞去的蛇，逗都逗不出来！"

接下来，他们就进行着大胆的猜测，说春妹可能是被人强奸了，外面的男人，说多坏就有多坏，反正身上有的是钱用（在他们的观念中，凡是城里人，无一例外都有用不完的钱），成天没事做，就打女人的主意，遇到单身女子从巷道里或者少车少人的桥下过，用麻袋往女人的头上一笼，拉着就跑，跑进阴暗角落或者不远处的租房里干坏事；即使被逮住，给点钱就把问题办了。"老祖先说有钱能使鬼推磨，有钱还能使磨推鬼，这话一点不假！"他们感叹说。

银花和五六个孩子果然在那里玩雪。

几个孩子当中，除了我女儿现在父母都在家里，其余的都跟着爷爷奶奶生活。

银花看到我，张开冻得又红又肿的双手，踢踏着雪花飞奔过来，迎着风大声说："爸爸，我在帮他们做爸爸妈妈。"

做爸爸妈妈？我过去一看，孩子们堆出了十余个雪人，这就是他们的爸爸妈妈!

银花说:"爸爸你看,耗子做他爸爸的时候做错了,他爸爸分明只有一只手,他却做了两只手。"

那个名叫耗子的男孩,比银花大几岁,三年前,他爸爸在新疆一家煤矿遭遇瓦斯爆炸,被炸断了左臂,伤口刚愈合,他又跟妻子去了武汉,妻子进了木材厂,他则在汉口江滩一带拾荒。

我看着耗子的"爸爸",发现他把爸爸的左臂塑得又大又长。

泪水情不自禁地涌上来,在我眼眶边打转。

我把耗子抱起来,说:"耗子你是对的,你没有做错。"

耗子一言不发,那过分的成熟和坚定,我几乎不敢面对。

我放下他,对孩子们说:"你们想念爸爸妈妈,爸爸妈妈也想念你们,只要你们在家里好好念书,你们的爸爸妈妈就会高兴。"

一个比银花稍大一点、名叫京京的女孩问道:"大宝叔叔,爸爸妈妈看不见我,他们咋知道高兴呢?"

女孩缺着一颗门牙,不知是冷得太厉害,还是牙齿关不住风,语音模糊不清,加上挂着的那两串清鼻涕,看上去可怜极了。

我蹲下去,对她说:"你爸爸妈妈看得见你,自从他们把你生下来,不管走多远,他们都看得见你。"

京京说:"那我怎么看不见爸爸妈妈?"

"你也看得见,只不过那时候你睡着了,他们是在你睡着的时候来陪你的。"

京京蹦跳着说:"那我今天晚上就不睡觉了。"

我说:"那可不行,你不睡觉他们会不高兴的,他们不高兴就不来陪你了。"

京京眼睛里的光芒黯淡下去,显得既无助又忧伤。

一个五岁的小孩忧伤起来,让人刻骨铭心。

黄昏早已在风雪中降临,我和孩子们扯了些茅草盖住那些"爸爸妈妈",就领着他们下山。

银花要我背,但我没有满足她。我不能用这种方式去刺伤另外几个孩子的心灵。

我以为老奎叔晚上会来找我的,我都想好了怎样回答他可能提出的问题了,但他还是没来。

春妹去柴山跟我说话,她父母是否知道?春妹回去之后,家里又发生了些什么?老实说,我真想摆脱这些事情,但总是摆脱不开。

由于玩得太疯，也由于太兴奋，银花吃罢晚饭就睡了，金花把她弄上床，回到火房就烧了一大锅水。之后，她不声不响地搬出一个泡澡用的大黄桶。她把这些事做得庄严而又神圣，而真正等到肌肤相触，她却变得那么羞涩。风湿带来的骨节酸痛，使她的手和腿都不是那么灵便，然而它们是健壮的，短暂的羞涩和试探之后，它们就变得那么强烈，那么迫切，那么有力。我的身体之下涌动着黄褐色的波浪，那是一片带着痛楚的麦田。麦田在分裂，在下陷，整片大地都在分裂，在下陷。我和她都感到了危机，因此死死地搂抱着，不要命地搂抱着，在战栗和攫取中沉入深深的绝望。

这种绝望的感觉是多么好哇！毁灭的感觉是多么好哇！它们是在重新打造我的骨头。我的骨头在异地他乡被人折断了，现在，我的麦田在为我重新打造。我闻到了麦子的香味，稻谷的香味，蛙鸣的香味，还有阳光和轻风的香味，这些香味就是我的骨头，是我唯一的黄金……

金花汗湿的头发凌乱地铺撒在我的胸膛上，灵与肉的飞翔，使她的身体变得轻盈起来，温暖而清澈地贴着我。

这时候，哪怕只是肩头相触，哪怕只是指甲相碰，也能奇异地消除我的孤独。

喘息稍定，她问我："想我吗？"

"想你，想死你。"

"五年了，你在广东是咋熬的？"

"想得不行的时候，我就自己解决。"

金花赤裸的手臂从她的头发中伸上来，捏着我的鼻子："真可怜。"

又说："没犯过错？"

"犯过。"我说。

金花仰起头，眼睛在发丝后面幽幽闪光。沉默了好一阵，她说："我不怪你，五年，实在不短。"

我一把摁下她的头，让她凉丝丝的鼻梁顶在我的胸膛上，再抚摸着她小小的脑袋说："你想到哪里去了，我犯的错不是你想的那种错。我去街头看过内衣秀。"

金花不懂什么叫内衣秀。

我为她解释："城里人很怪，他们找一些又年轻又漂亮的女人在大街上穿着胸罩和内裤，摆出各种姿势让人看。"

"只穿胸罩和内裤？"

"是的，他们的目的就是推销女人穿戴的东西。"

"真不要脸，"金花说，只是语调里带着一种奇异的神往，"你去看了？"

"看了。"

"好看吗？"

金花的声音听上去酸溜溜的。

"好……看，那天搞内衣秀的地方离我们工地不远，我的那些工友全都跑去看了，围的人太多，有个叫贺兵的还爬到树上去看。"

金花垂下眼帘，仿佛在想象当时的情景，之后问道："只犯过这一次错？"

"不，还有一次。那次是去看一副宣传画，是在一家夜总会门前，那天夜总会里有几个女人去表演，据说是跳脱衣舞，外面橱窗里的宣传画都是半裸，我们半夜十二点下了工，就偷偷去看那幅画，橱窗里太黑，看不清楚，有个工友就捡起一块砖头砸玻璃，结果被巡警发现，逮住他们罚了款，我跑得快，没被罚。"

金花嘻嘻嘻笑起来，弄得我痒酥酥的，然后她叹息一声："真可怜……再没犯过错了？"

"没有了。"

"你的那些工友都没有？"

"有的有。他们去路灯下找女人，二十块钱一次。"

"你没找过？"

"没有。"

"是怕花钱吧？"

"也是，也不是。主要还是不想对不起你。"

我说的是内心话。金花嫁给我之前长得真是好看，很嫩，很秀气，乳房小，却结实，胳膊腿儿也很饱满。她是嫁给我之后才迅速变得老起来的。当时，她除了年纪轻轻就得了风湿病，别的真没什么说的，她完全可以嫁一个家境殷实些的男人，但她不顾家人的反对，选择了我这个无父无娘的穷光蛋。她说我郑大宝有文化，她说一个能考上大学的人肯定有文化。她就冲着这一点成了我的女人……

不知出于什么心思，金花再让我讲我的工友去路灯下找女人的故事，但我不想讲，讲那些事让我难受。这是有原因的。去年八月的一天夜里，我的两个工友又去找女人，结果在街头的阴影里碰上一个犯了毒瘾的女子，那女子最多不过十八九岁，瓜子脸，大眼睛，漂亮得没法说，穿得也很时髦，可她毒瘾犯了，身上却没钱，我的两个工友跟她交涉后，把她架到一个圈起来还没开发的地界，那里有面墙破了个洞，他们就架着那女子从洞口钻进去。事后，一人扔给了她十块钱。几天后，两个工友得意洋洋地讲起这事，我当时就呕吐了。

金花见我不愿意讲，也不逼我，滑溜溜的身子往上耸了两下，挽住我的脖子说："守在家里的人，也一样……我不是说我，我一辈子也不会干那种事的，我是说西院那文香，她跟羊角村成明在柴山里做那事，被人看见了。"

文香的男人在浙江打工，也是整三年没有回来。

我情不自已地把金花抱紧了些，提醒她："乡里跟城里不一样，城里门对门住多年互相也叫不出名字，乡里十里八村都是熟人，你不要乱说人家，免得传出去。"

"我没乱说，我只对你说。"

我的指头在她背上弹了几下，问她："你想我吗？"

"我不会天天想，"她说，"有时候一月两月都不想，但一想起来就像蚂蚁叮，恨不得把自己抓烂。"

"那你咋办呢？"

"跟你一样，自己解决，但我不是你那种解决法，我是把一碗绿豆倒在地上，一颗一颗地捡，捡完了还不行，又倒在地上，再捡。"

"真可怜。"我说。

她死死地掐我，掐得我痛。

两人静默下来后，我才听到屋脊上的沙沙声。那不是落雨，是落雪。

雨声张扬，雪声却带着沉思。

金花掖了掖被角，突然以很不耻的口气说："那西院怕是风水不好，尽出文香那种女人。"

"除了文香，还有别人那么干吗？"

"别人……春妹到底是咋生了儿的？"

这时候，她实在不该提到春妹，更不该以这样的口气提到春妹。整个下午她都没说过春妹一句坏话，但她从骨子里明显瞧不起那个自己还是孩子却生了个孩子的女人。

我冷冷地说："金花，记住，就算春妹做下了不合情理的事情，她也是为那个家受累，值不值是一回事，但她的确是在为那个家受累。她爸让她去广东，她不能不去。她没有选择的余地。去了广东，她没有别的办法挣到更多的钱……今后，你不准嚼她的舌头。"

金花没想到我会突然变了脸，怔了一下，委屈得差点流下眼泪。

雪声更紧，我穿好衣裤，出门去摇竹林里的雪。不摇一摇，这么下一整夜，积在枝叶上的雪垛会把竹子压断的。

我刚走进那片竹林，就听到西院里传来一抽一抽的嘤嘤的哭泣。

第二天一早，凡是碰面的人，都在谈论昨晚的哭声，看来很多人都被那哭泣声缠醒了；那哭泣声本来很小，可它却像不动声色地游到身边来的蛇，一旦捕捉到，就惊天动地。

大家都听出来了，那是春妹在哭。

金花做早饭的时候，我想去东院张大娘家看看，她的孙女不久前淹死了，在家的村里人都去安慰过她，而我回来一天，还没去走动过。

出门之后，我却没去张大娘家。我临时改变了主意。老奎叔不来找我，我应该去找他。我决心把春妹的实际情况告诉他。隐瞒一时可以，长时间隐瞒下去是不行的。

因为有那个孩子。

西院的院坝里依然不见一个人影，小孩们还没起床，大人都躲在家里。看来大家都在回避，生怕碰上春妹家的人不好说话。我正穿过积雪很深的石坝往春妹家走，猛然看见文香斜着腰身站在她自家门口，用眼睛给我打招呼。这层院落北面是空的，没有房屋，其余三面都板壁连板壁地住着人家。文香和春妹家在同一个方向，只是中间还隔着一户人。

文香是一个身材高挑的女人，长年累月的肩挑背磨一点也没损坏她的体形，她斜着腰身的站姿，慵困多情，散发出一种不可思议的美。

我朝她走过去。她没请我进屋，只是睖着眼说："听说大宝是昨天回来的？"我说是。她用手理了一下披散的头发，颇为伤感地说："我们屋里那个还是没回来。"

"可能活多吧，"我说，"有些地方春节的活比平时还多，那家伙说不定现在已经爬上脚手架了，为了把你们家盘成金山银山，他像牛马一样，春节也不过了。"

我这话里含沙射影的意思，似乎太明显了，文香咧了咧嘴，怯怯地低声说："到底是兄弟，你才这么关心他，才知道他的苦处。"

可能是烟熏的缘故，她黑白分明的眸子里布满红筋，现在更红了，泪光烁烁的。我想，这个女人实在不是不爱她的男人，她实在是守不住了，她还不到二十五岁，身体那么好，又有那么一股子潜藏着的浪劲。要不如此，她决不会跟羊角村的成明干那事的，成明有二十七八岁年纪，是个杀猪匠，长得五大三粗的，又不爱干净，浑身充斥着一股猪屎味和猪皮味；成明的优势仅仅是年轻。而今，守在老君山的年轻男人已经很难找了。

文香叫我过来，是希望我为她提供一些她男人的信息，可她男人在浙江，我在广东，我无法为她提供任何信息。说了两句无关痛痒的宽心话，我离开了。

春妹家的门开着。她家的格局是进门后有一条四五米长的巷子，走过巷子才是火房。

此时，火房里只有春义一个人。

我刚迈进门槛，春义就在灶台那边发现了我。

"大宝哥……爸，大宝哥来了。"

过了几分钟，老奎叔从床上起来了，一边从卧室出来，一边发出憋不过气来的咳嗽声。做了几十年石匠，他的嗓子眼和肺里不知吸进了多少石屑。他披着一件绽出黑棉絮的棉袄走到我面前，还在咳，脖子上绷出黑筋。

好不容易停下来了，他朝火儿石上吐了一口痰，才说："大宝早啊。"然后叫春义给我递烟。

春义把烟递给我，就进了里屋，大概复习功课去了；每天安排给他的家务活最多就是早上把火生起来，其余时间都是复习功课。

即将面临的谈话给我心里造成极大的负担，可是拐弯抹角会更糟糕，于是我单刀直入地问："春妹呢？"

老奎叔看了我一眼，很快把目光移开，说春妹跟她妈进菜园子倒夜壶去了。

我把烟点上，狠狠地吸了两口，说："老奎叔，我在那边没照顾好春妹，很对不起。"

他又咳起来了，但不是真咳，之后强做平静地说："她的事情我都知道了，直到昨天晚上，她才老老实实地告诉我们的。"

我拿不准春妹到底说出了多少真相，不敢贸然启齿，只是再次道歉。

"那不怪你，"老奎叔说，"咋能怪你呢，只怪我们自己的人不争气。"

他的眼睛红了，从灶孔前拖出半人长的大烟杆来裹旱烟。他的手指很粗，很黑，上面创口累累。裹好了烟，他把烟嘴含进口里，便仰着脖子，将烟斗掏进火堂里去点。

刚点燃，他突然把烟嘴吐出来，暴起一声："羞人啦！"

他的声音本是那么沙哑，这时候却锋厉如刀。

"大宝，羞人啦！"他说，"就算穷得舔脚板，也不该去给人家当小老婆！"

他吸了一口烟，又以那种怪怪的腔调说："当小老婆还当不成呢，还被人家赶出来了呢！"

说到这里，他近乎无助地看我一眼，突然咳咳咳地痛哭失声。

春义一脸泪痕地从里屋跑出来，为他爸捶背。

老奎叔双手用力一挥："滚开！你这个狗日的！"

春义一个趔趄摔倒在地。

老奎叔怒火中烧，站起身要用大烟杆打春义。烟斗是铁做的，打在身上骨头也能敲断。

我急忙把他抱住。

老奎叔双脚在地上跺，指着春义骂："你个狗日的，你个杂种！要不是为了你，你二妹会落到今天这一步？"

春义扑在地上哭。他不是被摔哭的，也不是吓哭的，他实在是想哭。

正这时，春妹和她母亲回来了，一人手里提着一把夜壶，夜壶已经倒空，但陈屎的气味还是从那干鱼似的壶嘴里浓烈地飘出来。

母女俩的眼睛都肿成一条线。

春妹没背孩子，看来孩子还在睡觉。解下了背裙，穿得又很少，她显得更单薄了，仿佛随便一阵风就能把她吹得无影无踪。

看见屋子里发生的事情，苟大娘两眼轮着丈夫，胸脯一鼓一鼓的，大声对我说："大宝你不要抱住他，让他打人，他是条疯狗，见人就想咬！你不要管他，让他把我们都打死算了！我们胀他眼睛，我们死了他就干净了！"

老奎叔在我的臂弯里瘫软下来，且低沉地呻吟着，退回到凳子上坐下。

与此同时，春义也从地上起来，跑进了里屋。

我实在找不到什么话好说，就起身告辞。

老奎叔一把拉住我："大宝，说啥你也要吃了饭才走。"

我说不了，金花已经煮上了。

"金花煮是金花的事，我煮是我的事，"他几乎乞求地说，"你不能这样看不起你老奎叔。"

话已经很重了，可在这样的时候，我哪有心情留在他家等饭吃？我只好撒了个谎，说我家里来客人了。

"是这样啊，"老奎叔嗫嚅着说，"那你走吧……"

然后，他低声道："大宝，我求你个事。"

"老奎叔你说。"

老奎叔用手抹了一把皱纹密布的脸："我们家的丑事，你不要告诉别人，老奎叔求你了。"

我没回话，走了。

刚走到当门的黄桷树下，春妹就追了出来。走到我近前，她才紧张兮兮地问："大宝哥，你没给爸说我在美容店那些事吧。"

"没有。"

"那就好，"她长长地松了口气，"要是爸妈知道那些事，他们一定会搭根绳子吊颈的。"

我沉吟着说："春妹，我一直想给你出个主意……"

春妹等待着。

"你为什么不去告他？事情是他做出来的，他应该负责，至少应该给你经济赔偿。"

春妹听后，黯然神伤。"不行的，"她说，"我在广东就知道有个人跟我的情况一样，后来她去告，结果没把人家告倒，自己还赔了诉讼费，听说还被打了，打得那个狠，都缺脚跛手了；那是人家的地盘，哪有你说走了话的。"

她的话让我哑口无言。我自己的经历使我明白一个古老的道理，那就是人在屋檐下，不得不低头。许多时候，仅凭一腔义愤是不够的。远远不够。

今早没有雾，因此比往天冷得多。大雪在天亮前就停了，四野是一片寂静的银白。那种白本身就是冷气，是凝固的冷气。

我看春妹穿那么少，说："春妹你回去吧，谨防感冒了。"

春妹却没动步，盯着脚下晃眼的白雪，呓语似的说："大宝哥，我真不该说这种话，我本来就不要脸了，说出来就更不要脸……我爱他，你知道吗，我爱他……就算我能打赢这场官司，我也不会去告他的……我还在美容店的时候，他就对我很好，他三次来都对我很好，没有像别人那样只把我当成工具，我跟了他以后，有段时间他对我真是好极了……我爱她……再说他也不容易啊，前段时间他的生意做得很不顺，有两家公司都垮了……谁都以为他是成功的，可是成功的人背后，也一样有世态炎凉……"

一串晶莹的泪珠无声地洒在雪地上。雪地被烫出两个触目惊心的窟窿。

我转过身，大踏步地朝前走去。

一路上我都听到自己血液的呼啸声。

春妹说出了"世态炎凉"这个词。这个词她不是用在自己身上，而是来感受别人的处境。

这个人一直欺骗她，几个月前才狠心地抛弃了她……

走到自家后门口，我听到刚起床的银花在问爸爸哪儿去了。

金花没回答女儿。昨夜里我说了她几句，很是伤了她的心。

这时候，我不想进屋，我害怕自己控制不住情绪，三两句话不对路，就可能跟金花争执起来。事实上，金花对别人的隐私感兴趣，喜欢在背地里往别人的伤口上撒盐，只是沿袭了乡村自古有之的传统。这是贫穷的乡村人消除寂寞最好的办法。她并没犯多大的错，我没理由把气发在她的头上。

趁这时间，干脆去东院张大娘家看看吧。

从后门左侧下去，有一个水凼，就是竹林里那条小沟汇聚成的。水凼不大，夏季却很热闹，有前来喝水的牛，有洗衣服的女人，还有在里面游来游去的孩子。眼下，水凼里结着冰，冰面灰暗，透着一种很有硬度和质感的黑，证明冰层很厚。水凼旁边是一条小路，这条路直通东院。路边巴掌大的田地里有刚刚生起来的油菜苗，天越冷，油菜苗越是鲜嫩，青亮得逼眼。不仅田地里，路上也有菜秧，东一簇西一朵的。那是农人不小心把菜种撒在路上长出的。几只麻雀在路中间觅食，它们沉默着，蹦跳着，灰灰的羽毛和灵巧的身子在雪地里格外醒目。

穿过几间猪牛圈，东院的晒坝就呈现在眼前。几层院落比较起来，东院最大，人户最多，晒坝也最宽敞，可是院坝里同样没有一个人，而且每家每户都关门插锁。张大娘的房屋旁边，立着一根草树，树上的枯稻草已被扯下大半，家门前就散布着那些稻草，被雨雪浸湿，又被鸡爪刨来刨去，看上去显得特别乱，特别脏。

这景象我在西院的文香家也看到过。文香是一个很爱干净的女人，但家里没有男人，她只好把稻草当柴烧，抱草进屋时，免不了掉落一些在地上，她也无心打扫。以前，山里人都是把稻草存下来喂牛的，枯草里有积存的土地味，太阳味，有没散失干净的养料，牛嚼着这些味道和养料，依靠回忆度过整个冬天，现在，人烧掉了一部分，留给牛的就不多了；养料本来就少，再加上吃不饱，当春草萌发牛们跨出圈栏的时候，全都瘦成了皮包骨头，即使在平地行走，也四条腿打战。

我突然不想去张大娘家了。我去干什么呢，去表达我的同情？同情是水，不是骨头，同情永远也无法帮助别人支撑起生活。我完全能够想象得出去她家后的情景：那是一间严重倾斜的土坯屋，里面黑洞洞的。我进屋后，张大娘会在柴屹崂里拖出一根凳子让我坐，然后给我讲她孙女是怎样掉进粪坑的——刚把孙女的名字说出来，她就一把鼻涕一把泪，哽咽着说不下去。这之后，她就后悔，她孙女是去别人家夹火种时出事的，她真不该让孙女去夹火种，那天下过雨雪，路那么滑，再说路上要经过两个粪坑，不要说六七岁的小孩，大人稍不留心也会掉进去。她一定会说："我这老不死的呀，咋就那么昏呢，为啥让她去夹火呢……"又是一阵痛哭。这简单的叙述，至少花上个把时辰。然后我就该走了，可是她不让我走，非要给我做汤圆……

情形就会是这样，也只能是这样，我去什么也不能帮她，只会再一次挑开她的伤口。

那么我还去干什么呢？

尽管很不情愿，但我必须承认：只不过短短的一天多时间，故乡就在我心目中失色了。因为见识了外面的世界，故乡的芜杂和贫困就像大江大河中峭立于水面的石头，又突兀又扎眼，还潜藏着某种危机。故乡的人，在我的印象中是那样纯朴，可现在看来，他们无不处于防御和进攻的双重态势，而且防御和进攻没有前和后的区分，它们交叠在一起，无法分辨。无论处于哪种态势，伤害的都是别人，同时也是自己。对那些不幸的人，他们在骨髓里是同情的，因为他们从中看到了自己的命运。遗憾的是，出于保护自己的目的，他们总是习惯于对不幸的人施放冷箭，使不幸者遭受更大的不幸。他们误以为这样做就能够突显自己的优越，从而远离不幸……

这可怕的人性泥沼，当然不仅仅属于乡里人，但由于乡村的贫困和卑微造成的褊狭与自私，加上祖祖辈辈抱成一团开疆拓土、因而彼此知根知底的特殊背景，他们要对一个不幸的人施加压力，就自然而然地形成了一种不可动摇的集体力量。

像张大娘这样的人，她要最终获得拯救，只能依靠时间。

可是春妹就不行了。对她而言，时间是魔鬼。她怀里的那个孩子在一天天长大，不需要多久，他就会叫爸爸妈妈了，然而他没有爸爸可叫！我的女儿银花会叫爸爸而看不到爸爸的时候，她母亲会告诉她："你爸爸在广东打工，你爸爸爱你，等你爸爸挣了钱，他就回来看你。"然而春妹将如何向她的儿子交代？她能够对她儿子说："你爸爸有很多钱，可是我怀上你的时候，他的生意走下坡路了，他嫌我们是拖累，不想养我们，就把你和妈妈赶走了，你没有爸爸了！"——春妹能这样说吗？

在鞍子寺村，人们虽然怀疑她儿子不是走正门生出来的，但最真实最具体的情况并不清楚，许多人还在观望她是不是真的嫁了个有钱的男人，即便那男人并不有钱，也想看看他究竟长得什么模样，是个什么身份——结果闹到头，那孩子不过是个野种！

真到了那一天，等待春妹的会是什么后果，她太清楚了。

还有她的家人。唯一从心底里爱她的，就是她的家人，可是，她在家里多呆一天，带给家人的耻辱也就往深处扎一寸。

她不愿意这样。

何况她哥读书还需要钱呢！那家里不靠春妹，就没有人能供春义继续读书。

鉴于这种种原因，春妹默默地走了。

她本来是想回到故乡疗伤的……

我没看到她走。那天我带着妻女去三十里外的岳父母家了。

据说春妹走得很平静，那天她去乡场后回来，把哇哇啼哭的孩子（那孩子只要没睡觉，好像永远都在啼哭）背在背上，就跟父母和哥哥道别（听说她姐姐春梅正月初三回来过，看见妹妹抱着一个不明不白瘦小得像干柴棒的孩子喂奶，饭也没吃就走了）。她对哥哥说："哥哥你安心读书，钱的事你不用担心，我这次不去广东，我去福建，我今天打听到我的一个初中同学在福建一家制衣厂打工，她爸爸给了我地址，我去找她，她一定会帮忙让我进厂的。"

春妹走了，村里又议论了她两天，再次归于沉寂。

我想很少有人在乎她到了另一个陌生的地方，带着孩子将怎样生活；更少人在乎的是，她之所以不去广东，究竟是害怕自己再次受伤，还是别有隐情……

正月初八，对老君山来说是一个特殊的日子。

这一天是牛的生日。

不知为什么，老君山人固执地认为，世间的第一头牛，是农历正月初八这天降生的，因此他们把正月初八定为天底下所有牛的生日。

清早，老君山的男女老少，只要拿得动镰刀的，下得了床的，都走出院落，走到村子底下或者爬到村子上面的山林，为牛割草。四野一片枯黄，要找到一把青草很不容易，通常是那些叶片如利刃的马儿蕊草，或者生长在崖垛之巅的紫芜草，靠近草梢的部分才呈现出青绿色。但要割下这些草非常困难，稍不留心，马儿蕊就会划破手指，不是一般的破皮，而是一拉到底，现出雪白的骨头；紫芜草虽然摸上去如绸缎般柔软，但谁也不敢轻易爬到数丈高的崖垛动它们一下，何况冬天的崖垛上随时都可能藏着暗冰。

尽管艰难，老君山人却无论如何也要让牛在这天尝到青草的气味，哪怕只有一点点儿。把草割回来后，一家人便围在牛棚旁边，由家庭成员中年岁最大的人将草放进牛槽，招呼卧着反刍的牲口起来享用；以前，放草之前，家里的长者还要带头给牛下跪，表达对这种数千年来为人类做出巨大牺牲的生灵的感激和敬意，现在没有这规矩了，但虔敬的心思并没减退。

说来奇怪，正月初八这天，老君山的牛仿佛也知道这个日子非同寻常，一律显得格外安静，既不撞圈栏，也不鸣叫，当人们把草放进木槽时，它们表现得是那样羞涩，用湿漉漉的、清亮如水的眼睛对人们说话，那意思好像是："谢谢你们，我做的那点事，只不过是我的本分，没啥了不起的。"

这一个正月初八，天还没亮明白，鞍子寺村后面的山岭上就起了歌声："清早起来嘛去割草哦，烟子蓬蓬呢割不到哦；烟子烟子你快快散呢，咕噜噜噜扯——我家的牛儿过生朝（生日）哦……"

这是祖先传下来的歌谣，"烟子"指的是雾，但今天没有雾，今天是化雪的日子屋檐底下响起时轻时重的声音，那是雪水融化的声音，有时候，一团雪块没来得及化掉，就顺着瓦沟摔下来，在地上溅起耀眼的光芒，我家后门外的竹林里，发出淙淙的声响；这响声无处不在，站在石板铺成的院坝里，也能听到它的鸣唱。

天地之间存在着一个神秘的琴师，它在每一个角落弹拨出季候的主要音律。

要是以往，最早起来的人唱了第一句歌词，满山满坡都有应和，但今天不是这样，应和的有，却极其稀微。

我和金花隐隐约约地听到西院文香在跟人说话，那人问文香为什么不唱歌，因为她是鞍子寺村歌声最美的，文香说："唱啥呀唱，我家牛也没有，懒得唱！"

她的话说到了我和金花的痛处。

金花的脸色忧忧戚戚的，对我说："管他有没有牛，你也吼两句吧，那是个吉庆。"

我没有听她的话，吼那么两声，实在看不出吉庆在哪里；而且，一个没有牛的人唱歌，我这面子上挂不住。

金花没做声。当我打开后门抱柴回屋，她不见了。一个多钟头后，我把饭做好，才见她割了半背篓青葱的紫芫草回来。那么滑的路，她不仅裤腿和前襟上洒满泥点子，连头发也被泥点子染黄了。她将草一把一把地打散，一把一把地丢进牛槽。

她做着这些事，脸上没有悲伤，只有对未来生活的祈福。

然而，我却看不下去了，我把那些草全都抓了出来，扔进了旁边的粪坑！

金花愣愣地看着我，直到我用长把粪瓢将草全都捅进粪渣里，她才抑制不住，流下泪来。

"马上就开春了。"她说。

她的意思我懂，春水一发，就要牛犁田，没有牛的人家，就只有向别人借牛，而春水田是抢出来的，只有那么短短的两三天，融化的雪水才能把田涨满，过了那几天好日子，田虽然也能够翻耕，却检验不出是否扎漏，如果田不扎漏，到了五黄六月稻谷抽穗的时候缺水，严重的减产就势所必然。等别人忙过，你再借牛来使，很可能就错过了最佳时机，而且，牛那么宝贝，关系再好的人家也不愿意随便借人；老君山人把犁春水田叫"打老荒"，听听这说法，就知对人对牛，那都是极其艰苦的活，一趟老荒打下来，再强壮的牛也要瘦它几十斤。这无法不让主人心痛。

我家已经六年没牛了，以前有一头老白牛，结婚的时候卖掉办了酒席，从那以后就再没喂牛，这就是说，我离开的这几年，金花每年都要向别人借牛，去人家门槛前下话的尴尬，她已经受够了。

除了尴尬，还要累死累活地抢那最后一趟春水。那些挣了钱的人家，即使暂时没买上牛，也可以把牛借来后拿钱请人犁田。文香就是这样做的。犁铧沉重，如果不熟悉牛的习性，随时都可能被它拖得扑倒在水田里，甚至扑到铧刃上，割得身上鲜血直流。以前干这活，都是年轻男人的事，自从年轻男人走出村子，就轮到缺力气但有经验的老头子了。请老头子犁一亩田，给十块钱。很少有女人干这活，可金花是自己干。她舍不得钱。她的娘家人也不能帮她，她有个弟弟，打工去了，同样是几年不回，岳父的身体也吃不消了，更重要的是，岳父家也买不起牛，也要等着别人空下来了，才披星戴月地去田里忙乎（今年过春节，也是他儿子寄回两百块钱，才割了些肉，打了些酒，勉强把年关度过了，他哪有钱买牛）。金花只能靠她自己，每次犁完田，她的腰和腿就像有人在用扁担砍一样……

虽然如此，你这么割回一背篼牛草，别人家的牛就会跑到你圈里来吗？

我心里窝囊透了。

两人进了屋，金花见女儿不在家，泪水就流得越发的汹涌。

我让她坐在条凳上，自己也挨着她坐下来，我说："对不起，刚才是我一时发昏。"

她不回应，只管流泪。

我犹豫了片刻说："金花，我寄回的三千一百块钱，都派了啥用场？"

前两天我就想跟她算算这笔账，我不是不相信她，仅仅是想了解一下钱都花到哪里去了。

她擤了一把鼻涕，又用粗糙的手掌抹了泪水，才很平静地对我说："每年买肥料就要四百多块，我们还算买得少的，有些家庭一买就是六百多块，现在那土，吃肥料吃惯了，肥给少了就不出好庄稼；再说我们没喂牛，又没啥粪肥帮补。还有就是交义务劳工费，这笔费用是你走后才交的，每年给每个成年劳力算十个义务工，也不让你真去哪里做义务活，只是让你交钱，每人每天二十块，这样算下来，我们家一年要交四百。第三就是银花的书学费，她四岁进幼儿班的，读了两年了，每学期的学杂费一百八，一年就要三百六。其他的就是一些零星的花销，我记不起来了。"

我默算了一下，光是金花说出的这三笔大数目，几年下来至少也要五千，而我寄回的只有三千一百块。我感到很羞愧，我实在不该向她提这么愚蠢的问题。就算我不知道有义务劳工费，也应该知道三千一百块钱远远不够五年的开支。

"还有两千来块钱的缺口，你是从哪里找来填补的？"我抓住金花的手，这样问她。

"找我弟弟借了一千五，"她说，"另外就是卖谷子。"

她低下头，又说："你看我们仓里的谷子很少，不是你女人不能干，是肥料不够，庄稼产量本来就不高，又卖了那么多。我本来还想把你爸妈的坟修一修的，可实在抽不出钱。你看村里有些人家，从县城请来专门的匠人，用石条把祖坟修得那么漂亮，还錾了碑。只有你爸妈的坟还是两个土包子。你是读书人，虽然没念成大学，可你是这村里最大的读书人，你真该给你爸妈写上几句话，錾在碑上，立在坟前。"

我不希望她提这些事情，一提起来我心里就毛躁。虽然我并不像村里某些人那样，以花大钱修葺祖坟的方式来显示自己的孝心，或者以此向外人摆阔，但父母的坟像狗啃似的龇牙咧嘴，毕竟也不是体面的事情。

金花又说："你昨天给我的两百多块钱，按道理该去买头小猪的，一头猪在圈里，再好的饮食它吃起来也懒心无肠，猪要成对才抢食，抢食才肯长。现在看来又买不成了，过了正月十五，银花就开学，他们老师过两天就会提前来收书学费，到底涨没涨价，还不知道呢。"

"你不要说了，"我说，"金花你不要说了。"

金花站起身，默默无言地去端碗舀饭。

吃罢早饭，我跟金花带着女儿抓紧时间去油菜田里扯杂草。雪没来得及完全融化，田地还较为干爽，要是再捱几个钟头，雪完全化开了，就没法进田。

到处都是亮闪闪的，太阳早早地升上了天空，村里大大小小的狗在阳光下追逐，春妹家那条大灰狗，是当然的头领，它往哪里跑，别的狗就会朝哪里聚积。后山上的松垛和青冈林里，融雪声此起彼伏，没过多久，白茫茫的林莽再一次变得清朗起来。

这样的景象，却无法激起我对春天的向往。金花的一席话，让我无地自容，也让我对即将到来的春天怀着沉甸甸的忧虑。

银花在塄坎底下掏深藏于土地中的虫子，金花撅着屁股，在一心一意地劳作，我的心里却像猫抓一样难受。我想该怎么办呢，如果我留在家里，又凭什么挣钱呢？这片土地能够提供的最大资源，也就是让我们不再挨饿，要谈到别的，比如修一修房屋，供孩子读书，那简直是不可能的。何况还有欠账呢。金花在娘家时虽然也穷，可从没欠过账，金花是嫁给我之后才尝到欠账的滋味的。她冲着我"有文化"才冲破层层阻力成了我的女人，而我脑袋里的所谓文化，到底给她带来了什么样的光荣？我又为她的现实与未来提供了什么样的保证？

我左顾右盼，前思后想，觉得唯一的出路，就是再次离开这片亲切而又贫瘠的土地。

漂泊异乡的孤独感立即潮水一般淹没了我……

银花的老师来收书学费的时候，我和金花正在吵架。

我们是为针尖那么大一点事吵起来的。金花扫地的时候，我把一只背篼反扣过来，坐在灶房边上，满脑子都是"怎么办"，摆在我面前的分明只有一条路，而这条路我实在不想走，可不走行吗？

正在我焦躁万分的时候，金花扫到我面前来了，金花说："把脚抬一下。"

我把脚抬起来了。

金花扫了我的脚底，又说："有凳子不坐，坐在背篼上，坐坏了咋办？"

我的气猛然间就蹿起来了，一把将背篼从后门扔了出去。背篼翻几个跟头，掉到了岩畔之下。

金花弯腰愣了片刻，出门去捡了回来。

她进屋的时候，我本是有些后悔的，谁知她在流眼泪。她这时候真不该流眼泪。她的眼泪让我感到生活的无望。

我说："他娘的不就是一只背篼吗，有啥了不起的！"

跟金花结婚以来，两人并不是没有过争吵，但我们的争吵是有理有节的，我从没在她面前骂过粗话，我们村的有些男人跟老婆吵架，骂的话连狗也嫌脏，连牛也踩不烂，不仅如此，还动不动就打女人，像文香那么漂亮的女人，也常常被丈夫毒打，有一次她丈夫一把将她推倒在石坝上，又狠狠地踢她的屁股和腰身，踢得文香在地上翻来倒去，之后翻不动了，就狗一样蜷着身子，向丈夫求饶。这样的事情，鞍子寺村经常发生，可是我不仅没打过金花，重话也没说过。对此，金花铭记于心，还向人夸耀，说这就是她选择我的好处，说有文化的人就是不同。

然而现在，我却对她骂粗话了。

金花像不认识我一样，两眼直勾勾地盯着我。

我说："盯着我干啥？你是不是嫌我胀眼睛？"

这话是很伤人的，这话的意思是说：你觉得我在家里是多余人，你巴不得我赶快滚蛋！

金花的嘴唇抖索着。她的嘴唇薄，抖起来像两张纸。她这神情我以前从没看到过。

我知道她受了伤，但我就是想伤她，我还嫌伤得不够！

于是我说："我明白你是咋想的，你不是羡慕文香吗，你不是想有文香那样的好事吗！"

金花的嘴唇不抖了，她变得冷静了，她说："大宝，你啥时候变得这么无聊的？"

"我无聊吗？……我是无聊吗？你以为你平时不开腔不出气，我就看不出你的心思吗？"

她摇着头。缓慢而凄哀地摇着头。

"如果这就是我找的人……"她没把话说完，再一次摇头。

我说："你本来就找错了，凭你天仙一样的容貌，最坏也该找个镇长的，却鬼迷心窍找了我这个穷光蛋！"

金花的胸脯大起大伏，随后是一声炸雷般的吼叫："郑大宝，你要这么说，我就真是找错了！我找不了镇长，但是找个比你有出息的人，对我冉金花还算不了啥大事！就是现在，我冉金花也还有人要！别以为离了你郑大宝，我就只有吊颈的分了，只有跳岩的分了！"

到此，我已经没有力量找出更有杀伤力的话来反击她。我早就为自己设置了一个陷阱。我是自食其果。但是，我烦透了，我实在需要发泄！

我把灶上的铁锅高高举起。

正要往地上砸的时候，门口响起了又谨慎又快乐的声音："金花嫂在家吗？"

在那一刻，金花的表情发生着急剧的变化，当她把脸转一个半圆朝向门口的时候，已把绝望丢在了后边。

她说："是贺老师啊，进屋坐。"

我把手里的铁锅慢慢放回到灶眼上。

听金花叫贺老师，我就知道他是教银花的了。

这是一个不足二十岁的小伙子，长得圆头圆脑，是西北贺家坳村人，我并不认识他，听金花说，他只读过半季初中，之所以能来鞍子寺小学教书，还当校长，每月领三百多块钱工资，全靠他舅舅；他舅舅是镇中心校的校长，有安排村小教师的权力。

小伙子说话响快，看上去也很聪明。进屋后，他望着我说："这是大宝哥吧？"金花说是，他就马上给我递烟。我说："贺老师，咋能抽你的烟呢。"他把烟硬塞到我手里，"叫啥贺老师哟，"他说，"大宝哥你才是老师，你当年要是家庭条件好点，不要说鞍子寺小学，就是县中学你还不一定看得上眼呢。"

如果前些年有人提这事，我会很伤感，现在我不会伤感了。那都是多少年前的事啊。正拥有的生活，才是自己应该得到的生活，这个道理我虽然不愿意接受，但我早就懂了。正因为懂了这个道理，我才心烦，才跟金花吵架。

我说："贺老师坐吧。"他坐下后，金花问他："这学期多少钱？"

"还是一百八，今年好多学校都涨了，对面山上有所学校，都涨到二百七了，我们鞍子寺小学不涨！"

我问："学校收费，镇上没定个统一标准？"

贺老师说："没有，这是根据各个学校的具体情况定价，然后上报镇上批准就是了，学生越少收费越高，因为我们的工资不是国家发，是从学生的书学费里面抽成，学生少了，价又收不上来，我们就不如回家种地了。"

"学生少是学龄儿童本来就少，还是失学的太多？"

"当然是失学的多啊，"贺老师看着我说，"穷啊，很多家庭读不起书啊，像大宝哥你们那时候，比现在穷到哪里去了吧，可再穷的人家也能上小学和中学，大宝哥你要是早生几年，说不定就能读上大学了，现在表面上大家都挣了钱，可是送孩子读完小学都困难，也是怪事。"

接着他说："目前的情况是，越穷的地方收费越高，收费越高就越没人读书，再这么搞几年，很多村小都要办垮。"

我问他："你舅舅知不知道这些事？"

"知道哇，我给他反映过，还有很多村小教师都给他反映过，我看他也拿不出个主意。"

这其间，金花进里屋把钱拿出来递给贺老师，他收下了，在一张皱皱巴巴的名单上画了个钩，就很认真很严肃地对我说："大宝哥，银花是非常聪明的孩子，你要好好培养她哟。按她的智力，只要顺顺当当地发展下去，将来考个大学肯定没问题，我没多少文化，但为了不误人子弟，也不给我舅舅丢脸，我在努力自学，别的不行，要说看一个人的发展，错也错不到哪里去。大宝哥你是没上过大学的大学生，银花又是你女儿，你比我更清楚她的情况，等她将来考上了大学，你要拿得出钱来，千万不能让她走你的老路哦。这做大人的，辛苦点就辛苦点，有啥办法呢。"

开始听金花说贺老师是凭他舅舅的关系才来学校教书的，我心里还对他有成见，事实证明我错了。听了他的话，我像小学生一样不停地点头，我说："谢谢你贺老师，你的话我记住了。"

他起身告辞，到别的人家收书学费去了。

金花不声不响的，又拿起扫把扫地。地还没扫完呢。

我在火房站了片刻，就进了卧室，衣服也不脱，就躺到床上去了。

一群接一群陌生的人从我面前走过，带着腥味的冷风把他们的说话声吹得时浓时淡。在很远的地方，出现了一个似曾相识的身影，我想那是谁呢，正准备扬手招呼，那人就不见了。他刚刚消失，我就想起来了，那不是贺兵吗！可是不对呀，贺兵不是已经死掉了么？难道那个从脚手架上摔下来的不是他？难道那个来领走一个骨灰盒的老头子，也不是他父亲？正在疑惑，我又发现一个熟悉的人，这是个满脸憔悴的女人，我一下子就认出来了，她是邹明玉，我大声呼喊，先叫邹姐，她不理我，我又叫邹明玉，她还是不理我。很快，她就与贺兵一样，被如潮的人海所吞没。黄昏眨眼间就与大地上的暮色相拥，我想再也不可能遇见熟人了。我感到孤单，提着包裹朝前走去。不知走了多少条大街，走得夜沉了，腿酸了，街上的人影车辆都已稀稀落落的了，我就在一个挡风的角落蹲下来。那里早就蹲着一个人，黑乎乎的，看不见那人的脸，但我听到了啼哭声。是一个孩子的啼哭，吱吱吱的，像老鼠叫。这哭声我是那么熟悉，禁不住朝蹲着的人多望了两眼。天啦，这不是春妹吗？春妹也认出了我，她说："大宝哥，你也来了？"我说："是呀，你不是去了福建么，咋在广东看到你？"春妹低声说："我想见他一面。"我问她："见到了吗？"春妹说："见到了，他从公司出来上车的时候，我看到他了。"我急乎乎地问她："你没去找他？"春妹忧伤地摇着头。我朝她吼起来："你是傻瓜，是天底下最大的傻瓜！"这时候，春妹突然不见了，我的脑子里出现了一个巨大的黑洞。

"睡觉为啥衣服也不脱？被子也不盖？"金花把我摇醒，心疼地嗔怪我。

我翻身起来，心里涌起大祸临头之前的空虚感。

事实上没什么大事，门外阳光照耀着，屋脊上的亮瓦投下浮动的光影。

只是梦中的清寒和孤单挥之不去。

金花像是忘记了我们吵架的事。我也忘记了。那件事就像梦中的景象一样虚幻。

我说："银花呢?"

"到东院玩去了，"金花说。"想睡你就再睡一会儿吧。"

我说不睡了，大白天的，哪里是睡觉的时候。

"反正田地里又没啥事，柴也是砍好的。"金花说。

正是这"没事"让我感到空虚。没事就意味着挣不到钱。如果喂了牛就好了，农闲时节，恰恰是猪牛让农人闲不下来。农人是不能闲的，一闲就空虚，就为将来担惊受怕。

我说："手头还剩了多少钱?"

金花不回答我，只是说："想睡就睡一会儿吧，不管有没有钱用，反正天塌不下来!"

她说得那么坚定，让我多多少少恢复了一些元气。

我试探地说："要不你也来睡?"

我以为她会反对的。哪怕风湿病犯得最厉害的时候，她也没在白天上过床。

谁知她不声不响地就脱了外套。

屋外传来小猪的咕咙声，母鸡被公鸡侵犯时不满的抗议声，还有孩子们的欢笑声。当这些声音过去，就只剩下似有若无的天籁了。我静静地搂着金花，望着头顶上方的亮瓦。

要是生活没有那么紧，要是心里没有那么多负担，这日子该有多好!……

我再一次问金花："还剩下多少钱?"

她动了动身子，面向我："六十多块。"

我喃喃自语："六十多……还不够。要出门，我首先还是选择广东，那边的机会到底多一些，再说，我还梦想以前的那个建筑老板会收留我。我相信只要给出合理的解释，他会收留我的。当然，被他扣押的那两个月工钱，就不要去想了。"

这时候我才发现，其实我内心早就在计划再次出门的事了。

从没出过门的时候，总以为外面的钱容易挣，真的走出去，又想家，觉得家乡才是世界上最美的地方，最让人踏实的地方，觉得金窝银窝都比不上自己的狗窝，可是一回到家里，马上又感到不是这么回事了。你在城市找不到尊严和自由，家乡就能够给予你吗? 连耕牛也买不上，连付孩子读小学的费用也感到吃力，还有什么尊严和自由可言?

金花在战栗，我明显感觉到了，她说："你又要走了？你不是对银花说你不再出门了吗？"

我继续望着亮瓦："我当然不想出门，可是……不出门怎么过日子呢？"

金花抱住我的脖子，不说一句话。

沉默了许久，我说："别看那个贺老师年纪轻轻的，他真是教育了我。"

金花往我的怀里拱了一下："你不生我的气了？"

"我本来就没生你的气，是我首先不对。"

她像少女一样撒着娇说："本来就是你不对嘛，你为啥说那么绝情的话呢？"

"我是说绝情的话，你是做绝情的事，你不是要找个比我有出息的人吗？"

"那是气话！"她着急地分辩，"你把我说得那么不要脸，把我气糊涂了，其实你知道的，我哪里是那样的人啦，不要说你走五年，就是十五年，我的那碗绿豆也不会丢的！"

我把她抱紧了些，说："我心里难受。"

她说："我知道你心里难受，从你回来的第二天我就知道你心里难受，但是你该明白，我的心里一点也不比你好过，我自己的男人在外面受了五年累，回来后家里还是老样子，看不到一点儿希望，我这心里不难受吗？"

我问她："你想不想让我再出门？"

她猛地伏到我的身上来，"当然不想，"她急促地说，"这还用问吗，当然不想！"

她流下泪来，双肘支在我的胸膛上，两只手抓着自己的头发，又说："做女人的，哪个想丈夫三年五载地出远门呢，那都是没办法的事啊……"

我把她放下来，静静地搂抱着她。

这时候，我们都不愿意谈及我出门的话题，但出门已成定局，这也是我俩心里都清楚的。

过了好一阵，金花说："今天我们要感谢贺老师，要不是他，我们的架就吵大了。"

"是呀，不过架吵得再大，你也是我老婆，我也是你男人。"

她轻柔地捻着我的耳垂说："我就喜欢听你这样说话。"接着她嘻嘻笑着说，"要是我当时手里拿着镜子就好了。"

"为啥？"

"你不知道你把铁锅往灶眼上放的时候，那动作多么可笑，不，不是可笑，是可怜，生怕让外人看出我们在吵架，又生怕把铁锅碰坏了，那样子真是可怜，可怜得让我的心都痛了。"

我也笑起来，"你不知道你把脸转向门口给贺老师打招呼的时候，那表情经过了多么复杂的变化，像这样，这样……"

我还没把动作做完，她就一手抱住我的头，一手在我身上不停地捶打。

我抓住她的手，认真地说："金花，相信我，没啥大不了的，什么难处都是可以熬过去的。"

她说："是，我相信你，你也要相信我。"

我把出门的日子定在正月十二。

不能再晚了，只要过了正月十五，也就是老君山人所说的"大年"，去外面就很难找到事情做。

十一这天下午，金花带着女儿回她娘家去了。我的路费还差几十，她去找她爹妈借。她弟弟寄回的两百块钱，据说还剩了一点。

母女俩刚出门，我就去了松林弯。我想去看看那些用雪做出的"爸爸妈妈"。

那些"爸爸妈妈"早就化掉了，地上是化雪时留下的黯淡印迹，曾经覆盖它们头顶的茅草，被雪浸泡，再被太阳晒干，就像人走向衰老，失去水分，显得特别的没有生机。

我发现，就在前一两天，肯定有人到这里来过，而且站了很长时间。我想可能是耗子吧，因为他那个被太阳晒掉的爸爸，水印两侧放着两根木棒，就像两只手臂，而且左边的要比右边的粗壮。

明年的这时节，我的女儿银花，也会跟她的小朋友们一起来做她的爸爸了。因为我绝不可能出门一年就回来的，这面山上，几乎没有一个人每年都回来过春节。火车票那么贵，春节期间还要涨价，谁也舍不得把血汗钱往铁轨上扔。

问题是，银花还不知道她爸爸明天就走。我和金花都说了，先不告诉她，明天让她跟她母亲一起把我送到石盆上就是了。

金花母女天黑尽才回来，那时候我已把行囊准备好了。吃罢晚饭，我就把女儿抱在怀里。那时候，我最害怕的是别人来串门，或者银花的小朋友来把她叫走。外面的月光很明亮，往天，只要有月光，银花的那些小朋友都在晚饭后把她叫到院坝里，玩得筋疲力尽才回屋睡觉。

好像全村人都知道我马上就要离妻别女似的，既没有大人来串门，也没有小孩来喊银花。这样，我就有机会一直抱着女儿，直到她在我怀里香香甜甜地睡去。

我和金花都没睡觉，我们躺在床上，做了我们自己的事情，就把女儿抱过来放在中间，两人说了一整夜的话。

那一时刻终于来了，我把鼓鼓囊囊的帆布包提出来，带着夸张的兴奋对女儿说："银花，你跟妈妈去为爸爸送行吧。"

女儿识别不出帆布包的意义，她不知道这东西是农民工离乡背井的特殊标记，也不知道"送行"是什么意思，只是听说爸爸妈妈要带她一块儿出门，就高兴起来。

走到西院外的那棵黄桷树下时，春妹家那条卧在虚楼上的狗发现了我，汪汪汪叫了声。它不是威胁我，更不是想咬我，而是以它的语言向我打招呼。

可这一下就坏事了。听到狗叫，老奎叔和苟大娘站到虚楼上来了，他们说："大宝又要出门啦？"

我紧张地看着女儿。她跟她母亲走在前面，正叽叽喳喳地说话，并没听清他们的问话。

金花也转过头看我，我给她递眼色，让她牵着女儿快走。她们加快了脚步。几米之外，就是一堵春妹家作堡坎用的石墙，只要被石墙挡住，她们就不大能听清上面传来的说话声了。

我站下来，等母女走远了一些，才压抑着声音说："是呀，留在家里咋办呢，老奎叔你们吃饭没有？"

"还没有呢，"老奎叔说，"你这次是到哪里呀？"

我怕勾起他们的伤心事，没说去广东，而是说："我还没想清楚呢，到了火车站再说吧。"

苟大娘说："大宝，你就去福建嘛，听说那边也好找事，春妹说她要去上班的那个厂叫红光制衣厂，你去帮我看看嘛。"

我含糊地应了一声，问春妹有没有消息。

"才去那么几天，有啥消息呢，"苟大娘忧戚地说。

这时候，老奎叔在抹泪水，我看得明明白白！他的泪水让我想起自己做的那个梦。春妹是不是真的去了福建？她会不会真的去广东看那个人？她回了一趟老家，再次背井离乡之后，她会以什么样的眼光和心情看待外面的世界？会以什么样的姿态去面对未来的人生？……

院坝边又出现了一个人。是文香。她依然斜着腰身，依然慵困多情，但她眼里却有着别样的期待。我知道她是想问我去不去浙江。但她并没问出声，只是低下头，小声而伤感地说："今年只回来一个春妹，一个大宝，结果不到十天，春妹走了，大宝也走了……"

我不想再多说一句话。我觉得我的决心在流失。

于是我随便挥了挥手，快步追妻子和女儿去了。

到了石盆，我放下肩上的包裹，先拥抱了一下妻子，再把女儿抱了起来。

把女儿抱上身，我才发现妻子泪流满面。

女儿看见妈妈哭，格外诧异，她说："妈妈……"

我摸着女儿的小脸，我说："银花，爸爸又要出门打工了。"

　　我无法描述女儿听到这句话时的表情。她眼睛里的光芒直往后退，呈现出极度的惊恐。但她没哭，她只是颤抖着说："你骗我。"

　　"爸爸没骗你。"

　　"你告诉过我，你不再出门了，我们还拉了钩的。"

　　我说："是，但是爸爸没办法。"

　　"不……"她说。她好像这时候才明白是怎么回事，声音里带着哭腔，两只小手紧紧地箍住我的脖子。

　　金花来抱她，金花说："宝贝，让爸爸走，爸爸再耽搁，就赶不上车了。"

　　女儿往我怀里一纵，把我箍得更死，箍得我喘不过气来。"我要爸爸，"她大叫着说，"我不要爸爸走，我不要爸爸走……"

　　此前，我对自己说过，千万不能流泪，然而，眼泪却不由我控制，哗哗地往下淌。

　　金花来掰女儿的手，女儿哭叫着，哭得那么绝望！而且她的劲那么大，刚掰开她的一根小指拇，那根指拇又像钢钳一样合上了。

　　这样的场面再不能维持下去了。这对她太残忍，太不公平。我把女儿的身子送到金花怀里，再抓住她的两只手，使劲一扯就扯开了。

　　女儿的两只手臂翅膀一样张开，嘴大张着，却没有声音。冷风呜呜呜响，灌进她的嘴里。

　　我就看着女儿的这个姿态，提着包裹，钻进了青冈林。

　　走了很长一段路，我才听到了女儿的哭声。

　　哭吧孩子。哭是你的权利。等你长大了，你就会理解，在历史上的某一个时期，城市和乡村是如此对峙又如此交融，我，你母亲，还有你，包括像你春妹小姑这样的所有乡里人，都无一例外又无可挽回地被抛进了这对峙和交融的浪潮之中。

　　为此，我们都只能承受。

　　必须承受。

（原载《长城》2005 年第 3 期）

李 锐

LI RUI

1950 年出生于北京，祖籍四川自贡。1966 年毕业于北京杨闸中学。1969 年到山西吕梁山区邸家河村插队务农。1975 年到山西临汾钢铁公司做劳力工。1977 年调入《汾水》（后改名《山西文学》）编辑部，先后担任编辑部主任、副主编。1984 年毕业于辽宁大学中文函授部。1988 年曾任山西省作家协会副主席。2003 年辞去山西作协副主席职务，并退出中国作家协会。现为赵树理文学院专业作家。

1974 年开始发表文学作品。出版有小说集《丢失的长命锁》《红房子》《厚土》《传说之死》《太平风物》，长篇小说《旧址》《无风之树》《万里无云》《银城故事》以及散文随笔集《拒绝合唱》《不是因为自信》《另一种纪念碑》《网络时代的方言》等。小说《合坟》获 1985—1986 年全国优秀短篇小说奖。

桔　槔

　　桔槔，桔，古屑切。槔，古刀切。挈水械也。《通俗文》曰，桔槔，汲水
械也。《说文》曰，桔、结也，所以固属；槔、皋也，所以利转。……《庄子》
曰，子贡过汉阴，见一丈人方将为圃畦，凿隧而入井，抱瓮而出灌，搰搰然用
力多而见功寡。子贡曰，有械于此，一日浸百畦。凿木为械，后重前轻，挈水
若抽，数如沃汤其名为"槔"。又曰，独不见夫桔槔乎？引之则俯，舍之则仰。
……今濒水灌园之家多置之，实古今通用之器，用力少而见功多者。

——引自《王祯农书》"农器图谱集"之十三

桔槔（jiégāo，洁高）的装置很简单。用一根长杆，中间较高的横挂在架上。长杆的一头挂水桶，另一头绑上或悬挂一块重石。汲水时，把挂水桶的一头向下拉，使桶下垂入井中，这时绑重石的一头高高翘起。桶中装水后轻轻上提。因为长杆另一头的重石下压，所以不必费多大力气，水桶即被提到地面上来，然后倾入田中。桔槔利用杠杆的原理，比全凭双手从井中提水省力多了。所以子贡说，利用桔槔，可以"一日浸百畦，用力甚寡而见功多"。

桔槔并不是子贡所发明的，他只是把在别的地方看到的装置方法转告这位老农而已。据考证，桔槔可能创始于商代初期，那么在子贡之前的一千多年已有这种提水装置了。

——图、文引自《中国古代农机具》第九讲

大满对自己的发明创造非常满意。大满自豪地拍拍弟弟的后脑勺。

"小满，看见了吧，这叫杠杆原理，这东西原来是提水浇地用的，叫桔槔，是古代人用的，我上中学的时候老师教过。"

小满有点不相信，"哥，你这东西真管用？"

"啥叫真管用？物理书上说古希腊有个叫阿基米德的科学家，知道古希腊在哪儿么？——远着呐，在欧洲！阿基米德说，只要给他一个支点，他就可以把地球抬起来。你知道为啥？就是因为利用了杠杆原理。小满，你想想，连地球都能抬起来得有多大劲儿，别说把它几块焦炭了！"大满又拍拍弟弟的后脑勺，"待会儿你就知道这东西有多好使了！能把那些呆货气死！"

铁路边上立着一根没有架线的水泥电线杆，电线杆上有两排攀登用的铁把手，远远看过去，就好像立着一根大鱼刺。谁也不知道这根废弃的电线杆为什么会立在这儿。现在这根电线杆的半腰上绑了一根麻绳，麻绳上吊挂着一根长长的竹杆，朝铁路那一侧的竹竿头上又绑了一只铁耙子，相反的这一侧垂着一根粗绳子。大满往下拽拽绳子，铁耙子就高高地扬了起来。大满所自豪的发明就是这个简陋的装置。看上去，还真有点像一架提水用的桔槔，只是少了一只水桶，多了一把耙子。

居高临下的视野开阔，辽远。寒光闪闪的铁轨从群山的夹缝中伸展出来，在山谷里蜿蜒曲折。山坡上已经落了叶的树丛全都光秃秃的，有不知名的鸟在树枝上叫。山谷底下是半干的七曲河，河中心红褐色的石头河床里，黑黄色的河水翻着刺鼻的泡沫，像一道溃烂的伤口。弟兄两人躲在阳坡上的一块大石头背后，舒舒服服地躺在暖洋洋的太阳底下，看着亮闪闪的铁轨从他们眼前一直落向溃烂的河谷。大满的嘴角里叼着一片枯黄的树叶。他们已经看见巡道员走过去了。他们在等火车，在等拉焦炭的火车从河谷底下爬上来。大王村、小王村、半坡底的男人都在凤凰山的山坡上藏着，都在等着拉焦炭的火车爬上来。

每年一入冬，大伙就在这儿等火车。火车快爬到山顶的时候，也是车速最慢的时候。等得心急火燎的人们，从铁轨两侧一拥而上，每人手里高举着一根长杆子，追着火车从敞口的车厢顶上往外拨焦炭。车厢里装的都是大小均匀质量上乘专供出口的炼钢焦炭。冒出车帮的焦炭块被几十根贪婪的长杆子追赶着，拨弄着，稀里哗啦地滚落下来。前面有人拨，后面有人提着口袋装。两人一组，互相配合，各自守着自己的地段，相互之间决不混淆。在车轮和铁轨轰隆轰隆的撞击声中，车厢一节一节爬过来，长杆子一次一次举起来。因为是在铺满石子的路基上紧贴着车厢追赶，举杆子的人弄不好会摔倒或被车厢刮到，所以要十分的小心敏捷。为了防止被飞落的焦炭块打破头，每个人还都戴了一顶厚厚的棉帽子。人们相互间没有多余的废话，只有简单干脆的催促声，和满脸焦急专注的神情，活像是某个车间里安排有序、衔接严谨的生产流水线。等到内燃机车吃力地爬过山顶的时候，会发出一阵凄凉的吼叫。听到汽笛声，所有的长杆子都会同时放下来，大家站在路基边上松一口气，目送这个钢铁怪物突然加速，从面前轰隆轰隆飞奔远去，车厢、车轮带出的疾风，裹着沙子和焦炭的碎屑尖利地刺到脸上。当火车在山顶上消失之后，来偷焦炭的人群立刻也消失得无影无踪。野岭大荒之中，这个转眼而去的场面特别怪异也非常壮观。

拨下来的焦炭专门有人来收购，这些被收购的焦炭装上卡车，被卖到四面八方，有些甚至会再卖回到焦炭厂。七曲河露天煤矿是全中国数一数二的大煤矿。露天矿的焦炭厂一年四季要生产出成千上万吨的焦炭。所以，七曲河两岸的农民有一句顺口溜，说是，翻身靠的共产党，盖房靠的焦炭厂。于是，一幢又一幢的农家小院在七曲河两岸拔地而起。簇新的院门，晶亮的窗户，全都在河谷两岸守着那道腐烂的伤口。

大满今年二十岁，大满的新房已经盖好了，媳妇也说好了，彩礼也送了，家具、彩电、冰箱都买好了，就等着腊月结婚了。现在弟兄俩是给小满耙焦炭。小满今年十七岁，小满的房地基乡政府已经批准了，紧挨着大满的新房，现在就等钱，只要有了钱，房子不愁盖。所以，今年冬天大满小满得加油干。

也许是太阳照得太舒服，大满想起了自己今后美滋滋的小日子。大满得意地拱拱小满，"小满，你说，你嫂子漂亮不漂亮？"

小满撇撇嘴，"啥嫂子不嫂子呀？还没结婚呢你！人家叫翠鱼儿！"

"得了吧，就差三两个月，早晚也得是你嫂子，早晚也得给你生下一堆侄子侄女！"

小满笑起来，"等我结了婚，早晚也得给你生一堆侄子侄女！看谁生得多！"

大满砸了小满一拳，"能得你小子！生得多了，看村长不把你罚死！"

"罚就罚。反正有焦炭厂呢！多来几回凤凰山就全有了！"

弟兄两人唧唧嘎嘎一起笑起来，笑得直流眼泪。

等到笑够了，大满把自己嘴角上的树叶拿下来。很认真地提起另外的话题，"小满，其实你不该留在村里。我是没办法，爸妈要和我住，我得给他们养老送终。你不用跟我学，你不应该留在村里生孩子，你应该好好上学，将来到城里工作，当个城里人。"

小满又撇撇嘴，"我不想上学，上学没有拨炭有意思。你上了初中不是一样的，还是回村种地。"

"你不用说我。我是考不上高中。你狗日的连小学你也没上完。"

小满根本就不想讨论这个问题，"我不想上学，上学没有拨炭有意思！我也不想到城里打工受气去。城里又没有焦炭厂。在咱这儿多自在，想种地就种地，不想种地就拨炭。不是照样盖房娶媳妇，照样过好日子！"

小满把头从哥哥肩膀旁边扭开。小满把眼睛转到铁轨上，两条寒光闪闪的铁轨从山顶一直落到河谷里，又在河谷里伸展到老远老远的地方，远得有点让人头晕。小满忽然想，眼前的这条铁路，不知道到底看过多少遍了，这一辈子也不知道到底要看多少遍……这个念头只闪了一下，小满又想起了另外的问题，"哥，你说村里老人们说的那事情是不是真的呀？"

"啥事情？"

"凤凰山的宝贝呀！不是都说凤凰山上有数不清的珍珠玛瑙金银财宝吗？你说那些财宝都上哪儿去啦哥？都叫那弟兄俩给掏光啦？"

大满叹了口气，大满说，"小满呀小满，你要是上上学，就不至于这么傻啦你！哪有什么珍珠玛瑙金银财宝呀？哪有什么弟兄俩寻宝呀？那都是编古话儿的人瞎编出来的。天底下的古话儿都是一个样，都是哥哥太贪心最后遭了报应，弟弟太善良受欺负最后享了清福，全都是这老一套，全都是一毯样！我告诉你吧，凤凰山的财宝谁也没掏走，凤凰山的财宝就是山底下的煤，你说要没有那些煤，哪有焦炭厂？没有焦炭厂咱们这些人上哪儿拨焦炭去，上哪儿弄钱盖房子娶媳妇去？我告诉你吧小满，咱俩就是来掏宝贝的那弟兄俩！小满呀小满，不是我说你狗日的，这人真是不能没文化呀！一没文化就犯傻！"小满嘿嘿地傻笑起来，虽然哥哥是在骂自己，可小满觉得很开心。小满一直都很佩服自己的哥哥。比如眼前哥哥发明的这个"桔槔"吧，小满就是做梦也梦不出来。正在傻笑的小满忽然兴奋地坐起身来，抬手一指，

"哥，车来啦，哥！"

果然，老长老长的一列火车从远处爬进河谷里来。山坡上，不知是谁猛然打了一个长长的激动人心的呼哨。戴棉帽子的人群举着长杆像变魔术一样，从铁路两面的山坡上一下子涌现出来。

大满得意洋洋地站起来，把那节垂下来的麻绳绕在手腕上。

事实证明，大满的发明创造是极其有效的。当满载焦炭的列车经过的时候，随着那把几乎和车厢等高的铁耙子一起一落，焦炭像瀑布一样哗哗地泻下来。小满高兴得嗷嗷叫。旁边的同行们一个个羡慕地骂起来，

"哈，这弟兄俩可想出个狗日的好办法！"

"大满，小满，日你妈的慢些吧你们，招呼把车里的货都耙出来！"

大满笑得涨红了脸。大满不回头，盯紧了车厢，只是一个劲儿地催，

"快，小满，快装，用铲子搓，不用理那些狗日的！"

小满为哥哥杰出的发明欢呼起来，"哥，你弄出来的这个桔槔真叫个好使呀哥！咱他妈的就差把地球抬起来给狗日的们看看啦，哥！快耙呀，哥！"

长龙一样的列车发出轰隆轰隆的巨响，震得地动山摇。当它爬到山顶的时候，像往常一样发出一阵凄凉的吼叫声。听到汽笛声，所有的人也都像往常一样，立刻收起了手里的长杆。可大满没有停手。大满耙得太高兴了，完全沉浸在对自己发明创造的快乐之中。大满根本就没有注意到列车突然加速了，一眨眼，铁耙子挂死在车厢上，挂在桔槔后边的那块大石头本来应该是垂直上下的，现在却猛然一个横摆，捆在绳子上的石头死死地卡在灌木丛的乱枝中间，粗大的竹竿拦腰横挡在电线杆上，立刻被拉成了一张大弓。随着一阵断裂声，铁耙子的木把被火车拉断了，那张大弓骤然反弹回来。小满只顾低着头搓焦炭，小满也没有注意到火车突然加速了。等到小满在人们的惊叫声中抬起头来的时候，大满根本来不及解开缠在手上的麻绳，已经被那根瞬间反弹的竹竿重重地弹射到车厢上，随即，大满像个棉花团一样，又被飞驰的列车甩到路基下。大满的脑袋摔在路旁的一块大石头上，鲜血和脑浆立刻染红了那块冰冷的石头。列车带起的疾风，把大满的棉帽子刮得一阵狂奔。

这天的傍晚，小满回家的时候，没有带回来焦炭，只带回来哥哥的尸体。

这年的腊月，小满家没有办喜事。

过了一年的腊月，小满在大满的新房里结婚了。新娘还是翠鱼儿。村里的长辈们都说，弟兄俩前后娶一个女人，姐妹俩前后嫁一个男人，这都是见过的。彩礼都送了，东西都预备了，说到底是两家要结亲呢。再说啦，女大三，抱金砖。这也是在理在论的，能行。

办喜事的那天，小满喝了酒。小满一身酒气地来到洞房里，小满抱住了新媳妇。小满说，

"翠鱼儿，你本来该是我嫂子……"

翠鱼儿点点头，"我知道。"

小满又说，"翠鱼儿……我想我哥……"

翠鱼儿又点点头，翠鱼儿说，"小满，我也想。"

两个人就抱着头一起哭起来。

后来，时间一长，事情就渐渐淡漠了。小满把自己原来的那块房基地留了下来。小满打算在这块地基上给自己的儿子盖一幢新房子。

（原载《山花》2005 年第 4 期）

王　手

WANG SHOU

原名吴琪捷。1957 年出生。浙江温州人。1974 年初中毕业后做过临时工。1982 年进入温州乳品厂做学徒。1993 年调入温州市文联。历任《温州文学》杂志副主编，文学创作研究室主任。2001 年加入中国作家协会。现为浙江省作协副主席，温州市文联副主席，温州市作协主席。

1981 年开始发表文学作品。著有中短篇小说集《火药枪》《柯依娜一个人》，长篇小说《茁壮成长》《谁也不想朝三暮四》等。

乡下姑娘李美凤

一

李美凤看见廖木锯的时候，廖木锯正好朝她走来，这个矮个子的老男人径直地走到她面前，对她说，我看看你的手。也许，这是他挑人的一个标准，也许，他就是这样一路挑过来的，李美凤不解地想，他看手干什么呀？但她还是小心翼翼地把手伸了出来。这是拘谨的乡下人对优越的温州人的屈服，她没有办法。廖木锯瞅了一眼又说，我再看看手的反面。李美凤又顺从地把手反了过来，这一次她展示的是自己的手心。她的手细细嫩嫩的，有些微红，又有些透明，连肉窝都非常显眼，这实在不像是一双劳动的手，李美凤有点不好意思。显然，廖木锯也从未见过这样的手，他傻了傻，轻轻地发出一声叹息。后来，廖木锯就抓过她的手捏了捏，尽管捏得很轻，有点像掂量，李美凤心里还是生出了慌乱，她不知道这是什么意思，会发生什么事情，她拼命想抽回自己的手。廖木锯见状笑了笑，就善解人意地放开了她，对她说，你到我厂里来吧，我要你了。

李美凤从来没想过自己要走出乡下的，做梦都没有梦过。后来准备出去了，也想不出自己能做些什么，她想的都是自己力所能及的事情，做做清洁工，带带老人小孩，要说做工，顶多是给哪个园圃里弄弄花草。她没有想过自己的手会有什么说法，有什么特别的用处。她想的最多的倒是自己的身体，怎样在困境中对付饥饿，怎样去应付各种强度大的劳作，这个她有思想准备，连脚指头都做好了吃苦耐劳的打算。

李美凤来温州的第一天就去了劳务市场。在拥挤不堪的人堆里，茫然的她给自己做了两项无聊的测试，一是怎样区别乡下人和温州人，这感觉她在乡下时是没有的，在乡下，只有穿得好和穿得差之分，没有人的精神之分。在这里，人的区分就比较微妙了，她也打扮，也穿得不错，但总会流露出恍惚和心神不定。而温州人就不是这样，他们尽管忙碌，尽管也邋里邋遢，但他们有一种与生俱来的镇定和随便的气质。再一个测试就是，她估计自己几天能找到工作，她听人说，一般都要呆上个把星期，被眼刁的温州人挑挑拣拣，像选牲口一样。运气不好的，花光了身上的盘缠，哪里来还得哪里去。这两个测试她都愉快地通过了，她一眼就被廖木锯相中了，廖木锯是一个鞋厂的老板，他叫她马上过去上班。

廖木锯用摩托车带她到厂里去，在摩托的后座上，李美凤翻来覆去地看自己的手掌。在乡下，她的手跟家里的锄头差不多，是一件农具，一件农具她会注意它什么呢？注意它的特征？注意它的样子？都不会。因此，她对自己的手非常茫然，是什么吸引了廖木锯，她更不知道了。廖木锯跟她说，手最能见出一个人的聪明程度，什么叫心灵手巧，反过来就是手巧的人心灵，手巧的人一点就通，容易明白事。李美凤被说得一愣一愣的。廖木锯又露出通俗的笑容，说，乡下人整天在地里摸爬滚打，你一直在乡下，还能有一双这样的手，真是奇迹。还说，手能保持得这样，其他的地方还会差吗？李美凤直着眼睛，越加听不懂他的话了。

廖木锯的鞋厂是一座单间五层楼房，一天出鞋三百双。李美凤不知道这规模算大还是小，她懵懵懂懂地来到温州，大小她都是第一次见，她想，也许鞋厂就是这样的。她关心的是自己的状况和环境，应该说，她的状况是许多人羡慕的。和许多来温州的乡下人相比，她真是幸运的，那些没有着落的折磨人的日子，她等于一天也没有碰上。她第一天就碰到了老板廖木锯，她去了一个鞋厂，有了一份具体的工作，她太顺利了。她原来想的可不是这样，想的都是些伺候人的事情。工作环境她根本就没有想过。她现在的车间其实就是老板的卧室，和她一起干活的还有老板娘。有时候，廖木锯也在一旁做事，他画鞋样，验收鞋帮，在她身边走来走去，搭着她的肩拿一下东西，转身弯腰时碰一碰她的屁股，就像在自己家里一样随便。她等于和老板老板娘一样干活，这样的环境，李美凤闭着眼睛体会一下，都会温暖得流泪。

李美凤做的是皮件划料，是手艺活。李美凤这才明白廖木锯挑手的意义。他前面说的都是铺垫，原来是重视她的手，让她的手沾上技术的边。她的手聪明与否，灵巧与否，直接关系到对皮质的感觉，直接关系到准确地安排皮面，直接关系到皮料的节省。这些，李美凤不去想心里也在不停地窃喜。不久的将来，她就是一个有技术在身的人，身上有技术压着，她还怕什么呢，她的身价就不是别人说了算了。再说，廖木锯把最要紧的工种都安排在卧室，李美凤划料，老板娘车帮，李美凤要是闲了也帮老板娘打打下手，帮她平一下皮边，帮她穿一下鞋花，她们边说边做，像母女一样亲热融洽，这也是对她的信任。不是谁都有这样的工作环境的，李美凤感到非常满足。

像所有在这里打工的乡下人一样，李美凤也睡在自己的车间里，白天划料的工作台，晚上收拾收拾就是她睡觉的床铺。她年轻，没多少心思，干活又卖力气，躺下就睡。但是，每天夜里她都会被一个声音弄醒，奇怪，她凝神静听，她没有听过这种声音，有点像打快板，有点呜呜啊啊，她不知道是什么声音，是怎么发出来的。这个卧室其实是极其凌乱的，白天光线好，她并不觉得。现在静，尽管很暗，它的面貌就凸现得非常清晰：一台批皮机，一台车帮机，台面上还放着未完的任务，那是老板娘的阵地；桌上是一些靴头和样鞋，廖木锯整天抱着研究的就是它们；地上是一捆捆皮料，白天跨来跨去的时候没觉得它怎么绊脚，现在看起来就像山一样触目；还有那个角落，拉了一个帘子，李美凤虽然从没有进去过，但她知道那是廖木锯和老板娘睡觉的地方。说起来她的待遇也是新鲜和奢侈的，她居然和老板他们同睡一屋！他们的睡姿怎样？盖的是什么东西？睡一头还是分头睡？谁枕谁的手臂？她都想知道。这样想着，李美凤就有了一点点窥视的欲望，就发现那声音原来是里面发出来的，她就想，睡觉怎么会发出这种声音呢？

月底，李美凤从老板娘手里拿到了完整的工资，这有点出乎她的意料。人家告诉她，温州的老板就会扣工资，一年扣半年，明年扣今年，这是约束乡下人逃跑的最好办法。假如老板对你好，就更要小心了，这是糖衣炮弹，都要在年底一一清算，你辛辛苦苦了一年，说不定就是颗粒无收。但她拿到了完整的工资，说明了什么？说明她干得漂亮？说明老板喜欢她？李美凤想，难受死了，难受死了，拿个工资也这么复杂。其实，在这之前，廖木锯好几次跟她说过待遇的话题，她记得那都是老板娘不在的时候，他说，你好好干，我不会亏待你的。李美凤没有觉得这句话有什么特别的意义，她也没有要廖木锯兑现的奢望，她当时只是觉得这个老板不坏，给她一个希望，想让她把心安下来。后来廖木锯又说了一层意思，你做事要动动脑筋，要多奉献，我可以和工资挂起钩来。动什么脑筋？有什么可奉献的？是不是老板话里有话？要她领会点什么？这些话想得李美凤头都大了。就在李美凤不经意的时候，廖木锯当众表扬了她一次，说她皮料安排得好，多划了一些鞋面，一尺皮几十块钱哪，他奖了她十五块。李美凤当然高兴，不是为了钱，是高兴廖木锯注意她，认可了她的劳动成绩。

后来，事情又有了进一步发展，发工资那天，廖木锯在她肩上拍了一下，她吓了一跳，她那阵子只顾干活，不知道身后有人，发现是廖木锯，觉得他神态僵僵的，有些暧昧。廖木锯递给她三百块钱，说，这是给你的工资。她惊讶着说，老板娘给了呀。廖木锯抓住她的手塞了过来，说，这是我给的。钱对于乡下人来说当然是很大的，她不动心是不可能的。她本来应该推一推，问问为什么？世上没有无缘无故的爱，施舍也都是有目的的，但那一刻她脑子糊里糊涂，嘴巴一点也不听使唤，她说了一句很不恰当的话，你不会是瞒着老板娘吧？这句话刺激了廖木锯，他有点激动起来，显得豪情万丈，我用得着瞒她吗？你打听打听我是谁，只要你听我的话，我就是对你好了她又能怎么样！李美凤的脸"腾"的红起来，红归红，心里还是有几分虚荣的，也许她不应该有这份虚荣，不，偏偏这时候她的虚荣还特别多，特别高，虚荣使她把自己和其他工人区别了开来，以为自己身份也在起着悄悄的变化。廖木锯一直很有经验地看着她的表情，见她没有讨厌，就不失时机地说，我真是舍不得你，你这手其实不是做事的，你这手是长着看的，要认真说起来，我这钱买看你的手，你都不一定答应，是不是。李美凤像被什么捅了一下，她听不得男人说舍不得，听不得男人说这些花话，而且声音还有点颤抖，心里不免就酸起来，酸了酸，她又在心里审问自己，我怎么一点也没有拒绝啊？

二

李美凤这年二十三岁，很多事情她都是没有主意的，她对事物的经验，仅仅来自于比较，比如好与坏，比如这个人待她怎样，谁不屑于她，等等。

李美凤虽然收了廖木锯的钱，但一点也不愉快，这些钱平平整整地放在她的衣兜里，却像衣兜里搁了一块大石头，一会儿硌得她身上发痛，一会儿把她的衣服都坠歪了。这些钱不是很多，但加上她自己的工资就比较可观。干活的时候，她觉得辛苦、漫长，但拿到工资，前面的那些日子都过去了，就剩下钱，好像这些钱是平白无故得来的，她很有富足感，有挥霍的欲望。她可以把这些钱寄回家，让父母知道她信息的同时，还有另一份欢喜；她也可以买一件衣服，像温州人穿的那样，穿起来就感觉悠闲，走在路上也显得自在。

但她不敢用那些钱，连牙膏都买那种最便宜的简装的。她不知怎么的，总觉得这份钱她还要重新还回去，而且是乖乖地还回去，无地自容地还回去。如果像她猜的那样，廖木锯是瞒着老板娘的，那么，在他觉得自己亏了的时候，他就会想方设法，借口把它要回去。这不是不可能的。假如廖木锯是真诚的，给钱也是心甘情愿的，那么，他这是为什么呢？他觉得她值钱？她付出的和得到的不平衡？一般老板不会这么想，天下乌鸦一般黑嘛。是他仅仅想捏捏她的手？像他说的，她的手有这么好，他有捏手的嗜好，不捏睡不香吃不好？

她也曾注意过这件事，他是与别的男人不同，甚至说有点怪癖。别的男人碰了她的手，都是一副木然的样子。他会为她的手挖空心思，变着办法想碰她的手。在他们这个车间里，有些东西明明是在他自己桌上的，第二天都跑到她的工作台上去了，而且还在工作台的角落里，于是，廖木锯找啊找的，然后，就意外地发现了它，说，李美凤，你把那个东西拿一下。都是些尺子、剪刀，甚至打火机之类的东西，这些东西她都用不着，怎么会跑到这里来的？廖木锯装作很投入地研究鞋样，这边摊着手准备接她的东西，她拿了东西递过去，他接的时候就捏住了她的手。他的捏当然是有点过分，但也好像是怕掉了东西，他一把捏住她的手，然后停了一停。李美凤知道，这停一停就是体会。接下来，他会不时地拿自己的手闻一闻，他觉得还能闻到她的气息，然后，有一天的高兴。如果他喜欢这样，李美凤也不是不同意，她不是一个计较的人。况且，手算什么呢？又不是什么宝贝。

在她们家乡下，身体也是不怎么宝贝的。去年，乡下的一个邻居在外面打工回来，带回来一只手机，稀罕得不得了。乡下人没见过手机，也不知道能不能打出去，也没地方好打，但听说它能发出二十来个铃声，一村的姑娘都赶去他家看。邻居倒也实在，说，看一看，听一下铃声，摸一下乳房，谁愿意谁举手。姑娘们都挺高兴的，一下子就排好了队。乳房无非就是一块肉，她们还嫌它累赘呢。况且，乳房摸了还在，又不会消失，但长了见识，开了眼界，都是自己的。有一个姑娘要打个电话给温州打工的弟弟，就叽叽的拨了号，说，长贵，我是你姐，你听见了吗？长贵应了一声，听见了。这么简单的四节话，被摸了四下。姑娘觉得也挺值的，四下摸回了弟弟平安的消息，要是赶到温州去看看，还不知怎么走呢。这就是乡下人对身体的概念，身体都这个斤两，李美凤不会在手上有什么障碍。她倒是觉得廖木锯应该跟她说一说，把这事说明白，他的钱是因为她的手，让她觉得这买卖做得公平，她的手物有所值。不然，她心里就不踏实，老觉得这事还没了结。

廖木锯没有跟李美凤说什么，他好像根本不需要考虑她有什么心思，他做这件事，还不是为她好？为她好的事，说那么清楚干吗？那些天他一直在忙自己的事，进进出出的，也许是样鞋有了眉目，他不用再在卧室里研究皮鞋，连人影也没看见。但李美凤担心着这件事，她想在老板娘那里得到旁证：老板这几天怎么啦？你跟老板吵架啦？老板是不是生我的气啦？见着我也都一声不响的。没有心思的老板娘说，哪里，他忙着发货呢。这批鞋最近市场上卖得好，卖得好就催得紧。李美凤噢了一声，心宽了宽，脑子里就出现这样一个情形：廖木锯骑着摩托车，驮着一箱箱皮鞋，穿过温州繁华的街面，行进在嘈杂的人群中，朝来福门鞋市驶去。晚上，廖木锯回来得也很迟，李美凤睡去的时候，他都还没进来。李美凤心里等着廖木锯的下文，等着给钱的原因，但廖木锯偏偏没有下文，他在故意冷却她，冷却是另一种试探。在相持时，乡下人总是心急在先，她想，也许廖木锯觉得摸手的试探已大功告成，可以暂时告一段落，假如真是这样，廖木锯就是有摸手的要求，她当然也会同意的，谁叫廖木锯是自己的老板啊。

李美凤等来的是老板娘和她的谈话，这个她没有想到。那天她皮料少，歇工早，反正没事，就给老板娘打下手。最近厂里做的都是穿花鞋，就是鞋面上用皮丝穿成花的。老板娘就问她，我能和你说说话吗？李美凤说，可以啊，你干吗这样说呀？老板娘又说，那我一边做事情一边说话行吗？李美凤说，没事，怎么不行啊？老板娘态度这么好，是有求于她。

老板娘说，你觉得廖木锯这人怎么样？

她为什么这么问？没话找话吧。李美凤真是没想过这个问题。没想过不等于没见过。在她来厂里的这些日子里，廖木锯一直在她眼前晃来晃去，她要是闭眼想一想，应该说也是清楚的。这种清楚跟她在厂里的待遇有关，如果她没有待遇，她就不会去注意。在她对廖木锯还没有性质判断之前，他的形象都是正面的。她觉得他有两个形象：一个是作为老板的廖木锯，他忙碌，冷静，精力充沛，身体力行，拿得起放得下，里里外外一把手，有魄力有胆识；一个是作为一家之主的廖木锯，他平实，亲和，负责任，吃饭睡觉都很随便，对生活满足，没有什么苛刻的要求。还有一个形象是她在心里想的，他对女人还比较礼貌，也许他有许多想法，但他还懂得先试探一下。这三个形象都是比较打动人的。李美凤原先的脑子里都是乡下人的印象，乡下人对待事业是懒惰的，乡下人对待家庭是粗鲁的。

李美凤说，老板人挺好的。

老板娘高兴地瞄了她一眼，你能帮我一个忙吗？

李美凤说，我会什么呀，能帮你什么忙？

老板娘说，你要是答应了，我就跟你说。

李美凤说，我都是靠你们帮忙的。这句话等于是答应了。

老板娘就说，假如他是你老公，你喜欢吗？

李美凤心里咯噔了一下，她不敢看老板娘了，她想起廖木锯给她的钱，她想，老板娘是不是知道什么了？她的话是不是在影射什么？她说，你说什么呀，我都不知道怎样回你的话。

老板娘诚恳地说，看来你是对他有好感，这样，我就真求你一件事。

李美凤为前句话松了一口气，但新的疑惑又紧了起来，什么事呀？

老板娘压着声音说，你能陪他睡觉吗？

李美凤惊讶地望着老板娘，她想老板娘一定是和她开玩笑，要么也是在试探她，这个话题很难说，最好的办法就是以玩笑的态度去消解它，否则，无论怎么说都会被认为是不知好歹。她开玩笑说，老板不是有你陪着睡吗？有你陪着他还不满意啊。

这句话勾起了老板娘的伤心，伤心使老板娘和李美凤的距离拉近了，伤心使老板娘有了倾诉的向往，这些都使李美凤突然成了老板娘这条战壕里的战友，现在她们的敌人就是男人。老板娘说，不是他不满意，而是我吃不消。

李美凤愣了愣，露出不明白的神色。

老板娘说，你看他都这么忙了，还每天都要做，不做睡不着。他要是不忙，我想我早就被他做死了。

这下李美凤不响了，她知道自己走进了一条可怕的胡同，她只有静观身边的险恶，才能慢慢地摸索着出来。

老板娘是诚恳的，也是当真的，她心里好像早就计划好了，她说，你在温州没熟人吧？我知道你没有，没有就很困难，你找一个我们这样的靠山，不是挺好吗。

这句话击中了李美凤的要害，她心里响起了一个声音，是啊。

老板娘不失时机地说，我对你怎么样？李美凤点点头。老板娘马上接了上去，那你就算帮我一个忙吧，一三五，二四六，让你挑。

这确实是一个新鲜的话题，也许在温州就是这样的，只是自己孤陋寡闻而已。现在，李美凤想到的不是这件事情的可能性，而是这件事情的可行性，她想，是啊，睡一睡有什么呢，乡下人的身体算什么呢，反正迟早要被人睡的，在家里被一个没出息的乡下人睡，还不如用睡来换个靠山。

三

李美凤想起自己和廖木锯的接触，应该说也是有缘的，廖木锯一眼就看中了她，就很说明问题。按理说，他应该找个熟练工，这是做老板的基本想法。招之即来，来之能战。她当时却是什么也不会，一问三不知，就是摸了一下手，他就毫不犹豫地要了她，这使她来温州后的困难减小了不少。她来温州做什么？不就是找工作赚钱吗？如果能找上一个靠山，那不是更好吗。廖木锯年纪是大了点，大概比她要大一倍，一倍还不止，但有一点她是清楚的，她不是找对象，就是睡一睡。廖木锯的工厂小是小了点，但大厂不一定能看上她，年轻的大老板她也碰不到。廖木锯怎么说也有一个完整的厂，吃喝拉撒都方便。关键是他做事实在，也舍得花钱，他能一下子给她几百块钱，还是比较潇洒的，对于一个乡下人来说，这太有吸引力了。但李美凤最终没有答应老板娘。

虽然没有答应，李美凤的心口还是落了条毛毛虫，经常会痒起来。她不知道这事算不算谈妥了，又不好提着问，提了显得不知好歹，不提又担心是不是被理解为默许了？心里别扭得难受。心里别扭，关系就别扭。虽然还是在一起照常做事，但像是生了意见的朋友，隔隔的。廖木锯一大早醒来，像一只乡下的狗，头一低脚一撒就蹽了出去，基本上不在卧室里呆着。老板娘尽管还在卧室里做事，平边，穿花，车帮，一板一眼的，但把声音做得很大，也不说话，也不抬头，像生气的意思。这种场面使李美凤觉得尴尬，尴尬之后又有点舒服。毕竟是温州人啊，还比较文明，比较尊重人，她一个乡下人，在他的厂里打工，他就是欺负她一下，她又能怎么样？谁见过一个乡下人被温州人欺负了，反抗或者索赔的？没有。

有了对廖木锯的初步了解，李美凤心里也踏实了起来，她慢慢的不害怕这件事了。想得多了，思想也做好了准备。她想，这事要操作起来总会有一个过程，她就是在过程中再进入角色也不迟。女人就是这样，比较容易迁就，乡下女人更是如此。

这天晚上，李美凤剪完手头的鞋面稍稍的迟了一点，她下了楼，到洗澡间去洗澡，开了笼头放了半天，见水不见汤。她又到隔壁锅炉房一看，炉子已不烧火了，这天的汤水没有了。这个洗澡间其实就是厕所，她愣了一下，在里面撒了一泡尿，只好悻悻地端了脸盆上来。在温州的日子里，她已养成了洗澡的习惯，没想到洗澡会这么舒服，每洗一次，皮肤都好像获得了一次新生，好像越发的往细里走，尽管每次洗得不是很尽兴很尽情，都会被后面排队的人喊冤一样催了出来，但她还是觉得非常惬意。可是，这天没水，她有什么办法呢。她对自己说，我不是温州人，没那么多讲究，就是漏它个一天两天，又有什么关系。在乡下的日子，整月整月的不洗，还不是好好的。要学温州人娇贵，那得具备条件。

李美凤回到楼上，老板娘还在嘭哒嘭哒地车帮，她抬起头对李美凤说，没水了吧？你去我洗手间里洗吧。李美凤说，我今天就不洗了。老板娘严肃地说，女人怎么能不洗呢？你年轻轻的。李美凤没觉得年轻和洗澡有什么关系，但老板娘这么一说，她还是有点不好意思。老板娘又说，你是在温州，不是在乡下！这句话的潜台词是"在温州要有温州人的样子"，就是要"注意卫生"，李美凤觉得老板娘真是对她太好了，她就虚心接受了老板娘的意见，说，那我去洗了啊。

洗手间这个名字取得好，李美凤觉得温州人就是有水平，一点也不用往脏里想。洗手间是阳台隔出来的，小而清洁，没有一点气味，像乡下的厨房。一面很大的镜子让她都不敢脱去衣服，她有一种站在大厅里空落落的感觉。但镜子也诱惑了她，使她想正面看看自己的身体。她其实从来没认真看过自己的身体，家里没这么大的镜子，楼下的洗澡间也像涂了墨一样漆黑，现在她把自己的身体映在镜子里，她看见了自己圆润的肩膀，看见了自己鼓鼓的乳房，看见了自己光滑的腹部，她还提起自己的脚看了看，脚是粗了点，但皮肤紧绷绷的，她忍不住撮了一下，放开来都好像有"咚"的一声，弹性好极了。多好的身体啊！她好像第一次知道自己身体的优势，她看得自己心里都有了反应，一种新奇和异样的反应，她吓了一跳，赶紧逃进浴缸，拉上了帘子。她洗的是淋浴，一切都好像设置好了一样，她轻轻一动扳手，莲蓬的水就沙沙地浇了出来，前面是一段凉水，凉水她也很习惯，跟着就是热水，热水像一段动情的话，说得她一下子不紧张了，身心慢慢地松弛了开来。墙角架上摆着各种各样的塑料瓶子，豪华极了，她不知道怎么使用这些东西，就各种都挤了一点，涂抹在身上，芳香立刻就弥漫起来，差点没把她熏倒。她觉得做温州人真好，可以奢侈。

李美凤洗完澡出来，老板娘已经不在了，灯也从大灯换到了小灯，她把眼睛眯起来，聚了一下焦，才发现老板娘睡了，睡在她的工作台上。怎么会这样？那她怎么办呢？她心里有点慌乱起来，她不理解地走到老板娘跟前，惶惶不安地喊了几声，老板娘老板娘。老板娘好像睡得很死，好像从昨天一直昏迷到今天，手脚都搁得歪歪扭扭。李美凤知道，这个样子，一时半会儿是叫不醒的，因为她根本就没有醒来的意思。这是那次谈话的延续吗？那么，今天的洗澡就是有预谋的，占了她睡觉的工作台，逼迫她到廖木锯的床上去。这样想着，李美凤就听见角落里哗啦的一声，她知道是床铺那个地方发出来的，她小心翼翼地转过头，那个遮着床铺的帘子已被拉开，廖木锯像慢镜头一样走出来，立在那里。她看见了廖木锯，整个人一丝不挂，黑暗里，他的身体显得很白，白得有点发亮，她看见他身体中间的一团黑色，一下子就傻掉了。后来是廖木锯先开的口，他说，你过来！声音里有威严、主宰、不可抗拒的力量，好像她就是他老婆，她不去根本就过不了这一关。房间里静静的，老板娘好像睡熟了，李美凤看了看老板娘，蹑手蹑脚的，好像生怕弄醒她一样。真奇怪，她怎么会有这样的动作，然后，她就一步一步地走到廖木锯那里去了。

廖木锯一把就抱住了李美凤，抱了一会儿，李美凤没什么反应，廖木锯就放开一只手，把手伸进了李美凤的衣服，摸住了她的乳房。他摸得很轻，像刷油漆一样，弄得李美凤身上痒痒的，她下意识地缩了缩自己的身体，但也不是拒绝，她只是不习惯这样。她的思想在这时候甚至还开了一个小差，想起乡下那些邻居姑娘，那些为看手机而被人摸了乳房的姑娘，心里怪怪的酸了一下。她没有看手机，不知道是不是这样，她想，就是这样，又有什么呢？摸就摸吧，无所谓，她心里早就准备好了。有一下，李美凤被他的动作弄得笑出声来，她一笑，廖木锯就很有情调地嘘了一声，示意她轻点，她居然也听话地屏住气，耳朵越出帘子，听听睡在工作台上老板娘的动静，鼾声起伏，又匀又响。

李美凤真是没有一点经验，没有经验，这个过程就有点索然，廖木锯也善解人意地放弃了，来日方长，他不想给她留下强人所难的印象。他说，睡吧。然后自己收拾了躺到床上。李美凤在床边站了一会儿，觉得无聊，也机械地上了床，在廖木锯身边躺了下来。廖木锯不失时机地说，你的手，不要浪费，你应该摸摸我。李美凤不识时务地说，你不是有老板娘摸吗？廖木锯停了停，好像委屈地说，你明天看看她的手吧，又粗又大，里面像砂纸。

这一夜，李美凤攥着拳头，大气不敢出，一动也不敢动，醒来的时候，发现自己整个身体像散了架一样疼痛。

四

有一点李美凤还是能感觉出来的，廖木锯是真的对她好。他从一开始就对她好，不是就事论事地对她好，也不是时好时坏。他从市场上看上她，他对她工种的照顾，他偶尔搭一下她的肩，他不经意地碰一下她的屁股，直至他摸她身体，和她睡觉，都说明了这一点。按理说，他这样的工厂，像一个庄园，工人就是奴隶，他对谁都可以有一腿，但是她相信他没有，他是一个有着特殊需要的人，并不是饥不择食。她知道他在别的车间也没有这样的机会，喷光和烘箱车间都是男的，夹包车间是男女混杂，批皮和做帮车间又都是女的，前面两个车间都不是地方，都是女的也等于没有土壤。只有她工作的环境，才是廖木锯自由驰骋的天地，他的心思才会像花一样烂漫起来。老板娘在的时候，廖木锯也会顾及面子，装作漫不经心的样子。老板娘不在，他的动作就会意味深长起来，并不一定都是赤裸裸的。在廖木锯看来，李美凤就是他桌上的一碗肉，他想什么时候吃，就什么时候吃。他一时不想吃，这碗肉还放在他桌上，不怕有谁动了。对于李美凤来说，她也愿意这样准备着。她觉得这有点像储蓄，像每天攒下的小钱，这点小钱廖木锯不一定花，他不缺钱花，他的身边都是大钱，如果有一天他觉得小钱用起来比较方便，李美凤想，他一定会到她这里拿一点的。

怎样去评价廖木锯这个人呢？应该说这是一个很实惠的人，很通俗的人，在李美凤心里，她没有一点对廖木锯不快的印象，就是睡觉，她也没觉得什么不快，相反的，羡慕居多。他整天在厂里忙忙碌碌，里里外外一把手，感觉非常好。在温州这么一个忙碌的地方，做着一件很实在的事情，这个人就是优秀的。他在家也是一样，一点也不张扬。但在外面，在区里，在某个座谈会上，他就是一个企业家，穿的、做的都会正儿八经一些，说话也会人模狗样的，不会再这样简单和直白。他有这种优越感，对李美凤来说更是这样。有了这种优越感，他的胆子就大，就不满足现状，就想学点别的东西，学着找情调，学着找女人，他不是缺女人，他是觉得这样才不落后，才像个企业家。他在厂里是得意洋洋的，就是忙得焦头烂额也是得意洋洋的，好像全厂的女人都是他的，他只是没工夫动她们而已。他的精力只够对付工厂和老婆。但他总会有空闲的时候，总有精力过剩的时候，这样的时候他就会来打打李美凤的主意。他挑了李美凤只是喜好，他喜欢手好的女人，他没有觉得这有什么不好，在他的心底，他就是这样想的，他觉得自己这样做就是抬举。

李美凤对这样的抬举还是接受的，只是她觉得这样的关系有点尴尬。老板娘当然没想到这种尴尬，她当初可能只想到解脱，只想到平衡，尽管廖木锯名义上还是属于她的，但精神上她就说不好了。尽管她也知道廖木锯是个勤俭的人，节省的人，就像他的身体能从李美凤那里拔出来一样，他也不会有太多的东西留给李美凤，无非是许诺李美凤和他们一起吃吃饭，在一个浴缸里洗洗澡，每个月形同鼻屎的给点"补贴"。李美凤也没有想到这样的尴尬，她开始想的也仅仅是老板娘在为难她，想的是自己为老板娘排忧解难，顶多想的是"奉献"和"靠山"，根本没有想过和老板娘会出现这种"微妙"的关系。现在，当廖木锯、老板娘和她都在这个卧室里的时候，这个关系就显得特别凝重，怎么说话都觉得别扭。特别是在一起吃饭的时候，尴尬就像是一盘烧得一塌糊涂的菜摆在桌子当中，每个人夹在嘴里都觉得难以下咽。

李美凤觉得，我唯一能做的就是，不要在睡觉上出什么差错，否则就太对不起老板娘了。睡觉会出什么差错呢？睡觉是廖木锯精心安排的，他从一开始就把工夫下到她的手上，说她的手怎么怎么巧，能做鞋厂最细致的工种；说她的手怎么怎么好，不应该浪费，应该有它特殊的用处；后来就从手发展到了睡觉。睡觉也是老板娘精心安排的，老板娘开始是想让她分担一点女人的难处，不，老板娘心里是觉得，一个乡下人，让她吃点亏没什么，乡下人的身体像狗一样低贱，乡下人睡了就睡了，又有什么关系？是啊，她的身体有什么呀，什么也不是，况且，又不是白睡，劳力兑伙食嘛。不过，睡觉也能赚钱她在乡下是没有想到的，她的身体等于一个顶俩，等于白天黑夜都在赚钱。

有谁知道她和廖木锯睡觉呢？没有。那些女工，其他工种的女工，她们羡慕她有一个好的工作环境，有一个好的工种，但她们知道她的睡觉情况好不到哪里去，她睡在工作台上。她们又不是火眼金睛，能从她衣服外面看出她有没有睡觉来，只要她身体没什么反应，别人就不会知道她睡觉的事。所以，她要认真做的是，不要让自己的肚子大起来。这个她知道，她们乡下的猪都是这样。那些养猪牯的，隔个十天半月的都要赶着猪牯来村里一次，拿牛角号子在路口一吹，呜的一声，那些家里养母猪的，就像听到了喜讯一样，从家里踢踏踢踏的跑出来，用暧昧的神色把猪牯和它的主人都领了进来。他们把猪牯在母猪身边领了几圈，猪牯的头就渐渐地低了下来，好像不好意思一样，他们就心领神会地把猪牯搭在母猪身上，猪牯就开始了它例行公事的"睡觉"。猪牯当然是高兴啦，不睡白不睡，它的身体不停地抖动，好像要把身体角落里的东西都抖出来。猪牯高兴，受益的一方主人也高兴，他就拼命给猪牯主人递烟，插科打诨地尽量拖延时间。受益一方高兴，猪牯主人就不高兴，猪牯越抖，他就越心疼，好像猪牯抖出来的都是他的东西。他就把早就准备好了的一大桶水拎过来，冷不丁地泼在猪牯的屁股上，突然来的冷水像鞭子一样抽了猪牯一下，猪牯来不及抽回自己的东西就手忙脚乱地跑开了。李美凤知道，猪牯把东西流进了母猪的身体里，过了一段时间，母猪的嘴巴就会发红，猪奶也开始松弛，肚子就渐渐地大了，要生小猪崽了。李美凤可不想这样。她就对廖木锯说，你说我的手好，手就归你了；你说手应该摸什么，我也听你的；你现在要睡觉，我也没办法，谁叫我是你这里的人呢；但你要答应我一个条件。廖木锯眼睛亮了一下，装作洗耳恭听。李美凤说，你不能把我的身体睡变了，身体看不出来，我就让你睡。廖木锯噢了一下，诡秘地一笑，以为什么事呢，然后就很诚恳地说，这事我都听你的。李美凤是多么自足啊。一个工厂的老板，她的主人，对她说我听你的，这样的事，就是问遍温州都没有。有了这句话，李美凤的身体就比较保险，身体保险，谁还会知道她做了什么呢？她等于什么都没做。

但是，厂里的工友眼尖，还是看出点微妙的名堂来。她们说她的胯怎么大了，说她走路胯不紧了，有点开了，屁股也松了。真是的，哪有这么讲究，哪有这么快就立竿见影的。这个，她在洗澡的时候也认真看过，看不出来。她觉得这一定是工友们嫉妒。对付这些闲言碎语，就是不理它。反正她认准一个理，当面人家不会说她，背后说她，她也听不见。

她们当面可不是这样说的，她们会从关心和爱护的角度出发，她们说，李美凤，你自己要有主心骨啊，你不要被廖木锯的甜言蜜语所迷惑。说得都对，但李美凤听不进去。她觉得自己非常清醒，没有被迷惑。不是吗？开始的时候，李美凤想好自己是来打工的；后来，根据实际情况，她觉得自己应该找一个靠山；现在，她追求的两件事都达到了，而且结合得非常好。关键是廖木锯对她很在乎。这段时间，有些工友陆陆续续地走了，有说劳动强度太大，有说生产环境不好，有说工资待遇太低。有时候李美凤也想过这样的问题，觉得工友们对她说的话，是不是在提醒她？好心地暗示她？这样想着，李美凤就觉得自己"得不偿失""入不敷出"了。李美凤就把自己的想法跟廖木锯说了，廖木锯非常坦诚地说，是啊，是不怎么样啊，劳动强度是大了点，但我们是在创业；生产环境是差了点，但要靠大家建设；工资待遇是不好，但我们稳定，细水长流是最能积少成多的。温州工资高的单位有的是，但克扣、拖欠、动不动解雇、三天晒网两天打鱼，再高的工资也是经不起平均的。这样的情况我们没有吧？这样的高工资又有何意义呢？李美凤头点得一塌糊涂，想想也是，廖木锯总的说还是体察民情的。再说了，她压根儿就没有觉得自己的睡觉也是付出，她觉得那不过是她和老板搞好关系的一种方式，既然不是付出，那她现在的收入就是很不错了。

五

老板娘白天是想不到什么别扭的，白天的生产都忙死了，虽然静下心来别扭马上就爬上心头，但终究是忙的时候多，累的时候多，再别扭的情绪都给忙和累给弄跑了。生产一忙，身边就是有一百个李美凤也不觉得难受。李美凤也一样，自从和廖木锯睡觉以后，她总觉得自己亏欠了老板娘，生产一忙，亏欠自然也跑光了，她们都埋头在来来往往的生产承接上。李美凤计算划料，大的地方划鞋面，小的地方划鞋帮，最小的地方划后跟。生产一紧，廖木锯就会扯开喉咙喊，先剪皮先剪皮。老板娘就会自觉地放下手中的事情，投入到李美凤的剪皮当中。老板娘嘭哒嘭哒地车鞋帮，接不上下手的时候，不用廖木锯叫，老板娘只要看一眼李美凤，一个眼神，嘴巴一挪，李美凤就知道，马上要冲花了，马上要打眼了，不然就来不及了，下手夹包的就要叫了，就会的笃的笃地敲起帮钳，催命一样。这个时候，廖木锯就会像狗一样楼上楼下地跑，着急得像火烧了屁股。

晚上，老板娘其实是很难入睡的，她都会很在意地竖起耳朵，聆听来自卧室里面传来的声音。以前她自己睡觉的时候没意识到声音这个问题，她不知道自己有没有发出声音，不一定是叫床的声音，或者是其他什么微妙的声音，她觉得自己很正常，什么声音也没有。她听李美凤睡觉就觉得声音很大，呜啊呜啊的，像春天瓦背上思念的猫。有什么好叫的？有什么值得这样入心入肺的？好像魂窍都已经飞了起来。老板娘觉得李美凤太夸张了，她甚至觉得，李美凤的叫声中还夹杂着气味，一股骚味。她在心里想，真臭，臭臭臭，臭死了！但是怨谁呢？是她自己做了李美凤的工作，让李美凤来代替她，让李美凤去替她受苦，不然，这样的叫声谁受得了！

开始，老板娘都要在工作台上装睡一会儿，眼睛紧闭着，意识却匍匐到床铺那里。想起来也真是辛酸，自己主动去睡工作台，床那边却在风起云涌。李美凤在床上的一举一动老板娘都可以在脑子里帮她完成演绎。有时候，老板娘也睁开眼看看李美凤的剪影，她发现每一次都是李美凤在上面，虽然隔着一道帘子，隐隐约约的，但李美凤的剪影她总是一下子就认了出来，她的头发挂下来，一甩一甩的。李美凤这样在上面，她就很难受，她不是为她的动作难受，这也不是什么新鲜的动作，她是为自己的身体难受，她如果有好的身体，还会出现这样的境况吗？

有时候，老板娘也会去抢一下床铺，那也是她的责任和义务，她不应该放弃，放弃就意味着退出历史舞台。但廖木锯现在挑挑剔剔了，挑的是李美凤，剔的就是她。李美凤在床上，他就精神抖擞，就龙腾虎跃。老板娘在床上，廖木锯好像被所有的疲惫一齐袭倒，一下子就呼呼入睡。有几次，老板娘也注意观察廖木锯，看看他是不是假睡，她觉得他是假睡，气喘得过分均匀，姿势也不松弛，碰碰他，好像有防范和抵御的意味。但毕竟廖木锯是疲倦的，假睡坚持累了就变成了真睡。真睡就会出现许多微妙的现象，因为意识已潜入了他的身体，像药一样发挥了作用。他的嘴巴会吧嗒吧嗒的乱响，他以为在和李美凤接吻呢；他的下身会自动地勃起，他以为在和李美凤做爱呢；到了情深处，梦呓也跌宕起来。廖木锯在梦呓里呼喊——手，手，神情是一副渴望和享受的样子。老板娘知道，他要的是什么手，他要手做什么。但他要的手现在没有，老板娘突然有一种逗乐的心绪，她就把自己的手递过去，廖木锯在睡梦中捏了一捏，好像老板娘递过来的是一把皮锉刀，他一下子就醒了过来。他茫然地看了看身边的老板娘，面无表情地问，我刚才说什么了没有？老板娘也木木地说，你什么也没说，你睡得很好，像死猪一样！

　　吃饭就更不是滋味了。往日的吃饭，不管菜是好是坏，老板娘都是一副主人的样子。鞋卖得好，菜就加得多一点，生产比较忙，忙得手足无措，菜就潦草一点，简单一点。但丰盛和简单都出自她的手，甘苦自知。后来李美凤也搭进来吃饭，老板娘当然也是同意的，但姿态是不一样的，那是她恩赐于李美凤，就是再差的菜，再次的饭，李美凤也得心存感激，和老板老板娘一起吃饭，那就是待遇。现在不一样了，现在，李美凤的吃饭是廖木锯吩咐的，"你吃饭的时候就叫她一声"，廖木锯像下命令一样，根本不考虑老板娘的感受。这句话虽然很平常，但吩咐了意义就不同了，对廖木锯来说，这就是惦记；对老板娘来说，她就得准备，就得自觉地腾出位置。廖木锯给李美凤夹菜，老板娘心里就咯噔了一下，心想，他会给我夹菜吗？她的心里就有了计较，就有了等待。廖木锯当然也给老板娘夹菜，但她也会比较一下，他给李美凤夹的是鱼头，给她夹的是鱼尾，她的心里就一天的不舒服，觉得自己的位置被人动摇了，就有了潜在的危险。

　　老板娘准备找廖木锯谈一谈，她说她后悔了，她想收回她的主意，她说她宁愿被廖木锯搞死，那也是死在老公手里，是尽义务而死。她不能让人家说是自己愁死的，是被老公晾在那里气死的。但是她说不过廖木锯，廖木锯脸上的威一做，就居高临下，她就心惊胆战，她有再大的理，心里也不占优势。廖木锯毕竟是一家之主啊，是家里的顶梁柱，顶梁柱要是闹情绪，这个家就塌了。顶梁柱说，大梁旁边再加一根橡木，那就没别的话，就是要加的。而老板娘，顶多也就是另外一根橡木，有些方面和李美凤也是差不多的。廖木锯就声嘶力竭地说，我这样辛辛苦苦为了什么？就为了家里的生活丰富一点嘛。我对生活没其他要求，我不抽烟，也不喝酒，我就是这一点爱好，喜欢女人，喜欢手好的女人。廖木锯说得振振有词，好像自己的生活很简朴一样。他又说，我这样做已经很好了，我没有乱来是真的吧，我只是在家里养一个，你还有什么话好说的，我要是在外面多搞几个，你又能怎样！廖木锯觉得自己有点委屈，现在的老板，哪一个不是三奶四妾的。他继续说，你要是觉得看见烦，你就给我闭上眼睛，你要是觉得心里难受，你就回你的老家去，你就不要来了，以后你什么也没有了，钱没有份，家私没有份，事业没有份，所以，你要是想有份，你就识相点给我忍了！

老板娘和廖木锯说不通。他这是什么道理啊，恬不知耻的道理。但前面她已经做错了，所以，恬不知耻的道理她也得忍气吞声。老板娘就去找李美凤，她这段时间就像一个政工干部，老找人谈话，做思想工作。别扭啊，但不说不行啊。怎么和李美凤说这件事呢？这些事是多么的难以启齿啊。但对付乡下人她还是有办法的，就是说得越土越好，越直接越明白越好。老板娘一边车帮，嘭哒嘭哒，一边在心里酝酿情绪，李美凤也在一旁专心致志地划料，老板娘看了一眼她，就顾自己说起来，李美凤，你想过这样下去会是什么后果吗？

李美凤当然没想得那么远，她想的都是眼前，眼前的待遇，眼前的安定。她停下手中的事情，惶惶不安地看着老板娘。

老板娘说，你要是真跟了廖木锯，你就太吃亏了，你看廖木锯有多么老啊，要多么老就有多么老。你坐在他身边不合适，走在他身边就更不合适，别人会以为你是他女儿，其实你天天陪他睡觉。你说你叫他老板呢，还是叫他名字，还是叫他爸？如果你不小心把肚子睡大了，就算你有了小孩，也没有名分。你是小孩的妈这没错，但廖木锯是小孩的爸你感觉怎样？你小孩的爸这么老，你不难受吗？还有，你要是当真了，我的儿子就要管你叫妈，你和我儿子差不多大，他要是叫你妈，你受得了吗？

李美凤低着头看也不敢看老板娘，老板娘说话的时候，她一句也接不上。她本来想说，老板娘，这些事不都是你叫我做的吗？我不是在为你承担痛苦吗？后来，老板娘只管说只管说，她就什么也不想说了，她觉得乡下人和温州人是说不清的，特别是在这个地方，即使她有再赢的话，她也会说输了。还是不说的好。

六

李美凤打算离开廖木锯，这样的情况，呆下去没意思。但她暂时还不想说，她要等到月底，等拿了工资，要不，她真是人财两空了。她要装作很安心的样子，心里很稳定，生产还拼命做。不过，睡还是要睡的，睡觉的问题，还是取决于廖木锯的态度，廖木锯要睡，她十个老板娘也拦不住，她李美凤也不敢拒绝。李美凤并不怕老板娘，她只是觉得老板娘这样讲话不好听，好像是她勾引了廖木锯一样。廖木锯总的来说还是不错的，他对她不错，尊重她的意见，如果没有老板娘这些话，她真的觉得这样下去也没什么。这样下去有什么呢？精神受到摧残了吗？身体受到损坏了吗？都没有。反而还因此融通了关系，收入也不菲。还有层意思是廖木锯收留了她，使她很安心，一个乡下人，在温州能这样地生活，她已经很满足了。即使要走，李美凤还是想让廖木锯再睡一睡的，廖木锯这个人情她不能欠着，她没有什么报答他，唯有身体，唯有睡。他也不缺什么东西，缺的就是这方面的补偿。

那么，什么样的睡才算报答呢？睡对他来说是嘴边的肉，也不稀罕了。李美凤想了想，主动的睡就是报答。往日的睡，虽然也完成任务，但她是被动的，廖木锯说睡，她才躺下，廖木锯喊手，她才伸过去，她听惯了廖木锯的调遣，这次，她要调遣他，作为报答他的形式。她其实也是不会调遣的，所以，想调遣的时候就有些异样，廖木锯马上就感觉了出来，怪异地看看她，说，你要干什么？她说，没有啊，和你睡觉啊，以前我都做不好，现在我要好好的陪你睡一睡。她是真心的，但话说得太真了，就觉得假了。她越是这样说，廖木锯越是觉得她需要琢磨，他就摸了摸她的额头。她说，我没病，我真是这样想的。她为什么会有这样的想法呢？廖木锯心里就提防起来。好几个晚上，他们煞有介事地躺在床上，但都没有认真睡过。廖木锯也没有喊手，李美凤试探着伸去手，都被他一把扯开了。李美凤想，是我的手出了问题了吗？她就想找找手的原因，就在黑暗里把自己的手打量起来。她的手还是像当初那样好，那真是天生的，劳动根本损坏不了她的手，劳动反而像石蜡和油膏一样打磨了她的手，她的手变得越发细腻，越发丰腴，在黑暗里甚至都发出荧绿的夜光。她用手摸摸自己的脸，摸摸自己的身体，真的就像绸缎在上面滑过，她自己都分不清，到底是她的身体像绸缎，还是她的手像绸缎。

既然不是手的问题，那么就是廖木锯的问题。她想，是不是老板娘和廖木锯说什么了？他们会说什么呢？当然不会是和她一样的话题，但也可能差不离。他们会说到分家私，这个问题比较尖锐。有钱人，有财产的人，最在乎这个问题。要是李美凤也成了家庭的一员，将来就会多一个人分家私，那么，廖木锯、老板娘、他们的儿子的利益就会受到损害，自己辛辛苦苦攒下的家私，就为了睡觉要分给乡下人，这太不合算了，太没有道理了。要是李美凤再生了孩子，那就更加糟糕，那就不光是分家私的问题，还牵涉到继承和发展的问题。说到这些，他们很容易就统一了起来，就决定一致对外。这就是廖木锯的原因。这些人，白睡当然是高兴的，花点小钱也是乐意的，要叫他们出大血，心里就疼了，就要考虑考虑了。李美凤真的不愿意这样想，她真的觉得廖木锯不至于这么小气，他这人不坏。就算他把她怎么样了，她又能把他怎么样呢？他会不会出于别的考虑，他感觉她不能呆得太长，感觉这样下去他们会尴尬，他既然没办法保障她的今后，那么，他再睡她就有点于心不忍了，就是利用身份胁迫和欺负她了。李美凤一直往好里想，廖木锯对她的所作所为，还是挺有人情味的，不像她家乡下的那些男人，看一下手机，也要摸人家乳房。

过了几天，发工资了。工资是老板娘发的。李美凤在心里准备着，只要发了工资，拿到了自己应得的，她就谁也不欠谁了，她就走。但老板娘好像窥视了李美凤的心思，好像故意要让她走不成，她把李美凤的工资扣了一半下来。

她对李美凤说，上次那批鞋还压在市场里，看的人多，要的人少。李美凤心想，这跟我有什么关系？这说明你自己经营不好。老板娘又说，最近生产闲下来了，廖木锯也在到处跑出路。下一步的生产还要投入，不投怎么办，不投就要停，投就要钱。这个李美凤清楚，她在厂里也有段时间了，做鞋的流程她也知道一些，一个工种一百双，十几个工种，在流程里的就是上千双，就是十来万块钱。老板娘接着说，扣你钱你不会不放心吧？李美凤的嘴巴翘了起来，心里像油煎一样。也许，老板娘说的情况都是真的，现在厂里困难，扣她钱也是万不得已，水涨船高嘛，现在水都没有了，船自然也就搁浅了。但她就是不舒服。她觉得不管什么理由，老板娘扣钱就是粗鲁，她不应该被扣钱，她的付出是双倍的，有物质也有精神，不是简单的钱能够概括和衡量的。

晚上，廖木锯也塞给她一些钱，那是睡觉的时候，他塞进了她的裤头里。平日，他都是直接递到她手里的，或者，炫耀一下把钱像扇子一样散开，让她一目了然他的恩赐。李美凤从来不会当面去点这些钱，她觉得自己的睡觉是报答，是奉献，那么，廖木锯给的钱就应该是心意。有一次，廖木锯塞到她的乳罩里，她不喜欢这样。她听人家说，嫖客都把钱塞在妓女的乳罩里，她觉得这样太有买卖性质了，她不是买卖。她就对廖木锯说，你把我当什么人了？廖木锯也觉得这个动作不雅观，她是什么，他心里是清楚的，他就主动向她赔了礼道了歉。那么这次，廖木锯就是故意的。他摁住她的手，装作和她亲热，不让她的手腾出来摸钱，至少不让她当面摸钱，但李美凤还是感觉到了钱的分量。裤头这个地方是最敏感的，她觉得钱比以往少了，是一张或是两张，是多大的她觉不出来。廖木锯也是因为困难吗？廖木锯把前面没睡的次数也减了吗？廖木锯真的在权衡利益，想和她淡化关系吗？就是淡化，哪怕只睡一次，李美凤觉得，这个钱就是不能扣的。她越想越气。觉得廖木锯和老板娘都非常恶劣，老板娘扣她的钱本来就恶劣，廖木锯扣她的钱就更加恶劣。

不管怎样，不管扣的是什么钱，李美凤都想走，下定决心要走。但是李美凤又怕自己走不了，也许，他们就是为了不让她走，就是让她做牛做马，就是让她陪睡，他们就会想出许多办法来禁锢她，限制她，她想不出这些温州人会想出什么办法，她心里没数，她只能伺机。有一天，吃饭的时候，他们聊到了吃菜。李美凤说，你们的菜都不好吃，吃不惯。廖木锯说，这话怎么讲？李美凤说，你们不讲究，你们也许是太忙了，吃菜都在应付。那些菜，样数是多，品也不差，就是都是死菜。老板娘狐疑地说，难道菜还有死活之分？李美凤说，当然有，死的菜就是不新鲜的菜，是割下来久了，淋了水的菜，早就没了菜味。我们在乡下虽然吃得简单，但菜却是活的。我们煮了饭，把饭打到了碗里，才到屋后的园子里割菜，那些菜还有滋有味的长在地里头，欢蹦乱跳的，鲜活得很，我们是看着哪棵好割哪一棵。那边炉灶里蓝火正旺，镬里的油已噼啪作响，我们用手把菜掰了，活生生的，还会叫的，直接就把它炒来吃了，这样菜才好吃。老板娘嘴里忍不住吧唧了一下，说，那我们这里有活的菜吗？李美凤说，有，当然有，只是你们不认识。廖木锯也密密点头，好像已经吃到了活菜，说，李美凤，你说的活菜这么好吃，什么时候你出去一趟，弄一些过来。

七

李美凤离开了廖木锯的皮鞋厂，有一种胜利大逃亡的感觉，心情一下子就舒朗起来。她对自己说，走了，走了，不管到哪里去，不管有没有地方去，她都不回来了。仔细想想，还是心里有一种情绪在呐喊：虽然乡下人的身体不怎么宝贝，但被人随随便便地睡来睡去，不是滋味！

李美凤要去哪里？她真的没有想好，她想过这个问题，但她对外面太没有底了，想不下去，想到一半就断了，茫然了。反正得往开阔的地方去。廖木锯的工厂靠山，靠山就说明到底了，是角落里，相反的方向，应该就是热闹的地方。李美凤就按照这样的想法一直往外走。途中，她也看见过活的菜，是农民挑在担子里往菜场送的，叶子愣愣的，根须饱满的，泥土新鲜的，应该是活的，最差也是半死的。她是以买菜的借口逃出来的，但是现在，她在心里说，去他妈的活菜！她才不愿意停下来。路上，有许多公交车在开来开去，她不知道它们往哪里开？但她知道它开得远，因为公交车的路号比较大。她听人说过，一个数的在市区开，两个数的在郊区开，三个数的在新区开，这不知对不对？她没有坐过温州的车，她也没在心里研究过，她对自己说，要走就走得远一点，这里的车就是三个数，走吧，走吧，走得越远越好。

一辆公交车摇摇晃晃地驶过来，李美凤不知不觉已经站下来等了，她的脚像她的心一样有点急切，急得也像心一样发出怦怦的响声。但是，一个人愣愣的拦在了她面前，是老板娘，李美凤的心和脚一下子都乱了。老板娘说，你不是去买活的菜吗？怎么跑车站来啦？李美凤说，这里的菜都是死菜，我想到外面去买。老板娘戳穿说，我看你是想逃跑吧？小小年纪，说谎也说不像。既然说到了这件事上，李美凤也就天不怕地不怕了，我就是想逃，你们扣我钱，我不想做了。老板娘说，你以为你是谁呀，我们没叫你白干，没让你出培训费，已经太便宜你了。老板娘不会说话，老板娘说话土头土脑的，我们白白让你学了手艺，你想拍拍屁股就走啊，我们的商业秘密让你知道了，你想出去做间谍啊！这什么话？李美凤听都没听说过。她原来也想了一些老板娘扣钱的理由，她会说她吃了她的饭，她会说她睡了她的床，她会说其他工人都自己吃饭自己租房，她知道温州人古怪的话很多，但这样的话她想不出来。这些话说空很空，说大却很大。前面这句话，可以说她没有良心，人家这么仗义地收留了她，把她从一个什么都不会的乡下人培养成一个手艺人，她现在学了本事就过桥拔桥板了？后一句话，拿到什么地方都冠冕堂皇，为什么有人鞋子好卖，有人就无人问津？为什么有人长盛不衰，有人就是短命鬼？都是商业秘密在起着作用。但是，照这么说，她不是要一辈子卖身给廖木锯了？说是这样说，李美凤还是重着脚坠着屁股不想回去。后来，老板娘一句话就让李美凤没了脾气。老板娘说，你暂住证还在我那儿呢，你身份证不要啦！没有身份证你就办不了暂住证，没有暂住证你住天下啊，你在温州就是明眼瞎，你就寸步难行，路上碰到巡警，就捉贼一样捉你。李美凤没想到自己的命还捏在老板娘手里，她就吧嗒吧嗒，像一条听话的狗，跟在老板娘身后，乖乖地回去了。

李美凤还是划料，按照廖木锯和老板娘的说法，她这双手无人能替。有时候，李美凤真想乱划一气，报复他们，把他们的皮糟蹋一下，把大的划小了，把小的破了角，叫他们也知道心疼。但她下不了这个手，她的手生来就是认真的，认真排料，认真划皮，就像廖木锯感叹的那样。她的手都有荣誉了，她自己也觉得不应该玷污它。

她还是和老板娘在一起干活，尴尬又多了一层别的内容，原来她们是关系上的尴尬，现在她们是使用上的尴尬，关系上的尴尬就是微妙，使用上的尴尬总有些抵触情绪。但是，生产一忙，东西接不上，被紧张的气氛一催，这些尴尬都没有了，老板娘会喊，李美凤，快来帮帮忙。李美凤就会应，来了来了。声音里都是兴奋的成分。她们都是劳动的人，劳动使她们没有城府，没有心计。

廖木锯还是像往常一样在她的身边进进出出，有意无意地撞她一下，但胆子分明是小了，不那么肆无忌惮了，不像以前那样做什么都有着欲望的意味。李美凤想不出廖木锯怎么会突然这样了，他不是气宇轩昂我行我素的吗，她也没看见老板娘和他吵什么架，也许，老板娘是把儿子鼓动起来压迫他，再强的人也有软肋，儿子要出面，这事就不一样了。

李美凤仍旧要和廖木锯睡觉，这是老板娘同意的，这好像成了她生产的一部分，白天她的手划料，晚上她的手和廖木锯戏要，好像一开始他们就这样签下了协议，她的人包含了手，她干活就包含了睡觉。她还是召之即去，去了就战，只是老板娘督促得紧了，没让他们起了兴致，也没让他们企图深入。老板娘不再在这一时候装睡，她会在这个时候突然消失，有时候到车间里巡一巡，了解一下明天生产的情况，看看有什么缺的，就打电话叫门口的鞋料店里送，喂，我是木锯的鞋厂，鞋撑一千，鞋钉两斤。都是零碎。有时候，就钻进洗手间里清洗，做睡觉前的准备。她故意回避是为了让廖木锯和李美凤坦然一点，同在屋檐下，日子长要紧，他们的目的是工厂兴旺，稳定压倒一切，而其他都可以通融，这一点，他们的意见高度统一。老板娘给他们的时间都不会太长，她是过来人，知道这种事怎么起怎么落，她不能让他们生了感情，讲究细节，她要他们速战速决，要他们蜻蜓点水。她会在关键时刻突然出现在房间里，摸摸索索，东一声西一声，影响他们的情绪。廖木锯显然是被骚扰了，他在里面问，你在外面做什么？这时候不能停一下吗？老板娘说，我把这里整理整理，明天好有个数。廖木锯说，你早不理迟不理，偏偏这时候理，噼里啪啦的赶猫狸一样。老板娘说，我偏偏赶猫狸一样，赶的就是那只小猫狸。这样的情况下谁还沉得住气啊，李美凤就像猫狸一样，灰溜溜地睡到自己的工作台上去了。老板娘把李美凤当作一个陪练员，让她先把廖木锯练疲倦了，廖木锯有气无力了，老板娘再进去，收拾起来就容易多了。

李美凤还是觉得廖木锯不错，至少说话比老板娘好听，他不会说那些戳人心疼的话，什么"白白让你学了技术"，什么"做商业间谍"。他说，找你回来是厂里需要你。他又说到了她的手，他说，你这样的手，我会让你走吗，你知道你是怎样的一双手啊？李美凤故意说，是勾引你的手，是像刀一样割痛过老板娘的手。廖木锯说，不不不，我们先不说别的手，单从划料说，你就是一双精巧的手，反正我没见过比你更好的手，你的手这样这样这样，就是巧夺天工，那样那样那样，就比计划多排出好些料，比计划多就是省出了钱。李美凤生气说，那你为什么还扣我的钱？廖木锯嬉皮笑脸说，照顾情绪嘛，顾全大局嘛，老板娘说到这件事了，我总要给她一个面子嘛，我要是顶着有什么意思呢，顶着，大家都不快活。李美凤说，现在你们都快活了，就我不快活，我的钱不是做工的钱。廖木锯说，那你说是什么钱？身价钱？你要是摆好位置就不会这样想了。李美凤仔细想了想，觉得也对，就不响了。她其实也没想什么位置，她想位置想得来吗，廖木锯和老板娘风里来雨里去不用说，他们还有个儿子；儿子也抛开不说，这工厂就是他们燕子衔窝一样衔起来的，离了谁，都会像平衡的船儿缺了一支桨，他们会因为李美凤而发生变化吗，不会。连接着他们的东西太多太多了，有血缘有感情有物质有今后，她一双手，就算是一双神仙手，它能改变他们的生活吗！廖木锯说，你也可以做做其他事嘛，做点别的，你的钱不就补回来了吗。李美凤想，是啊，做什么不是做呀。她从乡下出来就是为了做事，而从没想过享福，她甚至想的都是些难做的事，手艺，说起来还是廖木锯恩赐的。但是，她还能做些什么呢？厂里就那么一些事，车帮，老板娘已经做了；夹包是个力气活，她做不动；喷光和烘箱是男工做的；复爪和整理，最近闲得已经半做半歇了，她要再插进去，人家就会说她的手伸得也太长了，抢了别人的饭碗，现在找个事做做多难啊。人家还会阴阴地说，你以为你是什么手呀，什么都能做！这样的话，李美凤就知道已经超出了说手的范围，而在说她的身体了，她不想生出事端来。廖木锯说，你可以去跟我儿子说说话。李美凤说，说话算什么事呀。廖木锯说，你和我儿子说话就算个事情，还可以算工资。李美凤狐疑大了，你儿子不说话吗？廖木锯说，他基本上和我们都没有话了，他只在自己的世界里，只和他自己说话，我想，也许你能和他说说话，他要是能和你说上话，他就有救了。李美凤被说得一愣一愣的，但她不明白是怎么回事，她只是觉得好奇，自己被廖木锯说得全身都是宝，她的手怎么怎么好，她的身体也被开发了做了兼职，现在她的话又这么有用，还可以救人，她真是稀奇死了。

廖木锯的儿子她以前见过，但没有接触过。感觉是挺木讷的一个人，也不知道他在做什么。有时候，他会突然出现在车间里，不说话，看也没目标，就是没头没脑地站着。李美凤开始不知道他是谁，也不敢招呼，只是时不时地拿眼瞟他，心想，这人另类。他站了一会儿，最后总是走向老板娘，搭住老板娘的肩，往她口袋里摸钱，有，他就拿走，数都不数；没有，他就径直走向卧室，撩开帘子，在床的里头，会有廖木锯的一个包，李美凤想，他一定会打开包，哗啦哗啦地翻钱，一般都会有所收获，然后，摇晃着身子若无其事地踱出来。这个时候，李美凤心里噢了一声，这就是他们的儿子。有时候，家里菜不错，老板娘也会喊他一起吃个饭，李美凤注意到，他们的儿子喜欢甲鱼河蟹。要是其他菜，他也吃一点，但样子像放了毒药，一边吃一边嚷嚷，恶心恶心，难吃死了。要是吃甲鱼河蟹，他就不管不顾地稳下身来，勾着头吃得很虔诚，把甲鱼脚趾的骨骼都吃出来，把河蟹掏得只剩完整的空壳。这样的时候，廖木锯都坐在一旁闷头喝酒。

八

李美凤要是想开了，找些事情做做还是容易的，这么大一个厂，又是和家混在一起，她又和廖木锯老板娘融得不分左右，事情还会少吗。她不要把自己当工人看，当工人，未免有架子，她要把自己当保姆，保姆就低贱，就没什么太多的想法了。从乡下出来时，她本来就是打算做保姆的，这样说起来，还要怪廖木锯宠了她。

这段时间，廖木锯买了辆小面包，是五菱牌的，车子虽然很一般，但李美凤还是把它当轿车看。在乡下人眼里，这类车都是轿车，都是用大钱买的，都是奢侈品。这样想着，李美凤心里就虫咬一样难受，就有了上当受骗的感觉。晚上睡觉的时候，她就不让廖木锯动她，她把自己的脸朝向床里，把屁股对着廖木锯。廖木锯拉她的手，她的手就像装了弹簧一样弹了回来；廖木锯摸她的乳房，她就把乳房拼命压在身下；廖木锯想褪她的裤头，她就把大腿用力夹着，就是架了机关枪也扫不进去。廖木锯没办法，就把自己的身子像椅子一样叠在李美凤身后，嘴里喷着热气，和李美凤嗡嗡的说话。你这是怎么啦，我哪里惹你不高兴啦？你就是惹我不高兴了，你这里扣我的工资，这里又有钱买车。廖木锯说，你在生车的气呀，我这是运输车，不是出风头的车。李美凤说，我不管，你睡我的觉都说自己没钱，你买车怎么就有钱啦。廖木锯就啧了一声，就说这都是为了生产，以前用摩托车送鞋多麻烦啊，一次只能装一箱，刮风下雨就送不成。开汽车也算个门面，人家就不会说你寒酸，不会说你厂里水冲了一样，就觉得你厂里热闹。廖木锯说，你有空就洗洗车吧，一次五块，堤外损失堤内补，睡觉损失洗车补。这话使李美凤转过身来，夸张地拿拳擂他，你你你，最后说，你说话算数。

厂门口是一条还没完工的碎石路，晴天尘土飞扬，雨天泥水泛滥，廖木锯新车养得勤，但又舍不得拿到店里洗，香波洗车，一次十块，廖木锯把这业务五块给了李美凤。廖木锯省钱都成习惯了，他留李美凤划料为了省钱，不嫖娼睡李美凤也为了省钱，现在洗车也省钱。李美凤赚钱不择手段，只要身体吃得消，多多益善。李美凤洗车，工友们就很眼红，她们不说她赚钱，说她贱，说她划料划得这么好，已经便宜廖木锯了，再把身体服务于他，就太亏了，现在又替他洗车，就是傻瓜蛋一个。这些话李美凤没有听见，她是通过她们的眼神，看她们在远处叽叽喳喳，就知道了，她不去接应，也不想争辩。她对自己说，从乡下来温州，她不是来玩的，不是来耗时间的，她就是来赚钱的。她这样想了，心里就很踏实，就很坦然。

李美凤洗出的车子就像自己打扮出来的孩子，爱惜得不得了。车子停在楼下的路对面，她没事的时候就站在窗口看，看见车子在阳光下闪闪发亮，漂漂亮亮的，她的心里就美滋滋的。但她也担心，车子前老围着一群人，有的靠在车头上吸烟，有的在车身上摸来摸去，那都是些表情着急、衣衫不整的人，都是和她一样的乡下人，他们肚子里都是愁苦的心事，想打工又没有着落，他们的脸上隐藏着寻事和破坏的欲望，这样的时候，李美凤的心就提了起来。在温州，本地人和乡下人永远是对立的，这种对立是贫富差距引起的。温州人好像天生的就是老板，乡下人好像生下来就是为他们打工的；温州人开汽车，乡下人骑的自行车也是从路边捡来的；乡下人辛苦劳累只能够维持生计，温州人的财富相反越积越多，还到处向外扩张，办商场办市场，更大规模地统治乡下人；哪里有压迫，哪里就有反抗，到了年关将近，乡下人没钱回家就萌生了发不义之财的念头，于是，温州的社会治安就糟糕了起来，两者的抵触情绪就加重了一个程度，就像狭路相逢了仇人，分外眼红。李美凤那天就看见一个乡下人在廖木锯车边磨磨蹭蹭，他的脸色煞白煞白，他摸出一把小刀，在廖木锯车上从头到尾划了一下，李美凤都好像听到了令人牙酸的尖厉声音。李美凤心疼啊，她跑出去，一把扭住那个人打在一起。四周很快围起许多人，都是乡下人，他们团结一心，同仇敌忾，他们推搡着李美凤，还有人振臂高呼"汉奸汉奸"。李美凤不知道他们喊什么，但感到自己孤立无援。后来，还是廖木锯从厂里赶出来，打了圆场，把李美凤拉了回来。为这事廖木锯表扬了李美凤，说，乡下人最大的特点就是幸灾乐祸，你和他们不一样。他奖励了李美凤五块钱。

但是，廖木锯也批评了李美凤，说她办事拖沓，说找他儿子说话的事没有进展。李美凤不是没找过廖儿子，说话赚钱的事，她一点也不含糊。但她没办法接触他，他躲在顶层的角楼里，房门紧闭，窗帘严密，像一个潜伏很深的特务。有几次，她遵照老板娘的指示，给他买过烟，给他送过饭，人还没看见，他就说烦死了烦死了，李美凤就拼命逃了出来。李美凤说，你儿子到底在做什么呀？廖木锯说，玩电脑啊。李美凤说，玩电脑一定要白天睡觉，晚上夜游神的？廖木锯生气地说，晚上，那些电脑田螺才会一个个现出来，大家都晚上出来了，白天肯定都在睡觉，说这是接轨。李美凤说，歪理歪理歪理。

廖木锯对她不满意，主要是说她没有身体力行，他要她说话是假，要她用色相去勾引是真。他问李美凤，你知道灵魂工程师吗？李美凤翘了翘嘴，在学校里听过，是说老师的。廖木锯说，我现在就说你，你就是灵魂工程师，你要想办法进他的房间，要赖着不走，他见过电脑里那些夸张的女人，没见过生活中真实的女人，你的手好，你摸摸他，你的身体更好，你肯定能吸引他，你要再进一步，他的灵魂就开窍了，他现在陷在电脑里拔不出来，也许遇见你他就拔出来了。李美凤把嘴唇咬了起来，咬得紧紧的，她在心里说，狗生的廖木锯，廖木锯狗生，你良心烂了给狗吃了，你脑子臭了像豆腐渣一样，你睡了我还不够，还要我去服务你儿子，我的好你就这样利用啊。但转念一想，她又不那么生气了，在温州，她已经很会理解话了，廖木锯说来说去，自始至终就是需要她的身体，难道温州人还会需要她乡下人的本事和智慧？

不管怎样，这份工作李美凤还是要做的，不管工作的性质是什么，不管用的是什么手段，做得做，不想做也得做，撇开赚钱不说，廖木锯毕竟对她还是有恩的，他在她最初来温州时收留了她，给了她一个安身立命的环境，就算报答一下廖木锯，她也要做。她听人说，电脑上瘾就跟毒品上瘾一样很难摆脱，甚至比毒品上瘾更厉害。毒品上瘾只是把家里的东西卖光吃光，电脑上瘾大多连父母都不认了，甚至仇恨父母，没良心地说父母坏话，说被父母迫害自己才逃避现实，躲进虚拟的世界里。李美凤对自己的样子还是自信的，这个她在乡下的时候不知道，到了温州以后就知道了，廖木锯看上了她的手，后来又看上了她的身体，说明他还是讨人喜欢的。她想，她如果能和廖儿子见上一面，媚眼一眯，语气一嗲，也许他心里真会咯噔一下，真像廖木锯说的把他从电脑里救了出来。只是她现在还不想马上做，她不得不做是一回事，不能无原则的乱做又是另一回事。她现在的身份有些特殊，她在廖木锯眼里是工人又是小妾，她在老板娘眼里是工人又是二奶，她在廖儿子眼里是工人又是他父亲的小秘，她要是再和廖儿子搅在一起，她到底算什么呀，不是打糊涂战了！

九

年关快要到了，年关是鞋厂最急人的时节，年底把春鞋发出去，剩下的就都是期待了。春天的气候就是鞋的生命，春天暖得早，鞋的信息就会好，春天要是硬着冷，暖意就很快溜过去了，春鞋就呆滞了，因为凉鞋已经大踏步地赶了上来，凉鞋一出现，春鞋等于就是打水漂了。南方的春天，淅淅沥沥的，身上像长了绿毛，脚趾也发霉了；北方的春天像冬眠的蛇，不死不僵，这些都像是快马报来了消息，说，春鞋死了，春鞋死了！廖木锯的心情坏到了极点。廖木锯的心情一坏，老板娘的心情也随之坏了，等于厂里的生产已没有了目标，等于工人的工资又沉重了起来。现在，李美凤已渐渐知道廖木锯的卑劣伎俩了，鞋压在市场上，她的工资要扣；鞋样做盲了，她的工资也要扣；鞋子破了季，也就是气候乱了，鞋子白做了，等着出血大甩卖，她的工资还要扣。反正这些损失都要转嫁到工人头上，反正廖木锯永远也不吃亏。李美凤想，温州人就是刁，就是鬼，温州人的钱就是这样攒起来的。

温州人做生意喜欢欠账，欠账心理上有快感，欠账为资金不足者提供了方便，欠账也给赖皮的人有孔子好钻。廖木锯做鞋用的辅料都是门口鞋料店里送的，就像老板娘打电话那样，鞋胶一桶，鞋纸两千，鞋料店里的阿荣就骑了三轮车过来了，廖木锯在欠条上大笔一挥，这些东西就算是自己的了。这几天，阿荣拿了欠条一直在厂里跑，年关将近，阿荣也在一家家收账。在温州，最难做的就是鞋料生意，都是没本事的人做的，都是可怜的人做的，又杂又脏，加上打交道的又是皮鞋佬，皮鞋佬烂糊佬，大家都这么说。这几天，廖木锯脾气暴躁，他看见阿荣心里就烦了起来，说没钱没钱，钱都在鞋里，鞋都在市场里。他这样说，阿荣也听不下去，说你的鞋和我有什么关系，你要了我的东西，我还给你欠了，我现在要收回来了，天经地义。廖木锯说，怎么没有关系，在我这里就有关系，我压着鞋，钱就没有着落，没有钱我拿什么给你，拿指头给你剁你要吗？阿荣头摇得拨浪鼓一样，不知是无奈还是气得发抖，他是做生意的，他剁人家指头干吗，他剁了指头，就什么也没有了，说不定还得吃官司。这样，他还是留着欠条好，留着，还是个希望。

廖木锯开始耍无赖了。市场的鞋继续没有消息，其实，现在就是有消息了也没用，有消息也不是什么好消息，不是鞋样招人青睐的消息，肯定是鞋要大甩卖的消息，鞋作为废品被人统吃的消息，这样的消息来不来都一样，不来，廖木锯心里也早有了自己的打算，他心里的"猫头"已早早生了出来。什么"猫头"？这一次廖木锯不是扣工资，是不想发工资了。他把厂里积压的皮鞋拿出来分给工人，工资五百的分十双，工资六百的分一打，男鞋女鞋都有。这种做法就像晴天霹雳，有些工人半天还傻在那里，有些当场就哭了，一些老实的说，老板，你这就是可以当饭吃，我们也嚼不动啊。也有活络一点的，拿了一张塑料布，就跑菜场边摆地摊去了。廖木锯还厚颜无耻地说，非常时期，大家多多包涵，我也没有办法。

李美凤分到了十双女鞋，她那天中饭开始就吃不下了，她一直在心里骂廖木锯，骂他没良心，有良心也被狗吃了；骂他有儿无孙，有孙也没阴袋。她这些鞋拿来有什么用呢？不要说不能吃，就是穿也不能穿，她自己不能穿，她乡下亲戚也不能穿，乡下人生来踏田园，都是大脚娘。就算能穿，就算睡觉也穿，她也穿不了那么多。

最最可气的是，就是在这种情况下，廖木锯还想和她睡觉。她不睡，他还拿身份证威胁她，说不睡就把身份证给烧了。烧了，她就变黑人了。李美凤没办法，但也不能让他快活，她就故意不洗澡，不洗屁股，把自己弄得脏兮兮的，廖木锯就没戏。他要是把手伸过来，她就喊，我有淋病，我有梅毒，我有梅毒，你要是和我搞，我就把你搞死。廖木锯的手就非常听话地缩了回去。这样，李美凤就很高兴，像打了胜仗，惩罚了廖木锯。但廖木锯还要摸她的乳房，不摸他睡不着，摸乳房单调，容易累，摸了一会儿，廖木锯就无味地不要摸了。

廖木锯毕竟和李美凤多一层关系，他又告诉她一件赚钱的事情，就是去讹门口鞋料店的阿荣。说他的鞋衬没有胶水，烘干后不硬，鞋面挺不住，现在鞋被市场上退了，退给工人当工资了，要他赔。李美凤说，这样说得通吗？廖木锯说，怎么说不通，就是这么回事，这都是事实。说着就拿起一双女鞋，扳了几下，的确马上像鼻涕一样。李美凤说，这样行吗？廖木锯说，怎么不行？不行你怎么办？你只有这条路，就是讹阿荣，你把他的欠条讹回来，我就少出一个材料钱，我再把给他的钱给了你，你等于在菜场门口卖了鞋。李美凤想想，自己要的就是现钱，也只有这条路，这条路还是廖木锯指的，她不这样，又能怎样。她不会摆地摊，不会把鞋变成其他，难道真的守着这些鞋当家私，钱是越守越多，越守越有味道，守鞋有什么味道呢，只会越守越旧，越守越硬，你看那些不穿的鞋，没多少日子，它就硬得像铁板一样。

早几天，门口鞋料店里的阿荣，三天两头在廖木锯厂里跑钱，被廖木锯斩钉截铁地回绝了，跑也没意思了。他本来想等到开春，等市场上传来鞋子热闹的消息再找廖木锯，那时候廖木锯再推三作四说自己没钱就说不过去。但是，这几天，事情反过来了，李美凤找他了，李美凤天天去，每次去都拎了鞋子，哭哭啼啼的。说他的材料坏了她的鞋，说她的工资都坏在鞋里了。李美凤样子可人，仅是说说阿荣也愿意倾听，与她嬉皮笑脸也是乐趣。但李美凤说着说着会哭起来，她一哭，阿荣就慌了。哭声引来看热闹的人，说三道四的都有，阿荣就不知说什么好了，生意也被搅得没法做了。阿荣就赶紧把李美凤拉进店里，问她什么意思。李美凤说，鞋子要跟他换欠条。阿荣说，这不行，这是廖木锯要无赖。李美凤也觉得是廖木锯要无赖，廖木锯先要了她的无赖，现在又要她去要阿荣的无赖，也许廖木锯一直就是这样要无赖，他靠要无赖起家，但不要无赖她怎么办，她也只能接着要无赖。她对阿荣说，反正我也不上班了，我天天到你这里上班，直到你给我欠条赔我的工资为止。阿荣说，他妈的，我赔你工资我赔得着吗？骂归骂，阿荣心里还是怕的，生意靠守，生意不怕少做，就怕纠缠和倒牌子，要是李美凤天天说他的鞋衬不硬，说他的糨糊太薄，他的牌子就给李美凤烧了，生意也不用做了。人要是想明白了只用一下，他就当自己去快活了，路边那些理发店，什么都不能动，放空炮也要五十；那些按摩店，在衣服外面摸一把也要一百，他何不将那些欠条和李美凤交换交换？他把自己的想法和李美凤如此这般一说，说欠条给你可以，身体你得给我。李美凤起先不同意，后来想想，廖木锯对她这样，对她劳动的轻视，对她身体的藐视，对她精神的鄙视，她都还和他睡觉，她不都是为了钱吗。这样想着，她就无所谓了。身体这个东西，宝贝起来就是金枝玉叶，放纵开来，就是臭鱼烂虾一堆。她就答应了他。不过，李美凤还是有底线的，她跟阿荣说，乳房可以，睡觉免谈。

李美凤一手拽着阿荣的欠条，一边把自己的乳房让了出来。阿荣给一张五十的欠条，就摸一只奶，给一百以上的，就摸两只。无论一只和两只，李美凤身上都像爬了毛毛虫一样。那些欠条上写了胶水糨糊的，李美凤就觉得阿荣的手又黏又脏，那些欠条上写着鞋钉鞋撑的，李美凤就觉得阿荣的手有戳又糙。好在廖木锯没有食言，他其实才是真正的赢家，他把李美凤用身体换来的欠条一一地验明正身，然后把工资付给了李美凤。李美凤不由自主的和其他工友比了比，觉得自己近水楼台得到廖木锯的照顾，优越的地方还是很多的。和乡下那些看手机摸乳房的姑娘比，那她乳房的价值就太可观了，简直是一个在天上，一个在地下。

十

通过这件事，李美凤好像一下子想明白了，她不是要救廖儿子吗？廖木锯说她不身体力行，她不是舍不得"身"，也不是不会"行"，她是觉得身份上有些别扭，不合适，脸面放不下。经过这一系列事情，她对自己的身体有了新的认识，乡下人的身体说白了就不是身体。她的身体可以是搞好关系的工具，也可以是结账的诱饵。她和廖木锯睡，她把自己当回事了吗？她让鞋料店的阿荣摸，她把身体当过身体吗？既然都不当身体，既然连廖木锯阿荣都服务了，奉献了，她再跟廖儿子接触又有什么大不了的。温州有句话叫"躺草地上给蛇咬"，意思是一个人连脸面都不要了，她结合自己的想法，她现在是"躺草地上咬蛇"。

　　李美凤无所顾忌，她现在决心很大，工资越来越难赚了，温州人赚钱都是几条水灌进来才会活络，她也要开辟多条门路。干活是一条路，睡觉是一条路，洗车是一条路，廖木锯说和他儿子说话也可以赚钱，这又是一条路，她当然不会放过这样的机会。她去敲他的门，进他的房间，坐在他床上，就是赖着不走。那天也许廖儿子刚刚睡了一个好觉，他的心情也格外健康，窗帘已被拉开，下午的阳光正好捉住了李美凤，把她身上的淳朴气息都挖掘了出来。他看看她，对她没有反感。他问她是不是新来的。李美凤说，我在你们家，青春都折旧得差不多了。廖儿子说，那我怎么没见过你。李美凤说，我帮你母亲打杂，也跟你父亲一起做事，我们还一起吃过饭。廖儿子不好意思地噢了一声，说，我一般不大看人，看了也记不住，你是新来的保姆？李美凤说，我比保姆要高档。廖儿子说，那你是我父亲的秘书？李美凤说，我才做不来秘书呢。那你是因为什么进来的？李美凤本来想说说手，又怕说起来话长，廖儿子还不一定听得懂，就简单说，我是你父亲找来陪你说话的。李美凤说，你就开开恩和我说话吧，你不和我说话，我的任务就完不成，我就拿不到我的工资，你父亲还会开除我。李美凤的胡编乱造非常有效，装得也可怜兮兮，话里还充满悬念，廖儿子第一次听到有陪人说话的工作，而对方又为说不上话而心急火燎，他觉得有趣，就咯咯地笑起来，说，那我跟我父亲说一下，你就留下来陪我说话吧。

　　开端非常良好，李美凤马上就得寸进尺。她一会儿说搞点心给他吃，一会儿说自己削得一手好苹果，反正就是赖着不走，就想和他说话，要引起他的兴趣。和廖儿子相比，李美凤应该算是一个过来人了。廖儿子虽然和她年龄相仿，但思想和心理都还很稚嫩，和这样的小伙子打交道，过来人非常清楚自己该用什么手段。她趁出去给他拿苹果的机会，稍稍地把自己的装束变动了一下，她打开了衬衣胸口的那个扣子，让胸脯有了隐隐约约的效果，她这时还不想勾引廖儿子，勾引是下一步，现在还只是铺垫。她深深呼吸了一下，感叹自己真是一个美少女啊，感叹自己的身体就是好，是天生丽质。人都说，女人的乳房被男人摸了后，就会变大，就会变形，她的乳房不知被廖木锯摸过千遍万遍，后来又被阿荣那么肮脏的手摸过，阿荣真是心狠手辣，廖木锯还稍稍有点爱惜，阿荣那是拼了命的，恨不得五十摸了一百去，有几次差点把她痛晕了过去，但她的乳房就是没有松弛，就是挺拔依然，就是看不出来。她就是这样重新来到了廖儿子面前，她给他削苹果，她还故意突出了自己的手，她的手握着刀转着苹果，就像兰花一样在他的眼前开放。她感觉廖儿子的眼睛掉在了她的手上，他的眼睛里都是惊叹，后来，他的眼睛又越过她的手落在了她的胸口上。这时候，他的惊叹就转移到了喉咙里，在喉咙里产生了许多口水，发出了抑制不住的咕咕的响声。

李美凤说，听你父亲说，你会搞电脑？他诚实地说，是啊，我对什么都没有兴趣，我就生存在我的电脑里。李美凤说，我不懂这个，我也不会搞，你能告诉我，你都会些什么吗？廖儿子说，我什么都会。我会好几种输入法，我以前喜欢智能五笔，现在喜欢拼音加加，我可以同时和七个人一起聊天，速度一点也不含糊；我会各种病毒处理，会媒体播放，会上网浏览，发电子邮件；我的电脑里存有各种管理元件，还可以平面设计，可以做三维动画，可以做系统的维护，可以设计网站和制作网页，你知道网页设计三剑客吗？废话，李美凤怎么知道，她听都听不懂，在他面前，她就是一个傻瓜，她听见的就是他哇啦哇啦的声音。而廖儿子，他好像进入了一个叙述的梦幻隧道，这个话题让他兴奋，他说起这些声音都变了，手舞足蹈，脸上呈现出神经质的内容来。他说，我最拿手的就是游戏，轩辕剑、仙剑奇侠传、三国志，还有天骄、征服、奇迹、传奇世界、英雄年代、半条命……

李美凤也被廖儿子的叙述吸引了。廖木锯说起电脑那会儿，好像就是一个电脑精灵。他居然会这么多东西，他真是了不起，她佩服死了。她以前真是傻，怎么会佩服廖木锯，佩服他能干，佩服他计较，甚至佩服他不择手段，其实她最应该佩服的就是廖儿子，因为和廖儿子比起来，廖木锯层次上的差距真是太大了，至少精神上的差距就很大。廖木锯都是龌龊的伎俩，廖儿子那是知识和科技。她觉得自己有点喜欢廖儿子了，不是喜欢他这个人，而是喜欢他这种虚幻，喜欢他这种不切实际，好像虚幻和不切实际就是依托精神的条件，有了这些，精神才会丰富。而自己，就是太实际了。

廖儿子说，你喜欢电脑吗？你要是喜欢我就教你。李美凤说，我这么笨怎么学得起来啊。廖儿子就认真起来，我刚才一直在看你的手，你削苹果时的那种灵活，那种手指的协调，那种唯美的样子。他抓过她的手说，你看看你的手，你大概还不知道你的手吧？李美凤装了一下嫩，一副羞涩的样子，赶紧抽回自己的手。心想，和他爸说得一样。廖儿子说，你的手就是打电脑的手，我要是说高了，说你的手是拉提琴的手你还不信，你看纤纤细细的，你要是摸起键盘来，范围比谁都大，你要是操作起来，肯定比谁都灵活。李美凤又撒了一下娇，说，是真的吗？你不会骗我吧？你们温州人就喜欢哄我们乡下人，到时候电脑学不成，还害我们养起了小姐的毛病，连钱也不能赚，饭也没有吃了。廖儿子一本正经地说，真的真的。李美凤本想趁热打铁，劝廖儿子改掉玩电脑的毛病，但又觉得为时还早，太急也不现实，不是说玩电脑像吸毒吗，毒虫顽固，电脑虫也肯定厉害。关键是他现在还没到听她的地步，要让他对她产生好感，为她失魂落魄，才能够慢慢地攻克他。李美凤说，你要想教我学电脑可以，但你要答应我一个条件。廖儿子说，什么条件？李美凤说，你的房间太脏了，像个老鼠窝，臭死了，臭死了，你得先让我打扫打扫，我才能进去学啊。廖儿子不好意思地呵呵呵呵。

就在李美凤的工作卓有成效的时候，廖木锯厂里的生产却越来越糟。现在已经不是鞋样的问题了，季节打乱了，鞋子就好像老也赶不上趟。也不知怎么回事，这段时间，做外贸的鞋厂都风起云涌，那么肯定，廖木锯这样的厂就是汤水难喝了。外贸鞋一般都是电脑划料，机器夹包，流水线。这些鞋，廖木锯的厂里就是哭，也哭不起来。但廖木锯不怕这种悬殊，他不和那些大厂比，蛇有蛇洞，蟹有蟹洞，他慢慢地做自己的市场鞋，一天百十双，吃饭总是够的。怕的是工人，工人对这些事比较怕。现在，只要市面上有一点点风吹草动，只要有个借口给廖木锯抓住，他总会想出办法做些小动作，受害的往往就是工人。李美凤觉得，日子一久，廖木锯的缺点暴露得越来越多，分明就是一个无赖，味道说不出来。

十一

木锯说，形势不好，我们就要顶真，是我们的钱，我们一分一分的都要讨回来。这句话的精神李美凤是赞赏的，但具体到某件事，李美凤觉得，廖木锯真是连人都排不上。廖木锯这次的小动作是讨债。讨债一般都要带了打手去，但时代变了，那种做法不行了，人家不吃那一套。他要李美凤一起去，说这件事要一个唱白脸一个唱红脸。白脸他自己唱，骂也好，拉脸也好，都不是最终目的，最终目的是要李美凤打圆场，退一步，把钱拿回来，这个红脸就得李美凤去唱。李美凤说，这种事你应该叫老板娘去。廖木锯说，她这种人，她走得出去吗，她要是去了，会把别人吓死。言下之意是，现在要讲究策略，要用美人计。廖木锯一想就想到李美凤的身体。李美凤的样子是非常可人，是唱红脸的合适人选。即使唱不了红脸，这么一个姑娘，谁会硬着脸不给她面子呢，她就是开口要钱，就算是个乞丐，也要怜悯着给她一点，是不是。

廖木锯带李美凤去的地方是帝达鞋厂，李美凤不去不行，不去，廖木锯说，你不要饭吃了！李美凤又像狗一样吧嗒吧嗒地跟着走了。

这事说起来非常恶心。帝达鞋厂曾经托廖木锯加工皮鞋，出鞋，拿加工费。有一次，廖木锯心生歪了，把做好的鞋直接拿去卖了，连本连利都独吞了下去。帝达老板到处堵截廖木锯，廖木锯像耗子一样东躲西藏，帝达老板一气之下搬了廖木锯的发电机。这事过去了三年。现在，帝达鞋厂日产出口鞋一万双，出口鞋环节多赚钱少，但一双赚两块，也是两万元。人家"日进万金"，廖木锯却鞋讯渺茫，他心里就不平衡了，就要无事生非了，就要去敲一敲帝达老板。廖木锯对李美凤说，这就叫吃大户，打土豪分田地，打的就是这样的土豪，分的就是他们的细软。

帝达鞋厂在开发区，就是李美凤说的，号数大的公交车开到的地方。这里马路笔直，厂房林立。帝达鞋厂的厂区内有整亩整亩的花坛，有环岛喷水池，有高耸入云的彩旗，一看就知道是个上规模上档次的大户。廖木锯找到帝达老板，说，我刚从监狱里出来，现在没饭吃没事干，我找你不是要你救济，我要你把我的发电机还给我。帝达老板说，你他妈的是龙卷风啊你，连本带利卷走了我的东西，我不跟你算账已经是给你面子了，你还狗儿狠过狼了。廖木锯说，我也不和你废话，我这人很讲迷信的，你搬了我的发电机，等于是搬了我的性命，我的运气都给你搬霉了，我才坐了监狱，我不要你负连带责任已经是便宜你了，你给不给你看着办吧。说着扭头就走。帝达老板话一下子断在舌头上，脚也犹豫了，追不是，不追也不是。追，有失身份，好像自己被廖木锯牵着了鼻子；不追，这事显然还没有了结，剑还悬在头上，不知什么时候会掉了下来。后来才发现了李美凤，李美凤在，这就是了结的线头，这就好像有了一个中间人，情绪可以在这里缓冲一下，不至于一下子僵了。帝达老板说，你是廖木锯的小秘？李美凤说，也说不上。那你说了算吗？李美凤说，他带我来，又留下我，应该算吧。那廖木锯要多少？他就是要发电机的钱，他说精神损失就不计啦。李美凤吃谁的饭替谁说话，不知不觉也狼狈为奸了一下。帝达老板说自己冤了大了，说我那是气不下，说一台发电机怎么抵得了他皮鞋的钱。李美凤因势利导说，你大人不计小人过，花钱消灾吧。帝达老板也找了一个台阶让自己下来，说，都看在你姑娘伶牙俐齿的分上。又说，企业做好了，不怕工商，不怕税务，就怕地痞流氓。大有"好汉怕赖汉，赖汉怕死汉"的无奈。

李美凤虽然替廖木锯敲来了钱，但一点也不高兴，她心里也在诅咒，这些钱，发电机的钱，四五千块钱，迟早要给廖木锯买药吃了，说不定还不够。她现在觉得廖木锯真是坏透了，以前她还没觉得他有这么坏，她只是觉得他有小家子气，现在他想想廖木锯的许多事，真是连人性都没有。他说她的手好，那其实就是幌子，她的手被他弄得脏得不得了；他逼她睡觉更是胁迫，她都白白奉献了，他还扣她的工资；他要她对他儿子身体力行；他以积压的产品代工资；他拒付阿荣的材料款；他敲诈帝达老板，罄竹难书啊！李美凤难过的是，在阿荣和帝达老板这两件事情上，她都做了无耻的帮凶。她再也不想理廖木锯了，她宁愿去理会廖儿子，要是真能把廖儿子从电脑里救出来，也算功德无量，也算回救了一下自己。

其实，李美凤和廖儿子已经在一点点进展了。廖儿子的生活也渐渐有了规律，他虽然还玩电脑，但已经不是在溺玩，不是沉湎。早上九点，他也能够起床了，中午也会自觉地下楼吃点饭，不管他是不是为了李美凤，都是在进步。一拨人小桌子面前那么一坐，廖木锯、老板娘、廖儿子、李美凤，当然比以前和谐多了。这样的时候，廖木锯就微笑着品尝着抽烟，看大家吃饭，看老板娘给李美凤夹菜，看李美凤间或瞟向儿子的眼神。

廖儿子时常邀李美凤出去走走。李美凤向老板娘请假，老板娘说，去吧去吧。很怂恿的样子。李美凤说，要不要和廖木锯也说一说？老板娘说，不用不用。

廖儿子要廖木锯的摩托车给他，他要带李美凤去兜兜风。这个要求在这个时候是第一位的，廖木锯当然就从了。廖儿子车是会开的，但没有证，廖儿子才不理这一套呢，他往开发区开。开发区没有警察，开发区的马路就是直，开发区的马路就是宽，廖儿子一上了开发区的路，精神就兴奋起来。他把摩托车开得风驰电掣，弄得后座的李美凤紧紧地抱住他，紧张得大呼小叫。

廖儿子喜欢这样骑行，他迷恋上一种感觉，一种让他心里发痒的感觉。他的后背是两团软软的东西。这两团东西，李美凤一跨上摩托车就隐隐约约有了，车一开，车一快，这两团东西就非常明显，格外地挤压他，磨蹭他。他知道是什么东西，心里一觉着，思想就飞翔起来。李美凤和廖儿子好，老板娘就很高兴，她为儿子高兴，儿子有了女色的吸引，已经从电脑里摆脱出来了。李美凤有没有灵魂工程师的能耐她不关心，但李美凤是身体工程师是确凿无疑的。李美凤是现成的，这个资源要利用起来。她知道儿子最终会丢了李美凤，他眼下是新鲜，日后肯定要疲软，丢了就丢了，乡下人睡睡还可以，做媳妇怎么行！

廖儿子和李美凤好，廖木锯就没有戏了，这点老板娘最得意。李美凤的身体是那种叫人咽口水的身体，她在廖木锯的身边撞来撞去，廖木锯的欲望就会蓬勃起来。但现在儿子要玩女人了，廖木锯应该识相点，收敛一点，对李美凤的心思要叫他死了。

廖木锯当然还要想李美凤，李美凤的味道是一百个老板娘也没法比的，她年轻，漂亮，手又这么好，又有力量，但现在障碍多了，不仅老板娘是障碍，儿子也是个障碍。廖木锯现在的伎俩有点低级，晚上机会少了，他就想方设法在白天调动李美凤，李美凤，你过来一下；李美凤，你看看这个东西怎么搞啊。这种命令都是廖木锯在卧室里发出的，李美凤知道廖木锯什么用意，无非是想和她亲热一下。李美凤有时候也这样被廖木锯调动，进来就突袭她，快干她一下。她那时候有点怕，怕老板娘笑话她。现在她不怕了，她现在心里有办法，廖木锯要想干她，她就把廖儿子这张牌打出来，她就笑他，你想想自己是什么角色啊，你想扒灰啊。"公公扒媳妇"，这可不好听，上纲上线到乱伦了，廖木锯还是畏惧的，就自嘲地骂一句自己，捏一把李美凤屁股，放她走了。

十二

有了老板娘的支持，李美凤和廖儿子出去就名正言顺了。他们喜欢去开发区玩，李美凤觉得那里才像个真正的城市，一个新城市。现在看来，廖木锯这里顶多是温州的一个边缘地方，一看路名就知道，什么鲤鱼浃，筲箕涂，里阳殿，上村，下桥，比她们家乡下好不到哪里去，土得不得了。这些，李美凤以前都没有意识到，当然也是开发区开了她的眼界，有了开发区，她才有了比较，这里的路名就非同小可，什么宽带路，高新路，信息路，数码路，气魄都很大。

他们经常去的地方叫东海渔村，是个海鲜楼，骑行累了吃海鲜，别有一番滋味。廖儿子说，你吃过活的乌贼吗？李美凤听都没听说过。在乡下，她的吃食是粗糙的，在廖木锯身边，她的吃食也是简单的，随便的，她能够享受到的吃，也是从廖儿子这里开始的。廖儿子说，这里的海鲜都是活的，我们每次吃一样，看看能吃多少次。即便没吃到，这样的许诺也是美丽的。李美凤头点得一塌糊涂。

每次出来前，廖儿子都会说，我去去就来。李美凤知道，他是到廖木锯的卧室里拿钱去了。廖木锯的包就丢在床的里面，包里有多少钱，廖木锯心里一点也没有数。尽管没有数，李美凤也觉得这样拿钱不好。廖儿子说，我以前拿钱是为我自己，现在拿钱是为了惩罚我父亲。李美凤说，这话怎么讲啊？廖儿子说，我父亲对你太坏了，我现在要一点一点地补偿你。李美凤说，你这样说就更不能拿钱了。廖儿子不以为然地说，没事，一是他不知道的，二是他知道了又能怎么样，我就是要气气他。廖木锯确实也是不知道，他没有反应，他的钱多得心里都没了数。也许他是知道，因为溺爱儿子，他睁只眼闭只眼。这样，廖儿子的每一次伸手，都必有收获。廖儿子说，你知道他有多少钱吗？李美凤摇摇头。廖儿子说，你当然不知道，我也不知道，其实他也不知道。但有一笔账是可以算的，厂里一天出鞋三百，一双鞋赚它四十，你说多少？吓着你了吧！李美凤夸张地拍了拍胸口说，吓死我了。廖儿子说，所以，钱对于我父亲来说就是纸，他不是在做鞋，他是在造纸。纸嘛，多一张少一张有什么关系，我们拿几张纸也是看得起他，不用放在心上。李美凤却想，这个廖木锯啊，恶心恶心，他都这么有钱了，还那么苛刻。她现在不去想拿钱好不好的事了，她在心里说，就是要用他的钱，用得他心疼，把他的家私都用荒了，才解心头之恨。李美凤心里一下子就不沉重了。

除了吃海鲜，廖儿子还带李美凤去吃炖品，叫莽撞胶，在温州很有名，少男少女特别青睐。莽撞胶是一种罕见的鱼内金，一斤上万元，炖了桂圆枸杞，卖三百元一盅，廖儿子和李美凤在说笑之间，就轻轻松松把六百元吃进了肚里。吃了莽撞胶的李美凤有点体烫心跳，看来吃大补是说说的，吃了性起却是真的。性起，有些事情就很难控制了，人也朦胧了，意识也活跃起来，廖儿子就大着胆子拉过李美凤，对准乳房就是一把。这一把有些突然，李美凤下意识地护住胸脯，说，你要做什么？廖儿子也不躲闪，说，我真的想认真摸一次。这时候，李美凤才定了神，过来人的优势就体现出来了。她不是灵魂工程师吗？灵魂工程师最知道火候；她不是身体工程师吗？身体工程师最能把握关键时候的作用。身体，李美凤不是舍不得，对于乡下人来说，时刻都有着奉献的准备，奉献不光是讨好，也是为了自己的生存。她连廖木锯都奉献了，阿荣也奉献了，廖儿子她有什么理由不奉献，当然要奉献。她对廖儿子说，你听我一句话行不？廖儿子期待着。李美凤说，你要摸我乳房我同意，你要我陪你睡觉我也会同意，我一个乡下人，碰上你我已经很高兴了，你又对我这么好，我还有什么不能同意的？但你想过没有，你父亲要我来做什么的，要我和你说说话，要我来救你脱离电脑，你被我救了吗？没有。我救不了你，我就不能留下来，我留不下来，你等于什么也得不到，摸不着也睡不成，所以，你要振作起来，戒掉电脑，为厂里做点事情，让你父亲高兴。廖儿子说，我能做些什么呢？李美凤说，你给他做管理呀。廖儿子啧了一声，说，他的厂轮子都转得好好的，还用得着我吗？李美凤说，这不是这样说的，他用不着你去做，是他的事；你有没有去做，就看你的态度。反正你得做，做了，我就让你摸，你怎么摸我都行。

几天后，廖儿子和李美凤双双来找廖木锯，廖儿子递给他两份东西，一份是"库存材料管理明细日清月结表"，一份是"创办低成本杂志《鞋资讯》的设想意见"。廖木锯眼睛光了一光，勾着头看着儿子，这是你搞的？儿子点点头；廖木锯又问李美凤，这真是他搞的？李美凤也点点头。廖木锯拍了一下大腿，弯身抱腹嘎嘎嘎的，嘴巴都笑歪了，说，李美凤，你这个月的工资，我给你加倍！

但是，廖儿子命运多舛！

一天晚上，廖儿子和李美凤骑摩托回来，速度很快，李美凤贴靠在他的背后，对前面浑然不知。突然，一只东西从前方闪过，砰地撞上车头，血溅了廖儿子一脸，糊了视线。廖儿子失声啊了一下，一看是一只兔子！他觉得奇怪，怎么是一只兔子呢？李美凤懒洋洋地说，你还想是一个人啊。廖儿子继续纳闷，不是的，这么大一片崭新的地方，怎么就跑出一只兔子呢？而且还是只野兔，你看是灰色的。李美凤说，好啦好啦，别研究啦，幸亏是一只兔子。这样一说，廖儿子也就高兴了起来，说，这只兔子撞上我的车，就是我的口福，它这是送上门的，我要把它烧起来吃了。于是，就把兔子拎了回来，交给食堂，红烧，配酒吃了。

一夜无事。第二天，廖儿子发起了高烧，而且说胡话，一连三天。等高烧胡话退了，眼睛也直了，问什么都不知道，认人也乱七八糟的。廖木锯老板娘急得尿都洒了裤子。送医院，查不出什么名堂。问迷信，说，夜间乱跑的畜生，一般都附了鬼魂。没办法，兔子撞死，鬼魂转移了，在廖儿子身上安家落户了。怎么会这样！怎么会这样啊！李美凤哭得死去活来。

过了几天，李美凤被警察带走了。

李美凤被抓的时候，廖木锯和老板娘都不在厂里，李美凤本来想等他们来了再走，但警察不同意。在派出所里，她没有去想廖儿子的事情和她会有什么联系，她一直想自己对廖木锯一家所做的贡献，她想，廖木锯会过来保她的，老板娘也会替她说说话，她一直嚷嚷着要和他们通电话。

她当然不会想到就是他们把她弄进来的。廖儿子的变故，彻底地击垮了廖木锯和老板娘，使他们在感情上无法接受，他们觉得应该有一个动作让这件事有个说法！在他们悲悲切切的讨论中，一个看法渐渐地清晰起来，一致起来：李美凤肯定是个妖精，而且是个乡下妖精，这个妖精把厄运带给了他们的儿子。惩处她，就是对儿子的最好安慰。她一生的福分早就提前享完了，早就超额了，这样的人，一点也不用有恻隐之心。而且，这样的人还不能流在外面，流在外面就是个祸害，不能让她再害了别人。这就让派出所来收拾她，监狱，就是她最好的去处。

廖木锯报案的理由是，他包里的钱经常会无缘无故地少掉，要累计起来金额还不小，他怀疑是李美凤干的，因为她有动机，有时间，有条件。在这个边缘的派出所，这也算碰上一桩大案了，他们当然要严肃对待。况且，廖木锯又是企业家，弄不妥了，影响不好。

警察在审问李美凤的时候不停地在摆弄着一个身份证，李美凤发现，这就是她的身份证。自从她来到温州，这个身份证就一直放在廖木锯那里，现在，也随着她走进了派出所。警察没有像电影里演得那样问姓名年龄，在这里，李美凤的身份并不重要。警察的第一句话是：我看看你的手。李美凤觉得奇怪，但还是身不由己地伸了出来。她的手白白的，细细的，像闪过一道亮光，根本就不像乡下人的手，连警察都惊诧得后仰了一下，坐顿了身子，说，你这手怎么这个样子？又尖又长，像镊子一样！

李美凤一头雾水。这是她听到的，对她手的又一种阐释。

（原载《山花》2005 年第 8 期）

苗秀侠
MIAO XIU XIA

女。1965 年出生。安徽阜阳太和县人。1984 年参加工作。历任文化馆创作员、报社记者、杂志社编辑。2002 年毕业于安徽省委党校法律专业本科。2008 年加入中国作家协会。现任安徽省文联《清明》杂志编辑。安徽省作协签约作家。

1983 年开始发表文学作品。出版有小说集《遍地庄稼》、散文集《青梅如豆》《青春的行囊》《浮世掠影》及长篇小说《农民工》（与他人合作）等。

遍地庄稼

棉　花

　　门鼻想在棉花地里把大杏干了。

　　大杏在水塘边给药桶里加水。两只桶，一只淡绿色的，是大杏自家的，还有一只翠蓝色，是隔壁大杏婶子家的。大杏借桶的时候，门鼻隔着院墙听得清清楚楚的："大杏啊，他哥来了，正好你们这两天把药打完，等他哥走了，你家的桶我们也用。"婶子称门鼻为他哥，等大杏嫁过去，他门鼻才可能是"他姐夫"。可是，他门鼻这次来，可不是光打棉花药的，他要把大杏办了，把自己"他哥"的身份翻过来，变成货真价实的"他姐夫"。

　　这事说不难也不难，只要大杏她愿意。不过，于门鼻而言，却有些放不开手脚。他还是个处男，还没办过这个事。这事要靠男人主动才行。大杏已经是枚熟透的果子，就在他的手边晃荡着，单等着他摘。未来的岳父也放出了话，你家把那几样办齐了，大杏就过门。那意思再明白不过：现在想睡他闺女，还不中，还得把屋盖了，把三千块钱的彩礼封好了，把屋里的家具放齐整了，他闺女大杏才可能平安无事睡在他门鼻家的大床上。

　　这个硬条件就把门鼻弄得没精神了，连睡大杏的精神都没有，净想着那些钱钱钱。哪里弄到钱呢？他家真是万贯家产，他还会要大杏？还不满世界里挑俊闺女？

　　往实里说，门鼻对大杏可不是太中意。他多少也念了五年的书，而大杏呢，瞎字皮不识一个；门鼻的样子有几分白面秀才的味道，尽管他的专业是木匠而且在初学阶段，不过，以他的聪明才智他有可能成为大师傅；门鼻曾喜欢过一个女人，那是他同师傅做木工时那家人的媳妇。那女人伶牙俐齿，生着两片大屁股，胸脯子晃晃悠悠，眉眼里净是风情，对着小公鸡样的门鼻说笑个不停，老问他那地方长没长毛，把门鼻羞得头勾到裤裆里。门鼻和大杏见面时，无形中就把大杏和那个风骚媳妇作比，就觉大杏木头木脑，身上的一些部位好似还没长开，心里不太乐意。但他还是同意了这门婚事。他明白，以他的家境，尽管他长得脸模子身条子有些样子，可是那又不能当饭吃，充其量这些条件也只能找个大杏这样的女子，那些妩媚的女子，个个挑挑拣拣，弟兄几个呀，可有在外工作的亲戚呀，村子离集镇多远啊，老人的身体好不好可能帮着带孩子啊，可不是好对付的。他门鼻家不管提，弟兄多不说，他还是老大，他爹八脚踹不出个响屁来，他娘黄病寡瘦，他没一家亲戚是工作的。门鼻长到二十三岁，还没一个媒人踏过家门。你想想，作穷苦人家老大的媳妇，下面的几个兄弟盖屋娶亲，还不把头发操白毛啊，这样的家谁敢进？门鼻娘终于红着眼睛找媒人了，媒人说话也利落，干脆，换亲吧。门鼻就一个妹妹，他家孩子稠，一岁挨肩，妹妹排行老六也是老末，还不到17岁，样子漂亮又温顺乖巧。能给哥哥换个媳妇，到猪狗家去也没关系，可是门鼻却不乐意。媒人说的那家人，也是拿妹妹换，女孩子虽然姿色平平，那个哥哥却不能提，不但年岁太大，而且还背锅，自己如花似玉的妹妹和这种人过日子，不如把他门鼻杀了。于是，门鼻娘献出两篮鸡蛋后，媒人就访出了大杏这个闺女。大杏的爹可是把话撂出来了，大杏下面还有两个兄弟，三千块钱彩礼不能少，那是拿来给大杏兄弟娶媳妇的。媒人对门鼻爹娘说，扒锅卖铁那是你家事了，不花钱娶媳妇，就像大闺女能生小孩，天下没有的事。

　　大杏按比例把药桶对好水，一只背在自己身上，一只留在岸边，也不朝门鼻看，就说，走吧。就头前朝棉花地走去了。门鼻弯下腰背上药桶，跟着大杏走。棉花地一家挨着一家，有许多人家都在打药。正是夏天最热的时候，棉花才刚刚长蘖，可是虫子却比桃子来得快多了。门鼻一边走一边浏览着大杏的身体。大杏穿着半新的的确良衬衫，直筒蓝布裤子紧箍着小屁股，门鼻知道这身衣服大杏赶集时才穿的，之所以干活时也穿上它，是因为他来了。他是她未来的女婿，她穿得太孬了就有种在村子里抬不起头来的感觉。谁都知道她找了个好看的女婿，但好看也不能当饭吃，这也是村里人都知道的，所以他们不把自家闺女说给门鼻，而看大杏时眼光却是怪怪的，好似她捡了个大便宜。不声不响的大杏心里其实是有数的，她尽量把自己往好里打扮，至于说效果，就不是以她意志为转移了。

　　门鼻想着如何把大杏扑倒在棉花地里，如何还不把药桶弄翻，想着大杏会不会叫喊，会不会招来人看。他直想得热血沸腾。走过几家棉花地头，有几个打药的女子勾过头看他，飞快的一瞥还是让人觉出一些欣赏和挑逗。门鼻知道他在女孩子面前是有回头率的，就大胆地朝她们那儿看，一下子中断了对大杏身体的想象。只一瞬间，他忽然明白自身的职责，立刻把心思转到正道。

　　他和大杏隔开一垄棉花，并排着在棉花地里走。细密的药水顺着喷头温柔地在棉花蘖子上跳荡，一股微微刺鼻的药水的清苦味在阳光下回旋着，让人想打喷嚏。门鼻边打药边想着他和大杏之间的新障碍，那两垄棉花。这是他以前的构想里缺少的细节。首先他得走过去，得到大杏所在的棉花垄里，大杏会呆在那儿乖乖等他来扑吗？如果一心慌他被棉花棵绊倒怎么办？这样一想，眼光就频频朝大杏那儿看。大杏的眼睛只盯着药桶喷头，可是她的脸慢慢红了。门鼻听到自己心里得意的笑声。

　　门鼻这么急着办大杏，实在不是身体的急需，而是一项代表家族的艰巨任务。他们家无论如何拿不出那三千块钱，房子也盖不起。可是他得娶媳妇。他不娶他下面的四个弟弟就得干靠着。他没想到娶大杏这样的女子也这么费心。农村是个充满智慧的大舞台，很快有高人对他进行指点了：这还不好办，把她肚子弄大，到时你不娶，她也急着嫁。初听他有些脸红，觉得这有些骗子的味道，毕竟自己多少也念了几年书，太粗鄙的事做不出来。定了亲后，他农忙时到大杏家帮过几次工，从来没想过把大杏怎么着。直到有一天母亲逮着他劈脸问道：没良心的东西，你还没办成啊，你想让我和你爹卖骨头啊？连老实巴交的爹也旁敲侧击他：娃，爹知道你心里是有数的。他才知问题的严重。

　　他怀着逼良为娼的心境开始实施这个计划了。再来大杏家，心里就有些风尘的感觉。早春时节，天还冷得咯巴叫，他到大杏家来了。因为春闲，他有些不好意思，怕大杏家的人嫌弃。可是，未来的岳父母对他很热情，还指使他到隔壁婶子家和堂弟们打牌。吃罢晚饭，他终于鼓足勇气小声对岳母说，娘，我想和大杏说说话。岳母不动声色说，大门口有凳子，外面冷得很。他有些尴尬地走到大门口坐下了。那边岳母喊，大杏，锅别刷了，你陪他哥说说话。大杏还是刷了锅走出来。两人坐在大门口一时无话，倒是不停走过的人和他们打招呼。穿门风不停地刮，门鼻终于冻得站起身。大杏小声说，你说啥？门鼻正好看见大门外的一棵椿树，就灵机一动说，这是你过年拜的树吧？大杏说，你问那干啥？门鼻说着走到大门外，摸着椿树身说，你可是念叨着"椿树椿树王，你长高我长长，你长高管做梁，我长高穿衣裳"？见大杏不答话，他说，你出来。大杏朝屋里看一眼，慢慢站起身。门鼻说，我怕你爹娘，咱到外面说话。大杏再看一眼屋里，走出来了。门鼻第一步棋走好了，他把大杏引了出来。接下来他要带大杏到麦秸垛那儿，他早瞄好了不远的大路边有一溜儿麦秸垛。大杏果然跟着他慢慢往那走。风依旧冷，门鼻打着冷战，说话时牙齿磕着牙齿。那会儿人都猫在家里，早睡的已经钻进被窝，所以村路上很静，麦秸垛那儿更没人影。门鼻咯噔在麦秸旁站下，两人都望着很远的公路上偶尔行驶的汽车打出的灯光。门鼻在数到第五辆汽车经过时，朝黑暗中大杏的身子轮廓扑了过去。他不知先干什么，只好一把把大杏抱住。大杏穿着厚棉袄，身子在他怀里就像一只棉花包。因为怕大杏叫，他把手捂在大杏湿润的唇上，等发觉大杏只在他怀里扭捏，压根就没叫的打算，他才把手挪开，放到另一个地方，那是大杏的裤腰。大杏还穿着大腰棉裤，束根很紧的布带子，门鼻冰凉的手触到大杏裤腰处光滑灼热的皮肤上，两人都像电击了一般，猛地哆嗦了一下。本来门鼻的手是想向裤腰以下的地方挺进的，但那根布带子太可恶，阻挡了他手的进入，他只好改变方向，朝上漫游。从未穿过胸罩的大杏棉袄里是件粗布褂子，门鼻很顺畅地抓住了她的两只乳房。大杏本能地轻叫一声，身子靠紧了麦秸垛，两个乳房就挺在门鼻的手里。门鼻虽然和大杏身体上最灼热的地方接触，可他浑身却哆嗦不止。他不知下一步该如何，只感觉被他握着的大杏颤抖着，两个宝贝却在渐渐变大，鼓胀着他的掌心，其中最顶部尖尖的山头，像小鸡的嘴巴，把他的掌心啄疼了。门鼻觉得大杏的身体太奇怪了，会在瞬间膨胀，他同时认为，大杏不是没长开，是没人撩拨，就如一张弓，不亲自拉试，就不知它的劲道。现在门鼻就可着劲拉着大杏这只弓，而且产生了想亲自看看的念头。他弯下腰把头拱到大杏的棉袄里，就在他的耳朵和棉袄摩擦他的鼻子刚刚嗅到少女乳香的一瞬，他听到了一个小男孩的喊声：姐！

大杏弟弟的及时到来打破了门鼻的计划。门鼻和那个可恶的十五岁的小子有说有笑地往家走，一边在心里懊悔自己太过感情用事，如果他直取目的地，也许就成功了。他想到父母劳碌无能的面孔，那一刻他想朝自己脸上抽一巴掌。

岳父母像平常一样安排他睡。大杏的大弟到婶子家借宿，大杏一个人住西间，岳父母两人住东间，他和小舅子睡客厅。他半夜无眠，想到自己堂堂七尺汉子，竟连这么简单的事都做不成，实在无能。门鼻的心辗转反侧，身子却绷得纹丝不动，他怕吵醒了那个暗探样的小舅子。这也许是最后一次机会了，要不要再试一试？他反复问自己。岳父在东间里发出很响的鼾声，大杏的房间里悄无声息，和他同睡的小子早已磨着牙遁到爪哇国里了。他感觉到从大杏那黑洞洞的房门里传来丝丝缕缕的乳香，他猛地坐起身，支楞了一会儿耳朵，飞快地褪下所有的内衣，光着脚赤条条闪进大杏的房子。大杏肯定也如他一样，直板板地躺着，所以当他以迅雷不及掩耳掀翻大杏的被子，整个身子覆盖在她身上时，她没有吱声。门鼻想及早完事，便直奔主题，他的手抓住了她的衬裤腰，没想到衬裤也系着紧紧的布腰带，他心急火燎地伸出牙齿去咬。正在这时，岳母从东屋里喊，大杏，你屋里啥动静？老鼠。大杏闷声应道。门鼻听到岳母披衣趿鞋的声音。他静了一秒钟，从大杏身上跳起，想往外逃，可他明显听到岳母的脚步正从客厅经过。他来不及细想，端过蓬在泥囤上的竹筛顶头上，就在泥囤里蹲下了。

岳母二话没说，拉过被子躺在大杏身边。门鼻在泥囤里冻得抖个不止，只差没把泥囤抖松散。看样子，岳母老人家不会走了，那他的小命冻到天亮，也差不多了。门鼻一咬牙，顾不得脸面羞耻，顶着筛子逃到客厅。

岳母第二天像什么事也没发生过，只把摞在厅里的竹筛重新放回西屋。在给门鼻盛稀饭时，她的眼睛在门鼻脸上刷了两三回，一语双关说，大杏早晚是你的人，你把彩礼办了，我秋后发嫁闺女。原来岳母早明白他的心思，有意腾出时间让他浅尝辄止，是为了提醒他，大闺女不是白给的。

一个来回，一桶药水打差不多了。门鼻的眼睛一直是闪闪烁烁的，可是他没有一点机会。棉花地里有人，这一个那一个，虽然离得不近，可是远远不能给他提供扑倒大杏的条件和胆量。天热，许多人到地头大杨树下休息。因为和未过门的女婿一块干活，大杏不朝那儿拢，怕大家开她玩笑。几个小点的女孩，对着门鼻喊姐夫，门鼻也坚持着红脸，不予理会，不然，会被人说没成色。两人背着空药桶经过大杨树，直朝水塘走。门鼻说，你歇会吧，我来对水。大杏就在水边洗手，然后掏出手绢擦汗。汗湿的衣服勾出了她身材的线条，她微眯的眼睛朝水面上张望，门鼻发现了大杏的眼睛里还是装着风情的，风情应是女人的天然成分。他就足足地朝大杏看，看得大杏红着脸，一个人背着药桶朝地里走。

门鼻紧紧跟上了。

再有两个来回，一桶水就光了。太阳哧啦哧啦照着棉花叶子，许多的花叶就把头低下了。许多人扛不住热，陆陆续续朝家赶。两人再到塘边时，大杏说，咱们也回吧。门鼻坚持再打半桶药，因为他明天就走了。他们就又装了半桶。这时的门鼻脑袋转动得非常频繁，等他确认棉花地里再没有一个人影时，就很大胆地跨到大杏的棉花垄里。他拦住了大杏前进的步子，两人背着药桶面对面站着，大杏慌乱之中把药水全喷到他脚面上了。突然，大杏折转身飞快地顺着棉花垄子朝地外跑，两边的棉花枝抽打着大杏的屁股，惹得门鼻在后边紧追不舍。他终于连药桶一起将大杏扑倒，清苦的农药味将他们完全覆盖了。

他记得当他把大杏扒得一丝不剩时，大杏哀求的眼光和语言。大杏说，你等等吧，等到娶我的时候。她大杏能等，可我门鼻等不得。我等着就永远娶不到你。要想秋天娶你，只有先把你办了这条捷径。门鼻这些心里话并没有说出，因为他当时毕竟手忙脚乱胆战心惊。

秋后的田野一片辽阔。门鼻把最后一车干粪掀翻到豆茬地里，手搭晾篷朝四野里张望。高粱砍了，棉花拔了，豆子割了，一切碍眼的植物没有了，门鼻就能看到四五里外大杏家的村子。村中有棵最高的楸树，非常显眼。想到大杏，他心里就湿漉漉的。时光已经过去了近一个季节，如果他开垦大杏获得了成功，现在应当是他看到收获的时候。但不知那个被他胁迫的女子如今怎样了？他已好久没去过大杏家了，因为他心虚，怕遭岳父母的打。农村的规矩他是懂的。他现在要等的是媒人的动静。这时，他发现从那棵大楸树下面刮过一阵黄尘，好似天边袭来的龙卷风，朝他这里扑来。近了，他看清是奔跑着的一群人；再近些，他看清那些人抬着一张板床，板床上躺着一个人，蒙着花粗布单子。这些人分作两班，空手的随着跑，换班时只见肩一闪，床前行的速度绝不减慢。他们喊着号子，从野地里斜插着跑，抄的近路，脚下踏出一团团黄云，托着板床，板床便如腾云驾雾般飞翔。门鼻扶着车把，看着他们呼啸而过，直惊得瞠目结舌，直到他们消失在乡卫生院的方向。

也只是一袋烟的工夫，那帮人就回了。无声无息，奄手奄脚地从大路上走过，板床上的粗布单子勾勒出一个人身体的轮廓，几乎垂到地上，飞腾的黄尘沉落到泥土里，它带走的是一个陨落的生命。一路上渐有人围观，躺在板床的那人的故事也一路撒落不止。

一个没出阁的大闺女，肚子里有了种，家里人骂她没成色，挣不下一分钱的彩礼，不值钱，她回了嘴，挨了打，气不过，就喝敌敌畏自杀了。

粪车从门鼻手里滑落，他发疯似的朝那棵大楸树下跑。他终于在那片棉花地边跌倒。只有大杏家的棉花棵还在地里长着，已经变得焦黑。门鼻抱头大声恸哭。有人知道他是门鼻了。他们猜测门鼻痛哭是因为定亲的两斤毛线和七件衣服泡了汤，落得人财两空。其实门鼻在哭他心爱的女人。他还没有认真去爱过她，他一门心思想着的是如何把她办了。而她对他是中意的，所以才遂了他的心愿，而且为他搭上了两条性命。他还记得大杏在被他扒光时哀求的目光。那时他是粗蛮而不讲道理的，他把她心爱的的确良裤子撕开一条大口子，把她的处女红星星点点洒落在青草上，直至杀掉了她的生命。

高　　粱

那个时候杨树思庄的高粱可是空前葳蕤，这和手艺人杨老夯不无关系。他会打箔，打得又板又密，雪白干净；他还会扎笤帚，扎得轻巧可手，耐看耐用。所以，杨树思庄人种的高粱全交他手里，让他一个冬天闲不下来，用几只泥坨子咬着麻绳绞来绞去，就绞出一领好箔来。房子的山墙上也挂满了笤帚，是晚上就着月亮编的。

这勤谨的手艺人命却不好。他生有四个儿子，儿子都仿娘，一个比一个丑；又都好吃懒做，东草不捏西草不拿，所以一家六口住着三间土坯房，连个院子都没有。杨老夯打箔挣的钱只够全家买咸盐的。

杨老夯希望儿子能成个家自个单过，让他放一放肩上的担子。但儿丑家贫，媒婆都是错门而过。正当他绝望叹息的时候，后沟最没市场的媒婆访到了他家，把后沟最俊的闺女芝兰说给他家大驴做媳妇。

因此后沟最漂亮的芝兰嫁给了杨树思庄最丑的大驴。这个看似离奇的婚姻所带来的后果，是让杨树思庄绝了高粱，让杨老夯绝了毕生的手艺。

事后想想，要不是芝兰那天正巧上茅房，要不是那天娘做的米酒好吃她一口气对着水吃了三大碗而尿急，要不是那天正巧是三月十八，要不是凤兰在三月十五出嫁三天回门，她芝兰就不会在茅房里被堂姐夫也就是凤兰的女婿堵了个正着，堂姐夫也不会吃了她的糖，她就不会嫁到杨树思庄，就不会叫杨树思庄不长一棵高粱。

铲子一直怕那个风俗，被人当众追赶，有土块石头泥巴朝身上糊，有棍棒木杈在头顶挥着恐吓，还有奶孩子的妇女在路口等着朝他嘴里挤奶水。那个风俗，在后沟闹得最厉害，因为后沟的姑娘长得鲜亮。这样鲜亮的女子被人娶回家，回门的新郎不被乱得半死才怪。可是铲子的媳妇并不是后沟最鲜亮的女子。凤兰腰身粗壮，身材高大，作为女子就有点粗枝大叶了，所以铲子觉得被人乱有点不甘心。铲子他长得可是一表人才的，可惜出生东北一个矿区的他，因弟兄多，老爹就把他遣回老家，过继给无儿的亲弟弟。铲子十岁上到杨树思庄，吃着这里的红芋稀饭红芋面馍，完全融入了杨树思庄的汉子当中，不同的是他长得身材高大，脸的轮廓完全不是杨树思庄男人的土气，大家都说他洋气。可是这洋气的男人在娶媳妇上却是没多少可挑的，那个被他喊作爹的叔叔家徒四壁，他也只好娶回凤兰这样一把好劳力样的女子。尽管媳妇姿色平平，在乱新郎上却容不得他有讨价还价的机会，因此，一吃过饭，铲子就从岳父家的后门跑开了。

他进村时就瞄好了那个小胡同，可以直通村后，村后的小河在冬天干了，他可以踩着软河泥跑到河对岸，之后顺着麦垄跑。那时人们想撵他，可不容易了。然而道高一尺魔高一丈，在胡同的尽头，突然有一团腥臭的河泥飞来，一个带着淫色笑意的妇女晃动了一下耸立的前胸，他吓得没命往回折，像狗一样跳了两道土墙，一头钻进一个茅房里。

突然掀开茅房草帘遁入的黑影，直吓得芝兰忽地站起身。有些尿洒落到裤裆里。她看不清来人是谁，本能的动作是张大嘴巴呼喊。铲子从明处进来，黑咕隆咚地站起一条黑影，对他更是雪上加霜。顾不得多想，他一把抱住黑影说，爷爷奶奶，你别叫。手抱住身子，那张闲着的嘴则别无选择地压在另一张张成 O 型的嘴上。在手嘴并用的时候，凭他染指女人仅三天的经验，铲子知道拥入怀里噙着嘴巴的是个女孩。

两人拥着抱着亲着，听着茅房外面杂沓的脚步声急骤地朝四处散布。铲子已能清晰辨出女孩娇美的脸蛋，撒着碎星星一样的眼睛，那裹在夹衣里的小小的身子在他怀里颤抖着，融化着。刚刚新婚三天，只在女人身上随意扑腾几下的铲子，尚未施展开拳脚。而此刻，这个无意中被他拥入怀里的女孩，让他的四肢松软开来。那个闪烁着星星一样眼睛的女孩一点没有离开他的意思，反而轻轻地喊着，姐夫，我是芝兰。

这是芝兰！当铲子和凤兰刚定亲时，芝兰还是在田地边揪茅缨缨草玩耍的小妮子呢。铲子逢年过节一到凤兰家，芝兰就和一大帮小屁孩在门外起哄：新女婿，新又新，新女婿的头发有三根，半拉鼻子半拉眼，三根头发挽个纂儿。咋就这么快长大了，已经要从姐夫的怀里涨出来了。

铲子是在阴历六月初六把芝兰领走的。他的蜜月也是从芝兰身上开始的。他把她领到了东北他的出生地。他居然有脸说这就是他新娶的媳妇。然后他带着芝兰在一家矿上下了一个月的煤窑。这水灵灵的女子让矿上的爷们大饱眼福，也让铲子挺直了腰杆。那时的村镇刚刚土地到户，电话还只镇邮电所有，手摇式的，打长途要一级一级地转，根本听不清楚。电话终于第三次打到铲子亲爹耳边，让那个笑模笑样的老头一下子蔫了头。什么，儿子带来的媳妇不是亲媳妇，是亲媳妇的堂妹。这老头觉得玩笑开大了，他押着儿子和那个妖模妖样的女子，一同回到了杨树思庄。他首先是把那女子送到亲老子身边，再把儿子送到岳父家。毕竟是在矿上混了这么多年，见过世面的，所以说话也有斤两：这个蠢货脑子一热做了糊涂事，我给送回了，亲家看着处理，希望能给他悔过的机会，他毕竟是你女婿嘛。那时凤兰的肚子已经鼓了起来，做父母的就表现出女婿归来时应有的惊喜，仿佛铲子东北一行，带着的是凤兰而不是芝兰，便杀鸡打酒招待亲家，还叫上村里的干部陪着。铲子和凤兰眉来眼去了一番，感觉凤兰已容了他的荒唐，就没事人样和一群爷们喝酒猜拳。

其实喜欢一个人真的很简单，就那样被他拥着，就那样全身心地喜欢上了他。这个白白净净高高大大的男人，以前是远远看着他作自己姐夫，现在他把自己抱在怀里，他就不是姐夫了，和他走到天涯，他就是自己的夫了。十八岁的芝兰当时就是这样想的，所以当铲子麦收不久到岳父家，把她约到高粱地里，再一次回放茅房里的镜头，她竟是欣喜异常的。及至铲子剥下她的单衣，摘下一抱高粱叶铺成了柔软的床，她亦欣喜地闭上了幸福的眼睛。那些绵绵蔓蔓的枝叶，带着几分羞涩，在她的身下发出清脆的响声。当肉体与肉体在高粱叶子上挤压滚打，当高粱叶子饱满的绿色汁水在肉体上涂抹，芝兰觉得高粱在一瞬间成熟起来了，那些通红的籽粒宛如淮北汉子的脸膛，一起朝下看着她的躯体，芝兰亢奋的声音突然在高粱地里响彻云霄。

　　在约定与铲子私奔的那天深夜，她居然爬过了土墙头，顺着高粱地垄一口气跑十八里路，到一个叫象鼻子的小火车站。铲子从阴黑的拐角处闪出身，拉过她，拥到怀里。他们不敢呆在灯光昏黄的候车室，就站在铁轨边，终于盼来睁着亮眼的火车。在刺眼的灯光刺耳的噪声里，她大着胆子把嘴巴叼在了铲子的嘴上。

　　两人由铲子亲爹押送回乡时，铲子咬着她的耳朵说，等过了这一阵吧。她不知道他说的过了这一阵是指什么，但她信他。所以，爹用荆条抽她时，她咬着牙不吭一声。爹把刀子、绳子、农药丢到她脚边，让她去死，她也不吭声。心里怀着梦想的人，自然是不会选择死亡的。可是当爹大叫着在村子里游说，让媒人赶快寻个人家，把她嫁了时，她紧张了。她第一次开口说的是我不嫁。劈头盖脸一阵荆条抽来后，爹以丢失一个男性和父亲尊严的口吻骂道，你要嫁可有人要！你也不想想！你皮发贱骨头发贱肉也发贱！吡吡吡，又是一阵荆条抽肉声，把那团贱肉打得鲜血直冒。

　　芝兰把自己圈在家里月余，决定走到人堆里去。后沟的人看到芝兰的身影，突然作鸟兽散，其实都躲在树后或山墙阴影里偷窥她。他们惊讶地看她走路的姿势，她两腿间的距离，她的腹部，前胸，新奇得不得了。地里的高粱早已砍掉，芝兰辨不出她离家时践踏的那道地垄，只有新耩的麦子萌着一层淡绿，铺展到天的尽头。

　　黄昏到家时，老远听到父亲急吼吼的声音，啊，只要不瞎不瘸，随便哪家。那个生意最败的媒婆拿腔拿调说，不瞎不瘸，说的容易，难访啊。芝兰听到父亲对亲女唯一存留的爱心——不瞎不瘸，心里动了一下。她说，我还加个条件，非杨树思庄不嫁。一头扎进里屋。人在绝望的时候也是不顾不问的。

　　杨树思庄，不嫌芝兰的也只有大驴了。

　　芝兰在冬至挽个小包袱跟着媒婆进到大驴的家门。一家人表现得淡淡的。反正是别人不要的女人，没什么好欢喜的。甚至没准备拜堂的物件。及至见到芝兰的样子，一家人都慌了手脚。没想到是这么俊的闺女，怎么就进到他家来了？杨老夯跑到会计家借红纸，让写对联贴门对，又叫二驴到街上买鞭炮。芝兰坐在铺了新床单的土坯床上，面带微笑看着前来看热闹的人。来看新媳妇的人没想到那么多，几乎要把大驴家的三间草房挤裂。因为在杨树思庄，芝兰没嫁来前，已是新闻人物，如今新闻人物就在眼前，哪有不看的道理？鞭炮终于在大驴家门前炸响，连相邻村子里都有人来看了。这个后沟最漂亮最落泊的女人任他们看着，任他们在心里想着，这就是铲子带出去的女人，这就是大驴的媳妇，任他们的眼里悔恨着，愤怒着，燃烧着。我造，大驴他命好，白捡个媳妇。心里想的是，如果不是铲子日鼓了一番，哪轮着你大驴。那些拒绝媒婆好意的光棍们此刻有了切肤的悔意，在乱新妇时可着劲上摸下捏。女人们对美女配丑夫表现出应有的幸灾乐祸，特别亢奋，眼睛的余光却制止着自家男人的动作和语言。芝兰的眼光掠过女人的头顶，看着那些个缩手缩脚的男人，他们正对着一个木头木脑穿着一身蓝衣服有点暴牙的男人推来搡去，喊着他大驴，让大驴快同新媳妇亲嘴，一边用眼睛去捉芝兰身体的某个部位。这是芝兰第一次看到大驴。她微微闭了闭眼，再睁开时，眼睛里就波动了一些风情，这风情抓住了所有的女人和男人，让他们品味出以往乱新妇所没有的魂飞魄散。大驴朝后面躲避着，始终没敢上前。

芝兰的叫声在新婚之夜尤甚。以至她后来在高粱棵里叫不出那样逼真的效果。大驴新婚第二天奄头奄脑，脸上有血印子。芝兰却像没事人，端着盆到河边洗衣。大驴爹在门口打箔，大驴娘在做饭，二驴、三驴、小驴依旧到村中祠堂门口看人下棋。这家人过着平常一样的日子，所不同的是多一个妖冶女子出入，院子的晾衣绳上多一些色彩鲜艳的衣服，大驴的脸上增加着新伤旧痕。很快，村里就传出，大驴还没把芝兰睡到手的消息。有女人就逮住大驴，用温婉的话哄他扒开衣服，露出指痕遍布的前胸。男人的眼睛突然放出光来，他们一起对尚未被大驴得手的女人发生了兴趣，争相指点大驴如何如何，仿佛大驴代表大家睡芝兰。大驴是个不开化的闷驴，扶不起的阿斗，无论如何调教，终至一事无成。

来年的夏天过后，麦子归了仓，新种的豆子把地盖严了。高粱撑着身子往上长，眼见没了人头顶。高粱是做房顶最好的材料，每家每户都要种些。如果要打箔用，则得一根一根挑那些最长最粗最匀的，送到大驴家，让杨老夯用泥坨慢慢绞。箔的用处很广，可以圈起来装红芋片，可以铺床，可以晒粮食，还可以作夹壁墙。因此，杨树思庄是不缺高粱的，整个淮北大平原都不缺。高粱织成了大平原美丽的青纱帐，成了芝兰最想往的地方。

她喜欢坐在高粱地边遐思遥想。豆地里的小草晃着毛茸茸的小脑袋，苦挣苦挨着和豆子比个儿。人们下地干的主活就是拔掉这些不自量力的家伙。芝兰的手很快，拔完草就坐地头，抬眼就看到了身旁的高粱。高粱还只半人高，唰啦唰啦晃着长叶子，有点慵懒有点撩人。责任到户的田野间，游走着三三两两的人，他们窝在自家地里，没滋没味地干活，有人直起腰无目的朝远处看，眼尖的男人就看到了芝兰，一个永远把自己打扮得像走亲戚般鲜亮的女人。大驴的媳妇，快看！地挨地的人总这样相互提醒，然后就会有关于大驴是否把芝兰睡了的议论。男人最关心他们本职的事，个个有点皇帝不急太监急。就由衷叹息，觉得芝兰嫁给大驴实在太可惜了，如果不是被铲子睡过，哪里会便宜了大驴那个蠢货。嘴里这样说着，心里想的是，芝兰是后沟最美的女人，却嫁给了杨树思庄最丑的男人，真把爷们羞死过去几回了。瞧瞧这些爷们哪个不比大驴强，可谁的媳妇有大驴媳妇好看！便有些愤愤不平，心里揪揪地疼，觉着自己吃了天大的亏。这个亏从哪里补，当然是从大驴媳妇身上找了。

第一个把芝兰扑倒在高粱地里的是鲤鱼。鲤鱼是杨树思庄有头有脸的人物，说他有头有脸，是因为他除了干自家农活，还做电工。每个月都人模人样地到各家收电费，耳朵上夹着别人供奉的过滤嘴香烟，耳朵里装着各家献媚的话，眼睛里灌满有些姿色的女人的胸脯，手上还带着打情骂俏时女人的体香。他到大驴家收过电费，芝兰笑笑地晃一下脸，叫他顿失对所有女人的兴致。他伺机着接近坐在豆地头的芝兰，绿色的高粱映衬着芝兰的粉红褂子，就像一幅画。他终于大胆地走近这幅画。

这个女人能被铲子轻易带走，应当是好上手的，凭他鲤鱼的身份和长相，这事不难。那芝兰果然是个上等尤物，面对不怀好意渐近的男子，一点也不慌乱，甚至轻俏地笑了，仿佛今生今世就等着这一时刻，便用湿润的眼睛把面前男子的全身刷了个遍。两个心里装着风情的男女，彼此对个眼光，下面的事情就不言而喻了。芝兰指引着鲤鱼来到高粱地里。鲤鱼扑倒芝兰的瞬间，一大片高粱咯巴巴倒地，把芝兰淹没。芝兰想到第一次肉体与肉体在高粱叶子上的滚打，想到那个狂奔火车站的夜晚，大胆亲吻一个男人时嘴里清甜的滋味。她突然对着鲤鱼喊，我要睡在高粱叶子上！鲤鱼急不可耐地摘着高粱的叶子，铺成了一大片。芝兰躺在绿叶上笑了，伸出小嘴说，我要叼着你！鲤鱼一声乖乖，搂着芝兰在高粱叶子上滚来滚去，把自己做成了神仙。

这片高粱地是铲子家的。铲子的地和大驴家的紧挨着，铲子的豆地里长满了草却不来薅，铲子的高粱却发疯地往上长个。芝兰把和鲤鱼的幽会放在铲子的高粱地里，把铲子家的高粱做倒了一片又一片。她后来又换上了混子。依旧和混子在铲子的高粱地里做。然后是蚂虾。然后是蛤蟆……

大驴的脸上依旧有着新伤旧痕，芝兰依旧没事人样到小河边洗衣服。所不同的是，许多女人愿意没话找话同她说了。这都是些姿色平平的女人，她们的男人也其貌不扬。长期以来，她们生活在姿色好自己男人也好的女人的轻薄和狂傲里，芝兰把那些自以为是的女人的男人睡了个遍，无形之中为她们出了口恶气。她们讨好芝兰的另一个原因，是希望芝兰对她们的男人手下留情，不然，她们的生活可就太失败了。芝兰对她们笑得没心没肺，让她们多少放了心。另外的一批女人，可是把芝兰当作眼中钉肉中刺了，恨不能集体把芝兰撕吃了。平常走路见着了，眼睛里长出钩子来，要把那个小婊子的×钩破了才解恨。瞧瞧那张小屁股，扭给谁看来着？还有那张脸，上面的神气却是再熟悉不过，原来是结婚那天就有的神气，这一手是她早就铺排好了的了。她们对她的幸灾乐祸换回的是她随意睡她们每个人的男人，让男人集体对她们厌恶。气归气，却是当面不好兴师问罪，你想想，自家男人和别的女人往高粱地里钻，你看不住，却去找另一个女人的事，多丢面子呀。况且自家男人也甩下死不要脸的话：那才叫女人，跟你睡了这多年真是白费力气了，喊！你别惹她，不然，我可跟着她跑了。对呀，那小骚×能跟铲子跑，也能跟自家男人跑。女人们心里窝着气，只好采取另一种措施，努力把自己往好看里打扮，尽可能把男人盘在床上，盘亏他的力气。然而，随着盛夏的来临，高粱地里愈加火爆了，原来男人的力气是越盘越有劲道的。铲子家的高粱被盘得不成样子，中间大片大片倒伏，而未被盘倒的，则长出硕壮的穗子，兴奋地支楞着饱满的籽粒，在风里呈现一种暧昧的姿势。

铲子在一天中午拿着锋利的钢粪铲，走到高粱地边。那时芝兰正坐在已熟透了的豆子地边吃半截高粱秆，那有着甘蔗一样清甜汁水的高粱秆，是她刚刚从铲子家高粱地里掰下的。她由衷地吐着渣滓，那个挥着钢铲砍伐高粱的人和她毫不相干。

人们中饭后下地时，看到铲子已砍了过半的高粱。杨树思庄的人面露惊讶，嘴巴啧啧不休：铲子，高粱刚抽穗，你咋就砍了？你不做猪圈了？不打箔了？不晒粮食了？铲子的钢铲挥得泥土满天，对人们无聊的问话闻而不答。

铲子家的高粱地一片荒芜，高粱根露着白茬茬，凝着汁水，好像谁吐的口水。

铲子家的高粱不存在了，可芝兰照样和男人们在高粱地里做他们想做的事。那些葳蕤的阔长的叶子，一下子变得柔软了，在夜色里编织着一张张温床，托着芝兰蛇一样光滑的胴体。芝兰的叫声顺着高粱地的垄沟，爬到地外，吵醒了杨树思庄的男人和女人。总有女人在夜半发现自家男人不知去向，她们哀哀的哭泣和着芝兰兴奋的叫喊是这季夏夜最壮观的乐章。

先是混子的媳妇把自家高粱砍了，接着蚂虾媳妇也拿着钢铲放倒高粱，蛤蟆媳妇迷瞪了一会儿，不自觉地举着钢铲朝高粱下了手……但毕竟还有那么多高粱长在地里，足以让芝兰和杨树思庄的男人们闹腾整个夏季。秋后，高粱成熟了，有人把晒干的高粱秆送到大驴家。大驴爹在门前支着两条木梁，有一下没一下地提溜着泥坨子绞来绞去，看着渐渐成形的箔帘拉在木梁的另一侧，脸上没有一丝笑色。

冬天的杨树思庄，偶尔有狗叫，有不少家的女人到别人家借箔晒粮食。来年的暮春，芝兰生下了一个小子，模样和大驴如出一辙。大驴娘兴奋地抱着那个奇丑无比的小东西，东家西家地串门，昭示孩子来路正宗，搞得一村人都纳闷异常：芝兰那么忙，大驴何时上了手，而且射击准头那么高？看来，人不可貌相啊！

割罢麦子，人们朝地里耩高粱。芝兰和大驴一同拉耙。芝兰粉白的小脚在地垄里行走如飞，养过孩子的她像是变了一个人，长了个双下巴，眼睛里贮满了一汪清水，胸部饱满得让人想在上面弹一弹的欲望。男人们望她的样子呆呆的，仿佛能流下一长溜口水。芝兰的微笑一成不变，芝兰成熟的妇人身子让人欲罢不能。

她又坐在豆子地边对着高粱地遐思遥想了。在她眼光的抚慰下，高粱以最快的速度噌噌噌往上长，转眼已有半人高。它们兴奋地拔着节，等待着芝兰梳理那些岌岌可危的男人。铲子没种高粱，他是杨树思庄唯一没种高粱的人。芝兰的眼光有些恍惚，她夜晚的叫声顺着高粱地垄往外爬时，欠了力道，可是杨树思庄的男人女人还是听到了。几乎每一家的高粱都有倒伏的可能，整个杨树思庄都处在极度的亢奋状态。那几个面貌姣好的女人终于不约而同砍掉了还在拔节的高粱。她们绝望地挥着钢铲，砍倒的是高粱，可砍不掉的是男人夜晚外游的心。她们唯一能做的是来年再不准男人种高粱，至于男人把自己种在哪里，她们是无力过问了。

在杨树思庄，在大驴的儿子长到一岁时，已有一多半人家在高粱未成熟时习惯于砍高粱了，也有一多半人家从此不再种高粱。等到大驴的儿子长到六岁上，整个村庄只有大驴自己家还在种着高粱。这是因为，芝兰从不钻大驴家的高粱地。一时间，杨树思庄的高粱奇缺，人们晒粮食已很难借到箔了。大驴爹整天没精打采，他家的那点高粱还不够他过过手瘾的，那双手除了和泥坨子和麻绳子打交道，已不习惯和尘世间的人事发生纠纷了。

上世纪的1993年，芝兰满打满算25岁了。她已经搬出大驴家的那个破院子，把房子做到村前的水塘边。那可是一片辽阔地界，能望得见二里外公路上的汽车。大驴那个懒汉已被她支使到外面打工挣钱，房子有大驴的一部分，大部分是混子拉的砖，蚂虾兑的水泥沙子，蛤蟆运的瓦，泥鳅扛来的水泥梁……她没费一丝力气，可她用起来心安理得，就如这些年她用他们的身体一样。大驴挣的钱非常有限，可他在外也学会了一点门道，知道敬烟给村里的男人抽了。那些人自然是有头有脸的鲤鱼、混子、蚂虾……

在大驴打工的日子里，在三三两两的男人外出的夏季，芝兰对着一片高粱地怅然若失。那是大驴爹唯一种植的高粱。土地越来越少，大驴爹的高粱却越种越多，可是，总得留够吃的主粮，所以高粱总归不会超过二亩，一点也形不成声势。那些柔软的叶子和芝兰眼巴巴对望着，彼此有些眷顾，有些诱惑。尽管平常的日子，芝兰的门是从不上闩的，但和高粱地里的火爆相比，完全不能同日而语。芝兰对高粱地永远充满兴奋。

夜晚再一次来临。今晚和芝兰幽会的是顺利。顺利是杨树思庄不起眼的男人，芝兰以前是眼角也不溜他的，但顺利到外面闯荡了几年，嘴皮子一下变得特别会说，听得芝兰咯咯笑，顺利就顺手摸了她，在她房间里留了几晚上。到夏天，他们自然要迁徙到高粱地里。可是，如今的高粱，只大驴一家有了。芝兰有些犹疑，不过，她无法抵挡来自高粱地的蛊惑，终至要盘倒那最后一片高粱。

但他们在高粱地里的第一夜就很不顺利。起因是大驴娘天没黑透就坐在高粱地边发呆，似乎在守候着最后一片领地。芝兰和顺利窝在一丛矮椿树后，看着那个老东西半天没挪窝，心里急得猫抓狗挠。顺利本来想在屋里做的，看着芝兰对高粱地情绪高涨，就对高粱地里芝兰的另一番神韵产生探寻的念头。他们忍着蚊咬，终于挨到地边，刚想往里钻，一只黑狗突然冲上来，从芝兰的裤裆底下钻了过去。芝兰本能地啊一声，大驴娘一跃而起，往高粱地里冲，手里居然握着一把木杈。芝兰顺利逃之夭夭。芝兰逃到屋里的床上躺着，顺利则回了家。

那一晚的结局是芝兰在自家屋里睡得死沉，大驴娘则在芝兰厨房的灶门口躺了一夜。此后她就天黑守着高粱地，守到芝兰困了回屋了再躺到芝兰的灶门口。如此数日无事。眼看着高粱一日高于一日，顺利心里急得不行，他对芝兰产生了新的无可克制的欲望——那个乐此不疲钻高粱地的女人究竟是何等尤物啊。终至铤而走险。他和芝兰约定，一前一后从高粱地最南端往里钻。他们终于钻到高粱地深处。顺利刚刚摘了一抱高粱叶往地上铺时，远处传来高粱被盘倒的声音，之后是一个只有男人倒在女人身上时才有的声音。芝兰忘了做自己的事，支着耳朵听。她不明白，除了她，杨树思庄还有谁敢在高粱地里做那事？那晚她和顺利做得淋漓酣畅，叫声空前响亮。

其实那晚发生在高粱地里的事情远没芝兰想象得复杂。的确是有两对男女做了那事，另一对是蟑螂和大驴娘。蟑螂只看见芝兰一个人往高粱地里钻，这个平常连话都说不齐全的光棍瘪三歹心突起，从地北头朝高粱地进发了。他正碰着走在他前面手握木叉的大驴娘，看也没看就扑将过去，三扯两扒把大驴娘给办了。闲置了若干年的大驴娘在巨大的惊吓和快意中忍不住喊出了声。等蟑螂吃了八辈子亏似的往起爬时，大驴娘把木杈的尖头扎进了蟑螂的屁股。

大驴爹终于拿起锋利的钢铲子砍倒了杨树思庄最后一片高粱。他冒着三十八度的高温，汗如雨下。这个老实巴交的手艺人，对着倒伏一地的正在抽穗的高粱，发出了巨大的哭声，宛若对着夭折的爱子。

从此的杨树思庄，再无一株高粱崛起。杨树思庄的田野间，没了那种柔软的有几分妖娆的长阔绿叶，便少了些许诗意。

铲子在芝兰二十八岁的时候，即他带她出走整整十周年之际，他走到了她身边。芝兰满身风尘，正挎着一只大包，走在通往象鼻子火车站的路上。没了高粱，也没了唤醒心爱人视觉和听觉的借口，再留着就是清醒的耻辱了。她要离开这迷幻般的地方，到一个未知的他乡讨生活。

我们一起走吧。铲子说。芝兰望着这个显出几分老气的男人说，这一次，可不是你带我走，是我带你走。便觉着杨树思庄的高粱绝种是值得的，便泪如雨下了。

芝兰和铲子在杨树思庄消失后，杨树思庄的高粱火火地种上了，势不可挡。只是，大驴家没有种。大驴爹已不打箔了，也不扎笤帚了。这个手艺人彻底绝了他的手艺。

红　芋

关于俊莲和大孬的事，在私下里传得很疯，比如俊莲生的三个孩子中，至少有两个是大孬的，因为孩子长得和大孬如一个模子刻的。很快，传言者又朝自己嘴上扇了两巴掌，收回了谣言，因为孩子也和二孬长得一个模子刻的一样。大孬和二孬是孪生兄弟，长得难分彼此。俊莲是二孬的媳妇。

大孬弟兄俩，一落地他们的娘就死了，大孬是个聋哑儿，二孬正常。两兄弟长得都有模有样，聪明过人。那做爹的一辈子不再娶妻，将一双儿子拉扯成人，把有点远房亲戚关系的俊莲娶过了门。俊莲家也是寡妇熬女，两厢里同病相怜，这门亲事没费什么事。等到第一个孙子落地，大孬爹就撒手归西。临死前，叫着俊莲的名字，要她好生待大孬，养的孩子要给大孬一个。俊莲含泪点头。二孬在未结婚前，就在淮北的一家矿上做临时工，也是煤矿上一个远房亲戚帮的忙。二孬念了几年书，人又聪明，结了婚也没离开煤矿，家就交给哥哥和媳妇打理。淮北离家也不过二百多里，二孬回家就勤，不论年节。有时人们见着俊莲推着粪车往地里走，就打招呼说，大孬俊莲下地呀。被叫作大孬的拉车人却出了声，说，是我呢。呀，原来是二孬回来了。因为两弟兄长得太像，别人很难分出。有时二孬回矿上好几天了，大家还喊大孬作二孬，大孬就笑，人们恍然大悟，啊，原来是哑巴啊。大孬和俊莲在一起干活，非常自然，哪怕他们肩并肩拉庄稼，或者坐在一起切红芋、捡棉花，因为他和二孬就像一个人似的。俊莲生孩子稠，四年三个，两儿一女。她自己到卫生院做了结扎手术。关于这三个孩子，人们觉得其中有两个应是大孬的，你想想，那大孬哑虽哑，身上的物件一样不少，院门一关，孤男寡女，做什么事不行啊？大伯子虽然是个哑巴，可心里透亮得很呢。要不然，咋这么死心眼地拉套呢？瞧俊莲看大孬的眼神，和看二孬一个样。也是，两个长得本来就分不清模样嘛。再看大孬干活，那就是这家的主人，还有那后面的一儿一女，眉眼和大孬一个样式。猜测的人突然又觉着不对，这大孬二孬长得分不清，他俩的孩子又哪里分得清？虽是猜测不断，面对这两人时，却绝无恶感。大家都活得不易，一个妇人一个哑巴搭伙干活过日子养孩子，又碍着别人什么事呢？那俊莲人前人后无大言语，温温懦懦地笑笑，绝不是惹是生非轻浮放荡之人；平常做好吃的，邻里之间送过去品尝，很得人缘；有人到淮北拉煤，找到二孬，总能买到便宜些的煤。因此，一村人都觉得她一个女人拢着两个男人过日子，让一个家过得暄暄和和，没有什么不可以。也因此，那私下的传言也永远流于私底下，打人不打脸骂人不揭短，你只要不摆到桌面上，给别人留足了脸面，别人也给你留足了脸面。大家都不是吃饱了没事找事的人。

偏偏有一个人对这事是无比上心的。这是羊鼻子。他开初也没想那么多俊莲和大孬的事，他只想把男人不在家的俊莲勾到手。想把一个女人弄到手，乡人称那个别有用心的男人为"想别人的好事"。羊鼻子想俊莲的好事有些年头了。在俊莲刚做新娘的时候，他就在高粱地里拦住过她，涎着脸说，都说新媳妇新又新，新媳妇的奶子有半斤，那就让我摸摸，可是真的？一把薅住俊莲鼓突突的胸脯，只羞得她转身奔逃。俊莲是这个村子里最俊的媳妇，那害羞的样子和在他掌心不断鼓涨着的她奶子的诱惑，直叫羊鼻子撵了半截高粱地，如果不是碰到大孬爹放羊，还不知要出什么事呢。从此俊莲凡事躲着他走，他呢，没事偏惹她，凡看到她的背影，必跟上去说些荤话，直说得她勾着头快快地走开。其实羊鼻子不缺女人，但以往和他好的女人，都是胆大心粗咋咋呼呼的类型，容易让他生腻。他知道，把俊莲弄到手得花一些心思，他不怕，那一使眼色就能和他钻高粱地的女人他还真不在乎呢。他就喜欢俊莲这样的，羞羞懦懦，叫人见了就怜惜。及至知道私底下关于她和大孬的传言，他心里的妒火烧起来了，他把俊莲和大孬的事弯在了心里。在村里，还没有人像他羊鼻子这样公开与女人好，他大孬就敢，他还和相好的女人众目睽睽之下亲密相处。别瞧俊莲人前人后贞节烈女似的，谁知晚上搂着谁睡。敢情你俊莲也不是什么好东西，装什么装？牙根子就痒痒的，再见俊莲，就多了冷嘲热讽。俊莲在他面前，永远一副受气媳妇的样子。

这是阴历九月的日子。风刮得人真爽，刚出土的红芋，很快被风吹得半干，沾在上面的泥巴三下五除二便拧干净了。

俊莲和大孬就在地里切红芋片子。俊莲坐条凳的一头，大孬坐另一头。两人屁股对着屁股，一人就着一张切刀，哗哧哗哧切片。切刀嵌在一块木板头，木板绑在条凳上，人要用一半屁股坐着木板，切时才好用力。粉白潮湿的红芋片一张一张跳跃着，你盖着我我盖着你跃进筐里。两人几乎同时切满一荆条筐红芋片子，便一起起身，并排着朝地里撒。之后，再坐下切。村里像这样屁股对屁股切红芋片子的可不少，不过大都是夫妻或姐妹之间，像弟媳妇和大伯子，却是少见。俊莲和大孬这些年一直这样，人们早就见怪不怪。大孬是个哑巴，对一个帮着自家兄弟拉套的哑巴指手画脚说三道四，未免太不应该了。

可是今天羊鼻子却准备好了决不放过大孬。

羊鼻子这几天一点都不爽。因为新近和他相好的女人不同他来往了。

他必须先从大孬身上下手。

"大孬，你俩人骑着一匹马啊"他在地头老远就对大孬龇牙咧嘴。见没有人附和，就又加了一句，"大孬，你白天骑木马，晚上骑啥马啊?"

大孬又聋又哑，自然听不到这些话的，仍低着头干活。羊鼻子也并不是非让大孬听到，他是说给俊莲听的。俊莲也不抬头，就当没他这个人。其他干活的人未免对羊鼻子露出鄙夷之色，羊鼻子似乎有所觉察，心里来了气，大踏步走向红芋地深处，走到俊莲的身边，弯腰拿起一张红芋片，对着太阳照了照，放在嘴里咬一口，啧着嘴说，你家的红芋就是甜，俊莲。

俊莲抬起头，冲羊鼻子扔了一个腼腆的眼色。本来心里是牵强的，但摆在脸上，给人的样子却非常真诚。羊鼻子不是泼皮无赖之辈，在村里，他孬好也有一官半职，做着治保主任一角，俊莲得在适当的时候适当的地方给他个面子。

羊鼻子原来有个大名的，因为他说话时总喜欢像羊喝水呛着那样沁个响鼻摆风度，村人就给他起个外号羊鼻子，连当面都这样喊他，久而久知，他的大名倒给忘记了。老老少少，只知道他叫羊鼻子。羊鼻子在部队呆过，身板笔挺，做事也果敢利索，人长得也有一些样子，所以在村里他有不少相好。男女的事，只要两厢情愿，没有谁对谁错之理。和羊鼻子出双入对最为明显的，是村里的妇女主任，两人一同到大队开会，天晚回来时都是肩并肩地走，有说有笑。有时两人还一同哼泗州调，老远村里都能听到。妇女主任的男人叫闷子，整天一句话没有，就知道像驴子一样拉套干活。渐渐身子骨就垮了，得了哮喘，有一天干活到天黑没回来，妇女主任指使儿子到地里找，见闷子倒在那里都硬了，手里还握着锄把。做了寡妇的妇女主任虽然是个自由身了，却和羊鼻子有所收敛，可能顾忌寡妇门前是非多吧，也可能怕自己做得过分了，被儿女看不起也让村人指脊梁骨，总之就和羊鼻子断了来往。羊鼻子闷了半个月的心，想着女人终究是靠不住，就决定收心。在收心前，如果能跟俊莲好上一阵子，也算不亏是吧。因此，就加紧了对俊莲的闹腾。

羊鼻子吃了一片俊莲切的红芋片，见两个干活的人没有放手同他说话的意思，特别是那个哑巴，根本不抬头和他打招呼，心里就呼地蹿出一团火，尖着声说，哟，大孬也不知心疼，你看俊莲的手全叫红芋筋染黑了。

大孬俊莲正好又切满了一筐，便一齐站起撒将起来，撒到羊鼻子脚边，有一片正蹦到他脚面上。俊莲抬头看了他一眼说，你趄一下呀。羊鼻子像以往一样用勾人的眼神捉俊莲，却被俊莲力道好大的眼光弹开，那意思再明白不过，就算你以为能和别人睡，也不和你睡。羊鼻子胸中涌现一股酸水，好像是刚吃下的那张红芋片沤的。他几步走出红芋地，脸色非常难看。在地头，二孬或者大孬的幺儿子正和几个小孩玩堆土堆，他突然蹲下身，捉住那个小男孩，声嘶力竭地叫喊：喊我爹，我给你糖吃。那个四岁的孩子脆脆地喊了他一声，他得意地像猫头鹰那样嘎嘎笑了一阵，又指着地里的大孬说，再喊他爹，喊一声一颗糖。孩子非常听话，对着大孬一口一个爹叫，一地的人都住了手，朝坐着切红芋片的大孬俊莲看。可怜那聋哑的人听不到，俊莲却涨红了脸，呼地从条凳上站起身，只闪得另一头的大孬失控歪到地上。

俊莲一把扯过孩子说，真不要脸。羊鼻子知道，这句话是骂他的。便还道，谁不要脸？俊莲咬着牙说，谁不要脸谁知道。别装假正经，你干啥事，当我不知？你那×怕落空不是？套着一个男人给你挣钱，一个男人为你干活，你快活啊！俊莲说，我愿意，这关你什么事？自然不关我的事，可是你光图×快活了，脸却和屁股掺在一起，装裤裆里了。俊莲声音一下尖了，你这样欺负人，咋得罪你了？没咋地，就是你忘了答应和我睡觉了。

俊莲知道这人不可理喻了，拉着孩子往地里走。羊鼻子在后面狠狠地说，记住，和大孬睡觉别叫我捉住了，要不然，我叫全村人来看。

月亮白白地贴着天，地里的人陆续回家了。风有些凉，地上只有一小堆红芋了，俊莲没住手地切，想就着月亮切完。大孬也不提回家的事。孩子在身边蹾着，有点要困了，就嘤嘤地哭。俊莲心里很烦，想着躲了这些年，还被羊鼻子纠缠，还不是因为弟兄少，家势单弱，才会这样被人欺，便酸酸地要流泪，看看夜色里的孩子和大孬，就又忍了，只是眼睛花花地缀着水珠，指头就这样被切刀咬了一下。俊莲一哆嗦，大孬马上停了手，转身拉住她。见俊莲的指头朝下滴东西，就拉开怀，用贴身小褂捂住俊莲的手。过了好大会儿，大孬把手松开，俊莲的指头不再流血。大孬把俊莲推到孩子身边，一人把剩余的红芋切完，撒好。然后把孩子驮在身后，前面抱着绑切刀的条凳，俊莲挎着空筐，三人一同往家走。

前面的两个孩子，还在院里的草垛边疯玩，见他们进来，马上齐喊饿死了。

晚上的饭是大孬做的。吃过后，全家熄灯就寝。俊莲轻微的叹息把夜色吹得起皱了，大孬虽是静静的，可俊莲知道，大孬没有睡着。

可能那天心里有事，大门就没有插上，所以羊鼻子进来不费吹灰之力，这是俊莲事后想到的。农村人睡觉，堂屋门往往是虚掩的，因为有大门挡着。夏天是敞开所有门睡觉，因为是太平年月，因为农村实在没什么可以偷的。所以虚掩的堂屋门被羊鼻子轻轻一推，开了。羊鼻子带着一只三节电池的手电筒，还带着村里的光棍二痞子。二痞子有点傻，不然，不会跟着羊鼻子半夜做这种缺德事。当羊鼻子清清朗朗地在手电光下看到俊莲和大孬并头睡在一个被窝里，他第一个动作是挑开被子，所以看到俊莲一身白肉的二痞子发出兴奋的怪叫。羊鼻子则不作声，只用电灯猛刺俊莲和大孬的眼，他那时已放弃了睡这个女人的念头，他只是要捉住他们。尽管他们光着身子睡在梦中没做男女之事，但他们还需要现场做给他看吗？

在俊莲发出哇的怪叫声后，羊鼻子甩手甩脚地走了出去。他的身边是喋喋不休亢奋无比的二癌子，身后则追赶着俊莲最恶毒的咒骂，是的，大孬没有声音，只有俊莲一个人的骂声。羊鼻子一点都不气，就是大孬跟着骂出声他也不气。出大门时他还不忘把他们的大门关上。

二八月勒马等路，是指这时节风好，下了雨骑在马上等片刻，风就会把路吹干，就能赶路了。切红芋片的季节，也只是阴历的八九月份，风正好着，所以只一天红芋片就翘了边，三天就能归仓。俊莲家的红芋片和所有人家的一样在地里晒着，不同的是关于她和大孬睡觉被捉的事也在村中沸沸扬扬传诵着。其实村人知道俊莲和大孬不清白，然而人家大伯子弟媳妇之间不清白是人家自己的事，碍不得别人，所以没人睁着眼睛整天捕风捉影，但真的被捅开了，人骨子那点看热闹瞧隐私的好奇心就被撩拨起来了，于是，疯长的议论就把俊莲家的院子围个水泄不通。

俊莲是在第三天走出家门的。人们已在极度兴奋中捡拾起了晒得半干的红芋片子。因为天阴了，下小雨了，淋了雨的红芋片会变霉变烂的。俊莲家的红芋片子还在地里躺着，小雨开始重新让它们回潮。俊莲披散着头发，提着一只塑料桶，拿着一根绳子和一只火钳，径直朝羊鼻子家走。早有人通风报信，羊鼻子带着全家躲到村里亲近门家，他知道，这个时候他最好躲开半疯的俊莲。原以为让她出出丑，她会窝家里几天躲躲羞，没想到她来真的了，这时他才觉得自己把事情做大了。可是事已至此，一切挽救的余地都没有，唯一能做的就是事大事小一跑就了。

羊鼻子家的院门锁得铁紧，不过那只破锁难敌俊莲手中愤怒的火钳，她只几下就把锁别开，然后她进了屋。因为慌乱，羊鼻子家的堂屋门没锁。俊莲从羊鼻子家的茅房里提来半桶粪糊糊，不慌不忙地浇在他家面缸里，粮囤里，衣柜里，条几上，床铺上，刚刚拾回的红芋片子上，尤其那堆红芋片子，她足足浇了一整桶粪，就像浇在羊鼻子的脸上一样。她把另一桶粪全部倒进羊鼻子的锅里，是顺着锅台倒的，场面蔚为壮观。长出一口气，到大门口晃悠一下，把远远观望的人吓得后退三舍，之后，她才把绳子搭在羊鼻子家的大门横梁上。一直到俊莲的脖子伸进了绳套，两条腿蹬个不止了，才有人惊呼不好，俊莲上吊了！

俊莲被救及时，还了阳。而羊鼻子则吓得魂飞魄散，他以为俊莲上吊死了，就抓过一瓶农药不分青红皂白喝个精光。结果俊莲没事了，他却一命呜呼。俊莲康复后，和大孬到地里捡沤得发黑的红芋片。她依旧和过去一样见人温温糯糯地笑着，和人们打着招呼，脸上呈现出没发生任何事的笑容。她和大孬拉了两板车红芋片，全堆到灶门口做柴烧了。

麦 子

德才是地主出身。剥削穷人的事是他爹所为，到了他这茬，就衰落得只有受气的份了。不过，他还是和出身贫农的人有所不同，他念了书，人前说话总不自觉显出有学识的样子，大家就取了个外号"大先生"给他。大先生逢年过节帮人写门对，结婚典礼为司仪起草主持语，干活歇息时，也喜欢让他说上一段书。他不是说书先生，他只是把他读过的书讲给大家听，《三侠五义》、《水浒》都是先由他传给乡人的。他还会哼些小曲，都是乡野小调。不过，那个年代这些小曲是有毒的，所以他只哼给麦芒一个人听。

麦芒是村里葫芦的老婆，葫芦手脚不干净，从小偷做成了大偷，被法办了。放出来后他压根就没回来，有说他到东北下煤窑了，有说他到关外贩牲口了，总之他从此消失得无影无踪。他媳妇麦芒在结束了担惊受怕的日子后又独守空房，从二十几岁一晃眼就三四十了，也没个一男半女。久了，不知咋的就和大先生搞到了一块儿。大先生原来有过老婆的，还是个远房亲戚。那女的嫁来不足半年就生下个大胖小子，大先生掰着指头怎么算也觉着不对劲。那会儿老地主和地主婆还没死，一起劝他算了，有个老婆就不错了，管是谁的儿，只要喊他作爹。大先生就把气咽了，然而那个其貌不扬的风流女人仍旧往娘家跑，和以前的男人继续私通，甚至大言不惭地说孩子认一个地主作父实在冤，最后发展到长住娘家不回。大先生懒得过问，倒是一个人落得清静。麦芒虽然长相一般，但会疼人，久了，身心悲凉的大先生觉出精神和肉体都被麦芒唤醒了，不自觉就把麦芒当作了生命的支撑。这样偷情的一对男女，一个是地主一个是小偷老婆，倒也般配。村人像看闹剧样看待他们的关系，竟因此放宽了政策，由着他们的性子耍。大先生和麦芒也做不来多大的事，不过是在天黑下来后大先生到麦芒那儿喝红芋茶，吃红芋渣馍，坐在麦芒的小板凳上唱小曲儿给她听。不少村人在墙头外偷听过，其中大先生唱的《探妹歌》最叫人陶醉：

> 正月里探妹正月正，俺带小妹去观灯，观灯是假里呀，爱妹是真情。二月里探妹龙抬头，俺约妹妹耍风流，风流已到手呀，实在不想丢。三月里探妹柳絮飘，俺爱小妹杨柳腰，几日没见着呀，咋长恁么高。四月里探妹四月八，俺带小妹摘黄瓜，大的已开花呀，妹子何时嫁……

有人把听来的曲儿在干活时学唱，引来一阵一阵的哄笑，麦芒的脸就像快熟的柿子，通红通红的。大先生则一副悠然自得的样子，好像听人家唱他唱过的曲儿很受用似的。

那会儿乡野间的政治空气也满浓厚的，可乡野毕竟是乡野，很单薄，表现形式是开批斗会，那也是很好的娱乐方式。这时候大先生就得到台上挨批了。他是村里唯一的地主。批判内容不外乎叫人控诉他家剥削穷人的滔天罪行。大先生是陈述人，他努力地回忆小时候爸爸是如何剥削别人的。每一次说的都不一样，因为有些他也记不清了，比如他参到狗旦爷爷家逼债那档子事，是年三十还是年二十九，是倒走半升荞麦还是半升谷子，让狗旦爷爷家没法过年？他磕磕巴巴地讲述着，希望开会的时间快点结束。即使常常这样操练，大先生的心里还是有屈辱感的。他像认死理的人那样认为，他老爹做的事，和他没多少关系的。批斗会的结尾是人们嘹亮地朝他喊口号，打倒……打倒……声浪震天。有恣事的男孩子就朝女人堆里钻，趁乱摸大姑娘的奶子。便有女子的骂声传来：不要脸！每次大先生都以为是骂他的，非常惶恐，可惜他一直不知道事情的真相，一直都那么惶恐着。

除了开批斗会大先生和别人不同外，其余时间他也是个标准的农民。下地干活犁耧锄耙收割种播，他样样参与其中。不过，因为是地主，有两样是不让他做的。一是看仓库，一是喂牲口。这是原则问题。人民的财产，怎能交给一个地主看管呢？他要是起了歹心，一把火烧了仓库，或把牲口全药死了，事情就大了。

麦收时节，大家都在太阳底下叭叭掉着汗珠子。大先生也拉着一架车子麦子往场里赶。他捂着草帽，脖子里还搭条湿手巾，一边拉车一边擦着汗。等他把麦棵卸到场边准备再往地里赶时，负责打场的狗旦把他喊下了："大先生，你帮我扯会儿牲口，我解手去。"大先生怔了怔，看着狗旦。因为打场比拉麦子轻巧，就是站在场中间扯着牲口拉石磙。这轻巧的活儿哪轮着他地主干？"愣什么愣，就帮扯一会儿，还塌了天啦。"狗旦把缰绳递给他，朝村里的茅房跑去。

大先生就成了临时的打场人。那会儿太阳正当顶，快收工了。有些人把麦棵拉回，就不到地里去了，就站场边大叶杨下乘凉，看着大先生打场。有的说，大先生，弄一出。所说的弄一出，就是要大先生唱打场调。在淮北那带，打场的人都喜欢哼曲儿，哪怕是平常不怎么会哼的人，到了场上，看着石磙一圈圈碾来碾去，听着麦芒刺扎扎的声音，想着无边无际的日子无边无际的辛劳周而复始的年年岁岁，胸中积郁的东西就喷薄而出了。唱调和听调的人都有些陶醉，连牲口也亢奋异常，脚步走得更快，把打场人手里的绳儿也绷直了。打场调由来已久，没有固定的词，但调子大都是哀伤的，仿佛农人的叹息。有的就是呜哇——呜哇——不成文的调子，拉得很长，把声音甩到云彩眼里去。大先生起初不好意思，经不住人撺掇，他便唱开了。他开唱的另一个原因是麦芒正顶着羊肚子手巾从场边过。他希望用小曲儿留住麦芒，让麦芒在阳光下听他唱曲儿。他还从未在白天唱给她听过呢。麦芒果真立住了脚，摘了手巾，朝脸上扇着风，眼睛很风情地朝他这儿瞟呀瞟。大先生的感觉找到了。因为没打过场，从未唱过打场调，大先生就忘了管自己，想显摆一下，把平常背着人哼的曲儿端了出来。先是一出《七岁郎》：

> 姐在房中哎泪汪汪，埋怨爹娘无主张，咋不跟奴商量。哎咳哟！奴家年长十八岁，怎能许配七岁郎，年纪咋相当。哎咳哟！头上戴顶狗头帽，连脚裤子开着裆，夜里入了奴的房，好似儿跟娘，哎咳哟！

听得人一愣一愣的，没想到大先生肚里还有这些鬼东西。就齐吼着叫他再来一个。大先生那天也当真进入了情节，不管不顾地又来了段《小寡妇上坟》：

> 清明时节雨纷纷，新寡的姐姐上新坟。白绫子衫来白绫子裙，白绫子孝鞋包脚跟，白绫子手巾头上戴，为郎行孝出了门。坟前哭声奴的郎，撇下奴家十八春，孤苦度光阴……

这段唱词小寡妇由上坟变成思春，很撩拨人，听得人都忘记回家吃饭了。狗旦提着裤子过来，扒开人群说弄啥呢弄啥呢，及至见到大先生扯着他的绳子扬着他的鞭唱打场曲，就不吱声了，可是心里不痛快。他对大先生的爹把他爷过年时半升粮食倒走总是心存不满，这地主羔子却在这儿唱邪曲儿。他说，我来打我来打。可手给人拽着，叫他无论如何要把大先生的曲儿听完。

那天的场被大先生打得最干净，麦草茸茸的像丝窝一样，大先生放下扯牲口的绳子和鞭子，心里还兴奋着。起场的人说，大先生，你跟着我们起了场再回家吧。虽是被指派干活，对大先生而言，也是一种待遇。他给人笑笑，打眼瞅一下正回家做饭的麦芒，就拿过木杈挑麦草。饱盈盈的麦粒显露出来，赤红着脸，惊惊诧诧望着一场的人。大先生弯腰抓过一把麦子，感觉着麦粒的饱满，让它顺着指缝趟到地上。之后是扬场。七八个劳力分作四堆，每两人负责一堆，一个扬一个扫糠，一袋烟工夫，场里就堆着净麦了。大家累得喘着粗气，一起回头看着大先生，有谁先提议说，干脆，让大先生看场，我们先吃饭去。

大先生听到可不大乐意，谁不是饿得后背贴前胸啊。再者，他还想跑回家问问麦芒他唱的曲儿咋样呢。然而面子上却没反应。他就听他们说，你先把麦子摊开晒，我们吃了饭就回，啊？

绝无商量的可能了。大先生只好又笑笑，就去摊粮食。他本来想同他们说他要喝点水的，见他们走得很快没了踪影，就闭了嘴。他忍着渴摊场，一边看着四下里静悄悄撒野的阳光。他想到树底下去，可是他怕自己一转身，万一谁来场里挖一瓢麦子走，那可不是闹着玩的。

四周太静了，让大先生心里空寂得慌。他走在麦子中间，用木锨把麦子铲开，之后再用木耙摊平。那些活泼的麦粒在他脚面上跳荡，纷纷朝他鞋子里钻，躺到他的鞋子里面，摩着他的脚心，摩得他连打了三个喷嚏。做完这道工序，他干脆很享受地朝麦子上一坐，捂着草帽想心事。

从记事起就土改了，所以大先生压根没见过他家的富裕日子。他不知道他爹到底有过多少粮食，是比他坐着的这片粮食多还是少。作为现实的地主，他是个穷人，没有过做地主的威风，也没有过做地主的富足——他家的泥囤里几乎全是空的。现在，他假设这些粮食都是自己的，然后来体会做地主的快乐——麦芒肯定忙不迭地淘上一大笸麦子，之后和他两人在石磨上推；麦芒做的葱花油饼又韧又香，她擀的麦面条一扯好几尺长；他们吃饱了喝足了要做的第一件事是什么呢？大先生想到这儿就偷偷笑了，一男一女水足饭饱还能做什么？他想象着麦芒嘴里的气味一定不再是红芋的清苦，那是麦子的喷香！体会着做地主快乐的大先生，那一刻觉得自己真的是个地主，因为他是这样喜欢粮食，喜欢拥有很多的粮食，喜欢做地主的感觉。

大先生把手插在麦子的深处，没得着阳光的麦子潮潮的，握在手里有几分凉。他听到肚子咕咕的叫声，觉得那些回家吃饭的人可能饭后又睡一阵子了，他们一点也不考虑还有一个饿得半死的人，还不赶紧来接替他，让他吃饭。他闻到了晒着太阳的麦子发出的一阵扑鼻的麦香，不由自主抄起半把新麦，往嘴里一放，吧唧吧唧嚼起来。生麦吃起来还真别有风味，谁也舍不得吃生麦，可他地主敢，因为他正做着地主，因为没人看见他做地主。

吃生麦还真顶饿，他又抄了半把。这一次他把麦子嚼成一团面筋，在嘴里团来团去。他觉着肚子好多了，就伸个懒腰。这时他看到村口冒头的狗旦他们。

大先生站起身，再一次用木耙把麦子来回摊，好让人看到他在干活。他摊得很好看，麦子一垄垄组成了一个云系图。

大先生，歇手吧，吃饭去。他们坐场边，并没人来接他手里的东西，但总算允许他回家吃饭了。他走出麦子，扶了扶草帽，挤出一个有点饥饿的笑。然后他走出了麦场。他的鞋呱唧呱唧钝钝地响着，他的被汗湿的衣服忽闪着。他听到身后的人叽叽咕咕说了一阵子的话。突然他被狗旦叫住了。

"大先生，你站下，我们得检查你。"

以为还是以往的玩笑话，大先生站住看他们。

"我们打了赌，觉你有偷麦子嫌疑，你想想，你毕竟是地主，这会儿场里就你一人，你要是把麦子埋在河边土里，或装口袋里带回家，我们哪知道啊。是不是啊？"后边这句话狗旦冲那些水足饭饱的人说。他们一起坏笑着说是哩是哩，得让我们检查检查。

大先生明白了，他们吃饱没事干赌他到底可偷麦子没有。狗旦三怪两人认为他偷麦子了，如果输了，他俩得学狗叫。

大先生等着狗旦三怪走近旁，他心里冷笑着。天天斗我地主是可以的，因为老爹是地主，可是说我是贼可没根没梢。

两人很下作地捏他的口袋、衣角、裤裆，把他那只老卵子碰得晃悠好几下，一无所获。他们悻悻地往回走，人堆里轰笑着让他们现场学狗叫。大先生扭头看着，正好和狗旦恼怒的目光砸在一起。最不应该的是大先生回头，回就回了，最不应该的是笑了，笑就笑了，最不应该的是笑里藏着讥讽。狗旦突然直着朝他走来。他其实没有看到大先生讥讽的笑，他看到的是大先生的嘴巴镶了一圈白边。

"你吃了什么？"狗旦问。大先生的讥笑生生挂在脸上掉不下来，他动着嘴巴，吃，吃的麦子。

啊，你吃队里的麦子！那可是集体的东西，你怎么可以随便糟蹋，你个地主！狗旦气得不行，那一群人还在起哄，狗旦学狗叫，快，学狗叫。狗旦气急败坏跑他们跟前，还笑，地主吃了集体的麦子。

人们住了嘴。狗旦又用怪怪的眼神上下刮着大先生。大先生被他看得别扭极了，拿手抹抹嘴边干白的淀粉，想全部抹掉。

哎，你别消灭罪证。狗旦咋呼着，眼睛从他的头上往全身刷，突然又说，把鞋子脱了。

大先生脚一晃，两只方头布鞋离开了脚丫子，连大先生自己都没想到的是，他的两只鞋里磕出了一捧麦子。

哈哈，地主偷麦子了！地主偷麦子了！狗旦兴奋地捧着大先生的鞋和藏在大先生鞋里的麦子，如获至宝。他当场宣布，晚上就开会，开地主偷麦子的会，好好斗斗你！他后面这句话是说给大先生的。

大先生懵了。他不知道那麦子是如何藏在他鞋里的，他只觉着脚心被摩得好舒服。他没想到那是麦子摩的。

他光着脚往家走，后面的声音再听不清楚，只一点他明白，晚上，关于他个人的批斗会要开始了。这个会和老爹没任何关系，这是一场批斗贼的会。

他没有直接去麦芒家，他回到自己空落落的破屋里，想着晚上的会。他无法知道晚上狗旦他们怎么摆置他，有一点他很清楚，那就是他得把自己偷麦子的事说个明明白白。那又有什么难为情的，照实说呗。他想麦芒一定会这样安慰他。每次开批斗会，麦芒都这样说。想到麦芒，他浑身轻松起来，肚子也饿了。他想，过不一会儿，麦芒看他不去吃饭，一准会把下着玉果菜的豆杂面条送过来，外带两只红芋面饼子。但是，等到太阳西倒了，麦芒也没有出现。

他决定自己找麦芒去。走出屋，他听到村里闹哄哄的。关于他偷麦子的事已在村里传得沸沸扬扬，其中还多了他唱孬曲儿的罪状。大家都很兴奋。好长时间没开批斗会了，就是开，也是千篇一律大先生说他的爹，根本没大先生的事。这下好了，大先生自己出事了，他当着那么多人说自己如何往鞋子里装麦子一定很有趣吧。还有，要他唱一句那孬曲儿，解释一句，也一定好玩极了。

这时的大先生，心里还是没多少事似的往麦芒家走。他想不就是个会嘛，割麦累得这么辛苦，一听说开批斗会，咋还这么有精神。还有狗旦，兴奋得比过年还火，已着手找人搭台子了，台子边数他声音大，他捏着腔学着大先生唱曲儿，又自作多情代大先生说我该死我该死，把人逗得笑得哗哗响。大先生微皱眉头听着狗旦的笑，鼻子差点碰到麦芒家的大门锁。门被锁得铁紧，那麦芒她上哪儿去了呢？

大先生这会儿是不好到处找麦芒的，尽管他是那么需要麦芒。他只好又转身回家。坐在土坯床沿，他已没了任何食欲，就等着天黑。

到晚上，台子搭好了，还在以前的地方。那盏汽灯被人上足了油，打足了汽，把漆黑的天空顶出一片通亮。几个民兵正在维持秩序。大先生像以往一样，很自觉地朝会场走。可能是过于饥饿的缘故，他跨到台上时，身子有些趔趄。他先站台子一角，台下响起一阵哄闹。他闭着眼，有轻微的晕眩。他想让会早点开始，早点结束，他好回家睡觉。可是今天的会好像比往日拖得要长，那些头头脑脑们一直没来，连狗旦也不在了。他扶着台角的一根柱子站着，苦挨着时光。

一声锣响宣布批斗会开始。大先生振作精神，一五一十把偷麦子的事实交代完毕。其实他说得就像一件平常事，根本不像小偷交代问题，可是听众让他过了关。大先生刚想伸个懒腰，狗旦突然又敲了下铜锣，下面，请麦芒揭发地主唱歪曲儿的事实。大先生头嗡地一下，只有这时他才明白，麦芒不送饭给他是被人找去了。他心里很严肃地想这出戏千万不要让麦芒掺和，可是他看到麦芒站了起来，听到一段一段的话由麦芒的嘴里蹦出：

他唱过小寡妇思春，唱过十八摸，唱过盼五更，唱过……

是的，那些都是他唱给麦芒的，是他一边搂着麦芒一边唱的。那时他感觉到了一种叫幸福的东西，那是读过几年书的他从一个淳朴的农妇身上获得的真切感受。现在，麦芒把他的幸福感觉端出来示众了。

有人问麦芒听这些歪曲儿的感受。大先生的耳朵直直地竖了起来。反正，我再也不会听这些了，我和他，再也不来往了。葫芦虽然是个贼，可他不是地主，我不会再和又是地主又是贼又唱歪曲儿的他来往了……

她同样忘掉了他带给她的幸福感觉。他看着麦芒不停翻动的嘴唇，听到自己心里一个东西訇然倒塌。

现在，要地主自己把歪曲儿唱一遍，让我们好好批。狗旦敲锣的架势一看就是水足饭饱的样子。大先生要的就是这一声锣。他微微笑了一下，朝台下抱了抱拳，开唱了。他先来的就是《十八摸》：

> 一摸姐的胸，姐胸紧绷绷，好像那包子刚出笼；二摸姐的腰，姐腰细袅袅，好像那杨柳水上飘；三摸姐的口，姐口像米酒，吃了一口又一口……

然后他再唱《盼五更》：

> 一盼一更里呀，月照奴的床，二九的娘子呀，盼着郎来望；二盼二更里呀，月照窗子边，鸳鸯枕头半边闲，奴有谁陪伴……

那是大先生平生最恣意的演唱，他不但唱了麦芒交代的那些歪曲儿，连麦芒没说出的，他也没给她唱过的，他都一起端了出来。他唱得整个会场鸦雀无声，人们都张大了瓢嘴，呈现出过度饥饿状。大先生知道，他是当众把人们给意淫了。

那晚的批斗会直开到五斤汽油烧个精光。

人们第二天在村北的五叉沟里发现了大先生。他身上缠满了水草，肚子却瘪瘪的。人们说，他不是喝水撑死的，是憋死的。

那是大先生一生中最精彩的一笔。他让一村人失去了唯一的地主，让批斗会彻底垮台。

（原载《中国作家》2005 年第 11 期）

贾平凹

JIA PING WA

原名贾平娃。1952年出生。陕西省商洛市丹凤县人。1975年西北大学中文系毕业后任陕西人民出版社文艺编辑、《长安》文学月刊编辑。1979年加入中国作家协会。1982年后从事专业创作。历任中国作家协理事，陕西省作家协会副主席、主席，西安市文联主席，西安建筑科技大学人文学院院长，西安美术学院兼职教授，《美文》杂志主编。

1973年开始发表作品，出版的作品各种版本达300余种。主要有中短篇小说集《兵娃》《山地笔记》《野火集》《商州散记》《小月前本》《腊月·正月》《天狗》《晚唱》，长篇小说《商州》《浮躁》《妊娠》《逛山》《油月亮》《美穴地》《废都》《白夜》《土门》《高老庄》《州河》《黑氏》《怀念狼》《病相报告》《秦腔》《高兴》《情劫》《古炉》，自传体长篇《我是农民》，散文集《月迹》《爱的踪迹》《心迹》《贾平凹长篇散文精选》《坐佛》《朋友》《我的小桃树》，诗集《空白》以及《平凹文论集》《贾平凹文集》（18卷）等。小说《满月儿》获1978年全国优秀短篇小说奖，《腊月·正月》获1983—1984年全国优秀中篇小说奖，散文集《爱的踪迹》获1995—1996年全国优秀散文奖，《贾平凹长篇散文精选》获第三届鲁迅文学奖，长篇小说《秦腔》获第七届茅盾文学奖。

秦　　腔

（内容梗概）

　　要我说，我最喜欢的女人还是白雪。我想尽一切办法和白雪亲近，不许别人打白雪的主意。可白雪偏偏嫁给了夏天智家的大儿子夏风。白家和夏家本来就是清风街的两个大姓，从此两家就成了一家了。白雪人长得漂亮，秦腔也唱得好，夏风写得一手好文章，在省城也算个名人。清风街的人都说他们是才子配佳人，天造地设的一对。其实像夏风那样的人，清风街并不少，只是他们没有夏风的命强。人们都说我是疯子，我才不疯，要不是我爹命短，要是我爹还是清风街的干部，白雪会嫁给我吧？知道白雪嫁给了夏风，我就犯病了，人们都说我疯了。其实我没疯，我把掉下来的一颗牙种到院墙角，要让它长出一株带着刺的树，暗咒夏风的婚姻不得到头。

　　夏风的爹夏天智原本是清风街小学的校长，夏风又是清风街的名人，给夏家贺喜的人自然很多。夏天智退休以后就爱秦腔，闲着没事就用马勺画秦腔的各种脸谱，这天他一高兴就把脸谱都拿来送给了来客。清风街还请县剧团来唱了大戏，说是来给夏风和白雪贺喜的，但费用却是村里出的。晚上唱戏的时候，清风街的人都去了，挤得水泄不通，乱成一片。演《拾玉镯》的名角王老师也来了，她是狗剩年轻时代的梦中情人，狗剩见到她脱口而出："你咋老成这熊样了？"王老师一气之下拒绝当天晚上演《拾玉镯》。王老师只肯清唱，三踅带头起哄，台下就炸了窝子。支书秦安一看控制不了局面，怕要出事，就让我带着队长去请老支书夏天义。

　　夏天义和夏天智是兄弟，他们家兄弟四人，以仁义礼智排行。老大夏天仁就是君亭的爹，不到六十就死了。夏天义有五个儿子，都成了亲。夏天礼原来在五十里外的天竺乡干过财务，退休已经多年。人们都说，土改的时候夏家占了白家风水上好的老宅子，所以兄弟四个后来都发了。这天夏天义站到戏台中间，闹哄哄的场子里顿时就安静了下来，他几句话就镇住了下面的群众，一场风波也就不了了之。

　　戏演完已经是后半夜了，白雪让雷庆连夜把剧团的演员们送回县城，剩下的男的去了乡政府打麻将，女的安顿到西街白雪的娘家。第二天一早，客人们回到夏家吃饭，刘新生来送为演员们置办的苹果和鸡蛋，趁机让剧团的乐师指点他的鼓谱。刘新生原来吹过龟兹乐班，有一年过年放鞭炮炸掉了两个手指，从此就迷上了敲鼓。乐师很欣赏他，说刘新生虽然是个农民，其实就是艺术家。刘新生正在高兴，外面已经乱作一团。刘新生本来承包村里的果园，因为霜冻和干旱，今年却退出来了一半。消息在村民中激起了众怒，他们一哄而上吃了刘新生为演员们准备的苹果，刘新生气得回了果园。夏天智拿出自己家的被面送给演员们每人一条，这才皆大欢喜。刘新生拿来承包合同，合同上盖的是秦安的章，君亭因为秦安自作主张大发脾气，秦案被吓病了。

　　君亭气哄哄地回到村委会，让会计李上善算账，发现村里欠了税费八万，欠干部十一万三千，欠饭店二万二，而账面上只有三万元。农业税、电费和承包款这些款项都欠着收不回来，秦安为了争取河堤的加固资金拿去的两万块钱活动经费也没有了下落，还有从前留下来一大堆理不清的糊涂账，听完这些，君亭一筹莫展。听到李上善说我爹留下的糊涂账，我就不高兴，我爹活着的时候一心为清风街办事，吃了的苦数都数不清，上善紧赶着巴结我爹，我爹一死，村上欠着他的干部补贴金不给，还把什么屎盆子都往他头上扣。

　　君亭知道三踅会为果园承包的事情去乡上告状，打算先请乡政府的领导吃饭，顺便说说给电站增容的事情。秦安躲在家里不肯去吃饭，又被他老婆骂了一顿，说自己不干了。君亭专门派人从西山湾买了钱钱肉回来请乡里领导吃饭，一群人喝酒正喝到兴头上，秦安忽然提出不干了，乡上的领导顺水推舟就让他和君亭对调了职位。乡里同意掏钱给村里电站增容，君亭主张把果园承包给陈星，三踅告状的事情也在酒桌上烟消云散了。

　　夏天义在雷庆家刚好遇到君亭和陈星他们在喝酒，几句话又和君亭吵了起来，君亭觉得夏天义倚老卖老，总是不支持现在的班子工作，夏天义觉得清风街是一天不如一天，君亭工作没做好，还听不进去意见。正说着又停电了，夏天义就去了电工俊奇那里。俊奇娘和夏天义年轻时候曾经有过故事，土改的时候。俊奇娘为了让地主出身的俊奇爹不受批判，给夏天义使的美人计，谁知道夏天义将计就计，人们都觉得夏天义有本事，睡了俊奇娘还照样公事公办。俊奇爹死后，夏天义暗中照顾他们娘俩，才让俊奇当了电工。

　　君亭他们在雷庆家喝酒，让我当酒监。我才知道他们把果园承包给陈星都不给我，还说我爹屁股后面一笔糊涂账。他们这明明是看不起我，我骂君亭是贪官污吏，君亭把我打了一顿，我气呼呼地跑出来。走在街上看到白雪在院里洗衣服，趁她返回屋里的功夫，我偷了一件晾着的衣服就跑。出来一看，是一件红色的胸罩，我就觉得一股热气从小腹上结了一个球儿顺着肚皮往上涌，浑身难受。可惜我很快就被白家人发现了，他们赶出来将我一顿饱打。我羞愧无比，回到家拿了剃头的刀子，一下子就把身下的东西杀了下来。血流下来，染红了我的裤子，我也不觉得疼。走到院门外，一群人发现了，把我送到医院。白雪听说这件事就哭了，夏风为此跟她翻了脸，这是他们第一次吵架。医生最后也没有能把我的东西接活，我要求把它埋在一棵白牡丹下面。

我回到清风街的时候，清风街的供电已经正常了，可是天依然旱着，水库还是没有放水。街上看到的人都笑话我，我不理他们，白雪还肯理我，我怕谁呢？听说临近的村子都放过一次水了，就是不给清风街放水。夏天义就和君亭、秦安一起去了水库，我就跟他们一起去。君亭他们去找站长，夏天义和我坐在管理站外面等着，夏天义和我拉话，问我爹是不是该过"三年"了，夏天义还记得我爹，我眼泪就下来了。我说现在的干部不如以前，天怨人怒。夏天义也给我算账，忧愁农民的日子没法过了。秦安和君亭请站长吃了鸡喝了酒，放水的事还是没有办成。夏天义就来到管理站，软硬兼施，最后还是让站长亲手开启了闸门，水流进了清风街的渠道，我们都长长出了一口气。

庆玉借介绍白娥到三踅的砖厂去干活，给三踅和白娥拉上了关系。君亭从水库放水回来，同站长交上了朋友，还带回了几只鳖，请夏风和赵宏生一起来吃。席间又向赵宏生和夏风说起村里的工作，账是乱的，资产是空的，夏天义任上摘掉了贫困的帽子，可帽子一摘掉国家没了救济，税费又多了，再加上天旱，村干部两头不是人，越来越难干了。他能做的一是保住清风街的稳定，二是把贫困的帽子又争了回来，再下来的就是要在 312 国道旁边搞一个农贸市场。

君亭召开两委会研究建市场的方案，他慷慨激昂的演说并没有引起意想中的效果，大家对他的计划并不像他自己一样激动，这个尴尬的时刻被一场骚乱打断。骚乱的原因是一只老鼠咬了夏天智的画，被哑巴抓住浇上煤油点着了，燃烧着的老鼠到处乱窜，点燃了麦秸堆。救火之后，秦安首先对盖农贸市场的主意提出了反对意见，他对农贸市场的前途并不看好，还心疼占掉的这些好地，觉得还不如接着夏天义的事业继续在七里沟淤地。君亭最烦提到淤地的事情，其他干部也意见不统一，到散会也没有商量出确定的方案。夏天义听说了两委会的情况心里高兴，带着我在清风街走了一圈，还高高兴兴地去书正媳妇那里吃了凉粉。

君亭在两委会得不到支持，就跑去找三踅，威逼加利诱算是争取到了三踅，君亭心里朗然了许多。夏天义和两兄弟在家喝酒的当口，他的四个儿子坐在一起商量老人后事的事情，为了出钱多少而吵了起来，直吵得惊动了隔壁院子的老兄弟三个。夏天智去镇住了几个侄子和侄媳妇，夏天义却是伤感得再不能喝酒。

上善、刘新生和秦安去了文化站打麻将，君亭听说了就给乡公安派出所打了一个电话，就是这一个电话，改变了清风街。秦安他们的麻将刚刚搓了一圈，派出所的三个警察就悄悄来了，秦安、新生、连义和军生被逮个正着，上善出去上厕所刚好逃脱。来的是新警察，都不认识，又加上各人都有罚款的任务，自然不肯放过他们，于是收没了赌资，人都被带到了派出所。钱是不会退回来了，派出所长他们都认识，就让他们走了。秦安无意见看到派出所电话机上显示出的竟是君亭家的号码，顿时眼前一黑晕了过去。

秦安病倒了，君亭因为举报的事情和上善也闹翻了，君亭正感被动的时候，恰巧发现了上善和金莲的私情，上善有了短处拿在君亭手里，自知理亏，就不敢再跟君亭作对了。

乡政府批准了建农贸市场的方案，夏天义就黑了脸。他来到果园听刘新生敲鼓，站在刘新生炮楼一样的三层砖屋顶上听完了新生敲鼓，又一连吃了好几碗凉粉，就醉倒了。县剧团也快要散伙了，要不是为了分戏服的时候争得不可开交，早就一分为二了。白雪心凉了，她不知道自己还能不能继续唱秦腔了。我不希望剧团散伙，因为白雪要是去了省城我就再也见不到她了。这时候夏中星回到清风街，一切都变了。

三角地开始修建市场，竟然从一棵树下挖出来两个石头人像。人们都说这是土地庙里的土地婆和土地公，于是一群人打好了原来的土地庙把这两尊神供了进去，这也许就是夏天智说的神归其位吧，人们都说这对修建市场来说绝对是好兆头，而庆幸着没有去淤地。

夏天智撞到中星爹在院子里给自己求寿，让俊奇代表院子里的树木读了求寿文。心里想着夏家的后人一代不如一代，就让夏雨去买了十二包"固本补气大力丸"，分别埋在院子里的几个角上。我知道这是夏天智要给夏家补阳气，不过我没有说破，天机不可泄漏，说破了就不灵了。

夏天义看不惯俊奇的堂哥俊德外出打工，让地荒着，要承包了自己种。夏天智一听说就气得去找夏天义的几个儿子。他们商量之后却都同意了。

君亭要请来视察农贸市场的商业局局长吃熊掌，让夏天智作陪。夏天智一直等到下午三点，饿得险些晕倒，商业局局长却临时有事来不了了。熊掌没有蒸烂，根本咬不动，吃得夏天智难受了一夜。

清风街终于下雨了，这是一场大雨，我在雨中被雷击中，却毫发无损。狗剩在雨地里还招呼着让我要吃菜找他，第二天却死了。狗剩在退耕还林的地里种菜被乡长发现了，不仅要收回补贴，还要罚狗剩二百块钱，狗剩就去供销社赊了一瓶农药，全喝了。夏天智听说去找乡长，说自己也有责任，要他撤销对狗剩的处理，乡长答应了，可狗剩已经死了。

乡长被调到县上去了，来了一位更年轻的新乡长。新乡长一上任就来拜访夏天智，夏天智滔滔不绝，要他注意清风街的贫富不均的现象和干群关系问题，新乡长感兴趣的却是挂着的字画和秦腔脸谱。

农贸市场举办了开业典礼，十分的体面和热闹，惹得经过 312 国道的车都停下来买东西。林县长还要参观夏天智的秦腔脸谱，夏天智好不高兴，又是理发，又是换衣服，可是最后县长却没有来，让夏天智空欢喜一场。

夏中星带着我巡回下乡，我负责保管和展览秦腔脸谱马勺。我心想能跟白雪在一起非常高兴，没想到第一站在竹林关镇就出了事。本身来看戏的人就不多，来看展览的人就更少，他们只对白雪感兴趣，还有个戏迷给白雪写了一首诗赞美她。但我不喜欢他们谈论白雪，就把他们都赶走了。白雪怀孕了，不能坚持演出，看戏的人更少了。我让王老师写一段关于秦腔的知识，最后拿到的时候我才知道那竟然是白雪写的。剧团演戏占了农民放麦草的地方，他们要剧团赔钱，双方打了起来，闹得很凶。我怕白雪出事，就去看了看她，结果村民冲到后殿毁了十多个脸谱马勺。中星当众骂了我一顿，我又回到了清风街。

清风街的农贸市场红火了起来。君亭又开始琢磨新的主意，他想搬倒三踅，第一步就是用七里沟向水库换鱼塘，两委会一半人都不同意。君亭不顾众人反对和水库签了合约。我听说了，就给清风街上贴了小字报讽刺他，村里人包括夏天义都是看到小字报才知道这个消息。夏天义去找君亭，和他吵了一架，第二天就去向乡长反映情况，也没有结果，正好三踅来找他，就想利用三踅阻止君亭换地。三踅写了告状信骗武林按手印，还准备继续组织人联名告状，君亭听说了，就设计捉了庆玉和三踅奸，三踅有了短处握在君亭手里，告状的事情就放下不提了。奸情传了出来，白娥因此而回了山里老家，三踅脸厚，还跟没事一样，庆玉和菊娃打闹着竟然真的离婚了。庆玉从此搬到新房子和黑娥过到了一起，夏天义劝了没用，再也见不得庆玉。

夏天义一直等着三踅告状没了下文，君亭已经召开两委会研究鱼塘的管理，最后把鱼塘承包给了金莲。当天晚上就有人哄抢了鱼塘的鱼，我也趁机拣了几条鱼扔到白雪家院子里，让她补补身体。等金莲发现的时候，鱼塘里已经没有了鱼，她气得眼泪都下来了。最终，七里沟换鱼塘的事情还是被夏天义告黄了。

白雪怀孕让夏天智和四姊很是兴奋，夏风却坚决要求打掉孩子。白雪没有听他的，也没有回剧团。中街的屈明泉因为和邻居金江义积怨已久，竟然杀了金江义的媳妇，又自己喝了农药。两委会处理完两个人的后事，白雪也回了县上。

酒楼开业的时候，县剧团真的来给他们唱大戏了，好不热闹，戏唱到最后竟然让陈星唱起了流行歌来了，好像爱听流行歌的人比爱听戏的人还要多。夏天义听不下去就去了刘新生的果园，要了他砍下来的杨树枝子，让哑巴去七里沟搭了棚子。陈星的演唱让剧团的人惊喜不已，陈星一高兴就要拜师，请所有的演员喝了一夜的酒。剧团为第二天唱流行歌还是唱秦腔起了争执，就分作了两队，一拨去了西山湾为丧事唱戏，一拨留在了清风街。酒楼开业的热闹过去了，白雷也走了。我舍不得白雪，他们都说我犯病了，只有夏天义护着我，我从这以后就跟着夏天义，一直到他死。

夏天义把棚子搭在了七里沟自己的墓前头，矮墙是石头垒的，上面是树股子搭的人字棚，虽然简陋却很结实。下着大雨的一天，我和哑巴，新生跟着夏天义来到七里沟，来运也跟着来了。五个儿子听说夏天义要搬到七里沟住，都慌了神，二婶更是放声大哭。夏天智嫌他们窝里闹也撂下不管了，几个儿子就跑到七里沟来接夏天义回去。我梦见我爹给夏天义和俊奇娘讲这块地，他说好穴位都是像女人的×，七里沟就是个好穴位。醒了跟夏天义说，七里沟果然是个女人阴部的模样，夏天义竟然没有听见我爹给他讲。天还在下白雨，我跟着他们回了村。

夏天义又开始每天去七里沟，我和哑巴、还有来运跟着他一起在七里沟搬石头，我们要开始淤地了，插了一根木棍当标志，没想到，这根棍子竟然活了。去七里沟的事情，夏天义不想让二婶知道，也不让几个儿子知道。但他们还是知道了，没有办法，只好顺着他的意思了，瞎瞎的媳妇说要去七里沟给夏天义做饭，也被他拒绝了。夏天义带着我和哑巴还有来运。

夏风又从省城回来了，这次是单位的小车送他回来的。他要把他爹画的那些马勺脸谱出书，夏天智被煽惑得云山雾罩，高兴得赶紧给脸谱拍照片。夏风去剧团看望白雪，白雪想让夏风帮王老师出录音的碟盘，夏风不肯，又为白雪没有听他的话去打胎而生气，两个人吵了一架，夏风就摔门回了清风街。回到家，夏雨带他去了万宝酒楼散心。

夏天礼死了，死得毫无预兆，不明不向。我早上才发现他死在河堤上，额头上和后背上都是青的，夏天礼这些年一直在私下贩银元，肯定是银元贩子见财起了黑心，把夏天礼打死的。自从夏天礼死了，这个家里就祸事不断，雷庆又被没收了驾照，分配在后勤干活，他一气之下就回来呆在家里，天天在家生闷气，翠翠要去省城的美容美发厅打工，他就打了翠翠一顿。眼看家里乱成一团，夏风就把三婶接到自己家里跟他娘说话。

夏风让夏天智给脸谱的书写一个前言，介绍秦腔历史、脸谱之类的知识，夏天智憋了很久都没有写出来。夏风为他爹的书请来了城里的黑编辑审查了所有的照片和文字。我把当时展览时白雪给我写的秦腔介绍给上善看，他拿走了就不给我，气得我在院子外面朗诵别人写给白雪的诗。夏天智招呼来道贺的人喝酒，夏风去请夏天义，正好碰见夏天义用一套红木八仙桌换了李三娃的手扶

中国当代乡土小说大系

第三卷 ···

拖拉机。饭桌上，君亭说夏天义修七里沟是故意给他难看，决定干脆就让夏天义把七里沟承包了，村里也不要他一分钱，还把村上的旧手扶拖拉机给他使用。夏天义那边庆玉和李三娃为了八仙桌却争执起来，夏天义一气之下用斧头把桌子砍成了木片。夏天智家的客人都来到夏天义家劝解，夏天义不满意让他承包的主意，无奈并没有人帮他说话，一行人又回到夏天智家喝酒。席间上善把白雪给我写的文章拿出来，黑编辑说，这不是秦腔脸谱书现成的序吗？一高兴，上善、新生他们就又唱起了秦腔。

夏家在东边热闹着，白家在西街也热闹着。白雪娘家二婶的儿媳妇超生，在外面躲了好久，刚偷偷跑回来，就被金莲知道了。金莲带着人去抓江茂媳妇，也就是白雪的堂嫂，改改。改改躲到白雪家，还是被金莲她们找到了。拉到大清堂去做流产。说来也邪，就在孩子落地的时候，恰好停电，等赵宏生点燃蜡烛，孩子就被改改的婆婆抱走了。

夏天义把夏家所有的孙子、孙女都叫到七里沟，给他们讲夏家的祖先的历史和清风街的历史，孩子们并不感动，反倒埋怨祖先们逃荒也没有找到好地方。夏天义说什么，他们都顶嘴，气得夏天义发了火，让他们都在七里沟劳动。孙子们在七里沟劳动，媳妇们虽然不乐意，但也乐得让夏天义管管他们。夏天义在七里沟种了北瓜，长得很好，见人就送，还让我给秦安送去。三踅的媳妇不生孩子，让赵宏生找孩子们给他媳妇的被窝里塞瓜果，传说这样媳妇就能怀孕，这些孩子也拿了我们种的北瓜去。夏天义却不高兴，他说三踅就是个祸害，难道让他家再生个祸害？文成给北瓜里面拉屎，被夏天义发现了，我和文成打了一架，孩子们就再也不来了。又只剩下我和哑巴跟着夏天义。

我在河边捡到一块白雪遗下的手帕，我猜她一定是故意遗给我的，赵宏生教给我一个秘方，让我在这块手帕上沾上蛇的精液，然后再拿手帕的白雪面前晃晃，她就会喜欢我了。我再遇到白雪的时候，就用这块手帕在她面前晃，没想到惊吓了白雪，我又羞又怒，足足有一个礼拜没有缓过劲儿来，就去了七里沟的草棚里住着不回去。夏天义再来的时候却告诉我，白雪早产了，生下的女儿瘦小的像个老鼠。清风街的人都在骂我，因为我惊吓了白雪她才早产了，我自己也觉得罪孽深重，就去找中星爹给白雪和孩子算卦。

夏天智添了孙女，非常高兴，夏风又捎回来几大捆印好的《秦腔脸谱集》，一激动又在高音喇叭里放秦腔，还在喇叭里念起了那本书的序。出奇的是，白雪的女儿听到了秦腔就不哭了，来运也会跟着秦腔的节奏长声嘶叫。而孩子只要看到夏风就哭得更凶。夏风不抱孩子，跟白雪也没了话，书正来看孩子，顺便请夏风去乡上吃饭，夏天智就让夏风带了新出的书给乡上的领导每人送一本。

大婶和二婶来看孩子，意外地发现这孩子竟然没有肛门，夏天智当场晕了过去，醒来老泪纵横，嘱咐在场的人不能给任何人说起此事。夏风被乡长晚上才送回来，乡长告诉夏天智，中星的爹死了，死在南沟的寺庙那儿。这天夜里我睡不着，就去文化站看他们搓麻将，才知道他们半夜去 312 国道拦截过往汽车抢劫，我劝他们，他们不听，我就说要去给君亭举报。路上遇见武林，他说白雪在外面给孩子叫魂，我以为孩子夜哭，就帮她满街贴治娃娃夜哭的纸条，贴了一夜，忘了举报的事情。

第二天一早，君亭来找我去给中星爹搬尸。埋葬中星爹的时候，中星没有回来，他在北京上中央党校半年的培训班。"二七"的时候，他才坐着小车回来。他听说是我把他爹从虎头崖背下来的，就给我钱要谢我，我没有要他的钱，让他把手上的皮手套给了我。我帮中星背了背笼去给他爹上坟，他把那本杂记本给了我。这个杂记本里都是过去给人算卦和给自己占卦的事情，还有骂我的内容。他给清风街的人卜了卦，他说新生死于水，秦安能活到六十七，三踅死于绳，夏天义埋不到墓里，夏风再也不回清风街了。他还说夏天智住的房子又回到了白家，君亭将来在地上爬，俊奇他娘也要埋在七里沟，俊奇当村主任。我觉得他说得可笑，可忽然又有些害怕，就把杂记本点着烧了。

我准备砍些野桃木钉在中星爹的坟上，免得他作怪。可路上却做了一件对不起白雪的事情。我在路上遇到白娥，她勾引我，我就和她做了那件事，事后她说我是好男人，可我越发恶心自己了。

农贸市场开始冷清了，摊位上堆满了土产，收购的商贩却越来越少，上善还在收摊位费，人们心急如焚，书正两口子还为这打了一架。马大中趁机劝人们改行种香菇，他可以赊前期的投资。马老板还帮夏雨的对象，也就是金莲的侄女办了一个职业介绍所，只介绍女的，不介绍男的，谁知道他们介绍女孩子出门干什么。夏天智老两口早就看不惯她疯疯癫癫的做派，这下越发不满意了。

两委会召开了三次会议，决定把荒芜的土地收回来，并让丁霸槽来承包，丁霸槽暗地里却把地转包给了陈星，自己从中吃差价。这事被三踅知道了，他来到七里沟见夏天义。夏天义说他要告状让上面重新分地，让每一寸地都不闲着，不会支持三踅承包。三踅当然不肯，他爹他娘老了，他还种着他们的地，重新分地他就吃亏了。

天冷得像下刀子，我们的那棵麦子却长出了穗子，足有一拃二寸长，天神，这还是麦子吗？夏天义却在村里忙着丈量土地，统计每家的人口，然后拿了建议信去找夏天智修改。夏天智看罢，觉得这是了不起的事情，就帮他修改了材料，夏天义第一个签上了名字，夏天智也替四婶和夏雨签上了名字。接下来的几天夏天义挨家挨户地走动，希望每家每户都能签名，可大部分人都不愿意签名。书正不肯签名，又顶撞了夏天义几句，竟然被来运吓得从三米多高的墙垴上掉了下去，左腿踝骨骨折了。

夏天智和白雪抱着孩子去省城治病，我想念白雪，就光着脚顺着白雪的脚印走。乡政府找了新的炊事员，书正媳妇就找夏天义，要他赔偿五千元，夏天义就不再去看书正了，膏药也只让哑巴送去。书正媳妇见天来给夏天义撒泼，竹青去找书正谈，书正坚持要一千块钱赔偿。夏天义的几个儿子没了主意，就把气撒在来运身上，可怜的来运被他们打得口鼻冒血，夏天义大发雷霆。

夏天智回来了，孙女的手术很成功，他满怀高兴。听了书正的事情就找夏雨要了一千块钱，给书正送去。可夏天义还是气病了，脖子上长了个疖子，庆金为了给他爹治病筹钱，就偷偷去西山湾卖了血。夏天义打了两天吊针就缓过来了，庆金却被查出来是肝硬化。

庆玉和黑娥结婚了，连他爹都没有请，只待了三桌的客，还是请了我。武林哭得在庙门上撞头，我同情他，就没有去喝庆玉的喜酒。在省城照顾白雪和夏风的腊八回来了，她说孩子的病还得再做一次手术，夏风和白雪经常吵架。夏天智听了顿时心烦起来，决定去省城看看。还没等夏天智动身，白雪就抱着孩子回来了，她还给三个婶子每人买了一双胶鞋。白雪变得又黑又瘦，绝口不提夏风，夏天智知道两个人是真的闹崩了。夏天智要给孙女认个干爹，恰巧我就迎面走过来了，清风街的风俗，认干爹，就是面对一个方向，遇到谁就是谁，哪怕遇到是只猪，要不是王老三眼睛尖挡住了我，这件事还真不知道怎么下场。四婶怪他不肯让孩子认我当干爹。夏天智从此添了胃疼的毛病，刚好中星回来，用小车捎了他去医院，检查出来竟然是胃癌，直接就住院准备做手术。

等我知道的时候，夏天智的手术已经做好了，我想去看他，夏天义不让我去，他也不去，说去了会更加重他的病。我就学中星他爹让树给他添寿，当晚刮了一夜大风，三十棵大树都折了腰肢，我知道，他们这是把自己的寿命让给了夏天智。

眼看腊月底了，清风街却开始收税费。正开着两委会，大清寺院子里的白果树竟然断了一股，还压着了正在厕所的上善。清风街的欠账主要有三个部分，一部分是当年为了修建七里沟的贷款和利息，一部分是国家税金、各项摊派和"三提五统"，还有一部分就是村集体为了完成乡里完成的任务而借的款项。乡里还派了税收组的专职干部张学文来协助工作。张学文是从县纪委调来的，年轻气盛。借着乡上的决心，君亭这次是要来硬的了，不光把干部们分下去包干，还拟了个征收的口号。研究征缴的方法的时候，干部们纷纷抱怨费难收，但都被张学文顶了回去。讨论了半天研究了对策，征缴工作开始了，三踅借口去收款筹钱逃掉了，武林的钱被黑娥偷走了，交不上，就去找黑娥要钱，被庆玉打了一顿，坐在门口直哭。瞎瞎不肯交，金莲就去君亭那里告状，瞎瞎交了五十元再也不肯交。村里鸡飞狗跳，七天下来，只收到了全部税费款的五分之一，那些交过了的人家发现大多人家没交，又来要求退钱。底下人叫苦连天，各个组长纷纷撂了挑子，君亭去给乡长反映，被骂了一顿回来，张学文还说他护着夏家，君亭也生气了。

张学文和乡里两个干部带了两个派出所的警察去了东街。抓不住三踅，又去瞎瞎家戳了粮食，武林交不上钱，他们要拉着武林去乡政府，武林不肯去在院子里厮打起来，瞎瞎不让张学文拉他的车，张学文让警察把瞎瞎铐起来就要带走，竹青闻讯来挡也没有挡住，巷子里看热闹的人越聚越多，这时候夏天义出现了。因为夏天义的出现，这次税费征缴工作变成了一场轰动全县的大事件。那天我们本来在七里沟，可夏天义总觉得心慌，结果回村就遇到了这样的场面。

张学文根本不买夏天义的账，鼓劲把车子一推把夏天义撞倒在地，然后赶紧推着架子车跑了。夏天义的锁骨断了，人疼得晕了过去。众人更被激怒了，一哄去撵张学文，张学文一看害了怕，丢了架子车，拉着武林和瞎瞎就往乡政府跑去。竹青跑进夏天智的卧屋打开高音喇叭，在上面喊，乡政府来收税费铐了人，戳麦抬门还打人了，人们听到了群情激奋，都一路咒骂着往乡政府跑。不一会儿，数百人就把乡政府给围了，吼声连天，里面的乡干部就慌了神。乡长忙给君亭打电话，电话铃响着却没有人接。君亭估摸着要出事，又没有办法，就绕道躲到了西山湾，上善过了半个小时才接的乡里的电话。

黑压压的人群在乡政府门前叫骂，他们用一棵树桩撞铁门，铁门眼看就要被撞开了，上善站在了门口，他并没有理会里面的乡长，却在外面和稀泥。乡政府院里的狗赛虎扑向人群，被愤怒的人们打死了。上善躲到厕所里，一直也不出来。警察抓住了撞门和勒狗的八个人，铁门才从里面被拉开了。这就是著名的"年终风波"，这一年县上发生了五大案件，我们是大拇指。这天晚上下起了雪，到处都是白茫茫一片，别人都回家了，八个人，还有瞎瞎和武林被关押在了乡派出所，来运在赛虎死的地方嗅来嗅去。上面派了专案组连续三天三夜调查风波的经过，随后把那八个人拘留了十五天了事。竹青被认为是煽动群众闹事的，可竹青跑了，君亭去信用社贷了三十二万元作为税费款交给了乡政府。

夏天义的伤还没有好，这次事情以后，他瘦了很多，也更沉默了。竹青回来，夏天义陪着她去派出所自首。路上看到万宝酒楼的丁霸槽正在剥赛虎的皮，要给乡政府的人炖着吃。竹青在派出所刚被铐起来，刚好夏风回来了，就被放了。夏风是为他爹的病回来的，他开始并不知道他爹是什么病，也不知道自己无意中帮了竹青的忙。他去看了看夏天义就坐俊奇的摩托去了县城，见了白雪也并没有说什么。

夏天智终于出院了，县委的小车送他回来的，车上拉满了年货，夏天智下了车坚持要自己走回家，见了夏天义却忍不住老泪纵横。夏天智的身体恢复得很快，每天都有人来看他，四婶便烧水做饭。夏天智高兴夏风回来，可是恨着夏风和白雪闹矛盾，眼看着他俩没事了，心里便朗然了，便招呼一家人坐在一起吃饭。夏风再去了趟乡政府，庆满他们就被提前放回来了，夏风的威信在清风街又高涨许多。赵宏生跟他聊起夏天义，发现县志里多处都提到了夏天义，才知道他二伯曾经的风光。

第二天，白雪问夏风为什么对她和孩子这么冷淡，为什么心肠这么硬？夏风说日子没法过了。两个人说到离婚，白雪就写了离婚书，夏风也真的签了自己的名字。白雪看夏风签名的时候毫不犹豫，就生气地回了娘家。夏天智回家听说夏风把白雪气得回了娘家，又不肯去请她回来，就把他一脚端在了地上。

腊月三十早上，夏风回了省城，四婶听说了眼前就是一黑。夏家四兄弟每年春节都是轮流在各家吃饭，四个人先到夏天仁家，然后再到夏天义家，吃罢了再去夏天礼家，最后在夏天智家吃饭到下午，然后喝完茶再去看戏。夏天义还要上台讲话。夏天仁不在了，夏天礼死了，夏天义伤还未好，夏天智又刚出院，今年自然不比往年的热闹。这个年就这样过了，清风街没有耍社火，也没有唱戏，和往常的日子一样。我，为我爹、我娘、白雪、夏天义和所有我想要感谢的人吃下一口饭，喂饱了院子里的麻雀和蚂蚁，就算过年了。

四婶从西街请回了白雪和孩子，听说白雪的大哥回来了。白雪就去各家请了大家吃饭，哑巴来叫我也去夏天义家吃饭。我并不知道他还请了夏天智和白雪他们，等见到夏天智和白雪他们进来我就有些不知所措了。吃饭的时候，我还给白雪敬了一杯酒，她竟然站起来抿了一口，我高兴极了，连吃饭的心思都没了。

九九过完，春天就快来了，许多回家过年的人过了正月十五都回城里了，我们也往七里沟去了。可是夏天义的身体真的不行了，他抬不了石头了，只能指挥我和哑巴。这时候羊娃被抓走了，听说他年前在城里入室盗窃，杀了里面的老两口。看到这里我们有些后怕，要不是七里沟，我们也会跟他一起进城，说不定也会和他一起杀人。我又一次看见了白雪，当天晚上我的病又犯了，变得痴痴傻傻。赵宏生知道我得病是因为白雪，可他治不了我的病，夏天义找了偏方给我叫魂，我没吃他的烧鸡蛋，看见白雪，病又好了。

白雪又跟着剧团出去演出，四婶就带了孩子，夏天智买了奶羊喂孩子。夏风来信了，白雪拆开里面只有一份办好了的离婚证明书。白雪没有惊慌，也没伤心，她美美睡了一觉，被孩子吵醒了，一直哭到天亮。白雪一早出去演出，夏天智看到了那张离婚证明，晕了过去。

夏天智又病倒了，他安顿后事，说白雪不是儿媳妇也是他的女儿，日后这个院子分成两份，白雪和夏雨一人一份。夏天智肚子上的伤口起了个包，赵宏生怀疑夏天智的病又复发了，给夏雨说了，夏雨心里难过，就每天回来，还带金莲的侄女回来。这段时间夏天义却越发黑瘦了。

夏天智回家撞见夏雨和金莲的侄女衣衫不整，病就一天天加重，但他还是不让告诉夏风。我去看夏天智的时候他已经失了人形，我看院子里的痒痒树也长了个疙瘩，就把那疙瘩劈了，我以为夏天智身上的肿瘤也会因此就没了，夏天智却在第八天咽了气。夏天智是听着秦腔微笑着死的，我知道他上了天堂。夏天智要他的书当枕头，还要他的脸谱马勺盖着脸，还是白雪知道他的心思。直到入殓后，夏雨才想起来通知夏风，可他偏偏不在省城，要明天天黑之前才能回来。夏风回来的路上车被拖走，又是车坏，等他赶到的时候，夏天智已经下葬了。他最终没有见上四叔最后一面。四叔说他死了也不要夏风送葬，他就真的没有送上。

夏天智过了头七，夏风就回了省城，陈星也背着他的吉他走了，夏天义还在日复一日地修他的七里沟。县上终于派人来调研重新分地的事情了，夏天义却在这个当口死了。

清风街下了一场大白雨，雨大得人出不了门。下了好几天，有人家墙倒了，有的厦房倒了。街道上的水流得像小河。清风街的人都发愁，一旱旱了五年，一下却把五年的雨都下来了，岂不是要把人灭绝了？这天晌午雨总算停了，夏天义就鬼使神差地穿着新衣服，带着我和哑巴去了七里沟。我和哑巴干活，夏天义坐在草棚门口望着自己的坟发呆。就在这时候，忽然间一阵巨响，一股气流把我推倒，我就什么也不知道了。等我醒来才知道，七里沟的东崖大面积滑坡，把草棚埋没了，把夏天义的坟埋没了，也把夏天义埋没了。滑下来泥土太多，夏天义根本刨不出来，于是就不刨了，权当是夏天义得到了厚葬。县上来调研的人进了清风街，第一个就来找夏天义，当知道夏天义死了，都说他怎么在这个时候死了。夏天义死了，他的儿子们还在为树碑的钱吵闹不休，夏雨把先前为他爹准备的石碑先让给他二伯。石碑有了，碑文却犯了难，二叔英武了一辈子，总该给他刻上一段话的，可是这段话谁也概括不了，那就只好等夏风回来了，于是一面白碑子就竖在了滑脱下来的土石崖前。

从那以后，我就一直在盼望着夏风回来。

（作家出版社 2005 年 4 月版，黄悦缩写）

刘醒龙

LIU XING LONG

　　1956 年出生于湖北古城黄州。祖籍湖北团风。1973 年毕业于英山县红山中学。1975 年后在县阀门厂工作。1985 年起先后任县文化馆创作员、县创作室主任，黄冈地区群众艺术馆文学部主任、黄冈地区作家协会常务副主席、《赤壁》文学季刊执行副主编。1993 年加入中国作家协会。现为湖北省作家协会副主席，武汉市文联副主席，芳草杂志社总编。

　　1984 年开始发表文学作品。著有中短篇小说集《异香》《凤凰琴》《恩重如山》《黄昏放牛》《秋风醉了》，长篇小说《威风凛凛》《生命是劳动与仁慈》《寂寞歌唱》《爱到永远》《往事温柔》《痛失》《弥天》《圣天门口》《天行者》，长篇散文《一滴水有多深》及《刘醒龙文集》（4 卷）等。中篇小说《挑担茶叶上北京》获第一届鲁迅文学奖。

圣天门口

（内容梗概）

上　卷

故事发生在鄂东大别山区。在开满燕子红的那座名叫天堂的山下，有一处向山而立的小镇叫天门口。镇上生活着两个大家庭——雪家和杭家，雪家温文儒雅，乐施好善，周济穷苦。杭家武状元出身，后代个个勇武，是天门口女人的念想。两家有些家族的恩怨，但一般也能和平相处。镇上的人敬畏雪家和杭家，但也受着他们的卫护。日子在宁静的西河水的流淌中，在燕子红的花开花落中，在柯木梓的浪漫牧歌中，在镇人嗜好的听说书的陶醉中，在"挖古"（鄂东方言，指聚在一起闲聊）的调侃声中，在杭家男人的风流情事的传播中日复一日的过去。哪怕法国人费尽心机也没能用他们的信仰改变小镇的一切，只留下了一处小教堂。这小教堂仿佛是在为两个女人的登台冥冥之中的安排：她们是梅外婆和雪柠。

1916 年的冬天，雪家正在喜气洋洋的准备为儿子娶媳妇。新婚前夕，新郎雪茄发现容颜美丽的新娘阿彩竟然是一个满头癫痫的女人，便悄然离家出走。逃婚的雪茄到武汉投奔辛亥革命的元老梅老先生，并由此与梅家美丽的女儿爱栀成婚。女儿雪柠是一个奇怪的女孩，生下来不久，就因为家里吃活鱼而哭闹不止，抓周的时候却指着窗外要天上的白云，几岁的时候就显示出过人的聪慧和美丽。在善良优雅、笃信基督教的梅外婆和奶妈常娘娘的精心照料下，雪柠很快就长成了楚楚动人的少女。这一年的武汉，乱哄哄的街上，到处是以战斗的名义杀人无数的士兵变成的英雄，雪柠很奇怪平时杀人都是犯罪，为什么在战斗中杀人越多却越光荣？她睁着天真的眼睛问梅外公说："历史上谁是第一个被杀的人？"全家人都被这个问题难住了，谁也无法回答。雪柠七八岁就爱上研究气象的柳子墨。柳子墨爱的是日本女子小岛和子。新占领武汉的统治者希望德高望重的梅外公与他们合作，遭到梅外公拒绝，梅外公被无辜杀害。雪茄只好带着妻子爱栀与女儿雪柠回到天门口，试图躲避战乱。

然而，宁静优美的天门口，也不是净土了。在一个下着冻雨的寒冷早晨，年轻英俊的董重里以说书艺人的身份出现在天门口，安身在小教堂里。董重里擅说神奇的《黑暗传》，这部汉民族的苦难史诗从天地始生说起，历经三皇五帝，一直到辛亥革命。董重里以说书的方式在天门口扎下了根，也把革命的意识潜移默化地融进书文中。等到另一个革命党人傅朗西在大革命失败后从武昌来到天门口，天门口的天地就要变化了。

傅朗西来到天门口，首先引起了宁西河上木板桥的常守义的兴趣，他成为动机有些可疑的革命分子。但通过什么方式发动群众，董、傅、常的意见不能统一。带点痞性的常守义为了激起杭家和雪家的对立，在没有组织同意的情况下，私自用柯刀杀死了马镇长和杭家老二，嫁祸雪家，这个举动使杭家迅速站在了革命一边，还带去了很有威慑力的铁砂炮。马镇长弟弟马鹞子在县自卫队当官，为了报仇，把杭家第三代中英武的杭九枫抓进了县大牢。天门口的仇恨像即将冲天的火焰。

在雪茄逃婚后，觊觎阿彩美貌的杭九枫借着为阿彩治鸦片烟瘾的机会接近了阿彩，并利用他硝狗皮的手艺为阿彩治癫痫。阿彩心中对雪茄恨爱交织，最终投入了杭九枫的怀抱。这层关系令雪家感到羞耻。雪大爹出于报复，以向国民政府谎报说是杭九枫杀了马镇长为条件，推荐打更人段三国为天门口的镇长。杭九枫被马鹞子带领的国民自卫队抓进县城监狱里，遭到马鹞子的残酷折磨。随父母返回天门口的雪柠在县城里遇见了被捕的杭九枫，她坚持要雪大爹出面把杭九枫保释出来。雪杭两家的第三代在这里开始了与上一代不一样的关系。

傅朗西组织天门口的农民暴动，成立共产党的独立大队，带领他们攻打县城取胜后退回天门口建立了农会。几天以后，保安团的冯团长带领政府军来偷袭天门口，血洗天门口，一时间天门口血流成河，死人无数。为了报复，傅朗西带领独立大队如法炮制，也偷袭县城得手。

在雪家警惕天门口局势的变化，又不得不利用阿彩和杭九枫的特殊关系获得暂时的安宁时，雪茄回到天门口。阿彩恳求雪茄给她一次欢爱，并答应以这个作为保护雪家全家的条件。可在激情燃烧之际，雪茄再一次离开了阿彩。愤怒的阿彩再次走近杀气腾腾的杭九枫。从雪大爹被关进死牢开始，转眼之间，雪家只剩下年幼的雪柠。参加暴动的杭家在自卫队和冯旅长的反攻中，也几乎被灭门，只剩下杭天甲、杭九枫父子。一时间，天门口尸横遍野，万户萧疏。

天门口成了国民自卫队和共产党的独立大队拉锯战的地方，镇长段三国为了在国共两只军队的夹缝中求得生存，分别把大女儿丝丝嫁给了杭九枫，小女儿线线嫁给了马鹨子。

由于国民自卫队实施株连九族的迫害。许多人家都急着想将自己家的田地卖给雪家，少年雪柠不知如何是好，恰好梅外婆从武汉来到天门口，她帮雪柠做主买下了土地，并且让土地的主人继续耕种。还未成年的雪柠成了西河上下的大地主。

雪柠和梅外婆厌弃一切名义的暴力以及仇杀。她们的慈慧生出的高贵也保护着她们自己。一个秋天的早晨，梅外婆和雪柠正在西河边上散步，董重里挑着一担柴作掩护住进了雪家的紫阳阁，与雪家的丫环杨桃成了患难夫妻。几天后，一个从六安来的男人谎称冯旅长的父亲病危要通知冯旅长回去，他自己骑马摔断了腿，由马鹨子派人继续送信。在返回路上，他们遭到杭天甲和杭九枫带领的独立大队的伏击，死伤了二十几个人，所有武器被抢走。这原来是独立大队利用了冯旅长对梅外婆的信任设的骗局。冯旅长独自回六安验证了父亲平安无事后，返回天门口对这起事件进行了报复。梅外婆被马鹨子关进了小教堂的一间屋子里，马鹨子用老鼠、毒蛇、死人等多种方法折磨她。笃信基督教的梅外婆深信"折磨别人的人，其实是在折磨自己"，靠着坚韧的毅力，梅外婆在狱中安然地度过了几个夜晚。这时，柳子墨带着小岛和子与小岛北来到天门口，准备建一座测候所也就是气象观测站。马鹨子让他把梅外婆保出来，雪柠终于见到了日夜思念的柳子墨，可柳子墨来去如云。

*丝丝*和线线同时难产，马鹨子束手无策。梅外婆不计前嫌，毅然出面去为她们接生，救下了四条人命。然而其中一个婴儿死了，马鹨子和杭九枫只好共同拥有那个叫一镇的男孩。

正当独立大队从保安旅夺了一批武器，势力壮大的时候，却遇到了前所未有的危机。最先发现这危机的是瞎子常天亮。一个秋天的黄昏，常天亮生病发烧，接连几天都如此，他在昏睡中看见一群长着人脸的波斯猫在绕着天门口哭，那些人的脸都是他所熟悉的独立大队的人，其中也包括他的父亲常守义。傅朗西的肺病日益严重，身体一天比一天差，山里的生活条件义不好，缺医少药，所以独立大队把傅朗西秘密送到雪柠家养病。

新来的大别山区苏维埃运动最高领导人张主席发布命令，要独立大队的主要战斗人员带上所有精良武器，离开天门口，伺机与工农红军主力会合。接二连三的命令不断传来。杭天甲和常守义认为这是最高领导人怕死，要独立大队去保驾勤王，不愿离开天门口。杭天甲用手枪自残，常守义私自杀死了交通员，深知其中厉害的傅朗西肺病加重，将指挥权交给了董重里。

董重里出于诚恳将交通员的死因用书信汇报给张主席。信发出后，常守义的儿子常天亮，凭着一个瞎子的敏感看到了未来无数的鬼魂。不久，张主席派来了教导团和"五人小组"，"肃反"开始了。审讯从常守义开始，受不了连续不断精神折磨的常守义以嘲弄的口气信口开河。常守义、杭天甲、傅朗西的爱人麦香被虐杀，独立大队主力第一、第二中队被骗进山沟全部杀害。傅朗西暗中指示杭九枫以打一个胜仗来体现"肃反"意义为名义，带着最精锐的敢死队员们离开天门口以保存实力。

中　卷

性格复杂的董重里，从一开始就不赞成杀雪大爹等人，认为雪家的存在能够给天门口带来生活的便利和安宁。激进的革命偏离着他的理想，事实的发展又总在证实他的怀疑。不断困惑的董重里，在独立大队和群众忍受饥饿的日子里，一反常态遵命押送一万三千块银元到大别山北部某地，企图借机说服张主席体恤穷苦人。他遇到了傲慢和冷漠的侮辱，还差点丢了命。在困惑和痛苦中他第一次辞别了革命队伍。

1932年，日本人攻打上海，但是国民政府对工农红军的围剿更加残酷，杭九枫被选入主力部队，跟随第四方面军离开了天门口。雪柠和梅外婆努力帮助人们苦度春荒。独立大队也在傅朗西的带领下，撤向天堂山深处。

在一个天高云淡的秋天，年轻的气象学者柳子墨听从湖北省国民政府王参议的建议重回天门口，建起一座测候所。王参议说柳子墨一个人可以抵三个师，是因为他的气象数据在将来的战争中会发生重要的作用。随着柳子墨的到来，天门口的力量在大善大爱，革命（反革命）的仇恨之上，增加了科学一支。雪柠非常快乐，但随后赶来的小岛北和小岛和子给雪柠的爱情蒙上了阴影。小岛北是柳子墨日本读书时的同学，也是一个优秀的气象学者。雪柠拼命地帮柳子墨做大别山区的水文资料调查，却在即将做好的时候，被小岛北盗走。小岛北同时还强行带走了深爱着柳子墨的小岛和子。柳子墨和小岛和子相约来年大别山中的燕子红花开的时候再相聚，雪柠的奶妈常娘娘的儿子常天亮爱着雪柠，但他知道雪柠爱柳子墨，而柳子墨在等待小岛和子。几个人都在痛苦中等待着。

这期间雪柠已经完全成熟了，穿上武汉的邓裁缝裁制的旗袍，风华绝代；她在意着小岛和子钟爱的燕子红，在秋季到来后承诺，谁能弄到一朵燕子红，就免谁一担稻谷的租子。阿彩带着独立大队的残部躲在天堂山的深处。她一直预感，杭九枫会恋上雪柠，趁他回来之前，派林大雨装成猎户下山卖死豹子，将雪柠和柳子墨诓到秘密驻地，强行给他们举行了婚礼。简陋的新房里，铺缀着数百朵的燕子红，战争时期更显别样温馨浪漫，柳子墨却逃离了。逃跑过程中，他发现了天堂山独特的气候环境，成了他后来水战的灵机所在。一直找不到独立大队影踪的马鹞子，通过西河上漂浮的鲜艳的燕子红也发现了这个秘密。在突袭独立大队的激战中，马鹞子和阿彩同时负伤，隔着一块大石头躺在战场上。梅外婆作为他们唯一信得过的人被请来，既保护了阿彩，也救治了重伤的马鹞子。这也是天门口恩仇的常见形式。

逃婚后的柳子墨，获知小岛和子的死讯，悲痛不已。但时间会缓释痛苦，就像燕子红，谢后又会重开；柳子墨手捧燕子红来到雪家，郑重向雪柠求婚了。这是一场乱世佳人式的浪漫爱情历程。

杭九枫从第四方面军所在地四川逃回天堂山后的第二天，便带着独立大队的人马攻入天门口。适逢雪柠难产，梅外婆请擅硝狗皮的杭九枫一起为雪柠做剖腹产手术，挽救了雪柠，同时也使雪柠有了可爱的女儿雪蓝。

日本侵华战争全面爆发，有远见的王参议意识到天门口的重要战略位置，在他的奔走与安排下，对立双方的军队暂时握手言和。傅朗西也以国民政府巡视员的身份重回天门。1938年秋天，武汉保卫战进入到了关键时刻，作为旅团长的小岛北统率一支精锐日军进犯天门口，企图以奇兵之势合围武汉。紧急时刻，傅朗西开导柳子墨谎报天门口的气象资料，促使因久旱无雨而心急如焚的王参议和冯旅长下决心阻击日寇于天门口。后来柳子墨终于运用科学手段，在天堂山烧燃森林，形成火成云类暴雨。一场突如其来的暴雨，引发巨大的山洪。与柳子墨同出师门的小岛北，学术不精却刚愎自用，不相信这种气候之下会降暴雨，使得日军大败，战局逆转之下，小岛北自杀身亡。

在柳子墨的哥哥柳子文的安排下，董重里以国民政府县长的身份回到天门口，他做的第一件事就是让一场战役结束后，又磨刀霍霍的杭九枫和马鹞子各率队伍后撤十里，回各自防区，还天门口以安宁。

正当天门口人沉浸在胜利喜悦中的时候，日军悄悄地来偷袭天门口。常天亮用他特殊的对灾难的预测能力感知到日军逼近，他大声叫嚷唤醒了天门口人。大家在傅朗西和董重里的带领下，撤离天门口。然而，梅外婆和杨桃因遭人暗算晕倒在白雀园内，落入日军之手，惨遭蹂躏。被救出来后，杨桃跳崖自尽，梅外婆在小教堂悠扬的钟声中从昏迷中醒来，她原谅了那个暗算她的人，平静地面对人生的一切。

王参议恋上了梅外婆。两个老人的心里都充满着温暖的幸福。梅外婆犹豫再三，一场大雪之后，她在雪地上写下一行字，拒绝了王参议的求婚。失恋的王参议本想离开天门口，但柳子墨的哥哥柳子文带来了日本人要对天门口实施细菌战的消息，他留下了，和天门口人一起对付细菌战，不幸悲壮死去，葬在了天门口，和小岛北一起长眠于高高的山坡上。

冯旅长来天门口悼唁他的好友王参议，带来了不好的消息。到武汉买显微镜来对付细菌战的柳子墨被日本人扣留。冯旅长想强娶雪柠，但是梅外婆和雪柠身上流露出的爱的力量，使他改变了主意，独自带着他的军队离开了。

冯旅长此次带着队伍来，还为了捕捉这段时间里神出鬼没的傅朗西。得手之后，冯旅长将其软禁在雪家，却被梅外婆和雪柠妙手施救。重获自由的傅朗西设计让董重里失去了县长位置，回来主持独立大队的工作，自己则远行另外接受任务。

董重里任职后的第一件事是营救到武汉买显微镜被哥哥柳子文出卖而行动自由受到限制的柳子墨。董重里和阿彩装扮成夫妻到了武汉。此时柳子墨和千辛万苦从日本寻找而来的，曾经投海自尽却被人救起的小岛和子住在了一处。他们带了一盆燕子红，落脚在最会做旗袍的邓裁缝处。小岛和子知道他们的目的，她已经病入膏肓，慰安妇的屈辱，对爱人的挚爱，使她希望她的爱人尽快离开她的身边。借着借燕子红的机会她不断向董重里提供柳子墨的行踪，并配合他们救出了柳子墨；但柳子墨不肯走。

此次武汉之行坚定了心性高傲的阿彩离开杭九枫的念头，武汉的繁华让一个女性的心进一步复苏着自尊。在这儿她以仇恨的方式结识了后来成为丈夫的满春园二老板。

下　卷

久无战事的局面让董重里准备再次离开独立大队，但皖南事变的发生使局势突变。屡经激战，面对冯旅长军队的残暴，为了保存实力，董重里只身来到天门口谈判，将独立大队残部改编为自卫队一部，避免了进一步的杀戮。为证心迹，董重里还娶名满西河的妓女为妻，梅外婆为此向他深深三鞠躬，还把董重里的新婚妻子安排到布店里干活，使得她真的有了新生。为了进一步减少战事，梅外婆用土地和布匹奖励那些脱离独立大队的士兵，希望他们结婚成家，安下心来过日子。

一年多后，小岛和子带着女儿雪莶回到了天门口，欲以病入膏肓之躯来为哥哥报仇。受雪家邀请的冯旅长骑着白马，用军号吹着《茉莉花》来到。梅外婆看透了小岛和子的心思，屡屡主动帮她谋划如何杀死冯旅长，最终让小岛和子意识到她其实是不能杀人的。小岛和子解开心结以后，很快病死在天门口，并如愿地安葬在哥哥身边。

抗战胜利后，柳子墨回到了天门口，重新开始测候所的工作。他的哥哥柳子文发国难财，用贿赂免除了汉奸的罪名。此时，在大别山区新编第四军第五师的杭九枫，经过九死一生的中原突围大战，带伤回到天门口，落入马鹠子之手。马鹠子用千百条松毛虫折磨杭九枫。梅外婆和雪柠竭尽全力帮助杭九枫。为了挽救杭九枫的生命，雪柠不辞辛劳为他四处寻找富有免疫力的人和各种牲畜的初乳，终于救得杭九枫一命。

1947年内战爆发，傅朗西同第二野战军一道回来了。他没有再让杭九枫重组独立大队。为了彻底摧垮旧政府，傅朗西在雪家囤积了大量的法币，并利用董重里仍旧担任国民政府县长之便，将法币交给了柳子文，加快了武汉地区通货膨胀的速度，导致经济全面崩溃，民心涣散。

冯旅长的保安团和第二野战军在天门口打了一仗，因为冯旅长的部下吕团长克扣士兵的军饷来放高利贷，引起士兵哗变。冯旅长战败，带着贴身侍卫逃到鬼鱼潭附近时，中了傅朗西的埋伏。冯旅长死在那里。

经过前后四次易手，第二野战军最终占领了县城，天门口也随着马鹞子的逃跑结束了多年的战事。新政权成立后，傅朗西担任了省人民政府副主席。杭九枫只被任命为监狱长。阿彩跟着傅朗西和紫玉到武汉。

梅外婆生命垂危，可是还在牵挂着别人的安危，听到阿彩要到武汉去，找当年她与董重里一起营救柳子墨时给她带来难堪的春满园二老板报仇，就写信告知对方。阿彩晓得后，就去为梅外婆做了一套寿衣拿回天门口。梅外婆没有责备她，反而在临死之前要她答应，放过春满园的二老板。梅外婆自知不久于人世，将天门口交给雪柠，并流下了唯一一次眼泪。梅外婆去世了，雪柠和柳子墨带着孩子们给梅外婆举行带基督教意味的、简朴而隆重的葬礼。这位大善大爱的女性长眠在天门口。

"镇反"运动开始之前，雪柠在董重里的点拨下，将当年的地契和租约全部退还，只留下祖辈的两亩口粮田。在柳子墨劝说下从香港回到武汉的柳子文，不久被杀害。柳子墨愤怒于这种背信弃义，并使他开始沉思雪柠小时候想过的那个问题：历史上最先被杀的那个人是谁？杭九枫不久当上公安局长，在按千分之三的比例镇压反革命的运动中，他又打起了雪家的主意，被省里的傅朗西坚决制止。此时天门口的县长是一个北方侉子，他也将矛头对准了雪家，利用文工团演戏的机会煽动群众对雪家的仇恨，并私分了雪家的财产。

董重里和圆表妹给雪蓝出主意，让她赶到县城去打电话，向在省城做了大官的傅朗西求救。杭九枫和阿彩的儿子一县爱着雪蓝，他把雪蓝的自行车推出来陪她到县城去。在军师岭上遇到驴子狼，一县用自己的血吸引驴子狼，掩护雪蓝顺利冲进县城。段三国陪雪蓝去给傅朗西打电话，雪家顺利地躲过了这一劫，然而一县却被驴子狼吓死了。

虽然有傅朗西的命令，杭九枫还不甘心，在阿彩的新丈夫——二老板来到天门口后，出于对雪家的报复，用诡计同样吓死了柳子墨。雪家用安葬梅外婆的方式安葬了柳子墨，小教堂里悠扬的钟声响起。

傅朗西亲笔批示贬杭九枫为县粮库主任时，"大鸣大放"开始了。侉子县长的问题得到揭发，在天门口人提出的"天门口的房屋天门口人住！天门口的田地天门口人种！天门口的美女天门口人娶！天门口的大印天门口人用！"的口号迅速传遍大别山区，北方人开始垂头丧气。接着，下派天门口的第一个

"右派"来了，他叫华小于，是当年由井冈山来到大别山的邓巡视员和于小华的儿子。林大雨和董重里了解华小于独特的身世和一些内部资料。南下的北方人出于报复，将杭九枫和林大雨打成"杭林"反革命集团，并抓了起来。为救他们，一镇绑架了在天门口执政的北方人。雪蓝赶过去放走了北方人，为一镇避免了一次大错。一镇表面上对雪蓝很凶，心里还是喜欢雪蓝。杭九枫被无罪放出来后，又被贬为天门口粮管所所长。他看到一镇与雪蓝相好，下决心拆散他们，把一镇送到白莲河水库工地劳动。

"大跃进"开始时，侉子陈狠要产量，开始大砍山上的树，烧成木炭炼铁。树木砍光后，最后一批驴子狼悲壮地自沉于鬼鱼潭。十二个大队的粮食迫于侉子陈县长的压力顺利上交，存放在粮管所。大量的粮食需要大量人力不断的翻晒。杭九枫便出了个主意，将炼钢铁的木炭放在仓库四周，吸潮会特别好。果然如此，粮食不用经常翻晒了。饥荒开始后，天门口人首先杀狗充饥，时间不长，这一带就听不到狗叫了。那一阵，不断有消失多年的马鹞子现身的消息。侉子陈带领一千多骨干民兵准备打马鹞子的埋伏时，粮库起火了，粮食全部烧成了焦炭。天门口粒米无存的日子，各地不断传来饿死人的消息，天门口竟没有饿死一个人。这使牵挂天门口的傅朗西都不相信，他委托雪蓝调查。雪蓝发现，杭九枫、段三国他们用非常手段把一批国家的粮食藏了起来，悄悄地分发给村民度过饥荒。结果找到了，她却不能如实地报告给傅朗西。傅朗西以天门口饿死人却不如实上报作为依据质疑政策的发言使他受到打击。其实天门口的粮食在火灾发生之前已被有组织的转移，这个天大的秘密是后来才被华小于发现的。藏粮食的地方就在测候所房子底下的老屯兵洞里，华小于像当年的董重里写信给张主席那样，将这些情况如实报告到省里了。这个秘密的揭穿使县长段三国急怒而死，一镇被捕送到沙洋农场。饥饿真实到来，天门口开始死人。被捕的一镇第三天就成功越狱，逃回天门口，躲在雪蓝处，雪蓝劝他回去，自己也向省气象局申请调到了沙洋。

一个法国代表团要来到天门口。当地官员接受"右派"华小于的建议，准备为热爱艺术的法国人准备天门口说书。辛亥革命时期和梅家很有交情的乌拉作为代表团成员来到了天门口，听了《黑暗传》后，激动地邀请他们到法国去说书，并冲动地将这件事命名为"后巴黎公社运动"。乌拉的到来其实是法国方面精心策划的，他带来了华小于前女友的信，信中感慨他在国内受难。没有城府的华小于公开了这封信。说者无心，听者有意。本来就是说书艺人的常天亮的女人荷边，抱着挤走一个华小于，男人去法国更稳当的心理，向上面秘密报告了这件事。

当年在天门口搞肃反的五人小组成员欧阳大姐重返天门口，她后悔当年中了敌人的反间计，错杀了很多好同志、好兄弟。但是，她还是以莫须有的罪名在天门口抓走了"右派"分子华小于。华小于被枪毙，常天亮试图杀死欧阳大姐，反而死在欧阳的枪下。常天亮的儿子和妻子也在这一事件中意外死亡，欧阳大姐也因每天必须的药物被荷边抛入山洪暴发的西河里，死在了天门口。

天门口的下一代渐渐长大。小岛和子与柳子墨的女儿、雪柠的养女雪莛高中毕业后，子承父业，开始在气象站工作。一省和林大雨的儿子白送已经离开天门口读书了。雪柠终于看懂了童年时就念想的二十四种白云，并且能将二十四种白云和天门口的人事细细密密地联系起来了。"四清"运动开始，潜逃在外的马鹞子无处藏身，只好冒险回到天门口，在他用梯子试图从后窗爬进线房间的时候被杭九枫吓得从上面掉下来，摔死了。

阿彩从省城带着乌兰牧骑回到天门口演出时，"文革"开始了。白送爱上雪莛，不断从省城大学给她写信，后来信的内容就是武汉的红卫兵运动如何热闹了。不断传来武汉的消息：阿彩的丈夫跳江自杀了。想着孤零的阿彩一个人留在武汉受苦，杭九枫气宇轩昂地穿上当年独立大队的军服来到武汉，他要带回阿彩——这个和他打打骂骂、爱恨纠缠的女人。他看到了阿彩在民众乐园费批斗时受侮辱的样子，怒火中烧，他脱去外衣，露出布满弹孔的独立大队军服，冲入红卫兵阵，在吼骂声中离开武汉，回到天门口。饱经侮辱的阿彩穿上她一直想要的原本属于雪柠的母亲、却被杭九枫死死藏着不肯示人的雪狐皮大衣，坐在椅子上安宁地死去。雪柠和杭九枫为阿彩举行了隆重的葬礼，与独立大队有关的人都来参加了葬礼。武汉的斗争使杭九枫怀疑革命变了质，他不等傅政委了，重新拉起了独立大队，和白送率领的红卫兵组织铁卫队抗衡。

为了统一天门口，白送将久无消息的傅朗西抓到了西河一带批斗。同期遭受批斗后就地被释放的董重里嘟哝着："请批判我吧！请斗争我吧！你们不批斗我，我也要批斗我！"离开了天门口后，董重里辗转去了香港，要将《黑暗传》传承下去。

傅朗西的批斗会被白送充分利用，严阵以待的杭九枫抵不住成千上万驴子狼一样的群众，眼睁睁地看着白送将批斗会场移到了天门口。傅朗西阻止了杭九枫利用雪莛威胁白送的企图，面对天门口一个八十岁的婆婆的追问："你这个说话不算数的东西，你答应的幸福日子呢，你给我们带来了吗？"傅朗西无言。在悔悟和痛苦之中，一世英雄的傅朗西被混乱会场的群众踩死。批斗会后，白送强行和雪莛举行婚礼，被一省用柯刀杀死，雪莛挡住了射向一省的子弹。随着爱人的死去，一省毫不迟疑地自杀了。

雪杭两家，老一辈子的人都死光了，年轻的一代也都死了。进入暮年的杭九枫和雪柠终于和解。杭九枫说，他知道谁是历史上第一个被杀的人。他说是那个怒撞不周山后，被女娲杀死的共工。雪柠似乎同意。而另一个问题是谁将成为历史上最后一个被杀的人，雪柠说，她愿意成为这个问题的答案，杭九枫说他也愿意。他们俩异口同声地说，梅外婆是最愿意自己成为历史上最后一个被杀的人。

（人民文学出版社 2005 年 5 月版，罗兴萍、赵文静缩写）

范小青
FAN XIAO QING

女。1955 年出生于上海松江。3 岁时随家人迁至苏州。1974 年高中毕业在吴江县湖滨公社插队务农。1978 年考入江苏师范学院（现苏州大学）中文系，1982 年毕业留校。1985 年调入江苏省作家协会从事专业创作。1985 年加入中国作家协会。现为江苏省作家协会主席。

1980 年开始发表作品。主要作品有中短篇小说集《在那片土地上》《看客》《还俗》《飞进芦花》，长篇小说《裤裆巷风流记》《个体部落纪事》《采莲浜苦情录》《锦帆桥人家》《误入歧途》《天砚》《无人作证》《费家有女》《城市民谣》《百日阳光》《城市表情》《女同志》《赤脚医生万泉和》，散文随笔集《花开花落》《怎么做女人》《贪看无边月》《又是雨季》《平常人生》及《范小青文集》（3 卷）等。短篇小说《城乡简史》获第四届鲁迅文学奖。

城乡简史

　　自清喜欢买书。买书是好事情，可是到后来就渐渐地有了许多不便之处，主要是家里的书越来越多。本来书是人买来的，人是书的主人，结果书太多了，事情就反过来了，书挤占了人的空间，人在书的缝隙中艰难栖息，人成了书的奴隶。在书的世界里，人越来越渺小，越来越压抑，最后人要夺回自己的地位，就得对书下手了。怎么下手？当然是把书处理掉一部分，让它还出位置来。这位置本来是人的。

　　自清的家属特别兴奋，她等了许多年终于等到了这一天，对于摆满了家里的书，她早就欲除它们而后快。在自清的决心将下未下、犹犹豫豫的这些日子里，她没有少费口舌，也没有少花心思，总之是变着法子尽说书的坏话。家里的其他大小事情，一概是她作主的，但唯一在书的问题上，自清不肯让步，所以她也只能以理服人，再以事实说话。她拿出一些毛料的衣服给他看，毛料衣服上有一些被虫子蛀的洞，这些虫子，就是从书里爬出来的，是银灰色的，大约有一厘米长短，细细的身子，滑起来又快又溜，像一道道细小的闪电，它们不怕樟脑，也不怕敌杀死，什么也不怕，有时候还成群结队大摇大摆地在地板上经过，好像是展示实力。后来自清的家属还看到报纸上有一个说法，一个家庭如果书太多，家庭里的人常年呼吸在书的空气里，对小孩子的身体不好，容易患呼吸道疾病，自清认为这种说法没有科学性，但也不敢拿孩子的身体来开玩笑。就这样，日积月累，家属的说服工作，终于见到了成效，自清说，好吧，该处理的，就处理掉，屋里也实在放不下了。

　　处理书的方法有许多种，卖掉，送给亲戚朋友，甚至扔掉。但扔掉是舍不得的，其中有许多书，自清当年是费了许多心思和精力才弄到手的，比如有一本薄薄的书，他是特意坐火车跑到浙江的一个小镇上去觅来的，这本书印数很少，又不是什么畅销书，专业性比较强，这么多年下来，自清从来没有在别的地方看到过它，现在它也和其他要被处理的书躺在了一起。自清看到了，又舍不得，又随手拣了回来，他的家属说，你这本也要拣回来那本也要拣回来，最后是一本也处理不掉的，家属的话说得不错，自清又将它丢回去，但心里有依依惜别隐隐疼痛的感觉。这些书曾经是他的宝贝，是他的精神支柱，一些年过去了，他竟要将它们扔掉？自清下不了这样的手。家属说，你舍不得扔掉，那就卖吧，多少也值一点钱。可是卖旧书是三钱不值两钱的，说是卖，几乎就是送，尤其现在新书的书价一翻再翻，卖旧书却仍然按斤论两，更显出旧书的贱，再加上收旧货的人可能还会克扣分量，还会用不标准的秤砣来坑蒙欺骗。一想到这些书像被捆扎了前往屠宰场的猪一样，而且还是被堵住了嘴不许嚎叫的猪，自清心里就有说不出的难过，算了算了，他说，卖它干什么，还是送送人吧。可是谁要这些书呢，自清的小舅子说，我一张光盘就抵你十个书屋了，我要书干什么？也有一个和他一样喜欢书的人，看着也眼馋，家里也有地方，他倒是想要了，但他的老婆跟自清的家属不和，说，我们家不见得穷得要拣人家丢掉的破烂。结果自清忍痛割爱的这些书，竟然没个去处。

正好这时候，政府发动大家向贫困地区的学校捐赠书籍或其他物资，自清清理出来的书，正好有了去处，捆扎了几麻袋，专门雇了一辆人力车，拖到扶贫办公室去，领回了一张荣誉证书。

时隔不久，自清发现他的一个账本不见了。自清有记账的习惯，从很早的时候就开始了，许多年坚持下来，每年都有一本账本，记着家里的各项收入和开支。本来记账也不是一件很特别的事，许多家庭里都会有一个人负责记账，也是长年累月坚持不变的。但自清的记账可能和其他人家还有所不同，别人记账，无非就是这个月里买了什么东西，用了多少钱，再细致一点的，写上具体的日期就算是比较认真的记法了。总之，家庭记账一般就是单纯的记下家庭的收入和开销，但自清的账本，有时候会超出账本的内容，也超出了单纯记账的意义，基本上像是一本日记了，他不仅像大家一样记下购买的东西和价钱，记下日期，还会详细写下购买这件东西的前因后果，时代背景，周边的环境，当时的心情，甚至去那个商店，是怎么去的，走去的，还是坐公交车，或者是打的，都要记一笔，天气怎么样，也是要写清楚的，淋没淋着雨，晒没晒着太阳，路上有没有堵车，都有记载，甚至在购物时发生的一些与他无关、与他购物也无关的别人的小故事，他也会记下来。比如某年某月某日的一次，他记下了这样的内容：下午五时二十五分，在鱼龙菜场买鱼，两条鲫鱼已经过秤，被扔进他的菜篮子，这时候一个巨大的霹雷临空而降突然炸响，吓得鱼贩子夺路而逃，也不收鱼钱了，一直等到雷雨过后，鱼贩子不知从哪里冒了出来，自清再将鱼钱付清，以为鱼贩子会感动，却不料鱼贩子说，你这个人，顶真得来。好像他们两个人的角色是倒过来的，好像自清是鱼贩子，而鱼贩子是自清。这样的账本早已经离题万里了，但自清不会忘记本来的宗旨，最后记下：购买鲫鱼两条，重六两，单价：5元/斤，总价：3元。这样的账本，有点喧宾夺主的意思，记账的内容少，账外的内容多，当然也有单纯记账的，只是写下，某年某月某日某时在某某街某某杂货店购买塑料脸盆一只，蓝底绿花，荷花。价格：1元3角5分。

但是自清的账本，虽然内容多一些杂一些，却又是比较随意的，想多记就多记一点，想少写就少写一点，心情好又有时间就多记几笔，情绪不高时间不够就简单一点，也有简单到只有自己能够看得懂的，比如：手：175元。这是缴纳的手机费，换一个人，哪怕是他的家属，恐怕也是看不懂的。甚至还有过了几年后连他自己都看不懂的内容，比如：南吃：97元。这个"南吃"，其实和许许多多的账本上的许许多多内容一样，过了这一年，就沉睡下去了，也许永远也不会再见世面的，但偏偏自清有个习惯，过一段时间，他会把老账本再翻出来看，并没有什么目的，也没有什么意义，甚至谈不上是忆旧什么的，只是看看而已，当他看到"南吃"两个字的时候，就停顿下来，想回忆起隐藏在这两个字背后的历史，但是这一小片历史躲藏起来了，就躲藏在"南吃"两个字的背后，怎么也不肯出来，自清就根据这两个字的含义去推理，南吃，吃，一般说来肯定和吃东西有关，那么这个南呢，是指在本城的南某饭店吃饭？这本账本是五年前的账本，自清就沿着这条线去搜索，五年前，本城有哪些南某饭店，他自己可能去过其中的哪些？但这一条路没有走通，现在的饭店开得快也关得快，五年前的饭店现在已经没有人记得清楚了，再说了，自清一般出去吃饭都是别人请他，他自己掏钱请人吃饭的次数并不多，所以自清基本上否定了这一种可能性。那么"南吃"两字是不是指的在带有南字的外地城乡吃饭，比如南京，比如南浔，比如南方，比如南亚，比如南非等等，采取排除法，很快又否定了这些可能性，因为自清根本就没有去过那些地方，他只去过一个叫南塘湾的乡镇，也是别人请他去的，不可能让他买单吃饭。自清的思路阻塞了，他的儿子说，大概是你自己写了错别字，是难吃吧？这也是一条思路，可能有一天吃了一顿很难吃的饭，所以记下了？但无论怎么想，都只能是推测和猜想，已经没有任何的记忆更没有任何的实物来证明"南吃"到底是什么，这九十多块钱，到底是用在了什么地方。好在这样的事情并不多，总的说来，自清的记账还是认真负责的。

自清的账本里有许多账目以外的内容，但说到底，就算是这样的账本，也并没有什么重大的意义，甚至也没有什么实际的作用。自清的初衷，也许是想用记账的形式来约束自己的开销花费，因为早些年大家的经济都比较拮据，总是要想尽一切办法节约用钱，记账就是办法之一，许多人家都这么办。而实际上是起不到多大作用的，该记的账照记，该花的钱还是照花，不会因为这笔钱花了要记账，就不花它了。所以，很多年过去了，该花的钱也花了，甚至不该花的也花了不少，账本一本一本地叠起来，倒也壮观，唯一的用处就是在自清有闲心的时候，会随手抽出其中一本，看到是某某年的，他的思绪便飞回这个某某年，但是他已经记不清某某年的许多情形了，这时候，账本就帮助他回忆，从账本上的内容，他可以想起当年的一些事情，比如有一次他拿了1986年的账本出来，他先回想1986年是一个什么样的年头，但脑子里已经没有具体的印象了，账本上写着，86年2月，支出部分。2月3日支出：16元2角（酒：2元，肉皮：1元，韭菜：8角，点心：1元，蜜枣：1元3角，油面筋：4角，素鸡：8角，花生：5角，盆子：8元4角）。在收入部分记着：1月9日，自清月工资：64元。

当年的账本还记得比较简单，光是记账，但只是看看这样的账，当年的许多事情就慢慢地回来了，所以，当自清打开旧账本的时候，总是一种淡淡的个人化的享受。

如果一定要找出一点实际的作用，在自清想来，也就是对下一代进行一点传统教育，跟小孩子说，你看看，从前我们是怎么过日子的，你看看，从前我们过个年，就花这一点钱。但对自清的孩子来说，似乎接受不了这样的教育，他几乎没有钱的概念，就更没有节约用钱的想法，你跟他讲过去的事情，他虽然点着头，但是目光迷离，你就知道他根本没有听进去。

自清开始的时候可能是因为经济条件差，收入低，为了控制支出才想到记账的，后来条件好起来，而且越来越好，自清夫妻俩的工作都不错，家庭年收入节节攀升，孩子虽然在上高中，但一路过来学习都很好，肯定属于那种替父母扎分的孩子，以后读大学或者出国学习之类都不用父母支付大笔的费用，家里新房子也有了，还买了一辆车，由家属开着，条件真的不错，完全没有必要再记账。更何况，这些账本既没有什么实际的用处，却又一年一年地多起来，也是占地方的，自清也曾想停止记账这一习惯，但也只是想想而已，他做不到，别说做不到不记账，就算只是想一想，也觉得不行。一想到从此以后就再也没有账本了，心里就立刻会觉得空荡荡的，好像丢失了什么，好像无依无靠了，自清知道，这是习惯成自然。习惯，真是一种很可怕的力量。

那就继续记账吧。于是日子就这样一年一年地过去了，账本又一本一本地增加出来，每年年终的那一天，自清就将这一年的账本加入到无数个年头汇聚起来的账本中，按年份将它们排好，放在书橱里下层的柜子里，这是不要公示于外人的，是自己的东西。不像那些买来的书，是放在书橱的玻璃门里面的格子上，是可以给任何人看的，还是一种无言无声的炫耀。大家看了会说，哇，老蒋，十大藏书家，名不虚传。

现在自清打开书橱下面的柜门，就发现少了一本账本，少的就是最新的一本账本。年刚刚过去，新账本还刚刚开始使用，去年的那本还揣着温度的鲜活的账本就不见了。自清找了又找，想了又想，最后他想到会不会是夹在旧书里捐给了贫困地区。

如果是捐给了贫困地区，这本账本最后就和其他书籍一样，到了某个贫困乡村的学校里，学校是将这些捐赠的书统一放在学校，还是分到每个学生手上，这个自清是不知道的。但是自清想，这本账本对贫困地区的孩子来说，是没有用处的，它又不是书，又没有任何的教育作用，也没有什么知识可以让人家学的，更没有乐趣可言，人家拿去了也不一定要看，何况自清记账的方式比较特别，写的字又是比较潦草的字，乡下的小孩子不一定看得懂，就算他们看得懂，对他们也没有意义，因为与他们的生活和人生根本是不搭界的。最后他们很可能就随手扔掉了那本账本。

但是对于自清来说，事情就不一样了，少了这本账本，自清的生活并不受影响，但他的心里却一阵一阵地空荡起来，就觉得心脏那里少了一块什么，像得了心脏病的感觉，整天心慌慌意乱乱。开始家属和亲友还都以为他心脏出了毛病，去医院看了，医生说，心脏没有病，但是心脏不舒服是真的，不是自清的臆想，是心因反应。心因反应虽然不是器质性病变，但是人到中年，有些情绪性的东西，如果不加以控制和调节，也可能转变成具体的真实的病灶。

自清坐不住了，他要找回那本丢失的账本，把心里的缺口填上。自清第二天就到扶贫办公室去，他希望书还没有送走，但是书已经送走了。幸好办公室工作细致，造有花名册，记有捐书人的单位和名字，但因为捐赠物物多量大，不仅有书，还有衣物和其他物品，光造出来的花名册就堆了半房间。办公室的同志问自清误捐了什么重要的东西，自清没有敢说实话，因为工作人员都很忙，如果知道是找一本家庭的记账本，他们会觉得自清没事找事，给他们添麻烦。所以自清含糊地说，是一本重要的笔记本，记着很重要的内容。工作人员耐心地从无数的花名册中替他寻找，最后总算找到了蒋自清的名字。自清还希望能有更细致的记录，就是每个捐赠者捐赠物品的细目，如果有这个细目，如果能够记下每一本书的书名，自清就能知道账本在不在这里，但工作人员告诉他，这是不可能的，其实就算他们不说，自清也已经认识到这一点。也就是说，自清在花名册上找到自己的名字，名字后面的备注里写着"捐书一百五十二册"，就是这件事情的结局了。至于自清的书，最后到了哪里，因为没有记录，没人能说清楚。但是大方向是知道的，那一批捐赠物质，运往了甘肃省，还有一点也是可以肯定的，自清的书和其他许许多多的捐赠物品一样，被捆扎在麻袋里，塞上火车，然后，从火车上拖下来，又上了汽车，也许还会转上其他运输工具，最后到了乡间的某个小学或中学里，在这个过程中，它们的命运是不可知，是不确定的，麻袋与麻袋堆在一起，并没有谁规定这一袋往这边走那一袋往那边走，搬运过程中的偶然性，就是它们的命运，最后它们到了哪里，只是那一头的人知道，这一头的人，似乎永远是不能知道的。

其实这中间是有一条必然之路的，虽然分拖麻袋的时候会有各种可能性，但每一个麻袋毕竟是有它的去向的，自清的麻袋也一定是走在它自己的路上，路并没有走到头。如果自清能够沿着这条路再往前走，他会走到一个叫小王庄的地方。这个地方在甘肃省西部，后来小王庄小学一个叫王小才的学生，拿到了自清的账本，带回家去了。

王才认得几个字，也就中小那点水平，但在村子里也算是高学历了，他这一茬年龄的男人，大多数不认得字，王才就特别光荣，所以他更要督促王小才好好念书，王才对别人说，我们老王家，要通过王小才的念书，改变命运。

捐赠的书到达学校的那一天，并没有分发下来，王小才回来告诉王才，说学校来了许多书，王才说，放在学校里，到最后肯定都不知去向，还不如分给大家回家看，小孩可以看，大人也可以看。人家说，你家大人可以看，我们家大人都不识字，看什么看。但是最后校长的想法跟王才的想法是一致的，他说，以前捐来的那些书，到现在一本也没有了，与其这样，还不如分给你们大家带回去，如果愿意多看几本书，你们就互相交换着看吧。至于这些书应该怎么分，校长也是有办法的，将每本书贴上标号，然后学生抽号，抽到哪本就带走哪本，结果王小才抽到了自清的那本账本。账本是黑色的硬纸封皮，谁也没有发现这不是一本书，一直到王小才高高兴兴地把账本带回家去，交给王才的时候，王才翻开来一看，说，错了，这不是书。王才拿着账本到学校去找校长，校长说，虽然这不是一本书，但它是作为书捐赠来的，我们也把它当作书分发下去的，你们不要，就退回来，换一本是不可能的，因为学校已经没有可以和你们交换的书了，除非你找到别的学生和他们的家长愿意跟你们换的，你们可以自由处理。但是谁会要一本账本呢，书是有标价的，几块，十几块，甚至有更厚更贵重的书，书上的字都是印出来的，可账本是一个人用钢笔写出来的，连个标价都没有，没人要。王才最后闹到乡的教育办，教育办也不好处理，最后拿出他们办公室自留的一本《浅论乡村小学教育》，王才这才心满意足回家去。

那本账本本来王才是放在乡教育办的，但教育办的同志说，这东西我们也没有用，放在这里算什么，你还是拿走吧。王才说，那你们不是亏了么，等于白送我一本书了。教育办的同志说，我们的工作都是为了学生，只要学生喜欢，你尽管拿去就是。王才这才将书和账本一起带了回来。

可这教育办的书王才和王小才是看不懂的，它里边谈的都是些理论问题，比如说，乡村小学教育的出路，说是先要搞清楚基础教育的问题，但什么是基础教育问题，王才和王小才都不知道，所以王才和王小才不具备看这本书的先决条件。虽然看不懂，但王才并不泄气，他对王小才说，放着，好好地放着，总有你看得懂的一天。丢开了《浅论乡村小学教育》，就剩下那本账本了。王才本来是觉得占了便宜的，还觉得有点对不住乡教育办，但现在心情沮丧起来，觉得还是吃了亏，拿了一本看不懂的书，再加上一本没有用的城里人记的账本，两本加起来，也不及隔壁老徐家那本合算，老徐家的孩子小徐，手气真好，一摸就摸到一本大作家写的人生之旅，跟着人家走南闯北，等于免费周游了一趟世界。王才生气之下，把自清的账本提过来，把王小才也提过来，说，你看看，你看看，你什么臭手，什么霉运？王小才知道自己犯了错，垂落着脑袋，但他的眼睛却斜着看那本被翻开的账本，他看到了一个他认得出来但却不知其意的词：香薰精油。王小才说，什么叫香薰精油？王才愣了一愣，也朝账本那地方看了一眼，他也看到了那个词：香薰精油。

王才就沿着这个"香薰精油"看下去了，他无论如何也想不到，他这一看，就对这本账本产生了强烈的兴趣，因为账本上的内容，对他来说，实在太离奇了。

我们先跟着王才看一看这一页账本上的内容，这是 2004 年的某一天中的某一笔开支：午饭后毓秀说她皮肤干燥，去美容院做测试，美容院推荐了一款香薰精油，7 毫升，价格：679 元。毓秀有美容院的白金卡，打七折，为 475 元。拿回来一看，是拇指大的一瓶东西，应该是洗过脸后滴几滴出来按在脸上，能保湿，滋润皮肤。大家都说，现在两种人的钱好骗，女人和小人，看起来是不假。

王才看了三遍，也没太弄清楚这件事情，他和王小才商榷，说，你说这是个什么东西。王小才说，是香薰精油。王才说，我知道是香薰精油。他竖起拇指，又说，这么大个东西，475 块钱？他是人民币吗？王小才说，475 块钱，你和妈妈种一年地也种不出来。王才生气了，说，王小才，你是嫌你娘老子没有本事？王小才说，不是的，我是说这东西太贵了，我们用不起。王才说，呸你的，你还用不起呢，你有条件看到这四个字，就算你福分了。王小才说，我想看看 475 块的大拇指。王才还要继续批评王小才，王才的老婆来喊他们吃饭了，她先喂了猪，身上还围着喂猪的围裙，手里拿着猪用的勺子，就来喊他们吃饭，她对王才和王小才有意见，她一个人忙着猪又忙着人，他们父子俩却在这里瞎白话。王才说，你不懂的，我们不是在瞎白话，我们在研究城里人的生活。

王才叫王小才去向校长借了一本字典，但是字典里没有"香薰精油"，只有香蕉香肠香瓜香菇这些东西，王才咽了一口口水，生气地说，别念了，什么字典，连香薰精油也没有。王小才说，校长说，这是今年的最新版本。王才说，贼日的，城里人过的什么日子啊，城里人过的日子连字典上都没有。王小才说，我好好念书，以后上初中，再上高中，再上大学，大学毕业，我就接你们到城里去住。王才说，那要等到哪一年。王小才掰了掰手指头，说，我今年五年级，还有十一年。王才说，还要我等十一年啊，到那时候，香薰精油都变成臭薰精油了。王小才说，那我就更好好地念书，跳级。王才说，你跳级，你跳得起来吗，你跳得了级，我也念得了大学了。其实王才对王小才一直抱有很大希望的，王小才至少到五年级的时候，还没有辜负王才的希望，王才也一直是以王小才为荣的，但是因为出现了这本账本，将王才的心弄乱了，他看着站在他面前拖着两条鼻涕的王小才，忽然就觉得，这小子靠不上，要靠自己。

王才决定举家迁往城里去生活，也就是现在大家说的进城打工，只是别人家更多的是先由男人一个人出去，混得好了，再回来带妻子儿子。也有的人，混得好了，就不回来了，甚至在城里另外有了妻子儿子，也有的人，混得不好，自己就回来了。但王才与他们不同，他不是去试水探路的，他就是去城里生活的，他决定要做城里人了。

说起来也太不可思议，就是因为账本上的那四个字"香薰精油"，王才想，贼日的，我枉做了半辈子的人，连什么叫"香薰精油"都不知道，我要到城里去看一看"香薰精油"。王才的老婆不同意王才的决定，她觉得王才发疯了。但是在乡下老婆是作不了男人的主的，别说男人要带她进城，就是男人要带她进牢房下地狱，她也不好多说什么。王小才的态度呢，一直很暧昧，他只觉得心里慌慌的，乱乱的，最后他发出的声音像老鼠那样吱吱吱的，他说，我不要去，我不要去。可是王才不会听他的意见，没有他说话的余地。

王才说走就走，第二天他家的门上就上了一把大铁锁，还贴了一张纸条，欠谁谁谁3块钱，欠谁谁谁5块钱，都不会赖的，有朝一日衣锦还乡时一定如数加倍奉还，至于谁谁谁欠王才的几块钱，就一笔勾销，算是王才离开家乡送给乡亲们的一点心意。王才贴纸头的时候，王小才说，如数加倍是什么意思？王才说，如数就是欠多少还多少，加倍呢，就是欠多少再加倍多还一点。王小才说，那到底是欠多少还多少还是加倍地还呢。王才说，你不懂的，你看看人家的账本，你就会懂一点事了。其实王小才还应该捉出王才的另一些错误，比如他将一笔勾销的"销"写成了"消"，但王小才没有这个水平，他连"一笔勾消"这四个字还是第一次见到。

除了衣服之外，王才一家没有带多余的东西，他们家也没有什么多余的东西，只有自清的那本账本，王才是要随身带着的，现在王才每天都要看账本，他看得很慢，因为里边有些字他不认得，也有一些字是认得的，但意思搞不懂，就像香薰精油，王才到现在还不知道它是什么。

在车上王才看到这么一段："周日，快过年了，街上的人都行色匆匆，但精神振奋，面带喜气。下午去花鸟市场，虽天寒地冻，仍有很多人。在诸多的种类中，一眼就看中了蝴蝶兰，开价800元，还到600元，买回来，毓秀和蒋小冬都喜欢。搁在客厅的沙发茶几上，活如几只蝴蝶在飞舞，将一个家舞得生动起来。"后来王才在车上睡着了，他做了一个梦，梦见一只蝴蝶对他说，王才，王才，你快起来。王才急了，说，蝴蝶不会说话的，蝴蝶不会说话的，你不是蝴蝶。蝴蝶就笑起来，王才给吓醒了，醒来后好半天心还在乱跳，最后他忍不住问王小才，你说蝴蝶会说话吗？王小才想了想，说，我没有听到过。

这时候，他们坐的车已经到了一个火车小站，在这里他们要去买火车票，然后坐火车往南，往东，再往南，再往东，到一个很远的城市去。中国的城市很多，从来没有出过门的王才，连东南西北也搞不清的王才，怎么知道自己要到哪个城市呢。毫无疑问，是自清的账本指引了王才，在自清的账本的扉页上，不仅记有年份，还工工整整地写着他们生活的城市的名称。他写道：自清于某某年记于某某市。

在这里停靠的火车都是慢车，它们来得很慢，在等候火车到来的时候，王才又看账本了，他想看看这个记账的人有没有关于火车的记载，但是翻来翻去也没有看到，最后王才啪地打了一下自己的嘴巴，说，你真蠢，人家是城里人，坐火车干什么？乡下人才要坐火车进城。

其实自清最后还是去了一趟甘肃。当然，他是藉出差之便。他和王才一家走的是反道，他先坐火车，再坐汽车，再坐残疾车，再坐驴车，最后在甘肃省的西部找到了小王庄，也找到了小王庄小学，最后也知道了自己的账本确实是到了小王庄小学，是分到了一个叫王小才的学生手里，王小才的家长还对此有意见，还跑到学校来论理，最后还在乡教育办拿了另一本书作补偿。自清这一趟远行虽然曲折却有收获，可是他来晚了一步，王小才的父亲带着他们全家进城去了。他们坐的开往火车站的汽车与自清坐的开往乡下的汽车，擦肩而过，会车的时候，王才正在看自清的账本，而自清呢，正在车上构思当天的账本记录内容。但他在车上的所有构思和最后写下的已经不是一回事了，因为在车上的时候，他还没有到达小王庄。

这一天晚上，自清在小旅馆里，借着昏暗的灯火，写下了以下的内容："初春的西部乡村，开阔，一切是那么的宁静悠远，站在这片土地上，把喧嚣混杂的城市扔开，静静地享受这珍贵的平和。我到小王庄小学的时候，校长不在学校，他正在法庭上，他是被告，学校去年抢修危房的一笔工程款，他拿不出来，一直拖欠着。校长当校长第四个年头，已经第七次成为被告。中午时分，校长回来了，笑眯眯地对我说，对不起，蒋同志，让你等了。他好像不是从法庭上下来。平静，也许是因为无奈，也许是因为穷困，才平静。我说，校长，听说你们欠了工程款，校长说，本来我们有教育附加费，就一直寅吃卯粮，就这么挪下去，撑下去，现在取消了教育附加费，挪不着了，就撑不下去了。我说，撑不下去怎么办？校长说，其实还是要撑下去的，学校总是要办的，学生总是要上学的，学校不会关门的，蒋同志你说对不对。面对贫困的这种坦然心态，在日新月异的城市里是很难见着的。今天的开支：旅馆住宿费：3元，残疾车往：5元（开价2元），驴车返：5元（开价1元），早饭：2角。玉米饼两块，吃下一块，另一块送给残疾车主吃了。晚饭：5角。光面3两。午饭：5角（校长说不要付钱，他请客，还是坚持付了，想多付一点，校长坚决不收），和小学生一起吃，白米饭加青菜，还有青菜汤。王小才平时也在这里吃，今天他走了，不知道今天中午他在哪里吃，吃的什么。"

自清最后在王小才家的门上，看到了那张纸条，字写得歪歪扭扭，自清以为就是那个分到他的账本的小学生写的，却不知道这字是小学生的爸爸写的，虽然王小才已经念到五年级，他的爸爸王才才四年级的水平，平时家里的文字工作，都是由王小才承担的，但这一回不同了，王才似乎觉得王小才承担不起这件事情，所以由他出面做了。

自清最终也没有找回自己丢失的账本，但是他的失落的心情却在长途的艰难的旅行中渐渐地排除掉了，当他站到那座低矮的土屋前，看到"一笔勾消"这四个字的时候，他的心情忽然就开朗起来，所有的疙疙瘩瘩，似乎一瞬间就被勾销掉了，他彻底地丢掉了账本，也丢掉了神魂颠倒坐卧不宁的日子。于是，他放放心心地出完这趟公差，索性还绕道西安游览了兵马俑和黄帝陵。

自清从大西北回来，看到他家隔壁邻居的车库里住进了一户外来的农民工家庭。在自清住的这个小区里，家家都有车库，有些人家并没有买车，也或者车是有的，但那是公车，接送上下班后，车就走了，不停在他家，这样车库就空了出来，有的人家就将车库出租给外来的人住。

这个农民工就是王才。王才做的是收旧货的工作，所以他和小区里的人很快就熟悉起来。天气渐渐地热了，有一天自清经过车库门口，看到王才和他的妻子在太阳底下捆扎收购来的旧货，他们满头大汗，破衣烂衫都湿透了。小区里有一只宠物狗在冲着他们叫喊，小狗的主人要把小狗牵走，还骂了它，王才说，不要骂它，它又不懂的。狗主人说，不懂道理的狗东西。王才说，没事的，它跟我们不熟，熟了就不叫了，狗都是这样的。下晚的时候，自清又经过这里，他看到他们住的车库里，堆满了收来的旧货，密不透风，自清忍不住说，师傅，车库里没有窗，晚上热吧？王才说，不热的。他伸手将一根绳线一拉，一架吊扇就转起来了，呼呼作响。王才说，你猜多少钱买的？自清猜不出

中国当代乡土小说大系

第三卷 ∙∙

来。王才笑了，说，告诉你吧，我拣来的，到底还是城里好，电扇都有得拣。自清想说什么却没有说得出来，王才又说，城里真是好啊，要是我们不到城里来，哪里知道城里有这么好，菜场里有好多青菜叶子可以拣回来吃，都不要出钱买的。王才的老婆平时不大肯说话的，这时候她忽然说，我还拣到一条鱼，是活的，就是小一点，鱼贩子就扔掉了。自清说，可是在乡下你们可以自己种菜吃。王才说，我们那地方，尽是沙土，也没有水，长不出粮食，蔬菜也长不出来，就算有菜，也没得油炒。自清从他们说话的口音中，感觉出他们是西部的人，但他没有问他们是哪里人。他只是在想，从前老话都说，金窝银窝，不如自家的狗窝，但是现在的人不这么想了，现在背井离乡的人越来越多了。

王才和自清说话的时候，是尽量用普通话说的，虽然不标准，但至少让人家能听懂大概的意思，如果他们说自己的家乡话，自清是听不懂的。后来他们自己就用家乡话交流了，王小才从民工子弟学校放学回来的时候，王才跟王小才说，我叫你到学校查字典你查了没有？王小才说，我查了，学校的大字典有这么大，这么厚，我都拿不动。王才说，蝴蝶兰是什么呢？王小才说，蝴蝶兰就是一种花。王才说，贼日的，一朵花也能卖这么多钱，城里到底还是比乡下好啊。

这些话，自清都没有听懂，但他听出了他们对生活的满意。后来他们还说到了他的账本，他们感谢这本账本改变了他们的生活，让他们从贫穷的一无所有的乡下来到繁华的样样都有的城市。自清也一样没有听懂，他也不知道现在王才每天晚上空闲下来，就要看他的账本，而且王才不仅看自清的账本，王才自己也渐渐地养成了记账的习惯。王才记道："收旧书 35 斤，每斤支出 5 角，卖到废品收购站，每斤 9 角，一出一进，净赚 4 角×35 斤，等于 14 元整。到底城里比乡下好。这些旧书是住在楼上那个戴眼镜的人卖的，听说他家的书多得都放不下了，肯定还会再卖。我要跟他搞好关系，下次把秤打得高一点。"

一个星期天，王小才跟着王才上街，他们经过一家美容店，在美容店的玻璃橱窗里，王才和王小才看到了香薰精油，王小才一看之下，高兴地喊了起来，哎嘿，哎嘿，这个便宜哎，降价了哎，这瓶 10 毫升的，是 407 块钱。王才说，你懂什么，牌子不一样，价格也不一样，便宜个屁，这种东西，只会越来越贵，王小才，我告诉你，你乡下人，不懂就不要乱说啊。

（原载《山花》2006 年第 1 期）

冯积岐

FENG JI QI

1953 年出生于陕西省岐山县北郭乡。曾在岐山县北郭乡广播站任通讯员、站长。1990 年毕业于西北大学中文系作家班。历任《中外纪实文学》杂志编辑、编辑室主任，《延河》杂志小说编辑室主任。1994 年加入中国作家协会。现为陕西省作协副主席。

1983 年开始发表文学作品。已出版中短篇小说集《小说三十篇》《我的农民父亲和母亲》《刀子》《遍地温柔》，长篇小说《袒露的部分》《大树底下》《敲门》《沉默的季节》《村子》《两个冬天，两个女人》，散文集《将人生诉说给自己听》《人的证明》及纪实作品《挂职日记》等。

刀　子

　　老屠夫马长义坐在院子里磨刀子。磨刀石搁在房檐台阶上，他坐在房檐台下，这样，就减少了弯腰的程度。磨刀石是深沉的豆绿色，很细腻。要磨出好刀口来，非这样的磨刀石不可。马长义磨的是杀猪的柳叶刀，刀子有一尺三寸长，三寸宽，刀把儿油腻油腻，十分光滑。马长义手中有两把柳叶刀，一把砍刀。这三把刀，他轮流着磨。

　　马长义的右手紧攥住刀把儿，左手的三个指头像大夫诊脉一样按在刀身上，双臂来回挥动，看似漫不经心，随意自如。其实，力量的多少他贯注得极有分寸，不至于将刀口磨卷刃。柳叶刀是双刃刀，他将这边磨一会儿，刀把儿换到左手，又磨那边。磨刀石的左上方放置一个瓷碗，瓷碗的清水里是一绺子布，他捏住布条子在刀刃上淋些水，清水被刀刃卷走之后，又从刀口里流下来了。

　　春天里的太阳很好。太阳光似乎是被柳叶刀砍下来的，太阳光和刀子一样亲热，亲切；院子里白亮白亮，像刀子一样亮，墙壁、门窗都神采飞扬了。磨刀石上的光线，随着刀子的拉动，光芒四射，薄如丝绢，光线似乎被磨成了水，四处流淌。马长义很专注，目光在刀子的来回拉动中，或长或短。他支棱着耳朵，谛听磨刀石和刀子相触时发出的声音，声音只有麦秆那么细，很含蓄，有节制，一点儿不粗野，一点儿不张狂。老屠夫马长义就这样，坐在太阳底下磨刀子。院子里的色调温暖、柔和，空气中有一缕刀子的甜丝丝的气息。磨刀子的马长义跟刀子一样沉静，面部严峻的神情中透出了一丝压抑着的愉悦。

　　磨着，磨着，马长义的双手离开了刀子。刀子并没有停下来，刀子还在来回磨动，仿佛他的一双手仍然粘在刀子上，其实是，刀子被他用无形的手驾驭着，在磨刀石上运动。马长义将凳子稍微挪了挪，离开了房檐台一些，他双目注视着刀子，柳叶刀像上了车床的零部件，磨动的节奏和马长义握着它一模一样。马长义并不惊讶，似乎刀子本来就应该这样。他仿佛一个书画家在自我欣赏刚刚完成的作品。

马建华几次从院门里进来，看见父亲磨刀子，一声也没吭。他知道，这是父亲每日必修的功课。父亲不做屠夫五年了，可他一天也没有停止过玩弄刀子。

年轻的时候，马长义是松陵村乃至南堡乡有名的屠夫。他杀猪干脆、利索，做出来的猪干净、白亮，颜色特别周正。这和他的刀法娴熟是分不开的。猪被抬上案桌以后，他脱掉汗褂或棉袄，身上只留一件小汗夹；汗夹上只扣下面一只纽扣，长满胸毛的胸脯便裸露了；他顺手抓起拴猪的绳子在腰间一勒，开始干活。他将柳叶刀横着用牙咬紧，右腿紧压在猪肚皮上，左脚蹬住地，右手抓住猪的前胯，左手将猪的两片嘴紧紧捏住，把猪头猛地向后一扳，猪叫不出声来，脖颈以下进刀的地方就亮在他的眼前了。这时候，他右手抓住刀柄，一刀从猪脖颈斜插进去；他的用刀极快，像人眨了一下眼，更像擦了一根火柴，"嚓"的一声，随着刀尖和皮肉发出的响声落地，一把刀就到猪的身体里去了。他看似用力极大，其实，恰到好处，那刀尖正好挑在猪心上。刀子不偏不斜，刀口开得很小。刀子抽出来后，他抓住猪肚皮，很有分寸地在猪身上揉几下，猪血便顺着刀口流进了盆子。由于动作迅捷，猪血在体内滞留的时间少，猪皮自然很亮了。接下来是烫猪、拔毛。这一工序的关键是兑水。水太硬（烫），就会伤猪皮；水太软（凉），猪毛拔不下。烧好的开水倒进一口大瓮中。马长义伸出三个指头在水皮上一抓，掂起一桶凉水兑进去，又捞起马勺，再兑三马勺凉水。他不用摸，就知道水温是多少。案桌上的猪被投进瓮中，马长义将衣袖挽起来，双臂伸进热水里，不一刻，就将猪毛拔光了。烫过的猪被撂在案桌上。这时候，轮到马长义耍刀子了，他要用柳叶刀在猪身上刮两遍。未刮之前，他先用刀子挑开猪的一条后腿，然后，用叫做"捅条"的一根铁棍从挑开的地方捅进去，顺着猪皮，将全身捅个遍；然后，用嘴捂在刀口上吹，他先是长长地、长长地吸一口气，好像把一股来自天地间的"神气"吸进了腔子里。此时，他已是激情饱满，欲望如火一样燃烧，连四肢也如同"捅条"一样坚硬有力，捂在刀口上的嘴巴仿佛和猪焊在一起了。他先是一口短吹，继而，两腮鼓圆，双眼圆睁；接着，一长一短，一深一浅，吹得极有节奏，极有兴致，极其精彩，一连吹三十二下不换气。他两眼放光，酣畅淋漓，一副陶醉状。在一旁观看的女人们有的屏住了气息，有的微闭了双眼，有的竟然热泪长淌。马长义的目光稍微一抬从猪的肚皮上漂过去在女人们桃花样的面部轻轻地一扫，一丝难以察觉的笑从眉眼里漾出去了。不一刻，马长义的嘴巴离开了刀口，一双手紧攥住那条猪腿，长呼一口气，十分满足的神情仿佛汗水一般从面部流下来了。然后，他用麻绳扎住刀口。然后，开始在猪身上刮。他刮的幅度很大，刀挥出去，寒光闪闪，冷气飕飕，刀刃从猪的脖颈下推下去，一直到了猪屁股；"刷"的一下子，猪皮上的污脏之物被刀刃拉走了；他所使用的力气刚好刮走残余的猪毛，而对猪皮毫无损伤。随着刀动，他的双脚在案桌旁走动得极有节奏，舞蹈似的踏着旋律，那旋律发自刀子，刀子仿佛在歌唱，刀子仿佛在诉说。而马长义陶醉其中，醉了酒一般，摇头晃脑，双手挥动，脚步敏捷，面部是一副无法言说的表情，看似苦相，双眼又放着光，看似乐极，面部的皮肉不展，皱纹挤在一起，似乎忍着隐痛。只有马长义心里明白，刀子是快乐的，它在马长义的手底下如花一样开放，如太阳一样骄傲，如狂人一样，放声大笑。顺着刮一遍，又横着刮。刮第二遍时，马长义右手握住刀柄，左手捏住刀身，只刮了几下，双手便松开了，这时候，刀子就像听话的乖孩子，自如地在猪身上刮，不轻也不重，比马长义握着刮更灵便，而且将猪头上起皱的地方残留的毛也能刮掉。刀子刮动的声音像人的手指头在鼓皮上轻轻地敲，很空灵，很玲珑。马长义蹲在一边，笑眯眯地看着刀子在猪身上来回刮动。围观的庄稼人目瞪口呆，他们眼睁睁地看着不用人操作的柳叶刀替马长义干活儿。刀子将猪皮刮干净以后，马长义再去开膛破肚。他将柳叶刀搭在和猪的屁股眼儿成为一条线的肚皮上，刀子先是轻轻地一按，猪的肚皮上留下的线条仿佛出色的画家随意在白纸上甩出的很有功夫的一笔。然而，他的刀子并没有一味地直拉下去而是稍微一滞留给握住刀把的右手用了点力，左手在右手没有握严而空出来的刀把上很有分寸地一剁，"哗"的一声，随着刀落，猪的肚皮如同两扇门被打开了，肚子肠子溢出了腔子。他放下了刀子，抓起一把二尺多长的、油腻而光滑的木棍将猪的肚皮撑开，猪的腔子里便有一股热气向外直冒，这时候，他轻喊一声："闪开！"当人们正在退去时，他十分迅捷地将右手伸进猪的腔子里十分迅捷抓出了一把如同棉花一样的猪油，十分迅捷地把热气腾腾的猪油送进了嘴里；他的头一仰，"嗞"的一声，一片生猪油便被他十分迅捷地吸进肚子里去了。有几个女人不约而同地吸了一口气不约而同地喊出了声："啊哟！"他看也没看女人们一眼，又抓起了刀子，开始了下一道工序。

这把柳叶刀使围观的庄稼人眼界大开，他们不停地唏嘘赞叹。尤其是那些年轻女人们，由衷地喝彩，她们用脆生生的声调乱喊：刀子！刀子！她们将欣羡、钦佩的目光投向了马长义，马长义自然领会那目光，他装出一副不动声色的样子来。骚情的女人便在马长义肩上拍拍打打：马哥，你说说，使的是啥魔法？马长义回头瞟那女人一眼，用无所谓的口气说，没有啥魔法，那是功夫。也有人把刀子当作怪物看，当马长义放下刀子之后，有好事者拿起刀子在自己的头发上试刀口。那人妄图松开手，让刀子在头发上自动地刮，可是，那刀子不听他们的使唤，手一软，刀子掉下来，差一点伤了脚。庄稼人看看那把柳叶刀，只是觉得蹊跷，不解其中的缘故。刀子还是那把柳叶刀，只是刀到马长义手中，它像机器一样会自动地动起来。

　　马长义回头一看，他的跟前站着一个女人，女人四十岁上下，或者，更年轻些，是要饭吃的。这叫花子在松陵村要的次数多了，松陵村人，包括马长义在内都知道她是甘肃武都人。叫花子并没有张口，她的目光在刀子上，在不用马长义动手而自己磨动的刀子上。叫花子半张着口，眼睛随着刀子的来回拉动而眨巴，刀子把她的目光拉走了，把她的心拉走了，她似乎有点紧张（不只是出自奇怪），出气声也粗了，一只拳头悄悄地握住了，另一只手抓住了胯部的衣服。马长义从磨刀石上取下来刀子，叫花子才放松了自己，她朝马长义点点头，仿佛是敬佩他让刀子能动能停。马长义从衣服口袋里掏出来了十块钱，给了叫花子。叫花子说，刀子，你那刀子？马长义瞪了叫花子一眼。他弯腰拾起了柳叶刀，那刀光猛地一闪，雨点似的从叫花子身上打过去，叫花子身子一缩，脸也变白了。马长义说，再不要来了。听见了没有？他说得很躁。叫花子拔腿就走。马长义盯了几眼女叫花子的背身，女人的腰背很端直，屁股没有塌下去，也没有下坠感。

　　磨好了柳叶刀，马长义拿着刀子向院门外走去了。刚走到楼房的过道口，两个女孩儿进来了。这两个女孩儿是儿子餐馆里的服务员。松陵村是凤山县确定的民俗村，村子里经营餐饮业的有几十户。马建华的房子坐落在公路畔，搞经营有优势。楼房的一二层是就餐的地方，三层是歌舞厅。星期天，西水市和省城里的人去周公庙旅游，就在松陵村就餐、休息。生意好，马建华聘用的女孩儿比哪一家都多。这两个女孩儿是新来的，她们一看马长义手中提着一把刀，吓得用双手捂住了前胸，不敢吭声，低垂了眉眼，让马长义从身旁走过去。

　　马建华的餐厅和歌厅里每隔三个月就换一茬女孩儿。那些女孩儿越换年龄越小，越换越漂亮。马长义从不过问儿子经营上的事情。他只是觉得，这个院子里的每一个女孩儿的面孔都很陌生，他虽然常去儿子的餐厅吃饭，没有一张女孩儿的面孔能让他记住。

　　初春的一个晚上，马长义刚睡着，被一阵哭声吵醒了，他先是听见儿媳在哭，后来，儿媳的哭声中又夹杂了一个女孩儿的哭。他睡不住了。他爬起来了。他没有出去。他站在木柜跟前，拿起了白天磨过的柳叶刀。他用一只手在刀身上轻轻地抚过去，粗糙的手和刀身一挨发出了比麦芒还细的声音。手底下有一缕凉爽的细腻的感觉。他抚摸了两遍，又伸出舌尖，在刀刃上舔了一舔，舌尖卷进去的是甜中带咸的铁的味道。等他放下刀子的时候，院子里陷入了沉寂，他这才走出了房间。他的脚步很轻。他轻轻地穿过院子，走过如水的月光，上了二楼。他知道，儿子和儿媳并未在一个房间睡觉。儿子在二楼有一个单间。大多时候，儿子在那个单间里。上了二楼，走到儿子住的房子门口，马长义站住了。他清晰地听见了儿子和一个女孩儿在房间里制造出来的声音，他想走开，脚步却迈不动。似乎是女孩儿在呢喃，在啜泣，似乎什么声音都有，似乎什么声音都没有。那女孩儿就是常给他端饭的那个瘦子？还是皮肤很白皙的那个胖子？还是眼睛滴溜转的那个四川娃？马长义什么也听不见了，只听见月光在楼房顶上燃烧的声音。他轻手轻脚地下了楼。

马长义夜里听见的确实是儿子和儿媳的声音。马建华有一个嗜好：喜欢收藏女孩儿的毛发。每和一个女孩儿上一次床，他就收集几根女孩儿的毛发。他将收集来的毛发粘在一个日记本子里，在旁边写上女孩儿的代号（不写姓名和年龄）。妻子知道丈夫很放纵，对他毫无办法，也不想什么办法，但她还没有发现丈夫这个很恶心的嗜好。当她偶然在丈夫的日记本子中发现了那些毛发之后，数了数，编号已有十六个。她只是觉得吃惊，便去问马建华。马建华唾骂了她几句，自顾自地上了二楼。

从此以后，马长义没有再窥视过儿子。

马长义心里明白，儿子的想法和自己不一样，儿子的生活方式和自己不一样。马长义妄图改变儿子，却无法改变。儿子读初三时就不安分守己了，他给老师连招呼也不打，和两个同学一块儿去齐镇街道上摆菜摊子卖菜。他知道后，举着刀子威胁儿子：你再不好好读书就砍断你的手！儿子伸出手臂说：你砍，朝这里砍。他气得脸色蜡渣黄，丢下刀子，扭头就走。儿子没有考上大学，他劝儿子重读。儿子不，却在县城里摆了几桌台球。他赶到县城，把打台球的杆子给折断，儿子还是不回心。他做了半辈子屠夫，希望儿子能成长。并不是他瞧不起屠夫，瞧不起农民。他不想叫儿子重走自己走过的路。儿子读初小时，他曾罚过儿子的跪。那时候，儿子还是很听他的话。和松陵村的同龄人相比，他得儿子晚，因此，对儿子比女儿疼爱得多。他记得，有一天晚上，儿子闹肚子痛。屋外，雨水像瓢泼一样。他背着儿子，女人打着伞，在漆黑如炭，雨大风冷的晚上将儿子背到了县医院。儿子读高中时，他们两口子一年里舍不得买一身好衣服穿却叫儿子在老师灶上就餐，他们总怕儿子吃不好睡不好写不好。可是，儿子怎么也不按他们两口子设计的路子走。

当儿子成家后，他不再为儿子走什么路而操心了，极力用自己的做人去影响儿子，希望儿子能做个正直的人善良的人，希望儿子在经营中不要亏人。他每次唠叨时，儿子只是笑笑，不回答他，也不驳斥他。他很难揣摸儿子的心思。

他隐隐约约地感觉到儿子和媳妇的不和睦，隐隐约约感觉到了儿子和那些女孩儿的暧昧。当他窥视之后，证实了自己的感觉。然而，男女之间的事他怎么说得出口？况且，是长辈对晚辈。有时候，他能原谅儿子！打开电视，看见的镜头就是你搂她，她搂你。电视的内容不是你睡了他的女人，就是她的女人插进了你的家庭。年轻人不受影响才是怪事。有时候，他一点儿也不能原谅儿子，在他看来，睡人家的女人就是罪孽。他不能让儿子生活在罪孽之中。只有磨刀子时，他才不想这些事。

马长义提着刀子出了院门，他从正街上走过去，绕到了院子后边的粪土街上。粪土街上堆一个麦草垛子和硬柴垛子。走到麦草垛子跟前，马长义挥刀向麦草垛子捅去了，好像麦草垛子是他演练的靶子，是他的敌人，他进刀干脆，抽刀利索。他一捅，麦草发出了剃头似的响声。抽出来，捅进去；捅进去，抽出来，马长义在麦草垛子的四周重复着同一个动作。他解开了纽扣，挽起了衣袖，显得极其兴奋。连捅数十刀之后，他挥起刀子在一堆硬柴上刮，刀子和硬柴相触发出的响声有点寒碜，跟刮骨头的响声差不多。不一会儿，刀子便老了，失去了刃口。马长义将刀子拿在手里看看，不露声色地一笑，拿上刀子回到了家。他又开始磨刀了。将刀磨得十分锋利，然后弄钝，再磨，再钝，再磨，这就是马长义的日常生活。

盖楼房的时候，马建华要将院子里的五间厦房全部拆掉。可是，马长义不叫儿子拆，马长义非要住到他自己盖的厦房里不可。于是，就拆了三间，留了二间。这二间色调黯淡的厦房和院子两幢体面的楼房很不协调。不知底细的人还以为是马建华在家里搞"一国两制"，让老父亲享受不到优雅的住所。其实，马建华执拗不过父亲，才依了父亲的。马建华妄图说服父亲，拆掉旧房，马长义不吭声，说的次数多了，马长义就拿起刀子，在自己的腿上刮。马建华一看是这样，不再提拆房的事了。

马长义盖那五间厦房的时候，松陵村许多人投来了羡慕的目光，都说马长义有本事。这五间厦房成了马长义创业史上的一个亮点。厦房盖好后的第二年，他结了婚，他和女人在厦房里生活了几十年。令他痛心的是，女人五年前就下世了，女人下世时才四十九岁。女人临死前，要他坐在她跟前来，女人用极弱的气息嗅着他身上的猪肉味儿和刀子的气味。这气味儿伴随了女人三十年。他比女人整整大十岁。结婚的第一个晚上，他和女人同房，女人疼得流着眼泪说，你呀，比刀子还馋火。他说，男人越馋火，女人越爱。不信？你试试。开初，女人还难以忍受他一身的猪肉味儿和刀子那凉飕飕的气息，两个人生活了一段时日之后，女人就对他身上的猪肉味儿和刀子味儿很贪婪了。这黏黏糊糊的、像阳光一样的气味儿似乎成了女人激情澎湃的诱因，他一旦进入了女人的身体，女人深情地说，叫你馋火，你放开馋火。马长义杀猪回来，女人接住他装刀子的褡裢。女人一旦将刀子从褡裢中抽出来，马长义就明白，这是女人对他的暗示，他心领神会了。两个人将肉的气味和刀子的气息在厦房里搅动得到处都是。女人在世的时候，也曾帮马长义磨过刀子，拽过猪腿，翻过猪肠子，倒过屎尿。

　　他和女人度过了一段艰难的时日。那时候，夫妇俩像许多农民一样，一天干三晌，早晚加两班。两个人只有一条长裤子。马长义要叫女人穿，女人要叫马长义穿，两个人你推我让，都愿意受冻，都不愿意穿。后来，水库工地上三班倒，谁出工时谁就穿。冬天里，去北山割柴，马长义在沟底割，女人从沟底向沟上面背。马长义站在沟下面抬头看着弯腰曲背的女人，不由得热泪盈眶：多好的女人啊！当女人第二次下得沟来，他把柴捆子给女人扶在脊背上时，他一看女人那张被汗湿了的红扑扑的脸再也控制不住自己了，他一把把女人和柴捆子一起掀翻在坡地里，女人的胳膊还未从绊绳中取出来，他就褪下了仰躺在柴捆子上的女人的裤子。本来就变快的血液一下子沸腾了，他趴在女人身上说："你就这么躺着，我不叫你背柴，我只叫你背杀猪的马长义。"女人搂住了他的腰，深情地说："我背你，背你一辈子。"

　　在马长义的心目中，人世间再好的女人也不能替代他的女人。他是个粗人，但心里很细腻，他不止一次地给自己说，我一定要叫她吃好些穿好些。我要用刀子去挣钱，叫她活得很体面。

　　1985 年的春天前，马长义被北杨村的农民叫去杀猪，一连杀了五天，他才回到了松陵村。

　　那天晚上，马长义是带着浓重的血腥味儿进了家门的。女人已经注意到，马长义的脸色阴沉，不同往常。但她不知道发生了什么事，也没开口问。马长义倒在炕上，眼望着房顶一语不言。女人给马长义脱下了棉鞋和袜子，将腿抬起来放进了被窝。就在女人动手给马长义解棉袄纽扣时，马长义拨回去了她的手，自己脱下了棉袄。这时候，那血腥味儿更浓烈了，女人能嗅见血腥来自丈夫的身体。两个人躺在了炕上，女人发觉，马长义多毛的胸脯上勒了一条白布。女人问马长义是咋回事？马长义没有吭声。女人解开白布条一看，马长义的左胸上有一条血糊糊的口子。女人惊讶了：你失手了？马长义点了点头。女人还是疑虑：你杀了几十年猪，从未失手过呀？马长义不回答。刚强的汉子流泪了。女人没再问原因，拿来了白药，给马长义的伤口敷上了药，用一条干干净净的白纱布重新给他勒上了。那一夜，马长义不停地在炕上翻身，女人就问他：疼吗？马长义说：皮肉不疼，心里痛。女人从身后搂住了他。马长义说：你搂紧些，再搂紧些。两个人搂住睡到了天明。

　　农历二月初二日，马长义生日的那天晚上，两个人翻江倒海地闹了一次，像年轻时一样炽烈地闹了一次。事毕，马长义毫不掩饰地把他左胸脯上那道伤口的来历说给了女人听。原来，腊月二十七那天晚上杀毕猪，吃了肥肉喝了烧酒后就睡在主人家里的一间空闲的屋子里了。主人的女人推开他的房子门进来时，男主人正在给丈母娘家去送肉的路上。女人干脆利索地脱了衣服，钻进了马长义的被窝，马长义还没明白过来是怎么回事，女人拉灭了灯，一只手伸进了他的下身，一只手在他多毛的胸脯乱摸。马长义心跳得厉害，他一侧身看见了放在柜子上的裆裤，裆裤里的刀子亮如明灯，在那灯里，他看见的是自己的女人，是那张健康、亲切、亲热、亲昵的脸庞。他听见刀子说：马长义你不是说要爱我一辈子吗？你不是说你对哪个女人也不动心吗？马长义听见刀子在裆裤里抽泣。他一把推开女人光溜溜的身子，拉亮了灯，跳下了炕。他一只手伸进了裆裤抓起了一把刀子。主人的女人惊吓得面如土色，不知道这屠夫要干什么。听马长义说，你快走。女人的一脚还未迈出门槛，马长义的刀子就在自己的胸脯上拉了一刀。那一夜，马长义在主人家的牛棚里蹲到了天明。

女人听罢马长义的叙说，她颤抖着搂住马长义。马长义还要说，女人不叫他说。女人暗示马长义，要叫马长义的下面说话。马长义再一次闹起了女人。女人娇喘着说，长义，刀子是你的，也是我的。你说是不是。马长义说，是，是。女人吭地笑了。

女人下世后，马长义大病了一场。他觉得房子空旷了院子空旷了整个人世间空旷了。他彻夜难眠，一看见刀子，就从刀子里看见了女人的身影，因此，他出门进门总是拿着刀子。他的这一反常举动使村里人害怕，也使儿子害怕。在村干部的劝说开导下，他才放下了刀子，不再拿着刀子上地、走亲戚或赶集了。可是，他常常在半夜里抓起刀坐在院子里磨。一天不磨刀子一天就坐卧不宁。

女人下世后，马长义发觉，柜子里有十双鞋。这十双鞋是女人给他做的。马长义将十双鞋全取出来，放在柜子上，每过几天，拿到太阳地里去晒一晒，又拿回去，照旧放在柜子上面。五年了，他连一双鞋也没穿。到了晚上，他把鞋仔细地端详一遍，从中拿出一双，鼻子在鞋口里使劲嗅，他吸进肺腑里的除了布的味儿，针线的味儿，颜色的味儿，还有他自己也不能说清的什么味儿吧。然后，他将双手伸进鞋口里，一动不动，那双手仿佛在享受着鞋的温暖，鞋的棉软，鞋的润泽，鞋的迷乱。

他的儿媳妇不知道公公将鞋为什么要摆在柜子上，儿媳还以为公公向村里展示婆婆的贤慧、能干。她将那十双鞋放进了柜子。马长义躁了，他叫儿媳把鞋取出来。儿媳说，你把它放在柜子上招尘土，不穿也脏了。他说，这不关你的事，你取出来，给我摆好。儿媳只好从柜子里取出来那十双鞋，旧样摆放在柜子上。

歌舞厅刚开张的那天晚上，马建华还有点担心，担心父亲被吵得睡不着觉，他把音响控制得很有限。十一点多，马建华下了楼，进了院子，想看看父亲睡下了没有。父亲果然没有睡。刚一踏进院子，马建华就看见，父亲坐在院子里磨刀子。一轮清月在院子的上空飘动着，院子里一片银白色，月光跟牛舌头一样，在马长义身上舔动，他浑身透亮，似乎成了月光的一部分，也是银白色。马长义磨得很专注，津津有味似的。月光下的刀子闪动着坚硬的光芒，那光亮有质感，有动感，但不刺目。站在远处的马建华看见，父亲的身子轻轻地晃动着；一双脚似乎在踏着步子，随着磨刀子的节奏而踏动。父亲磨刀子的节奏和楼上的舞曲十分合拍。在马建华的眼里，父亲不是磨刀子，而是在舞蹈，跳一曲刀子舞——在乐曲中，父亲挥动着柳叶刀，用不同的舞姿展示刀子，展示自己。刀子像月光一样燃烧。马建华看不见父亲的表情，看不见父亲的身影，他只看见，刀子在空旷的院子里，在皎洁美好的月光下动情地跳舞。马建华的眼里满是刀子。整个院子里，满是刀子庞大的气息。这气息将所有的气味、声音、情绪都覆盖了。他没有耐心再看下去了，悄悄地抽身上了楼。

第二天，父子俩相见，相互对视了两眼，瞬间的难堪之后，父子俩擦肩而过。

马长义上到三楼来了，他悄无声息地站在歌舞厅的门外，一根木桩似的，悄然伫立。马建华拉开门，一看是父亲，叫他进去看看。马长义说，我磨刀子，正磨着刀子。马建华这才看见，父亲提着他那把柳叶刀。马建华说，你放下刀子，进去看看吧，你还没有见过年轻人咋跳舞。马长义说，叫我把刀子拿上吧。刀子没有啥害怕的，马建华说，你愿意拿就拿上。马长义跟着儿子进了歌舞厅。他本来想进去看看的。陶醉在舞曲中的年轻人，谁也没有在意马长义的到来。马长义坐在一张长条凳子上，将刀子横放在两膝上。彩灯扫过来，刀子也五彩缤纷，波光闪烁，没有杀气可言。

一个丰乳肥臀的女孩子走过来了，她走到马长义跟前，她没有注意到马长义带着刀子，以为他也是来跳舞的，做出了邀请的姿势。马长义不知道，这女孩子也是被马建华收藏了的一个。马长义一把从两膝上抓起刀子，将刀子举起来了。本来，他想告诉女孩子，他不是来跳舞的，他正在磨刀子，只是上来看看。那女孩子一看，马长义手中拿着一把真家伙，况且，那刀子像闪电一样，放出了一道寒光，那女孩像被谁猛抽了一鞭，她尖叫一声，向人多处跑。

回到院子里，马长义坐在房檐台下，又磨了一会儿刀子。他试了试刀口，抓起刀子，走到后院里的厕所旁边，抡起柳叶刀将一棵杨树横出的枝条砍得光光净。他砍得很猛烈，出手像年轻时一样快。他在折磨刀子，刀子也在折磨他。他一边砍一边说："我把你这无用的家伙。你还能干啥用？"在歌舞厅，马长义认为他的刀子把女孩儿吓着了，目光不由得去追逐那女孩儿。他看见那女孩儿被一个男人揽住了腰身，又开始跳舞了。女孩像被倒进竹筛子里摇动的大豆一样，随着竹筛子的旋转，身上的衣服被筛走了。女孩儿头发蓬乱，腰肢扭动着，塞进马长义眼睛里的是饱满的奶头丰肥的屁股。马长义攥紧了刀把子，刀把子在他手里发出的响声沉闷而明晰。一身白晃晃的肉在马长义眼前乱晃，晃得他头眩目晕。音乐声一会儿像被拖拉机轮胎压烂了的玉米秆，一会儿又像膘色很肥的猪肉。彩灯雨点般地纷纷而下。马长义觉得从他头顶上掠过去的不是多彩的灯光而是刀子，是一把又一把像面条儿一样柔软又不失锋利的刀子。他玩了一辈子刀子，从未害怕过刀子。可是，今天晚上在他头顶乱舞的刀子使他恐惧，十分恐惧。他恍然看见，他的身上被砍出了一道又一道血淋淋的口子，他周身疼痛难耐，胸口如针刺一般。"咣当"一声，刀子掉在了地板上。那明晃晃的响声压过了纷乱如麻的音乐声。音乐声骤然而停了。也是歌舞厅收场的时候了。女孩子的吆喝声、嬉戏声、下楼梯的脚步声，打断了马长义的思绪。他弯下腰去，很吃力地拾起了刀子。他像挂着一根拐杖似的把柳叶刀的刀尖着地，步履艰涩地回到了自己的破屋里。

松陵村人发现了叫花子的尸体是在夏末初秋的一天。女叫花子是被人用刀子戳死在涝池岸上的。马建华出于好奇，也到涝池岸去看。女叫花子长长地趴在通向涝池里的那面坡下边，头发披散着，遮住了脸面，脊背上留着刀子戳过的窟窿，脚上的鞋趿拉着，露着了半个鞋口。身上的衣服整整齐齐的，看似趴着睡觉。松陵村人围着尸体议论：谁戳死了女叫花子？有几个女人在叹息：这女人挺耐看的，真是可惜了。

马建华挤进里圈去，看了几眼，回去了，他一看见那血窟窿就恶心。

进了院门，马建华哇哇地吐了两口。马长义在院子里磨刀子，他问儿子：你是咋了？马建华说，杀人了，我看见了。马长义又问儿子：谁杀谁了？马建华说：不知道谁把女叫花子杀了。马长义说，那有啥看头？没见过死人，得吗？马长义给磨刀石上淋了些清水，一心一意地磨刀子。

到了下午，南堡乡派出所来人将尸体搬走了。随之，两个公安干警进了村，他们挨家挨户排查杀人的嫌疑犯。

询问到马建华跟前，马建华如实回答公安干警的询问。

公安干警问：你认识不认识女叫花子？

马建华答：认识。

公安干警问：最后一次见到她是什么时候？

马建华答：大约一个月前。

公安干警问：这个女叫花子和谁家有积怨？

马建华答：不知道。

公安干警问：为什么有人要杀叫花子？谈谈你的看法。

马建华说：很可能不是抢劫杀人，一个叫花子，能有几个钱？

公安干警说：是不是奸杀？

马建华笑了：除非有人渴得要吃雪。

公安干警说：照你说，也不是奸杀？

马建华说：我只是猜想，没有证据，不敢乱说。

公安干警在松陵村排查了三天，没有摸到蛛丝马迹。被戳杀的毕竟是一个叫花子，南堡乡派出所的干警不再准备深查了。毫无线索，一时半刻是很难查出来的，他们准备先搁下此案，就在这时候，松陵村又发生了一件使村里人难以预料的事：马长义自杀了。

在那几天，马长义没有再磨刀子。

那天吃午饭时，马长义没有到儿子的餐馆里来。儿子以为马长义身体不舒服，想让父亲多躺一会儿，就没有叫他。等午饭过后，客走人稀，马建华进了父亲那间厦房。十双布鞋依旧摆在柜子上，父亲蒙头盖被子，马建华以为他睡着了。他叫了一声爹，父亲没有答声；他又叫了一声爹，父亲动都没有动。马建华已经嗅到了一丝血腥味儿和刀子的气息，他心里一阵紧缩，走到炕跟前，将被子撩起来一看，凉席上是一摊血，三把刀子放在父亲的身旁。父亲不知什么时候割断了手腕上的静脉，他浑身已经僵硬。

（原载《延河》2006 年第 2 期）

王 松

WANG SONG

1956年出生于天津。祖籍北京。1975年赴天津宁河县插队。1982年天津师范大学数学系毕业后曾从事教师、杂志编辑、电视导演等工作。1990年由天津市文联调入天津市作协。2002年加入中国作家协会。现为天津市作家协会专业作家。

1983年开始文学创作。著有中短篇小说集《阳光如烟》,长篇小说《食色》《落凤的街》《欲望如歌》《欲望都市》《春天不谈爱情》《午夜阳光》《如飞》《浮·游》《歌·谣》《从良》及《王松作品集》(4卷)等。

双 驴 记

　　直到若干年后，马杰才告诉我，他终于真正了解了驴这种牲畜。他是在大学里学到这些知识的。他读的是农学院。这让我很不理解。我和马杰同是1977年参加高考，而且在同一考点的同一考场。但后来，我去师范大学数学系报到时才听说，他竟然考去了农学院的牧医系。说牧医好听一些，其实就是兽医。那时电话还不普及，农学院又在市郊，交通很闭塞，所以直到上大三时我才给他写了一封信。我在信中对他选择这种专业表示质疑。那时还是计划经济，大学里包分配，这个说法今天的大学生未必能懂，也就是毕业后学校负责分配工作，因此一旦学了什么专业也就如同嫁人，注定一辈子要从事这种工作。我在信中对他说，农学院，又是牧医系，将来的去向可想而知，大城市里的骨科医院或妇产科医院自然不能为牲畜治病，难道你去农村插队几年，在那种地方还没有呆够吗？我又在信上说，你对哺乳类动物感兴趣不一定非要学兽医，人也是哺乳动物，你完全可以去读医学院。当时我想，我在信中的言辞可能过激了一些，而且事已至今，再说这些话也没什么意义，当然，马杰也未必会以为然。马杰一向是个很自信的人，无论什么事都有自己的主见。几天以后的一个上午，我刚下课，系办公室的老师来叫我，说有我的电话。我立刻猜到了，应该是马杰，别人找我不会把电话打到系里去。果然是他。他的情绪听上去很好，说话还是那样不紧不慢。我在心里想象着，他这时大概正穿着一件肮脏的白大褂或扎着一条黑皮围裙，刚摆弄完一只什么动物。我似乎已经闻到，从电话的那一端传来一股腥臊气味。果然，他告诉我，他是在解剖教室打来的电话，他们刚刚解剖了一头驴。你能想到吗，这是一头成年雄性亚洲驴，而且还是活体。他并没有提那封信的事，听上去似乎颇为得意。他说，看来我过去真没猜错，驴确实是一种不可思议的动物，从解剖学的意义讲，它还是马的一个亚种呢。他说话的口气已明显跟过去大不一样，似乎有了些学院派的味道。接着，他又说，马的学名叫 Equus caballus，而驴的学名则叫 Equus asnus，由此可见，它们应该同属哺乳纲，但后者却是马科马属，驴亚属。马杰这样说着，似乎在电话里笑了一下，当然，如果在野生环境里，驴这个亚属应该更适于生存，因为它们的耐力和生命力都要优于马，比如寿命，马是三十年，驴却可以四十年甚至更长。而且，他又意味深长地说，它们的智商也的确很高，比你想象的还要高。

我忽然有些伤感。我终于明白了，马杰对过去的事还一直耿耿于怀。

其实我对驴也并不陌生。早在农村插队时，我就知道，驴作为牲畜是分为两种的，一种草驴，另一种则是叫驴，其中草驴是雌性，而叫驴泛指雄性。当然，这些也都是马杰讲给我的。我和马杰插队并不在一个村。他在北高村，我在南高村。那时他经常去公社粮站拉草料，每次路过我们村都要来集体户里坐一坐。他还告诉我，驴的后代也分为两种，一种是驴，另一种就是骡子。骡子自己是不能生育的，要由驴和马来交配。当然，马也分两种，儿马和骒马，前者雄而后者雌。叫驴与骒马配出的是驴骡子，草驴与儿马配出的则是马骡子。由此可见，马杰说，牲畜之间所形成的关系链与人相似，也是以雄性为主，应该属于父系社会。那时我就搞不懂，马杰也生长在城市，他的这些知识究竟是从哪里来的？

后来因为一件事，竟然连北高村的当地人对他也很服气。

这件事很奇怪，至今想起来仍然令人感到不可思议。当时北高村有一个绰号叫大茄子的女人，由于下体溃烂病死了。据说这女人很放荡，性欲也很旺盛，丈夫死后经常跟村里的男人胡搞，很可能因此才得了这样一种脏病。大茄子的死并没有什么奇怪，奇怪的是她的女儿。她的女儿叫彩凤。彩凤去墓地埋葬了她母亲大茄子，一回来突然就精神失常了。她的这种精神失常极为罕见，虽然神志不清，语言混乱，但说话的口气和腔调却似乎都已不是她自己，而是酷似她的母亲大茄子，一个二十来岁的姑娘竟能说出一些不堪入耳的话来。村里人立刻感到很惊骇，认为她是被大茄子的鬼魂附了体。后来有人说，彩凤很可能是得了壮科。所谓壮科，在中医讲也就是癔病。但当地人对这种病症却有另外一种解释，认为是被一种叫黄鼬的野物迷住了。据当时一起去墓地的人回忆，彩凤在回来的路上曾去过田边一间废弃的土屋里小解，如果她真的是被黄鼬迷住，应该就在那里。

但尽管大家这样猜测，却并没有人敢去看一看。

马杰听说此事，当即就去了村外的那间土屋。

那间田边的土屋曾是用来浇水的泵房，由于闲置多年早已没有门窗，屋顶和坏墙也都已破败不堪。马杰走进来仔细搜寻了一阵，果然就在墙角的一堆干草里发现了一窝吱吱乱叫的黄鼬。这窝黄鼬还很小，刚长出茸茸的皮毛，看上去就像一堆黄色的棉花球。它们的父母大概是听到动静逃走了或出去觅食还没有回来。马杰蹲下看了一阵，就去端来一杯水，又在水里滴了一些地瓜烧酒，然后喷到这些小黄鼬的身上。当时村里人都感到疑惑，不知马杰这是在干什么。但是当天夜里，人们就都明白了。在那天深夜，两只大黄鼬悄悄地潜回来。它们突然闻到小黄鼬的身上有了一种奇怪的异味，就满腹狐疑地不敢再去接近，只是围着这些嗷嗷待哺的幼仔来回转着不停地叫。就这样，那窝小黄鼬和两只大黄鼬高一声低一声地整整叫了一夜。第二天一早，村里的大队书记就来找马杰。北高村的大队书记姓胡，因为长了一脸络腮胡须，都叫他胡子书记。胡子书记在这个早晨闯进知青集体户，问马杰究竟对那些黄鼬干了什么，说再让它们这样叫下去恐怕村里还要出事。马杰听了并没有说话，立刻又来到那间土屋。他先用铁锹将那窝小黄鼬铲出来，然后浇上柴油，划一根火柴就点燃起来。当时的情形可想而知。黄鼬这种动物的皮毛里积存着很多油脂，被火一烧就噬噬地冒出来，这些小黄鼬立刻被烧得一边惨叫着一边乱爬，如此一来橘黄色的火焰也就越烧越旺。正在这时，突然又发生了一件更令人意想不到的事情。就在那些小黄鼬在火里吱吱惨叫时，突然从田野深处窜来两团黄乎乎的东西，还没等人们反应过来，它们就以快得难以想象的速度钻进火里。火堆的上空立刻腾起两团冒着黑烟的火星。直到这时，人们也才看清楚，竟然是那两只大黄鼬。它们显然想从火里将那些小黄鼬叼出来，但此时的小黄鼬虽然还在吱吱惨叫，身上却都已喷出耀眼的火苗，大黄鼬刚叼到嘴里这团火苗就散落开，变成一摊黏稠的油脂流淌到地上。这时两只大黄鼬的身上也都已着起火来，这火一边燃烧着还发出一种奇怪的声响。接着，它们很快就在火里安静下来。它们先是将身体紧紧靠在一起，然后揽过那几只小黄鼬用力掩在自己的身下，就这样趴在火里不动了。这堆大火足足烧了有一支烟的时间。因为当时胡子书记点燃一支烟，却没有顾上去吸，就那样愣愣地举着，直到他发觉烧了手，这堆大火才渐渐熄灭下去。也就在这个上午，人们发现，彩凤的神志也清醒过来。

其实马杰初到北高村时并不起眼。包括胡子书记在内，村里人都以为他只是个很普通的知青。但是，这件事以后，人们立刻对他刮目相看了。胡子书记曾经很认真地问过他，为什么一开始没有去烧那窝小黄鼬，而只是往它们的身上喷酒。马杰说，他原本也不想烧它们，他之所以这样喷酒，就是想改变一下它们身上的气味。马杰说动物之间都是靠气味交流的，大黄鼬发现它们身上的气味变了，也就不肯再去接近，如此一来它们也就会自己慢慢饿死。但是，他说，他后来发现这种办法不行，倘若让它们一直这样叫下去很可能招来更多的同类，而那就会给村里带来更大的麻烦。所以，他说，他用火烧也是迫不得已。胡子书记直到这时也才发现，马杰在这方面竟然有着特殊的才能。于是当即决定，将他调去村里的牲口棚。

马杰就从这时开始，才真正接触到了驴这种动物。

那时北高村的大牲畜除去马和骡子，只有两头驴，一头叫黑六，另一头叫黑七。马杰觉得这名字有些奇怪，就问胡子书记，黑六黑七是怎么回事。胡子书记告诉他，因为这两头驴的家庭出身都不好，往上追溯几代，它们的曾曾祖父曾是村里大地主高久财家豢养的，整天吃香喝辣，住的牲口棚里都砌了火墙，比咱贫下中农可舒坦多了。胡子书记说，据当年亲眼见过的人说，那是一头白嘴唇大鼻翅的板凳驴，长耳朵长脸小短腿，专门让高久财的小老婆骑着回娘家的，每次都是红樱铜铃紫缎鞍垫，走在街上很是气派。胡子书记忽然嘿嘿一笑，又说，这种驴自然不能算咱无产阶级，该划入"黑五类"，可"黑五类"是"地、富、反、坏、右"，没有驴，村里就给它排个第六，这一头叫黑六，那一头是它兄弟，就叫黑七。

马杰觉得有趣，从此就很注意这头黑六。

马杰很快发现，黑六和黑七的待遇并不一样。黑六虽然出身不好，却被分槽喂养，每天要吃精草细料，而且从不拉车，更不下田参加劳动。当然，黑六也有得天独厚的生理条件。专职为生产队里繁殖后代。据说也曾有贫下中农提出过置疑，说黑六毕竟是这样一种家庭出身，总让它繁殖后代，生产队的牲畜血统是否会受到影响。但黑六的品种也确实很好，它生出的后代从身形到骨架都很匀称，而且有着很强的体力和耐力，不仅可以拉车，也适合田间的各种劳作。但是，马杰对此却有着自己的看法。马杰认为，黑六不能只管配种。驴的发情周期每年只有一次，而每次的时间也并不是很长，如此一来，它不发情时也就无事可干。马杰认为这不仅不合理，也是一种资源浪费，生产队里总不能整天用好草好料供养着这样一条骄奢淫逸的寄生虫。

于是，他当即决定，要让这个黑六参加一些力所能及的体力劳动。

马杰第一次是让黑六驾辕，准备去麦场拉一些干草。

一天下午，马杰特意从场上找来一辆很小的木板车。这种车其实是人畜两用，所以装载量很小，拉起来也并不费力。但在这个下午，黑六一被套上绳索立刻就警觉起来。它显然从没受过这样的待遇。当它明白了马杰是要让它驾辕拉车，立刻就像受了侮辱似的一边乱踢乱咬一边呜呜啊呜呜啊地拼命狂叫。马杰却不管这一套，不由分说就给它勒上了嚼子，然后用力向后拽着将它塞进车辕搭上扣襻套起来。但是，就在他转身去拿鞭子时，黑六突然将身体往后一蹲，又猛地向前一窜就拉着这辆空车朝街上狂奔而去。马杰顿时慌了手脚，连忙上前追赶，一边还在它的后面狠狠甩出一个响鞭。马杰的这根鞭子与众不同。一般车把式的鞭子都很柔韧，鞭杆用几根竹枝拧结而成，鞭绳也是细而短，这样甩起响鞭不仅省力，也便于使用，更重要的是这种响鞭只具有威慑力，打到牲畜的身上却并不疼。马杰的鞭子则是向村里的拖拉机手要来几根机器上的废三角带，用上面拆下的胶皮绳编织而成，而且上粗下细，足足有八尺多长，木柄则是一截粗短的镰刀把，这样掴在手里就像是一根凶悍的霸王鞭，甩起来也震耳欲聋，几乎让所有的牲畜听了都心惊胆战。但这一次，黑六却对马杰的鞭声充耳不闻。它就那样拉着一辆空木板车叮叮咣咣地朝街里绝尘而去。那辆木板车原本只是用一些木条和竹片拼接而成，并不结实，被黑六这样拖着一跑很快就甩掉了两个轱辘。但黑六仍不肯停下来，还一边炝着蹶子拖着车架子在坑凹不平的街上狂奔。车架子很快就被颠得面目全非，街上到处是散落的木板和竹片，待胡子书记和生产大队长发现时，黑六身后拖的就只剩了两根光秃秃的车辕。北高村的生产大队长是一个很健壮的女人，姓高，叫高大莲，村里人都叫她大莲队长。据说这个大莲队长曾经担任过全公社的妇女突击队长，在农业学大寨大搞水利建设的工程中干出过许多成绩，因此很有些名气。在这个下午，胡子书记和大莲队长刚从外面开会回来，迎面正好看到从街上狂奔而来的黑六。大莲队长走上前去，吆喝一声就将黑六拦住了。这时马杰也拎着鞭子气喘吁吁地从后面赶过来。胡子书记看看黑六，又看了看马杰，皱起眉问，这是怎么回事？马杰并不回答，扑过来就抽了黑六一鞭子。黑六立刻疼得哆嗦了一下。大莲队长已经看明白了，于是对马杰说，你不该让它拉车，它的工作比拉车更重要。黑六似乎听懂了大莲队长的话，连忙将头扎进大莲队长的怀里，像是受了很大的委屈。胡子书记伸手拍了一下黑六，也说，我们对有"黑五类"成分的人还要给出路，让人家改造自己重新做人，更不要说黑六，它毕竟还是一头牲口！事后马杰对我说，当时他简直不敢相信，这头叫黑六的畜生竟然如此虚伪，甚至比人还要阴险。它听了胡子书记和大莲队长的话先是在他们面前温顺地垂下头，接着就又开始哆嗦起来，似乎是由于刚刚挨了鞭子疼痛难忍，后来这哆嗦竟还渐渐地变成了抽搐，好像痛苦得随时都要瘫倒下去。直到胡子书记当即宣布，扣掉马杰这一天的工分，并让他用软毛刷子为黑六刷洗一遍全身。它才好像好了一些。

在这个下午，马杰没再说话就将黑六牵回牲口棚。但是，他刚按大莲队长的要求为它拌好一槽精细的草料，再回头看时，却发现黑六早已若无其事，正一边打着响鼻跟邻槽的一匹枣红骒马摇着尾巴调情。马杰盯住它看了一阵，慢慢放下搅料棍，转身又拎起了自己的鞭子。这时黑六也已注意到了。它立刻丢下那匹骒马，两眼一眨一眨地看着马杰。马杰冲它冷笑一声说，你不用看，大莲队长不是让我给你刷毛吗，我现在就给你刷。他一边说着将鞭子在头顶用力甩了一下，鞭绳立刻在空中扭出一个很好看的花结，然后悄无声息地落下来。马杰的鞭技一向很精湛。我曾经亲眼见过，他竟然可以一鞭就将一只落在树上的麻雀抽下来。他得意地告诉我，北高村的牲畜都很怕他，他的鞭子不仅很疼，而且可以不留任何痕迹。一般的车把式用鞭子抽打牲畜都会有一条一条的鞭印，那是因为将鞭绳整个落下去，他则不然，他只用鞭绳的末梢，这样落到牲畜身上就只是一个点，而且想抽哪里就抽哪里。其实马杰抽打别的牲畜时，黑六一定亲眼见过，因此也就应该深知这根鞭子的厉害。但是这时，它看着马杰，脸上的表情却忽然轻松下来。马杰起初有些不解，但接着就明白了，黑六是有恃无恐。刚才胡子书记和大莲队长让他用软毛刷子为它刷毛，过一会就肯定要来检查，而倘若他用鞭子抽了它，即使痕迹不明显他们也能一眼就看出来。所以，黑六断定，尽管马杰将那根鞭子在自己面前挥得呼呼生风，却并不敢真落到自己身上。

　　但黑六毕竟是一头牲畜。它还是想得过于简单了。

　　马杰看懂了它的心思之后，只是微微一笑，就将它牵到旁边的一片空地上。黑六搞不懂马杰这是要干什么，有些不解地看着他。马杰不紧不慢地弯下身，将它的缰绳拴在一根木桩上，然后倒退几步用力抖了抖手里的鞭子。这时黑六才开始紧张起来，但它仍然紧盯着马杰，似乎想看一看，他今天究竟敢不敢用鞭子抽打自己。马杰先将鞭绳在手里拽着试了试，然后举起木柄，突然用力一甩，啪的一声，那根长长的鞭绳打了一个旋就发出一声脆响。黑六的一条后腿猛地颤抖了一下。它这时才感觉到，自己这条腿的腋窝里像被刀子狠狠割了一下。但是，还没等它回过神来，就又是啪的一声。这一次它站不稳了，它感觉到另一条后腿的腋窝里又狠狠地疼了一下，这疼痛就像一股电流立刻通遍全身，接着它的两腿一软就咕隆跪了下去。马杰一手抓住鞭绳，对它说，站起来。黑六又艰难地站起来。黑六直到这时才终于明白了马杰的险恶用心。在牲畜身上，四条腿的腋窝处应该是最隐蔽的地方，如果不钻到肚子底下是绝看不到的，而且和人一样，这也是最敏感的部位，倘若用鞭子抽到这里也就更加疼痛难忍。而就在这时，马杰又做出一个更可怕的举动，他去拎来一桶凉水，将鞭子在里面蘸了一下。黑六起初还不明白马杰这样做的用意。但是，当这根蘸了水的鞭子又抽在它两条前腿的腋窝里时，它立刻意识到，这样的疼痛竟然比刚才更可怕。

　　在这个下午，马杰就这样用这根湿漉漉的鞭子轮番抽打黑六四条腿的腋窝，每抽一下，黑六的全身都要剧烈地抽搐一下。但是，这根鞭子实在太长了，甩起来要花费很大的气力，而如此一来也就渐渐影响了准确性。这是马杰事先没有想到的。就在他又一次举起鞭子时，突然感觉自己的手臂酸了一下，他原本是想抽打黑六的左后腿，因为他当时是站在它的左前侧，这样就只有将鞭子朝相反的方向甩才能使鞭梢落到它左后腿的腋窝里。而由于他的手臂突然感觉不对劲，就稍稍向里偏了一点，于是鞭梢也就落到了不该落的地方。事后马杰对我说，他绝没有想到会是这样，他发现，黑六那根硕大的阳具突然抖动了一下，然后就像一条探出身体的蛇倏地缩了回去。马杰直到这时才意识到，是自己的鞭子出了问题。他立刻蹲下身去观察，发现黑六的那里已完全缩进身体，连两个睾丸都不见了踪影。马杰的心里一下有些慌，他知道这件事意味着什么。但他这时还在安慰自己，他想这东西应该伤得并不太重，否则黑六就不会这样安静了。这时黑六看上去也的确很安静。它似乎还在暗暗庆幸，由于自己的下体出了这样一点意外，才终于躲过了马杰的这一顿鞭子。

但是，马杰和黑六都没有意识到，事情远比他们估计的要严重得多。

接下来的问题是出在第二年春天。

在这个春天，黑六没像往年一样按时发情。北高村与我们南高村一向在繁殖牲畜方面保持着协作关系，这时我们村已让几匹有生产任务的骒马做好各种准备。如此一来也就产生了误会。我们村认为北高村说黑六没有按时发情不过是一个拖词，黑六每年的发情期比日历还要准，说它不发情就如同说骡子发情一样令人难以置信。我们南高村认为，北高村一定是出于什么利益的原因为黑六另寻了新欢，而他们这样做不仅不道德，也是一种极不讲操守的行为。北高村的大莲队长听说此事特意来向我们村解释，她说没有别的原因，任何原因都没有，就是黑六不发情。大莲队长无可奈何地说，牲畜不发情是谁都没有办法的，你就是给它们硬来也没用，这跟人是一样的道理。大莲队长说到这里，脸一红就不好再说下去了。

我们南高村很快了解到，大莲队长说的话的确属实。黑六在这个春天不知为什么，竟像是将发情这件事忘记了。往年它早早地就会躁动起来，哪怕碰一碰皮毛或摸一摸脖子，都会立刻张大嘴吐出一些白色的黏液，走在街上遇到外村的骒马或草驴拉车经过，也要追在后面一边打着响鼻去向人家献殷勤。但这一次它却毫无迹象，就是将再漂亮的红鬃骒马或花背草驴牵到它面前，它的反应也很淡漠，似乎已心如止水，万念俱灰。大莲队长当然不甘心。村里一向待黑六不薄，大莲队长不相信它的身体里好端端的会出什么问题。于是就亲自将它牵去公社的兽医站。但兽医站的兽医也看不出任何问题。兽医很认真地检查了一番，摇摇头说，牲畜的生殖力也是一种能量，既然是能量就总有释放完的时候。兽医拍了一下黑六的屁股，得出结论说，它已经没用了。

大莲队长直到这时也才终于相信，黑六的历史使命是彻底完成了。

黑六从此就失去了一切待遇。它被拴在大槽子上，和干粗活的牲畜一起乱踢乱咬，一起去抢吃掺着粗茬干草的混合饲料。每天的早晨和下午也要被套上绳索去拉车，或被轰赶到田里去干各种农活。但是，直到这时，它身上致命的弱点也才暴露出来。原来它的体力竟然很差，由于长年养尊处优，到田里踩着松软的泥土连站都站不稳，更不要说去拉犁耕地。胡子书记这时就又想起它当年的曾曾祖父，也就是那头白嘴唇大鼻翅长耳朵长脸小短腿的板凳驴。胡子书记突然发现，这头黑六的长相竟与它当年的曾曾祖父极为相像。于是，经过与大莲队长和其他村干部商议，就做出一个新的决定，既然黑六不适合干农活，索性就让它继承祖业也去充当交通工具，专门供村里的干部们骑着去办事。我想，这对于黑六来说应该更是一种奇耻大辱。如果让它自己选择，它肯定宁愿去拉车耕地也不想这样供人驱使。

也许正因为如此，才发生了后来的事。

那是一个初夏的上午，北高村的贫协主任要去公社参加贫协代表联席会。其实这个贫协主任完全可以搭乘村里顺路的拖拉机，即使步行也不过几里路。但他却坚持要骑黑六。他说当年大地主高久财的小老婆经常骑着它的祖先回娘家，他看了一直很眼热，所以现在他也要骑它尝试一下，看一看当年的那个女人究竟是一种啥样的感觉。贫协主任这样说着就牵出黑六，然后翻身骑上去。其实贫协主任很瘦，所以骑到黑六的背上，应该不会有太重的分量。但他并没有意识到，这样骑在黑六身上还一边用木棒抽打它的屁股就已不仅是简单的重量问题。当时贫协主任只顾高兴了，他发现这样骑着黑六的确感觉很好，不仅舒服，还有一种高高在上的优越感，再看眼前的一切似乎都变得居高临下起来。所以，他也就并没有注意到黑六脸上的表情。事实上他就是注意到了也无法看到，因为这时的黑六正将脖子直直地向前伸出去，两眼不停地向左右腺寻。事后据亲眼目睹的人说，黑六驮着贫协主任就这样走了一段路，突然转身朝着道边的一棵槐树走过去。那是一棵几十年的老槐树，树干已经粗糙皲裂。黑六走过去只是不动声色地把肚子在树上轻轻蹭了一下，又蹭了一下，贫协主任突然惨叫一声就滚落下来。当时正在田里耪地的人们连忙赶过来，将贫协主任抬回到村里。待将他的裤腿撕开，这条腿只是膝盖以下有些发红，除此之外并没有什么伤痕。

但是，人们很快发现，贫协主任的伤势似乎还没有这样简单。

他这条腿已完全失去知觉，而且像充了气似的迅速肿胀起来。

胡子书记意识到事情的严重性，立刻派人将贫协主任送去公社的卫生院。卫生院的几个医生看过之后都面面相觑，摇着头说卫生院没有这样的设备，恐怕要去县医院。送去的人问什么设备。几个医生说，锯腿的设备。大家一听立刻惊得目瞪口呆，有人问，只是让驴在树上蹭了一下，就要锯腿?! 一个医生说，锯腿已经是轻的了。另一个医生也摇摇头，说这头驴实在太厉害了，你们不要看这条腿表面没什么，其实它里面已受了严重的挤压，现在皮肉跟腿骨已经完全脱离开，如果不尽快锯掉，恐怕连性命都很难保住。

就这样，贫协主任又被转去县医院，就将这条伤腿从根部锯掉了。

那天直到傍晚，马杰才在村外的一片树林里找到了黑六。

马杰走到黑六跟前，立刻吓了一跳，只见它的嘴里满是鲜血，跟前的许多树干都已被啃掉树皮，乳白色的木碴上沾着黏稠的血迹。马杰立刻明白了，黑六显然知道自己闯了大祸，也意识到这一次是在劫难逃，所以就想尽快一死了之。但它实在想不出什么更好的自杀办法，只能采取这种笨拙徒劳而又只会增加痛苦的原始方式。黑六看到马杰，立刻惊恐地向后退了几步。它自从那一次挨了鞭子，再见到马杰就总是心惊胆战。这时，它已经完全崩溃了，它慢慢退到一棵树的旁边，四条腿不停地打着颤，两个耳朵也相互叠着耷拉到一起。它认为马杰一定是来找它算账的。它已经料到，马杰这一次绝不会轻易放过它。但是，它很快发现，马杰的手里并没有拿着那根可怕的鞭子，脸上也没有太多的表情。他只是走过来，从地上捡起缰绳，就牵着它朝村里走来。这时胡子书记和大莲队长已经等在牲口棚。

胡子书记迎过来，掰开黑六的嘴看了看，牙齿已经脱落得所剩无几。

于是，他回过头去，跟大莲队长相视了一下。

大莲队长嗯一声说，看来也只能这样了。

胡子书记点点头说，杀了吧。

杀……杀了？

马杰有些意外，看着胡子书记。

大莲队长说，刚才，生产队里已经研究过了，既然它不能干活，骑又不能骑，留着也就没啥用处了。胡子书记说是啊，现在它的嘴又成了这样，以后连草料也不能吃，生产队里总不能用粮食养着这样一个废物，痛痛快快杀了它，大家还能分一些肉吃。

事后马杰对我说，他当时就已预感到，杀黑六这件事肯定会落到他的头上。因为他是饲养员，一向熟悉牲畜的习性，而更重要的是当地农人是轻易不肯自己动手杀牲畜的，他们都很迷信，认为牲畜的一辈子不容易，倘若杀它们会遭报应。果然，在这个傍晚，胡子书记和大莲队长临走时对他说，这件事，就由你来干吧。马杰连忙说不行。他说自己确实不行，他平时杀一只鸡都下不去手，更不要说杀这样大的一头牲畜。胡子书记又跟大莲队长对视一下，就走到马杰的面前说，有些事，还是不要说得太明白了，这头黑六原本好好的，每年都能按时配种，可到你手里还不到一年，怎么就成了废物呢，现在你不杀它还让谁来杀？

大莲队长也说，不要说了，这件事就这样决定了。

一边这样说，又看了马杰一眼，让它死得痛快些。

当天晚上，村里的胡屠户来到牲口棚找马杰。胡屠户是胡子书记的亲叔伯堂弟，在村里专门负责宰杀猪羊一类家畜。马杰一看见胡屠户就像是见到了救星，连忙对他说，你来得正好，你杀猪有经验，黑六还是由你来杀吧。胡屠户却摇摇头说，你这话就外行了，屠户也并不是啥都能杀的，杀猪跟杀牲口可不是一回事，我来是给你送工具的。胡屠户说着就打开一个麻布包，里面是刀子钩子和一些看不出用途的利刃。胡屠户拿起一把细长的牛角弯刀，这把刀大约有一尺多长，看上去像一勾弯月，刀刃飞薄，刀尖也很锋利。胡屠户用拇指在刀锋上试了试说，我给你挑了这把长一些的牛角刀，刚才还磨了一下，驴的脖子比猪脖子要长，但杀起来道理是一样的，只要将这把刀从脖子底下插进去，一直插到胸口，然后用刀尖在心脏上划开一个口就行了，记着，放血要用大盆，驴血是大补可不要糟蹋了。

胡屠户说罢，放下这些刀具就走了。

这时马杰才发现，槽子上的黑六正朝这边看着，一直在很认真地听。

马杰经过反复考虑，最后还是决定不使用胡屠户送来的这些刀具。胡屠户杀猪马杰是见过的，尽管他的技艺很精湛，但猪在死时也很痛苦，总要挣扎半天才会断气。因此，要想让黑六死得痛快些就只有另想办法。在这个晚上，马杰从草垛旁边搬来一口铡刀。这铡刀是专门用来给牲畜铡干草的，钢口还说得过去。马杰从木槽上卸下刀片。这片刀片已有些生锈，而且由于长期铡草，刃口也很钝。马杰拎着来到牲口棚。在牲口棚的角落里有一眼石井，这是用来饮牲畜的，井台上有一盘很大的青石。马杰将铡刀放到井台上，撩了一点水就用力磨起来。刀片约有四寸宽，三尺多长，磨起来霍霍的声音就很响亮。马杰这样磨一阵，停下来用水冲一冲，然后再磨。黑六始终站在旁边，还不时晃一晃耳朵，伸过头来看一看。马杰一回头，突然发现它也正在看着自己，他跟它的目光碰到一起，心里突地一颤。于是，他将刀片立在旁边，去拎来一桶水，就开始用软毛刷子为它刷洗全身。马杰一边刷着还特意摸了摸它的脖颈。它的脖颈很柔软，隐约可以感觉到里面的颈骨。

就在这时，他又看到了黑六的眼睛。

黑六的眼睛很湿冷，黑得深不见底。

马杰杀黑六是在第二天上午。地点就选在牲口棚。

杀牲畜是一件大事，北高村的全村特意歇了半天工。村里的人们虽然不肯亲自动手杀牲畜，但吃肉的欲望却很强烈，早早地就都在家里刷锅烧水做好一切准备，然后端着盆或簸箩来到牲口棚等着分黑六。马杰看一看大灶上的水已经滚开起来，就将黑六从槽子上牵出来，拴到那片空地的木桩上。这时人群里就响起一片唏嘘的声音。马杰朝人群里看一眼，就转身去拎过那把铡刀。铡刀的锋刃已磨得雪亮。马杰为了应手，还特意在铁柄上缠了一些麻绳。他来到黑六面前，掏出一块黑布将它的两眼蒙起来。

但黑六用力一摇头，将黑布甩掉了。

马杰再蒙，又被它甩掉了。

然后，它慢慢回过头，睁大两眼看着马杰。

事后马杰对我说，你能相信吗，驴这种畜生竟然会笑。当时黑六的脸上皱了皱，眼角居然还出现了一些细碎的鱼尾纹。他说他看出来了，它的确是在笑，它是在冲着他微笑，他甚至还听到它的嘴里发出一阵嘿嘿的声音。马杰顿时有些心慌意乱，立刻举起铡刀就呼地砍下来。在此之前，马杰已在黑六的脖颈上看好了位置，他发现它稀疏的鬃毛间有一个不大的缺口，这缺口离头颅很近，而且恰好是脖颈最细的地方，他想如果把刀砍在这里，应该会省力一些。但是，由于他的刀举得过高，在挥下来时有些发飘，这就使落刀的位置发生了一点偏离，似乎靠上了一些。马杰感觉到了，这把铡刀的确磨得很快，因此尽管靠上，在落下的一瞬也几乎没遇到什么阻力，只听咔嚓一声，黑六的头颅就从脖子上齐刷刷地滚落下来。这颗头颅如同一只巨大的冬瓜，在地上骨碌碌地滚出很远。直到它停下来，那只冲上的眼睛仍还皱着一些鱼尾纹，它睁得大大的，像在瞪着马杰，又像是瞪着马杰身后的人们。那个失去了头颅的身体并没有立刻倒下去，似乎沉默了一下，突然就有一股黏稠的血水从脖腔里直喷出来。这血水一直喷溅出很远，如同一团猩红的烟雾朝人群里落下去。

人们惊叫一声，立刻朝四处散开了。

失去了头颅的黑六似乎犹豫了一下，又犹豫了一下。

它迟疑着朝前走了两步，然后，才慢慢地瘫倒下去。

马杰没去管清洗黑六的内脏。只是将它的皮剥下来。

这是一张完整的驴皮，非常柔软，看上去栩栩如生。

马杰犯了一个错误。他不该在牲口棚里杀黑六。

在这个上午，马杰并没有注意到，从他用那口铡刀砍下黑六的头颅，直到在血泊里用牛角尖刀一点一点地将它的皮剥下来，始终有一双眼睛在注视着他。这就是黑七。其实马杰在事先已考虑到这个问题。他想，在杀黑六时不应该让其他牲畜看到这个血腥的场面。牲畜的身材虽然高大，心胸却很狭窄，胆量也很小，这样的场面会对它们的情绪产生严重影响，搞不好还有可能发生炸棚。炸棚是指由于某种突发的刺激，使牲畜们同时受到惊吓而狂躁起来，这种情况一旦发生是很难控制的，牲畜也会因为互相踩踏和撞击而受到伤害。但是，马杰将所有的牲畜都牵去了别的院子，却唯独忽略了拴在角落里的黑七。所以，黑七也就目睹了马杰砍杀黑六的整个过程。马杰直到拎着黑六那张血淋淋的驴皮朝牲口棚的外面走去时，才无意中发现了黑七。黑七正站在槽子旁边，目不转睛地盯着他和他手里的那张驴皮，眼睛里似乎有些湿润，尾巴也像一根木棒直挺挺地撅起来。在此之前，马杰并没有注意过这头黑七。黑七的外形与黑六很相像，也是长耳朵长脸四肢短小，但阳具也很小，所以也就没有配种任务。其实严格讲，这种板凳驴是专供人骑的，并不适于田间劳作，因此黑七的主要工作只是拉车。但它的性格却与黑六不同，平时沉默寡言，因此也就很少引起人们的注意。

马杰绝没有料到，黑七接下来竟会弄出一场如此之大的事故。

马杰觉得自己在这场事故中很无辜。尽管胡子书记和大莲队长一致认为，这件事的责任完全在他，也就是说，是由于他的疏忽大意造成的。但马杰却坚决否认。马杰一口咬定是黑七所为。马杰说，在这件事发生前的最后一瞬，他是亲眼看到的。他说黑七当时干的事简直不可思议，没有人会相信它竟然能这样做。胡子书记当然不能认同马杰的这种说法。胡子书记说，黑七不过是一头哑巴畜生，无法为自己辩解，这就让人怀疑是马杰故意要将责任推给黑七。大莲队长也这样认为。大莲队长说，黑七再怎么说也只是一头驴，而且是一头比黑六还要老实的笨驴，它不会也不可能像马杰说的那样故意做出破坏集体财产的事来。

这起事故是发生在杀黑六几天以后的一个上午。在这个上午，别的牲畜都被牵去下田了，牲口棚里只剩下黑七和一匹怀驹的骒马。马杰在这个上午是故意将黑七留下的，他准备套它去公社粮站拉一些饲料。他在临走前先为那匹骒马饮过水，又在槽子里添了一些草料，然后拿过棕刷为它的全身刷了刷毛。马杰在照料临产牲畜方面很有经验，他知道经常为怀驹的骒马刷一刷毛，会使它的产门肌肉松弛，这样可以有利于将来的生产。但是，就在他为这匹骒马刷毛时，突然听到了一种奇怪的声音。这声音似乎是来自他的身后，又像是在头顶。接着他就感到，好像整个牲口棚都嘎吱嘎吱地响起来。他连忙回过头去，才发现竟然是黑七。黑七正在不动声色地啃咬着牲口棚里的一根立柱。在牲口棚里大约有五六根这样的立柱，但这一根最粗，而且刚好竖在牲口棚的中央，是专门用来支撑整个棚顶的关键部位。事后马杰说，他一直搞不懂，黑七怎么会知道选择这样一个要害的部位。当时黑七发现马杰正在看着自己，于是就停下来，也抬起头看看他。但它接着就又埋下头去，若无其事地继续啃咬那根立柱。它咬得不慌不忙又非常卖力，为使这根立柱尽快松动，它还用头去顶住它的根部用力晃动。于是整个牲口棚立刻也跟着忽忽悠悠地摇晃起来。牲口棚的棚顶虽然只铺了一层秫秸，但由于下雨潮湿就已有了相当的重量，这时这根立柱已被黑七啃咬得拔出地面，再这样一晃动，棚顶就开始渐渐地向一边倾斜。马杰突然明白了黑七的意图，立刻丢下手里的棕刷朝它扑过去。但为时已晚，整个牲口棚随着晃动扭了几扭，突然发出一阵巨大的断裂声就轰然塌落下来。而就在这一瞬，马杰看到黑七朝旁边轻轻地一跳，就跳到了牲口棚的外面。北高村一共有二十几头牲畜，因此牲口棚也就具有相当的规模，这时这样一坍塌情形自然可想而知，顿时尘土飞扬狼藉一片。但是，牲口棚坍塌还只是这场事故的开始。在马杰身后的立柱上，还挂有一盏仍然亮着的马灯。这是马杰给牲口添夜草时拎过来的，后来一忙就忘在了那里。这时棚顶坍塌下来，这盏马灯也就被砸在了里面，煤油流淌出来引燃秫秸，立刻就着起了大火。这场大火烧得很快，火势也很猛，随着迅速蔓延整个牲口棚里转眼间就成了一片熊熊的火海。闻讯赶来的村人想用水桶救火，但试了试却都无法靠近，只能眼睁睁地看着火焰夹裹着浓烟越烧越旺。也就在这时，人们突然闻到了一股奇怪的气味。这显然是烤肉的香味，非常香，与燃烧的烟气混在一起就似乎更加诱人，很像今天街上卖的烤肉串。这时大家才突然想起那匹怀驹的骒马和黑七，接着就又想到了马杰。但人们很快就发现了黑七。黑七并没有被砸在火里，它正站在不远的地方，面无表情地向火里望着。这就可以断定，仍然在火里的只是那匹骒马和马杰，也就是说，这股烤肉的香味应该是从它或他的身上散发出来的，又或许是同时散发出来的。其实人与牲畜的区别并没有很大，这样用火一烧，竟然分不出谁是谁的气味。人们想象着正在大火里被烧烤的那匹骒马和马杰，立刻都感到不寒而栗。

这场大火烧了一阵才渐渐熄灭下去。牲口棚已变成一片废墟。人们果然在灰烬里发现了那匹骒马的骸骨。它显然被烧得无处躲藏，于是扎到一个角落里，浑身的骨头都已被烧得黑漆漆的，还在冒着淡淡的蓝烟。但是，却没有发现马杰。胡子书记和大莲队长皱着眉对人们说，再找一找，仔细找一找，那样大的一个活人再怎样烧也总会留下一点痕迹的。但是，人们将整个火场都仔细搜寻了一遍，却仍然不见马杰的踪影。就在这时，一个女人突然惊叫了一声。胡子书记和大莲队长连忙走过来。那女人一边向后退着，用手朝地上指着说，那里……就在那里。这时胡子书记和大莲队长才发现，在地上正有一堆黑糊糊的灰烬向上一拱一拱地微微动着。接着猛地一翻，一颗人的脑袋就从里面冒出来。这颗脑袋已经与那些灰烬浑然一色。他用力喘出一口气，然后张开嘴打了一个很响的喷嚏。

人们围过来仔细看了一阵才认出来，竟然是马杰。

马杰虽然已黑得面目全非，身上却毫发无损。原来就在牲口棚坍塌的那一瞬，他不知怎么竟被压进了那眼石井。这一来反而救了他。他先是将身体在井水里浸泡了一下，然后就像一只壁虎似的紧紧贴着井筒，直到上面的大火渐渐熄灭，他才试探着一点一点爬上来。

胡子书记和大莲队长当然不相信马杰所说的话。他们认为这件事与黑七没有任何关系。黑七之所以能在这场大火中幸免于难，是因为它当时刚好站在牲口棚的边上，而这也正说明它不可能做出马杰所说的那种事来。胡子书记对马杰说，黑七从没有啃缰绳的习惯，你是饲养员应该最清楚这一点，既然它连缰绳都不啃，又怎么可能像你说的那样去啃那根立柱呢。大莲队长也说，不管怎样说，这件事也是你的责任，就算这根立柱是被黑七啃倒的，也说明它早已不太结实，好好的一根立柱，怎么可能就这样轻易地让驴给啃倒了呢，你作为牲口棚的饲养员事先就没有发现吗，或者发现了，又为什么没有及时加固呢。大莲队长最后得出结论说，由此可见，这起事故是迟早都要发生的。大莲队长说，幸好当时别的牲畜不在，否则后果就更不堪设想了。胡子书记严肃地说，可那匹怀驹的骒马还是烧死了，一失两命，这给生产队的集体财产也造成了很大损失。接着，胡子书记就当众宣布了对马杰的处理决定，胡子书记说，首先要扣掉马杰全年的工分，其次，马杰要尽快将火场清理干净，协助村里搭建起新的牲口棚，然后将这里的所有工作移交给新任饲养员。

也就是说，胡子书记对马杰说，你已经被撤职了。

马杰对我说，直到这时，他仍然没把黑七往太深处想。他认为黑七在那个上午啃倒那根牲口棚的立柱并没有什么很明确的目的，也许它只是出于无聊，因为对于这样一头驴，除去无聊他实在想不出它还会有什么别的用意。但是，接下来的事终于让他警觉起来。

他突然发现，这个黑七确实不是一头简单的驴。

马杰用了整整一天，直到傍晚才将牲口棚的废墟清理干净。然后，他就按着大莲队长的要求套了一辆木板车，准备将这些炭灰拉到田里去当肥料。但是，他又犯了一个错误。他不应该让黑七驾辕。在这个傍晚，他刚刚把车装好，正在清扫最后一点灰烬时，黑七突然拉起车就径直朝那眼石井走过去。它走得不紧不慢，而且声音很轻，来到石井跟前还绕了一下，待马杰回头发现时，它已经将屁股用力向上一撅，高高地扬起车辕，然后呼噜一声就将整整一车炭灰都倾倒进了井里。井口立刻腾起一团黑色的烟雾。这眼井是专门饮牲畜的，这样倒进一车炭灰井水显然也就不能再用。大莲队长刚好在这时来到牲口棚。大莲队长立刻走过来，扒着井口朝里看了看，然后抬起头对马杰说，看来，胡子书记真的是看错你了。

看……看错我了？

马杰看看大莲队长，不明白她这话是什么意思。

大莲队长说，这一次是我亲眼看到的，你还怎样解释？

马杰沮丧地说，既然你都看到了，我当然不用再解释。

大莲队长冷笑道，你是不是又要说，是黑七存心搞鬼？

马杰说难道不是吗。

大莲队长立刻反问，你认为是这样吗？

　　马杰说当然是这样。马杰说，黑七是自己把车拉过来的，又是它自己把车上的灰倒进井里的，不是它在搞鬼又会是谁呢，难道是我吗？可是，大莲队长说，牲口是听人吆喝的，你如果不吆喝它，它又怎么会跑到这里来呢？这时，马杰终于忍耐不住了，他不明白大莲队长为什么一定要将责任强加给自己。于是很生气地说，我根本就没吆喝它！

　　你没吆喝吗？

　　我当然没吆喝！

　　马杰觉得大莲队长这样指责自己简直没任何道理。黑七是擅自把车拉到井边来的，他想问一问大莲队长，这样简单的事她怎么会看不出来。大莲队长点点头说，我当然看出来了，这件事就是你故意做的，你对村里处理你的决定心怀不满，所以才让黑七把这一车炭灰倒进井里，好给下一任饲养员增加一些麻烦。大莲队长摆摆手说，你不要再说了，淘井的事我会安排别人来干的，实话告诉你，现在让你来淘我还真有些不放心呢。大莲队长临走时又说，你尽快把这里收拾干净吧，村西还有一堆人粪肥，从明天开始，你去田里送粪。

　　大莲队长说罢，又用力看了一眼马杰就转身走了。

　　马杰看看大莲队长结实的背影，又扭头看一看仍站在井边的黑七。这时，他发现黑七也正在看着自己。它一下一下地眨着眼，眼角忽然皱起一些鱼尾纹，这些鱼尾纹很细，如果不仔细看几乎不易察觉。马杰立刻明白了，它这是在笑，它正在冲着自己笑。黑七的这个笑容立刻让马杰想起当初的黑六。马杰突然有一种感觉，他发现这个黑七竟然比当初的黑六心计更深，也更阴险。好吧……你就笑吧，咱们看一看究竟谁能笑到最后。

　　马杰冲它点点头，一边这样说着就转身朝不远处的灶屋走去。

　　马杰来到灶膛跟前，用一根火通条在里面拨了拨，就拨出一块烤白薯。这块白薯是红皮的，几乎有两个拳头大小，由于刚在灶膛里烧过也就非常的烫手。马杰一边吹着气将它在两只手里来回颠倒着，又抬头看了看黑七。这时黑七眯起两眼，正朝这块烤白薯贪婪地看着。马杰就笑了。他知道黑七还在饿着肚子。他从早晨到现在还一直没有给它喂过草料。于是，他又想了一下就朝墙角的水缸走过去。他舀了一瓢凉水，将这块烤白薯在里面泡了一下，然后走到黑七面前，心平气和地对它说吃吧，快吃吧，这东西很好吃呢。他一边说，就把这块散发着香甜气味的烤白薯送到黑七的嘴边。黑七立刻迫不及待地一口就咬到嘴里。由于这块烤白薯刚被凉水泡过，所以吃到嘴里也就很舒适。但是，黑七一嚼就出了问题。它没有想到白薯的里面竟然如此之热，立刻被烫得浑身一激灵。接着它就又做出了一个更错误的判断，它以为只要这样继续嚼就可以将这东西的温度迅速降下去，于是也就更加卖力地嚼起来，一边嚼着嘴里竟还冒出腾腾的热气，连鼻孔也被烫得翻卷起来。黑七很快意识到，这样嚼下去显然是错误的，它应该尽快把这个热得可怕的东西吐出来。但它刚要张嘴，马杰已经看透它的心思，于是一伸手就将它的嘴给捏住了。黑七被烫得呜的一声，两眼用力向上一翻，立刻鼓起两个很大的眼白。马杰开心地看着它，欣赏着它的表情，过了一会才慢慢松开手。

但这时，黑七已将那块滚烫的烤白薯咽了下去。

它用力张大嘴，哈哈地喘着气，肚子里发出一串咕噜咕噜的声音。

黑七一连几天没吃草料。马杰知道，它的嘴里肯定已烫起了水泡。他故意拌了一些精细的饲料倒进黑七面前的食槽子里。饲料散发出一阵阵谷物的香气。但黑七只是用嘴唇一点一点拱着，却并不能吃进去。大莲队长也感觉黑七出了问题，来牲口棚看过几次。她发现黑七一直在槽子里用嘴唇拱着草料，就以为它是在吃，反而还表扬了马杰几句，说他这样做就对了，善始善终，只要一天没将饲养员的工作交出去就对集体的牲畜负责任。马杰受到表扬往田里送粪也就干得更加卖力，每天让黑七饿着肚子从早晨一直干到天黑，车也越装越满。但是，马杰这时并没有注意到，黑七的眼神也越来越有些异样。

每当它看他时，眼里就会忽地暗下去，似乎闪着幽幽的磷光。

马杰还是把黑七估计过低了。后来的事情是发生在一天傍晚。在这个傍晚，马杰终于完成了大莲队长交给他的任务。他将最后一车粪肥装好时，连自己也感觉有些饿了。他赶着黑七来到村外，无意中摸了摸它的屁股，发现它身上已渗出泅泅的汗水，于是看一看四周没人就对它说，你现在肯定是又饿又累，对不对？黑七似乎没听见，仍然低着头，拉着粪车慢慢地向前走着。马杰笑一笑说，你知足吧，跟黑六比起来你幸福多了，你还没尝过我的鞭子呢，那滋味可比现在难受。马杰一边这样说着，粪车就已来到一座桥上。这是一座很窄的石板桥，刚够一辆粪车通过。桥下是一条水渠，虽然不深，但已积了很多淤泥。

马杰正说得高兴，黑七就已拉着这辆粪车走到石板桥的中间。

就在这时，马杰突然感觉有些不对劲了。他发现黑七回过头来看了自己一眼。在它回头的一瞬，他又从它的眼角看到了鱼尾纹。马杰立刻意识到，这时黑七冲自己笑应该不是好兆。他赶紧冲它大喝了一声：吁——！他这样喊是想让黑七停下。但是，黑七却似乎听而不闻，并没有要停下来的意思。于是马杰连忙又去拉车辕上的手闸。仍然无济于事。黑七的四条短腿突然变得强健有力，就这样拖着车闸硬是朝石板桥的边上走去。马杰慌了手脚，他意识到如果继续坐在车辕上是很危险的，但就在他要往下跳时，只见黑七的身体猛地往下一塌，又用力一缩，竟然就从辕套里钻了出去。装满粪土的木板车顿时失去了平衡，朝旁边一歪就从石板桥上翻了下去。这时马杰仍坐在车辕上，他一边向下坠落着只觉耳边呼呼的风响，渐渐地头已经朝下，接着许多散发着恶臭的粪团就噼噼啪啪地冲他砸过来。这时他的心里还很清醒，他知道倘若一直这样栽下去后果将不堪设想，他的头很可能会插进渠底的淤泥，而那样一来自己也就要像一株植物似的栽在了渠里。所以，他立刻试图让自己的身体正过来。但这座石板桥的高度毕竟有限，还没等他做出努力，他和这辆木板车就已轰然掉进了水渠。幸好他这时已从车辕里挣脱出来，于是被狠狠地抛到了一边。他感觉自己的身体是平着落入水中的，接着那些粪团便铺天盖地砸下来。他用尽全身的气力，好容易才从水里伸出头。

就在这时，他发现，黑七正面无表情地站在岸边看着他。

马杰这一次遇险最先惊动的是我们南高村。因为这条水渠恰好是两村的界河，而就在他出事时，我们南高村的人又正在附近的田里锄地，因此大家立刻赶来搭救他。马杰确实被搞得很惨，险些就丢了性命。大家七手八脚地将他从渠里捞上来时，身上简直臭不可闻，而且从鼻子和嘴里仍然不断地有水流出来，那水的颜色和气味也很可疑。

马杰就这样被送回了北高村。胡子书记和大莲队长当然不相信黑七会做出这种事。胡子书记摇着头说，黑七这样老实的一头驴，况且又不会缩身术，如果将它套车牢了怎么可能从辕子里钻出去？不可能，胡子书记十分肯定地说，再怎样说这也是不可能的。大莲队长去村外的水渠边找到黑七，将它牵回来时发现，在它的肩胛处有一道明显的擦伤。大莲队长认为，这显然是因为套车的绳索没有拴牢，滑脱时挂伤的。大莲队长说，黑七的出身虽然有些问题，但在村里一向表现很好，它拉车拉了这样久，还从没有出过这样的事情，如果把缰绳拴牢了它是不可能褪套的。大莲队长还特意将黑七牵来知青集体户，似乎要让它与马杰当面对质。但这时的马杰已说不出话来。他由于肚子里灌进了太多的脏东西，一直在不停地呕吐，先是将前几次吃的饭菜都呕出来，渐渐吐的就只剩了黄绿色的胆汁。

彩凤一直守在马杰身边，只是不停地流泪。

彩凤那一次得了壮科，因为马杰烧死那一窝黄鼬才清醒过来。从此她就经常来集体户帮马杰烧水做饭，或为他洗衣服。北高村的人都有些惧怕大莲队长，但彩凤却不怕。彩凤在这个傍晚对大莲队长说，你还是把黑七牵走吧，他已经成了这个样子，你再跟他说这些话还有啥用呢。彩凤说，就算他没把那辕套拴牢，也是为了给生产队拉粪，城里的工人出了事故工厂还要照顾呢是不是？大莲队长看看彩凤，就不再说话了。但是，这时谁都没有注意到黑七。黑七来到集体户就始终盯着门外的那面墙壁。在那面墙壁上钉着一张黑色的驴皮。它的四肢向两边伸展开，似乎是很舒服地趴在墙上，虽已有些干硬，但那身皮毛仍然闪着黑亮的光泽。旁边还有一小块驴头形状的毛皮，两只眼睛已是两个洞，似乎瞪得大大的。

接着，黑七就做出了一个很奇怪的举动。

它慢慢走过去，伸出舌头在那张驴皮上舔了舔。

马杰直到夜里仍在不停地呕吐，还发起了高烧，嘴里一直嘟嘟囔囔地说着胡话，似乎在跟黑七争论着什么。胡子书记来看了，皱着眉说这样下去不行，还是赶快送医院吧，灌了一肚子大粪，弄不好会死人的。就这样，马杰就直接被送去了县医院。

其实我早就知道马杰和彩凤的事。那时马杰去公社粮站拉草料，经常带彩凤一起出来，偶尔也到我们集体户里坐一坐。彩凤很大方，看上去不像农村女孩，皮肤很白，五官长得也很细，只是稍微胖一些，身上圆圆的很丰满。那时女知青嫁给当地农民的有很多，但男知青跟当地女孩子谈恋爱却不多见，因此马杰和彩凤的事也就引起很多人的关注。据说胡子书记曾经找马杰很严肃地谈过一次，问他是不是真想跟彩凤搞对象。胡子书记说，彩凤这孩子不容易，从小死了爹，她妈又是那样一个女人，这些年一直没有人疼，你如果没这心思，可不要害她。但马杰听了胡子书记的话并没有说什么。马杰认为也没必要跟胡子书记说什么。他觉得无论自己有没有这个心思，或者彩凤是否这样想，都只是他们两人之间的事，跟别人没有任何关系。但马杰曾对我说，他的确很喜欢彩凤，他说他喜欢胖一些的女孩，所以彩凤很合他的心意，至于她是不是农村女孩则无关紧要。

马杰很认真地说，彩凤也是读过高中的。

马杰这一次在县医院住了将近一个月。其实医生为他注射了催吐针剂，将胃里的脏东西吐干净也就很快没事了。但他的心理还是有一些问题。马杰在心理上一直摆脱不掉那件事的阴影，他一想起自己的嘴里曾经灌满那些脏东西就感到恶心，接着就又会不停地呕吐，无论医生用什么手段都无法控制。后来县医院的医生只好无可奈何地告诉他，这已是精神卫生方面的事，他们只是内科医生，也无能为力了。医生对他说，要想彻底痊愈只有去做心理治疗，或者自己慢慢调整，平时多想一些干净的美好的事物。

就这样，马杰就只好出院了。

马杰是在一个夏天的上午出的院。彩凤赶着大车来县里接他。马杰已经很长时间没有看到彩凤，见面一高兴竟然连呕吐的事也忘了。但是，在这个上午，马杰拎着东西一走出医院的大门立刻就愣住了。他发现，彩凤赶来的大车竟又是黑七驾辕。黑七这时也已看到马杰。但它只是漫不经心地朝这边瞥一眼，然后晃了晃头就把眼垂下去，似乎继续在想着自己的事情。马杰这时毕竟刚刚见到彩凤，正在兴头上，所以不想让黑七破坏了自己的心情。于是，他将手里的东西扔到车上，又让彩凤坐上去，自己就赶起大车从医院里出来。

　　夏天的上午已开始热起来，但微风轻轻一吹，还是有些凉爽。马杰的心情很好，刚刚出了县城，看一看前后没人，就迫不及待地将身后的彩凤搂过来。彩凤满脸含羞地推了他一下，说这里人多，再往前走一走吧。于是马杰在黑七的屁股上用力拍了一下就让它跑起来。大车来到瘦龙河边。这里只有一条被树阴遮掩的蜿蜒小道，只要继续往前走就可以直接通向北高村。马杰看一看路边，发现有一片灌木林，就将大车赶进去。接下来的事情自然也就可想而知。那时县级医院的条件还很差，住院病人要自己带被子。马杰没有想到，他带来的被子在这时竟然派上了大用场。他先和彩凤亲热了一阵，然后又将大车赶到一片枝叶更茂密的地方，把黑七的缰绳拴在一棵树上，就将车上整理一下，抖开了那床被子。这架大车的宽窄刚好像一张双人床，马杰和彩凤躺上去钻到被子里，这架双人床立刻就像一条小船似的晃晃悠悠摇荡起来。就这样从上午一直摇到中午，又从中午摇到了下午。后来他们摇得实在太累了，困倦了，就不知不觉地相拥着在被子里睡着了。

　　马杰和彩凤绝没有想到会发生后来的事。

　　在这个上午，黑七先是看着身后的木板车在一颠一荡地摇着，并没有什么反应，直到耐心地等到了中午，又从中午等到了下午，看一看车上安静下来，渐渐地还传出均匀的鼾声，它才开始伸过头去不慌不忙地啃咬拴在树上的缰绳。其实马杰拴的是一种莲花扣，这种绳结不要说牲畜，就是人也很难解开。但黑七这样啃了一阵，不知怎么竟就将这绳结啃开了。黑七又回头看一眼，就拉起大车悄悄地走出这片灌木林，然后沿着蜿蜒的小道径直朝前走去。它走得很轻，四蹄慢慢地抬起来又慢慢地放下，因此身后的木板车也就平稳得像一条船。下午的阳光透过繁茂的枝叶洒落下来，地上斑斑点点的如同微微泛起的波纹。在这个下午，当黑七拉着车走进北高村时，已是傍晚收工时间，去田里锄地的人们都在陆陆续续地往回走。这一来事情就好看了。马杰和彩凤仍在车上很舒服地相拥睡着，他们在梦里已完全没有了时间和空间的概念，他们不管自己在哪里，也不管是中午还是下午，只是沐浴在夏日的阳光里恣肆惬意地睡着。他们觉得只要这样相拥在一起就已拥有了这世界上的一切。但就在这时，他们恍惚中似乎隐约听到了什么声音。于是一起睁开眼。这时，他们才突然发现，这辆大车不知怎么竟然停在村里的十字街口，四周已经围满了人，大家正好奇地伸过头来向他们看着，就像在欣赏什么表演。彩凤立刻尖叫一声就将头缩进被子里去。马杰本想翻身起来，但意识到自己还一丝不挂，又赶紧躺下了。就在这时，车辕上的黑七突然仰起头，将脖子一伸就嘹亮地叫起来。它的叫声直抒胸臆，因此有着很好的共鸣，听上去就像花腔男高音一样地将气韵一直灌到了头顶。人群里不知是谁实在忍不住了，扑哧笑了一声。接着大家就立刻都跟着笑起来。这笑声和着黑七的叫声，如同是在伴唱。

当天晚上，马杰拎着一瓶地瓜烧酒来到牲口棚。牲口棚里的新任饲养员是贫协主任。贫协主任自从失去了一条腿，由于无法再去公社开会，就主动辞去了主任职务。但村里的人们仍然习惯叫他贫协主任。马杰对贫协主任说，他心里不痛快，想跟他一起喝一喝酒。贫协主任一听当然很乐意奉陪。其实贫协主任并没有太大的酒量，但马杰还带来了一盒沙丁鱼罐头，这盒罐头非常的诱人。贫协主任想，自己当然不能只吃人家的罐头而不喝酒，那样会显得过于嘴馋。于是，他为了这盒沙丁鱼罐头也就只好硬着头皮陪马杰喝起来。

就这样喝了一阵，贫协主任很快就醉了。

马杰伸手推一推，见贫协主任已睡过去，就起身来到牲口棚。

黑七这天晚上的食欲很好，一直在悠闲自得地吃着草料。这时，它一抬头看见马杰，先是愣了一下，接着就本能地向后倒退了几步。马杰并没有说话，走过来解下缰绳，就将它从牲口棚里牵出来。马杰一边走着，手里就已拎了自己的那根鞭子。他神不知鬼不觉地将黑七牵到村外，又来到了那条水渠的边上。这时黑七已闻到马杰身上的酒味，立刻就有了一种不祥的预感，它一扬脖颈张嘴想叫，却立刻被马杰用事先准备好的笼头套住嘴。马杰将它牵到石板桥的下面，把缰绳拴在水边的一根木桩上，然后就将手里的鞭子轻轻抖开。马杰事先已将这根鞭子做了处理，在鞭梢上拴了一块一寸左右宽的牛皮。他先在水里把鞭子蘸了一下，然后走到黑七的面前，看着它说，我真不明白，你为什么总跟我过不去？

这时黑七的眼角已经耷拉下去，嘴里紧张得不停地嚼着。

它瞥一眼马杰手里的鞭子，两只耳朵颤抖着扭了几扭。

马杰又说，我知道你害怕了，可现在已经晚了，我对你一直是一忍再忍，可你总以为我好欺负，你现在把我搞到了这步田地，我已经无法再在这村里呆下去了，还有彩凤，她怎么惹着你了？你干吗要把她也扯进来？马杰说着哼一声，又用力点点头，你一个畜生能把我折腾成这样，你也够有本事了，好吧，今天咱们就把这笔账好好算一算吧。

他说着突然用力一甩，就把鞭子抽下来。他的鞭子抽得很讲究，只有那块鞭梢的牛皮挂着风声落到黑七的身上，而整条鞭子却没有发出一丝声响。由于这块牛皮很宽，所以落到黑七身上也就只留下一块灰白的印迹，倘若不仔细看几乎看不出来。但疼痛却是一样的，黑七的身上立刻抖了一下。马杰的鞭子接着就像雨点般地落下来。他抽打得很有条理，也很均匀，黑七的身上渐渐地就出现了排列整齐的印迹。尽管黑七疼痛难忍，但也大感意外，它没有想到这个马杰竟然有如此厉害的鞭技。马杰在这天夜里就这样往黑七的身上抽打一阵，去水渠里蘸一下鞭子，接着再继续抽打。直到后半夜，他才终于停下手，将鞭子在木柄上缠了缠，然后走到黑七的面前说，我希望今天夜里的事，你能牢牢记住，下一次可就没有这样简单了。他这样说着，又用手拍了拍黑七那颗硕大的头颅，如果黑六在天有灵，它会告诉你的。但这时，黑七反而平静下来。它盯着马杰，突然眯起眼，又在眼角皱出了一些鱼尾纹。

好吧，你就笑吧，马杰点点头说，只要你有胆量，咱们就走着瞧。

他这样说罢，将鞭子插进身后的腰里，就将黑七悄悄地牵回来。

第二天早晨，贫协主任酒醒之后来牲口棚里添草料，突然发现黑七的身上起了变化。黑七原本是纯黑的，这时却不知怎么变成了灰驴，而且不是正灰，隐约还能看到一些泛红的斑点，似乎一夜之间就成了一头雪花青。贫协主任以为是自己看花了眼，走到近前又仔细观察一阵，就发现了一件更奇怪的事情，黑七的脸上竟然还是本色，而且一头乌黑的皮毛显得更加油亮。贫协主任觉得这件事非同小可。恰在这时，胡子书记和大莲队长来到牲口棚。胡子书记和大莲队长先是很认真地看了看黑七，也没看出究竟是什么问题。但就在这时，胡子书记突然闻到贫协主任的身上有一股酒味，立刻问他，你昨晚喝酒了？

贫协主任点点头，说喝了一点。

大莲队长一听也立刻警觉起来。

于是问，昨晚，还有谁来过这里？

贫协主任吭哧了一下才说，知青马杰。

大莲队长和胡子书记相视一下，当即就奔知青集体户来。

马杰这时还没有起，仍然仰在炕上酣然大睡。胡子书记一走进来就闻到一股浓重的酒气，于是上前一把拽起马杰，沉着脸问，你昨晚去牲口棚，都干了啥好事？

马杰坐起来，揉揉眼，愣了一下才看清是胡子书记和大莲队长。

他懒散地说，我现在，还能干什么好事。

大莲队长问，你去跟贫协主任喝过酒吗？

马杰说喝了，心里烦，喝一点酒散散心。

大莲队长又问，黑七的身上是怎么回事？

马杰说我是跟贫协主任喝酒，又不是跟黑七，它的事我怎么知道？

胡子书记明白了，马杰是无论如何不会承认的。而且，他也实在想不出马杰究竟用了什么手段才使黑七变成这样的。于是说，好吧，你赶快起来，抓紧时间收拾行李吧。

去哪？马杰有些奇怪。

去工地。胡子书记说。

胡子书记告诉马杰，公社马上要动工挖一条排灌渠，已经下发通知，让每村至少派一名劳力，还要出一头牲畜，立刻去工地报到。这时大莲队长也缓下口气，对马杰说，你现在的情况，自己心里应该最清楚，这一次闹出的事在村里影响很不好，非常不好，我已经派人把彩凤送去了她姨家，你这一阵也不要呆在村里了，就先出去挖渠吧。

马杰听了想一想，觉得这对自己倒是一件好事。

胡子书记又说，关于派牲畜的事村里也已研究过了，就让黑七跟你去。胡子书记盯住马杰，又意味深长地说，虽然这一阵，黑七跟你闹出一些事来，可毕竟一直是你用它，你们彼此熟悉，况且它在村里除去拉车也没别的用处。马杰一听是黑七，立刻要说什么。胡子书记却冲他摆一摆手，说别的话就不要再说了，这件事已经决定了。

马杰这次来工地时就已有预感，后面可能还会出事。

但让他没有想到的是，这一次闹出的事竟然不可收拾。

马杰对我说，其实在他出来前，北高村的贫协主任就已提醒过他。贫协主任对他说，他早已看出来，黑六和黑七这两头驴的心计太深，不知是不是它们出身的缘故，好像总跟人民公社不是一条心。贫协主任指着自己的那条断腿告诫马杰，说驴要歹毒起来可比人厉害，尤其这头黑七，表面看着不声不响，心里更比黑六深得没底，带它出去可千万要小心。

马杰对我这样说时，正在工地附近的一个水塘边上给黑七喂树叶。

这一次挖渠任务，我也被南高村派出来。但与我一同出来的还有一个当地农民，所以牲畜的事也就不用我去操心。关于黑七，马杰早已对我说过一些，因此我对它并不陌生。我很认真地观察过这头黑驴，却没看出有什么特别，我甚至觉得它比一般的驴还要猥琐，看上去不仅没精打采，还有些呆头呆脑。按公社规定，各村派出的劳动力工地上是统一管饭的，但牲畜不管，要自己解决。马杰虽然也带来很多饲料，却从不喂黑七，他将这些饲料都拿去跟附近村里的农民换了旱烟和地瓜烧酒。马杰说对黑七这种畜生就要采取虐待的方式，如果让它吃饱喝足，它就又会有精神生出一些事来。所以，他只是将它牵来附近的水塘边，喂一些树枝树叶或塘里的水草。这些东西黑七当然难以下咽。马杰却并不在意，爱吃不吃，渴了就让它喝水塘里的水。这是一个死水塘，青黄色的塘水已有些发臭，上面还漂了一层肮脏的浮萍。有时黑七宁肯伸着头去舔吃那些水面上的浮萍，也不愿吃树叶。

就这样，黑七很快瘦下去，渐渐地连肚子两侧的肋骨也显露出来。

最先发现问题的是工地上的质检员。质检员姓杨，来公社之前也曾在村里喂过牲畜，因此对这方面很在行。杨质检是从黑七的粪便里看出问题的。于是一天傍晚就来找马杰，问他这头驴是怎么回事。马杰有些奇怪，说没什么事啊，很正常。

杨质检摇摇头说，可是看它的粪便，好像不太正常。

杨质检问，你每天给它喂的，是什么饲料？

马杰说牲畜还能喂什么饲料，当然是草料。

杨质检问，哪一种草料？

马杰说就是一般的草料。

杨质检说不对，我怎么看着好像还有树叶。

马杰一听笑着说，可能是它自己从地上拣着吃的。

杨质检点点头，说这样最好，现在工程很紧，上级要求的时间更紧，所以不仅是人，牲畜的任务也很繁重，一定要让它们吃好喝好，还要注意它们的休息，这样才能确保工程正常进行。杨质检临走又特意叮嘱，说你要注意了，要我看，这头黑驴的肚子好像有问题。

黑七的肚子确实有了问题。由于马杰经常给它吃一些树叶水草之类的东西，又喝塘里的脏水，很快就拉起稀来。黑七拉稀也与众不同。它的肚子里似乎胀满了气体，每次拉稀前总要先放一个很响亮的屁，然后东西才随着气体一起喷出来，看上去就像一团迷黄色的烟雾。如此一来，也就给马杰增添了许多麻烦。这条排灌渠其实就是一条河道，按设计要求不仅具有相当的宽度，深度也达五米左右，因此岸坡就非常陡峭，从渠底挖了泥，仅凭人的力量根本无法用手推车推上来，必须要用牲畜在前面拉坡。马杰将黑七的绳索拴得很短，这样可以便于他一边推车一边用鞭子抽打。但黑七在拉坡时一用力，往往憋不住肚子里的气体和稀屎，就经常会直接喷向在后面推车的马杰。如此一来马杰就要时时提高警惕，每当听到很粗闷的一声，立刻就要低下头去迅速将自己藏到车后，接着他的头顶上也会出现一片昏黄的雾气。马杰很快就寻找到一个有效的办法。他再挖泥时，将铲起来的泥条一锨一锨在车里排列整齐，然后再像砌砖一样地一层一层码起来，这样也就形成了一道很高的像墙一样的屏蔽。而如此一来，马杰的表现也就显得格外突出。工地领导当即向马杰提出表扬，号召全工地都来向他学习，为了早日完成挖渠任务"一不怕苦、二不怕死"。上级领导为此还特意奖励了黑七一袋精细饲料。

但是，这袋饲料黑七却并没有吃到。当天晚上，马杰给黑七喂过树叶，就将这袋饲料弄去附近的村里跟当地农民换了一瓶地瓜烧酒和几个老腌儿鸡蛋。我曾经很认真地提醒过马杰。我对他说，最好对黑七不要太过分。我说让牲畜拉坡其实是一件很危险的事，你不为黑七想也要为自己想一想，它的身体一旦被搞垮，爬坡时突然拉不动车，那后果是很难设想的。马杰听了却只是微微一笑。他说没关系，他了解这头畜生。

但是，接下来的事情还是被我说中了。

关于这件事我一直没有搞明白。我觉得这很像是一起普通的事故。原因当然在马杰。由于马杰经常让黑七吃树叶，而黑七又一直拉肚子，体力也就越来越差，因此发生这场意外应该是黑七力不能支造成的。但马杰却对我说，你太善良了，也太小看这头畜生了，它可不是一般的驴，你就是给它吃一年的树叶再让它拉坡，只要它肯咬牙也照样能爬上去。马杰很肯定地说，这畜生就是故意的，它这一次的用心更歹毒，它是想要我的命。

但我仍然将信将疑。我很难想象黑七会有这样险恶的用心。

发生这件事是在工程接近尾声的时候。这时水渠已挖到最底层，地下水也渐渐渗出来。因此工程也就更加艰难，大家不再是挖泥，而是用铁锹在水里捞泥。那是一个上午。当时马杰正赶着黑七爬坡。岸坡不仅泥泞，也越来越湿滑。就在黑七快要爬到坡顶的一瞬，它突然站住了，四个蹄子用力在地上刨着不停地打滑。马杰立刻看透了它的心思。以往黑七也曾耍过这样的伎俩，爬坡时故意表现出筋疲力尽，上去卸车后好趁机休息一下。但这一次马杰却不想让它休息。就在前一天的晚上，工地刚刚为劳力们加钢。所谓加钢也就是改善伙食的意思，每人一大碗油汪汪的炖肥肉，外加八个浑圆雪白的硬面馒头。因此马杰这时仍然浑身是劲。马杰抡起鞭子就朝黑七抽了一下。他这一下非常狠，正抽在黑七的耳根上。马杰当然知道，牲畜的耳根是轻易不能抽打的，由于这里过于敏感，牲畜往往会因为突然的疼痛而受惊。但是，马杰故意要这样做，他就是想警告一下黑七，让它明白，他已看透了它的小聪明。黑七挨了这一鞭子突然一愣，然后把身体微微地向后顿了一下。这时它的四个蹄子已深深地插进泥里，浑身的骨头也将毛皮用力地绷起来。它慢慢回过头，朝马杰看了看。

马杰突然发现，它的眼角又皱起了一些鱼尾纹。

他原本已经又一次举起鞭子，这时突然停住了。

也就在这时，黑七的屁股慢慢塌下去，接着将身体猛地一缩，又用力向前一窜。它的用意显而易见，是想故伎重演再一次从辕套里钻出去。但马杰已接受了上一次的教训，事先早有防备，他将黑七牢牢地在辕套里拴死了。如此一来事情也就更加严重。黑七拉着车原本是绷紧气力的，这时稍一松劲，泥车立刻就顺着岸坡开始向下溜去，而且越溜越快。待黑七意识到自己根本无法从辕套里钻出去，再想将车控制住也就为时已晚。于是，这辆装满湿泥的手推车就拖着黑七一直向下冲去，接着又猛地一颠，便裹挟着马杰一起翻下沟底。马杰的两手仍然紧紧抓住手推车的把手。他只觉天旋地转，很快就被一股巨大的力量抛向一边。就在他被泥土埋起来的最后一瞬，看到黑七一直滚下来，被沉重的泥车砸在了下面。

马杰这一次险些丢了性命。他从泥里被挖出来时，耳朵鼻子和嘴里都已塞满了泥浆，憋得几乎透不过气来。杨质检立刻指挥大家拉过一根胶皮管，接到一台抽水泵上用力朝他冲了一阵。直到将他冲出本来面目，又狠狠打出几个喷嚏，吐出一些泥沙，才终于喘过气来。

但是，黑七却没有这样走运。它的一条前腿被砸断了。

马杰已有预感，这一次的事还刚刚只是开始。

他对我说，这种预感是回北高村以后才有的。

在那个出事的上午，工地的杨质检亲自用一台拖拉机将马杰和黑七送回村来。北高村的知青集体户是在村口，所以杨质检没有进村，直接就将马杰和黑七拉来集体户。马杰送走杨质检，回到集体户的院子时，突然发现黑七又站在了门口那面墙壁的前面，正冲着墙上的那张驴皮呆呆地发愣。它的两个耳朵软耷耷地垂下来，鼻孔里发出突噜突噜的喘息声。那条伤腿还不时地往上抬一抬，似乎想触摸一下墙上的那张驴皮。但这驴皮实在挂得太高了，它触摸不到。它的眼里似乎蒙了一层雾气，接着就有一些像泪水一样的浑浊液体流淌出来。马杰走到它跟前，抓住缰绳用力拽了拽，想把它从这张驴皮的前面拉开。他觉得它这样看着这张驴皮很不舒服。但他使劲拉了几下，却没有拉动。黑七仍然执著地朝墙上看着，四个蹄子像是钉了地上。马杰用缰绳朝它脸上狠狠地抽打了一下。

黑七突然回过头，盯住马杰一下一下地看着。

马杰与它的眼神碰到一起，不禁也愣了一下。

就在这时，胡子书记和大莲队长带着几个村干部来到集体户。他们正在村里开会，研究秋收的事，听到消息就立刻赶过来。胡子书记先询问了一下马杰和黑七的伤势。马杰说自己倒没有太大问题，只是肺里呛了一些泥水，还有些咳嗽，身上和腿上也被砸了几处，并没有伤到筋骨。但贫协主任很快发现，黑七的问题却很严重。贫协主任将它的那条伤腿搬起来看了看，发现已断成三截，于是摇摇头说，这畜生废了，以后没啥用了。

胡子书记还有些不死心，看了看贫协主任。

要不要……再牵去公社兽医站看一看？

大莲队长也说，牲畜的事，最好慎重。

马杰却在一边说，不用看了，没用了。

没用了？大莲队长问。

没用了。马杰说。

胡子书记和大莲队长商议一阵，又跟几个村干部碰了一下。

然后，胡子书记就点点头说，好吧，看来杀是一定要杀了。

大莲队长说，喂一喂也好，秋天正是牲畜上膘的时候。

胡子书记看一眼马杰，等喂得肥一些，还是由你来杀吧。

就在这时，谁都没有注意，站在旁边的黑七慢慢抬起头，朝胡子书记和大莲队长这边看了看，又用力瞥一眼马杰和贫协主任，然后转过身，就一瘸一拐地向门外走去。

　　接下来的事情就更有了一些传奇色彩。

　　马杰对我说，这件事确实令人不可思议。

　　那时已是初冬季节。田里的粮食收到场上，都已用苇席一垛一垛地囤起来。马杰因为身体还没有完全康复，就被派到场上守夜。在那个出事的夜晚，马杰确实感到有些异样。就在这一天的下午村里刚刚做出决定，第二天上午，要由马杰动手杀掉黑七。尽管马杰一再向村里提出，他的身体还很虚弱，杀黑七不是一件简单的事，恐怕自己还没有这样的气力。但胡子书记的理由却似乎更加充分。胡子书记说首先，当初黑六就是由马杰杀的，而且事实证明，他这种砍头的方法也很好，不仅可以使牲畜少受痛苦，浑身的血一下被放出来，肉也更加好吃。再有，胡子书记说，让马杰来杀黑七应该也最合适，黑七这段时间没少跟马杰找麻烦，起初大家还怀疑，是不是马杰对村里有什么意见才故意在黑七的身上出气，但现在看来，应该不是这么回事，而且经公社的杨质检证实，这一次在工地上，黑七还差一点就要了马杰的命，所以，胡子书记说，让马杰杀黑七也正好可以出一出心头的闷气。胡子书记最后又说，还有一点也很重要，村里人都不愿动手杀牲口，这马杰应该是知道的，所以让他来杀也算是为村里做了一项工作，大家的心里都有数，自然是很感激的。

　　马杰听胡子书记这样一说，也就不好再说什么了。

　　在出事的这天夜里，天很阴，到后半夜时还飘起了细碎的雪花。马杰像往常一样，先去四周巡视了一遭，看一看没有什么事，就在场边点起一堆火，然后掏出一瓶地瓜烧酒独自喝起来。这时四周万籁俱寂，只有远处的田野里偶尔传来土獾或黄鼬的叫声。马杰一边喝着酒，忽然想起彩凤，心里就不免有些伤感。据大莲队长说，彩凤的姨家是在关外，她的姨已在那边又给她找了一个对象，而且很快就要结婚了。马杰想，他和彩凤也许今生今世都不会再见面了。于是他就又想到了黑七。他觉得他和彩凤的事弄成今天这样完全是黑七造成的。他怎么也想不明白，这个黑七不过是一头驴，它为什么会对自己怀有如此刻骨的仇恨。

　　马杰正在这样想着，忽然听到一阵轻微的笃笃声。

　　这声音时断时续，又非常的清晰，似乎越来越近。

　　他慢慢回过头，朝黑暗里看了看，就看到了黑七。

　　黑七显然是啃开缰绳溜出来的。它的一条前腿仍然高高地抬起来，走路的样子有些奇怪，像在跳一种舞蹈。这时，它走到马杰的面前，歪起头很认真地看看他。马杰借着火光突然发现，它的眼角又皱起了一些鱼尾纹。它的脸已明显地胖起来，因此这些鱼尾纹看上去也就更像了一种很怪异的笑纹。马杰慢慢站起来，也盯住它看着。就这样对视了一阵，黑七就慢慢转过身，不慌不忙地朝着附近一间堆放工具的土屋走过去。在那间土屋的门口放着两只巨大的油桶，里边装满农机具用的柴油。黑七走到一只油桶跟前，低下头去用力顶了一下，又顶了一下。就在这时，马杰突然有了一种不祥的预感。他立刻朝那边扑过去。但是已经晚了，那只油桶被顶得晃了几晃，咕咚一声就倒在了地上，里边的柴油立刻汹涌地流淌出来。接着，黑七就做出了一个更令人吃惊而且不解的举动，它慢慢躺下去，在那流淌的柴油里滚了几下。它身上的皮毛虽然短却很蓬松，所以这样一滚那些柴油立刻就被吸进去。它又滚了一阵，用力站起来，然后就一瘸一拐地朝马杰走过来。它的那条前腿仍然高高地抬着，似乎在挥舞着一只拳头。马杰突然明白了，立刻转身朝场边跑去。在那边堆放着两垛秫秸，而秫秸垛的旁边就是一囤一囤的粮食。但黑七的动作却比马杰更快，尽管它瘸着一条腿，看上去仍然异常的灵活，它只在那堆火上一跃而过，身上就立刻燃烧起来。接着，它一扭头就猛地朝马杰直冲过来。马杰向后倒退了两步，转身朝着粮垛相反的方向跑去。事后他对胡子书记和大莲队长说，他这样跑当然是想将黑七引开，因为他已明白了它的企图，他绝不能让它的阴谋得逞，更不能眼看着贫下中农辛苦一年的劳动果实付之一炬。但是，他却告诉我，他当时这样跑其实已是慌不择路，倘若他再跑慢一点浑身燃烧的黑七就会朝他撞过来，而那样他的后果也就不堪设想。在那天夜里，马杰就这样不顾一切地向前狂奔着。黑七则跟在后面紧追不舍。黑七身上的火焰越烧越旺，几乎将村外的田野映得通亮。直到马杰在村外绕了一圈，又跑回知青集体户，黑七追到门口就终于无法再跑了。这时它的身上已着起了熊熊大火，皮下的油脂哧哧流淌着，使耀眼的火焰一直升腾到半空。它就那样站在知青集体户的门外，睁大两眼瞪着惊魂未定的马杰。那条伤腿仍在一下一下地用力挥动着……

天亮时，雪已越下越大。清新的空气里弥漫起一股肉香。但这香味有些奇怪，隐隐地含着一些焦糊，似乎还混有一些柴油的气味。北高村的人们寻着这气味来到村外，就赫然看到了黑七。这时的黑七仍站在大雪里，身上只剩了一具灰褐色的骨架。这骨架还在冒着一缕缕坚硬的青烟，看上去如同金属的一般，就那样硬挺挺地站立在雪地里。

（原载《收获》2006 年第 2 期）

温亚军

WEN YA JUN

1967 年出生于陕西岐山。1985 年入伍，曾在新疆服役 16 年。2000 年加入中国作家协会。2001 年调入武警总部中国武警杂志社。2004 年毕业于解放军南京政治学院新闻专业。曾在上海首届作家研究生班深造。现为《橄榄绿》文学杂志主编。北京作协签约作家。

1992 年开始发表作品。著有小说集《寻找大舅》《硬雪》《驮水的日子》，长篇小说《无岸之海》《伪生活》《鸽子飞过天空》等。短篇小说《驮水的日子》获第三届鲁迅文学奖。

成 人 礼

　　吃晚饭时，女人说，上河湾的伍师达这几天要来，儿子已经七岁了。男人正埋头用心地吃拉条子，他喜欢吃拉条子，面筋道。他嘴里嘴外都是没扯断的拉条子，呼噜呼噜的声音像打鼾似的。嘴里塞满了拉条子，没有说话的空隙，男人抬头看了女人一眼，明白女人的想法，他没有响应，又继续埋头吃起来。女人心里不悦，看着男人狼吞虎咽的吃相，暗怨道，好像八辈子没吃过拉条子，饿狼似的！女人心里埋怨，却没有责怪男人。男人是家里的主心骨，地里、圈里的活，出来进去都靠他一个人。自从有儿子后，男人就不叫女人去地里干活，她只负责在家带儿子、做饭，偶尔也帮男人给圈里的马羊添把草料，干一些离家近也不费力气的活。儿子缠人得很，女人上个茅房都跟着，像她的尾巴一样，甩都甩不掉，女人哪都不能去，整天窝在家里，烦透了。男人没有单独带过儿子，体会不到女人这份烦恼，他认为，女人在家带孩子天经地义。

　　一大盘拉条子吃完，男人伸出舌头把盘子里的汤汤水水舔干净，又端起女人早准备好的一大碗面汤，试了试温度正好，咕咚咕咚一口气灌进肚子，才满足地用手抹抹嘴，掏出一支烟点上抽了一口说，你说的是儿子的虚岁，他离成人还差一截呢。

　　女人说，到年底不就满七岁了？上河湾的伍师达难得来一回呢。

　　男人站起身说，到年底再说吧，不就行个割礼么，离了上河湾的伍师达，儿子就不能成人了？

　　女人白了男人一眼，都说上河湾伍师达的手艺好，人家可是区长请来给他儿子行割礼的，好多人都想着沾区长这个光呢。

　　男人不高兴了，没好气地说，我就说呢，你这么心急，原来是想着给区长那条老骚狗捧场……

　　女人手中的湿抹布飞过来，砸在男人的脸上。

　　区长曾叫人从卫生院的值班室里光溜溜地捉过奸，祖宗八代的人都丢光了，可有些女人说起区长来，像是他给祖宗增光了似的。

男人的女人不是那种女人，他知道把话说重了，便抹了一把脸上的油腻，弯腰捡起地上的抹布放在桌子边，默默走出屋子，去马圈拌草。

碗筷摆在锅台上没有洗涮，女人钻进被窝把自己裹起来，一个人先睡了。儿子爬在炕沿上推母亲，叫她给自己洗脸，然后讲故事。女人被儿子推得摇来晃去，就是不吭声。

男人进来看到眼前的情景，知道老婆给他怄气，他一点都不生气，把脏兮兮的儿子拉下炕，弄些热水胡乱洗把脸，叫儿子脱衣去睡觉。男人上上下下地把自己洗净了，回来见儿子还坐在炕上，没有脱下一件衣服。儿子是在等母亲给他脱呢。男人突然间来气了，冲儿子吼了一声，儿子吓坏了，嘴角抽动着，眼里泪光闪闪，但没有哭出声。儿子带泪的眼怯怯地望着父亲，就是不脱衣服。男人气愤地抓过儿子，粗暴地几下扒掉他的衣服，把他塞进老婆旁边的被窝里。儿子这下才开始哭，小身子在被子下面一耸一耸的，很压抑，像是受了多大委屈似的。

女人转过身看了一眼身边的儿子，又看了一下男人，转回身搂着儿子睡。女人在乎了，男人的气消了一大半，他关掉灯脱掉衣服，侧躺在女人身边，伸手去揽女人。女人裹着被子的身子拧了一下，把男人的手甩掉了。男人在黑暗中摇摇头，笑了一声，又去抱女人。女人这回没有把男人的手甩开，象征性地挣扎几下，被男人扯开被子抱在了怀里。男人的手顺着女人的衣服钻进去，女人的身子扭动着，转过身来，恶狠狠地对男人说，一边去，我心里正想着区长呢。

男人嘿嘿笑道，去他妈区长，我知道你连正眼都不会看那个老骚狗的，他算啥东西。我是图嘴上痛快呢。

男人这么一说，女人的气全消了，说，你痛快过了，现在该说正事了吧。你刚才都看到了，儿子依赖到了啥程度，这么大了，衣服全靠我给穿脱，越长越小了。

男人叹口气说，是不像话，我小的时候可不是这样。

那你同意这次给儿子行割礼了？

男人抽出手来，解着女人的衣服说，这次下次还不都一样，迟早都得割。只是——和区长那个老骚狗的儿子一起割，我心里不舒服……

这阵子秋收，地里活忙，男人干上一天的活，总要拿女人解解乏。女人不再固执，一边动手解自己的衣服，一边说，他割他的，咱割咱的，各不相干，你不是说，这次下次都一样，那就这次割吧，咱图的是上河湾伍师达的手艺。

男人不吭声，手上使劲把女人胸口的衣服褪下。女人一把拨开男人的手，扯过衣服掩住胸口，对男人轻声说，儿子还没睡着呢。

男人抬起身，凑到儿子跟前看了看，儿子玩一天累了，哭够早就睡着了。男人迫不及待地又扯女人的衣服。女人坐起来自己褪尽身上的衣服，嘴附在男人耳边，小声说，你等等，我去洗洗。男人身上呼地一热，哪还等得急，扯住女人，不让她下炕，可女人一挣脱，鱼似的哧溜跳下炕，闪着白光走了。

地里的庄稼收完后，剩下的活就是把收回来的玉米秸和干草码起来。这个活得两个人干，一人站在草堆上码，一人往上面丢。女人扎一条大头巾，帮男人码草，男人丢上去几个草捆，又跳上草垛去码好，才给女人说，你看我一个人能弄这活，你还是去给儿子的成人礼做准备吧。女人扯下头巾，看着男人上蹿下跳挺自如，想着儿子的事比码草重要，便给男人提来一壶奶茶，带儿子去镇街上买东西了。

先得给儿子买身新衣服。女人心细，在镇街上转了半天，打听到区长给他儿子买的衣服，咬咬牙给自己的儿子也买了同样的一身。她家的日子不如区长家好，但她不能让自己的儿子在成人礼上输给区长儿子，穿同样的衣服，又是一个伍师达行的割礼，她儿子不比区长的儿子差，这样一来，她的心里才平衡。

只是，在给行割礼的伍师达买礼品时，女人动起别的心思，本来该买一双皮鞋的，她却买了一顶帽子。在镇街上转来转去，女人发现，好点的皮鞋都要一百多块钱，差点的又拿不出手。就在她犹豫不知道要不要买好点的皮鞋时，她看到了那顶羊羔皮帽子，颜色极纯，黑得利利落落，又庄重又富贵，一看进眼里心里就熨熨帖帖的。她一下子喜欢上了这顶帽子，一问价，才三十块钱。女人毫不犹豫选择了这顶羊羔皮帽子。买到自己满意的东西，又省下了钱，女人心里高兴，没想给自己买什么，却想着给自己男人买点啥东西。在街上又溜达几个来回，除过给男人买了一公斤莫合烟外，竟想不出还能买别的啥。男人的衣服不用买，还没到过年的时候呢，他是个怪脾气，现在买了，他认为是浪费，不会过日子的人才这么浪费呢，他一定会发火的。男人一年到头，地里家里地忙碌着，是家里的支柱，该给他买点啥东西才对。买啥呢？女人犯愁了。

思忖来思忖去，最后，给男人买了一条红裤带和红裤衩。来年就是男人的本命年，女人想着先把这东西备下，免得到时忘记。

天将黑时，女人心满意足地带着儿子背着东西回到家。一进家门，见男人在吃冷馍，知道男人已饿得撑不住了。女人连连向男人道歉，把包袱塞进男人怀里，赶紧去洗手做饭。

男人吃着冷馍，在炕边打开包袱，边吃边翻看女人买的东西。男人先翻看儿子的衣服，回过头问了女人价钱，他认为值。儿子毕竟是过成人礼，一生就这一次，是得好点。看到给伍师达买的羊皮帽子，男人很满意，知道了价格，更是对女人大加赞赏，好像女人干了一件不得了的事，把女人夸得有些不好意思，脸红彤彤的，不住地拿眼瞄男人，心里满是欢喜。男人拿起帽子准备往自己头上戴时，发现帽子里的红裤带和红裤衩，或者是鲜红的颜色过于扎眼，男人的眼睛一瞬间被刺得睁不开。他把这些东西掏出来打开，眼前更是一片跳跃的红色，像一把正在熊熊燃烧的火苗，噌地一下，把他心里的怒火点着了。男人连问都没问，极冲动地把红裤衩和红裤带揉成一团，扔向女人，冷笑道，好啊，你个不要脸的，说是给儿子行割礼，却给伍师达连这种东西都买好了，原来你早就认识他，我就说呢，你怎么非要这个时候给儿子行割礼，敢情不是为儿子，是为你自己！

正在和面的女人还沉浸在男人对她的赞赏里呢，哪里想到男人会突然翻脸，她大吃一惊，不明白怎么把他给惹了，等看清扔过来掉在地上的东西，火气噌地蹿上来，推开面盆指着男人骂道，你是眼瞎了咋地，不看看这是派啥用场的？不会看还不会问？胡乱发啥脾气。过年就是你的本命年，这是给你本命年用的！

火焰被女人的话浇灭了，男人愣愣地看着女人，他这时的处境很尴尬，想笑笑不出来，道歉说不出口，脸上的表情讪讪的。好久，男人才想起要给自己辩护一下。这……我……我的本命年不是已经过完了吗？他说这话时犹犹豫豫，底气明显不足，可见，他心里还是明白自己本命年的。

你也不问个青红皂白，就骂我，你不是不承认儿子的虚岁吗，咋把自己的虚岁过得这么踏实……

我……我……男人心虚，说不出个所以然来。

谁知道你一天到晚脑子净瞎想啥呢，你自己瞎想也就罢了，还老把我想得不干不净，当我什么人呐？

女人伤心，丢下面盆，干脆不做饭了。她越想越气，渐渐地哭了起来。从一提起给儿子行割礼开始，男人就不给她气顺，她做错什么？她为谁呢？女人越哭越觉着这委屈受大了，一头扎到炕上使劲狠哭起来，一直哭得黑天夜地。

哭够了，女人躺在炕上摆出罢工的架势，无论男人说啥，她都不吭声。男人没法，只好给儿子弄点开水泡馍一吃了事。

这次，男人没有把女人哄转。第二天，男人躲着女人的目光，感觉很别扭。

女人不顾这么多，哭过了，所有的不愉快都随泪水一起流掉了，什么都不往心里去，该干啥干啥，她还指使男人去打听上河湾伍师达到来的具体日期，给儿子割礼能排上第几名。区长出面请的伍师达，应该去问区长，男人没去找区长，在外面转了一圈，回来说，排不排名都一样，反正都得做，早一个晚一个不太重要。女人却不行，见男人不把这排名当回事，自己专门跑去找区长。回来的时候，女人一脸喜悦，说区长其实人不坏，满口答应给她排在第二名。

有那么多的孩子等着行割礼，区长却能把她的儿子排在第二，女人觉得很有面子，心情自然很好，甚至还有些暗暗的得意。男人却不这样认为，他才不稀罕呢，见女人愉快的样子，心里不舒服，说出来的话像含着鱼刺似的，把女人刺得身心不舒服。两口子闹起别扭，一个不搭理一个了。

秋收结束，上河湾的伍师达来了。

区长的儿子行成人礼，算是件大喜事，想巴结区长的人都来贺喜，当然不能空着手来，他们送来的礼品有衣服、被面、毛毯。礼送得重的，有肥羊，还有送小牛犊的，送这些礼的人大多有求于区长，或者是讨好区长，平时想巴结找不着机会，这下给逮着了。区里的那些干部凑份子，买了一匹枣红色儿马，才两岁的口，这是送给区长儿子最贵重的礼物。区长很高兴，酒席摆满一院子，比普通人家结婚都要大。一时间，区长家人欢马叫，像集市一样热闹。这热闹的欢叫声，却掩饰不住区长儿子的哭叫声。他被伍师达手中行割礼的刀子吓得尿都出来了，但没有人去注意区长儿子的哭声。这哭声是长大成人的标志，吉祥着呢。

转天，给男人的儿子行成人礼，他家没有区长那么排场。男人杀了两只羊，炖一大锅肉，摆了两桌酒席，贺喜的亲戚朋友来了一屋子，也够热闹的。

可是，区长儿子行割礼时那声嘶力竭的哭声，早把男人的儿子给吓坏了，要给他行割礼时，却找不着他的人。伍师达把行割礼的家什摆好，要他们把儿子抱过来时，男人和女人一直忙着招呼客人，偏偏忽略了真正的主角，这会儿急了，奔来跑去喊叫着儿子的名字，把能找的地方找了个遍，也没找着儿子。男人急得眼里冒火星，看自己的女人，眼里噼哩叭啦地打火，吓得女人一边找儿子，一边躲自己男人。平时女人专门看管儿子，这会儿儿子找不见，肯定是她的错。女人比男人更着急，她一直都没有停歇过，儿子添的这份乱，慌得她腿都软了，眼里泪水涟涟，看着挺可怜的。

这个可怜的女人还算幸运，有人在她家的干草堆顶上发现了儿子，女人像看到自己的救星，扑腾着要爬上干草堆抱儿子。草堆又高又大，女人怎能爬上去。有人搬来木梯，女人慌乱地爬上去。儿子在干草堆上蜷缩成一团，眼里是汪汪的泪水，脸也被泪水弄得花了。看到母亲上来，儿子这才委屈地哭出声。女人抱着儿子下来时，奇怪地想，没有梯子，儿子是怎么上到干草堆上的呢。

男人闻讯跑过来，从女人怀里抢过浑身发抖的儿子，把他送到伍师达跟前。帮忙的人一拥而上，七手八脚帮伍师达摆开阵势。女人取来早煮好的鸡蛋，边跑边剥皮，跑到儿子跟前，把一个囫囵熟鸡蛋塞进儿子嘴里，叫他咬着止疼。

割礼开始了，男人才擦拭一下额头的汗，脸上露出笑容，冲着众人发烟，叫女人从锅里捞肉，开席。

在一片喝酒的混杂声中，男人没管儿子的哭叫声，他偶尔朝儿子那边扫一眼，吆喝着众人喝酒、吃肉。倒是女人，一边忙碌，一边竖着耳朵听儿子那面的动静，儿子的哭声穿过所有的声音，十分清晰地灌进女人的耳朵里，女人的心跟着儿子的哭声一颤一颤的，手下迟钝许多，男人不时地催促她，不一会，她的眼泪止不住涌了出来。大家都在忙着喝酒吃肉谈天，没人注意女人的情绪。只有男人，看到女人的眼泪，他别过头，破天荒地再没有责怪女人。

上河湾的伍师达手艺的确不错，一支烟工夫，他就使一个儿童完成了成人仪式。男人把伍师达让到酒桌上敬酒时，女人抱着还在哭泣的儿子，脸上苦苦的，不知该怎么哄劝儿子，只是把儿子抱得很紧，紧得儿子快喘不过气来，暂时停止哭泣，在母亲的怀抱里挣扎。

吃完肉，喝好酒，伍师达该走了，女人把儿子交给男人，从屋里拿出给伍师达的谢礼。伍师达客气地推让了一下，往自己包里装礼物时，他的眼睛突然一亮，拿起那顶黑羊羔皮帽子戴在自己头上，兴奋地说，这帽子不错，上河湾还没人戴呢，看来今年冬天，我要戴着它出风头了。

苦着脸的女人笑了，就这么一句赞赏的话，女人知足了。她买这顶帽子，算是买对了。

晚上，到了该睡觉时，男人没和女人商量，在大屋里给儿子新搭了个床。女人收拾完厨房进来看到小床，她看了一眼蜷缩在大炕上的儿子，心里不是滋味。按她的想法，要儿子先在炕上和他们一起睡，等他伤口好后再分开。可看男人的表情，女人没敢开口。按理说，行完成人礼的孩子，算是成人了，就得和大人分开睡，如果女人这时候说出自己的想法，肯定会遭到男人的反对，她还记着白天找不到儿子情景呢，怕男人骂她。女人默默地铺好小床，去炕上抱儿子。

儿子脸上还挂着泪珠，见母亲来抱他，又哭起来，他推开母亲的手，紧紧抓着被角，好像被子此刻就是他最可靠的支撑似的，他拒绝到小床去睡。女人的心顷刻之间又让儿子的眼泪泡软，她跪在炕上不动弹了。女人想着，就是叫男人骂一顿，还是想让儿子在大炕上睡几天。男人已经走来拨开女人，上炕硬把儿子抱下来，放到小床上。儿子哭得昏天黑地，挣扎着要下床。男人冷着脸对儿子吼道，再哭，就叫伍师达来，把你的小鸡鸡全割掉！

儿子已经领略过伍师达刀子的厉害，害怕伍师达真的会来割他的小鸡鸡，吓得再不敢动，也不敢哭出声，却把哭声压在喉咙里，两只泪眼可怜巴巴地看看母亲，又看看凶神似的父亲。

女人的心碎了，泪水哗冲出来，她扑过去抱住儿子，和衣和儿子躺在小床上。

儿子哭累了，慢慢地睡了。女人轻轻爬起来，伸展一下酸麻的腰腿，去洗漱完毕，回来又要往儿子的小床上躺时，男人严厉地把她叫住了，回到炕上来！是你要给儿子行割礼，你现在也不能给他开这个头。

女人回头看一眼炕上的男人，男人冷冷地盯着她，好像她是一帖膏药似的，一个不留神，她就会粘到儿子身上不好揭下来。女人看着睡熟的儿子，伸手抹去儿子脸上的泪痕，慢慢地回到炕上，在另一头和衣躺下来。

男人起身关掉灯，脱了衣服要挨着女人睡，女人负气挪开身子，离男人远了点，大睁着眼睛看着黑暗中的屋顶发呆。

儿子睡得一点都不踏实，麻醉药的劲早过了，偶尔会疼得哭上几声。女人只要听到儿子那面稍有动静，就爬起半个身子，在黑暗中往小床那边瞅。每当这时，男人警告的声音会及时响起，女人叹口气，又倒下睡觉。女人一点睡意都没有，她翻来覆去在炕上烙大饼，倒把男人给引了过来。他毫不犹豫地伸手解女人衣服，被女人毫不犹豫地推开，他又去解，显得很有耐心，可女人没给男人机会，她爬到炕的另一头，用被子把自己紧紧地裹了起来。

男人愣了好一阵，才憋声憋气地说，你别趁我睡了，去小床那边，否则我饶不了你！

不一会，响起男人的鼾声。女人等了一阵，才爬起身，正要下炕时，男人突然说道，你干啥？我的话都不听了！

女人的身子僵住了，停了一会儿，她咚的一声，把自己甩在炕上，继续翻过来折过去，折腾了半天，就是没一点睡意，大脑反而越来越清醒。女人的肚子也叽哩咕噜叫唤起来，她突然想起，忙乎了一天只顾招待客人，自己竟忘记吃饭，怪不得睡不着呢。一意识到自己没吃饭，她的饥饿感更加强烈，想爬起来去吃点东西，可又担心惊动男人骂她，硬挺着没动。硬撑着睡吧，睡着就不饿了。女人心想。

夜是静谧的，显出小床那边儿子鼻息声的沉稳和安静，还有炕那头男人粗重鼾声的香甜。在两个男人的睡梦里，女人迷迷糊糊睡着了。

女人是被噩梦惊醒的，她爬起来一看，天已经麻麻亮，炕上除过她之外，空荡荡的。她转过头，看到男人半个身子悬在小床边上，盖着一半被子，侧身搂着儿子睡的。

女人的眼窝一热，泪涌出来。她是被男人和儿子的睡相惹出泪水的。

（原载《大家》2006 年第 2 期）

中国当代
乡土小说大系

SERIES OF CONTEMPORARY
RURAL STORIES IN CHINA

第三卷 (2000—2009) 下

主　编　白　烨

副主编　舒　楠　兴　安

农村读物出版社

目 录
Contents

目　录
Contents

胡学文
HU XUE WEN

　　1967 年出生于河北省沽源县的一个山村。1987 年张北师范学校毕业后回乡教书。后到河北师范学院中文系进修。1992 年在沽源县四中任教。1997 年调至沽源县教育局。2003 年到张家口市文联工作，同年加入中国作家协会。现为河北省作家协会副主席，张家口市作协主席。

　　1995 年开始发表文学作品。著有中篇小说集《极地胭脂》《婚姻穴位》《心急吃不了热豆腐》《麦子的盖头》，长篇小说《燃烧的苍白》《天外的歌声》《私人档案》等。

命案高悬

夏日的中午,光棍吴响伏在芨芨丛中,虎视着牵着牛的尹小梅。

吴响想把尹小梅搞到手。在北滩,尹小梅算不上漂亮,一张普通的梨形脸,眉眼也不突出,总在躲着谁似的,更没有王虎女人那种风骚劲儿。她很瘦弱,走路慢悠悠的,像一棵失去水分的豆芽菜。可吴响就是喜欢她。从尹小梅嫁到北滩那天起,这种喜欢就固执地扎进吴响心里,在清淡的日子中蓬蓬勃勃地生长着。喜欢当然要费点儿心思,当然要下手。只是几年过去了,吴响仅接近了尹小梅两次。一次是在河边,尹小梅挽着小腿洗衣服。吴响装作正巧经过的样子,和尹小梅亲昵地打招呼。尹小梅顿时涨红了脸,没等吴响再说什么,抱着衣服逃了。这个女人一定读懂了吴响的眼神,害怕了。第二次是在尹小梅家,吴响给尹小梅下一份"通知"。吴响是护林员,有资格给各户下"通知"。尹小梅接过那页写着黑字的黄纸,吴响趁机抓住她的手。手很软,似乎没有骨头。尹小梅惊恐地一缩,但没抽出去。她往后撤着身子,脸漆一样白。吴响微微笑着,加重了力气。黄宝在县水泥厂当壮工,两星期才回来一趟。尹小梅的公公黄老大住在隔壁的院子,吴响有恃无恐。两个人拽着,很有些游戏的成分。尹小梅突然低头咬了吴响一口。不是一般的咬,是拼了性命的。吴响带着血青色的牙印悻悻离开。尹小梅竟然如此刚烈,出乎吴响意料。说到底,吴响不敢把事情做得太绝。和女人好,要来软的,或软中带硬,一味硬肯定糟。吴响清楚这点。

吴响没得手,但想头更厉害了,几近痴迷。就像摁弹簧,摁得越紧,撑得越长。越是得不到,越是想得到。吴响虽是一介光棍,但身边不缺女人,可谁也代替不了尹小梅。谁也代替不了尹小梅在吴响心中的位置。吴响发誓一定要把尹小梅搞到手。机会像旱天的雨,好容易飘过一团云,没等掉下一滴,又忽忽悠悠飘走了。

吴响是光棍，在村里的地位却不低，因为他是护林员，挣着一份工资，享受村干部待遇。吴响比村干部还会享受，他把地包给别人种，平时除了去树林里转一遭，再无事可干。多余的精力没处打发，只能找女人。

吴响鼻子很灵，如果发现树被砍掉，只消一个时辰就会嗅着木头的气息追到偷伐者家。那些人讨好着、恭维着、检讨着，然后往吴响兜里塞两盒烟，或三五块钱，吴响训斥两句也便作罢。村民砍树都是自家用，没有卖掉，吴响睁只眼闭只眼。村长找过吴响，怪他没原则。吴响很干脆地说，那就把我换掉。村长没换吴响，在村里找不出能替换吴响的人。吴响有一股蛮劲、一股驴劲，拉下脸六亲不认，村民心里骂吴响驴，都怕吴响。护林员就得吴响这种人，换了别人，那些树早就光秃秃的了。吴响的"身份"对尹小梅不起任何作用，尹小梅连树林都不进，总是离吴响远远的。

但转机还是来了。两年前，吴响又多了一份职务：护坡员。以前草场可以随意放牧，随意挖药材，现在不行了，要保护草场。草场都用铁丝围栏圈住，护坡员的职责就是防止人和牲畜进入。和护林员不同的是，护坡员的工资由乡里出。吴响去乡里开了一个会，回来把乡里的禁令贴到村头。那份禁令主要是罚款数额：人进草场挖药材，一次罚六十；牛马进入罚一百；羊进入一只罚五十。禁令贴出第二天，吴响就抓住了挖药材的王虎女人。吴响沉着脸问，没看见禁令？王虎女人笑嘻嘻地说，看见了。吴响说，看见还进来？王虎女人撇撇嘴，你黑夜敲窗户，白天就正经了？吴响说，一码归一码，乡里让我管我就管。王虎女人瞅瞅四周，我就不信这一套，说着就脱裤子。白晃晃的屁股一闪一闪，吴响的眼便眯成了一条线。送到嘴边的肉，吴响哪有回绝的道理？吴响心疼嫩绿的花草，紧抓着王虎女人的腿，不让她来回翻滚。事后，吴响在白屁股上拍一掌，下次别进来了。可过了没几天，王虎女人又进去了。吴响还是老规矩。吴响的窍就是被王虎女人捅开的，再逮住别的挖药材或放牧的女人，吴响就罚她们的款，一直罚到女人脱了裤子。

吴响又瞄上了尹小梅。尹小梅可以不去树林，但她躲不开草场。尹小梅家有一头奶牛，奶牛当然要吃草，哪里的草有围栏里的茂盛？只要她钻进一次，他就牢牢套住她。尹小梅似乎觉到了吴响的阴谋，要么自己割草，要么在地畔放牧，始终不越过那道线。直到最近，吴响才发现尹小梅的蛛丝马迹，原来她和他打游击呢。尹小梅利用吴响中午吃饭的机会，把牛牵进草场大吃一顿。没想到尹小梅竟有这鬼心眼，吴响意外而窃喜。

吴响继续盯着尹小梅。尹小梅穿了件浅绿色衬衣，吴响看不清她突出的胸部，这使他对那个地方有了更多想象成分。尹小梅鬼鬼祟祟地望着村里的方向，又望一眼，确定没有人影，牵着牛朝围栏豁口走去。吴响的心跳撞在茂茂草上，击出空空的声音，生怕自己飞起来，紧抓着细长的草叶。吴响为了套尹小梅，只是回村绕了一圈，又悄悄潜回草场。

六月的阳光骨白骨白的，很重。

吴响特意选在毛文明来的日子收网。如果尹小梅不给面子，就把她交给毛文明。毛文明是副乡长，包着北滩的工作。吴响刚当护坡员那会儿，毛文明郑重其事地找吴响谈话，老吴啊，咱俩拴在一条线上了，你可不能吊儿郎当的。吴响拍着胸脯保证，毛乡长放心，我吴响不是吃素的。毛文明赏了吴响一盒烟，就靠你了。过了一段，毛文明又找到吴响，说别的村罚了多少多少钱。毛文明说护坡员的工资就由罚款出，罚不上款，年底吴响就甭想领工资。吴响听出意思，光护不行，罚款也是一项重要任务。

罚就罚，吴响随时能把脸拉下来。进草场的并非都是女人，是女人也不是都给吴响脱裤子。吴响挑挑拣拣地罚，不过没按照乡里的禁令罚，咋说也是一个村的，该抬手还得抬手。比如柳老汉，快七十的人了，一听罚钱，扑通一声就跪下了，求吴响放了他。慌得吴响搀他起来，让他赶紧走。比如哑巴女人，穷得连袜子都穿不上，唯一值钱的就是那两只羊，吴响忍心罚吗？对那些要腻的，吴响就交给毛文明处理。别看毛文明嘴巴的毛没长齐，很有手段。毛文明嫌吴响罚的少，北滩的草场面积全乡最大，别的村都罚到北滩的几倍了。毛文明给吴响弄了一辆旧摩托，还说罚款额增加了，给吴响换辆新的。毛文明也不闲着，三天两头检查。吴响充其量是刀背，毛文明则是刀刃。尹小梅若是不识好歹，就让她碰碰刀刃。

尹小梅牵着牛从豁口进了草场。她终于进去了，吴响轻轻咬咬嘴唇，生怕一不小心笑出声。豁口是那些进草场的人弄出来的，吴响曾报告过毛文明，想把口子补住。毛文明说算了吧，补上还是往坏弄，乱花钱。后来吴响琢磨出这句话的味儿了，毛文明确实比吴响心深，一种探不到底的深。

吴响匍匐爬行，慢慢向草场豁口靠近。吴响搞女人是老手了，但从来没有现在这么兴奋过。他实在太喜欢尹小梅了。

尹小梅盯着牛的嘴巴，轻声催促，快点儿！快点儿！！吴响暗笑，就算牛长了一丈长的舌头，也得一口一口吃。

吴响站起来，喊了声尹小梅。声音很轻，他怕吓着她。

尹小梅猛地一抖，迅速回过身，满脸的惊恐和慌乱。她的嘴唇碰了碰，却什么也没说出来，只是吃力地挤出一丝生硬、干巴的笑。

吴响绷住脸，你这是第几次了？

尹小梅紧张地说，三次。

她显然吓坏了，想撒谎又不敢彻底地撒。

吴响说，你根本不止三次。

尹小梅躲避着吴响的目光，就三次。

吴响说，就算你三次吧，一次一百，三次罚三百。

尹小梅仰起苍白的脸，这么多？

吴响问，禁令上怎么写的？你没看？

尹小梅小声说，我没钱。

吴响说，没钱拿牛顶。

尹小梅下意识地牵牵绳子。她用央求的口气说，放了我吧，下次不敢了。

吴响为难地说，我放了你，乡里可不放过我。

尹小梅的目光在草上跳闪着，无措的样子。如果是王虎女人，早就把裤子脱了，哪用费这个唾沫？尹小梅守得紧紧的，一点儿不懂利用自己的资源。可吴响喜欢她的也正是这点儿。吴响想尹小梅永远不会主动，自己动手得了。他试探地拍拍她的腰，她马上躲开，敌视而慌张地瞪着他。吴响笑笑，放你倒是也行，不过……尹小梅已经明白，脸上飞起一抹红晕，但还是警觉地问，你要干啥？吴响说，我喜欢你，从你嫁到北滩那天就喜欢你了。尹小梅扭转头，胸脯迅速起伏着，不知是紧张还是害羞。

吴响觉得时机成熟了，突然抱住她。

尹小梅大惊，奋力挣扎着、叫着，别……声音很轻，但很执拗，没一点儿妥协的意思。

牛受到惊吓，挣脱缰绳跑了。

尹小梅没有像上次那样咬吴响，她躲避着，眼睛湿淋淋的。

吴响松开了，他不想强迫她。

尹小梅惊喘着，满脸是泪。她瞪了瞪吴响，往草场深处追去。那头牛快跑得没影儿了。

吴响帮尹小梅牵回牛，毛文明恰好到了草场边。毛文明带着三轮车，每次来他都雇一辆三轮。人证物证俱在，尹小梅抵赖不了。吴响憋了一肚子火，当然不会帮尹小梅说话，是她自己撞到枪口上的。毛文明要罚款，尹小梅一口咬定没钱。她的语气很硬，直到毛文明要拉牛，她才慌了。毛文明虎着脸说，明知故犯，乡里正想抓个典型呢。尹小梅求救地望着吴响，吴响的心动了动，但他闪开了。这个女人，得让她吃点儿苦头。

尹小梅撒泼了，她竟然撒开泼了。她拦着毛文明，并且在毛文明手上咬了一口。她咬顺口了，可那是毛文明的手，怎么能咬呢？可她就是咬了。似乎还想咬第二口，毛文明躲了。尹小梅没能拦住谁，牛被强行弄到车上。尹小梅疯了似的，扒到车上，紧紧抱住牛腿，像抱着命根子。毛文明冷笑，我正想让你去呢，和政策对抗，就不光是罚款的事儿了。那时，吴响确实想替尹小梅说句话，可毛文明正在气头上，他刚吐出一个字就被毛文明挡回来。吴响的舌头转

了转，叫，小梅！尹小梅抬起头，她的眼睛有些肿，有些红，水汪汪的，可目
光分外的硬，直直地刺进吴响心里。一绺头发垂下来，在眉角拐了个弯儿，贴
在鼻翼一侧。吴响哆嗦了一下，嗓子忽地哑了。

　　这是尹小梅留给吴响的最后形象。

二

　　吴响很蔫。尹小梅和她的牛被毛文明拉走，一股黑烟扑到吴响脸上，吴响
就蔫了。吴响蓄谋多日的计划扑了个空。那情形就像一个胸有成竹的猎手，火
都架好了，就等夹子一响收猎物了，没想到猎物和夹子一块跳进了别人怀里，
自己扑到的只是一团风。尹小梅这个死心眼女人，碰都不让他碰。撞到毛文明
枪口上，有你好受的。甭说罚三百，罚六百也得交。毛文明要是算起老账，也
许不止六百。毛文明不是吴响，不会给尹小梅留面子，更有办法撬开尹小梅的
嘴巴，让她交代私进草场的次数。尹小梅自作自受，怨不得吴响。可吴响的心
是那样的空，空得能装下整个草场。尹小梅在空旷中固执地长出来，柔软而坚
硬地直视着吴响。吴响的腿颤了颤，一弹一弹往回走。他得通知黄老大，早点
儿往回领人。他只想让尹小梅吃点儿苦头，一点点儿就够了。

　　黄老大驴个子，只是背总是驼着，随时给人鞠躬的样子。黄老大空长一副
大骨架，看起来壮，身体非常虚弱，常年吃药，秋天的脚步还没到就捂上了大
口罩，整个一个病老爷。性格也弱，女人在的时候，什么都是女人拿主意；女
人死后，黄老大没了主心骨，就向别人讨主意。吴响平时很少和黄老大打
交道。

　　吴响叫了半天，没人答应，便推门进去。黄老大正睡觉，身上搭一块厚厚
的棉垫子。吴响举起手，又缓缓放下了。黄老大未必吃得住他这一拍。吴响重
重地嗨了一声，黄老大抬起被炕席印出各种图案的脸，吃惊地看着吴响，嘴里
呼出厚重的铁锈味。吴响说得简短，但很清楚，黄老大慌慌地点头。吴响一转
身，黄老大叫住他，问，她进草场了？吴响说，当然进了。黄老大嘀咕，这可
咋办，这可咋办？吴响强调，拿钱领人。他到了街上，黄老大又三摇两晃追上
来，问带多少钱。吴响说二百吧。黄老大几乎哭出来，我没钱啊。吴响说，没
钱去借，一头奶牛，一个儿媳，总不止二百吧？黄老大的眼球艰难地滑动着，
似乎在算这笔账。

　　吴响泡了碗饭，还没扒拉两口，黄老大又躬腰进来。吴响为了套尹小梅，
没顾上吃午饭，这阵儿饿了，懒得理他。吴响不问，黄老大也不开口，紧盯着
吴响的碗。吴响实在憋不住了，问他有什么事。黄老大伸长脖子，什么时候领
人？吴响粗声道，什么时候都行，越早越好。黄老大愁眉苦脸地说，我借不上
钱啊。吴响没好气，借不上找我干吗？黄老大说，你替我想个主意。吴响不耐

烦地说，给黄宝打电话，让他回来。黄老大垂着手，我……没他的电话。吴响说，那就去找他。黄老大想了想，也只好这样了……我坐车去？吴响几乎气笑了，那么远的路，你想爬着去？黄老大哎哎着退出去，我坐车去，坐车快。

再他妈啰嗦，黄瓜菜也凉了。吴响暗骂。这句话倒提醒了他自己，不知毛文明把尹小梅怎样了。毛文明的目的是罚款，尹小梅老老实实的，不会有别的问题。如果尹小梅不知轻重就难说了。那可是乡政府，那可是毛文明啊。吴响不踏实了，决定去探探风。

吴响把自己的坐骑推出来。吴响对它是又爱又恨，虽说是旧摩托，骑着还是蛮威风，恨是因为它不长脸，往往在关键时刻熄火，怎么踹也不哼一声。还特别费油，像喝一样。汽油比麻油都贵了，所以每次加油，吴响都想扇它几个大嘴巴子。

又是一顿乱踹，脚脖子都麻了，仍没响声。吴响骂声操，村长走过来，说，连摩托都操，你小子鸡巴是铁打的啊。村长冬夏扣着一顶蓝帽子，除非发脾气骂人才会摘下来。吴响漫不经心地瞅村长一眼，说，这破货，我真想操了它。村长问，尹小梅让毛乡长拉走了？吴响说，谁让她往枪口上撞？村长说，毛乡长不好惹，你求求情，一个女人，罚几个钱算了，黄宝又不在家，黄老大缠我半天，我就差给他下跪了。吴响乐了，村长也害怕？村长说，当然怕了，我担心他栽在我家门槛上。说着踢了一脚，摩托忽地发动着了。两人愣了愣，同时笑了。吴响骂，这小子，见了村长就不敢装哑巴了。

乡政府东面有一排旧房，是原先的兽医站。兽医站盖了新房，这里就作了乡里的临时仓库。吴响扒在门口，看见木桩上拴了两头牛，却没有尹小梅的。吴响纳闷，尹小梅关在什么地方？他憋足嗓子喊了两声，两头牛又是叫又是抻脖子的。

乡政府的院子很普通，还没有电管站的气派。吴响每次进来，目光都要往紧缩缩，不像在北滩那样肆无忌惮，随便乱撞。这是一种发憷的感觉。吴响很恼火，他一直认为自己天不怕地不怕。为了掩饰心虚，他就吹口哨，让口哨敲开毛文明办公室。

毛文明正往手心倒药片，桌上好几个药瓶子。他冲吴响点点头，指指沙发，让吴响坐。吴响问，毛乡长不舒服了？说着从烟盒抽出一支，自己点了。毛文明并不回答，将满满一把药片搁进嘴里，咕咚咽进去，方说，胃疼。末了又痛苦地补充，喝酒喝的。在北滩，吴响和村长是喝酒次数最多的人，也没喝到胃疼的分上。吴响用关心的语气说，以后少喝点儿。毛文明骂着脏话，你以为我想喝？不喝不行呀，天天有检查的，哪个也得罪不起，都得陪。我这还算轻的，李乡长最多一天陪了六班客人。李乡长是一把手。毛文明伸过头，让吴响看他的嘴。他的嘴唇上有几个黄豆大小的黑斑。毛文明说，看见了吧，这叫酒苔，肝胃吸收不了，就逼到嘴唇上了。吴响表示同情地叹口气，心里却巴不得自己长几个酒苔。

毛文明忽然问，那女人叫什么？

吴响马上坐直，叫尹小梅，她咋没在兽医站那个院子？

毛文明说，我把她关别处了，她态度实在不好。

吴响解释，她有病，这种人犯不着和她计较，我就怕她骂难听的，所以赶过来。

毛文明说，她骂倒好了，现在她死不开口，问她话，理都不理，紧抱着牛腿，好像我要把牛吃掉。

吴响说，我已经通知她家里人了，交了罚款，把她放了算了。

毛文明摇头，别人可以，她不行，必须让她从思想上认识到错误。想搞对抗，没门儿！都像她这样，乡里的威信往哪儿搁？我以后怎么开展工作？

吴响说，女人嘛，没啥见识，我说服她。

毛文明冷笑，你不相信我的能力？

吴响忙说，我没那意思，谁不知道毛乡长的能力，掏出来装两大麻袋。

毛文明说，我要是连个农村女人都治不了，就没脸在营盘乡呆下去。你等着瞧，交罚款的时候让她服服帖帖。

吴响呆了几呆，再次提醒，天黑前她家就能送来罚款。

毛文明摆摆手，这里没你的事了，你走吧。她家来人，找我就是。

吴响提出看看尹小梅。毛文明奇怪地说，看她干啥？她又不是你的相好。吴响没再坚持，这个时候看尹小梅，是自讨没趣。

吴响在乡政府门口守着，想等黄老大父子来了一块儿找毛文明。夜色重得抹都抹不开了，黄老大父子也没露面。这个黄老大，莫非在路上养孩子了？吴响骂着黄老大，去食品店买了两个麻饼一瓶橘汁，想送给尹小梅。毛文明办公室锁着，吴响转了半天也没找见。当然没法给尹小梅送去，他将东西放在毛文明门口，怏怏离开。

吴响一天没吃上囵囫饭，想去东坡解解馋。东坡有他的铁杆相好。到了村口又没进去，只要进去，一时半会儿就走不了。吴响怕黄老大找他扑空。家里没剩饭，吴响懒得生火，吃了一袋方便面，灌了两瓶啤酒。光棍的日子总是马马虎虎。夜短得还没火柴棍儿长，吴响睡了一会儿，天就亮了。吴响去找黄老大，两家门都锁着。难道黄老大走丢了？也不知尹小梅这一夜怎么过的。吴响惦记着尹小梅，如果黄老大还不露面，他一定要把她保出来。

一出村，看见被牛牵着的黄老大。牛饿了一夜，急于找吃的，疯疯癫癫的。黄老大弓腰拽着缰绳，脸憋成黑紫色，豆样的汗珠叮满每一道皱纹。黄老大想站住，可牛看见吴响，走得越发快了。吴响赶上去拽住绳套子，问，怎么才回来？尹小梅呢？黄老大喘着粗气说不出话。村长怕黄老大栽在门槛上，还真是这样，怎么看黄老大都是一盏纸灯笼。好半天，黄老大的喘才平息下去。他说天晚了，没赶上车，他和黄宝步行回来的。吴响吃了一惊，你也是走回来的？黄老大说，走……走回的。吴响问，尹小梅咋没回来？黄老大说，她在医院呢。吴响听出自己的声音抖了，她怎么在医院？黄老大的皱脸几乎垂下来，她犯病了，我紧走慢走，她怎么就犯病了呢？

吴响急赶到卫生院。院里站着三个人，毛文明、派出所焦所长、卫生院长独眼周。三个人围成半圆形，中间坐着一个抱着头的男人，是尹小梅的丈夫黄宝。站着的三个人都盯着吴响，黄宝依然是那个姿势，仿佛凝固了。焦所长和独眼周面无表情，毛文明则显得不安。

毛文明向另外两人介绍，这是北滩的护坡员吴响。

吴响问，尹小梅呢？

焦所长和独眼周冷漠地看着他，毛文明给吴响使个眼色，示意吴响走到一边。这时一直抱着头的黄宝突然仰起脸，眼睛红红地盯着吴响。吴响意识到黄宝的目光不对，尚未作出反应，黄宝猛地跳起来扑向吴响。焦所长和独眼周及时抓住黄宝，黄宝仍将一口痰吐到吴响脑门上。

吴响没有抹掉那口痰。听到尹小梅死去的消息，他彻底傻了。

三

尹小梅的死在村民嘴里嚼了一阵，便剩下几缕叹息。死是伤感的，带着寒意的，可死亡又是不可抗拒的，谁挡得住呢？

吴响不这么认为，尹小梅的死与他有着极大的关系。其实他能拖住死亡的腿，不让它靠近尹小梅。如果他不设套子，完全可以阻止尹小梅越过围栏；如果他不蓄谋搞她，就不会故意把她交到毛文明手里；如果她不被毛文明带到乡里，不被关起来，就不会丢掉性命。吴响被难过与自责纠缠着，怎么也挣不脱。

那些日子，吴响干什么都打不起精神。每天上午骑着摩托疯转，下午一头扎进三结巴酒馆，要一瓶酒，一盘花生米，一盘猪耳朵，提前了夜晚的生活。三结巴乐坏了，从乡里买了五十个猪耳朵，冻进冰柜，专供吴响。吴响的脑袋喝成斗篷，天差不多就黑透了。三结巴拿来纸笔，吴响歪歪扭扭写个"吴"字。三结巴赔着笑，让吴响再加一个字。吴响毫不客气地把笔扔掉。三结巴捡起笔，自己补个"响"。吴响看不见这些，他已跟跄在路上了。

吴响醉酒是为了躲开尹小梅。她把他折磨得精疲力竭，恍恍惚惚，实在吃不消了。如果脑袋不被酒精挤满，尹小梅就会钻进去。可后半夜酒醒之后，尹小梅还是往脑里钻。一绺头发垂下来，在眉角拐个弯儿，贴在鼻翼一侧。她的眼睛有些肿，有些红，水汪汪的，目光则硬得枪一样。她的嘴巴抽动着，似乎要说什么。吴响大汗淋漓，等尹小梅把那句话说出来。尹小梅却把嘴巴闭上了。吴响说，小梅，我对不起你。吴响说，小梅，我他妈不是人。尹小梅只是冷冷地望着他。

吴响乞盼白天，到了白天又早早地把自己拽进夜晚。吴响想找个藏身处，哪里找得到呢？

吴响对尹小梅三个字格外敏感，怕经过尹小梅家门前，怕别人提到尹小梅，谁说到尹小梅就和谁干架。村民摸透吴响的毛病，宁可跟黄宝、黄老大说尹小梅，也不跟吴响说。村民还摸透了吴响的习惯，只要吴响一进酒馆，便飞快地牵着牛赶着羊往围栏里去。其实，吴响知道，每日酒馆前总有一两个孩子或妇女，那是监视吴响的。吴响有意外的举动，比如突然离开酒馆，他们就迅速把消息传递开。但吴响懒得管，他想用稀里糊涂减轻一些罪责感，尽管他的马虎已和尹小梅无关。

那天，吴响刚喝了两口，村长进来了。吴响指指对面的凳子说，坐下，喝几口。村长把帽子抓下来，往桌上一砸，你还有心思喝酒？你去看看围栏里成啥了？吴响说，不就是草么？今年吃掉，明年又长出来了。村长说，扯鸡巴蛋吧，那样还要你这护坡员干啥？你以为看草场是你一个人的事，弄不好，我跟着挨训，我也和乡里签了责任状。吴响灌下一杯酒，打着嗝说，那你护算了。村长说，工资呢，你也不要了？吴响说不要了。三结巴慌了，吴……响，不……能……不要……工……资，没工……资，咋……喝酒？吴响不言声了，三结巴说的全是大实话。村长说，毛乡长给我打电话，问你是不是整天睡大觉？吴响问，他呢？咋不来？出了尹小梅的事，毛文明很少在北滩露面。村长说，他去学习了，刚回来就听说你吊儿郎当的。吴响的心动了动，谁说我不管了，一天耗两个油呢。村长把酒瓶拿开，对三结巴说，不能让他喝酒了，他喝一次，我罚你一次，你挣十块我罚你二十，你挣二十我罚你四十。三结巴看看吴响，又看看村长，一脑门愁云。他刚又进了五十个猪耳朵。村长拽吴响，走，驮我去草场。吴响没犯拗。

两人一出门，一个妇女慌慌张张地跑了。

村长骂，操，都成游击队了。

吴响的院墙是黄土夯的，不足半人高，形同虚设。老远就看见院里一股黑烟，吴响说声糟了，大步跑起来。

摩托被烧得面目全非，只剩下一副污黑的骨架。地上的木条还未燃尽，仍在冒烟，显然是有人故意点的。尹小梅死后，村民对吴响有成见，吴响觉得出来，但没想到有人报复他。吴响的脸慢慢黑了。

村长安慰，反正是破车。

吴响踢了一脚，去草场。

第二天，毛文明打电话，让吴响去乡里找他。毛文明没有任何变化，还是平头，喜欢眯着眼看人，嘴唇上的酒苔又密了些。想必学习期间也没少应酬。毛文明说他刚回来就打问北滩的事，听说禁牧工作做得不好，是不是这样？吴响含含混混地说，是不太好。毛文明问吴响罚了多少钱，吴响说一个没罚上。毛文明沉下脸，怎么搞的嘛？既然有人违反政策，为什么不罚款？你的工资可是从罚款中扣的，你是不是想撂挑子？毛文明不是村长，吴响不敢那么随意，诉苦说，我一去他们就跑了，根本逮不住。毛文明说，想办法嘛，这能难住你？尔后语气一转，问吴响摩托是不是烧了。吴响点点头。毛文明说，知道别人为啥烧你的摩托？为啥你管的时候不烧，你马虎了反而烧你的车？因为你管是代表政府，是在执行政策，所以没人敢烧你的车。谁敢和政府对抗？你不管，白挣着那份钱，大家心里不平衡，就烧你的车。你再这么没原则，下一步还要烧你的房子，烧你这个人。吴响辩不过毛文明，唯有点头。毛文明说，摩托烧就烧了，我给你弄辆新的。毛文明没说尹小梅，吴响也不敢提。

吴响从乡里回来，屁股底下已是一辆崭新的摩托了。毛文明的话起了作用，吴响在村里转了两圈，便去了草场。

晚上，吴响轻松下来，就去东坡找徐娥子。他和徐娥子相好很多年了，两个村的人都知道。先是地下行动，后来就公开了。徐娥子不怕，吴响当然更不在乎。

吴响的摩托一停，徐娥子就跑出来。探着头佯问，这是谁呀？吴响明白她嫌他不来了，在她胸上摸了一把。徐娥子有一对大奶子。徐娥子低声斥责，少占我便宜。吴响把摩托推进院，先一步进了屋。徐娥子的丈夫正吃面条，四十几岁的人已完全歇顶，亮闪闪的。他和吴响打声招呼，加快了吃饭的速度。徐娥子问吴响吃了没，吴响说没呢。徐娥子的丈夫搁下碗，对吴响说你慢慢吃，我得去菜园下夜。吴响掏出一盒烟，徐娥子的丈夫装上走了。

剩下两个人，徐娥子的气就粗了，你还能想起我呀？

吴响嘿嘿一笑，我把自个儿忘了，也忘不了你。

徐娥子呸了一声，没良心的东西。

吴响说，良心中看不中用哦。

徐娥子端上面条，上面卧了两个鸡蛋，一个红辣椒。吴响喜欢吃辣椒，徐娥子每年都腌一大罐子。吴响要酒，徐娥子说，骑摩托还喝酒，出事我可担待不起。

吴响知徐娥子还在闹气，想揪她的鼻子，她躲开了。吴响暗暗一乐，低头吃面。徐娥子说，吃了走吧，我今儿不舒服。

吴响挤挤眼，我带你去医院。

徐娥子骂声赖皮，给吴响倒了一杯酒。

吴响从怀里掏出一盒化妆品。这盒化妆品花了三十多块钱，是买给尹小梅的。吴响原打算把尹小梅搞到手后，送她一盒化妆品，怎料半点儿用场也没派上。

徐娥子说谁稀罕，还是接过去。打开，嗅了嗅，叹口气，我老眉老眼的，搽灵芝也不灵了。

吴响说，谁说你老了？掐都能掐出水来。

徐娥子翻吴响一眼，神情已经鲜活了。男人送一句讨好的话，比化妆品还灵验。

徐娥子把碗筷一收拾，吴响就拽过她。徐娥子说，我得洗把脸呀，你个饿死鬼！吴响说我帮你洗，一出汗连澡都洗了。徐娥子骂驴，呼吸已经不匀了，反手箍住吴响。女人就这样，只要往一块儿一睡，天大的怨气都能消。

折腾得湿漉漉的，两人歇着喘气。

徐娥子问，你刚换了摩托吧，那辆彻底烧毁了？

吴响问，你怎么知道？

徐娥子反问，我怎么不知道？美国总统搞女人我都知道，两个村离这么近，咋也没美国远吧？

徐娥子向来嘴快。吴响在她身上拍了拍，旧的不去，新的不来，这辆摩托是乡里给我买的。

徐娥子问，乡里给你一辆新摩托？

吴响有些得意，毛文明亲自给我挑的，别看我不是村长，可比村长的待遇高。

徐娥子嘘了一声，啥待遇？怕是堵你的嘴吧。

吴响愣住，堵我的嘴？

徐娥子说，给你摩托，你还能把黄宝女人的事说出去？

吴响嗖地坐起来，黄宝女人有什么事？

徐娥子说，瞧你吓成这样，还把我当外人呀！黄宝女人的事谁不知道？她死在了乡政府，乡里怕黄宝告状，给了他八万块钱呢。唉，说来说去，谁死谁可怜，黄宝有那八万块钱，娶两个都够了。

吴响怔怔的，尹小梅死后，这是他第一次听说她的事。徐娥子说得有板有眼，他竟一无所知。

吴响问，你知道她是咋死的？

徐娥子说，谁知道呢，听说发现的时候人就凉了。忽然想起什么，问，她到底怎么死的？是不是让那个姓毛的乡长……

吴响打断她，胡说！

徐娥子说，一辆摩托就把你的嘴堵死了，我又不跟别人说。

吴响说，她死在了医院，是犯病死的。

徐娥子道，哄鬼去吧，她死了才抬到医院的。

吴响审视着徐娥子，这是谁告诉你的？

徐娥子说，反正不是我胡编的，人们都这么说，你审问我干啥？

吴响忽然说，我得走了。

徐娥子急了，你这是咋了？坏了良心的，吃完就走！看你明儿还来！！

四

吴响回到家已经半夜。他急冲冲的，并不清楚自己要干什么。徐娥子的话让他震惊。尹小梅死在了乡政府。死后拉到医院。八万块钱。这些话不停地在脑里撞，撞得眉骨都要裂了。尖厉的声音在耳膜上穿啸，搅得尘土飞扬。无风不起浪，徐娥子绝不会凭空捏造，她又有什么理由捏造呢？尹小梅和她没任何关系。毛文明说尹小梅犯了病，独眼周抢救半天也没抢救过来，这是吴响刚到医院时，毛文明讲的。吴响信以为真，他打算到停尸房瞅一眼的，被毛文明制止了。毛文明指指黄宝，狂怒的黄宝刚刚消停，吴响也就作罢。此刻他才明白过来，毛文明不想让他知道真相。如此推想，疑点确实很多：毛文明说尹小梅犯病，特意强调一犯病就送过来，乡里和医院尽了最大力，他为什么要强调？乡下人有句话，叫瓦片盖屁股，越盖越露。还有，为什么毛文明一脸不安？为什么焦所长也在医院？吴响当时没有细想，尹小梅的死把他搞懵了。如果没有问题，黄宝不会得到八万块钱。吴响试图找出传言的漏洞，如此推测下去，却对徐娥子的话做了一个论证。

尹小梅死后拉到了医院。

一条八万块钱的协议拴住了黄宝。

尹小梅的死就这么简单地结束了。更让吴响喘不上气的是，他对尹小梅死后的事一无所知。他沉在自责和悲痛中，堵住了自己的耳朵，害怕听到尹小梅的任何消息。

东方的曙光一点点挤进来，夜色一层层褪去。待吴响灰白的脸露出清晰的轮廓，他终于清楚自己要干什么了。他要弄明白尹小梅的死亡真相。他不知道弄清楚了又怎样，他没想那么远，他就是想弄清楚。吴响当然不会想到，他的决定会击碎一个封冻的冰面，会把自己拖进泥浆中。

吴响站在尹小梅家门口。院门用粗铁丝绞着，已然有了斑斑锈迹。吴响拧了拧，放弃了。不是拧不动，是没必要。拧开，他会进去吗？窗户已经用泥坯封住，牛圈敞着门，鸡窝寂静无声，整个院落一派荒凉，唯有屋檐下两串孤零零的干豆丝，显示不久前还有人住过。吴响凝视片刻，缓缓移开。

旁边的院子却是另一个样子。没到门口，新鲜的牛粪味就扑进鼻孔。那头奶牛，就是尹小梅经常牵的那头，警惕地打量着吴响。吴响稍稍慌了一下，重重咳嗽一声。牛低下头吃草，吴响竟然长舒一口气。

吴响喊了两声，窗帘拉开一角，黄老大的脑袋闪了闪。尹小梅死的当天，黄老大找过吴响一次。一向懦弱的黄老大骂吴响害了尹小梅，拿头撞吴响。黄老大嘴角泛着白沫，喉咙呼哧呼哧响，吴响担心黄老大晕过去。人们把黄老大拉开，黄老大又是拍胸又是跺脚，乱叫，天呀，天呀！黄老大这样的人一旦发怒，是很难缠的。吴响想好了怎么对付他，可黄老大没再上门。

黄老大猛烈地咳嗽一阵，抱怨被苍蝇吵得没睡好，往天早起了。

吴响说，我路过这儿，顺便看看你。

黄老大略显不安，我这药罐子，一碰就碎。

吴响说，别让我站外面呀。

黄老大道，我打开门？

吴响笑笑，我飞不进去。

黄老大迟迟疑疑打开木栅门，却没有让吴响进屋的意思。吴响不轻易登别人的门，他去谁家，说明谁家有"事"了。黄老大盯着吴响，吴响却不看他，沿着院子扫视一圈，小房、鸡窝、柴垛，最后落在电视杆子上，黄老大买电视了。

黄老大问，又丢树了？可不是我干的。你瞧瞧，我这样子哪扛动一棵树？这根电视杆子是旧的。

吴响说，我不是来搜查的。

黄老大疑疑惑惑的，那你干啥？……那天的事是我不对，我老糊涂了，明明和你没关系的。

吴响说，过去的事，提它干啥？很随意地问，买电视了？

黄老大有些兴奋，但又不想让吴响看出来，别别扭扭地说，一台旧电视，和我一样的毛病，动不动就喘。

吴响说，黄宝也真抠门，买一回为啥不买新的？新的也没几个钱。

黄老大说，有个看的就行了。

吴响低声问，那钱全拿到手了吧？

吴响问得突然，黄老大措手不及，慌了慌，一副要说又不情愿的样子。

吴响笑笑，我不是找你借钱的，再说钱也不是你的，那是黄宝的嘛。

黄老大终于吐出三个字，到手了。

吴响问，八万块一分没少？

黄老大惊愕地看吴响一眼，马上躲开。

吴响说，这有啥怕的，谁不知道？我是怕黄宝吃亏，这个钱不像别的，不能拖欠。

黄老大不好意思地说，毛乡长说话倒是算数，只是……这事不好听，说来是拿黄宝媳妇换的。

吴响的心被刺了一锥子似的，脸变得极其难看。

黄老大不解地看着吴响。

吴响说，人死了，他们应该赔，这头牛你可得喂好。

黄老大忙不迭地答应，那是，那是。

吴响套问尹小梅的死因，黄老大却说不上来。他说尹小梅身子骨挺差，但没听说她有什么病，平时也很少吃药。人就是这么不结实，说没就没了。黄老大回忆那天凌晨的过程，他和黄宝到了乡里，听说尹小梅已经送到医院。他急着把牛牵回来，就没随黄宝去。他觉得占了便宜，因为没人让他交罚款。黄老大后悔地说，要是知道黄宝媳妇病得那么重，他说什么也要去看看。吴响不怀疑黄老大的难过，黄老大不是会演戏的人。可他的难过能持续多久？一个喷嚏、一口唾沫的工夫。如果尹小梅不死，那头奶牛不会归黄老大，黄老大也不会得到一台彩电。这笔硬账足以抹掉黄老大那点儿难过。黄老大算没算过？吴响不好推测，黄老大不会再想那件事，则可以肯定。

尹小梅是怎么死的？有四个人肯定最清楚不过：毛文明、焦所长、独眼周和黄宝。吴响不敢贸然找前三个人，但可以找黄宝。黄宝承了他娘的性子，很精明，毛文明就是想瞒也瞒不住。吴响从黄老大嘴里得知，黄宝辞掉水泥厂的活儿，在县城开了个小店。黄宝封了家里的门窗，显然是不再回北滩了。

毛文明给吴响买的新摩托就是管用，百十里的路，没用两个小时。在县城找黄宝却费了一番周折。黄老大不清楚黄宝开什么样的店铺，吴响一家一家地转，晌午时候才找到。黄宝开了个果品店，店不大，二十几平米，货种倒很丰富，干果、水果，有的吴响叫不出名字。八万块钱撑起了黄宝的腰。过去黄宝再精，也得靠卖苦力挣钱。店名叫方圆，吴响琢磨不出这个店名有什么含义，至少，与尹小梅无关。

黄宝正给一位妇女称瓜子。黄宝剪去了长发，显得很精神，脸上是买卖人常有的那种虚浮的笑。你买点啥？认出是吴响，突然间，他的目光跳了一下，笑意稀里哗啦洒到地上。

那位大鼻子妇女叫，你的秤准不准，一斤就这么点儿？

黄宝说，大姐，看你说的，少一两，我赔你一斤。

可黄宝的神色实在让人起疑，大鼻子妇女不甘地掂了掂。黄宝抓了一大把，大姐，算我送你的。妇女却忽然不买了，说没装钱。显然，她不信任黄宝了。

吴响问，生意怎么样？

黄宝说，刚开，看不出来，买卖不好做，见谁都装孙子。黄宝已镇定下来，表情冷淡。吴响还记得那天黄宝悲愤交加的样子，现在一点儿痕迹也没了。黄宝眼里的敌意不是仇视，吴响虽是粗人，还是觉得出来，那是对吴响的防范。黄宝肯定猜出吴响不是无缘无故来的。

吴响问黄宝没个坐的地方。黄宝拽把凳子丢给他。吴响掏出烟给黄宝，黄宝摆摆手，掏出烟，自己点上。

吴响说，我早就想来看看你。

黄宝无言。

吴响说，那件事我很难过，一直想找你说说。今儿就是向你赔罪，你有火就发，哥这张脸由你糊，你就是撕下来卷了烟抽，我也不吭一声。

黄宝的手抖了抖，轻声说，过去的事别再提了，和你也没啥关系。

吴响叹口气，干那个破差事，得罪了不少人，可我也得挣钱呀。别人养活一家，我不能连自个儿也养活不了。要是有你这么个摊子，谁还干它？

黄宝问，你骑摩托来的？显然，他不愿提及自己的果品店。

吴响点点头，一年多少租金？

黄宝说，一万，借了点儿，自个儿贴了点儿，总卖苦力也不是办法。

黄宝藏得严严实实，一个洞也不想露给吴响。吴响憋不住了，黄宝得了八万块钱已不是秘密，还有什么藏头？于是径直问，乡里答应的钱还没到手？

黄宝顿了顿，缓缓地摇摇头。

吴响说，去告他呀。

黄宝冷笑，告谁？

吴响说，告乡政府，告毛文明，你一告，他们就乖乖给你钱了。

黄宝说，我不想惹这个麻烦。

吴响说，尹小梅的死和他们有关。

黄宝纠正吴响，她犯了心脏病。

吴响说，不对吧，你到乡里的时候，尹小梅已经不行了，你怎么肯定她犯了心脏病？是毛文明告诉你的，还是独眼周告诉你的？尹小梅有心脏病吗？

黄宝噌地站起来，青着脸说，你什么意思？审问也轮不着你。

吴响说，我没别的意思，就是想弄清楚尹小梅怎么死的。

黄宝几乎吼了，你掂清了，她是我媳妇！

吴响反而笑了，所以我才来问你，你看过尹小梅了，肯定知道她怎么死的。

黄宝问，你跑这么远，就为问这个？这和你有啥关系？你不要欺负人，捅人伤疤自个儿取乐。我知道你厉害，没人敢惹。这儿可不是北滩，我不怕你。

吴响说，我没让你怕我，我只想知道真相。

黄宝说，她犯了心脏病，信不信由你。

吴响说，你撒谎，你肯定撒谎了，你的眼睛都是蓝的。

黄宝怒道，你出去，别影响我做生意。

五

黄宝像个木头疙瘩，吴响啃了半天，什么也没啃上。他不仅不肯说出尹小梅怎么死的，连那八万块钱也不肯承认。他不敢讲尹小梅的死因，他一定保证过。看得出，他得了钱，心里并不轻松。或者说，他本来轻松了，吴响提起，他又压了块石头。黄宝的严加防范没让吴响放弃，相反，越发揪紧了吴响。那感觉是痛中夹着痒，痒中又掺着痛，极其难受。吴响不信撬不开黄宝的嘴巴，他的嘴就是铁水浇铸的，也有漏缝儿的地方。

吴响在一个小吃摊停下来，要了一盘猪头肉，四个羊蹄，一盘花生米，一碟辣椒，一瓶白酒。摊主乐坏了，颤着肥胖的红脸恭维，一瞧您就是条汉子。吴响笑笑。和黄宝磨嘴皮子那阵儿，肚子就提抗议了。吴响边吃边瞅着街上的行人。他很少到县城。他喜欢呆在乡村。一个男人，尤其像他这样的光棍，有酒有女人就足够了。县城好是好，可在这儿，谁能认得他吴响？行人的目光从吴响脸上溜过，没有丝毫停顿，在他们眼里，吴响和一块砖头、和油腻腻的桌子没什么区别。终于有一位中年妇女多看吴响一眼，吴响感激地冲她一笑。那妇女受了惊吓似的，突然加快步子，走过去了，又回了回头，表情已是相当厌恶了。吴响的情绪顿时糟糕透了，觉得自己坐在这儿实在愚蠢。尹小梅已经死了，知道她的死因又有什么用？黄宝不愿提，黄老大不愿提，毛文明肯定更不愿提，他干吗要翻出来自找没趣？没人说吴响的不是，吴响犯不着折腾。这个时候，他应该躺在家里睡大觉，夜里找相好的痛快一番。他妈的，自己和自己过不去。吴响抓起酒瓶子猛灌，决定喝完就回家。

摊主劝，兄弟，你骑摩托可不能这么喝酒。吴响说我不会少给你钱。摊主说，兄弟，我是为你好，你非这么喝，我可报警了。吴响迟疑，摊主趁机把酒瓶盖住，留着下次喝，我送你一碗面。兄弟，遇事想开些，瞧我，头天离婚，第二天就娶一个。只要别把自己搞垮，这年头要啥有啥。

吴响脱口道，我要一个尹小梅，你搞得来？

摊主怔了怔，尹小梅？是个女人吧？我搞不来尹小梅，但能搞来张小梅、刘小梅，这有什么区别？

吴响打断他，别啰嗦，算账！

摊主乐颠颠地说，我眼力不错，兄弟够汉子。

吴响问附近有没有小店，摊主往巷子里一指，八九家呢，随你挑。

　　吴响把那半瓶酒揣进怀里，找了个旅店住下。不能这么回去，还得找黄宝。摊主劝吴响想得开，吴响反想不开了。一个鲜活的人瞬间就没了，他怎么想得开？事情是过去了，也没人责罚吴响，就算有人提起，吴响也能推得干干净净，正因为这样，吴响就更为不安。尹小梅的死毕竟和他有关系，他为什么不能知道真相？他一定要弄清楚。

　　吴响睡了一会儿，被吵闹声惊醒。坐起来，看见对面床上躺着个破提包，想必是他睡觉时又住进一个。吴响正要出去，一个男人神色诡秘地探进头，问吴响醒了，可惜把好戏误了。男人的嘴唇又宽又扁，似乎和鸭子有血缘关系。吴响一头雾水。鸭嘴问吴响是不是要出去，咬在吴响屁股后面说他暂时歇歇脚，不打算住。吴响没理他，这家伙肯定吃错药了，他住不住与吴响有什么相干？

　　黄宝靠在门口，两手抱着一个钢化塑料杯。杯里泡着厚厚一层茶叶和金莲花。他盯着水杯，仿佛水底藏着鱼。吴响咳嗽一声，黄宝抬起头，稍稍有些慌乱。吴响说，我又来啦。黄宝静静地看着吴响，慢慢将慌乱抹去，伸长腿，有意阻挡吴响进去。

　　吴响左右看看，忽然笑了，其实外面比屋里好，别看到处是人，可谁也不认识谁，和野滩没啥区别。

　　黄宝的表情动了动，却不想就范，依然保持那个冰冷的姿势。一个行人在摊前停了停，黄宝赶紧迎上去。黄宝返回，径直进屋。吴响发现黄宝的腿似乎有点瘸。

　　黄宝把凳子重重地搁在地上，粗声粗气地问，你究竟要怎样？

　　吴响说，咱俩好歹一个村的，就算你现在是老板，也不能这么瞧不起人吧。

　　黄宝说，你影响我做生意了。

　　吴响说，屁股上的泥点子还没揩干净，就一口一个生意，钱就这么当紧？

　　黄宝敌视地瞅着吴响，这话该问你自己。

　　吴响说，我的钱来路正当。

　　黄宝马上敏感地问，谁的钱来路不正当？

　　吴响怕搞僵，打哈哈，那些贪污犯呀！毛乡长说前几天又判了个死刑，咱们没这资格。

　　黄宝问吴响喝水不。

　　吴响说当然喝了，最好把你的茶叶给我泡点儿，别加金莲花，草场到处是那玩意儿。你说草场看得那么严，城里人从哪儿搞到的？

　　黄宝端杯的手抖了抖，水晃出来，手背顿时湿了。

　　吴响说，哎哟，可别烫着。

黄宝和吴响隔开距离，道，别绕弯子了，你到底要干什么？

吴响笑笑，我想请你吃饭，今天晚上，怎样？

黄宝说，我没空儿。

吴响说，不着急，你什么时候关门咱什么时候去。你晚上没约会吧？

黄宝皱皱眉，干吗不在这儿说？

吴响说，我住下了，咱哥俩好好聊聊。

黄宝无法摆脱吴响，又不能彻底翻脸，鼻子几乎错位。吴响清楚黄宝不好受，他恶意地想，谁让你把尹小梅忘掉了呢。吴响固执地认为黄宝已经把尹小梅忘了，黄宝的眼里没有悲痛和哀伤，至少不是吴响想象中的。

黄宝早早收了摊。旁边有个饭馆，黄宝不乐意去，而是选了车站对面的爆肚馆。黄宝的心思曲曲折折的。两人面对面坐了，黄宝脸色活络了点儿，说这顿饭他做东。吴响说不，这次是我提出来的，下次你来。黄宝眼里滑过一丝阴影，吴响装没看见。

吴响说咱俩还没喝过酒吧，今儿放开喝。黄宝喝酒绝不是吴响的对手，吴响想灌醉他。酒后吐真言，吴响非得从他肚里掏点儿东西。吴响说还是县城好啊，要啥有啥，不像三结巴酒馆，就点儿头蹄杂碎。不过，在三结巴那儿喝酒能听戏。黄宝问，什么戏？吴响说，听三结巴和女人吵架啊。我在外边喝，他俩在里面吵。三结巴女人也有点儿结巴，那次最好玩，三结巴女人骂三结巴，脑袋像……裤……裤……怎么也骂不出裤裆。三结巴急了，回骂，你才是……裤……裤……三结巴比女人反应快，拍着腿说，这儿！这儿！

黄宝笑了，但依然保持警惕，一再强调自己喝不了酒，每次只抿一小口。吴响两瓶啤酒光了，黄宝仅喝下小半瓶。吴响说，这么不给面子？黄宝愁眉苦脸地说，我喝酒跟喝毒药差不多，实在咽不下去。吴响说，哪有爷们儿喝不了酒的？来，我帮你。抓起酒杯端到黄宝嘴边，几乎是灌了。黄宝往旁边一拨，酒杯摔在地上。

黄宝恼火地说，你怎么灌我？

吴响的喉结动了动，挤出点儿笑，我脾气急。

服务员换了个新酒杯。吴响说，你不想喝算了。

黄宝放缓语气，你也少喝点儿。

吴响问，这么长的夜，你怎么打发？一个人的日子难过啊。

黄宝目光迷离，扑闪着阵阵雾气。

吴响压低声音，我知道你不好过。这么多年的夫妻，最后一面也没见上，放在谁头上也受不了。好端端的一个人……她怎么就……唉！

黄宝倒了杯酒，一饮而尽。

吴响趁机问，她怎么死的，说说……别一个人憋着。

黄宝呆滞地瞪着吴响，那话就在嘴边了，吴响伸手就能接住，可黄宝突地一拧脖子，我都说过了，你别再问我。

吴响乞求，兄弟，你告诉我好不？我没别的意思，就是想知道。

黄宝冷冷道，我说的你不信，我编不出来。

吴响想抓黄宝的手，黄宝缩回去了。吴响问，毛文明不让你说？

黄宝霍地站起来，别乱扯好不好？你没资格审问我。

吴响呆了呆，脸上就现出寒气，我不信你敢走出这个门。黄宝，别把自个儿当回事，逼急了，有你难堪的。

黄宝问，你要怎样？他用愠怒掩饰着胆怯。

两人僵持着。

吴响摆摆手，算了算了，你走吧。

吴响带着醉态回到旅店，没把黄宝灌醉，倒把自己灌晕了。黄宝难对付啊，吴响恨不得砸他几拳。

对面床上的黑提包不见了，吴响的半瓶酒也没了影儿。吴响躺了躺，鸭嘴又贼兮兮地进来，从提包拿出半瓶酒，正是吴响的。鸭嘴解释，他收拾东西不小心装进去的，发现就赶紧送回来，本来他已经退床，现在还得住一宿。吴响说，半瓶酒还值得送？鸭嘴正了脸色，东西再小，不是自己的，也不能乱拿。

吴响不想说话，可鸭嘴很饶舌，几乎问到吴响三代以上的事。说一会儿，鸭嘴探出头听听，很神秘的样子。吴响猜不出他干啥。过了约半个小时，外边传来嘈杂的声音。鸭嘴兴奋地说，又一对野鸳鸯撞枪上了。他拍拍吴响，喊吴响出去喝酒。吴响说喝不动了。鸭嘴出去拎了颗羊头，说，你的酒，我的菜，咱俩就在这儿喝。难得一个陌生人如此热情，吴响坐起来陪他。

鸭嘴酒量并不大，二两酒下肚，烧得耳朵都红了，话也越发多了。他问了吴响一年挣多少钱，说不行啊老弟，你得想法子，这个社会遍地是钱，就看你会不会捡了。鸭嘴把自己的底儿亮出来，吴响听出意思了。

鸭嘴是线人，专盯嫖娼。他不是盯小姐，小姐在豪华宾馆，他进不去，只盯那些三四十岁的妇女。她们专在车站拉客，要价也低，谈成就到附近小店开房。鸭嘴打个电话，公安迅速出击，便能现场抓获。公安按罚款的百分之二十给鸭嘴提成。下午鸭嘴举报了一下，已经领到手八百。本来鸭嘴准备回去了，又撞上一对野鸳鸯。鸭嘴咬着舌头说，今天太走运了。

若不是发现那对野鸳鸯，鸭嘴就把吴响的酒顺手牵羊了。鸭嘴太得意了，说漏了嘴。吴响没想到县城还有这号人，真是林子大了啥鸟都有。他那么想让黄宝酒后吐真言都白费劲儿，他提个头儿，鸭嘴全吐了出来。鸭嘴说，咱俩有缘分，我教给你条经验，你领相好的过夜，就去住宾馆，可别心疼钱住这种小店，让公安查住，拿不出结婚证就算嫖，罚你没商量。吴响说，这么厉害呀。

鸭嘴说，那当然，我再交个实底，我举报的多是偷情的，就算他们不开房，在家，我知道一样报。

吴响对鸭嘴厌恶到嗓子眼儿了。如果他知道吴响和徐娥子的事，恐怕吴响被罚得下辈子也翻不起身。吴响在黄宝那儿窝了一肚子火，正没地方发泄呢。他一拳打过去，骂，滚，少烦老子！

鸭嘴被吴响打蒙，脖子起伏着，不知还有多少话想蹿出来。他说，你醉了吧？我是你的朋友。吴响骂，谁他妈醉了，老子打的就是你，交你这号朋友，下辈子连条长虫都转不了。鸭嘴紧张地退到门口，我去派出所告你，逃了。

吴响挥挥拳头，兀自笑了。这一闹，酒意全无。吴响担心鸭嘴算后账，那家伙毕竟是线人，和公安套得上关系。于是退了房，连夜赶回。

第二天，吴响还睡着，村长就上门了，身后是阴着脸的毛文明。吴响以为草场出了问题，忙问，逮住了？毛文明对村长说，你忙吧，我和老吴谈谈。吴响听毛文明语气不对，做了挨训的准备。毛文明眯着小眼，使目光有了更坚硬的力度。吴响有些心虚，他没完成毛文明交代的任务。

过了好久，毛文明声音空空地问，听说你调查黄宝女人的事？

吴响吃了一惊，毛文明这么快就知道了？随即说，我随便问问。

毛文明生气地说，你是护坡员，不安心看草场，瞎鸡巴跑啥？你咋就有这么大兴趣，那女人和你有屁关系！想知道啥，问我好了。

吴响不敢和毛文明硬碰，又不甘心彻底投降，毛文明如此迅速地上门，足以说明他的重视与心虚。吴响笑笑，柔软的话里夹了几根硬刺，我没别的意思，就是觉得奇怪，尹小梅死了，好多人都怕提她。死人有啥可怕的？还能从土里钻出来咬一口？

毛文明说，这有啥奇怪的？说句难听的，摊在你身上，你愿意别人抓你的伤口？

吴响说，那是。

毛文明说，那件事乡里已作了妥善处理，作为死者家属，黄宝没有任何异议。已经过去这么长时间，你冒冒失失提起来，不是有别的用心吧？

吴响检讨，我吃饱了撑的。

毛文明说，老吴，我是代表乡政府和你谈，你可别做傻事啊。已经是警告了。

吴响保证，再不多嘴了。

六

吴响对毛文明毕恭毕敬的。他清楚自己是鸡蛋，毛文明是坚硬的石头。可他并没有被毛文明的话压住，那些话在耳旁停了停，羽毛一样飘走了。心中的疑团也越发重了。越怕他知道，他越是想知道。其实知道了又怎样呢？在北滩，吴响算一号人物，出了北滩，他就是一只蝌蚪，掀不起任何风浪。

吴响沿着草场转了一圈，没发现人，也没发现牲畜。他把摩托放倒，躺在一个芨芨丛旁。吴响敞开口袋，等别人往里钻。那天，他就是这样把尹小梅套进去的。现在，他没有明确的目标，谁钻进去，他都要把口子系住。尹小梅出事后，吴响没再设这种套子。他不是想玩这种游戏，他得向毛文明交差。他想让毛文明相信，他没有失职，一直在按毛文明的要求做。毛文明不怀疑他，他就有机会搞清尹小梅的死因。

天蓝得没一丝杂质，仿佛过滤了。阳光盖下来，有股咸咸的味道。尹小梅喜欢在阳光很好的日子洗衣服。天还是这样的天，日光还是这样的日光，尹小梅再也洗不成衣服了。吴响没有成心害她，他怎么会呢？他是那么喜欢她。至今，他也说不出喜欢她什么，可就是喜欢。尹小梅嫁到北滩那天，吴响喝过她的喜酒。那种场合当然少不了吴响，吴响只是喝酒，他的身份、岁数都不允许他要什么花样。尹小梅和黄宝过来敬酒，吴响很随意地瞟她一眼。不知为什么，尹小梅慌了一下，躲着他的目光，不再触碰。尹小梅的神态攫住吴响，吴响突然就喜欢上了她。那种感觉很要命，吴响搞过那么多女人，从来没有那么挠心、蚀骨。尹小梅像一只蝴蝶，在他眼前飞来飞去，却怎么也捕不到。是他费尽心机的捕捉，让她撞进了一张丢掉性命的大网。

脸湿漉漉的，吴响抹了抹，举起手指端详。他不相信这是自己的泪，他从来不会流泪。当然，如果往前追溯，吴响还是有过一次不光彩的流泪经历。忘了是什么时候，家里突然来了两个陌生人，一个鼠眼，一个疤脸。他们要把母亲带走，那个鼠眼竟然是母亲第一个男人。吴响的父亲，生产队脾气最暴躁的车倌提着菜刀横在门口，做出拼命的架式。疤脸夺过父亲的菜刀，让母亲选择。母亲几乎没有任何犹豫地选了鼠眼，父亲的头颓然垂下。吴响明白母亲要离他而去，抱着母亲哇哇大哭。母亲咬着吴响的耳朵说她还会回来。鼠眼和疤脸到底把母亲带走了。吴响依然嚎哭，父亲恶狠狠扇他一巴掌，吴响的眼泪戛然而止。母亲从此音讯全无，他的眼泪像母亲一样不再露面。吴响没有眼泪，北滩的村民都可以作证。没了母亲，父亲更加暴戾无常，村里来了要饭的、流浪的艺人，只要是女人，不管是聋的瞎的老的少的，父亲都要领回过夜。那种时候，父亲就把吴响撵出去。吴响缩在窗户底下，听着父亲雷一样的吼叫。吴响一滴眼泪也没掉过。父亲死得很惨，那次喝醉酒，他从车上栽下来，三匹马把他拖了二十多里。他习惯把缰绳缠在手腕上。被人发现，父亲半个脑袋和半个身子已经磨没了，露出白森森的骨头。可是，吴响没有流泪，他抽动得嘴巴都歪了，眼睛依然干涸。

怎么就流泪了呢？吴响觉得奇怪，再抹，又没了。他合上眼，尹小梅突然跳出来。她脸上没有一丝娇羞，生硬如铁，目光冒着水汽，也是硬邦邦的。一绺头发垂下来，在眉角拐了个弯儿，贴在鼻翼一侧。

吴响哆嗦了一下，猛地坐起来。

日光白得晃眼，吴响还是看清了钻进草场的两个人。一个是王虎女人，一个是黄老大。黄老大拔腿想跑，见王虎女人靠近吴响，他也迟迟疑疑跟过来。

王虎女人提着筐，筐里是刚挖的药材，老远就冲吴响挤上眼睛了。吴响没想到装进袋里的是这两个，一个比一个难缠。吴响沉下脸，斥责，狗改不了吃屎。王虎女人笑嘻嘻地说，早就等上了吧。吴响厉声道，别跟我套近乎，公事公办。王虎女人撇撇嘴，你有啥公事？还不是裤裆里的。手已伸向腰带，她一解，吴响就拿她没奈何了。亏得黄老大过来，她才没下一步动作。黄老大神色慌张，喉咙里拉锯一样。吴响问，袋子里装的是啥？黄老大几乎没了声音，草。黄老大挺狡猾，没把牛牵进来，而是割了草喂。吴响说，你这是和政策对抗啊。黄老大的腿软下去，腰更弓了，脸上泛出黑呛呛的颜色。吴响怕他倒下，忙说，你走吧，下次不能这样啊。黄老大哎哎着，吴响，我正要找你呢。吴响问，找我干啥？黄老大看看王虎女人，又看看吴响，王虎女人马上道，我先走了。吴响大声道，你站住！王虎女人嘟囔，我还不清楚你肚里那点儿货色。她让黄老大走，黄老大坚持要和吴响说事。黄老大很固执，吴响只得让王虎女人走。王虎女人嬉笑道，这可不怨我，是你让我走的。

吴响看着黄老大，什么事？

黄老大的眼和鼻子几乎抽到一条线了，吴响，黄宝没得了八万块钱。

吴响愣住，黄老大要把吐出来的东西吃回去。他问，得了多少？

黄老大摇头，没有，一分没有。

吴响冷笑，那你是胡说了。

黄老大说，我糊涂得白天黑夜都分不清了。

吴响突然问，黄宝几时回来过？

黄老大慌忙摇头，他……没回啊。

吴响说，算了吧，以为我眼睛瞎了？这是他教你的，对不对？

黄老大可怜巴巴地说，我是个糊涂虫。

吴响毫不客气地说，你不糊涂，糊涂的是黄宝。

黄老大说，乡里没给他八万块钱啊。

吴响说，行了行了，给不给钱与我无关，你不赶紧走，就把你送到乡里。黄老大这才慌慌地离开。

吴响望着黄老大的背影想，黄宝给黄老大嘴巴上锁了。其实这已经不是秘密，黄宝并不是怕别人知道那笔钱，而是怕人知道钱背后的事。

吴响原打算歇几天再调查，现在等不及了。

　　傍晚时分，吴响打着嗝敲开独眼周的门。独眼周最擅长治打嗝，村长得了打嗝病，用了好几个偏方都没效果，最后找独眼周，独眼周两耳刮就打好了。独眼周虽然一只眼睛，亮度却强过常人的两倍。他堵在门口，炯炯地盯着吴响。吴响说，周……嗝……院……嗝……独眼周明白了，摸摸吴响的头，突然扇了一巴掌。吴响的脖子火辣辣的，暗想，独眼周倒像打铁的出身，若套不出他的话，这一巴掌就白挨了。吴响抻了抻，周……院长。独眼周迅速抽回手。吴响扭扭脖子，讨好地说，周院长，你真是神了。独眼周傲然道，我治这种病，没超过两巴掌的……我好像见过你？吴响说，周院长好眼力，我是北滩的。独眼周点点头，想起来了。

　　吴响给钱，独眼周不收。吴响说那咋行，干脆我请你吃饭得了。独眼周说我今儿值班。吴响说我买回来，在值班室……有意停了一下。独眼周说，改天吧。吴响听出他口气松了，说我去去就来。

　　吴响买了两瓶好酒，一只熏兔，两只切好的猪耳朵，一瓶鱼罐头。独眼周已经把桌子腾开。独眼周嗜酒，喝了酒，胆子就出奇的大，什么样的病人求到他都敢下手。据说独眼周曾要锯掉一个罗锅背上的肉疙瘩，让罗锅变得像木板一样直，罗锅家人不接受独眼周的治疗方案，只好作罢。吴响走这着棋，就是冲独眼周的大胆来的。

　　开始，吴响百般恭维独眼周，说上次在县里住店，听说他是营盘的，同屋的马上问你们那儿是不是有个姓周的医生特厉害，瞧瞧，周院长名气有多大吧。独眼周先前还谦虚，后来瘪了的那只眼都隐隐地发亮，嘴巴关不住了。治病治病，一半是医术，一半是胆量，医术总是有限的，多高的医术也超不过病。世上的病千奇百怪，好些甭说没见过，听都没听过，咋办？靠胆量。治好一个没人说你凭了胆量，只夸你医术高。治死了呢也不要紧，反正他总要死的，治也是死不治也是死。姚家庄有个女人，肚里长个瘤子，在大医院转遍了，都说没必要治了，连三个月也活不出去。后来我给她做了手术，反正有用的就留下，没用的就割掉。医生不但要给自个儿壮胆子，还得给病人壮胆子，不然，她哪能活两年？还有东坡一个男人，摔断腿非要跑县里去接，接是接好了，可钢钉锈住了，谁也不敢取。要不是我，钢钉还在他骨头里长着呢。我靠啥？胆量。医院的器械根本用不上，我从街上修车铺借来家伙，没费劲儿就搞出来了。

　　吴响频频点头，佩服得要趴下了。他不清楚哪件是真的，哪件是假的，任由独眼周吹嘘。独眼周绝口不提败走麦城的事，去年他就吃过一场官司。

　　喝到八九成时，吴响截住独眼周的话，难怪别的乡卫生院都塌了，就咱们乡好好的，全凭周院长了。

　　独眼周说，我有多大劲儿使多大劲儿。

吴响遗憾，周院长要是自己干，早就发了。

独眼周说，这倒不假，可医院十几多个职工，都指着我吃饭呢。

吴响说，你们凭脑瓜子吃饭，咋都容易，我们靠力气挣钱就难多了。

独眼周姿态很高地说，一样的，分工不同么，当年我还背过砖呢。

吴响说，咋会一样？卖力气永远挣不了大钱，除非像黄宝那样。

独眼周说，死女人那个吧？那钱……咳，谁挣那个钱啊。

吴响附和，这倒是，不过，乡里赔偿也不能不要，农村人多少年才能挣到？

独眼周笑笑，老弟，心思可不能歪了。

吴响正色道，周院长，我可没把你当外人啊。

独眼周点点头，那女人是旺夫命，死了也不忘给男人挣一把。

吴响说，周院长还记得那天的事吧，黄宝好像疯了，没过两天他啥事都没了，这会儿在县城开了个店，成了小老板。谁死谁可怜，亏得她死在乡政府，要是死在医院，黄宝肯定得不到那么多赔偿。

独眼周那只眼终于模糊了，要是在医院，我还能让她死了？就是早送来半个小时，也不至于……忽然停住，谁说她死在乡里了？目光又有了亮度。

吴响嘿嘿笑，表情暧昧。

独眼周说，兄弟，这话可不能乱说。

吴响诓他，我不光清楚她死在哪儿，还清楚她怎么死的。

独眼周果然上钩，你说她怎么死的？

吴响说，周院长想考我？

独眼周警觉地说，你是想套我的话吧，看不出，你还长了几根弯弯肠子。

吴响没料到独眼周一眼识破他的阴谋，赶紧给独眼周倒酒，激他，我以为周院长的胆子有脸盆大，原来也就一只核桃。全乡都传遍了，你还不敢说。

独眼周比刚才还清醒，谣传不当真，说塌天都没事，我讲一个字都要负责的。你请我喝酒，也是这个目的吧？

吴响老老实实地说，周院长眼睛真厉害。

独眼周自诩，我一只眼顶别人三只眼。

吴响问，你不敢说？

独眼周很滑地说，怎么不敢？她是突发心脏病，我在死亡证明上签了字的。你问这些干吗？想和黄宝分一股？黄宝能答应？

吴响耐着性子，我只是想知道她是怎么死的。

独眼周打着哈哈，心不跳动，人就死了，这么简单的常识，你还不懂？独眼周彻底把话封死了。

这顿酒钱算白花了，还被他捆了一巴掌。吴响心底呼呼冒火，还是赔出笑脸说，我随便问问，没别的意思。想求独眼周别告诉毛文明，最后意识到那是很愚蠢的，于是再次笑笑。

七

吴响想徐娥子了。遇到不痛快，吴响就找徐娥子放松。和她在一起，吴响很随便。徐娥子对什么都满不在乎，这是吴响最看重的地方。别的女人只让他一个地方痛快，只痛快那么一会儿，徐娥子让他里里外外痛快。所以，两人的关系没有断过。

吴响从来不把女人往家里领，或者直接去找，或者在野外。有一次，徐娥子使性子，说吴响不领她去就别碰她。吴响坚决不同意。徐娥子问为什么，她不是非去不可，只是奇怪。吴响说没理由，不行就是不行。吴响忘不了父亲把女人领到家里的事，那些回忆肮脏而惨痛，吴响决不那么做，也决不把屈辱说出去。如果吴响一门心思娶个女人，也不成问题。他脾气刚了点儿，并没有穷得揭不开锅。吴响不娶，也是因为少年的伤痛。女人拴不住，万一她离开呢？他的担心似乎很可笑，却是千真万确。和别的女人保持关系，不用担心哪个女人突然从身边跑掉，总有替补的。

迎头碰见三结巴。三结巴在脸颊上比划着，他酱了几个特大的猪耳朵。三结巴说不出话，就用手比划。吴响拐到酒馆，要了五个猪耳朵，一瓶酒。三结巴乐得鼻孔能插大葱了。当然，他再怎么高兴，也不会忘了让吴响签字。每年年底，吴响会把一年的账全部结清。三结巴心中有数，吴响赊多少都不怕。刚上车，又被黄老大腻上了。黄老大已经是第四次找吴响了，反反复复就那句话，黄宝没得八万块钱。吴响对他又烦又怕。吴响说我相信我一百个相信，你就别缠我了。黄老大问，你真信？吴响说，我就是不相信自己是人养的，也相信你。乘黄老大咳嗽的空儿，吴响嗖地射出去。

这一耽误，吴响没赶上徐娥子家的晚饭。徐娥子拉长脸说，你想来就来，想走就走，多好的东西也留不住你，是不是又占了别的地盘子？吴响嘿嘿笑，哪个地盘子也没你的地盘子肥。问清她男人已经去了菜地，吴响的手就不老实了。徐娥子啪地打开，急啥？吃饱想跑？吴响说，今儿不走了。徐娥子的眉尖挑起来，哟，邀功请赏？我不领情。她的佯怒搞得吴响越发痒痒，从后边抱住她，咬着耳朵说，我就喜欢你生气，你越生气越好。徐娥子耳根腾地红了，骂，你个驴。吴响说，我不驴你还不喜欢我呢。徐娥子在吴响手背拧了一把，吴响哎呀一声，这就使上劲了？

两人刚解开衣扣，门咣咣响了。吴响问，他回来了？徐娥子摇摇头，不可能。吴响恼火地说，让人讨厌。徐娥子抱怨，我说不能性急吧，天还没黑透呢。两人怏怏地穿了衣服，徐娥子打开门。

竟然是村长，吴响愕然，你怎么找到这儿了？

村长瞅徐娥子一眼，说，我去哪儿找你呀？

吴响看出村长的严肃，帽子几乎遮住额头，脸就显得格外突兀。忙问，出了什么事？

村长说，没啥事，你跟我回村。

吴响把村长拽到一边，小声问，到底怎么了？

村长说，让你回你就回，别多问。

吴响望望徐娥子，徐娥子给他使个眼色，让他赶紧走。可吴响心有不甘，诡诡地对村长说，你先走，我一会儿就回。

村长生气地说，你脑袋没混吧，怎么连个轻重缓急也分不出来？

吴响悻悻地说，走就是了，发啥火呀。

路上，吴响又问村长什么事，村长阴着脸说回去就知道了。吴响稍有些不安，但并没太往心里去。他没惹出祸端，别的还怕啥？等看见停在村委会的警车，吴响胸腔内扑腾出声音。难道又出了人命案子？

焦所长和一位小个子警察同时站起来。吴响一瞅两人的架式，明白他们是专等他的。焦所长脸上长着丘陵状的疙瘩，脸本来就黑，村委会灯光暗，他的脸更显黑了。这样一张脸扣上警帽，威严咄咄逼人。吴响故作轻松地笑笑，焦所长来啦？

焦所长粗硬的目光在吴响身上绕着，绕得吴响骨头都紧了。你叫吴响？

吴响心里格噔一下，答了声是。焦所长应该认识吴响的。

焦所长说，去趟派出所。

吴响问，现……在？

焦所长面无表情，当然现在。

吴响稍一迟疑，还是硬着头皮问，找我有事？

焦所长说，去就知道了。

吴响被带到派出所，已经很晚了。吴响一路忐忑不安，到那儿反镇定了。他除了爱搞个女人，没有别的毛病，更不干杀人偷盗的勾当。他也没强迫哪个女人和他睡觉。焦所长能把他怎样？吴响惋惜没来得及和徐娥子痛快一回，而且还饿着肚子。他暗骂村长，村长天生狗鼻子，竟找到徐娥子家。哪怕晚半个小时呢。骂过村长，又骂三结巴和黄老大，好事生生让他们耽搁了。

那间屋子不大，也就两间房的面积，可因摆设简陋，灯光刷亮刺眼，给人一种异常空旷的感觉。从吴响的长凳到焦所长的椅子似乎有几百米。

焦所长的脸在白花花的光亮里泛出冰冷的青色。他审视着吴响，好半天不说一句话。吴响摆出一副无所谓的架式，时间一点点过去，焦所长依然沉默着。吴响的呼吸不再均匀。他掏出烟，想递给焦所长，焦所长突然喝道，你给我坐好！吴响的头皮呼地一麻。

审讯开始。吴响已清楚这是审讯了。焦所长问，那个小个子警察记录。焦所长再次问吴响的姓名、年龄、居住地，吴响一一答了。

焦所长：七月二号那天你在什么地方？

吴响想了想，心中一惊，那天他去县城找黄宝。他没隐瞒，难道找黄宝还犯法了？

焦所长：住什么旅店？

吴响答了。

焦所长：你都干了什么？

吴响：没干什么，睡觉。

焦所长：你再想想。

吴响：喝了点儿酒，我就睡了。

焦所长：你什么时候离开旅店的？

吴响犹豫着：第二天。

焦所长：胡说，当天夜里你就离开了。

吴响的表情倏地抽紧，焦所长怎么知道？

焦所长问，你为什么连夜离开？

吴响说，我回去看草场。

焦所长道，胡说！有人举报，你还不坦白。

吴响诧异，举报我？

焦所长问，一个男人是不是和你同住？

吴响说，是。

焦所长问，你给他买酒喝了？你为什么给他买酒？

吴响忙道，那是我喝剩的。

焦所长厉声道，别狡辩！

至此，吴响才明白自己为什么被带到派出所了。那个鸭嘴举报他嫖娼。那一拳让鸭嘴怀恨在心，所以报复吴响。鸭嘴打听吴响的情况，吴响没有丝毫隐瞒，有什么可隐瞒的？没想到让鸭嘴派上了用场。吴响纳闷的是已经过去八九天了，怎么才扯出来？如果鸭嘴举报，也应该是第二天啊。

吴响坚决不承认自己嫖娼。只要他咬紧嘴巴，焦所长就不能把他怎样。焦所长能凭空捏造一份证据吗？鸭嘴举报他嫖娼他就嫖娼了？

焦所长说吴响态度不好，搞对抗，又说吴响记性太差，给点儿时间让吴响想。焦所长和小个子警察离开，空阔的屋子只剩下吴响一人。吴响的心却堵得连一个缝隙也没有。焦所长真的认为她嫖娼了，还是借此紧紧他的骨头？他没得罪过焦所长呀。也许，和他调查尹小梅的死因有关？吴响不由一哆嗦，如果是那样，事情就麻烦了。

第二天，吴响第一个见到的不是焦所长，而是毛文明。没等吴响开口，毛文明便痛惜地说，老吴，你怎么能做出这种事呢？你可不是一般百姓，是乡里雇佣的护坡员，按过去的说法，是编外合同，传出去，影响乡里形象啊。吴响急忙辩解，发誓自己没干。毛文明说，没干怎么举报你？要说，这也没啥大不了，不就搞点儿乐子吗？你没家没口的。可是，你不能把老底全交了，不然怎知道你是营盘乡的？知道你是北滩的？知道你叫吴响？有一样对不上号也白搭，哎！说啥也是没经验。毛文明语速很快，嘴唇上的酒苔都要撞碎了，吴响急得汗毛孔都龇了牙。好容易截住毛文明的话，吴响重申，毛乡长，我没干，真的没干，那家伙污蔑我。毛文明顿时显出不快，他为啥不污蔑我？不污蔑别人？他和你又没深仇大恨，干吗要污蔑你？老吴啊，你要不是北滩的护坡员，我才不管呢。我一听到消息，赶紧来看你。你这个样子，好像我诬陷你了。吴响说，毛乡长，我没怪你的意思。毛文明说，这就对了嘛，不能把我当外人，这种事也就罚几个钱，不会把你咋的，我和焦所长说说，尽量少罚点儿。吴响越听越不对，这不是给他定性么？便用抗议的语气说，我要和举报人对质。毛文明理解地点点头，你可以提，不过，什么事都宜在小范围解决，闹得沸沸扬扬，没好处。

终于等到焦所长，吴响提出和鸭嘴对质。焦所长说你是不见棺材不掉泪，那就对质吧。吴响想看看鸭嘴怎么给他泼脏水。半天过去了，没见鸭嘴，焦所长也没了影儿。小个子警察把吴响照顾得很周到，照顾他吃，照顾他拉。吴响问焦所长哪儿去了，小个子警察说焦所长去找那个举报人。吴响问得等到什么时候，小个子警察说，这可说不准，你不是想对质么，总得找见那个人呀。其实，想快点了结也容易，罚几个款完事。吴响梗着脖子，我没干，凭什么承认？小个子警察说，不会刑讯逼供，强迫你承认，一定让你心服口服，想赖也赖不掉。吴响愤愤地想，除非你们拔掉我的牙。

又过去一天，焦所长依然没影儿。吴响终于失去了耐性，这么下去，他会疯的。小个子警察态度倒是挺好，问吴响想不想吃包子，他说在办过的案子中吴响享受着最好的待遇。吴响哪里吃得下？吴响生气也罢，发怒也罢，小个子警察就一句话，必须等焦所长回来。吴响实在耗不起了，试探着问，如果罚款，得罚多少？小个子警察瞄他一眼，五千。吴响失声，这么多？小个子警察说，态度端正了，可以象征性地罚点儿。吴响问，象征性是多少？小个子警察说一到两千。吴响咬了牙想，罚就罚吧，说什么也不能在这里呆了，就当出门让车撞了，认个倒霉吧。

总算见到了焦所长。吴响在口供上摁了手印，但一下拿不出一千五百块钱。毛文明帮了吴响的忙，把这几个月工资结了。毛文明责备，早知今日，何必当初？吴响说，我确实没干啊。毛文明不客气地说，你没干交什么罚款？吴响被噎得脖子都是硬的。

毛文明让吴响交钥匙，原来他已经把摩托拉了回来。吴响问，不是解雇我吧？毛文明反问，你觉得还能再雇你？毛文明十分冷淡，与说服吴响时大不一样了。吴响问，不能通融了？毛文明摇摇头，我向乡里汇报一下，看以后有没有可能。吴响说不必了。临出门，毛文明意味深长地说，老吴，想开些，可别犯了打嗝病啊。

吴响吸口寒气，什么都明白了。

八

黄昏时分，吴响从他的黄泥小屋出来。他一天没出屋了，仰躺一会儿，侧躺一会儿，或者趴在冰凉的炕席上发一阵儿呆。吴响打算去三结巴酒馆喂喂肚子，不能拿肚子撒气。

突然被解雇，吴响一时难以适应。清闲总是让人发空、发慌。他表面装着不在乎，心里则窝着气。毛文明最后那几句话已经说得很清楚，问题还是出在吴响的调查上。毛文明知道吴响去套独眼周，肯定非常恼火，所以就借那件"案子"教训他。鸭嘴的举报本来是狗操猪，扯不上的，可正好给了毛文明借口。吴响真正生气的还不是丢掉差事，而是背后的缘由。他只是想搞清尹小梅的死因，并没干什么呀。张嘴咬苹果，却崩了牙。吴响不是个服软的人，认定的事就不会放弃，越是阻止他越上瘾。

他需要时间梳理自己的脑袋。

三结巴正和女人吵架，吴响坐下好一会儿，两人也没露面。话扯不出几句，声音一个比一个高，吵完怕得后半夜。吴响喊了一声，红头涨脸、青筋暴露的三结巴挑帘出来，身后是同样怒容的女人。吴响笑了，吵什么架啊。三结巴猛一抽搐，脸难看得要变形了。吴响大声说，发什么呆，切一盘猪耳朵，我饿透了。三结巴瞄女人一眼，女人丢给三结巴一个冷眼，返身进屋了。三结巴苦巴巴地说，没……猪耳……吴响说，不是冻了好些吗？没猪耳，切猪头、猪肘、猪屁股也行。三结巴说，都……没有……吴响的目光不再柔和，没有开什么饭馆？有什么？有什么上什么！三结巴说，啥……啥……都……没有……吴响瞪着他，明白了几分，气呼呼地说，怕我欠下你的？没钱我卖器官，卖一个吃你三年。三结巴讨好地说，那……当然……吴……响……你结……一下……账……很利索地从怀里掏出个小本。吴响瞥了瞥，阎王爷还能欠下小鬼的？三结巴说，我……和……她……就……为这……事……三结巴指指里屋。原来两人吵架是因为吴响。吴响越想越火，丢了差事，难道连饭也吃不起了？他指着三结巴鼻子好一顿损。三结巴并不恼，连一句硬话也没有，就那么稀软地求吴响，一副可怜样儿。吴响闭了嘴。还能把三结巴咋办？可吴响又不肯狼狈离开，恼怒地沉默着。

这时，村长背着手进来。三结巴像见了救星，想说什么却没说，忙用袖子擦了凳子。村长便坐在吴响对面。

吴响虎生生地说，你不是告诉我，连护林员也不让我当了吧。

村长很吝啬地笑笑，好大的火气，不知道的还以为你立功了呢。他让三结巴上酒，说算在他头上，三结巴哎哎着去了。

吴响说，狗眼看人低，我什么时候欠过账？

村长说，凤凰下了树，鸡也要啄一口，何况你不是凤凰。三结巴也不是故意为难你，你吃了那么厚一沓，搁谁头上也害怕。村里人都知道，你的屁股都罚光了，你想想三结巴什么心情。

吴响一顿，谁说我罚光了？

村长说，你还有钱？那给三结巴结了呀。

吴响说，欠不下他的。

三结巴端上一盘猪耳朵，一盘花生米，四瓶啤酒，还不忘强调，都新……鲜……着呢……吴响暗暗骂娘。

村长叹口气，你说你，鬼迷心窍了，干吗去那地方找女人。那地方的女人也是你搞的？那不是真东西，是胶皮套，套子就是用来套人的，专套不长眼的。

吴响截住他，我没干，谁说我干了？

村长摇头，算了吧，罚款你都交了，还不承认。

吴响解释，他实在不想在那鬼地方呆了，交罚款是为早点出来。说他嫖娼是扯鸡巴蛋的事，他是因为调查尹小梅的死才惹出麻烦的。

村长显出吃惊状，你调查尹小梅的死因？

吴响说，尹小梅根本不是犯心脏病，去医院前就死了，你该听说过吧？

村长慌忙摇头。然后不解地问，你调查这干吗？那是黄宝媳妇啊。

吴响说，不干啥，我就是想搞清楚。尹小梅是黄宝媳妇，可她是因为我才弄到乡里的，我问问有什么不对？

村长突然哎哟一声，随后捂着肚子，问三结巴东西是不是变质了。三结巴慌得失了颜色，要扶村长。村长摆摆手，对吴响说他先回了，让吴响一个人喝。

吴响轻轻滑出两个字，泥鳅。

第二天，吴响去县里找黄宝。现在唯有问黄宝了，不管怎样，也要撬开黄宝的嘴巴。没了摩托，只能坐客车。从营盘到县里的车少，错过一辆，等下一辆差不多要三个小时。到了黄宝的店，已经中午了。

　　黄宝看见吴响的那一刻，像被蜂蜇了，整张脸往一个方向抽。他警惕、敌视着吴响，又不想表现得过于明显，且故意做出轻松的样子，实在别扭。

　　吴响喜欢黄宝这样。至少在心理上，黄宝是虚的，惧怕吴响。

　　吴响大声说，兄弟，我又看你来啦。

　　黄宝往屋里溜一眼，下意识地竖在门口，防止吴响进去。

　　吴响觉出黄宝神色怪异，顺着黄宝身边的缝隙望去，见一个穿浅紫色半袖的女人正炒菜，煤气罐太低，女人蹲在地上。吴响嘀了一声，问，有目标了？

　　黄宝皱皱眉，别胡说，是我才雇的。

　　吴响暧昧地笑笑，到底是老板，什么都有人侍候。人活着还是好啊。

　　黄宝厌烦得脑门卷成卷儿了，低声道，你又来干吗？

　　吴响戏他，你说我来干啥？

　　黄宝紧紧嘴巴，对女人说他要和朋友一块儿吃饭。女人抬起头，吴响终于看清她的面目。三十来岁，长相很普通，脸倒还白净。

　　在饭馆坐下，黄宝说我来吧。吴响不客气地说当然是你来啦，我现在穷得就差卖屁股了。可惜卖屁股没人要，不然我真要当街吆喝。黄宝不接吴响的话，点了三个菜，歪头瞅旁边的食客。

　　吴响说，有什么看的，脸上又没长钱。

　　黄宝不情愿地回过头，没有一点儿温度地问，今天有空了？

　　吴响说，那份差事丢了，以后我天天有空。

　　黄宝的吃惊倒不像装出来的，怎么会呢？

　　吴响松松垮垮靠在椅子上，知道为啥丢的么？因为我问了尹小梅的事，就这么简单。我一问，有人就害怕，就想法子搞我，你说怪不怪？

　　黄宝躲开吴响的目光，没人怕你。

　　吴响咄咄逼人地说，错了，怕我的不止一个。噢，你为啥把我找你的事告诉毛文明？是他让你报告的？

　　黄宝说，我干吗告他？

　　吴响说，你肯定告诉他了，要不他咋会知道？

　　黄宝端起杯喝了一口，刚刚露出的慌色消逝了，代之的是浅怒和嘲讽，你一来就审我？

　　吴响停了停，我口气冲是吧？好，我说慢点儿，乡里赔了你多少钱？

　　黄宝说，我凭什么告诉你？

　　吴响的口气终于软了，声调里有一丝乞求，你告诉我，黄宝，我就是想知道，我真没别的意思呀。

　　黄宝骂神经病，声音很低，似乎没打算让吴响听见，可那三个字落在吴响耳边却异常清脆。吴响说，我真神经了，你帮帮我。

黄宝说，我饿了。

吴响说，你是胆小鬼。

黄宝说，我真饿了。

吴响骂，你他妈是胆小鬼。

黄宝低头吃饭，声音很响。

吴响抓起酒瓶往黄宝头上浇去。吴响失去了耐性，想和这个暴发户干一架，他实在憋得太久了。黄宝不肯吃软的，就让他吃拳头。浅黄色的液体顺着黄宝刚刚长起茬的头发流下来，脸上、脖子上、衣服上霎时洇出一大片。服务员和旁边的食客都惊愕地看着。黄宝的脸涨得通红，肌肉抽动着，随时要飞溅起来，可跳了几下，竟然又平静了。他抹一把脸，拿起餐巾纸缓缓擦着。他还笑了笑，仿佛这一浇，让他无比舒坦。

黄宝没被激怒，吴响一时无措。总不能把酒瓶子砸他头上。

黄宝冲服务员喊，再上一瓶。

吴响龇着牙说，黄宝你行啊，修炼成仙了。

黄宝说，谁还不开个玩笑，哪能当真？

吴响逼住他的眼睛，我没开玩笑，我真想把你的脑袋捅个口子。

黄宝的脸颤了颤，又平稳了，我要是得罪了你，随你便。

吴响忽地笑了，怎么会呢？我还打算去你店里上班呢。

黄宝神色平静，吴响还是捕到了他眼中的惊慌。

吴响不是威胁黄宝，吃完饭就去了黄宝的店。吴响用黄宝的茶杯泡了一大杯茶，坐在门口看黄宝卖东西。有时，吴响还和那个女人开句玩笑。女人脸上有一丝不快，因为摸不准吴响和黄宝的关系，也就低头不吭声。黄宝则木着脸。吴响很是痛快，看你能忍耐多久。夜里，吴响住进原先那个小店。如果碰见鸭嘴，吴响非得让他的鸭嘴变成猪嘴。鸭嘴不知在哪个店放套子呢，影儿也没有。

吴响到黄宝店里上了两天班，那个女人不见了。吴响觉出黄宝脸色不对，故意问，她呢？怎么随随便便就不来了？这工钱一定得扣。黄宝突然咆哮，你管得着吗？你算什么东西？吴响明白女人不会再来了。吴响想激怒黄宝，黄宝真的怒火冲天了，吴响反没了脾气。他拍着黄宝的肩，干吗这么大火？不就个干活的吗？又不是你的相好。不是你的相好吧？黄宝甩开吴响，青着脸坐下，无赖，你彻底是个无赖。吴响说，这还用你说，北滩谁不知道我是无赖？黄宝痛苦不堪，你干吗缠着我？吴响说，因为你撒谎。黄宝无奈道，你不相信，我也没办法。

吴响的纠缠已经奏效，黄宝被吴响整得焦头烂额。吴响从他疲倦的眼神推断，就算他不是噩梦不断，也睡得不安稳。吴响捋住他的脖子，慢慢往前挤，捋到最后，他的嘴自然就张开了。可一天天过去了，黄宝依然咬得死死的。吴响的情绪坏到顶点，忍不住大骂黄宝。吴响生气，黄宝反又平和了。他说，你真是不讲理，天天吃我的喝我的，还要骂娘，我爹也不敢这样。你是我爷爷！太爷爷！行了吧?! 吴响说，屁，想让我入土啊，没门儿！

九

吴响回到了北滩。身上的钱花光了，再住下去就得趴车站。吴响缠着黄宝，吃着黄宝，黄宝硬是没吐出一个有用的字。吴响打算回村弄几个钱，村里还欠着他一笔护林费。还有，吴响馋女人了。一种渗进骨缝的馋。好久没找徐娥子了，尹小梅出事，打乱了吴响和徐娥子的规律与默契，搞得饥一顿饱一顿。

吴响想顺便到林带瞅瞅，就绕了几步路。没发现树木被砍，吴响松了口气。他是快走出林带的时候看见王虎女人的。王虎女人正撅着屁股挖什么东西，大概是药材吧。吴响嗨了一声，王虎女人受了惊吓，险些跌倒，看清是吴响，没好气地说，我以为撞上鬼了呢。吴响用目光摸了她一遍，问，你干吗呢? 王虎女人说挖药材。吴响说北滩的药材都挖你们家去了。王虎女人冷冷地说，这又不是草场，你少管，我不挖药材，去哪儿弄钱? 不像有些人从棺材缝儿还能抠钱，我没那能耐! 王虎女人的话有些奇怪，但吴响没琢磨出味儿来，沉了脸说，树林也归我管。王虎女人说，少来这套，我不吃。吴响想抓她，王虎女人灵猴一般躲开，别碰我! 吴响以为王虎女人故意吊他胃口，这个女人很懂得骚，便嬉笑道，两天不见，长刺儿了? 王虎女人骂，也不撒泡尿照照，提着筐就走。声音极轻，但穿过密密匝匝的树叶，陡然有了坚硬的力度，狠狠撞了吴响一下。吴响愣住，继而羞恼万分，王虎女人的裤带松得很，谁碰都开，她有什么资格寒碜他? 可她就是寒碜他了。

吴响愤愤地骂句脏话。

进屋不久，黄老大和三结巴先后追上门。这两人让吴响头疼，怎么躲也躲不开，似乎一直在门外嗅着。炕上、桌上积满灰尘，吴响抓着一块破布狠狠地拍，屋内顿时弥漫起呛人的尘雾。黄老大和三结巴躲着吴响的布子，却不肯退出去。

吴响冷着脸，你俩有事?

黄老大和三结巴用眼神商量谁先开口，后又加了动作。吴响示意黄老大先讲。黄老大扭捏着，满脸皱纹绞出一个旋状的疙瘩，方说，吴响，黄宝没得过八万块钱呀。吴响已经对这句话过敏了，不耐烦地挥挥手，我向龙王爷发誓，我相信你，他得不得实在和我没关系。黄老大问，那你找黄宝干吗? 吴响反问，谁说我找他了? 黄老大一副看透吴响的样子，你能瞒谁啊? 吴响不想理他，让三结巴讲。三结巴看着黄老大，想等黄老大离开。黄老大却把脸扭到一边。三结巴冲黄老大做了个厌恶的表情，然后赔着笑，吴……吴……吴响问，带来了吗？三结巴赶忙掏出账本。吴响拿了，瞅都没瞅，一下撕成两半。三结巴急得眼珠要冒血了，你……你……猛地扯住吴响。吴响说我和你说不清，找村长打这个官司。走出一段，见黄老大没跟上来，低声对三结巴说，你用透明胶先粘了，弄乱我就不认账了，放心，我跑不了。三结巴想了想，认为保存好账本还是重要，不情愿地撇下吴响。

这成啥了？竟混得没法在村里呆了。吴响没找村长，径直去了徐娥子家。

吴响进屋就觉出气氛异样，但没往心里去，也没听懂徐娥子的暗示。两口子都在，男人编筐，徐娥子躺着。徐娥子男人看见吴响，眼神里闪过一丝兴奋、一丝紧张。吴响早已习惯了无视他的存在，只是笑了笑。徐娥子男人借口去菜地，徐娥子张张嘴，似乎阻挡男人离开，可男人已经出去了。

吴响关切地问，你没事吧？徐娥子摇摇头，刚才躺在那儿，她慵懒又略带感伤，此时则显得忧心忡忡，还有几分焦灼不安。

吴响再次问，吵架了？

徐娥子说没有。

吴响问，生我的气了？

徐娥子幽怨地盯住吴响，这些日子，你干啥了？

吴响说，没干啥，去县城办了点儿事。

徐娥子问，你是不是想和黄宝分钱？

吴响几乎闪断舌头，你说啥？谁这么编排我？

徐娥子说，都这么说，还有假？你往县里跑，是找黄宝吧？我上次一说黄宝得了钱你是不是就动了心思？吴响，听别人这么说，我的心就像掉进茅厕，难过得要死，你咋就这样了？

一股冷飕飕的寒气逼进心口，难怪王虎女人用那副腔调和他说话，说他从棺材缝儿扒钱，原来她们都认为他想和黄宝分一股。吴响问，你也信？

徐娥子问，那你找黄宝干啥？

吴响把他怎么怀疑尹小梅的死，怎么找黄宝的事说了。

徐娥子凄然道，我信你，别人谁信？再说，过去的事你翻搅它干啥？不管她是咋死的，黄宝不追究，你跳腾个啥？搞清了又咋样？你想治谁的罪？就算治了谁的罪，你能把尹小梅救活？你一定是哪股筋抽住了，吴响，可别自个儿往烟囱里撞啊。

吴响说，和你说不清楚。

徐娥子恨铁不成钢地，你中邪了，你以为你是谁？你走吧，以后甭来了。

吴响板了板脸，忽又笑了，这就要分手啊？我可天天想你，都快想疯了。

顺手一拉，把徐娥子拽进怀里。

徐娥子挣扎着，不行，今天真的不行。

徐娥子的不合作反激起吴响的欲望，当然，夹杂了些愤怒。吴响没强迫过别的女人，更没强迫过徐娥子，可今天他管不住自己，他彻底地疯了。

徐娥子急得脸都绿了，快走！……我男人……

吴响已经把徐娥子扑倒，徐娥子气恼而委屈地呀了一声，泪水倾泻而出。她咬住牙，任泪水狂奔。吴响顿住，没想到徐娥子会这样。在这短暂的静默中，门咣地开了。

冲进来好几个人，徐娥子男人、焦所长、小个子警察，还有两个陌生人。

吴响的脑袋顿时大了，死死盯住徐娥子。徐娥子羞愧而慌乱，让你……说出两个字便咬住嘴唇，痛怨的目光碰碰吴响，迅速躲开。直到吴响被带走，徐娥子方扭过头。她的眼神彻底乱了，如开得正浓的杏花遭了冰雹，纷纷飘落。她似乎要跳起来，男人死死拖住她。

吴响没想到他会再次被推进那个空得让人发慌的屋子。他钻进了别人的套子，就像当初尹小梅钻进他的套子一样。

焦所长沉着焦炭一样的脸斥责，狗改不了吃屎，这回捂到炕上了，你还有什么话说？我这个所长好像专为你当的，整天就处理你的事了。吴响垂着头，却没有愧色，鸭嘴说在县城和相好搞也不行，在家里也不行，吴响庆幸自己的活动仅限于乡村，没想到乡村也不行了。哪条法律规定男人不准找相好了？

焦所长说，你是死猪不怕开水烫了，还想搞对抗？

吴响觉出焦所长话里的火药味浓了，老老实实地说，没有。

焦所长说，营盘的治安一直搞不上去，就是你这种人搅的。

吴响稍一沉吟，神色变过来，焦所长，我和徐娥子是十几年的相好了，这是周瑜打黄盖，两厢情愿，你要是管，在全乡不得抓几百号？

焦所长厉声道，少跟我滑，徐娥子丈夫不告你，哪怕你好一百年呢，现在他告，派出所就得管。

吴响的目光疲软下去，淋湿了似的。徐娥子丈夫早已默认了他和徐娥子，为什么现在突然告发？显然是被人鼓捣的。不管什么原因，只要他告，就没那么简单了。

焦所长冷笑，咋不硬了？还相好呢，徐娥子说你一直纠缠她，不跟你好，你就威胁她。

这不可能！吴响大叫。徐娥子虽然在这个圈套里扮演了角色，但吴响相信她不会乱咬，决不会！

焦所长问，你是不是想对质？

吴响一顿，他对这两个字心有余悸。就算和徐娥子四目相对，又能有几成胜算？

焦所长说事情已经犯了，抵赖狡辩全没用。如果把吴响送交刑警队，判他个强奸罪也不是没可能。所里也不想让事情搞大，尽量做徐娥子男人工作，吴响给他点赔偿，让他放弃上告。两条路任吴响选。

吴响长叹一声。他还有别的选择吗？

第二天，村长把吴响领出来。村长把吴响的护林费结清，全部交给派出所。吴响身无分文，账上也无分文，彻底成了光棍。账倒也有，那是他欠别人的。村长知吴响饿着肚子，随吴响走进饭馆。村长说，你一直催我要钱，亏得没给你，不然去哪搞这笔救命钱？吴响说，啥人啥命。村长咦了一声，你怎么一点儿不伤心？吴响说，伤心顶个鸟用？要伤心，我能死一百回。村长感慨，你这号人也少见。说愣不愣，说傻不傻，就是脑袋太拧，还不老实，全栽在女人身上了。女人呀，那可是一股水，流到一个地方就变一个形状，没把握可千万别上。吴响笑笑，与女人无关。我不就是想搞清尹小梅怎么死的吗？我问问有错了？一问就惹祸事，你说怪不怪？村长显出一丝紧张，可别乱说啊。吴响道，我怎么乱说了，她死得稀里糊涂……你别走，我不说了。村长又把屁股稳在凳子上，沉默了几分钟，小声说，你知道了又怎样？别人说你想从中分一股。吴响恶声道，谁他妈乱嚼，我撕他的嘴。村长踢踢吴响，低点儿，我搞不明白，你到底为啥？吴响想了想，我也不知道，真是说不清。村长说，你天生是个不安分的主，噢，林子你也甭护了。吴响急道，不护林，我吃啥？村长说，我连你的影儿都逮不住，有你没你还不一个样？吴响说，没饭吃，我就赖在你家。村长骂，狗日的，一条喂不饱的狼。吴响大声说，再切一盘猪耳朵，反正你也心疼了。

从饭馆出来，吴响说，我不回去了。

村长硬扎扎地看着他，想让我雇轿子？

吴响说，我找黄宝去。他还能回村吗？三结巴不把他嗡嗡死才怪。吴响原打算去找徐娥子，狠狠质问她一番，又觉得没意思。现在，他最想找的是黄宝，黄宝怕，他偏要找。反正他已落魄成这样，更没啥顾忌了。

村长抓抓帽子，又扣上了。你这根筋算是绷住了，算我白费唾沫，腿是你自己的，爱往哪儿呱嗒往哪儿呱嗒，往坑里掉吧你。

吴响说，还得借我十块钱。

村长没有好脸色，穷得就剩一张嘴了，还借，我再当两年村长，这条命也得让你借了去。掏出十块钱，狠狠拍给吴响。那顶帽子终是被他揪下来，那时，他已离开吴响很远了。

十

吴响踩着太阳的余光走进黄宝果品店。他的脸一半红，一半灰。红的那面是衬了霞光，灰的那面是挂了太多的尘土。

吴响没赶上客车，只好截了一辆收猪的三轮。收猪的汉子死活不拉，他说我开车是二把刀，摔了猪我不怕，摔了你我担待不起。你这么高，猪这么矮，也装不到一块儿，警察瞅见以为我贩人呢。吴响抓着汉子胳膊一定要坐，并把那十块钱塞到他兜里。汉子说我没见过你这么不要脸的人，上车吧。车上已有一头猪，吴响又随他收了一头。汉子怕猪跑掉，用脏兮兮的网连同吴响一块罩住。吴响说我护着不行吗？汉子说到时护住你自个儿就不错了。三轮车在乡间的路上颠簸，卷起一条飞扬的土龙。吴响蹲在那儿，死死抓着车沿，躲着猪的碰撞，躲着车帮的摔磕，等下车时，汗水和尘土把他裹成了一个泥人儿。

黄宝惊愕的目光在吴响身上扑了几扑，问，怎么弄成这样？

吴响说，给我来一缸子冷水，渴死了。喝下三大杯，吴响的气才匀了点儿，再次用袖子抹了抹脸，涂出一幅劣质地图。

黄宝疑惑着，被抢了？

吴响扑哧一笑，谁抢我？一定瞎眼了。

黄宝问，你怎么来的？

吴响说乘专车，你信不信？

黄宝别扭地笑笑。

吴响大咧咧地坐下，抓起一张旧报纸来回扇着。咱店的生意咋样？吴响的样子狼狈，说话却镇定自若，暗藏机锋。

黄宝说，你来得正好。

轮到吴响发愣了。

黄宝不理吴响，转身打开抽屉，拿出一个纸包。纸包得不严实，从敞开的缝角能清楚地窥见包里的东西，那是钱，摞在一起的钱。黄宝说，我没和你说实话，乡里确实给了我一笔钱，我拿来开这个破店了，就剩了这点儿，这是五千，你先拿着。你也不容易，可我帮不上更多的忙。

吴响的脸慢慢黑了，黑得能滴出墨来。难怪都说吴响想和黄宝分一股，连黄宝也这么认为。他抓起纸包，手微微抖着。

黄宝说，是上午取的，没假。

吴响突地把纸包摔在黄宝头上。纸包松开，钱撒了一地。

黄宝猝不及防，连连后退，你嫌少？

吴响说去你妈的，扑上去擂了黄宝一拳。黄宝也怒了，叫骂着砸了吴响一杯。两人互相扯拽着，在地上翻滚。沿墙的纸箱翻了，瓜子、杏核、杏、桃早就不想在那个地方呆了，趁机跑出来，滚得满地都是，几个不安分的桃还跑到了门外。

旁边的人打了110，警察赶来，吴响和黄宝已停了手，喘着粗气对视着。

衣服撕破了，脸上挂了彩。

警察要带走吴响，黄宝拦住了，说和吴响是一个村的，两人发生了点儿误会，没啥事，实在是没啥事。警察瞄一眼垂着头的吴响，说都快赶上伊拉克了，还没事？出了人命就晚了，有纠纷必须通过法律手段解决。黄宝赔着笑，小心翼翼地把警察送走。

两人沉默了一会儿，然后收拾满地的狼藉。瓜子、杏核已经混得难分难舍了，只好草草地装在一块儿。钱被重新包好，黄宝又把它锁进抽屉。

吴响没做任何解释，想看看黄宝还能搞什么花样。黄宝倒是老实，领吴响洗了澡，又走进一个小酒馆。喝了酒，黄宝的眼球不再僵滞，摸着腮帮子说，你真狠啊，牙都活了。吴响扬扬手，亏你牙活了，要不我手背上的肉还不少一块儿？你咋像个娘们儿？黄宝说，吴响，你太欺负人了。吴响说，是你先寒碜的我，你把我看成啥人了？我凭什么要你的钱？钱都肯给我，为啥不敢说句真话，我只要你一句话！黄宝愁眉苦脸地说，我说什么你都不信，你要我怎么办？吴响说，你骗不了我。黄宝说，她的死和你有啥关系？你到底想干什么？声音里又露出几分绝望。吴响的神色茫然而决绝，干什么？我也说不清楚，我非知道不可。谁也吓不倒我，谁也拦不住我。我已经进了两次派出所，不问尹小梅的事，我也不会进那个鬼地方。不就是让我尝点儿苦头，再罚几个钱么？我不怕。你可以再告诉毛文明，让他再想法子整我。除非把我投进牢，就算坐了牢，只要放出来，我还是要问。黄宝发誓，从没和毛文明说过。可他的目光虚软、无力，如一蓬永远晒不到阳光的草。吴响说，混了这么多年，把自己混成一个闲人。黄宝，你别嫌弃我，我要死心塌地在你店里上班了，工钱我不要，供我个吃住就行。黄宝说随你便，下意识地抚抚头。吴响说，放心，我没诋你的意思，你说出真相，我马上离开。黄宝轻声道，真相！真相在哪儿？吴响忍不住骂，在狗肚里。

睡觉成了问题，店里只有一张单人床。黄宝为难地说，大热天的，没法挤啊。打了一架，黄宝谦恭了许多，还有点儿无所谓。当然，这是表面上的，一个不经意的眼神，便滑出恼怒和焦灼。掏黄宝的话，只有让他的忍耐达到极限，彻底崩溃。吴响也怕耗，他强迫自己拿出全部耐性。已经到河中心了，必须咬牙走过去。吴响笑笑，咱俩轮着睡，一个前半夜，一个后半夜。黄宝一头躺倒，我困了。可他睡不着，翻来覆去地滚，滚到半夜，眼皮刚碰住，吴响拍拍他，该我了。黄宝气呼呼地说，你讲不讲理，这是我的床。吴响说，咱们商量好的，你可不能耍赖。黄宝嘟嘟囔囔地起来，拽出鱼泡一样的哈欠。哈欠还没落完，吴响已扯出鼾了。黄宝气不过，故意搞出很大的声音，吴响依然死死的。

白天，吴响拿个凳子靠在门口，打量着过往行人。他很容易就能分辨出哪些是城里的，哪些是刚从乡下来的。城里人也长不出三只眼，女人穿的露点儿，男人肚子挺点儿罢了。困了闭会儿眼，听到声音，冲屋里喊一声，有人。黄宝便出来了。到了吃饭时间，黄宝就领他去小馆子。吴响体恤地说，自个儿做吧，这么吃馆子太浪费。黄宝骂，吃他个狗日的。夜里还是轮着睡。熬了几天，黄宝毛了，夜里清醒得像水洗过，一到白天就犯困。他给吴响租了间房，让吴响搬到那儿住。

那屋子也就小半间，一张床，一卷行李。待住下，吴响的心忽然就沉了。黄宝竟然给他租房，这是要拉开架式打持久战了。黄宝宁可破费也不肯讲那句话。究竟有什么复杂的原因，让黄宝惧怕到这个程度？他畏惧毛文明，还是畏惧别的？吴响难以想象。吴响嘴上硬，心里也很急。耗到什么时候是个头？

一个阴沉沉的日子，一位妇女领着一个小女孩买了二斤杏。吴响盯着妇女的背影，一下感伤起来。活了半辈子，什么事都没干成。没娶过女人，没弄个像样的家，干的事都是别人让他干的，自己想干的没有。现在，他想按自己的意思干一件，一件简单的事，竟是这样困难。

徐娥子就在吴响阴郁的思绪中撞进他的视线。

吴响的目光抖了抖，想，怎么像徐娥子呢？她笑着过来，真是徐娥子。吴响一阵惊喜，但他控制住自己，淡淡地说，你怎么来了？

徐娥子说，我来找你。

吴响飘出一丝冷笑，又摆什么宴席了？

徐娥子脸色暗下去，可嘴巴依然那么快，吴响，就是有天大的仇，你也不能在大街上砍我的头吧。

吴响把徐娥子领到租住的小屋。他不能把她晾在街上，毕竟两人好了近二十年。徐娥子打量着——其实一眼就看遍了，你就住这儿？吴响说，有地儿住就不错了，总比坐牢强。徐娥子歉疚地说，我对不住你，当时……唉，说啥也没用了，我今儿来，任你打任你骂。吴响说，我哪敢呀。徐娥子猛地抱住吴响，你受了委屈，我也难过呀。吴响推推她，这可是县城，警察随时都会闯进来。徐娥子的声音铮铮硬了，吴响，我知道你不是小肚量男人，要不也不敢来找你。我后悔了，后悔透了，我由你罚，你还想怎样？你不理我？算我贱！吴响一下抱紧她。说得没错，他不是小肚量男人，不记仇。说到底，他还恋着她。

徐娥子住了一夜，第二天走的时候，掏出两千块钱，她说这是你的，还给你。吴响让她拿回去，到三结巴酒馆结一下账。三结巴两口子每天不知吵几架呢，吴响可不想让他俩反复嚼他。徐娥子问吴响什么时候回去，其实夜里已经问好几遍了。吴响明白她的意思，再次说，等弄清楚就回去。徐娥子说，我还赶不上一个死人？吴响说，这是两码事。徐娥子叹口气，提醒他多长个心眼儿，别再撞进套子。

徐娥子的话让吴响想到了毛文明。这么长时间过去了，为什么没人找他的茬？揪他的辫子？是黄宝没再通报，还是毛文明已经不再把他当回事？这个谜底——如果算谜底的话，几天后解开了。

那天，吴响经过医院门口，意外地碰上了毛文明。毛文明正住院呢。见吴响疑惑，毛文明解释，没啥大病，肝出了点儿问题，喝酒喝的。毛文明嘴唇上的酒苔果然变厚了，像长了一圈小蘑菇。毛文明问，听说你还在调查那件事？吴响点点头。毛文明摇头，你的脑子真有问题了。吴响说，我还没到住院的份儿上。

到了晚上，吴响忽然想去医院看看，顺便探探毛文明的口风。他从来没问过毛文明，为什么不问问他？

毛文明正看电视，看见吴响也不意外，点点头，让他坐。过了一会儿，毛文明关了电视，问，找我有事？吴响稍一迟疑，干脆不绕弯子了，我还想问问。毛文明笑笑，我猜你就会来，好歹你在我手下干过，我不计较你，你不用再折腾了，我全告诉你。尹小梅确实是发病死的，送往医院途中就不行了。这不是秘密，也没想瞒谁，人死就按死的处理，依你还能怎样？吴响说，我不信，她是病死的，为什么焦所长也在现场？毛文明火了，你什么意思，怀疑是我整死的？你去调查吧，没人拦你，看你能调查出什么？白的就是白的，黑的就是黑的，你一个农民能把黑白颠倒了？我不过可怜你，你倒上脸了！

吴响悻悻离开。他调查与否，毛文明似乎已不太看重。果如毛文明说的，是他胡乱猜疑？还是毛文明已经看出，吴响再折腾也溅不起水泡？吴响琢磨着毛文明的话，突然想出个主意，何不诈诈黄宝？在这次事故中，真正的主角是吴响和黄宝。只有他俩因尹小梅的死而留下了阴影，只不过黄宝掩盖住了。黄宝绝不可能像毛文明那么坦然，吴响再用把劲儿，黄宝没准就吐出来了。

黄宝已经睡了，他嘟嘟囔囔地打开门，又歪在床上。吴响大声说，我知道尹小梅怎么死的了！黄宝打个激灵，猛地坐起，紧张地盯着吴响。吴响迎视着他，我见到毛文明了，我刚从他那儿来，他住了院，把什么都告诉我了。黄宝的脖子抻长了，眼球渐渐变硬，哆嗦着问，她怎么……吴响激愤地说，你凭什么问我？事情早就过去了，毛文明都说了，你这个胆小鬼，还想烂在肚里，亏你和尹小梅做了这么多年夫妻，还给她编排出一个心脏病。黄宝红着眼催促，你倒是说呀。吴响冷笑，想考我？我偏不说。黄宝的头如晒蔫的柿子耷拉下去，我真不知道她是怎么死的，我没见上她的面，医生说啥我就信啥，我心里也犯嘀咕，可不敢问，我害怕问。我以为处理完，事儿就过去了，等你找来，我才知道不是这样的。从你来那天我就做噩梦，我不是怕你，我是怕……如琴弦突然崩断，余音不绝。

吴响目瞪口呆。没想到是这样。黄宝不是不告诉他，而是不清楚。他的躲闪和惊慌是因为再无法糊涂下去。吴响很恼火，因此没告诉黄宝刚才的话是编的，让黄宝折磨自己吧。

吴响走时，黄宝依然反复念叨，我怕呀，我是怕呀……

第二天，吴响起晚了些。尹小梅的死，怕是再也搞不清了。他心情灰暗，就像暴雨将至的天空。吴响不想再折磨黄宝了，得告诉黄宝，夜里是诓他。黄宝愿意糊涂就糊涂吧。只是，吴响总有些不甘心。

果品店门敞着，黄宝不见踪影，几只苍蝇倒是忙活得飞出飞进。吴响等了半天，还是不见黄宝。胡乱猜疑一番，直到半上午才听说，黎明时分，一个男人在大桥上撒了一大把钱，然后跨过栏杆跳下去了。吴响的心迅速沉下去，冲到大桥上。正是雨季，浑浊的河水如野马脱缰，滚滚而去。但愿那个人不是黄宝。尹小梅的死，已把吴响压得喘不过气，如果黄宝再出事，吴响会被碾成碎末。

吴响沿着河边疾走，目光是焦急的，而心是忧伤的。他只想问个清楚，没别的意思；难道，他真的错了？

（原载《当代》2006 年第 4 期）

乔叶

QIAO YE

女。原名李巧艳。1972 年出生。河南修武人。1990 年毕业于河南焦作师专，曾从事教育工作。2001 年调到河南省文学院，同年加入中国作家协会。现为河南省作协副主席，省文学院专业作家。

1993 年开始发表作品。出版有小说集《最慢的是活着》《我承认我最怕天黑》，长篇小说《我是真的热爱你》（原名《守口如瓶》）《虽然·但是》《结婚互助组》，散文集《孤独的纸灯笼》《坐在我的左边》《自己的观音》《爱情底片》《薄冰之舞》《在喜欢和爱之间》《迎着灰尘跳舞》《我们的翅膀店》等。

锈 锄 头

一

临出门前，李忠民最后检查了一下那个中号POLO拉杆箱。这个拉杆箱是两年前在美国买的。货真价实。搭眼一看就比国产的那些杂牌好。小牛皮黑得纯正，滋腻，沉静细致的水波碎纹闪着一道道幽幽的暗光，如一只只暧昧的眼睛。扁圆的拉链头由拉孔开始呈坡面加厚，凝聚在拇指下的感觉，如一滴丰盈的泪水。这么小的细节都设计得简约不俗，让人叹服。作为年过半百的成功人士，李忠民觉得自己现在是得注意这些细节了。再不能像那些二三十岁的郎当小子，拎着个百把元的旅行包就可以到处晃悠。拖沓的底气是青春。他只能堤内损失堤外补。这是没办法的事。幸好，他还有得补，也补得还算漂亮。

他拿出一支烟。其实他没什么烟瘾。可想到又要上飞机，他还是觉得应该抽支烟。他要去杭州参加一个食品行业的年会。昨天晚上他刚刚在网上看了一篇文章，说有科学数据统计，飞机失事的危险性其实很小，约为三百万分之一。以1998年为例，全世界的航空公司共飞行一千八百万个喷气机航班，运送人数约十三亿，失事也才仅仅十次。李忠民用三百万除了一下三百六十五，得出结论，即使是他每天都坐一次飞机，那也得连续飞上八千二百年，才有可能不幸遇到一次飞行事故。而仅就去年而言，李忠民刚刚看过报纸，他所生活的这个人口大省，公路死亡人数就已经达到两万一千人，约为自有喷气客机以来四十年里全世界所有喷气机事故死亡人数的总和。看来人们对飞机的恐惧心理其实是一种直觉错误。也就是说，从统计概率的角度来讲，最需要防患于未然的恰恰是他天天使用日日信赖的汽车。

这么多年，李忠民每周至少要坐两趟飞机，早已经成了空中飞人。这些道理其实他早就明白。不过，明白是明白，每次坐飞机的时候，他还是略略有些紧张。他觉得自己的紧张是有道理的。以往没碰上不能保证这次也碰不上。谁知道那三百万分之一的概率是排在三百万的第七次第十次还是第七十次？无论碰上哪一次，对他可都是百分之百。另外，即使从统计概率来看，他的紧张也有道理。要知道他是准备乘车去机场，也就是说，他面临的是一道数学题：汽车风险概率加上飞机风险概率，和总是大于任何一个加数。这也是李忠民要抽烟的理由。

这么算计来算计去的时候，李忠民知道自己已经有些老了。

一支烟抽完，李忠民又燃了一根。时间还早。

这套公寓是去年刚买的，四室两厅两卫，一百七十平米。一进门就可以看到一个镂空窗扇，窗扇后一抹小白墙，上面挂着一幅斗方，"素心若雪"。自然是名家手迹。这是玄关处的用心。转过玄关，右手是一个小小的衣帽间，墙上镶着四扇玲珑剔透的木屏风，在屏风的间隙错落有致地贴着几个木质的雕花挂钩，屏风下是两条褪了漆色的红春矮凳。转过衣帽间就进了客厅，两米宽的大飘窗让整个客厅的光线豁然开朗。一对枣红色的太师椅和高脚茶几是必不可少的，然后是围着电视的几组沙发。沙发粗看很一般，细看就觉得有趣：纯木镶起了三面挡板，然后放上厚羽绒垫子，就成了。那纯木挡板是原色上了一层清油，厚薄还不一样，很糙。和电视墙边放的鱼缸交相辉映。那个鱼缸是个石槽子。石是青石，有不少的凹陷，凹陷里静着淡淡的灰尘。灰尘很薄，似乎用手轻轻一抹就可以抹掉，但等你真的去抹时就会发现，那石头原来很干净。灰尘只是灰尘的影子。

这个家平素没别人来。偶尔有客来的话，总要对这两样东西格外好奇，李忠民任由他们猜。当然从没有人说他老土，只有人说他前卫，酷。闹够了，他才告诉他们："沙发架子是牛槽，金鱼缸是马槽。"然后把那人引到餐厅，给他展示另几样东西。于是那人会惊异地看到，在一面特意造出的红砖墙上，几片黑瓦檐儿下，挂着一顶草帽和一把锄头。草帽自然是旧的，像是被雨淋过很久，泛着些霉黑。原本白色的带子也有些发黄，但是细看就发现每一个纤维毛孔都很清爽干净。锄头自然也是旧的，有些锈，斑斑驳驳地露出些钢的寒光。手把着的那块木柄起明发亮，一副历尽沧桑的样子。于是有聪明人就会问他是不是当过知青，李忠民呈现出赞许的微笑，道："是啊。十七岁那年。"

也有不够聪明的人会想到别的。一次，一个生意场上的朋友看到了这把锄头，没问什么，也没说什么。过了两天，给李忠民送来一幅名家的字。李忠民打开一看，居然是那首"锄禾日当午，汗滴禾下土，谁知盘中餐，粒粒皆辛苦"，那人要他把这幅字配在锄头边儿，还得意地问李忠民自己的悟性如何。李忠民只有宽容地笑：不错，不错。

他当然没有把那幅字挂起来。配他的锄头？嗤！

　　他到杏河的时候，是夏天，干的第一样活儿是给豆地锄草。这种活儿不大，在庄稼活儿里是个零头，但对他来说，也是一门得好好学的技术。首先要分清草和苗。这不难。大豆地里的杂草是细长的，在大豆叶中很容易分辨，只要眼睛好使就行。第二就是锄草了。教他锄草的青年汉子是个本地农民，给他示范了一下，他眼看着那人直着腰，锄头在豆苗里很轻巧地左挥右舞了几下，就把所有的草都铲掉了。示范过后，那个人就三下两下地跑到了前头，只留他在后面慢慢地跟着。慢，质量还低，挥舞锄头却总铲不掉草，却铲伤了豆苗，最后只得弯腰用手把草拔掉。沉甸甸的锄头在他手里是一把钝剑，一根根杂草如同仙女，他的剑常常不仅够不着仙女，有几次还差点儿砍上自己的脚脖。休息的时候，他向师傅请教，那汉子笑着说武器不行打不好仗，他恐怕得换个锄头。他仔细观察了一下那个汉子的武器，果然发现他的锄头比他的小，而且磨得又快又亮，光可照人。师傅告诉他，小锄头锄草最得劲，不会伤到豆苗。收工之后多磨磨锄头，一定要把锄头磨亮，这样干活儿的时候不粘泥。锄头一粘泥还叫锄头吗？成榔头了。

　　他听了师傅的话，第二天就换了一把小锄头。果然好使。闲下来的时候，他就一遍遍地擦锄头，把锄头擦得赛镜子。就这样，锄头成了他知青生活接触到的第一种农具。亮光光的锄头就这么照着他在乡下待了六年。去年，他衣锦还乡，回杏河省亲，特意从师傅家找寻了牛槽马槽草帽和锄头这几样旧玩意儿。马槽是石的，不用动。牛槽已经破得不行了，他让人照着做了一个。草帽和锄头也是原版，他只是让人做了一下消毒和清洗，然后就摆置在了小家里。每当他在餐桌边坐下，看着那把锄头的时候，就觉得吃到嘴里的饭显得格外香甜。没事的时候，他也喜欢坐在这里，抽支烟，想些往事。

二

　　四十二岁的郊区农民石二宝站在二楼和三楼之间的楼道拐角，眼看着李忠民出了门，噔噔噔地下了楼。李忠民路过他身边时，他忙不迭地往边上靠了靠，压低了头上的假耐克运动帽，很有一些卑怯的样子。这帽子是有一次他收废书废纸的时候，一个戴眼镜的女人免费给他的。质地不错，只是帽圈周围有点儿脏，他洗了洗，就戴上了。

　　他来城里收废书废纸已经三年了。三年来，他对这个行当越来越满意。他家住在离城三十里地的郊区。这些年，城市的版图就像他婆娘擀的烙馍，越来越大，眼看着就擀到了他们村口。他们村的地就卖得越来越多，分到他们手里的地就越来越少。从人均两亩五分到一亩九分再到一亩七分，现在只剩下一亩一分了。谁都知道这么减下去，种地只能勉强吃饱饭，儿子女儿的学费是一点儿也顾不住的。村里的人乌鸦般地拥到城里打工。他是个恋家的人，本不想出来，先是只在镇上摆了个修锁配钥匙的小摊儿，没想到生意不行。小镇人少，本来活儿就不多，两三天就和周边的人又混成了一家，东西就叫不上价，白搭个工夫。没办法，把摊子一收，就来到了城里。换了几样活计，末了就定了心收废纸。收废纸利润确实不错，收是六毛五，拉到收购站是七毛五，一斤能挣一毛。再加上主顾们搭送点，自己秤上再瞒哄点儿，一斤挣个一毛五毫无问题。一天最少收个两百斤，保底儿也能挣三十块。而且，他还能顺手干点儿别的——比如这位刚刚出门的男人的——家。

这个刚出门的男人一看就是个不错的茬。住在这个小区里的人都有货——他们村的人都管有钱叫有货——这没的说。他四五十岁的样子，有些谢顶，肚子有点儿坡度，更是有货中的有货。还拉着拉杆箱，一看就是要出远门的样子，可没有送他的人，那证明是家里没人。不然像这种顶梁柱似的男人，好歹总会有个人送出门口道声再见的。所有迹象都表明，这个人走后，他可以进去干一把。

李忠民走了二十分钟之后，石二宝从三轮车的废纸堆下拿出一个小工具箱，工具箱里装着小铁锤，老虎钳，宽胶带，棉线，细铁丝，剪刀，弹簧刀，螺丝刀，创可贴，还有四五根三米长的尼龙绳，外加一件"小高开锁，低价五元"的黄马甲。这些行头足够他使的了。他提着工具箱，来到三楼，换上黄马甲，在李忠民的防盗门锁眼儿里鼓捣了五分钟，外强中干的铁将军被很顺利地打开了。进了门，石二宝先在衣帽间的春凳上静静地坐下，屏息听了一会儿，除了冰箱的嗡嗡声，没有任何动静。然后他站起来，迅速地把每个房间都浏览了一遍。果然没有一个人。他松了口气。重又在春凳上坐下。他决定按照老规矩，先翻卧室，再翻客厅，接着翻厨房和卫生间，最后翻书房。他不得不承认，会一门手艺真是不错。自从干这种捎带的生意以来，他还没有失过手。总结成功经验，倒有这么几条：一，主次分明。既然定位是捎带干的业余工作，那就不能把活儿做太多。做得少了，被发现的几率自然就小。二，事前准备工作充分，最大程度地降低风险。三，收尾干净。凡是做过活儿的那块区域，半公里之内半年之中绝不再踏进半步。这三条里第二条尤其关键，要讲究的地方很多。可以包括好几小条，比如，之前要观察仔细，尽量不遭遇人。不遭遇人叫入室盗窃，遭遇了人叫入室抢劫。性质不同，罪也有轻重。按抢劫算最少五年，按盗窃算多者三年，区别大着呢。他在收废书的时候，特意留了一本《刑法》，对这一部分仔细查过。又比如，如果真的不幸遭遇了人，尽量找个借口混过去。所以他准备有开锁公司的黄马甲。再比如，如果实在混不过去，就尽量安全逃跑。如果没有把握安全逃跑，就给自己创造条件安全逃跑。还比如，在创造条件的时候，尽量不伤害人。如果万不得已要伤害人，不要把人害死。总之，人不犯我，我不犯人，人轻犯我，我轻犯人。人重犯我，我重犯人。人死犯我，我死犯人。这是他给自己定的最基本的"职业原则"。他常常告诫自己说：石二宝呀石二宝，没人看着你，你可得自己看好自己。你要严格遵守这些原则，绝不能疏忽。你是为了钱，不是为了进监狱。你要心底儿清亮啊。

幸好，他从业以来，干了十三起了，还没有遭遇过一次人。

每干完一次，他都要先洗个澡，吃三天素。吃素的三天里，他每天都要给饭桌上的观音菩萨像上一炷香。这尊菩萨是他用五块钱请的。上香的时候他从不说话。其实他是想说点什么的，但他不知道自己该说什么。

三

三十五分钟后，李忠民又回到了家门口。他记错了日子。走到半道上，他听见交通台在播报天气，感觉似乎有些不对劲，连忙拿出机票对了对，又向司机求证了一下，原来是他把今天当成明天了。他随即让司机调头，打道回府。以前出门有小青在，他从没有犯过这种错误，这次小青去北欧还没有回来，他自个儿收拾自个儿，就有些前后不搭了。

小青就是他的小。这个房子就是他买给小的一件大礼物。想起小青，他就想笑。这是男人一种不能说出口的美妙。比起很多他这种身份的男人，其实他一直觉得自己算是很规矩的了。有头有脸这么多年以来，他只有小青这么一个正经八百的小。所以这小也并不小，是另一个意义的大。他不会亏待她。就像不会亏待老婆。

他是1972年下的乡，1978年底返的城，一起下乡的三十五个人里，他是返城的最后一批。回城的指标每一批都很少，人人都张着大嘴，看谁有本事抢到食。之前他也没少想办法：冒充风湿性关节炎、肺穿孔，或者体检前喝上一点儿碘酒，希望查出胃溃疡。他给自己定的理想就是胃溃疡。在乡下，胃溃疡是知青们最常见的病。他们三十五个人里头，真真假假的胃溃疡就有二十六个。但道高一尺，魔高一丈，总是瞒不过医生。要买通医生不是件容易的事儿。医生见的鬼怪多了，供品少了不行，供品多了他拿不出。管体检的医生还每年都换，就这么一年，一年，阴错阳差到了最后。还好，终于还是回来了。回来之前他去做了最后一次体检，真的患上了梦寐以求的胃溃疡。

回城之后他进了街道的食品加工厂，工作内容是把饼干装进纸箱里。一天，在一起工作的一个大妈说要给他介绍对象，其实前天他刚见过一个姑娘，听说他没有房子就把脸阴下来了。他有些心灰意冷，不想见。可大妈说那姑娘不会嫌弃他什么，也是知青刚返城。他就和对方约了在人民公园门口见面。见面的时候，她穿着一件深蓝色的对襟褂子，翻出一道白地儿红碎花的崭新的衬衣领。他穿的是一件旧绿军装，也翻着一道白色的崭新的衬衣领。不过这领子也只是一道领子。是假领子。那时候流行假领子，只做到领子下面第二枚扣子那里，胳膊那儿留两个圈，往里一套，领子往外一翻，跟真的一样。

他匆忙地打量了一下那个姑娘。皮肤有些粗糙，但脸还好，没有和他一起下乡的那些女知青那么黑。进了公园，他给她买了一支冰棍，问她在哪里下的乡，她说在茶店。她又问他，他说在杏河。茶店在省北，杏河在省南，应该有不同的地方。她说她到知青点时是立冬时节，他们干的第一样活儿就是去挑河泥。那真是个下马威啊。从河里挑出了淤泥，再用小车推到坝上。每车都五百斤以上，她力气小，推不了小车，就抬荆条编的大筐，一筐三百斤，一条扁担两人抬，一个往返一里路。几天下来肩膀又红又肿，戴上垫肩，但垫肩也很快被磨破了。然后，河越挖越深，运距越来越远，坡越来越陡，因为越往下挖，淤泥的含水量越大，抬的分量也越重，脖子上用来擦汗的毛巾从早湿到晚，汗水还是顺着身子往下淌。手上的血泡磨破了，开始流血水，滴答滴答流一路，和汗水搅在一起，咸腥咸腥。

他给她讲的是扯秧头。杏河和湖北交界，属于亚热带，农作物一年两熟。收过麦子就该种稻子，下田插秧就是必修课。扯秧头则是必修课之前的必修课。如果秧头扯得好，秧苗头就是疏松的，拿在手上，一个个就能朗朗利利地站到了田里。如果秧头扯得不好，就成了乱麻秧，像扯牛肉一样难掰弄，所以他们也叫这"牛肉秧"。"牛肉秧"最是误时费力，在水里站半天还不能分出一棵。他学了很久也没把秧头扯好，插秧苗的时候就吃亏了。那些手快的人把好秧头都挑走了，剩下的就都是"牛肉秧"。于是插得快的人挑走了好秧，如虎添翼，插得慢的人只有用赖秧，雪上加霜。更气人的是快的人插一会儿，歇一会儿，尽管轻松，却也故意不落你多远，免得早早完工了还得帮忙后进。听他们在前面说说笑笑，那种难堪和委屈也如手里的秧苗一般，郁郁葱葱，纠缠不清。

讲着讲着，两个人就会心地笑。有点儿甜蜜的意思了。他们一起看着小鸟在树冠上飞来飞去，阳光从树叶的缝隙漏出来，斑斑驳驳，然而也还能让人感受到这种零零星星的暖。姑娘沉默了一会儿，叹口气道："熬出来了。"

"是啊，熬出来了。"他也说。

姑娘突然把手捂到脸上，哭了起来。他想递块手帕过去，翻遍浑身上下却没有找到。干坐了一会儿，姑娘仍在哭。他把她的手拉过来，上面全是湿漉漉的泪水。或者，还有鼻涕。他心里涌起一阵嫌恶。然而他又摸到她手指关节处和掌心里的老茧，那嫌恶便软了。两个月后，他们结了婚。

后来他知道，她那天翻出来的领子，也是假的。假领子还有一个名字，叫节约领。

孩子八岁那年，他离开了食品加工厂，把临街的老房子打开做了门面，办起了自己的食品店，相当于现在的面包房。他使上了自己在食品加工厂学到的全部手艺，供应的有月饼、蛋糕、饼干、小麻花，生意很好。随着日子的顺延，忠民食品店名字的历史是：忠民食品老店，忠民食品总店，忠民食品连锁店，直至成为忠民食品有限公司。各色月饼的名字的历史是：营养月饼，美容月饼，高钙月饼，直至成为保健月饼。奶油蛋糕的名字的历史是：美式蛋糕，法式蛋糕，欧式蛋糕，直至成为西式蛋糕。他的身份则由个体户变成了老板又变成了私营业主，直至成为民营企业家。现在，他的公司在省城有十六个直营店，在全省各个城市有二十个加盟店。还有一个食品配送中心和一个三万平方米的原料加工基地。产品种类也由面点增加了肉制食品、速冻食品和休闲小食品。一年利润一千多万。

他成功了。他是个成功人士。人们都这么说。他听到人们这么说的时候，心里常常很迷茫。但是，脸上却带着确定的微笑。他知道自己必须得确定。不然会很傻。现在的世道，哪怕错，也不能傻。

四

李忠民和小青认识是在一个饭局上。请客的是个小营销公司的老板，一直缠着想给他的新产品做企划。在饭桌上坐下，那老板才发现自己忘了带企划样品，便打了个电话，让人送来。来送样品的人，就是小青。她慌慌张张地走进来，喘着气，胸脯一鼓一鼓，很丰满的样子。然而她的身段是苗条的。穿着一套月白的纯棉套裙，大约是坐久了的缘故，背上有些皱褶。头发梳的是最寻常的马尾，有些纷乱。看见一桌人都在看她，她的脸顿时红了。李忠民招呼她坐下吃饭，她看看自己的老板，老板也招呼她，她便坐下了。羞涩腼腆，却也很落落大方。

吃饭的过程中说起了当年下乡的事。李忠民乘着酒意，讲得兴致勃勃。他说自己怎么学会的贴饼子和熬粥。插队六年多，天天离不开的家务就是做饭，而所谓的饭，就是以贴饼子和熬粥为主，饼子的种类有玉米面、高粱面和山芋面，条件好的在玉米面里掺点黄豆和红豇豆，味道会更香些。粥的种类有玉米粥、高粱米粥、山芋粥和小米粥。那时农村没人烧煤，只烧柴禾，柴禾越砍越少，资源就很紧张，人们烧得就很珍惜。为了节省柴禾，当地人的习惯大多都是在熬粥的同时绕着锅边贴饼子。看着简单，做起来才知道真要是顺顺当当地做熟这顿饭，不是件容易的事。刚开始他们不得要领，出尽了洋相，不是粥溢得到处都是，就是锅边贴不住饼子，再就是饼子不熟，或者是熟了太硬，啃到牙里像啃砖头。经常是一个人连烧火带做饭，手忙脚乱，泪流满面，却还是吃不上应时可口的饭。后来在一些大嫂大妈的指导下，才掌握了一些基本常识，比如：先熬上粥，等粥开始咕嘟咕嘟地大滚起来——他们管这叫开牡丹花——再开始贴饼子。贴饼子时要把锅盖盖上，锅盖上放一只碗。饼子熟不熟要看碗热不热。碗热了，饼子就熟了。再后来，他们做饼子熬粥的经验逐渐丰富起来，和饼子面的时候，他们摸索着放进一些苏打粉，贴出来的饼子就松软好吃了很多。再后来，他们慢慢又学会了蒸馒头、烙饼、擀面条、包饺子等手艺，至今这些手艺他一直没有丢。刻到心里去了，想丢都丢不了。

主食上的是最寻常的米饭，盛装在精致的细瓷小碗里。他尝了一口就知道，这米是上等包装，中等资质，不如他那时种的米。于是他又顺理成章地讲起了稻田里的事。那是他们下乡的第二年，为了显示知识青年的能干，他们决定试种早稻。四月初的天，早上三四点他们就起床了，春寒残留，草叶上还下着一层蒙蒙的青霜。水是刺骨的冷，刚跳下水，就觉得脚不是自己的了。可不干不行。所有的人都在田里，你怎么能站着？而且大话都说出去了，开弓没有回头箭。冰凉的水把腿肚子激满了青筋疙瘩，当然还有吓人的蚂蟥，无声无息地把嘴钻到小腿的血管里去吸血，等你觉得疼的时候，这些水妖已经吃得肚子溜溜圆。不能硬拽，那样会把吸盘留在伤口里，引起腐烂。唯一正确的办法就是用手拍，它一缩就会掉到水里，吃饱夜宵，继续睡觉。他们呢，继续弯腰劳动，附带为蚂蟥们准备午餐和晚餐。

那一年早稻打出的米，特别好吃。他们都互相开玩笑说，他们这是在自己吃自己的肉。自己吃自己，还能不投缘么？

还有水蛇。他两眼发光地讲起了水蛇。秧田里水蛇很多，冷不丁就会碰到一条，也会被咬一口。但没关系，水蛇没有毒。"泥蛇咬个斑，快把棺材办。水蛇咬个包，一边走一边消。"但只要是蛇，总是难讨人喜欢。想想吧，四五月的天，太阳慢慢爬上了山坡，水田映着天空，天面淡蓝，水面浅绿，有风吹来，如静静的海，一排年轻人，腰如弓，手如梭，尽管累，偶尔谁讲个笑话唱个小曲儿，还是会让人觉得风光旖旎。可突然间，恶杀杀地，就那么窜出一条翠生生的水蛇，让一田的人都跳脚惊叫，秧苗撒落一地，泥浆从裤腿跃到衣领，一切都在惊骇和狼藉中黯然失色……

正讲着，桌上的人突然都去转脸看小青。他也看去，才发现：小青哭了。

那笔合同顺利签完，不久，小青就成了他的人。第一次好过之后，他把小青抱在怀里，问她为什么听着他的故事会哭。

"因为心疼你。"

"为什么心疼我？"

"因为你值得心疼。"

他抱紧她。她说的，字字句句都是他想要听的。是的，他是被她对他的心疼打动了。她的泪和老婆的泪还是不一样。老婆的泪是心疼他，然而更是心疼她自己。而小青，却只是为了他而心疼他。能被这么一个女人纯粹地心疼，他还犹豫什么呢？

好了之后，小青换了个公司，依然上着班。他没有反对。他也不想让她做金丝鸟，那样的女人容易病态，会越来越难缠。小青毕竟年轻，需要正常的社会环境，才能保持她的身心健康。她工资没几个，这当然是最好解决的事。他隔三差五给她几个零花钱就是了。这几年，他少说也给了她五六十万，顶着他再开一家店了。他时不时地过来住住，对老婆说是出短差。要是去老婆那里住几天，他就不瞒着，对小青说是回家看看儿子。最近老婆不知道怎么听到了风声，对他管得有些紧了。他就把小青打发去了北欧旅游，想趁此收敛几天，好好陪老婆一阵，也顺便调养调养身体。养小也不尽是香美之事。钱不吃力，可关键的部位却已经有些勉强。他毕竟不是二十多岁的人了啊。

五

卧室很大。只有这么大的房子才会有这么大的卧室。石二宝一眼就看见了一张宽展展的大床。只有这么大的卧室才能放下这么大的床。而这大房大卧和大床都属于三个字：有钱人。这张有钱人的大床靠着墙，安安稳稳地卧在房间中央。小岛一般。他进去过的所有城里人的家里，几乎都有这么一张大床。这种大床的规格是他熟悉的。宽约摸六尺，长约摸七尺。用城里人的话讲是宽一米八，长两米二。他细细地量过。一次，他在一户人家收购旧书，那个户主可能是要搬家了，想把那张席梦思床卖掉。他跟石二宝商量，说省得再拉到旧货市场，旧货市场可以卖四百的，石二宝如果要就两百。石二宝犹豫了犹豫，终于决定要了。他的出租屋没地儿放，当天，他就把那张床拉回了老家。他用三轮车吭吭哧哧地拉了八个多钟头，一直拉到天乌隆隆黑，才把那三十多里的路走完。那床太大太沉了，走着走着，好几回都差点儿把他和三轮车一起翘起来。他得一边儿使劲儿把车往下压，还得一边使劲儿让车往前走，累得手腕和肩膀酸疼。可疼着心里也高兴。床越沉他越高兴。床越沉越证明用的木料越好，也越证明他收的家伙值。这床真是便宜啊。两百块钱，你说能买个什么？当年他结婚的时候，请的木匠打了一张四尺宽五尺长的薄片子木床，还花了两百三十块呢。他没舍得叫油漆匠，自己寻了亲戚家的一点儿红漆把床棱粗粗地刷了一遍，就这么睡了二十年。这床还有什么可挑的？他不由得批评自己娇气：人家工厂都做好了，也油漆好了，连质量也让上一任给试过了，价钱也因此便宜了好多，什么都弄好了，往家里拉就有那么难么？蚂蚁驮的不都是比自己身体大几倍的东西？人还不如一只蚂蚁？

拉回家里，他得到了全家人的表扬，说他会收东西。多洋气的一张床呀！老婆摸着这床，爱不释手。老婆拍拍儿子的头说：这床给儿子婆媳就满够。他在一边瓮声瓮气地截住老婆的话："他长大了让他自己买，这床，我们睡。"那天晚上，老婆在床上翻波浪打滚，怎么也睡不着。他一沾上床就睡着了。几十年了，他没有睡过这么踏实的床。

石二宝揪过床上的枕头，把枕芯掏了出来。有的人家是会把东西藏在这里面的。他又把被罩捏了一遍，然后掀掉被单，一堆零碎东西跌落出来，有避孕套，有印着光身子男女的光盘，还有小得不能再小的女人的镂花裤头。他拿起来放在鼻子边闻了闻，蛮香的。裤头边还有一封信。粉红信封。石二宝打开，一张开满玫瑰花的硬卡片上写着一行小字：

　　亲爱的老公，从来没有出过这么远的门儿，真是有点儿不放心你呀。为了我，也为了你自己，你一定要注意身体噢。半个月后，我可是要检查它的。要是它表现不好，小心我打屁屁！

喷喷喷，够牙酸的。留的日期是前天。这么说两口子都出门了。按正常推理，他可以放心大胆地在这里干一番细活了。不过，他才不会那么贪呢。他不是正常行为，怎么能去适用正常推理？谁知道会碰上什么？万一人家请了看门的过来呢？所以，石二宝还是决定不超过自己给自己规定的安全时间：四十五分钟。这个时间也是他灵感所至。一次，儿子做作业的时候，他问儿子：你一节课多长时间？儿子说四十五分钟。他心里就定了。

他用床单把这些东西裹住，扔到一边，掀开床垫。这大红色的床垫一看质量就很好，再一细看，是玉仙牌的。他房东的电视里整天播着这个床垫的广告，一听到那个浪浪的女人声音用醉了酒的腔调慢慢地说："玉——仙——床——垫——飘——飘——欲——仙——"他就知道本地的晚间新闻要开始了。

掀掉床垫，露出下面的四格暗柜。石二宝一一打开。两格放的是女人的冬衣，羽绒服，棉袄，保暖内衣，另两格放的是两床羽绒被。他一一查过，什么都没有。

头上出了层细汗。石二宝抓起一件内衣擦了一把。休息了一会儿，继续战斗。他打开一个床头柜，里面是卫生巾，卫生纸，手电筒，手帕纸，打火机，似乎是怕突然停电所做的准备。另一个床头柜里放的是一个小镜子和一条白毛巾。他把抽屉整个儿向外抽，抽到半路却抽不出来，再一看，有一个小小的锁眼。他心里一喜。有暗屉！三下两下把暗屉鼓捣开，却发现里面不是钱，而是一个男人的玩意儿，青筋暴露，昂首挺立。他吓了一跳，莫非是这家的女人把男人的玩意儿割了？他伸出手，摸了摸，塑胶的，假的。城里的女人用的是假玩意儿么？难道是那个男的不行了？可怜人哩。他呵呵地笑起来。然后他把这个新鲜东西放到工具箱里。要是拿回家给老婆看个西洋景，不把老婆吓死才怪。

石二宝聚精会神地继续找着。古玩瓶，大衣柜里的每件衣服，包柜里的每只包，鞋柜里的每只鞋……在那张芳香四溢的梳妆台上，他看到一堆漂亮的发卡，他一股脑儿地装进口袋。女儿肯定喜欢这些小玩意儿。梳妆台的抽屉里也都有暗屉，在一只暗屉里他找到了一些外币，花花绿绿的，也不知道是哪国的钱，想了想，各抽出了一张，回头给儿子瞧瞧稀罕。在另一只暗屉里，石二宝找到了几张存单，都是五万五万存的，加起来有四十五万，存单的名字都是王小青。该是这家的女主人了。

石二宝捏着这几张存单。这就是四十五万？怎么看怎么像假的。他要是有四十五万，一定存成一千一千的，数上几个时辰，多过瘾！石二宝恨恨地想。他犹豫着该把这些存单怎么办。对他这种人来说，存单是最没用的。都有密码，取不出来的。不过寻思了寻思，他还是把存单放进了口袋里。我不取，你们总得挂失吧？让你们受受惊。谁让你们他妈的这么有货！

最后一个暗屉里是石二宝最亲切的人民币。有一千多块。石二宝卷起来，塞进了口袋。到此为止，他的心彻底舒坦起来。这一趟总算没白跑。这个暗屉里还放着一个户口本一样的暗红封面的小簿子，石二宝拿起来，金灿灿的国徽下是一行醒目的小字：中华人民共和国。接着是更醒目的两个大字：护照。打开，那个提拉杆箱的男人的面目赫然出现。他叫李忠民。

李，忠，民，石二宝念了念这个名字，用手戳了戳他的脸：你知道你女人用的是假玩意儿么？他又呵呵地笑了起来。

电视柜下是一摞影集。他看看表，已经过了十分钟了，他不能在这儿耽误太多时间。想了想，他决定抽查。下面取一本，上面取一本。他先打开下面的一本。第一张是一个小男孩的光屁股照，在"坐婆婆"里坐着，露着个小鸡鸡。然后男孩子渐渐长大，戴上红领巾了，双手拿着红宝书捧在胸前。再然后，几个毛头小伙子在一起喜眉笑眼地合影，背后是"上山下乡，大有作为"的标语……全是黑白的，老照片。他把这本合上，去打开上面的那本。

一翻开仍然是那个男人。小男孩的眉眼依稀还在，却都像发了酵的面，虚浮肥肿。再往后翻，一个娇俏的小女人抱着男人的腰，看起来是父女的年龄，却又亲热得邪性。石二宝突然明白：这是他的小老婆。好白菜都让猪给拱了！石二宝"呸"了一声，把影集合住，又想，那女人算是好白菜么？他又"呸"了一下。

客厅里的沙发坐垫、靠背、茶叶桶一一看过，厨房里的锅碗瓢盆一一看过，冰箱里的冷冻格冷藏格也一一看过，卫生间的马桶水箱，洗面池下的储藏柜，都一一看过，没有什么。什么都没有。他来到书房。去书房的时候，他顺便看了一眼餐厅。餐厅有两个老式柜子，里面装满了高高低低的瓶子。石二宝凑近看了一眼，全都是酒。放那么多酒干什么？能喝得了么？石二宝觉得自己有理由纳闷。要是让他来收这些瓶子，一个也就是两毛钱。

然后，石二宝看见了那把锄头。他站住了。打开餐厅里的吊灯。他要确定那是不是把锄头。果然是把锄头。很沉。挂在墙上有些显小，像玩具。拿在手里才显出了锄头的大。滚圆匀称的长木柄，可握的地方被磨光了，一摸就知道是被汗磨光的，丰沛润泽。锄面上的钢已经锈了，锈迹有些黑、有些褐，都是泥土的颜色。石二宝抚了一下锄面，居然一点儿也不涩。他举起来细看，发现上面涂了一层油一样的东西。涂这个干什么？是保护这把破锄头么？一把破锄头，值得么？草帽还能戴戴，锄头有什么用呢？乡下都快没有地种了，一个城里人，将一把锈了的锄头挂在这么齐楚的家里，到底是怎么想的呢？

古怪的城里人啊。

要是有机会和城里人聊聊天的话，他得问问这个问题。石二宝想。他把锄头轻轻地靠在餐桌边的地上。

石二宝站了一会儿，再看看表，现在已经过了二十多分钟了。没有多少时间了。他得赶紧去书房。书房里的书最麻烦。就是抽查也得耗上好一会儿。不过还不能不查。城里人会往这里边藏东西的。他收的不少旧书里都有东西。有的在里边夹钱，有的在里边夹照片，最有收获的一次是他在旧书里面找到一张活期存折。存折上的钱还不少，有两千多。只是没有密码。不过，他想了又想，还是猜到了密码，提心吊胆地把钱取了出来。密码就是存折夹的那个页码，238，两个238连在一起，就成了。不然为什么会把存折放在那一页？他得意于自己的聪明。两千多，顶他收三个多月的废纸呢。怪不得人常说：书中自有黄金屋呢。

六

李忠民找到钥匙，打开门，转过玄关，放下拉杆箱。折腾了这么一遭，他有些累，想去餐厅那边坐一会儿，抽支烟。突然，他清晰地听到书房里有窸窸窣窣的响动。他走过去，看见自己的书被一本本地摊到了地上，一片狼藉。一个男人正在地板上坐着。瘦瘦高高的样子，穿着一件黄色的马甲，也正纳闷地看着他。一瞬间，李忠民以为自己进错了门。他回头看了看，是，没错。他的玄关处的镂花窗，再往客厅那儿看看，也没错。沉闷的静谧中，他甚至听见了金鱼在水里吐泡的声音。

男人还在怔怔地看着他，脸上的表情好像在做梦。

"你是谁？"李忠民问。

男人没有回答。他慢慢地，慢慢地站起来。

"你是谁？！"李忠民让自己的声音在尾部加上了叹问号。他要严厉起来。这是他的家，他得拿出自己的威风。

"石二宝。"石二宝的声音很低，但还是像小学生回答问题一样，乖乖地嗫嚅了出来。石二宝一边说着，一边让自己的身子完全地直了起来。他回来了。

李忠民回来了。这个在照片里抱着女人的得意洋洋的男人，他叫李忠民。

"你在我家干什么?!!"李忠民又加了个叹号。他愤怒极了。他当然有权利愤怒。这愤怒的感觉已经久违了。下乡的时候，有一次，他们知青点有一名知青从江西探亲回来，路过另一个知青点的地盘时被那伙知青劫了从老家带来的食品，两个点儿火并，有一个知青被打残了腿。他们所有的人都被抓走审问了一遍，他还被关了三天禁闭。那是他有史以来打架打得最尽兴的一次，也是愤怒愤得最尽兴的一次。

石二宝终于完全清醒了过来。是啊，他是站在李忠民的家里。他站在人家家里干什么？他在这个屋子里没有任何权利。他该走的。马上走。

但是李忠民横在他的面前，把他的眉眉眼眼沟沟坎坎都看得一清二楚。碰到李忠民意味着什么？本来是入室盗窃，现在他已经是入室抢劫了。他走了之后他很快就会报警，然后会很快被抓起来，被判刑。再然后他的孩子们会很快失学，他的妻子很快会来探监。他们全家很快就会被村里人耻笑。从此他们就会在所有人面前低人一等，沦为贱民。

他不能就这么走。他看着李忠民的口袋。既然，来都来了，碰都碰上了。

他镇定了片刻，也仔细打量了一下李忠民。心里很快踏实起来。这个男人看起来五大三粗，真要动起手，一定啥也不啥。城里人都这样。把他打翻在地，不比把三十本旧书在一分钟之内扎成"井"字形更难——而且，那个人，他多蠢。他在那里咋咋呼呼，居然手无寸铁。

想了这么多，算起来也不过是一分钟的工夫。石二宝把手伸进工具箱里，取出那把弹簧刀。然后，他试探着往前走了一步。李忠民随即跟着石二宝向后退了一步。石二宝再进，李忠民再退。他们一直退出了书房，来到了客厅。石二宝的脸色越来越平静。他几乎是含着一丝笑意看着李忠民。这一丝笑意让李忠民双腿发软，脊背发凉。他意识到了自己致命的错误。

"你想干什么？不要乱来啊。"李忠民压低声音。现在，他的形势已经由正当进攻退为正当防卫了。他喜欢看央视一套的"今日说法"，那里边经常会有一些用得着的常识。比如什么"夏季要防强奸案，冬季犯罪为侵财"，还有什么"男人如何不丢钱？出门只带一百元"之类的。关于入室抢劫似乎也有过专辑，是怎么说来着？好像是如果遭遇抢劫的时候周边无人就不要乱叫，免得对方激情杀人。不死人不伤人是评价自救行为是否成功的唯一标准。如果不死人不伤人，就可以给这个自救行为打一百分。

他要努力得这一百分。因为，如果得不了一百分，他很可能就只能得零分。

"手机。"石二宝说。此时他欣慰地发现，虽然这不是自个儿家，但自己也未见得没有任何权利。这世界，只要谁占上风，谁就有权利。

　　李忠民把手机拿了出来。石二宝又让李忠民在餐桌边坐下，扔过来两条尼龙绳，让他自己从小腿开始，一截一截地螺旋着往上捆。一直捆到大腿处。捆好之后的李忠民看着自己的双腿，觉得很像自己食品公司做的那种粽子。奇怪的粽子。

　　然后石二宝又让李忠民把固定电话线扯掉。李忠民蹦到电话边，照着做了。接着石二宝又让李忠民把手机丢到卫生间的马桶里去。李忠民说马桶会因此堵塞的，可不可以让他在洗面池里放满水，再把手机丢进去。石二宝想了想，表示同意。李忠民慢慢地蹦到卫生间。石二宝在后面慢慢跟着。李忠民的姿态很像一只蛤蟆。把脸颊肉都绷酸了，石二宝才强忍着没让自己大笑出来。在放水的时候，李忠民浏览了一下，没有可手的武器。有一瞬间，他甚至想把清水泼到石二宝的脸上，但他很快放弃了。以水为刀，那是电视里的武林高手才会有的功夫。他要做出来，只能是给石二宝洗了把脸。

　　"钱。"回到餐桌边，石二宝言简意赅地命令。李忠民把身上所有的口袋都翻了出来，掏出了所有的钱。钱不多，只有两千来块。他用得最多的是卡。

　　石二宝把钱卷进口袋，又指指玄关处的POLO。李忠民艰难地蹦过去，想要蹲下，却发现这只是一种理想。他的肚子阻碍了蹲下去的可能性。他又试了一次，还是没成功。李忠民朝石二宝恳求地看了一眼。石二宝走过来，把箱子拎到餐桌上。李忠民打开。里外都看一遍。箱子里其实没什么。尼康相机，三星手机充电器，软中华香烟，食品公司的一些文字资料，换洗的内衣裤，就这些。他的行李箱一向是回来时才最满，因为要给老婆和小青都带东西。

　　石二宝把POLO扔到地上。

　　"哪儿还有钱？"石二宝在空气中挥舞了一下刀子，"快说！"

　　"没有了。我从不在家里放那么多现金。就是有，也都是老婆放着，我不知道。"李忠民说得很诚恳。确实也是真话。如果有钱，他不会吝惜的。他想得一百分。为了中和一下没钱给石二宝的刺激，他向石二宝推荐了一些小青的首饰。说那些首饰都很值钱的。石二宝让他拿过来，他一蹦一蹦地挪到卧室，拿了过来。打开才发现首饰盒里什么都没有。大约都让小青带到国外炫耀去了。

　　石二宝把空首饰盒推到一边，两人相对坐着，沉默无语。石二宝知道自己该走了。多留一分钟就多一分钟危险。可他总觉得还有一件事没办。什么事呢？看着墙，他突然想起来了。

　　"李忠民。"石二宝喊。

　　李忠民一愣。石二宝居然知道他叫李忠民。是从电视上看的么？这让他有一种莫名的满足。不过满足之后更多的却是深渊般的恐惧。这个石二宝，他到底知道自己多少底细？他到底想从自己身上敲多少？

"你怎么知道我的名字?"

石二宝深沉地笑笑。继续问:

"你是要上飞机吧?"

"嗳。"

"怎么又回来了?"

"看错了日子,是明天的航班。"李忠民老实说完,立马就想扇自己嘴巴子。多好的机会啊,应该说回来拿东西,一会儿有人来接。

石二宝似乎看出了李忠民的懊恼。笑了笑。

"老婆什么时候回来?"

"一会儿。"

"李忠民,你老实点儿!"石二宝厉声道。

"真的一会儿就回来。"李忠民诚恳地说。

石二宝站起来,走到李忠民身边,狠狠地踢了他一脚。然后让他蹦到卧室,让他把那封信拣了出来。

"你还有什么可说的?"

李忠民沉默。

"李忠民。再给你一次机会,你要老实回答。"石二宝背着手,站在李忠民面前,"说说吧,你为什么要在墙上挂把锄头?"

七

锄头。李忠民低下头,看着脚边不远处的这把锄头。这个抢劫者居然要他讲锄头的事。当然,在素日的氛围里,这是李忠民最钟情的一个漫长谈资。但现在,此刻,他却不知道该从何说起。他不知道如何才能熨展自己皱巴巴的几乎要抽筋的舌头,来平仄分明地回答这个如此休闲的问题。

"快说啊。你怎么有把锄头?"石二宝有些迫不及待。他用刀一下一下地敲着餐桌面,敲得李忠民一阵阵心悸。这桌子是"伦娜"牌的,据说是意大利进口的纯实木典范,两万一。餐桌上还放着一瓶红酒,是那天小青出国之前,他们喝剩下的。随着石二宝弹簧刀的节奏,红酒瓶子里的酒面轻轻荡漾着。

"你当过农民吗?"石二宝又问。

李忠民的心里突然闪过一道光。"今日说法"上说过,如果面对比自己强大的犯罪分子,想要保住性命,最好的办法就是要让对方愿意和自己交流。但不要让对方感到你在拖延时间。一定要尽力以朋友的角度去理解对方,让他信任你。这个石二宝不断地给自己话头儿,看来是有机会交流。只要有机会交流,局面就有扭转的可能。他就有希望自己救自己。他庆幸今年回了趟杏河。有的说。

"我下过乡，当过知青。"李忠民终于开口了，"你知道知青么？"

"知道。"石二宝说："我们村里原来就有知青点。你在哪儿当的知青？"

"杏河。"

"噢，我知道杏河。天气预报常说那儿雨多。"石二宝眼睛一亮，"可当过知青和锄头有什么关系？"

"这锄头是今年我又回杏河的时候，当地老乡送给我的。"李忠民说。

"你回去干什么？"

"我很怀念那段生活，很想念那些乡亲。"

"知青不是都觉得当农民苦么？我们村的那些知青为了能回城，什么法子都想了。有些女的还和大队公社的头儿睡了觉。"石二宝瞪大眼睛，"你还怀念？怀念什么？当农民有意思么？"

"当时是觉得苦，现在想起来就觉得有意思了。"

"那是因为你回来了。你要是还在农村，你他妈的就不觉得有意思了！"石二宝说："现在谁还愿意种地？种出来的粮食也都卖不上价，只够自己家吃，饿不死就算是好的了。要不然我也不会干这个。"

"你老弟说的是啊。"李忠民说，"所以看见你这不速之客，我起初是有点儿吃惊，后来缓过神就见怪不怪了。农民不容易啊。过去，城里人苦，农民也苦。现在，城里人都好过了，农民还是苦。要不，好好的，谁愿意离开家？"

石二宝不语。脸上十分阴沉。他的表情让李忠民有些怯。但他知道自己必须说下去。

"说老实话，要是不下那几年乡，我不会知道过去的农民有多不容易。今年我要是不回杏河，也不会知道现在的农民有多不容易。"李忠民继续感叹。

"杏河那儿咋了？"石二宝问。

李忠民暗暗松了口气，就开始说杏河的事。说杏河县去年开始在全县范围内推行无公害大米，他下乡的那个点就是首批示范村。无公害大米说着容易种起来难。要求四统一：统一供种，统一供肥，统一供农药，统一出售。种子是从省农科院的试验田里精选出来的最新品种，肥料是按专门的无公害配方施的肥，还加上了高微量元素化肥。尤其是统一供农药这一项，执行得格外严格。普通水稻有虫子的时候，都是打有机磷的剧毒农药，农药残留量很高。施氮肥的时候，硝酸盐的含量也很高，这些都对人体产生了很坏的影响。无公害大米用的农药是生物农药，没有残留。这样的无公害大米，村子里一下子就种了两千亩，没成想种出来了没人要。北京和省城的市场都打不开。给人家看证书，人家说假证书很多，谁知道他们的是真是假？现在，八百吨大米都在各家各户的仓库里供着。眼看就成了陈米。

"日他娘，哪里都这样。我们村今年也种无公害麦子，现在我家还有两千斤麦子堆在厢房哩。"

石二宝骂了一句，"你有啥好道道？"

李忠民向石二宝示意，要点一支烟。石二宝同意。拿到烟的李忠民捋了一下思路，再开口的时候，他已经十分镇静，简直有些神色从容，谈笑风生了。他说自己有个朋友开着一家很大的食品公司，那个朋友有很多食品业的同行，最近在福州要举行个全国的绿色食品发展高峰论坛，他这次出门就是想去和这个朋友见个面，让他和同行们想想法子，把杏河的这些个大米推出去，要么做成品牌，要么深加工做成米粉米线什么的，总之是先找几个渠道把米换成钱。

"唔。"石二宝表示赞许："这个道道不错。"

"等明天我去开会的时候，把你们麦子的事也提提，要是有门路，就和你们上头联系联系。"李忠民吐了口烟圈，"你是什么村的？"

"新文县三里屯乡，"石二宝看了看李忠民，顿了顿，"我们那儿的人都种有这种麦子，你随便打听哪家都成。费心了啊。"

"什么话？！这是我应该的。"李忠民又点了根烟，给石二宝递过去："我不是好了伤疤不记疼的人。没有在农村的那段生活，我没有今天的好日子。没有农民，就没有我李忠民的今天。说到天边我都忘不了这个。人得有良心，是不是？"

李忠民开始滔滔不绝。

八

说起来，那时候的老百姓可真是厚道啊。刚到农村，没有地方住，我们三十多个知青被安排到了各家各户。都把最好的被褥给我们拿出来用，吃饭的时候，我们是头锅饺子二锅面，反正最好吃的，都是我们的。后来，上面给我们拨来了安家费，每名知青三百块，那时候已经是秋天了，地里的活儿忙得差不多了，生产队就开始张罗着教我们盖房子。队长先让人教我们脱土坯，那时候哪用得起全红砖？顶多是外面镶一层砖，是不是？脱好了土坯，又帮我们买了檩条、过木和苇箔。苇箔知道么？咱们这儿也用苇箔？用芦苇编的大席，垫到瓦底下用的。材料都准备好了，队长选了个日子，带着人就过来了，我记得老清楚，是十月八日那天开的工，生产队安排了十几名壮劳力，其中还有四五名村里上好的瓦匠师傅，我们几十号人一起，放线，挖槽，砸地基，十间屋子一字排开，转眼间就砌出了地面。第三天中午时分，开始上檩条，按当地习俗上檩条要放炮仗，图的是吉利，主家得管饭吃，表示对大家的谢意。可我们刚到这儿，要什么没什么。怎么表示呢？后来我们生产队长就说话了，他说："你们来到这里就是到了家，今天生产队管饭，我已安排了蒸卷子、白菜粉条炖豆腐，就当你们谢谢老少爷们了。"队长的话音刚落，我们这些知青的眼泪都刷地下来了。城里孩子娇气，这么大头一次离开父母。在这儿苦是苦点儿，听到的却都是暖心话，看到的也是暖心人，能不感动么？那顿饭，我第一次看到了可以做几十人饭的大锅，第一次看到铁锹那么大的锅铲，第一次吃白色的肥肉片熬白菜，真香啊。后来才知道，这顿饭吃光了生产队的家底儿。他们也是百年不遇，吃这么一顿好的。

石二宝咧开嘴，无声地笑了笑。

李忠民也跟着笑了笑：我们住进知青点以后，才知道真正的苦日子来了。以后就没有再吃过肉片熬白菜，只有油星白菜。后来，油星也没有了，只有白菜。再后来，白菜也没有了，只有白饭配盐水萝卜丝。再到后来，萝卜也没有了，只有盐。再到后来，盐也没有了，只有白饭。再到后来，米也没有了……

"那你们吃糠？"

还有稻谷。我们就开始学着碾稻谷，把稻谷变成米。不自己干哪里会知道米是从稻谷里出来的？还以为米和面一样，都是小麦的孩儿呢。

石二宝哈哈大笑。

李忠民没有笑：我是真心感谢那几年的知青经历，学会了所有农活儿，锄地、割稻、耕地、骟谷、开苗、收拾棉花，我样样都行。我还当了两年多的生产队会计。当了会计才知道，老百姓都对会计高看一眼，一是有文化识文断字，二是各项分配都与他一个人息息相关，生怕处理不好关系，被我戳哄，你说，我怎么会干那种事呢？那两年里，我白天下地劳动，中午晚上和风雨天整理账目，每项支出和收入都弄得清清楚楚。在管理好生产队财物工作的同时，我还想出了一些提高劳动效率的办法，比如说秋后分粮食，以往的规矩是装大袋子，然后两人用棍子抬秤称，既占人又费劲，反复几次才能称准数。我想了想，建议用一只桶装满粮食，称出标准，然后用桶装，剩下的零头用小秤找齐就行了，一两个人轻轻松松就能把粮食分好。后来各生产队都陆续推广了这个方法。大伙儿都说我脑子好使，村里人没有不待见我的。

石二宝点点头："你脑子是灵光。"

李忠民突然有些不好意思地摸了摸头：光说我的好了。其实我也干过缺德事。那是头一年夏天，还没有盖起房子的时候，队长让我们上山种玉米，说得把带去的种子种完才能收工。那个山头很大，我们一看就发愁了。这什么年月才能种完呢？想来想去，就想了个孬法，等熬到点儿了，就在山下隐蔽处挖了两个坑，把剩下的玉米种倒进了这两个坑里。盖上了土，大家使劲用脚踩，踩得平平的。为了更保险一些，我们几个男知青还搬来两块大石头压在上面。一路上，大伙都在笑，都觉得我们到底是知识青年，聪明！聪明啊。

半个月过去了，大家把这件事早就忘了个一干二净。这天晚上，队长通知全体知青到大队部开会。一进会场我们就感觉到气氛不对，队长铁青着脸坐在台上。桌上摆着一堆下面是芽芽上面是玉米苗的种子团。会议开始了，队长首先念了一段毛主席语录："贪污和浪费是极大的犯罪。"紧接着发话："你们这是犯罪啊，同志们，你们要知道这问题的严重性。这事是谁干的？三天之内你们一定要给我个交代，这不给处分是不行的。"队长的一席话，吓得我们大气都不敢出，好在会场就一盏煤油灯，灯光昏暗，谁也看不清谁的表情。三天过去了，三个星期过去了，三个月过去了。无论怎样个别谈话谁也没有供出谁。那个时候谁不害怕处分？谁拿了处分，谁也就失去了回城的"路条"。也许是法不责众吧，这件事最后也就不了了之了。后来我们就再也不敢要滑了。我们怎么能想到，小小的几粒种子会有那么大的劲儿，能顶着石头长出来？

"我们村也有这事。"石二宝突然说，"我们村有一个人叫兰成，有一年春天用耧去耩芝麻，那天下了小雨。他想趁墒耩，又怕雨湿了种，就把草帽盖在接口那儿。等耩完了一亩地，他把草帽一掀，看见芝麻一粒不剩，就可高兴，逢人就说自己技术高，耩的芝麻正正应。后来芝麻出来了，村里人一看，那块地只有地头儿聚了种，其他的都是光秃秃的。兰成想了想，才知道自己那天用的耧眼儿是耩麦子的，芝麻比麦子小，早就漏完了，他还不知道，还在那儿说嘴哩。他出了这么个笑话，我们村就有了一句现成话，叫兰成耩芝麻——正正应。"

两人一起哈哈大笑。

李忠民长长地叹了口气：不到农村锻炼不知道，原来自己是条寄生虫，一直寄在农民身上。后来就想，既然到农村了，就好好学习好好作为吧。一是不辜负毛主席的教导，二是也有私心，想着说不定对以后一辈子都有益处。果然，我学会了做饭的手艺，一回城就到街道的食品加工厂找到了工作；我当过了会计，自己开店就知道怎么走账；当过两年民办老师，知道了该怎么教育自己的孩子；当过一年知青队队长，学会了最初级的人事管理……当时学到的这些，现在我还都用着呢。

李忠民仰望着天花板：我早想好了，等老了，跑不动了，我还回到农村，再当几年老知识青年，凭自己这么多年积累起来的能力，能给老百姓办多少事就办多少事，好好报答他们的恩情。今年我们回杏河的时候，唱起当年编的歌儿，几十条汉子都哭了。

李忠民轻轻地吟唱起来：

> 日月如梭，
> 弹指一挥间，
> 多少激情多少爱，
> 镌刻在我们的心间……

李忠民的眼圈红了。

石二宝默默地看着李忠民。在石二宝的目光中，李忠民让两滴泪努力地挤了出来。

"兄弟，你能给我拿条毛巾么？"他问石二宝，"在卫生间。"

石二宝又看了李忠民一眼，向卫生间走去。等他拿着毛巾从卫生间出来的时候，李忠民已经把红酒拿在了手上，假装把玩着。

"把酒放那儿。"石二宝在离李忠民还有三四步远的地方停住脚，警惕地看着他，"放下。"

"我想，和老弟你喝两杯。"

"我不喝这玩意儿。"石二宝说，"你还是放下吧。"

九

李忠民放下酒瓶。石二宝走过去，把酒瓶放在一个墙角。然后，弯下腰，又将那把锄头拿起来，握在手里。

一刹那，李忠民出了一身冷汗。

突然，石二宝朝着地板锄了起来。他的姿势非常标准、优美、轻捷，仿佛脚下都是土地。他们都曾经无比熟悉的、无边无际的、肥沃的土地。

锄头没有声音。因为没有挨着地板。

锄着，锄着，石二宝突然停住了。他把锄头立到餐桌边。

"唉，农民老不容易啊。"石二宝说。

"是啊。老不容易。"李忠民挺了挺身子，"我把锄头和草帽挂在餐桌这里，就是想让自己吃饭的时候可以看到它们，想想农民。不让自己昧了良心。"

"其实，我一直可羡慕你们知青。我们村知青返城的时候，我十四岁，还在农村种地，看着知青们一批批地走，我就想，你们都能返城，离开农村，我啥时候能离开农村？"石二宝说。

"你现在，不也算是离开了？"

石二宝笑笑："我这算啥？拼拼打打，提心吊胆的，也不是个正经事。混两年没力气了，还得回去。不过，我来到城里熬煎，就是为了让我孩子好好地上学，长大了离开农村。"石二宝站起身，"我该走了。"

"等等。"李忠民说。他慢慢地蹦到卧室，找出两套没拆封的化妆品："给嫂子用吧。"

"她不用这个。"石二宝说。

"要是有闺女的话，就给她用。女孩子都喜欢这玩意儿。"

石二宝接过来，装进工具箱里。他想说一声谢谢，想了想，还是没说出口。又想了想，他从口袋里把那四十多万的存单掏出来："反正也取不出来，还是还给你吧。"

李忠民接过存单。小青怎么会存有这么多钱？他吸了一口凉气。

"你从哪里找到的？"

"梳妆台抽屉里的暗屉里。"石二宝说，"你不知道？"

李忠民沉默。

"这个女人，是个小吧？"石二宝指指粉色的信封。

李忠民点头。

石二宝站了片刻，还是红着脸从工具箱里把那个玩意儿拿了出来："她用这个，你知道么？"

李忠民的脸暴红了。

"四十多万呢。你得干多少年啊。还是给老婆吧。到老了还是老婆贴心。"石二宝絮絮地说。

李忠民点点头。这时的李忠民看着真是可怜人呢。石二宝突然对他涌起一种由衷的同情。这个城里人其实不赖。要是环境和身份都不是眼下这样，他还真想再和他唠一会儿。——不过，他也知道，要不是这样，这个城里人是不会和自己这么唠的。也许，这是他唯一一次和城里人这么唠了。石二宝有些恋恋不舍起来。当然他也很清楚，他是真的该走了。

他又想是不是让李忠民解开腿上的绳子，想了想，还是罢了。只要他一离开，李忠民就会报警的。他知道。他看过无数案例，无论当时当事人如何在现场委曲求全，只要危险一解除，他们都会报警。当然，他们是对的。报就报吧。总得让警察有事情做。只要自己能顺利逃脱——因此，他还是不能这么走。他得把他的手也捆上，再把他的嘴也封上。不然，他不能保证自己能逃得足够远。

这心里，还是没法儿踏实啊。

石二宝朝工具箱弯下腰。在弯下腰之前，他最后一次抬眼看了一下李忠民。这一眼看得有些歉疚，有些软弱。仿佛在说：兄弟，对不住了啊。

李忠民被这一眼看得心中一凛，手硬成了一个拳头。他知道，最后的时刻到了。

工具箱里的绳子和胶带没有被石二宝成功取出。他听到了一股风声，等他想抬头看的时候，他已经倒了下去。

李忠民又锄了一下。锄头下的石二宝随着李忠民的动作痉挛了一下，彻底归于了平静。李忠民看了看锄头，很干净。没有沾上一滴血。

然后，浑身颤抖的李忠民握着这把锄头，号啕大哭起来。

（原载《人民文学》2006 年第 8 期）

铁 凝

TIE NING

女。原姓屈。1957年出生于北京，祖籍河北赵县。四岁回保定。1975年在保定高中毕业后到河北博野农村插队务农。1979年，在保定地区文联《花山》编辑部任小说编辑。1982年加入中国作家协会。1984年调入河北省文联任专业作家。历任河北省文联副主席，中国作家协会理事，河北省作家协会主席，中国作家协会副主席。现为中国作家协会主席。

1975年开始发表作品。出版有小说集《夜路》《没有纽扣的红衬衫》《麦秸垛》《棉花垛》《给我礼拜八》《红衣少女》《谁能让我害羞》《第十二夜》，长篇小说《玫瑰门》《无雨之城》《大浴女》《笨花》、散文集《草戒指》《女人的白夜》《回到欢乐》《惊异是美丽的》，艺术随笔集《遥远的完美》及《铁凝日记》《铁凝文集》（5卷）等。小说《哦，香雪》、《六月的话题》分获1982年和1984年全国优秀短篇小说奖，《没有纽扣的红衬衫》获1983—1984年全国优秀中篇小说奖，散文集《女人的白夜》获第一届鲁迅文学奖，中篇小说《永远有多远》获第二届鲁迅文学奖。

笨　花

（内容梗概）

　　笨花、洋花都是棉花。笨花产自本土，洋花由域外传来。

　　有个村子叫笨花。

　　向喜一家住笨花村西头。向家祖上崇尚武功，希望通过尚武之道出人头地，怎奈都事与愿违，功名不就。到了向喜一辈，家境已逐渐破败，年久失修的院落中，只残存些石锁、石凳这些演练武功的道具，房梁上也斜插些闲置的弓箭、长矛。只有门前的上马石还能显出这个尚武世家的风范。然而这一切已离向喜甚远。时下，上马石变成向喜做生意出门时歇脚、缓手、放置器物的地方。向喜没有再去练习武艺，他做小本生意，卖豆腐脑儿。年节将近时，还在距笨花八里之外的石桥镇大集插制佛堂。

　　向喜六岁时被父亲向鹏举送入过私塾，跟前街名师刘秀才读《孟子》《论语》，无奈家境每况愈下，十岁光景，不得不弃了学业，学做小本生意。但几年私塾，倒也使他有了写算的基础。虽说眼下向喜离孔孟之道越来越远，手下摆弄的净是豆腐和秫秸秆儿，可一有闲暇，"上孟"、"下孟"、"上论"、"下论"里的只言片语仍不时从他脑际闪过。尤其书中孟子和梁惠王那些耐人寻味的对答，更使他铭记不忘。他常想，孟子为什么总和梁惠王交往？这一切先生从没告诉过他，但那些耐人寻味的对答，却伴随了他后来的一生。

　　时值乱世。光绪二十八年，甲午战争失利后，朝廷扩招、编练新军，在直隶招募新丁六千。向喜在石桥镇年前的最后一个大集上看到了招兵告示："凡年在二十至二十五岁，三代及住址清楚，身高不下四尺八寸，行走时越二十里，能举百斤者为合格之丁。粗识文字者更为优先。合格者三日内于县署望汉台前报名应试。试成，家中即享恤优焉。"

　　向喜不知自己是否对告示动了心思，他想着肩上豆腐脑儿的担子维系着全家人的生计，想着刚过门不久的、纤小秀丽的媳妇同艾，还盘算明年是添置一亩地还是添置一副担子。可一个念想已经涌上了他的心头：他想一百斤的重量到底有多重？太阳落山，向喜迈进家门，不知怎的一眼就盯住了父亲当年练功的石锁。黄昏时，他终于举起了那家伙。他发现石锁底下刻有：官秤一百五十斤。

向喜到底受了告示的诱惑，他决定去县署望汉台下应试。那日一早，向喜睁开眼坐起来，一只胳膊肘拄在炕上，没头没脑地对同艾说："你听说过男儿当自强这句话吗？"同艾就知道她男人的主意已经定了。瞒了爹娘，向喜只让自己十四岁的弟弟向桂跟着，去县城应试。他当着全县父老举过了一百五十斤的石锁，又回答了主考关于孟子和梁惠王说的"未有仁而贵其亲者也，未有义而厚其君者也"的意思。主考十分满意，向喜被验中了。

公元 1902 年，光绪二十八年，已改名为向中和的向喜弃农从戎，还不忘给自己立个字号：向中和，字谦益。

向喜穿着同艾赶做的新鞋，随着新丁开拔，在笨花以西十里地外的元氏车站，顺着京汉线，前往保定。从棚头、排长（新军编制：十二人为一棚，三棚为一排）做起，一年后，向喜被选入北洋陆军速成学堂，再之后一年毕业，被委以队官（三排为一队），享五品待遇，月薪饷银五十两。

转眼四年。

向喜离家时，同艾身子笨了，四年后，他们的儿子向文成四岁了。向喜没有忘记，那年应试入伍的前一晚，他和同艾对坐在火盆前烤火，女人问他军中兴不兴带家眷。如今，这朝思暮想的心念因为他在军中的晋级，已经可以实现了。同艾带了儿子文成来到了保定。

向喜在保定和军事学堂的老同学孙传芳合租了一个农家小院，他们俩入营以来很投脾气，相处如兄弟，同艾和孙太太也相处如姐妹。文成年少聪慧，跟了一个当地的私塾先生学《三字经》《弟子规》乃至《论语》，几乎能过目不忘，丝毫不必向喜和同艾操心。

天有不测风云。一日午后，向喜带文成下府河摸鱼，文成突然一个趔趄陷进一个漩涡，被卷入水流。命是被救回来了，说话答理儿也一如从前，可孩子自此落下了残疾，他的左眼枯了，仅存的右眼看东西也像罩着一层窗户纸。他看什么都要凑近着去看，近得不能再近。

很多年后，向喜每逢看到长子的那一只不再饱满、明亮的左眼，心中都会漾出疼痛的歉意，他埋怨自己那日不该带儿子下河摸鱼。但文成对此却不以为意，他不埋怨父亲，一生留恋他那段美好的童年生活，似乎保定的一切仍是一片美好。

他看世界就像儿时看府河：明澈的河水，水草中的游鱼永远清晰可见。

可时值乱世。1911 年秋，汉口的战事再次吃紧。同艾带着儿子回了老家。向喜情急受命，出任一营管带，强攻龟山，获得关乎武昌之役的关键性胜利。虽然后来因为"南北议和"，孙中山将大总统之位让于袁世凯，向喜的胜利之师在武昌城下止步，但终因汉口之役的战绩，向喜已经是一营之长了。他和孙传芳差不多同时回到保定金庄。

经过汉口一战的生死之地，如今又孤身一人背井离乡的向喜在孙传芳的撺掇下，迎娶了保定城里汤记茶馆的二丫头做二房。二丫头泼辣、壮实，向喜给她买了一架大铜床，一个小四合院，明媒正娶过来。还给她起了个名字，叫顺容。

当然，笨花的家里，谁都不知道向家又娶了一房太太。

中华民国八年七月，大总统令任命向中和（向喜）为陆军第十三混成旅步兵第一团团长，授陆军步兵上校衔。

文成十四岁了。向喜要他陪母亲同艾来汉口小住。向喜此次执意要把妻儿的汉口之行打点得既宽裕又风光（他此时的月薪已是纹银四百两），他亲自去车站迎同艾母子下车，用马车把他们接进军营，让手下称呼同艾为太太，称呼文成为少爷，还特意请来当地名厨为他们烹制当地菜肴。

文成在这里第一次看见了让他终身难忘的"南洋兄弟烟草公司"的霓虹灯广告，发现了《申报》，这给他带来汉口之外的另一个世界。但和父亲的相处他却总是有些不自然。在父亲面前他常常觉得自己其貌不扬，尤其是当父亲身着戎装威风凛凛地出现在他面前时，他就更加感到自己渺小。向喜也觉察到了和儿子的距离，他们虽然也谈文字、时局，父子之间也做些对答，可双方又都觉出，这仅仅是做出的一种姿态。向喜有时候怀着内疚暗中端详着十四岁的向文成，却又在儿子貌似自卑的形态里，发现了他有一种超越了身高的迷茫而又热切的神情，他突然会显出些抱负满怀。

同艾和向喜的恩爱在自然中也渐渐复苏，但因为还未启口的二丫头的事，向喜不时显得有些儿走神。好几次话到嘴边又都硬生生咽回去了。可他这次接来发妻，就是要告诉她这个事情的。这些年来，他都在想怎样开口才能最小程度地刺伤同艾，就在他一次次地鼓足勇气时，二丫头却又给他生了两个儿子文麒和文麟，于是他就更气馁了。

人高马大的二丫头还是突兀地从保定冲将过来了。同艾被这个来势汹汹的女人和她手里一大一小的两个儿子惊骇住了。她昏迷，说胡话，看过一个德国医生后，才逐渐恢复常态。

汉口的日子对文成来说越来越沉闷了，只有为母亲治病的德国医生马克的儒雅和谈吐常常带给他一种陌生的冲动。他想，如果这时父亲问他以后的打算，他会告诉他，他要做一名医生。他后来果真做了笨花的医生，还有自己的世安堂药房，当然此是后话。

同艾的精神恢复到往常后，提出要回笨花。向喜并不意外，也没有做理应的挽留。他差人去首饰店给同艾打了一枚戒指，背面铸有一行字：向梁氏同艾。文成向父亲要了他不看的《申报》，向喜答应以后把报纸给他订到笨花去。家里的其他人向喜也没忘一一打点。同艾一路无语，眼泪淌了无数，但在火车到了石家庄的那个早晨，他们要换乘去元氏的慢车前，同艾在小站卖水的铺子前，买了水，和儿子洗了脸。她精神着回了笨花。

三年后，文成要娶妻了，向喜计划着把儿子的婚事办得体面、排场，甚至在汉口亲自上街为文成挑选衣料，又在一家英国洋行专给文成买了一双三接头压花皮鞋。也为此事，第一次给儿子写了一封信，并随信附上钱贴。向文成在笨花弄文字、弄医学的事也不断地传给向喜，尤其是后来他拜了兆州名医许子然为师，更让向喜欣喜不已。文成很快娶了淤城米家的秀芝，这是个随和的女人。第二年他们生了一个闺女，还没起名就没了。再一年，他们有了儿子武备。

中华民国八年十月，大总统令任命向中和为陆军第十三混成旅旅长，授陆军少将衔，授三等嘉禾章。

向喜身边的副官、也是笨花村人的甘运来突然回到笨花了。他此次带来了向喜为家里盖房计划的方案。随后，文成和叔父向桂便照着方案买地，订砖，盖房，很快就把向家的新宅院筹建好了。

身在军中的向喜，在这期间，时隔不到一年，已接连两次被任命。现在他身穿的是配有少将肩章的军服，系上的是只有将军才能佩带的四狮刀。但是时局的动荡让他没有为此显出过分的欣喜和激动。趁着老家盖房的事端，他回了一趟笨花。

向喜是一身便装突然出现在兆州县城的大庙会上的，只带了甘运来一人。那是阴历四月二十八，向家刚在一片欢腾中迁进新居，举家出动赶庙会。向喜的突然现身像是从天而降，大大出乎家人的意料，但也带来了莫大的惊喜。同艾坐在车上，努力靠近后窗，打量向喜这几年的变化。那双熟悉的眼睛，眼光平和，看不出忧喜。她一会儿把他想成是从前笨花的向喜，一会儿又觉得他是领兵打仗、威风凛凛的向大人，向将军。她一阵一阵地局促不安，不知如何对付向喜的这次还家，汗也濡湿了她的夏布上衣。

向喜的还家也让文成心存紧张。自从那年的汉口归家后，他已经意识到，他和父亲再也不是两个光着屁股在府河洗澡时的父子了。后来父亲越是写信关心他，他就越发不知所措。

那一夜的同艾，和久别的男人同枕着一个大枕头的同艾，一次次地离开向喜，奔到院子里方便。她并不了解这不期而至的腹泻属于神经性，她只一味地经受着尴尬、扫兴和对向喜的对不住。虽然向文成后来为母亲组方配药，她还是落下了病根：无缘无故上厕所。

民国九年，向喜在宜昌小住，二太太顺容已被送回保定。世道的光景似乎越来越难以测度，向喜的神情常常有些落寞。此时一个来自直隶吴桥的杂技班将在宜昌江岸立棚演出，甘运来费了很多口舌说动向喜前去散心消遣，场中一名技压群芳、艳惊四座的女子施玉蝉让向喜意外得惊喜难禁。而且她直隶老乡的身份，更让向喜觉出一种陌生的亲近。接连几天的演出，向喜场场必到。他感觉到自己对这个十六七岁的姑娘的留恋了。但杂技班顺江而下，离开宜昌了。世事难料！三天后，施玉蝉牵着一匹小红马来到向喜府上，原来班子在水上遇难，船触礁沉没，人和行头尽沉江中，唯她靠着小红马保住了性命。

施玉蝉做了向喜的第三房夫人，一年后，生了女儿，取名取灯。三年后的一日，施玉蝉终于难耐她天生行走江湖的本性，留下女儿，重走江湖去了。

向喜极喜小女儿取灯，思量反复之后，给身在保定的顺容写了封信，决定托付给二丫头抚养。伶俐聪慧的取灯竟然第一次见面就冲着这个陌生的大脚女人咯咯笑着叫了一声"妈"，顺容的心软下来了。向喜的心也放下了。

转眼十多年，向喜结束了军中的事业，回到保定。而此时，日本人已经在中国制造了"九一八"事件。

一日，河北省省长派人和一个日本人小坂突然造访向喜的小院。他们显然来者不善。原来在日本占领华北的过程中，日本人所到之处都要建立一个过渡性的组织——维持会，主持它的都是经过日本军方精选出来的一名中国名士。在保定，他们盯上了向喜。

事态发展得极为迅速。他们两次三番登门，越来越强硬地逼迫向喜接受任命。这时，文麒和文麟相继从北平回到保定，他们是来向父母辞行准备西行前往黄河以西陕甘一带的。他们还不知道，他们的侄子、文成的儿子向武备在不久前已经去了那里，他们也没想到，原本以为要经过一番抗争才可成行的计划反倒是从父亲口中先说出来的。顺容当然大闹，虽然她知道她的大闹不碍大局，她还是和向喜闹了起来。几日来日本人的几次登门让她不断涌起无名冲动，她希望向喜在眼前的世道里保住性命，保住家室就好，而向喜一次又一次地对她发出斥责，说她这是"汉奸言论"。

儿子们走了。顺容坚决不从向喜回笨花，自己选择留在保定。

向喜赶上了最后一趟南去的列车，他在这闷罐车的难民中间倒把自己的回家计划盘算得更加清晰、坚定了。

　　向喜坐驴车到了兆州城里弟弟向桂的宅子门口。很快，笨花一干人也进了门。当着全家人的面，向喜宣布了自己的决定，他要去他们家在城里的利农粪厂，当经理，侍弄大粪。他说这不是躲避日本人的权宜之计，而是为自己选的最后归宿。当晚，他和同艾躺在各自的床上，他对她说，他从离家那天起，好像等的就是这一天。他还说："我不是个热烈人。"

　　笨花向家的新宅子成了抗日的据点，秘密地建了一座后方医院。向文成的小儿子向有备也参加了医院的救治工作。日本人很快嗅到了这边不祥的空气，他们来到了笨花。早已参加革命的取灯被告密，在一个漆黑的夜里，被惨无人道的日本兵奸杀在棉花地的窝棚里。

　　民国二十年的阴历六月十五，兆州城的水神庙庙会迎来一班立棚演出的马戏，班主名叫施玉蝉。世道变幻莫测，她早已知道向大人已还家为民，也知道女儿取灯落在了保定。但一面是人在江湖身不由己，另一面也是不愿再打扰向家，所以此次来兆州立棚演出，他们只是为了求生，一心挣钱。没想一个滑稽戏的节目里出现了面目类似日本人的小丑，引起了底下观众中日本兵的咆哮。人群大乱，那饰演小丑的男演员一路疯跑，至西城墙下，突然消失在日本兵眼前了。

　　那儿是向喜的利农粪厂。向喜见一带着妆的卖艺男人跑进粪厂的院子，便问是何人。很快，来人说出是施玉蝉班子的人。向喜赶紧把他藏到了堆得像堵墙似的粪干后面，几乎同时，日本人跳了进来。眼看就要搜到他了。向喜从后面抢起粪勺朝日本兵头上狠击下去，瞬间血和粪汤糊住了日本兵的脑袋。向喜和演员把尸体丢进院中的粪池，又拿来自己的一套衣服，让演员换下逃走。

　　向喜做好了以命抵命的准备，他从炕洞里取出当年孙传芳送他的一只手枪插在腰间。院子里，一伙全副武装的日本兵已等在那里。向喜打倒了两个日本兵，还来得及向自己的太阳穴开了第三枪。他倒在了粪池里。

　　在并不遥远的时间里，取灯和向喜的死因袭了同一种模式。所不同的是，取灯没有做到的事，向喜做到了：向喜到底有机会把第三枪留给了自己，而取灯在开第三枪时就被日本人抓住了手腕。

　　笨花向家迎来了一辆酒糠车。同艾一看老头子行军时她给准备的包袱被带回来了，就泣不成声。

　　向文成一看随行的甘运来和向桂夫妇，就知道，这酒糠里埋着的定是他爹了。

（人民文学出版社 2006 年 1 月版，永生缩写）

鲁 敏
LU MIN

女。1973年出生，江苏东台人。1991年江苏省邮电学校通信管理专业毕业后，进南京邮政局工作。2005年调入南京市文联。2007年加入中国作家协会。现为南京市作协副主席兼副秘书长。

1999年开始小说创作。出版有中短篇小说集《取景器》，长篇小说《博情书》《方向盘》《戒指》《爱战无赢》《百恼汇》等。

逝者的恩泽

一

在东坝这样小而旧的镇上，每增加或减少一个人，都会成为一个事件，其中的主角与配角总会在人们的嘴上辗转相传、反复咀嚼，像一种吞下去又可以吐出来、你尝完了他又可以再吃的神秘食物。这食物，让东坝的人们在漫长的日月天光里多了一点稀薄而发自内心的快乐。

因此，当古丽和她幼小的儿子达吾提带着陌生的异域气息出现在小镇上时，几乎所有的人都为之暗中一喜，这喜悦是如此真诚且强烈，以致人们不想虚伪地加以掩饰，他们中的一些急性子和无所事事者甚至尾随着古丽和那个男孩。在古丽的身后，很快出现了一支松散的小型队伍，人们的脚跟和脸颊上共同散发出一股善意的好奇之心，并一直弥漫到冷冰冰的空气中，钻进达吾提的鼻尖，让小男孩的鼻翼像蜂鸟一样地鼓起来。

达吾提拉拉古丽的衣角，他对着妈妈抽抽鼻子，脸颊飞速地皱起，然后又突然拉平。古丽像听到了什么，她回过头。

这样，镇上的人们得以第一次看清古丽的脸。

此时正是冬季，这个苏北小镇，路边铺着枯黄的小草，树枝杂乱地伸向天空，街面的店铺覆盖着一整年的厚厚灰尘，呈现出暗淡的色调，触目所见，了无生趣。

而古丽回过头，忽然改变了这一切似的——她的面孔着实美丽。她没有微笑，但人们还是感到一种春天般的和煦，宛若草长莺飞，大家不由自主地回报以更加暖和的笑容。

这显然鼓励了她，她迟疑了一下开口问道：请问陈寅冬家往哪里走？

她的口音如此奇怪，像是北方官话，又像是某种侉子方言，有些别别扭扭的，人们听得费劲极了，也兴奋极了，如同刚刚进行了一场智力测验。

　　不过，陈寅冬！她问的是陈寅冬？这是一个死去男人的名字呀！而且，他死在异乡，死于一场意外！人们几乎无法自持了，这是多么重大的事件！陈寅冬的名字立刻变成了一枚秘制的上等酸梅，他们每个人的嘴巴都因此变得更加湿漉漉了。

　　惊愕与狂喜使得这一瞬间出现了冷场，人们再次仔细地打量她。她穿着一件长长的外套，色彩鲜艳，或许这是条裙子；她的头发被一条更加艳丽的头巾缠住，只在头巾的下方垂下一个沉甸甸的结，如果她把头发放下来，一定会长得超过镇上所有的姑娘。有人还注意到她耳朵上的银饰，同样是长长的，在空气中透迤，跟这里妇女们常用的耳钉截然不同。

　　队伍中比较富有阅历和威信的一位站出来答了，因为小心翼翼，语速有些慢吞吞的，不那么自然了：您不晓得吗？陈寅冬已经过世了，过世都一年多了。您这是……

　　哦，我知道。我只是找他的家。古丽继续用那难懂的口音答道。

　　那么，您是……

　　是啊，她是谁呢？这镇上的每户人家，每户人家的家庭成员，每个成员的每个亲戚，大家都是了如指掌的。可是真的没人听说，陈寅冬竟有这么一位漂亮的……亲戚？

　　陈寅冬，父母早亡，且无同胞，很早就出门做工，后来在镇上娶了同样失怙的黄姑娘，生了女儿，然后仍是出去做力气活，跟着一个工程队到很远的西北修筑铁路——在镇上人的眼中，他几乎是个完全陌生的邻里，每年只有春节才会在镇上度过，有点孤僻神秘的样子，然后便继续远赴那不可知的西北，直到有一天，从那里传来他突兀的死讯。

　　他一共活了四十八年，可在镇上人看来，却似乎只活了一个春节，他的生命在人们的记忆中只有几十天——从腊月到正月，他活在镇上，然后，他消失了。在这个世上，他只留下母女两个，其余的便再无枝蔓。那么，这个女的是从哪里说起呢，并且还带着个七八岁的孩子？

　　荒诞不经的想象力、五彩缤纷的推测，在人们的头脑中，像爆炸后的碎片般飞散开来，瞳孔慢慢放大，他们目不转睛地盯着古丽，像盯着一幕即将开场的好戏。

　　唉，这个冬天，也许可以多串几回门子吧，拱着手，在屋檐下窃窃私语，寒风从袖子与领口中穿过，人们无知无觉地沉浸在交谈的乐趣中。

　　在一个孩子的殷勤带领下，古丽和达吾提被带到了已故的陈寅冬的家，带到了陈寅冬留下的那对母女前。

陈寅冬的太太，即前面说到的黄姑娘，名叫群红，她长得有些老相，从做姑娘时便老相，加之长陈寅冬两岁，镇上的人都称她为红嫂，这一叫，一直叫到五十岁。

女儿呢，已经十九岁了，应当是最娉婷的时候，却生得不太好看，头发稀而黄，又偏瘦，这在东坝镇上，是一种不可原谅的容貌。她上过几年学，名字是陈寅冬起的，叫陈青青，照镇上人们的审美，这青青，连名字也是有些小气了，不那么喜庆。

红嫂站在大门口，青青站在侧门口，她们一起看着古丽和小男孩，注意力很快被分散到古丽的脸及衣饰上，一时间竟忘了盘问她的来意，是啊，谁不会被古丽的模样给迷住呢。但站在不远处的人们有些不耐烦了，有人咳嗽起来，另外有人吐了一口浓痰——这有效提醒了红嫂，红嫂意识到她担负有开口询问并给人们一个说法的责任。

红嫂于是开口问道：您到我们家找谁呢？

古丽把男孩往身边拉了拉，答非所问：我们从新疆来，这是陈寅冬的儿子。

青青在侧门口那里闪了一下，把自己关到房里——这是她的一个习惯动作，也是在红嫂多年要求下的一种条件反射，作为一个十九岁的少女，对一切可能出现的丑闻都应当回避，或装着视而不见、无动于衷，最多，最多只可以躲在门缝里偷看。

青青能够躲进小屋，做母亲的却不能够。红嫂的身子晃了一晃，脸上虽还是笑着，却明显没了力气：真的？她轻声地嘀咕一句，像是用嘴巴在问自己的耳朵：刚才听到的是真的吗？陈寅冬真的在外面生了个儿子？

真的。古丽再次把小男孩往前拉拉，那动作让人们联想到她是在出示一个人证或物证。人们在不觉中被引导了，注意地看起那个男孩，这一看，事情好像更加严重了：这个男孩，里里外外哪里有一丁点儿像陈寅冬呢！他的眼睛明显地凹进去，头发是微黄带卷的，肤色白皙得过分，连血管都要透出来似的。这一看，所有的男人几乎都要笑出声来，哈。哈哈。这个男孩，他的父亲怎么可能是这镇上的任何一个男人呢，他的种子必定来自古丽所在的那片土地。

围观的人们流露出看出破绽的神情，他们明显地放松下来，互相捅捅胳膊，几个妇女甚至叽叽咕咕地笑起来。这些镇上的妇女们，一辈子都是贞洁的，乏味的贞洁，廉价的贞洁，但她们自认为永远有理由在那些身份不明的女人面前表现出大大咧咧的骄傲。比如，这个古丽，并且她竟然扯起这么不高明的谎。

红嫂抬起了眼皮，又奄下去眼皮。不知为何，邻里们的神情与笑声让她感到了不快，她不喜欢人们这样对待跟陈寅冬有关的人或事。这对她也是一种间接的冒犯不是吗。

于是，红嫂重新抬起眼皮，轻轻拉过那男孩：既是这样，进家里说吧。古丽自然也抬起脚跟着进去了。大门在她们身后被缓慢地关上。

人们张开的嘴巴在半空停住，舌头几乎变得寒凉。这是怎么说的？这是怎么说的！红嫂竟然就信了那女人？她不仅信了，而且还容了那女人，拉着那孩子，让她们进了屋？哎呀，这话是怎么说的，他们感到自己都要变得结巴了，他们在惊愕中彼此对视，同时，感到一种接近高潮般的满足——今天的这个热闹，可真是看得足了，饱了，撑着了，都要打嗝了，都要半夜睡不着觉了。

古丽显然是累了，并且很饿。那个男孩也好不到哪里去。

红嫂一言不发地替她们准备了一些吃的，热气腾腾地端上来，窗户上很快弥漫起雾气，像是黄昏提前降临到这间屋子。

古丽神情自若，真像是回到了自己的家似的，左手抓着包子，右手捧着大碗，发出极为享受的吞咽声。那男孩则像只小狗似的，每吃一样东西，都会极为小心地先凑上去用鼻子闻闻，上下嗅嗅，像在对气味进行鉴别与记忆，然后才慢条斯理地吃起来。

青青倚在侧房的门框上，像在瞧一张画片儿，或者像在舔一个棒棒糖，用了那种节俭的、流连的眼光，从细枝末节开始，然后才慢慢地集中到画面中间——对她而言，这是多么奢侈的风景。这么些年，她所能看到的他人，仅仅是母亲，或是一些邻居的侧面与背影。

她首先注意到古丽放在屋角的布包袱，她下意识地进行了猜测，她想象着，那里面一定是更多的衣服和首饰，会把整个镇子都惊呆……接着她把眼光移到桌子下面，古丽的脚与男孩的鞋，这是两双沾满灰尘的鞋，这是哪里的灰尘呢，一定超出青青所能想象到的最远地方吧，比邻镇远，比县城远，比省城远，比天边还远……青青欢喜地看了又看，她甚至愿意自己就是那两双鞋，是鞋袢儿，是鞋底儿。只要，她能够一直那样走啊走啊，走到最远的地方……

古丽吃东西的声音分散了青青的注意力。红嫂曾教过青青，女孩子吃东西一定要无声无息，走路要无声无息，笑起来也要无声无息，睡觉更要无声无息（特别是跟男人睡时，不过，这一点红嫂没有说得那么明确）——红嫂的这种家训在这个小镇上当然显得有些阳春白雪了，不合时宜了，但青青并不清楚这种差异所导致的滑稽和荒诞，事实上，她是个没见过任何世面的姑娘，对这个世界的肮脏与荒淫一无所知。红嫂的长年独居生活像是一个沉闷的巨大温室，青青在其中温顺地、不为人知地独自生长，她对母亲的一切教导奉为圭臬。

不过，此刻，她不能不感受到古丽吃东西的声音——一个年轻女人，她咂摸着嘴巴发出模糊的哼唧声——这在想象中，本是多么典型的粗俗之举！可是，不，听听古丽，看看古丽，她所传达和散发出的一切多美呀，如此舒服！自然！那是对简单食物的满足，对热汤热水的感恩，对健康肠胃的呼应……青青简直看得入迷了，呆住了，好像第一次从古丽这里知道：吃饭原来可以变成这么豪放的一件事。

怔忡之中，青青把眼珠流转过去，像是慢慢移动的光线。刚才，在观察古丽的同时，青青用余光注意到，达吾提对味道有着特殊的爱好。筷子，他会闻闻。菜叶，他会闻闻。红嫂拿来的抹布、红嫂放在桌边的围裙、古丽突然打出的一个饱嗝——他也会飞快而认真地嗅嗅鼻子。多么奇怪的爱好呀。青青正想好好研究一番，小男孩却刚巧吃完，也正抬起眼睛盯着她呢。这让青青有些猝不及防——男孩的眼睛大而亮，并且湿漉漉的，像是家中院子里那专门接天水的一口大缸似的，青青竟能照到自己的身量和影子。青青不由自主地走上前去，摸摸达吾提的脑袋，那黄而微卷的头发毛茸茸的，细腻而伤感。

——青青对古丽及达吾提的好感是没有实际意义的。太多的悬疑与敌意仍在屋子里四处窜动，伴随着红嫂走来走去的身子。红嫂在收拾碗筷，红嫂在抹桌子，红嫂在整理凳子，她的每一个动作都像是一个饱满得快要坠下来的水滴，或是正在发酵的谷物，酝酿着无声的诘问与指责：你跟陈寅冬到底是什么关系？凭什么说这男孩就是他的儿子？今天找到这里来又是什么意思？寻亲么？认门么？闹事么？

古丽仔细地盯着红嫂，像是聋人在读唇语，并且，真像是听懂了每一句潜台词似的，她轻轻地打了个嗝，神色平静地开始回答，口音别扭而吃力，因此显得极为慎重。

大嫂，这儿的地址是陈寅冬给我的。他说过：如果想离开新疆的话，就到这里来找你们。

我认识陈寅冬的时候就知道他是结过婚的，他跟我说起过你们。但我还是跟了他十一年，一直到他去世。

我们那儿有好多女人都这样，十几岁便早早地出来做活，跟着铁路线上的工程队过日子，给工程队的男人们烧饭、洗衣……铁路线从没有人烟的荒地间穿过，我们天天儿只能看到那些男人，男人们也只能看到我们……工程队沿着铁路线从东往西一里一里地变长，我们跟那些男人也开始一对一对地好上了，我们都知道这些男人们是结过婚出来的，可是，那有什么关系呢，在那大荒漠里头？

咱们的这种好，就真是跟夫妻一样好的，各门各户的，像过日子一样的，像外面的胡杨树一样的，像外面的风沙一样的，不知道怎么开始的，也不知道最后会怎么结束。或许，等铁路修完了，那结局也就自然到来了，要么是散了，要么仍然在一块，那谁能说得准呢……

可是我跟寅冬，我们俩的结局却提前到了。那铁路还没修完呢，那工程队还好好地在着呢，那工地上还热火朝天着呢，他却突然死了。您一定知道的，吊机上的一捆轨道枕木，像是瞄准了很久似的，一直等到他路过，才不偏不倚地掉下来……

你是说瞄准！他在瞄准枕木吗？红嫂冷不丁地插了一句，像是早就等着什么似的。

不是！不是！您听错了，怎么可能呢！当然是枕木瞄准他！你想，那条走道宽宽的，那枕木为什么不前不后偏偏就掉下来落到他头上呢！古丽急迫地反驳起来，并且紧紧地盯着红嫂，她怎么会这样想呢，有谁会去找死吗？

你刚才是说，陈寅冬在死之前就把这里的地址给了你，他难道早就知道自己要死？红嫂仍是紧紧地盯着古丽。

这世上，谁都知道自己最后是要死的呀！只是没想到他会那么早，其实，他死后不到一年，那铁路就修好了，现在都开始通车了，他若是没出事，就再也不会出事了……古丽仍是有些混沌的样子，丝毫没有听出红嫂的潜台词。她的简单与迟钝，像是未开刃的刀似的，有点可笑，却又带着巨大的善意。

红嫂沉默了一会儿，她想到了工程队寄给她的一笔钱。那可是个大数目，她至今不敢跟镇上的任何人说出真实的数目，就像她至今不愿跟人谈论陈寅冬的死亡，因为，那听上去多么不真实呀！她想象中的死亡应当有病床与药罐，有尸体与寿衣，有守灵夜与坟头草。可是丈夫呢，他这个死可真是别出心裁呀，只有一张薄薄的电报，来自人们从未到过的地方，一张电报把他的死全部概括进去了，随后跟着的是一大笔款子——陈寅冬被枕木砸扁的身体好像并没有被埋进那片荒凉的沙地，而是变成了一张汇款单，变成了汇款单之后的一张张票子，千里迢迢地慢慢地随着魂魄飞回故里。

红嫂想起来，在陈寅冬的最后一个春节里，在床上，他曾经跟红嫂说过一句莫名其妙的话：无论我做什么，你都要体谅我。一切都是为你们几个好，为了你们将来好。

这话听上去有些拗口，而且陈寅冬一贯沉默寡言、不善表达，夫妻之间也一向温和平静，这话就令红嫂很是惊异了，她有违妇人之道地主动搂起陈寅冬，钻进他羸弱的胸膛，却突然感到耳根处多了几滴眼水。是陈寅冬流泪了。

当时的情景在陈寅冬死后一再重现，像是陈寅冬以一种特别的方式在对红嫂耳语：一切都是为了你们好，为了你们将来好。红嫂心有所感，疑惑与哀痛之情如惊涛拍岸：他为什么要这样呀？没有那笔抚恤金不也能照样过日子吗？当然这话她从未向任何人提及，或许也是因为缺乏更多的佐证。

可是，此刻，这个女人以及她所带来的讯息，无疑再一次印证了红嫂此前的猜想——不是枕木在瞄准陈寅冬，而是陈寅冬在瞄准枕木。这是一次蓄意的死亡。

一阵复杂的滋味向红嫂袭来——一来，她的某种猜测得到了印证，但与此同时，又有了新的发现，陈寅冬口中所指的"你们"并不仅仅指的是红嫂和青青，还有眼前的这个女人和那个男孩子，而正是这四个人，这矛盾而现实的存在，这无法兼得的两端，以及不可调和的将来，促使丈夫选择了与枕木的拥抱。

在红嫂的沉默之中，古丽又往下接着她的叙说：我没能看到陈寅冬的身体，说是脸被砸得太烂，他们匆匆忙忙的就把寅冬的后事给办了，我连最后一面都没见到……我哭了一个星期，后来就不哭了，日子还要过呀，达吾提还得养活呀……我还是跟在工程队后面替他们缝缝补补、烧烧洗洗，替我和儿子挣些生活费……不过，这样的日子也没过长，还不到一年吧，那条铁路就修好了，工程队就散了，他们一下子就全走了……我怎么办呢，我能到哪里去呢，这样子能再嫁人么，嫁了人达吾提还会有好日子过么？这样，我便找出他给我的地址了……我想我就来吧，就在他的家里跟你一块儿过日子吧……即使这辈子人们都会说我是小老婆，说达吾提是个私生子……可是，这是他说过的，叫我们到您这里来……

古丽一口气说完了，这似乎是她所能说出的全部解释，现在她嘴里空空荡荡，再没什么好说的了。天上为什么飘来一朵云，地上为什么少了一只羊，一切不都是清清楚楚的吗？她看看红嫂，等待后者的答复。

红嫂不看她，也不回答，她在看着达吾提。达吾提这孩子累坏了，这会儿正趴在桌上打瞌睡，他的脸被胳膊压得有些变形，薄薄的嘴唇边，一条清亮的口水在渐渐浓重起来的暮色中缓缓拉长，最终滴到地面上，形成一个铜钱大小的水迹。

古丽这次明白了红嫂的潜台词，她顺着红嫂的目光也看着达吾提：是的，这孩子不像陈寅冬，一丁点儿都不像，他甚至都不太像我，真奇怪，他像我二哥……我二哥就是这样，白皮子，卷头发，凹眼睛……

那么，我凭什么相信你呢？相信你是陈寅冬的女人，相信这孩子是陈寅冬的血肉？

古丽想了想，忽然不合时宜地微微一笑，像荒凉山坡中开出的一朵山茶。她走到红嫂身边，把嘴巴凑到红嫂耳边，她轻轻说了一句：他在床上，喜欢用脚……

站在门边的青青尽量地张开耳朵，可是真可惜，她连一个字都没有听到。但这句话显然极为重要，她看到，红嫂突然松弛下来，并轻轻地搂住古丽，两个女人为了一个共同的秘密而同时笑起来，笑得都有些暧昧了，到最后，又变得像哭一样。

　　凭着这句话，红嫂认定古丽的确是陈寅冬的人，而达吾提，是个长得不太像父亲的孩子。

　　红嫂真的留下了古丽和达吾提。

　　清晨稀薄的空气里，镇上的人们在简短的相互招呼过后，互相谈论起事件的这个结果，像是谈论起昨夜的一个共同的梦境，梦里，他们想象着古丽和男孩在这个小镇上今后的日子。古丽进入了小镇的梦，这也许是某种标志：她现在不再是外乡人了。

　　好奇心继续存在着，宽容却同样在生长，大多数人故意忽略掉男孩可疑的容貌和值得推敲的身世，同时，对红嫂的大度表现出由衷的满意。人心都是肉长的呀，哪能真的就让古丽和那男孩再回到新疆去呢，她们不投奔这小镇，还能投奔哪里呢。

　　当然，有人想到了经济的问题。原先，红嫂是靠陈寅冬的工资养活的，陈寅冬去世之后，红嫂就出来做起了小营生，主要是走街串巷地卖小吃物，冬天卖元宵汤团，春秋包饺子馄饨，夏天是酸梅汤果子露……这种小买卖，红嫂和青青两个是够吃了，这下，再添出两个人丁来，恐怕就拮据了吧……

　　念及红嫂这些年的贤德，人们不免又替她感到委屈，她这一辈子，哪里享过什么福呢，小时候没个父母疼爱，成家了基本就是长年守活寡，守到最后，倒成了真正的寡妇，这都五十多岁的人了，临了，却还要替陈寅冬的小老婆私生子操心……

　　但也有人提出了不同的看法，认为这事对红嫂来说未尝不是件好事。您想啊，那青青终归是要出嫁的，而这红嫂，眼看着也就是要衰老的，天上掉下个古丽和男孩，不是给她轻轻松松就旺了人丁、添了子嗣么！再说了，人，生来是吃饭的不错，同样，也是能挣钱的呀，那古丽，哪会真的就来白吃白喝呢，红嫂呀，也算是多年的苦债换来个善终……

　　这些贴心贴肺的话自然传到了红嫂的耳里——这是镇上人们的美德，人们酷爱窃窃私语，同时也愿意把善意加以放大和传播。

　　红嫂对此不置一词，也未表现任何伤感、忧虑或沾沾自喜。担着吃食筐子，走在无人的小巷，她会对着虚空露出会心一笑。她是想到了那笔秘密的抚恤款子，到现在，她都还没动过一分一毫呢，她把它们放在那里，放在一个干燥妥帖的角落……只要有了那笔款子在垫底，她也就不怕了，就有退路了，她相信她能带着四个人过得好好的，不动用陈寅冬一分钱；而只要这笔款子没动，红嫂就感到心定神安，好像陈寅冬还在某个地方呆着似的，他只是不再回来过春节而已……

红嫂的背影在巷子里被斜照过来的阳光拉长，一直拉到墙上，像是一张变形的面饼或是一片云彩的意象——这个妇人关于陈寅冬的想象也同样具有某些后现代的意味。是啊，谁知道呢，谁见过陈寅冬的尸首呢？连古丽都没见到，谁说他就是真的死了？也许他就是没有死，他只是用这种死的方式，活在某个地方，他希望由于他的消失，能够促成一个家庭的壮大，能够让红嫂与古丽、青青与达吾提在同一个屋顶下吃食与睡眠。他活着的时候，没有父母、兄弟、姐妹；但他死后，他有了一个兴旺的宅子，他有两位太太，有一对儿女，他异乡的坟上将会青草丛生、小鸟啾啾，如果能够这样，谁又能说他是真的死了呢？

二

进入腊月了，镇上的人们喜欢在这种季节吃汤圆，红嫂的生意好像更加好了一点似的。人们在买东西时会跟她搭讪几句，他们主要会询问关于古丽的事情，古丽彩色的头巾在这个镇上总不免令人浮想联翩。同时，对于她与陈寅冬的故事，其开始与结局，情节与细节，他们就像现今的记者一样，总会有着孜孜以求的兴趣。

红嫂称着汤圆，找着零钱，一边笑起来：你们不都看到了嘛，就是那样的呗……

红嫂对这些一再重复的问题极有耐心，但她很少进行详细的解说，她发现，古丽的故事简直像是汤团里的馅，不确定、被包裹、回味弥久的……让人们在想象中垂涎欲滴，而这对一个吃食摊子来说，难道不是一笔挺可爱的财富吗？当然，红嫂其实并没有什么商业头脑，但她有直觉，她几乎是下意识地，富有技巧却又浑然天成地保护着古丽的神秘性。为了不让人们扫兴，她又会善解人意地指指汤团：喏，这可是古丽帮我揉的面，古丽帮我包的馅儿……

哦，真的呀！人们好像因此得到了些许安慰，于是心满意足地提了汤团回去，在晚餐的桌子上，男人会端详着汤匙里白胖的汤团，想象着古丽的手掌正在一遍一遍地搓动，从而感受到一种不可言传的快乐。

是啊，红嫂并没有骗他们。晚上，红嫂总会带着一家人和馅儿、搓团子。她踮起脚把油灯高高地放到灶顶上，这样整个屋子都能亮堂了。光来自高处，桌椅的阴影因此显得小了，但人脸上的阴影却变得大了，古丽的睫毛像刷子似的投在她的脸上，青青的刘海则像帘子，她的眼睛躲在帘子后面，悄悄地盯着古丽，并把古丽与母亲红嫂作着对比。女人与女人之间的巨大差异总让这少女心有所动，继而联想到另一个世界的父亲，在他的眼里，红嫂与古丽又各是怎样的角色与位置？

　　夜晚有些凉了，屋子里却充满着令人沉醉的香甜气，糯米、豆沙、芝麻，它们像比赛似的各自散发出淳厚的味道。每到这样的时候，达吾提就会像一只蜜蜂似的，在屋子里绕着圈子转来转去，拖着蝙蝠般扁扁的影子。他把头伸到红豆沙的盆子里，他把鼻子凑近芝麻的木臼里，贪婪地无休止地闻着。或者，他会闭着眼睛，拿起一个又一个包好的汤团，凑近鼻子闻一下，然后宣布是豆沙馅还是芝麻馅。他的鼻子花瓣一样紧紧皱起，完全沉迷在这不断重复的简单游戏中。

　　达吾提的鼻子属狗。古丽仰起头对红嫂说，这是一场聊天的开场白。这样刮着风的夜晚，总是古丽第一个打破沉默，像在夜里划亮第一根火柴。

　　古丽一开口，红嫂总是突然一怔，她看看对面的古丽，会在一瞬间感到迷茫和不解：这女人是谁呀，怎么坐在我家里呢？这世上，除了女儿青青，怎么还有别的人在这里？到底是五十岁的人了，在一天的走街串巷之后，她是有些困倦了，以致出现了短暂的失忆与幻觉。当然，她很快就清醒了。

　　达吾提的鼻子真是狗鼻子呢！古丽接着往下说。从小就是，别人是用眼睛认路，他好像是用鼻子，到哪儿都会在各处角落各样家什上嗅嗅，木头味儿、丝绸味儿、柴火味儿、轮胎味儿，生瓜与熟瓜的味儿，甜葡萄与生葡萄的味儿……那时在工程队，一大堆男人里面，他就是能闭着眼睛把寅冬给挑出来，他总说，每个人的味儿都不一样，闻一闻就知道了。男人和女人，老人和小孩，好人和坏人，都各有各的味道，他一闻就能闻出来……

　　红嫂笑起来，困倦都去了一半似的，她看看那孩子，手里握着两个汤团，头却奄下来，睡着了。青青于是赶紧洗洗手，把达吾提弄到里屋的床上去了。

　　屋子里现在只剩下红嫂和古丽了。即使是晚上，后者还是穿着齐整的长裙，她从新疆带来的那个包袱，像是个无穷无尽的宝囊似的，腰带与头巾，披肩与下围，总会被她别出心裁地变出令人眼前一亮的装束，像个女魔术师似的……她偶尔会走上街头，左顾右盼地东张西望，婀娜的背影像冬季盛开的桃花。但是，在一个陌生的小镇，在她所投奔和寄居的人家家里，她难道不应该表现得沉郁一些吗？比如，她应当唯唯诺诺，她应当低头而行，她应当谨慎地只穿深色衣衫……当然，议论归议论，人们并不真的希望古丽那样，对于超出常理与常识的事，人们保持着矛盾的心态，一方面，他们指指点点，另一方面，他们有所期盼和鼓励，甚至在暗地里十分激赏。

　　红嫂看看古丽，再看看自己。她像青青一样，不是用自己的眼睛，而是用陈寅冬的眼睛。难怪呀，年纪、容貌、衣饰、性情，她跟古丽怎堪一比？陈寅冬怎么可能不喜欢上古丽？甚至，红嫂现在都有些不确定了，有了这么一个古丽，陈寅冬后来是否还在喜欢她呢……

红嫂回忆起她跟陈寅冬的婚后生活，是否有过如胶似漆的时光？尽管聚少离多，但每次的团聚并不总是激动人心的，陈寅冬似乎并不特别热衷床帏之事，他身量不高，亦谈不上强壮，他似乎有一种与生俱来的抑郁与忧戚，他经常在半夜突然醒来，然后坐在黑暗中的床头一言不发。

红嫂对他甚为恭敬，即使是夫妻，他对她而言仍有着某种程度上的神秘——他长年在外，过着与镇上人完全不同的日子，对菜肴，他有一些特别的口味，谈话中，他有时会说出那个地方的口头语。有时，红嫂会觉得陈寅冬是个陌生的男人，他们在床上亲热，相互摸索着寻找方位与节奏，全无默契，更谈不上放松与放纵。那么，是否这其实就是一种迹象，是他对古丽心有所系的迹象？

对这些事情，红嫂从前似乎都没有如此明白地想过，不知为何，在这样的晚上，看着面前这样的古丽，红嫂忽然体味到一种迟来的感悟——她这一辈子，或许真是前所未有的荒凉吧，唯一的男人，即使只是在那些短暂的春节假期里，他也没有真正的在疼爱她。包括他的死，他通过死所换来的抚恤金，或许更多的也只是为了古丽和那个男孩呢。

按理，明白并接受这样一个现实应当是悲痛和委屈的吧，可是真奇怪，红嫂也并没有感到特别的心酸，她只是微微叹口气而已——本来嘛，对她来说，陈寅冬死与不死，不都是一回事儿！他活着，也只活在古丽那里，对红嫂来说，相当于是死了；他死了，对她红嫂而言，仍跟从前一样，他活在那里，她活在这里，她并没有特别少掉什么……

红嫂发现自己笑了，在高处灯火的影子下，她在心底笑了：陈寅冬的死，怎么就变成了一件若有若无的事呢？

每个晚上，都是青青把打着盹的达吾提抱上床。小男孩的身体热乎乎、沉甸甸的，血液在皮肤下穿行，眼皮微微半张，有着麻雀般的敏感与软弱。青青的身量和气力足够抱起男孩，却又总觉得使不上力气，反倒显得有些笨手笨脚。

她用脚推开古丽和达吾提的房门，老式的床宽大而陈旧，发黄的蚊帐如眼帘低垂。她把达吾提一直送到床最里边贴墙的地方，为了防止达吾提着凉，青青又爬上去，细心地在靠墙处放上一块垫子。她的身体从达吾提身上越过去——而每每都是这样的时刻，达吾提突然睁开眼睛，他醒了。他的眼睛正对着青青的上半身。

怎么的？青青连忙缩回来，跪坐在大床的外口。

我闻见你了。

什么？青青有些羞恼，但达吾提的眼睛那么清亮，干干净净的，让她都没法作恼，也不知要说些什么才好。

　　但她其实并不要说什么，达吾提像在做梦一样地一串串往外说着呢：我闻见你了。你身上有各种各样的味道：木桶、麻绳、竹竿、皂角、水草、豆子、灶火。

　　青青这下子笑起来，可不是呢，她这一天里，一大早用木桶到河里挑水，然后用皂角洗衣裳，晾到竹竿上。下午，跟红嫂一起搓了会儿麻绳，晚上，又把红豆沙给漂洗了几遍，然后在锅里煨上了……

　　小东西，瞎说！这哪里是你闻见的？这一天里，我到过什么地方，做了些什么，你不都像个小尾巴似的跟在后面……能说出这些来有什么稀奇！

　　这是第一层的味道。还有第二层呢……达吾提说着重新闭上眼，像走入了一个梦中的花园。你的头发是芝麻味。你的眼睛是露水味。你的嘴巴是……是……

　　达吾提皱起眉头，好像迷了路，他慢慢地抬起身，把他的鼻子靠近青青的嘴唇，在那里停了停，蹭了蹭，然后才接着说：你的嘴巴是番茄味儿。

　　青青被达吾提方才的动作给呆住了，她噤在那里，甚至都没有听清达吾提所说的那些味道……达吾提的鼻子凉凉的，那冷而湿润的感觉仍停留在她的唇上，她几乎感觉到那就是一个吻，一个不成形的小男孩的亲吻，带着某种同情与体谅似的。

　　青青舔舔自己的嘴唇，不知为什么，泪突然流下来，青青的青春期就这样给达吾提的鼻子给唤醒了，她的胸脯在瞬间鼓胀起来，那是陌生的呼唤与刺激，她感到说不清楚的寂寞与疼痛。

　　她仍旧跪在床上，而达吾提，似乎又重新睡过去了，均匀的呼吸轻轻拂过黑暗中的空气，有着小野兽般的天真劲儿和热乎劲儿，像是一种闻不见的芳香。

　　到了黄昏，小街小巷里的寒风就更甚了，刮在人脸上，像是小柳条在抽打似的，担着有些累赘的筐子走在风里，感觉就有些凄苦了，但红嫂并不在意，她认为吃苦是天生的，是必须的。酸胀的腰背、变质的剩饭剩菜、缝补得不像样子的内衣、总是会倒炝烟的灶台，以及冬天寒风的这种刺冷——生活中处处充满不适，这不适反倒让她感到某种安全和踏实。

　　有时，红嫂在寒风里都一直走到天快黑了，每条巷子都走过两遍了，仍会剩下一些汤团，红嫂倒也不恼，便将计就计带回家去做晚饭吃。

　　每到这样的时候，古丽总是最高兴的，她会早早地把米桂花、白绵糖一起摆到桌上，又找出配套的瓷碗和瓷勺，然后才掀开热气腾腾的锅盖，给每只碗都盛上六个汤团，摆成梅花的模样。接着，她会第一个捧起碗，舀出一个囫囵着放进嘴中，闭上眼睛慢慢地咬破皮子，用舌头把芝麻和糯米搅在一起，然后重新咀嚼，唇齿间发出轻微的咂摸声，再慢慢地咽下去，体味它们在喉咙中停滞和下滑的滋味……

就像来到镇上的第一天一样，古丽吃东西的模样总是如此沉醉、心无旁骛，让红嫂和青青甚为惊异。不仅仅是这些有馅的汤团，就是用剩下的糯米屑子搓成的实心小元宵，面条锅里的面汤，用咸菜帮子和一些肉杂碎做成的浇头，她都会有滋有味、全心全意地投入享用……

对吃是如此，对睡眠、穿衣亦是有过之而无不及。每个早晨，她都会狠狠地一直睡到日上树梢，在被窝里伸长长的懒腰，把被子都伸得拱起来，然后大声叹息着对一夜无梦表示满足。然后，她精心地把那些裙子摊到床边，对着屋子里那缺了一角的镜子反复比划，一边伸出头去问青青外面的天气，如果太阳很好，她就穿橙色的，如果有些阴，她穿绿色的，如果有小鸟叫了，她就穿带大花儿的……她对生活的每一刻都特别经心，带着感恩与珍重，一定要别出心裁，让所有的人都高兴似的……

青青，这依然生涩、含苞未放的少女。红嫂，这饱受苦难、几乎不知何为生之乐趣的母亲。古丽的奔放与热烈带给她们的到底是什么呀！

——无疑，青青从不掩饰她对古丽的崇拜，她总是悄没声息地盯着古丽，随时准备替她接接拿拿，随时准备应答她各种各样的感叹或提问，少女依然穿着从前的旧衣裳，梳着从前的独辫子，走起路来微微的有些含胸，可是，青青，真的有什么地方跟从前有些不一样了。就像一个孩子，读过书与没读过书的那种差别。古丽就是青青的启蒙老师，正是在古丽明媚的背影之后，青青的性别意识开始了苏醒，对风月有了一知半解的领会，对神情、体态有了自觉的把握与训练……

至于红嫂，一下子很难说得清楚。她本来以为自己是要生气的，特别是要生陈寅冬的气，他为什么会喜欢上这样的女人呢，简直是自己的反面，她吃没吃相、睡没睡相，缺乏起码的妇道礼数……可是细想想，又说不出古丽具体的什么不好来，后者总是那么欢天喜地的，带着股大大咧咧的孩子气似的……看着她像蜜桃一样的身体，连红嫂都有些愉悦起来，瞧瞧自己，这裂了口子的手指头，眼睛下深褐色的眼袋，在头顶上闪闪烁烁的白发……唉，有些人，就是要像古丽那样活的，享乐、精致、风流；而另一些人，则是像自己这样活的，克己、粗糙、本分。在古丽面前，她一方面有着道德和良心上的优越感，但同时，也有着对另一种风流生活进行张望和入侵的欲望。

这样，等达吾提和青青睡下之后，红嫂会主动跟古丽说起话儿来，寒夜漫漫，她们没有男人，只有时间，可她们又能靠什么来打发时间呢？

红嫂不动声色地聊起一些闲话，周密地一步步把话题往隐秘处推进。不过，红嫂大可不必如此花费心机，古丽哪里需要她引导呢，她几乎是径直地就往红嫂最想听的地方去了。

唉。红嫂，要说起来，陈寅冬更在乎的可能还是您呢！比方说吧，好好的正趴在我身上呢，他会突然就叹起气来，把眼睛往黑乎乎的窗外看，不知要看到哪里似的，整个人都萎下去了……

怎么可能呢！怎么可能呢！红嫂不必要的大声分辩起来。她认为古丽这是在安慰她。况且，就算古丽说的是真的，红嫂意外地发现，她对此也并不感到多少的高兴——奇怪吧，她并不真的在乎陈寅冬更喜欢谁。喜欢人家古丽，那是对的是正常的；喜欢她红嫂，那就叫她不踏实以至不舒服了……

其实吧，我有对不起陈寅冬的地方，谁叫他有两个老婆呢，他能有两个老婆，我就不能有两个男人吗是不是？

这么说，你还有另外一个……红嫂趣味盎然，她很高兴古丽转移了话题。古丽的这个理论显然是经不起推敲的，要在白天，红嫂都会吐唾沫的，可是怪了，现在，红嫂就觉得古丽说得有道理，她做得更有道理。

是啊，每年，我也会离开工程队一阵子，赶几十里路回家里看看父母，一方面是看父母，另一方面当然是看他……他呀，可比咱们陈寅冬厉害多了，每次都让我受不了了呢、撑死了呢，我都全身发抖了呢……不像咱们陈寅冬，他身量小，气又短，到后来就只能用脚了，他就爱把脚指头当家伙使……古丽的用语粗俗而直接，神情却坦诚而大方，像是仅仅在谈论一顿美食或一段面料似的。所以说呀，红嫂，您看看，在这个世上，让人舒服的东西可真多呀，好饭好菜，好衣好裳，好觉好睡，哪一样我都喜欢极了，特别是睡觉的事呀，一个人睡有一个人睡的甜，两个人睡有两个人睡的美，我哪一样都爱死了，爱到骨子里去了……

昏暗的油灯有效地替红嫂遮住了她一再腾起的红晕，她多喜欢听古丽这么说话呀，她还从来没听人这样说过话呢，她还从来没想过这些事儿呢……好像就是从古丽这里，她才肯承认，对呀，原来，那也是件舒服的事儿呢……不过，她在陈寅冬那里感到过舒服了么？难道那过去的几十年，她竟一直是无知无觉的么？就连陈寅冬喜欢用脚的这一习惯，她也没有去多想……那些春节，外面有着呼呼的风，陈寅冬忽然从她身上软下来，然后，像是例行仪式似的，他举起脚来，从上到下地抚摸着她，最后，停在那里……这回忆如此清晰，宛若仍在床榻，最令红嫂沉湎不已的是，她想到，那陈寅冬，对古丽，竟也是这样的呢……一个喜欢用脚的男人，他们的男人……

三

红嫂原以为古丽可以像她一样，满足于每晚的回忆与叙述，并且，她们可以依靠这回忆共同过活，她进入老年，而古丽进入中年。事实上，春天来了之后，红嫂发现：她可能错了。古丽，在骨子里就是跟她不一样的女人，这不是谁更好谁更坏的问题，只是，彼此不同。

是啊，春天来了，东坝小镇的春天带有明目张胆的鼓动性，互相攀比着似的，这里绿了，那里红了，空气都是躁动的，让人感到口渴和焦灼，非要干点什么事似的。这跟古丽的家乡是全然不同了，古丽一下子就被打昏了，她再也坐不住了。

她积极的几次三番的向红嫂要求，由她出去卖吃食，再不出门走走，她就要"霉掉了""烂掉了"。

红嫂看看古丽，后者已经换上春季的衣服了，一方面显得单薄了，另一方面又更加丰满了，红嫂几乎看得欢喜起来，有心要放她出去走走，但又总觉得哪里不大妥当，好像这话一答应下来，就是同时还应承了别的什么似的。

青青在一边看着，想替古丽说情，开了口却又是站在红嫂这边的样子：妈，你都五十多了，再出去跑来跑去，吃不消吧。正好，也让古丽熟悉熟悉，这镇上，她走得还没达吾提多呢！

红嫂扶扶自己的腰，好像突然间就疲惫了起来，这疲惫来得有些违心，又有些存心，总之，她想现在是应当累了，该回到屋子里了，那外面的天地，就给古丽去飘摇吧。

因是春季，这时候，红嫂做的小吃食不再是汤团了，改成炸麻团和咸花卷了，春天日头长，人们走着走着，很容易的就会饿了，如果正好迎面碰上个吃食担子，他们就会买上几个，一路慢慢地走着也就吃光了。

古丽对巷子着实不大熟，走起来有些犹犹疑疑、左顾右盼的，这就跟镇上妇女们大步流星的样子大不同了，人们在后面看了，在侧面看了，在前面看了，都感到一种与众不同的好，他们不免就停下来，喊住古丽，慢慢吞吞地挑上几个包子，慢慢吞吞地掏钱。他们喜欢听古丽说话，因为古丽的话听上去别扭、拗口，他们还注意到古丽鼻尖上的小汗珠，以及她头上随便别上的一朵蔷薇花。她在他们眼中，要比手中的吃食更要耐人寻味。

古丽的生意当然是出奇的好了，比红嫂从前卖出的要多出一倍，还没等红嫂来得及高兴，好好数数那些多出来的钱，古丽就自作主张地开始花钱了。

经过小百货店，她会进去看看，路过布店，停下来东摸西看，经过鞋铺，她又会倚在人家的门前，问这问那。然后，回家的时候，她会一五一十眉飞色舞的重现她所看到听到想到的一切，并且，她的担子里还会多了些别的东西，塑料拖鞋，发亮的发夹，彩色的虾片，能吹出泡泡的糖——不用说，这些新奇玩意儿本身是有着令人激动的魔力的，而且，古丽的行事方式又增加了这种魔力性。比如，她买东西完全没有规律，她并不是每天带，或是隔天带。当大家满心以为她今天是要买什么了，她却空着手回来了；而当大家没指望的时候，她却突然把篮子伸到大家面前。古丽还喜欢把那些新玩意儿们藏在篮子的布幔下，然后，让他们摸。让达吾提猜颜色，让青青猜是吃的、用的还是玩儿的，最后让红嫂猜：这礼物是买给谁的？

——对于古丽突然爆发出来的购买欲，红嫂是拦都来不及拦了，也是拦不住了，脚在她身上，钱在她身上，这可真是糟透了！红嫂虚张声势的在心中感叹：她这辈子都没有这样大手大脚花过钱呀，这镇上也没人这样不要命了似的花钱吧！镇上的习惯和风气是这样的：如果能赚上五块钱，一定只能过五毛钱的日子，或者更低，一毛都不花才好，要低于能力，要低于环境，要低于需要，那才是正经过日子的道理，可看古丽这样子，分明是不想过了！

感叹归感叹，生气归生气，红嫂心里却明白得很，她不是真的生气，她不是还有陈寅冬的那笔钱在垫底嘛！就是古丽一分钱都赚不到又怎么样，她们四个人照样可以过得舒舒服服的不是嘛……这样想想，红嫂就真的定下心来，她只是假装舍不得、假装懊恼，可其实呢，在她心底里，却跟青青和达吾提一样每天都等着盼着古丽从外面回来……

再说，古丽其实也没有花很多的钱呀，但真的，每样东西都让大家叹为观止，生活好像因此多了无穷无尽的乐趣似的！您说，买回来总不能不用吧！那才是真的作孽呢！红嫂于是起了油锅，炸虾片，眼睁睁看着单薄的虾片突然弯卷着像笑脸一样膨胀开来。她穿上了平生第一件的确良褂子，她还试了试青青的红色塑料拖鞋，并偷偷地把达吾提的泡泡糖揪下一块放到嘴里……

黏黏的泡泡糖让红嫂惊讶得差点吞下肚里，她慌张而笨拙地从嘴里抠出来，笑话起自己这个乡下女人，她弯下腰尽量不出声地笑着，竟笑出了眼泪，她伸出粗得有些糙人的手抹去泪珠，接着，她真的流起泪来——这迟来的乐趣呀，如此细小、真实，可是，却又残酷地让她意识她前面那些年月的孤独与虚度。

当然，从前的日子跟陈寅冬无关，怪不得他，但眼下的日子，也许倒要谢谢陈寅冬，是他在那遥远的地方结识了古丽，是他通过死亡把古丽带到这个镇上，带到她的身边，陪伴她即将开始的老年。

达吾提吃得很多，睡得也很好，但他的个子却一直不长，好像就准备永远停在那个高度，也许是因为他走动得太多——从仲春直到初夏，他总像是丢了什么东西似的，逼着青青带着他到外面游游荡荡。他抽着他的鼻子，像一只肩负神秘使命的小狗，在清晨，在正午，在迟暮，一天中的不同时分。在阴沟边，在桃林里，在石灰厂，在屠户的案板边，在织布厂前，在邮筒边，在小镇的不同地点，他都会流连忘返，逗留不去，一边专注、努力地抽动鼻子，像人们深情地凝视某处即将永别的地方。

青青有时会走在他的身后，不过，她跟达吾提的趣味全然不同。这个春天，青青是完全的发育了，心理上的发育。她开始懂得轻轻垂下眼皮，开始晓得自己胸脯的美，开始知道微微提起臀部——大多数时候，她是在不自觉地模仿古丽，因此她需要走到巷子里，在没有人看见的地方好好练习，她满心期望着，不久以后，她会成为一个跟古丽一样漂亮的女人，有着一个跟达吾提一样的孩子……

达吾提，你看我好看吗？青青想起古丽头上的花来，她摘下一朵那种同样粉红的蔷薇，同样地别在头上同一个位置，她偏过头去问达吾提。

达吾提从某种专注中勉强地拉回自己，他眯着眼看青青，眼睛越眯越小，像有阳光钻进去了似的。最终，他还是走近过来，把鼻子凑到青青身上，他闻了闻，然后才说：好看，香。

那比你妈妈呢？青青这是有些贪心了。

达吾提严肃地看看青青，他虽睁大眼睛，却视若无物，然后不置可否地又转回身研究他的味道去了。

青青把花取下来在手里握住，她忽然想起方才达吾提的眼睛，他为什么要眯那么小呢，并且，她想起来，这段时间，他总是这样，当他无所事事时，他会睁大双眼，却有些空洞。但当他想看看什么时，却会越来越小地眯起，脑袋向一边歪过去，吃力而别扭……这里面，有什么问题吗？

在这家新开张的裁缝店前，古丽迷路了。因为迷路，她认识了张玉才。

事实上，这段时间，这镇上的巷子她来来回回已走了不知多少遍了，但古丽不记路，因为她每天走的路线都不太一样，她不是根据居民区的分布来决定路线，而是看哪里好玩、没见过、没来过，她就停下了，看一看，张一张，然后歪打正着地摸索着找到回去的路。

让古丽迷路的这家裁缝店，大得超出镇上所有人的想象，缝纫机是一溜排开的，"咔嚓咔嚓"，声音此起彼伏，好听得很。厅堂上方的绳子上挂着女人的春秋衫、格子裙，男人的中山装、列宁装，甚至还有一套白色的西装，气派极了。就连两个小伙计，都穿着一式一样的对襟褂，脖子里搭根软尺，看人喜欢从下到上，打量一圈，像用眼睛在掐尺寸似的。古丽把担子放在门口，走进去摸摸那些料子，看看那些样式，简直喜欢死这家店铺了。

她磨磨蹭蹭地看了又看，终于想到放在门口的吃食担子，这才不得不提脚走了出去。这一出门，发现天色已经不早了，看看担子里还有不少花卷呢，有些急了，见路就走，东拐西拐，这样走了一大圈，发现自己竟又回到了裁缝店前。古丽倒也不慌，她想了想，换个方向继续走，可是事情真是怪了，好像注定她今天就得结识上张玉才似的。她走了第二圈，似乎走得很远，都要到镇子边上了，可一抬头，瞧，这不还是那家新开的裁缝店嘛！

天色真是一层层暗下来了，古丽看看担子里的花卷，虽说没剩几个，可这于她，还是没有过的事哩，竟然会卖不完！而且还找不着路了，天天走的这个小镇，连问人都不好意思开口！

古丽有些恼了，恼自己，恼这些花卷，还恼那家裁缝店，她四处看看，正不知怎么开口问人呢，张玉才却主动走上来了。

古丽，我都跟你走了两大圈了，你兜来兜去到底是要到哪里去？张玉才身量不算高，却挺干净，棉毛衫外面翻出白衬衫的领子。

这镇上的人，在称呼上一直让古丽很不习惯。如是很熟悉的人，他们会喊成亲戚似的：什么婶，什么叔，什么姑，什么爷。如果是不认识的呢，他们一律喊：哎！对于古丽，他们把她划归到后者。哎，买四只豆沙麻团。哎，你帮我换个零钱吧。哎，你家那小男孩几岁了。

可是"古丽"！这个小青年竟这样喊自己。像一个男同学在喊一个女同学，像是认识了很长时间似的。再看看他的干净模样，想想他竟然不声不响地跟了自己两圈。古丽忽然觉得自己整个人都活泛起来，松动起来。

你管我想到哪里去呢，你跟着做什么？古丽有心想让他带个路，嘴上却是不饶人。要说跟男人耍嘴逗趣，她一向是擅长的，从前在工程队，那些姑娘们个个泼辣、能说会道，要不然也不敢到男人堆里讨生活，她在其中也算是个佼佼者。只是自从陈寅冬死了，自从来到这个小镇，因为背景与环境的变化，她竟有些疏于此道了，这会儿见了张玉才，那本领倒一下子复活了。

那么，是我搞错了，以为你迷了方向。再说我看天色晚了，也怕你一个人不太安全。张玉才话虽说得体己，神情却是不卑不亢。

这一来一往，就知道对方的深浅了。想不到这个年纪轻轻的小伙子，竟也有这样的胆识。到这个镇上以来，还从来没有人跟古丽这样说过话呢——有趣味，有分寸，有想头！

两个人说着话，一边就往前走了，自然，是张玉才略略走在前面带路。

走了一程，张玉才忽地想起什么似的，侧过身掀开古丽筐子上的布，看到里面还有几个花卷，于是，伸手在身上摸摸，掏出一毛钱来：正好，我全买了吧。

古丽这下是真的触动了，这个张玉才，何止是有趣，心思还这样细巧！这样贴心！

送到红嫂家，青青跟达吾提早就站在屋檐下心神不宁地张望了，古丽一到，他们全都如获至宝地叫起来，连红嫂都从屋子里搓着手出来，毕竟，古丽还从没回来过这么晚。

古丽顾不上理会红嫂的询问，又把扑到怀里的达吾提拉开，她忙不迭地要招待她在这镇上的第一个客人。喝茶，请坐，请进来。噢，这是红嫂，你认识的吧？她的招待明显有些失了秩序。

张玉才却还是那么平平静静的，站在那里，他听着古丽把红嫂、青青和达吾提一一介绍完，笑吟吟地点点头，才不急不忙地招呼一声告辞走了，竟是连门都没有进的，他举举手中的花卷：我也要回去吃晚饭呢！

一家人就这样被丢在门口，有些眼睁睁的样子看着他走了。张玉才的背影在暮色中一会儿就看不清了，只有达吾提还在嗅鼻子，并显出若有所思的样子。

这以后，古丽跟张玉才就算是熟人算是朋友了。说也好玩，不认识的时候，大街上所有的脸都一样，古丽好像从没有在巷子里见过他。认识之后，他的脸总是老远就会从人群中浮出来，几乎天天都要碰面了。

古丽慢慢知道，张玉才可是正经的初中毕业生，因为读过书，家里人又有些脸面，正托人找了个老会计在学打算盘做账，看样子，以后是要做会计了。会计，这在小镇上，跟老师和医生一样，最是受人尊敬的行当。张玉才想来也是知道这一点的，他的神情之中因此比一般的人又多了几分自信，更添了他与众不同的一点气魄。

认识张玉才之后，古丽倒好像是天天都要迷路了，反正她心里有底，到了黄昏，总会碰上他——或者是他在找她呢！古丽只当不知道，她好像习以为常般地，一边说说闲话儿，一边跟着他走，从小巷走，从人家的屋子后面走，从河道边走，从小桃林里走，也不知是抄了近路还是绕得更远。

张玉才经常一边说话，一边回过头频频地看古丽，带着突如其来的激动凝视她微凹的眼睛。这样的时候——走在张玉才身后，走在这样僻静的小道上，感受张玉才的频频回头，古丽总是很快活。她想，这便是日子里的好滋味呀，跟吃好东西、睡好觉是一样的……至于今后跟张玉才如何如何，她从来不想，一秒钟都不想，想了又有什么用？她结过婚，她有个儿子，她比张玉才大上十二岁，想这些干什么，不是白白让自己过不好日子么……

可是，有个姑娘，她却开始想了，她想得具体极了，美好极了，一直想到了结婚，想到了生孩子。是啊，这姑娘是青青。那天，她在门口第一次看到张玉才，她看到他笑吟吟地冲她点头。

在一秒钟前，什么处对象、谈恋爱呀这些事，离青青还有十万八千里呢，可是，等到这张玉才对她点了点头，一秒钟的样子，她突然就感到，一下子就来了，她的事情、她的命就这样定下来了，就逼到眼跟前了。她只愿意让这个小伙子娶她，她只愿意嫁给他。

青青的想法有些太过突飞猛进了，就像一个还不会走路的孩子，一下子却跑起来，还飞起来。因此，青青是完全把持不住了，她的内向、拘谨、生涩好像都给挤到一边去了，只要是跟张玉才有关的事情或细节，她都会像个不会吃东西的人一样囫囵吞枣地一口吞下去，不分青红皂白，不分酸甜苦辣。然后，等到夜深了，她才会一个人缩在被窝里，慢慢地一小块儿一小块儿地重新咀嚼回味。

自然，她所能得到的任何有关张玉才的信息，来源者只可能是古丽，青青一向对古丽是信服的、崇拜的，而古丽，想想吧，每当她说起张玉才来，用的又是什么样的语气和角度呢？这对青青来说，更加是顺风吹火、火上浇油了！

可光是这样听听又怎能满足？可怜的姑娘，她的胆子真是大得都要发了狂了，她开始悄悄地跑到街上，寻找张玉才的身影……

好在她是在这镇子上从小泡大的，在张玉才还没有跟古丽碰面之前，她会先一步找到张玉才的踪迹。她看见他把手插在兜里走路。停在路边跟人说话。别人给他散烟，他客气地摆摆手。走过一家玩具摊，他孩子气地蹲下去，拿起一只会叫的塑料鸭挤出响亮的声音……青青着迷地盯着看，觉得他的每一个动作，每一个姿势，都再好不过了！

这少女的相思之情啊，太过猛烈，太过茂盛，她完全沉浸在自以为是的想象中，她以为这便是处对象了，她以为这样便是可以结婚了！青青闪在拐角口，按着像青蛙一样乱跳的心……一直要等到张玉才跟古丽正好"碰"上后，她才仓促地结束她的追寻之旅。因为，有古丽跟张玉才在一块儿，她就放心了，她知道古丽回家后会重述她跟张玉才之间的对话，她什么都不会漏过……

青青以为她正在浇灌着一个秘密，这秘密是她的，也是张玉才的，这世上切切不可有第三者知道。可是，这世上怎么可能有不泄露的秘密呢。秘密是什么？是空气，是风，是水，是沙子，只要有一点点可能的空间，它们就泄了，悄悄地弥漫开来，众所周知，满城风雨。到最后，只有制造与守护秘密的那个人，还像守着风中之烛般地，在小心翼翼地用两只手围着、罩着，死了命地护着。

最先识破青青秘密的是达吾提，这个小小的气味收集者。还是在睡觉之前的那一小段时间，当青青把熟睡的他抱到床上，他睁开眼睛，这次他没有看青青，只是看着前面的黑。

青青刮刮他的鼻子：又醒了？

达吾提短促地呼了口气：你的味道不对了。

嗯？青青笑起来，说实话，对于达吾提关于气味的各种说法，她从来都不当真，他不过是在玩游戏罢了。一个七八岁的孩子，不正是游戏的年纪吗，就像别的孩子喜欢木手枪喜欢弹弓，而他，则喜欢玩玩味道。这样想着，她便会装出认真的样子，陪着他玩。

怎么就不对了呢，你从前不是说过的？我的头发是芝麻味，眼睛是露水味，嘴巴是番茄味儿。

现在不对了。你身上满是大街的味儿。

大街的味儿又怎么了？

你的味儿乱乱的，糊里糊涂、傻里傻气的……哎，我问你，你为什么整天到外面转悠？

小东西，你倒管起我来了……青青有一点慌乱，但想想达吾提毕竟是个孩子，应当是无妨的，他哪里就能看破她的心思？

我不管你，谁会管你呢？达吾提的声音里忽然流露出一种深深的忧戚与同情，好像只有他才能真正替青青着想似的。

青青被达吾提的情绪噤住了，这八岁的孩子，像是最柔弱的，却又像是最犀利的。他为什么会流露出那种发自内心的悲伤？

青青，你不要出去了，不要再跟着他了。他来的那天，我闻过了，我就知道，他不会喜欢你……这个人与那个人，他们的味道，就像这个人对那个人的脾气一样，有的是天生合得来的，有的是永远都凑不到一块儿的……

你瞎说什么呢。青青小声地回应道。隔了一会儿，她终于忍不住问道：那你说他喜欢什么样的味道呢，我能变成那种味道吗？

你难道真的没看出来？他喜欢的，是我妈妈的味道。达吾提把他温热的小手伸到青青的胳膊上，他轻轻地抚摸着青青，隔着皮肤，传递出单薄而纯粹的亲爱。

少女却在突然之间枯萎了下去，软软地跌到达吾提一侧，她的头落到古丽的枕上，古丽的味道像无知的蛇一样钻进她的鼻孔。

青青的萎靡与消瘦带着少女期的苍白，她因此变得好看了起来。晚饭桌上，古丽一边美美地吃着，一边飞快地看了她两眼，这对餐中的古丽而言，是难得的分心。

红嫂，看见没，青青长成大姑娘了，身量长长的，眼色水汪汪的。她兴高采烈，嘴里包得满满的，说得有些口齿不清。

哼。做母亲的有一点点得意，却还是压下去。红嫂知道，再平常的女人，在做姑娘时，总有那么三四年，看上去是相当迷人的。

青青低着头，她不敢抬头，也不敢开口，生怕会招出眼里的一泡泪。听到古丽夸她漂亮，她自然是高兴的。就是到现在，她依然还是那么崇拜古丽，后者说的每一句话，她都会毫无保留地喜欢。

这几天，她慢慢地有些想通了，不那么绝望了，不那么怨怪张玉才了……他喜欢古丽，这哪里就能怪他？更不能怪古丽，要怪，只能怪自己，长得不好，味道不对……

等下了饭桌，用茶水冲过了嘴，又呆坐着舒舒服服地消化了一会儿，古丽的注意力才算完全地清醒过来。她暗暗地瞧着正在洗碗的青青，后者的动作有气无力，动作慢吞吞的……即使只是个侧影，也能感觉到青青被克制着的某种情绪。

那是什么？她在忍受什么痛苦呢？

古丽想了想，转到房间里去，达吾提正瞪着两只眼呆在黑地里。

古丽正想点灯，孩子却喃喃地说：不要点，看到灯，我眼睛就会疼……

古丽于是也呆在了黑暗里，她仍在想方才的问题。一个十九岁的姑娘，会为什么伤心？自然，应当是年轻人的心事。那么，又会是谁呢？在这个镇上，青青会为了谁？她都认识些谁？

这么稍稍推理了一两步，答案就水落石出了。古丽为自己的聪明高兴起来……可是，等一等，这么说，事情的结局要提前到了，在她与张玉才之间？

张玉才现在已经不再假装是偶然碰到古丽了。他与古丽之间，实际上已经有了默契。他们会在那家裁缝店前碰面，然后一起漫无目的地东走西走。

古丽喜欢向张玉才回忆她从前在铁路工程队的事情，她那时，比现在更年轻、泼辣，敢当着一大群男人的面就跳起舞来；头上的纱巾从来都跟别人不重样，走在荒地里，人们老远就会认出她……张玉才笑吟吟地听着，一半是折服于古丽的塞外风情，一半是沉醉在双方的爱慕中——他们没有拉过手，好像也不曾想过要拉手，更不要谈别的。他们好像真的只是简简单单的爱慕与喜欢，这爱慕，真实、轻松，而不必担心来路与去程，因为结果是明摆着的，他们都一清二楚：他以后会娶一个别的姑娘，而她，则会继续像阳光一样明媚地活着……

可是，古丽现在明白，结果要提前到来了——她必须让张玉才对青青有所反应。这事情虽不是她的乐趣和愿望，但她怎么能不帮青青一把呢？她和她可是一家人，都是陈寅冬的家里人呢。

张玉才对古丽的话表示了巨大的诧异，乃至愤怒。他看着古丽的唇，像是头一次注意到她有两片这样的唇似的，她的唇，竟然也能说出违心的话？这还是他天天陪着走的那个古丽吗？百无禁忌、由着自己性子的？

她的唇说：你该成个家了吧！先成家后立业么，成了家再好好把会计工作做好。

接着说：我替你说个姑娘，保证是最适合你的。因为我最了解你，也了解她。她一定会是世上对你最好的人。

又说：你可能见过她的。就在红嫂家，她女儿。也是……我女儿。你要相信我，我帮你看的，肯定没错。我不会害青青，更不会害你。

还说：你不要不好意思。这种事情，男的总归要主动一点对不对。我帮你，你写张纸条，或者说个口信，我一定帮你好好带到，约她出来，你们见面。

张玉才把目光移开，他不能不感受到古丽的心肠，那种像天一样大的善，以及不假思索的傻，这其实还是率性了——所以，这还是他的古丽，那两片唇还是她的唇。他的心一开始还气得发红呢，这会却软下来了，疼起来了，都不能碰呢。

青青，自己应当是见过的，但模样记不清了，这说明她长得可能很普通，并且相当内向。不，也不是说他张玉才就一定要将来的新娘能像古丽这样，但是，他，怎么能平白无故的就去约一个几乎还是陌生的姑娘？

但是，这是古丽对他的要求，是古丽的决定，是古丽的性情所在，也是古丽对他的情谊所在，她把他都当成自己的人了，她能做到的，她想他一定也会做到——对某事的放弃。对某人的慈悲。这是她代表他们二人所做的决定。

张玉才看着古丽的眼，他点点头：那我听你的。

然后，他就哭起来，很失体面、很没出息了，往日的镇定与自信一下子没了。他把手紧紧地缩在口袋里，防止自己一下子失控了，会走上前搂住心爱的古丽。

四

现在，红嫂是完全闲下来了，从来没有过的闲。这一闲，日头似乎就显得无限的长了。家里面的那种空空荡荡，都能听见灰尘在往下落了。红嫂坐着，几乎要瞌睡了，却又不敢睡，生怕夜里睡不着。现在，她经常的就在夜里突然地醒了，特别是凌晨四五点的样子，醒了便只好想东想西，想从前的许多事情，想得心里空落落的，什么事情都不踏实似的。

是因为青青吗？要说起来，红嫂倒是家里最后一个注意到青青的消瘦的，像张薄薄的纸片，总待在屋里不出来。注意到之后，红嫂却又连忙装作毫不在意。

自然，红嫂并不知道这里面有张玉才的缘故，但她自有她的逻辑——毫无疑问，女大当嫁，女孩子家十六岁就可以说合婚事了，而青青，眼看着就二十出头了，可到现在，连个上门提亲的都还没有，这在东坝，已算有些迟疑和困难了……

这镇上，男女的姻缘还是要靠媒婆来牵线搭桥的，而那媒婆，也像生意人似的，自然也要找出色些的男男女女，一来路子轻巧，二来容易成交，说出来更加响当些。而从一个媒婆的专业角度看来，青青这样的条件可能是有些尴尬的吧：模样长得平常，父亲亡故，家中人丁又多，关系可疑，唯一的男丁只是个才八岁的孩子……不过，红嫂几乎是骄傲地微微笑起来，不过，她们知道她红嫂有一笔款子么？那要是拿出来，都能吓她们一大跳！吓完了之后，她们准会一个接一个地上门来，给青青说合这镇上最有出息的小伙子。

是啊，红嫂曾经跟自己说过，不到万不得已，她决不动那笔钱，只是，不知道，青青的这事，算不算是万不得已呢？再说，陈寅冬当初的意思又是如何，这笔钱，红嫂要是拿出来用作青青的嫁妆，对古丽和达吾提来说就太不过意了，看看，达吾提，才那么小，保不定以后会有什么吃紧的事急着要花钱呢。

红嫂想了一会儿，没个头绪，浑身却开始燥热起来，头皮痒，后背痒，胳肢窝痒，脚趾丫也痒，毕竟一个冬天都没有洗澡了。看看日头还早，红嫂决定洗把澡。她到灶间烧了满满四瓶开水，又把房间的厚帘子放下，她这里开始洗了，又叮嘱青青继续在厨房烧水。

氤氲的热气顺着木桶的边缘升上来，红嫂脱了衣服，坐了进去。这还是今春的第一把澡呢。红嫂往身上撩了些热水，她低下头看看自己的身子，有些陌生似的，这是从没人细看过的身体，就是陈寅冬，每年他回来，总是冬季，他只在被窝中默默地摸索……也许，这木桶，这热气，便已是红嫂最亲密的抚摸了，她这辈子，不会再有别的了……

而古丽，她倒是未必的，她的身体，或许还会遇上新的目光吧……

这段时间，红嫂注意到张玉才跟古丽的交往，自然，他们并没有什么。但红嫂能够看出古丽从中得到的愉悦，这也许是到目前为止，她在这个小镇上所能得到的最大乐趣吧，她的生活里，如果没有一个相当的异性，那也是太不公平了……

镇上有一些人也注意到了古丽与张玉才，他们看了一会儿热闹，对古丽的大胆感到瞠目结舌，不可思议。这样看了一阵，又有些不安了，觉得如果再看下去就对不起道德良心了。于是，他们做出串门的样子，来到红嫂这里，寒暄几句，接着直奔主题，有些不好意思般地，提起古丽跟张玉才的事：张玉才还是个小伙子，他不懂事也就罢了，可古丽！陈寅冬死了，您这里好心收留下她，她怎么能这样？她这个样子，别人不好说，你红嫂可是要出来讲一讲的，要按老理儿说，她算是小的，是偏房，您是大娘，该服你管的……

红嫂带着些笑，点着头听他们说完，再寒暄几句别的，最后客客气气地送了他们出门。然后，她便把他们的话给忘了。

在这件事上，红嫂打算好了，主意定了，她永远都不会讲古丽半句……没有人会相信，她其实是希望古丽这样的，她在暗中瞧着，高兴着，并朦胧地分享到一些新鲜的气息……古丽是红嫂不可能的生活，是她下辈子的理想，一个人为什么要阻止她下辈子的理想呢？

快要洗完了，红嫂才马马虎虎地洗起了她的胸部。一向以来，对胸部及私处，她总是有着很强的羞耻感，几乎不喜正视。这会儿，她偶然地低下头，吃惊起来——明显的，她的胸部比从前大了许多……而实际上，自从生下青青，她这里便基本是软塌塌的了……红嫂涨红着脸，骂起自己，这种岁数，这里怎么就能大了呢……一边勉强地隔着毛巾摸摸，哎呀，竟摸到些硬硬的肿块，像是没烧烂的肉坨似的，怪不得，这些日子总感到胸前有些坠坠地胀，总以为是冬天衣服穿得多。她又往胳肢窝方向移了移，真是蹊跷，连腋下都有块块肉了，而且还疼起来……红嫂感到一阵恶心，对反常肉体的恶心……当然，还有淡淡的疑惑，这难道也算是病么？要瞧医生么？要撩起衣服给别人瞧？

嗨，哪能做那种事呢！红嫂飞快地想了一下，立即把这想法给拍死了。同时很快地开始擦干身子，她不想在这方面再作任何的纠缠，一个五十多岁的老寡妇了，竟还要为了胸脯里多了些块块肉而大惊小怪，那不要把全镇的人都要笑话死了，她以后还要不要出门了？反正，平常要是不碰到，也并不感觉怎样的疼痛，而一个正经女人，哪里会想到碰这种地方呢？

青青隔着门问还要不要烧水，红嫂也就一下子忘了她的胸部了，坚决而彻底地忘了。是啊，青青，她现在应该集中精力去想的是青青。她回到洗澡之前的思路上，为了青青的终身大事：是否，该把那笔钱跟古丽说出来？看她能不能同意，先让青青占个肥嫁妆的好听名声……

青青在厨房烧水。对着灶里熊熊的火焰，她发起了呆。从昨天晚上到现在，不论看见什么，她都会发呆。

就在昨天晚上，她刚刚把达吾提放到床上，替孩子整理好被角，正准备下床，古丽突然进来了。青青正准备张口，她"嘘"的一声，把食指放到了唇边，似乎不想让红嫂听到她将要说的什么。她手上的戒指在夜色中一闪，带着不可思议的迷人。

青青，有小伙子喜欢上你啦！你猜猜是谁？古丽压低嗓子，神秘地凑近青青，她的夸张像热气一样地朝着青青的脸颊扑来。她为什么这么激动？青青回头看看达吾提：他今天怎么真的睡着了？要不然，他也许可以嗅出，古丽的这股热气，是否意味着别的什么？

……

你猜不出？不敢猜？古丽咻咻地喘起气，显得有些焦急起来。

……

张、玉、才、他、喜、欢、你。古丽一字一顿的，并把青青的脸扳过来一点，使她正对着门缝里透过来的灯光。古丽想看到青青对"张玉才"名字的反应。

青青却垂下眼去，像一个人拉上了窗帘。在这短短的几个月里，青青的身子是单薄了，心却丰厚起来。就在听到"张玉才"名字的一瞬间，她就宛若天助地得出一个判断：古丽说的不是实话。

真的。这种事怎么可能骗你。就在今天下午，张玉才，他，托我捎口信给你，约你出去。古丽开始加重分量，她误读了青青拉下的眼帘，以为那仅仅是少女的害羞。

……

你不信？傻姑娘，你想想，要不是因为你，这么些天，他怎么会一直盯着我呢！我都跟过陈寅冬了，我都是达吾提的妈妈了，你说，他没事跟着我干什么呢？他呀，花着心思呢，就是想从我这儿打听打听你的情况，问问你都平常喜欢吃什么？什么时辰起来？晚上睡得好不好？喜欢什么样儿的人？

古丽沉浸在一种自我牺牲的情境中，以致出口成章地进行了突发奇想的虚构。她把张玉才问过她的那些话统统回忆起来，并一股脑儿换到青青身上。甚至，像生怕青青不乐意似的，她还煞有其事地夸起张玉才来。

要我说，青青，找对象也不要太挑。要说这个小伙子呢，还真是要长相有长相，要工作有工作，要人品有人品，绝对是这镇上数一数二的，你跟他呀，我看挺般配……

你们呀，先到裁缝店后面的固桥那里见个面，边走边说说话，你要觉得还行呢，人家张玉才可就要正儿八经地托媒上门了……

这种牵线搭桥的话儿，一旦起了头，往下说起来就有些滔滔不绝了，夜色之中，古丽的眼睛闪烁起光芒，她几乎说服了她自己，她几乎相信她说的就是真的。

青青终于抬起眼睛，看着古丽，专注而冷静，后者因此不安地停下叙述。

你对我实在太好了……青青有些慢吞吞地说。

没什么，也是受人之托嘛。也是顺水人情嘛。青青神色中的黯然让古丽感觉些什么，她突然感到一阵气短和懊恼，她想她刚才也许说得有些过了。有些时候，就是这样，用力不当，用力过猛，都会中途坏事。那头，好不容易才说服了张玉才，总不能在青青这头给断了吧。这一想，古丽更加急了，却不得不忍着性子欲扬先抑，把方才的热烈猛地削去一半。

当然了，青青，这终身大事，主要还是看你自己。所以你看，我特地先跟你悄悄儿地说，还瞒着红嫂呢，你这两天好好想想。想定了，把回话儿给我，我再给你捎给他，好不好？

然后古丽就急急忙忙地出去了。她不想让青青现在就把话给说死了。她相信青青只要睡一个晚上，只要做一个短短的梦，只要稍微想一下张玉才的背影和走路的样子，她就会克服害羞与不自信，她就鼓起勇气来，会吞吞吐吐地找到自己，答应那个在裁缝店后固桥边上的约会。

当晚的青青没有梦到张玉才，因为她根本没有真正睡着。从夜里到白天，她一直都在紧张而低效地思考：那个固桥边的约会，去？还是不去？

古丽所说的一切，她知道，是不真实的，这一定是古丽，为了帮助（同情？）自己，而硬生生地把张玉才给拉过来的。可是，情感怎么就打不过理智呢？青青同时又在想：万一，万一！古丽说的就是真的！那人就是真的喜欢上自己呢……而且，就算真的假的都不管，为什么自己就不能跑去跟张玉才见上一面呢！只要跟他一起站上那么一小会儿，看看固河里的水草，看看他的鞋子和裤脚，哪怕一句话不说，那不就够了嘛，这辈子难道还指望别的什么吗？

青青一声不响地坐在厨房，一动不动，只看着灶膛里的火，左摇右摆，忽上忽下，她想，那火里烧的哪里是柴？分明就是自己的心了。

忽然，外面传来达吾提的脚步声，青青微笑起来，想到一个好办法，她的心终于可以不必再这样被焚烧下去了。

青青几乎是轻松地站起来，问东厢房里正在洗澡的红嫂：还要再加烧一锅水吗？

达吾提蹲在院子的墙角下。院子外各色各样的气味像一大群顽皮的伙伴似的，在竭力地呼唤他引诱他，可是没办法，他没法出门。他真的没法再忍受外面的阳光了。

不过才是暮春，阳光为什么就这样刺眼呢，像嗡嗡叫的蜜蜂似的，像浓得让人头晕的油菜花似的，达吾提蹲在墙角下，他小小的身子蜷成了一个拳头。他紧闭起眼睛，并用手掌遮住阳光，这样，他才稍微感到舒服一些。

达吾提一直在想着，他得跟谁说说他的眼睛。他的眼睛，让他很吃力。白天，远的东西他压根看不见，近的东西又总是模糊。而过分强烈的光线，都会让他的眼睛不由自主地发痛，像有针在刺，他揉一揉，眼泪就成串地掉下来，但达吾提知道：他是个男子汉，这不是在哭。而到了晚上，情况就更为奇特了，所有发亮的东西，油灯、瓷碗的边缘，古丽的耳环，青青眼里的水，这些亮闪闪的东西就全都被放大成一团团的光晕，到处朦朦胧胧、影影绰绰……

好在，他有鼻子，他的鼻子就是他的眼睛，红嫂给他端热汤了，青青给他穿衣服了，路上有小狗来了，前面有条木桥了，旁边来了辆自行车了，他的鼻子都会提前告诉他……

但是，但是，达吾提真的很想找个人说说他的眼睛，他感到他快要失去它们了。可是跟谁说呢？红嫂，不。青青，不能。古丽，更不能——在达吾提看来，家里那三个女人，某些地方，总让他觉得可怜，是不能依靠的，他不能把他的问题再加给她们……

因此，当青青向达吾提提出一个请求——代替她到固桥边去跟张玉才见面——达吾提几乎要跳起来了，是啊，怎么没想到，其实可以跟一个外人说说，说说他的眼睛。

达吾提答应下来，同时，他嗅出青青嘴中的腥气，根据他的经验，这种气味往往源自那样一些人：情绪紧张或者身体不够舒服。

去见他……嗯，做什么呢？达吾提问，事实上他愿意帮青青做任何事，以报答她每天晚上抱他上床、帮他掖被子。

不做什么……我想，就是见一面，跟他站一会儿。反正，你只管去就行了，千万不要乱说话……青青沉吟着胡乱地答道。显然，她仅仅才想到了第一步，事情的下一步她胸中无数，也无能为力。再说，一个八岁的孩子，她能指望什么呢？

奇怪的是，达吾提发现，当妈妈古丽发现是自己代替青青去见张玉才时，她突然显得很失措，一会儿钻到青青的房间低声嘀咕，几乎在哀求着什么，一会儿又脸色不定地跑出来发愣。看到事情的无可挽回，终于有些怒气冲冲的样子：你这孩子，真不懂事，怎么就当真要去了呢？你这回是帮青青倒忙了！同时，达吾提闻到：妈妈的嘴巴同样带着焦灼的腥气。

她们都在因为什么而如此异常呢？

达吾提带着两个女人的不安赴约了。

固桥下面的河就叫做固河，河水看上去并不那么清澈，这是下游，穿过整个小镇之后，在这里，河面聚集着菜帮子、竹竿、木片以及一些泡沫。河水并不深，但仍然拍打着桥墩，有哗哗的声音，并散发出混浊的气味。

固桥上的两个人，都还没有说话。

达吾提脸俯向河面，像一个小酒鬼似的，深深地嗅着发酵的河水。而张玉才，则跟他相反，他把脸冲着街面，路上基本没人。固桥这里，其实是很适合男女第一次私下约会的——古丽所选的地点倒是很不错的。

　　想到古丽，又看看旁边的达吾提。张玉才感到了一丝惆怅，其中又夹杂着庆幸与疑惑。无疑，那个叫青青的女孩子是不来了。从表面上看，他是被拒绝了。不过，对这结果，他感到亲切，并隐约体味到那个姑娘的聪明与骄傲，她是个好姑娘，他钦佩她，不过，这跟其他情感没什么关系。

　　张玉才现在搞不懂的是：面前这个男孩子，古丽的儿子，他到底是谁的使者？

　　张玉才犹豫着，决定还是先等这个孩子开口。

　　其实，我看不清你长什么样儿。所以，我也不知道她们到底喜欢你什么？达吾提突然回过头说。

　　你说什么？张玉才往前走了一步，这孩子的口音跟古丽一样，带着异乡的底子。她们？

　　达吾提答非所问：不仅是你，我现在谁都看不清啦。我眼睛坏了。现在我只能看见一点点光了……达吾提说着又把头冲向河面儿了，好像他是在跟河里的那些脏东西说话似的。看样子他今天只想跟人谈谈他的眼睛。

　　张玉才听出孩子声音中的痛苦。这痛苦真实、细小，富有感染力。于是他把他的疑惑丢到一边。你……是说，你眼睛不舒服了？那，跟她们说了没有？

　　这是治不好的。我从小就不好，她们都没发现。我甚至可以继续这样睁大眼睛装下去，只要我有鼻子，她们可能永远都发现不了……

　　你还小呢！哪里就治不好了！我估计是近视吧，一种假性近视，可以治的……张玉才想起他仅有的一点关于眼睛的常识。

　　达吾提似乎根本就不听张玉才的话，他只是需要说。跟一个人说出来。

　　……从前，在工程队，那是我从小长大的地方，我们小孩玩瞎子游戏，把布条往脸上一蒙，不管是比赛摸人，还是摸东西，我总是最快、最准……从小到大，那是我最喜欢的游戏了……到了这镇上，一开始我还有些害怕呢，什么都看不清楚，但没关系，幸好我有个好鼻子，那就行了……我花了两个月的时间跟着青青，走遍这里的每个地方，我用鼻子记下每个路口的味道，这样，以后我就会认路了，你知道吗？我从不会迷路，这点，我妈妈不如我……

　　达吾提对着河水，在谈论他眼睛与鼻子的过程中，他提到了青青，又提到古丽。每说到一个，都会让张玉才有点分神，他想，也许接下来这孩子就会谈谈她们当中的一个，这样，他或许就能听出：古丽所操纵的这次约会，真正的背景到底是什么？当然，这并不重要，只是，作为一个年轻的男子，他在情感深处的一点点虚荣。

　　可是，达吾提不说，眼睛的伤痛使他淡忘了他的角色，他完全忘了他所肩负的重托，忘了在他出门之前，青青左一遍右一遍帮他梳头、整理衣服，而古丽，则在一边焦躁地转着，欲言又止……等他一切准备停当，准备走出院子，青青终于飞快地在他耳边轻轻地说了一句：记着帮我拉拉他的手。

可怜的小达吾提，他都忘了拉张玉才的手了，倒是张玉才，慢慢地蹲下来，捧起达吾提的小脸，看他脸上凹进去的眼睛，湿漉漉的，像清晨起了大雾的水面——多像古丽的眼睛呀，只是，他从来没有机会这么近地靠近古丽的眼睛……达吾提也在看着他，两个人对视着，固河的水在旁哗哗地流着。

达吾提突然笑起来，慢慢闭上眼睛，皱起鼻子：你瞧，这么近，我都没法看清你，不过，我现在知道她们为什么喜欢你了……你闻起来就像秋天的麦草垛，干干的，厚厚的，很暖和……

听着孩子突如其来、莫名其妙的比喻，张玉才不知为什么特别地难过起来，可能他还没有习惯达吾提的这种表达方式，也可能是他想到了别的什么，总之，他突然把达吾提搂到怀里，把他像麦草垛一样干燥火热的嘴唇贴到达吾提的眼睛上，这双跟古丽一模一样的眼睛。

半个小时之后，当达吾提回到家中，当青青悄悄拉起他的小手准备放到嘴上时，达吾提却抽出手来，把自己的眼睛送上去：对不起，我忘了拉他的手了，不过，他亲过我这里。

于是，青青冰凉的唇像张玉才一样再次贴到达吾提的眼睛上。这两个吻啊，这么相像，这么接近，却又如此遥远，相隔万里。他和她都没有吻到他们的心上人，永远吻不到。只有达吾提，他感觉到那极为陌生的颤抖，像火与冰在瞬间的拥抱，这是他无法记忆和保存的气味。

张玉才还想再见古丽一次，跟她说说达吾提的眼睛。可是，他发现要见上古丽一面现在有些难了。

她不再出现在裁缝店一带，不再出现在他们从前有过默契的任何地点，显然，她在有意地躲避他。有时，在一个巷子里，他走进去，恰好看见古丽挑着吃食担子的身影，他加快步子走上前，古丽却更加快速地往前走，因为挑着担子，她有些吃力，但仍不肯放弃，鞋子危险地拍打着石板路面。张玉才只得停下来，他害怕古丽跌倒。

张玉才不知道，古丽把上次那个约会的失败归罪于己。为了给自己一个惩罚，古丽决定：不再见张玉才，永远告别跟张玉才在一起的那种快乐与放松。这其中，有对青青心思的难以理解，也有对张玉才不够热情的失望，更有对自己的怨恨与自责。她想：如果没有她古丽，如果她从头到尾都没有跟张玉才说过话、走过路、谈过心，说不定，那张玉才，就会顺利地喜欢上青青，他们会按部就班地请媒、相亲、订婚……是她毁了青青可能的美满婚姻。

张玉才决定停止对古丽的追寻——真要追到她，哪里会难？这个小镇，她怎么也不会熟过他的。但是，张玉才停下了，他想，或许他该遂了古丽的愿，不再见面。

——在骨子里，张玉才其实还是悲观的，从迷上古丽的第一天起，他就在等这个结果，只不过，这结果来得早了些、突然了些。从热络到分手，这里面的必然性，不是情感浓度的问题，不是忠贞与否的问题，而是这小镇的道德，是这小镇的风尚。他，张玉才，二十三了，从现在开始，他得正经准备他的婚姻了。此前的一切，在人们的眼里，都算是花絮与练习，是不作数的，是可以原谅同时也是要被故意忽略的……张玉才本非纵情之人，他并不想去突破和违背这些，他只是希望，能够再跟古丽说几句，他想告诉她，这些天，他跟她一起走过的那些路，他会一直记得，记一辈子……当然，还有达吾提的眼睛。

张玉才只得去找红嫂去了。

这是他第二次到红嫂的家。上一次，是第一次结识古丽的那天，也是看到青青的那天。张玉才感到这次上门是有些尴尬的，这个时机也是非常不当的。但他还是逼着自己敲起了门。他一定得让大家一起来替达吾提的眼睛想办法。

红嫂正坐在厅堂里拣红豆，看见张玉才，她想站起来，不知为何，她僵在那里，整个人都不能动弹的样子。于是她大声喊起来：青青，来扶我一下。

青青出来了。她扶起红嫂。自然，她看见了张玉才，但她就有这个本事，脸都没红一下，眼皮都没抬一下，像是根本没有这个人似的，像是根本没看见一样，又进了里屋。倒是张玉才，脸皮明显地红了，像是心虚起来。

红嫂身子是有些不便，眼睛却还是灵的。青青，可从来没有这么无礼过呀！她在心里拍着大腿恍然大悟，原来青青还有这番心思。只是，唉，红嫂看看张玉才俊俏而坦荡的眉眼，想起了古丽，她在心里叹口气，风月之事，她虽不精，但这样一个青年，结识过古丽之后，要让他再跟青青好上，是有些难了，就是有那笔钱拿出来做嫁妆，都是不妥当、不厚道的，都是要委屈人的，既委屈青青，也委屈这小青年。

红嫂正在心里徘徊着，张玉才急急忙忙地开了口：红嫂，跟您说个事，达吾提，他眼睛得病了，怕是很严重呢，我昨天问过我一个城里的亲戚了，他这种情况，像是弱视，虽然现在有些迟了，但也不是没得治，不过要抓紧，要到城里去开刀矫正……我……因为见不到古丽，所以就来找您了……

我说呢……这孩子，不论什么东西，都不是用眼睛看，却是用鼻子在闻……红嫂喃喃自语。她现在觉得她胸脯那里是一点不痛了，或者说，这痛，跟达吾提的眼睛比，算什么呀，达吾提，才八岁呢，又是个男孩子，是陈寅冬脉里唯一留下的个苗苗了……

你问过了，开了刀，还能有治？红嫂现在只担心那笔钱够不够用了，以前总觉得那钱是永远也花不完的，现在倒担心了，眼睛呢，那肯定是要花大价钱的。

有治，肯定有治。张玉才斩钉截铁地说。其实他也并没有那么大的把握，但他愿意给人以好的念想。再说，他看到，青青忽然从门里冲出来，眼睛里一下涨满沉甸甸的泪珠，那样急迫而信赖地看着他……

现在，红嫂甚至连转身都有些困难了。特别是左边半个，那种钝钝的疼，带着无限的重量似的，拉着她的胳膊，她的后背，她的腰。她从凳子上站起，她挂个篮子，她铺床被子，都是一次比一次更艰难的挣扎，她终于不得不呻吟起来。

达吾提站在红嫂的身后，红嫂走到哪儿，他就跟到哪儿。终于，他把古丽和青青都拖到红嫂跟前，他声音有些发尖：红嫂病了，很重。真的，我闻到她身上病的味儿了。

达吾提的样子还跟从前一样，他以为他还装得像一个健康的人，像那许多有着明亮双眼的孩子。他看不见青青在他的后面掉眼泪，看不见古丽像桃子一样肿起来的眼。当然，他曾经闻到过空气中泪水的味道，但他像大人一样不以为然地摇了摇，以为那是女人们又在为了张玉才在烦恼……

家里人不跟达吾提谈论他的眼睛，好像那只是他的一个小秘密似的。而现在，在达吾提的秘密边上，又长出了红嫂的另一个秘密，像并蒂莲似的，雪白雪白，从黑亮的污泥中生长起来。

保密。你们谁也不准往外说。这是丑事，一说出去，就等于脱光我的衣服……古丽，你知道的，我们家青青还没办事呢，咱们达吾提还小呢，别让这种事在外面传来传去的……记住，不要找医生瞧，不要答理别人的问长问短……你们就让我慢慢地这样病着好了，到最后，该怎么样就怎么样，我不会怕的……红嫂以一个别扭的姿势坐在床边，她逐个地把家里人一个个地看过去，寻找她们眼中的承诺。

古丽让青青带着达吾提离开。她关上门，拉上厚窗帘子，她含泪解开红嫂的衣衫，她要看看并且摸摸红嫂……一个老年妇人的身体，松弛而迟钝……但在胸部，那女人身上本该最柔软的地方，却古怪地坚实起来，一坨一坨的，像打结了，像结冰了……

古丽看看红嫂，脸色突然涨得通红，憋了很久才说出来：红嫂，您还是去看看吧，人都这样了，还留着那钱做什么……您就把那……把陈寅冬的那笔钱拿出来去瞧病！你放心，我跟达吾提保证不会要其中的一分钱，达吾提的眼睛，那是没有救了，他没有眼睛也照样能过活……等您身体瞧好了，我们一起多做些吃食卖，夏天，我还要批发冰棍儿卖，我好好儿地卖，不再跟任何人在外面瞎逛，我保证一天能卖两天卖三天的钱，咱们几个好好地赚，钱呼呼的不就来了……古丽滴下热泪，像要把红嫂胸前的硬块块儿给化了似的。

红嫂先是愣住了，愣了好一会儿，上上下下地看了古丽一会儿，然后，快活地张开嘴巴大笑，可是这一笑，她的肋骨又给拽得吃不消了，痛得她泪都涌出来：好个古丽，原来你知道有那笔钱，可你从来没提过，你真是个坏家伙……看你出的什么主意！那钱要用在我身上，就等于是拿钱去打水漂了，你看看我的脸，看看我这身子，再多花一分都是作践呢……不过，好妹妹，有你这句话，我就感到好受多了……哪天呀，你吃食卖得快了，得空了，你就早点回来，我们要好好合计合计，咱们朝着西北方向敬炷香，也远远地跟陈寅冬说说，他那笔钱呀，咱们要用在达吾提身上，带他到城里去开刀，让他的眼睛，比你的还要亮还要好……我们还要用在青青身上，给她置份好嫁妆，让她找个好婆家，要她将来的对象呀，最起码，跟张玉才差不多……

她们一起轻轻地笑起来，像不知名的花儿，散发出淡而哀伤的香气。

（原载《芳草》2007 年第 2 期）

迟子建
CHI ZI JIAN

女。1964年初生于黑龙江漠河。祖籍山东海阳。1984年毕业于大兴安岭师范学校。1987年入北京师范大学与鲁迅文学院联办的研究生班学习。1991年毕业后到黑龙江省作协工作。1990年加入中国作家协会。现为黑龙江省作家协会副主席。

1983年开始文学创作。著有小说集《北极村童话》《白雪的墓园》《向着白夜旅行》《逝川》《白银那》《朋友们来看雪吧》《清水洗尘》《雾月牛栏》《踏着月光的行板》《世界上所有的夜晚》，长篇小说《树下》《茫茫前程》《晨钟响彻黄昏》《伪满洲国》《热鸟》《越过云层的晴朗》《额尔古纳河右岸》，散文随笔集《伤怀之美》《听时光飞舞》《我的世界下雪了》《迟子建随笔自选集》及《迟子建文集》（4卷）《迟子建作品精华》（3卷）等。短篇小说《雾月牛栏》、《清水洗尘》分获第一届和第二届鲁迅文学奖，中篇小说《世界上所有的夜晚》获第四届鲁迅文学奖，长篇小说《额尔古纳河右岸》获第七届茅盾文学奖。

花牦子的春天

　　青岗这地方，大概由于祖辈人曾饲养牦牛的习惯吧，爱管男人叫牦子。老人们都被叫做老牦子，不同的是在前面加个姓氏，如"王老牦子、张老牦子、胡老牦子"；年轻人呢，多数叫小牦子，"李小牦子、郑小牦子、刘小牦子"等。像"张、王、李、刘"，由于姓的人多，就依据人的脾性，再细分一下。勤快的刘老牦子，叫做"勤老牦"；懒惰的呢，自然是"懒老牦"；脾气大的李小牦子，被叫做"犟牦子"；性情温顺的，是"蔫牦子"。爱胡搅蛮缠的王小牦子，就像块嚼不烂的肉，被称做"柴牦子"；而大大咧咧的，叫"虎牦子"。说话女声女气的张小牦子，人称"奶牦子"；见着自家女人跟别的男人打声招呼都要火冒三丈的，头上戴的自然是"醋牦子"的帽子了。

　　在这众多的牦子中，有个叫"花牦子"的。花牦子打小就喜欢看女人的奶子和屁股，看见它们，就像穷苦的人望见了神灯，满心欢喜，双目生辉。成年以后，他见着容颜俏丽的女孩，就要搂搂抱抱，青岗那些有点姿色的女孩，都躲着他。即便这样，他十八岁那年，还是把一个女孩摁在草垛上，干了那事。女孩的家人找到花牦子的父亲高老牦子，说是你们是想见官了事呢，还是私了？高老牦子知道见官的话，儿子会被判强奸罪而坐牢，就说私了。结果高家的一亩好田，再加上一口肥猪，被生生赔掉了，气得高老牦子直骂儿子，说是要把劁猪的徐老牦子找来，骟了他那败家的玩意。以前，高老牦子的儿子是叫高小牦子的，出了这档子事后，大家都说高小牦子是青岗有史以来少见的拈花惹草的主儿，都叫他花牦子了。

　　高小牦子变成花牦子的最初两年，老实了不少。见到女孩虽然仍是目光灼灼，但绝不敢造次。然而好景不长，花牦子二十岁时，故态复萌。腊月天，他瞄上了一个上坟的小寡妇，当她路过废弃的砖窑时，把人拖进去给糟践了。小寡妇本来是去坟上哭自己的男人的，遭到凌辱，羞愤之极，要死要活的。没办法，高老牦子只得又把家中的一亩地分给寡妇，再赔上两只鸡。高老牦子气得嘴斜眼歪，吆喝了两个壮汉，把花牤子捆上，打得他屁滚尿流。花牤子挨打时声泪俱下，说是对不起祖宗，可是青岗的日子实在没有意思，唯有那事儿是个乐子，谁知道这个乐子是不能随便要的啊。

青岗的人，听说花牤子这般辩解，都笑，说这人不但"花"，还有点"痴"。花牤子的母亲死得早，只留下他这么个儿子，大家都劝高老牤子，干脆早点给花牤子成亲，他炕上有了人，就不会出去撒野了。可是又有哪个姑娘愿意跟他呢？就这样，花牤子二十二岁时，又跟柴牤子的媳妇、豆腐房的陈六嫂做了那事。丰满白皙的陈六嫂胃口大，把高家最后一亩好田要去不说，还牵走了他家的羊，搬走了衣柜，扛走了桌椅，就连暖瓶和茶壶也不放过，顺手牵来，弄得高家快要倾家荡产了。花牤子这次很委屈，他不断地跟父亲申辩："这回赔东西赔错了，是陈六嫂把我拉上炕的，她干那事比我还乐呢，恣儿得直叫！"高老牤子劈手给了儿子一巴掌，说："那你说是陈六嫂把你欺负了，人家该赔咱家东西不是？"花牤子很认真地说："是！她家的毛驴好，拉磨时从不偷懒，咱该让她赔毛驴！"高老牤子又给了儿子一巴掌，叫着"孽障啊"！

高老牤子大病一场后，做出了一个决定，他要领花牤子离开青岗，投奔远方的亲戚，让花牤子进深山伐木，那里没有女人，会彻底断了他的念想。否则的话，花牤子在青岗再犯一次事，家中房屋都将不保，他就得住在风中了。

高老牤子把家中仅存的一亩薄田让人代种着，锁了屋门，和花牤子各扛了一套行李，上路了。他们出发的时候，去村口为他们送行的，都是男人。女人们巴不得花牤子走，说是凶恶的鹞鹰飞走了，村里的女人就有太平日子了。

青岗是个小村子，住着五十多户农民。这儿土地肥沃，主要农作物是小麦、大豆和土豆。如果是风调雨顺的年份，家家都会仓廪坚实，生活富足。但要赶上年景不好，大旱大涝、早霜或者病虫害的话，庄稼收成差，温饱自然也就成了问题。所以，青岗人有祭天的习俗。祭天通常在春播前进行，人们在大地摆上一个条桌，算是祭坛，张家往上放个苹果，李家放上两个橘子，王家可能放上几块糖，总之，敬奉给天的，都是素净芬芳的食物。

青岗的历史不长，不过百年。最早是几个赶着牤牛贩盐的盐商，看上了这儿的草场和河流，在此落脚，踏出了一条羊肠小道。接着又来了两户人家，他们开荒种地，使这儿炊烟渐浓。但由于它地处偏远，所以真正扎根的人不多。解放后，乡政府在此建村，拓宽了路，荆棘不见了，但路面仍是坑坑洼洼，每逢雨季，就成了泥路，难以通行。几十年下来，道路虽然几经重修，铺了砂石，但架不住人马车辆和风雨的侵蚀，仍是一副破败相。住在这里的人，出门要么步行，要么套上马车，要么乘坐近些年才有的农用小四轮。青岗离深井乡有四十里路，步行要多半天；马车呢，要逛荡上两个小时；就是机械的四轮车，也得突突地跑上一个多钟头。由于这儿交通闭塞，邮路不畅，再加上少有识文断字的人，青岗人对外部世界了解得很少。他们日出而作，日落而息，落寞而知足地活着。他们的娱乐，就是在田间地头说点荤故事，看牤牛顶架，看猪狗交配；冬闲时聚集在一起，盘腿坐在热炕头喝烧酒。五年一次的村委会换届选举，是青岗最热闹的事情。乡政府的人大主任会带着人，来发放印着候选人名字的选票。青岗人按照既定程序选出村长后，还要依照自己的一套选举法，选出另一个村长，这也是他们的一项娱乐。他们会把村上每个成年人的名字写在同一格式的纸条上，放在帽兜里，由村上最小的娃娃抓阄，抓出谁，谁就是村长。所以青岗不同别的村子，总是有两位村长。因为这个，还闹出了笑话。有一回，刚出满月的奶娃哼哼呀呀地抓出一个纸条，这人竟是傻牤子！他是个痴呆，东西南北不分，见着女人爱说两个字：丫丫！见着男人只说：牛牛！他被选为村长，大家的快乐可想而知了。

花牤子离开青岗四年后，又回来了。他们父子走的时候，肩上扛着两套行李，回来仍然如此，不同的是那行李更破旧了，他们就仿佛是扛着败军的旗帜似的。高老牤子还是以前的模样，不同的是更老更瘦了，可是那个曾经生龙活虎的花牤子，完全变成另一个人了。他原来高大威猛，四方大脸，头发和胡须茂盛，目光炯炯，声如洪钟，步履铿锵；可归来时他却是面色寡白，脸颊塌陷，头发半秃，目光散漫，弯弓着腰，一步三叹，看上去像个痨病鬼。原来，花牤子在深山里出了事故。他伐木时，一棵红松在倒下时，像出膛的子弹一样产生了强大的后坐力，将他掀倒。他倒地时叉着腿，那棵粗壮的红松的根部，狠狠地砸向他的裤裆，就像捣一个鸟窝似的，把他男儿的零件打得稀烂，从此花牤子就成了石榴裙下的废物。高老牤子跟人说，花牤子出事后，足足哭了三天。花牤子开始大把大把地掉头发，面色变白，声音变细，而且腰也弯了，伐木时连锯都拉不动。高老牤子一想儿子出不了大力气了，他没了男人的家伙，等于一个武士丧失了宝剑，不能再对女人兴风作浪了，于是就带着花牤子，踏上了归乡的路。

青岗的男人可怜这对父子的遭遇，帮着他们把房屋修葺了，还帮他们开荒，使高家又有了三亩地。女人们呢，她们对花牤子也心生同情，将自家的鸡雏、鸭雏和猪崽送给他们饲养，高家的院子，渐渐又有了生气。

花牤子刚回来的头三年，精神萎靡。他去田间干活，干着干着就会撇下锄头或镐，把垄沟当成被窝，呼呼大睡。他见了男人顶多"哼"一声，算是打过招呼；见着女人呢，更多的是低下头，叹息一声。春天时撞见发情的牲畜，他就像躲避洪水一样，撒腿就跑；他最痛苦的时候，就是谁家要迎娶新娘了，一听见欢快的唢呐声传来，他就捂起耳朵，连屋门都不敢出。他也因此憎恨吹唢呐的陈老牤子，见了他会啐一口痰。陈老牤子很生气，说："我胡子都白了，那些老狗见了我都得给我蹭蹭裤脚，你一个做晚辈的，凭什么吐我？"花牤子带着哭腔说:"谁让你把唢呐吹得那么响呢!"

花牤子振作起来,是由于电的到来。他归来的第四年,由政府出资,把深井乡的电引向与它毗邻的三个小村:三面村、落雁岭和青岗。这三个村的农民得知这个消息后,欢天喜地。电线杆一根根地在大地上竖起,它们就像一排队列整齐的士兵,雄赳赳地挺进小村,给黑暗中的人们带来光明。以往人们照明,使的是蜡烛和油灯,这瘦弱而贫瘠的光颤颤巍巍的,坐在灯下做活的女人,常嫌那光伤眼睛。而且烛光和油灯的光都像没魂儿的人似的,没力气把屋子的每个角落都照亮。电却大不一样,它能让满室生辉。

虽然青岗通的不是国电,而是乡发电厂发的电,这电的习性跟鬼一样,傍晚来,日出前回,但人们已经大喜过望了。通电的那天,花牤子坐在灯下捧着脸哭了。他鼻涕一把泪一把地对父亲说:"这电灯多好啊,咱家的屋顶往后就是有了一只金色的小鸟了!它每天晚上都能飞来,我的心里就不凉了!要是它不来,还是过着老日子,我都想好了,就给这世上省点粮食吧,我喝上一瓶农药,到阎王爷那儿去算了!"高老牤子老泪纵横地说:"儿啊,爹对不起你,要是不把你带到深山伐木,你就不会出事,咱高家也不会在你这儿断了香火啊,老天真是不长眼啊!"花牤子抽噎着说:"爹啊,你别埋怨老天啊,我估摸着老天是好意啊!它看那棵红松太像一杆蜡烛,就想送给咱家照亮儿。我的腿一叉开,老天以为那是烛台,就把它插上来了!可是老天怎么没想到,我这么小个烛台,怎么插得上那么杆大蜡烛呢?我没见到光,倒弄得两眼一抹黑!爹呀!"

有了电后,高老牤子见儿子比以前活泛了,就把爷俩伐木时赚的那点钱拿出来,进城买了台电磨,加工小麦,磨面粉。以前,青岗人磨面,总得把麦子运到乡里。现在高家有了电磨,人们自然都到他家磨面,花上三块五块钱,一袋面就磨好了。花牤子磨的面细,麸皮少,面的成色好,做出的面食自然上乘,青岗人都夸赞他的手艺。渐渐地,他磨面的名声传了出去,邻村的人,也来磨面了。由于电磨只能晚上启动,所以花牤子一到黑天,就开始忙活了。电磨旋转着,麸皮飞扬,麦香味在星光下飘荡,花牤子的脸上有了笑影。若是外村人来这儿磨面,就得在高家住上一宿,所以高老牤子把西屋腾了出来,留给客人住,他和花牤子住一个屋子。一个深秋的黄昏,太阳刚落,西天上如火的晚霞正如戏台上当红的花旦,散发着绚丽的光芒,高家门口出现了个牵着毛驴的女人。毛驴驮着两袋麦子,一看就是来磨面的外村人。花牤子迎上前,帮着这人卸麦子的时候,身子颤抖了一下:这不是紫云么?!

虽然她已消尽了青春的容颜,苍老憔悴,瘦弱不堪,花牤子还是一眼就认出了她。当年她可是青岗最俏丽的姑娘啊。她那时脸蛋鼓鼓的,睫毛长长的,大眼睛忽闪忽闪的,梳着两条又粗又亮的长辫子,喜欢咯咯地笑。花牤子每看她一眼都要热血沸腾。尽管紫云躲着花牤子,但是那年夏天她去割猪草时,还是被他盯上，给摁在草垛上。紫云失了身后，本想嫁给花牤子的，可家人说花牤子不是个本分人，进了他家的门，等于踏进了牲口棚，别想有好日子过，不如朝他家要东西。这样，高家的一亩好田和一口肥猪就成了紫云家的。花牤子连连犯事而被高老牤子带进深山伐木时，紫云嫁到落雁岭。她的遭遇十里八乡的人都知道，所以条件好的男人都不要她。娶她的是个跛子，他比紫云大八岁，脾气暴，爱喝酒，三天两头就打媳妇。紫云先后怀了三个孩子，都被他生生给打掉了，弄得她再也不能生养，跛子因此加倍折磨她，每次在她身上撒过野，就得用皮鞭抽她一顿。紫云嫉恨父母当年贪财，没有让她嫁给花牤子，才落到一个残暴的跛子手里，所以从不回青岗探望他们。

花牤子是从父亲那里听说紫云的遭遇的。高老牤子唉声叹气地说："哎，你作践的这三个人，数她命苦啊！"父亲一这样说，花牤子就气得青筋直暴，他喊着："是两个，不是三个！陈六嫂不算！是她睡了我，和柴牤子合伙，抢了咱家的东西！"高老牤子说："陈六嫂纵有千般不是，可她一个女人家，怎么睡你？混说啊！"花牤子急了，他攥紧拳头，"嘭嘭——"地砸自己的脑门，吓得高老牤子赶紧说："啊，你说得对，是陈六嫂睡了你，害了我儿！"

花牤子成了废人回到青岗后，发现小寡妇已经改嫁给劁猪的徐老牤子，虽然两人相差十五岁，过得倒也恩爱，下地时并着肩走，有说有笑的，这减轻了花牤子心中的愧疚。只是徐老牤子来高家劁猪时，下手不如在别人家利落，把猪弄得很痛，嗷嗷叫，高老牤子很不痛快。还有，高家有了电磨后，徐老牤子来磨面，从不给钱，花牤子朝他要，他就翻着白眼说："你亏欠我老婆，这辈子都还不清对她的债，还敢要钱？"花牤子说："我亏欠她的，不亏欠你的！再说了，她那时寻死觅活的，说是我进了她那里，她坟里的男人不得安生，现在你那鸟玩意不也进了她那里了吗？她怎么就不管坟里的男人的安生了?!"徐老牤子跳着脚说："我跟她是明媒正娶，你对她是强奸，你个呆子，懂个屁啊！"可花牤子执意要收钱，他说："就算是吧，我把她的钱免了，可你不行！男人比女人能吃，一袋面你得吃多半袋，你得把那份钱给我！"徐老牤子把磨好的面往肩上一扛，说："我给你个屁！"抬腿就出了高家的院子。从那以后，花牤子就不给徐老牤子磨面了。

除了徐老牤子，青岗还有一个人来磨面时，花牤子也是不搭理的。她就是陈六嫂。她不如过去白胖了，脸上的褶子也多了，可还是喜欢穿红戴绿，跟男人眉来眼去的。她扛着麦子来高家时，花牤子不是嫌她家麦粒的成色差，不宜磨面，就是说活多，排不过来。有一回，陈六嫂"啧啧"地拍着电磨说："这东西真是好玩意，插上电，它就能干活！要是我家也有一台，用它磨豆子做豆腐，就省得养驴拉磨了！"花牤子知道陈六嫂打电磨的主意，他用庆幸的口吻说："我现今可是沾不了你的身了，你想要电磨，那是白惦记啊！"把陈六嫂臊得满脸通红，好没趣地扛起麦子，走了。从那以后她长了记性，不找花牤子来了。

就在紫云来前不久，有天晚上，花牤子上炕早，他关了灯，躺在黑暗中和父亲说话。花牤子叹了一口气，说："爹啊，你原来说我作践了三个女人，我跟你说是两个，陈六嫂不算，现在看呢，那个小寡妇也不能算啊！"高老牤子咳嗽了一声，问此话怎讲？花牤子很认真地说："我下晌看见徐老牤子老婆的肚子大了，她喜滋滋的，要给这个劁猪的生小牤子了！爹你想啊，要不是我日弄了她，凭她那么受看的长相，她就是再找主儿，哪能轮到徐老牤子？没想到她跟了他，日子过得倒比以前美了！"高老牤子很少听花牤子说这么富有条理的话，他很高兴，说："对呀，那小寡妇是因祸得福！你没坑害她！"花牤子蔫蔫地说："可我坑了紫云啊。爹啊，我想着将来磨面要是赚了钱，能不能让我帮着她把落雁岭家中的房子翻修了？你不是说，她男人不管家，房子都快倒了吗？"高老牤子说："儿啊，你可不能操那个心！你要是给她修了房子，那个跛子吃起醋来，能揪掉紫云的耳朵下酒，再剥了她的皮，包饭团来吃！再说了，当年咱给她家赔了地，又赔了口肥猪，两清了！"花牤子便不吭声了。

现在，紫云就站在花牤子面前。她穿一双沾着泥巴的绿球鞋，一条打着补丁的蓝布裤子，一件高粱米色的套头秋衣。她齐耳短发，发丝干涩，两鬓斑白，额头和眼角都有深深的皱纹。她的眼睛虽然大，但毫无光彩，这样的眼睛就给人枯井的感觉，看一眼就心凉。花牤子想跟她说话，可不知说什么，于是就指着轰轰烈烈的晚霞说："今儿那里热闹啊。"紫云歪着头，看了一眼西边的天际，说："那里热闹的时候多了。"花牤子"唔"了一声，先把麦子抬进院子，再把驴牵进来。高老牤子听见动静，从屋里端着饭碗出来，一看是紫云，差点没失手打了碗。他问紫云："你这是回来看你爹娘，顺路来磨面？"紫云说："我不回娘家，我就是来磨面的。落雁岭的人说，花牤子的面磨得比乡里的都好。"高老牤子说："那你晚上住哪儿啊？"紫云很干脆地说："外村人来磨面不都住在你家吗？我就住这儿了。"高老牤子倒吸一口凉气，说："那炕上的被褥谁都用，你不嫌埋汰？"紫云说："我晚上呆着也没事，今儿是阴历十六，月亮圆，我帮你们把被褥拆了，拿到青泥河洗干净了。"

花牤子想紫云还没吃晚饭呢，就张罗着烙油饼。紫云说："我出来时带着干粮，路上吃过了。你不用管我，快磨面吧，明儿一早我就得回去。"

晚霞落了，电闪闪烁烁地来了，花牤子在灶房的电磨前开始干活时，紫云不仅把西屋客人用的那套行李拆了，还把东屋高家父子的被褥也拆了。她朝花牤子要了条肥皂，将床单被罩装在洗衣盆里，去了青泥河。花牤子磨面时，不时地来到院子朝青泥河方向张望。高老牤子对花牤子说："看啥看？她打小就爱在青泥河洗衣服，大明的月亮，丢不了。"花牤子说："秋水扎手凉啊，她可别洗病了。"高老牤子说："唉，她也怪可怜的，年岁不大，看上去像半大老婆子了。看来她真是恨她娘家人啊，这么多年不回来。回来了呢，连家门都不进，看来心里对她爹娘结着个大疙瘩啊！"

快十一点了，月亮似乎高得不能再高了，也明得不能再明了，紫云这才挎着洗衣盆回来。她放下盆，先是看了看毛驴，然后站在院子中，把床单被罩使劲抖搂着，抻开褶痕，一条条地挂在晒衣绳上，挂得满满的，层层叠叠的，好像给高家的院子修了一面墙。不过这墙不是密不透风的死墙，而是散发着皂香味的活泼的墙，月光能从被磨得发薄了的纤维中透过来。

高家的电磨，安置在东西屋之间的灶房里。紫云晾好被罩褥单，走进来。电磨嗡嗡地旋转着，花牤子的头上落了层麸皮，好像刚从鸡窝里钻出来的一只芦花鸡。花牤子大声问："把你的手给冰着了吧？"紫云摇摇头，说："你爹的被子缝得还真不错，我拆的时候看了，那么匀的针脚，比我的活儿都好！"高老牤子闻听此言，从东屋走出，说："孩儿他娘死得早，我年轻时就学会了女人的这套活啊！"紫云叹了口气，把剩下的肥皂放在灶房的窗台上。先前那条厚厚实实的肥皂，已被磨得像片油炸的土豆片，薄而透明。紫云指着它说："估摸着还能洗件衣裳呢，就没舍得扔。"高老牤子说："紫云啊，你把被子都拆洗了，晚上只能盖着被胎睡了，要不你回娘家去住？"紫云沉下脸，说："我累了一天，困了。"说完，抬腿进了西屋。高老牤子讨了个没趣，回东屋歇着去了。

花牤子磨了一夜的面，他也因此听了一夜紫云的咳嗽声。天明了，电回了，花牤子刚把磨好的面装好，紫云起来了。她帮着打扫干净了灶房，就要回落雁岭。高老牤子也起来了，他打着哈欠说："我这就烧火做饭，你可不能空着肚子走啊。"紫云说："我还有两个火烧呢，路上吃。"说完，张罗着套驴。花牤子无奈，只能听从。他把面袋挂在驴身上，看着紫云牵着驴出了院子。那天有晨雾，虽然花牤子一直望着紫云的背影，可她和毛驴的影子很快就模糊了，不见了。花牤子回到屋里，发现电磨上有十块钱，这一定是紫云悄悄留下的磨面的钱。花牤子拿着那张钱，哭了。那张钱被他的鼻涕和眼泪弄得潮乎乎的。

三天后，从落雁岭传来了紫云的死讯。紫云的娘家人听到噩耗，赶到落雁岭，抢天呼地地朝跛子要人，说是他害死了紫云。跛子说："她是自己撑死的，干我屁事？！"跛子说，紫云想吃新麦，就牵着毛驴，驮着麦子，说是到乡里磨面去了。不过落雁岭的人看见，紫云牵着毛驴，不是往深井乡走，而是朝青岗来，他估摸着，她这是找花牤子磨面去了。紫云磨面回来的第二天，发了个大面团，蒸了两笼屉香喷喷的馒头，坐在炕头，一声不吭，一个连一个地吃。那馒头每个都有拳头那么大，她足足吃了十二个！吃完馒头，她躺在炕上，一动不动，不出一个钟头，人就没气了。跛子骂道："妈的，花牤子害了她，她还惦记人家！这饿死鬼托生的烂女人，死得活该！"

花牤子听说紫云没了，足足三天没有磨面，也没有吃一口饭。他拿着紫云留下的那张钱，呆呆地看。高老牤子急得满嘴是泡，换着样地给儿子做好吃的，糖饼、葱花鸡蛋面、虾米疙瘩汤，可花牤子碰都不碰。他绝食的第四天早晨，高老牤子做了一碗馄饨，递给花牤子，说："儿啊，你要是再不吃，就是不想给爹养老送终了！"花牤子这才接过碗，吃了馄饨。吃完，他指着那张十块钱背后的山水问："这是哪儿？"高老牤子看了一眼，说："我怎么知道？能上了钱的，一准是有名的山水！"花牤子说："我看这水不如青泥河好，太宽了，人不能蹲在河边洗被子。谁要是能帮我把青泥河和草垛印在钱上，我就给他磨一辈子的新麦！"就在这天晚上，花牤子又开始磨面了。不过子夜时分，灶房突然传来花牤子凄惨的叫声，他的左手搅进电磨，顷刻间就被碾成了泥。

花牤子失去了左手后，霜来了，天气越来越凉。有一天晚上，高老牤子蒸了一条咸鱼，炝了一盘土豆丝，跟儿子一起喝了酒。酒后他拎着一把铁镐进了灶房，开始砸电磨。他边抡铁镐边骂："该死的东西，你明明知道我儿成不了家了，就得靠手艺吃饭了。可你断了他的手，是不给他留活路啊！我打死你个黑心烂肺的东西！"电磨坚如磐石，高老牤子年龄又大了，力气不济，他砸了一刻钟，便头晕眼花，扔下铁镐，趴在电磨上，哆嗦着，呼哧呼哧地喘粗气。花牤子知道，父亲想干的事情，十头老牛也拉不回，就没有上前阻拦他。这样，高老牤子歇息了一会儿，再次抓起铁镐，咣咣砸起来。这回他是拼尽了全身的力气，砸得激情飞扬，"啊嘿——啊嘿——"地叫着，电磨终于断肢解体，高老牤子哈哈笑了两声，高喊着："我他妈把你也弄残疾了！"撇下镐，"咕咚"一声倒在地上，归西了！

葬了高老牤子后，花牤子把碎了的电磨，装在麻袋里，分三次背到青泥河。河面已经结了层薄冰，花牤子向里面投碎磨时，冰就绽裂了，裂纹弯弯曲曲的，好像一群体态俊秀的鱼游出水面。

雪花来了，冬天来了。花牤子再看电灯时，心里就没有那种暖洋洋的感觉了，他想那只金色的小鸟已经从他家中飞走了。他没了左手，什么活儿都得指望着右手，这让他很不习惯。他用一只手烧火做饭，用一只手扫地洗碗。以前半个小时就能做完的事情，现在得用一个小时了。他没了左手，但左胳膊还在，抱柴和搬东西时，它也能派上用场。生活的事情好应付，可是他应付不了自己的心，不管屋子烧得多么暖，他的心都是凉的。坐在灯下时，他甚至冷得浑身直起鸡皮疙瘩。后来，他索性把电灯关了，坐在黑暗中。高老牤子刚走的那段日子，青岗人还很关心花牤子，谁家蒸了馒头，会送过来几个；谁家炖了肉，会端来半碗。但时间久了，尤其是进入腊月后，家家开始忙年了，就没人顾上他了。人们去乡里买春联年画、鞭炮灯笼、糖果花生、衣服鞋帽，他仿佛是被世人遗忘了。他可以上午十点起来，一天只吃一顿饭；也可以下午三点就躺进被窝，子夜即起，披衣望着窗外黑沉沉的夜色。他想自己不如死了算了，可是一想他要是死了，将来就没人给爹娘上坟了，就觉得自己死不起。

年味越来越浓的时候，青岗出了一桩大事，徐老犰子被县公安局的人给抓走了！徐老犰子一心想得个大胖小子，给怀孕的老婆吃得太好了，什么春天的蛤蟆、夏天的鱼、秋天的肥鹅。这下好，胎儿太大了，小寡妇临产时羊水破了，可她喊破了嗓子，就是生不下来，憋得满脸青紫。接生婆没了辙儿，她让徐老犰子赶紧把人往乡医院送，去做剖腹产。赶巧那天有电动小四轮的人家，都到乡里办年货去了，徐老犰子急得团团转。如果套马车去乡里，估计不等把人送到地方，就得交代了。徐老犰子一看老婆已经昏厥，急中生智，拿出劁猪的刀子，在她肚腹上划了一道长长的口子！孕妇皮开肉绽，鲜血一汪一汪地涌出。徐老犰子的两只手就像鹰爪，锐利地伸向伤口，将胎儿稳稳地掏出来。接生婆眼疾手快，拿起剪子，"咔嚓"一声剪断脐带。不过这胎儿出来时动也不动，接生婆赶紧接过来，将他倒提着，用手拍打胎儿的背部，终于使这男婴身子颤动起来，哇哇哭出来。孩子活了，可小寡妇却死了，当徐老犰子拿出老婆纳鞋底的针线想给她缝伤口时，她已断了气了。

徐老犰子本不该被抓走的。他埋了老婆后，就抱着儿子，走东家串西家，找那些有奶的女人，给孩子讨口奶吃。青岗人很喜欢这个白白胖胖的男娃娃，都叫他"小乳犰子"。谁知接生婆嘴巴快，不管见到谁，她都要讲一遍徐老犰子拿劁猪刀给老婆开刀的事情，说要不是徐老犰子当机立断，小乳犰子早没命了。她讲的那场面实在太血腥了，把人听得唇齿间生了寒意。终于有一天，这事传到乡里，被派出所的一个人听到了，他说："徐老犰子没有行医执照，凭什么给老婆开刀？他这是蓄意杀人嘛！"于是，把此事上报给县公安局。县公安局立刻出动一辆警车，它一路颠簸，像挨宰的猪一样，嗷嗷叫着开到青岗。

青岗人这是第三次见到警车了。最早青岗还叫人民公社，人们吃着大锅饭的时候，喂牲口的金老犰子偷了公社的一头犰牛，在野地宰杀了，将肉分割了，埋在雪窝里，时常取出一块，揣在怀里，偷偷带回家，夜半煮着吃。最终是他家锅灶飘出的肉香味检举了他，青岗迎来了历史上的第一辆警车。第二次呢，是土地私有化的第二年，郭小犰子在自家地里耕田时，得到一枚铜镜，那上面有葡萄鲤鱼的图案，郭小犰子进城把它卖了一个文物贩子，用得来的钱，给老婆买了个梳妆台，雇了台马车，神气十足地拉回来。结果没出多久，郭小犰子就被警车带走了。青岗人于是知道，虽然地是自家的，但要是挖出宝贝，那就是公家的了。

人们看到警车停在徐老犰子家门前，便纷纷围聚过来，异口同声地说："一个劁猪的，能犯什么罪呀？"徐老犰子抱着裹得严严实实的儿子，面色凄惶地出来了。先前在屋里，公安局向他出示逮捕令，说他涉嫌谋杀妻子时，他就大喊"冤枉呀！"，现在看到青岗人，他就像见了救星，哭叫着："乡亲们啊，我徐老牤子对媳妇咋样你们都知道吧？我疼她还疼不过来，怎舍得杀她啊！她生不下孩子，往乡医院送又不赶趟了，人都背过气了，我才动了劁猪刀啊！"青岗人这才明白，徐老牤子是因为老婆的死而犯了法。他们不忍心看着小乳牤子没了娘后，再没了爹，都帮他求情。可公安局的人不为所动，执意要带走他。徐老牤子见花牤子也在人群中，就把孩子交到他怀里，"扑通——"一声跪下了，说："花牤子，我对不起你，不该不给你磨面的钱啊！如今我这一走，要是被投进深牢大狱，就不知几时回来了。我知道你菩萨心肠，没后人，这小乳牤子送给你养，我是最放心的！"说完，像祭天一样，"咚咚"地给花牤子磕头。

花牤子接过小乳牤子的那一刻，等于接过了一盏灯，他照亮了花牤子暗淡的生活。小乳牤子虽然还没出满月，但他白胖白胖的，黑亮的眼珠，粉嫩的嘴唇，毛茸茸的鼻头，煞是可爱。他很让人省心，只要保持他垫的尿布干爽，他就从不哭闹。花牤子没有想到一个咿咿呀呀的小人，能这么招人喜欢。花牤子手不灵便，给小乳牤子穿衣把尿时费尽周折，可是他满怀喜悦。他怕冻着小乳牤子，不断地往火炉填柴草。他把洗好的尿布相挨着晾在火墙上时，觉得它们就是一片最美的晚霞。青岗的女人可怜小乳牤子，能给他喂奶的，不等花牤子把孩子抱去，就主动上门奶孩子了。每当花牤子看见小乳牤子叼着女人的奶头，"吱咕吱咕"地吃奶的时候，就感动得直想哭。他在心里对自己说："没想到女人的奶子，娃娃的笑脸，也是这世上的灯啊。有这么好的东西在，我断不可寻死了！"

除夕那天，花牤子家比谁家都热闹。一大早，由小孩子抓阄选出的村长，给花牤子送来一袋冻饺子，让他半夜时煮了吃。花牤子刚送他出门，正式的村长拎着几条带鱼来了。两个人碰见时，互相叫着"村长"。午后，来给小乳牤子喂奶的女人，带来了豆豉蒸鲅鱼和红烧鹅肉，说是给花牤子下酒的。到了傍晚，虎牤子领着媳妇，给小乳牤子送来一双虎头鞋，并帮助花牤子扫了尘。花牤子的这个年，可以说是过得有声有色。

花牤子心里一美，脸色就好看了。正月里，小乳牤子出满月的那天，他请了个厨子，在家摆了两桌酒席，把街坊邻里都请来。席间，大家都议论着，不知徐老牤子怎么样了？要是说他杀死了老婆的话，他会不会被枪毙？要是那罪名不成立的话，他什么时候能回来？在青岗人的心目中，村上唯一的老师可以缺，而劁猪的，是不能没有的。他们盼着他早点回来。花牤子一想徐老牤子要是回来，小乳牤子就会被抱走，就伤心地放下筷子，没了笑脸。大家明白花牤子心里想的什么，都安慰他说："只要被警车带走的人，起码得关个三年五载的。等他出来，小乳牤子也大了，谁把他养大，他就认谁是爹。徐老牤子就是回来，恐怕也不好抱回他吧？"听大家这么一说，花牤子又操起了筷子。

然而让花牤子担心的事还是发生了。出了正月，青岗就来了穿制服的人，向接生婆询问给孕妇接生的整个过程，还向村民调查徐老牤子的为人，问他们夫妻感情如何。接生婆说："我接了半辈子的生，懂得他那时要是不使劁猪刀，大人孩子都保不住啊！"村民则说："他一个劁猪的，岁数大了才娶了这小寡妇，疼着呢！要说他的为人，这村里除了猪恨他，没人恨他啊！"大家说的，都是对徐老牤子有利的证词。不过他并没有被释放回来，花牤子渐渐又安了心。谁想到春播前，人们正在祭天的时候，徐老牤子回来了！他蓬头垢面，胡子拉碴，但乐呵呵的，他被无罪释放了！那天花牤子背着小乳牤子，正在祭坛前烧香，看见徐老牤子翩然归来，他立时腿就软了，手一抖，香火从他手中滑落，断了。

徐老牤子把儿子抱走了。虽然他当众表示，花牤子可做小乳牤子的干爹，他随时随地可以去看孩子，可花牤子知道，小乳牤子不是自己的了。生命中好不容易盼来了一盏灯，可它说没又没了。花牤子没有祭完天，就跟跄着回家了。他茶饭不思，彻夜难眠，一心只想着小乳牤子。他想要是能生个自己的娃就好了，谁也夺不走，可是他没了那本钱了。花牤子悲凉极了，觉得这个春天跟冬天一样的寒冷。

这一年青岗大旱，庄稼歉收，青岗人种的粮食亏了。人们都说，别的村的人，这两年都外出打工，赚的钱比种地强多了，咱也不能死心眼，老是守着土地刨食儿啊，明年咱也出去！转年春天，春播完，年轻力壮的人相邀着，打点行李，准备外出谋生了。走前，又到了村换届选举的日子，正式的村长连任了，而村上人自行选村长的任务，交给了小乳牤子。那天村民们欢快地聚集在徐老牤子家，捧着写有村民名字的帽兜，让小乳牤子抓阄。小乳牤子手大，一家伙抓起三个，大家都笑，说是三个和尚没水吃，青岗岂不要像去年一年大旱？于是把那三个阄儿放回帽兜，让他重抓。小乳牤子这回抓出的是一个，大家夸他聪明的话音还没落下，小家伙竟然把这阄儿当成糖，投进嘴里。但他很快品出它没好味道，"噗——"一声吐出来。人们小心翼翼地展开被口水濡湿的阄儿，一看，竟然是花牤子的名字！大家都愣了，当着徐老牤子的面不好说，可心里都想："花牤子没白伺候小乳牤子啊，他跟他还是连心的！"由于花牤子那天没到现场，人们就相约着去他家，告诉他当选村长了！花牤子一听说是小乳牤子把他抓出来的，眼睛潮湿了，他颤着声说了句："这小东西啊。"要外出打工的男人，其实早就商量好了，想让花牤子帮着他们照看家。他们最担心的，不是庄稼荒芜了，而是把老婆一撂半年，她们身下荒芜了，再寻别的雨露去，那就糟了。留在村上的男人，虽然都是老弱病残之流，但因为他们还是男人，外出的人信不过他们，纷纷想到了花牤子。现在花牤子当了民间的村长，他们就怂恿他行使村长的权力，村上的事情都要过问。为此，出发的前一夜，他们各自带着酒菜，来花牤子家聚餐，把家托付与他。他们把正式的村长、徐老牤子和学校唯一的老师白牤子，列为重点监视对象。犟牤子说："花牤子，你最该看住的，就是村长。我们一走，他会找各种名堂，去我们家。他要是上我们家，你就跟着！他不走，你也不走！他是村长，你也是村长啊，不用怕他！"虎牤子说："那个白牤子，别看他一脸斯文，对咱村的女人瞧不上眼的样子，他那是装的，猫儿哪有不沾腥的？他那是没得到下口的机会呀！白牤子要是晚上出门家访，你可得跟着！"醋牤子则说："这徐老牤子也得防着，别看他有了小乳牤子，可他从小寡妇那儿尝到过甜头，我们一走，他没准就打歪主意了！"花牤子犯愁了，他面露难色地说："要是他们三个晚上都出门，我跟哪个呢？"大家没了主意，有人说跟重点对象，可每个人对重点对象的理解是不同的，于是大家就让他随机应变，看当时的情况决定，谁的嫌疑最大，就跟谁。花牤子叹了一口气说："那玩意藏在裆里，它是什么动静我也瞧不出来，怎么跟？"把大家惹得大笑。男人们说，你手残了，种地费劲，从今年起，你就把地撂荒吧，你帮着我们做事，谁能不给你口粮食？每人给你点，就够你一年吃的了！我们走时，跟屋里的女人会说好了，你可以换着家去白吃。她们要是怠慢了你，回来我们收拾这群花母鸡，拔她们的毛！

酒席将散时，新婚不久的奶牤子，代表全体外出打工的人，把一件衣服送给花牤子，那是一件半旧的灰色咔叽布中山装，上下各两个兜。奶牤子的姑父当过副乡长，他去世时，奶牤子去深井乡奔丧，姑姑把它当做遗产分给了奶牤子。奶牤子瘦小，这件衣裳肥大，他穿上身，人好像被缩了一圈，就像罩在蚌壳里的一小团肉，再加上种地的没谁穿四个兜的衣裳，所以奶牤子一直把它压在箱底。现在，大家把这件衣服给花牤子穿上，就像给他行加冕大礼一样，都夸他穿上带劲，有派头，天生就是当村长的料子。把花牤子说得心花怒放，他的心，从严冬又过渡到春天。

打工的人离开后，是春末的时令了。花牤子穿着中山装，白天时走东家串西家，看女人们都干些什么。晚上呢，他就像夜游神一样，在街巷中游荡，对那几个重点对象进行监视。他发现村长是不用看的，他一出门，不是他老婆跟着，就是他家的狗尾随着。那狗被村长老婆训练得跟人一样精灵，村长进屋，它也得进去。要是被拒之门外，它会一路狂奔回家报信，村长的老婆就会跟着狗去找她男人。白牤子呢，他看来是真看不上村上的女人，他晚上只呆在学校他的小屋里读书，他的灯，黑得最晚。最值得提防的，是徐老牤子，小乳牤子一旦睡着了，他就会溜出来，找女人说个话。但花牤子瞧着他，他也说不痛快。有时他会支使花牤子："到我家稀罕小乳牤子去吧，他差不离睡醒了。"花牤子心想："我去稀罕小乳牤子，你就得稀罕娘们了！"仍是寸步不离地跟着，徐老牤子只能灰溜溜地回家。

花牤子不仅管女人，还管田地的事情。麦苗出来了，他就吆喝女人下地铲除杂草。初夏土豆快开花了，他督促她们打垄。麦子在风中一天天黄熟的时候，他提醒她们扎稻草人，戳在麦田里，恫吓那些来吃麦子的鸟儿。女人们忙过了家里的活儿，又要忙田里的，累得唉声叹气的。不过她们对花牤子是友好的，他进谁家吃饭，谁都恭敬着。从春天到夏天，吃了百家饭的花牤子滋润了，春风满面，腰也直了。正式的村长见了他，酸溜溜地说："你比我管的还宽，明年我也出去挣钱，你守着村子吧！"花牤子很真诚地说："我看行！"气得村长揪着他中山装左上面的口袋说："你还真把自己当盘菜啊？"花牤子急了，说："哎，别揪别揪，要是揪掉了一个兜，那就是四轮车丢了个轮子，不值钱了！"

秋天来了，外出打工的男人归来了，他们每人都挣了两三千块钱，乐陶陶的。回家的头一夜，他们就感受到老婆新婚般的热火，知道花牤子是尽职尽责的。女人们缠绵过后，把花牤子帮着操心庄稼的事说了，男人们望着丰收的情景，对花牤子说不出的感激。人人都把他当成了家中的一员，给他带来了礼物：香烟、鞋子、奶糖、糕点、刮胡刀、电子手表、腊肠、仿皮的腰带、毡帽、酥油炒面，总之，吃的用的都有，堆了一桌子。他们收割完麦子，起完土豆和白菜后，每家又送给花牤子一些，还帮他拉了几车麦秸做烧柴。这样，花牤子这一年是不劳而获，粮草充足。他学起了抽烟，说话时仰着脸，在别人家的饭桌前大口喝酒大块吃肉，神气极了。这年腊月，他给父母上坟时，跪在坟前说："爹啊娘啊，儿子现在是青岗的村长了，每年能管半年的事呢，你们再不要惦记儿啦！"

尽管花牤子有吃有喝的，但男人们归来后，他觉得日子过得没有兴味了，于是就盼着春天快来，盼着他们早些离开青岗。

男人们尝到了打工的甜头后，第二年春播完，又把家交代给花牤子，走了。从春天到秋天，花牤子觉得自己过的就是一个漫长的春天。这回他不但管女人和庄稼，连牲畜也管了。哪头猪该劁，哪只鸡该杀，哪只羊该卖，他都要参与。狗见了他要是不摇尾巴，他会上前踹上一脚。陈六嫂的豆腐房已经改头换面，成了青岗的第一家小卖店，经营着油盐酱醋、烟酒糖茶之类的东西。柴牤子知道老婆生性风骚，怕她借上货的名义到乡里找人偷情，临出发前，给小卖店上了半年的货。花牤子为此常到小卖店提醒陈六嫂："你睡觉前可得把火弄灭啊，要是引起火灾，囤的那些货物可就成灰了！"陈六嫂气得抓起笤帚，轰着花牤子，骂："你个没用的花牤子才成灰呢！"

这年，虽然因为虫害有点歉收，但男人们回来收秋时，看到家中平安，对花牤子仍然是感激的，他也仍然得到了各色小礼物：治汗脚的鞋垫、花哨的塑料杯子、芝麻糖、钥匙链、布鞋、手套之类，虽然比以前的礼物要轻薄许多，但花牤子很知足。他家的仓房也依然有了过冬的粮食，院子堆起了充足的柴草。只是到了落雪时节，虎牤子家打起来了。虎牤子的媳妇光着脚丫，穿着背心，披头散发地站在门前的雪地里，哭叫着，说是要让老天把自己冻死。花牤子听到吵闹声，胆战心惊地赶去，心想是不是自己没看好虎牤子的女人，人家才把她赶出屋？听来听去，他明白了，虎牤子归来，他们连日亲热后，小媳妇渐渐觉得身下不舒服，奇痒难耐，流肮脏的东西，看来虎牤子在外搞了女人，把埋汰病传染给她了。花牤子这才明白，男人们打工明着带回了钱，暗着把性病也捎带回来了。这么说，他们在外也是寻乐子的啊。这样一想，花牤子就很不痛快，觉得自己严管女人，是上了这些男人的当。他气咻咻地回到家后，把中山装脱下来，撇在炕上，连晚饭都没吃，一夜无眠。因了这事，随之而来的除夕，也变得没有滋味了。对于春天，他也没有那种热盼了。

男人们猫冬时，唯一做的事情就是往田里运肥料和选种子。此外，他们会扛着冰钎，带着挂网，到青泥河凿冰取鱼。进了腊月呢，他们会宰猪宰鹅，为年做着准备。有了鱼和肉，就得有酒，陈六嫂家小卖店的酒类生意红火了。人们聚集在一起喝酒时，总要叫上花牤子。花牤子不像从前，一叫就去。现在他总是推三阻四，男人们就说："这花牤子当了村长，又管着女人，牛气起来了！"并没介意。

又是春天，男人们春播完，惯例请花牤子喝了一顿酒，把家托付与他。席间，花牤子当着众人的面，郑重地对虎牤子说："别人家的女人我都管，你家的女人我是不管的！"虎牤子拍着桌子吼："为啥？"花牤子从容不迫地说："你知道为啥。"虎牤子反应过来了，他急赤白脸地说："我倒霉啊，别的兄弟在外也干了那事，你想想啊，半年沾不到荤腥，谁受得了啊！可我摊上了个不干净的，晦气啊！今年出去，打死我也不干那事儿了！"他这一解释不要紧，把其他人也都出卖了。花牤子阴沉着脸，瞪着眼，恨恨地看着每一个男人，呼哧呼哧地喘着粗气。男人们赶紧打溜须，说是今年回来给他带好东西，这个说给他买电热杯，那个说买牛皮鞋，另一个又许诺买毛料裤子。但花牤子的脸上并未开晴，所以男人们离开青岗的时候，都有点忧心忡忡的。

花牤子又穿上了中山装，不过不像从前那样，把扣子一个不落地系着，而是敞着怀儿，露着里面四处是窟窿眼的土黄色背心。他步态疲塌，腰也不像以前那么直了。他依然像往年一样在街巷中游荡，不过常常呵欠连天。他去女人家吃饭时，胃口也不如从前了，常常吃着吃着就撂下筷子。徐老牤子见他无精打采的，警惕性大不如从前，便常常把小乳牤子独自放在家中玩耍，自己到陈六嫂家里。但因为小卖店往来的人多，徐老牤子并未得手。有一天，花牤子眼见着徐老牤子进了小卖店，接着，陈六嫂就挂出了"盘点"的招牌，落下板窗，把门反锁上。花牤子并没制止他们，而是到了徐老牤子家，把他的家当看了个遍，然后对着在院子里摔泥巴玩的小乳牤子说："你家的那桶豆油，明儿就得成人家的了。小东西，你沾不到油星了！"果然，第二天陈六嫂来到徐老牤子家，东瞅瞅，西看看，理直气壮地拎走了那桶豆油。从那天开始，陈六嫂家的灶房，不是飘出炸麻花的甜香气，就是炸萝卜丸子的菜香味。徐老牤子一闻那味儿，就要骂一句："臭娘们，该放到热油锅里炸了！"

麦苗抽穗的时节，县财政和广播电视局联合拨款，实行"有线电视村村通"的工程，于是，青岗来了一伙人。他们开着辆面包车，一行六人，载着一捆一捆的线，白天出去架线，晚上回到青岗歇息。他们住在小学校的教室里，在院子里垒起锅灶。他们花着工程款，在村里抓鸡逮鹅，吃得满嘴流油，把小孩子谗得见天地流口水。陈六嫂家的小卖店，从未有过的兴旺。他们买酒成箱，买烟成条，出手大方。而且，他们付给村民的，都是现钱。女人们觉得这是送上门的好生意，整日里往工程队的驻扎地送鸡鸭鹅狗，好不热闹。学校成了集市，白牤子没法讲课了，他提前给学生放了暑假，回城了。

青岗的女人很欢迎这些架线的男人，说是从今以后，晚上能看到电视，那多带劲啊。她们听说电视年底就能通，都说男人们今年打工挣回的钱，不用做别的，就买电视机了！她们兴高采烈，帮他们做饭、刷碗、洗衣，花牤子吆喝她们下田干活时，她们爱理不睬的。他到女人家吃饭时，常常遇到冷脸子。她们吃了晚饭，喜欢聚集到小学校，听那些男人酒足饭饱后，山南海北地胡侃，把她们惹得一阵一阵地笑。花牤子明白，青岗到了最危难的时候了。虽然他每天吃了上顿没下顿的，但还是打起精神，看护着这些女人。花牤子想，肥水不流外人田，你们这些架线的男人，休想占咱青岗女人的便宜！所以，这些人一回来，花牤子就跟着，他们喝酒吃肉，他蹲在一旁抽烟；他们撒泡尿，他也要跟着上厕所一趟。除非他们去陈六嫂那里买东西，他才不跟着。那伙人看出花牤子有些愚痴，又听说他不是个真正的男人了，常常拿他开心。他们说他穿着中山装不应该呆在村里，起码应该到县城去，说是电视上那些穿中山装的，都是大干部。他们还说他嗓音比女人还单细，在青岗可惜了，应该进剧团唱青衣。花牤子听不大懂他们的话，见大家笑，也跟着笑。有一回，其中的一个人捉了只青蛙，几个人合伙把花牤子摁在地上，当着女人们的面，解开他的裤腰带，把青蛙扔进去，说是给他裆里安上个活物，这回他们把花牤子作践哭了。他落泪的时候，男人女人笑得就像沸腾的水一样，哗哗响。

架线的男人在夏末时完成了任务，终于撤了。花牤子松了一口气，疲累得昏睡了一天。他回顾了一下，除了陈六嫂，别的女人是清白的。这些人买酒买烟，陈六嫂总是索要高价，他们呢，从不讨价还价，痛快地付钱，想来是睡了她才会这样。陈六嫂本不是个干净人，所以花牤子心无愧疚。现在最要紧的，是让那些女人，赶快去照应田里被荒疏了一季的庄稼。然而庄稼跟人一样，在生长期要是没看护好，就会做下病。麦田里纵横的蒿子已经阻碍了麦子的生长，麦子长得跟狗尾巴草一样枯瘦；土豆呢，因为打的垄不深，起出来的比牛眼珠大不了多少；秋白菜由于没有及时喷洒农药，被虫子啃得千疮百孔的。这些已经到了收获期的庄稼，算是没救了。

外出打工的男人们在大雁南飞的时候，又回来了。他们这次归来神情沮丧。原来，他们在一家建筑工地干了五个月的力工，工程结算时，老板横挑鼻子竖挑眼，克扣了他们一半的血汗钱，他们拿回的钱微乎其微。原指望着家里的庄稼大丰收，弥补点在外的损失，想不到也是一派委靡，看来女人们在家偷了懒儿，花牤子没有尽责。尽管如此，他们还是磨利了各色农具，准备着割麦和起土豆。可是收割还没开始，人们听说，奶牤子的媳妇怀孕了！

奶牤子的媳妇寒葱，模样俊秀，是个性情温顺的女子。她和奶牤子结婚三四年了，一直没有生产的迹象。村里人私下都议论，说寒葱是只不会下蛋的母鸡。可这次奶牤子一回来，却发现她有了身孕！奶牤子离开时，媳妇正在月事期，这显然不是他的孩子！奶牤子气坏了，抽出裤腰带，鞭打寒葱，问这究竟是谁的野种？寒葱咬着牙，死不交代。花牤子一听说寒葱揣上了孩子，也慌了，难道说他光顾了防备外人，出了家贼？花牤子苦思冥想，突然想起寒葱曾经进过一次城，说是娘家舅舅病危，前去探望。没准孩子就是那次怀上的？

寒葱挨打时，发誓要留下肚中的孩子。奶牤子说："我打掉那个鬼东西，看你怎么留？"他把寒葱打得爹一声妈一声呼叫的时候，男人们都来劝阻，说是错误不在寒葱，在花牤子，跟他说好了看好女人，怎么还会出事？寒葱出事，别的女人保不齐也出事了！咱们应该找花牤子算账去！他今年不但没有看好女人，庄稼地也没照应好，成了废园，该千刀万剐！于是，奶牤子撇下寒葱，一行人去教训花牤子。寒葱趁机逃出了村子。

男人们是在小卖店门前碰见花牤子的，他听说寒葱的事后，正想去跟奶牤子解释一下，走在半路上。然而未等花牤子开口，他就被虎牤子一拳打倒在地！接着，奶牤子上前把他穿的中山装撕烂了，挠他的脸。跟着，犟牤子狠踢了他几脚。柴牤子呢，他也踢花牤子，不过他专往裆里踢，把花牤子疼得打着滚儿地嚎叫，围观的陈六嫂啧啧叫着，夸她男人会打。就连平素跟花牤子最客气的蒿牤子和醋牤子，也在他身上动了拳脚。这样，花牤子被打得气息奄奄。村长闻讯赶来了，他制止住这场打斗后，把肇事的和看热闹的人都驱散了，然后对花牤子悻悻地说："这下你懂了吧？村长没那么好当的！"说完，也走了。

花牤子站不起来了，他浑身酸痛，满脸是血，一路爬回家，尾随他的，只有两条呜呜叫着的狗。花牤子回家后四天没有出门。这四天中，只有目睹了花牤子挨打的小乳牤子，每到傍晚，会从家中偷个馒头，悄悄给花牤子送来，这样，花牤子又有站起来的力气了。于是，第五天上，刚收完秋的青岗人，看见花牤子又出来了。他面色灰黄，青着眼眶，佝偻着腰，用那只好手提着只篮子，摇晃着朝别人家收割后的麦田走去。他站在瑟瑟秋风中，常常把拾起的麦穗又扔掉了，因为很少有麦穗是饱满的。

（原载《佛山文艺》2007 年第 3 期）

曹征路
CAO ZHENG LU

1949 年出生于上海。江苏阜宁人。插过队，当过兵，做过工人和机关干部。1979 年 10 月调入安徽省铜陵市文联，曾任市文联副主席兼秘书长、市作家协会主席。1987 年到鲁迅文学院学习。1988 年加入中国作家协会。1989 年调入安徽省艺术研究所任专业作家。1993 年调入深圳大学任教。现为深圳大学师范学院中文系教授。

1971 年开始发表文学作品。出版有小说集《开端》《山鬼》《只要你还在走》《曹征路中篇小说精选》《我的第二个父亲》《那儿》《霓虹》，长篇小说《贪污指南》《非典型黑马》《问苍茫》，长篇报告文学《伏魔记》及文学评论专著《新时期小说艺术流变》等。

豆选事件

一

灯，瓦数低很了，昏黄着，像是骨粉不足的软壳蛋，悬在穿堂风里，悠悠的晃，晃得人心烦。灯底下，是一颗青皮锃亮的脑壳，垂着，喝闷酒。喝着，眼就直了，直勾勾地盯住了地下的影子。那影子淡淡的，扁扁的，在脚下蠕动着，像只乌龟。那乌龟的脑袋一伸一缩，还回过头来对他笑，猛然觉着那脑袋上竟然长着一张自己的脸，吓了他一跳。觉着，这乌龟快要钻进地下去了。地是新抹的水泥，全部用 500 号水泥，磨得发蓝、发亮，像水又不是水。是水就好了，是水就能钻进去了！他想。

屋里还有一股子新石灰的刺鼻的芬芳，灰墙还不是很干，干了就更白了。多好！他嗅着，鼻也酸了，眼也热了。屋子搞这么好做么事？多吃多少苦，少困多少觉，究竟图什么呢？他有点怀疑起来。从前他不怀疑的，做过多少梦，发过多少狠，都是关于做屋的。好像人来到这个世界，就是为了给自家做一间屋。讨个老婆住在自家的屋里，能挡风能避雨了，才叫做人做成功了，没有白来世上走一回。现在，他有一点点怀疑了，真的，他有一点点怀疑！

菊子进屋，屁股头一拱就把两扇门带上了，腰胯扭得跟那些明星一模一样。她手上端着两只大碗，热腾腾的，浑圆的胳膊在眼边前一闪，他忽然觉得喉结里咕噜一下，好像不敢看似的，头垂得更低了。

要死了，菜没上就喝啊？菊子喊起来，伸手就把酒杯夺下来，手镯子在碗沿上碰得叮的一声响，然后手就落下来在围裙上揩。他看见这手已经叫石灰水烧肿了，褪皮了，红红的不很好看。

不看他也晓得。从前他一天看一百遍也不嫌够，泡泡的嫩嫩的，小馒头一样，还有两个肉窝窝。现在，他真的很怕看。

吃啵，还想什么心思啊？菊子笑着说，我现在心满意足很了，屁心思也不想，就想困觉。他端起杯子，哼哼着想不出半句话来，于是眼皮子更不肯抬了。

又不晓哪根筋扯住了。菊子嘟囔一句，站起来。想想，又过去把窗帘拉上，站在他面前，两只粗糙的手捧起他的脸。这女人也学洋乎了，跟电视机子学的。

继仁子猛地掣开了，把酒倒下肚。恶厉厉地吼，又是鸡蛋？天天鸡屎臭闻不够啊？菊子一怔，不高兴了，将就点啵，老爷。我忙得磨不开身子，眦不见啊？继仁子把杯子一顿，走开了。大门摔得哐当一声。

来到后院鸡舍，还听见菊子在抽抽。夜间的饲料拌匀过了，骨粉也磨出来了。缸里水满了，地下粪扫过了。连扫帚丝子也洗干净了。哪块哪块地都不用他烦神了。还有什么事不快活哩？屋是新翻的，里旧外新。窗是大窗，四对开的。朱漆大门也是对开的。屋前檐角飞上去，像个公鸡头，翘上了天。洋乎，个个见了都把大拇指一翘，狗日的继仁子是晓得洋乎哦！

晓得。继仁子也是方家嘴子的后代，也跑过码头见过世面，没吃过猪肉，当真没见过猪跑么？不但屋洋乎，摆设也要洋乎。沙发、电视机，墙角还站一台大电扇。乡里布置下来的，如今是新农村了，参观访问的也多了，要专业户们带头摆设呢。特别是，他如今是个代表，新补上的代表，事事就更不好将就了。

将就？他继仁子百事好将就，万事好将就，就这事，没法子将就嘛。

蜂子叮在心口上了，鼓胀胀地痛，咽不下，吐不出。一包烟揉烂了，摔得像炮弹。颈子勾起来了，把一颗光脑袋也掖在裤裆里了。

菊子好像洗了，梳了，光鲜多了。一个人坐床边上，眼神也散了。

他偷偷望着，心里猛然一酸。有多少回了，她都这样躲在山口路边一块大山石后头等着他。见他来了，就往起一跳：小他哎！他也假码十七地捂着胸口喊，妈妈哎骇死我了！然后她就嗤嗤地笑，笑到他脸红颈子粗。菊子是六岁那年牵着他瞎眼老娘的褂襟子进山的，老娘是看她可怜，也没想到牵回来是水灵灵的一枝花。人家都在背地里讲，继仁子娘眼睛瞎心不瞎，这丫头靠住是城里哪家偷养的私巴子，你看那眼媚的，你看那皮嫩的，嘻稀！

那时他隔三岔五就从矿上朝家赶，讲是讲想看看瞎眼老娘过得怎么样，其实是看哪个呢？难讲得很。菊子进山时六岁，转眼就十九了，十九岁的大姑娘就不能不让他有点想法。他也不晓得想的是什么，反正觉得怪对心思，听她叫一声小他哎，一天的云都散了，一身的汗都干了。小他哎，好听。老娘虽讲眼睛看不见，心里清清朗朗，临死把两个人的手一牵，他们就困到一个被窝里了。

菊子见他回来，讷讷地讲一声：困吧。说着顺手就把灯扯过了，便要出去。继仁子一把逮住她手颈子，慢慢拉过来，就着月光，他看见菊子眼皮子一跳一跳的，蚕豆大的泪珠珠，噗噜噗噜朝下滚。他嗷的一声把她搂紧了，脸埋进她奶子里嘤嘤地哭。哭够了，已在被窝里了。他摸着菊子滑溜溜的身子，一口气叹到底：算了，不想了，想多了脑子痛，白想。

跟你讲一声，我有了。菊子冷冷地说。

蜂子又蛰他一口。像把刀子在剔他的肉，一丝一丝地剔。有……了？

嗯哪。有了。

喘息粗重了，牙齿打架了，他冷。他腾地坐起来，又咚地倒下去，终于问：哪个的？

你的。菊子仍是冷冷地。

他冷笑。难讲，他想，难讲。

我晓得的。菊子说，这两个月我没吃药，也没去。

鬼，你这个鬼哎，他在心里喊。许多年了，你都不代老子生，害老子人前人后摊孬装孙子。这时候你倒有了！你要再生出个小眼睛子子来，你不是要老子死嘛？他恨死掉了。

菊子突然翻过身，伏在他胸上喊：真是你的，继仁子！好两个月我都没……没见那畜牲了，真是你的，是我俩的。她捶他。

万一不是呢？他反冷静起来，这一刻。

万一……菊子呆住了。

万一不是，推又推不走，甩又甩不了，走到哪都晓得那是个杂种，他还跟在你后头要吃要喝要蒺藜狗子玩！他心想，老子不是活受吗？趁早给老子刮掉。想想，又说：刮掉！菊子张张嘴，哭不出，喊不出。她已明白他的坚决了。她抽搐起来，架子床也伤心地抖起来。

继仁子翻过身去，就再也不想讲话。一轮圆月咬住了山尖，窥头窥脑的。那月，大且黄，还有点红，像哭肿的眼睛泡。

二

下午，继武子又过来了，把他拖到山涝里，讲了整整了一半天。

继武子是他家的叔伯兄弟，当过几年兵。退伍不到二年，他家就翻过来了，又会开汽车，是个能豆子，能得很。能你就发就是了，偏偏又不安生，还好管个闲事。也不晓得怎搞的就把村长国栋得罪下了，人家手掌心一翻，不晓得跟哪个把嘴一歪，就把他驾驶本子收走了。自此便结下了怨，白天黑晚动点子，要把国栋拱下台。眼下又要选举了，听讲是海选，他就更来劲了。

哥哎，听讲这回是试点，真正的豆选！豆选你晓得吧？就是一个候选人名字搁一个大碗，你高兴选哪个，就在他碗里丢一颗大扁豆，旁人都看不见，一水的是县里来人监票！这回不把这狗日的选下台，方家嘴子就再也没机会了。在他看来方家嘴子过了今年，明年就不过了。

哥哎，继武子动员他说，我不是为我一家子想哎。我自家开不开车都不要紧，我有旁的活路嘛。你想一下子，像方国栋这号人，干了多少坏事？祸害了多少家庭？还叫他当村长，地卖光完了，怕是连人都要吃光呢。

国栋是个吃人不吐卡的东西，他晓得。吃过了他还跟你两个笑眯眯，他也晓得。正因为晓得，他才不能跟继武子后头瞎哄。继武子还没成家，他肩膀头子还嫩得很。他心想机会不机会跟你都扯不上关系。这是你操心的事吗？喊不喊他当，卖不卖地，是上级领导的事。海选豆选那是领导上讲究的方法。讲的好听，听的好过。最后选哪个还不是领导说了算。他讲大武子哎，国栋千不是万不是，他也是一方领导，是领导你就得服他管。你不服你就要吃亏，怕吃亏你就把你那屁股嘴夹紧一点点。

这话就不对了。继武子道，村长是大家选的，大家不拥护，他就不能当村长。

吃山水讲海话，大家是哪家？继仁子冷笑着，你还早得很噢，大武子，你还嫩得很噢，毛还没出齐噢，家去吃两年饭再来。他拍拍屁股要走了，没工夫跟他磨牙。

继武子急了，你听我讲嘛！硬是扯住他不放，掰手指头跟他讲。方国栋怎么怎么爬上去的，怎么怎么安插了亲信，怎么怎么勾结开发商，又怎么怎么把公家的当作自家的。一二三四五，从圆鼓（远古）到扁鼓（古），讲得脸也红了，汗也冒了，很是气得架不住的样子。

讲好了啵？没得讲了啵？继仁子冷冷地答，我能家去了啵？

继武子哎的一声叹口气，瘫倒了，两眼红通通地朝着天，看着又怪可怜。继仁子便安慰道：你年事还轻噢，大武子，不晓得厉害噢。这话你跟我讲过就算了，千万别在外头瞎讲，没得用噢！

怎么没用，这些都是假的么？大武子又要跳了。

真的又怎样？你把他鸟啃掉了？你就告到天王老子那块去，这也是个工作问题。

他不光是工作问题，他是人品问题！他贪污腐化欺男霸女……多了！大武子瞧瞧继仁子，又闭嘴不讲了。打人不打脸，他也懂。

日头偏西了，把大山的影子一点一点推过来，推过来。影子像块铁板，压在继仁子心上，把脸都压青了。他透不过气来。

哥哎，只要大家都站出来讲话……

没用噢。他吁了一口气，拍拍大武子，嗓子也哽住了：哪个听你讲理？哪个代你做主？青天大老爷还没出世呢。叹口气，又说：没用噢。

有用。大武子肯定地说：你不是人民代表吗？方家嘴子就你两个是代表，你讲话还是有分量，你站出来弹劾他。弹劾……就是揭发的意思。大家都出来揭发他，狗日的就混不下去了。要改选了，这回是豆选，多好的机会，你不能指望青天大老爷，你要靠自己……又讲了许许多多，从扁鼓讲回圆鼓。

没用噢。继仁只是连连摇头。

你这代表怎么当的？大武子火了，你还算个代表？拎起来一大挂，放下来一大摊，猪大肠，狗屎！

是的噢，他承认自家是猪大肠是狗屎，还不中么？人民代表？自家最清楚这代表帽子从哪块来的。绿阴阴的帽子噢。你自找的嘛，你还巴不得狗日的多来几回嘛，狗日的很能写条子嘛，木材也有了，红砖也有了，还都平价的。打掉牙齿往肚里咽啵，猪大肠哎。

哥哎，我晓得嫂子是个好人，她也是没法子。像她这样的，方家嘴子也不是一个两个了。我实在是没法子劝才这样讲的，嫂子对我有恩我永生永世不会忘记的，你千万不要往心里去！

打一巴掌揉三下，好听话都叫他一个人讲了。

继仁子摇摇晃晃站起身，跟跟跄跄朝家走。眼睛水却止不住小山泉一样朝下淌。这大武子真不晓得好歹，年轻气盛，专拣他刀疤子下盐。

方继仁！大武子还不放他过身，大声吼：你还算是个男人呐？没鸟用，就不要讨老婆！窝囊一辈子，你狗日的养儿都没屁眼！

他腿肚子转筋了，心里跟蜂子蜇的样。这大武子年事轻，火气爆，他也不怪。可也不能骂人嘛。要骂对耳朵根骂两句也就算了，还偏偏要对山里头吼。

不是男人……没鸟用……肉头……乌龟头！

那吼叫在山湾里传过来递过去，从山里荡到山外，打嘴巴子也没这么难过！他的头，就跟搁在搓板上，搓过来搭过去，活拉拉地揉大了，捻碎了。

眼睁睁地，三星偏西了。

<h1 style="text-align:center">三</h1>

这一晚，继武子也没闲着。他借了小学校的教室，给一帮子小青年开会呢。到年边了，那些在外念书的外出打工的也都陆陆续续家来了，小豁子小相子大明子，还有桂兰秋香冬妹子，有钱无钱，回家过年。在大武子看来这就是一个机会一股子力量。现在他要把这股力量组织起来，他吆喝道，把灯都开开，亮亮的，我们又不是开黑会。明打明放跟他狗日的干！

小学的女老师徐改霞是继武子的同学，对他有点又爱又怕的意思，但还是小声说，不好吧？八字没一撇就扯旗放炮的。

继武子说，怕什么怕？我就是让他们知道，护地队已经成立了，他想一手遮天办不到了。再说不是要改选了吗？改选以后他方国栋是村长还是劳改犯还不一定呢。一帮小青年也都起哄道，说的是啊，等继武子当上村长，徐老师你想跟他开黑会可不中，不能把你们惯出这个坏习惯，大家都想监督监督呢。于是哄堂一笑。

继武子皱着眉说，你们就知道扯闲篇，来正经的一句词都没有，长一张嘴就知道吃。有人顶他，你来呀！继武子说，来就来！

选民朋友们，叔伯婶娘们，兄弟姐妹们，你们好——

立马有嘘声，说不中不中，还撇个洋腔，你——们——好——，要来实的。

继武子说，实的就是方家嘴子护地队成立以来，已经成功地阻止了村委会出卖我们的土地，保卫了我们的家园。现在村委会要改选了，我们要乘胜追击，彻底粉碎方国栋们的阴谋，把大权夺回来。我们的口号是——

保卫土地，保卫家园！
现在的形势是——
改选改选，彻底改选！
我们的口号是——
挨家挨户，扎根串连！
我们的目标是——
每家每户，自觉自愿！

很好，继武子摸着下巴，端起领导架子说，现在就差行动了，你们一定不要怕麻烦，要把道理说透说清，选举跟我们每个人都有关系，不能把自己看矮了。

有人嗤他说，道理哪个不懂？不痴不孬的哪个不晓得票子好？关键是害怕！方国栋是头好货吗？何况他后头还有国梁国材国宝，何况他四兄弟后头还有个老奸巨猾的点子叔。这句话算是敲到缝上了，吵吵嚷嚷一个大教室立马冷清下来。都觉得，人多势众并不见得真有力量。

方国栋的爹是麻子，外号就叫个点子叔，是上一辈领导。麻子点子多，好琢磨，在这一带是出了名的。方家嘴子从前穷得一屁股搭两胯，就是在他手上光景才好起来。那时他当支书，见315国道建了一个收费站，凡过路的汽车都得交十几二十块钱，心想公路从我村里地头上过，怎么他能收钱我就不能收呢？一琢磨，就领着全村也修路，沿公路扒了几百亩菜花地。这条小公路一头开在收费站的前面二百米，一头开在收费站后头二百米，路口插个小牌子：过路费五元。开头人家不懂，渐渐地那些过路的司机就知道是个窍门，能省五块是五块能省十块是十块，这样肥水自然就流一部分到方家嘴子来了。年底一结账，净赚十几万，当年的三提五统就省了一大块。而且这是一份铁杆庄稼，人在地头上一坐，钱就自己往箱子里蹦。

这一带后来都学方家嘴子修起了小公路。只要有公家的收费站，这前后不远的地方肯定就有一条二公路，相沿成习，不服还真不行。点子叔退下来后，村委会就把小收费站交给他打理，每月给他开固定工资，把他养起来。一村人都觉着应该，喝水不忘掘井人，没有点子叔哪来的这份铁杆庄稼呢？

又过几年，点子叔老了，住在镇医院里突然就想到了死。他怕死后一大家子闹不团结，就喊人把村支书叫来，说我要立个遗嘱。遗嘱说：原来的政策不变，我死后承包人就是大儿子国栋，大儿子死后就传给大孙子。支书是他二儿子国梁，心想你不就是不放心我吗？就答应了。点子叔还是不踏实，又要求遗嘱进行司法公证，交给村党支部监督执行。后来这一带，凡有公产的村子，也都学点子叔，凡要传儿孙的，也都要进行司法公证。这事后来传到乡里，又传到县里，领导觉得太过分了，太不像话了。你把国家的变集体的也就罢了，你退休找个养老的地方也就罢了，怎么还要传子孙还要国家公证呢？就把国梁提拔起来当副乡长，把国栋提拔起来当村长，给个官当才把这条规矩废掉了。

但国栋这东西更不省心，当上村长后瞄上了二公路圈起来的那千几百亩菜花地。方家嘴子本来就地少人多，他今天卖一块，明天卖一块，卖的钱又不明不白，眼睁睁看着公路边起小楼了，他家在县城买洋楼了，连小轿车都开上了，一村人这才醒过神来。照说方家嘴子是个大家族，几百年前还是一家子，不到急眼了哪个好意思出头讲？都闷个头不吭声。直到秋收了晚稻开镰了，传出来国栋正和城里的什么公司谈判，要整体开发菜花地了，一村人还蒙在鼓里。地是集体的，人人都有一份，不痴不孬都眼睁睁看着他活抢，活拉拉在自己身上割肉，哪个不喊疼呢？于是这才出了个愣头青的方继武，出了个打抱不平的护地队。

护地队虽说成立了，虽说乡政府也睁一眼闭一眼，但也没什么大作为，也就是开开会喊喊口号，因为人家开发商根本不跟你谈。人家都在城里谈，谈过了就进酒楼进休闲中心，想逮都逮不着。所以根本的问题，最重要的问题，还是改选村委会。但村委会的问题也就是国栋一家子的问题，这就更不简单了。国栋家除了国梁当副乡长，还有个国材在省里当处长，还有个国宝在美国读博士呢。

大武子说，害怕是正常的，怕吃亏怕报复，怕他家的大藏獒，你们怕我也怕，我老娘天天念叨出头椽子先烂呢。我知道他后头有人，有钱又有权，但是越怕越没出路。你怕他就不吃人了？现在只有大家团结起来，集体行动，统一行动，才能选掉他狗日的。大武子讲得斩钉截铁，气壮如牛，两只眼睛电灯泡样的一闪一闪。心想到了这一步，你后退也是个死，要死不如死个轰轰烈烈。他是豁出去了。

继武子从小就不怕死。当过几年兵就更不怕了。头年，他还在开汽车跑运输的时候，在城里帮过几个上访的村里人。人家的地被占了，人被打伤了，连讲话都不能讲吗？就为这个，他把国栋得罪下了，把驾驶执照也给收走了。没了执照，他索性就天天帮人家写材料递材料。上访多了，也就成了精。他发现，城郊的一些乡，上访户们都组织起来了，有的叫护地会，有的还叫护地党小组。这些人统一口径，集体行动，跟开发商谈判，还真有搞成功的。于是他也组织了一个护地队，想学人家跟国栋叫叫板。只不过他这个护地队也就十来家人，一帮子小年轻鼓大堆。人家根本没把你放在眼角里，你想玩人家都不带你玩。现在，国栋眼看就要整体开发了，千几百亩菜花地眼看就变成人家的度假村了，一村人这才着急起来，拐弯抹角地跟他们套近乎，打探消息。他说，着急就参加护地队吧，又不敢了，都怕跟国栋撕破脸没好果子吃。继武子觉得自己比那个买稻种的梁生宝还难，难多了。

散会以后，徐改霞定定地瞅着他，说你真是想好了？想好了。想好我就不再讲什么了。你当几年兵还真是出息了。她的嘴好看地一撇，一看就知道学哪个明星。

继武子愣了半天说，走走吧。

虽是初冬，山风已经尖得能割人了。只有沙河上涌起的一团团雾气还能让人觉出一丝暖意。月光很亮，也很柔和，是适合谈情说爱的那种。很少的几颗星反倒有点孤单了，懒散散地落在天边。他俩沿河一直往上走，徐改霞缩在大衣里时不时地瞄大武子一眼，那感觉真是怪怪的。她知道他一脑门子官司，心思根本不在自己身上，所以也不敢多话。

他们一直来到叫花子坟，青砖砌成的一座大坟。进过天堂山的都晓得这是本地的一个景。相传一个老叫花子一辈子讨饭为生，却攒下一袋金银，留给子孙盖屋。临死时丢下一句话，说是活着没少讨人嫌，死了就让过路的一人砍他一砖头出出气。这话讲得感天动地，于是一人一砖头就砌成一座小山样的大坟。现如今清明祭祖鬼节烧香，人们还少不了敬他一炷。可见人活着是不论贵贱的，活的就是个想头。

徐改霞说，你打算一直走下去吗？大武子不吭，扭头又往回走。

徐改霞说，你怎么不讲话？你是讨厌我吗？大武子还是不吭，还是闷头走。

徐改霞火了，说你就那么想当村长啊？那么大怨气啊？不就为个破驾驶证吗？

大武子这才站住了，慢慢说，你错了。我才不稀罕这个村长呢，我也不是想出出气，想报复哪个，我就是想扳这个理。讲了你也不懂。完了就自顾回家去了。他心想，你不讨厌，但也不可爱，你怎么就不懂呢？

徐改霞在后头喊,你站住!他也不站住。

<h1 style="text-align:center">四</h1>

村里也在热闹,这几天就跟过年一样。新闻也多,谁谁也报名豆选了,谁谁又退出了,还有就是国栋家的见人就打招呼,让人到他家去。国栋放出话来,一张选票三百块,选过了就兑现,不过得先到他家去报个名。自然有人去报的,也有人讲是收买人心的,总之是乱套了,走马灯一样。

继仁子闷掉了,呆掉了,吃不下睡不着。几天过去,五大三粗一条汉子硬剩三根筋挑着一个头。国栋是亲自到他家来过的,也没有多话,就是拉拉家常。就这已经让继仁子发呆了。他不是怕豆选,他是怕国栋找事。

国栋是好惹的啊?他来拉家常是白拉的啊?他跟你讲话是白讲的啊?他的时间就是金钱,效率就是生命!那些报名的,那些退出的,绝对不是无缘无故,那都是国栋下的一盘棋。大武子年事轻,他哪晓得深浅啊?可现在他已经不操心大武子了,他顾不上大武子了,他是怕连累自家。大武子跟他走得近,村里人都晓得,那是上辈子老人走得近,由不得自己嘛。大武子能信他话吗?他的话放屁不如。如今这二年,日子刚缓过来,跟国栋家的关系刚近一点,又要找事了!

菊子看着他,问又不敢问,劝又不好劝,只能偷偷地抹眼睛。

山里雾退得迟,头十点钟了,太阳光才懒懒地飘进沟里来,小风啾啾地吹着,刀样地刮脸。继仁子穿件大袄,昏头耷脑地蹲在门槛高头吸烟。

昏昏吵吵地,只见着一帮人担着竹床子走过去,急急慌慌。又见着大武子姆妈跌跌撞撞地小跑着跟出来了,一面跑一面哭还一面骂,你个黑良心的,挨剪刀的,下手这么毒法子啊,大武子年事轻嘛,不懂事项嘛,你不得好死啊!

三姆妈哎,继仁子撵上去,怎搞的?

三姆妈只晓得鬼喊、跺脚,话都讲不清了。继仁子慌忙掏出一百块钱给她,闷闷地回家来。他不晓得为么事要掏票子,三姆妈也不晓得为么事要接票子,只是拿了钱慌里慌张去追赶担架去了。

菊子在鸡舍里伸出头来,黑眼珠子郁郁地望着他。讲,是大武子昨晚给人打伤了,为个什么豆子,打得半死。在沙河边躺了一夜,清早才找到。

继仁心里格楞一下,枪打的样。又格楞一下,然后就怦怦跳个不停了。早就晓得嘛。他暗暗地喊,你小狗日的非吃亏不可嘛,你敢跟国栋斗啊?

你作嘛,作死嘛!三姆妈也在骂儿子了。哭声从老远飘过来,破碎得很,凄凉得很。两家人从前就走得近,都是孤儿寡母,同病相怜,互相搭帮过日子,继仁子继武子本来就跟亲兄弟一样啊。

继仁子哎，大武子头天找过你了啵？

嗯哪。

菊子过来了，眼圈黑黑地对着他，大武子跟你讲什么了啵？

嗯哪。

有话你别闷在肚里，讲出来就好了。噢？菊子两天没开口了。一开口话就格外呛人，格外顶真。讲什么事呢？啊？讲出来，我能架得住噢。

嗯哪嗯哪！烦死。

你不讲，我也晓得一点了。

晓得，你晓得虾子从哪头放屁？

是讲那畜牲的事啵？菊子并不松口，冷静得古怪，古怪得清醒。那神情，也很古怪。她讲，迟早，会有这一天的，我晓得。

放屁的话！男人的事，你少插嘴。继仁吼叫起来，声音也轰轰炸耳朵，响得自家也吓一跳。

菊子靠在篱笆上，肩头一抽一抽地哭了。哭了好一阵，忽然抬起头喊：二回那畜牲来，你还躲走啊？然后捂个脸就撞进里屋去了。

继仁子嘴张得老大，脑袋慢慢地垂了下来，钻进裤裆里。

二回？是的。还有二回，三回，十回。一开了头，就封不住口了。人是不能伸手求人的，你一伸手，腰就弯了，腰就永远直不起来了。

可他又有什么法子呢？想要脸早就该要的，早就该一扁担把狗日的腰打断的。现在，讲什么都迟了。方家嘴子十有六七怕都晓得了。都晓得他方继仁是个肉头乌龟头了。十回八回，一百回也就这么回事了。

国栋的兄弟叫国梁，早先在村里当支书。他倒不贪财，性子憨憨的，人也还肯吃苦，就是有个毛病，好一口女人。哪家的媳妇好看，千方百计都要搞到手。搞不上手他就困不着觉，好像做人做亏掉。他搞女人也不要蛮横，还要讲点小情调，要你心甘情愿送上门。你要不情愿，他就慢慢等，慢慢给你下套子，叫你一家子都难受，猫捉老鼠先不下嘴，等老鼠骨头酥了，他才慢慢享用。他看上菊子不是一天两天事了，早先当支书时没让他得手，到乡里以后就觉得亏，有点急，每次回方家嘴子都从他家过。继仁子也晓得，心里有数防着他一点就是了。可你不能不过日子哎，你做屋要批地，你办鸡场也要批地，他不求人你不能求人哎。直到有一天，看到人家都发了，做大屋了，他就忍不住了。他对菊子讲，二回他再来，你就多求求他，在人屋檐下不能不低头噢，胳子扭不过大腿噢……

后来，他就真躲出去了。躲出去，就像老鼠躲猫。他觉着，自己就是一只老鼠，被猫相中就没得跑。他早就被猫逮住了，骨头早就酥过了，不是一天两天，也不是昨天今天。他想，天堂山自古就作兴插花，自己在矿上，菊子要是跟人插花不也就插了？女人，也就那么回事。老婆还是你的，捞点现的也不亏。

可是，可是，可是日子还得过下去。但过下去就觉得不对劲了，真的不对劲了。办了鸡场也不对劲，做了屋也不对劲，当了代表就更不对劲，哪哪都不对劲。大武子讲得对，他就是属猪大肠的，拎起来一大挂，放下来一大摊，是肉头是狗屎！

可是这么一想，又觉着自己是没法子跟大武子比的。大武子他能闹腾，是个能豆子，他大不了拍拍屁股走人，你能走吗？你肚子里有几碗水自己不清楚吗？你不还在人家手心里捏着，你不还得在人家屁股底下讨饭吃？你是谁呀。

这么一想立马打了个冷战，觉得肚子也饿了，立马盛了一碗冷饭，开水泡泡，吃起来。吃着，猛然又倒吸一口气。国栋来跟你拉什么家常？人家忙得小汽车都来不及冒烟，人家晓得你跟大武子的关系，人家是招呼你呢，人家是给你面子呢，人家是要你表句态呢。

菊子，你出来，有话跟你讲。

菊子出来了，眼泡肿肿的。

你到乡里去一趟，跟方乡长讲一声，就讲大武子的事我不晓得，就讲我没答应大武子，就讲……随便你怎么讲，可晓得？

你还叫我去啊？菊子说，我真不能去了，继仁子，你做点好事。我一进乡政府，腿肚子都抖哎。

又不是头一回，抖什么抖啊？

我真不能再干了，继仁哎！

放屁的话，要抖上床去抖！他火爆爆地，要你去你反倒不去了，摆架子啊？他顺手抄起一杆秤，抽过去。啪的一声，秤断了。

菊子眼睁得多大，也不晓得痛了，半天才怯生生地讲：头一回，也是你喊我干的，你现在不认账了。我哪晓得啊，我真的不晓得嘛。这才一口气哭将出来。

一嘴巴子扇到自家脸上了，继仁子气不过，恶厉厉地拿碗就砍。一碗砍在胸口上，碗摔成两半个，菊子倒在地下哼。一群小鸡飞样地围过来，啄啄又看看她，啄啄又看看她。

菊子爬起来，抱住他的腿，跪在他面前，你打吧，打死我吧，打死活该啊。

继仁子眼珠子出血了，抄起门边竹丝子就对她背上抽，打，不打你是孬种，老子舍不得你啊？老子饶过你啊？老子不吭声，你还长脸了。老子也不是小妈妈养的，老子也是个男子汉啊。打着，自己倒反哭出声来。

竹丝散了一地。菊子不哭了，也不叫了，两只眼睛呆呆地散了神。

五

住了几天院，继武子一大早就赶回来了。头上缝了七八针，缠着一脑袋绷带，像个剥了皮的生洋芋。在村口，碰上国栋的小汽车要出门，两个人就迎面顶上了。继武子把膀子一抱，一点让的意思没有。国栋把车窗摇下来想招呼他，他却扭头跟别人大声嚷嚷说，没事没事，有好大事啊？头掉不过碗大的疤！

国栋犟不过他，只好把小车退回去。门一开，国栋下来了，对继武子笑笑说，大武子你怎么作，我都没法子计较，你才好大岁数啊？就好比你小时候，我把你抱在怀里，你劈脸给我一巴掌，我能跟你计较吗？你放心，打人的事我已经跟派出所报过案了，村里也不会饶过凶手的，很快就有结果的。

大武子说，你放心，打人的事我也不会计较的。我跟你是政治斗争，我不跟你玩那些小心眼，那都是地痞流氓黑社会干的事，我会为这点小事浪费时间吗？我的一分一秒都要合理使用呢。

国栋说好好好，你狠你狠。小汽车屁股一扭绕道走了。

一帮子小青年立马围上来，小豁子小相子大明子，大拇哥一翘，够种！继武子一笑，说豆选豆选，就是斗过了再选。你不敢斗就不要选。徐改霞在一旁撇嘴道，现在又能了，谁在医院喊爹喊娘来？继武子不理她，自顾打听这两天村里的情况。然后一帮子人就拥着继武子上他家里来。然后就七嘴八舌说起村里的变化。

其实也没什么大变化，就是国栋那三百元有点难为人。说是又有不少人去国栋家报名了，虽讲没拿到现钱，总算是露过脸了。刀切豆腐两面光，等着看下文呢。说是如果给现钱说不定就死心塌地豆选他了。但国栋那个人说话不算数是一贯的，所以多数人还是那个态度：不见真人不烧香。说到底是现在人心散了，爹死娘嫁人了，各人顾各人了。

继武子说，也不能那么看，三百块不算少，一家好几口就是上千。他要真给，你们都去拿，我支持你们拿。我估摸到时候他急眼了会真给的，不拿白不拿。他的钱也是人民的币，那本来就是大家的钱。我相信良心，是个人他都有良心晓得是非，是个人都有脑子晓得算账，当真哪头大哪头小他算不清啊？

小豁子说，话虽这么讲，可人心隔肚皮啊，谁不知道打个小九九？都巴不得别人出头自己落好呢。你这一挨打，孬子都晓得发抖，是什么意思都清楚。徐改霞哼哼道，这就叫一手硬一手软，胡萝卜加大棒，还是人家厉害！

继武子笑了，说当然是人家厉害，人家在台上，又有权又有钱，又有领导经验，当然是他厉害。我们跟他斗，是因为我们厉害吗？是因为我们有理。

有理管屁用！哪个跟你讲理啊？这年头不讲里，讲外！

大武子说，这两天住院，我也在问自己，我当真是想当这个村长吗？不是啊。我是为赌气吗？为个驾驶执照跟他寻报复？好像也不是啊。我们究竟为个什么呢？这样做究竟值不值？你们刚才讲现在人心散了各人顾各人了，我们成立护地队为什么家家就拥护呢？可见人人心里都有一本账，各人顾各人是因为没人来顾他。人心究竟是怎么散的？谁希望人心散，你们想过吗？照说方家嘴子最应该讲集体了，最不应该散，我们自古就是一家，三百年前还在一口锅里抢大勺呢。

这一说都懵了，你看着我，我看着你，哈出的白汽像一锅蒸笼。人人脸上都冷着，硬着，跟戴上鬼脸壳子一样。个个目光都跟刀子一样，一眼就劈到心里去了，能劈死人。他们好像都明白了一点什么，又好像一时还说不大清楚那一点是什么。

那你说说，究竟是怎么散的？

我要能说清楚就好了。我要能说清我就真能当村长了。

大武子把目光远远地投出去，穿过大田，穿过沙河，一直上了白头岭。白头岭已经蒙了霜，头真的白了，白得像一个老怪，颤颤悠悠，沧沧桑桑，慈慈祥祥，深深沉沉，望着他的子孙们。

六

点子叔近来爱到继仁子的鸡场里闲坐，一个人遛弯就遛到鸡场来。他说，还是你这架棚子好，背风，向阳，又靠马路。

继仁子说，那都是国梁帮的忙，批的地好。

点子叔一撇嘴，他晓得做么事？能的。

继仁子对点子叔向来是又敬又怕，虽说是同辈分，却并不敢多话的。所以点子叔常来反倒让他不自在，又要做事情又要招呼他，生怕冷落了老人。倒是点子叔心宽，不在意这些，说是你忙你的不用管我，然后就一个人坐玻璃窗底下晒太阳。有时也跟继仁子讲讲古，都是有一句没一句的，不晓得是么子意思。

你晓得这地方为么事叫个方家嘴子？你不晓得，你爸爸晓得，你爷爷更晓得，你们这一辈人都不晓得了。人啊，都是属猪的，嘴朝前拱眼朝下看。

其实他是晓得的。点子叔讲他不晓得，他就不能讲晓得，只好把头点得跟啄豆子样。是啊是啊。

这一片天是哪个开出来？是姓方的两兄弟开出的。两兄弟都是叫花子，讨饭讨伤心了，就靠山搭个窝棚，合伙讨一个老婆，养了一十三个儿。人哎，是属巴根草的，有土的地方就有它的命。人就要像巴根草一样地活，千人踏不死万人踩不灭，你就放把火烧，它的根还死不绝，来年它还能拱出头。

是啊，是啊。

人活着为么事？也就是为了一张嘴，嘴是人一生一世的全部内容。整个村子也是一张大嘴，吃不够填不满，个个饿死鬼投胎。方家嘴子穷得一屁股搭两胯子为么事能人丁兴旺？就是会讨饭。从祖上到现在，哪家没讨过饭？哪个不会唱花鼓打竹板？家家一到农闲，大门一带腰篮一挎就走了。顺沙河出天堂，沿长江下湖广，口粮少就留给劳力，口粮多就卖了换钱。钱存多了就做屋，屋做成了就讨老婆。讨了老婆就一个一个往下生。他们不晓得享福啊？是他们认为日子就该这么过。活人活人，吃了就能活，活了就能生养啊。这狗都不拉屎的地方从前硬是没人要啊，是省政府大笔一挥才归的天堂乡。

是啊，是啊。

么时候风气才变的？是你家爷爷在台上的时候。你家爷爷就是方大勤。方大勤就是你爷爷，你都不记得了。都是一帮不孝子孙哎。

是啊，是啊。

你家爷年轻时候也是个能吃会做的主，六尺高的一条汉子，跟你现在差不好多，一顿能吃三四斤米。他上公社里开会，帮食堂杀猪，大师傅拿他寻开心说，大勤子大勤子，都讲你是饿死鬼投胎，你到底能吃好多？方大勤看看那只猪，口水咽了半天，讲不晓得。大师傅讲你是猪啊，你自己吃好多自己不晓得吗？方大勤讲我真是不晓得，反正来开会没吃饱过。那时大师傅也有点小权，挥手就割一条肥膘肉丢到他面前说，五斤米饭五斤红烧肉，你要一顿吃光了，我围公社院墙爬三圈。从前干部都愿意开会，天天吃会议伙食，天天都跟过年一样，都跟在后头起哄看把戏。你家爷爷，方大勤方支书，这才吃一顿饱饭，当众过了一把嘴瘾，吃完还拍拍肚子讲，你又没酒，搞点酒来我还能喝一碗猪油！

是啊，是啊。这故事继仁子听过不晓得多少遍了。

就这么个人，能吃会做的方大勤，1960 年饿死在你家的门槛上！你家爷死的样子那才叫惨，他是上半个身子在门里，下半身子在门外，两条腿上棉裤磨烂了，膝盖骨都露出来了。那时你家离大队种粮库才几十步路。就在这几十步的路上他留下一条长长的印子。开春了，逃荒的人都家来了，见到僵在大门上的方大勤，个个都跟过了电一样啊。孬子也晓得，在最后的那一刻刻，你家爷是怎么在那几十步路上来回爬啊。他饿啊，他不想死啊，他来回地挣扎啊，可是那把能让他活下去的钥匙就在自己腰里别着啊，他伸手就能把种子粮塞到嘴里头啊。可怜他硬是饿死了。开犁了，播种了，方家嘴子风气这才变了。都讲，再不外出讨饭了，要对得起大勤爷！方家嘴子么时候才讲集体的？就是那时候。你们哪晓得集体啊？爷死娘嫁人，各人顾各人！你们都是狼心狗肺，忘本了，都忘本了！

是啊，是啊。

点子叔讲得气也喘了，泪也流了，这才心满意足回家去。

继仁子也叫他讲得心灰灰的，做什么事都提不起精神来。心想老人好念旧呢，陈年烂芝麻，有一搭没一搭。可又仔细一想，好像又不是讲古，倒像是说今呢。

继仁子心想，点子叔下回再来讲古，一定记住要表个态：方家嘴子么时候富起来的？就是点子叔你在台上的时候啊。这怎么能忘呢，就是把自家爷爷忘了也不敢把你老人家忘记啊。

七

膀子扭不过大腿，菊子到底犟不过男人。菊子天不怕地不怕，就怕继仁子不搭话，继仁子不讲话有好几天了。早起，她牙一咬，便上乡里来。

大田里空荡荡的，没几个人。菊子心里也空荡荡的，既不苦，也不甜，这也不是头一回了。可又明明觉得这跟以往不一样，究竟么事不一样呢？不晓得。

　　　　哥哇你是空心的菜，良心卖光你才家来！

悠悠地，微微地，时断时续地，在耳边唱。哪个在唱？这么熟，这么怨，这么对心思？

不，她不怪继仁子，怪只怪自家命苦。只怪那畜牲永不放她过身。从她十几岁起，那畜牲就在动她点子了，她晓得的。但那时，她敢咬，敢踢，敢抓。那时，她哪个也不怕。晓得害怕是这几年的事。她怕继仁子想不开。

　　　　妹妮你呀真是个呆，姆妈在家你不敢来！

她不呆，她早就没得姆妈了。继仁子的瞎眼姆妈就是她的亲娘。她六岁那年就牵着继仁子娘的褂襟子进了天堂山。从此她就注定要给继仁子当老婆的。继仁子就是她的天，她早就欢喜了继仁子。

　　　　蕨菜荠菜七七菜，清水咸盐也是个爱！

继仁子也确实待她好。相中哪件衣，欢喜哪个镯，继仁子过多少天都不忘，下井扒煤进城卖炭想方设法都要代她买。那时她天天都想笑，笑也笑不够。

可是笑久了，人也会累的，心也会烦的。没得法子了，只剩这一条路了，继仁子讲，只要方乡长一句话哎，什么什么都有了。于是她只有去求了，她晓得这一步是跨不得的。为了继仁子，她必须跨。后来，日子果然缓过来了，继仁子果然快活了。看他快活，她也快活。可快活中又有多少不快活。

顶伤心的是不敢要伢子。做梦都想要伢子。可她不得不拿眼睛水过药吃。这一向，起屋了，上梁了，继仁子眉心舒展开了。她想着，往后总该顺汤顺水了。于是她决心不吃药了。可怀上了，还是留不得。

她天不怕，地不怕，苦不怕，累不怕，就怕继仁子不信她的话。她晓得迟早会到这一步的，晓得了还是要一步一步朝泥坑里走。这就是命哎，你挥不掉，摆不脱，死活都要按它的路数走！

方乡长哎。她趴窗台上喊。

那畜牲怔一下，出来了。哪个喊你来的？开会哩嘛。看不见啊？他脸黑得赛锅底，一脸的官司。

菊子慌忙做出笑来，看看你嘛。不中啊？

讲的跟唱的样。他蹲下了，并不带她进屋，以往都喊她进屋等的。

你有事，我家去了。她讲，腿却不动。

家去跟你继仁子讲，别跟人家后头瞎哄。他埋头抽烟，看也不看她。哄狠了，没好果子吃。

讲么话嘛，没头没脑的。

讲么话？方家嘴子闹事你哪不晓得啊？

一丝一毫不晓得，真正不晓得。菊子说，继仁子也不晓得。这两天忙转向了，天一黑就困觉。

唔。他讲，不晓得也好。你放心，鸡场是我抓的点，我不会不管的。批麦麸啊？他掏出本子来了。一样的麦麸两样价，就看他条子怎么划。

是噢，就是想批麦麸噢。

条子塞过来，又嘻嘻笑了：说以后有事叫继仁子来，你不要来。

菊子还不走，索性问，到底出么事了？

屁事没得。他告诉她，几个村有人想造反。以为真要变天了，想捞一票。

一路上她都在想，这狗日的还不该造反吗？地随便他卖，女人随便他睡，他一家子要多少人供养？皇帝三宫六院七十二妃也是有数字的，他连个数字都不要了。

有人要造狗日的反了！她回家来说，胸脯子一挺一挺，很激动。

继仁子吼她，他造他的反，你做你的事。

她把嘴张着，跟枪打的样，胸门口隐隐地疼。本来有许多话要讲的，转眼就找不见了。于是只有闷头做事，连想也不敢再想了。

八

这一天，一群老汉靠村口墙根上讲古晒太阳，一个戴眼镜的干部进村了。

老人家，他客客气气，请问方继仁家在哪？

村东头，新盖的大瓦屋。于是干部就来到大瓦屋里了。有人吗？

人来了，是继仁子。是年书记啵？

你认识我啊？年书记笑了，拉住了继仁子的手，慢慢地摇。

继仁子窘着，半天才说：坐，坐吧。喝了茶，看了鸡场，又扯了扯闲篇，才转入正题。年书记原来是想了解方国梁方国栋的有关情况的。原来大武子真的告到县里去了，县里又转来一批人民来信。信里头谈到方继仁家的事。乡里马上要开人代会了，方继仁是本届的人民代表，而方国梁的问题又关系到乡政府的领导班子问题，怎么讲呢？由于等等等等的原因，年书记想听听方代表的意见。

继仁子头上冒汗，两手在褂襟上直搓。我没意见，我真的一毫意见也没得。

年书记开导他说，不要紧的，如今提倡和谐社会，和谐就是化解矛盾的意思，你是人民代表，还有什么话要保留呢？

我不保留哟！我保留做么事嘛？

听讲你爱人好像有点意见？年书记压低了声音，我随便问问，讲错了你也别往心里去啊。

瞎讲。她个妇道人家能有什么意见？没得，屁意见没得。

方国梁对你爱人是不是有不尊重的地方呢？他问。

继仁子脸却涨紫了，受了好大屈似的：这是哪个出馊的瞎编的？害人不是这么害法子嘛！他连半毫意见也没得了。

于是年书记便也不好再问了，安慰他几句便去找方继武同志了。

年书记是新一届的书记。他原本在县委工作，是个研究生，理论水平很高的。头年就写过一篇报道《昔日讨饭嘴，今天新农村》，省报一登，县委也震动了。因此，他对方家嘴子是很有感情的。如今他已是第三梯队的队员了，下基层主要是锻炼锻炼。如今的形势怎么讲呢，就是要建设社会主义新农村，他去韩国看过新村运动了，去美国考查过农业合作社了，有着很多很多的先进思想。头一个先进思想，就是要在天堂乡搞豆选试点。不干就不干，要干就干出点爆炸性来，他就是这么想的。县委也很支持他，钱书记亲自对他讲，你办事我放心，你试点我支持，你能翻好大跟头，我就给你铺好大毯子。于是他就发现了方继武同志。

此刻方继武正领着小豁子小相子几个在探讨集体主义。怎么讲呢，现如今都各人顾各人了，集体是个老皇历了。可要把方国栋选下台，没点集体主义还真不中。你费了多少劲，喉咙哑了吐沫干了，人家还是半信半疑，人家只跟你来现的。方国栋小拇指动动，掏点钱许点愿，比你什么大口号都管用。这一点让他眼睛子都出血了，妒忌得要死。他晓得组织起来很重要，可两手空空拿什么去组织呢？

继武子挥一把锄头在稻场边上猛刨，身后跟着一帮小年轻把颈子伸多长地看。他吊着一只膀子，绷带除去了，头毛剃去一大块，打了个十字疤，阳光下刺眼得很。他一边挖一边讲，我非要把这个蚂蚁窝找出来。他讲蚂蚁是最讲集体主义的，有组织有分工，最有牺牲精神的。他想让全村人都明白，蚂蚁凭什么能做到这一点。蚂蚁能做到的，人偏偏做不到？人还不如蚂蚁么？这个想法让他很兴奋，头上冒着热气，一锄头一锄头挖得恶狠狠。

现在他越来越好钻牛角尖了，有点走火入魔的意思，硬是把一条蚂蚁通道找出来。一帮子小年轻跟在后头喊：那边，那边！他们嘻嘻哈哈拿他开涮，说大武子不光能当政治家，还能当科学家呢。人家非要发扬蚂蚁精神，把泰山脚啃掉。

蚂蚁窝终于被他找到了，可找到的蚂蚁窝又让他心里很懊恼。这么多的蚂蚁，这么有组织有纪律的蚂蚁，竟然是为了供养白白胖胖的一只蚁后！这怎么能称得上集体主义？这简直太野蛮太低级了，太不那个了。

稻场边上是个废碌碡。继武子想想就站到了碌碡上，他清清嗓子喊，乡亲们，父老兄弟们……

应该喊女士先生才带劲。一个小年轻说。

去。继武子又喊：姐妹们，现在我请你们选我当村长，以后还选我当代表，我能代表你们的利益，我晓得你们的利益在哪，我也晓得怎么才能维护你们的利益。我叫方继武，现年……

年书记过来了，拍着巴掌。竞选呐？开开洋荤？他笑。

青年们闪开了，不笑了，都望着大武子。

大武子早瞟到了，却并不理睬，继续大声说：要解决我们村的土地问题，只能靠我们自己，不要指望哪个青天大老爷。你们选我做村长，我负责反映你们的意见。

方继武同志我就是来听你的意见的。年书记招呼道，来来，我俩聊聊。

对不起，我现在没有时间。他继续演讲，乡亲们，父老兄弟们，姐妹们……

年书记脸有点黄了，可还忍着：你以为你这样就能当村长了吗？方继武同志？

请你文明一点，不要打断别人说话。大武子一本正经，当不当村长，你只有一票的权利，你也是个选民，不要忘了，年大安同志！

年大安同志不笑了，脸红了，黑了，青了。方继武同志！有意见可以提嘛，我们工作有不到的地方可以批评嘛，搞这一套干吗？

年大安同志！大武子嗓门比他还高，什么叫搞这一套？哪一套？

年书记叫他说愣了，好一阵口气才软下来，说继武子啊，我晓得你对我们有意见，上回你来找，也不是不接见你，实在是开会抽不开身。今天我就是专门来找你谈心的。

继武子犟劲上来了，年书记哎，我跟县政府都谈过了，还跟你谈什么？二两棉花的交易，不弹了。

我们这次豆选，就是要落实基层民主的，要不然怎么叫豆选呢？

是的哟，我们民，你们主。

现在是要建设和谐社会，你这样讲就不和谐了。

是的哟，我们和了，你们就谐了。

你还真好抬杠，这样下去是要犯错误的。年书记把头直摇。

书记哎，我再犯错误也犯不到哪块去。你还能把我农民开除掉啊？

好好好，年书记手直摆，你狠你狠，你等着吧。

我等着。继武子叉腰站在碌碡上，一句也不让，半句也不让。继武子豁出去了。

年书记掉头就走了。走远了，青年们又围上来。

算了，算他狠。省得吃眼边亏。

就是，就是啊！

继武子脸色惨白，张着嘴，哈了半天气，才哇一声哭出来。他哭得好无奈好没出息，他坐在碌碡上，哆嗦着，手也没处撑了，亏得旁人把他架住。哭着，抽噎着，老也止不住。哭得边上两个姑娘也跟着抹眼泪了。

过来一只瘦架子猪，在碌碡上蹭痒痒，蹭得哧拉哧拉响。又过来一只大公鸡在蚂蚁窝边啄石子，啄啄，又丢开，啄啄，又丢开。然后挺着胸很傲慢地踱开去。

九

菊子在叫花子坟边站半天了，也望不见个人影。太阳眼睁睁地啃着山头滑下去，把菊子的身影长长地投到路边上。坟头上荒荒的，只有几根枯草在砖缝中摇曳。菊子冷得抱着肩跺着脚，瑟缩着，本来小巧的身子如今更单薄了，下颏更尖了，眼窝更深了。只是满满的胸脯在一天天地发胀，她实在舍不得刮掉这个伢。她晓得自己一天不去，继仁子就一天没得好脸色。

再这样下去，菊子真要疯了。

因此上，她要帮大武子一手，大武子要晓得什么她就告诉他什么。她已经把大武子当作救星了。只要那畜牲下台了，继仁子就再用不着怕哪个了，继仁子还会欢喜他的，她觉得。那时，伢子也保住了。万一这个不行，她还能怀上的。她是个能生能养的女人，不比旁人差，这一点她从来不怀疑。最后一点阳光已从她瘦削的肩头退下去了，她竟然一点也没察觉，反倒觉着身后越来越灿烂了。

大武子哎！大武子过来了，后头跟了一大帮。菊子慌忙挑起稻箩迎上去。

有事啊？继武子停也不停，自顾走。

你……菊子不晓怎么开头：才家来啊？

有话就讲，我有事哩。继武子不很高兴的样。

菊子索性把挑子歇下来，拦在他前头：大武子，你那事搞得么样了？

继武子把膀子一甩，站下了：么事啊？

就是……把那畜牲搞下台的事啊？

你讲话注意点好不好？继武子挣开她的手，我不是要把哪个搞下台，我是行使正当的民主权利。

是噢，就是讲这民主嘛权利嘛。菊子更慌了。

继武子十分警惕地把膀子抱起来，等着。

是这么回事，菊子费劲地讲，那天你找你继仁子哥了啵？你想晓得么事情我跟你讲，我完完全全跟你讲。只要，只要能帮你一把。

可继武子却更加警惕了，眉心也锁起来。你要跟我讲么事情呢？

讲那畜牲，方国梁，他把我……

继武子把手一劈，跳上岗子，我对你那些烂事一毫兴趣没得。你家去吧。碰上方国梁你告诉他，我跟他们是政治斗争。搞臭他用不着我。他们早就臭得不能闻了。

大兄弟，我是真心哎！菊子脸都灰了，伤心得很，大武子讲话也太毒了。

继武子挨了打，反倒把他打成英雄了，一乡十四村，他村村都去。到哪先把大牌子扛头里：我们是宣传选举法的！那些个村长明知他是跟方乡长作对，却也不敢怎么阻拦，谁知这样做对不对呢？天堂乡要豆选了，风气要变了。有个别对方乡长有意见的干部，递烟端茶不说，还提供场所呢。加上各村都有人做他的经济后盾，好烟好酒招待，气势就更壮了。每天，都有一班子不怕死的愣头小年轻跟在后头，挑明讲就是当他保镖的。继武子突然神气得很了，一塘水还真叫他搅浑了。下午还跑到乡政府大街上去讲了一气，弄得人心惶惶。

好吧，对你的真心我就表示感谢吧。继武子跳下坎子，拍拍屁股，走了。

菊子跟后头喊：大武子哎，晚黑出门要小心点噢。那畜牲毒得很。

大武子站住了，头也不回，想讲什么，想想又不讲了。

讲嘛，有话你就讲嘛。我是真想帮你哎。

这话可当真？

当真。

当真就中。很简单，你把方国梁的事公开讲出来，到处去讲。你敢不敢？

菊子要哭出来了，这事怎么讲出口啊？

就是啊，你也晓得讲不出啊？讲不出你拿什么帮我呢？大武子突然凶巴巴地喊起来，嘴都扭歪了。喊着，眼角里还有泪光一闪一闪。一帮子小年轻也跟后头起哄：是啊是啊，讲不出你怎么做得出呢？

然后他们就跟雀子受惊样的一哄而去。走很远了大武子才突然回头喊：菊嫂子，刚才那些，算我放屁！

菊子并不觉得好受多少，心已经凉了。大武子已经不是从前的大武子了，好像变了一个人，变成一个干部了。讲话这么冲，这么毒，这么远。她想，大武子要是真当上村长，村里会是什么样呢？

继仁子找来了，喊，死到哪块去了？

我，挑不动了歇一番。菊子是挑稻出来碾米的。

挑不动讲得动！继仁子早就看到大武子了。

我，又没讲么事嘛。

还要讲么事？还嫌不够啊？还要害好些人啊？你怎么不死呢？死了好多了，省得害人。继仁子恶狠狠地夺过扁担，挑起就走，拽得菊子一趔趄。

是啊，怎么不死呢？死了好多了。菊子想。

这晚，小学校的徐老师突然来找她拉话，讲了许多关于继武子的话。那意思分明是欢喜大武子的，是要她帮忙讲好话的。她心里这才慢慢地被抹平了，心想自己还有一点点用。又想到这两个倒真是很般配的，就夸徐老师人长得好看，衣裳也好看，又有文化，脑子又活络，便主动要帮她讲。徐老师送给菊子一件衬衣，粉红的带绉纱花边的，菊子就笑，讲我要穿上这件衣出门人家都满地找牙了。

徐老师讲才不是呢，讲大武子就嫌我穿衣土，穿什么衣都土，讲菊嫂子就是命苦，不然人家穿上什么衣都好看。

这话又让菊子发了一夜呆，五雷轰顶一样，眼睛水也有了。

十

真的要豆选了。村口拉出了横幅：实现基层民主，确保试点成功！为了方家嘴子的美好明天，请您投上神圣的一票！

乡里年书记亲自来方家嘴子给大家做了动员报告。他说他去韩国考察过了，韩国农民喜欢讲合作。他也去美国考察过了，美国农民喜欢讲权利。我们建设社会主义新农村，既要讲合作也要讲权利。

他说为什么要在天堂乡试点呢？因为天堂乡条件最好，县委最支持。有人老欢喜讲农民文化程度低，不适合搞民主选举，其实早在四十年代的陕北，就搞过豆选。事实证明民主政治跟文化程度没有多大关系。金豆豆，银豆豆，豆豆不能随便投。选好人办好事，投在好人碗里头。当时的美国友人史沫特莱就说，这是比美国还要进步的普选。所以天堂乡的试点就是恢复革命根据地的老传统呢。总之意义很多，很伟大。

然后就是唱花鼓戏，说快板，派传单，晚上还放了一场电影。

电影放到一半，场子就有点乱。有些人悄悄溜出去，又有人悄悄钻回来。回来的都把手揣在兜里，喜滋滋的，还悄悄传个话，说分批去，别动静太大了。又讲，这回是真出血，一扎新，还连着号呢。

另一边，年书记也跟大武子谈了话。叫对话。年书记很欣赏这个年轻人，觉得他还有一点点思想，还能跟他对上话。年书记管他叫继武同志，继武同志你们成立护地组织，我是不是支持的？支持的。中国的民间组织不是太多而是太少，这是我的基本认识。你们宣传豆选，我是不是支持的？支持的。"三农"问题的实质是农民权利问题，这也是我的基本认识。顺便跟你透一句，这次豆选是怎么来的？是我争取来的。所以你不要有对立情绪。你一对立，我们就不好对话了。

大武子哼哼着，心想，那你不成我们的大救星了？可嘴巴却讲，我不对立噢，我对立做么事啊？我害怕还来不及。

于是年书记就笑了，一笑一口白牙，说这就对了，现在就是要讲理解讲合作。其实你不知道，乡政府也有乡政府的难处，真难，比你们难多了，你不知道！

大武子说，不就是没钱花吗？我知道。

年书记说，这话也对，就是难听一点。正确的表达是财政困难。你现在是个骨干了，这次豆选以后也许还能进班子，所以我也不把你当外人，希望你能发挥一点骨干作用，说话别老那么难听。

那我这个骨干能知道财政困难到什么程度吗？

具体我也不方便透露，反正是寅吃卯粮，亏空很大。我到基层来也是吓了一跳。前些日子镇小学都叫债主封掉了，你知道吧？那么多干部，那么多老师，都要吃饭，你来当乡长试试，上哪找钱去？现在农业税免了，可钱从哪来？到现在都没一个明确说法，怎么办？所以我的意思是，你们看问题要全面一点，各方面都要想一想。

你要我想什么呢？

护地要护，豆选要选，考虑问题要站得更高一点，看得更远一点。

更远是多远？

起码要等县乡的财政渠道问题解决了，有些事才有可能不发生。

大武子说，我明白了。

你明白什么了？

我明白国栋为什么胆子那么大了。有些人不光寅吃卯粮，连子孙后代都要吃呢。

你不明白。年书记突然又笑了，说你明白了就不会这样了。你以为把方国栋选下去问题就解决了？说全国人民都还没明白你就明白了？说你们那叫情绪叫仇恨，根本不叫政治要求。

这话说得大武子有点发愣，不服气地说，我一直强调我们是政治斗争。

年书记把他肩膀拍拍，把手伸出来，好好好，欢迎你常来聊聊，抬杠也行！

可当天夜里大武子就把护地队召集起来开会，说现在形势很好，年大安找我谈过话了，这回狗日的非下台不可，你们要有信心！

<h1 style="text-align:center">十一</h1>

第二天，继仁子突然对菊子笑了，那不是一种家常过日子的笑，那是一种公事公办的笑，笑到菊子有点害怕。继仁子说，下晚你去请继武子来家喝酒。

菊子想，继武子是自家兄弟，还要说请吗？他偏要说请。请了还不中，还要菊子到路上去等，拉也要把他拉家来。还讲，你不就欢喜等他吗？还讲，我两个喝酒，吵架，你要在旁边劝，要像个嫂子样子，别跟他桌子板凳一样高。

这话杵在菊子胸口就像一块冰，半天不得化。

菊子承认，自家是欢喜跟继武子讲话。特别是继武子当兵回来，长成高高大大一个男子汉了，见多识广讲话干脆，不像继仁子三棍子打不出一个屁。但她很清楚，两个人自小一块搭妈妈锅长大，一块斗老将，一块套麂子提知了，但那都是小伢子把戏，一毫没得旁的意思。从懂事起，她就把继仁子当成自家的男人了，代他缝补代他把家为他操心，这能是假的吗？可继仁子偏要这样杵她！

她晓得继仁子这一向心思多，脾气躁一点也正常，拿她出出气也算是正常。可菊子一肚子委屈又能跟哪个讲呢？她是有眼睛水没地方淌啊。

果不其然，两个人坐下没讲两句就抬起杠来，一个讲你是蛤蟆吃天没事找事，一个讲你是有板凳不坐偏坐树桩子，一个讲你把一塘水搅浑对哪个都没好处，一个讲凡事都有个理不讲理就是不中。

菊子有点急了，拿一瓶酒咔一口就把瓶盖咬下来，说：你们两兄弟有什么话不能慢慢讲啊，非要争个你高我低啊？我是个妇道人家，不晓得什么理不理的，讲良心就中，喝酒！两个人这才笑了，端杯子喝酒了。

喝到后来菊子才有点明白，原来是国栋要继仁子给继武子传话，只要继武子答应不捣乱，有什么条件随便他提。闹了半天他是替国栋讲话的，难怪他笑得那么古怪，他的话那么剜心，原来那都不是他自己的。这就对了，这才是国栋平日的嘴平日的脸，难怪她觉着有点熟悉，好像在哪见过。继仁子平常对她再狠也不是这副嘴脸。

继武子说，我的条件很简单，就是他下台，交代账目。

继仁子说，那你不是要他死吗？他不当村长能做么事？逼人不能逼得太狠。

继武子说，我没逼他，是他自己把自己逼到这一步。

继仁子说，你就那么想当村长啊？

继武子说，狗日的才想当村长呢，我不想当，我也当不上。

那你究竟想做么事哎？

继武子突然笑了，说哥哎，我跟你打个赌，赌哪个能选上村长。

哪个？

你。

我？继仁子跳了，讲你捣什么鬼哎？我有那个本事我能混成这样啊？

继武子也跳起来，这就讲对了，方家嘴子能人有的是，就缺个好人当村长。

你放屁噢继武子！讲你捣乱你还不服，讲你能耐你一脑门子狗屎。我不是人啊？我当村长就不贪了啊？有钱我也会花，有权我也能贪！

对呀，对呀，跟着朝下讲呀？

朝下讲？继仁子眼睛子直翻，我讲不好，我不讲了。

不讲我讲。刚才你问我究竟想做么事？前些日子我也在想，想得眼睛子生疼，狗日的讲假！现在我想通了，我就是想选一个好人不要选什么能人。人一能耐心就黑了。你不是讲好人也会贪吗？对了，你今天好不能保证你明天也好，这件事做得好不能保证那件事也能做好。这就要有个法子能把你搞下台去，这法子就是豆选。豆选就是都选，大家都来监督你，叫你坐不稳，叫你一天到晚提心吊胆生怕出错，汗毛凛凛地为大家办事，这就是我心目中的好村长！

继仁子闷掉了，半天想不出话来答。

倒是菊子有点奇怪，村长如果当得这么窝囊，哪个还愿意当呢？哪个当官不是为发财呢？如果大武子明知当不上村长，他这么干又是图什么呢？不过这话她没讲出来，她要讲出来继仁子又要骂她桌子板凳一样高不识相了。她觉得自己很难，又要像个嫂子样，又顾到继仁子的脸面，还不能伤到他兄弟和气，只好一遍遍地劝酒。

但继武子这番话她是服气的，如今的大武子已经不是从前那个鸡巴拖痰灰的脏伢子了，讲出话来钉是钉卯是卯，有板有眼。虽讲他那一套下辈子都实现不了，但话讲得在情在理。是人都有人的毛病，哪个当村长都不能十全十美，是要想个法子把人治住才中。

两个人都喝醉了。继仁子醉了就往床上一倒，大武子醉了就是不住地哭，眼睛水渱得跟自来水一样。菊子扶他回家还一路嗷嗷地嚎，像是受了好大的屈。菊子怕三姆妈骂人，就扶继武子在老白果树底下坐了一气。这白果树年头久了，枝枝桠桠地盖住了亩把地，像一把大伞撑在村中央。在方家嘴子，有头有脸的人家才能把屋盖在周围，为了占住这块风水宝地，也不知出过多少伤心事，人都想不开啊。她想。

我对不住你啊，嫂子！继武子突然放声喊起来，菊子吓了一跳。我对不住你啊……把你写进材料是没法子啊……凡事都有代价啊，总要有人牺牲啊……没法子啊。

菊子讲，你有么事对不住我的？别瞎讲。

大武子讲，真的，我真对不住你了，我先给你磕个头！

菊子慌忙拉住他，我就是帮不上你噢，能帮上你要我做什么都中。

大武子又跳起来讲，你能。

我？

算了，不讲了。他们一家那些丑事个个都晓得，家家都受害，就是没人敢讲。大武子伸出一根手指头：只要讲出来，他们全完蛋！

菊子不吭了。大武子的话她是听懂了，上回她就听懂了，听懂了心里就隐隐地疼。可这些事又跟哪个讲？这些事哪个来听你讲？

现在形势还难讲得很噢，我对不住你噢，我真的没得底噢……

菊子本想跟他提提徐老师的事，现在他醉成这样，还讲什么呢？她心想大武子是醉狠了，已经不晓得轻重好歹了。

菊子慌忙把他生拉硬拽送回家了，回来心还怦怦跳。又跟虫子咬的样，一阵一阵地撕得疼。她一个妇道人家，就是当众把衣裳扒光了，又能帮你好大忙呢？

穿山风越刮越紧了，要捂雪了。满村的树都摇晃了，一地的月光都搅碎了。

十二

继仁子气得脸铁青，摔盆砸碗的。究竟气个谁，他也不晓得。早晨他去敲国栋的门，想把继武子的事再解释解释，他的意思是继武子年事轻瞎闹，其实并不想当村长，他已经问清楚了，想叫国栋放心。哪晓得国栋不放他进家，就把他堵在门外说话，一点礼数都不懂，这在方家嘴子就是打人家脸。讲起来国栋还比他小一辈呢，这样欺负人。

国栋冷冰冰地讲，反正我把话讲到了，听不听在你们，不要怪我不给你们机会。

这话什么意思？什么叫你们？头天他还低眉顺眼地讲我们呢，还说你跟继武子不是一路人，转脸就不认账了？难道继武子讲他能选上村长的话叫他听见了？就算听见又有好大个事啊？他不想当这个村长，他能当这个村长你国栋不就当省长了？这些话翻来覆去在心里头盘，弄得五心烦躁六神不安。但老生闷气也不是个事，下午跟上禽蛋公司的车，把门一带便上镇上来。菊子跟后头讲什么事，他也没听见。

胡经理大老远就招呼他：老方哎，你方家嘴子尽出新闻人物哎。

瞎讲，方家嘴子是个伤心的去处嘛。他还谦虚着，想找地方下货。

胡经理笑：今个儿是要伤心一阵子喽，公安局警察车子都来了嘛。

么话？继仁子呆住了。

你还不晓得啊？乡政府里都闹翻了，讲是来抓那个……那个叫么子的？搞豆选的？方继武？

哐当一下，蛋篓子掉下地了。继仁子噢的一声怪叫，大腿一拍，掉头就跑。蛋清淌了一地。

继仁子没命地朝家奔，也不晓得奔个什么。早晓得嘛，他想，早晓得小狗日的要倒霉的嘛！瞎闹操嘛，老虎嘴边抓虱子嘛。

他跑着，汗跑出来了，泪也跑出来了。事到如今，他才晓得，这些天心里鼓鼓躁躁都是放心不下。这些天一肚子闷气猫抓得样，其实是暗暗代大武子出力的，他心里其实是巴望大武子成功的。原先害怕的其实正是偷偷盼望着的，原先不敢承认的其实正是暗暗鼓劲的。自家怕死，人家出头，还要装出一副清白的样子来，什么鸟人嘛。泪流的，比汗还多。

一辆绿颜色的警察车迎面过来了，呜地一叫就过去了。继仁子张张嘴，一屁股就坐倒了，那车顶上有个小红灯，呜呜地叫，把继仁子头都叫大了。

原来，有关方面早就密切注视着大武子的动向了。各级机关早就做好准备，要保卫民主选举的顺利进行了。豆选是个新生事物，差额选就不是新生事物了？看问题要看到本质，要看领导权掌握在谁手里。就是新生事物也要有组织有领导地进行，怎么能由着一帮小青年牵着鼻子走呢？且不论结果怎么样，这个风气绝对不能开。

本来，年书记还想保护方继武这个人才的，他觉得他是个人才。年书记去找了县委。县委很慎重，一分析一研究，觉着问题大了。方国梁错误再多也不过是个经济问题，工作问题，还有个生活作风问题。经济问题也就是个吃喝问题，工作问题就难讲了，改革嘛，交学费是难免的嘛。生活作风问题就更难讲了，讲不清的，改造落后习俗是个长期的任务。但方继武的问题就不同了，是个政治问题。政治问题就不好开玩笑了。

钱书记把年书记好一顿批评：你怎么搞的？早就该采取措施了，拖到今天，影响这么大！

年书记委屈得很，掏出小本子翻着说：我找他谈话不下七八次了。

谈不下就采取措施嘛。

采取什么措施呢？总不能把他抓起来吧？

为什么不能抓？可以行政拘留嘛。钱书记分析说：他破坏选举就是扰乱社会治安，扰乱治安就可以拘留审查。你乡里不敢处理，县里来处理。

年书记哭丧个脸，说，那推迟一点总可以吧？我们再做做工作总可以吧？

怎么能因为个别人捣乱，人代会就推迟了呢？可见你们乡党委也太软弱了。豆选照选，人代会照开，我亲自去参加。我还就不信了，豆选能选出个流氓？开完会钱书记却把他肩膀一搂，又安慰他，说你还年轻着咧，将来机会多得很，舞台大得很，你着什么急呀。

一锤定音了。

警车呼呼叫着，在乡里游转，凡通公路的村子都游过了转过了才回县里去。

十三

方家嘴子死了，鸡子也不跳了，狗子也不叫了。

大老远就听见三姆妈在嚎：你个作孽的鬼吔，你叫老娘怎么活噢！……

菊子这两天都不大对劲，一点东西都吃不进，连苦胆都吐出来了。她跟继仁子讲几遍了，想去镇上看看，继仁子理都不理，嘴里还骂骂唧唧，气性不晓好大。下午她是听见有汽笛呜呜地叫，当时她正在吐，身上一毫力也没有。直到外头有人叹气讲，官府的交易，今天刮风明天下雨，你哪搞得清啊？一问，才晓得大武子出事了。讲是大武子还不服，还想挣扎，立马按倒在地上了背铐，门牙都磕掉了。

村里的小年轻一个都不见了，转眼就消失了。只有西墙根几个老汉在晒太阳。见她来了，也立马不吭声了，连声咳嗽也不咳了。一堆妇女伢子围着三姆妈，见她来了，立马闭嘴了，也不劝了，眼睛子都怪怪地直起来。

三姆妈哎……菊子喊。

三姆妈两眼放出绿阴阴的光来，像一头母狼。两只手也朝她伸过来。你！你个畜牲子哎，你个讨好卖乖的东西子哎……老娘跟你拼了，老娘不想活了。

菊子后退着，躲闪着，讲也讲不清了。

妇女们又拉又劝，三姆妈又一屁股坐下地了，大腿直拍，眼泪鼻涕淌了一身。

菊子只好木呆呆地转身，回家去。她搞不懂这些人是怎么了，见到自己怎么就跟见到鬼一样？

滚啵，三姆妈骂，有多远滚多远，卖了发财去啵，发财打棺材啵！

她心里一抖，晓得这是在骂自己了。可又觉得不太像，大武子出事明明才晓得，怎么扯跟自己也扯不上啊？但这明明又是冲自己来的。他们都以为是菊子害了大武子。菊子是个贱货是个婊子。菊子卖了发财了。菊子勾来了官府抓走了大武子。

卖去啵！卖了发财啵，发财打棺材啵！这骂声一阵一阵，近了，大了，三姆妈骂到门口来了。她吓得不敢开门，拿被子包住头，可那声音还是刀子一样直往心里钻，钻得人肝都裂了胆都碎了。

继仁子回来了，回来也是骂她。你自己做的事自己不晓得啊？你晓得她伤心还去撩她，你找死啊？你要我怎么出门啊？脸塞裤裆里啊？你想死不是这么想法子嘛，你死到外头去死嘛，沙河又没盖盖子，没哪个拉你！

继仁子两眼血红，跟吃过死尸一样，一口一个死。他浑身在发抖，站又站不住，坐又坐不住，只好躺在床上骂。骂一气又哭，哭过了再骂。三十几岁的一条汉子，跟三十几斤一样不识数了。

起风了，落雪了，雪子子打在老白果叶上啪啦啪啦响。菊子一个人站在树底下向呆，木木的傻傻的，碎雪子披了一身。她不晓得为么事站在这里等，也不晓得要等个谁，家是不能蹲了，从家里出来她就没想回去。也许是想等大武子家来。要是大武子能放回来，她也许就能醒了。大武子能证明，她不是害人的人，不是卖的人，更不是卖了发财的人。可大武子没家来。

她好像看见小时候，一帮伢子在树底下斗老将，耳朵里听见一帮伢子在鬼喊，赢了输了都叽哩哇啦地欢呼，断一根又从鞋坑里再拔一根。老将就是杨树叶的把，要放在鞋底捂，捂熟了捂透了捂臭了才有筋道。每回大武子都性急，捂不透就拿出来斗，斗输了还哭。她顶见不得大武子哭了，一哭她就把自己的老将给了他，然后他拿着自己的老将又把自己打败。人家都讲，这丫头心慈得很，愿让人呢。大武子就跟她亲弟弟一样，她就是要让着他护着他，她很愿意被大武子打败。她天生就欢喜照顾人。大武子当兵去了，她给他缝了鞋垫。大武子退伍了，她又给大武子送了一盒糖。大武子已经六尺高了，胡须都变黑了，不晓得么意思。她讲你亲口讲的忘记了，成亲时要给你留满满一盒糖，要比人家多一倍！大武子这才记起来。大武子，大武子……

可大武子人呢？怎么还不家来呢？她记起来了，就在这棵树底下，大武子讲，对不住你啊……总要有人牺牲啊……没法子啊。当时还很不懂，现在忽然就懂了。懂了她就要去做，她不能让大武子蒙冤，不能让大武子坐牢，也不能让继仁子抬不起头，她要让政府晓得，真正的害人精，不是大武子，正是这畜生子。

她去继仁子姆妈坟上磕了头，捧了一把土，扫了一把灰。她从六岁进的天堂山，天堂山把她养育成人，她不能忘记大恩大德。她腰里还剩几十块钱，用手巾方子把它包好找块石头压在坟前，她晓得继仁子会到这来取。

最后那一刻，她又想到了继仁子，她不怨他了。没能为他留下一男半女，已经是她的罪过了。本来她是能做到的，可继仁子不要她做，他信不过她，这是没得法子的事。她也想到过肚里的伢，是个男的还是女的？像哪个？但这只是轻轻一闪，就像吹了一口气，转眼就消失了。

她为自己系的是一个双环扣，越拉越紧的那种扣，把自己挂在了国梁办公室的门框上。人家都讲，马善被人骑，人善被人欺，由小看到老，这丫头的命怕是不好噢。最后这一刻，她信了。

十四

大武子关了两天就放回来了。没讲他有错误，也没讲没错误。反正放他，他就家来了。如今是个法制社会，超过四十八小时就不能再关了，不能再关就要放人。所以他就家来了。那天，有人给他发过手机短信，叫他快走，他还没搞懂方向呢，警车就到了。这两天，他就在等待提审，他准备了一肚子的说辞，可还没审呢，又叫他回来了。去得稀里糊涂，回得莫名其妙，太没意思。

可是，一出看守所大门，眼泪就不争气地喷了出来。这就叫自由吗？他不知道。可他知道自己是完完全全失败了，莫名其妙就失败了。他觉着国栋他们在某个地方看着自己呢，他们一定笑死掉了，动动小指头，就把对手碾成了星星。

他走在大路上，两条腿只是在机械地移动，一切都是麻木的。他要上哪去？下一步干什么？他不知道，也不想知道。他觉着自己已经失去目标了。其实他本来就没什么目标，只是看着来气，就要跟国栋他们斗一斗。其实他对村长一毫兴趣都没有，他根本就不是当干部的料。可他还是卷进去了，也是莫名其妙。他有两个战友，开了运输公司，早就喊他去入伙。他还有个老领导，开了一家修配厂，也叫他去帮忙。他为什么要把时间浪费在这上头？方家嘴子在他眼里算个屁啊？灰都算不上。

他觉着又长大了不少，学到不少知识。究竟是为个什么事呢？他想。什么事也不为，一点事也没得。白白浪费了许多时间，还丢了一颗门牙，怪不划算。

太阳懒懒的，天空灰灰的，大路弯弯的，下了一场小雪，其他一切都是老样子，他觉着，怪没趣的。

远远地，望见一队人，抬着口棺材，踽踽地上山了。纸钱撒了一路，脚印歪歪斜斜踩了一路。新落的小雪已经化了，枯草上挂着泪珠。

他有点吃惊，一打听，才晓得菊子已经走了。

小学老师徐改霞三言两语就把事情讲清楚了，不像那些人就知道瞎吵吵。

她说，乡里安排的，上午就要出殡，下午还要豆选，村里留个死人怕不喜庆。

大武子把嘴张了半天，一口气才喘过来，噢的一声就蹲下地了。他哭不出来，累得浑身直颤。徐改霞劝，你跟着走吧，到了山上再好好哭。这一说把他又说醒过来。他叫，不能走！不许走，不能就这么草草埋了！

众人都有点木木的，不知他是么意思，看看他，又回头去看继仁子。继仁子早就傻了，半点表示没有。

抬棺材的都是村里的年轻人，小豁子小相子大明子，还有桂兰秋香冬妹子，经过这件事，心也灰了气也短了。爱怎么搞怎么搞，反正天还是那个天地还是那个地，别人能过他们也能过，基本上没有主张。小豁子还讲，国栋已经开始变脸了，原来答应的三百元他都赖账了，今天早上盼琴家的去登记，愣被大藏婆给吼出来，现在说什么都晚了。

这话又让大武子打了个激灵，像是给抽了一鞭子。他趴在棺材前头讲，不能走，你们真不能走啊，我求求你们啊，不能走！你们别怪我狠心，事情到了这一步，只能狠下心来办！他说你们别那样看着我，我不是怪物，人情世故我懂！他说安排你上午出殡你就上午出殡啊？你们以为人家是随便说的吗？人家这是气势，人家这是用气势压你呢！他说死一个人就怕了？这是必要的牺牲，没有牺牲就没有胜利！然后把手一挥，回村！挨家挨户地走，慢慢走，叫全村人都看看，都想想。特别是要围着国栋家的大院走几圈，叫他们也看看，也想想！

大武子一喊，嗓子突然就哑了，声音嘶拉嘶拉响，凶得很。目光也很凶，红通通的，一滴泪都没有。他扶着棺材，说菊子菊子，你不能就这么不明不白地走啊，要走也要走得风风光光啊。

于是棺材又回头了，进村了，挨家挨户，走走停停。大武子不住地提醒大家，不忙不忙，急什么？每家每户都走到，到了就歇歇停停，慢慢喊，慢慢哭。

慢慢地，吹响器的也来了，唱花鼓的也来了。响器吹的那个叫响，花鼓唱的那个叫惨。慢慢地，年轻人眼睛里就有了泪，大武子眼里也有了泪。于是方家嘴子一村人都动起来了，来送一个年轻的媳妇上路了。这媳妇六岁牵着继仁子娘的褂襟子进的天堂山。自打来到方家嘴子，没吃过一口好茶饭，没困过一个安生觉，没养过一个伢，没留下一句话。走了。她本可以不走的，就为掀掉一扇磨，推倒一个影子，为证实一个人人皆知的事实，为给男人腾一片能伸腰的天，走了。没什么光彩，也没什么不光彩，自古乡下女人，都这样。

于是一村人都出动了，跟着棺材上山了，来送菊子上路了。

坑早就挖好了，就在继仁子姆妈坟旁。棺材落下去，一点响声也没有。男人脸都黑着，很没了光彩一样。女人悄悄抽泣，想起菊子的许多好处。

老人上来捧土了。菊子哎，你受屈了。菊子哎，你命苦噢。三姆妈拍着坟，喊：菊子哎，你心太急，心太实了，么事这么急嘛！

继仁子不哭也不喊，只跪在坟边，拍土，拍土。土堆得更高了，拍实了，他还是拍土，拍土。拍累了就伏在坟上，望着方家岭，眼都望直了。

刚止住声的又哭起来了。方家嘴子世世代代，不嫌穷也不怕富，不畏势也不避难，重的是个情分，讲的是个义气，敬的是个骨气。而今一村人都来了，都来哭了，来送菊子上路了。

风把哭声送远了，在山谷里盘旋。都上来捧土了都上来道别了，土越堆越高。哭声越来越响，越来越响，把群山也震动了。群山应和着，很是肃穆苍凉。白头岭耸立着，默默地，低头哀悼了。

纸钱点着了，旋起来了，飞上天了。

钱灰飘到野溪里。溪水淙淙流着。溪边站着个大武子，大武子冷冷的，像是看到什么，又像是想到了什么，心里怦然一动。他好像看见自己小时候，他拿着一颗糖到处去找菊子。菊子菊子，这是什么？是糖。是大白兔子糖，老师给我的。他看见菊子把嘴抿得铁紧，听见菊子喉咙里咕噜咕噜响。我俩一人一半，可好？好。那你让我香香嘴，可好？菊子想了半天，说好。然后他就把糖叼在嘴里，等着菊子来咬。然后他就等来一个大嘴巴，菊子哭了，掉头就跑。然后他就跟后头撵。撵啊，撵啊，怎么都撵不上。

他忽然想，菊子为么事要把自己挂在国梁的门框上？为么事要把绳子结成一个双环扣？他记起来了，双环扣是小时候套麂子常用的扣，这个扣看起来简单，其实越扯越紧。她是要大武子来认这个扣呢，旁人不懂，他大武子还能不懂吗？这个扣扯直了是一根绳，套住了就是一个圈，像个句号。小时候他们常说，我给你打个句号，你再坏就给你一句号！这话只有他能听懂，这是他两个人的秘密。

现在她终于给了自己一个句号，也是给他打了一个句号，还给所有的不平，所有的憋屈，所有的人所有的事统统打上了一个句号。这个扣，只有大武子能解。

可大武子怎么也想不通，为么事是菊子来打句号啊，为么事是这样啊，他本不想这样的啊。他要把国栋搞下台，是正当合法的，家家户户心里都是这么想的，只是没人敢出头罢了。他要的是一场政治斗争，是本当属于自己的权力。可结果偏偏是这样的不政治不光彩。为什么偏偏是菊子？他还有什么脸去见继仁子？不应该啊，真的不应该啊。

这天晚上，豆选进行得很平静。县里领导乡里领导都到场了，亲眼见证了方继仁当选村长。第一轮他的豆还不算多，第二轮人们把豆全都给了他。这个结果他们开头也没想到，但后来还是想到了，于是他们都拍了巴掌表示祝贺了。毕竟方继仁也还不错，没有太出格，县委钱书记作指示的时候还特别提到了老支书方大勤的名字。他希望继仁子能够像他家爷爷一样，一心为集体，带领大家共同奔小康奔和谐。钱书记当然不会想到，也不会理解，为什么结果会突然逆转。他当然更不懂，为什么一双乡下女人瘦格郎筋的手，能在这天晚上异常有力地卡住历史的脖子。

这一晚，天堂山落了一夜大雪。风却轻得很，一点声响都没得。雪花不急不慌的，一片一片朝下飘，跟纸钱一样。那雪花也出奇，有银杏叶子那么大，有小伢子手掌那么软。到天亮时，山路就封住了，白头岭就消失了，满世界都素净了。

十五

继仁子死掉了，跟枪打的样。枪打的还晓得痛，他连痛也不晓得了。腿也不是自己的了，手也不是自己的了，什么都不是自己的了。他死了一个老婆，换回一个村长。他不要这个村长，也不要这个家了，要家做么事呢？要做田，要做屋，还要辛辛苦苦想点子挣票子，图么事呢？还不如早先去讨饭，还不如在外跑码头，落个肚里快活两手闲。他是个讨饭的胚子嘛。他生成没本事嘛，就他这样还想讨老婆，讨个老婆连伢都不敢养！他想不通，实实在在想不通。他何必害人家菊子呢？

继仁子又慢慢地活过来了，心里苦巴巴的，想吼又没得个声，想哭又没得个泪。他抱个头，捂个耳朵，走开了。走远远的，越远越好。他出村了，上山了，下山了，自家不晓自家上哪去了。钱就是命，命就是狗屎，他得了结论了。

兴隆酒店里来了一班人，连哄带拖，把继仁子架将出来。

老板娘跟出来喊：继仁子哎，你当真赊账啊？

要钱没用噢，钱就是命，命就是狗屎！他比划着，开导她说：没用噢！

一班人都笑了。放心啵，方代表还能欠账不还吗？于是就往乡政府大院里来了。

钱书记亲自到乡里来了，敲锣打鼓放鞭炮了，人代会胜利召开了。继仁子当上村长了，不折不扣是豆选选上的。电视台的丫头介绍他是从前讨饭的苦孩子，今天的养鸡能手。因此是很有代表性的。

但他醉成那个样，大会主席团只好安排他睡觉了，开幕式无论如何是不好参加的。下晚县里乡里领导来看望大家时，他正鼾声如雷，因此也不好叫醒他的。他参加时，正是大会发言，有人喊，叫继仁子讲，他就懵懵懂懂地被人推上去了。

困了一大觉脑壳子还有点痛，人却精神多了。隐隐地，还记得点事，却又记不起许多,好像曾经有过许许多多的话,又好像一毫话也没得了。继仁子憨憨地笑着,很是不好意思,头皮抓了又抓,问:"讲么事呢?"说完就要下去,却被前排的代表推回来了。

随便讲,放开讲。

继仁子回头望望,钱书记正笑眯眯地对着他。年书记也鼓励他说:拣要紧的,随便讲。

我叫花子出身,就讲叫花子话哎?继仁说。

很好嘛。钱书记笑着带头鼓掌了。

万万没想到,叫花子今天也当代表了。

哗——鼓掌。

叫花子三条苦:冷尿、饿屁、穷扯谎。没法子想哎。我今个不冷不饿也不穷,专门来点实的,讲假的不中。

哗——再次鼓掌。省里记者也来了,照相机直闪,录像机直转,录音机咔地一按。都觉着,这个农民太会讲了,太幽默了。

我姆妈在世时老讲,继仁子哎,二回长大做么事呢?做田嘛,还能做么事啊?做田不中噢,我姆妈讲,二回长大好歹要学门手艺。果不其然,我今个有门手艺了,养小鸡子了。

哗——又鼓掌了。效果真是太好了。

养鸡子那么好养啊!得有科学。有科学还不中,还要有窍门。窍门那么好找啊?他不讲了,端水喝,心里突然燥得很,干得很,嘴里又苦得很,苦得想哭一场才好。脑壳里,有个织布梭子在飞,一丝丝地,一片片地,一段段地,都连起来了。他谁也看不见了,眼前白花花的一片。么事要养鸡子哩?没得法子想哎,狗日的扯谎。

记起来了,他都记起来了。那是个大雪天,他跟个包工队讲妥了,做小工。菊子婆回家才十几天,他倒要走了。家里就一床被,留给菊子了。他快三十了,才有个菊子,舍不得。舍不得也不中,他卷半条破絮,上路了。到处是雪,地下白了,天倒下黑了。走到大路口菊子撵上来,扛着两只稻草把子。他哎,挑上把草吧,也能隔隔潮。她哭了,两眼像个红桃子。然后他就走了,头也不敢回。

讲啊,讲啊?有人在催。

讲么事呢?没得讲头噢。继仁子哽住了。

讲吧,讲吧。屋里静得很,就等他讲,专听他讲。忆苦才能思甜呢。

么事要养小鸡子哩?想都没想过嘛。起先搞副业就是兴丹皮嘛。哪晓得,丹皮兴了,狗日的收购站硬不收。一级非讲三级,菊子气不过,不卖了,结果烂掉许多,钱也没讨家来。后来又淘黄沙。沙河几十里长,都是淘沙的,独独跟我作对。白天黑晚干，腿都泡肿了，肩都挑破了。结果上来一伙人，拳打带脚踢，硬讲我偷他沙。乡政府讲搞不清，不管。可怜我几百吨沙，活拉拉叫人家霸去了，抢去了。

眼睁睁地躺了几天，屋顶上茅草都数清楚了。菊子推推他，说：我晓得了，这畜牲还不死心嘛。许多年过去了还不死心。菊子跪在面前，哭得呜呜地：真是我拖累你了，继仁子哎。他搡开她，心跟铁一样的。他早就晓得，早就猜到了。他只想着，再走，去讨饭，去做小工，跑码头……祖上都是这条路，他想不到旁的路，最省心最现成也就这条路了。他收拾好了，不吱声要出门了，菊子一头把他撞倒在地，甩手就是一巴掌。你就这么大出息啊？三十岁一条汉子去讨饭啊？你姆妈白养你了。她浑身直抖，泪也没得了。

后来，就养小鸡子了。大武子代我出的点子，还代我垫钱买的鸡种。我心里话：惹不得我躲得吧？养小鸡子不出门不照面的，中了吧？也不中。狗日的逼你完税。我鸡蛋影子还没见一个，背一屁股债，哪块有钱完税呢？后来饲料又涨价了，两三毛一斤，鸡蛋才卖好些钱呐？这鸡又不是泡泡子，能吹得大。后来大武子也跟狗日的搞翻了，帮不上忙了。一点法子都没得了，只剩一条路了。我跟菊子讲，去求他啵，怕求人不中噢。菊子，菊子……

菊子一声不吭，烧了，吃了，就上床了。半夜，一个人趴我姆妈坟上磕头，又哭了一气才回家。我都看见了，硬装不晓得。天黑就去了，清早才回家，两眼直直的，一声也不吭。我还装不晓得。一乡人都晓得，我不晓得。

会议室里有点乱了，椅子拖得哗哗响。

麦麸也有了，碎米糠也有了，砖也有了瓦也有了，什么都有了。我怎么富的？就这么富的。哪不亏心哪？继仁子喝水了，讲不下去了。牙齿磕在茶杯上，铮铮地响，发电报一样。一屋子人都听见了。一屋人心都拎起来。

猛然，坟墓一样的大会议室里，响起一声嘶哑的吼叫：他瞎讲，他诬蔑好人！

我不瞎讲噢，方乡长哎。我要讲半句瞎话，你割我舌条下酒！

主席团也乱了，钱书记跟年书记咬耳朵了。

钱书记哎，我不参加了，这叫代表会啊？国梁抗议了，甩袖子要走了。

继仁子猛然觉着，国梁原来并不可怕，原来他也怕着自己，继仁子嘿嘿地笑了。他简直想象不出，自家五大三粗一条汉子凭么子要怕这瘦精精的东西呢？这东西站没站相，坐没坐相，凭么事骑在自家头上屙屎撒尿呢？他完全想不通！他大声说：走吧，滚吧，你有多远滚多远！你喊老子当代表，老子今个就当一回真代表。哎，老子不选你了，老子要弹……弹你妈的了。哎。从前活矮了，今个老子站起来了，老子不比你矮！继仁子喊着，吼着，跳着，心里一热，眼睛水喷了一脸，他不擦，还喊，还吼，还跳……

乱了，全乱了，主席团宣布暂时休会了，继仁子还不能住嘴，他有一肚子话，一肚子心思，一肚子打算。他想着，该给姆妈的坟修一下了，该把鸡舍扩大了，该对菊子去讲一句实话，其实他想伢都想疯掉了。

十六

国梁调走了，调外乡当调研员去了。年书记调走了，打报告当教员去了。国栋全家都搬走了，搬到城里发财去了。继武子也走了，到城里打工去了。他跟徐改霞到底还是没搞成，他老拿她跟菊子比，徐改霞受不了。

只剩下一个继仁子走不掉，老老实实在家当村长。

清明那天，继仁子上山给姆妈和菊子烧纸，远远地望见了大武子。他看见大武子坐在坟头上抽烟，又把那烟一颗一颗插在泥土里。大武子脸冷冷的，眼睛阴阴的。瞟他一眼，他心里一抖，瞟他一眼，他心里又一抖。

他想，你瞟什么瞟，有话你就讲嘛。

可大武子什么也不讲，转身就走了。

他记起来，大武子是讲过的，他说不定什么时候豆选，他还要家来，还来捣乱，叫你坐不稳，叫你一天到晚提心吊胆，生怕出错，汗毛凛凛。

又一想，老子又没做错什么事啊？老子不贪不腐的，老子怕你个鸟啊。

（原载《上海文学》2007 年第 6 期）

吴克敬
WU KE JING

1954 年出生。陕西省扶风县闫村人。当过农民、生产队长、县农机局干部。1991 年获西北大学文学硕士学位。曾任《咸阳日报》政文部主任，《西安日报》副总编辑。2008 年加入中国作家协会。现为西安市文联主席、市作协主席。

20 世纪 80 年代开始发表小说作品。著有中短篇小说集《渭河五女》《羞涩的火焰》《血太阳》《状元羊》，长篇小说《初婚》，散文随笔集《日常的智慧》《把窗子打开》《真话的难度》《俗人散文》《梅花酒杯》《不说理由》《伤手足》《碑说》及《吴克敬作品集》（4 卷）等。

状 元 羊

一

给你说你别不信，你有好事了！姜干部在坡头村截住冯来财，在给他报告好消息时，胖乎乎的一张圆脸笑成了一朵花。不是腌臜姜干部，乡政府的干部都一样，看人的脸色是在变的，就像现在，看着冯来财是一脸的笑；过去就不了，一个烂放羊的，哪儿来的好脸，看他时早就挂上了一层霜，看一眼，冻得透冯来财的心。

回家侍候好瘫子爹的吃喝，冯来财走出门来，就要顺沟而上，照顾他的宝贝羊群，迎面碰上姜干部，听他嘴上说，便站下来问他能有啥好事？

姜干部却不直说，反问冯来财：你说呢？

冯来财说：知道就不问你了。

灿烂着脸儿的姜干部心情不坏，他像一只肥猫逮了一只瘦老鼠，岂有不逗的道理？生活太单调了。有机会逗一逗乐子，总是不错的。姜干部就那么心情很好地笑着，并不急着告诉冯来财。

羊群在沟坡上散放着，冯来财有牵心，不想和姜干部闲熬磨牙，低了头要走，姜干部才又说话了。

姜干部说的是：你的羊当真吃的中草药，喝的矿泉水？

冯来财不想回答这个问题，依然低了头走，姜干部便绕到他的前头，截了他的去路，无法再走的冯来财就又抬起头来了。他的两只眼睛睁得大大的，瞪视着挡了他路的姜干部。短胳膊短腿，短身子短腰的冯来财，是个半截人，当然，这是个俗叫法，文明的称呼为侏儒。尽管矮了姜干部大半截，抬头瞪他的眼神却并不矮，直把姜干部瞪得脸上没了嬉笑，换上一层讪讪的神采。

不只是姜干部这么问冯来财，许多人都问过了。

特别是他们坡头村的人，政府鼓励养羊时没人养，冯来财养了。起初看见他和他的羊群，多是一种幸灾乐祸的神情，等着瞧他的热闹了。这样的机会等了些日子，没有等来，却眼盯眼望地看着冯来财的羊群不断壮大，卖价不断提高，便后悔了当初，自己怎么就没眼色，顺着政府鼓励的风势，也养一群羊。心里这么想着，嘴上就有了妒忌的味道，和冯来财碰面了，便心不由口地要问上那么一句酸溜溜的话。

姜干部截住冯来财问出这句话时，正有两个坡头村的人走来，就很兴奋地又加进来问了。

一个说：哪里是中草药？哪里是矿泉水？

一个说：这还不好办，杀一只，喝口羊汤，就都知道了。

冯来财懒得理会他人说道。而他自己也是，对他的羊群吃中草药，喝矿泉水的说法，心里同样没有底。他说不出这话，也不会说出这话。

那么，是谁说出这话的呢？

只有蒋县长了。敬爱的蒋县长有文化、有知识、懂科学、会研究，蒋县长说的能有错吗？别人有怀疑，冯来财不怀疑，但也不在嘴上说。蒋县长之于冯来财，是有恩的，大恩啊！冯来财满腹感激之情，下了狠心，要把他的羊群服侍好。因为那群羊，是蒋县长扶持他发展起来的。

眼睁眼望地，看见一群膘厚毛光的羊，使冯来财枯焦的日子有了起色。

这是冯来财的福，托羊的福啊！

蒋县长来坡头村抓点，推广由他引进的澳洲优良品种布尔羊，把他的唾沫都吐干了，苦口婆心地找人谈话，一家一家地去，好处和道理，说了七沟八坡，却没能说通一家人。客气的拒绝像是商量好的：咱没经验喀，养不好的咋弄？把你蒋县长的人丢了，咱可是担当不起。冯来财答应养了，蒋县长就拿冯来财做样，还给大家做工作，大家还是没热情，回绝蒋县长的话多了几个字：等等吧，看冯来财养得好。他养好了，咱们跟着养，给自己包里积攒几个，也是给你蒋县长争脸哩。

没办法，蒋县长把宝都押在半截人冯来财的身上了。

放心不下冯来财，放心不下点上的布尔羊，隔些日子，蒋县长就到坡头村来一回。冯来财在沟坡上放羊，蒋县长跟着到沟坡上去。撵在羊的屁股后头，看羊儿好吃哪些草。沟坡宽阔得叫人心慌，转过一道弯，以为是个头了，转过去又是一道弯，总是不见头，深长宽阔的沟坡，满是草的世界，蒋县长认识不认识的草有一百种，一千种。他撵着羊的屁股，发现被冯来财所叫的夫子蔓、老鸹枕头、老鼠干粮、构曲牙等草样，是羊舌头上的最爱，争着抢着地吃。蒋县长是从省城下到县里来的科技副县长，锻炼一些时日可是要往上走的。他耐得住那些泼烦，从羊嘴里弄了些草的标本，回到省上去，找人分析化验，回来给冯来财说，这些草都是中药哩。

当时，冯来财想起了一句乡村人的口边话：秦地无闲草。

再到坡头村来，蒋县长还跟着冯来财去放羊。羊群吃草吃饱了，就顺着沟坡下，一直地下……蒋县长跟在羊群身后，也顺坡下了，深一脚，浅一脚，倒比半截身材的冯来财下得还困难。跌跌绊绊地下到沟底，便见一条小河，时而被草隐没，时而又露出草丛，流得无声无息，清清浅浅。站在河沿上的羊群，伸长了脖子，叼一口水，仰起来喝了，再伸脖子叼水，再仰脖子喝水，轮番往复，喝得从容又贪婪。蒋县长看得高兴，把他早就预备好的一个空瓶子，淹进河沟里，灌满了水，带到省城去化验。下一次再来坡头村，就说：河沟流的都是矿泉水哩！

冯来财想起进山的人说，河沟的尽头连着一眼山泉。

还瞪着姜干部的冯来财，这么想着他的羊群，想着他的羊群吃的是不是中草药，喝的是不是矿泉水，就觉出姜干部和村上人的无聊。他不想和他们无聊，就把蒋县长抬了出来，说：爱信不信，都是蒋县长化验了的。

哪能不信呢？姜干部的口气就认真起来了。

姜干部说：县上要赛羊了。乡上决定，就是你了，要你代表全乡人民去赛羊。

冯来财说：羊有啥好赛的？

姜干部说：赛得好了有奖哩！

冯来财说：有奖也不一定是我。

觉着一时不能说服冯来财，姜干部有点急了，也像冯来财镇他一样，抬出了蒋县长。

姜干部说：蒋县长打电话了，你还能不去？

冯来财仍有疑心，说：真是蒋县长打的电话？

姜干部说：这也能骗你？

冯来财没话说了。既然蒋县长打了电话，他就必须去了。肯定要去，蒋县长的面子，在冯来财的心里就是一面火亮的太阳。冯来财没有不去赛羊的理由了。

想着蒋县长，冯来财心里就有笑；想着与蒋县长初识的那个日子，冯来财心里就更有笑了。

二

那些日子，冯来财出门躲催粮要款的干部，就在村前的那条大沟里。

所谓坡头村，顾名思义，就是坡头上的一个村子。出了村子往上走，沟深不见底，坡长不见头，乱草丛生，早些年逃避兵匪，村民们走进深沟，选择险峻背人的地方，凿一眼土窑洞，把身子躲起来。往往是，你今日凿一眼，他明日凿一眼，深长的沟坡上就满是那样的窑洞了。如今是，久无用场的窑洞有些塌了，有些还勉强可用，隐没在荒草坡上，不下工夫找，还真是找不到。关中西府的北塬上，多有这样的大沟，坡头村邻着的一条叫龙尾沟，往西还有马尾沟、牛尾沟等等。冯来财就躲在龙尾沟的一处破窑洞里，陪他躲在一起的还有几只老绵羊，也不敢放到坡上去，怕干部发现捉了去，那可就要了他的命了。

躲在窑洞里的冯来财，掐着指头过日子。

有十多天了吧，躲在这里，冯来财昼伏夜出，到沟坡上给他的老绵羊打够来日要吃的草，再到沟底挑来要喝的水，还要乘着夜色，摸进村里去。不能点灯，也不能弄风箱，黑灯瞎火地给他瘫痪的老爹准备几口吃的，天不明，又急如星火地躲进沟里去，和他的老绵羊缩在破败的小窑洞里，相依为命地度过又一个白天。

瘫子爹心疼儿子，在儿子回家给他备吃备喝时，睁着眼睛在暗夜里埋怨：老天咋把我忘了？

瘫子爹说：快把我收去吧，天爷爷哩，别害娃娃没得好过！

瘫子爹的埋怨灌进冯来财的耳朵里，自然也不好受，听了也不言语，该做什么照做什么。倒是瘫子爹说得狠了，他也会高调回两声，叫他不要乱想，说：老天把谁忘得了？贵如干部，老天该收他时照样收。

高调回了两声，接着又软下语调说：人家不收你，是要你看着你娃过上好日子哩！

也是奇怪，和瘫子爹说过话，冯来财轻车熟路躲进深沟的窑洞里，把一只羊揽在怀里，在羊身上顺手捋着，忽然感到窑口一暗，他就知道有人跟来了。

跟来的是个干部，脸是白皙的，文文绉绉的样子，戴了副如他脸色一样白皙的眼镜，看上去，很像一个教书的先生。

晨曦里，白脸干部环视了一下冯来财穴居的破窑洞，又看一眼和冯来财躲在一起的老绵羊，他的脸先红了，是那种透亮得像要滴血的红。

镇定了也就眨眼的工夫，冯来财的手就抖起来了，而与他一起躲在破窑洞里的羊儿，早已不能忍受一个生人的闯入，紧紧地挤在一堆，咩咩咩咩叫成了一片。冯来财的心就如刀割似的痛起来了。

家里原来是有一群羊的，很有规模的一群羊啊！冯来财和他瘫子爹的日子，就驮在羊背上，羊的毛色亮堂，日子也就亮堂；羊的毛色暗淡，日子也就暗淡。天生会养羊的冯来财，把羊儿养得如同家里的成员一样，养得特别地仔细。可有啥用呢？一只一只的，被干部捉去了。捉一只有一只的理由，不是顶了这费，就是顶了那费，现在，就剩下和他躲在窑洞里的几只了。

在冯来财的心里，几只羊儿都是他的亲人哩，像永远爱着他的瘫子爹一样，至亲不能分离……

这是不难理解的，半截人冯来财，活在坡头村，几百号人口，谁对他亲过？差不多都视他为玩物，把他当做猴子一样耍，少不更事的时候，人家耍他，他也跟着耍，耍的把戏，省事后想，全他妈的是羞辱人呢。明白了这一点，他不和村上人耍了，但他挡不住人家耍他，有时候把他架在一堵土墙上，问他话：你是谁日下的呢？咋不像你爹，你看你爹就不是半截人。知道羞辱的冯来财咬紧牙不吭声。有时候又把他沉下一口土坑里，问他话：你是谁生下的呢？咋不像你妈，你看你妈就不是半截人。知道羞辱的冯来财咬紧牙不吭声。往往是，冯来财被架在土墙上下不来，沉在土坑里上不来，他就只有哭了，伤心伤肺地哭，哭来了爹，哭来了娘，把他从墙上抱下来，把他从坑里拉上来，戏耍他的人才嘻哈哄笑着散去。但这挡不住他们再一天又来逼他戏耍，直到母亲不明不白地满口吐着白沫，不治而死后，还有人把冯来财往土墙上架往土坑里沉，当然，还要问那问了千万遍的话。冯来财不哭了，也不求饶了，他愤怒地骂出了口。

头一声他骂：我是你爹日下的！

再一声他骂：我是你妈生下的！

这倒是很起作用，从此没谁再和他玩那个游戏了，同时，也没谁再理睬他了。他在坡头村的街道上走过来走过去，很想和谁说几句话，却终究没人和他说话。……孤独，太孤独了，到这时，他竟然不知羞耻地想，如果有人把他架上土墙，沉入土坑，他不会再骂人，他会很知趣地和大家玩上一场。可就是这样的想法，他也只能是空想了，直到家里养了羊，他提起放羊的鞭子，把羊赶到村前的沟里，与羊在一起的时候，他的孤独才减了几分。

冯来财把羊儿当成了他的亲人，及至长成大人，一个有血有肉有感情的大人后，他把羊儿干脆都看成了他的爱人。

爱人啊！谁能知道半截人冯来财内心的悲凉，他也是要有人爱的呢！但谁会爱他，特别是一个女人的爱，简直成了冯来财日夜做不完的一场梦。没办法，他就只有把羊看作他的爱人，除了给羊儿捉虱子，他还会把羊儿抱在怀里，抚摸它柔软的一身羊毛，把这一只抚摸顺了，再把那一只抱来，继续他的抚摸，偶然地，还会用他的嘴对了羊儿的嘴，香香地亲上一口。

白脸干部找见他时，他恰和一只羊亲在一起。白脸干部没说啥，只是看着他笑。

冯来财是心慌了，为自己不可告人的举动，也为脸笑着的干部，心里恨着自己。

努力地躲着，怎么还是躲不开干部的追踪？

冯来财接下来又在羊毛里徒劳地捉着虱子，他一脸的沮丧，满腹的怨气，说：捉吧。都捉去吧，把羊都捉去了干净。

脸上架着眼镜的干部是一副好脾气，不论冯来财怎么敌视，他都一脸笑模样。那笑藏在干部的眼镜后边，冯来财却也看得很清楚，没有一点装腔作势，没有一点欺骗蒙蔽，全是他内心的表露。冯来财就有一些感动，并感到干部和干部是不一样的，有蛮横霸道不讲理的，也有关心下情讲道理的。

果然是，这个找到他的干部一说话，就把冯来财死寂的心说活了。他说：谁捉羊呀？我不捉，不仅不捉，还要再送你几只良种羊哩。

冯来财听得清楚，把怀里的羊推开，认真地看着干部的脸，发现干部白皙的脸还红着，是那种纯朴的、知错改错的脸红。见的干部多了，虽然没有冯来财认识的，也叫不上人家的名字，不知道人家的职位，可在他的意识里，干部的脸千人一面，差不多都有几分僵硬，几分冰冷。而跟踪到他藏身的窑洞里来的干部，怎么就脸红了？这使冯来财莫名地新鲜，在心里咕哝着了：原来干部也会脸红呢！

咕哝着的冯来财突然就声高起来：你是谁？你说话算数？

脸红的干部没有告诉冯来财他是谁，只告诉他说话是算数的。还说，咱光明正大地养羊，咱躲他谁？村上人穷，你家更困难。按政策，你们村定为重点扶贫村了，你家是重点里的重点。你有养羊的技术，听人说，你会走路时就养羊了，先给集体养，后给大家养，现在给自己养，你有经验了。经验是个宝，哪能不用你的经验呢？你就还养羊，咱不信脱不了穷帽子！

冯来财怔怔地看着脸红的干部，听他一句一句地说着话。那些话他爱听，他听着就点头了。

没出两个日头，有一辆农用车载着五只布尔羊到坡头村来了。随车来的就有戴着眼镜的干部，他招呼着冯来财，把布尔羊卸下车，混进他的羊群里，使他的羊群突然起了变化，变得壮阔起来。

冯来财这时已知给他送来布尔羊的干部是县长了。他感激地看着说话算数的蒋县长，脸上倏忽浮起一抹羞涩的红晕，很有些不知所措地围着蒋县长的身子转。冯来财的心是忐忑的，局促的，因为他不知道这几只布尔羊需要多少钱，而他身上，干得没有几个子儿。

蒋县长看出了冯来财的忐忑和局促，拍打着身上的尘土说话了：安心养你的羊吧。现在没钱不要紧，把羊养好了，繁育起来了，就会有钱了。

三

有资格参加县城的赛羊会，乡政府一旦重视起来，村上自然也要重视了。

本来也是，村长与冯来财是连着一点亲的，就像他在村里常说的，谁能一笔写出两个"冯"字。好像冯来财有条件上县城参加赛羊会，是他的政绩工程一样，几天时间，咧着一张大嘴，喊得坡头村的人都知道了。去县城参加赛羊，开天辟地的头一遭，村里人是高兴的，也是眼红的。但是眼红归眼红，冯来财养羊给坡头村争了光，大家还是兴高采烈地寻到冯来财的家里来，向他表示真诚的祝贺。就是冯来财瘫痪在炕的老爹，也比以往精神大。冯来财在家时，就由冯来财招呼大家，冯来财不在家时，他就撑起半个身子，招呼大家了。

老爹的口气是豪迈的，说：回头让来财杀只羊，大家都吃上一口。

村里人就起哄：是啊是啊，咱们馋得喉咙长出手了。

大家正起哄时，姜干部又来找冯来财了。这次是来帮助冯来财在羊群里选秀的。

选哪只羊好呢？

自然要选布尔羊了。这是原则问题，不把蒋县长推广的布尔羊选出来上县城参赛，还能选一个老绵羊不成？在这一点上没有争议，但在一群壮大起来的布尔羊里，该选哪一只呢？姜干部的意见，是要在蒋县长最先推广的几只里选一只。冯来财不同意，理由是，那几只羊都过了年纪了，养在一群羊里，几年下来，该配种时配种，该下羔时下羔，表现虽然出色，也很有功劳，但已不复当初的壮美。倒是繁育下来的后代，青出于蓝胜于蓝，显现出一种青春的优势来。特别是那只生了一双黑眼圈的公羊，膘肥毛光，同在一群羊里，就显得鹤立鸡群，很是出类拔萃。

冯来财从羊群里把那只黑眼圈公羊牵出来，姜干部的态度就先变了，绕着黑眼圈公羊看了一圈，他自己就先乐了。说：怎么像只熊猫。

冯来财跟上也乐，说：熊猫，人才爱哩。

黑眼圈公羊这就成了进城参赛的羊了。它自己也像知道了这份荣誉，以往的张狂和顽皮也有所收敛，裹挟在一群羊里，就有些许的矜持和傲慢。这是不难理解的，毕竟它已两岁的口了，目光中有了一种爱的渴求，仰头看着一团团雪花似的羊群，极为谨慎地选择可能成为它新娘的母羊，同时还不忘机警地发现可能挑战它的公羊。

姜干部把他在群羊里的选秀结果报告了乡上领导，作为一把手的侯书记和二把手的苟乡长，也撵到了坡头村，看了黑眼圈，忍俊不禁地笑了起来，他们笑得好开心，好快活，顺口表扬冯来财几句，说他会养羊，养得好。冯来财倒不怎么受宠，偏是姜干部跟着两位乡上领导，屁颠屁颠地乐，胖脸上的一张小嘴，一会贴在侯书记的耳朵上，一会儿又贴在苟乡长的耳朵上，说个没完。

姜干部对侯书记说：怎么样？不错吧。

姜干部对苟乡长说：弄不好在县城赛个状元回来，咱们乡可就光彩了！

侯书记点头了，说：是不错。确实不错。

苟乡长翘指头了，说：拿状元，咱不拿还让谁拿。

　　姜干部就更来精神了，走到冯来财的跟前，拍着他的肩膀吩咐着，要他拿出全身的本领，把黑眼圈侍候好，不敢在关键时候拉稀。县上举办赛羊会，不是冯来财一只羊，还有其他乡其他镇的羊哩，集中在一起了，能有一只孬羊吗？不会的，谁都攒足了劲，要夺羊状元。夺了羊状元，既是养羊人的光荣，也是村上乡上的光荣啊！可不敢马虎，不敢掉链子。啊，记下了吗？

　　说了一堆话，姜干部的嘴角上起了沫子，擦了一把，又强调了一句：记下了吗？啊，一定要记牢。

　　是个人，谁没有点儿虚荣心呢！

　　冯来财是一样的，尤其是他，天生短尺少寸，家里偏又窘困难当，一直以来，他就几乎活在人们的眼角缝里。幸亏蒋县长找到他，不遗余力地扶持他养羊，才使他的日子过得有了起色。这一次，他能去县城参加赛羊会，他想，他也该有这么一次风光了。

　　善于察言观色的姜干部，看懂了冯来财的内心变化，不失时机地在一旁鼓励着他：夺取羊状元，你有信心吗？

　　冯来财不是说大话的人，他低了头没应声。

　　姜干部哪里会放过他，在一旁更起劲地煽动着：当着两位领导的面，你表个态。

　　侯书记、苟乡长也在一旁鼓励冯来财了：是啊，你应该有信心的。

　　冯来财就抬起头来了，迅速地瞅了一眼姜干部后，把眼睛盯在乡上的两位领导脸上，一改曾经的犹豫和迟疑，很干脆地表态了：有信心。

　　陪在一边的村长先鼓起了掌，再有姜干部和侯书记、苟乡长，以及围来的村里人，都哗哗地鼓起掌来。掌声里，姜干部提议到冯来财的家里喝口水，侯书记和苟乡长便动了步，在姜干部的招引下，向冯来财的家里走去。进了冯来财的家门，两位乡上的领导并没喝水，只对瘫在炕上的老人安慰了几句，就又走出了院子。

　　讪讪地跟着乡上领导的村长，不断看着领导的脸色，怕被领导批评。而事情就是这么怪，越怕批评，领导偏就批评上了。

　　侯书记批评说：当干部，心里要时刻装着群众，为群众的甘苦着想。

　　苟乡长跟着批评：冯来财的家庭问题，村上要有考虑。

　　领导的话，听得冯来财的心里热乎乎的，眼睛也湿润起来了。

　　姜干部熬在乡政府的院子里，侯书记、苟乡长的小九九，他的心里自有一本账。他所以热心这次的县城赛羊会，首先是他的本职工作要求，因为他就是农业专干；再者通过赛羊，加深一下他和领导的感情，这感情有和蒋县长的，还有和乡党委侯书记及乡政府苟乡长的。在这样的节骨眼上，他可不想出啥事。于是调整着说话的气氛，对冯来财说：领导多关心你呀！姜干部说话还瞄着侯书记、苟乡长的脸色，估摸自己说得可妥当。他从两位领导的脸上得到了鼓励，就又对冯来财说：你也是，不能把钱都填进老人的药罐里，那有多少钱都是填不满的。倒是你，该有个女人了，白天给老人烧热饭，晚上给你暖热脚。

乡上领导的关心感动着冯来财。但他心里还有疑惑，疑惑他的困难是一直存在的，不是说乡上领导发现了才有的。而且，过去的困难更大，比现在大多了，有些就是他们当领导当干部的造成的呢。疑惑归疑惑，冯来财不会陷进疑惑里不出来。从蒋县长的身上看得出来，干部不是都不好，像现在的乡上领导，侯书记和苟乡长，就也表现得很有人情味，这样就好，老百姓就会欢迎。

冯来财还想，干部在一些时候的生硬甚至霸蛮，也许是一种不得已呢。干部也有自己的苦衷哩。

谁说不是呢？就说乡党委的侯书记，一家人都在县城，工作的工作，上学的上学，和他一起在县上工作的人，有人提拔当了县上领导，有人赖在县城就是不下乡。他是听了组织的话，下到乡上来了，从副乡长当起，快十年了，熬到书记的位子上，那一份苦和累，没经历过的人，谁又知得道。他已经想通了，不想往上走了，就像他在县城教书的老婆说的，"官大官小，多大是个了？"老婆的心思他明白，就是想一家人在一起，热热乎乎过日子。老婆想得对，他的目标也就是回到县城去，平级调个肥一点的单位就成。可就是这一点目标，要想实现都是那么困难，找谁说话，都说再等等，下边离不开你，还需要你压阵。可他知道，跟在屁股后头的苟乡长，是怎么也等不及了，日思夜想，盼着他快走，走得早，给他腾位子就早。不言自明，苟乡长就是这么想的。这么想错了吗？自然不错。

苟乡长也老大不小了。论年龄和资历，还都比侯书记长了一些。但他的文凭不如侯书记，混了个党校的毕业证，在提拔上就不如正规国民教育的文凭了。他不甘心啊，就只有努力工作了，努力地配合侯书记工作，把侯书记光光彩彩地送上去，也许就会有自己的发达。

四

当干部，没个热心肠还真是不行。

临去县城参赛的那日，热情的姜干部到坡头村接冯来财和他的黑眼圈公羊了。都是脸上贴金的事，村长自然要送一程的。虽然都是一门冯姓人家，过去的村长，不是乡上的侯书记和苟乡长批评他，他确实是不大关心冯来财的。在他的眼睛里，不是因为冯来财上县参加赛羊会，哪儿会有他的位置？现在不同了，冯来财受到了乡上的重视，村长的态度自然大变样，再不能眼中没有冯来财了。如果在县城的赛羊会上，冯来财当真得个羊状元的荣誉，他的脸上也有光呀！当村长，就得有这点活思想，要不还有个啥当头。

把冯来财和他的黑眼圈公羊送出村子，送了很长一段路，直到姜干部把村长拦下来，他才拉住冯来财的手，告诉他放心地赛羊去吧，家里有他村长哩，不会叫炕上的老人受亏，不会叫圈里的羊受亏。

这些都是提前安排好的，村长再说，冯来财还是一句一个感谢。他欣幸，因为赛羊会，他在村里活得像个人了。

姜干部前脚走，冯来财牵头黑眼圈公羊后脚跟，这就到了热闹的乡街上。村长算个会来事的，扯了一条大红的绸子，找来几个手巧的女人，扎了一朵大花，戴在黑眼圈公羊的头上，使这只即将赶赴县城参加赛羊会的羊儿就很惹眼了。走在乡街上，一路走，一路有人赞叹，一直走着，就由姜干部招引着，端直走进街边的一个美发店。

赞叹的人群惊讶了！冯来财也惊讶了！

这是姜干部的预谋哩！他要把黑眼圈公羊洗得干干净净，打扮得漂漂亮亮，好到赛羊会上拿奖呀！

乡街上的美发店本来就小，三张椅子，有两张上坐着客人，正无限舒服地接受着美发师的服务。突然闯进来两个人一只羊，地方便显得逼仄了。黑眼圈公羊对这样的环境是陌生的，行为就有些烦躁，如果不是冯来财牵得紧，左冲右突，还不知会惹出啥乱子来。而且因为这只羊，原来馨香的美发店，顿然弥漫起一股特殊的公羊的臊膻味。美发师和客人吃惊了，店老板也敏感到店里的变故，从店后的一个小隔间蹿出来，怒目盯着躁乱的黑眼圈公羊，刚喊出一声把羊牵出去的话，就发现了一张笑脸的姜干部，当下换了一副模样，换得那个快，冯来财打死也做不到。

老板很是殷勤地招呼着了：哎哟，是您来啦！牵个羊做啥呀？

姜干部也不客套，说：美发呀么。

老板说：给您做呀吗？

姜干部说：不，给这只羊！多么漂亮的一只羊呀，像只国宝大熊猫。

小小的美发店哄地笑翻了天，老板笑了，美发师笑了，客人也笑了。姜干部很有耐心地等着大家笑，笑得没力气了，才说这只羊是不好小看的，要上县城参加赛羊会，弄不好，得个状元回来，也是你们美发店的荣耀哩。姜干部还把冯来财介绍给了老板，说这羊就是他养的，他是蒋县长抓的点，知道吗？蒋县长都把他当朋友哩，你们还不快点儿，使出好的手段，给黑眼圈公羊美个发，也给羊的主人冯来财美个发。

老板哭笑不得地搓着手，却也只有诺诺地应承了。

在美发店里工作的美发师是几个姑娘，她们天天给人洗发美发，清洗美化了无数的人头，却从来没有给一只羊做过洗发美发。显然，这是个新的课题，几位姑娘很快给她们的客人做完活,打发客人出了店,就围上来给这只黑眼圈公羊洗发美发了。洗是头一道工序,姑娘们伸着手,就是不知从羊的哪儿开始用功夫。而且一双眼睛满含惊异的黑眼圈公羊,完全不能领会人的心意,躲在冯来财的怀里,不肯让姑娘们给它洗。姑娘们就又乐成了一团,嘻嘻哈哈地朝着姜干部打飞眼。

同在一条街上,出门不见进门见,姑娘们都认识姜干部,笑闹本是平常事。今天却不同了,姜干部的脸板起来了,责备姑娘们笑什么笑?有啥好笑的,快动手吧,我没时间和你们笑。

给黑眼圈公羊洗发美发,是姜干部想出的主意,他自知这个主意的荒唐,但为了黑眼圈公羊在县城赛出成绩,他是什么手段都敢用的。

姑娘们乐着,姜干部训斥着她们,可他心里也有乐呀。但他是不敢乐的,训斥了姑娘一顿,就又用好话哄着她们了,让她们不要有保留,放心大胆地给咱们黑眼圈公羊洗发美发。什么洗发香波好,咱就用什么。乡政府埋单,把黑眼圈公羊给咱弄漂亮了,老板有钱赚,姑娘们少不了有小费拿。

姜干部还强调:黑眼圈公羊的脸就是乡政府的脸。

姜干部的话字字如铁,句句似钢,说:咱能给乡政府丢脸吗?当然不能了!

姑娘们就收住了嬉笑,很认真地给黑眼圈公羊洗发美发了。姜干部站在一边指手画脚,一会儿要姑娘们用心,一会儿要冯来财好生配合,毕竟是你自己养的羊,肯定听你的拨弄。

从一踏进美发店的门,冯来财便毫没来由的心口痛,姑娘们的嘻哈调笑,姜干部的颐指气使,冯来财都没有太在意。他忍着心口痛,很配合地帮助姑娘们给他的黑眼圈公羊洗发美发了。

应该说,姑娘们是很有经验了。她们热水兑上冷水,兑出来的水温不热不冷,灌在绿色透明的喷壶里,照着黑眼圈公羊的卷毛,不紧不慢地喷着,喷出的水雾,像是晶亮的莲蓬,有着极强的穿透力,从毡片一样厚实的毛梢,一下子喷到毛根上。一个姑娘有层次地在前喷水,另外的姑娘就在手上挤了洗发香波,涂抹在湿淋淋的羊毛上,很有节律、很是温柔地给黑眼圈公羊洗着了。

对于适当的享受,不仅是人的需要,其他动物也是需要的。可爱的黑眼圈公羊,刚开始还有点不习惯,渐渐地适应了,不需要冯来财的抚慰,就很自觉地配合着姑娘们,十分惬意地接受着她们的服务了。

放养在龙尾沟里的黑眼圈公羊,身上的确是脏,洗了一遍是黑水,再洗一遍还是黑水……几个姑娘不歇气地洗了五遍,从黑眼圈公羊的卷毛上流下来的水才不怎么黑了。一直坚守在美发店里的姜干部还不满意,招呼姑娘们又给黑眼圈公羊打了两遍洗发香波,又是极尽温柔地揉洗了两遍,看着黑眼圈公羊身上流下的水彻底的清亮起来，这才满意地说了一声好。不过，他还指示，给黑眼圈公羊的卷毛打了护发膏，又让姑娘们启动了一台小巧的吹风机，小心地给黑眼圈公羊吹风了，直到吹干了卷毛，使黑眼圈公羊一身雪白的绒毛蓬松起来，这才号令冯来财牵了黑眼圈公羊出来。

牵出来一看，心里是得意的，却又发现羊的黑眼圈不够油亮，就又号令冯来财把羊牵到美发店，让店里的姑娘们给羊的黑眼圈焗油。原本就好看的黑眼圈就更好看了，黑乌乌像在眼睛上戴了一副墨镜。

要知道，乡镇干部可是都爱戴那样一副墨镜的，侯书记是，苟乡长是，姜干部也是。

很自然地，被寄予厚望的冯来财在美发店里也洗了他的头发，也用吹风机、啫喱水造了型。

有了这一场的洗刷吹风，黑眼圈公羊确实好看多了，让人很容易地联想到"女大十八变"的那句俗语，雄健的黑眼圈公羊更显雄健了，一身松软的卷毛，绒绒的似一堆雪片，遇风吹来，就会飘飘然飞去一般。冯来财也是一样，比他进美发店前的样子，有了很大的改观，虽然他的腿还是那么短，胳膊也还是那么短，但头光了，脸净了，还真是美观了不少。

只不过，冯来财看不见自己。

冯来财眼睁睁望着他可爱的黑眼圈公羊，因为卷毛蓬松起来的缘故吧，好像比原来胖壮了许多，精神了许多。到这时，他倏忽有些明白，刚才自己的心口痛，是他的黑眼圈公羊破天荒地由乡政府掏钱洗发美发，他借黑眼圈公羊的光，也破天荒地由乡政府掏钱洗了发美了发。

冯来财心头不是滋味地悲哀着，又高兴着。

过去的日子，冯来财从没进过美发店的门，他自己舍不得掏那个钱，乡政府更不会给他掏那个钱。不过，他得承认，在职业的美发店里那一番捣腾，感觉真的是好。

姜干部当然只有高兴了。为他别出心裁的这一手，兴奋得手舞足蹈了，招引着冯来财，牵着他愈加美丽漂亮的黑眼圈公羊，进了乡政府的院子，并立即引来一片目光，大家无不对黑眼圈的精彩而叫好了。

乡党委的侯书记和乡政府的苟乡长自不例外，喜眉笑眼地夸了黑眼圈公羊，也夸了姜干部。

而姜干部细致入微的表演还没有结束。他让冯来财把吹洗过的黑眼圈公羊拴在院子里，捉了冯来财的手，去了他的房子里，变戏法似的从他的房门背后取出一套藏蓝色的西服和白色的衬衣，帮助冯来财换上。姜干部的话说得入情入理，暖心暖肺：咱们是谁？打断骨头连着筋的乡党啊！我得给你操着心，你说是不是？咱去县上赛羊，咱的黑眼圈公羊倒是漂亮的，黑眼圈公羊的主人，怎么能不漂亮呢？你没女人，有女人我就不操这份心了。没有呢？我就不能不操心，给你提前预备了一身，赶紧换上，看是哪儿不合适，也好到街上的裁缝铺里改。如此厚谊，冯来财不能不领情，而且不能不感动。

在姜干部的房子里，冯来财刚脱了旧衣服，姜干部又喊起来：先别换。你看你的脖子，车轴一样满是油！嘴里忙着，手上也忙着，姜干部打开房子里的热水瓶，向洗脸盆里兑着水。兑好了，就按着冯来财的脖子洗，洗了一脸盆的油腻。洗得通透了，这才让冯来财换西服。照说冯来财的身材，要弄一身合窍的西服是不容易的，可姜干部给他准备的，换上身还真没刺挑，正好应了"人的衣裳，马的鞍场"那句话，冯来财立马就有一种脱胎换骨的变化。姜干部的脖子上是系着一条铁锈红的领带的，也当即扯下来，打在冯来财雪白衬衣的领子上，使得已很精彩的冯来财显得更加出彩了。

冯来财照了镜子，自己就很不好意思，嘴上说：不晓得要多少钱呢？

姜干部打量着冯来财，说：俗了不是？什么钱不钱的，咱不提这个话。

冯来财终是不能过意：那还能让您破费？

姜干部的手掌就拍在冯来财的肩上了，拍了一下又一下，多年的老朋友似的，说：你要心里不落忍，得了羊状元，给蒋县长说句话，就说是我帮了你。

五

县城陷在一条深深的河沟里。

党委的侯书记和苟乡长，各自坐了一辆桑塔纳的小汽车前头走了，名义是冠冕堂皇的，给冯来财和他的黑眼圈公羊打前站。兵马未动，粮草先行，冯来财心想，这是对的。虽然不是行军打仗，却也是一场真刀真枪的竞赛，没有前站的充分准备，凭他一个冯来财能做什么？即便他有一只冠盖天下的黑眼圈公羊，也难保能赛出个好结果来。冯来财理解乡党委侯书记和苟乡长的苦衷，就自个儿坐着一辆农用小三轮在后边撵了。自然的，好一场洗吹美发之后的黑眼圈公羊与他要同在一起了，一人一羊，相依为命地厮守在一起，在农用小三轮惊天动地的咆哮声里，往充满期待的县城蹿跳着。

这就从县城的北坡上下来了。

过去从未到过县城的冯来财，突然觉得自己像是跌进了一口大缸里，四围壁立的土崖上，全是雨水累年冲刷出来的小沟小渠，沟渠帮上，生着茂密的酸枣丛，与他们坡头村的龙尾沟没啥大差别。这使冯来财忐忑的心有了些许的平复。到沟底，农用小三轮又跑了一段路，便爬上一座拱起的水泥桥，污染得像是一河墨汁的流水，卷裹着一堆一堆的泡沫，那泡沫既有灰色的，又有黄色的，极不情愿地向下游涌动着。冯来财还嗅到了一股莫名的臭味，于是，他的心里竟然有了些微的骄傲，觉得他生活的坡头村，小则小点，沟河的水却要清亮得多，是矿泉水哩，村里人吃沟河的水，他的黑眼圈公羊们也吃沟河的水。县城人可也吃沟河的水？如果无法选择地也吃沟河水，他们就太不幸了。那水能是人吃的吗？这么想着，冯来财就觉得自己生活的地方是多么幸福啊！

人山人海的赛羊会场就设在过了桥的一片空场上。给乡党委的侯书记和苟乡长开车的司机，都在桥头上站着，看见拉着冯来财和黑眼圈公羊的农用小三轮，立马迎上来，指挥着农用小三轮，停在水泥拱桥的一边，招呼冯来财下了车，并把黑眼圈公羊也卸下来，嘴里便一声赶一声地催：快！快！快！可是哪儿快得了，身材矮小的冯来财，和他雄壮貌美的黑眼圈公羊，当下引来无数的目光，大家纷纷围拢过来，兴高采烈地评品着冯来财和黑眼圈公羊了。

说话的是个眼尖的女人：看吧，这人，这羊……嘿嘿，太有趣了！

接话的是个半老的男人：这是羊吗？怎么像只大熊猫？

再接话的又是个好奇的女人：好了，状元羊有了。

再再接话的就又是个男人了：还别说，哪只羊赛得过这只羊?!

人山人海的喧嚣，压不住大喇叭的歌唱。冯来财听得清楚，大喇叭唱的是《走进新时代》。

冯来财爱听这首歌，一字一句，很是悠扬地传进耳朵时，也不妨碍众口毫无遮拦的议论，也纷纷地传进了冯来财的耳朵。尽管议论有嘲笑他的词儿，但对他的黑眼圈公羊都是好奇的，肯定的，他心里就高兴。本来嘛，又不是来赛人，他身矮又怎么了？不妨事，赛羊会，他的黑眼圈公羊才是主角哩！

两个身体健壮的司机，在前头奋勇地推着人群，分开一条小道，才使冯来财和他的黑眼圈公羊顺顺当当地往前挪着。此情此景，冯来财似觉眼熟。在哪儿见过呢？噢！对了，电视上经常有的，是那演戏的、唱歌的明星出现了，才会有的场面呀！

两个司机一头的大汗，这才把冯来财和他的黑眼圈公羊送到预先分配的赛位上。

侯书记和苟乡长都等在那儿。侯书记手里提了一爪胡萝卜，苟乡长手里捏着一个肉夹馍。冯来财和黑眼圈公羊在赛位上刚站稳，侯书记把胡萝卜喂给了黑眼圈公羊，苟乡长把肉夹馍喂给了冯来财。侯书记嘴上"嘟嘟"、"嘟嘟"招呼黑眼圈公羊吃，苟乡长嘴上"快些"、"快些"催着冯来财吃。侯书记和苟乡长，都是一脸的焦急之色。

不急不由人啊。黑眼圈公羊把胡萝卜带叶子才吃了一半，冯来财把肉夹馍啃了两大口，就听到刚才唱着歌儿的大喇叭，传出两声"噗噗"的吹气声，接着就有人大着嗓门宣布，全县首届赛羊会开幕！

临时搭建的主席台上，站着许多领导干部，身材矮小的冯来财，从人缝里找着空隙，在主席台上找着他热爱的蒋县长。但他没有找到，所有的脸都不是他熟悉的那张脸，白皙的、温和的、戴着眼镜的……他人呢？正疑惑着，大喇叭里介绍着赛羊会专家组的成员，列在第一位的是蒋县长，下面还有一串名字，冯来财记不住，记住的只有蒋县长。是啊，有蒋县长在，他就高兴，就有信心。但他听得仔细，听见在蒋县长职务的前头，多加了一个"副"字。

冯来财懂得点官场的规则，有了那个"副"字，就只有站在人后了。

蒋县长这样的好人，是不该站在人后的。

果然是，蒋县长在大喇叭的介绍声里站到人前来了。那也是一个新搭的平台，高出地面三尺的样子，四方四正，各有丈余的宽度，铺了深绿的地毯，周边的栏杆上，也拉着深绿色的粗绳，看上去像是一个比武的高台。蒋县长站上去后，朝台下的群众举手致礼，冯来财就狠着劲地鼓掌了，嘴里好像还高喊着蒋县长、蒋县长的，只是他自己没意识到罢了。

跟在蒋县长后边，又有被介绍的几位专家走上了那个显眼的平台……赛羊活动这才进入到实质阶段。

赛羊会是以各乡各镇为单位组织的，大喇叭点着参赛乡镇的名字，每点一家就有人牵着羊上到那个平台上，接受专家的评判了。专家们的工作是认真的、公平的，先为参赛的羊称体重，量身高，再是为羊测体温，看牙口，最后就是观体态了。每只羊都有一份体测表，详细地记录下观测到的数字，以便最后决出状元羊来。

点到冯来财的黑眼圈公羊了。

现场嘈杂，大喇叭叫头一声时冯来财竟没听到，点过了三声，他才在乡党委侯书记和苟乡长的提醒下，牵着他的黑眼圈公羊向竞赛台上走去了。不可否认，冯来财是特殊的，他的特殊就在于他的矮小；黑眼圈公羊也是特殊的，它的特殊就在它的高大，当然还有它的黑眼圈。一个矮小的人，一只高大的羊，刚一站到竞赛台上，专家们还没有测量，台下的观众就先喝起彩来，仿佛一对人们心仪的明星，走上台来做表演，大家能不喝彩吗？热烈的掌声，此起彼伏，像是旱天里炸响的巨雷。

这太好了，就是说，冯来财和他的黑眼圈公羊已经赢得充分的印象分。

前面说过了，冯来财是懂得一点官场规则的。就说他吧，和蒋县长是熟悉的，黑眼圈公羊能来参加赛羊会，还不都是蒋县长的功劳？但在竞赛现场，蒋县长当着专家组组长，冯来财就不能上前套近乎，他得避嫌，不能被人怀疑。不过不太要紧，冯来财看见蒋县长投向他的眼光，那眼光是热的，透着十分的赞赏，十分的鼓励。冯来财心领神会。

扛着摄像机的电视台记者，举着照相机的报纸记者和拿着话筒的电台记者，呼啦啦围到竞赛台前来了。他们有从省城西安来的，有从市府陈仓来的，还有就是本县来的，围在竞赛台前，咔嚓、咔嚓地按着快门，像是三伏天里的一场太阳雨暴，晃得冯来财的眼睛都花了。

冯来财有那个感觉，记者们对他和他的黑眼圈公羊有着一种别样的热情，那是其他上台参赛的羊只所未能得到的。这不难理解，他和他的黑眼圈公羊是太特殊了，特别是羊，比他冯来财更特殊。记者们的职业，决定了他们的敏锐，对特殊的事物，就有特殊的感觉，自然就会用功一些。而且冯来财也注意地看了，前面上台接受专家组测评的羊，确实没有哪一只能比得上他的黑眼圈公羊。他的黑眼圈公羊太出色了，就是还没上台前，和各乡各镇选送的参赛羊站在一溜，他的黑眼圈公羊就已表现出与众不同的优势，是那种鹤立鸡群的一边倒的优势呢！

像其他的参赛羊一样，黑眼圈公羊也被称了体重，量了体高，测了体温，看了牙口……而且还应专家组的要求，黑眼圈公羊在高台上走了秀。要说，黑眼圈公羊是没有那个训练的，但它走了，走得从容不迫，走得有模有样，很容易让人想起 T 型台上的模特儿，有形有款地走给人看。黑眼圈公羊的走秀，绝不比职业的模特儿走得差，一步一步，四只蹄子像是装了弹簧，抬腿轻盈，落地灵动，牢牢地吸引了评委们的眼睛。大家的脸上就有笑，是满意的、喜悦的笑……蓦地，黑眼圈公羊还昂起头来，高叫了两声，那嘹亮的叫声通过赛台上的麦克风传开来，不亚于一个高音演员的演唱，天籁一般，清脆悦耳，赏心悦目……人山人海的赛羊会场上，不失时机地响起了掌声，海啸一般的掌声啊！

现场打的分，现场出的结果，冯来财的黑眼圈公羊众望所归，戴上了羊状元的桂冠。

冯来财流泪了。

他脸上是幸福的笑，眼里却是不断线的泪珠子。他和他的黑眼圈公羊又一次被请上了赛羊台，又一次地被记者们的摄像机、照相机灯光哗哗地闪射了一场，冯来财的眼泪流得就更多了。

冯来财不认识县委熊书记，却是县委熊书记对着话筒，大声宣布他的黑眼圈公羊获得状元羊的好消息；冯来财不认识牛县长，却是牛县长给黑眼圈公羊戴的金牌，自然了，也给育养了状元羊的冯来财戴了金牌。随着牛县长登上赛羊台的，还有两位穿旗袍的姑娘。两个姑娘的身材真高呀！站在冯来财的面前，像是两棵挺拔挺直的白杨树。冯来财小心地举起头来，看见一身艳红旗袍的姑娘，脸上都扑了粉，涂了胭脂画了眉。光闪闪的金牌，原来就端在姑娘们手里的圆盘里，还有花，一束扎着彩带的鲜花，也端在姑娘们手里的圆盘里。牛县长和冯来财握了手，说着"恭喜"、"祝贺"的话，给他戴了金牌，送了鲜花。

接下来，就是状元羊的大巡游了。

来县上的农用小三轮车自然要退位了。一辆装饰得花团锦簇的彩车，早就预备在赛羊台一边；负责维护秩序的两位警察，全身披挂好了，很是威武的样子，帮助冯来财把黑眼圈公羊弄上了彩车。陪同牛县长给冯来财和黑眼圈公羊颁奖献花的两位姑娘，早前一步，已经上了彩车，一边一个，满面春光地站在彩车的前边，两个全身武装的警察，也是一边一个，守在彩车的后边，中间就是冯来财和黑眼圈公羊了。原来在赛羊会上挤成一疙瘩的人，现在又扯成一条线，跟在彩车的后面，兴高采烈地涌动着，仿佛获得状元的是他们自己一样。

巡游的彩车上，装了两只大喇叭，一会儿唱歌一会儿播音。唱的歌还是《走进新时代》，播的音就是冯来财如何养羊致富，他的黑眼圈公羊如何争得状元羊的消息了。

黑眼圈公羊像是通了人性，知道它的身份起了变化，有了一顶辉煌的状元桂冠，站在巡游车上，举止就有些高傲，头仰着，乌溜溜的黑眼珠，左看一眼，右看一眼，在大喇叭唱歌的间隙，还像它在赛羊台那样地高声叫着："咩——咩——"

六

电视机前的姜干部激动得跳了起来。

不仅是姜干部，在乡政府收看电视实况的干部，在冯来财的黑眼圈公羊荣获状元榜的那一时刻，全都欢呼起来了。只是大家的欢呼，都没有姜干部表现得那么强烈。这是自然的事情，乡上有多少干部呢？老百姓不知道头数，混在其中的姜干部是知道的，党委口，正副书记有五个；政府口，正副乡长有七个；再是人大和政协，与上面两个口里的职数差不多，而且每个口里，都有一大帮的办事人员，政府大灶不吃饭时见不着人，吃饭时就都是人了，敲碗打筷子，热闹比过庙会。哪个人都有点儿自己的想法，黑眼圈公羊赛出了名堂，大家礼貌地欢呼一阵，已是对姜干部的鼓励了，平时多有走动的几个同僚，就撺到姜干部的跟前，要他请客了。

大家的意见是统一的：吃他狗日的状元羊怎么样？

姜干部的态度是暧昧的：又不是我的状元羊。

说说笑笑的，姜干部走出了乡政府的院子，向近傍的一个村子走去了。乡上的干部头数多，但真正本乡本土的干部却不多，姜干部算是其中一个。他走去的那个村子就是生养了他的家。他所以未能跨乡工作，与他的身份有关系。不像其他人，大学校门出来就是干部了，他没能上大学，自学成才。早些年国家试行干部制度改革，在社会上公开招考干部，他参加了，考上了，签了一纸合同，荣幸地成了所谓的"合同制干部"，户口还挂在家里，领着国家的工资，吃着自家的粮食。因此，在政府大院里，他处事待人就要特别地谨慎，特别地小心了。就是来政府院子办事的人，乡里乡亲的，别人可以生硬，可以不理不睬，他又怎么能呢？既然不能，他就只有热心了，热心热肠地为群众做事，因此也为自己赢得一个好人缘。

选了冯来财和他的黑眼圈公羊去县城参赛，说心里话，姜干部也是想去的，毕竟他为黑眼圈公羊参赛做了许多工作。但是侯书记、苟乡长出马了，他就不好争了，就只有带点委屈地留在乡上了。

他还记着一句话，是他说给冯来财的，"是该有个人给你暖脚了。"说了，就不能言而无信。

那么，找个谁给冯来财暖脚呢？

冯来财的那个条件，说谁谁愿意呀？熟悉乡情的姜干部，心里想着这件事，就很自然地想到一个人，他邻家的一位小寡妇。小寡妇比他低一辈，管他是叫叔的。两日天，回家碰到小寡妇，他把话也挑明了，只是小寡妇的态度不甚明朗。

小寡妇红着脸嗔怪他：好我个叔哩，你给我说个好点的人嘛。

姜干部感觉有戏，说：我看冯来财就好着哩。

小寡妇说：他一个半截人，能有啥好？

姜干部说：他羊养得好。

小寡妇说：羊养得好不稀罕。

姜干部说：稀罕人家的日子吗？把羊能养好的人，日子就一定能过好。

小寡妇不说话了。就这态度，是有了戏的态度。现在的冯来财和他的黑眼圈公羊风光了，他要再去找一回小寡妇，把她心里的肯话掏出来。

就在姜干部去找小寡妇掏肯话的路上，冯来财和他的黑眼圈公羊巡游结束，受邀参加蒋县长给他特设的一顿佳宴。

是乡党委侯书记和苟乡长通知冯来财的。

也不知在县城大巡游时，侯书记和苟乡长都去了哪里。彩车锣鼓家什地巡游完了县城的两条主要干道，再回到初始时的赛羊台前，侯书记和苟乡长就冒出来了，招呼他们俩的司机把冯来财和黑眼圈公羊弄下彩车，便迎着冯来财，告诉他蒋县长设宴相请的消息。

侯书记的话是欣羡的：县长宴请，你有面子呀。

苟乡长的话也是欣羡的：跟你蹭口酒，县长的酒哩，那么容易蹭？

半天时间，冯来财做梦一般匆匆忙忙赶到县上来，匆匆忙忙地赛羊，匆匆忙忙地巡游……心里是热的，脸上也是热的，一切还在不知所措中，又有蒋县长特地设宴，请他喝酒。他无声地问自己：冯来财呀，你是什么东西？一个半截子放羊人，怎么就有了这么大的面子？

冯来财是想不明白了。

想不明白干脆就不想，跟着侯书记、苟乡长，向蒋县长设宴的关中风情园去了。

原以为宴请的只是人，没想到黑眼圈公羊也在内。侯书记和苟乡长前头走，冯来财牵着黑眼圈公羊后头跟；侯书记、苟乡长手无牵挂，走得快了，和冯来财及黑眼圈公羊落下了距离，两人就会放慢脚步，等着冯来财和黑眼圈公羊赶上来。黑眼圈公羊争了状元，巡游时戴在头顶的大红花还在，戴在脖子上的状元牌也在，一路走来，像是又一次巡游，围观的人不时还要喝一声彩。走得冯来财的肚子叫了，这才走到气派非凡的关中风情园！

建在县城外的这处庭院式餐饮娱乐中心，冯来财只是听说过。待他走进来一看，比他听说的格局还要大。但又只是庄稼院落的格局，有新移栽的大槐树，以及树荫下排列整齐的石雕的拴马桩，石雕的狮子，石雕的门礅等物，一一看来，风剥雨蚀，都有了很深的岁月痕迹。对此，冯来财并不陌生，他们坡头村，随便哪家，都少不了几件这样的物什。气派豪华的关中风情园，使冯来财兴奋的心，顿时有了一种回归感。

离开家也就不到一天的工夫，冯来财就想家了。他想把在县城发生的一切告诉病瘫的老爹，让他老人家忧愁的心，也有一次开怀和欢乐。

老人家为他的半截身材，背着人是流过泪的。为人父者，谁都想自己的后人魁梧高大、顶天立地，老天不睁眼，遇上他这个样子，哪能不忧愁呢？想不到老天也有开眼的日子，偏是他半截人冯来财，和他养的黑眼圈公羊夺了状元。

风光啊！太风光了！

冯来财还在为自己高兴时，蒋县长（讨厌的副字，冯来财不理会副不副的）满脸笑容地迎上来了。

蒋县长捉了冯来财的一只手，说：恭贺你呀。

冯来财脸上飞着红，说：都是你的功劳哩。

扛着摄像机、举着照相机的记者，原来就跟着蒋县长的，这时又围上来，像在赛羊台上时一样，哗啦哗啦又是一通暴雨雷电似的闪光。

记者们问话了，七嘴八舌的，听得冯来财不知回答哪个问题好。蒋县长在一边打圆场了，吃饭吃饭。饭也把咱们记者的嘴堵不住了，有记者抗议了，抗议的理由很充分，说：请尊重我们的职业需要，采访不到好新闻，吃饭不香嘛。冯来财就说话了。有些话是姜干部教给他的，心细如丝的姜干部在接他到乡政府后，不仅给他和黑眼圈公羊洗了发，美了发，还把他留宿在乡政府一夜，给他做了极尽可能的语言准备。姜干部信心十足地说，黑眼圈公羊肯定能当状元。当了状元就会有记者采访，也会有大领导问话，黑眼圈公羊回答不了记者的采访，回答不了领导的问话，成了状元也不成，除非成了精。怎么办呢？就只有你说话了，回答记者的采访，回答领导的提问。你要记住，该说的话就要说，不该说的话半句都不要说。啥是该说的话呢？譬如你感谢领导的关怀，感激政府的帮助，一级一级地感谢，像蒋县长、乡党委书记和乡政府乡长，还有你们村的村长。这些话怎么说都不为过，要反复说，不断说，说得越多人越相信。姜干部说着，有一个小小的停顿，冯来财感觉得到那个停顿，就是说，冯来财也要感谢他。那样的话，还就准备在他的舌头尖尖上，一张嘴就出来了。冯来财琢磨过了，认为姜干部说得对，他应该感谢帮助扶持了他的各级领导的。而且，他自己业已积累下了太多的感激之情。就是姜干部不在乡政府培训他，他也会大说感谢话的。特别是他身临其境获得如此大的荣誉后，面对好奇的记者们，那些话就像油炸花生豆，咯嘣咯嘣地就从嘴里滚出来了。

冯来财说：我的黑眼圈公羊赛成状元羊，大家知道我最想感谢谁吗？

众记者面面相觑，谁都没再说话。

冯来财就说了：最想感谢的就是蒋县长。

话匣子一打开，想关都关不上了。冯来财把他怎么躲干部，他怎么无奈，怎么困窘，怎么不得意都说了，正说着话题一转，说起蒋县长怎么找到他，给他送良种羊，帮助他分析草和水的品质……说到这里，冯来财的声音大了起来，而且还带着幽默的成分。

冯来财像他起头回答记者提问一样，用的还是提问句，说：大家知道我的羊吃的啥草吗？

众记者已习惯了他的说话方式，就都静默着等他说。

冯来财就说了：吃的中草药。

众记者就都惊讶了一下。

冯来财又说了：大家知道我的羊喝的啥水吗？

众记者依旧静默着。

冯来财说：喝的矿泉水。

众记者就都又惊讶了一下。

冯来财这才把蒋县长跟着他在龙尾沟一起放羊，收集草样标本、水样标本，到省城找专家化验的情况，仔细给记者们说了一遍。

记者们听得兴趣大增，有记笔记的，有录音的，穿插还有一句两句的提问，冯来财也都恰到好处地给了回答。

冯来财也被自己感动了，感动自己这么能说。

啥时候说过这么多话呢？没有吧。记忆中，他冯来财只有听别人说话的份儿，或者他被别人围起来嘲讽。而他的生活状况和他的身体状况，也有太多被人嘲笑的地方。

嘲笑者说他：咋不娶个媳妇呢？

这样开头，冯来财是不敢接茬的。他有经验了，这往往是被人残酷嘲笑的一个话头。

果然，嘲笑者又说了：热烫烫的媳妇多好呀！搂在怀里，你咋弄呢？啊？你行吗？要人帮忙吗？

哄堂大笑随之而起。

嘲笑者还不罢休，还要说：哎哟喂，还有这上炕，怕还得媳妇抱着你上吧。

今天不同了。没人嘲笑他，他也不用只听别人说，他成主角了，都听他在说，听他说话的人，还都是比过去嘲笑他的人高级多少倍的记者，他就不能不为自己感动了。

一旁听着的蒋县长也插话了：大家入席吧。我们的状元羊和主人在县上还要留两天的，有大家采访的时间，现在该吃饭填肚子了。

热热闹闹的采访告一段落，大家便随着蒋县长的引导，进了一个陈设古朴的雅间。获得状元羊称号的黑眼圈公羊，刚才还牵在冯来财的手里，这时也由关中风情园的服务生牵了过去，到院子的一角，享受给它准备的盛宴去了。

隔着明亮的玻璃窗，冯来财看得见他的黑眼圈公羊，在一堆平时很难吃到的红萝卜、南瓜条、土豆块里，很矜持地吞咽着，不时地还有人过去，站在黑眼圈公羊一边，哗啦哗啦合着影。

蒋县长把冯来财安排在宴会桌的主席位上，他则坐在一边。就是这样一个举动，也被众记者所赞叹了。乡党委的侯书记和苟乡长依次坐在冯来财的另一侧，与记者们坐成一个圆圈。当记者们为蒋县长把冯来财推上主席位这一细节交口称誉时，蒋县长把他面前的一杯酒端起来，站着说话了。蒋县长祝贺了冯来财，感谢了众记者，话锋一转，便说起了送冯来财来县上参加赛羊会的乡党委侯书记和苟乡长。

蒋县长的语气是真诚的，说：真的功臣还要算上他们俩。黑眼圈公羊能够当状元，冯来财养羊致富，没有乡党委和乡政府领导的支持扶助，是不会有现在的成果的。

侯书记和苟乡长都是明白人，赶紧抢过话：惭愧惭愧，我们能做多少工作，都是蒋县长的决心大。

侯书记、苟乡长说着，还把冯来财心里的一个疑问说出来：比方冯来财的良种羊养殖，最初的扶持贷款，可都是蒋县长自己掏钱担保的呢！

蒋县长一仰脖子，把他手里的酒先喝了，亮着酒杯给大家看，意思是先喝为敬。大家就不说话了，就都仰起脖子，喝了杯中的酒。

平时没喝过酒的冯来财，在对蒋县长的无限感激之情催促下，也把杯中的酒喝了个底朝天。

七

女人是和冯来财在乡政府有过接触的麻拉拉。两人因欠交粮款，一块儿在乡政府的黑屋里蹲过。麻拉拉失业好几年了，眼角上经常印着一抹泪痕。

姜干部急如流星的脚步走进麻拉拉的家里时，看见她正在起羊圈。这是个力气活，男人在世时，都是由男人来干的，男人过世了，就只有她来干了。虽然她养的羊有限，就那么可怜的三两只，但养在圈里半个月，也是要起一次圈的。起出羊屎羊尿浸透的旧土，换上没有膻腥的新土。不为别的，就为羊儿不落病。起出圈的土上到地里，种啥长啥，保证都是一季好收成。麻拉拉是个过日子的人，这些日常的经验她都有，既然有，就不能违背。因此，起羊圈的麻拉拉干得特别奋勇，特别专注，到姜干部站在羊圈外了，她还没有感觉。

姜干部说话了：唉！苦了你咧。

隔着半人高的羊圈墙，麻拉拉跟着话音把一锨羊粪撂出来，碎碎的几块粪土滚着，滚到了姜干部的脚面上，染脏了他的皮鞋，他就狠命地跺着脚，离得羊圈远了些。麻拉拉瞧见了，就有些抱歉。

麻拉拉擦着脸上的汗，说：是你呀，还惦记着我的苦。

姜干部顺着杆子上，说：我惦记，还不是空惦记。有个人，实实在在地惦记着你哩。

麻拉拉从羊圈里转出来，招呼姜干部到前院里说话。前院里有棵枣树，青碧碧一树的枣儿，在阳光的照射下泛着玉一般的光斑。枣树下，四块碎砖支着一方过去槌布的青石板，石板的两边放着两块形状相像的石磴，来人了，就在上面坐，坐得石磴玉一样溜光干净。同是一村人，姜干部对麻拉拉家的情况是了解的，知道她持家的谨细整洁，男人在时是这样，男人不在了，仍然保持着原来的整洁谨细。当然，要说变化也还是有的，就是家里没了原来的热闹，变得冷清了些。姜干部在石磴上一坐下，就又对麻拉拉说话了。

姜干部说：想知道谁那么惦记你吗？

从屋里端来一碗茶水的麻拉拉，对心情不错的姜干部说：喝口水，润润嗓子。

姜干部接了水却不喝，眼睛逼着麻拉拉，说：你不想知道吗？

麻拉拉经不起姜干部热情的目光，说：你前次都说了，还非要再问吗？

姜干部就得意了，说他前次是说过了，但你不知道冯来财现在的情况，他出名了，一下子出名了，大大地出名了，他的黑眼圈公羊在县城竞赛，一举夺得状元，羊风光哩，冯来财跟上也是风光哩。你没看电视吧，我在乡政府看了，戴了红花，披了彩带的冯来财和他的黑眼圈公羊，和县长一起照了相，还像耍社火一样，搭了彩车，满县城巡游。那个风光，你看见了，你会眼红的。你还会看见几个标致的小姐，是穿了旗袍的小姐哩，腿杆光着，白白的、长长的，陪着冯来财在巡游的车上，全县的人都看见了，冯来财太风光了！

只顾自己说话的姜干部，突然发现麻拉拉的脸有了点阴，就收住了自己的夸夸其谈，接过小碗，猛劲地喝了一口。

姜干部不知晓，麻拉拉对他早先说的那话是上心了的。近些天，冯来财去县上赛羊，她也是极上心的，家里没有电视，她去临家屋里看。一趟一趟地去看，看到冯来财的风光，她高兴啊！为在一个黑屋子里关过的人高兴，便看得有些失态，把有电视的那家弄得不知她吃了什么药。她就慌慌地跑回家，前院后院地转，想着姜干部说的话，她的脸上就发烧，火辣辣的，没法平静下来。后来想起羊圈里喜土，知道该起出来了，这就钻进羊圈，发着狠劲起羊圈了。起着羊圈，盼望姜干部再来说那话。现在，姜干部来了，说了，她却心里起了别扭。

姜干部窥破了麻拉拉的心理变化，放下水碗，说：咋的了？你不想听冯来财的好事？

麻拉拉也不否认：好事是人家的，我听的啥哩，还不是白听。

姜干部就笑了，知道他的热心有结果了，说：你别不想。听我的话，把你那几只羊合到冯来财的羊群里去，他牧羊主外，你理家主内，他的好事就是你的好事了。

阴了的脸又有些发烧，麻拉拉却还犟着嘴，说：半截人风光了，眼里还能有我？黄花女子还不一定入他眼哩。

姜干部再一次端起水碗，再一次猛劲喝了一口，放下水碗站起来，给麻拉拉肯定地说：你等我的话吧。我是干部，我不能说谎话。

还在县城留着的冯来财，不知道他的家庭生活将要发生的变化。他在蒋县长的安排下，要去几个适宜牧羊的乡镇去，与他的争得状元桂冠的黑眼圈公羊一起去，现场演讲，鼓动大家像他一样，积极发展养羊事业，脱贫致富奔小康。

持续几天的奔波演讲，冯来财累了，他的黑眼圈公羊也累了，这才由乡上的侯书记和苟乡长陪同着，回了他坡头村的家。

村头上，村长组织的锣鼓队，敲得地动天喧，把冯来财接上了，又一路敲敲打打地送到了他的家。鼓手舞动的鼓槌上，也都系了炫目的红绸布，飘飘荡荡，荡荡飘飘，红火了整个儿坡头村。

但这已不能使冯来财有所触动了。连续几日的风光，冯来财经历的红火，哪一场都比村长组织的红火排场，他习惯了，不以为然了。可他一进自己的家门，就没法不睁大眼睛，闪出那种喜出望外的目光。

原来杂乱的院子，现在是既干净又整洁。

散乱撂着的碎砖头烂瓦，全都归整到院子的一角，垛得整整齐齐，还有散乱堆着的柴草，也都归整到院子的另一角，垛得整整齐齐。再是荒长着的杂草，一根根拔除后，泼了水，脚挨脚地踩了，踩得平平展展……冯来财注意到了，那挤挤挨挨的脚印，是一双女人的脚踩的呢！他的心便跳起来，猜想不会是七仙女下凡，也不会是狐仙鬼怪现身，到他院子来做好事。那么，会是谁呢？

从乡政府接着冯来财，并把他送回家的姜干部，也太沉得住气了。他有几次机会，可以明确地告诉冯来财，我是干部，我说话算话，说给你找个暖脚的，就给你找一个，现在，暖脚的人已进了你的门了，坐在你炕上了。但他忍了忍，把涌到喉咙口上的话又咽回了肚子。他在等待机会，像一个蒸馒头的高手，非得等到蒸笼里的气圆了，才好把锅揭开来，那样就一定是一锅又白又暄的好馒头。

这个机会到了，姜干部不能再等了。

紧紧地陪在冯来财身边的姜干部，高声大气朝着烟火蒸腾的灶屋里喊了一嗓子：麻拉拉，出来接人呀！

一团烫人眼目的红，从灶屋的烟火气里钻出来了，映照得湿淋淋的烟火气也似一团红色的雾岚。

麻拉拉？谁是麻拉拉？冯来财的思绪回到了乡政府的那个黑屋子里，不知道这个麻拉拉可是那个麻拉拉？

烫眼的那团红，大方地走到了冯来财的跟前，把他挎在肩上的一个布包接了过去，给他说：

累了吧？进屋去歇着，一会儿吃饭。

这声音，这身段，就是黑屋子里与他挨在一起守了些日子的麻拉拉呀！

冯来财又有一种做梦的感觉，嘴里呢喃地说：是你吗？

麻拉拉浅浅地笑着，鲜亮的脸色和她穿在身上的贴身衫子一样的红。

冯来财还像梦呓似的呢喃着：真是你吗？

暂时受了些冷遇的姜干部，显然不知道他们曾经的遭遇，只是看见他们认识，自己先放了心，觉得他的好心操对了。当然，事前他和冯来财的瘫子爹也说过了，麻拉拉未见冯来财，先见了公爹，把公爹喜兴得挣扎着，险些从炕上坐起来。

老人眼里喷着泪花花，口齿含糊地说：好啊好啊，我娃能得个女人，我死也能闭上眼睛了。

麻拉拉眼里有活，手上有活，跟着姜干部早两天来到冯来财的家，见过了病瘫善良的老人，自己就先心疼了。不用谁说，她自己就留了下来，先把老人炕上铺的盖的，身上穿的戴的，统统换洗了一遍，又把锅上灶上，盆盆罐罐，碗碗盏盏，也都洗刷干净，这才腾出时间，清理杂乱的院落。冯来财回家看到的景象，就是麻拉拉清早起来收拾出来的。

村长带着人，在村口锣鼓家什敲打着迎接冯来财的时候，麻拉拉开始入厨做饭了。

姜干部心里乐着，脸上笑着，趁兴向涌进冯家来的坡头村人宣布：我有一双鞋穿了。

西府的风俗是，成就一双好夫妻，谢媒的礼物就是一双鞋。麻拉拉在冯来财的家里忙了几天，坡头村的人不知道原因，还以为麻拉拉是乡政府指派来的义工，在冯来财上县城赛羊的日子，帮助他料理家务的。姜干部这么一宣布，大家才回过神来，就都鼓着掌起哄了。

有人喊：挂红，赶快挂红。

有人喊：杀羊，马上杀羊。

迎接冯来财载誉回村的锣鼓队逐渐弱下去的声响，突然又动地喧天的敲打起来了。铜钹上、鼓槌上的红绸布，在鼓乐手们的舞动中，浸染着冯来财的家院，不知不觉地，麻拉拉站在了冯来财的身边，一个高挑，一个低矮，在一种不甚和谐的景象中，获得了一个料想之外的新和谐。

八

季节伴随着冯来财的运道，从炎热的夏天，已经越过成熟的秋天，进入漫长的冬天了。乡政府换届选举，坡头村是要推出一位人民代表的。这个严肃的事情，却在坡头村出了故障，村民们在选举中，把自己神圣的一票，差不多都投给了冯来财的黑眼圈公羊。

村民的理由是：就是状元羊了，咱们村子，谁有状元羊的名气大？谁有状元羊的声望高？咱就推状元羊。

投票的会场在坡头村的街道上，虽只是初冬，顺着龙尾沟吹来的西北风还是有了一些寒意。主持选举人民代表的村长铁青着脸，不知道该怎么办了。过去，村里选了几届人民代表了，很顺利的都是他，这一次选举，他也想过了，把全村的男男女女都想了个遍，没有想出哪个人能跟他争当人民代表。因此，村长表现得很放松，既没在骨干群众里统一口径，也没要求骨干群众影响选票。做动员时，说得就很随便了，让大家充分发扬民主，不要瞻前顾后，不要留情面，觉着自己信任谁，就把自己神圣的一票投给谁，哪怕你投给的是一只羊。

村长的动员讲话说到一只羊时，散乱坐着的村民堆里，传出几声窃笑，同时还有一阵子的小骚动。

这有什么问题吗？村长没有意识到，却还得意他的讲话有水平，懂艺术，获得了村民群众的共鸣。

投票开始了。办法是原始的撂豆子，有选举资格的村民，人手一粒大黄豆，向一张条桌的碗里撂豆子。条桌上一溜摆着三只碗，碗边上贴着纸条子，写着村长和另外两个候选人的名字。开始撂豆子时，倒也撂得顺利，大家跟在村长的身后，看着他把黄豆撂进自己的碗里后，叮叮当当的，就都撂到村长的碗里了。村长自信地笑着，走到一边去，和几个撂过豆子的人一块儿扯闲话。就在这个空当，不知是谁，到桌前撂豆子时又摆了一只碗，并把自己的黄豆撂进去，嘻嘻地笑了一笑，轻轻地说：状元羊！这便不好收拾了，跟在后边的选民，接二连三地把自己的大黄豆就都撂进新摆的那只碗里了。

条桌边是有两个检票的人，看出了问题的严重，抽身去给村长汇报，结果却不能逆转了。

根本不用数黄豆，搭眼一看，代表黑眼圈公羊的那只碗里的黄豆就最多。村长春风得意的脸，到这时才拉了下来，他听得见村民中不甚友好的嬉笑，还听得见村民中开心的起哄。

起哄声像是有人指挥着，先是一句：状元羊。

紧跟着又是一句：黑眼圈公羊。

那个时候，冯来财不在推选人民代表的会场上。不在会场上，自然就不知道他媳妇麻拉拉的惊讶，她怔怔地看着热烈的人群，看了一会儿，却也兀自高兴起来，脸面上是喝了酒后才会泛起的红，艳艳的像是两朵花儿。

嫁在坡头村的麻拉拉，早给自己定了一条规矩，凡事不出头，凡事不说话。可是面对这突如其来的事情，她就不能不出头，不能不说话了。

麻拉拉说：怎么能选一只羊呢？

尽管麻拉拉说话的声音不大，近乎自言自语，大家还是听见了，便也安静了下来。

麻拉拉却还说：羊又不是人。

正是她的这一句话，提醒了从乡政府来坡头村指导选举的姜干部。刚才，他被村民的选举弄懵了，胖乎乎的一张圆脸上，不尴不尬的，渗出了一粒粒油腻的细汗。他在心里叫苦了：怎么办？啊！啊！他完全地失了主意了。一向很有办法的姜干部，被坡头村的这场选举事弄得手足无措，不知如何是好时，麻拉拉的两句话，仿佛两束耀人眼目的闪光，使他的精神为之一振，他又成了很有办法的姜干部了。

姜干部是坐在村民撂黄豆的碗旁边的，他很用力地清了清喉咙，一只手扶着放碗的桌子，极有气势地站了起来，把眼睛睁得大大的，环视了坐得很散的坡头村村民，开口说话了。

　　确有一些历练的姜干部，一开口，就表扬了坡头村群众的主人公意识和对自己的责任意识。他说，这很好，我们的事业要发展，大家要过上幸福美满的小康日子，没有主人公意识，没有对自己的责任意识，是绝对不行的。今天，大家推举乡人大代表，就充分地体现了这两种意识，大家把黄豆儿投给了状元羊，这没有错。咱们村最能代表群众利益的是什么？是黑眼圈的状元羊！

　　寂静的会场，这时起了一点点的骚动。

　　姜干部就把他的话停了一刹那，抬起他的双手，在空中向下压了一压，小小的骚动就又平息下来了。

　　当然了，黑眼圈的状元羊不是人。姜干部的声音是洪亮的，手势也是有力的，又比划着，就说得有些滔滔不绝了。这是事实，一个不可否认、不可辩驳的事实，状元羊不是人。但我要问大家，状元羊是风吹起来的？状元羊是天上掉下来的？不是吧。那它是怎么来的？也就是说，它是怎么成长的？怎么成为状元羊的？是人！我的亲爱的父老乡亲，大家应该比我看得更清楚，它是冯来财养大的，是冯来财把它养成了状元羊。

　　掌声接着姜干部的话音，刮风一般地响了起来。

　　姜干部在他的胖脸上抹了一把汗，等着大家的掌声停下来，就又说了一句话。

　　他说：状元羊不是人，冯来财是人。大家投票给状元羊，就是投票给冯来财，你们说，是不是这个理？

　　村民的回答声是那样的齐：是！

　　大家的目光在会场上逡巡着，找着被选为人民代表的冯来财。遗憾的是，大家找不见冯来财，只找见了冯来财过门才几个月的媳妇麻拉拉。大家就想，这没啥奇怪的，不止今日的村民大会见不着冯来财，过去的村民大会，谁又见过同为坡头村村民的冯来财？没有见过吧！在坡头村的政治生活中，在今日之前，大家把冯来财忘了，他冯来财也把自己忘了。

　　悄悄地就有了议论，说的什么话，似乎灌进人们的耳朵里了，却又辨不清是什么话。大家议论着，有人就冲着一脸喜色的麻拉拉起哄了。

　　起哄的人说：麻拉拉你说话呀，杀羊熬汤给大家喝。

　　一人起哄，大家跟着起：前次办喜事，说要杀羊熬汤，把人的胃口吊起来了，却没杀，这次饶不过你了。

　　在乡政府的黑屋子里蹲过的麻拉拉，在村民的吵闹起哄声里，突然流泪了。她为她的半截男人冯来财高兴着，这份高兴也因为半截男人和她一起蹲过乡政府的黑屋子。那时候，半截人冯来财和她是个啥呢？猪狗不如呀！现如今，半截人冯来财是她的男人了，她是半截人男人的女人，她的不如人的半截子男人冯来财有机会成人了，被大家推选为人大代表，她怎么能不高兴呢！她眼里流出的泪水是甜的，是欢喜的、高兴的眼泪水哩。

村民的吵闹起哄声还在耳边响着：杀羊熬汤……杀羊熬汤……

麻拉拉站立起来，挺起了胸，仰起了头，她想，她必须答应诚心诚意的村里人了。前次她和冯来财结婚，冯来财是要杀羊熬汤的，她把冯来财挡住了。她的理由很简单，咱就红火结婚这一天吗？一天的红火过去了，咱把嘴拿根绳子扎起来，不吃不喝不过日子啦？这么说，还不能拒挡冯来财，麻拉拉就又说，我又不是黄花闺女，头一回顶盖头，弄得那么铺张，你不怕人笑话，我还怕人戳脊梁骨哩！这么说，就没有给村里贺喜的人杀羊熬汤。这一回不同了，大家推举冯来财当人大代表，一个过去不像人的人，能够像人一样参加人代会，像人一样发表自己意见，像人一样表达自己的立场，像人一样宣示自己的态度，就没有道理不给大家杀羊熬汤了。

阳光这时候照在人的身上，是那样的暖和，坡头村的父老乡亲，全都听到了麻拉拉嘴巴里响亮的承诺：杀羊……熬汤！

九

一只、两只……七只、八只……十八、十九只……半截人冯来财对他当选人民代表的事丝毫没有预料，他像度过的每个日子一样，起早赶到龙尾沟的羊圈里，把他的羊儿撵出来，任由黑眼圈的状元羊领头走进龙尾沟的草坡上去。他则留待一会儿，操起一张擦拭得明亮的铁锨，迅速地把羊圈里的羊粪蛋儿收起来，装进一辆堪称文物的木轮推车里，运出羊圈，堆在不远的那个羊粪堆上，日积月累，羊粪堆大得像座小山了。冯来财乐见羊粪堆的不断增大，那可是再好不过的农家肥料，种麦下地肥，育秋上追肥，是价钱步步攀高的化学肥料所不及的。正是他所拥有的许多羊粪，他的责任田不及别人作务得细，长势却比别人家的好，收成也比别人家丰……养好羊，养好良种羊，是冯来财成家立业的根本。他爱羊，爱得如他的性命一样，不只是黑眼圈的状元羊，与黑眼圈状元羊同在一起的所有羊儿，都是冯来财心尖尖上的肉，与它们朝夕相处，冯来财唯恐怠慢了哪一只，更怕少了哪一只。在他把羊圈收拾干净后，小步紧跑地撵上羊群时，他总会不由自主地要数一遍他的羊群。

冯来财数羊，数一遍就会增加一遍感情，而且会有一遍新的发现和收获，像他现在数到的那只和他关系最亲的羊，他还给它起了一个很好听的名字：福娘。

冯来财说不清楚，是他先亲着"福娘"的，还是"福娘"先亲着他。说不清楚是不要紧的，只要他的眼睛看见了"福娘"，他就知道他的眼光是柔和的。虽然他的眼光对每一只羊都是柔和的，但柔和与柔和是有区别的，那种细微的区别，除他自己体会得到外，"福娘"似乎也有体会。这也难怪，"福娘"是一只草羊，是冯来财羊群里最漂亮的草羊，它一胎下得了三只羊羔。它有充足的奶水养育它的羔儿成长，现在的羊群里，有它的儿子和女儿，还有它的孙儿和孙女，换句话说，它已是一只儿孙满堂的慈祥的羊奶奶了。

慈祥的"福娘"似乎懂得冯来财对它的偏爱。只要冯来财高兴，朝着羊群任意喊一嗓子，或是吼一句小调，"福娘"都会不失时机呼应一声，自然它的呼应永远是那一种语言：咩！不要小看这一声单调的呼应，它会牵动冯来财的眼光，柔和的眼光啊，越过所有的羊儿，落在"福娘"一团雪似的身上，轻轻地抚摸着，"福娘"就很满足了，低下头来，拼命地啃着坡上的草，拼命地孕育下一代。

遗憾的是，"福娘"老了，它老得太快了，四五个年头的样子，就老得怀不上羔儿了。可它还在拼命地吃草，把自己的肚子吃得鼓鼓的，有可能的话，就寻到冯来财的跟前来，偎在冯来财的身旁，有一下没一下地反刍着。冯来财听得见它反刍的动静，比往年小了许多。

这一天，"福娘"就很懂事地随着羊群，向龙尾沟的深处走去，自信是一坡好草时，羊群不再往深沟走，原地散开，埋头吃着秋天发黄的草。春天的青草使羊肥，深秋的枯草，其实更会使羊肥。青草肥羊，是因为青草的嫩；枯草肥羊，则是因为枯草的籽实，那可都是天然绿色的养料呢，在羊的齿舌上反刍烂了，咽在胃肠里，羊儿没有不肥的道理。"福娘"同往常一样，拼命地吃了一肚子的草，就又踱到冯来财的身边，偎着他的脚腿，仔细地反刍着胃肠的枯草和草籽。冯来财伸手摸着"福娘"身上的卷毛，一遍一遍地摸……摸着摸着，他叹息一声，他知道是为"福娘"而叹息的，不能怀羔儿的草羊，最后的结果只能是杀了熬汤。

冯来财的叹息，"福娘"好像也听懂了，眼眸上蓦地蒙上了一层水汽！

冯来财是个放羊汉，早出晚归，相伴他的就只有羊群和草坡。放羊汉也是人呀！是人，怎么能一整天一整天地不与人说话呢？这没有办法，乱草丛生的龙尾沟除了他冯来财，没有第二个人，他就不能与人说话。尽管冯来财有了女人麻拉拉，有了麻拉拉带进门的一个儿子，可他也只有天黑回到家里，吃着麻拉拉做的饭，摸着儿子油光光的黑头发，还有虽然病瘫着，却是一脸笑模样的老父亲，冯来财才有机会说上话。他所说的，还只是他的羊群，羊群里的"福娘"，羊群里的喜欢打架的羊，渴望言语的羊……当然，还有功劳簿上英名赫赫的黑眼圈状元羊。

说起黑眼圈的状元羊，冯来财就又要说敬爱的蒋县长了。冯来财从县城的赛羊会上获得巨大荣誉回到坡头村后，就再没有见过蒋县长了。冯来财想念蒋县长，他说：蒋县长自担风险，给我贷款送来良种布尔羊，我不能让他再担风险了，我要攒钱，把蒋县长给我的风险贷款还了！

车轱辘似的话，冯来财在家里说过许多遍了，他知道自己说得唠叨了，不说了，就到草坡上给他的羊说。那么大的一群羊，有只吃草不长膘的羊似乎特别乐意当他的听众，听过了，还要喋喋不休地自说一通。

它说话的神态是逗人的，咩——咩——咩——，一声连一声，情急时张着嘴半天不合，小巧的蹄子也派上了用场，急切地又是刨又是敲，生怕冯来财听不懂它的说话一样。

冯来财的好性子，在这时表现得就更充分了，他会对略显干瘦的渴望言语的那只羊招招手，会像它又刨又敲的小蹄子一样，抬起脚来，踩在坡里的草上，大声地嘱咐着：少说话，多吃草，把你的身子吃肥了再说。

数羊的冯来财，眼睛盯着那只喜好打架的羊了。

虽说这只羊喜好打架，冯来财还是很爱它的。个中原因，在于它太像状元羊了。雪白的毛，如状元羊一样，到眼睛上，就很突出地生了两个黑眼圈，像是哪位著名画家蘸着浓墨画上去似的，漂亮极了。

它有一对粗壮尖锐的角。

它似乎知道其一生的荣耀就在那对角上，因此它要打架，像个好战的英雄一般，挺着它锋锐的角，追逐着它要挑战的对象。起先它是乱战的，逢着哪只羊，就是哪只羊，不分青红皂白，不辨曲直是非，迎头就是玩命的一击。乱冲乱撞地打斗了一些时日，它开始注意黑眼圈的状元羊了，注意地观察了一些时日，它混沌的眼神便完全聚焦在了状元羊身上了。

这不奇怪，谁叫它们俩都是骄傲的公羊。

在一群羊里，只能有一只威霸四方、勇盖群雄的公羊。黑眼圈的状元羊，目前还是冯来财羊群的君王，它不怕那只像它一样的公羊，甚至胸怀开阔地容忍了像它一样的那只公羊的乱战乱斗。显然，黑眼圈的状元羊低估了很像它的那只公羊，就在冯来财兵不血刃地打败他们的村长，被坡头村的村民推举为人民代表的这一天，一场潜伏着的战斗，在黑眼圈的状元羊毫无准备的情况下开打了。

年轻总比年老勇。不幸的是，只一回合，年轻的黑眼圈公羊，便把年长的黑眼圈状元羊顶了个四蹄朝天。

这个时候，与坡头村村民撂黄豆，把村长的人大代表资格选下来的时间很接近。

冯来财未能目睹村长败选的场景，却完整地观看了两只公羊的战斗。起先，冯来财很为黑眼圈的状元羊不平，还想上手帮它一把，急慌慌追到战斗者的身边时，冯来财笑了，他笑自己的呆傻。放了那么多年的羊，积累下来的经验告诉他，年轻的公羊挑战年长的公羊，是太自然不过的一件事。是状元羊又怎样？还能逃避羊群里这一自然法规不成？这么想着，冯来财站在一边不动了，他不错眼珠地看着两只公羊的打斗，打得激烈时，他还情不自禁地为它们喝彩。

持续不断地打斗，打了多长时间呢？冯来财没有认真记，看着两只打斗得筋疲力尽的黑眼圈公羊，各自退后一步，撤出打斗后，他坐在了深秋的草坡上，又用眼睛数他的羊儿了。

很自然的，冯来财数到落在最后的那只羊了。

冯来财不由自主地心疼了一下。

他没法不让自己心疼。在他的羊群里，总是落在后面的那只羊，就离挨刀宰不远了。麻拉拉过门来，把病在炕上的瘫子爹服侍得病情大为好转。依着麻拉拉的主意，十天半月的，一辆皮轮架子车上，铺上厚厚的麦草，麦草上再铺被褥，把瘫子爹扶着坐在暄软的被褥里，由麻拉拉拉着，去一趟乡医院，扎针拔火罐，开药换方子，开销不谓之不大。钱不便利时，就牵一只羊，麻拉拉前头拖着架子车，架子车上躺着病瘫的老爹，车后还拖着一只羊。吃着中草药、喝着矿泉水的羊儿，因为状元羊的名声，已成为人们渴望的一种口福。因此，钱不凑手不要紧，羊能维持对老爹的医疗费支出。

好些日子了，落在羊群后面的羊儿，已有六只牵进了医院，成了医院灶上的美味。

再是麻拉拉带给冯来财的儿子，暑假过后要上学，学校的老师，委婉地提出一个要求，让给他们灶上贡献两只吃着中草药、喝着矿泉水的羊儿，他们的儿子就可以上学了。冯来财疼着他的羊儿，却也觉得老师们的要求没什么不合理，便在儿子上学的那天，又把落在羊群后边的两只羊牵着，和他的儿子一起送进了学校，一起交给了尊敬的老师。

在龙尾沟的荒草坡上放着羊，冯来财支棱着耳朵，倾听来自学校的孩子们的朗朗读书声，很意外地，也听到了他的羊儿挨刀的哀鸣声。

冯来财数着羊儿，数得他一会儿喜一会儿悲，数得他蓦地闭上了眼睛，不再数羊了。他举起头来，感受着那太阳的光芒，漫天遍野地笼罩下来，他和他的羊群就都笼罩在缥缈的阳光里了。

麻拉拉就在这时撵到了冯来财的身边。她走得太急了，一走到冯来财的身边，粗重的喘气声就把冯来财惊得站立起来。

冯来财余惊未消地说：你，你咋来了？

麻拉拉说：我怕等不及哩。

冯来财说：啥事等不及了？

麻拉拉说：好事么。

冯来财笑了：好事？你怀娃了吗？

麻拉拉喘气匀了些，也不和冯来财绕圈子了，直截了当地说：村民推举你当人民代表了。

<h2 style="text-align:center">十</h2>

冯来财听了，却并没有乐起来，背过身去，看着他数一回少一回的羊群，嘴里没来由地叨咕着了：人民代表，我当人民代表了？该不是我的羊成了人民代表吧？

做人大代表的感觉还是不错的。

冯来财没上会前，只晓得人代会上吃得好。好到怎样一个程度呢？他就不知道了，凭想象，大碗吃肉，大碗喝酒是不会错的。可在他上会后吃第一顿饭时，就叫他张大了嘴，举着筷子不晓得从哪里下手了。乡街上的几家大馆子，在那几天都被乡上包了下来，每一顿饭都由乡上出菜单，各家按着菜单准备。为了不致吃饭时混乱，人大代表都分了组，一个组里一个乡干部，恰好，冯来财分在姜干部所在的那个组里。几天的好吃好喝下来，要冯来财说他都吃啥喝啥了，他还真的说不清楚，因为许多东西都是他头一次吃，头一次喝。譬如他听说过的海参、甲鱼、河蟹等等，再是他没听说过的生鱼片、海鱿蚌、老鼠鱼等等，无一样不吃得人大代表饱嗝冲天，心花怒放。还有喝，白酒倒上了，红酒倒上了，啤酒倒上了，而服务员还在一旁征求代表的意见，喝啥饮料，酸奶、果汁、醋饮……冯来财听着，没一样不陌生，看别人要什么，他也要什么，喝了酸奶，喝了果汁，喝了醋饮……如果还有别的啥饮料，也会跟着大家，一样都喝上一些的。

陪在桌子上的姜干部也是，高声大气地招呼大家吃喝，他自己则转着桌子敬大家的酒，白酒敬了一圈，红酒、啤酒又敬了一圈，敬到冯来财身边，总要多停那么一会儿，手拍着冯来财的肩膀，问他家里可好？冯来财听得懂，姜干部所问的家里，其实就是他的媳妇麻拉拉。冯来财心领神会地点着头，一连声地回答：好么。敬那一圈白酒时，姜干部这么问冯来财，冯来财这么回答了，转过身又敬红酒、啤酒时，姜干部又这么问，冯来财还这么回答。同桌人，就是不知道姜干部给冯来财说媳妇的事，也听出了其中的故事。当然，那样一件美事，与红火一时的状元羊搅在一起，桌子上的人就都知道了，就把那事在桌子上说了一遍又一遍，满桌的人就都嚎叫冯来财了，说他不能有了女人，忘了媒人，怎么着也该谢一谢媒人的。邻桌的人听得高兴，也插话进来，吵叫冯来财，牵两只羊来，在人代会上谢媒，大家跟上喝口汤。

嚎吵声起伏不断：杀羊——喝汤！

嚎叫声连成了一片：杀羊——喝汤——！

此情此景，冯来财没法再装了。他想，姜干部对他也真是不薄，蹿前跑后，把他的黑眼圈公羊推到县城拿了状元桂冠；跑后蹿前，又给他说了麻拉拉这样的一个好女人，他真该谢谢姜干部的。

吵叫声还在继续：冯来财杀羊，我们选姜干部！

这么嚷叫着，冯来财便站起来，尽管他站着和坐着高不了多少，却也尽显了冯来财一身的豪气，端起餐桌上的一杯啤酒，仰脖儿灌进喉咙，放下酒杯，两只手在嘴上大气地一抹，声音拔得高高地说：

我现在就回家牵羊去！

冯来财这么一说，嚷吵着的代表们却静了下来，静得谁腕上手表嗒嗒的走动声，都听得很清楚。姜干部站出来打圆场了，拉冯来财坐，说大家瞎吵叫啥？他关心冯来财，是他做干部的本分，怎么能受人谢呢？快甭乱嚷吵了，腾出嘴来吃饭。

大家都吃姜干部的劝，冯来财却还犟着脖项，立马要回坡头村牵羊。

姜干部按着冯来财的肩头，说他：想让我犯错误吗？啊？乡上开得起人代会，就供得起代表的吃喝，这也是尊重代表、尊重民意的呀。

暂时地，冯来财不乱挣了，话却说得掷地有声，大家等着，我一定牵两只羊来，我不丢谎。

接下来又是一通地吃，一通地喝。姜干部就把蒋县长副职升为代县长的事给冯来财说了。

冯来财是高兴的，连声地问：真的吗？真的吗？

得到了姜干部肯定的回答，冯来财就说：就该是这样！就该是这样！

姜干部还透露了乡党委侯书记的事，说他如愿以偿，调回县上了，和老婆娃娃团聚了。

冯来财自然还是高兴的，说：这就好，这就好。

说话之间，一桌人你碰一下，他碰一下，大家吃得一嘴的油气，一嘴的酒气，直把餐桌吃喝得一片狼藉，这才作罢。

乡上的人代会，按着既定程序进行着，听了政府的工作报告，讨论了乡政府的工作安排和打算，就到投票选举乡政府班子的重大事情来了。这次投票增补一名副乡长，姜干部是一个，还有县上安插来的一个。会议把投票选举的事放在第三日的上午，也就是说，选举一结束，人代会就散。但在代表中间，流传着两个选举动向，有说要选县上安插的那一个当副乡长，有说要选姜干部当副乡长，听说组织上给一些骨干代表谈了话，倾向是县上安排的那一个。这样的风声，自然地灌进了冯来财的耳朵，在会间休息时，他还凑到姜干部的身边，低声地问了他。姜干部不好说啥，脸上苦苦的，也是低声地回答了冯来财：凭良心吧。

冯来财听得出姜干部的弦外之音，就在会议的第二日傍晚，偷着溜回坡头村，从他的羊群里牵了两只落在后头的羊，连夜回到乡上，交给承办会议吃喝的几家餐馆，叫他们把羊杀了，来日早上，让代表们喝羊汤。

羊在挨刀时的嘶叫声是很悲哀的，冯来财听不得那个声音。把羊交待给几家餐馆的老板后，就躲出去找姜干部了。

冯来财把姜干部堵在了他的宿舍里，平时不见烟火的一个年轻人，这个晚上一根接一根地抽着烟。冯来财推门进去后，发现姜干部的宿舍里着了火一般，捂的都是呛人的烟气了。姜干部坐着的那个三斗桌上，有一个权且用碗做的烟灰缸，里边的烟头重叠着，堆得都快满碗了。

姜干部被冯来财的悄然进入惊了一跳。

冯来财嘿地憨笑了声，就把他牵羊给大家喝汤的事说了。

正说着，就有羊挨刀子的悲鸣声传来，冯来财本能地缩了缩脖子，浑身不由自主地打起了哆嗦，好像挨刀的不是他的羊，而是他自个儿的肉体。姜干部也听到了羊挨刀的悲鸣。自然地，他比冯来财要超脱一些，在一碗烟灰里拧灭了他还夹在手上的烟头，对依旧瑟缩的冯来财说了一句话：何必呢？不值当。

冯来财不明白姜干部的真实心理，说：咋就不值当呢？

姜干部还是苦瓜一样的笑脸说：给你说，你也不明白。

冯来财说：我不要多明白，只明白一条就好，谁给老百姓做事，我就支持谁。

姜干部就不再说啥了，伸手捉了冯来财的胳膊，使劲地摇了摇。

来日早起，代表们都喝了羊汤。喝着时，就有传话，是半截人冯来财献的羊呢。

投票开始了，县上安排的那位副乡长候选人也得到了一些票，而三分之二的多数票，却老实不客气地投给了姜干部。

掌声鼓起来了，冯来财听得见他的掌声是最响的……也就在他热烈鼓着掌的时候，他不知道，正有一个无法回避的悲剧，在他们坡头村的小学发生了。

十一

妻子麻拉拉给冯来财带来的乖儿子，受老师指派上树打核桃时，踩劈了核桃树股，闪跌在地上，摔得昏迷了过去。

会议一结束，就有村上派来的人，把这个不幸的消息告诉给兴高采烈的冯来财。

冯来财脸上的笑一时还收不回来，问着来人：谁从核桃树上跌下来了？

来报消息的人不管冯来财听清楚了没有，拉着他的胳膊就走，边走边又给他说了一遍。

冯来财这才听清楚了。失慌地问：娃现在怎么样？在哪里？

报消息的人说：已到了乡医院了。

冯来财就和报消息的人往街西的乡医院跑。起先跑得很快，跑到医院门口了，冯来财的腿一软，一下子趴爬在地，像是他身上的筋被人抽去了，骨被人敲碎了，几次挣扎都没能从地上爬起来。还是报消息的人，几乎是连搀带抱，才把他从地上拉起来，扶着他进了乡医院的急诊室。在那里，冯来财一眼就看见躺在一副门板上的儿子。冯来财的声哑了，扑到儿子跟前，惨烈地叫着：儿子！儿子！

一旁的麻拉拉便起了哭声。

冯来财的呼叫声大了起来：我的好儿子啊！

麻拉拉的哭声跟着也大了。

检查完毕的医生，收拾着他的听诊器、血压计，很无奈地摇头了。医生说乡医院的条件有限，孩子摔得又太重，不是乡医院能看好的，赶快转院吧。

情急之中，冯来财拧转身，抓住医生的手，非常冲动地说：医生奶奶，你给娃治，我回去牵羊，你要多少只，我给你牵多少只。

医生很年轻，还是个女的，对冯来财的举动和言语很不适应。但她在医院里，哪天不得经几件事？想想比之冯来财的举动言语还有更为难堪的，给她下跪，抱她的腿，她都忍过去了，怎么能忍不了冯来财的举动和言语。她忍住了，很有耐心地劝慰冯来财：不要你牵羊。

冯来财却还固执己见：我有羊，我要牵。

女医生打断了他的话，说：这不是牵羊的事。娃的伤太重了，你在乡医院耽搁一分钟，娃就有一分钟的危险，你不想叫娃一直在危险中吧。

麻拉拉悲极声咽，哭得昏了过去，一摊泥似的软在了地上。

医生甩脱了冯来财抓她的手，俯下身赶紧救起了麻拉拉……在女医生的好心帮助下，叫来了县医院的救护车，冯来财和麻拉拉的宝贝儿子顺利地住进了县医院。

县医院的救助是有效的，娃的命保住了，喂吃也能吃，喂喝也能喝，而且能拉屎能撒尿，可就是不说一句话，睁着眼睛，骨碌碌转到大眼角了，骨碌碌转到小眼角了，却总是视若无物。

守在娃娃病床边的麻拉拉一个劲地抹眼泪，一个劲地唠叨：你说话呀，儿子，就说你疼，身上疼哩，好吗？

冯来财附和着麻拉拉：是哩，就说一句，说你身上疼。

植物人！县医院的医生做过会诊了，明确地告诉了冯来财和麻拉拉，孩子就这样了，成了植物人了。

十二

冯来财和麻拉拉起先还不明白植物人的意思，去问医生，问了这个问那个把医生差不多都问烦了。医生就给他们说：你叫你娃，看你娃能应你们吗？不能答应，就是植物人。

冯来财和麻拉拉这才有些明白，但又不愿承认，嘴里喃喃地：能吃能喝，能睁眼睛，怎么就植物人了？

医生中有人早已认出在县城和媒体上大出了一回风头的冯来财，就给他说：你是谁呀，黑眼圈状元羊的主人呢，我们能哄你？你说，我们敢吗？

冯来财和麻拉拉就有些泄气，但又不想认命，就还坚持住在县医院里，给他们植物人的儿子治疗着。可是这样的治疗是个无底洞，别说冯来财那样的穷家小户，就是一个财大气粗的暴发户又能怎样？把钱扎成砖头一般的硬块，一个一个往里扔，也难填满那个无底洞。无限的哀与无限的愁，像是秋尽冬来的天气，印在冯来财和麻拉拉的眉眼上，再也退不去了。主治医生也是好意，看出了他们的困窘和不甘，在一个初雪的早晨，来到病房例行查房手续时，先是"唉"了一声，便开口劝着冯来财和麻拉拉，说：不是我说我自个儿，也不是说你们为父为母的，咱都尽心了。我是医生，不能见病不医，可有些病就是医不了。不错，你们是娃的父母，心在儿身上，儿有病，爹心疼娘心疼。可也只能心疼，爹娘替不了儿子。咋办呢？总是耗在医院里，不是个办法，非把你一家耗光耗尽耗得没出路。这样吧，我开些药，你们把娃弄回家去，在家里将养着，看有没奇迹发生。

熬在医院里，麻拉拉把一双风里雨里挖抓得糙黑的手，也熬得白白嫩嫩的了，搭在儿子的额头上，本能地抚摸一下，抚摸一下……麻拉拉没接医生的话，甚至连头都没抬，泪水在眼眶里旋转着，扑嗒嗒就有一串子滚落下来，冰冰凉凉的，砸在她白皙的手背和儿子的脸上。

不！冯来财努力地挺了一下身子，说：我们不回家，就在医院里治。

冯来财说话的声很大，是他过去从没有过的事情，麻拉拉就有些受惊似的抬起了头，望了一眼冯来财，又望了一眼主治的医生。让人难以想象的是，在这时刻，麻拉拉的脸上竟然有了一丝笑意。久违的笑意呀，仿佛梨花带雨一般，这使为人夫为人父的冯来财，还有尽职尽责的医生，心口上都有被刀戳了一下的锐疼。

麻拉拉说：谢谢你了，医生。你是好意，你尽力了，我们听你的。

冯来财却不答应，看着医生的肩头上有从外边带进病房的几片未消的雪花，他踮着脚为医生拍了去，说：就在你手里治。我们不怕花钱，只要娃好，花钱怕啥？你说呢？冯来财说得豪气满怀，柔肠满怀。为人父母，能把一个重病的娃娃拉回家吗？不能吧！

主治医生还能说啥呢？摇了摇头，又点了点头，转身从病房里要出去时，麻拉拉叫住了医生，说娃的事她做主，就听医生的，给娃办出院，回家去。冯来财却推着医生出了病房，给医生说：你听我的，这事我说了算。还说他回家牵只羊来，都是状元羊一样的品种，吃中草药，喝矿泉水，熬的羊汤香哩。

也不管医生的态度如何，冯来财说到做到，果断地回了一次坡头村，从羊群里捉了一只羊，像他的状元羊一般生着两只黑眼圈的羊。这只羊不是因为落在羊群后边被冯来财捉住的，恰恰是要和状元羊争夺羊群统领的那只青春的羊，冯来财打破过去坚守的规矩，刻意地把这只羊选出来，他要以他的诚心感动医生，治好他植物人的儿子。

儿子是在学校劳动受的伤，学校也花了一些钱。农村学校能有多少钱呢？小小的花费，已告穷尽。这一点冯来财也知道，再逼学校，就只有拆房卖了。冯来财怎么敢让学校拆房呢！其间，当了副乡长的姜干部来到村上，计划大力推广冯来财养羊致富的经验，碰到这样的悲伤事，一方面安排村上派了专人，为冯来财义务放羊，一方面掏出他工资的一半，捐给冯来财为儿子治疗。在他的带动下，学校的老师也都捐了钱。但这些钱，在治疗一个植物人的费用中，只能起些雨过地皮干的作用。

一文钱难得倒英雄汉。

半截人冯来财不是英雄，为了儿子的治疗，他必须英雄起来。捉了羊后，在家看了一眼父亲，就一路小跑地往县城的医院赶了。这次回坡头村，冯来财感觉他和自己的村庄陌生了。哪儿陌生了呢？细想，又找不出头绪，只觉村里的人，看他的眼睛，又回到了他未养成状元羊以前的那种神态了。倒是被他挤掉人大代表资格的村长，得知他回村的消息，颠颠地撵了来，问长问短，其超乎寻常的关心，叫冯来财简直不敢多想，他是真的关心，还是一种幸灾乐祸？

牵羊路过乡政府，冯来财想起了姜干部，脚底一斜，便进了乡政府的大门，去敲姜干部的宿舍门。敲了一阵，没有敲出姜干部人来，却敲出了其他几个干部，问人家，也问不出个眉目。冯来财只好牵了他的羊，又从乡政府的大门里走出来，心想日了怪咧，乡政府的气氛咋的和他们坡头村一个样？

答案在喧嚷的乡街上得到了。

是几个嘴快的人，看见一脸晦气的冯来财牵羊走来，围了上去，问他牵的可是状元羊。冯来财老实地回答：不是。众人就有些奇怪，责备冯来财莫要哄人，是你的状元羊，谁还能抢了去不成。话撵话地说着，就说到了状元羊获选人大代表的事，连带着说了姜干部，拉大旗，做虎皮，借着一只状元羊，不把上级组织安排的副乡长人选当回事，自己逞能选自己，当上了副乡长。位子还没坐热乎，有人反映了，上边下来查，看不把他查下来才怪。

头脑中像是钻进了几只蜂，嗡嗡地响着，冯来财张着嘴，脸上不尴不尬尽显愣怔之色。

围着冯来财的人，说话散了。

他们走出很远了，还有话传来，什么状元羊，还不是姜干部日鬼捣棒槌的结果，找小姐给羊洗澡不算，还找小姐给羊焗油打摩丝，也太费心了吧。

从纷乱的乡街上怎么走出来，又怎么风尘仆仆地走进县城，冯来财全无知觉了。到他牵着羊一头走进县医院，迎面碰上了他在乡政府找不见的姜干部，脸上就像火一样烫了起来，好像他做了多大对不起姜干部的事。原来的情况是，冯来财想他见了姜干部，有一肚子的恓惶要说，现在却是绝对说不出来了。

显然的，姜干部是一脸的愁云，看着牵羊走来的冯来财，紧走几步，走到冯来财近前，一肚子的话像豌豆一样滚到嘴边了，也是硬生生咽回去了。

有恩于他的姜干部说不出话来，冯来财不能不说话：上边查你了？

姜干部点了点头，说：你知道了？知道了好，知道了也好有个思想准备。等人家找你谈话时，你就知道咋说了。

冯来财火急地接了话，说：我就给他们说，你是好干部，老百姓欢迎的好干部。

姜干部脸上的愁云淡了些，说：我也是，想当个百姓欢迎的干部，但这由不了我，我没办法了。

冯来财抖了抖精神，说：我找蒋县长去，他给我说过，有啥难事就找他，我去找他，就说你的事。

姜干部脸上的愁云就又淡了些。

冯来财信心十足地说：你回你的，让他们查去，我给蒋县长一说，看他们还咋个查。

十三

县政府和县医院在两条街上。

县政府在老街上，县医院在新街上。从县医院要去县政府，非得穿过一条繁华的市场，市场上人山人海，从来都是那么热闹。半截人冯来财刚一走进市场，就有眼尖的人认出他和他牵着的羊，虽然这只羊不是那只名扬县城的状元羊，因为都有两只熊猫一样的黑眼圈，就很自然地被大家误认为状元羊了。

哇呀！是状元羊哩。

卖吗？啊，给个价，咱要了。

吃中草药，喝矿泉水的羊，熬汤一定鲜了。

七嘴八舌的，全都是说话的嘴，冯来财这才醒悟，他到县政府去找蒋县长，还牵着他给县医院牵来的羊，脸上讪讪地，很有些不好意思，转身牵着羊，又回了县医院，直直地去了后院的职工食堂，把羊拴在食堂存煤的板棚下，给灶上的大师傅招呼了一声，这才一身没有牵挂地去了县政府。叫他遗憾的是，他没有找见蒋县长，他甚至连县政府的门都没能进。窗玻璃明亮的门卫室里，两个身穿黑色制服的青年，把他拦在大门外，告诉他，蒋县长到省上开会去了。

冯来财知趣地转了身，走了两步，又拧过身去，对那两个英俊的青年说，蒋县长回来了告诉他，我是冯来财，我的羊夺了状元，我还没好好谢他哩。

再回县医院，天已经黑下来了。

冯来财去医院病房看麻拉拉和他们的娃娃，在门口，听到他贴心贴肺的麻拉拉一声又一声地呼唤着娃娃的名字，他听着，心里一颤一颤的，感觉到亲爱的麻拉拉，从喉咙里发出的呼唤，都带上热烘烘的血的味道。冯来财挪进病房，在娃娃的头上摸了一把，在麻拉拉的头上也摸了一把，啥话都没说，就又退出病房，去了后院的食堂。

食堂的师傅们都认识冯来财，原因不仅在县医院住得久了，重要的是他和状元羊的名气。他把类似状元羊的那只羊一拴到煤炭棚里，大师傅们就明白了，半截人是送给医院感谢医生的。因此，他刚一折回医生们的职工食堂，就有大师傅把一碗稀饭和夹着咸菜的两个蒸馍给了冯来财，让他先吃，吃饱了再杀羊。

这样的两个蒸馍和一碗稀饭，吃得冯来财颇不自在，几次，卡在食管咽不下去。

杀羊，冯来财是下不了刀子的。他养的羊啊，一只一只，全都宝贝似的，他怎忍心操了刀子，血刃羊的脖子呢！但在今天傍晚，为了他和麻拉拉的娃娃，他必须杀他宝贝似的羊了。毕竟，羊的宝贝，是不比他和麻拉拉的娃娃宝贝的。

艰难地吞下了蒸馍稀饭，冯来财接过大师傅们给他准备的一把刀子，走向了他的宝贝羊，只见眼前一道白光闪过，黑眼圈的宝贝羊一声尖锐的啸叫，当下便倒在了血泊中。冯来财扔下刀子，不再看他的宝贝羊一眼，转过头去，径直去了前院的病房。

香哩！真个是香呀！！

从天明的沉睡中醒来，冯来财就闻到了羊汤的异香。他从陪床的一只小凳上站起来，抽了抽鼻子，便寻着羊肉的香气而去。在医院的职工食堂，已是黑压压的一片来喝羊汤的人。大师傅们不忘冯来财，给他舀出原汁原味的一大碗来，让他先尝味道。喉结在他的瘦筋筋的脖项上活动着，他几次举起碗来，都已挨着嘴唇了，却没有尝一口。

冯来财咽不下他宝贝羊的肉汤啊！

端着热气腾腾的羊汤碗，冯来财走出医院职工食堂，走出医院的大门，走过了早晨清寂的市场，走到了县政府的大门口，昨天值班的那两个青年不见了，换班的是另外两个穿制服的英俊青年。冯来财问他们，蒋县长可回来了？两个青年面面相觑，冯来财就有些明白，昨天的英俊青年把他骗了，他们不想让他见到蒋县长，编着谎话哄他走。明白了这一点，冯来财的胆子大了起来，也不等新换门岗同意，端着羊汤碗就往县政府的院子进。回过神的两个青年，赶在冯来财的前头，拦住了他，问他找蒋县长有啥事？冯来财把羊汤碗向两个青年鼻尖上逼了逼，说，没啥事，就给蒋县长送一碗羊汤。两个青年还是拉着他不让进，还说：你的羊汤你喝吧，蒋县长还缺一口羊汤了。冯来财强辩着，说得好，说得对，蒋县长还就缺我一口羊汤。给你说，我是谁？我是冯来财，状元羊的主人冯来财，蒋县长支持了我，帮助了我，我还欠着蒋县长为我养羊贷款的担保钱哩！我给蒋县长送一碗羊汤算个啥，送他一只羊，送他十只羊，都还不了他的人情呢！

冯来财的强辩越说越声高。然而，不管他是喊也罢，吼也罢，终究被两个青年门岗挡着，未能走进县政府大院一步。时间一分一秒地过，县政府大门出来进去的人稠了起来，而端在冯来财手的羊汤，才来时还冒着热气，现在已经凉下来了，凉得汤碗上起了一层蜡样的白油。

滴滴，滴滴，两声蜂鸣似的轻响，有辆黑色闪光的轿车从县政府院子的深处开出来，开到了大门口上。青年门岗把冯来财强拉到门边上，举起右手，向那辆小轿车敬着礼，目送着小轿车滑出门外转头向大街的一端驰去⋯⋯肚子里生着怨气的冯来财，眼珠子也跟着黑色小轿车转了。倏忽，他看见坐在小轿车后座上享受门岗敬礼的人，就是他要找的蒋县长哩！甩开两个青年门岗，追着越跑越快的小轿车。

冯来财喊叫着：蒋县长，羊汤。⋯⋯蒋县长，羊汤⋯⋯

十四

接下来的日子，冯来财从县医院到县政府去，又从县政府走回县医院，这样的行走，像是他经常温习的功课，没完没了。他数着自己走来走去的次数，数到后来，数得他都糊涂了，不知道自己来来去去走了多少趟。总之，没有一次进得了县政府的大门，没有一次见得了蒋县长。

自然，冯来财还必须筹措给娃娃住院治疗的费用，原来的一点积蓄，加上麻拉拉带来的一点箱底，早已花得精光。冯来财就卖起他的羊儿了，不管他的羊儿是什么优良品种，能换来钱就都卖，一只一只又一只，从坡头村他的羊群里捉了出来，或在乡街上卖掉，或牵到县城的市场上卖掉，换来几张铮铮响的纸币，一张一张地花在娃娃的伤病上。但是，如医生说的那样，花再多的钱，都没有治愈迹象，苦受苦捱，羊群里也只剩下最后那只闻名遐迩的状元羊了。

应了那句俗语，祸不单行。长期病瘫在炕上的老爹，在初冬一场连绵三日的大雪天里，硬在了他睡了一世的土炕上。

冯来财回到坡头村给老爹办丧事，前脚进屋，刚哭倒在爹的灵前，麻拉拉后脚跟了回来，背上驮着他们植物人的娃娃。把娃娃在另一盘炕上安顿好，麻拉拉像冯来财一样，悲天哀地地也哭倒在爹的灵前了。

眼泪安埋不了爹的尸骨。

冯来财把状元羊捉到村长跟前，跪了下去，声音嘶哑地说：就靠村长你了，我没啥谢乡亲们，就这一只状元羊了，吃中药，喝矿泉水，杀了它，叫大家也喝一口汤。

村长的脸是冷的，比过去曾经有过的冷还冷……他看着跪在他面前的冯来财，从口袋里掏出一盒好猫烟，弹出一根叼在嘴上吸着了，吸得快要烧到他的嘴唇上了，才狠狠地吐出来，张嘴说话了。说出的话，一字一句，都像冰疙瘩一样，砸到了冯来财的脸，砸到了冯来财的心。

村长说：你能呹，你的羊能呹，现在咋不能了？

村长说：甭给我跪，安埋你爹不是我一个人弄得了，你得给村上跪去，挨门齐户地跪，把大家都跪出来再说。

冯来财听出了村长的怨气，也感受到了村里人的怨气。他实在弄不明白，这人都是咋了，昨天是一个样，今天是一个样，明天又会是一个样，脸像小孩的屁股似的，变得那么快。他冯来财得罪谁了，他谁都没有得罪，他只是遭了难，儿子摔成了植物人，爹没了命，就把人都惹下了。冯来财这么想着，怎么都想不通，觉得应该另有原因，是什么原因，是他和黑眼圈羊一起风光过吗？如果是，他仍然想不通，他怎么就不能风光一次呢？理是这个理，但现在讲不通了，给谁讲都不通，眼目脚下的事，就是求爷爷告奶奶，把瘫子爹安埋了比啥都重要，入土为安。冯来财不敢和村长、和村上人抗辩。

冯来财捉来了黑眼圈的状元羊，把它抱在怀里拍了拍，就又猛地推开来，顺手操起一把利刀，照着状元羊的咽喉捅了进去。

状元羊尖厉地叫了一声。

是夜，冯来财架起一口大铁锅，把状元羊剥了皮的肉余在锅里煮烂了，切成块，装了碗子，浇上羊汤，赶在天明时，一家一户地送。他相信村里人都听见了状元羊挨刀的尖叫声，也相信村里人吃了状元羊的肉，喝了状元羊的汤，会到他们家里来，帮他安埋他的瘫子爹的。

不出冯来财的所料，村里人来了，探头探脑地都来了。

就在把瘫子爹的棺材下到坟坑里的时刻，远远地站着姜干部，一把一把地在他的脸上抹着泪。

冯来财不知道，姜干部的副乡长帽子已被摘下来了。

十五

锅是冷的。炕是冰的。

依偎在一起的冯来财和麻拉拉，咋也觉不出一丝的暖意。隔着一道一道的黄土墙，悲苦的一对人儿，嗅得到人家锅灶上蒸馍煮肉的香气……年来了，偶尔的，会有一个二踢脚的炮仗"嗖"地蹿到高空中，"啪"地炸出一片红纸屑……透过镶了一块手片大的窗玻璃，冯来财看见了钉在院墙上羊皮，他的荣耀的状元羊的羊皮呀，平平展展地被几个木头橛子钉着……家徒四壁的一个院子，能换两个小钱的，唯有这一张状元羊的皮子了。冯来财把昏昏沉沉的麻拉拉从他的怀里卸出来，言语柔暖地说：年难过，年难过，难过也得过呀。呢喃地说着，冯来财从炕上下来，头重脚轻地走到状元羊的皮子前，拔了钉着的木橛，卷了羊皮出了门。天黑时，就上了县城，来到县政府的大门口。

说个良心话，冯来财没想再来县政府了。

冯来财不傻，他知道蒋县长是躲着他了。

卷了状元羊的皮子出了门，冯来财的本意是在乡街上卖掉，换两个小钱，割两斤瘦肉，剁碎了包饺子过年的。可他不知为什么，心由不了脚，一步一步地竟又下了县城，去了县政府的大门口。是的，他想见蒋县长，他想给蒋县长说说姜干部的事，姜干部被选上副乡长，他不够资格吗？他不够条件吗？什么贿选，不就是给代表杀了两只羊吗？我愿意，心甘情愿地杀给代表吃，关姜干部什么事？当然还想给蒋县长说声对不起，他把优良品种的羊群养没了，他还欠着蒋县长为他养羊担保的贷款，他没办法，厚着脸皮只有先欠着了……是的，他还想再问一声蒋县长：你咋也躲着我了……下到县城来，冯来财不像过去找蒋县长，都要和门岗强辩理论，说他是蒋县长扶持的养羊专业户，他的羊获得了县上赛羊会的状元……这一次，他静静地等在县政府的门外，看着一个个走出走进的人，看着一辆辆滑出滑进的小汽车，希望蒋县长看得见他，像头一次和他见面时一样，和蔼可亲，知冷知热……可是，冯来财等到了天黑，也不见蒋县长出现在他的面前。

蒋县长忘记他了吗？

蒋县长认不得他了吗？

疑疑惑惑地，天黑尽了，天上又飘起雪花，冯来财也困得站不稳了。他踱到县政府大门口那个较为避风的角落，继续盯着从县政府大门出来进去的人和小汽车。他看见所有的人都很忙，都走得特别快，大包小包的，或提着，或扛着，仿佛威严的县政府大门前是个年货交易市场……终于，县政府的大门口寂静下来了，冯来财也觉得身上的冷了，先是皮肤上的冷，再是血管里的冷，后来就是他的骨头冷了……他觉得自己就要冻僵了，这才意识到卷起来挟在胳膊弯里的状元羊皮子，抖开来，披到自己的身上。他感到了状元羊皮子的温暖，身子一点点地往皮子里缩着，渐渐地，竟然把自己的身体全都缩没在黑眼圈状元羊的皮子里了。落雪一重又一重地积累在状元羊皮绒绒的卷毛上，让人看去，好像冯来财就是那只黑眼圈的状元羊了！

是的，冯来财甘愿他能成为一只羊。他想，敬爱的蒋县长忘记了他，不认识他了，可他总该记得和认识状元羊吧？

（原载《江南》2007 年第 1 期）

卢一萍

LU YI PING

原名周锐。1972年出生于四川大巴山区的南江县。1990年应征入伍。1993年考入解放军艺术学院文学系。1996年毕业后到新疆帕米尔高原某边防团工作。1999年调到新疆军区创作室任专业作家。2002年加入中国作家协会。现供职于新疆军区政治部文艺创作室。

1990年开始发表作品。著有中篇小说集《生存之一种》，长篇小说《激情王国》《寻找回家的路》《鱼惑》、散文集《世界屋脊之书》《众山之上》，长篇报告文学《神山圣域》（与人合作）《雪山不相信眼泪》《八千湘女上天山》等。

夏巴孜归来

一

夏巴孜骑在他那匹心爱的叫"风"的红马背上，望着塔合曼草原偷偷地哭了。

为了这个草原，他已经偷偷地哭过好多次。他以前很爱唱祖先留下来的关于草原的古歌，自从他第一次为草原落泪，他就再也不唱了。

每一次看到草原，他的心就隐隐作痛。好几年前，他就发现草原上的牧草越来越浅，有些地方还不到秋天，地表就露了出来，看上去难看得很。草原几年间变老了，这个几千年来都年轻的草原，在短短数年间变老了。

原来，羊群赶进草原，草原就把羊群淹没了，就像把鱼儿放进水里一样。现在，牧草连羊蹄子都盖不住了，就像湖泊只剩下了淤泥。原来，羊群在一小块地方就可以吃饱，现在，它们像饿狗一样在草原上窜上一天，也只能吃个半饱。

他知道，初冬的塔合曼草原——世世代代生活在这里的塔吉克人的古老冬牧场，正承受着超载的畜群的啃噬，像白云一样的羊群在草原上飘荡，但这些绵羊为了填饱肚子，已经向精怪的山羊一样学会了用嘴拱开、用蹄子刨开泥土啃食草根。

他赶着为了填饱肚子在草原上跑了一天的羊群，感到自己和羊一样疲惫。

他看见炊烟正从自家的房子——塔吉克人叫做"蓝盖力"——的天窗口冒出来。这栋土木结构的正方形平顶屋是他六年前卖了四十头羊才修好的，虽然外表看起来比较简陋，但里面却充满了亲情和温暖。

夏巴孜把羊赶进羊圈，把风拴在拴马柱上，开始把拾来的牛粪往蓝盖力的墙上贴。虽然这一切过两天就不再属于他，但他还是做得很认真。贴完一红柳筐牛粪，他在墙角抓了一把干燥的土，把手上的牛粪渣搓干净了，一边卷着莫合烟，一边望了一眼远处在夜色中有些发蓝的慕士塔格雪山，感觉自己的身子变得又阴又沉。

他像是要从风身上寻找安慰似的，紧紧地靠着它，风回过头来，舔了舔他的手。

他深深地吸了一口烟，对风说："风，我们过两天就要离开这里了，我还捡这些牛粪干什么呢？这让别人觉得我要反悔不想离开这里似的，我这样做，只是因为我习惯了，看见牛粪不捡起来带回家贴到墙上，就好像看见掉在地上的青稞不捡起来一样，都是罪过。听说到了平原上，都是烧煤了，我听我在县上当科长的亲戚的老婆说，那种东西发出的气味很臭，它冒出的烟有毒，你如果闻久了，就会被毒死。哪有这些干牛粪烧着好啊，容易燃，火力旺，冒出的烟有一种草原的香味。"风低低地嘶鸣了一声，像是赞同他的说法，又像是在鼓舞他把话说完。"但我在西仁乡长——也是我的好朋友面前对胡大发誓了，我到平原去以后，就再也不回来了！"

风看了他一眼，抬头望了望被夜色抬高了的雪山，长长地嘶鸣了一声，声音也有那种又阴又沉的感觉，这使夏巴孜的眼睛里一下子滚出了一串泪水。即将离开草原，他的心变得和女人一样柔软了。

他在风身上靠了好久，一连抽了好几卷莫合烟。他看着和慕士塔格雪山顶上的雪一样洁白、一样圣洁的月亮从西边一座没有名字的雪山后面升起来，洒在马背上、金黄的落叶上、红色的沙棘果上和它所能光照的每一个角落上。

风像雕像一样站着，羊已经睡了，那只叫灰狼的牧羊犬蹲在羊圈门口，不时望一眼星空，像一个沉思的诗人。蜿蜒的塔合曼河结了一层薄冰，在月光中闪烁着清冷的光，夜风吹过，它像一条闪亮的蛇，在月夜里神秘地游动着。夜色中的雪山显得更加深沉、神圣，雪山和雪山顶上那片莲花状的云被月光镀上了银边。夏巴孜在心里忧伤地说：我的祖先在这里仰望雪山度日可能有几千年了。

每家蓝盖力的屋顶上都冒着羊奶一样白的牛粪烟，烤馕的香味、炖羊肉的香味，混合着塔合曼草原金色牧草的香味和雪山上冰雪的气息飘过来，让他感觉到了一股暖意。夏巴孜已不止一次发现塔合曼的迷人之处。他从骨子里爱着这个地方，觉得美丽的塔合曼草原养活不了这么多人了，所以才听从了西仁乡长的劝告，答应离开这里，迁徙到大沙漠边缘的、陌生的麦盖提平原上去生活。

二

夏巴孜拍了拍风的脊背，表示自己应该回屋里去了。推开门，温暖的气息扑面而来，妻子阿曼莎已烧好了奶茶，牛粪火烧得很旺，全家人都围坐在火炉边等他。对于去不去平原这个问题，家人的意见还没有统一。妻子的娘家在这里，她心里当然不愿到平原上去，但夏巴孜知道，她最终会跟他走的。主要是儿子和女儿，他们的恋人都在草原上，女儿可以嫁回来，但儿子的恋人却不愿离开这里，搞得难分难舍的。

看到牛粪火力很旺的蓝色火苗，夏巴孜接过了妻子递给他的奶茶，把一小块馕捏在手里。他闻着奶茶和青稞面的香气，让这香气飘进他的骨髓里。就是这两种东西，也足以使他一辈子留在高原上。

他知道自己即将面临的生活将是完全不同的，但他答应乡长了。乡长和他是小学同学，但乡长又读了两年初中，后来就成乡长了。夏巴孜记得那是他刚从夏牧场转场回到塔合曼的第九天黄昏的时候，羊还没有吃饱，他想让羊再啃一会儿草。他望着被夕阳镀了金的草原，突然变得忧心忡忡的。他不禁唱起一首忧伤的歌来——

> 妈妈乳汁一样的塔合曼草原啊，
> 养育了我们的祖先。
> 即使她在最荒凉的冬天，
> 也给了我们无穷的温暖。
> 现在她突然变得苍老，
> 望着她的容颜啊，
> 像刀子割着我的心肝。

这首歌是从他自己心里流出来的。他唱完了，才发现身边站着一个人。那个人说："夏巴孜，你唱得真好啊！"

"是你啊，我的乡长大人，你一点声息都没有，像个鬼魂似的，吓了我一跳。听说上头给你配专车了嘛，怎么还骑着马到处跑呢？"

他们在马上行了吻手礼。夏巴孜闻到了他手上的香烟、白酒、羊肉和香皂这些味道组合成的干部的味道。

"你唱得太入神了，"西仁乡长给夏巴孜递了一支烟，"那玩意费钱啊，配个车还得配一个开车的，这还不是花老百姓的钱？在牧区工作，还是骑马方便。骑马下去，你们还把我当草原上的人，坐着那个车下去，我就是个与草原不相干的乡长了。"

"唉，像你这么好的官儿可难找了，看来，你还是喝这草原上的羊奶长大的西仁啊。"

"可我这个乡长也不好当啊，我现在就遇到了麻烦事。"

"什么事能难倒我们西仁乡长呢？"

"你看，这草原已经养活不了这么多人了，有些搞科学的专家说了，如果再这样下去，这草原过不了多少年就会变成啥也不长的沙漠了，所以上头费了很大的劲儿，在麦盖提平原上修了房子，开了地，要迁一些人下去，原来只把名额给那几个自然条件差的穷乡，那几个乡已迁过好几拨，但都待不住，又都回来了。现在，每个乡都有迁到平原去的名额，轮到我们乡带头，上头给了三户人的任务，我骑着马跑了两天了，没有一家人愿意下去。没有办法，我只好动员我大哥一家和我老婆的二弟一家，他们都同意了，但还差一户啊。"

"唉，也真是难为你啊，麦盖提平原怎么样啊？"

"很好啊，房子是砖房，现成的，搬下去就可以住；地是开垦好的，每口人五亩地，种子、化肥都是政府准备好的，开头五年，医疗费和吃的粮食都是政府给。"

"这不是很好吗，为什么没有人下去呢，为什么迁下去的人又要跑回来呢？"

"故土难离啊，祖祖辈辈都生活在高原上，刚下去肯定难以适应的。"

"这也是，麦盖提平原虽然没有在月球上，但要把自己的根从塔合曼草原拔起来，移到别的地方去，还是很难的。"他吸了一大口乡长给他的烟，接着说，"不过，这草原上的人是得搬走一些，不然，它真的就毁了。"

"那你就帮我这个忙吧！"乡长又给他递了一支烟。

"你怎么就知道我会答应呢？"

"我从刚才你唱的歌里知道的，最主要的，你是我的朋友啊！"

"好吧，我答应你！"

夏巴孜就这样决定了离开草原这件事，没想到，他回家给家人一说，全家人都不吭气了。

现在，大家好像都在等他回来。他们要把自己的话说给他这个一家之主听——

"以前我们是骑在马上，直着腰，袖着手，跟在羊群后面，阔天阔地，就什么都有了。到平原上，一切都改变了，轻松的牧羊鞭变成了笨重的坎土曼，为了有点收获，一年四季都得像伺候先人一样伺候那块土地，每天都要面朝黄土背朝天。"

"更主要的是，平原上的维族人和汉族人已那样种了几千年的土地，他们对土地、季节、气候早就了解透了，而我们却什么也不知道。我一看到土地就像看到高耸入云的雪山一样，有一种敬畏感。土地嘛，就是长庄稼的，种子撒进去，自己好好地长就行了，可又得翻耕、平整，又得锄草、施肥，简直就跟神仙一样难以伺候，你不伺候好了，它就啥也不长。你看这草原多省事啊！从没人管过它，可牧草一到时候就长出来了。"

"我还担心自己在平原上会迷路，平原像一张纸一样平展，那里的天空、土地、树、房子、河汉、水渠、路径、毛驴、鸟儿——还有人都长得一样，一个样子的东西肯定会让人头发晕。哪像高原，什么都是有差别的，都有自己的样子。"

"我不喜欢平原上的天空，高原上的天空可以望一辈子，平原上的天空望一眼就够了。平原上的天空一年四季像得了病，还像人们都欠它的东西，脸色难看得很。"

"平原上没有草原，看不到马群和羊群，也不能叼羊、赛马了。"

"那里的房子不能像帐篷一样搬动，一想起子子孙孙就像一棵树一样栽在那里了，就觉得这太不可思议了。"

"还有，我们这里下雪的时候，平原上却在下沙子。"

最可笑的是他儿子说："那里的风也不好，高原上的风就是风，干净得可以大口大口地往嘴里吞，平原上的风里什么都有，沙子、土、树叶、被太阳晒干了的人和牲口的粪便，有时风大的时候，风里还有树枝和石头，这样的风一吹，就只能把嘴用一个布做的罩子罩住，我听人家说，如果不这样做，这些东西就会跟风一起，哗地塞进嘴里，把人噎死。"

夏巴孜没有说话，他一直听他们七嘴八舌地说。牛粪火在他脸上闪动，他的奶茶没有喝进去，那块馕还在他的手中。

他看了一眼满头白发的母亲，在他们都像麻雀一样不停说话的时候，母亲却什么都没有说。母亲的话格外重要，如果母亲说，我们不能离开这里。他是会听她的话的。这原因很简单，因为她是他的母亲。

"你们就不要说这么多了，夏巴孜已经答应了西仁乡长，我们就要听他的。他是一个男人，他不能昨天答应了，今天又反悔。何况，他是这个家庭的头羊，他说到哪里去，我们就跟着他到哪里去。谁都不想离开塔合曼草原，离开自己的故乡。我们祖先一直在这里放牧。但现在，这草原已经装不下这么多羊群了，如果我们都不走，都挤在这个草原上，这个草原就不会存在了。那么多人都在平原上好好生活着呢，我们也能。是牦牛就会走崎岖的山道，是雄鹰就能在有暴风雨的天空翱翔。"

听完母亲的话，夏巴孜像个孩子似的笑了，笑得脸上堆满了皱纹。他把那块金黄色的馕在奶茶里蘸了蘸，放进嘴里，有滋有味地咀嚼起来。

但当他抬起头来，他发现母亲的头发更白了，阿曼莎也突然变老——他连忙安慰自己，自己和妻子都已是四十岁多的人了，已到了该老的年纪。乡长说，人到了平原上就会显得年轻。如果真是那样，他是真愿意去了，他想看到母亲和阿曼莎变得年轻，想到这里，他充满爱意地看了妻子一眼。妻子正在取馕，她没有注意到。

他觉得时间真是个不可思议的东西，他们在一起生活已二十来年了。但回忆起来，却恍然如昨日。

三

第二天一早，亲戚和邻居都来了，他们是来为他们送行的。客人们坐好后，他热情地问候每一个人。请客人们躺下，以解除疲劳。阿曼莎则忙着煮奶茶。

塔合曼草原也有往外走的人，但他们都是到外面去一阵子就会回来，像夏巴孜这样把整个家像一棵白杨树一样连根挖起来，栽到另一个地方去，他们还没有听说过。

夏巴孜一低头，跑出去了，一会儿，他拉进来一头羊。按照塔吉克人的风俗，给正在喝奶茶的客人们看了，客人们点头，表示满意，他很快就把一只羊杀好了。他要为客人们在草原上做最后一顿清炖羊肉。他当即把羊肉剁成大块，放到盛了清水的锅里，在牛粪火上煮着。待煮得沸腾后，便用勺子把浮在水面上的沫子清掉。然后就任它煮着，不去管它了，也不加任何调料——清水炖羊肉，真正的清炖羊肉的做法就是这样简单。

羊肉的香味很快飘散开来，弥漫了整个草原。

有好几个人没有来，他们是和夏巴孜在一个夏牧场放牧的人。他们在生夏巴孜的气。因为夏巴孜要离开这里了，他一松口离开，后面他们如果不想往平原迁移，也不好说什么了。所以夏巴孜不想说话，他的手并不冷，但他把手袖着，靠在木柱上。

阿曼莎的弟弟就安慰他："夏巴孜老哥，听说平原就像我们睡的炕一样平，这样的地方不是很好吗？你心里不要有什么想法了，我同意我姐姐跟你到平原上去。"

阿曼莎的小弟弟也说："我听说塔合曼河的河水流到了那条叫叶尔羌的大河里，你看到那河水，就会想起塔合曼这个地方，就相当于见到我们了。"

阿曼莎的爸爸说："据说房子是政府盖好的，地是开垦好的熟地，你们下去就有房子住，那房子肯定比这干打垒的蓝盖力强。"

"平原上可以种葡萄、苹果、石榴、无花果，那多好啊！高原上什么果树都栽不活，明年我们就到你平原上的新家去做客，痛痛快快地吃你家种的水果。我们现在吃的水果就是从喀什平原运上来的，死贵，我们全家每次都只吃一个苹果，每人一小块，放在嘴里，只能尝尝味道。"夏巴孜的邻居说。

听他们这么说，夏巴孜心里好过了一些，他说："我会在平原上种出各种粮食的，我会有一个果园的，你们放心，我到时一定邀请你们去做客。"

肉煮熟后，夏巴孜把它盛在一个大盘子里，把羊头呈给最为尊贵的客人——特意赶过来送他的好朋友西仁乡长，乡长接过来，割下一块肉，再把羊头双手送还他。接着，他又将一块夹着羊尾巴油的羊肝递给在座的最年长的岳父，请他吃下。这时，阿曼莎已给每人盛上一碗浓浓的羊肉汤，汤里放上一点盐，再切上一点洋葱——这就是全部的调料了。吃的时候，用羊肉蘸点汤就可以了。这样，羊肉的香味一点没有破坏，反而更加浓郁、鲜美。他岳父吃完夹着羊尾巴油的羊肝，夏巴孜拿起一把割肉的刀，刀柄向外，双手递给他，请他接刀分肉。大家蘸着羊肉汤，吃了一会儿羊肉，夏巴孜拿出酒来，开始劝大家喝酒。吃着这样鲜美的羊肉喝酒，一般都不会醉，三两酒量的可以喝上半斤，半斤酒量的可以喝上一斤。客人们大块吃肉，大碗喝酒，不知不觉中，一头羊已所剩无几，两箱六十多度的昆仑特曲也喝光了，大家才开始给夏巴孜敬酒，祝福他在平原的生活快乐富足。

吃饱喝足，客人按照穆斯林的传统，一起举起双手，向胡大祈祷，感谢他赐予丰盛可口的食物。待女主人收拾完残羹，取走饭单后，客人们向夏巴孜表示了谢意，就告辞了。夏巴孜马上将客人们的马备好，把他们扶上马后，把马鞭交还给客人，互道"胡西布尔（再见）"，然后目送他们走远。这时，夏巴孜再次感到了一种深深的失落。是的，他没有办法，他所有的亲情和乡情都系于此；还有，这里毕竟是他祖祖辈辈生活的故乡，祖先的骨头毕竟是埋在这里的啊。平原上没有埋下过祖先的遗骨，所以那里还不是他的故乡。

四

他卖了自己家的羊群、五匹马、七头牦牛，五只小羊羔则送给了自己的表弟，他自己留了一只公羊、三只母羊，准备带到平原上去。表弟抓住他的手说："这些羊羔子我先帮你喂着，你如果在平原上待不住想回来了，你把羊牵走就行。"

夏巴孜坚定地说："我想我会在平原上定居下来的，但我会回来看望你们。我不会像其他人那样，为了能随时回到高原上来，虽然答应离开了，但还会留一群羊在这里。我昨天问我们乡长了，在平原上能看见慕士塔格雪山吗？他说，它像一座神山一样悬在天上，一抬头就看见了。我只要能看见慕士塔格雪山，我就不会太想念这里，我就能在平原上待住。"

他把蓝盖力送给了房子已经快坍塌的邻居。他的邻居对他说："这大炉灶的蓝盖力是你辛辛苦苦修建的，我会帮你看好，你如果在平原上待不住了，回来不会没有住的地方，到时这蓝盖力会好好地交到你手上，它还会像现在这样暖和。"

夏巴孜说："老弟，你就放心吧，我会在平原上安家的，我不会再回来了。你就搬进来住吧。我问过乡长了，在平原上能看见雄鹰吗？他说，平原上的雄鹰跟鸡一样多，只要有雄鹰在头上飞翔，它就会保佑我。但有件事我想麻烦你，平原到这里有四百多里路，我不能常常回来。我先人的麻扎在这里，我不能带着他们走，所以请你帮着照管一下。"

邻居紧紧地握住他的手，动情地说："谢谢你给我房子，想念高原了，你就回来看看。你的先人也就是我的先人，我会照顾好他们的。"

他的好朋友、骑手吐尔逊骑着马从五十多里外赶过来为他送行，他把风送给了他。吐尔逊说："我知道你爱这匹马胜过了你老婆，我先替你喂养着它，等平原上的春天来了，我骑着它来看望你，然后把它还给你。"

"你是草原上有名的骑手，风会很高兴跟着你的。乡长说了，平原上可能没有跑马的地方了，既然不能让雄鹰在鸡圈里飞翔，我也不能让我的骏马在马厩里奔跑。我不能让我的风在平原上替我像驴一样犁地拉车。"

"你放心吧，我会把它当兄弟一样看待的。"

夏巴孜把一切都交代好了。政府给每家准备了一辆小四轮卡车拉运东西和人。他们都聚集到了公路边，等县长讲完话后就出发。

等了很久，几辆闪光的轿车开了过来，然后，每辆车里面都吐出了几个人。夏巴孜看到他的好朋友西仁乡长跑前跑后，像个蜜蜂，一刻也没有停下。大腹便便的县长在那帮人的簇拥下，朝专门搭建的主席台走来，在写着白字的红色横幅下站住了，双手托住自己那个辉煌的大肚子，讲了很多话。

夏巴孜第一次看见这么大肚子的县长，一直在想着他这么大一个肚子，一顿是不是能吞下一头公牛。他在县城赶巴扎时看到过县长的老婆，也是一个很胖大的女人，这就使他产生了一个百思不得其解的问题，县长和他老婆相当于两个滚圆的皮球，他们晚上怎么做那件事情。他脑袋胡思乱想，所以县长的话他只听见了几句——什么他们这次搬迁的人觉悟高得很，在高原下面的平原上，一定能建设一个新的美好的家园！到时，这些没有报名，守在这个穷高原上的人，一定会后悔的，一定会争着到平原上去！

塔合曼的人都来送他们，他们像过节一样，脸上绽放着笑容，夏巴孜听着他们敲打的欢送的手鼓声，听着他们唱的并不忧伤的送别的古歌，心情也变得明朗起来了，好像自己是即将出征的传说中的英雄鲁斯塔木。他的脸上露出了由衷的微笑。

五

蓝天越来越少，天空没有了，好像天空不再是天空，而是一个倒扣的沙漠，当夏巴孜闻到空气中弥漫着尘土和沙子的味道的时候。跑了一整天的车停了下来。他跳下车，像抱心爱的女人一样把羊抱下来，带队的西仁乡长为了让他们安心，迫不及待地带他们看了房子和地，他看到了一栋砖砌的平房——他的新家——立在塔克拉玛干沙漠的边缘，几株胡杨的树枝被黄昏的风摇得啪啪地响。房子不远处的沙丘的颜色像金子一样。房子共有三间，屋后有一个羊圈和厕所，还有一块预留的果园。但没有人告诉他，这栋房子曾经先后住过三个塔吉克家庭，他们也是从高原上迁下来的，但没过多久，又都回到高原上去了。这房子的墙原来是那么荒凉，在夏巴孜要搬下来之前，才重新用石灰刷过。那一片地非常平整，水渠一直修到了地头，靠近沙漠的一边有一排新栽的挡风沙的白杨。黄昏的时候，这个新家园有一种陌生的朦胧的美，夏巴孜觉得很满意。他往远处的天空望了望，天空已经清亮了一些。他看见了一勾显得很远的残月，但并没有看见神山一样悬在天上的慕士塔格雪山，他也没有看见鹰，他想，鹰肯定歇到某一株高大的树上去了。流着塔合曼河河水的叶尔羌河在几十公里外，他看不到它，也听不见流水的声音，但乡长告诉他，他地里浇的水就是从那条大河里引来的。他想，如果有马，他明天就可以去看看那条河，但现在没了马，他要去大河边就费事了。

六

迁下来的三户人在这里住下来，彼此相隔不远，组成了一个塔吉克人的小小的聚居地。过了不久，当地的维吾尔人就给这个地方取了一个新地名：三户塔吉克人。即使是这里的一棵草，对他们来说，都是陌生的。要习惯这个新地方，就得从熟悉一棵草开始。但这里的很多植物他都叫不出名字。他们像远离了母亲的婴儿，全家人都有些慌乱。好像他们漂泊到了一个与世隔绝的孤岛上，周围都是无边无际的荒凉的大海。

为了抵御孤单，大家每天都彼此串串门，但他们避免提到高原，避免提到塔合曼草原。因为有几次，他们提到那里后，女人们就"嘤嘤"哭了，男人们看到女人那样，开头还笑骂她们，最后也低头不说话了。

还有一种奇怪的现象，他们来到平原上后，就从来没有喝过酒，但他们的脑子却像喝多了酒一样，整天迷迷糊糊的，连走路都有些发飘。他们不知道，常年在缺氧的高原上生活的人，刚到氧气充足的平原上，是会醉氧的。

有一天，乡长的妻弟巴亚克找到夏巴孜，用有些神秘的口吻颓丧地对他说："夏巴孜老弟，我感到很奇怪，我们家的人都像喝多了酒，每天无精打采的，可我们连一滴酒都没有沾过，是不是这空气中有酒呢？我使劲儿闻了好几天，也没有闻到。"

"我们家的人也是这样，连我那一辈子都没有沾过一滴酒的妈妈也是这个样子的。可能是平原上的人多，喝的酒也多，他们喝了酒，把酒气喷到空气里面，所以空气里面就有酒了，空气这么多，人的鼻子肯定闻不出里面的酒味儿，但酒就在空气里面，我们每天都在呼吸那空气，从来就没有停过，老哥你想想，吸进身子里的酒有多少啊！你能不醉吗？"

"你这样说我就明白了，但久而久之，会不会把我们都变成酒鬼啊？"

听出巴亚克的担心，夏巴孜连忙安慰他："我想用不着担心的，平原上这么多人，变成酒鬼的毕竟是少数。"

没有什么事做，夏巴孜就试着侍弄自己的土地，他每天都要到那块地里去转几圈，他有时候隐隐地感觉到了土地的神奇，如果他在这里能待下来，就这样一块地，就可以养活他的子子孙孙，他感觉这实在是不可思议。但他在地里转了那么多圈，也不知道该拿这块地怎么办。他走了五里路，去请教了离他们最近的一户维吾尔族农民提依普，提依普长着花白胡子，本是个很热心的人，但他看了一眼夏巴孜的鹰钩鼻子，有些冷淡地对他说："朋友，现在嘛，你先不要管，你先待上三个月，如果习惯了，再说侍弄土地的事吧！"

"可是，朋友，这是为什么呢？我看你们都在准备着往地里种东西呢？"

"我们马上就要种冬麦了，我之所以让你先不要忙，是因为前面下来过好几拨塔吉克人，他们刚来到这里的时候，也是积极得很，但没过多久，他们就待不住了，抛下还没有成熟的庄稼，回高原去了。"

"我不会那样。"

"他们开始都像你这样说。"

"但我是发誓要在这里住下来的。"

"这也的确难为你们，你们祖祖辈辈放羊，现在要来做农民，就像刚生下来的小娃娃一样，什么都得从头学。不过，这些都是粗活，一季庄稼就可以把什么都学会的。如果你真打算留下来，这季冬麦就一定要种上，不然，季节一过，土地就要抛荒了。你既然找到我，我就来教你吧。"

夏巴孜就拜了提依普为师傅，开始从怎样使用坎土曼开始，一招一式地学起来。他在平原上也就有了第一个朋友。

因为有政府补助的粮食，吃饭是没有什么问题的。其他两家人都还在观望着，他们只是干着一件事，就是全家人轮流放着那两只从高原上带下来的羊。但夏巴孜还是决定把冬麦种上，他找到提依普，问他帮别人耕一天地需要多少钱，他说五十元，但你如果需要我，三十元就可以了。夏巴孜自然很高兴，提依普三天就把他的地耕完了，然后，又教他平地，起垄，开沟，播种，就这样，在提依普的帮助下，他在自己的土地上种上了小麦。他看着那些金黄中微微有些泛白的麦粒躺在黄土中，觉得好像是一群羊缓缓地游动在金色的草原上。也就在那天，他看见了高悬在远处的天上的慕士塔格雪山。

当翡翠一样的麦苗从黄土里冒出来，夏巴孜的眼里流出了泪水，他好像害怕那是假的，他用一截小树枝刨出一棵麦苗，小心地把它提起来，他看到了它乳白色的根须，他把它拿回家里，给全家人看，说这就是我们地里的麦苗。她母亲说，这也是我们在这个平原上的新的根。

七

有一天，巴亚克哭丧着脸来找他，他半天不说话，只是叹气。夏巴孜就问他，"老哥，你怎么了？"

"哎，这是什么鬼地方！"

夏巴孜听他这么说，就觉得他在这平原上待不下去了。

"我们刚到这里，肯定不习惯，久了就会好起来的。"

"我家的羊死了，两只母羊啊，还怀着羊羔子呢，我们没有种地，所以全家人轮流出去放它们，像伺候先人一样伺候着，没想它们越来越瘦，越来越没神了，今天一早起来，它们全都死了！"这个大男人说到这里，眼泪汪汪的，那伤心的样子，好像死的不是羊，而是他含辛茹苦拉扯的孩子。

夏巴孜知道那两只羊是巴亚克在平原上的最大的一笔财富。临出发之际，他看夏巴孜带了公羊，就多了个心眼，把自己家的公羊换成了母羊。有一只母羊还是夏巴孜家的公羊配的种。

"你没有找兽医吗？"

他带着哭腔说："前天，我看那只羊也跟人喝伤了酒似的，要死不活的，就跑了二十多里路，去找一位维吾尔族的兽医，他听我说完后，说是水土不服，过些日子就会好的，他问我弄不弄药，我想畜牲嘛，过两天就会好的，就没舍得花钱，没想今天起床一看，它们全死了！"

"老哥，你看你不舍得花小钱，最后失了大钱。我们家的羊也跟你说的样子差不多，你这么一说，我也得赶快找兽医去。"

"这样的鬼地方，羊都活不了，人怎么活呢？"他开始没完没了地咒骂乡长，说他这个乡长不应该完不成迁移任务，就打亲戚和朋友的主意，让他们背井离乡，搞得现在成了穷光蛋。

夏巴孜知道巴亚克在塔合曼草原的所有东西——牲畜和地窝子都还留着，不像他，把什么都处理掉了。他听巴亚克气狠狠地把话说完，替乡长辩解了几句，也说了不少安慰他的话。最后，巴亚克还是决定要离开这个鬼地方，回到塔合曼草原去。

可能是常年在草原上骑马的原因，夏巴孜觉得他们这些塔吉克人在平原上走路时脚步都有些轻，不像有些维吾尔人和汉人，走路咚咚响，震得地皮都微微发抖。但巴亚克这次气哼哼说要返回高原，往自己家走时，脚底下也发出了那种声响，地上的尘土腾起老高。但他并没有马上走。

夏巴孜去看了自己家的羊，除了那头公羊，三只母羊的状况和巴亚克说得差不多，他赶紧去找兽医，弄了些药片回来，给羊灌进了嘴里。但没过几天，那三只母羊还是死了，只剩下了那头活蹦乱跳的公羊。没有了母羊，留着公羊还有什么用呢？他抱着羊伤心了一场，把羊赶到三十多里外的巴扎上卖掉了。

快到汉族人过新年的时候，乡长带着一大帮人来慰问三户塔吉克人，给每家都送了沱茶和棉布。但他的身份已是副县长了。虽然如此，他在夏巴孜面前还是以朋友的面目出现的，和他握手、拥抱，一点副县长的架子也没有，这使他很感动。

副县长还带来了夏巴孜的亲家、他儿子的岳父写给他的一封书信。

副县长走后，夏巴孜把信打开了，和他料想的差不多，他的亲家要退掉这门亲事。原来，他们到平原上羊都活不了的传闻已经传到了塔合曼草原，他亲家这封有好几个错别字的书信里说，在平原上羊都活不了，他怎么舍得把自己的女儿嫁到那样的地方呢？这封信他不敢让儿子看，就把它藏了起来。

副县长的大哥阿扎热大概有四十七八岁的样子，他长着一张苦大仇深的脸，看上去要比实际年龄大二三十岁。很多人都以为他是副县长的父亲，当他说他是副县长的大哥时，人们都以为他在开玩笑。他一家就四口人，他带下来的三只羊死了两只，剩下的那只他像孩子一样养着，终于在平原上活下来了。他告诉巴亚克，他好像病了，一到平原上，他的精神气儿就没有了，他如果再在平原上待下去，就会没命了。

转眼，肖公巴哈尔节又要到了，这是塔吉克人庆祝冬去春来、春暖花开、万物复苏的节日，也叫诺鲁孜节，时间在每年的三月二十一日，是塔吉克传说中伟大的加米西德大帝统治由东到西的大片土地时创造的。这个时节，夏巴孜更加思念故乡，他总想往高原所在的方向望。

就在这个节日到来的前两天，巴亚克和阿扎热把自己从塔合曼草原拉来的东西全部装进了他们自己合租的一辆汽车里，然后来和夏巴孜告别，他们说要离开这里，夏巴孜还以为他们只是说说气话，没想他们真的要回去了。巴亚克拥抱住夏巴孜，动情地说："我在高原上生活惯了，所以我人虽然下来了，但根子还扎在那里，这平原上冬天的冻土虽然浅，但我的根还是扎不下去。我们一家就先回去了，现在回去，刚好可以赶上过肖公巴哈尔节。"阿扎热把自己那只羊送给了夏巴孜，说："我感觉我这身体越来越不好了，我必须要回去了，夏巴孜老哥，这只羊你就收下吧！我希望你在这个新地方有新的、幸福的好生活！"

夏巴孜望着他们的汽车在腾起的尘土中，拐进了一片白杨树里，消失不见了，但他还望着，直到那尘埃慢慢落下来。

八

当夏巴孜开始习惯弯腰面对黄土，已经是第二年秋天他的庄稼获得收成的时候。由于刚学会种庄稼，他家土地的产量并不高，但还是有两千多公斤的收成，当他捧起金黄的麦粒时，他的心里充满了喜悦。这毕竟是自己在平原上第一次收获的粮食。他决心带些粮食，回一趟高原，让他们尝一尝新麦的味道。他还要去见见自己的亲家，看看儿子的亲事是否还有挽回的余地。

班车爬上高原，当他看到卡拉库力湖蓝色的波涛和慕士塔格雪山辉煌的雪冠时，他忍不住泪流满面。翻过苏巴什大坂，他就看见塔合曼草原了，他的心更是激动得难以自抑，他小声唱道——

> 金子一样的塔合曼草原啊，
>
> 像一轮明月在天空高悬。
>
> 她的美啊无与伦比，
>
> 引得我每天把她思念……

他忍不住把坐在身边的那个一路都在呼呼大睡的胖子捅醒了，自豪地炫耀道："朋友，你看，那前面就是塔合曼草原，你看它多好看啊！"

那人从梦境中醒来，有些恼火地说："你以为我是夏巴孜傻瓜吗？我至少有一百次经过这里了，你以为我不知道吗？"

夏巴孜有些愕然，他惊讶地张着嘴，看着那个家伙，"你怎么说夏巴孜是傻瓜呢？"

"难道你不是这高原上的人吗？难道你没有听过这个说法吗？现在，高原上的人要说谁脑子不够用，被人耍了，都会说'一看你就是夏巴孜傻瓜'。"

"为什么？"

"你真不知道啊？原来你真不是高原上的人，那我就告诉你吧。夏巴孜就是这个塔合曼草原上的人，去年搬到麦盖提去了，是被他的乡长朋友哄去的。这个乡长为了当副县长，把自己的大哥和二舅子也动员去了，当然还有他的朋友夏巴孜。但他开头就给自己的亲戚说好了，他们下去只是装装样子，他一升副县长，他们就搬回来，只有那个夏巴孜不知道，把自己的东西卖的卖，送的送，在草原上什么也没有留，把全家都搬下去了，连他的老娘都搬下去了，现在，就他一户人还在平原上熬着，人们都说，哎，夏巴孜真是个傻瓜啊！没想到，没过多久，就传成了夏巴孜傻瓜，现在已传遍了整个帕米尔高原。"

"噢？是吗？你……你说的是真的吗？"

那个人觉得他是个外乡人，不再理他，把那张还攒着睡意的胖脸转过去，他还想眯一会儿。

（原载《中国作家》2008年第1期）

李骏虎
LI JUN HU

1975年出生于山西省洪洞县甘亭镇李村。1995年广播电视大学大专毕业后参加工作。曾任山西省洪洞报社文艺科长，《山西日报》文化部编辑、记者。2006年加入中国作家协会。2007年任《山西日报》"黄河文化周刊"主编。2008年，鲁迅文学院第七届中青年作家高级研讨班毕业，调入山西省作协。现为山西文学院签约作家。

1995年开始发表作品。著有中短篇小说集《李骏虎小说选》，长篇小说《奋斗期的爱情》《公司春秋》《婚姻之痒》《母系氏家》，随笔集《比南方更南》等。中篇小说《前面就是麦季》获第五届鲁迅文学奖。

前面就是麦季

一

太阳把红芳的脸上晒出了紫色的斑，那个时候她已经三十四五岁，身上少女的影子荡然无存，体态和神情都从少妇向着中年妇女发展。南无村小她一轮的新媳妇们抱着孩子开始在巷口闲聊后，红芳不再熬喝了十多年的治疗不孕的中药。那个时候她每天喝的药比吃的饭还多，已经甘之如饴，突然停了药，总觉得丢了什么东西，好一段时间每天恍恍惚惚。

红芳向福元提出抱一个孩子，她主张要个女子。作为男人的福元说："怎么都行，只要将来我死了有人发送。"红芳骂他："出息！"福元说："你最好问问咱妈。"红芳说："忘不了她！"红芳朝透明的塑料门帘外望望，婆婆兰英和跛脚的公公七星正坐在梨树斑驳的树阴里小声说着话。

抱一个娃娃的事，兰英私下和跛脚的老头子商量过不止一次了，跛子的说法是："咱不管人家，人家自己都不着急，你急顶个什么用？"这要搁在从前，兰英不但要骂跛子，还要连儿子媳妇一起骂，但兰英竟然听从了跛子的，几次想问问小两口，话到嘴边，又生生地咽下去了。

红芳掀开门帘出来，笑眯眯地走到老两口跟前，蹲下来笑，不知道该怎么开口，回头喊："福元，你出来！"兰英嗔怪地斜睨着媳妇，她早习惯了她的缺心眼儿。

福元趿拉着拖鞋出来，站在妈的身后，望着媳妇笑，红芳笑得更说不出话来，福元骂她："你喝上猫尿了？"红芳说："你才喝上猫尿了！"又对兰英说："妈，福元想抱一个娃。"福元皱皱眉依旧笑着说："怎么是我想抱，你不想吗？"兰英低声呵斥："住嘴，多光彩的事情，要让全村子都听见吗！"红芳伸伸舌头。跛子泄露了兰英的秘密："你妈早有打算了，就等你们问呢。"

福元绕过来，也蹲在兰英面前，三个人静静地望着兰英一个人。兰英一手摇着蒲扇，发了话："我娘家侄子媳妇已经怀了七个月了，这是第三胎，你舅舅早就说已经有一个孙子一个女子了，叫他们早早地把娃娃刮掉，那两口子惜子得不行，宁挨罚也要生。现在犯熬煎了，前面两个的学费都不知道到哪里去找，这个再生下来还不把他爸的腰累折？"红芳附和道："就是就是，现在的娃娃上学比吃比穿，上不起了。"福元说："你别说话，听咱妈讲。"兰英接着说："你舅舅知道你们跟前没有娃娃，就想着娃生下来送给你们，怕你们要面子，不敢说，先和我商量，我也不敢做主。"说完打量下小两口的表情。

红芳说："还要什么面子，福元想娃都快想疯了。"笑着看福元，福元翻她一眼，问他的妈："不知道是男的还是女的哈？"跛子发表意见："你管它是男的还是女的，女子更好。"自觉失言，赶紧地看了兰英一眼，怕勾她想起秀娟来。

大姑子秀娟依然不肯嫁，但她已经不是当妈的兰英心里的病了，她就像一块长在脸上的疤，好看是不好看，疼是肯定不疼了。秀娟每天骑着她的自行车，车龙头上架着锄面已经磨得很圆很小的锄头，去属于她的地里干活，或者推个别人早就不用了的小平车把地里的产物载回她住的老磨房院子。在南无村的人眼里，她生活得很平静，没有人去打搅她，甚至连狗都不大愿意进她冷清院子里转转，直到有件事情发生在她的身上，让一切都变了样儿。

兰英正沉浸在儿子媳妇的目光里，笑容里泛起多年不见的妩媚，提醒小两口："'侄子外甥过继，一辈子生气'，你们想好了啊。"红芳笑呵呵地说："这是侄子还是外甥？我糊涂了！"福元说："按说该叫我表叔，该叫你表婶。你说对吗，妈？"兰英笑得用蒲扇撑住了地，捂住嘴不能回答。跛子说："到娃娃这一辈已经是拐弯子亲戚了，我和你妈死了这门亲戚就快断了，不算侄子，我看能行。"红芳和福元也表示同意，事情就这么定下了。

一家人在梨子树的阴影里围在一起说了一下午的话，数红芳最能笑。突然，跛子对红芳说："你到磨房去叫秀娟，让她来吃晚饭。"红芳说行，站起来就往院子外面走。

估摸着红芳走出巷子口了，兰英弯下腰低声问福元："这个二杆子不知道是你的毛病吧？"福元摇摇头，又皱起眉来教训他妈："你别再叫她二杆子了，我就娶了个二杆子？"兰英定定地看着儿子，嘎一声笑了，跛子也笑了。福元忍不住，也笑了，他坐在地上，双腿叉开，看到脚边有只蚂蚁，就用指甲围着它画了一个圈，蚂蚁仓皇地奔逃，始终不敢越过那个圈子。

二

最早想让福元抱个孩子的，是秀娟，只是她没说出来。这几年秀娟的话越来越少了，红芳是和她说话最多的人，那是因为红芳是个没心计的人，对这位不愿嫁人的大姑子，她偶尔也会和别人说说她的闲话，但当她们面对面说话的时候，秀娟从红芳的眼睛里看不到别人那种古怪的眼神——红芳看着秀娟的时候，眼神从来不躲躲闪闪。即使是这样，秀娟也没有提出来让红芳抱个孩子，回到那个家里时，她会替弟媳妇熬熬药，也会问："你不嫌苦？"仅此而已。没人知道她多么渴望弟弟能有一个孩子，前好几年她就想让他们抱一个娃了。

话多话少，秀娟从来是个豁达的人，谁家有红白喜事都能看见她拉把小凳子，坐在灶房旁的大盆边洗碗，那些年兰英嫌她丢人现眼，骂她，她依旧我行我素。这些年兰英也不骂了，但在那样闹哄哄的场所看到这一幕，也不会去跟女儿说句话。四十岁的人了，每天两晌下地，秀娟也没有晒出像红芳那样的紫斑来——真正白净的人是晒不黑的，顶多在夏天变红，一个冬天就捂过来了——但皱纹是不可避免的，眼睛已经不再和秋天的晴空一样清亮，头发里也有了白丝丝，一切都显示着秀娟作为女人最好的岁月过去了，像一块没来得及开垦播种的地，被荒草覆盖着，就连草也要渐渐黄了。但秀娟还是姑娘家的身材，劳动使她的胳膊和腿变得粗壮，可那腰身你从背后看去，总要误会是谁家十几岁的小女子。

村里有闲话说，别看秀娟是吃了秤砣铁心不嫁，但在这件事情上，当妈的兰英只要还有一口气，那就是"帝国主义亡我之心不死"。

红芳站在老磨房的院子里喊："姐——你在吗？"她不愿意进秀娟的屋子里去，这么多年秀娟的屋里还是那么简单，一张木板床上挂个电灯泡，除了福元给她买的一台电视机，实在没其他可看的，跟刚住了三天人一样。就听见秀娟在偏屋说话："红芳，我正做饭呢，你进来吃根黄瓜。"红芳进了三片石棉瓦当屋顶的灶房，一边说："做什么呀，别做了，咱妈叫你过去吃饭哩。"秀娟把一瓢面扑通丢回面缸里，递给红芳一根洗好的黄瓜说："前天不是我才去过吗？这是怎么了？"红芳扑哧一笑说："姐，你说抱个娃男的好还是女的好？"秀娟静静地问："抱啊？能找到吗？"红芳说："咱舅舅的孙子，怀了七个月了。"

夕照从石棉瓦的缝隙里把黄红的光投在秀娟的右边脸上，红芳看见大姑子眼角的皱纹已经很明显，脸的轮廓跟婆婆兰英有些相似，她笑模笑样地望着大姑子。秀娟笑着说："我也觉得这个娃合适，再说舅舅也养不起三个孙子。"红芳骂着："吃他娘×十年药屁事没顶，还得让人替咱受罪！我也想开了，抱的娃更亲。"她眼里突然有了泪水，看看秀娟说："就是给你说了空话，还说我多生几个送你一个养老呢！"秀娟也拿手去抹眼睛，又劝红芳："行了行了，侄子照样能养老，我走不动了他还不给我端碗饭？"红芳说："要是个女子到了还是人家的人，养大了又走了，还不把人心疼死呀！"秀娟说："呸呸呸，肯定是个男的。"红芳破涕为笑："看，你什么时候能掐会算了！"

秀娟锁好了门，红芳就要往院子外面走，秀娟招呼她："你来帮我搬件东西。"红芳跟着进了屋，秀娟从床下拉出两个方便面纸箱子。红芳问："什么呀？"秀娟笑着说："别管！"红芳搬起一个抱到怀里看看秀娟说："这么轻？"秀娟说："不是重东西。"红芳笑着问："到底是什么好东西？"秀娟笑道："好东西就是好东西，问什么！"

两个人说说笑笑，一路走回来，看到跛子和福元还在院子里喝茶，兰英大概到灶房生火去了。福元见她们笑个不停，也笑着问："你们怎么了？都喝猫尿了？"秀娟骂道："扯你的嘴！"老头温柔地问："箱子里是什么？"红芳抢先说："我也不知道，你问我姐。"

秀娟吩咐福元："找两张报纸去。"福元问："干什么？"秀娟说："放箱子里的东西，快点！"福元不屑地埋怨："什么好东西，还要摆到报纸上！"红芳说："叫你去你就去，这么不利索。"福元已经起身去了，秀娟和红芳把箱子放到地上。秀娟冲灶房喊："妈，你出来。"

就听见兰英在茅房里答应，一边系着裤子走过来，天光还很亮，她看到了地上的箱子问："谁买的方便面？"红芳说："我姐让从她那里搬的。"福元把报纸拿过来了，铺在地上说："好家伙，我看你们要干什么！"秀娟一边开箱子一边说："这里头不是方便面。"

几双眼睛都跟着她的手去看，箱子打开了，满满当当都是娃娃的小衣裳，最上面是几双小小的袜子和虎头鞋。红芳第一个叫了起来："妈，你看，你看我姐！"兰英默然地说："低声些，我没瞎！"秀娟又把另一个箱子也打开来，是几床小棉被和小棉褥子，她把它们指给家里人看："抱娃娃的时候用得上，得提前预备下。"兰英讥讽她："这是给人家抱娃娃还是给你抱娃娃？"跛子老头不满地说："你当妈的怎么跟娃说话？"秀娟知道这辈子她妈都不会忘记对她的怨恨，习惯了，也不计较，看看福元，黑瘦的弟弟正在那里慢悠悠地笑。

"姐，你可真细心！"红芳由衷的感激之情写在脸上，她把那些小小的衣物拿出来，一件件摆在报纸上看，抬头问："你多会儿做的，这得做个把月吧？"秀娟说："我地里忙，下雨天还要追肥料，这几件东西做了一年多。"老头子忍不住也拿起来看，那小小的衣服拿在手里，仿佛抱着孙子一样让他的神情变得有如一个老太太一样慈爱。兰英却低声地呵斥道："别抖了，不能拿回屋里去慢慢看？有人进来看见算怎么回事？"她讲的是有道理的，秀娟和红芳匆匆收拾进箱子，一前一后端回小两口的屋子里。福元不由自主地跟进来，站在身后看两个女人在床边摆弄小娃娃的衣物，秀娟回头看看他说："奶粉也得提前买下。"福元笑笑说："肯定要买啊，还指望吃红芳的奶？"红芳笑着回头骂他："滚！"

三

跛子看家，其他的人都去医院抱娃娃了。昨天孩子一落地，舅舅就亲自来了，宣布了是个男娃的喜讯，他和妹妹还有跛子妹夫商议，也别等出院后去家里抱了，干脆明天直接从医院抱走，一来趁当妈的奶没下来，还没喂过奶——等回去吃过了奶，再要抱走就等于割肉，万一舍不得送了就麻烦了；二来产妇回去，村里人见只有大人没有娃娃，就说娃娃没成，夭了，计划生育也好过关。兰英说行。这样的事情自然是她定下个啥就是啥了。舅舅又找福元两口子谈话，传达儿媳妇的意思说："罪替你们受了，住院费你们出了吧。"福元笑着说："行！"

次日一早，福元把自己那辆平时拉客人的三轮摩托车的车篷换了新帆布，密不透风，里面坐的是他的妈、姐和媳妇。福元把车开得飞快，面色愉快而庄重，三个女人从帆布上那一小块方形玻璃里望着他的后脑勺笑，兰英斜着眼说："看把他急得！"

舅舅已经在镇卫生院大门口等老半天了，福元的车一到，舅舅领着三个女人头前快步走，福元抱着那个装棉被的纸箱跟在后面。找到病房，舅舅先进去，然后是兰英，秀娟跟着，红芳提着一兜鸡蛋躲躲闪闪在最后面。

病房里有三个床位，两边靠墙的床上各躺着一个产妇，都盖着被子，中间的床上没人，放着一个包袱。兰英只看了一眼躺在床上的外甥媳妇和伺候月子的嫂子，眼圈就红了。嫂子抹着眼泪说："大人没问题，先看娃吧。"兰英就走向那张空床上的包袱，娃娃在里面睡得正甜。

秀娟抱起了娃娃，眼神亮亮地看了看红芳，把娃娃递给她。红芳手忙脚乱地接过来，看着那张小脸傻笑。

外甥媳妇在无声地垂泪，兰英拿过床头的毛巾给她擦擦，也落着泪劝道："娃，别太伤心，咱还不是一家子？以后你什么时候想见，骑车子来就是了。"又对嫂子说："别着急出院吧，多住几天，养好了再回去。"嫂子说："不了不了，这就回啊，就等你们把娃抱走呢。"兰英说："福元装着钱呢。"嫂子就吩咐她儿子："你去和福元把住院费算算。"

兰英已经开始催促着秀娟和红芳给孩子换新被褥了，她先把新被褥在床上铺了两层，又亲手把裹娃娃的包袱解开，让那肉肉的小东西在眼前滚着，一边说看这个小伙子，一边把娃娃从头到脚摸了一遍，又提起两只小脚看看脊背和小屁股，确信没什么毛病，才笑不拢嘴地把那小心肝捧起来放到新被褥上，小心地重新裹将起来。

这时，福元探进头来低声喊红芳，红芳抬头看他，福元说："你出来。"秀娟把娃娃抱在怀里，目不转睛地看着那张丑丑的小脸。兰英和嫂子说着话。

楼道里只有福元一个人，红芳问："怎么了？"福元一只嘴角挑了挑，看上去像笑，他说："人家说让咱再出两千块。"红芳瞪起眼睛问："谁说的，舅舅？"福元说："不是。"红芳就明白了，苦笑："这又不是卖娃娃！昨天舅舅没有说这个啊。"福元说："表弟说他媳妇昨天夜里给妗子说的，说让咱出点怀孕期间的营养费。"红芳鼻子里哼一声说："咱给她送过多少回鸡蛋了，她怎么不说？"福元说："算了，别说废话了。你说一句话吧，要行，一定不能让咱妈知道。"红芳快快地说："行，谁让我不会生呢，迟早还不都得这样？你带的钱够吗？"福元说："不够，差一千，我马上去海峰的修理铺问他借一千。"红芳说："傻子，你先给他一千，以后再给不行啊？"福元皱着眉说："给他算球了！"甩开腿紧着往外就走。

红芳是个心里藏不住事情的，回来再面对妗子和那产妇，依然在笑，但那笑容就有些僵。秀娟一心在孩子身上，兰英倒看出什么不对头来，但她不说。

舅舅进来说住院费福元已经交了，手续还没办完，让兰英一家抱上娃娃先走，以免一起走时碰上熟人不好说。兰英从秀娟怀里抱过娃娃，裹严实了，就往外走，秀娟紧跟，红芳红着脸在最后面。一出病房门，福元在楼道那头看见，掉头就跑。兰英抱着娃娃，缩着肩疾步走着，秀娟红芳跟在后面小跑，能看见福元已经发动了车子，掀起车篷的门帘等在那里了。

上车坐下，依然是兰英抱着娃娃，虽然她上了点年纪，秀娟红芳还是充分信任她的经验。红芳就忍不住笑："妈，你跑那么快干什么，又不是偷娃娃。"兰英也笑了："你知道什么，谁身上掉下来的肉谁心疼，这可是个男娃啊，我怕她变卦。"红芳就说："她变什么卦，连营养费都让咱掏了，我看她还怕咱变卦哩。"突然意识到说漏了嘴，吐舌头也已经来不及了。秀娟望着红芳说："那会儿福元叫你出去就是说这啊！要了多少钱？"红芳先看了一眼婆婆，假意轻松地笑着说："不多，两千块，要不是亲戚还不知道要多少呢。"兰英拉下脸说："要不是亲戚，给多少钱人家舍得把个男娃娃给你？"红芳想不到婆婆的态度是这样，想起自己不会生养来，就闷在那里不说话了。秀娟冷冷地说："要钱好，要了钱就糊了他们的嘴，将来这娃就不能说是她生的了，她敢跟娃说两千块把娃卖了？"

福元把车开得很平稳，就像船在无风的湖上悠，车篷是新换的帆布，密不透风，里面坐着三个女人一个婴儿，抱娃娃的是奶奶，奶奶旁边坐着姑姑，姑姑对面坐着妈妈。进村的时候，她们把说笑的声音压得很低，外面什么也听不到。

四

有苗不愁长。一家子已经开始商议给江江过满月的事情了，这个名字是妈妈红芳取的，因为她哥家娃叫海海，就随了这个名字。奶奶兰英不爱叫这个名字，她叫孙子小狗子，这个名字是从心上来的，怎么亲怎么叫，也不管红芳高兴不高兴。福元跟上媳妇叫"江江"，老头子变通了一下，叫"狗狗"，秀娟有时候叫"江江"，有时候叫"小狗子"，有时候只叫一个字："亲!"

对于是否给江江过满月，红芳这回多了个心眼，对福元说："你别去问，你去问万一不合适该让妈生气了，你让咱姐去问。"

秀娟听了说："过，为什么不过？养的比亲的更亲。我去跟妈说。"

黄昏，从地里回来，秀娟洗了洗就过来帮妈做晚饭了。每次秀娟主动来，兰英都会心情很好，一口一个"娃"地叫着。这个时候最快乐的是跛子，老头子看着老伴渐渐看开了秀娟的事情，望着她们的眼神就越发温柔得近乎迷离。此刻，手里摇着躺在自己亲手制作的童车里的孙子，娃娃苹果般的小脸和藕瓜似的一节一节的胳膊腿儿，总使老人想起秀娟刚生下来的时候，那是他的第一个孩子呀，他对她的爱和对她一辈子的祝福简直无法形容，后来，这一切的美好心愿都化成了泡影，就像几十年后对兰英和"土匪"长盛的恨也化为了泡影。跛子并不是那么粗心的人，他能看出秀娟的长相和神气一点不像长盛——近四十年的观察使他敢下结论，秀娟和福元不同，她绝不是长盛的种——这使他对秀娟是自己的亲生多了许多幻想，而这幻想，兰英竟从来没让它破灭，而且看来这辈子都不会破灭，这给了老头子无限大的安慰。

此刻，坐在梨子树下，望着兰英秀娟母女在灶房门口择着菜说笑，老头子笑呵呵地摇着快一个月大的孙子，竖起耳朵来捕捉着她们的话音，希望能够插上几句。

秀娟说："妈，福元和红芳想给娃过满月。"

兰英压低声音笑道："这一对脸皮真厚!"

秀娟也笑了，责怪自己的妈："看你，先笑话人家了，人家就是怕外人笑话!"

兰英马上就成了一副同仇敌忾的面孔，厉声道："笑话？打破他们的脑瓜!我的娃我想过就过，谁看不惯谁别来，请他们去了?!"

跛子发表意见说："你这人真是，着什么急，这村子里谁敢笑话你？"

兰英喝道："静着!"

跛子不服气地发出"喊喊"的声音，把那母女逗得咕咕笑。

一阵摩托车声响，福元开着车从大门进来了。车没停稳，车篷的门帘被撩开了，红芳从里面跳到地上来，跛子适时地柔声责怪："慢着，看摔着!"红芳看到秀娟在，打招呼："姐，你来啦。"秀娟笑着说哦。福元把车停好，走到跛子那里弯下腰逗了逗娃娃，才笑眯眯地到灶房里打水洗脸。红芳先去抱起娃娃，蹲到择菜的母女面前去，兰英不搭理她，是嫌福元拉完客人又专门去地里接了媳妇。秀娟说："福元，明天别去跑车了，和红芳去集上买菜吧。"福元没反应过来，红芳一脸惊喜地问道："给娃过满月呀?"她去看婆婆的脸色，兰英不动声色，这并不影响红芳快乐的心情，她从来不在乎这些，她只知道自己的办法奏效了，就对秀娟眨了眨眼睛。

跛子很郑重地发表意见说："不用专门去买菜，现在谁家办事还自己买菜？都用'理事会'了，买菜、做席面、上菜全是人家的事，你只要找个总管管花销就行了——该省的心不省！"

兰英没吭气。红芳就提高声音说："福元，咱用'理事会'吗？"

福元正拿毛巾擦脸，瓮声说："怎么不用？"

红芳说："那你在你的伴儿里找个人来当总管吧。"

福元说："海峰吧，他是副村长。我明天出车时跟他说。"

于是又讨论用哪个村的"理事会"，一致同意北张村的张呆子手艺最好，席面不浪费，收拾得也干净。

最后兰英说："红芳明天回下你娘家，让你妈找几把干净稻草，扎个'草芽儿'，让你哥赶后天天亮前拿来挂到咱家门楼额上，还得写张喜帖，贴在'草芽儿'后面，村里人看见就知道咱们要给娃过满月了。"

红芳问："妈，什么是'草芽儿'？什么是喜帖？"

秀娟就笑了："这也没见过啊，'草芽儿'就是用稻草扎一个房子的样子，里面是个小草人儿，穿着红袄绿裤子。生的是男娃，大红喜帖上就写'栋梁之材'，女娃就写'巾帼英雄'。"

福元说："姐你别告诉她，没吃过猪肉也没见过猪跑？"

一家子都在笑话红芳的少见识，红芳不好意思地笑了，还像个小女娃一样红了脸，她不服气地问兰英："妈，福元满月的时候喜帖上写的是什么？"兰英想想说："那个时候兴写'雷锋再世'，好像写的就是这个。"红芳就抱着孩子笑得坐到地上："哈哈，看不出来福元还是雷锋转世！"跛子叫着："看娃摔了，看娃摔了！"歪歪斜斜地跑过来抱过小狗子江江。

五

"理事会"提前两天就来了，盘了灶给前来帮忙的村里人做饭。女人们聚在热气腾腾的屋子里和面蒸小花卷馍，一箩筐又一箩筐；男人们来了没事可做，就打扑克"斗地主"，到吃饭的时间就每人拿一个碗，到大铁锅里打烩菜，端到桌子上去吃，"理事会"的人在桌子中间放一大盆冰凉的花卷，一圈手一伸盆子里就剩不下两三个了。看那些碗里，泡着掰碎的花卷，是嫌凉，手里还抓着一个。兰英在窗户里看见，心里直骂："这是来帮忙的？饿死鬼转世！"

好的"理事会"是为主家着想的，正日子前一天的晚上才做正经的菜：炸酥肉丸子、粉条丸子，炸豆腐片，炸好的整鱼和炖好的整鸡。张呆子后半夜把火封了才回去，第二天天不亮就来了，把火捅开，开始用肉丸子和炸豆腐炖比前两天油水大很多的烩菜，犒劳那些早早来帮忙的邻居们。

正日子这天最有威严的是总管，脸色很庄重，眼神很大气，举手之间就是发号施令，但总是恩威并施，四个口袋里鼓鼓的装的全是没拆封的香烟，碰上有那敢于挑战总管权威的小年轻，只要厉声喊过来，悄悄给口袋里塞上一盒，马上就是亲兵了，叫干啥干啥。早上来的小年轻不多，因为村外的国道边正建设一个大厂子，都去那里找活干了，都是些受苦的土工活，但据说工钱开得还及时。家里有农用车的，都开着大小"金刚"去拉土方，拉一车领一张票，最后凭票结账。中午的时候，都来吃饭了，总管给每张桌子上都放着个盘子，拆几包香烟放盘子里，抽的时候方便，也防止有人整盒地拿去，但也有那聪明的，拿出个抽完的空烟盒，把盘子里零散的香烟一支一支装进去，还是一盒。如若被总管看见了，只需要做个鬼脸，大多数时候总管会假装没看见，但一会儿派活儿到你头上的时候，懂事的就乖乖地服从，这样大家都有面子。

刚订婚的军军望见总管海峰刚转过身走向灶房，对同伴强说："快，快装！"块头很大的强抓过一把香烟来就给自己的空烟盒里装，结果只进去两支，其他的都撒在了桌子上。军军急了，伸手来帮忙，旁边的人都哈哈大笑，起哄。军军干脆把烟盒抢过来自己动手，强不给，两个人推推搡搡了半天，才装了半盒，看见周围的人都不吭气了，一回头，海峰就站在他俩背后静静地看着。强一吐舌头，把烟盒给了军军，军军临危不乱，很镇静地把烟盒装满，装进了自己口袋。海峰默默地转身走了，一桌子的人就起哄，把那一盘子香烟全部瓜分了。谁也没想到，海峰又回来了，还站在他们背后，有那听话的年轻人就缩起了脖子，不由低声嘟囔："海峰叔！"海峰从后面把手伸进军军的上衣口袋，把那盒烟拿出来，哧——烟盒撕成两半，烟又回到了盘子里。小年轻们都嘲笑地望着军军，军军扭过头，挑衅地望着海峰，眼里是不无胆怯的怒火。海峰从口袋里掏出一盒没开包装的"红河"，插到军军空着的口袋里，慢悠悠地说："没烟了，跟你叔叔说嘛！"若无其事地转身去了。军军吐吐舌头，转脸用得意的眼神打量着一桌子羡慕的人，说："打牌！"哄一声，无数的手都伸向他被烟盒撑起的口袋，吓得他一个后仰倒在地上，捂着口袋死活不撒手。

一院子的人都被这边的闹剧吸引，秀娟也朝这边望，笑着责怪道："这些娃们，就不知道歇一歇。"

兰英的哥嫂和娃娃的亲妈亲爸半晌午来的，兰英陪着在红芳的屋子里坐着，和红芳的娘家人一起对娃娃的胖瘦和长相品头论足。兰英嫂子说："嘴长得像红芳。"红芳不好意思地说："又不是我生的，怎么能像我？"兰英嫂子就说："你看这女子傻的，谁养的就像谁，娃娃都是看着长的嘛。"于是又说起谁谁家都是抱的孩子，神气长相比亲生的还像，可笑死了。兰英不像红芳那样没心没肺，不喜欢听这些，笑着说出去看一下，出来一放下门帘，脸就沉下了，在院子里找到总管低声念叨了两句，海峰就一路走进堂屋，撩开红芳屋子的门帘说:"亲戚先坐席,要走远路!"兰英嫂子说:"不远,不急。"那媳妇却对没吃过自己奶的亲骨肉没有当初被抱走时那么动情,对婆婆说:"坐吧,听人家的安排。"一屋子的人就出来坐席,被总管安排在堂屋的桌子上,那是身份特殊的客人才能坐的席面。海峰又每个屋子来喊了一遍:"亲戚先坐,亲戚先坐!"又到院子里赶那些已经坐满桌子的村里娃娃:"起来,让亲戚先坐,人家吃了要赶路!"

坐下来才发现找不见了跛子,他该陪兰英哥坐的。海峰又找福元,也不见,有看见过的人说父子俩顶了几句嘴,就都不知道去哪里了。海峰就找到兰英说:"婶子婶子,我叔叔和福元都寻不见,总得有个人陪人家喝酒吧,要不你先坐?"兰英把颧骨那里的肉都耸了起来,笑着说:"我多会儿坐过席?还喝酒哩,你婶子是那有出息的人吗?"海峰为难地说:"红芳呢?"兰英说:"找福元去了,让我给她看娃娃呢。"海峰说:"怎么呀,让我秀娟姐陪人家?"兰英问:"合适吗?"海峰说:"合适,又不是出嫁女。"

海峰在院子里找到秀娟,说:"姐,你先顶顶,我叔叔和福元回来你的任务就完成了。"秀娟是男人的性格,也不考虑一下,就坐到桌子上了。

兰英的哥嫂在家里每顿饭都习惯喝二两的,有不花钱的酒当然要放开喝个饱,秀娟陪不起酒,那妗子就劝道:"娃,喝一点,喝一点这世上就全是顺心的事情了。"一来二去,秀娟就喝了几杯,看着舅舅妗子都成了四只眼睛,再有人劝,仰脖就是一杯,一点也不辣了,跟凉水没什么两样。外面的流水席已经开了,红芳送自己娘家的人走半天了,这边兰英娘家人还在喝。海峰进来敬酒,才看到秀娟的眼神都喝直了,赶紧出去悄悄吩咐红芳:"赶紧把咱姐搀出来,再喝要出事了。"红芳小跑进堂屋,把秀娟往出劝,秀娟不走,口齿不清地说:"娃满月他姑姑高兴,我要再和他亲爸亲妈喝两杯。"那亲爸亲妈也看出表姐喝太多了,帮忙劝,几个人好容易把秀娟从座位上拉起来。正要往兰英屋子里送,兰英闻声从红芳屋子里出来,低沉地喝道:"送她回自己家里去,别在我这里丢人!"红芳叫道:"妈!"海峰说:"送过去送过去吧,你妈屋里人也满着呢,万一咱姐要吐要哭的,不好看。"

秀娟没吐也没哭,她从站起来的那一刻就神志不清了,什么也听不到,只感觉云里雾里地飘。几个人把秀娟扶出来,海峰一眼看到吃完抹嘴准备走的军军和强,喊一声:"军军,看外面谁的三轮摩托在,和强把你姑姑送到老磨房去。"那两个二十出头的少年不敢磨蹭,赶紧往院外跑,可巧强叔叔新买的三轮摩托就在巷子里,他正是开着它来的。把秀娟架进车篷里,红芳也打算上去照顾秀娟的,还没上车,那舅舅妗子和江江的亲生爹娘也出来了,要回去,红芳只得嘱咐强开慢些,和兰英一起送客。

三轮摩托突突地开出巷子,亲戚还在寒暄,就看见跛子从邻居家出来了,原来是和儿子生了气，找人喝茶解闷去了。接着福元也开着三轮摩托回来了，车停下，下来一个媳妇和脸上抹着紫药水的半大小子，是红芳姑姑家的媳妇和姑姑的孙子，那会儿小孩子好奇要开福元的摩托，结果撞到树上，把脸蹭破了皮，福元饭也没顾上吃，赶紧带他到镇上去抹紫药水了。

　　亲戚都送完，流水席也接近尾声了。红芳想起该去看看秀娟时，已经大半后晌了，可一时还走不了。

六

　　天压黑时分，红芳捎带送了借别人家的几件物什，来看秀娟。走进老磨房，推秀娟的屋门，竟没推开，就扒着门喊："姐，姐——"没人应，再看看门，是从里面闩上的，就拿巴掌拍门，一下比一下重，嘴里喊："姐，我是红芳，开门来！"还是没动静，红芳就觉得后脖梗子发麻，怕秀娟是出了什么事。正要出去找人来，有人在外面喊："秀娟？"是跛子听说秀娟喝多了不放心，也赶来了。红芳已经控制不住自己的声调，大着嗓子说："爸，我姐把门从里面插着，叫也不答应。"跛子就叫了几声，果然没声响。红芳说："爸，不会有什么事吧？要不你在这里看着，我去叫福元。"跛子说："跑快点！"

　　福元听说了并不急，笑着说："喝多了就是这样，叫不醒。"但他还是马上就开着三轮摩托车到了老磨房，老头子还在那里叫喊，已经有两个热心的邻居过来看究竟了。福元进来瞅瞅，门是暗锁，没有钥匙是绝对打不开的，除非撞开，但福元觉得没那么严重，不必要撞门，他推开仰着写满紧张和期待的脸哀求地盯着自己的老子，又走出门去，打开摩托车的工具箱，找到一把长改锥，笑眯眯地走进来对邻居们说："没事，没事，又不是冬天怕煤气中毒，就是喝多了，回去吧，回去吧。"跛子和红芳也机械地跟着赶人，邻居们就不甘心地退了出去，眼神闪闪烁烁，站在院子里不肯走，低声地议论着。

　　福元把改锥的刀头深深地插进锁眼里，握住那木柄使劲一旋，鼻子里发出"嗯——"的一声，锁子就被撬坏了，卡轴心的弹簧断了，锁心跟着螺丝刀随便转。跛子眼睛一亮，伸过手去握住球形门把，还是转不动。福元把改锥交给老子："拿着！"腾出两只手来握住门把，又是"嗯——"的一声，那门就开了。

　　他把门推开，红芳趴在他背上探头探脑地问："在吗？咱姐在吗？"福元往里走着拧回脖子说："你自己不会看？"从福元的背后，红芳依稀看见秀娟背朝里躺在床上，屋子里酒气熏天。福元打开墙上灯的开关，就看到床边吐下一滩秽物，秀娟黑色的裤子扔在地上，皮带像一条蜿蜒的蛇。跛子一蹿一蹿地奔了过去，红芳轻手轻脚地往跟前蹭，她绕到床那边，看到秀娟脸色苍白，干结的汗水把发丝贴在脸上，鼻孔里呼出很粗的气息。

红芳蹲下来轻轻地叫着："姐，姐，你难受吗？"秀娟睁不开眼睛，无力地抬起一只手掌，轻轻地摇了摇。红芳仰头看看站在床尾的福元，福元说："凉茶解酒，我回去端一壶凉茶来。"松了一口气的跛子催促道："快去，快去！"他把闺女的裤子拾起来，搭到一把旧折叠椅上，跟在福元的后面去门背后拿笤帚，又跑到灶房去用小铁铲在炉子里挖来满满一铲草木灰，撒在呕吐物上，小心地把它们扫进簸箕里，端到院子里倒掉。回来后对正给秀娟喂水的红芳说："你看着她，我回去把你妈换过来给你姐洗洗。"红芳说："等下福元过来开车送你过去。"跛子气鼓鼓地说："用不起！"

跛子在家看着娃娃，福元开着摩托车拉着他妈来到磨房。兰英一眼看见秀娟的样子，沉着的脸就如同阴云里爆发了闪电，骂道："你说你这算怎么回事，你是我奶奶，你是我奶奶还不行吗！"红芳不满地嚷道："妈，你也不看我姐难受成什么样子了？"兰英说："该，她逞能哩，自作自受！"红芳嘟囔着："这人心真狠！"低头看见一行泪水越过秀娟微微有些皱纹的鼻梁，和另一只眼睛。流出的泪水汇成一股，终于消失在枕巾的沙漠里。兰英的怀里还抱着个茶壶，狐疑地望着搭在椅子上的秀娟的裤子。三个女人半晌都不言语。

福元给屋门换好了新锁，进来拿过茶壶放到陈旧的木桌上，倒了一杯酽茶，递给红芳。红芳说："姐，起来喝一口凉茶吧。"秀娟撑起身子抖抖地握住茶杯，咕咚咕咚两口喝干，又躺下了，似乎不愿意看她的妈。

兰英在那把旧折叠椅上坐下，命令福元："福元你和红芳回去，我和你姐待一会儿。"福元迟疑地问："你呢？"兰英拉长着脸说："我一会儿走回去就是，又不是在城里京里的！"福元就望向红芳，红芳有些心烦地看看他，低声对秀娟说："姐，那我先回，咱妈在这里招呼你。"站起来欲走又止，俯身问道："你吃点什么呢？我到那边给你去端碗丸子汤吧？"秀娟摇摇头，没言语。红芳只好跟着福元走了。

听到摩托车声远去，兰英过去把门关上，回来依然坐在那把离床很远的椅子上，声音毫无感情色彩地问："怎么了呢？"秀娟躺着没动，声音喑哑地回答："没怎么。"

"你把我当傻子，我吃的盐比你吃的饭还多！"当妈的紧逼不放。

秀娟咬着牙不说话。

兰英有气，毕竟不如年轻时的心肠硬，不由坐到床边来，声音柔和了些，转着眼珠问："大白天的，脱了裤子干什么？"

秀娟说："我难受，准备睡觉呀，就脱了。"

兰英把手放到秀娟的薄被子上，尽量用了慈母的语调问："秀娟，今天就咱娘俩，你说实话，你不愿意嫁人，是不是怨恨我？你说实话。"

秀娟冷笑："你真可笑，我不嫁人，怨你干什么？有意思吗？"

兰英长叹一声说:"娃子,你苦,妈知道,你不嫁人,就是让妈活着不如死了!你六岁的时候碰到妈和那该死的'土匪'在你梅子婶子家的炕上,吓破了胆,妈也知道。你觉得妈不是个正经女人,可是你知道妈为了谁?还不是为了你和福元?妈命不好,嫁了个'武大郎',成了人的笑话;妈怎么忍心再生一窝'武大郎',让儿女也成笑话?妈错了吗?天地良心,妈要是为了自己,让我死到大年初一!"

秀娟呼地转过身来,红红的眼睛瞪着亲妈,不耐烦地嚷:"你别说了!告诉过你多少遍了,我不嫁人,和你没关系没关系,你以后别再说这些话了!"

兰英抹了把眼泪,歇斯底里地说:"把我死了吧,把你们都死了吧!"站起来,直撅撅地走出门去,把门摔上了。

七

兰英摸黑走进巷子,将近自家院门时,看到有个人正站在门口朝着灯火依然通亮的院子里探头探脑地张望,她收住脚问道:"那是谁呢?"一个女人受惊的声音回答:"婶子啊,是我。"

"谁呢?"兰英上前几步借着光仔细看,"玉翠啊,怎么不进去?"原来是强的妈玉翠。玉翠说:"我家强说来你家帮忙了,还不见回去,我来找,看见院子里早没外人了么!"兰英说:"强不是在那个什么厂的工地上干活吗?"玉翠担忧地说:"就是呀,人家工头说他后晌就没去。"兰英说:"小伙子家的没事,也许中午在我家喝多了酒,到谁家玩扑克去了吧?"玉翠说:"兴许是呢,我到军军家问下去,婶子你回去吧。"

兰英心情好了些,想去看看孙子,问福元:"是红芳在看着小狗子?"福元说哦。兰英就进了红芳的屋,红芳是个没心机的人,看见婆婆进来,笑着问:"我姐好些了吗?她不吃点什么?"兰英早趴在孙子跟前,有心无心地说:"别管她,死不了。"红芳说:"看你说什么!"又问:"刚才谁来了?我听见有人说话。"兰英说:"玉翠找她家强,鸡巴娃不知道到哪里云游去了。"红芳说:"我姐中午喝多了,就是她家强和军军送的,开着辆新三轮,肯定是跑到镇上打台球去了。"兰英只顾和一个月大的孙子说话,并没有听见媳妇的话。

第二天一早,秀娟过来拿喷雾器,要去给刚秀穗的小麦喷洒防止吸浆虫的农药,先进来看小侄子。红芳见她眼睛肿肿的,脸色也灰白,说:"姐你好点了吗?要不你给我看娃,我给你打药去算了。"秀娟依然是她那恬淡的笑,说:"不用不用,一点酒毒不死我!"红芳对她做个鬼脸,指一指婆婆屋子的方向。秀娟似有似无地笑笑,并不当回事。出来碰见兰英,当妈的亲热地问:"娃,有炸好的鱼,你这几天过来吃饭吧?"秀娟说行。跛子知道闺女没把她妈的话当话,补充说:"打完药过来吃早饭。"秀娟说行。

前脚秀娟走，后脚玉翠又来了，红肿着眼睛，带着哭腔说："该死的强到现在还不见影子，军军昨晚也没回去。"她看着兰英，试探又决绝地问："说是两个娃昨天晌午开三轮送秀娟去，就再没见影子？"兰英的脸就开始变酸："看你说的，秀娟一个女人，能把两个小伙子吃了？"玉翠说："好我的婶子哩，我不是那个意思，我就是想问问秀娟知不知道两个娃后来干什么去了——刚才我去老磨房，秀娟的门锁着哩，有人说看见她到前面来了，我就跟过来问问。"兰英依然沉着脸说："我问了，她不知道，她喝那么多酒，话也不会说了，怎么能知道？"玉翠就开始抹眼泪，有大哭一场的意思。兰英硬硬地说："你还不到工地上问问，别是出了什么事工头瞒着你！"玉翠也没听出这话里的毒来，只觉得很有道理，直魂飞魄散。

兰英望着她慌慌张张的背影，低声骂了句："那嘴门上也不安个栅栏！"她本来想回屋里看孙子，想到玉翠可能去地里找秀娟，就急急地出了门，抄近路向河边的地里走去，她走得飞快，不想被别人看见，她这一辈子可是从来没下过地的。

同一时间，福元正把一个客人拉到县城的火车站，客人进站后，他没有走，在车站前面和几个同样开三轮的抽烟闲谈，他不多来火车站，向他们打听下一趟列车什么时候到站，想顺脚拉几个回本乡镇的客人——如今油价又涨了不少，福元不想放空。一转头，就看见军军和强正蹲在候车室外的台阶上抽烟，他想起两个娃的妈昨晚找他们的事，想告诉他们一声，就喊了一声："军军——！"军军一抬头看见是福元，没有答应，慌慌张张拽了一把蹲在旁边的强，两个人跑进了候车室。福元想这两个鸡巴娃这是哪根筋不对了？也不跟家里人打个招呼就坐火车走啊，想去南方打工？寻思了半天，觉得为他们的父母着想，应该问问这两个娃打算去哪里，就走向候车室。

这趟火车就要来了，人都排着队检票，福元进去的时候，看见军军和强刚进了检票口，他喊了一声："强——你妈找你哩！你们去哪里？"两个娃飞快地跑向了站台，也没见拿什么行李。福元跟过去，检票员拦住了他，冷漠地说："送人不能进站，去买站台票。"福元正犹豫是不是该去买张站台票，从弹簧门的玻璃里看到那些开三轮的都涌向了出站口，显然生意需要抢，他就想算了，没钱了他们就会回来的。

福元送完客人，回村里吃午饭，路过国道边的厂子工地，看到强的妈玉翠正在那里跟工头哭闹，他把车开过去，喊道："嘿——嘿——嫂，你家强和军军坐火车走了。"玉翠惊愕地望着他，福元笑笑说："我刚才在县城火车站看见俩鸡巴娃，叫他们，他们就跑。"玉翠用巴掌抹了抹脸上的泪水问："你没问他们去哪里了？"福元说："我想问哩，鸡巴娃跑得太快，上火车了，人家不让我进。"玉翠问身边的工头："这俩娃干得好好的，怎么跑了？"工头的眉头拧成了疙瘩，不耐烦地把烟屁股扔地上说："谁知道！现在你知道人没死我这里就行了！"转身摇着头走了。

福元对玉翠说："嫂，回去吗，我捎你。"玉翠拉住他说："福元，你赶紧拉我去县城火车站！"福元笑了："迟了五百年了，火车这会儿到上海了！"玉翠突然面目狰狞，厉声怒骂儿子："鸡巴娃，好生把你死在外面！"

八

就有闲话在村里传开了，说军军和强那天趁着秀娟醉得不省人事，把比他们大了一辈的老女子糟蹋了，两个小畜生怕秀娟告他们强奸，畏罪潜逃了。有那持反对意见的人说不对，谁不知道秀娟是男人的脾气，真要被人害了能不气死？可是你看秀娟还跟以前一样，侍弄着她那两亩口粮田里的麦子，跟没事人一样，不像，肯定是瞎说。

家家都在议论这件事，只有兰英家最清净，舌头最长的妇人也不敢到兰英跟前翻这闲话，都知道她是一门理：你来说闲话，你先不是好人！因此一家人像傻子一样耳根清净，乐呵呵地过日子，没有去寻思快成了疯子的玉翠怎么突然就不来找她家强了。兰英看着小狗子不出门，红芳满村子跑，偏她又是个没心机的，人家的话拐个弯她就听个表面的意思，也从来不琢磨别人古怪的眼神。

这天红芳帮秀娟清洗完准备装新麦的化肥口袋，急着回去看看娃娃，路过军军家那条巷子，就看见玉翠倚着水泥电线杆，正和人说话，有个妇人靠墙站着听，只能看见半个身子，看不见脸，可能是军军的妈巧香。

玉翠背对着巷子口，没瞅见红芳过来，正压着嗓子骂人："我正要去找那个老逼，问她个不是，她以为她的老女子真是尼姑子？凭什么我们两个好小伙子非要日她个嫁不出去的老女子？肯定是她女子守不住了，借酒撒疯勾引我娃么，她美过了，把我娃吓唬得跑没影了，她还装得跟没事的一样。我看就是家传，她妈年轻时偷汉子，她也偷人，她们一家子都偷人，那个娃娃说不定就是福元和城里哪个小姐生的私娃子……"她突然看见巧香瞪起眼睛看自己身后，赶紧住了嘴，但是已经太迟了，红芳的两只手弯成爪子从她额头到下巴齐齐抓下，就是十道血印子。

玉翠像杀猪一样嚎叫起来，伸手去抓红芳的胳膊，红芳不言语，脸煞白，一手揪住玉翠的头发，一手就去扯那妇人的嘴。巧香呆了一呆，赶紧去抱红芳的腰，红芳依然扯着玉翠的头发不放手，嘴里只念叨着："扯你的狗嘴，扯你的狗嘴！"玉翠满脸的血，号哭着一头撞向红芳，把两个女人都顶在墙上。

这时有一对串村卖菜的夫妻和一个路过的男人叫嚷着过来把她们分开了，又有两个半老太太过来，说着一些惯用的毫无针对性的劝架的话，指责打架的双方"真可笑"，应该"快回家去"。红芳并不回去，靠着墙根坐下来，煞白着脸，喘着大气，指着玉翠骂："你再胡说一句，你再胡说一句试试，我就坐这里等着，你再说一句立马——立马扯烂你的狗嘴！"年纪大身体弱的玉翠果真不敢乱说了，只披头散发地大哭："我的强啊，你死到哪里去啦，你妈回去就上吊啊！"一个老太太劝说她："强妈，你能打过年轻的？快回去洗洗脸，别让人看笑话！"另一个老太太过来拉红芳："女子你也起来回去吧，你不知道她嘴不好？别和她计较啊。"红芳不起来，把脸埋进两膝盖间放声大哭。

兰英是个爱看热闹的，听见街上闹，把孙子给了跛子就跑出来大街上看，碰上玉翠满脸的血，还关切地问了句："这是怎么了？和谁啊？"没人搭理她。走到跟前一看，红芳坐在地上，兰英声调就失了控："红芳，这是怎么哩呢？"红芳抬头看见婆婆，眼神说不清是亲还是恨，只说了个："妈你别管！"起来就往家走，屁股上的土也不知道拍打下。人也就散了，只有几个留下来围着军军妈巧香，看来打算探问议论一番。

兰英恼恼地跟进了家门，红芳已经回她屋里哭上了。跛子小心地问："怎么回事？"兰英沉着脸说："和玉翠打架，把人家抓了满脸血。"又说："该，把那个神经婆娘的嘴扯了才好。"在院子里站了站，寻思还是该去问问红芳怎么一回事，就进了屋。

红芳已经不哭了，在床上躺着。兰英立在地下问："好好的怎么在街上干上了？"红芳依然咬牙切齿地恨道："该死的婆娘嘴里不好受，在街上宣传我姐的闲话。"兰英就紧张起来："你姐和个死人没两样，有什么闲话？"红芳厌烦地说："你坐在家里什么也不知道，人家都说娃满月那天军军和强送我姐……"她看看婆婆的脸色，接着说，"那两个小坏仔把我姐害了，害怕告他们，就跑了……"又看看兰英，"也不知道是不是真的。她们在街上嚼舌头，正好被我撞见，我先把那个浪婆娘抓了个满脸花，又扯她的嘴！"红芳又激动起来。兰英把目光从红芳脸上挪到墙角，呆了半晌，低声恨道："辱没先人啊！"慢慢转过身，撩开门帘，出去了。

红芳见兰英回自己屋里了，怕玉翠男人来闹事，自己要吃亏，就从堂屋里把自行车推出来，飞身上车，去镇上叫福元去了。走时叫公公把院门关上，自己回来叫门再开。跛子抱着娃娃不明就里，问着怎么了怎么了，红芳什么也不说就走了。跛子关了院门，回屋想问问兰英，兰英躺在床上，闭着眼一声不出。

红芳找到福元，福元并不想回去，不耐烦地说："别听她们胡说八道，咱姐不是那种人。"红芳吓唬他："咱妈可气病了，回不回由你吧。"福元是个孝子，一听就把红芳的自行车放三轮车上，两口子赶了回来。

回来一看，当妈的真的病了，不吃不喝，也不和人说话。秀娟正坐在床边掉眼泪。

九

小两口商议了半天，福元去院子里了，红芳把秀娟叫到自己屋里，悄悄地探问："姐，到底是不是真的？"秀娟坦荡地看着弟媳妇说："什么真的假的，你也神经了？"红芳不好意思地笑了："我当然不信……咱妈问你了吧？"秀娟摆摆手说："问了，我说没有，她不相信么！"红芳也不相信秀娟的话，但她愿意相信大姑子，就说："谁再胡说八道，我扯她的嘴！"秀娟说："再有几天好太阳，麦子就焦了，电视新闻里说南边已经开始割了；我没工夫和咱妈生这肚子气，她愿意睡就睡着，我回去。"红芳说："反正都是要联合收割机，到时候我和福元帮你去拉麦子口袋就是。"秀娟说行，那我走了。

秀娟来到兰英的屋里，对睡着的妈说："你这人真可笑，老了老了看不开了；我都四十岁的人了，还不知道个事情的反和正？用你对我这个样子？我一个人要干的活儿还很多，没工夫和你生这口气，你睡着吧，我走了。"秀娟说走就走，到院子里抱过小侄子亲一亲，又还给老头子，低声说："爸，我走了她就起来了，你不信看着。"红芳捂住嘴笑，福元没听清说的是什么，也跟上笑。

估摸着秀娟走出巷子口了，兰英突然冲出了屋门，站院子里冲门口骂："厉害死你个奶奶，你脸比那城墙还厚，我丢不起这人！你和没事人似的，我们怎么出去见人？你把我气死吧……"她的头发也睡乱了，起来得太快，这会儿只觉得头晕目眩，赶紧说："福元给我拿个椅子。"福元拿把椅子放在她屁股后面，兰英坐下来，谁也不看，把脸冲着大门口。红芳接过公公怀里的江江，抱回去了，说："太阳太毒了，我让娃回去睡会儿。"跛子说："我去做饭，福元妈你想吃什么？"兰英说："什么也不吃，气也气饱了！"语气已经是很松动。福元说："生气顶什么用？要是真有这事情，等那两个小坏仔回来，我把他们都骗了。可是看我姐的样子，不太像。"兰英瞅瞅儿子："你懂个屁，肚子大起来才像啊？你姐心善，从来是不害人的，吃了亏也不吭气——我就是生她这个气，你说年轻的时候死活不嫁人，现在落下这个名气，活着窝囊不窝囊！"福元说："还不是你这辈子太争强好胜，遮盖了我姐？"兰英斜儿子一眼说："哦，你们都怨我吧，好歹把我气死了吧！"起来就回屋里去了。跛子埋怨儿子："她好不容易起来，你又惹她干什么？没事你去给你姐帮忙，一会儿叫她过来吃饭。"跛子是最心疼闺女的。福元不高兴地说："这还用你嘱咐？我姐就那二亩地，现在又都用联合机，我捎带就给她干了！"

就听见有人进了院子问："我婶子在吗？"福元一看是军军的妈巧香，心里就有火儿，说一声："屋里呢。"干他该干的事情去了。巧香尴尬地笑笑，对灶房里的跛子打个招呼，一边往屋里走，一边喊着："婶子？"就看见兰英脸朝里躺在床上，于是在床边坐下，就开始呼哧呼哧地哭了起来。兰英转过来，阴沉地望着她说："我养的女子不正经，勾引了你家娃，让你伤心了？"兰英的刀子嘴是没几个人能招架了的，巧香抱的就是个服软的态度，撩起衣角擦着泪说："说实话哩婶子，我也不知道究竟是怎么回事，都是玉翠那个逼胡说呢，村里谁不知道秀娟的为人？要造孽也是两个小畜生造的孽……可是婶子，说实话哩，我家那军军再淘气，他从小不是那胆子大的，强也是个木疙瘩，我真不相信他俩娃能做出这种不是人的事情来。也许，是个误会？秀娟没说什么吗？我们不能问，婶子你当妈的就没问一问？"

兰英不是糊涂人，听人家说得在理，也就坐了起来，一边说："我也不相信真有事情，可人嘴里带毒啊，还有那不要脸的婆娘自己站在街上宣传，也不怕她儿将来说不下媳妇。"听到这个茬儿，巧香又哭了起来："该死的军军，也不给家里打个电话，不管他妈的死活。婶子，不怕你笑话，不知道哪个嘴长的把闲话翻到了我亲家那里，人家捎来话了，说收麦前军军不回来，那就是逃犯，就要和我们退婚，你说这刚花了万把块钱订了婚，人家要反悔了，到哪里去要钱啊！"

巧香哭得很凄惶，兰英有心劝劝她，又不愿意让她觉得自己理亏似的，就说："不行就报案，让派出所去找。"可把巧香吓着了，抓住兰英的胳膊说："婶子，你要报案我就给你跪下！"又哭了起来。兰英趁机拿她一把："不报案也行，你去跟那个烂婆娘玉翠说，她要再敢到处煽风，说我女子的坏话，就是逼我报告派出所。"巧香一万个应承："行行，婶子，我去骂她，我就说去骂她哩，都是她那张嘴不好给我惹下的事情，我家军军要真退了婚，我就提上尿盆子天不亮去她家大门口骂街。"兰英说："你坐一下，我去上茅房。"伸脚去勾地上的鞋，巧香赶紧弯下腰去从床底下帮她把鞋拉出来，嘴里说："我不坐了，回去做饭啊婶子。"

半夜里，跛子正睡得好，被人推醒了，睁眼看，昏暗中兰英坐在自己的单人床上，眼睛里仿佛有星光。老头子问："你神经了？"兰英低声说："福元爸，我说了你别生气，其实要是咱秀娟真怀上了，生下个带把的来，那也算是咱的亲孙子，你说呢？"跛子马上就说："我看你真神经了，这是人话吗？"兰英又羞又气，探身抓住跛子脑袋下的枕头一把拽出来，又砸到他身上去。跛子不敢动了，嘴还硬着："你想想这是当妈的能说出来的话吗？"兰英一把揪掉他身上的毛巾被，低声骂："你就是个绝户的命！"跛子只好坐起来，盘起腿来望着压制了他一辈子的厉害人，强压住心头的火气说："可我看不是这么回事。"兰英问："不是这么回事那两个小畜生跑什么呢？"

关于这个问题，老两口讨论了大半夜，睡觉的时候，窗帘发白，院子里梨树上的麻雀已经开始吵闹成一片了。

十

舅舅来了，给秀娟介绍了一个死了老婆带着孩子的矿上职工。秀娟竟然答应了，秋播前就嫁了，福元送的亲。

新棉花下来后，兰英给秀娟做了一厚一薄两床被子，让福元坐火车给送去。

福元扛着两个大编织袋来到矿区，在一片棚户区找到了秀娟的新家。她正坐在屋前洗一大堆工衣，看来是给别人洗了挣钱的。福元看看低矮破旧的棚屋和秀娟满是皲痕裂纹的手，眼泪大颗大颗地掉下来……

红芳使劲地推着福元："福元，快醒醒，村长来了，咱妈叫你出去说话。"

福元心突突地跳，张开眼睛半天才发现做了一个噩梦。

红芳把他拉起来，笑道："这人真有意思，快四十了做梦还哭哩！"福元边穿鞋边说："我梦见咱姐嫁了个恓惶主儿，难受死了，幸亏不是真的！"

福元走出来，院子里已经亮起了灯，村长银亮正坐在梨树下和老两口说着话。福元打招呼说："银亮哥你来了？"银亮说："福元你坐下，我正和我叔叔婶子说事情呢。"福元坐下来，拿起小桌上的湿毛巾擦擦脖子里的汗——刚才做梦吓出了一身的虚汗。跛子给儿子倒了一杯茶，福元端起来咕咚一口喝干。兰英嗔怪道："慢着，看呛着！"银亮说："军军和强找到了，这两个鸡巴娃受不下工地的苦，听说南方打工好挣钱，早想走，可家里大人不同意让去；那天趁秀娟喝多了，从她屋里偷了七千块钱，跑到广州去做买卖，想着将来挣了大钱再还给她；结果一下火车就被人给骗了，住在火车站回也回不来，要不是去找他们，就要成叫花子了。死娃娃！"福元蔫蔫地说："是这么回事啊？"看看他妈，兰英的脸上也有些寒然的样子。银亮说："两家的大人凑起了钱叫我还给秀娟，刚才我给她送到老磨房，问她知不知道丢了钱，这女子光笑，到了一声没吭。"福元笑笑没说话。跛子说："我女子从小就善。"端起茶壶给村长的杯子里加满水。

银亮对兰英说："婶子，眼看就收麦呀，多一事不如少一事，既然秀娟没说什么，我看这事情就算了了，也别经公了，两个娃都不是坏人，进回派出所不值得。玉翠不好意思来给你赔话，她已经去和秀娟赔不是了。"看见兰英没不情愿的表示，就站起来说，"那我回去了。"

兰英说："银亮在家吃了饭再走。"

银亮说："不了，家里等着哩。"往外走。

跛子挂着椅子说："福元和你妈送送银亮。"

母子俩把村长送出大门，兰英说："福元去叫你姐过来吃饭。"福元说：

"太迟了吧，她肯定做下了。"兰英斜儿子一眼说："你没听银亮说玉翠在你姐那里吗？她哪有工夫做饭？"

福元说哦，向老磨房走去，心里想着那会儿做的那个梦，感到很庆幸。村街上有不少人在夜色里往家赶，晚风吹散了溽热，空气中氤氲着麦子熟透了的带着尘土味道的香气。

（原载《芳草》2008年第2期）

马金莲

MA JIN LIAN

女。回族。1982 年出生。宁夏西吉县人。2003 年毕业于宁夏固原师范学校。曾出外打工，后回家务农。2007 年考取公务员。现为西吉县兴隆镇社会经济综合管理办公室主任，《黄河文学》首届签约作家，宁夏作家协会理事。

2000 年开始文学创作。出版有小说集《父亲的雪》。

碎 媳 妇

算算日子，雪花知道该拾掇房里了。

吃过早饭，她开始着手忙活。不大的房屋，里头的摆设也不多，但拾掇起来还是很费力的。要在以前，她只要花上半天时间就能清理得整整洁洁、清清爽爽；现在不行，拖着这样的身子，干啥都不麻利，就是心里想利索点，行动上却是力不从心。她想好了，今天拆洗几个被褥，包括床单枕套，把窗帘门帘顺便摘下来，苫电视的套子也洗洗。把能洗的都拆洗一下，一个月不动手，肯定脏得不行。收拾下来竟有好大一堆，看来得洗整整一天。

第二天扫炕，把炕上所有的铺盖席子都揭了，直到显出泥坯来。用笤帚把炕细细扫一遍，尘土居然积了厚厚一层，浮起来呛得人直咳嗽。她记得上次扫炕是不久前的事，这过去没多长时间呀，尘土还是积下来了。仔细想来真叫人吃惊，这些尘土都是从哪儿来的，什么时候钻到席子底下，还积了这么厚一层。扫到炕角的时候，雪花的动作慢下来，双眼看着炕角，不由得记起刚来时节的情景。

初到这儿的时节，是成亲的那天。男人在众人的追逐嬉闹下，把她背进大门，一口气儿跑进新房，跳上炕把新媳妇放在炕角。她一眼看见炕角贴着一个大女子的像，女子咧着红嘴冲她笑，她想也没想就伸手撕了女子像。听早嫁出的姐妹们讲，成亲那天炕角会贴一个大红的喜字，新媳妇一进门就要伸手撕了喜字；同时新郎会和媳妇争抢撕喜字。有个说法，新婚的夫妇，谁撕到的喜字多，今后的生活里谁就会占上风。雪花对这事留了心，可没想到这炕角没有喜字，贴字的地方贴的是女子图像。婆家人真是粗心，连这事也忘。她就不客气地撕了那个妖艳的女子。接下来的时间，她一直坐在炕角。以前有新媳妇守炕圪塄的习俗，现在人们不讲究这个了，尤其是那些大姑娘，念几天书，到外头打上几天工，见了世面，人变得时新不少，结婚时就不愿守炕角，说哪个女人愿意守着土炕圪塄过一辈子，不等于把人一辈子拴在男人娃娃身上了嘛。为了显示与以往不一样，好多女子成亲时不去炕角，偏偏坐在边上，有的甚至连炕也不上，羞答答坐在沙发上。但雪花很老实地守在炕圪崂里。

雪花念过几天书，三年级没毕业便回家务了农。雪花也到外头打过工，跟上姨娘的一个女子在新疆的一家饭馆里刷盘子。刷了几个月，回来就再没出去过。在她的印象里，外头的世界不大，没什么吸引人的地方。留在记忆里的，是盘子上那股永远刷不净的油腻味。打工并不像大家吆喝的那样好。雪花想不明白，村里打过工的女子为啥总喜欢把自己打扮得妖里妖气，说话走路都与在家时不一样了，年纪不大，就跟一些男人乱混。雪花是个老实人，不喜欢那种总睡不醒，头重脚轻，整天晕乎乎的打工生活。去了趟新疆，再看老家的景象，觉得山水居然清秀得喜人，自己以前怎么就没注意到呢？夏天，山沟被庄稼和绿草覆盖得一片葱绿，喝的是一眼永远清澈的泉水。担水时，踏着一排泛光的土台阶，悠悠到了沟底。一泉水里扑晃扑晃映出蓝得晕人的天，白得清凉的云；投在水面上的人面同样清凉而动人。雪花禁不住美美喝下一大瓢水，一股透彻心肺的凉把整个人也凉透了。城里哪有这么清甜的水，城里的水总隐隐带着股意义不明的味道。

一担水担回家，媒人已经在炕头上坐着了。母亲把雪花叫到一边，悄声说了情况，问闺女愿不愿意。马守园家，你爷爷早听说过的，家底好，光阴盛，听说小伙子人长得细致，去了不会受罪的。母亲的欣喜已经写在脸上，似乎这门亲事已经成了一样。雪花握着扁担，心头一阵恍惚，脸烧得厉害。这件事这么快就来了。雪花摸摸扁担，肩膀挨过的地方还热着，肩头的压痕还疼着。刚学习担水时她还是个不到大人肩头的娃娃，谁想到一下子就长这么大了，雪花的心头就有些犯晕。

母亲脸上的欣喜好像感染了她，她也跟着高兴起来，莫名地兴奋着；同时又有点儿伤心，隐隐的不多的一点伤心，撕扯住了心里的某个地方，伤心什么，说不上来。

日子不长，两个人见了面，互相瞅了一眼，男方个子不大，脸圆墩墩的，带着股子憨厚劲儿。雪花没敢仔细打量人家，只是感觉到这股憨厚，不再犹豫便点了头。日子呼呼过去，冬天一到，落过一场薄雪，雪花就嫁过去了，成了马家庄的女人。

雪花心里胡思乱想，手头其实一直没有停。她慢慢扫着，一心一意地扫。明白这打扫不能太张扬，太过显眼。她扫前将房门紧紧关上，然后一小部分一小部分地进行清扫。炕上的麻烦多一点。她把新一些的铺盖卷起，准备放到柜顶上去，炕上只铺几个旧毯子，等一个月过后再铺回来。她把炕的四个角落都扫过，扫得不留一丝尘土。看着尘土飞起，在半空浮一会儿，慢悠悠落回原地，心里一个念头也浮起来。开始隐隐约约的，慢慢就明晰起来。揣着这样的念头，她心里有些悲壮，悲壮中掺着点儿伤心。嫂子在院里唤娃娃，声音忽高忽低，喊几声，转到窗前来，趴到窗口向里望。雪花低头忙自己的，装作不知道。扫炕是嫂子说的，当然不是直接告诉她的。平时和嫂子闲谈，她留了心，暗暗揣摩出的。嫂子喜欢数说自己生两个娃娃的详细经过。怎样害口了，害得吐黄水，一吐几个月，差点儿连命也搭牵上了；怎样生了，怎样连屎带尿拉扯了。总之，她这个女人当得辛苦，当得不容易啊。她在感叹自己的辛苦时，明里暗里影射出婆婆的不是来。当媳妇的遭那么多罪，婆婆能没份儿吗？当然有，从某些地方讲婆婆该担大份子的。雪花听着嫂子一时感叹，一时诉说，耳里听着，该往心上放的就留意装进去。嫂子远比自己早当媳妇，和婆婆相处的时间长，好多事情上看得明白，也知道如何应对，而雪花缺少的正是这些。

雪花刚来的时候就被婆家的规矩吓住了。婆家人多，哥嫂没分开过，老少算起一共十口子人，与娘家时大不相同。雪花娘只雪花一个女儿，干啥都由着女儿的性子，一旦进了婆家门，雪花觉得自己就像一个平日野惯了的牲口忽然被套上了笼头，干啥都不自由，都得思前想后，怕人笑话，怕公婆不高兴。雪花后悔婚结得早了，这种后悔只能一个人装在心里，不能流露出来，更不能说给婆家人。嫂子的精明不但写在脸上，还装在心里。

新婚第二天，她老早就起来了，新媳妇就该早早起来，到处洒洒扫扫，向无数的眼睛显示自己是一个勤快能干的媳妇。家里家外无数双眼睛盯着看呢。雪花首先到上房去向亲戚们问了好，然后就梳洗了一番，把自己的房屋打扫干净，又去扫婆婆的房。看看收拾干净了，系上娘家陪嫁的围裙，走进厨房。一个女人已经在忙了。雪花进去，人家不说话，却拿眼把她从头看到脚，又从脚看到头。雪花觉得别扭，浑身爬满毛毛虫一样。有这么看人的吗？她有些生气，对方似乎比她更胀气，但盯住雪花看的眼睛是笑眯眯的，笑眯眯地盯住刚来的雪花看。过一阵儿，拧过身子。雪花隐隐听见她从鼻子里哼出一声。雪花感到惶惑，想不出自己刚来哪儿就得罪了这个瘦脸女人。后来才弄清这就是嫂子，这个家里锅灶上真正的掌柜的。婆婆老了，轻易不下厨房，厨房里的大小事宜等于全交给嫂子了。慢慢地，雪花揣摩出其中的缘由来，那天人家是在示威呢。雪花慢慢学会了忍让，处处小心，处处忍让。嫂子在婆婆手下熬了多年，该是站在婆婆的位置上使唤别人的时候了。雪花这才真正明白，庄里那些小媳妇为啥总爱跟公婆闹着分家。雪花也想分开过。这话她没有直接说给丈夫，而是绕着圈子试探了一回，就知道近几年不可能分家。公婆一连生了四个儿子，家底穷得狗舔了一样，一干二净。娶嫂子欠的账还没还清，就又拉债娶了自己。老三老四全出外打工去了，他们眼看已到娶媳妇的年纪。公公为人老实，婆婆却是个精明女人，治家的手腕高，把几个儿子管得服服帖帖，对她又怕又尊敬。婆婆说，这个家现在不着急分，你们挣钱去，把一摊子烂账还上，给老三老四攒几个领媳妇的钱，咱再分。雪花看得出来，婆婆的几个儿子为人厚道，听母亲的话，便扔下老婆娃娃出门去了。老三老四没有家小，说走就走；老大老二就不一样，明显牵扯着自己的女人。雪花是新媳妇，只在心里不愿意，人前一点不敢有所怨言，婆婆面前尽量装出一副笑脸；嫂子却咽不下这气，公婆面前不好发作，便在做饭的时候摔摔打打，弄得碟子碗哗啦哗啦响，处处带着一股怨气。

日子长了，雪花明白过来，其实在自己嫁来以前，嫂子的心机早就埋下了，自己却浑然不觉，像在娘家时一样待人接物。雪花性子弱，说话绵软，从不会拿话套人。嫂子不是这样的，她的话表面看合情合理，没有破绽，但留心的话，会发现深含玄机。

婆婆也看出其中的玄机来，便暗地里点拨雪花，说人活着不能太老实。雪花明白婆婆的意思，可她不知道该怎么做，要她用同样的心机处处算计别人，她做不出。

这样的结果就是家里十多口人的早晚三餐都揽在了雪花身上，总见雪花在调面，在烧火，在清洗锅灶。雪花成了嫂子的丫鬟，整天拴在锅灶上，脱不开身。

嫂子为人精明，幸亏还没精明到刀枪不入的地步。她有个致命的毛病，就是话多，牢骚满腹，对什么都不满意，有事没事喜欢唠唠叨叨个不停。言多必失，她一不留神，一些事情的微妙之处就泄了出来，加上雪花细心注意，雪花渐渐明白了婆家的不少事情，明白了媳妇怎样当才是聪明的讨人喜欢的。

嫂子说不少女人害口喜欢当着人面吐，不知道有多丢人，雪花就揣摩出害口时不能太露，得藏着掖着。事实上，不用她遮掩，这事就悄无声息地过去了。连一点儿迹象也没有，她就怀上了。要不是腰里困得难受，和丈夫悄悄到卫生院瞧病时给检查出来，肚子大了她还不知道呢。当大夫说有了，想吃啥就吃去，雪花觉得惊喜，惊喜之余，感到遗憾，怎么不吐呢，一点吐的意思都没有。婆婆说过，嫂子就吐，还故意当着一家老小的面，蹲在院里哇哇地干呕，一连十多天不能上锅做饭。一天吃两个鸡蛋，什么也不想吃，吃进去吐出来，只想吃鸡蛋，吃了总算不会吐出来。

雪花从婆婆的神态语气里听出，婆婆不喜欢这样，明摆着张扬了。哪个女人没有害过口生过娃娃，自个儿也太把自个儿当人了，这是婆婆的结论。雪花就下决心，自己到时候一定悄悄地跑到人后吐，想吃什么忍忍想必会过去的。谁料得到，她竟不吐。不知不觉怀上已经三个月了。到四个多月时，就藏不住了，挺起来了。嫂子眼毒，早已看出来，却不动声色，装做什么也不知道，跟过去一样拈轻怕重，苦活累活还是雪花干得多。

嫂子说，酸儿辣女，你爱吃个啥味？

　　雪花心里猛地一跳。她明显爱吃辣的，想到辣味就馋。

　　那你怀的时节呢？她反问嫂子。

　　就馋酸的，寒冬腊月的，偏偏想吃个酸杏儿。嫂子说着咽下一口酸水，好像时至今日她口里还留有酸味。雪花也跟着咽口水，心里怪怪地慌。嫂子一连生了两个娃娃，都是男娃。现在计划生育抓得紧，只能生一到两个娃娃，嫂子能有两个儿子，命就显得特别的好。与周围生了一到两个女儿的妇女比，她已经是最大的赢家，早就坐在上风头，言语神态间难免流露出内心的得意。这种得意让雪花心虚。雪花认定自己怀的是女子，听上去她和嫂子怀孕时的迹象完全两样。雪花不敢给别人说这事，不由得想到丈夫。他要在，自己就不会这么孤单了。

　　扫罢炕，雪花靠住被褥缓了一阵儿。望着满满一簸箕尘土直纳闷，居然扫了这么多。心里却轻松下来，觉得踏实多了。洗完那堆衣物，就准备得差不多了，炕灰是昨天掏的。接下来的日子，是一心一意等候，等候娃娃出世。差点儿忘了，还得换个水，虽然洗过时间不长，她还是决定再洗一遍。把自己洗得干干净净的，心里才踏实。女人生娃娃，就是过鬼门关，好比缸边上跑马呢。

　　娃娃出生前扫炕换水，这些是从嫂子处听来的。在她一遍遍笑话某个女人时，雪花就明白了，如果一个女人算得上勤快贤惠的话，生娃娃前一定会把自己的一切收拾好。其实是做好离开这里的准备，一旦那口气上不来，无常了，附近的男女老少都会来送埋体，娘家人也来，所有的眼睛都看着呢。你的炕，你的被褥，与你有关的方方面面，只要是你活着的时候到过的地方，全都在向人显示，显示你这个女人活着时是个什么样的女人。

　　想到这里，雪花鼻子酸酸的，心里一阵难过。人们常说做女人的命苦，这话不错，女人真的命苦，生养一个娃娃其实等于拿自己的命当赌注押，男人押的是钱，女人只能押自己的命。她努力压制着心里的想法，不吉利嘛。她还年轻得很，花儿一样，可这想法一旦萌生，就压制不住，火苗一样往起蹿。雪花发现自己突然分外想念娘家，那个土院子，沟底那泉清澈的水，那些弯弯曲曲的台阶，还有母亲。身子六个月时去的娘家。这几个月身子一日重似一日，一直想回去看看双亲，苦于行动不便，就没能去成。丈夫在就好了，他会用摩托驮她去的。这才发现，心里还念着另一个人。丈夫出门九十四天了，远在县城的工地，电话倒是偶尔来一次，都是公公婆婆接的。

　　雪花扫完炕的第二天就临盆了。洗过的被褥没有干透，她挣扎着把它们抱进屋。肚子疼得一阵紧过一阵，疼得刀割一样。嫂子说过，女人生娃娃，不能肚子一疼就乱嚷嚷，四下惊动，那等于瞎折腾，弄得全家上下都知道了，大家心惊肉跳盯着你，干着急帮不上忙，那种难为场面，还不如一个人悄悄地忍着，到了真正要生时，再喊人不迟。雪花肚子早就疼了，半夜起夜时隐隐地疼，还挨得住，就身子蜷作一团，迷迷糊糊睡去。天亮出去给自己和婆婆的炕洞里各煨上一笼子牛粪，扫了台阶，和嫂子在厨房做饭。做的是米汤馒头，别人吸溜吸溜喝得大声响，雪花肚子疼得腰里直抽气，一口也咽不下，早没有想吃的心思。忍过晌午，人就走不动了，关上房门，干脆坐在泥地上僵着。

男人在该多好。那个黑脸老实人，没什么本事，壮壮胆总可以的，给婆婆通风报信总能做到的。可这死鬼啊，一出去就把女人忘到脑子后头了，一点儿不惦记女人的苦楚。刚怀上那阵子，他还兴冲冲地说，到时咱到县城去生，也学学有钱人，既快当又不受疼。雪花只是笑，说县城咱就不去了，把乡卫生院的接生员叫来就行，也花的钱少。其实她心里还有一层意思没说出来，她想，到县城去万一生的是女儿，还不叫人笑话死，别人会怎么想，生个女子跑那么远的地方去，花一疙瘩钱，也太把自个儿当人看了嘛。这样的话不是没听说过，嫂子不止一次笑话下庄的一个女人。那女人头胎生不出来，拉到县城生了个女子，花了一千多元。婆婆也对这事有想法。

听了婆婆的意见，雪花就明白丈夫的话有多可笑，多不切实际。嫂子那么要强的人，两个娃娃都是在家里生的，婆婆亲自接的生。嫂子尚且如此，雪花就更不敢指望了。

现在，雪花心里在着急一件事，娃娃的衣裳到现在还没准备。在娘家时母亲疼她，从不让她捉针线，加上生的是头胎，她就更不知道这小衣小裤该如何收拾。想去问嫂子，怕平白招来一顿耻笑，正作难时，嫂子与邻家几个女人闲谈时说起的一件事提醒了她。她们在笑话庄里的一个新媳妇，说那媳妇生头胎就衣呀裤呀准备了一大堆，连尿布也收拾好了。到时拿出来，婆婆脸色阴晴不定，说真娶了个懂事的媳妇，比多年生娃的老婆娘还知道得多，看来她这当婆婆的真的不中用了。

回味了半天，雪花慢慢明白过来，雪花就稳稳坐着，装做什么也不懂的样子。冷眼旁观，从没见婆婆手里捏过针线，她心里又有点虚，沉不住气了。毕竟生娃娃的是自己，婆婆真要没准备，到时候娃娃穿啥，拿啥包裹，不能两面给耽误了。等到临生了，婆婆闻声赶来，怀里竟然抱着一大包。抖开在炕上，小袄、小裤、小被子、尿布，一样不少，还有给娃娃缠脐带的纱布。雪花一时忘了肚子绞痛，倒是惊叹于婆婆的不露声色。

是个女子。婆婆的声音不高不低，听不出喜怒。慢慢地，雪花感到头变得沉重起来。果然是个女儿。虽然她极力说服自己，男孩女孩都一样，都是自己身上掉下的一块肉，可听到婆婆不温不火的声音，她心里还是不由自主地一阵凉，透心的冰凉，身子也像坐在水里，慢慢被冰凉浸透。嫂子跑出跑进忙活，显得出奇的热情。雪花望望她起伏的身影，闭上了眼。

门开了，婆婆端着米汤进来了。怕惊动了孩子，轻手轻脚的。雪花忙爬起来，迎接婆婆。以前婆婆说过一件事。说她的大媳妇，也就是嫂子，坐月子的时候，婆婆伺候她，每当把饭菜端到窗前，往里看，嫂子坐在那儿，等婆婆推门进去，人却睡着了，脸朝着炕里，还拉出很大的鼾声。最后婆婆感叹说，我这个婆婆当的啊，下贱得很。婆婆的感叹里含有无限委屈。雪花第一次发现婆婆的内心也有伤痕，生活留给她的伤痕，而婆婆是那么精明要强的人。不待婆婆走近炕前，她已经坐起来，双膝跪着，双手接婆婆递过来的碗。

孩子还没起名字呢。名字该请清真寺里的阿訇起，要么公公起一个也行。听说最近阿訇回家去了，这事暂时搁下了。搁一天两天倒没什么，已经十多天了，雪花心里终于沉不住气了，有种被人撂在荒滩上无人过问的感觉。她和娃娃是被轻视了。嫂子说她的两个娃娃都是公公起的名字。公公怎么不为他这小孙女起个名字呢？婆婆也绝口不提这事。雪花猜不透公公婆婆的心思，就干脆不再费神猜测了。嫂子却揪住不放。有时她会来坐坐，趴在炕边上瞅瞅娃娃，评论说眼睛像谁，鼻子像谁。猛不丁地就提到了名字的事，说娃还没起名儿呢，眼看半个月了，咋还不起，娃他爷这是老糊涂了，好歹是马家一口人，咋不给起名字呢，她生那两个，娃娃一落地，老汉隔窗子就起了名字。雪花的泪花就在眼眶里打转，明白心里的委屈现在不能说，也不能对着嫂子说。她咬咬牙强忍着伤心说，等等吧，不急的，名字的事，是个小事。

晚上的时候，她思来想去地考虑，发现自己还真有点小题大做了，指甲盖大的事，可不能上了嫂子的当。她心里慢慢平和下来。女儿总在睡，在肚子里睡了九个多月，竟然还没睡够。晚饭时节醒来，黑眼睛望着屋内，望一会儿，吃过奶，尿一泡，就会悄然睡去。第二天早晨，又睁着黑黑的眼睛，望着某个地方。雪花不去理会她，过一阵子去看，不知什么时候她已经睡着。鼻子薄薄的，几乎是透明的，那么薄的鼻翼居然在拉鼾，一张一张的。雪花听了直想笑。盯住孩子看的时候，她的心会慢慢软下来，变得柔软无比，十分真切地感到这一呼一吸与自己某个地方连着，扯着，还没有分开。

窗外是红太阳。冬天不下雪的时节，还是有不少晴天的。日头暖烘烘地照着窗户，窗帘拉得严严实实的。炕边上还挂了张大床单，整个屋子就笼罩在一种朦胧又透着些温馨的气氛下。女人坐月子其实就是在围得密不透风的热炕上乖乖坐上一个月。这一个月里，不用干活，不用下地，甚至不能让风吹到。婆婆让雪花不要下地，安心坐月子，雪花就一心一意坐月子。坐月子真是一件极幸福的事。再也不用天麻乎亮就爬出被窝，在公公婆婆起来之前扫院子填炕扫房掏灰做早饭。总之从早忙到黑，一时空闲也没有。虽然家务活都是累不死人的琐碎活，算不上苦，可熬人得很，缠住人的手脚，让人总是在忙，却忙不出什么大的重要的事。嫂子有一句话说得实在，她说给别人家当媳妇，就像进了磨坊上了套的驴，一辈子围着锅灶转，一辈子都在伺候人。

女人一辈子歇缓的机会就这几天——坐月子的一个月。雪花明白这机会来得不容易，就尽量不让自己去想烦心的事。一直睡觉，陪着孩子睡，夜里睡，白天也睡。她想把近一年亏欠的瞌睡给补回来。这一年的媳妇当得真辛苦，她想自己给自己补偿一回。

总是做梦。梦里，男人回来了，和她在豆子地里拔草，一会儿似乎是在割麦子，最后男人竟当着那么多人的面抱住了她，羞得她直想哭。男人口里哈着气，凑到她耳朵边说，不要伤心，不要伤心，咱还年轻，慢慢儿来，一定会有儿子。她被逗笑了，笑着笑着，醒了，女儿还在睡。房里静静的，大门外有娃娃追逐的嬉闹声。雪花翻起身，望女儿的睡相。看一会儿，又含笑睡下。她已经给女儿起了名字，自己起的，一个人悄悄在心里叫。就叫碎女吧，碎得让人心疼的女孩。她贴近女儿耳朵轻声叫。孩子睡得正香，小胳膊露在外面，粉红的拳头紧紧攥着。

日斜时分，母亲来了，背着几十个鸡蛋，给娃娃缝的小衣小帽，居然连袜子鞋子也做来了。来时雪花正睡觉，耳边有人言语，忙爬起来，母亲已经站在炕边。雪花不知道自己怎么了，乍一见母亲，心里一酸，难过得话也说不出来，大声抽泣起来。生死路上走了一回，才明白做女人的不容易，做娘的不容易。

母亲站在炕边看着雪花，只是笑。婆婆进来了，一眼看见了媳妇的眼泪，有些不受用了，说，这娃娃哭啥呢，家里都把你当事得很，你这样子，叫亲家母还以为我们慢待媳妇儿哩。

雪花忙把眼泪擦干净了。说良心话，婆婆对自己还说得过去。每天三顿饭，亲自做来让自己吃，一顿也没让自己饿着。要不是当一回月婆子，这辈子还真吃不上婆婆做的饭。雪花还是觉得伤心。人真是奇怪，好不容易可以清清闲闲地坐一月，竟然坐出一肚子的伤感来，受了难以诉说的委屈一样。

现在的年轻人享福得很，我们那时节，坐月子可不是这样，谁不揭了席子，坐在黄土堆里，不等一个月坐满，就下地干活了？多遭罪啊，哪像现在的媳妇儿。婆婆和母亲你一言我一语说着，感叹着，歆羡着。婆婆还不时用眼睛余光扫一下炕上。雪花看明白了，她这是在说自己身在福中不知福。

雪花无声地笑。当了一年多的媳妇，她已经学会忍耐、沉默、吃苦、吃亏。生活里的滋味只有当了女人才真正明白，真正吃透。

搂着女儿软软的身子，雪花觉得还是当女人好，尤其是坐月子时节，坐上这么一月，就把人坐得远离烦恼，远离劳累，变得懒懒散散的，心里却踏实极了。女儿睡在身边，就像整个世界全在身边了。外头的什么事都不用去想，去操心，一心想着女儿就足够了。以前自己就不是这样的，天一黑心里就慌，空落落把什么丢了一样，感觉心的某个地方缺一样东西，什么也补不上的。男人长年回不了家，偶尔回来，被窝都没暖热，就又走了。她盯着空荡荡的被窝走神，一遍遍回味他在时的情景，回味出满腹酸涩、满腹伤感来。有点怨他，又有点想，甚至想他这样还不如不要回来，回来又走了，惹得人好不容易平静下来的心重新飞起来，轻飘飘浮在半空里，怎么也落不到实处。

有了女儿，回头打量之前的时光，感觉那些空落像梦一样遥远。看来自己着急生娃娃是对的。男人开始并不赞同这事。他不无豪气地向女人夸口说等自己挣一疙瘩钱了，把女人也带到外头去，到大世界里逛一番去，有了娃娃肯定不好带，是个拖累。男人说得一本正经，她一遍遍想着他的傻话，他真是个天大的傻瓜啊，却还是情不自禁地想起他的可亲可爱之处来。

男人她留不下，像这里的许多女人一样，她们留不住自己的男人，一家人得往下活，柴米油盐的日子得一天一天打发，就得送自己的男人上路，目送他们走向外头的世界。男人便毅然决然起身了，离开热腾腾的被窝，被窝里眼泪吧唧的女人。男人无论如何是留不下的，留下就得受穷；娃娃能留下，看着身边自己生的儿女，就像留住了男人的影子，看着娃娃的时候，心里那些空漏的地方悄然弥合了。雪花已经像所有的女人一样，爱一个人唠唠叨叨，说个不停了，说些尿布奶水呀琐琐碎碎的话。她还喜欢和嫂子们谈论家务事了，全围绕着娃娃说。她甚至暗自担心女儿的眼睛太小，长大后不好看，担心她会抱怨当娘的把她生得难看。

雪花在天黑时节看见下雪了。婆婆进来送饭，门咣当一响，她惊醒了，发现自己这一觉睡到了天黑。下雪了。婆婆说。婆婆的声音里含有喜悦的味道。从她的语气里，雪花联想到今年的春耕，一定会很顺利。一场大雪，总是会带来喜人的底墒，真是想想都叫人高兴的事。待婆婆出去，雪花忙腾地跳下炕，鞋也不穿，爬到窗前看雪。

雪花真的很大，一片连着一片，一片压着一片，前拥后挤从云缝深处向下落。等飘到半空的时候，它们好像又不愿意落向地面，犹豫着，悠悠然，又有点儿无可奈何地落到了实处。雪花飘落的情景，多么像女儿出嫁，随着媒人的牵引，她们飘落到未知的陌生的人家，慢慢将自己融化。汗水和着泪水，与泥土化为一片，融为一起，艰难地开始另一番生活。

这是今年冬天的第一场大雪。雪花想。

（原载《回族文学》2008 年第 4 期）

朱山坡

ZHU SHAN PO

本名龙琨。1973 年出生于广西北流。毕业于南京大学中文系，研究生学历。1994 年参加工作，先后在乡镇、县、市政府机关任职。2006 年加入中国作家协会。现为广西作协签约作家，广西玉林市作协主席。

1987 年开始发表作品。早年写诗，是漆诗歌沙龙的主要成员。著有长篇小说《拯救大宋皇帝》《大宋的风花雪月》《玻璃城》及中短篇小说《跟范宏大告别》《陪夜的女人》《我的叔叔于力》《米河水面挂灯笼》等。

陪夜的女人

女人搭乘乌篷船来到凤庄。

这是一条很特别的船。除了特别扁小外，尖细而稍向上翘的船头，古香古色的船板和涂抹了桐油的竹篾船篷，还有断断续续引人发笑的马达声都引起了围观者的好奇。凤庄早就没有这种船了，由于航道淤塞，又由于无鱼可打，不说轮船，连渔船都已经很少见到。乌篷船从下游逆流而上，力气快用完了，速度越来越慢，宛若一个苟延残喘的人。

在人们的担心中，船总算在废弃了的码头靠了岸。船头摆满了炊具和其他日常生活用的物品，乱得像开杂货店。女人从船上跳下来，笨拙地拴好船，掸掸身上的暮气，然后神色镇静地往村子里张望。船里还钻出一个又矮又瘦的男人，病恹恹的，吃力地扛着一件东西。他是女人的丈夫，那东西是一张弹簧折叠床。男人把东西放在码头的石块上，跟女人嘀咕几句，转身便开船离开。他的脚下，便是慧江，宽阔浩瀚，水流平缓，黄昏的江面像大海一样孤寂。那条船，很快便看不见，似乎已经沉入深不可测的江底。

迎接女人的是一群叽叽喳喳的孩子。女人异常高大，皮肤黝黑，浑身胖乎乎的，头发很短，但手臂很长，而且粗壮，本来需要肩扛的折叠床她只是用手夹在肋中，另一只手还抓着一张薄薄的棉被。

"我要去方正德家，"女人说，"你们前面带路。"

孩子们迅速分成两半，一半在前面热情地引路，一半在女人的身后暗中取笑她的大屁股。通往村庄的石板路还残留着夏天洪水浸泡过的痕迹，萧瑟的田野像江面一样空荡。女人的到来给村子增添了新的气氛，像来了一位远客，引起了一些骚动。踩着几声狗吠，从屋里走出一些老人和一个腆着肚皮的妇女。

"来啦?"他们笑脸相问。

女人回答得很干脆，来了。

他们如释重负地松了口气。他们也许觉得女人话不会多，女人的话却意外地多了起来："早上接到了两个电话，一个是金湾镇的，也是个女人，说我烦死了，你一定得过来，但我还是答应来凤庄，方厚生跟我家的侄子在广州是工友，熟人嘛，总得优先照顾。"

腆着肚皮的女人是厚生的老婆，快生了吧，不是万不得已连石阶也不愿爬了，一来累，二来怕摔。厚生家有两处房子，一处在石阶下面，是三年前建的新房子，一层的平顶楼房；另一处在石阶的顶头，是祖屋，破旧得看看就忍不住要动手拆掉。厚生要父亲搬，但老人住那里已经上百年，惯了，不愿挪，他说房子倒塌就倒塌顺便把他埋了最好。这座陡峭的石阶也是他家祖辈砌的，别人很少去爬。爬上高高的石阶，孩子们把女人引到老人的房间门外便一哄而散。为表明比其他孩子更勇敢一点，厚生九岁的儿子至善把女人带到了老人的窗前。窗是老式活动窗，能关上，关上后外面就看不到里面。至善踮起脚，颤巍巍地拉开窗棂，女人把脸贴着窗户往屋子里探望，里面只有一团难以打破的黑暗，但女人还是看到了一张有深蓝色蚊帐的床并闻到了迎面撞来的臭气。

"我阿公就在床上。"至善率真地说，"他就习惯这样，白天睡觉，晚上扰人。"

估计正德老人快睡醒了，睡醒就要吃饭。平常，饭是厚生家的给他送到床边，手一摸，就能碰到不锈钢饭碗，饭菜都在里面。老人像一个壮劳动力一样，每顿总得吃满满的一大碗饭，他每喊叫一声都有很足的底气，谁也听不出他是一个行将死去的人。

"我还没有死，你们进来吧，陪我一会儿。"老人在里面说。他醒了，也就是说，凤庄漫长而烦人的夜晚开始了。

女人轻轻推开门进去，点亮了煤油灯。灯光首先照亮了自己，看上去女人有一张还算端庄的脸，样子很热情、虔诚、豁达，她四处张望空荡荡的房子，像出了趟远门的主人回到家里看看是否少了什么东西。

老人说，来啦？

女人说，来了。

老人说话的时候省气力，声若游丝，有些沙哑。屋子很宽阔，没有什么摆设，地面黑得发蓝，凹陷不平。女人先是瞄了瞄老人的床。是一张清朝老式木床，差不多有她家那条船大。老人盖着被子，枕着一只高高的光滑的木枕头，只露出被拧干水了的瘦瘪的脸，胡子比台风后的荒草还乱。女人说被子该洗了，臭味熏得蚊子也不愿来了。老人断然拒绝说，不洗，洗什么，人死后统统都要烧了，连床都要烧掉的。女人还是坚持要洗，明早，我帮你洗了再走。但老人死活不肯，紧紧地揪住被子，生怕一放松女人便要抢走。

"被子又不是你的卵，你揪那么紧干什么！"女人笑着说。至善觉得女人挺幽默、乐观的，也嘿嘿地跟着笑。

厚生家的腆着高高的肚皮送饭进来。她住在台阶下面的新房子，老人住的是祖屋，厚生家的对女人说，饭你不用管，他自己还能吃，屎尿平时就拉在床上，他也不让清理，像牛栏，我习惯了，都闻不到臭味。

女人说，你丈夫跟我说了，我什么都不用管，我只是来陪夜的，你知道陪夜吧，大多数病人都是在半夜里断气的，陪夜就是让他们断气的时候身边总算有个伴，不至于太寂寞。陪夜不是陪护，陪护得干很多脏活，我做不了陪护，看到别人的屎尿我也恶心，如果不是这样，我早到广州医院做陪护去了，干一天能赚七八十块，遇上大方一点的雇主能赚上百块，比在这陪夜强多了。

厚生家的把饭碗放在老人的床边，老人也不侧身，伸手抓起就吃，狼吞虎咽的样子让人觉得他是一条从煎锅跳到水里的鱼。女人说，你慢点，不要白白撑死，我还没赚够你们一天的钱呢。

老人说，我早想死了，就是死不了——到了我这个年纪，活着就是等死。

女人嗔怪道，胡说。

厚生家的对女人说，老家伙一过世，我就要去广州，连孩子我也要在广州生……烦死了。

老人边吃边嘟囔，快了，说不定今晚就死。这句话厚生家的听多了，并不以为然，也不想跟老人说话，转身走了。

女人告诉老人，从此以后，每天晚上我都坐船过来陪你。

老人沉吟说，其实我不怕黑夜，连死都不怕，我还怕黑吗！

女人把自己的床打开，摆在窗口下，离老人的床有三四米远。她试坐自己的床，铁支架床发出尖锐的吱吱声。

老人说，我没有病，我跟我的祖辈一样，都是老死，自然死亡，像一棵老树，朽木，风不吹，自己也要倒——我的大限到了，我自己知道，厚生也知道的。

女人说，你的儿子还算孝顺，虽然没有回来服侍你，但舍得花钱。

老人突然来气，呸！我快死了，他还在广州干什么？

女人说，厚生他忙，你躺在这里不知道打工的难处，要拼命干活，还要看老板的眼色——现在城里到处都是人，找一份工作不容易……

老人被饭呛了一下，不断地咳嗽，突然一把将饭碗摔在地上。女人站起来捡碗，你不要动怒气，很多老人就是动怒死的，到了这年纪，你还跟谁怄气！

老人咳停，猛喘粗气。女人责备说，我给不少老头陪过夜，从没见过火气像你这么大的。老人的眼睛瞪得贼亮，突然张嘴大喊一声：李文娟……

女人想不到这个连说话的力气都凑不足的老头呼喊起来竟像船的汽笛那么

洪亮、尖锐，底气十足，爆发力强，有振聋发聩之功。有两三个月了吧，老人每天晚上就是这样不知疲倦地呼喊着李文娟，差不多每隔一分钟便叫一次，把凤庄喊得鸡犬不宁，没有人能睡上一个好觉。厚生家的胆小，夜里不敢进老人的房间，甚至听到老人的呼喊心里也一颤一颤的。厚生回来过两三次，问老人，你嚷什么呀？我在广州都听到你嚷嚷，把人嚷烦了。老人说，我喊你妈——我快死了，身边没有一个人陪。厚生陪了他两个晚上，他便不叫，厚生一走，他又嚷了，嚷得理直气壮，像一个委屈的孩子呼喊他的母亲。女人觉得这个声音刺痛了她的耳，使她浑身不舒服。

"你嚷什么呀，厚生不是雇我来陪你了吗？"

老人又是呸一声，接着是更激烈的咳嗽，咳嗽的间隙大声嚷着："李文娟……"

厚生告诉过女人，李文娟是他母亲的名字。厚生也不知道到底是不是她的真名，反正有悬疑的问题还有很多，比如老人的年龄，有的说一百零一，有的说才九十九，厚生也说不准，父亲六十岁才结婚，母亲四十六岁那年生下他后便去向不明。厚生的母亲是跟随一艘运干鱼的货轮来到凤庄，嫁给老人的，第二年便生下了厚生。那年四川客商从南海贩运一船干鱼到重庆，途经凤庄时作了短暂的停留，停留的结果是，给凤庄留下了一个女人。那个女人是到凤庄里去找生姜治晕船，当找到生姜赶到码头的时候，船已经开走了。这个四十五岁的女人刚刚死了丈夫，要到重庆投靠亲戚，如果船上载的不是干鱼，太腥臊，她是不会晕船的，不晕船的话她就不会跑进凤庄要生姜，就不会留在这个人生地不熟的地方。也有人说她是被船家故意甩掉的，因为他们担心一个刚刚死了丈夫的女人会给船带来晦气。那天，她就在码头上哭，凤庄的人知道她刚刚死了丈夫，不愿收留她，甚至不愿给她一口饭。是方正德，不仅把家里最好的一块生姜慷慨地送给了她，后来还乘着夜色把她带回了家里，再后来她就成了厚生的母亲。那时的人劝他说，正德，现在兵匪猖狂，你怎么能带一个来路不明的女人回家？凤庄的人担心她给凤庄带来不祥和危险，处处防着她，甚至有人悄悄报了官。其实，厚生的母亲是一个很好的女人，人长得好看，皮肤细嫩，唇红齿白，不像四十多岁的人。一听口音便知道是外地人，她说老家在陕西，凤庄从没有人到过陕西，因此不知道陕西离凤庄到底有多远。没几天，人们便发现厚生的母亲不是简单的女人，处事老练，说话得体，对谁都笑脸相迎，大家明白她是见过世面历过风雨的人。而且，她还比凤庄所有的女人都勤恳，家里家外收拾得整整齐齐，把一个死气沉沉的家盘活了，对厚生的父亲也好，连重活都不让他做。在凤庄，只有厚生的父亲不用干重活，都让厚生母亲抢着干了。厚生母亲说，她没给前夫生下孩子，要给正德生一窝。第二年春，果然生下了厚生。四十六岁了，还能生孩子，简直吓坏了凤庄的女人。但厚生父亲高兴呀，他逢人便说，他要生十个儿子，要成为凤庄生儿育女最多的人。厚生的母亲跟凤庄的女人不一样，她有长远打算，能谋划。她跟厚生的父亲说，明年春天她要在地里种上一大片生姜，到了秋天把生姜贩卖到重庆去，然后从重庆贩回药材，卖给城里的药铺……厚生父亲为娶到一个精明、贤惠的女人而对上天感恩戴德。那是上天赏赐给他的女人，他这一辈子呀，除了对自己的女人好，就是要对上天好，不能骂天。厚生父亲一辈子都没骂过厚生的母亲，也没骂过天。厚生母亲曾对厚生父亲说，正德呀，你六十岁才娶妻，你得活到一百岁，否则你对不起我。厚生的父亲说一定要活到一百岁，跟厚生母亲过一辈子，对她好一辈子。但厚生还没满月，差两天吧，他母亲竟突然跑了，从此销声匿迹，杳无音讯。四十多年了吧，厚生的脑子里早已经没有母亲的概念了，老人也很少提起她，甚至在他呼喊"李文娟"的时候，人们好久才想起，厚生的母亲就叫这个名字。

老人说，我眼睛一闭上，她就出现在面前，说明呀，她要带我走了。

女人说，那是幻觉，是人都会产生幻觉，有时候我也会。

"我活了上百岁了，也对得起她啦。"老人说。

女人说，她不该离开你，女人哪能随随便便离开自己的男人？

"你知道当年她为什么要离开凤庄？"老人自问自答，"她生厚生得了重病，她不想连累我——你想想，四十六岁了才第一次生孩子……"

女人说，危险，不容易。

老人一个人感慨万端。女人解开裤头，坐在屋角的尿缸上要撒尿的时候才发现窗户没有关上，揪着裤子尴尬地跑过来关窗。至善懂得害臊了，走下第五级台阶，还能听到哗啦啦的水声和女人埋怨尿臭的谩骂。

至善厌恶地捏住鼻子，夸张地对他母亲说，这女人，撒尿的声音比牛还响！

无论如何，这一夜，是凤庄多少天以来最宁静的一个夜晚，静得能听到远处江水流淌的声音。这天晚上，凤庄所有的人都听不到老人令人心烦的呼喊声，睡了一个安稳的好觉。第二天，有人小心翼翼地问，老人是不是驾鹤西去了？厚生家的满怀歉意地说，还得等，还得多等几天——一盏残灯即使油料耗尽也不会马上熄灭。人们才知道，老人能还给凤庄宁静的夜晚，全是女人的功劳。

凤庄早起的人们看到女人天一亮就走了，头发也不梳理，脸还来不及洗呢。她说她男人和船在码头边等她，她得回去干活。女人家在江浦，离凤庄有二三十公里的路程吧，那边是齐姓人家，女人的男人也应该姓齐。女人说她家种了十几亩芭蕉，要除草、施肥，还得防台风，用柱子撑着芭蕉树，但台风来了一千根柱子也不顶用。女人埋怨，去年要不是一场台风把好端端的一地芭蕉毁了，我也不用给一个快要死的老人陪夜，陪自己男人不更好？

女人的男人果然已经在码头等待。他站在船头抽烟，高高瘦瘦的，腰有点弯，很孱弱的样子，对女人很殷勤。女人跳上船，男人递给她一条毛巾，女人浇浇江水洗脸，脸才洗好，船便开了。晨曦中船开得特别快，像是换了一条船似的，一会儿便到了江中，眨眼间消失在宽阔而沉静的江面上。

女人是个守时的人。黄昏，最迟也用不着到中央电视台新闻联播结束，她便会如期出现在台阶前，朝厚生家的房间里说一声，我来啦，便拾级而上，推开房门，高声地跟老人说话，把孤寂和恐惧驱散。每次进了老人的房间，女人都要往尿缸里撒尿，白天干活累了，撒完尿便要睡觉。老人睡不着，要跟她说话。女人干活累，要早休息。老人说，厚生是请你来陪我说话的，不是请你陪我睡觉的，你得说话。女人说，你说呗，我听就是了。老人说，你真要听。女人说，我用心听着呢。老人便说话。他成了凤庄唯一在深夜里说话的人。女人开始是真的用心听，偶尔还回上一两句，后来注意力不集中了，估计是想着家里鸡零狗碎的事情吧，最后干脆不知不觉睡着了。老人也不知道女人是不是真听他说话，也不知道她是不是睡着了，反正每天夜里都要说很多的话，像是要把所有的话一口气说完，仿佛不说明天就没机会说了。

女人刚来的时候，老人对她说，我呀，死过很多次了。女人说，大难不死，有后福呗。老人说不是这个意思，他是怕，年轻时对死很怕。厚生十岁的时候，老人轰轰烈烈地死过一次。那时候在凤凰岭上修水渠，老人负责放炮炸石头。他都干了一天一夜了，几个放炮的人都累趴下了，等他撤下来，他就是不撤。别人问他累不累，他说不累。其实他累得快不成了，他还要炸一口，再炸一口水渠就跟另一头接上来了，他硬是要多炸一口。结果炮响了，水渠两头连了起来，他却跑不及被泥石掩埋，大伙好不容易才把他扒出来，还没送到村卫生所便断了气。大队里紧急开会讨论，追认他为修水渠功臣，奖励他三十分工分。家里都为他准备后事啦，响器班把唢呐、牛角、箫笛吹得凄怆而热闹，抬棺材的人都要将他入殓啦，厚生的姑姑们哭得天昏地暗，厚生没有哭，厚生这小子不会哭，别人看不过眼，对厚生说，父亲死了，你装模作样也得哭几声呀。厚生就是不哭，仿佛他知道父亲还没有真死。"就这个时候，我活过来了，把所有人都吓了一跳。"老人自豪地说，那时候，这是一个天大的新闻，因为好多年没看到过有人死而复生了。小时候，我就曾看到方必富的祖父捕鱼失足跌落江底，被渔网缠住，从早上一直到中午才被人捞起来，身体冰冷，脸色死灰，大家以为肯定死了，便用破棉被一盖，准备第二天扛到山上埋了。但想不到半夜里他自己竟醒过来，到自家的厨房里找吃的，把他的老婆吓得魂飞魄散。这叫做假死，过去有人被埋葬了才活过来，但复活得太迟啦，自己爬不出来，活活闷死在棺材里。那时候，我就做了一个长长的梦，梦见各种各样的人，梦见很多陌生的地方，梦见自己走了很远很远的路，后来听到文娟骂我，她说，正德，厚生还小，你死什么呀，还轮不到你呢，你答应过我要活到一百岁的，你快回去……我就回来。

女人说，你怎么老是想着这些……

老人说，那时候年轻，怕死，连广州都没去过就死，心有不甘，现在不怕了，还怕什么，都活了上百岁了，阎王不请自己也得去，再不去就成贼了。

女人说，长寿是福呗，现在活上百岁也不是什么新闻，宋庄的冯启蒙一百一十二岁了，还能撑船哩。

老人的身体原来是没有什么问题的，三年前，老人跟一只叼走了他的鸡腿的狗怄气，追打它，结果被几根稻草绊着摔了一个大跟头，从台阶上滚下来，从此便一直躺在床上。医生来了很多次，也没说什么，也不给开药，即使开了药他也不吃。老人说，没有病，吃什么药！油尽灯灭，水涸鱼亡，就等死呗。

老人以为女人瞧不起他，反复向她证明，死，我真的不怕，就当睡着了觉，就当出一趟远门……

女人笑了笑。女人知道，老人口口声声地说自己不惧怕死亡，事实上，不怕死的人是不存在的，黑夜来临，会使老人战栗，他在夜里呼喊"李文娟"就是对死神召唤的害怕。她的到来，像一盘冷水熄灭了他内心的恐惧。

老人说，他们已经五次把我背到堂屋，但每次我都没有断气，他们又得把我背回来——他们都烦透我了。

习俗是，人之将死，最后要躺的地方必是堂屋，死在堂屋，死在列祖列宗牌位面前，才死得安心，才死得不寂寞，死后才容易找到早逝的亲人。老人三番五次地濒危，三番五次地躺在堂屋的左侧（女人躺的是右侧），平静地等待生命最后一秒的来临，亲人和背他到那里的人也屏气凝神地在等待老人咽下最后一口气。然而，不再需要奇迹的时候，奇迹却三番五次地降临，老人的气艰难地又缓回来了，死人般的脸色由苍白、僵硬变成暗淡、温润，最后竟然恢复成肉色，像熬过了寒冬腊月的枯树又有了生命复苏的痕迹，顽强而故意地嘲讽着大地的一切。他们的脸上没有惊喜，全是一番徒劳后无奈的苦笑。厚生一次又一次从广州连夜赶回，想一劳永逸地送别老人，但一次又一次地紧急召回派去向亲戚报丧的人，一次又一次歉疚地跟已经准备就绪的响器班和抬棺佬悔约，成了别人茶余饭后的笑柄。厚生终于失去了耐心，叮嘱自己的女人，真死了，你才给我电话！这些日子来，他的女人好几次拿起了电话又放下，她害怕说错了又要厚生白白跑一趟。

凤庄的妇孺最厌烦的不是老人从堂屋的地上一次又一次复苏过来，而是在夜里老人声嘶力竭的呼喊。声音不是野兽，困不住。凤庄人不多，但怨声载道起来却到处都能听见。开始的时候，小孩听不惯老人的呼喊，被惊吓得浑身发抖。后来不怕了，还没到深夜，还不睡觉的时候，他们有时在老人的窗口外往里尖叫或吹口哨，像挑逗一个失去法力的妖怪；老人被背到堂屋，他们还敢在门外探头往屋里张望、聆听，向大人报告老人是否还一息尚存。苟延残喘的老人也知道自己已经被凤庄所抛弃，招人嫌了，但他偏偏不愿嘴软，把好心好意来劝慰他的人都看作了恶意：你们把我活埋算了——你们，你们也有死的一天。后面那句话多歹毒呀。谁也不想被将死的人骂，那是不吉利的，所以没有人愿意跟老人说话，甚至对他产生了厌恶。他就在深夜里独自呼喊，让所有的人都听到像从坟墓里传出来的声音，都体会到深夜的寂静和黑暗的漫长。有几个老汉实在忍不住惊扰，站在老人的窗外责怪道，你嚷什么呀，没有人像你，存心要整个村庄的人都睡不了觉！面对指责，老人既不生气，也不答辩，仍然用冰冷的呼喊回应一切。老头们只能用三个字发泄对正德老人的无奈和不满：老不死。老人如此，厚生的女人便有压力，她不堪重负，便把压力转嫁到远在广州的厚生身上。厚生也想不明白老人为什么会这样，媳妇说，他要陪呗。厚生陪不了，他在那家韩国人开的电子厂里干得正有起色，照此下去年底便能加薪升职了，但韩国人管得严，稍不小心便要被炒掉。厚生是一个兢兢业业的人，到底是珍惜来之不易的饭碗。留在村里的男人越来越少，能出去的人都出去赚钱了，出去的女人也越来越多。老人濒危快不成了，只有一次是厚生背到堂屋，另外四次是不同的男人背的，他们都是因为家里有事正好从外面回来，就帮背一把。外出捞世界的人怕惹晦气，本来是不愿意背的，但没办法，村里只有你一个大男人，碰上这事，谁也逃不过，哪家没有老人，谁没有老死的一天？你总不会坐视不管吧。老人给人们带来那么多的烦恼，厚生觉得欠着凤庄人的人情，老人多活一天，欠的人情便越多。一次，厚生上医院，见识了一种叫"陪护"的职业，他才豁然开朗：只要舍得花钱，陪别人去地府的活也有人干。厚生便试着雇了女人。

女人的到来使凤庄大大地松了一口气。他们恢复了往日的从容和惬意，女人从妇人们面前经过的时候，她们会拉住女人的手说，你真的不害怕？万一老人半夜升天了……

女人说，害怕什么呀？不就是死人吗？除了不会睁眼说话外，跟活人没有什么区别。

女人的勇敢征服了凤庄的妇人，她们想不明白，一个女人怎么会不害怕死人呢？

"你是不是从家里拿来擦台布堵住了老人的嘴巴？"她们说。

女人说，怎么会呢？

她们说，那你肯定是把自己的乳房让他吮——老人像小孩，有奶就安静了。

没等女人回答，她们便笑得令各自的乳房剧烈地颤跳起来，凤庄洋溢着欢快的气氛。

厚生家的也尴尬地笑。女人说，我睡自己的床——一个快死的人怎么还会想到乳房呢？可她们笑得更放肆了，女人觉得被别人开了玩笑，又拿不出好的回击办法，只好说，反正，我有办法让他安静，即使用乳房，那也是我的本事。

女人知道自己之所以能让老人在夜里安静下来，是因为老人把她当成了李文娟。凤庄的女人是这么说的。厚生家的也这么说，你就充当一回厚生的母亲呗，反正吃不了什么亏。女人说，那也算不了什么，一个行将就木的老头难道还能强奸我不成？妇人们觉得是，突然没话可说了。

老人又不是她的父亲，凤庄的妇人们不相信女人一点也不害怕，没有男人的陪同，夜里连厚生家的都不敢踏进老人的屋子，因为谁都知道那是离死亡最近的地方。但女人一点不害怕也不可能，有一次，厚生家的就听到女人在半夜里发出了一声惊叫，虽然不是很尖锐，但那声音肯定是受惊吓才发出来的。厚生家的以为出了什么事，翻身下床，在台阶下面大声地问女人，老家伙去了吗？女人良久才回答，还没有。老人适时地打了一个重重的呻吟，像刚刚缓过气来。厚生家的又说，要不要叫男人？凤庄没有男人了，我得到黄庄去叫。女人说，不用了，睡吧。黑夜又恢复了沉寂。没有人知道，那天夜里女人为什么会突然发出惊叫。凤庄的妇人们都听到了她的惊叫，知道她也会害怕，经此一吓，以为她可能不来了，但当天黄昏，女人还是来到了凤庄，只是比平时晚了一点点。

其实，那天夜里的那声惊叫确实是因为害怕而发出的。女人竟然不像她自己所说的那么勇敢、坚强。在她们意料之中的是，她果然也会害怕。

那晚，老人突然精神焕发，跟女人滔滔不绝地说起厚生的母亲。我这一辈子，故事多，遗憾也多，够说得上十辈子的，就一个李文娟，说到死我也说不完。老人说，在死掉之前，我就只说文娟。

"她是一个好女人，我从来没见过那么好的女人。"老人为了证实自己的话，举了很多例子，还用准确的数字说明问题，短短的一年时间里，文娟干了一万三千一百三十二件活，给我洗了八十二次脚，捶了两百一十五次背，她生孩子的那几天里，还给我修过两次脚趾甲。她不让我干重活，她说那些重活呀你留着等厚生出了满月我再做，那时我还有力气，为什么不能干些重活？文娟说了，她的前夫就是干重活累坏了，丧失了生育能力，她不能再让自己的第二个丈夫累坏了……

老人说，她不让我干重活，连轻活也让我少干。捕鱼期村里的男人日夜不停地都在江里捕鱼，她呀，就不让我去，让我养好身体，我的身体除了胃肠不好喜欢拉肚子外没什么毛病。一个季节下来，男人们累得趴在地上起不来，我呀，养得胖乎乎的，皮肤又白又嫩，人们说我像衙门的人，对我妒忌得要死。结果，我变得越来越懒惰，很快成了远近闻名的懒汉。外面的人都想到凤庄来看看，陕西的女人是长得什么样的，竟然不用男人干活，一个女人也能把家撑起来！

"结果是她累坏了自己。坐月子还挑粪去地里培庄稼，还给渔场涮鱼，她涮的鱼比谁都多，都好，别的女人嫉妒她，说文娟，你不怕鱼腥啦？文娟说不怕了，那你还晕船吗？文娟不作声。正是她们刺激了她，使她想起了船，结果几天后便跳上乌篷船跑了。那是一条废弃了的船，不知道是谁丢下的，搁浅在沙滩上，在江边风吹雨打好多年了，没有谁愿意修补它，好几次洪水也没把它带走，如果知道它会带走文娟，我早就一把火将它烧了。那天临近黄昏，我正给厚生洗澡，有人从江边回来对我喊，方正德，你家文娟没洗完菜就跑了。我扔下厚生，从村子里追出来，沿着岸边拼命地跑，江面上灰蒙蒙一片，但我还是看见了那条乌篷船，船篷千疮百孔，船上只有她一个人，她就站在船尾摇船。我不知道她从哪里弄来的船撑，她把船划到了江中间，多宽阔的江面呀，像海一样。我大声喊，李文娟……但我这一喊，那条乌篷船一眨眼间便在江面上消失得无影无踪，像鬼船一样。她肯定看到了我，她不愿回头，连厚生也不要了。凤庄的人以为我欺负她，把她气走了——那时候只有我知道，她有病，旧病复发了，生厚生才复发的，那是一种治不好的病，她知道我家穷，不愿连累我……"

女人问，什么病呀？

老人不肯说。他宁愿以漫长的静默回应女人的好奇。

女人改口赞叹说，多好的女人！

"我到处找过她，要给她治病，即使把我自己卖掉也要攒钱给她治病——她一个人孤零零的，她要去哪里啊？她不是在外面等死吗？但我找了大半年也找不着，有人说那条乌篷船渗水，她走不远，也许还不到陆家庄就沉了……但我不相信那条船会沉，跑得那么快、那么稳，她绝对是一把撑船的好手，一条破船到了她手上也跟好船一样……后来她肯定在哪里上了岸，在哪里躲着我，最后，病死在哪里了……你看，她来了，她就在窗外，要带我走了！"

女人突然感到害怕。她不是轻易害怕的人，这时却压制不住自己内心的惊惧，"哎哟"惊叫了一声，像闪电划过寂静的凤庄。

"她跟你一样身材高大，会说话，见过世面。"老人低声地说。这是老人把女人和厚生母亲做的唯一的一次对比。

那天早晨，女人的男人早早就开船在码头等她，但她硬是要把老人的被子先清洗了。女人说，你不知道我费了多少口舌老人才肯松开抓住被子的手。这张被子真脏，黑乎乎的像一张牛皮，把一江的水都洗黑了，如果江里有鱼，也会被毒死。女人就把被子摊在江边的芦苇上面晒，黑麻做成的被子像船帆一样远远就能看见。黄昏，女人下船，把被子收起来，走进凤庄。

厚生家的正在屋檐下等她，称赞她说，只有你才能说服老家伙把被子洗了，连厚生也说不服他，死倔。

女人说，我真想把他背到江边，彻底把身子涮干净……我说了，身体脏兮兮的去了那边，厚生的母亲会骂你邋遢，还要骂厚生不孝顺。

厚生家的神情骤然紧张，那无论如何得帮他洗一次澡。

老人洗了一生中最后一次澡。庞大的澡盆就放在床前，水汽一下子弥漫满屋子，水里掺了一些草药，散发着淡雅的香气。女人对老人说，过去呀，只有皇帝才能洗这样的澡水。但老人死活不愿洗。"人都快死了，还洗什么！"老人气呼呼地说。女人又劝了一会儿，老人仍断然拒绝洗澡。厚生家的觉得没有办法，要撤走澡盆。女人说声不要撤，一把将老人抱起，旋即像婴儿一样塞进了澡盆。老人试图反抗，但没有力气，只好死死抓住自己的衣服，但衣服很快被女人强行剥落，赤条条一丝不挂。厚生家的害羞，转身走了。女人熟练而敏捷地把水浇到老人的身上，用毛巾使劲地擦拭，水很快变成了墨黑。老人反抗不成，便张开嘴巴呼喊"李文娟"，开始时声音很大，后来被水声压住了，最后竟温顺得像个孩子，静静躺在澡盆里并装出死人的样子，一动不动，让女人帮他洗完了这次澡。

凤庄的妇人们打听到了女人的很多情况。有些情况是从江南传过来的，有些情况是从厚生家的那里来的。厚生打过几次电话回来，厚生家的向男人表达了对女人的满意，同时也流露了一些猜疑。厚生也许知道得也不多，但还是隐隐约约地说了一些女人的情况。几天后，凤庄的女人对女人便另眼相看了。女人感觉得到她们异样的眼神，连孩子们也远远地躲开她。女人终于忍不住问至善，你们为什么躲着我？至善说，我没有。女人说，我是说她们。至善直率地告诉她，她们说你年轻的时候是个浪荡女，在广州做过"三陪"，现在是第四陪，陪夜。

女人的脸突然暗下来，抓着手提袋的手不断地颤抖。至善后悔说错了话。"她们是胡说八道。"至善想挽回，"她们之前还说过，我的阿婆是旧社会的妓女，在船上做皮肉生意，得了脏病才被船家甩掉的……"

女人手里的袋子终于脱落，几只番石榴、枇杷子从石阶上滚下来。女人并没有回头捡散落的果子，呆站在石阶的中间，抬头往正德老人的房间张望。她犹豫了很久，至善以为她会掉头跑掉，因为她沿着河岸，还能追上她丈夫的乌篷船。但她还是从容地登上台阶，走进屋子，点亮了灯。但这一次，至善没有听到女人撒尿的声音。

从此，女人变得郁郁寡欢，甚至变得有些羞怯。第二天一早看见别人也不怎么打招呼，匆匆忙忙地就走。厚生家的似乎意识到自己说错了什么，向凤庄的女人解释，厚生说了，女人过去也不专门做那种事，如果不是家里穷，她也不会……她的男人，几年前从脚手架上摔下来，听说已经是个废人，除了开开船，做点赚不了几个钱的小生意，干不了什么活。凤庄的女人一阵唏嘘，都后悔自己说了一些不该说的话。凤庄的女人们舌头是长了点，但实际上她们是很感激女人的，为表达她们的谢意，那天晚上，她们不约而同地准备了好些东西，糖果呀，瓜子呀，葡萄干呀，甚至还有奶粉，都是她们的男人从城市里带回来或寄回来的，看到女人来了，便热情地塞满了女人的双手和口袋，这东西，你夜里吃着解闷。汉光家的最大方，把压在箱底舍不得戴的祖传手镯借给了女人，这个血纹路清晰的手镯在汉光曾祖母的坟墓里待过，能避邪，汉光家的说，连鬼都怕它三分。女人说，那么贵重的东西我怎么敢借你的呢，万一弄坏了怎么办？汉光家的说，不要紧，人平安无事最重要，一个手镯算得了什么！汉光家的把手镯大大方方地戴在女人的手上，女人羞涩地笑笑，其实，我什么也不怕，不过，现在心里更踏实了。凤庄的妇人们看到女人都收下了她们的小礼物，心里也甚是踏实，好像女人已经原谅了她们。但过后的第三天，女人对厚生家的说，她男人的病又犯了，是旧伤复发，她不会开船，村里又找不到会开船的人，她只好在家护理男人两三天，这两三天，就不算钱。

厚生家的有点始料不及，但不好不同意。女人环顾一下散落在四处的妇孺，抹了一下头发，往江边匆匆走去。一会儿，有小孩回来报，开船的还是女人的男人。女人们的脸上布满了愧疚，断定女人是找借口开溜了。这天晚上，她们又听到了老人声嘶力竭的呼喊。李文娟，这个女人的名字又像鬼魂一样笼罩在凤庄的头上，缠绕在她们的耳边。宏发家的终于忍不住了，起来骂人，听起来是骂女人，实际上是骂老人。她一开骂，凤庄的人都睡不着，穿着睡衫聚在厚生家的院子里，你一句我一句的，开始是埋怨，后来是想办法。但想什么办法，夜狗不知疲倦地吠，老人依旧一声一声地呼喊着李文娟，只是那声音渐渐弱下去，像从很遥远的地方传来的，轻轻地抓着你的耳，然而正是这种听起来像垂死挣扎的声音让人更毛骨悚然和难以忍受。她们束手无策，那只有等女人快点回来。三天后的黄昏，女人终于又来到了凤庄，大家才松了一大口气。

三天不见的女人明显消瘦了许多，脸上结实的肉不见了，多了两块猪肺一样的雀斑。

"你家男人的病好了？"

女人说，好不了，卧床了，医生说再做一次手术看看，不成的话到广州的大医院试试……小儿子也凑热闹，发高烧，拉肚子，真会烦人。

妇人们关切的程度更深了，"你先把儿子的病治好，发高烧等不得……"

女人说，没大碍了，由邻居帮看着。

"你不在，夜里老人又叫开了。"

女人淡然道，这老家伙……其实我在的时候他也叫——他每时每刻都在呼喊李文娟，只是你们听不见。

妇人们觉得女人的话有些深意，像是一个读过些书的人。

平日里节俭得可怜的妇人们自觉地从深不可测的口袋里掏出一些面额不等的钱来，塞到女人的裤兜里。女人百般推却，妇人们要生气了，她才收下，说是借，将来一定还，然后爬上高高的石阶，走进老人没有房门的房间。看到老人房间的灯亮了，大家的心也亮了。但几乎与此同时，妇人们听到了老人一声严厉的斥喝：

"谁要说文娟得的是脏病，我做鬼也不放过她！"

这句话说得比平时重一百倍，像是积蓄了很久的力量才说出来的，甚至把女人也唬住了。很明显，这句话是说给石阶下的妇人们听的，是一个将死之人对活人的最后警告。妇人们的脸色刹那间全变了样，慌里慌张，随即争相向厚生家的否认自己说过李文娟的不是，我们都没见过她，已经是多少年前的事了啊！厚生家的连连澄清事实，谁说啊，谁都没说过。听厚生家的这么一说，妇人们才放下心来。一安静，便听到了女人不断抚慰老人的说话声。老人的气估计憋了很久，就等女人来了才发泄。女人语重心长地说，她们都说文娟是一个好女人，没有人说过她的坏话——她们也没有说我的坏话，我听到的全是好话。

老人的气一下子还缓不过来，不断地咳嗽。此后很长的时间里，妇人们再也听不到女人的说话声，听到的只是老人无休止的咳嗽。她们惊疑，到了这时候老人还能说出那么严厉的话，甚至声音还那么雄壮、凶悍。她们有点失望，心怀疙瘩各自散去。

这个夜里她们又听不到老人的呼喊了，宁静得好像要发生什么事似的，她们忽然不习惯这种宁静，心里痒痒的，想听到老人的声音，甚至希望老人突然用一声熟悉的、锐利的呼喊打破黑夜的沉闷，驱散她们心头的不安，让她们能安然睡去。这种等待一样也很漫长，她们辗转反侧，又凝神定气，耳朵都向着老人的方向伸。老人是在下半夜去世的。第一次鸡啼后，厚生家的迷糊里听到女人叫她，她惊醒了，侧耳一听，果然是女人在石阶上头大声地喊：老家伙不成了。整个凤庄都听到了女人的呼喊，凤庄提前醒了，到处传来长舒一口气的声音。厚生家的惊慌地爬起来，双手抱着肚皮走到石阶下面，对是否爬上去正犹豫不决。女人说，你不用上来了，老人不能说话了……厚生家的慌乱地说，那我马上去黄庄，叫谁家的男人背他到堂屋去。女人说，也不用了，我自己能背。在厚生家的惊疑之际，女人已经把老人从屋里背出来。老人耷拉着头，喉咙里发出咽、咽、咽的声音，像被骨头卡住了。厚生家的小心翼翼地问，老家伙留下什么话吗？女人说，没有，整晚他就只说过一句话，大家都听到了，就一句……

女人从石阶上一步一步探脚走下来，厚生家的既为女人担心，又感到恐惧，本能地往下退却，把路让给女人，甚至忘记用电筒为女人照路。当无路可退，女人从她身边走过的时候，厚生家的怯生生地问老人：大，你没事吧？

老人没有回答，紧紧地伏在女人的背上，双手松松垮垮地搭在女人的胸前，像一堆不可靠的烂泥。"人一死，就变重！"女人喘着粗气说，她的头发凌乱，没有穿鞋。"快叫至善，给老家伙送终。"女人说。至善已经躲在屋角的拐弯处，伸出半颗头。厚生家的说，至善，到堂屋跟阿公叩头。至善害怕，转身倏地消失在黑暗里。厚生家的远远地跟在女人的背后，一直来到堂屋。女人摸黑进去了，好像踢到了什么，她骂了一声。厚生家的说灯在中间的台上，有火柴。女人又踢到了什么，又骂了一声，这才把灯点亮。堂屋里的灯光像濒危的生命一样孱弱，厚生家的看不到女人的脸，也不敢靠近，只是站在堂屋的门外，等待女人从屋里传出话来。大约过了十几分钟吧，女人才从堂屋里走出来，轻描淡写地告诉厚生家的："天一亮，你就可以给厚生打电话了。"

天一亮，女人就收拾东西走了。但凤庄都忙于为老人办理后事，开始没有谁留意她的离去，直到有人突然说起，方学明的父亲癌症到了晚期，挨不了多久，开始哭苦喊痛，喋喋不休地叨唠先他而去的老婆，看样子也需要陪夜的女人，她们才想到女人。听说女人要走了，连手镯都还给了汉光家的。她们匆匆跑回家里，胡乱抓了一些东西，面条、粉丝、腌菜、腊肉什么的，有的看看家里没有什么送得出手的，焦急得四处去借，借不到东西干脆从米桶里飞快地装了满满的一袋米……那是要送给女人带走的，她毕竟给凤庄带来了好多个安静的夜晚。她们争先恐后地追到江边的时候，女人的乌篷船已经离开码头。令人难以置信的是，是女人自己开的船。她男人没有来。她原来不会开船呀，她却开船了。可以断定的是，昨晚她也是自己开船来的！

至善突然说了一声，她的船要翻了！妇人们狠狠地瞪了至善一眼，他的母亲甚至抡起巴掌要抽他的嘴巴。"我看她的船真的要翻了！"至善依然坚持自己的判断，也许是要亲眼证实自己并非信口开河，他沿江边追着乌篷船奔跑。

女人站在船头，手抓着方向盘，动作异常生硬、拙笨，不像是在驾船，而是在试图制服一条鲨鱼。船不听使唤，负隅顽抗，船体左右摇晃，最后向左侧明显倾斜，看上去就要翻了，把妇人们的心吊到了空中。妇人们屏气凝神，紧张得浑身是汗，直到船稍稍平稳，才小心谨慎地向女人晃动手中的东西，但依然不敢喊话，生怕一喊话便分散她的注意力，铸成悲剧。当她们觉得可以松一口气了，船已经到了江心，在晨曦中越去越远。方学明家的突然觉醒，想对着船呼喊，却连女人的名字也不知道，窘迫得满脸通红。转眼间，船消失得无踪无影，只剩下浩瀚的江水和四向逃逸的雾气。

"跑得真快，像鬼船一样！"

方学明家的悻悻地说。

（原载《天涯》2008 年第 5 期）

萨 娜

SA NA

女。达斡尔族。1960 年出生于大兴安岭牙克石。后在内蒙古莫力达瓦旗生活。1977 年参加工作。历任大兴安岭牙克石林业设计院绘图员，大兴安岭吉文林业一中、莫力达瓦旗民族中学教师，莫力达瓦旗文化馆馆员。2002 年在鲁迅文学院全国首届中青年作家高级研讨班学习，同年加入中国作家协会。现为内蒙古自治区作家协会副主席。

1993 年开始文学创作。有中短篇小说集《你脸上有把刀》、长篇小说《多布库尔河》等。小说集《你脸上有把刀》获第八届少数民族文学创作骏马奖。

天　光

　　开列热图的人们依稀记得，哑巴女人来到屯子时正值夏季傍晚。当天空呈现出令人可疑的红光后，乘凉人们的视线便一齐聚到从原野深处逶迤而来的小路上。由于淫雨的浇灌，这一年草木格外茂盛，土地泛溢出郁郁的黑意，这使得人们反复践踏却疏于清理的道路显得格外狭窄肮脏。

　　一位孕妇颇为吃力地爬上平缓的高坡朝屯里张望。在夕阳映照下，她像一只寻找目标的红蜘蛛，茫然片刻，然后小心翼翼地挪下高坡。她突然在人们的视线里行进翩然，轻盈的动作和沉重突兀的腹部极不协调。人们放下所有枯燥无味的话题，一齐沉默地凝视她。越来越多的蚊蝇从草丛里飞出，它们的躯体尽染着奇异红色，在人们头顶飞动，制造出夏季嘈乱的声音。多年后，开列热图的人们回忆起这个场景时反复强调："她完全可能朝另一个方向拐去。"

　　从江水里可以看见开列热图的部分景致。很久以来，开列热图就是一个贫穷的村庄，人们过着具体而缺乏希望的日子，正像一个贫穷的人身上没法替换下来的衣服，陈旧破落，那些被疯长野草覆盖的土地，那些勉强伫立于风雨中的房舍，那些稀稀拉拉撒着家禽粪便的院落，和当地人瘦削的双肩、被苦难蚀刻的麻木面孔、内容雷同的谈话相匹配，构成了屯子的基本面目。建屯以后的历史模糊，人们讲不清有什么值得纪念的事情，仿佛起始就是终结。屯里也没有区别其他地方的特征，当然，除了那棵在乡民头脑中丧失了时间标志的老槐树。那是一棵被内在力量扭曲的树木，它在漫长的寂寞中伸出干枯的手臂朝天际探去，而它扭曲的树干既像是置身于往事回忆中的女人，又像是久病不愈者，痛苦而憔悴。

　　女人径直地朝它走去，仿佛一只原野间的鸟回归唯一的夜巢。她绕着老树转了几圈，然后拍着手呀呀叫唤，声音里渗透出满腹心事。当她从老树庞大的阴影里走出时，人们已经看出她是哑巴。

　　当晚，哑女人被好心好意的乡民安置在一个寡妇家。大家看出来她不打算走了，便点点头赞成，为什么要往前走呢？难道屯里没有呆的地方吗？寡妇喜欢有人给她做伴，以便打发孤独弥漫的长夜。但是，直到鸡鸣打破了晨雾，无比耐心的寡妇也没打探出哑女人的具体情况。寡妇打了一个充满怨意的哈欠后马上进入梦乡，她恍惚地行进在一条望不尽源头的江流上，周围游弋着昏暗的油灯和诡谲的星星，一些意义晦涩的图案仿佛放大的树叶在深水里翻卷蠕动，她吃力地捞出许多图案怪诞的叶子用水草穿好，然后像晒烟叶子那样悬至半空。越来越多的叶子逐渐化为淤泥，缓慢地堆积成一座坟冢，她发现里面埋葬的人正是哑女人。第二天早晨，寡妇便打定主意帮助哑女人找个归宿，持久的艰难寡居提醒善良的女人解读夜晚稀奇古怪梦境的具体含义，一个哑女人现在迫切需要稳定的住所和可以为她提供饮食的男人。几经周折，鳏居大半年的莫里最终同意屯子首领莫昆达的建议，收留了哑女人——这是天经地义的事，让一个无着无落的女人重新走出屯子，无疑是乡民共同的耻辱。

然而哑女人拒绝同房。虽然她多少有些迟疑地随屯子首领里里外外观看了未来的生活基地，但她毕竟是自愿留下来的。可是在夜深人静时，她却轻而易举地把主人推到一边酣然入睡。当莫里一大早在大套院里讪讪露出头脸，人们奚落的笑声便在上午快活地传遍屯子。莫里搓着黝黑的手对第一个看见他那副尊容的人说："她可是有劲儿的娘们！"莫里的话理直气壮，不容置疑。

无所事事、心地单纯的男人们巴望一场好戏演绎下去。夏季里的庄稼正在迎风摇曳，用不着谁殷勤地侍弄它们，就像孕期的女人用不着男人着急一样。牲畜一大早自动出圈，傍晚依次返院，难得有什么新鲜事让他们高兴。现在男人们可以每天专门打听莫里的进展开心，有关哑女人力大无比的说道尤其让他们乐此不疲，如何整治女人的主意纷纷出笼，莫里应接不暇，兴趣盎然。男人们语调里显而易见的醋意给他带来意外的快慰，当夜幕再度降临后，他炎热的血液又不可救药地凉下去，白日里高涨的欲望河流不知从哪个巨大的缺口倾泻得一干二净。

屯东有一块从天而降造型奇异的石头，一俟天阴便冒出缕缕淡雾，散发热气。乡民们习惯于有难处便来怪石前祈求祷告，那些不愿意滞留于人世的孩子，那些在暴烈阳光下干渴枯倒的庄稼，那些在瘟疫里大批死亡的牲畜，以及骚扰人心的灵怪，都作为祈祷的内容，和盘端到怪石面前，世间有太多令人烦恼的事情足以让乡民感喟流泪、颓唐萎靡的了，除了向万物之灵献上虔诚的敬意，还有什么解脱苦难的办法？

哑女人在一个阳光灿烂的下午来怪石前为超过月份的胎儿祈祷求生，以后人们经常看见浑身散发着浓郁野草味的哑女人走在前面——为了躲避莫里，她索性在地面铺上干草睡觉，满面愁容的莫里跟在身后求神拜灵。莫里巴望女人顺利产下令人不安的胎儿后，能跟他过具体的夫妻生活，他把女人的拒绝务实地看做是对胎儿的保护。可是多次的祈祷没有任何显灵的征兆，秋天的凉风萧萧刮过，冬天的漫天大雪终于使莫里丧失了残存的耐性，他抓住女人的头发往怪石上猛磕几下，他早就想教训这不知打哪儿揣来种子的妇道人家。像所有男人打过自己老婆那样，莫里总算平息了由来已久的怒气扬长而去，现在轮到女人自己去哭泣吧，那可是她们最拿手的本事。

莫里没有听女人哭声的福气，在无声中，他奇怪地扭转过头，看见哑女人护住自己的肚子跪在怪石前，仿佛和那块一心想与世不同的石头融为一体。随后她摇摇晃晃站起身往回走，用兽皮帽子扣住额角鼓起的大血泡。哑女人忿忿地咬住嘴唇，在离莫里草屋不到两米的地方搭起简易低矮的木仁柱子，屯里人终于相信了莫里的话，哑女人像一个力大无比的男人那样砍下树木，技术娴熟地为自己搭起房子，不到三天工夫，哑女人就搬进自己的居所，把莫里一个人扔在了清冷的老屋。她的面目表情足以让大家明白，她从来不属于莫里，也不属于任何人，她是自己的。尽管哑女人躲进狭窄温暖的棚子里碍不着谁，可是人们比看见她住进王爷的宫殿还气恼，未经过任何人许可，哑女人竟然擅自离开自己的主人，真是伤风败俗的丑闻。所以乡民们一致请求莫昆达把任性的缺乏妇人心肠的外乡女人赶出屯子，随她去别处放肆地寻求快活好了！莫昆达遭逢了前所未有的事情，整日阴郁着脸一筹莫展。以仁慈著称的莫昆达素来受到乡民的敬重，这次因为孕妇不能挪动地方为理由拒绝了大家的建议。他的做法多少让人不高兴，为莫里和一如既往的旧日子愤愤不平。他们只有等待不识抬举的哑女人生下肚里顽固不化的石头以后滚蛋，谁都懂得野兽在生产前也不轻易挪窝的道理，由她生吧。

哑女人在普遍的冷漠气氛里耐心熬度时光，开始忙碌给未来的婴儿缝制衣服。快嘴快舌的乌冬每天打探完她的活动，便脚踩风轮一样满屯子乱串。乌冬拍着手大惊小怪地嚷嚷："哑巴娘们给孩子做夏天的衣服呢。""天哪，她可是真疯了，一气做了大大小小几件衣服，八成那孩子见风就长。"渐渐地，大家相信哑女人是疯子的说道，乌冬每时每刻嚷嚷着她的新发现——哑女人变得越来越丑，头发垂到整个脸部，像一头打瞌睡的母狮子。哑女人伸着瘦骨嶙峋的手摸着那棵老槐树呜哩哇啦，天知道她究竟说些什么。莫里这个没出息的东西每天给哑女人送劈好的木柴。莫昆达居然让自己的瘸腿娘们送羊皮和奶制品，大概他也看上了她！哑女人干脆不食人间烟火了，她专门找地上发出的嫩叶子吃，她皮肤肿得怕人，连脸色都变绿了。

现在，不止一个人看见面目浮肿的哑女人了，在暖融融的阳光下，熬度一冬的人们开始互相走动，询问彼此关心的事情，然而谁也并不比谁知道得多，甚至借助各种传说也解释不了绿色植物似的怪女人。"呀哈，不能再拖啦，一定让莫昆达赶走她，不然，她会把咱们种的庄稼都吞进她的大肚子里，却一个蛋也不下！"

　　哑女人什么也听不见，她每日忙于在原野间寻找一种植物作为食物，几乎不与别人往来。闲暇时，她常常盘腿坐在江边，朝对岸眺望，仿佛那里有稀奇古怪的东西吸引着她。她凝固不动的身影在别人看来，很像一堆随处可见的石头。

　　哑女人是在一个黑夜临产的。类似于母兽的嚎叫在夜的深处倏然响起，迅速朝乡野间扩散。失控的叫声一遍遍尖锐地敲打房屋和门窗，人们从梦中醒来，被声音里一种神秘的呼唤搅得坐卧不宁。时间在越来越散乱的叫声中飞快地流逝，天宇的光色开始支离破碎，诡谲迷离地变幻，牲畜们显得惊惶不安，有几匹马在无人照料的情况下跳出马厩，飞快地跃入苍茫的野地。

　　"那个女人生孩子啦，谢天谢地，她总算熬出头了！"善良多嘴的女人们首先从热乎乎的炕头上爬起，为哑女人找来巫婆。

　　跟许多难产的女人一样，任凭哑女人喊破嗓子，接生的巫婆也未见胎儿的脑袋从那个地方露出来。"憋劲，快憋劲！"巫婆粘着眵目糊的眼睛紧盯住张阖抽搐的下部。"天神地鬼哟，没办法啦！"情急的巫婆忘了男人不进产房的忌讳，吩咐莫里把她带的一包臭烘烘的东西熬开。哑女人被灌进黏稠的黑褐色液体后，马上剧烈地呕吐起来，脸上渗出密集的汗水，湿漉漉赤裸裸的全身颤抖不已。莫里莫名其妙地在一旁插嘴问道："喝下臭烘烘的东西干什么？"巫婆喘着粗气继续按压哑女人的腹部，"没用的东西，"她吐口唾沫轻蔑地说，"让她快点生！"

　　莫里似懂非懂，他并不想懂妇道人家的把戏，他被女人赤裸的身体吸引住了。女人如此白皙的肉体令他心醉神迷，他很不情愿被撵出来，为即将来临的好日子想入非非，心猿意马。

　　当黑夜再次充分展开后，哑女人濒临死亡。她已经无力嘶喊，视线模糊，守护人惊恐的叫声离她越来越远。巫婆叹息地收拾起携带的助产工具，等待最后的时刻到来。她已经看出死神在哑女人的瞳仁里缓缓展开巨大的黑翅，只要它飞动起来，受苦受难的女人就该停止呼吸，和没法降临人世的孩子一起魂游西天了。一直在外面守候的莫昆达吩咐女人们缝制装殓的衣物，棺木是现成的，随处可见的树木可以打成像模像样的棺材，无论如何丧事要体面，尤其对一个流离失所的外乡人。惶恐不安的乡民变得神情沮丧。添丁增口是屯子兴旺的标志，同样，人口减少也是屯子衰弱的不祥之兆。面对即将离世的女人，他们恢复了善良和质朴的本性，内心产生了无尽的怜悯和悲哀。

　　黑暗的天际令人惊奇地透出稀薄的红光，光色怪异无声地迅速扩大，整个西面飘浮摇荡殷红殷红的血光，动荡不已的浪潮吞噬了浓郁的黑暗，在人们头顶上，在沉默挺立的树林上空，在旷远辽阔的原野上倾泻焚烧。屯里的狗一条接一条疯狂吠叫，声音犹如密不透风的墙，令人窒息和恐怖。人们一起朝西天望去，骇得纷纷把双手伸向天空呼号："天神，宽宥我们吧！""我们从来没冒犯过你！""天哪，究竟为了什么要呈现出可怕的样子，真是可怕极了！"这是从未见过的天象，到处是燃点的火焰，无数火红色的精灵奔突跳跃，发出密集雨水那样的喧哗。

人们听见了婴儿的哭声骤然响起，时间在那一瞬间凝固了，屋子里的女人们一个个像中了邪一样张着大嘴，满脸死灰地跑出来。继而，连外面的人也看见了足以让他们惊恐得差点昏厥过去的情景，一个浑身长着肉瘤的男孩赤条条跟出来，他面对大惊失色的人们说："快闷死我啦！"

屯子进入了前所未有的死寂状态，沉睡一冬等待翻整的土地仅仅活跃着两个人的身影，哑女人和见风就长的孩子。母子俩惬意地去野外采擷新鲜的野菜，在江边捕鱼，这两只不祥的鸟儿要多自由就有多自由。莫里当晚就跑到莫昆达家里赖住不走，将他那破破烂烂的行李堆在炕角，发誓和莫昆达一家不分离。乡民们服用祖传下来的草药秘方试图压住来自肌体深处的恍惚和恐惧，男人和女人频频使用传统方式彼此安慰受惊的灵魂。然而无济于事，随时会有灾难降临的说法越来越膨胀，难以遏止。以至到了即便听见谁在屋子里突然发出令人毛骨悚然的叫喊，家人也不足为奇，甚至希望用无拘无束叫喊的方式来驱逐鬼怪的威胁。屯里人并非没见过世面才大惊小怪，曾经有一个丰腴漂亮的女人第一胎便生下三个婴儿，按照习俗被认为是非正常的，幸亏最小的那个由于疏忽得了莫名其妙的病，离开了本不应该来的世道，剩下两个哥哥才活得旺盛。据说有个先人生下一个全身长毛的婴孩，一直长到四岁便突然失踪了，对于他的下落众说纷纭，莫衷一是，最终还是毛孩回到森林一说占了上风。然而这个被喻为"不会下蛋的娘们"却出了格，竟然下出一个怪物。一个在门外徘徊，随时可以破门而入的妖魔。现在这个妖魔每天以惊人的速度成长，用不了多久，他会把所有的牲畜和人的血吸吮干净，然后扬长而去。但愿他对长舌婆子乌冬第一个感兴趣，既然饶舌的人死后该下地狱，或许乌冬掺有毒素的血液能把他置于死地，那可是桩令人快慰的好事！

忧愁沉郁笼罩着整个屯子，特思奶奶的病情又抓住人们的心。年事最高的特思奶奶看见瘤孩出生的场面后就莫名其妙病起来，她发起高烧，浑身哆嗦，不时说着胡话。起初家人以为她着凉，冲熊胆末灌下去，儿媳妇还在老人肘部放出一些黑紫色的血。老人的病势并没由此减转，甚至看都不看自己往日最喜欢吃的荞面薄饼。

那天夜晚，特思奶奶忽地坐起身，用超乎寻常的力量挣脱挽扶的人跳到地面喊："走哇，快走哇，灾难降临啦！"她体内似乎有一个不为人所知的灵魂附体，操纵她一刻不停地呼喊跳动，几个硬汉也拽不住她。一直厮守在旁的莫昆达潸然泪下，他把老人的呼喊看做是地下祖宗魂灵对于整个屯子未来的忧虑和警告。他扑通跪地说："母亲，我答应你带领大家一起离开这个地方！"

特思奶奶直盯盯瞅着自己奶大的孤儿，然后像躲避迎面来的什么东西一般往后退一步缓缓倒下。从她的姿势上看出来，仁慈善良的老人撒手归天了。家人一边恸哭一边寻找黄纸和瓜子儿塞进老人温热尚存的手中，让她去阴间打点贪钱贪物的阎王爷。为了老人能够顺利地行进在通往阴间的道路上，还放一把小鞭子准备随时驱逐挡路的狗和狼。

莫昆达在升起的哭声中去找哑女人，哭声一路跟随他，飘入遥远的原野深处，茂盛的幽蓝花在一片感伤悲凉的风中徐徐绽放，像充满预言和先兆的图案。莫昆达一向挺直的腰犹如载了千斤重担弯下去，他忧心忡忡地对哑女人说："你们离开这里吧，刚才已经有一位善良的老人因为你们离世了。无论如何，你们到了应该离开的时候了！"

哑女人和她的孩子出乎意料地笑了，他们似乎看见一头牛因为吃稀世佳肴却泪流满面一样觉得可笑。瘤孩用一种恍若隔世的声调说："我为什么要走呢，既然神派我到这里，我就没有权利离开，何况等我长到可以顿悟天机时，自然会明白如何带给乡人幸福。这是神赋予我的使命。"瘤孩真像不食人间烟火的仙人，神情悠然。

莫昆达有了掉进深井的感觉。他闭上嘴，在胸前做了一个意义极为含糊的手势，便朝外走去，眼前的一切乱糟糟的，犹如一盆泼进黑夜的水，难以收复。

可是全屯人都拒绝接受莫昆达搬迁的主张，族人搬迁搬怕啦！哪个人童年的梦不是在大勒勒车上摇荡出来的，那些东摇西晃的日子，那些诞生在驿路上的传说，那些埋葬于荒山野岭间的尸骨，足以让他们回忆起来就热泪长流。难道因为两个说不上什么名堂的怪物便放弃水草肥美的家园，重新披荆斩棘，熬度无穷无尽的苦难和凶险吗？热泪纵横的老人呜咽着回忆初至列热图时的美好景致，那么碧净的天空，那么诱人的暖风，还有傍晚时分沉静祥和的晚霞。当时老莫昆达像进入了心灵迷境，在那棵老槐树下转了十几圈，然后停下脚步毫不害臊地号啕大哭，没有经历艰难凶险的人不会领悟他遽然迸发的激情。"这是一块宝地！咱们就在这里安居啦。"他古怪地挥动手臂招呼人们从勒勒车上下来。他欣喜若狂的样子被光色固定在那个瞬间，成为乡民永久怀念的画画。第二天早晨，从很久未有的酣睡里醒来的族人才发现老莫昆达倒在那棵绿意葱茏的老树下，脸色呈现出从未有过的安详和满足。

被回肠荡气的追忆燃烧的老人们坚决不肯迁徙，就算决定下来也不走。乡民们开始忙于特思奶奶的丧事。时间不会由于人们的争吵止步，仍旧一如既往地从人们身边滑过，要做的事情委实太多了。按照古老的习俗，死者应在停灵后的第三天入殓，而特思奶奶已经头朝南、脚朝北，白绸哈达遮脸地躺了两天了。当明天太阳升起来时，大家将抬着老奶奶尸体从东向西，循着太阳出没方向连转三圈之后出房门——让逝者迷失方向吧，免得疲惫的魂灵留在屋内或者留恋人世再朝回转。入殓前把老人放在棺材天板上躺一会儿，让可怜的人最后看一眼阳间，看一眼操持大半辈子的家园，然后放进装有首饰、炊具、烟袋、火镰、小木舟、船桨和小袋米面的棺材里，才能隆重出葬。除了这些，男人们还须找来祭灵的白马，预备渡江时祈祷灵魂能够安然超度，特思奶奶生前就找看风水的巫师为自己选好了墓地，准备将来葬至江水那边接受大面积阳光的高坡地带，她巴望死后能够俯视乡民们如同她在世那样勤劳耕作，繁衍生息。

人们伤感地为老人准备上路所需的物品，莫昆达却出人意料地坚持用勒勒车装载灵柩迁徙出去，埋葬他乡。他说，既然大家决定不走，那么由他独自一人扶着老人的灵柩走好了，他并不同意大家的说道，以为特思奶奶那些预测屯子未来的话是高烧中产生的谵语。莫昆达发誓绝不违背老人临终的遗言，而让她在地下担惊受怕。特思奶奶的亲生儿子差点气疯了，如果不是怕死者灵魂不安宁，他几乎要把莫昆达砸成肉饼。在场的人好不容易把怒气冲天的哥俩拉扯开，又纷纷责备一脸孤独悲壮的莫昆达。莫昆达明白自己往昔的威望和雄心已经像暴露在阳光下的雪人一样坍塌融解，他不合时宜地当场宣布自己不继续担任有名无实的族长，随便由谁接替好了。莫昆达纯粹是引火烧身，话音未落便跪在灵位前号啕不止。人们从心力交瘁的莫昆达背影上绝望地看出，以往英俊刚毅的屯子首领其实是漂浮在水面上的死鱼、怕火的蜡枪、胚胎枯死的种子，成就不了任何一件大事。在起伏跌宕的哭声中，气恼的老人们凑在一起合计，当时决定由早就不服莫昆达的莽格替代其职位——非常时期尤其需要有胆识有魄力的领头人，正如以往漫长的岁月里，族人就是靠英明的头领引导疲乏困惑的勒勒车群超越残废地带，进入和平境地繁衍生息的，无能且优柔寡断的头人被后人取代，原本是天经地义的事。

新上任的莽格利利索索指挥大家安葬了特思奶奶，显示出充分的魄力。莫昆达从周围人躲闪的目光里看出对自己难以掩饰的轻蔑和讥讽。虽然看起来有些无精打采，不过莫昆达还是像其他人那样，对多少显出傲慢的莽格言听计从、埋头苦干。葬礼后的一个早晨，莫昆达赶着闲置多年却修理得结结实实的勒勒车把全家搬走了。这个面目俊秀、神情忧郁、整日寡言少语的男人和他跛着右足、百依百顺的女人，还有三个虎实的儿子就这样从乡民的视线内滑落出去，进入另外一番天地，从此杳无音信。

还有什么能比叛逆行为更容易引起人们普遍愤怒的？曾经私下爱恋过莫昆达的几个女人最先发泄满腹幽怨，接着是视他为勇者的年轻男人，最后连行将就木的老人也黯然神伤地拍着炕沿，指责已经逃离他们语言范围的不肖之子。

　　莽格及时阻止了令人意乱神迷的局面，他提醒并告诫魂不守舍喋喋不休的乡民，应该着手解决如何摆脱厄运的大事了。尽管在丧事期间瘤孩和他母亲显出必要的悲哀，而且还跟在送葬的人群后面，一直把老人送至墓地，然而谁能保证没有第二个人莫名其妙地死于非命？人们何必忙于攻击已经出走的人，而置眼前的危难于不顾？男人们马上放弃妇道之见，跟随头脑冷静的新领袖去江沿一座废弃多年的草房里商讨生死攸关的大事，在那里不仅可以尽情呼吸来自荒野间的空气，而且无论人们发出多大声音也不容易传播出去，奔涌喧闹的江水很快会卷起人间的秘密，送至冥茫的黑夜深处。

　　大家在昏暗摇曳的油灯下争执不休，互不相让。如同以往的莫昆达会议，面对任何一个具体的事情总是从争吵开始，再没有别的场合可以证明一个男人的能力，有谁愿意承认自己的脑袋不如他人？直到吵得精疲力竭，大家才把显然跑出原来轨道的话题重新收拢回来，等待族长做出最终裁决。莽格把油灯拨亮许多，他的身体遮住了有限的光亮，头部影像在低矮的棚顶晃动不已。大家几乎看不清他的脸，然而却分明听见他说："把那个浑身长着肉瘤的妖孩烧死，这是唯一的办法！"

　　人们用异乎寻常的目光盯住莽格，起初以为自己弄错了刚消逝话语的含义，继而从莽格平静得近似冷酷的面容上，证实了他的决定不容置疑。莽格有足够的耐性等待周围人的反应，他两肘支在盘坐的膝盖上，粗壮有力的双手握在一起的姿势，无言地宣告着至上的尊严。男人们垂下迟疑的目光，现在没有谁幻想莽格开了一个过于可怕的玩笑——烧死一个生灵？仁慈的上苍，族人从未动手结束任何一个超越动物之上的生灵。天哪，一切都乱了套，整个事件朝着不可思议的方向发展。当然，这不是残忍凶恶的主意，凡是有头脑的人都看得出，除此之外再没有其他可以摆脱厄运的途径了，那个该死的即将带来灾难和祸害的妖孩已经把乡民进入生活深处的道路阻塞死了。坐在凉飕飕草屋里的男人们总算明白过来，只有胆识超人的莽格敢大胆地替乡民做主，承担话说出口就不怕天惩地罚的责任。他们在持久的沉默后终于把拳头握在一起做出最终的表决，通过和莽格一样的姿势宣告全体臣服于他，臣服于十岁就把一个欺侮自己母亲的无赖干净利落收拾掉的头人——那把粗陋却犀利异常的匕首深深刺入那个找死家伙的宽厚后背，在人们的传述中闪闪发光。

　　第二天上午，全屯人进入了昏睡状态。重大的决定弄得人们精神恍惚心神不定。仿佛有一种拂之不去的病菌传播，人们普遍采用古老的嗜睡方法熬度时间，等待那个时刻到来。睡足觉可以增添超凡勇气的说法现在派上了用场。

　　莽格引诱瘤孩走出家门来到野外指定的地点颇费一番周折。他不想惊扰哑女人，正像一位猎人装枪火时不要骚扰还未注视你的野兽。一旦和母性十足的女人纠缠起来，整个事情就有失败的可能。那些逢遇一点事情便哭哭啼啼的女人们说不定又搅得男人们搞出点什么别的名堂。

瘤孩来到野外的一个空旷地带便被几个闷声不响逼上前的年轻人抓住两臂，用绳子仔细捆绑起来。他的脸上头一次流露出焦虑不安，大声问道："你们要干什么？"

莽格冷冷地说："这该问问你自己。我们请你离开屯子，你却死活不肯。你是不是想看到整个屯子化成灰烬才心满意足！"

"不要把我想得这么可怕。"瘤孩神色里透露出不可测的痛苦和虚弱，他的话多少显得含混不清，"我来这里不是我说了算的，走不走也不是我说了算的。上苍究竟需要我干什么，现在我还不清楚，我还未到顿悟天机的时刻。"

人们大张着嘴巴望着瘤孩，从未有人跟他们说过这种艰深晦涩类似天书的话，黑洞洞的嘴巴犹如必不可少的疑惑粘贴在一些缺乏动感而显得茫然的脸上。喜欢用拳头解决争端的男人们不知所措，他们转过脸，愣愣地盯住阴沉僵硬的莽格。

"你和你的母亲趁早离开这里，不然，我们只好把你点天灯，让那些伺机传播蛊惑人心鬼话和灾祸的妖魔及早断了邪恶的念头！"莽格用滞重的嗓音不耐烦地说。

瘤孩默默站立，似乎在思索莽格的话。过一会儿，他垂下与身体相比显得过于沉重的头颅，悲哀而忧郁地说："我主没告诉我可以离开这里，现在我只能为自己选择通向死亡的路，也许它是一条再生的路。"他把悲伤的目光逐一落到每个人身上，仿佛他们都是毫无知觉的木桩子，"我成全你们的意愿，你们无法摆脱贫乏困惑的日子，与幸福无缘，因为你们识别不了人间的真相。我可怜你们，我死亡之后，所有的神灵将封锁有关幸福的消息，让这里变成永恒的荒蛮之地！"

瘤孩的躯体内仿佛潜伏一个令人恐怖的妖魔，向乡民宣布未来一片悲惨荒凉的情景，恶毒的咒语激怒了乡民，他们终于明白了莽格的睿智和超人的胆识。幸亏有了莽格，不然要不了多久，眼前妖孩浑身的毒气便从瘤子里炸裂开来，弥漫乡间和原野，那时牲畜纷纷倒毙，庄稼难逃死亡，大水或瘟疫冲垮人间，除了像烤焦毛的山耗子疯疯癫癫逃窜，幸存下来的人没有办法摆脱灾难。呸！愤怒粗暴的人们往地下吐唾沫，把早已准备好的没有疤疖、钉子、旁条的木柴放得耸高，并且浇上黄油。已经风干一冬的木柴被迅速点燃，几缕轻烟缭绕升腾起来，火势刚开始像不动声色的猛兽蜷伏，继而猛地蹿起，发出可怕的咆哮。人们哄地离散，远远聚成一堆朝火堆观看，火光在强烈的阳光下颤抖起伏，一次又一次朝天际贪婪地舔噬。杂沓的燃烧声逐渐趋向高潮，似乎无数野兽发出粗重的喘息，又像疾风穿越敞开门洞的吼叫呼号。乡民们目瞪口呆地凝望瘤孩自动走进火堆盘坐中心，反剪的双手令人意外地合拢于前胸做出祷告的姿势，犹如一名坐禅僧侣。被火焰隔离的面容显得模糊摇离，上面凝聚着怪诞奇异的微笑。瘤孩身上单薄的外衣很快焚烧殆尽，浑身大如鸡卵的肉瘤发出强烈刺眼的光芒，并且弥漫出类似森林深处植物的淡淡异香。人们禁不住朝后退几步，令人惊恐不安的心情像摆脱不掉的石头堵在他们胸口。尤为可怕的是，刚才还伸手可触的阳光迅速黯淡下去，天空没有飞鸟的啾唧，江水流淌的声音似乎被一种可怕的力量扼住，呜呜咽咽……不远处陡然作响的老槐树又骇得人们望去，那棵躯体僵硬的老树遭遇了不明真相的风，它猛然间剧烈起伏摇撼，像一个癫狂的女人抖动满头长发扯出声声悠长凄厉的怪叫。乡民们惊骇得全身的血都凝固了，彻骨的寒气从脚下一直窜入头脑。快点呀，快点燃烧，旺盛的大火，拯救屯子的大火！快把不祥的妖魔带走吧，快把盘旋在人们头顶上的厄运带走吧！燃烧啊，红色的火焰黑色的漩涡金色的太阳！燃烧啊，万物之灵，大慈大悲的图腾！有人提高了嗓子，用忽高忽低的声音唱起祭祀的歌曲，大家随后扯开发干的喉咙颤抖地唱起来。眼前的一切在蔓延动荡的歌声里跌宕跳跃，天空在进裂的歌喉中旋转飞散。漫过来，漫过来，让歌声像潮汐一样漫过来吧，让它吞噬全身淹没头顶，载着无数飘游的神灵和人间的星辰，像白色的闪电一样飞腾起来吧。乡民们拍着青筋暴跳的双手，粗壮有力的脚踩踏热气腾腾的土地，一遍一遍歌唱：

> 天门地门全打开，列格莫列格
> 耶德根和信徒请神仙，列格莫列格
> 部落里有难让人急，列格莫列格
> 有何鬼祟请指点！列格莫列格
>
> 万能神灵已显灵，归勒耶归勒
> 作孽妖怪将逃生，归勒耶归勒
> 霞光祥气冲人间，归勒耶归勒
> 消灾灭病幸福长，归勒耶归勒
> ……

（原载《民族文学》2008 年第 6 期）

蒋子龙

JIANG ZI LONG

1941 年出生。河北沧县人。1958 年到天津铸锻件厂当工人。1960 年应征入伍。1962 年毕业于海军制图学校。1965 年复员后进天津重型机器厂工作。1981 年加入中国作家协会。历任《天津文学》主编，天津市文联副主席，天津市作协主席，中国作协副主席。

1962 年开始发表文学作品。著有小说集《蒋子龙短篇小说集》《蒋子龙中篇小说集》、长篇小说《蛇神》《子午流注》《人气》《空洞》《农民帝国》、散文随笔集《秋窗三语》《菩提与命运》《一瞬集》《国家的投影》及《蒋子龙选集》（3 卷）、《蒋子龙文集》（8 卷）等。小说《乔厂长上任记》、《一个工厂秘书的日记》和《拜年》分别获 1979 年、1980 年和 1982 年全国优秀短篇小说奖，小说《开拓者》、《赤橙黄绿青蓝紫》和《燕赵悲歌》分别获 1980 年、1982 年和 1984 年全国优秀中篇小说奖。

农民帝国

（内容梗概）

上　部

在华北海浸区有个地方叫郭家店，郭家店有着近两千户的人家。郭寡妇四处讨饭拉扯着两个儿子敬天、敬时。大灾之年，郭寡妇用两张豆饼给敬天换来一个姑娘结了婚。郭敬天在路边卖切糕与二十九军大队发生争执被挑死，突然的打击让郭寡妇一个月后也撒手人寰。孙月清带着两个儿子艰难地活着。

在走投无路之下，郭存先拎着斧子到外面"砍棺材"过活，意外救了辛庄孙嫂的儿子。孙嫂为了感谢救子之恩打算以身相许，郭存先拒绝了。在辛庄的牲口圈里，郭存先抓住了偷吃牲口料的王顺。郭存先把自己砍棺材挣来的粮食给他吃，两个人成为过命之交。转年，郭存先来到莲花山砍棺材。朱雪珍父亲临去世之前将女儿许配给了郭存先，郭存先带着朱雪珍回到了郭家店。

郭存先意想不到地当上了四队的生产队队长。按照"借地"政策，郭存先大胆地将村子里最好的地都借给了村民。适逢天连降大雨，泡在水里的庄稼眼看就要绝收。郭存先又棋高一着带领着百姓下洼抢收粮食，抢收回来的粮食归各家各户，但郭存先自己抢回来的粮食都交到了村部。郭存先因为私自带领百姓抢收粮食而被免掉了队长的职务，村民们还是趁着晚上悄悄地为他送来各自家抢回去的粮食。

在地主分子刘玉成的帮助下，郭存先在自家的自留地里种上菠菜，获得了丰收，帮助郭家度过了难关。为了惩罚郭存先的风头，村子里派郭存先出河工。家里面，郭存先母亲孙月清极力撮合刘玉成的妹妹玉梅与欧光明的婚事。

又是连续两年的大涝，郭家店收成惨淡。郭存先盯上了东洼蛤蟆窝的苇子，与欧光明、刘玉成、金来喜几个人一起连夜割苇子卖。治保主任蓝守坤夜查蛤蟆窝，郭存先等人撤退时不慎将蛤蟆窝芦苇点燃，火烧了蛤蟆窝。支书陈宝槐、治保主任蓝守坤等人坚定地认为火烧蛤蟆窝是郭存先干的，但是没有证据只好先后派出两路民兵出去告状。

红卫兵大串联来到了郭家店打倒了陈宝槐、蓝守坤。二爷郭敬时失踪，郭存先来到城里寻找二叔，城里到处都洋溢着如火如荼的批斗大会。趁着城里的混乱，郭存先恐吓吓唬唬地为孩子搞到了两袋奶粉。村里的斗争风潮日渐尾声，郭存珠出嫁，存先到城里来送妹妹，意外得知了二爷的下落。郭存先在城里医院太平间找到了二爷。

在县领导封厚的支持下，郭存先当选为郭家店的大队长。他命令拆掉批斗台，用批斗台的木头换了种子，并派出副队长郭存勇去寻找商机。郭存先通过向村民借款的方式先后办起了屠宰场、食品厂、砖厂。"独一份食品厂"的食品在城里销售很火，郭家店的百姓兜里有钱了，村子里的年轻人都先后结了婚。

北京下乡知青林美棠来郭存先家串门，晚上朱雪珍留她在家里住下。半夜外出办事的郭存先回到家里，钻进了林美棠的被窝。这年，郭存先母亲孙月清离开了人世，二爷也再次离开了家。

调查组进驻郭家店调查郭存先。在调查组副组长封厚的暗中帮助下，郭存先有惊无险地躲过了这一劫。欧广明迫不得已的情况下与弟弟分家，一家三口搬到大化钢厂路旁边的小屋。欧广明的儿子狗蛋儿在路上玩耍时被大化钢厂汽车轧死，郭存先带领村里人来到大化钢厂讨说法。在县长封厚的及时协调下和公安局的及时破案，郭存先与大化钢厂化干戈为玉帛。大化钢厂厂长张才千以计划内价格拨给郭存先五十万吨钢材。

郭存先拆掉了村子里的光棍堂，郭家店的各项事业也是蒸蒸日上，省委书记亲自来看望了郭存先。

下　　部

在财富的冲击下，郭存先有点飘飘然，老领导封厚推荐书给他读，他也不以为然。在他的申请下，郭家店有了派出所，他自己担任所长。从北京参加全国人代会回来之后，郭家店接郭存先的车队大闹大化市，弄得大化市交通瘫痪，郭存先觉得有脸面，弄得大化市政府敢怒不敢言。

郭家店老人联合来到村部反对黑森林娱乐城开业，郭存先置之不理。郭存勇在香港找的老婆郭楚芳领着孩子寻到郭家店，郭存先替他摆平了这件事。郭存先通知召开村党委会议，郭存勇担心公司债务亏空和自己赌博的事被郭存先知道而在办公室内自杀。郭存先亲自主持了黑森林的开业庆典。

郭存勇的坟墓被盗，村里人一口咬定是蓝新所为。派出所去人将蓝新家翻了个底朝天，将蓝新打个半死，蓝守义来到村部找郭存先替儿子求情反而被殴打致死。郭存先成立调查组调查东方公司，在其默许下，他的干儿子刘福根又将总会计师杨祖省打死。

市里公安机关人员来调查杨祖省死亡案件，郭存先认为公安机关存心跟他过不去，一怒之下，将公安人员扣留。市公安机关撤销了郭家店的派出所并收回了枪支弹药，郭存先鼓动不明真相村民保卫郭家店改革果实，在村口设置路障，禁止公安人员入村。

市委书记亲自批示抓捕了郭存先。几经与公安机关的较量，郭存先终于俯首认罪，案件牵连人员也相继受到了法律的严惩。

（人民文学出版社 2008 年 9 月版，樊文春编写）

尤凤伟

YOU FENG WEI

　　1944 年出生。山东牟平人。1961 年烟台一中毕业后入伍当兵。1968 年复员。20 世纪 60 年代末至 70 年代初在山东工学院学习无线电专业，后调青岛市文化局从事写作。1982 年加入中国作家协会。历任青岛市文联副主席，青岛市作协主席，山东省作协副主席。

　　1976 年开始发表文学作品。已出版有中短篇小说集《月亮知道我的心》《爱情从这里开始》《尤凤伟中短篇小说选》《蛇会不会毒死自己》《一桩案件的几种说法》，长篇小说《石门夜话》《中国一九五七》《泥鳅》《色》《衣钵》及《尤凤伟文集》（4 卷）等。

隆　　冬

　　大年三十，树田在镇汽车站外面碰上外出打工的庆立。

　　树田来赶集。当地人将这一年里最后一天的集市称为"半半集"。"半"字包括时空两方面的含意。已到真正的年根，户下的年货该置办的都置办了，只有那些临时想起还缺点啥物什的人才到集上走一遭，也是快去快回，蜻蜓点水一般。卖东西的也不多，摊位星星点点像撒落在道边上的驴屎蛋。如此集便很不成样子，应景似的有一搭无一搭，挨不到天晌也就散了，叫"半半"是恰如其分的。

　　他看见庆立，庆立却没有看见他，那时刚下汽车的庆立正浑身上下掏摸口袋，一看便知在检查是否在车上被窃。这让树田生出一种不屑，心想穷人乍富，惶惶得不轻哩。他不喜见庆立，这不排除有嫉妒的成分。原本他过得比庆立好，后来就反过来了。再就是他觉得庆立太洋摆，每遭回乡都穿西服打领带蹬皮鞋，脖子梗梗着，胸脯一挺一挺的，逢人便说城里怎么怎么好，他能挣多少多少钱，眼馋得那些不知道底细的女人们直咽口水。庆立的所作所为让村里的男人们气短，在自家女人跟前挺不直腰板。庆立实在不起好作用。树田想到这儿便不愿理睬庆立，提着刚买的一条蒲扇大小的鱼径直往前走。这时庆立看见了他。

　　庆立高叫："老树田，老树田！"一副见了救兵的样子。树田见躲不过，站下了，冷淡地看着庆立。他忽然生疑：他媳妇春枝呢？两口子一块儿出去咋没"夫妻双双把家还"呢？庆立奔到跟前，将两个大提包丢在地上，连声说："真巧哩真巧哩。"树田明白，庆立说的巧是指需要时抓了他这个"脚夫"。

　　"给我提着这个包。"庆立指派说，口气像包工头。

　　他没吭声。

　　"哈，"庆立的眼光落在他手里提着的鱼，"老树田过年就买这么一条蛤蟆鱼？"

"是老板鱼。"他纠正说。想想又说："图个吉利。"

"图吉利该买加吉呀。"庆立紧追一句。

树田无言以对，觉得心里很堵。为鱼的事早上和媳妇成巧闹了一通别扭。上集买了三斤刀鱼，他觉得能对付着过年了。可成巧说不行，说刀鱼上不了席。说别的能凑合，鱼不能。非逼他赶半半集再买不可。集上的好鱼倒是有，黄花、鲳鱼、鲈鱼，也有庆立说的加吉，都死贵，寻思了半天也没舍得，就买了这条老板鱼。

他想庆立哪壶不开提哪壶，是讥诮他哩。狗日的为富不仁哩……他一下子想起该回没回的春枝，心想这其中必有蹊跷，遂问："庆立，咋你一个人回来了？媳妇呢？"

庆立的脸一下子变了颜色，嘴张了半天才说："她，她，有，有事哩……"

他在心里哼了声：有事？还有比过年更大的事？胡诌！他断定是庆立和春枝之间有了"事"，掰了。他觉得挺解气，想庆立摊上的窝囊事远超过他买不起上品鱼。哼！

树田提起庆立的一个包，撂腿上路了。

天阴沉着，像庆立的脸。

"庆立的媳妇跑了！"进家后树田将买来的老板鱼递给成巧，同时又递过这句话。

"跑了?!"成巧的眼睛瞪得溜圆。

"跑了。"他说，这是经一路思考得出的结论。

"你见着庆立了？"

"嗯，一块儿从集上回来。"他说。

"他和你说春枝跑了？"

"不用说，明摆着的事。"他坚信自己的推断正确。

"庆立不是个东西，活该。"成巧同样不同情庆立。说完便忙着收拾树田买回来的鱼。

庆立不是个东西，成巧说得没错，说跑了媳妇活该，也没错。当初庆立把春枝娶过来，美人似的新媳妇让全村人看了眼亮，男人女人都说鲜花插在牛粪上。问题是庆立耍大男子主义，拿豆包不当干粮，耍横，村人不时见手持棍子的庆立把媳妇撵得满街跑。想到这里，树田不由对照起自己。他和成巧大致也能用上鲜花和牛粪那句话，不同的是他把成巧摆在上面，在乎她。说酸点是爱她。当初成巧见别人进城撺弄他也去，他没听，他舍不得把媳妇自个儿留在家。成巧说可以跟他一块儿去，把儿子大满送到他姥爷家上学，他还是不同意，理由是女人不能出去见世面，见了世面心就野了，就拴不住了。气得成巧骂了他一通，也没辙。可眼下庆立的下场让树田觉得自己有先见之明。想狗日的庆立钱是挣了，可把老婆给弄丢了。自己穷老婆还一心一意跟着自己过，吃亏就是占便宜。想到这儿他看看蹲在地上洗鱼的成巧，洋洋得意地说："幸亏当初没听你的，要是进了城没准你也和春枝一样跑了人。"

"于树田，你，你放屁！"成巧光火了，站起身冲树田大声嚷叫。树田立刻意识到自己说了不当说的话，可一时又不知该怎样挽回，张着手哑口无言。

成巧不肯罢休，嘴像连珠炮："你，你怕老婆跑了，就得养活得起！你寻思进城跑人，该跑不进城一样跑。于树田，我告诉你，我早就想跑了，我够了，跟着你，倒八辈子的霉，大过年要账的挤破门……"

"哪……哪个？哪个来……来要账？"树田一急竟口吃起来。

"哪个来？欠谁该谁你心里没个数？"

"庆东来了？"树田问。庆东是村委会主任，入冬来一直催那份教育集资款，催命似的。他最草鸡的是，今天去赶集，除了买鱼，也有躲庆东的意思。见成巧不回答，他又问："庆东到底来了没有？"

"来了！来了！叫你去交钱，不交过了年就不让孩子进学校的门。"

"操你个妈！"树田骂道，"就不交，看你能把老子咋样！"树田充硬，好像面对着村头庆东。

成巧哭起来，泪哗哗流，边哭边数落树田，说他是男人顶不了天，挣不来钱，弄得全家人跟着受穷，连孩子的学费都交不上。她把平日里积攒的怒气一股脑儿倾倒出来。树田的心一点一点往下沉，像沉进冰水里，他后悔不该捅成巧这个马蜂窝。他很清楚，这个年过不好了。

树田家真的是过了一个暗淡无光的年。

俗话说没有不透风的墙。庆立"跑了老婆"的消息，如同寒风扬起的雪花，在村中不胫而走。对于一个常年沉寂闭塞的小山村，这不啻是条爆炸性新闻。无论是人们串门拜年还是走在街上，打了照面首先要提及的就是这件事。尽管没从当事人庆立那里得到确认，却没人怀疑其真实性。正如树田对他老婆成巧说的那样：事情是"明摆着"的。老婆不回家过年不会有别的解释。在农村，恐怕没有比男人跑了老婆更为耻辱的事了。可以想象这会给庆立造成多大的压力。据说除年三十那天庆立回爹妈那里过年，以后便闭门不出，很少有人看见他那穿洋装西服的身影。

树田再看见庆立是大年初七的傍黑，树田所以能将日子记得清楚是因为那天成巧又和他吵了架，起因还是百家姓的老二：钱。刚过了年，成巧在街上碰见庆东，他又催起欠款，瞪眼巴皮的。成巧的气出不来，回家便往树田身上撒，给他们家本来便不和美的年节又抹上一层阴影。

树田是在村头看见做贼似探头探脑的庆立，觉得庆立像是尾随自己，心里不由打个愣怔，想自己把庆立跑了老婆的事说出去，莫非要寻他算账？庆立一向是个不好惹的主，他知道，都知道。他戒备地注视着庆立，不吭声，后听庆立道句："树田哥过年好。"悬着的心才落了下来，赶紧还礼："庆立你过年好。"他有些疑惑，庆立一向叫他树田哥，进城以后改了，叫他老树田。今儿个咋又叫开哥了呢？过年通常是庄稼人"长膘"的时节，可眼前的庆立比年前见时瘦了一圈，脸色也很难看，像抹了一层鸡屎。他想庆立也可怜见的，日子不好过啊。遂安慰说庆立想开点啊。庆立没回应，脸上的肉棱子紧一下慢一下地抽搐，像刚杀死的青蛙腿。

"庆立想开点啊！"树田又说。他想不出其他安慰话，庆立的样子弄得他煞是紧张，觉得那颗灰蒙蒙的头颅就像拉了弦的地雷，随时都会爆炸。

庆立没炸，还是闷着。过了好久呼出一口气，说句："树田哥年过得好吗？"

"好个鸟哩！"树田连连摇头，"年还没过去狗日的黄世仁就逼债。"

"哪个？"庆立问。

"还有谁？"

"庆东？"

"可不。"

"大过年逼债，丧门人。"

"王八蛋。"

"是王八蛋。对他说，缓缓。"

"不成，说不交就停孩子的学。"

"欠多少钱？"

"一百二。"

"也不多嘛。"

"可过年过得一个钱也不剩啊！"树田苦着脸。

庆立想了想，说："也是，一文钱难倒英雄好汉哩！这样吧。黑了天你到我家一趟。"停停又说："别让人看见。"

"你……"

"别问，去了就知道了。"庆立说完就转身回村了。

树田想，看样庆立想借钱为他解急，心里闪开一道缝。

吃晚饭的时候，树田主动和解，对成巧说在村外遇见了庆立。成巧不搭腔，闷头吃饭。树田又说庆立要借钱给咱哩，叫我去他家拿。树田把猜测当事实是为了安抚成巧，果然十分奏效，成巧接茬了，问："他说的？"树田说：

"他说的。"成巧说:"日头从西边出来呀。"树田说:"他能借。"成巧说:"给了才作数。"树田说:"没问题。"

出门经冷风一吹,树田方意会到话说过头了,要是庆立不借钱,回去咋向成巧说呢?成巧还不把他给吃了。树田觉得腿沉起来,他不由想起庆立说的"一文钱难倒英雄好汉"的话,觉得自己就是被钱难倒的英雄好汉。本是要刚要强的人,今儿个却求到庆立门下。

倒是没碰上什么人。黑天雪地没人在大街上闲逛,只是一声陡起的驴叫把他吓了一大跳。

庆立在炕上独自喝酒,见树田进来用手往炕桌那边指指,又给树田倒了盅酒。树田属于那种恋酒却没有量的人,见酒必喝,一喝就醉,为此没少受成巧的嫌乎。不过今天他知道得管住自己,一切的一切是从庆立手里借到钱。他端盅向庆立举举,说句"庆立谢你啦",就把酒盅靠上嘴唇,抿了一口。

"干了。"庆立说。

"不行,刚才在家喝过了。"树田说了谎。

"一个人?"

"是。"

"那干吗不早点过来,咱哥俩好好喝一盅。"庆立说。

树田嘿嘿地笑,心想连个菜肴都没有,"好好喝"个屁哩?你个庆立这遭知道虐待老婆的下场了吧。

"这酒咋样?"庆立问。

"好酒,好喝。"树田朝桌上瞥瞥,是一瓶剑南春。

庆立又给树田递烟,树田抢先从桌上抓起打火机,给庆立点上。他再瞥瞥,是一盒泰山。心想烟酒都高级,庆立这东西倒驴不倒架哩。

"来这儿没人看见吧?"庆立问。

"没。"树田答。

"瞅准了?"

"嗯。"

庆立呷了一盅酒,说:"叫你来,是要告诉你……"

树田眼望着庆立,等他的下文。

"春枝叫人拐了。"庆立说。

树田的心一下子被失望所占据。原来庆立把他叫来是为了说这个。这事不用说,全村人都知道了。失望使他恢复了对庆立倒霉的幸灾乐祸,他刺庆立说:"咋跑了?你俩不是在城里过得好好的吗?"

"好个鸟!"庆立低吼一声,接着大哭起来。哭声悲切,像老牛的哞叫。树田皱起眉头,他没想到庆立会哭。在乡间,男人是不兴哭的,那会被人耻笑。

长这么大，他几乎就没见过哭泣的男人。他也不记得自己哭过。当然，该哭的事老鼻子了，要是遇事就哭，那还算个爷们儿？正是基于这种想法，庆立的哭不仅并没引起他的同情，倒让他鄙夷，想庆立里外里不是条汉子，也是自作自受。

庆立边哭边诉说春枝离他而去的过节。因为情绪激动，说得乱头无绪。树田只能听出个概略：拐了春枝的那个人姓薛，人称薛胖子，小包工头，本乡薛家岭子人。

不知怎么，听着听着树田眼前便浮现出春枝姣好的面容，笑盈盈，甜美美。心想，换成自己也是舍不得。

"春枝现在在哪儿?"树田问。

"听说回娘家了。"庆立说。

"你去找她呀。"

庆立摇摇头，眼里又涌出泪。

"庆立，想开点吧。"他安慰庆立，还是那句不变的话。

"不行! 我咽不下这口气，我不算完!"庆立直嗓高呼，"我要把事摆平!"

"摆平?"

"我要把薛胖子干掉!"

嚯! 树田吓了一跳，他没想到庆立起了杀心。

"不敢胡来! 不敢胡来哟!"树田赶紧劝说，"慢慢想法子解决。"

"解决个鸟哩! 人都叫他睡了，还能还原? 不行，我非杀了他不可!"庆立端起酒盅，仰脖倒进口中，又把酒盅"砰"地蹾在桌上。

"杀人不犯轻易，人命关天啊!"树田定定神说。

"老子不怕，大不了一命换一命。"

树田不吱声了。他知道自己是劝不好庆立的，夺妻之恨使庆立不顾一切。他想借钱是没指望了，那就不如早走，免得一旦出事把自己搅乎进去，到时候跳进黄河也洗不清。他挪身子下炕说："庆立没有别的事我就走啦。"

"有事。"庆立说。

树田僵在炕边上，眼乜斜着庆立。

"喝酒。"

树田重新坐回去，响应地与庆立碰杯，心里似乎又升起希望。

"除薛胖子是铁定了……"

不知怎么树田耳畔响起那句熟得不能再熟的判决词："……罪大恶极，民愤极大，不杀不足以平民愤……"

"不杀薛胖子誓不罢休，可这当间有个难处……"

"……"

"我一下手，春枝肯定知道是我干的，案子就破了。"

树田觉得对。

"所以，得另想法子。"

"啥法子？"

"让别人替我干。我出钱。"

雇凶杀人。树田脑子里跳出这四个字。这种事如今不断发生，电视上报了好几回。可庆立要这样干却把他惊得不轻。

"所以，我想找个人。"庆立说。

"谁干也是杀人偿命的事……"

"不一样。"庆立打断说，"别人干，公安难破案。和薛胖子无冤无仇的人怀疑不到他头上。"

树田觉得有道理。

"再说了，农村的公安水平低，破案光靠狗，狗光靠鼻子，不大管用的。"

听庆立这么说，树田记起前些年邻村发生的一个命案，死的是一个老光棍，让人用刀捅了。县公安局派去了侦探，把狗牵进屋闻了闻味儿，狗就带着人跑，出了村，到一条河边，狗不跑了，朝着河水汪汪叫。后来侦探回去了，案子到如今也没破。想到这儿他打个愣怔，想庆立的意思……

树田再看庆立，庆立不知啥时候掏出钱，全是百元大票，厚厚一沓子。他把钱分成两摞，并排在桌上，说："我总共这么多钱，二一添作五，我留一半，另一半谁替我把薛胖子除了，就归他。"

说完盯着树田看。

树田有些喘不动气了，他不敢看钱，也不敢看庆立，只看眼前的酒盅。

"树田，你咋样呢？"庆立问。

"不行，不行，我不行。"树田赶紧分辩。

"你行，我叫你来，就是觉得你行，你体格壮，又练过武功，是条汉子。"庆立说。

"我，我胆小……"树田嗫嚅道。

"艺高必胆大。"庆立说。他像玩扑克魔术似的不停地互换两摞钱的位置，动作越来越快，让人眼花缭乱，最后叹了口气说："只可惜是我的事，要是别人的事让我干，我不打怵，肯定。"停停又说："钱壮人胆。"

树田张了张嘴。

干呢还是不干？接下来的日子，树田翻来覆去地想，一想就心惊肉跳，好像已经杀过人了。那晚他没有答应庆立，也没拒绝。这是桩天大的事，得好好掂量掂量，不能草率行事。可庆立不容他久拖不决，给了个期限：正月十五以前。因为过了这一天，薛胖子（也包括庆立自己）就要返城，那就干不成了。庆立还说让他想好了，干，趁早动手，不干他另找别人。

这是树田有生以来碰到的最难决断的事，这事还不能跟别人商量，包括成巧。那晚回家他告诉成巧说庆立借钱，但得过了十五。成巧问为啥？他说钱不凑手，又说庆立肯定会借，放心。成巧哼声说：他借？你做梦去吧。后来成巧发现，树田确实像进入梦境，成天神思恍惚，丢三落四，前言不搭后语，掉了魂一般。

不过，有一点树田还没糊涂到底，就是这事干与不干，取决于得到多少佣金。庆立说钱能壮胆，话倒不错，问题是多少钱才会把胆子壮足，足以去杀人。那晚庆立把一沓钱分成两摞，一摞看上有一指厚，一指厚的百元票有多大数目，他说不好。一度想问问庆立，终没张开口，因为一问庆立就明白他动了心，他不想让庆立早知道这个。也正因为如此，钱数便成为一个谜团。这谜团又好似一个刺猬，在他的胸腔里乱碰乱撞，弄得他心神不宁。

终是要弄清钱数，这是一定的，不能含糊。他想。

按说，这也算不上难事，只需将一指厚的百元票数数就成。可问题是树田拿不出那么多钱来。他没有，甚至可以说从来就没有那么多百元票从他手里经过。

树田终归不是个愚蠢之人，他开动脑筋，办法便随之而来：他趁一人在家时打开儿子的书包，从中找出一本厚度相宜的书，数将起来，书有页码，用不着现翻，可树田还是只相信自己。他数得极认真，一页一页地慢慢翻，翻几页蘸一下唾沫。数到末了不由脸热心跳：数目相当可观，远远超过他的预料。

然而欢欣只在瞬间，树田恍然有悟，他猛拍一下脑门儿，骂道：妈的，昏头哩，拿着骡子当成驴数，纸页一薄一厚咋能对上数呢？树田如冷水浇头，情绪一落千丈。

走"捷径"不成，树田打消了取巧心理，他想，也是，世上的事原本都是实打实，如同杀人必须见血。

于是乎树田的思路归于现实，他想"看"到那么多真钱，"实打实"把数目弄清楚。

他首先想到在村里设立果品收购站的外乡人林老板。林老板有钱。林老板常年在这一带收水果，低进高出，赚得海海的，买了汽车、盖了小楼，背着家里的老婆在这里包了个二奶，过得逍遥自在。乡下人一般不肯露富，而林老板不在乎，坦言自己有几百万身价。他想那就去找林老板，让他拿出一沓钱让自己数数，定是没问题的。可刚要欠身前往，他却第二次拍了脑门儿，林老板回家过年去了，鬼影不见哩。他懊恼地摇摇头。

树田再想，就想到村头庆东。想到庆东，树田又不由得摇了摇头，否定了。他知道自己不会去找庆东，找也没用。庆东就是让钱摞压死，也不会把钱亮在他眼前。

树田打个愣，眼前倏然现出一张漂亮的女孩脸。那是前街永祥家闺女西美。

树田去找西美是傍晚时分。出门时成巧问他去哪儿，他说出去转转。他打马虎眼是怕招惹麻烦。西美在村里名声不好。自几年前进了城，尔后回家便一年比一年阔绰，村里人都说她在城里做了"小姐"。女人们不许自家男人与西美接近。树田决意去找，是认准西美有钱。

天上飘着雪花，新雪盖上旧雪，将村街铺了一层厚厚的白。树田一步一个脚窝由后街来到前街，在西美家门前他跺了跺脚，拉了门闩。

也是巧，只西美一人在家。树田心里暗暗高兴。见有人进门，西美忙将手里的烟头丢在地上踏灭，笑道："树田哥过年好啊。"树田连连说："过年好，过年好。"他不大敢看西美，他觉得西美越来越漂亮了，无论是穿戴还是模样，很扎人眼。特别脸皮像馍似的白，不由得想难道城里的日头晒不黑人？不知咋的，一向正经的树田这时陡然生出一种很下流的意念：干一次西美得花多少钱？这意念只是一闪而过，说出口的话却是："西美，哪天回家的呢？"

"腊月二十六。"西美说。

"啥时回去？"

"后天。"

"咋不过了十五再走？"

"忙啊。"

闲言少叙，树田想怎样开口提钱的事。

"我爹妈走亲戚去了。"西美说。

"我不找叔、婶。"树田说。

"找我兄弟？"

树田摇摇头。

"……找我？"

"嗯，我想求你一个事。"

"啥事？"

"钱……钱……"树田口吃起来。

"钱？你要借钱？"

"不，不是。是看看。"

"看看？"西美满脸疑惑，直盯着树田，"看钱？"

树田懊恨自己笨嘴拙舌，说不清意思。他使劲咽了几口唾沫，定定神，然后把自己的本意对西美说清楚：让她拿出一指厚的百元票让他数一数。没别的，就是数一数。

"树田哥，你，你有病啊?"西美笑了，笑着笑着眼神变了，像看劫犯似的盯着树田。

"西美，给我，看看，数数，就……"

"我没钱。"西美口气生硬。

"你有钱。"

"我没钱。"

"你，你怎么能没钱?"

"我怎么就有钱?"

"你，你干那个……还能少挣了……"

"于树田，你，他妈的给我滚，滚! 滚出去!"西美怒吼，原本俊美的面庞一下子变了形，她张开双臂，像轰鸡似的把他往外攉，"滚!"

树田狼狈逃窜，来到街上满脸茫然。他想不通，自己好好和她说话，咋说恼就恼了呢? 这么凶! 树田惹了祸却不明就里，确是昏了头。

往回走的时候路过庆全老头的小卖部，树田再次鬼迷心窍打起庆全老头的主意。他觉得庆全老头做买卖每天都有进账，特别在年节间，大人孩子都上门，财源滚滚啊。他要说没钱可是不对头哩。

"树田，买点啥呢?"不等树田跨进门，庆全老头就向他打招呼。

"啊，啊。"树田吞吞吐吐，眼往货架子上溜，他装样子，是等一个买炮仗的半大孩子走。钱的事不能说在人前，也包括孩子。

孩子走了。

接受刚才遭西美无理的教训，树田努力按捺住躁动的情绪，尽量把话说得和缓，可不管怎么个说法，意思是不变的：看看人家的钱。

"树田。你喝醉酒了吗?"庆全老头瞪着浑浊的眼睛问。

"我……我，没喝酒。"树田认真地说。

"没喝酒咋说醉话呢?"

这时从外面进来一个来买东西的女人，庆全老头就顾不上树田，忙起自己的生意，直到女人买完东西离开。

"树田，你，再说一遍，想干啥?"庆全老头似乎还在云里雾里。树田又把自己的意思说了一遍。庆全老头摇了摇头。

"树田你真是高抬我了，我哪来那么多钱? 你看看。"庆全老头把钱匣子搬到柜台上，把手伸进去翻弄着给树田看，"树田你看看这不全是烂狗屎样的零碎票，庄户人谁舍得拿百元大票来花。要看大钱，到镇里银行，你去那儿看。"庆全老头喋喋不休地说。

"你有钱，我知道。"树田不退让。

"树田你这是啥话，咋就认准我有钱呢？"庆全老头问。

"做生意还能不赚钱吗？不赚钱你早就不干了。"树田不讲理。

"树田，你这是说的啥话，你吃错药了咋的！大过年的来搅和。"庆全老头火辣辣地说。

"我又不是要你的钱，只是看看，钱见不得人吗？看看又看不丢，你怕啥哩！"树田耍起蛮来，对西美不敢这样，对庆全老头他不在乎。

"我……我……没钱，有钱，也……也不给你看。"庆全老头气得山羊胡直抖。

"奸商！为富不仁哩！"树田把手往钱匣子上猛地一拍，发狠道，"赔吧，使劲赔，赔你个六门到底！"反正无望。他破罐破摔。

"你，你狗日的，不是来上庙，是来捉弄老道啊！"庆全老头颤着声，一副要哭的样子。

"活该！"树田拔腿走出庆全老头的小卖部。

"你，你还赊着账呢！还钱！还钱！"气极的庆全老头追到门口嚷。

"还个鸟！"树田头也不回地走了。

树田没有回家，装着满腔郁闷在村街上来回走动，像头困兽。他实在想不出还有别的能帮助他的人，如此更增加了心中的愤懑。他想自己不过是把钱数数，就是数数，没半点不良企图，可就把一个个吓得要命，好像他是个打劫的胡子。想到这儿树田感到无限悲凄。自己没钱不说连看看的资格都没有，这是啥事呢？真他妈窝囊透顶！他陡然觉得自己应该有钱，必须有钱。同时冒出一个念头：一旦有了钱，他就要出一口恶气，用大票子朝庆东脸上摔，朝庆全老头脸上摔，还有婊子西美，嫖，嫖了她！完事把票子往她肚皮上摔……

他朝庆立家走去。

这时天色已晚，红霞布满西天，炊烟在一幢幢白色屋顶上方袅袅飘升，如此美景，树田却是视而不见。

刺客树田溜出村子，投于茫茫黑夜里。许是刚出热被窝的缘故，他感觉极冷，不住地打战。风比白天收了些，雪下得更大了，直往他脸上扑，往脖领里灌。下雪倒是正中下怀的，雪会盖住脚印，使他的行动无踪无迹。

在村头他站下了，向前望望，他没望见什么。要是在白天，他能看到远处的汉河长长的河坝。再远，是呈扇面在天边排开的陈庄、吕店和河口。可现在他什么也看不见，天地间被风雪弥漫，还有夜，一片混沌。不过树田并不担心什么，他土生土长，对周遭一带地形熟得不能再熟，即使闭上眼睛，他也能勇往直前：登上河坝，穿过汉河，再穿过吕店村街，然后到达他要去的薛家岭子。

树田往下拉拉棉帽，往上提提祆领，又伸手摸了下怀里的家什（一把杀猪刀），便迈开步子往前走了。雪埋没了路面，夏天被大雨冲出的坑洼，暗藏险机。为提防摔跤，他行走缓慢，深弓着腰，像一头蹒跚在雪地里的熊黑。

今天是庆立的最后期限，他必须动手，不能再拖。所以挨到最后一刻，一是决心难定，再是要干也得有所准备。"杀人不犯轻易"。方方面面都是。包括他，也包括庆立。庆立倒是个合格的雇主，负责到底，不断叮嘱他一些注意事项，提供许多相关信息，如把薛胖子家在村中位置做了直观的图示。怕他杀错了人，又给他看了好几张照片。信息当中最使树田宽心的是薛胖子嗜酒，每晚都要喝个烂醉，这样便好对付，趁醉下手，杀人如同切瓜。

离村渐远，天地无遮，风雪立见肆虐，阵阵扑面令他几乎不能呼吸，无奈只好用手罩住鼻口。稍久，手便冻得猫咬似的痛。树田不由后悔起来，不是后悔自己当了杀手，而是应提早行动。前几天天气都好，错过了，实在太不应该，是自作自受。不过除了老天不作美，其他尚一切正常。连树田自己都感到惊奇的是自己十分镇定，没有恐惧的感觉，好像去干的不是杀人勾当，而是如走亲戚看朋友般平常。这似乎印证了庆立对他的评价：是条汉子。不过细想想倒也不足为怪，在情理之中。几天来该想的他想了不止千万遍，是好是歹也像烙饼似的翻来覆去地权衡。最终他认了，无论是成还是败。他想世上没有一桩好事能让人白捡。而且有大利必有大险。热被窝里搂着老婆睡觉自是舒坦，可那样大风能把钱票子刮进门？不会有那样便宜事情。总而言之，树田是决意豁上去了，想的只是行动，把事干成。前行中他倒想起一桩无干的事：那天没从西美和庆全老头那里"看"到钱，他就到庆立家，庆立似乎猜到他的心思，不说话，像上次那样把钱拿出分成两摞，把一摞给他点数。他点了。庆立收回钱去问句：多少？他说：五千。庆立纠正说：半万，当时他愣怔了，概念全乱，过了好一阵子才想到五千和半万一样，他在心里骂了句，想庆立自进了城啥都变得怪怪的，不可捉摸。

迷蒙中，树田短促的视线看到了隆起在身前的河坝。到汉河了。汉河，一条不起眼的河倒有个很气派的名字。当然，树田不会去想这个，他没有这份雅兴。他想的是路程已经过半了。从他的村到薛家岭子八里路，汉河不偏不倚横在中间。树田升上堤底，又降到河滩，这时他感受到更为强劲的河风。五冬六夏，风都认路，河道便是风道，畅通无阻。树田被风吹得摇摇晃晃，只能一步一停，好像等脚在雪窝里生根。这么走了一会儿，便来到河中，河水早已封冻，冰上的雪被风吹走，光溜溜的像是镜面。树田不及防备便滑倒了，跌得很重，很痛，树田不由叫唤起来，叫声很怪，如同狗吠。这声音先是教树田一怔，紧接脑袋轰地一响，全身紧绷，糟了，糟了，他心中暗叫，他意识到自己忽略了一个最为重大的问题：季节。季节不对。如果在河水流淌的季节，警犬无法对人进行追踪，而冬季就行。人在冰上过，狗在冰上追，那是插翅难逃。

想到这些，树田也就心明：不行了，行动必须取消，不能干，干就是找死。性命与钱相比，钱还是次要。庆立自己不肯冒险，就说明这个事理。尽管这么想了，也千真万确，可树田仍心有不甘，觉得窝火、窝囊，几天来自己为这事折腾，备受煎熬，人不是人鬼不是鬼，整个是只野兽，到头来却是白遭了罪，一场空。树田恼恨地从冰上爬起，站着不动，似乎陷入迷顿。过了好久，方醒悟般吁了口气，折身后返。他觉出腿有些瘸，一步一晃，一晃一痛，痛得钻心，他想是把骨头摔断了吗？想到这一层，心又一缩，他知道这可不是一般般的事，要残废了，以后连老婆孩子都不能养活，全完了。

树田忍住疼痛，心里的和身上的，一步一挪，一挪一晃，好容易攀上河坝，就再也拖不动腿了，风吹得他趔趔趄趄，晃悠了几下一腚蹾在坝上，没立即站起，想歇一会儿。他朝村子方向望望，灰蒙蒙的看不见一点影儿，满世界除了风雪没有别的。他懊丧极了，觉得这档子事，真他妈倒霉透了。又想自己弄到这般地步，全是狗日的庆立所为，他像个勾魂的鬼，愣把自己往死界里引。可恨的庆立！可恨！他真的恨庆立，恨得咬牙切齿。想狗日的庆立从根上就不是个东西，不安分守己，轻薄洋摆；吃喝嫖赌（他炫耀说在城里嫖过妓）；不孝父母；不怜兄弟；不疼老婆；老婆逃了，借刀杀人。树田一件件一桩桩在心中历数着庆立的劣迹、罪过，义愤填膺。陡然，树田周遭的世界阒然无声，这场冬季深夜里的大风雪风止雪消，树田似乎于死寂的冥冥中听到召唤：杀庆立！杀庆立！立时，他身上几近凝固的血液，奔腾汹涌起来，伴着呼啸直冲上头顶，像冲开了闸门，开启了他的思维，这思维是如此的奇异，石破天惊：杀薛胖子得钱——是脱了裤子放屁，省事合算——是杀庆立。杀了庆立得利是五千再加五千，用庆立狗日的话说是半万加半万，那就是一万，整整一万啊。多少年都盼着当上万元户，这遭却是一转身就成。他想自己咋没早想到这一层呢？其实这账是一清二楚的。连儿子大满都会算。是的，是的，一万，一万，阔了，阔了，发了，发了，他念叨不止，痴迷了一般，身体却像一台加足了油的手扶机车，驶进茫茫风雪中。

隆冬过去，很快就是清明。

就是清明这天，有人在村外一口废弃的机井旁发现一堆燃尽的纸灰，这种反常祭祀自是会引起人们的诧异与联想，于是便报了警，警察亦不费什么力气从井里打捞出一具尸体。由于严寒的保鲜，尸体没有腐烂，尽管是闭了双眼，可村人仍一眼就认出是正月十五在家里失踪的庆立。警察自会记得，夜里庆立的家人来到公安局报案，案子最终没有破，倒不是警察不尽心尽力，而是那场漫天大雪掩埋了所有可助于破案的线索，老虎吃天，无处下口，这事也只能不了了之。

　　失踪人找到了，且是被人残害而死，警方也就不敢怠慢，立即重启破案程序。他们先是将村里所有有作案能力的人列为怀疑对象，然后再一个个排除，然而真正作案人树田却始终没有进入警方视野，最终成为漏网之鱼。这同样不说明警方的弱智无能，而是树田与受害人庆立之间没有任何利害瓜葛，何况他在村里一向有口碑，于是杀人案又陷入迷津。

　　只是下一个清明节，机井边没再出现祭祀留下的痕迹，细想想也似乎理所当然。当初树田一是觉得心中有愧，再是觉得庆立没有后人，死了得不到人间香火；当然最根本的是想通过这种方式给倒霉的庆立做些补偿，让他在阴间手头稍稍阔绰些，所以……他想既然如此这般都潜藏着不尽的危机，他也就不能再管许多了。

　　当又一个隆冬到来，一切复归平静，无声无迹。

（原载《中国作家》2009 年第 1 期）

王梓夫
WANG ZI FU

1947年出生于北京市通州区马驹桥镇驸马庄。1966年参加工作，曾在通州区从事宣传工作。1983年加入中国作家协会。1987年毕业于武汉大学中文系。历任北京人民艺术剧院创作室主任，北京通州区文联名誉主席，北京西城区作家协会副主席。

1978年开始发表作品。著有中短篇小说集《昨夜西风》《蜜月日记》《格外》《男人气象》《官戒》，长篇小说《异母兄弟》《漕运码头》《遭遇复仇》、散文集《往事门前》《感悟生命》，长篇报告文学《生命之光》《兴旺之魂》《大运河启示录》及《王梓夫自选集》（3卷）、《王梓夫小说精品》（5卷）等。

向土地下跪

一

在以后大半辈子的日子里，康老犁想起自己荒唐的洞房之夜总是忍不住地笑。笑出了声，甚至笑弯了腰，笑岔了气。周围的人常常被他笑得莫名其妙，笑得发毛，都觉得这个人脑子出了问题，甚至还有人建议他儿子带着他到精神病医院去检查一下。只有他老婆知道这不是病，是他肚子里揣着的一兜儿坏。

老婆田小穗是棉花桃儿一样的脾气，任人撕，任人扯，受了天大的委屈脸上还露着软绵绵的笑模样儿。那时候田小穗年轻，虚岁才十七，也算得上漂亮。康老犁对女人的审美和对牛的审美几乎一样，结实就是漂亮。田小穗个儿不高，却是腰圆屁股大，粗胳膊粗腿，上上下下都有用不完的劲儿。康老犁在地主冯有槐家里当长工，田小穗是冯家的丫环。两个人一天不见见三遍，康老犁见到田小穗，身上就热烘烘的，较劲儿，总想干点儿什么。所以康老犁总觉得自己身上的力气是田小穗给的，或者是像气功一样从田小穗身上传过来的。

将田小穗许配给康老犁是冯有槐的恩德。康老犁不是一般的长工，而是方圆百里有名的庄稼把式。赶车耕地，提粮下种，筛簸扬拿，他无不精通。活计好，更肯花力气。冯有槐总是说，土地是康老犁的爹娘，康老犁就是孝子；土地是康老犁的子女，康老犁就是慈母。他使出的牲口总是膘肥体壮，他侍弄出的庄稼总是穗大苗齐，同样年景同样的地，他总是能比别人多拿两成的收成。这样的长工百里难寻，冯有槐对他格外看重。

康老犁对田小穗有意思，冯有槐是从他吃饭时的碗边上看出来的。冯有槐是地主，可不是穿着长袍马褂，留着八字胡，拄着文明拐杖的财主。他是一个真正的地主，是土地的占有者，也是土地上的劳动者。他穿着跟长工一样的衣服，挥着跟长工一样的锄头，也吃着跟长工一样的饭食。在家的时候，饭桌放在院子里，冯有槐坐在饭桌的正面，康老犁坐在饭桌的右边，其他男性无论是家里人和做工的都一律平等地围坐在饭桌上。田小穗把做好的饭菜端上来，站在一边等着给所有的人添饭。要是田小穗把饭食送到田头上，冯有槐便连坐的位置都不讲究了，随便蹲在长工中间端着碗稀里呼噜地吃饭。在外人眼里，无论如何分不出来谁是地主谁是长工。

所不同的是，冯有槐总会比别人多用些心思，毕竟是东家嘛。况且冯有槐也有心思，没有心思能发财吗？当长工有当长工的规矩，尤其是东家在场的时候，尤其是在东家宅院的时候。吃饭就是吃饭，吃饭的时候不许说话，不许东张西望。饭菜盛好了，就要把脑袋埋在碗里专心致志地吃，吃完了撂下饭碗立即就要离开东家的宅院，因为宅院里有东家的女眷。冯有槐渐渐地发现，康老犁在吃饭的时候虽然也不言不语，可他的眼睛却不老实。康老犁端着大海碗，整个脸蛋子都被遮盖上了。可是每吃一口，康老犁的碗边上就会闪出两缕贼光，这贼光是乜斜着冲向田小穗的。不知道田小穗是否接受或感觉到了这贼光，反正冯有槐任何时候把目光投向田小穗，田小穗总是低着头，手举着勺子等着给空了的饭碗添饭。

冯有槐是在打谷场上跟康老犁谈这宗严肃的婚姻大事的。那一年是个少有的好收成，场院上谷垛高得像座山，棒子长长的像城墙。冯有槐高兴，长工们也高兴。那天的月亮很圆，冯有槐跟康老犁躺在高粱垛上，很惬意地抽着烟。冯有槐说话了，单刀直入，刀尖儿直捅在康老犁的心窝儿上："老犁，看上田小穗了？"

康老犁当时就蒙了，像是做了贼被当场抓住一样，连辩白的力气都没有了。

冯有槐："你嫂子原本想让我把她收做二房的。"

康老犁的心抖了起来，人家东家的二房你也想动心思，缺德不缺德呀？

冯有槐说："你要是喜欢，就把她娶了吧。"

康老犁傻了，干张着嘴说不出话来。

冯有槐解释说："我也想了，咱这小地主比不了大财主，多一个人多一张嘴。"

康老犁有点儿不解，你种着三百多亩地，还在乎多一张嘴吃饭？抠门到家了。

冯有槐又说："你也不小了，二十三了吧？等把地里的粮食收完了，就把喜事办了吧。"

这事就算是谈妥了。从始至终，都是冯有槐规划的，康老犁一句话都没说，就白得了一个媳妇。康老犁觉得自己太笨，不是手笨，是嘴笨。怎么也得向冯有槐说句谢恩的话呀，显得自己太不懂事了，太没良心了。

这笨人却办出了一件惊天动地的事。

喜事办得挺体面，也很热闹。康老犁的祖上给他留下了三间土坯房，算是有个自己的家。喝喜酒的人散去之后，康老犁带着自己酒后的豪迈冲进了洞房。田小穗蒙着盖头端坐在炕头上，康老犁在田小穗面前站了片刻，二话没说，将田小穗抱起来，往肩膀上一扛就出了门。

任田小穗怎么挣扎怎么叫，康老犁毫不理睬。他大步流星义无反顾地朝前走，走出了栅栏门，走出了村口，还是没停下脚步。

正是深秋季节，大片大片的青纱帐被放倒了，田野上散发着令人心醉的庄稼的清香。野花放荡地绽开着，荒草挣脱了庄稼的束缚疯狂地生长着。田小穗被康老犁扛在肩上，惊恐地挣扎着，可又不敢大声喊叫。康老犁的脚步越走越快，终于来到了一块叫做葫芦垡的耕地上。这片土地上种的是玉米，收割完后又马上翻耕过来。裸露的土地白天吸收了足够的阳光，在月光下滚动着暖洋洋的波浪。康老犁大步迈进了葫芦垡中央，将田小穗放下来。

田小穗仰巴巴地躺在温暖的土地上，不敢看康老犁，用那双惊鹿一样的眼睛看着天边上的半个月亮。康老犁发疯般地扑向田小穗，笨拙地扒光了田小穗身上的衣服。浮云将半个月亮遮盖起来，两个赤裸裸的身躯在赤裸裸的土地上冲撞着，蛇一样地扭动在一起。康老犁牛一样匍匐着身子，一犁一犁地深耕着，每一犁都实实在在，每一犁都带着破土的震响，每一犁都注入了全身心的渴望。他呼呼地喘着粗气，喊着莫名其妙的话："穗啊我的地，地啊我的穗……"

田小穗的身子跟翻耕过的土地已经融为一体，她被康老犁深深地耕着，分不清康老犁是在耕着地还是耕着自己。她觉得身子跟土地一起颤动着，一起飘浮着，越飘越高，伸手都能够到那遮盖月亮的云彩。可是她没有伸手，随着她一声尖厉的呐喊，一片元红洒在软绵绵的土地上。田小穗的鲜血和康老犁的体液混杂在一起，慢慢地渗进月光下的泥土里……

康老犁没有起身，他久久地趴在田小穗的身上，两只手却深深地扎进土地里。田小穗被压得喘不过气来，想把他推开，又推不动。康老犁竟然睡着了，睡梦中依然在喃喃地呼叫着："穗啊我的地，地啊我的穗……"

二

结婚以后，康老犁依然在冯有槐家当长工，田小穗也依然在冯有槐家当丫环。日子似乎没有变，生活却变了。每天晚上，康老犁洗净耕作了一天的汗水，又开始在田小穗的身上耕作着。康老犁是个职业的庄稼把式，对土地的挚爱使他对每一项农活儿都出奇地痴迷，对每一个动作都一丝不苟。在田小穗的身上，康老犁也是全身心地精耕细作，一招一式都不马虎。有耕耘就会有收获，第二年夏天，当冯有槐的老婆用新麦磨出的面粉蒸出了第一锅新馍的时候，田小穗便给康老犁生出了一个白馍一样的大胖儿子。

有了儿子的康老犁像有了收获的土地一样自豪，他浑身总是饱胀着用不完的力气。他把这力气都用在冯有槐的土地上了，冯有槐感激他，给他送去了一整袋细箩白面，让他和田小穗好好补补身子。须知这细箩白面也只有到年的时候，冯有槐一家才舍得享用的。长工对得起地主，地主也对得起长工。不要说在柳林庄，就是周围八镇六十三村，也找不到这么和谐的东伙关系。

康老犁给儿子取名叫土地。土地是康老犁两口子的掌上明珠，夜里田小穗搂在怀里，白天康老犁带在身边。康老犁赶车，便把土地扔在草篓箩里；康老犁耕田，便把土地放在垄沟里。土地每天在土里滚来滚去，泥人一般。滚到六个月，会爬了；滚到八个月，会站起来了；滚到十个月，会扑打着小脚丫满地跑了。人本来就是女娲用泥土做的，土里长出的孩子皮实，就像草原上放牧出来的牛羊一样。

看着小土地一天天欢蹦乱跳地长大，喜在康老犁的心里，却痒在了冯有槐的眼里。

冯有槐比康老犁大六岁，老婆娶进家十年了，光下种不出苗。开始的时候两口子都没在意，当年媳妇当年孩儿，当年不生等三年。三个三年都过去了，老婆的肚皮还不见动静。冯有槐有点儿急了，毕竟是财主，家业不大总得有人继承呀。冯有槐的老婆喝了几年苦药汤子没见效，看着康老犁结婚不到一年就添了个大胖小子，两口子才真正沉不住气了。

六月三伏，玉米棒子长得没了人。冯有槐和康老犁一起锄玉米地，这是最累人的农活儿之一。天热，玉米叶子都支棱起来，严严实实地搭起了一个大天棚。太阳火辣辣地烧烤着，玉米地里蒸腾着热气，憋得人喘不过气来。不要说锄地，空着手钻进去就是一身白毛汗。锄玉米的规矩是脱得一丝不挂，钻进去锄草培土，玉米叶子刀一样锋利，浑身上下都是一条一道冒着血丝的口子。再加上水洗一样的汗水，像伤口上煞着盐，疼得人龇牙咧嘴。

土财主和庄稼把式是不怕累的，两人在蒸笼般的玉米地里赤裸着挥着锄，也谈着赤裸的话题。谈女人，庄稼地里不谈女人还能谈什么呢？平时人多的时候谈女人都是为了开心，现在只有冯有槐和康老犁两个人的时候，再谈女人便郑重起来。

冯有槐唉声叹气地谈自己的女人十年不开怀，白糟蹋了那些好种子。

康老犁有几分得意地谈起了那套女人和土地的理论："女人是什么？女人就是地。有的地肥，有的地薄。地肥的生儿子，地薄的生丫头。还有的女人干脆就是薄碱沙滩地，寸草不生。"

冯有槐羡慕康老犁娶了块肥田，当年就给他生了个大儿子。

康老犁更得意了："庄稼人的眼睛是干什么用的？一是要会看地，二是要会看牲口，三是要会看女人。我从碗边上瞟田小穗一眼，就知道这是块肥田。

肥田和薄田就是不一样，肥田插根筷子都能长出苗来。"

冯有槐坦白地说后悔没把田小穗收为二房。

康老犁又问为什么没收田小穗做二房。

冯有槐说："我不是跟你说过吗？多一个人就多一张吃饭的嘴。"

康老犁心里暗笑了一下，蒙谁呢？种着三顷地的财主还怕多一张嘴吃饭？当初冯老槐跟康老犁这么说的时候，康老犁还真以为冯有槐是抠门呢。就在他跟田小穗结婚之后，邻村地主沈明轩的大管家找到他，要他去沈家当长工头儿，条件是给他三亩河滩地。康老犁一听，心里像爬了条毛毛虫一样发痒。三亩地，虽说是河滩地，那也是庄稼人的命根子啊！有了地才能叫农民，没有地只能叫庄稼人。有了地的农民是端自己的饭碗，没有地的庄稼人只能端别人的饭碗。可是，康老犁不能答应沈家的大管家，因为他已经娶了田小穗。田小穗是冯有槐给他的，他在土地和老婆面前已经选择了老婆，他只是心里发痒，却不后悔。后来他又听说，早在一年之前，沈家就跟冯有槐商量过，要求把康老犁让给他。现在康老犁什么都明白了，你冯有槐哪儿是抠门呀，你是怕我跑到沈家去，用田小穗把我拴住了。有了田小穗这根缰绳，我康老犁还能离开你吗？康老犁心里明白，嘴上却不能说出来，他知道冯有槐比他心眼多，自己斗不过人家。

冯有槐紧紧咬住自己没有儿子的话题不放，一个劲儿地唉声叹气。

康老犁的脑袋随着挥动的锄头一下一下地摇着："认命吧认命吧，你还有什么不知足的，三顷多地呢。实话对你说，我这辈子，能有三亩地就烧高香磕响头。"

说出这句话，他又想到了沈明轩的管家答应给他的三亩河滩地，浑身哆嗦了一下，痒的。

冯有槐不失时机地说话了："要是有人给你三亩地呢？"

康老犁说："我开口就叫他爹，亲爹。"

冯有槐说："不要你叫爹。"

康老犁说："不叫爹我也给他当儿子，亲儿子，给他养老送终，打幡抱罐。"

冯有槐说："人家不要你这些。"

康老犁说："不要这些要什么？我除了这一百多斤没别的了。"

冯有槐说："你不是还有块肥田吗？"

康老犁愣住了。

冯有槐紧接着说："就租你这块田种种，有了好收成田就还给你。"

康老犁不说话了。

冯有槐直起腰，冲着康老犁的汗脸伸出了三个指头："三亩地，算是租金。"

康老犁头一低，使劲挥起了锄头。

冯有槐紧跟在康老犁的后面："回去跟小穗商量商量，我没说着玩儿。"

康老犁还是没吱声。

三天以后，冯有槐和康老犁在场院里铡着草。冯有槐入草，康老犁摁着铡刀。那一天阳光依然很烈，场院周围是一片开满了白花的荞麦地，成群的蜜蜂在他们的头顶上飞来飞去。两个人谁也没有说话，刀起刀落，三分长的草从刀口吐了出来，金灿灿地堆在他们身边。

冯有槐抬起头，看了康老犁一眼。

康老犁突然说："我要葫芦垡。"

冯有槐低下头不出声了。

康老犁心里暗暗笑：他心疼了。

三

葫芦垡终于写在康老犁的名下了。白纸黑字，写在散发着墨香的地契上的。更让康老犁感到真实的是那块汉白玉界石。那块界石长三尺，方七寸，石面光滑细腻如同田小穗的肚皮。康老犁是有理想的人，早在他刚刚懂事的时候，跟着小伙伴到潮白河摸鱼。摸来摸去，摸上来一根汉白玉的方柱，这是从潮白河大石桥上被撞下来的。别的孩子都没拿那根石柱当回事，康老犁却用那小肩膀将石柱扛回了家。他对父母说，将来咱有了地，就用它雕一块界石。那根石柱在他家的门后面戳了十几年，终于成了正果派上了用场。石柱上只刻了一个"康"，是花了二斗小米求镇上的宋圣人写的。宋圣人就是这么牛，一个字二斗小米，不许讲价的。

康老犁终于有了土地了，而且是柳林庄最好的葫芦垡。葫芦垡守着潮白河边，二合土，蒙金夜潮。柳林庄没好土，北边黏，南边沙，西边乱葬岗，东边盐碱洼。只有葫芦垡，既不是一榔头砸下去一个白印的死硬黏土，也不是有点儿水就漏下去的筛子沙。葫芦垡是黏沙土，那土绵软得像面缸里的面，捧在手里就想往心口窝上贴。最难得的是保墒，甭管天多旱，表面上都干得像生了锈一样发黄，到了夜里，依然是潮糊糊地返着地气。要不怎么叫"蒙金夜潮"地呢。

康老犁为了证实这不是做梦，他拉着老婆孩子来到葫芦垡，将刻着"康"字的汉白玉界石埋在地界上。那是一个月色朦胧的夜晚，康老犁抱着那汉白玉界石在地上打着滚儿，把潮糊糊的土捧在手里使劲儿地闻。孩子见父亲如此发疯，也跟着他滚成了一个蛋蛋儿。滚成了蛋蛋儿的父子俩突然扑向了田小穗，将她摁倒在垄沟里，儿子笑了，丈夫却哭了。丈夫死死地压住她，疯子一样地哭着："穗啊我的地，地啊我的穗……"

田小穗也哭起来，她搂着丈夫的脖子，把一张泪脸在丈夫的胸脯子上蹭着，哭得嗓子都哑了："她爹呀我对不起你呀……"

康老犁安慰着老婆，同时也安慰着自己："说什么呢？这地姓康了，这葫芦堡是咱的了。"

田小穗哭着说："可这葫芦堡来得不光彩啊……"

康老犁把田小穗搂紧了："谁说不光彩？你给他一个儿子，他给咱三亩地，扯平了。"

田小穗说："我再也不见冯有槐了，我再也不进冯家的门了……"

康老犁说："咱不见冯有槐，咱不进冯家的门，咱有地了，有了地咱就过自己的日子了。"

田小穗说："有了地你也不去给他当长工了？"

康老犁说："不当了，不当了，猪八戒摔钉耙，不伺猴（候）了……"

两个说着又哭了起来。只有他们的儿子土地没有哭，一个劲儿地疯滚疯闹着。闹着闹着，累了，竟躺在垄沟里睡了。康老犁见儿子睡了，顿时澎湃起来，又将田小穗按倒在垄沟里。在这朦朦胧胧的月光下，康老犁亮出了锋利的犁铧，在田小穗那片肥沃的土地上忘情地耕作起来。田小穗像秋天的土地一样，发出了酣畅淋漓的呻吟。

当田小穗的肚子又大起来的时候，葫芦堡的棉花已经像云朵一样地绽放开来。

正如康老犁向田小穗承诺的那样，田小穗不再给冯家当丫环，康老犁也辞去了长工头儿，当起了自耕农，过起了自给自足的小日子。三亩葫芦堡固然不够他们种的，康老犁又跟冯有槐租了三十亩地，紧挨着葫芦堡。

除了种几亩保命用的谷子和玉米，康老犁将葫芦堡和租来的大部分土地都种上了棉花。种棉花是跟河东学的，潮白河东边是八路军领导的解放区，那里正组织群众大生产，提出了一个响亮的口号：要发家，种棉花。

种棉花确实能发家，可是也最要功夫：下种间苗、整枝打杈、防病治虫、精心采摘，哪一步的工夫都要用到家。康老犁是庄稼把式，又是个浑身力气用不完的男子汉，花费工夫怕什么。他这辈子，所有的工夫和力气都花费在两样事情上了，一是耕作土地，二是耕作女人。

正当田小穗挺着大肚子采摘新棉的时候，在不远处收高粱的冯有槐过来了。他把镰刀别在后腰上，将烟荷包递给了康老犁。康老犁也只好停下手里的活儿陪冯有槐吸起了烟。

田小穗见冯有槐走来，扭头往回摘着棉花。手慌脚乱，常常把抓到手的棉花掉在地上，再拾起来则沾了许多碎棉花叶，半天也择不干净。她像是避讳着一种邪恶的禁忌，尽可能躲避着冯有槐。连跟冯有槐一起制造儿子的时候，她都不敢看他一眼。冯有槐也曾试图给她以温存，她总是惊惶失措地逃避着。她的肚子也真争气，居然就给冯有槐生出了一个儿子。冯有槐给儿子取名叫冯绍光，总算是后继有人了。

不知道冯有槐什么时候走的。康老犁的脸像一朵绽开的棉花朵，大嘴岔子都快咧到耳朵根上去了。田小穗感到别扭，两个男人怎么还能站在一起抽烟说话呢？难道忘了他们中间的那个女人吗？

康老犁絮絮叨叨地说了半天，田小穗只觉得是风吹棉花叶子在响。康老犁有点儿火了："你倒是说话呀？同意不同意？"

田小穗茫然地问："同意什么？"

康老犁说："冯有槐要把咱租他的这三十亩地卖给咱？"

田小穗这回听清了："他卖地干什么？"

康老犁说："我刚才不是跟你说了吗？这一年多了，绍光总是病着，光喝药就花去了一百多块大洋……"

田小穗心里一颤："病了，你说谁病了？"

康老犁说："冯绍光，就是你给他生的那个儿子，叫冯绍光。"

田小穗的心里哆嗦起来，绍光病了，什么病呢，现在怎么样了……天呀，绍光是谁？是冯有槐的儿子，是她给冯有槐生的儿子……难道不是她的儿子吗？不是，不是她的儿子，原来就说好的。她的肚子大起来的时候，冯有槐的老婆腰里也塞进了棉花。等她的儿子哇哇落草的时候，躺在炕上坐月子的却是冯有槐的老婆。出了那间屋子，只知道冯有槐的老婆生了个大胖小子，跟田小穗毫无瓜葛。既然这样，田小穗还惦记着什么？

康老犁又问："你说这地咱置不置？"

田小穗清醒了，说："置地得要钱。"

康老犁说："咱卖了棉花就有钱了。"

田小穗不说话了，她又想起了那陌生的冯绍光，像想起了一个模模糊糊的梦。

四

当康老犁揣着三十亩地契笑嘻嘻地推开家门的时候，田小穗已经把他的女儿生在棉花囤旁边了。她正往棉花囤上装着棉花，突然觉得下身一热，身子便软绵绵地塌在棉花囤下面了。五岁的土地就在她的身边，她慌忙让土地去喊对门的孙二婶。孙二婶是接生婆，还没等孙二婶把剪刀拿出来，一个鬼头鬼脑的小丫头便钻了出来。

康老犁觉得，他的所有的运气和财富都是田小穗给他带来的。田小穗嫁给他的第二年，就给他生出了儿子土地；土地出生后不到两年，田小穗又为他挣来了葫芦堡；葫芦堡上种了棉花，又让他得了三十亩地和一个女儿。他给儿子取名叫土地就有了土地，他在土地上种棉花又有了女儿，这女儿理所当然该叫棉花。

棉花欢蹦乱跳地长到了六岁，像一个圆溜溜的小棉花桃眨眼间就绽放了，放得眉开眼笑。眉开眼笑的棉花迎来了解放区的天。解放区的天是明朗的天，康老犁的脸却是阴沉的。

从田小穗嫁给康老犁到棉花长到六岁，整整十年。十年天翻地覆，难怪说十年河东十年河西呢。十年间冯有槐的土地年年减少，他总是愁眉苦脸地诉说着自己的不幸，什么儿子病了，老婆病了，自己的老岳父被土匪绑了票，人家要一千块大洋等等。诉说完自己的不幸，便央求康老犁买他的土地，很廉价的，真是事急大出血，跟白给差不多。十年间康老犁的土地年年增加，地里产了棉花粮食就立马换成钱。有了钱连条裤子都舍不得买，全家人吃盐都犯算计，所有的钱都换成了地。年年复年年，他居然成了一顷多地的财主。地有了，骡马驴牛也有了，还雇了一个长工三个短工，当起了冯有槐一样的地主。

当地主的瘾还没尝出滋味儿来，大老郭便进村了。大老郭大号郭明，大名鼎鼎。他原来是潮白河东边的游击队长，现在是土改工作队队长。大老郭进村之后先成立农会，农会会长却是冯有槐。冯有槐地没了，成了贫农，土改依靠的对象，而康老犁则顺理成章地成了地主。地是康老犁的爹娘，是康老犁的老婆，是康老犁的儿女。眼看着自己用心焐热了的土地要分给别人了，康老犁拼命的心都有。但是他没跟谁去拼命，他还是懂得潮流的，潮流是不可抗拒的。那时候实行的是和平土改，浮财不动，底财不挖。连地主也不斗，只要地主老老实实地把地契交出来就行了。

康老犁交出了所有的地契，葫芦堡却不想交，他要求留给自己。而冯有槐也想要葫芦堡，仗着他是农会会长，逼着康老犁交出葫芦堡。没想到大老郭却翻脸了，对冯有槐说："你别欺人太甚，你以为我不知道你的底细？要是早三年土改，你就是地主。"

大老郭的态度让康老犁很感动，他觉得共产党是讲理的。虽然大部分的土地都没了，可葫芦堡保住了。保住了葫芦堡就有希望，他就是靠葫芦堡起家的。咬着牙再拼个十年八年的，被分出的地还能买回来。他坚信自己是个能创业、会守家的庄稼人。

那一年的春天，柳林庄的农民迎来自己的节日。量土地、认地界、发地契，还把写着名字的木橛子插在自己的地界上。葫芦堡没插木橛子，原来那块汉白玉的界石依然纪念碑一样戳在地界上，那块地依然属于康老犁的。好像有什么征兆似的，尽管康老犁后来置了一顷多地，那块界石却从来没有动。康老犁更加深信只有葫芦堡是他的，他亲生亲养的亲骨肉。

连康老犁自己都觉得奇怪，他的大部分土地分给了别人，他感觉到的不是动心动肝的心疼，而是动心动肝地牵挂。就像自己的女儿嫁出去了，心疼什么，女儿总是要嫁人的。可是女儿到别人家过日子去了，吃没吃苦、受没受委屈，他总是不放心的。每天早上，他扛着锄头出了村口，总是要到那些被分出去的地里转一转。开始的时候，许多人害了怕，以为他是要像还乡团一样反攻倒算。后来发现他并无恶意，到了谁分到的地里，总是非常仔细地打听，用了多少肥，下了多少种，种的是什么庄稼。他常常像絮絮叨叨的老婆婆一样，叮嘱着那些地的新主人：这块地低洼易涝，该种高粱；这块地偏碱，该施用一些草木灰；这块地沙性好，可以种西瓜……时间长了，康老犁成了这些农户的参谋。不但耕种的时候向他请教，连田间管理，留多少苗，锄几遍草，喷什么农药，都要一一听他教诲。在柳林庄，都知道他是大师级的庄稼把式，都服气。

康老犁指导这些农民种地，感觉到这些地还是在自己的手里。在这些地里耕作的农民依然听他的，他依然是地主。这感觉真好。不仅仅是理论上的指导，他看见有人下种的时候撒得马虎，便抢过挎斗亲自撒种；看见谁间的苗不整齐，就抢过蓐刀现场指导；看见谁培的土稀松，就抢起锄头耐心示范……

康老犁这种善心和热情很快得到了乡亲们的认可，成立互助组的时候，都抢着跟他搭套；成立初级社的时候，还选他当上了负责农业生产的副社长。一个地主居然成为农业社的副社长，可见柳林庄阶级斗争的形势有多么严重。这是后话。

五

康老犁把大部分的精力都用在指导和帮助别人上了，自己的葫芦堡倒顾不上了。好在康土地成才了，十五岁的康土地天生就是种庄稼的材料。在康老犁耳濡目染下，所有的农活儿几乎不用学，样样拿得起来，干得漂亮。

这是一个干旱的春天，旱风卷着沙尘无声地刮着，天地间一片昏黄。十五岁的康土地俨然成了一个权威的庄稼把式，带领着母亲和妹妹在葫芦堡栽红薯。虽然已经是合作化了，但毕竟还是初级社。作为副社长的康老犁，总是不放心让别人耕种葫芦堡。葫芦堡的汉白玉界石不见了，可是耕作的权力还牢牢地掌握在康家。一冬无雪又一春无雨，好多地块都播不上种。葫芦堡守着潮白河，可以栽种红薯。

母亲田小穗举着镐刨埯，就是在垄沟上刨出一个一个的土坑。康土地负责浇埯，他挑着两只木筲从潮白河里担来水，一个埯一个埯地浇满。十一岁的康棉花把红薯秧插进埯里，那是一个非常潇洒漂亮的动作：左手攥着一把红薯秧，右手很利索地抽出一棵，用拇指和食指捏着，然后用另外三个指头将红薯秧贴在水埯里。这有一个很准确的说法，叫抹埯。借着滑滑的泥水一抹，秧苗就贴在埯里了。康棉花抹完埯之后，田小穗放下手里的镐，弯腰伏在垄沟上，双手将插上秧的埯埋好，再把垄沟抹平。这也有一个很准确的说法，叫胡噜埯。

一家人有滋有味地劳作着，昏黄的天空只是让他们觉得有些恐惧，并没有让他们失去希望。灾难降临的时候，康土地看见黄昏的远处移动着一些零零碎碎的小黑点。这些小黑点儿越来越近，也越来越乱，似乎还伴随着踢踢踏踏的声音。直到这些黑点移动到眼前了，康土地才看清是一双双的黑布鞋。穿着黑布鞋的人来到了葫芦堡，将一根三尺多高的木桩插在了葫芦堡的地界上。

十五岁的康土地走过来，盯着那些穿布鞋的人们，厉声问："你们这是干什么？"

穿布鞋的人领头的是大老郭，他现在已经是高级社社长了。他耐心地对康土地说："现在是高级社了，要实现农业机械化，土地要统一规划。"

康土地问："怎么统一规划？"

大老郭说："咱高级社分成十二个生产队，这块地属于第八生产队了，跟北边原来榆林庄的土地连成一片。"

康土地又问："你是说，这土地归榆林庄了？"

大老郭说："高级社了，就不分榆林庄还是柳林庄了，所有的土地都属于我们高级生产合作社。"

康土地明白了，顿时怒从心头起，冲过去就将那界桩拔掉了。

大老郭火了："干什么你？"

康土地说："我告诉你们，这葫芦堡姓康，谁要是想夺走这葫芦堡，就先把我的脑袋揪下来。"

大老郭发怒了："你这地主的狗崽子，怎么说这混账话？这葫芦堡早就归农业社了。"

康土地争辩说："即使这葫芦堡不姓康了，也是柳林庄的，凭什么给榆林庄？"

大老郭说："现在是高级社了你懂不懂？所有的土地都归在一起了。"

康土地说："我不管你高级不高级，谁想夺走葫芦堡，我就跟他拼。"

大老郭命令穿布鞋的人："别管他，把界桩插上。"

穿布鞋的人从康土地手里夺回界桩要重新插上，康土地身子一挺躺在葫芦堡的地界上，指着自己的胸口说："插吧，你们插吧，往这儿插……"

大老郭接过界桩，指着康土地问："你起来不起来？"

康土地越发坚决："来呀，往这儿插，有种的你就往这儿插……"

大老郭举起界桩，朝着康土地的身上打去，界桩却没有真正落下来，他只是想吓唬一下康土地。

康土地却以为大老郭要朝他下毒手，一个鹞子翻身跳起来，夺过大老郭手里的界桩便反手朝郭社长的身上打去。大老郭躲闪不及，界桩落在了肩膀上，鲜血从白衬衣里沤了出来。

大老郭咆哮着："反了你了，来人，给我绑起来……"

这时候母亲和妹妹才意识到康土地惹了祸，哭着扑上来，跪在地上央求着。大老郭铁脸阴沉着，穿布鞋的人七手八脚将康土地五花大绑……

六

大老郭并没有把康土地怎么样，只是在高级社的仓库里关了他一天一夜的禁闭。第二天晚上康土地回家了，回家以后的康土地一声不响、一动不动，像傻了一样。

一家人慌了，田小穗去找会拘魂的白先生。白先生两只手指沾着清水，在康土地的脑门上画着圈儿，口中念念有词。然后，又用黄表纸画了一张密符，让康老犁走到葫芦堡去为康土地叫魂儿。

康老犁按照白先生的吩咐，出了家门不许回头，一直走到葫芦堡。在葫芦堡上烧了黄表纸的密符，就冲着四面八方喊起来："土地回来，回来土地……"

一连几天，康土地不吃不喝也不动。康老犁每天晚上围着村子为儿子叫着魂儿："土地回来，回来土地……"

那些日子，天气也像是丢了魂儿一样，无风无雨无日无夜，总是昏昏沉沉的。在昏昏沉沉的夜晚，康老犁的叫喊声显得格外凄凉，又格外恐怖。

喊魂的声音敲打着单调的夜晚，也敲打着一扇扇迷茫的窗口。无所事事的人们早早地睡下了，睡梦中还响着康老犁凄厉的呼唤声。

郭社长却睡不着，康老犁的喊叫声把他惹火了。高级社在全县轰轰烈烈地搞起来了，只是郭社长领导的兴旺社却兴旺不起来。兴旺社包括七个村，七个村祖祖辈辈都是相安无事地过日子，现在要把他们合在一起却不那么容易。不是这个村的土地不愿划分，就是那个村的骡马不许拉走。归不到一块儿，高级社就成立不起来。成立不起来高级社，上边就剋郭社长。一向讲政策的郭社长要开杀戒了，只有杀一儆百才能将高级社的工作向前推进。

民兵们将伸着脖子喊魂的康老犁抓了起来，给他戴上破坏高级社的纸帽子，把他拉到集市上游斗……

康老犁被游斗了一天，晚上又累又饿地回到家。在门口迎接他的却是康土地。康土地的魂儿又回来了，不是父亲为他喊回来的，是郭社长的斗争会把他的魂儿吓回来的。直到今天，柳林庄的乡亲还在说，毛主席活着的时候，什么邪祟鬼怪都不敢兴风作浪，毛主席才是镇妖灭鬼的真神。

土地的魂儿回来了，葫芦堡却没有回来。

七

自从成立高级社之后，柳林庄才真正重视起了阶级斗争，康老犁也才真正享受了地主分子的"待遇"。康老犁的待遇叫做"监督改造"，不用说他连个小官都不能当了，就是普通社员也不能当了。他被分配"掏茅房"，这是当年大多数"地富反坏"分子特殊的工种。这工种除了又脏又累之外，还意味着一种"低贱"，大凡"低贱"的活茬儿本该由"低贱者"去做的。

康老犁却一点儿都没有感到这类工种的"低贱"，至于脏和累更不在他的话下。庄稼人哪儿有怕脏怕累的，哪个坟头也没有累死的。相反，他对自己的工种似乎还非常满意，干得很起劲儿。不用别人监督，每天早上他都是最早起来的人，挑着两只大粪桶，拎着大粪勺，挨家挨户地掏着茅房。他觉得掏茅房是很重要的工作，种地不施粪，等于瞎胡混。人喂地，地才能喂人。在所有的肥料中，人粪尿是最高档的。故此人粪被称作大粪。大粪掏出来之后，挑到粪场，掺上黄土搅拌摊晒，然后再制成粪饼堆积起来。在所有的土地中，能使用大粪是最高规格的。普通的庄稼地只能用猪粪羊粪骡马粪，只有菜园子、芝麻地才能用大粪。

康老犁有自己的偏心眼儿，他常常偷偷地将大粪挑到葫芦堡去。葫芦堡归到榆林庄之后可受委屈了，说是连成片要搞机械化，谁知道那机械还在哪个娘儿们的肚子里装着呢。既然不搞机械化，就没有必要连成片。不能跟榆林庄的土地连成片，葫芦堡就成了后娘养的，姥姥不疼，舅舅不爱。这上等的好地却也跟旁边的大地块一样种上了大路货的玉米，种玉米也不怕，你倒是把它种齐种满呀。不知道是哪个力巴头扶的犁，垄沟歪歪斜斜宽窄不一；也不知道是哪个力巴头撒的种，缺苗断垄稀稀拉拉。康老犁见了地里的庄稼，就像见到出嫁的女儿被婆家打得遍体鳞伤饿得面黄肌瘦一样，心疼得一个劲儿掉眼泪。他重新拿起薅刀间苗补苗，又挑来大粪施肥培土。在他的侍弄下，葫芦堡又被重新打扮起来。

他干这些活儿总是偷偷摸摸的，大多是利用中午休息或晚上收工之后，否则，被人家看见，不定会惹出什么麻烦事来。

怕被人发现，还是有人发现了他，发现他的人是冯有槐。高级社之后，冯有槐仗着念过几天私塾认识几个字，当上了记工员。那时候的记工员也很辛苦，不能完全脱产。出工的时候要跟别的社员一起出工，到了下半晌打完歇之后，才能夹着记工本到田间地头为社员记工分。干活的人分散到许多地块里，冯有槐需要一个地块一个地块地跑。跑来跑去，经过了葫芦堡，发现葫芦堡的玉米苗一改原来蔫头耷脑的倒霉相，像打了吗啡一样精神起来。他正感到奇怪，突然发现了康老犁挑的两只大粪桶。

　　自从田小穗为冯有槐生下了儿子冯绍光之后，两个人的关系便微妙起来。不是仇恨，他们却像仇人一样互相回避着。康老犁干的是长期工，满工分，也用不着冯有槐为他天天记工。在家里，康老犁和田小穗更是对冯家讳莫如深，连一个"冯"字都不提。现在，当冯有槐睁大了惊愕的眼睛看着康老犁的时候，他似乎已经忘了他们之间的避讳。康老犁感觉到一个人影挡在了他面前，可万万没想到是冯有槐。

　　还是冯有槐先开口了。在这种场合突然见面，冯有槐的本意是想问候一下康老犁的，并通过康老犁表示他对田小穗的关心。可是冯有槐很快明白了康老犁的所作所为，把问候的话忘在了一边，直通通地说出了嗓子眼下面的话："你这是利用职权谋取私利。"

　　康老犁的脑袋顿时胀得比粪桶还大，他眨巴了半天眼睛，终于想出了一句最强有力的辩驳："我一个掏茅房的，有什么权力？"

　　冯有槐不依不饶："粪挑子在你肩上，你想把粪用在哪儿就用在哪儿，这不是权力吗？"

　　康老犁的脑筋格外灵活起来："就算我有这个权力，我也没谋取私利呀。"

　　冯有槐是深知康老犁的人："谋没谋私利你心里清楚。"

　　康老犁说："我不清楚。"

　　冯有槐说："还用我把话挑明吗？你这是对葫芦堡偏心。"

　　康老犁说："就算我对葫芦堡偏心，打出的粮食也不归我呀。"

　　冯有槐琢磨了一下："对呀，何止是归不了你，连柳林庄都归不了了，这葫芦堡归榆林庄了。我说你傻呀，你……你办的这是什么事呀？"

　　谁也说不清康老犁办的是什么事，当冯有槐把康老犁的"反动行为"汇报给郭社长之后，郭社长可真为难了。这"反动行为"反动在哪儿了？怎么给他定性呢？那年月还不太会漫无边际地上纲上线，郭社长捶了半天脑门，也就不了了之了。

八

　　红色的暴风骤雨从天而降，"大跃进"把中国大地变成了狂攻呐喊的战场，每一个中国人都成了冲锋陷阵的战士。神话有如枪林弹雨般地扫射出来：超英赶美，砸锅炼铁，吃大锅饭，住大营房，深翻一丈三，亩产万斤粮……

　　所有这一切，都让康老犁眼花缭乱，他只能当新鲜哈儿看。唯独亩产万斤粮他不信，唯独深翻土地不能让他接受。他是庄稼把式，他最了解土地，他更清楚土地打出的粮食。他觉得所有的人都疯了，包括自己的老婆田小穗，也包括自己的女儿康棉花。田小穗还参加了妇女突击队，还说要在稻田里放卫星，亩产三十万斤。

康老犁说:"你们睁着眼睛说梦话,亏心不亏心呀?"

康棉花已经上中学了,满嘴都是新名词儿:"人有多大胆,地有多大产。"

康老犁说:"庄稼是靠种出来的,不是靠嘴吹出来的。"

田小穗战战兢兢地嘱咐他:"你这些话在家里说说就行了,到外面可千万别没眼猪瞎嘞嘞。"

康老犁不服气:"都疯了,都疯了,我懒得跟你们这些疯人说话。"

康棉花却唱起了歌:"戴花要戴大红花,骑马要骑千里马,唱歌要唱跃进歌……"

更让康老犁伤心的是,儿子康土地居然也跟着"跃进"起来。在康老犁的眼里,康土地是合格的庄稼人,不但继承了庄稼把式的全部技能,而且对土地对庄稼像他一样地一往情深。可是这会儿,康老犁逼问着他信不信亩产万斤粮的时候,他却说时代变了,人人都在大跃进,我们不能当"促退派"。

康老犁听不懂康土地在说什么,只觉得康土地也疯了。后来他才知道,康土地也是受了冯绍光的鼓吹。也真怪了,冯绍光比康土地还小两岁,康土地怎么偏偏就听他的话呢。

康老犁也疯了,疯得他竟然忘记了自己"地主分子"的身份,不知道天高地厚地跟"大跃进"作起对来。

那一天葫芦垡上红旗飘扬,歌声嘹亮,康老犁被惊动了,他急忙挑着粪桶跑了去。在这里战天斗地的是一群学生,学校停了课,"放卫星"来了。领头的居然是冯绍光,在一边呐喊助威的是康棉花。康老犁到来的时候,他们已经挥着铁锹深翻起了土地。

这哪儿是翻地,简直是在挖战壕。战壕已经挖到半人深,葫芦垡被他们大开了膛。康老犁跑过去,尖着嗓子、挥着胳膊制止着:"停下,停下,都给我停下……"

冯绍光从战壕里跳上来,横在康老犁面前:"你敢反对大跃进?"

康老犁说:"我不反对大跃进,我反对你们这么胡闹。"

冯绍光说:"你敢说我们深翻土地是胡闹?"

康老犁说:"你们就是胡闹,上面的熟土被你们翻下去了,下面的生土被你们翻上来了。你们看看,这翻上来的生土都是什么,是黏土瓣儿,是礓沙石,这能打粮食吗?"

康棉花和她的同学们也都围上来,康棉花劝着父亲:"爸,我妈不是说不让您在外面瞎嘞嘞吗?"

康老犁说:"谁瞎嘞嘞?我告诉你们,我是庄稼把式,你们这些小毛孩子懂什么?"

冯绍光说:"这深翻土地可是毛主席说的,你敢不听毛主席的话?"

康老犁越说越理直气壮:"毛主席说的?毛主席会种庄稼吗?"

冯绍光说:"毛主席怎么不会种庄稼,毛主席还制定了农业'八字宪法'呢,你知道吗?"

康老犁说:"什么宪法?我怎么不知道?"

冯绍光掰着指头说:"你听着:土肥水种密保管工,这就是八字宪法。"

康老犁说:"我不知道什么宪法不宪法,毛主席也不会让你们这么胡闹的。"

同学们七嘴八舌地嚷嚷起来:"哎,你怎么不相信毛主席的话?"

康棉花也激愤起来,扬起胳膊,带头喊起了口号:"谁反对毛主席就打倒谁!"

同学们也跟着喊:"谁反对毛主席就打倒谁!"

康棉花又喊:"谁反对大跃进就打倒谁!"

同学们又跟着喊:"谁反对大跃进就打倒谁!"

康棉花更加卖力地喊着:"打倒我爸爸!"

同学们也跟着喊起来:"打倒我爸……"

康老犁扑哧乐了。

同学们都觉得不对劲儿。

冯绍光冲着康棉花喊叫起来:"你瞎喊什么?他是你爸爸,不是我们的爸爸……不,他也不是你爸爸,他是地主分子,是阶级敌人。"

康棉花红着脸问:"那我该怎么喊?"

冯绍光说:"你应该喊打倒地主分子康老犁。"

康棉花犹豫了。

冯绍光逼着她:"你喊不喊?"

康棉花鼓了鼓勇气,看了父亲一眼,终于喊了出来:"打倒地主分子康老犁!"

在一片喊声中,康老犁躺在了地上,似乎他真的被打倒了。

九

康老犁反对深翻土地也好,反对"大跃进"也罢,真可谓是螳臂当车,丝毫没有阻止"跑步进入共产主义"的历史洪流。全村的人都忙着放卫星、忙着炼钢煮铁、忙着写诗作画创奇迹,地里成熟的粮食都没有人收割了。这一年风调雨顺,庄稼长得出奇的好。满地的玉米棒子还没掰,就轰隆隆去搞"秸秆还田"了;满地棉花还没来得及采摘,就被翻在深耕的土地里,黢黑的土垡上一片花白,像是康老犁那千疮百孔的破棉袄;地里的红薯更没有人放在眼里,连秧带叶都爬在垄沟上。似乎一夜之间中国的粮食都多得没处打发了,任凭随便糟蹋。

拼命干活拼命唱歌的农民已经顾不得这些了，反正公社的食堂天天四菜一汤，敞开肚皮随便吃。今天吃饱了今天不饿，谁还知道有明天呢。

康老犁心疼，他依然在掏着茅房，村里的人都到第一线去了，茅房空空如也。没有人再给他分派新的任务，"大跃进"的洪流把他彻底淘汰了。他依然每天挑着粪桶、扛着粪勺走街串户，也依然将半桶或空桶挑到地里去。到了地里他便走不动了，看着满地的粮食都向他招手，像是被遗弃的孩子向他呼救一样。他放下粪桶，开始拾着满地的玉米棒。小山一样金灿灿的玉米棒堆积起来，怎么处理呢？背回家去显然不行，不是偷也是偷，被人发现不把他法办才怪。搜来转去，他在葫芦堡附近的河堤下面，发现了一个废弃的桥洞。这是早年间一座小石桥，河水改道后被埋在河堤下面了。他把桥洞里面的泥土挖出来，腾出了半间屋子大小的空间。于是他像田鼠一样将玉米粒搓下来，用衣襟一兜一兜地放进桥洞里。不到半个月，这桥洞便装满了玉米、黄豆、花生、红薯等珍贵的粮食。他想起了一句老话：耕牛无宿草，仓鼠有余粮。

撼天动地的"大跃进"之后，接踵而来的便是铺天盖地的大饥馑。所谓的"三年困难"是从1958年的冬天开始的，公共食堂还在，"四菜一汤"早就变成梦一样的回忆了。按户按人头凭证打饭，炊事员的勺子在众多饥饿的眼睛监督下，精确得如同药房里的戥子，谁都别想占一丝一毫的便宜。

田小穗每天打回来半瓦罐稀得能照见人影的高粱面粥，四个比核桃大不了多少的红薯面窝头。回来以后，田小穗又把稀粥同样公平精确地分在每个人的碗里。一家人围在一起默默地对着那可怜的饭食发愁，这点儿东西放进一个人的肚子里都吃不饱。康土地和康棉花又正是吃起来没饱的年轻人，田小穗把自己的小窝头掰成两半，偷偷地扔进康土地和康棉花的粥碗里。康老犁看不下去了，又将自己的小窝头掰开，放一半到田小穗的粥碗里。田小穗不吃，又用筷子给他夹了回来，他转身躲着。一家人谁都不说话，泪水流进稀粥碗里……

第二年春天，土地开始惩罚农民了。忘恩负义的农民给土地开膛深挖，土地愤怒地拒绝着农民的耕作。撒在土里的种子多半长不出苗儿来，勉强长出的苗儿像饥饿中的老人一样无精打采。秋天到了，饿得眼蓝的农民等待着收割，玉米长得像蜡钎，小棒子没有手指粗。农民绝望了，同样绝望的是大老郭。他现在已经是人民公社社长了，遵照上级指示，他迅速地解散了公共食堂，把粮食直接分到了农民手上。

农民分到手的粮食不够吃一个月的，怎么能度过漫长的冬春呢？

又一个冬天到来的时候，轰轰烈烈的"大跃进"变成了轰轰烈烈的"低指标瓜菜代"运动。郭社长不再领着农民"跑步进入共产主义"，而是指挥着农民挖掘"进口物资"。什么"双蒸法""人造蛋白""小球藻"，还有玉米秸磨粉，树皮精煮，草根榨汁等等。能找来吃的都成了美味佳肴，到最后天上只剩下飞机，地上只剩下板凳了，还能吃什么呢？

浮肿像瘟疫一样传染着，康老犁家也在劫难逃。先是田小穗肿起来，脑袋胀得像脸盆那么大，身上的皮肤发亮光，一摁一个坑。后来康土地和康棉花也相继倒下来，肿得连裤子都提不起来了。

康老犁害怕了，有人倒下了。村东头绝户阮老太太就是满嘴叼着棉花睡过去了，还有去镇上的大道上每天都横着"倒卧儿"。康老犁开始盘算废桥洞里藏着的那些粮食了，饿了一年多了，康老犁始终没有动一粒那里的粮食。他从心眼里觉得，那些粮食不是他的，他是从人民公社的土地上收获的，理应属于人民公社的。有多少次，他都想找到郭社长，把那些粮食交出来。随着饥饿的风暴越刮越猛烈，他越来越觉得那不是粮食，而是一洞炸弹。这粮食放在一家，够吃一年的。可是放在全村、全公社，连一天也不够吃的。一个蚂蚱要喂一群饿狼，蚂蚱微不足道，那群饿狼非互相撕咬碎了不成。再说，他越不交出来，祸端越大。谁相信你自己没动过那粮食呢？动了，动多少？夫妻间父子间为半个高粱面窝头都能红眼翻脸，人们要是知道他私藏这么多粮食，不把他生吞活剥了才怪。

想到那些粮食，康老犁便心惊肉跳。现在，家人都饿倒了，他不能再犹豫了。他自己跟自己说，算我借的，算我借的还不行吗？以后我还，加倍地还。他开始悄悄地往家带粮食，先是带两块红薯，后来又带一把黄豆或玉米粒。问他，他就说是从田鼠窝里找到的。这一把一把的粮食救了全家人的命，两个孩子先消了肿，后来田小穗也站了起来。既然家人好了，他就不再往家里拿粮食，他开始悄悄地给最需要救助的人送粮食。他依然每天挑着粪桶走家串户，看到谁家有人倒下了，就将一把玉米粒撒在他家的门口。他只能撒在人家的门口，让人家误以为谁去磨面的时候口袋破了撒下的。

这天晚上，他挑着两只粪桶，怀里揣着一把玉米粒从葫芦堡回来了。他实在是过于小心了，他到废桥洞去拿粮食总是在夜里。其实那个时候人们饿得只能躺在炕头上，不要说野外，就是村子里都很少见到人影。荒无人烟，荒年的时候不是没有人，是人没有力气出去。他走到村头土地庙后面，突然听到里面有刷拉刷拉的声音。这声音很小，可是在人迹罕见、鸡犬绝声的夜晚又特别刺耳。他忍不住趴住后窗户朝里面看着，一个人半跪在地上，伸着鸡爪子般的手指正在扒土地爷的皮。他顿时愤怒起来，怎么连土地爷的皮都敢扒？

他没敢作声，仔细地看着。那个人将土地爷的皮扒下来，直接塞进嘴里，大口大口地咀嚼着。土地爷是个泥胎，据说塑神像的泥胎是用米汤和的泥，莫非这泥胎有些粮食味儿？

罪过，天大的罪过。土地爷是谁？是保护土地的神，土地是庄稼人的命根子。就是再饿，也不能扒土地爷的皮填肚子呀？触怒了土地爷还能赎罪，可是把土地爷的皮吃进肚子里，你能屙出来吗？就算那皮有些粮食味儿，可毕竟是泥呀？你吃进去屙不出来还不把你憋死？

他顾不上多想，冲进了土地庙，大声喊着："你不要命啦？"

那个人吓得瘫软在地上，转过身来，用一双无望的眼睛看着他。那目光里有鬼的影子，让他感到一阵战栗。

康老犁看清了，仰卧在他面前的是冯绍光。

他不再说什么，蹲下身子，从怀里掏出一把玉米粒。

冯绍光看见康老犁手里的玉米粒，眼睛里的鬼影闪出了凶光，一把将那些玉米粒抢过来，疯了一样地往嘴里塞。

康老犁将怀里的那些玉米粒都掏出来，放在他的胸口窝儿上。

他看见，冯绍光那闪着凶光的眼睛湿润了，一大滴泪水滚落下来。

康老犁站起身，指着土地爷说："记住，土地爷是你爷爷，亲爷爷，饿死也不能扒你亲爷爷的皮吃。"

十

掏茅房还有一种权利，一种任何人都享受不到的权利。这是一种窥视权。窥视是对别人隐私的侵犯，可是掏茅房却把这种龌龊的犯罪行为变成了合理合法。

潮白河两岸的茅房是在院子外面的，大多是用高粱秸玉米秸夹起来的。用秸秆围成一圈儿，在圈儿里挖一个坑儿，这就是茅房。这种茅房一家一个，是男女共用的。不用担心茅房里有人会撞上，秸秆夹起来的时候就留有空隙。里面蹲着个人，外面的人很容易看见的。如果在夜间，蹲在茅房里面的人听见有脚步走近，会在里面咳嗽一声，以示先来后到请勿打扰。

原本秸秆间就有缝隙，加上风吹雨打、猪拱鸡刨，秸秆间的缝隙会越来越大。有时候茅坑上蹲一个人，整个屁股都会被外面的人看见。这是一种习俗，家里人对里面那个屁股不会感兴趣，外人有事没事地过来，看见里面有个屁股总会把目光移开的，特别是从外表认出是个女人屁股的时候。这是君子，当然也有不那么君子的，在移开目光的同时总会停留片刻，会再回头看一眼。这动作要做得很自然，很迅速，还要保持一定距离的。不能让人发现你在有意地窥视，有意窥视会要挨骂的，挨这种骂总是很没面子的。

掏茅房的却有这个权利。康老犁挑着两只粪桶走来，不管茅房里有人没人，他都能理直气壮地走近。遇见里面有人，不管是男人还是女人，他都把粪桶撂下，大大方方地在茅房门口等着。即使我看见了你的屁股，谁也不会说我在窥视你，我是等着你出来进去掏粪的。

康老犁是君子吗？难说。

康老犁动了邪心思是从看见冯有槐老婆的屁股开始的。第一次也是无意中看见的，那是一个太阳刚刚下山的时候，天还没有黑下来，映入他眼帘的是一个白白的、圆圆的、似乎还闪烁着光芒的物件。一瞬间，他觉得他看见的是月亮，是一轮中秋时节的满月。愣了半天，他才明白这是一个女人的屁股。他最先的感觉是奇怪，世界上怎么有这么圆、这么小、这么白的屁股呢？田小穗的屁股很大，长得像簸箕形，从腰部往外扩展着，越往下越大。康老犁始终认为所有女人的屁股都是簸箕形的。冯有槐女人的屁股居然是苹果形的，圆溜溜的像是挂在低垂的枝条儿上。难怪冯有槐的女人不能生孩子呢，这么小的屁股恐怕下个蛋都难。要命的是白，冯有槐的女人娘家在河东的祁各庄镇上，也算是大家闺秀了。大户人家的女人都白，大门不出二门不迈，风吹不着雨淋不着，能不白吗？康老犁过去只看见过大户人家女人的白脸蛋儿，还从来没看见过白屁股。康老犁看着看着心里烫起来，他伸手平息着自己发烫的心口，却摸到一把黄豆粒儿。他几乎想都没想，就把黄豆粒抓出来，放在冯有槐的夜壶旁边了。他知道这个女人从茅房里出来后，会顺手将夜壶捎进屋里的。

第二天，还是太阳刚刚下山的时候，康老犁又挑着粪桶来到了冯家的茅房外面。那轮圆圆的月亮又升起来了，康老犁的心里不是烫，而是怦怦地狂跳起来。难道每天这个时候冯有槐的女人都要上茅房吗？于是，他一边站在茅房外面等候，一边将手伸进衣襟里，今天他怀里揣的是玉米粒。

一连几天都是这样，每天太阳落山的时候，康老犁都要到冯家的茅房外面看月亮。冯家的月亮不升起来，康老犁的工作就算没有完。看完了冯家的月亮，康老犁才能踏踏实实地回家。晚上躺在炕头上，摸着田小穗那簸箕一样的大屁股，那圆圆的、小小的、白白的月亮又会悄然从他眼前升起来……

饥肠辘辘的农民终于盼来的秋天，地里的庄稼成熟了。饿疯了的人们都在想方设法地积攒粮食，可粮食是人民公社的，是生产队集体的。上级三令五申要保护集体财产，基干民兵白天黑夜地巡逻。人们还是偷，"偷"这个字太刺耳，上级领导便淡化成小摸小拿。确实也不大，将拿到的红薯、玉米棒子、黄豆粒、高粱穗儿藏在草筐里、裤裆里、草帽里。每天收工回村的时候，干部们就站在村口翻，翻出来就充公，翻不出来就带回了家。社员们小拿小摸的本事越来越大，干部们翻得也不大认真，法不责众嘛。后来整风整社的时候工作队总结过，叫做有不偷的人，没有不偷的户，可见当时的偷拿之风是何等严重。

但只限于小偷小摸，而且是半公开的，社员们互相掩护，干部们也睁一只眼闭一只眼。若是有人背地里大偷大拿，依然会激起民愤的，抓住了依然要以盗窃论处的。康老犁挑着满桶的大粪又到葫芦垡去给那里的庄稼"开小灶"。公社化以后，高级社自然解散了，葫芦垡又划归柳林庄了，康老犁也就自然敢理直气壮地往葫芦堡送肥了。康老犁到葫芦堡不是给那里的玉米施肥，玉米已经成熟了。玉米埂上还间种着一些白萝卜，白萝卜在高大茂密的玉米秧下艰难地生长着，怎么也挺不起腰来。康老犁要格外给它们以照顾，等玉米收割完之后它们就会生机勃勃地长起来。

康老犁端着粪勺给玉米间的白萝卜施着肥，突然听到一阵异常的声音，像是田鼠在啃食玉米。他弯下腰，悄悄地循着声音向前摸索着。一个熟悉的圆圆的东西挡在了他的眼前，这个圆圆的不是月亮，而是包着一层布的苹果。尽管包着，康老犁也看见了那白得耀眼的光芒。他站起身来，玉米叶子的响声将那个圆圆的苹果惊动了。冯有槐女人转过身来，她没有站起来，而且半躺半卧地面向康老犁，眼睛里含着泪，又像燃着火。康老犁发现，她的身边放着一个大口袋，口袋里已经装了大半袋玉米棒子。

以后多少次回味这件事的时候，康老犁总是想不起来冯有槐女人到底是怎么把裤子脱掉，把圆圆的月亮送到他的怀里的。他只记得他非常稀罕地抱着那白白嫩嫩的小屁股，用那流着涎水的嘴唇深深地亲吻着，嘴里还喃喃地叫着："月亮，我的月亮……"

完事之后，冯有槐的女人背着那半袋玉米要走。康老犁把她拦下了：外面有民兵，村口有干部，你怎么走呀？

冯有槐女人犹豫了："要不……天黑以后我再走。"

康老犁说："天黑了看管得会更严。"

冯有槐女人抱着那半袋玉米，无奈地坐在了地上。

康老犁把粪桶倒干净，里面铺一些玉米叶子，将口袋里的玉米棒子倒进去，又在上面蒙了一层黑土。

康老犁说："你先回去吧，太阳落山的时候我给你送回家去。"

冯有槐的女人突然跪下了："兄弟，你的大恩大德我……我感谢你一辈子。"

康老犁说："你已经谢过我了。"

冯有槐女人说："你还要吗？"

康老犁说："你不是已经给了我吗？"

冯有槐女人说："刚才的不算，是我欠你的。"

康老犁困惑地问："欠我的？你怎么欠我的？"

冯有槐女人说："冯有槐占了你的女人，你本该占他的女人。"

康老犁仰起头，朝天上吐了一口气。

冯有槐女人说："我知道，就算你占了他的女人也不划算，你的女人还给他生了个儿子呢。这样吧，你什么时候想要我，我就到葫芦堡来。"

康老犁瞪着眼睛看着冯有槐的女人，那眼睛很凶、很贪婪。

冯有槐女人胆怯地向后闪着身子。

康老犁饿狼般地扑上来，疯狂地撕扯着她的衣服："我要，我现在就要……"

玉米地里又响起了康老犁那呻吟般的叫喊声："月亮……月亮……我的月亮……"

十一

康老犁又得到了葫芦堡。葫芦堡分在他的名下的那天，他破例买了一瓶高粱酒，杀了一只鸡。夜深人静的时候，他提着装鸡肉的瓦罐，揣着酒瓶子来到郭明住的小场房里，非要请郭明喝两杯不可。郭明依然是人民公社的社长，他到柳林庄来搞"包产到户"的试点。

郭明看着康老犁的瓦罐和酒瓶子，有点儿感动，又有点儿哭笑不得。

康老犁刚要打开酒瓶子，郭明把他的手摁住了。

郭明说："你饶了我吧，我来搞'包产到户'就顶着满脑袋雷呢，是福是祸还很难说，你再让我吃请喝酒，到时候是裤兜子里抹黄泥，不是屎也是屎。"

康老犁说："这'包产到户'咱农民拥护呀，拥护你的好政策，也拥护你这个好领导，请你喝杯酒怕什么？这酒又不是偷来的。"

郭明说："我说康老犁呀，你是带着肚子住娘家，怎么不掂量一下自己的身份呢？我就算是想酒喝，也不能喝你的酒呀。"

康老犁说："我的酒怎么了？我的酒里有毒药。"

郭明只好实话实说："你不知道你是地主吗？这要是让人家抓住了把柄，你就是腐蚀拉拢干部；我呢，就是阶级路线不清，或者干脆就是地主的保护伞。"

康老犁还不甘心："我来的时候没有人看见，这件事只有天知地知你知我知。"

郭明不耐烦了："你别给我添乱了，你要是真拥护我感激我，就好好把地种好，多打粮食，支援国家建设。走吧走吧，你要是再不走我可跟你翻脸了。"

康老犁只好走了，心里好窝囊。得到了好处，想表示一点心意人家都不领情。他提着鸡肉和酒没有回家，而是直接去了小土地庙。小土地庙里更加破烂不堪了，里面除了柴草就是耗子屎蝙蝠窝。土地爷和土地奶奶的衣衫已经残缺不全了，面目还算清楚，只是土地奶奶的下巴颏儿掉了一大块。康老犁把瓦罐和酒瓶摆在砖台上，然后恭恭敬敬地跪下来："得了，土地爷土地奶奶，您二老将就一点儿吧，我今天连炷香都没带来，给您上上供吧。等日子过好了，我一定好好给您二老塑个金身，描一身鲜鲜亮亮的彩绘……"

有脚步响，康老犁回头一看，进来一个人。借着星光看了半天，康老犁认出是冯有槐。

康老犁坐着问："怎么是你?"

冯有槐说："这个土地庙还是我爷爷修的呢。"

康老犁说："那又怎么样? 你爷爷修了土地庙，给你留下了三顷多地，到头来不是都让你糟蹋了吗?"

冯有槐说："我要是不糟蹋那些地，怎么让你成了地主呢?"

康老犁说："我这个地主可不是剥削来的，我是一个汗珠子掉地上摔八瓣儿挣来的，我是把每一个铜板拴在肋巴条儿上攒下来的。"

冯有槐说："这道理你别跟我讲，跟我讲也没用。我还想找个地方说说理呢，找来找去找到这土地庙，没想到你倒先来了。"

康老犁说："你要说什么理，你不是农民吗? 不是积极分子吗?"

冯有槐说："得了，我马上就要跟你一样了，说不定要跟你一起挑着粪桶掏茅房了。"

康老犁没听明白，仰着脸看着冯有槐。

冯有槐说："你知道郭社长到咱村干什么来了吗?"

康老犁说："不是搞'包产到户'吗?"

冯有槐说："'包产到户'只是试点，主要是来搞'民主补课'。"

康老犁问："什么是'民主补课'?"

冯有槐说："咱这个地方跟南方不一样，南方闹的是农民暴动，打土豪分田地，一切权力归农会，把地主扫地出门，再踏上千万只脚，让地主永世不得翻身……"

康老犁说："是了是了，我也听说过南方斗地主斗得邪乎，南方的地主眼馋北方的地主，说共产党偏向北方的地主。"

冯有槐说："就是因为那些南方的地主疯狗一样地乱咬，现在才又搞起了'民主补课'。"

康老犁问："这'民主补课'到底是怎么回事?"

冯有槐说："咱北方搞的是和平土改，浮财不动，底财不挖，只要把土地房子拿出来分给农民就行了。可是这样一来……"

康老犁说："这样一来有些人就成了漏网之鱼，对不对?"

冯有槐哭丧着脸坐在了康老犁对面。

康老犁又说："'民主补课'就是要把你补成地主对不对?"

冯有槐深深地叹了一口气。

康老犁大笑起来："哈哈哈……冯有槐呀冯有槐，你也有今天呀。说你不是地主，我就不服。谁不知道你是财主? 不光你是财主，你爹也是财主，你爷爷也是财主，你爷爷的爷爷还是财主。我呢，祖祖辈辈都是穷光蛋，刚来个鲇鱼翻身就成了地主了。告诉你吧，政府眼里不揉沙子，政府是讲理的。来来来，为了给你补上这个地主，我请你喝酒，咱老哥儿俩得好好庆祝庆祝……"

康老犁把摆在土地爷面前的瓦罐和酒瓶拿下来。没有筷子，顺手撅了两根秫秸秆儿，没有酒杯，嘴对着瓶子干吹。冯有槐深深地喝了一大口酒，呛得直咳嗽。

康老犁酒还没喝就兴奋得手舞足蹈了："我说冯有槐，以后咱俩就是坟头改菜园子，拉平了。你别死了亲爹似的，当地主有什么不好？地主地主，什么叫地主？地主就是土地的主人，政府不是让农民当家做主吗？农民当家，当谁的家？就是要当土地的家。来，喝酒喝酒……"

冯有槐听着康老犁的高谈阔论，没想到康老犁种庄稼是把好手，肚子里还有点儿土学问，怪不得当初他能发家呢。冯有槐开始对康老犁刮目相看了。

康老犁继续做着冯有槐的思想工作："掏茅房有什么不好？掏茅房就是掏大粪，大粪就是粮食。人是铁饭是钢，人要吃饭地要产粮。人不吃饭要饿死，地不上肥同样不会产粮食。大粪，多好的东西呀？臭，臭在屁股上，吃在嘴里就香了……"

冯有槐依然垂头耷脑地喝酒，康老犁却越喝越兴奋，越兴奋越能说，他大概想把积攒了半辈子的话都一口气说出来。

十二

康老犁白兴奋了，那瓶酒也白请冯有槐喝了。

冯有槐最终没有划上地主，这不但要感谢大老郭的宽厚和好心眼儿，更要感激冯有槐的宝贝儿子冯绍光。

冯绍光和康土地虽说是一母所生，却毫无相同相像之处。可谓是龙生九种，种种不同，更何况他们原本就不是一个种呢。

冯绍光长得瘦弱白净，加上又念完了初中，一副文质彬彬的样子。整天价穿戴得干干净净、整整齐齐，村里人都叫他冯秀才。

冯绍光不但长得一副洋学生样，还能说会道，心眼灵泛。大老郭带着民主补课的工作队一进村，就先扎根调查、访贫问苦。还用访吗？撒谎瞒不了当乡人，谁不知道冯家祖祖辈辈是财主，只是解放前夕才败了家，"民主补课"不补他家补谁家？

大老郭一找冯有槐谈话，冯有槐就慌了神。冯绍光却表现得非常冷静，他把父亲留在家里，让他一点一点地回忆，一个铜板一个铜板地算计。跟父亲那儿把家底摸清楚了，又去找大老郭，借来了"民主补课"的文件，一个字一个字地读，一条一条地领会。最后，还没等大老郭作出结论呢，冯绍光先向大老郭拍板了："我家不是地主。"

大老郭说："你说了不算数，工作队都调查清楚了，一九四七年你家还有一顷多地呢。"

冯绍光说："您说的是一九四七年三月份以前，一九四七年三月份以后我家就没地了。"

大老郭说："就算一九四七年三月份以前，你家也是地主呀？解放前三年，你家仍然吃的是剥削饭。"

冯绍光说："您再看看文件吧，文件上说的是土改前三年，不是解放前三年。咱柳林庄是一九四八年十二月解放的，可是土改却是在一九五〇年四月份。"

大老郭半信半疑地拿起文件又看起来，摇了摇脑袋没词了。

冯有槐没有被补上地主，冯绍光便依然担任着村团支部书记。说公道话，冯绍光这个团支书还是非常称职的。从大饥馑中活过来的庄稼人更加充满了活力，荒年过后的土地也像还了阳似的蓬勃起来。这一年的庄稼特别好，葫芦堡更是大丰收。饿怕了的庄稼人精耕细作、颗粒归仓，家家户户都是大囤满、小囤流。人们填饱了肚皮，更加有心有肠地过起了庄稼日子。冯绍光顺应民意，又将村里的剧团恢复起来。恢复剧团需要开销，又是老规矩，家家户户地募捐化缘。冯绍光带着文艺积极分子提着口袋走街串户，有钱的给几毛钱，没钱的给几升米，也有给几个鸡蛋，几把绑好的笤帚的，或者是几瓢花生瓜子的。跟在冯绍光身边的是康棉花，她因为家庭出身是地主，入不了团，可一直没有放弃争取的机会。现在办剧团，她又成了文艺积极分子。

康棉花已经出落成一个花容月貌的大姑娘了。农村人看女人不看身条儿，光看脸蛋儿。康棉花是苹果脸，又圆乎又娇嫩，还白，像冯有槐女人那样白。一点儿也不像田小穗，田小穗的皮肤不是白，是红，黑里透红，很结实。康棉花还有一双水汪汪的杏仁儿眼，含情脉脉，会调情会说话。这么一个出类拔萃的姑娘要不是出身地主，肯定能嫁给一个城里人。那年头农村的姑娘嫁人首选城里人：姑娘十八九，向着城里开步走，只要能离开农业社，嫁个狗熊不嫌丑。

康棉花很有自知之明，她知道自己嫁不到城里去，就不做这个梦了。但是姑娘大了总要做梦，总要寻找梦中的男人。康棉花心里有个人，这个人就是团支部书记冯绍光。

康棉花和冯绍光的微妙关系很快被康老犁发现了。

康老犁是柳林庄最勤快的庄稼人，土地包产到户之后，自己的茅房自己掏，自己的大粪自己用。康老犁要种好葫芦堡那几亩地，就要千方百计地积肥。别以为凡是地主都是跟共产党不共戴天的，康老犁是对共产党有怨恨，谁家的土地被"共产"了，谁心里痛快呢？可是康老犁在许多方面又是非常服气共产党、拥护共产党的。比如共产党号召积肥,"积肥"这个词就是从共产党的宣传中学到的,原来庄稼人叫"攒粪"。先是号召多养猪多积肥,猪为六畜之首嘛,他觉得共产党说得对极了。后来又号召压绿肥、高温堆肥,夏天的时候将青草、树叶、马粪混合在一起用泥巴封盖起来发酵。再后来又号召秸秆还田,号召挖河泥,号召积攒人尿……这些都是积肥的好办法。除了这些还有一个办法,那就是祖祖辈辈流传下来的最原始的办法:拾粪。

村西边八里处有一条通往县城的马路,每天都有许多过往的车辆。那时候很少有汽车,都是骡马驾辕拉套的大车,要不怎么叫马路呢。有骡马过就会屙下粪便,附近的庄稼人都把那条马路当成拾粪积肥的黄金大道。都到那条马路上去拾粪,竞争便激烈起来。竞争的手段就是看谁起得早,谁起得早就能拾到第一茬粪便。庄稼人都有早睡早起的习惯,这跟侍弄庄稼有关。康老犁渐渐地发现,无论他起得多早,总会有人走在他的前面。他窝火,窝火之后便想出了一个绝招儿。任谁起得再早,也是要等到后半夜。他天黑就睡觉,不到十二点就起床,算是前半夜。当他背着粪筐、拿着粪叉儿上路的时候,许多年轻人还没回家睡觉呢。

已经过了腊月二十三小年,过年的气氛越来越浓烈。磨白面的、做豆腐的、炸饹馇盒的、扫房的、糊墙的、杀鸡宰羊的,折腾得热气腾腾。康老犁对这一切都没有兴趣,家里就是要做这些事情,也是田小穗张罗。他关心的就是每天出去能拾满满一筐的粪。这一天他路过西边村口,靠北边的高坡上有一个红薯窖。那是生产队专门用来储存红薯母子的窖,红薯母子是来年育红薯秧的。这窖不但大,也特别重要。别的窖口上盖的都是玉米秸,这窖口盖的却是木板钉的门。呼啦一声木门掀起来了,康老犁吓了一跳。他急忙闪在一边,那年月庄稼人去生产队偷粮食屡见不鲜,可谁这么缺德敢偷红薯母子呢?虎毒不食子,食了子就断子绝孙了。偷了红薯母子无异于断了红薯的种,来年拿什么种红薯?

人没出来先是一阵笑,偷东西的人都怕出声,谁敢笑呢?接着出来一个年轻人,年轻人趴在窖口,又拉上来一个姑娘。姑娘上来就扑在了年轻人的怀里,又是笑,还伴随着打打闹闹的动作。

康老犁认出了这两个人,身上像是呼啦着了火,他几乎想都没想,拼足了力气大喊一声:"棉花……"

两个人都愣住了,搂着康棉花的是冯绍光,吓得浑身一颤,差点儿从窖口失足掉下去。

康老犁冲过去,一把将康棉花拉下来。

康棉花很没面子:"爹,您这是干吗呀?"

康老犁怒气冲天:"干吗,你问我?我正要问你呢?你们到这红薯窖里干什么?"

康棉花说:"我们背剧本的台词。"

康老犁说:"里面黑咕隆咚的背什么台词?"

康棉花争辩说:"背台词又不是看剧本,用不着光亮。"

康老犁说:"用不着光亮你们跑红薯窖里干吗?"

康棉花说:"那里面暖和。"

康老犁更加火了:"你还跟我犟嘴,说,你们在里面做什么了?"

冯绍光说:"大叔,我们确实是在里面背剧本。"

康老犁说:"骗谁呢?我不瞎,你们在外面还搂搂抱抱的呢,在里面能老实吗?"

康棉花也火了:"爹,有您这么说话的吗?我们干什么您别管……"

康棉花的话还没说完,康老犁举起粪叉子就朝康棉花抡过来。冯绍光急忙护着康棉花,康老犁的粪叉子落在冯绍光肩上,冯绍光穿着的棉袄划破了一个大口子。

康老犁又把粪叉子举起来,康棉花转身就跑……

十三

康老犁被气疯了,疯狂得像野兽一样的康老犁没有追上康棉花,也不去拾粪了,直接冲进了家门,气急败坏地喊着:"田小穗,你出来,你出来……"

大凡跟儿女斗气的男人抓不到儿女,多是要拿自己的老婆问责的。这时候,只有这时候,好像教养儿女的权利和义务都一股脑儿推到了女人的身上。

田小穗已经脱衣钻进了被窝儿,听到康老犁的吼叫,一骨碌从炕上爬起来,衣服都没顾上穿,披着个褂子就跑出来,战战兢兢地问:"他爹,怎么了?出了什么事?"

要说在庄稼人当中,康老犁算是脾气好的。庄稼人要威风讲究打骂老婆,打到的老婆揉到的面,好用。康老犁从来没打过老婆,也很少骂。还有,庄稼人夫妻之间,从来不互相称名字。女人都叫男人孩子爹,没有孩子的时候多叫掌柜的,或者当家的,以示尊重。而男人对女人,大多什么都不叫,就是"嗨""喂""我说"之类的语气词。康老犁则不然,他是少数直接喊老婆名字的庄稼人之一,这可能跟他们婚前就熟悉有关。

田小穗从来没见过丈夫发这么大的火,一个劲儿地问:"怎么了?到底怎么了?"

康老犁吼着说:"还怎么了?你去看看你那宝贝闺女吧?丢人现眼的东西。"

田小穗慌了:"你是说棉花吗?她在哪儿?"

康老犁说:"跟人家钻红薯窖了。"

田小穗急忙问:"啊……跟谁?"

康老犁更加气不打一处来:"跟你那宝贝儿子。"

田小穗不明白:"他跟土地在一起,偷红薯去了?"

康老犁说:"什么土地?我说的是你那野种儿子。"

田小穗的眼前黑了:"是……绍光?"

康老犁说:"不是他还有谁?两个人打起了连连儿,这成什么了?"

田小穗哆嗦起来:"这怎么可能?这怎么好?这怎么得了……"

康老犁仍然叫喊着:"你瞎嘟囔什么?还不快把你的宝贝闺女找回来。"

田小穗像听到命令一样,立马就往外跑。

康老犁又发令似的喊:"回来,你不知道自个儿没穿衣服吗?"

田小穗这才感觉到,身上除了披着的那件褙子,什么都没有穿。她也是这才觉得冷,腊七腊八冻死寒鸦,能不冷吗?田小穗浑身颤抖得厉害,一屁股坐在了屋门口,哭叫起来:"我的妈呀……"

十四

这是腊月三十的晚上,家家户户张灯结彩,村里村外锣鼓喧天。康老犁在门上贴好了春联,在屋檐下挂好了挂钱和灯笼,又在院子里撒满了芝麻秸。然后,又在祖宗牌位下放上供果,在佛龛上插上香,在灶火板上放一碗凉水。一切都准备停当了,就等着吃饺子过年了。

田小穗剁好了饺子馅,康棉花和好了包饺子的面。准备包饺子了,康棉花要走,说是跟冯绍光约好了要彩排,正月初五戏就开台了。

像是准备好了开台的锣鼓一样,康棉花一提冯绍光,田小穗立即暴怒起来,将菜刀往案板上一拍,立刻跟康棉花翻了脸,不能让康棉花离开家门半步。康棉花也火了,觉得母亲简直是蛮不讲理。

康家闹翻了天。田小穗在康棉花面前抽嘴巴撞墙,要死要活要拼命。康老犁冲着康棉花咆哮怒吼,逼着康棉花答应跟冯绍光一刀两断。康棉花死鱼不张嘴,脖子一拧任凭发落。康土地见父母亲为妹妹的事如此大动肝火,觉得不可思议,就好言好语地劝起来:"眼下是新社会了,新社会讲的是自由恋爱、婚姻自主,你们这是干吗呀?再说,冯绍光条件也不错嘛……"

康土地的话没说完,康老犁抄起鸡毛掸子朝康土地扑过来,二话不说就往康土地的身上抽。康土地好汉不吃眼前亏,急忙抽身跑了。

康土地跑出去不大一会儿,外面也热闹起来。冯绍光是团支部书记,在青年中很有号召力。现在他的婚姻居然受到了干涉,而且还是受到地主分子的干涉,是可忍,孰不可忍?青年们都自发地站出来,坚决支持这场反封建的斗争。呼啦啦来了一大群青年男女，康老犁急忙把大门插上。年轻人进不来，站在门外喊着口号，为康棉花加油鼓劲：

"棉花，不能妥协，你爹你妈是老封建，你要坚决跟他们斗到底。"

"棉花，我们支持你，你这是革命行动，你要跟地主家庭彻底划清界限。"

"棉花，你要提高认识，这是阶级斗争，你要为我们年轻人作出榜样……"

有这么多人在外面支持，康棉花自然是热血沸腾起来。她被康老犁关在自己住的西屋里，撕破了窗户纸，伸着脖子朝外面喊着："绍光，绍光，你在哪儿呀？我不妥协，你也不能妥协呀？"

喊了半天外面没有人搭话，连在外面支持冯绍光的人也安静下来。是啊，我们在这儿不屈不挠地反封建，不都是为了成全你们的爱情吗？可是冯绍光哪儿去了呢？

康老犁不顾外面的群情激愤，不慌不忙地做着准备工作。他先在堂屋里横着放一条老椿凳，又在老椿凳上搭了两个小板凳儿。然后跟田小穗互相搀扶着，上了老椿凳，登上了小板凳儿。康棉花在西屋里看着觉得奇怪，这老爹老妈到底要干什么呢？登在小板凳儿，伸手就能够到房梁了。康老犁将一根三批绳穿过房梁，拴了一个活套儿。接着，他又将另一根三批绳穿过房梁，也拴了一个活套儿。两个活套儿在康老犁的手里掂了掂，便把其中的一根交给了田小穗……

康棉花看明白了，在西屋大喊大叫着："爹，妈，你们这是要干什么呀……"

康老犁和田小穗没有理睬康棉花的喊叫，不慌不忙地将绳套儿套在自己的脖子上。

康棉花哭叫起来："爹，妈，你们可不能死呀，你们死了我怎么办呀……爹，妈，求求你们了……"

康老犁和田小穗双双站在小板凳上，面对着西屋里的康棉花，挺胸昂首，像一对慷慨就义的革命者。

康棉花拍打着窗户叫着："爹，妈，你们不能……不能啊……大家快来呀，快来救我爹妈呀……"

外面的人听到康棉花的哭叫声，不知道出了什么事，使劲拍打着院门，要往里冲。院门被康老犁上了两道闩，还加上了顶门杠。

外面的人进不来，康棉花更急了，大声哭喊着："爹，妈，求求你们……你们不能……不能啊……"

康老犁说话了："棉花，你也别哭，你也别喊，我跟你妈跟你谈谈。我们也不愿意死，有一线生路谁都不想死，好死不如赖活着。你说是不是？可是我们想活你不让我们活呀，你逼我们死呀……"

康棉花也冷静下来，跟父母讲起了理："爹，妈，我跟你们说过多少次了，现在是新社会了，新社会讲的是恋爱自由、婚姻自主，我跟冯绍光谈恋爱怎么算是逼你们死呢？"

田小穗说话了："棉花，实话跟你说吧，我跟你爹不反对新社会，也不反对你自由恋爱。你跟谁自由都行，独独不能跟冯绍光自由。"

康棉花大声抗议着："怎么了？冯绍光怎么了？人家还是团支部书记呢，你们凭什么看不上人家？"

康老犁说："我们也不是看不上冯绍光，冯绍光千好万好他自己带着，你不能跟他打连连儿。"

康棉花说："我就不明白了，你们又让我自由，又反对我跟冯绍光恋爱，这到底是为什么呀？"

田小穗说："除了冯绍光，你跟谁自由都行，你哪怕嫁一个瞎子瘸子二流子懒汉我们都不管，只要不跟冯绍光就行。"

康棉花问："为什么？你们告诉我这是为什么？"

康老犁说："你别问为什么，什么也不为。今儿咱谈得好就谈，谈不好我们就把脚底下的小板凳儿一端，我们死了，你爱跟谁自由就跟谁自由，我们眼不见撂一片。"

康棉花又哭起来："爹，妈，你们这是干什么呀……"

田小穗更坚决地说："棉花，我跟你爹就听你一句话了。你跟冯绍光到底断不断？"

康棉花软了："你们别死……别死……"

康老犁喊叫起来："我们是死是活都在你手里攥着呢，你说吧，跟冯绍光断还是不断？"

康老犁说着，把双脚欠起来，脖子往上伸着。田小穗双手攥着绳套儿，闭上了眼睛。

康棉花害怕了："爹，妈……我听你们的，听你们的还不行吗？你们快下来吧，下来吧……我怕，我怕啊……"

康老犁问："你怕什么？"

康棉花说："我怕你们真死啊。"

康老犁说："死还有假的，我们不是在吓唬你。只要你不让我们活，我们肯定会真死的。"

康棉花说："我让……我让你们活，你们别死。"

康老犁问："你真的让我们活？"

康棉花说："我跟冯绍光断了还不行？"

康老犁逼问着："真断还是假断？"

康棉花咬了咬牙说:"真断。"

康老犁说:"那好,你知道今天是什么日子吗?"

康棉花说:"今天不是腊月三十吗?"

康老犁说:"你知道为什么腊月三十没有月亮吗?"

康棉花没听懂,摇了摇头。

康老犁说:"今天晚上是诸神下界,众鬼出坟。离地三尺有神灵,神神鬼鬼就在你身边。你要是真的说话算数,就当着千神万鬼发个誓。"

康棉花说:"我不信神,不信鬼,我说话算数还不行?"

康老犁说:"不行,你不发誓我们就上吊,你想看看到底谁说话算数吗?"

康棉花无可奈何了:"好吧,我……发誓。"

康老犁严肃起来,挺起胸膛,眼向前方:"诸位神灵请您留步,诸位鬼怪也请您听好,我闺女康棉花要发誓了。有诸位神鬼作证,康棉花说话算数,如果事后悔誓,她爹妈立马就死。"

康棉花说:"爹,您别说了,我已经答应您了。"

康老犁说:"你别跟我们说,你跟神鬼说。"

康棉花说:"我跟神鬼说,我……我康棉花从今以后,跟冯绍光……一刀两断。"

康棉花说完,趴在窗台上放声大哭起来。

十五

正月初五演完戏以后,康棉花本来想约冯绍光谈谈,冯绍光却先一步离开了。康棉花以为冯绍光有事,康土地却把康棉花叫走了。

在家门口,康土地将一双棉线手套给了康棉花。康棉花一眼就认出来了,这是她给冯绍光织的手套。

康土地说:"冯绍光让我把这个还给你。"

康棉花的眼泪流下来,看来冯绍光已经知道她向神鬼发誓跟他一刀两断的事了。

康土地说:"冯绍光说了,让你别等他,找个好婆家嫁人吧。"

康棉花哭了起来。

哭干了眼泪的康棉花心变得比黏土坷垃还硬,没出正月十五她就嫁了人。婆家是她自己找的,榆林庄的沈家,也是个地主。不要以为康棉花这是在跟父母赌气,跟父母赌气的成分有,但不是主要的。主要的是她有自己的小算盘,她觉得自己跟冯绍光的爱情被拆散了,她的心也就死了大半。心死了的人还叫人吗?最多也只能是一个活着的尸体。既然如此,她还有什么必要挑挑选选的?不挑不选嫁个人算了,反正女人是脸朝外的人,早早晚晚要嫁人的。嫁谁都是嫁，可是她这么一个花容月貌的姑娘白白地送给人家不是太亏了吗？想来想去，她想用自己给哥哥换个媳妇。哥哥方方面面都是个好男人，只是因为出身不好，他自己不敢追求喜欢的姑娘，别人也不敢给他提亲。如果这么耗下去，非打一辈子光棍儿不可。

她是自己跑到沈家提换亲的条件的。两个村原本就是近邻，高级社的时候还划在了一起，乡里乡亲都熟悉。沈家不但是财主，还是个书香门第的望族。如果不是土改了，沈家的大少爷说不定能出国留学呢。沈家的大少爷叫沈慎行，是个木匠。沈慎行不能读书就学了门手艺，聪明人干什么都能出类拔萃，他木匠的手艺在潮白河两岸是出了名的。

沈慎行有个妹妹叫沈雅兰，是个文文静静端庄秀气的女孩儿。康棉花觉得跟沈家换亲不吃亏，沈慎行认识康棉花，能娶到康棉花这样的媳妇他自然一百个满意。沈雅兰也觉得康土地人靠得住，一个地主狗崽子还图嫁什么好人家，男人老实巴交就行了。

两家人一拍即合，急不如快，正月十五双双办起了喜事，连娶带聘，省事又省钱。

康棉花结婚那天，冯绍光派人送来一对枕巾，算是表达最后的情义。康棉花没落泪，只是心里热了一下，她已经没有眼泪了……

天边滚动着很闷很沉的雷声，带着雨腥味的风很凉，又很硬。开始是擦着地皮刮的，越刮越烈，渐渐地在人们的头顶上呼啸起来。就是在这样一个阴霾恐怖的天气里，葫芦堡的粮食成熟了。玉米长得像小孩儿的大腿一样粗，高粱穗子沉甸甸地像醉鬼一样红着脸，还有玉米垄上间种的白菜、萝卜，都长得出奇的茁壮。天道酬勤，康老犁大半辈子积攒下来的经验和力气都用在葫芦堡上了。准备收割了，康老犁借着水一样的月光磨镰刀，在太阳底下编粮食囤，一切都准备停当了。天变了，说变就变了。据说是有征兆的，可是康老犁一门心思都在葫芦堡的庄稼上了，哪顾及什么政治形势呢？

大老郭站在村头的大碾盘上开大会，慷慨激昂地批判着"包产到户"，说是资本主义，说是党内走资派搞的修正主义，说是有亡党亡国的危险。说的这些词儿挺新鲜，有些年纪的人似懂非懂，康老犁更是满脑袋糊涂糨子。这"包产到户"不是你大老郭搞的吗？不是拿柳林庄当试点吗？怎么又成了滔天大罪了？

大老郭的大会开完之后，就带领着全村社员开进了葫芦堡。人们举着镰刀，像冲进了战场一样拼砍着满地的庄稼。一边在庄稼地里冲锋陷阵，一边还呐喊着口号。那年头人们的心里总是憋着许多口号，不喊出来就会发疯，喊出来就真的疯了。喊的是什么康老犁不记得了，只记得他也跟众多的社员一起发疯般地砍着庄稼。似乎犯了这滔天大罪的不是公社社长郭明，而是这没羞没臊疯长的庄稼。所有的仇恨都发泄在玉米高粱的头上了，满地的萝卜白菜则又像"大跃进"时候那样被乱脚踩成了泥巴。粮食收下来了，生产队的大车把玉米高粱拉到了生产队的场院。这时候，康老犁才意识到葫芦堡又姓"公"了，他用心血和汗水浇灌出的粮食也姓"公"了。他已经不知道心疼了，只是想哭，又不敢哭。他知道，只要他的眼泪掉下来，人们就会立即把锋利的镰刀对准他。郭明从他眼前走过好几次，连看都没看他一眼。我种的庄稼就这样充公了，你连句安慰的话都没有吗？看着郭明那天边黑云一样的脸，他不想哭了，什么都不想了。他已经学会自我麻木了，也学会将脑袋掏得空空荡荡的，像僵尸一样地活着了，真好。

十六

天边的雷声越来越近，雨腥味的风也越来越猛烈了。山呼海啸，天翻地覆，排山倒海，天塌地陷。"文化大革命"终于如钱塘江大潮般奔涌而来。先是高音喇叭整天声嘶力竭地叫喊，像是城里出了什么改朝换代的大事。人心惶惶，也不全是惶惶，还有的是扎了吗啡般地兴奋，跃跃欲试，急不可待。冯绍光就是这样，他还是团支部书记，又兼任起了民兵连长的要职。每天带着年轻人在村子里呼风唤雨，开大会、喊口号、贴大字报。终于从城里来了一群学生娃，是坐着大卡车来的。每个人的胳膊上都戴着一个红袖章，手里举着小红书，许多学生头上还有镶着红五星的帽子，一副军人装束。横扫一切牛鬼蛇神，康老犁被揪出来了，村里的地富反坏都被揪出来了，连田小穗也被揪出来了。土改以后，田小穗是第一次被揪出来。她虽然是地主的老婆，可是谁都知道她是苦出身，是逃荒流落到这里的，还当了十多年的使唤丫头。可是城里的学生不管这一套，硬是将她揪了出来。

康老犁觉得揪出田小穗就是冯绍光的坏，学生虽说是势不可当地进了村，可他们两眼一抹黑，他们认识谁，他们知道谁是什么根底？就像当年大老郭带着土改工作队进村一样，依靠的是贫下中农，学生们依靠的是谁呢？当然是你们这帮年轻人，当然是你这个团支部书记。

田小穗被揪出来的时候，正坐在炕上絮棉被。夏天只剩下一个热烘烘的小尾巴了，秋天的凉意从革命大潮的缝隙中顽强地挤过来。农村的媳妇们开始准备冬装棉被了，在自家里穿着很随便。下身是一条能装下二斗高粱的大裤裆的裤子，上身是一件只遮着胸脯的小兜肚儿，光着两只脚。突然一群城里的学生娃冲进来，乱哄哄地抓住她的两只手，把她的胳膊拧到背后，摁着她的脑袋就往外推搡着。她被押到大街上，搡到了一群同样披头散发衣衫不整的牛鬼蛇神中间。

康老犁看到，田小穗光着两只脚，露着整个后脊梁，浑身上下筛糠般地哆嗦。脸蛋儿上鼻子眼睛都挤到了一块儿，嘴巴咧着，想哭，又哭不出来。这棉花桃儿一样柔软的女人从来没经过这样的阵势，吓得魂都没了。

康老犁勇敢地冲到那个头领面前，大声申辩着，说田小穗是苦出身，是使唤丫头，是白毛女一样的受苦人。康老犁突然说出了白毛女，他觉得很有说服力。头领是个女学生，十七八岁的样子，一身绿军装，短发塞进军帽里，一手叉着腰，一手挥动着小红书，摇头晃脑地叫喊着。康老犁觉得这个女学生虽然很威风，却依然很美，杨柳青年画似的，美得让人眼花缭乱。女头领听见了康老犁的申辩，她低下头问康老犁。由于康老犁申辩的时候是很谦恭地弯着腰的，所以女头领跟他说话的时候必须低着头。女头领问他："她是不是你老婆？"

康老犁老老实实地说："是。"

女头领又问："你是不是地主？"

康老犁依然老老实实地说："是。"

女头领立即噼里啪啦地说："既然你是地主，她是你老婆，那她就是地主婆，你还有什么好争辩的？地富反坏右，统统都是牛鬼蛇神，是我们的阶级敌人，我们要把你们打翻在地，再踏上一万只脚，叫你们永世不得翻身。同志们，造反派的同志们，你们看看阶级敌人有多么猖狂，在我们对他们实行无产阶级专政的时候，他们依然在反攻倒算，依然不甘心投降。敌人不投降，就叫他灭亡……"

口号立即喊了起来："敌人不投降，就叫他灭亡。"

漂亮的女头领一挥手，立刻冲上来个女学生，一脚把田小穗踹跪在地上，抓住她的头发，喀嚓喀嚓地将她的头发剪掉了一半。田小穗立刻变成了人不人鬼不鬼的，紧闭着眼睛，软塌塌地歪倒在地上。两个男学生将田小穗从地上揪起来，推着她往前走。田小穗光着两只脚走在牛鬼蛇神的队伍里，牛鬼蛇神们像一群被赶往宰杀场的牲口，失魂落魄、踉踉跄跄、跌跌撞撞。前后左右都是愤怒的人群，这愤怒的人群里除了城里来的学生娃，还有冯绍光率领的青年农民。他们喊着口号，押着这些牛鬼蛇神往前走。不知道什么时候，牛鬼蛇神的头上都戴上了一顶高高的纸帽子，胸前挂上了草纸板儿拴的牌子，牌子上写着每一个人的身份：地主分子、地主婆、历史反革命、流氓坏分子等等，每个头衔下面都倒写着人名，人名上面画了一个黑黑的大叉子……

田小穗磕磕绊绊地走着，随时都有跌倒的危险。康老犁觉得，只要田小穗一跌倒就再也爬不起来了，爬不起来的田小穗就会遭到更厉害的毒打，说不定会为此丧了命。康老犁悄悄地在后面扶着她，她的后背光光的，他只能扶着她的腰。好在大裤裆的腰带还系得很紧，康老犁使劲提着她的腰带，提着她那软绵绵的身子。

不知道怎么就来到了葫芦堡，据说是胜利会师了。另一支队伍大概是造反派的正规军，队伍中押着的专政对象是大名鼎鼎的郭明。这些造反派的正规军很像是干部，又像是工人，穿得整整齐齐的。郭明的胸前也戴着牌子，不是草纸板做的，是三合板的，挂在脖子上的也不是粗麻绳，而是细铁丝。可见走资派与牛鬼蛇神的待遇还是不一样的。郭明也没有弯腰，不是造反派不让他弯，是他不肯弯。押着他的造反派把他的脑袋摁下去，他又抬起来了。他把脑袋抬起来又被摁下去，他又耿耿地抬起来。郭明是条汉子，宁折不弯，康老犁心里佩服着。

接下来便是现场批判会，批判郭明大搞资本主义，实行"包产到户"，是地富反坏的保护伞。批判会上发言的是冯绍光，先是照着稿念的，都是让康老犁似懂非懂的词。后来就是喊口号，喊着喊着喊出了新鲜花样儿。不知道是谁弄来一副犁，一挂套，然后又把康老犁拉出来，让他扶犁。康老犁顺从地扶着犁，田小穗又被乱哄哄地拉出来，把套绳挂在她的脖子上。康老犁明白了，这是要拿田小穗当牲口使唤。你不是地主吗？你不是把土地当成命根子吗？你不是叫老犁吗？那你就犁地吧，像牲口一样地犁地吧。

康老犁按照自己的认识理解着冯绍光等人的作为，他并没有感觉到多么大不适。庄稼人嘛，本该犁地，不犁地能种庄稼吗？至于拿他或田小穗当牲口，也没什么。他是苦干出来的财主，许多庄户人家本来就没有牲口，没有牲口怎么办？都是人来拉犁，人来拉车，"大跃进"的时候牲口不够用，不都是用人拉犁拉车嘛。人拉车的时候，郭明还驾过辕呢，这是康老犁亲眼看见的。

郭明不干了，大声地申斥冯绍光是胡闹，是把阶级斗争庸俗化，是违背"文化大革命"精神的。冯绍光高声说："你是走资派，只许你老老实实；不许你乱说乱动。让地主婆拉犁怎么了？我们贫下中农祖祖辈辈为地主当牛作马，现在翻身得解放了，把被颠倒的历史又颠倒过来了，我们现在就是要让地主分子当牛作马！"

然后又是一片口号声，那年月无论是谁，说几句话就要喊口号。说话不喊口号就好像种地不使粪一样，种地不使粪等于瞎胡混，说话不喊口号就胡混不起来。喊完口号，冯绍光将一把鞭子塞给郭明，让郭明往田小穗的身上抽。郭明火了，将鞭子扔在地上，愤怒地说："我不干你们这种丧尽天良的事情。"

又一阵冰雹般的口号砸向郭明，打击着他的"嚣张气焰"。

气急败坏的冯绍光捡起地上的鞭子，疯了一样地朝田小穗的身上抽着。田小穗那光光的后背立刻划出了横七竖八的血印子，戴红袖章的小将们和村里的年轻人怒号着，给冯绍光加油鼓劲。康老犁不顾一切地扑过去，趴在田小穗的身上。皮鞭又像冰雹一样落在康老犁的身上，康老犁不觉得疼。有人将田小穗从康老犁的身子底下拖出来，冯绍光的鞭子又抽在田小穗的身上……

一个人将冯绍光举起的鞭子抓住了，是冯有槐。他的手抓着冯绍光的鞭子，身子紧紧地贴着冯绍光。如果不是这样，冯有槐就站不住。冯绍光使劲推着冯有槐："爹，您这是干吗呀？我们在搞阶级斗争。"

冯有槐干瘦的身子颤抖着，说话的声音也颤抖着："你不能……不能啊绍光……不能啊……"

冯绍光问："什么不能？您说什么不能？"

冯有槐指着瘫软在地上的田小穗说："你不能……不能这样对待她……"

冯绍光说："她是地主婆，爹，您怎么为地主婆说话？"

冯有槐说："她不是……不是……"

冯绍光说："她是地主的老婆，当然就是地主婆了。"

冯有槐说："她是……她是你娘……"

冯绍光说："爹，您别管，这是文化大革命……"

冯有槐说："她是你娘，是你亲娘……"

冯绍光说："您说什么哪？我们跟她不是一个阶级。"

冯有槐突然跪下来，跪在了冯绍光的面前。

冯绍光愣住了："爹，您这是干吗呀？"

冯有槐说："她是你娘，你亲娘啊……"

冯绍光说："她不是我的娘，她是康土地的娘。"

冯有槐喊着："土地的娘也是你的娘，你跟土地是一个娘。你们两个人，都是从一个娘的肚子里爬出来的……"

口号声没有了，那些喊口号人的眼睛，都落在了冯绍光那只握着鞭子的手上。

冯绍光手里的鞭子落在了地上……

十七

田小穗死了。

那天夜里，康老犁突然发现田小穗不见了，急忙叫醒了睡在西屋的康土地。两个人满街跑着、喊着，一直喊出了村，喊到了葫芦垡，又从葫芦垡上了潮白河大堤。嫁到榆林庄的康棉花也跑来了，跟在父亲和哥哥的身后跑着、喊着。老少三人的喊叫声在潮白河两岸飘着，在柳林庄的大街小巷上飘着，在家家户户的窗户纸上震动。凄厉的喊叫淹没铺天盖地的口号，一种不祥的预兆像血丝一样渗透在喊叫声中……

直到三天后一个灰蒙蒙的中午，他们才在十五里外的芦苇湾里发现了田小穗的尸体。那尸体像气球一样鼓胀起来，衣服不见了，不知道是田小穗自己脱掉了，还是被水冲刷掉了。白白的鼓胀的尸体很耀眼，在芦苇丛中静静地漂浮着。一只猫头鹰藏在芦苇岸边的树枝上，阴险地等待着肥美的夜宴……

埋葬了田小穗之后，康土地说了一句话："到底谁害死了我娘？"

康棉花说："他这是在报复我，我没嫁给他，是因为咱娘不同意，他就把娘往死里整。"

康老犁没说话，他能说什么呢？要说冯绍光害死了田小穗，冯绍光可是她的亲儿子呀。虎毒不食子，子就可以食母吗？康老犁恨冯绍光，恨冯绍光的心黑手辣，居然拿自己的亲娘当牲口，哪个当娘的能受得了呢？可是康老犁更恨冯有槐，冯有槐为了阻止冯绍光对田小穗的折磨，说出了一个天大的秘密。那个秘密深深地埋在三个人的心里，冯有槐却把它大白于全村了。有人信吗？不信就要猜测，不信就要打听，不信就要考证，如果造反派追根寻源，说不定还要审讯。康老犁还勉强可以说不知道，田小穗能说不知道吗？可是这件事能说吗？冯绍光在整田小穗的时候，尽管是光着脚、光着后背，可到底还穿着裤子和兜肚儿，冯有槐却把她彻底扒光了，从里到外地扒光了。田小穗还能活吗？田小穗还有脸活吗？到底谁害死了田小穗呢？是冯绍光，还是冯有槐？

到底是谁害死的田小穗，这个问题像蜘蛛网一样缠绕在康老犁的脑子里。康老犁想不明白，想不明白就使劲想，越使劲想越想不明白，康老犁的脑子乱了。康老犁又像过去那样，整天价挑着大粪桶走街串户，嘴里不停地嘟哝着。嘟哝的是什么谁也听不清，后来就嘟哝两句话，那声音很清晰："地啊我的穗，穗啊我的地……"

人们都说，康老犁疯了。

自从田小穗畏罪自杀，自绝于人民之后，柳林庄的阶级斗争似乎就结束了。田小穗死了以后，冯有槐就失踪了，真正地失踪了。田小穗的死，康老犁的疯，冯有槐的失踪，使冯绍光的身世之谜成了无头案。冯绍光倒是可以作各种各样的解释了，一说是父亲冯有槐为了救田小穗，胡编了一套谎言；二说可能田小穗在冯家当丫环的时候跟冯有槐有一腿，但是绝对不会生出了冯绍光；三说冯有槐纯粹就是胡说八道，被革命的大潮吓昏了头……任凭冯绍光怎么解释，造反派都不相信，冯绍光因为疑是田小穗的儿子，自然也成了疑似狗崽子，造反派他当不成了，团支部书记也被夺权了。冯绍光跟康土地一样成了被革命抛弃的人，成了"抓革命促生产"的主力军。

只有大老郭说康老犁没有疯。大老郭说话管屁用，他已经不是公社书记了，他是走资派，被押解到柳林庄进行劳动改造，跟康老犁一起掏茅房。一个老地主，一个走资派，两个人每人挑一副硕大的粪桶，整天价摇摇晃晃地走在柳林庄的大街小巷，成了这寂寞的小乡村一道独特的风景。

春天来了，土地开始返浆，道路软绵绵的，人们的身子也软绵绵的。这软绵绵是一种很舒服的感觉，大老郭和康老犁挑着大粪桶出了村，将粪撒在苏醒的土地上，便将软绵绵的身子平放在潮白河堤坡上，很享受。两个人一边放任着慵懒，一边有一搭没一搭地聊着天。这聊天像半睡半醒中的喃喃呓语，你说你的，我说我的，断断续续，有时候又交流在一起。

大老郭说："什么亲不亲阶级分，你跟他亲，他不跟你亲，儿子造老子的反，两口子都划清界限，整个是混账世道。"

康老犁说："男人嘛，最亲的就两样：一是土地，一是老婆。土地能打粮食，有粮食就能活命，土地是让你活命的，你说亲不亲？老婆能给你生孩子，有孩子就有后，就不会断种，老婆是给你续种的，你说亲不亲？"

大老郭说："跟土地最亲的是庄稼人，是农民。我们党当年发动农民造反，喊的就是'打土豪，分田地'的口号。要不怎么那么多农民跟着党闹革命呢？"

康老犁说："要想让土地跟你亲，你得好好伺候它。精耕细作，土肥苗才能壮。伺候土地跟伺候老婆一样，有人说打到的媳妇揉到的面，我不信。媳妇不是打出来的，是疼出来的。你疼她，她才能疼你。给你烧火做饭，给你铺床叠被，给你生儿育女。我就没打过老婆，我们家小穗，我连一个指头都没捅过……"

大老郭问："你是不是想女人了？"

康老犁说："我不想女人，我想老婆。"

在懒洋洋的阳光下，两个人懒洋洋地聊着。聊得很随意，又很清醒，怎么能说康老犁疯了呢？

可是歇够了，聊完了，挑起大粪桶朝村里走着的时候，康老犁便又低沉地呼唤起来："穗啊我的地，地啊我的穗……"

十八

康老犁的疯疯癫癫时好时坏，说他真疯，有时候说的话比谁都明白；说他明白，又常常是糊涂庙里拜糊涂神。大老郭的走资派平反了，又回到公社当起了革命委员会主任，他对大老郭说："您送冯绍光上大学吧，那孩子脑瓜儿灵，将来会有点儿出息的。"

大老郭问："你不关心康土地，怎么倒关心起了冯绍光？"

康老犁说："康土地初中都没上，冯绍光高中都快毕业了。念那么多书，不用不就糟蹋了嘛。"

大老郭说："可康土地是你儿子呀？"

康老犁说："好歹冯绍光也是从田小穗的肚子里爬出来的，一个模子扣出来的，爹不亲娘亲。"

大老郭笑了："这么说田小穗还真是冯绍光的亲娘，到底是怎么回事呀？"

康老犁又疯了，咧着大嘴叫起来："穗啊我的地，地啊我的穗……"

"四人帮"被粉碎了，全村人敲锣打鼓地庆祝，康土地光着膀子挥动着鼓槌，欢呼声响成了一片。康老犁冲过来，扔下大粪桶就抢康土地的鼓槌。

康土地说："您这是干吗呀？我们这是庆祝。"

康土地知道跟他说不明白，夺过他手里的鼓槌又敲起来。欢庆的队伍朝前走着，把他挤到了一边。他又咧着大嘴叫起来："穗啊我的地，地啊我的穗……"

取消阶级斗争了，给地主摘了帽子。康土地跑着回家把这个好消息告诉他，他却说："我愿意当地主，当地主有地。"

康土地说："地主是剥削阶级，是敌人。"

康老犁说："敌人怎么了？敌人不也是种田吃饭，吃饭种田吗？"

康土地说："当敌人就要被专政，被专政就要掏大粪。"

康老犁说："掏大粪怎么了？没有大粪地里能长粮食吗？再说了，人家郭书记不是还跟我一起掏过大粪吗？我不觉得掏大粪丢人。"

康土地跟他说不清楚，急得直跺脚。康老犁又嘟嘟囔囔地叫起来："穗啊我的地，地啊我的穗……"

土地承包到户，又把葫芦堡分到他的名下。在签订承包合同的大会上，他硬是让人家在合同书上写下田小穗的名字，说这葫芦堡是田小穗的，没有田小穗就没有葫芦堡。村委会主任说，田小穗已经死了，我们不能跟死人签合同啊。他说，田小穗死了不是还有我吗？不是还有康土地吗？人死债不烂，娘的债儿子还，老婆的债丈夫还。人们知道跟这个疯疯癫癫的人讲不出道理来，最后答应写上他和田小穗两个人的名字，这才算把合同书签下来。

签完了承包合同书，康老犁便扛着大镐去了葫芦堡。他本来想叫康土地跟他一起去的，直到吃晚饭的时候康土地还没回来。康土地的老婆把菜饭摆上了桌，他胡乱扒拉两口就放下了筷子，急不可待地出了门。

惊蛰刚过，惊蛰一犁土，春分地气通。康老犁挥着镐翻着土地，一镐刨下去带有细碎的冰碴儿。天气还有些凉，可是没刨多会儿康老犁的身上便冒了汗。他把过冬的老棉袄脱下来，光着膀子刨着地。越刨越带劲儿，忍不住唱起了号子："哎嗨我的地呀，哎嗨我的穗呀……"

月亮从潮白河东岸升起来，挂在开始吐青的杨树梢上。月光洒在翻起来的土垡上，像河里泛着银光的波浪。又一轮月亮升起来，在与葫芦堡临界的地块上。圆圆的、暖暖的、肉乎乎的小月亮，随着他的心跳加速，那小月亮越发清晰起来。他以为他在做梦，或者看花了眼，他扛着大镐朝前走去，那轮小月亮开始升腾着，又被乌云遮盖起来。

冯有槐女人举着一把半秃的小镐刨着地，地皮上只是多了几个小坑儿，猪拱过的一样。康老犁过去，用肩膀将冯有槐女人往旁边推了一下，抢起手里的大钢镐便刨了起来。一镐下去，就是西瓜大的一块泥土，镐往外一拉，泥土便翻过来。镐起镐落，一个个泥土大西瓜整整齐齐地在康老犁面前排列起来。暖融融的月光照耀在翻起来的泥土上，蒸腾着丝丝缕缕的热气。

冯有槐女人跟在康老犁的侧面，康老犁往前刨一步，她便往后退一步，像是月光下康老犁的一个影子。

康老犁举着镐问："冯有槐还没有信儿吗？"

冯有槐的女人说："谁知道他死在什么地方了。"

康老犁的镐刨进泥土里："绍光呢？"

冯有槐女人说："大学毕业后留在县农业局了，说是什么农艺师。"

康老犁的镐又举起来："娶媳妇了吗？"

冯有槐女人说："也是一个城里人，他的同学。"

康老犁的镐又落进泥土里："不错，好好过日子吧！"

冯有槐女人带着哭腔说："可我的日子怎么过呀？"

康老犁把手里的镐停下来，望着眼前这已经发黄的月亮，心里一阵发酸。

冯有槐女人抹起了眼泪："逃的不回来，走的也不回来，这地分给我一个老婆子了，我不能用眼泪种吧？"

康老犁继续镐起镐落地刨着地："不就是这点儿地吗？我捎带手就给你种了。"

冯有槐女人说："你不是也有地吗？又要种你的，又要种我的，我不忍心这么劳累你。"

康老犁的镐没有停下："庄稼人还嫌地多吗？怕的就是没有地。"

冯有槐女人哭着坐在了地上："老犁，我的好人啊……"

这哭声让康老犁的心里一颤，他看了看坐在土垡上的女人，停下了手里的钢镐。

冯有槐女人用一双泪眼看着康老犁，月光把那泪花儿照得光盈盈的，像高粱叶上的露珠。

康老犁放下镐，坐在了冯有槐女人的身边。身子下面那刚翻起来的土垡有点凉，却很舒服。

冯有槐女人歪在康老犁的身上，撩起衣襟替他擦着胸膛上的汗水。康老犁原本掏出烟袋想抽烟，冯有槐女人身上的味道把他刺激得兴奋起来，他伸出胳膊搂住了冯有槐女人的腰。

冯有槐女人又说："土地妈没了十多年了，你就一直这么绷着？"

康老犁说："不绷着怎么办？没地可刨，镐都闲得生锈了。"

冯有槐女人心疼地说："绷得很难受吧？"

康老犁说："想的时候就难受，不想的时候也没什么。"

冯有槐女人说："你想过吗？"

康老犁说："不常想，想也没用。"

冯有槐女人说："你怎么不来找我？"

康老犁说："我一个地主搞女人，没让人抓住就知足了，让人抓住还不把我整死？再说了，冯有槐跑了，我趁机占他女人的便宜，也忒不地道了。"

冯有槐女人叹了口气："老犁啊，难得你还总想着冯有槐。"

康老犁说："说实在的，虽说我给冯有槐扛过活，冯有槐借用过我老婆，可是冯有槐对我不薄。别的甭说，就说他卖给我的那些地吧，便宜得不能再便宜了，白给一样。"

冯有槐女人说："你啊傻吧你，你也不想想，冯有槐比曹操还多仨心眼，凭什么那么便宜就把地卖给了你？"

康老犁说："他不是碰上过不去的坎了吗？你病、绍光病，还有你父亲又遭了绑票……"

冯有槐女人说："胡扯他妈的蛋，他说什么你都信呀？"

康老犁有点儿蒙了："这么说……他没跟我说实话？"

冯有槐女人说："你呀……让我说你什么好呢？"

康老犁说："那他到底为什么？那么多地他说扔就扔了？一点儿不心疼？"

冯有槐女人说："你是知道的，我娘家在河东，河东边是八路军的解放区。那边早就嚷嚷着要土改了，你光顾得低着脑袋种地，哪知道这些？"

康老犁说："这就对了，他是怕当地主……他把这个地主让给我了。"

冯有槐女人说："他知道和平土改的政策是浮财不动、底财不挖，就早早地把地换成了钱。"

康老犁说："那些钱后来不就是一堆废纸吗？"

冯有槐女人说："要不说他比曹操还多仨心眼儿呢，他又早早地把那些钱换成了金条，你知道吗？到了土改的时候，他整整攒了二十三根金条，小黄鱼儿似的，就埋在猪食槽子下面。"

康老犁震惊了："啊……那么多金条？"

冯有槐女人说："没了，黑了心的东西，都让他拿走了，一根都没给我留……"

康老犁的脑袋又空了，这么多年了，他好像从来就不认识冯有槐。冯有槐干的这些比曹操还多仨心眼儿的事，他从来没有怀疑过。人怎么可以这样呢？

冯有槐女人嘤嘤地哭泣起来："老犁，我的命苦啊，遇上这么一个黑心的男人……"

康老犁像块石头一样，没吭声，也没动。

十九

康老犁愤怒了，村里的年轻人都中了邪。年轻的庄稼人怎么变得这么没出息？没地的时候想地，有了地又不想种，一个个都跑到城里打工去了。就像没媳妇的时候想媳妇，娶了媳妇又不好好伺候，跟地一起放在家里。这么好的地，这么好的媳妇，你们怎么离得开，你们不想吗？他的脑子里立刻响起了一支陕北民歌：白生生的大腿热乎乎的地，这样的好东西还留不住哥哥你……

年轻人大多走了，村里的地都留给"三八六九"了。"三八"是女人，"六"是孩子，"九"是老人。村子里一下冷清下来，趴在土地上的没有顶得起裤裆的男人，这地能种好吗？地跟女人一样，苗壮穗大，母壮儿肥。没有邦邦硬的小伙子，女人能生出好孩子吗？没有邦邦硬的庄稼把式，地里能长出好庄稼吗？

更可气的是康土地也要走了，跟着一伙儿不知道天高地厚的年轻人闯深圳去，说在那里能挣大钱。

康老犁说："你再有钱管什么用？能吃钢镚儿嚼票子吗？"

康土地说："有钱就能买粮食，买肉，买山珍海味，您怎么连这个理儿都不懂？"

康老犁说："买你丈母娘的脚后跟，地里不长粮食，你手里的票子就是一把烂纸。你没挨过饿吗？你忘记买块糖球都要票了？你刚吃几顿饱饭呀，就把庄稼人的命根子忘了？"

康土地说："您总抱着老死理儿不放，我跟您说不清楚，反正我得走，火车票都买好了。"

康土地跟康老犁说不清楚，康老犁跟康土地也说不清楚。气得康老犁到公社去找大老郭。人家告诉他，郭明已经调到县里去了，升官了，是县政协副主席。康老犁不知道政协副主席有多大，他只知道中国最大的官就是主席了，去世了的毛主席，曾经被打倒如今又平了反的刘少奇，不都是主席吗？康老犁为大老郭高兴。这一高兴，把对儿子的不满冲淡了许多。走就走吧，谁爱走就走吧。有屁股还愁挨打，有地还愁没人种？

康老犁把葫芦堡收拾得比小媳妇儿还漂亮，捎带着把冯有槐女人的土地也收拾得熨熨帖帖。小苗儿破了土，康老犁捏着灵巧的手指头，绣花般地间着苗儿；小苗儿盖上了地皮，康老犁又照看婴儿般地松土施肥；小苗儿没了膝盖，康老犁更像小伙子盼媳妇一样盼着庄稼扬花吐穗。这时候，他把自己脱得光溜溜的，把冯有槐的女人也脱得光溜溜的。松软的地皮凉凉的，庄稼叶子散发出来的清香也是凉凉的，让人很振奋。他搂着那发黄的月亮躺在垄沟里，柔柔的，软软的，有一种想流泪的感觉。随着玉米拔节的声响，他的身子里面也发出清脆的拔节声。发黄的月亮明亮起来，他们像顽童似的欢唱着歌谣："我的月亮我的镐，我的地啊我的穗……"

尽管柳林庄的年轻人都走了，地却没耽误。这一年老天爷帮忙，又一个好年景。地里场里，院里屋里，甚至河坡上、马路上、屋顶上，到处都是粮食。黄的玉米，红的高粱，白的棉花，堆成了山，码成了垛。丰收对于庄稼人来说是一个盛大的节日，比得儿子还要喜庆。可是柳林庄的大街小巷里，到处摇晃着一张张愁苦的脸。

康老犁又不明白了，庄稼人的命里怎么这么多愁啊。没地的时候愁地，有了地愁种；种了地愁苗儿，苗儿长起来愁穗儿；穗儿满了愁收，收下来粮食却愁卖。祖祖辈辈的庄稼人，听说过粮食多了愁卖吗？丰收之后最多也就是粮食价低，还从来没有粮食卖不出去的时候。可是现在不行了，粮食是统购统销的金贵物资，不能随便卖，只能卖给国家的粮库。多年来粮库都空着，粮食收不上来的时候到各村去动员，说是爱国粮，谁不卖粮谁不爱国；说是战备粮，谁不卖粮谁反对备战，谁就是美帝苏修蒋介石的奸细走狗反动派。眼下粮食多了，他们又不收了。不是全不收，要排队卖粮。排队就排队，排了三天三夜好不容易排上了。说你粮食水分大不收，说你粮食瘪不收，说你粮食杂质多不收，说你粮食不是优良品种不收……粮库那些大官小官包括记账的过秤的扛麻袋的都呼啦啦神气起来。一个个脸朝天肚子外鼓罗圈儿腿还要迈方步，牛逼得不行。愁眉苦脸的庄稼人得求他们了，请吃饭不去，送瓜果点心不要，直接往他们手里塞票子。塞票子也得有门子，找到门子塞了票子也只能收万八千斤的，多了还是不收。世道真是颠倒了，这不是撅着屁股让人家干还要倒补人家俩烧饼吗？榆林庄的沈老三，论起来还是康棉花的叔公，种了十三亩棉花，头茬就摘了八大车。沈老三把这八大车棉花拉到收购站，收购站前面已经排成了长龙，沈老三只好排在龙尾巴上。排了三天两夜不见动静，再长的龙只要龙头向前，龙尾巴也得跟着动啊。细一打听，收购站三天只收了不到二十户棉花，这二十户差不多都是走门子的。又等了两夜三天，龙尾巴还是纹丝不动。沈老三急了，一把火将八车棉花点着了……

沈老三烧棉花这件事正好被一个北京来的记者碰上了，还拍了照片。据说这照片发表在北京的一家报纸上了，报纸上一发表，上级重视了，县里专门来了人看着收棉花。那一年种棉花的都沾了沈老三的光，棉花都卖出去了。沈老三悔得肠子都青了，逢人便说，要知道那会儿烧一车留七车呀，我怎么这么傻，把八车都烧了呢？

粮食卖不出去，可公粮还要交。早先交公粮都是直接交粮食，一亩地二斗粮嘛。现在改章程了，公粮不收粮食，收钱。不单公粮收钱，村里的提留款也收钱，乡里的各项经费还收钱。钱钱钱，粮食卖不出去哪儿来的钱？就算粮食卖出去了，也不够交那些钱的。钱越交越多，有按土地交的，有按人口交的。不交不行，挨家挨户地收，乡里的干部带队，警察拎着警棍跟着，谁敢不交？有胆子大的，也有实在没钱的。不交怎么办？抓猪抓羊抱电视机拉被子扒房子，就是不要粮食。粮食啊粮食，这活命的粮食到如今连臭大粪都不如，扔在大街上都没有人捡。

康老犁把儿媳沈雅兰养了一年的猪卖了，又把康土地寄回家的过年钱拿出来，总算把"收款执法队"糊弄过去了。那一年春节康土地没回家，说加一天班给三天的工资，要多挣几个钱。过大年的时候，康老犁把仅剩下的一把零票子拿出来，给小孙子买了两挂鞭炮，算是有了这么一点儿喜兴。

大年三十晚上，康老犁又提着灯笼背着粪筐出去了。儿媳沈雅兰说："粮食都卖不出去，您还去捡什么粪呀？"

康老犁说："粮食卖不出去也得种地呀，种地没有粪怎么行？"

沈雅兰知道劝不住公公，把两个刚出锅的黏豆包塞给了康老犁。康老犁闻了闻这香喷喷的黏豆包，没舍得吃，他想给冯有槐的女人送去，也算是过年惦记着她呢。他背着粪筐，怀里揣着黏豆包，走到冯有槐的家门口他才记起来，冯有槐的女人被儿子冯绍光接到城里过年了。大街上静悄悄的，家家户户门口的灯笼也是朦朦胧胧的，见不到人们走动的身影，只是偶尔听到一两声鞭炮响，像是在提醒着康老犁今天是大年三十。

大年三十的康老犁感到很孤独，从来不知道孤独是啥滋味的人居然孤独起来。孤独的人都心软，眼睛也潮潮的想流泪。这是怎么了？戴了三十年地主分子的帽子，他没孤独过；老婆死了十多年了，他没孤独过；怎么现在竟然孤独起来了呢？他孤孤单单地朝村外的马路上走去，说是去捡粪，眼睛却不往路面上看。脑子里空荡荡的，脚步也轻飘飘的，眼前模糊起来，像是许多人从对面走过来。这人群中似乎有田小穗，有康土地，有康棉花，唯独没有冯有槐女人。不见冯有槐女人，却见到了冯有槐，冯有槐也像这许许多多的人一样，不出半点声音，只是朝着他笑，那笑容里似乎埋藏着许多奸诈……

康老犁醒来的时候是大年初一的早晨，睁开眼睛四周是一片白色，好半天他才明白自己是在医院里。他奇怪，马路上不是有许多人吗？都哪儿去了？突然眼前晃动着一个人影，是康棉花。康棉花见他醒来，反倒哭了。

康老犁问："我这是怎么了？"

康棉花说："还怎么了？我们都差点儿见不到您了……"

康老犁听康棉花抽抽搭搭地说了半天，才后怕起来。原来他大年三十的晚上出去捡粪，过半夜了还没回去。儿媳沈雅兰不放心了，给康棉花打了电话。康棉花的丈夫沈慎行在城里办了一家装修公司，生意很红火，在城里买了房子买了车，把老婆孩子都接去了，一家人过起了"准城里人"的小日子。康棉花原来准备年初一回老家的，沈雅兰的电话一打过来，康棉花急了，让沈慎行开着车就往家赶。赶到村西的马路旁边，沈慎行看见路边躺着一个人，下车一看正是老岳父康老犁。康棉花帮着沈慎行把康老犁弄上车，掉转车头直接送进了城里的医院里。

康老犁被检查出一个瘤子，长在了胃嘴上了。医院里为康老犁把瘤子摘掉了，康棉花便把他接到自己的家里。胃里的瘤子摘了，身子却非常虚弱，需要好好调养。幸亏这瘤子是良性的，无关性命。也幸亏那天沈雅兰给康棉花打了电话，还幸亏康棉花和沈慎行及时回来找到了他。康老犁是泥人土命，命大。

二十

康老犁在女儿家里足足养了一个春天，是有生以来第一次知道什么是休息，也是第一次体验到了天伦之乐。

康棉花和沈慎行有一女一儿。会养儿先养女，女儿十一岁，上中学了，儿子五岁，上幼儿园。康老犁出院以后在康棉花家养病，小孙子就不去幼儿园了，整天价围着他姥爷长姥爷短，把他哄得合不拢嘴。外孙女放学回家，给他讲外面的新鲜事，还哇啦哇啦地背外语。康老犁觉得康棉花嫁给沈慎行算是福气了，过起了庄稼人羡慕的城里人的日子。

日子虽说过得很滋润，可毕竟是在女儿家。宁看儿子的屁股，不看女婿的脸。沈慎行很孝敬，从来没给过他半点儿脸色看。可是他总觉得住在女儿家名不正言不顺，病好一点儿就想回去，女儿劝女婿拦，外孙女外孙子拉着扯着不放。他只好又住下来了，人住下来了，心却飞到了柳林庄。他惦记着柳林庄的地，清明前后种瓜点豆，他不在家，沈雅兰一个女人家知道怎么种那些地吗？一步三棵苗，苗出来要间苗，苗长起来要追肥要除草，沈雅兰能干好这些活茬儿吗？

过了谷雨就是立夏，他实在待不下去了，虽说心口窝儿的伤口还一阵阵地发疼，他还是执意要回去。康棉花一家人怎么留怎么劝都没用，他发起了脾气。

康老犁到家的那天是一个朗晴的上午，阳光像金子一样闪闪发光。是沈慎行开车送他回来的，车子一下马路他就把车窗摇下来了。他闻到的是一股醉人的庄稼味道，其实马路两边的庄稼才刚刚破土。破土的小苗儿是不会散出很大的清香味儿的，康老犁却闻到了。到了村口，他让沈慎行把他的东西送到家里，自己却下了车直奔葫芦堡走去。他的脚步急匆匆的，有点儿乱。他的心跳起来，像是就要见到恋人一样地紧张而兴奋。这是怎么了？难道冯有槐女人在葫芦堡等着他吗？

出现在康老犁面前的葫芦堡，简直就是一场噩梦。就是在噩梦里，康老犁也从来没见过如此可怕的场面。他不像是从城里回来，像是从躲避战乱的深山老林重返故土；他不像是刚刚离开半年，像是离开了大半辈子。葫芦堡还保留着去年秋天他翻耕的原生态，一条一条的垄沟，一犁一犁的土块儿，一冬的风吹雪泡，变成了一个个小枕头一样的土坷垃。入春的第一件事，就是挥着木榔头将这些土坷垃砸碎，再用铁盖将垄沟拉平。这时候的土地才能叫做熟地，熟地的土壤是细碎的、松软的、潮湿的，像新磨出的玉米面。在这样的土地上耩好沟、撒好粪、点好种，再用挂着钢瓦的石砘子一盖一轧，那土地就像镜面一样地平整，像新布新棉做出的被子一样松软。几天以后，这崭新的土地上就会钻出一片齐刷刷、嫩生生的新绿，这是庄稼人的心血，庄稼人的成就，庄稼人的希望。

可是眼下，葫芦堡却像是一头死去的巨兽，皮肉已经腐烂得面目皆非，骨肉架子歪歪扭扭地显露出来，丑陋得让人恶心、想吐。一丛一缕的野草野菜，像趴在尸体上的苍蝇，疯狂地吞噬着腐败的血肉。康老犁不忍心再看下去了，眼睛离开了葫芦堡。与葫芦堡连接在一起的土地，包括冯有槐女人那块地，也都像葫芦堡一样，荒弃在潮白河西岸，成了没有人收拾埋葬的死尸。他在电匣子里听评书，知道了"荒无人烟"、"赤地千里"这两个词语，现在明白了这两个词语的真正含义。

康老犁一屁股坐在了葫芦堡的垄沟上，想哭，却怎么也哭不出来。想流泪，那眼睛也是干涩的。想大喊大叫，张开嘴却没有声音。他觉得自己也像这土地一样被荒弃了，被荒弃了的他和土地一起正在被风化着、被腐烂着。渐渐地，他也会被这苍蝇一样的荒草吞噬掉，被这苍蝇一样的荒草覆盖起来。他一动不动地坐着，眼前一片空寂，连一只飞鸟都没有，连一声汽车的喇叭都听不见。灰蒙蒙的天空中只有太阳，枯黄的太阳。弯弯曲曲的太阳光很不情愿地照射着这片荒芜的土地，他觉得这阳光也是阴冷的。不知道过了多久，他发现有人在说话，絮絮叨叨的一句话，像梦呓：怎么会这样呢？怎么会这样呢？是啊，怎么可能是这样呢？他终于明白了，说这些话的是他自己，也只有自己跟自己说着这些毫无意义的话。不知道又过了多久，他终于看见了一个人，一个高高的、细细的、像挺拔的高粱秆一样的身影遮住了枯黄的阳光。

"爷爷，您在这儿干什么？快回家吃饭吧，妈妈都等急了。"

他抬起头来，半天才看清是自己的孙子康自强。康自强已经十二岁了，在镇上读初中。放学回家后听说爷爷回来了却没有在家，放下书包就来葫芦堡找他。爷爷果然在这里，看见爷爷这样呆愣愣地自言自语，康自强害怕了。他急忙俯下身子拉扯着爷爷，爷爷却依然像僵尸似的一动不动。

"爷爷，你到底怎么了？你的病好了吗？你怎么不说话呀？"

康老犁呆呆地看着孙子，嘴唇哆哆嗦嗦地说："强强，告诉爷爷，这到底是怎么回事？"

康自强疑惑地问："爷爷，您说什么呢？"

康老犁依然颤巍巍地说："土地，我在说土地。"

康自强担心地问："您在说我爸爸吗？我爸爸怎么了？他不是在深圳打工吗？"

康老犁双手拍打着身边的垄沟，急火火地说："我说的是这些土地，这些土地。"

康自强问："这些土地怎么了？"

康老犁说："这些土地怎么荒成了这个样子？"

康自强说："哦，我妈说，反正种地赔钱，多种多赔，少种少赔，不种不赔，那索性就不种了。"

康老犁说："这话是你妈说的？"

康自强点了点头。

康老犁突然吼叫起来："你妈是混账！"

康自强说："全村人都这么说的……"

康老犁猛地跳起来："全村人都他妈是混账！"

二十一

康老犁连夜套好了耙子，备好了种子，拉着孙子，吼着儿媳妇来到了葫芦堡。管它地平不平，管它铺没铺底肥，管它锄没锄野草，先种上再说。农时不可误，人误地一时，地误人一年。过了小满就是芒种，芒种不可强种。就是说，到了芒种时节，种什么都晚了。眼下刚过立夏，抓紧播种还来得及。一天一夜种好了葫芦堡，一天一夜又把冯有槐女人的地种上了。可是，紧连着葫芦堡和冯有槐女人地块的，还有大片荒芜的土地。怎么办？光靠一家三口一张耙子，半年也种不完。康老犁真的急了，急人肯定会有急办法。他跑到镇上，找到了农机站，跟人家好说歹说，答应先种地，等收了粮食再给钱。雇来三台播种机，歇人不歇马地干了三天三夜，总算把所有的荒地都种上了。

康老犁掰着指头算了算，他一口气种了二百多亩地，比当年他当地主的时候还多了一倍。地是种上了，麻烦接踵而来。使用播种机的钱是欠着农机站的，播在地里的种子是跟种子公司借的。这些田都是没经过整理的半生地，苗出来了草也跟着出来了，苗要间草要锄，这都是细致活儿。不但要间苗锄草，还要追施化肥，洒打农药。康老犁没办法，只好到镇上去雇人，雇会种庄稼活儿的民工。雇少了不行，康老犁精中选精，咬着牙雇了八个人。人雇来了要管吃管住，儿媳妇沈雅兰成了当年的田小穗，专门给这些雇工烧水做饭。康老犁则每天带着这些人在地里忙活。

康老犁又当上了地主，他自己却没觉得，忙昏了头了。

冯有槐女人回来了，是麦收之前回来的。冯有槐女人站在葫芦堡的地头上，看着康老犁正在指挥着民工给玉米追肥。她一下愣住了，这是康老犁吗？半年多没见，怎么变成小伙子了？他扛着整整一袋化肥，走在半尺宽的田埂上，腰不打晃，腿不打软，一边走还一边叫喊着："喂，有你那么撒肥的吗？天女散花哪？你知道这化肥多少钱一斤吗？能这么糟蹋吗？你那腰里别着钢板哪？不能弯下吗……"

康老犁训斥着民工，自己又挎着装着化肥的篮子进了玉米地，像当地主的时候一样，什么活儿都要带头干，别人干得再好也不放心。正在这时候，他抬头看见了冯有槐女人。

冯有槐女人朝他走过来。

康老犁的心里有些紧张，突然记起了腊月三十那天给她送黏豆包儿的事。

冯有槐女人朝四下看了看，奇怪地问："你这是干什么呢？当队长了？"

康老犁说："什么队长？这是我自己种的地。"

冯有槐女人说："你种的地？你有这么多地吗？"

康老犁说："我回来的时候这些地都荒着，管他是谁的，我都种上了。"

冯有槐女人说："你种上了，人家回来跟你要地怎么办？"

康老犁说："谁要是想种，我再还给他呀。反正不能让这地生荒着。"

冯有槐女人说："你把地还给人家，你这地里种的粮食怎么办？"

康老犁说："粮食是我种的，当然我要收了。"

冯有槐女人说："那人家要是不让你收呢？地是人家的，谁让你种的？"

康老犁想了想，突然心里发起慌来。是呀，我种人家的地，经过谁同意了？过去就是跟地主租地也要写个字据，现在脑瓜一热就把别人的地种上了，真惹上了麻烦，无凭无据的，到哪儿讲理去？

冯有槐女人的话果然应验了。秋收一到，不少在外面打工的农户回来了，看见满地的玉米长得硬邦邦、金灿灿的，都红了眼，争着抢着要收。康老犁跟他们讲理，这二百多亩地，耕地播种欠人家农机钱三万多元，欠种子费二万多元，化肥钱四万多元，还雇了八个工，管吃管住每人每月三百元。你们要收地里的玉米也行，得把这些钱都摊出来。没有人愿意摊这笔钱，又都想收地里的玉米。地头上吵成了蛤蟆坑，康老犁一时拙嘴笨舌，寡不敌众，只好举着一把大镰刀，谁要是收他地里的玉米，他就跟谁玩儿命。

儿媳妇沈雅兰急了，找村主任。村主任叫张春富，一个连句整齐话都说不出来的窝囊废。分田到户之后，村干部变得有职无权，没有人愿意干了。选来选去，选了这么一个人维持着。他的任务就是到镇里开开会，开的什么会他说不清，回来也无须向什么人传达。村里出了什么事都没有人找他，找他也没用。张春富这个村主任，只比小庙里的土地爷多口气。沈雅兰找他，他听了半天连个屁都没放，沈雅兰只好去找镇里。

康老犁在地头上正跟农户们剑拔弩张地对峙着，镇里来人了。年轻的宋镇长是坐着小汽车来的，小汽车里还走出来一个人，康老犁一看就乐了。此公不是别人，正是他心目中的老英雄大老郭。

康老犁激动得挥着大镰刀就朝大老郭扑了过去，年轻的宋镇长吓坏了，急忙用身子挡住了大老郭，怒斥着康老犁："你……你要干什么？"

康老犁这才意识到手里的大镰刀，慌忙把大镰刀扔下。大老郭笑嘻嘻地走过来，紧紧地握着康老犁的手，使劲摇晃着。

农户们有认识大老郭的，看见大老郭跟康老犁如此亲热，顿时就蔫了下来。

年轻的宋镇长向农户们了解情况，没说几句，大老郭就明白了，对年轻的宋镇长说："这可是个新闻，应该让电视台来报道报道。"

年轻的宋镇长没听明白："啊……可是从哪个角度报道呢？"

大老郭说："这种事，只有康老犁才干得出来。"

年轻的宋镇长更糊涂了，不明白大老郭说的是什么："郭主席，您说康老犁这样做合法吗？"

大老郭看了看年轻的宋镇长，问："你知道什么是真正的农民吗？"

年轻的镇长回答不上来，脸红了。

大老郭说："只有把土地当成亲爹亲娘的人才是真正的农民。土地撂了荒，就等于是不孝儿女不养爹娘，让爹娘饿着肚子、光着身子。先别说这地里的庄稼该由谁来收，先给我登记一下，这些地都是谁撂荒的，荒一亩地罚二百块钱！"

大老郭这几句话把年轻的宋镇长说糊涂了，撂荒一亩地罚二百块钱，上面没这个政策呀。可是这话却把争着要收庄稼的农户镇住了。在这些农户眼里，大老郭依然有着无限的权威，他说出的话就是法，更何况他现在的官大了，那"法"的威力也更大了。农户们胆胆突突地看着大老郭，想辩解又没胆量，眼巴巴地露出了一副可怜无辜的样子。

大老郭跟年轻的宋镇长走了，撂荒的钱当然没有罚，可是也没有人敢再到康老犁种的地里收庄稼了。

虽说康老犁种的这些地没赶上农时，他精耕细作，又追了不少化肥，还是有了个好收成。二百多亩地收了十五万斤粮食，把十五万斤粮食卖了，还了农机钱、种子钱、化肥钱，还欠一万多元的农药钱，八个民工的工钱也没有着落。

种了二百多亩地，着了一年的急，流了一年的汗，跟许多农户还闹翻了脸，到头来还赔了三万多元钱。

康老犁傻了。

二十二

康土地回来了。

康土地是被年轻的宋镇长找回来的，让他回来当村委会主任。不用问，这肯定是大老郭的建议。

康土地回来后马上制定了一条政策，分到谁名下的土地谁不愿意种可以交回来，土地交回来就不用再交提留款了。那些交回来的土地谁愿意种可以再跟村里签订合同，谁种地谁交提留款。康老犁觉得这政策合情合理，就又把自己种的那二百多亩地租过来。儿媳妇沈雅兰埋怨他，说去年种二百多亩地就赔了三万多块钱，今年再种不是还照样赔吗？康老犁让她别管，赔了钱他背债。儿媳妇闹到康土地那儿，康土地笑了笑，说他愿意种就让他种吧。赔点儿钱还好办，你要是不让他种，他把自己都会赔进去。

康老犁真是我行我素，又雇了八个民工。沈雅兰不愿意再给民工做饭了，他就把冯有槐女人找来，让她也算个雇工，专门为民工雇来的厨子。康老犁里外雇了九个人，土改前可称得上是大地主了。

他很得意，浑身上下有用不完的力气。他又找城里的女儿康棉花借钱，买了一台拖拉机，说他也要搞农业机械化。他还是很能跟上潮流的。

康老犁返老还童、生机勃勃，有滋有味地当起了"地主"，还时不时地跟冯有槐女人温存一下。

冯有槐女人说："你就不怕再来一次土改？"

康老犁说："大不了再让我当一次地主，再让我挑着粪桶去掏大粪。实话跟你说，这辈子有两件事没干够，一个是地主没当够，二是大粪没掏够。"

冯有槐女人说："你呀，就是拎粪勺的命。"

康老犁说："我不拎粪勺，怎么会捞到你这个月亮呢？"

冯有槐女人借机撒娇捶打着康老犁，康老犁心里美美的，像揣着一轮明亮的月亮。

一切都很顺心，就是康土地让康老犁看不惯。

康土地在南方的大城市里呆了几年，再回到柳林庄，康老犁总觉得康土地不像自己的儿子了。他总觉得家里来了个亲戚，而且是大城市里来的阔亲戚。你瞧他，成天穿着笔挺的西装，扎着花条或花格的领带。雪白的衬衣一天一换，不脏也换。他还大兴土木，在家里修了个卫生间，里面安着能坐着屙屎撒尿的抽水马桶。还有电热水器，每天晚上睡觉前还要洗澡，他自己洗，也让老婆孩子洗，不洗就不许上床睡觉。康老犁不洗，康老犁每年冬天都要进城泡一次澡。这对于柳林庄的庄稼人来说，已经是很奢侈了。早晨起来就去，带着一张葱花大饼，到了澡堂子里要一壶茶。然后把自己放进冒着腾腾热气的大池子里，大池子里的人烫得唱京剧、唱梆子。康老犁不会唱，忍不住地叫喊："地呀我的穗，穗呀我的地。"有时候也喊"我的月亮"。没有人知道他在喊叫什么，也从来没有人问过他。他觉得冬天能在澡堂子里泡上一天，是最自由、最幸福、最开心的事，给个县长当都不换。

更让康老犁想不明白的是，康土地这个官当得比大老郭的谱儿还大。一个村主任，几品几级呀？连村委会的门楼都是新盖的，上面还挂着红字招牌。办公室里更是扎眼，大老板台，上面能睡下七八个民工。还有，也不知道那钱是从哪里来的，还买了一辆卧车，桑塔纳2000，小二十万呢。还有更邪性的，你一个村主任不在村里办公主事，却整天价坐着小卧车往外跑。进京下卫，接触的不是大官就是大款。

柳林庄也像康土地一样越来越让康老犁觉得陌生了：先是搬进来一家塑料厂，紧接着便是家具厂、电镀厂、铝合金厂……好家伙，沿着潮白河边工厂一家挨一家。早两年潮白河里还能打鱼，现在河水都是机油色，划一根火柴就能点着。连河边的柳树都熏黄了，河滩上的草都是蔫头耷脑的。随着一批又一批的工厂在柳林庄安家落户，柳林庄也出现了从来没见过的怪风景。临街的房子都改成了门脸儿，做起了各种各样的生意。有些是生意，比如小饭店、小杂货店、小服装店。有些就难说是什么生意了，写着美容美发足疗按摩的牌子，里面却坐满了光着大腿露着胸脯子的姑娘。康老犁有时候从那小门口过，里面的姑娘就朝康老犁招手。还有什么录像厅，里面传出来的声音怪怪的，比"穗呀我的地"还让人乱性。还有什么洗浴中心，外面挂着的大照片就是一个光屁股女人，里面能干什么好事吗？

康老犁越来越觉得康土地的官当得出了格，他鼓了几次劲儿，下决心要跟儿子谈谈。谈话是在那天吃晚饭的时候，难得儿子能在家吃一次晚饭。沈雅兰像招待亲戚一样炒了四个菜，还摆上酒。康土地还很感慨："唉，能在家吃顿饭，也是幸福啊。"

康老犁提出了自己的疑问："你当了村主任，怎么不操心庄稼人的地怎么种呀？"

康土地说："地不是都承包到户了吗？各家的心各家操，我又不是生产队长。您没听电视里说政府要转变职能吗？"

康老犁说："你不是生产队长也得管生产呀，去年大白菜行市好，今年全村都种起了大白菜，这样不行。你得跟大伙儿讲讲，抢市场不能一窝儿哄，到时候大白菜会卖不出去的。"

康土地说："这用不着谁来操心，现在是市场经济了，种什么种多少都有一只看不见的手在操纵着。"

康老犁不解："谁的手？"

康土地笑了笑："市场经济的手，这事您不懂。"

康老犁说："过去当干部的，讲的是'三同'，跟农民'同吃同住同劳动'，农民一身汗，他们身上也一身汗；农民一身泥，他们身上也一身泥。你整天价这西装大皮鞋，出门坐小汽车，我怎么越来越看你不像共产党的官呢。"

康土地笑了："您说的都是什么年代的事了？您说的是农耕社会，现在已经是信息时代了。"

康老犁说："我就是不明白，你整天价往外跑什么？"

康土地说："这就算往外跑了？过些天我们还要出国呢？中国已经'入世'了，一切都要跟国际接轨，您说我不往外跑行吗？"

康老犁说："你整天这么大吃大喝、大手大脚的，那些钱都是从哪儿来的？"

康土地说："这您放心，您儿子绝不会做那些贪污受贿、违法乱纪的事。"

康老犁觉得跟儿子已经无法说到一块儿了，有了儿子这句话，总算让他踏实了一点儿。

话还没谈透，门外面汽车的喇叭响。沈雅兰赶紧去开门，进来了一个人，也是西装领带白衬衫。沈雅兰喊着："土地，你看谁来了？"

康土地急忙起身迎到门口，两个人握手捶胸嘻嘻哈哈闹了半天。来人站在了康老犁面前："大叔，您不认识我了？"

康老犁眯缝着眼睛看了半天："我见过你吗？"

来人笑了："何止是见过呀？您是看着我光屁股长大的？"

康老犁更糊涂了："你……我在澡堂子里见过你？"

来人大声说："我是绍光，冯绍光……"

康老犁使劲摇着迷迷糊糊的大脑袋："这年头是怎么了？人一到外面就脱皮，脱一层皮换一层皮，屎壳郎都变成唧鸟了。"

二十三

自从冯绍光回村之后，康土地就跟冯绍光真的成了亲哥儿俩。两个人三天两头地在一起嘀嘀咕咕，嘀咕完了之后又到镇上或县上喝酒会客。康老犁觉得很别扭，可也说不出来别扭在什么地方。毕竟是一个娘肚子里爬出来的，亲热一点儿不好吗？亲热就亲热吧？可他们嘀咕什么呢？看着两个人红头涨脸的样子，好像在策划着一件天大的事情。到底什么事？康老犁懒得问他们。他觉得自己在儿子眼里，就是一个十足的土老帽。当年儿子跟他学耕地耖地、锄草薅苗、提粮下种、筛簸扬拿的时候，是何等的虚心啊，对他这个父亲是何等地崇拜啊！眼下，那些手艺儿子还记得吗？

康老犁不再理睬儿子，依然有滋有味地当自己的"地主"，每天带着民工给庄稼锄草追肥，在庄稼地里有滋有味地吃着冯有槐女人做的饭。

吃完了饭，民工们都到田间去了，冯有槐女人收拾完碗筷还不走，康老犁觉得她有话说。也该一起说说话了，这些天他心里长了草，也把冯有槐女人冷落了。

康老犁点着一锅烟，在田埂上坐好，又往里挪了挪屁股。这个很微妙的动作传达着一个很重要的信息，冯有槐女人接收到这个信息，就会非常乖巧地凑过来，将胳膊肘支在康老犁的膝盖上，然后仰起那布满蛛网般皱纹的小脸蛋儿含情脉脉地看着他。康老犁很喜欢冯有槐女人这神态，这才叫女人，这才叫女人味儿。自从跟了冯有槐女人他才明白，女人是应该有女人味道的。田小穗是个好女人，会干活儿，会过日子。可是好女人光会干活过日子还不行，还得会伺候男人，会在男人面前撒娇犯贱。将这样一个女人搂在怀里，男人才会感到成为真正的男人了。康老犁曾经把田小穗和冯有槐女人比较过，两个人最大的区别就是一个是穷人家的女人，一个是富人家的女人。穷人家的女人刚会走路就要学干活儿，为的是将来混口饭吃。富人家的女人不愁吃饭，从小学的就是如何讨男人喜欢。所以穷人嘛，一定要娶个穷人的女人做老婆，这样的女人能跟你一起吃苦，还能帮助你把穷日子过下去。男人有了钱，一定要娶一个富家小姐，这样的女人能让你活出味道来。

让康老犁感到奇怪的是，冯有槐女人并没有把身子挪过来，依然低眉垂目地坐在康老犁对面。

康老犁看了看冯有槐女人，没说什么。

冯有槐女人低声说："那死鬼回来了。"

康老犁心里一惊，烟袋锅里的烟灰都抖了出来。

冯有槐女人看着康老犁，不再说什么。

康老犁说："这老东西还挺能活，他多大了。"

冯有槐女人说："不是比你大六岁嘛。"

康老犁说："他还挺硬朗？"

冯有槐女人掉起了眼泪。

康老犁问："怎么了？"

冯有槐女人说："他带回来一个女人，比绍光还小呢。"

康老犁点了点头："看来那些金条还真用上了。"

冯有槐女人说："他给了我一笔钱，说是给我的补偿。"

康老犁叹了口气："算他还有份人心。"

冯有槐女人说："绍光说……让我用这笔钱在城里买套房子……你要是愿意，咱俩就到城里去过。"

康老犁好像没听明白："你说啥？我跟你……进城？"

冯有槐女人说："反正你也一个人，我也一个人，老了搭个伴儿吧。"

康老犁说："搭伴儿倒行，可进城不行。"

冯有槐女人说："你不愿意进城？"

康老犁说："我俩都进了城，这地谁种？"

冯有槐女人说："这些地恐怕种不成了。"

康老犁问："怎么？"

冯有槐女人说："你不知道吗？康土地没跟你说吗？"

康老犁问："说什么？"

冯有槐女人说："那死鬼眼下算外商了，跟康土地合作开发，你不知道吗？"

康老犁问："他们俩合作开发？开发什么？"

冯有槐女人说："他们要在潮白河边建一个球场，这些地都得占了。"

康老犁问："球场？建什么球场？建球场干什么？"

冯有槐女人说："听说叫高什么夫，说是能赚大钱呢？能让柳林庄的老百姓都过上好日子……"

康老犁立即愤怒起来："扯他妈的淡，把土地建成球场，还有什么好日子过？"

冯有槐女人说："他们说的咱不懂，可是咱也得为自己打算打算呀。你别担心，买了房还有些钱呢，够咱俩花的了。"

康老犁腾地站起来，攥着烟袋就走。

冯有槐女人问："你去哪儿？"

康老犁说："我要去问问康土地那兔崽子，他要把柳林庄折腾成什么样？"

二十四

不管康老犁如何强烈地反对，建设高尔夫球场的项目依然义无反顾地进行着。康土地的决心很大，腰杆也很硬，有人支持他。年轻的宋镇长和不大年轻的杨副县长就是他坚强的后台，这是一个招商引资的大项目，是一个发展经济、提高 GDP 指数的大政绩。这政绩不仅仅是柳林庄的，也是镇里的，更是县里的。由于宣传工作很到位，村里的大多数干部和村民也支持他。康老犁反对管什么？螳臂当车，蚍蜉撼树。在村民大会上，康土地和冯绍光可露大脸了，他们挥着拳头向村民许诺发誓，要带领柳林庄"一步进入小康"。过去不是喊"共产主义"吗？不是喊"楼上楼下电灯电话"吗？只要把高尔夫球场建起来，这都不算什么。建一个球场，柳林庄就是天堂。是占了咱一些地，大部分都是河滩地，当然也有一些耕地。咱的地不是卖给人家，咱是用土地入股，咱所有村民都是股东。每年分红利，身不动膀不摇，到时候您就等着在家点钱吧。

有这样的好日子在前面等着，傻瓜才反对呢。

康老犁就是这样的傻瓜。他整天追着儿子吵，拦着冯绍光的小汽车不让他进村。他像疯了一样在柳林庄大街上喊着儿子的名字，骂他是败家子，骂他是汉奸卖国贼。康老犁越骂，高尔夫球场的项目进展得越快。很快，一条用白灰画成的线把葫芦垡和附近的地块儿圈了起来，说是要搞"七通一平"。这已经到了立秋时节，葫芦垡上种的晚茬玉米长得正欢实，一个个玉米棒子从叶杈里钻出来，吐着花红穗儿，鲜嫩嫩的、脆生生的，婴儿的小脑袋一样。你们这些败家的东西，难道就狠心把这一个个小脑袋砍掉吗？

康老犁白天黑夜不离开葫芦垡，连吃饭都是冯有槐女人给他送来。他在葫芦垡的田头搭了一个窝棚，他就在那里守着，身边放着一把锃光闪亮的大粪叉，谁要是敢毁他的葫芦垡，他就要跟谁拼老命了。不管是康土地还是冯绍光，哪怕是冯有槐来了，他也六亲不认。"庄严国土，守土有责"，他猛然间想起了当年抗日时的一条标语，就求小学教师给他用大红纸美术字写下来，贴在他的窝棚门口。康老犁成了一个捍卫国土的战士，他的心潮也像战士一样澎湃着。

康老犁并不是完全孤立的，也常常有人来声援他。有男人也有女人，有中老年人也有少数年轻人。他们不断给他通风报信，说这个项目是中央明文限制的，说省里并没有批准，说县里也有人反对云云。还有人动员康老犁到县里去上访，如果去他们也愿意跟着他一起去。康老犁犯起了倔，说我哪儿也不去，我就在这里守着，死尸不离寸地。你们动员我去上访，说不定你们是康土地派来的奸细，我前脚走，他们后脚就把我的葫芦垡平了。

高尔夫球场的奠基仪式搞得非常隆重，从西边大马路一直到柳林庄村里村外，都贴上了大标语，拉上了过街横幅。会场就设在葫芦垡前面的潮白河大堤上，用杉篙木板搭的台，台上也挂着横幅标语。还从榆林庄请来了老年秧歌队，那些跟康土地一样发了疯的老头儿老太太打扮得跟妖精一样，也像妖精一样扭着屁股招摇过市。

来了许多小汽车，从小汽车里下来的都是有头有脸的人。除了大官就是大款，还有花枝招展的年轻女人。凡是有大官和大款的地方，都会有这些让人看了眼晕的漂亮女人，连电视里都这样播送着。不知道是这些大官大款们不要脸，还是这些漂亮女人们不要脸。康老犁心里愤怒，看着一切都不顺眼，其实他心里也不是特别恨这些漂亮女人的。

突然开来了两台特大号的推土机，装甲车一样，轰隆隆直奔着葫芦垡来了。康老犁明白了，这两个庞然大物是来将葫芦碾平的。不是"七通一平"吗？第一平就要把葫芦垡上的晚玉米碾成烂泥。

康老犁抡着大粪叉冲了过去，横在了推土机的前面。推土机停下来，虎视眈眈地跟康老犁对峙着。那边的会场上高音喇叭响起来，宣布奠基仪式开始，台上突然站了两排有头有脸的人，还有一条长长的红绸子等着他们剪彩。康老犁沉不住气了，他已经预料到那边一剪彩，这边的推土机就会开向葫芦堡。他挡得住这钢铁大汉吗？挡不住怎么办？先让这些钢家伙把自己碾碎，不会的，他们不敢，他们肯定会派人把他抬起来、绑起来。康老犁意识到了问题的严重性，没容多想，就抡着大粪叉朝会场上冲去。

康老犁直接冲向了正站在话筒前面说话的康土地，声嘶力竭地喊着："不能啊，不能啊，你们不能这样啊……"

康土地无奈，只好耐着性子对康老犁说："爹，我跟你把嘴皮子都磨破了，你怎么就听不进去呢？"

康老犁依然叫喊着："你……你败家的东西，你不能把我们的命根子毁了啊……"

康土地说："爹，这事是咱村委会决定的，是村民大会通过的，您又不是不知道。"

康老犁跳了起来，吼叫着："村委会决定又怎么样？村民大会通过又怎么样？都是你们这些败家子鼓动的。这土地是祖宗留下来的，你问祖宗同意了吗？这土地是留给后辈子孙的，你问子孙同意了吗？"

冯绍光上来拦住康老犁："大叔，您消消火，您来，我跟您说……"

康老犁冲着冯绍光举起了大粪叉："你闪开，你别跟我说，都是你拴的圈套儿。当年你爹拴好了圈套儿让我钻，临土改了把土地都卖给了我，让我当上了地主，他倒弄个贫农。你爹糊弄我，你现在又来糊弄康土地，你跟你爹一个样，都他妈是贼，卖国贼……"

一个穿戴华丽的老者在一个年轻女人的搀扶下走过来，和颜悦色地说："老弟，还认得我吗？"

康老犁举着大粪叉瞪着老者，一句话也不说。

老者笑了起来："哈哈哈，我一猜你就不认识我了，我是有槐，冯有槐啊。"老者说着，就向康老犁伸出了手，"老朋友，我们又见面了，终于又见面了。"

康老犁瞪着冯有槐："你躲开，我知道你是冯有槐，就是把你这老骨头烧成灰我也认识你。当年你卖了土地，换成了金条；你害死了我老婆，又揣着那些金条逃跑了。你以为你干的这些缺德事我不知道？"

冯有槐顿时尴尬得不知道说什么好了。

康老犁说："我跟你的账单算，你坑害了我不要紧，你不该又来坑害柳林庄的乡亲啊。"

冯有槐说："老弟，你误会我了，我是来帮助乡亲们脱贫致富的……"

　　康老犁甩开冯有槐，又转向康土地，哭叫着说："土地，你明白了吧？他们是不怀好意啊，你别上当，别上他们的当啊……"

　　康土地火了："爹，您是在妨碍公务，您要是不走，我就让人把您请走了。"

　　康老犁咕咚一下跪在了康土地面前："土地，我给你跪下了，我给你跪下了土地……你把祖宗的地留下吧，留给咱们的后辈子孙吧……土地，爹求你了，爹跪下求你了……土地，我给你跪下了……土地，我跪下了……我给土地下跪了……"

　　康老犁哭着叫着，会场顿时清静下来。

　　一个人来到了康老犁面前，拉起了康老犁。

　　康老犁立即愣住了："大老郭？郭主席……"

　　大老郭说："我现在已经不是主席了，退下来了。今天他们剪彩，算是瞧得起我，也把我请来了。"

　　康老犁问："这么说，你也同意……"

　　大老郭说："我来了之后才发现这是一个没有经过审批的项目，你说得对，有些人不怀好意，他们想先动工，等既成事实后逼着上面表态。"

　　康老犁问："你就不能制止他们？"

　　大老郭说："我现在已经没有权力了，不过我有权利反映情况。走，你跟我走。"

　　康老犁问："去哪儿？"

　　大老郭说："我拉着你去找县委，找县委不行咱就去省里，省里不行咱就去中央告'御状'。"

　　康老犁哇地大哭起来："大老郭，恩人啊……你要保住我们的土地啊。"

　　大老郭使劲捏了捏康老犁的肩膀，转身面向潮白河，面向葫芦堡，面向一望无际的肥田沃土，慢慢地跪下来。

　　康老犁也咕咚跪在了大老郭身边。

　　后面，许多人都默默地跪下来。

　　向土地下跪。

（原载《北京文学》2009 年第 2 期）

周大新
ZHOU DA XIN

曾用笔名普度。1952年出生于河南省邓州市构林镇一个偏僻的小村庄。1970年高中毕业后入伍。1983年考入解放军西安政治学院。1985年在北京鲁迅文学院进修。1987年加入中国作家协会。现为解放军总后勤部政治部创作室主任,少将军衔。

1979年开始发表文学作品。已出版中短篇小说集《汉家女》《香魂女》《银饰》《左朱雀右白虎》《向上的台阶》,长篇小说《走出盆地》《有梦不觉夜长》《第二十幕》《21大厦》《湖光山色》,散文随笔集《没有绣花的手帕》《去看战场》及《周大新文集》(5卷)等。小说《汉家女》、《小诊所》分别获1985—1986年和1987—1988年全国优秀短篇小说奖,长篇小说《湖光山色》获第七届茅盾文学奖。

湖光山色

（内容梗概）

    在北京打工的楚暖暖最大的心愿就是挣到一万块钱了，而且存折上的数字也正在向这一目标靠近，不想这时，她接到了娘病重的电话。

    暖暖坐火车换汽车赶到丹湖西岸的楚王庄。楚王庄在丹湖西岸的村子里是颇有名气的，这里长满绿树青草，背依连绵的伏牛山，面朝浩浩淼淼的丹湖水面，据传，当年楚国建都丹阳时，这里因为离丹阳近且地理位置好，是楚王常来的地方。

    娘住院近两个月，把暖暖从北京带回来的钱和爹平日卖鱼积起来的一点家底都花光了。乡下人一生三件大事：盖房、成家和看病。暖暖这会儿才明白奶奶这话的分量。妹妹还要上学，爹要下湖打鱼赚钱，奶奶老得已做不成啥活，暖暖收起了再去北京打工的心，扑下身子一边做家务一边负责种家里的那块责任地。

    暖暖留在楚王庄，让村里一些因故没能外出打工的小伙子兴奋起来。其中最兴奋的，当属和暖暖青梅竹马的旷开田。他总是主动来帮着暖暖做田里的活儿，边干活还要常常停下手一眼不眨地看着暖暖。暖暖从未对开田承诺过什么，但她不得不承认开田在她心里一直占着重要的位置。

    庄内有个叫詹石梯的青年，在村里开着一个代销点，是村长詹石磴的弟弟，他常常有意在村边等着和暖暖碰面说话。暖暖对詹石梯印象不是很好，有意和他保持着距离。

    对暖暖和开田的交往，家里人全知道，却都以为他们是同村玩伴的关系，暖暖长得那样漂亮，开田家的家境又那样差，没有谁能想到暖暖愿嫁开田。所以当媒人天福爷来家里为詹石梯提亲，又惊又喜的爹娘都很满意，满口答应。能够与村主任家结亲当然是件好事。不料，暖暖有些急了，她说出了自己的心里话：天福爷，你要真心给我找对象，就去开田家说说吧！

在詹家的威势和家人的劝说双重压力下，一心要自己的婚事自己定的暖暖与旷开田商量了各种办法，最终，还是在北京打工见过世面的暖暖想出了"事实婚姻"的办法。她让开田悄悄做了准备，选了个日子，只身来到开田家。开田放响了鞭炮，将喜字贴上了院门。闻讯赶来的乡亲们都来凑热闹。暖暖的父亲得知女儿的消息，见木已成舟，气急败坏地打了开田两个耳光，也只得作罢。詹石梯领着一伙人揍了开田一顿，但仍然无法阻止两个有情人走到一起。不过，暖暖却从此与詹家结下了怨恨。

有了儿子丹根后，暖暖与开田感到了生活的艰辛，他们四处寻找着赚钱的门路。倒卖除草剂事件，不但没有让他们赚到钱，还坑害了庄里的乡亲，开田也被派出所抓了去，村主任詹石磴借机报复。为了能将丈夫保出来，暖暖只有硬着头皮去求詹石磴，并屈辱地承受了詹石磴的侵害……

欠乡亲们的四万块钱要还，为开田的父亲治病也需要钱，可钱又如何赚到呢？

这一天，暖暖在湖边遇到了一个老者，老者请暖暖带路去后山看看残破的石墙。老者姓谭，是北京的退休研究员。看到石墙，谭老伯兴奋不已，断定这就是楚国残留下的长城。他决定住下来考察几天，请暖暖为他安排食宿，并坚持付给暖暖每天一百五十元。仅仅十几天，暖暖就赚了一千六百块。这让暖暖喜出望外。不久暖暖又接待了几批来参观考察的研究人员和大学生。

精明的暖暖终于找到了发财的门路，她与开田商量盖新房以便接待今后越来越多的参观楚长城的人们。但盖房的宅基地又成了问题。旷开田几次三番去找詹石磴，但都无功而返。暖暖明白其中因由，便决定自己再去找找詹石磴。果不其然，暖暖一去詹石磴便同意了，只是，詹石磴又趁机凌辱了她……

三间房子终于盖起来了，第二年开春，谭老伯果然带着十个学生来考察了。见到暖暖家的新房子，谭老伯高兴地给他们题了"楚地居"三个字。

暖暖旅游接待的生意越来越红火。楚地居也由三间房扩建成了东西各三间厢房的规整院子。暖暖又请来青葱嫂协助管理，麻四哥做导游，还雇了三个姑娘做帮工。几批游客接待下来，不但还清了欠款，还开始赚钱了。

虽然暖暖为防詹石磴捣乱让开田不断给他送去好处，但暖暖家的生意仍然令詹石磴眼红。一天早晨，詹石磴以村主任的身份通知旷开田：根据上边的规定，为了保证丹湖的水质，你们家的楚地居要停止接待游客，以免污染湖水。从今往后，你该种地还种地，不要再瞎折腾了！暖暖据理力争，没有结果。她又去乡里县里去申诉，但詹石磴事先打了招呼，暖暖跑了半天得不到任何说法。暖暖便到县法院起诉了詹石磴。

暖暖打赢官司，扬眉吐气，詹石磴却恼羞成怒。他使出各种坏招对付旷家，暖暖也针锋相对。几个回合下来，尽管暖暖没有吃亏，并且还在谭老伯的帮助下成立了南水美景旅游公司，但通过这一系列的事情，使她明白，若想不受詹石磴的欺负，只有将詹石磴从村主任的位置上赶下来。

村里的换届选举开始了，暖暖鼓动开田参加竞选，并替开田设计了竞选策略，公开与詹石磴叫板。

最终，旷开田如愿以偿地当选了村主任。楚暖暖总算是彻底摆脱了詹石磴的控制。

随着暖暖旅游接待事业的不断发展，楚王庄这块有山有湖的旅游价值被五洲旅游公司看上了，于是五洲公司项目经理薛传薪出面和暖暖合作开发了楚王庄的旅游度假村——赏心苑。刚刚当上村主任的旷开田官瘾大发，非常热衷于村务，因此与五洲公司的合作人其实是暖暖。

在赏心苑建设开发中，发掘出土了一批楚国的文物，谭老伯推断，楚王庄当年可能发生过一段跟楚王赀有关的故事。颇有远见的薛传薪决定改变赏心苑的建筑规划，特意增建了与谭老伯的故事相关的出土棚和离别棚，准备演绎那段故事，以吸引游客。

赏心苑开张后，他们便组织了离别表演，果然如薛传薪所料，收到了很好的吸引游人的效果。

开田在表演中扮演楚王赀。起初他不太愿意，但演了几次后，也渐渐地迷上了，不仅主动到场，还非常认真，所以演得越来越自如，举手投足很像一个手握生杀大权的楚王。但暖暖没想到的是，这种表演竟会慢慢消解掉开田身上那些宝贵的品质。

赏心苑迎来了一批批上档次的游客，自然就在服务上提出更高的要求。于是，薛传薪为楚王庄引来了按摩女，给游客们提供性服务。这让淳朴的暖暖和追求物质利益的薛传薪之间产生了不可调协的矛盾。暖暖与薛传薪争吵了起来。于是，精于心计的薛传薪便不再让暖暖过问赏心苑的事，而与暖暖的丈夫旷开田勾结起来，并计划扩建赏心苑，占民宅占耕地。

此时的旷开田已经不再是当年的那个农民了。村主任的身份唤醒了他的权欲，饰演楚王更加强化和膨胀了他的欲望，他和暖暖的爱情关系也因詹石磴的恶毒报复蒙上了浓厚的阴影。旷开田被暖暖两次捉奸在床，深感瞎了眼的暖暖顶着家人的压力，毅然与开田离了婚。

暖暖想通过换届选举将旷开田拉下马，但这次，钱与权的结合却使她的愿望落空了。

为了正义，暖暖再一次走上告状之路。然而从乡里反映到县里，一点作用都没有。暖暖决定改用写信的法子告。她给市里和省里的领导以及公安局、检察院、法院写了八封信，全用挂号信发了出去。

旷开田知道暖暖告状的事情后，毫不客气地对暖暖下了狠手。他让人冒充游客在楚地居赌博，害得暖暖被抓，楚地居停业整顿。

暖暖回家后，到赏心苑质问旷开田，却遭到了旷开田的一顿毒打。青葱嫂为了给暖暖报仇，把告别演出的船弄翻，想与旷开田同归于尽，但却没有如愿。

正义终将战胜邪恶，侥幸逃脱青葱嫂之手的旷开田最终却没有逃脱法律的制裁，他和薛传薪一起被警察抓走了……

天高气爽的秋日里，楚王庄的楚国一条街正式剪彩开业了，暖暖亲自为一批来自欧美的游客做导游。观览湖中迷魂区的烟雾时，暖暖在那神奇的烟雾顶部，仿佛看见了在一队前呼后拥的人中间走着的分明就是旷开田扮演的楚王赀……

楚王赀，是你吗？是你就请走远点，走得越远越好……

越远越好……

暖暖在心中默默地祈愿着。

（作家出版社 2006 年 4 月版，舒楠编写）

次仁罗布
CI REN LUO BU

藏族。1965 年出生于西藏。1981
年考入西藏大学藏文系。1986 年毕业
后在昌都地区做教师两年。后调入西
藏日报社工作。2004 年到鲁迅文学院
学习。现供职于《西藏文学》杂志社。
为西藏作家协会理事。

1986 年开始发表文学作品。作品
有中短篇小说《情归何处》《界》
《传说在延续》《杀手》《雨季》《放
生羊》等。短篇小说《放生羊》获第
五届鲁迅文学奖。

阿米日嘎

接到报案，我匆匆开着那辆北京吉普，向案发地然堆村进发。汽车在简易的土路上颠簸，车里到处都在发出声响，五脏六腑在我体内晃荡个不停。这破车不会在半路上散架吧？要是散了，我只能徒步走到那山沟里，处理这件烦人的案子。

说实话这不是什么大不了的案子，就一头种牛死了，现在种牛的主人怀疑是被人投毒致死的。然堆村的村委会主任硬是叫我过去断案，说公安判得绝对正确，以后村民不会再有怨言的。屁话，就为了这句屁话，我得在路上震荡一个多小时。

开阔的前方是整片的沙棘林，她们等待我穿越过去，灰色的枝干远远地向我招展。要是春季我倒乐意从这里过，沙棘枝叶上细碎的黄花，在阳光下像金子一样熠熠发辉；可是初冬一片萧瑟，让人无端地提不起高兴劲来。

这颠簸让我难受。我停下车在沙棘林边方便，一股滚烫的尿渗进发灰的土里，冒出各种不等的泡来。我刚把拉链拉上，只听沙棘林里传来嚓嚓的声响。不一会儿，一个农妇赶一头牛出来，她背上的柳树筐里装满了牛粪。

她咧嘴向我笑。这是个上了年纪的农村妇女，头上缠着花格头巾，脸上堆着沟壑纵深的皱纹。

"你好有收获，装了满满的一筐牛粪。"我说。

"不止这些，这头母牛刚配上种了。听说是从外国引进来的公牛，很贵的。"她停下来，从怀兜里取出鼻烟盒，开始吸鼻烟。白黑相间的母牛，不住地摇动细瘦的尾巴。

"配一次种要多少钱？"我盯住母牛问。

"很贵的。"她脸上有坏笑。

"哦！"我应着赶紧把目光移开。

"你是县上来的？"

"我要到然堆村去，听说那边的一头种牛死了。"我回答。

"啊！是贡布家的种牛。那头种牛比我们村里的这头种牛还要贵。为了买那头种牛，他们家欠了很多债。曾听科技人员说，要是用那头配种的话，生出的牛产奶量是我们这边牛的好几倍呢。还有牛的个头也比我们的壮实，产的肉也多。这下他们家完蛋了。"

听了这话，我发觉事态的严重性了，应该赶紧到然堆村去。我的眼前闪现的是一个悲愤的农夫。

"我得赶路了。"

"帮他们好好查查，那头牛可是他们家最值钱的东西。"

我一溜烟跑开了。我现在顾不得震荡只能向前赶，把很多灰蒙蒙的村子甩在了后面，终于看到往然堆村进的那个山嘴。

汽车在沟壑里行驶一段后，开始爬狭窄的盘亘山间的小路，道路左侧是裸露的石块和矮小的枯草，右侧是幽深的沟谷，半山腰上零零散散地坐落着村民的房子。顺房子下来的坡地上，层层梯田滚落下来，方方正正地很有规则。村头和村尾有几株硕大的杨树，远远地望去发黄的叶子在阳光下金色一片。这里不仅闭塞，也很宁静。

北京吉普哼哧哼哧着吃力地爬极陡的山路，之字形的山路上不时需要转弯。前面又是一个转弯处，我刚打方向盘，路边上站着村委会主任普琼，他挥手示意我停下来。蠢人。我心里骂道。这么陡的斜坡我怎么停，一停这破车就会滑到山脚下的，你还要不要我断案？我没有理会他，只顾着继续往前开。侧眼一看，倒车镜里普琼主任在一片灰尘中奔跑，张着嘴挥着手。我却只能勇往直前。

我把车子停在了村口的杨树下。没一会儿，普琼主任灰头土脸地赶了上来，看到他这副样子，我心里有些愧疚。"这山路太陡了，车子刹车不好，不敢停。"

"来了就好，来了就好。"他气喘吁吁地弯下腰，两手搭在膝盖上，灰不溜秋的脑袋晃荡着。

我掏根烟递给他，他把烟夹在了紫黑的耳朵上，依旧弓着身。我点上烟抽了起来。

"先到我家去吧。"普琼主任说。

"不了。等你缓过来，给我说个大致的情况。"我希望能马上断案，然后回县城去。

"贡布上午把种牛拴在村后坡地上的杨树下，回来时遇到了嘎玛多吉。一个钟头后贡布再去看种牛，杨树下已经没有了种牛。他爬上山坡去找，在一块大岩石后的荆棘丛里发现了种牛。种牛嘴里吐着白沫，倒在荆棘丛里，已经死掉了。贡布认定是嘎玛多吉把种牛牵走，然后给它投毒的。嘎玛多吉却不承认，说他不会干这种损人的事情。他说上山后就和洛桑在一起，洛桑可以给他证明。大致就这么个情况。"普琼主任喘着气把话说完了。

"种牛抬过来了吗?"我问。

"上午就抬过来了。"

"你先领我到贡布家去。"

"车子可以开到他家门口。"

"那好。上车吧。"我们开着车进村，路边觅食的鸡惊得直往岩板砌的院墙上飞。几个脸蛋黑红、头发蓬乱的小孩，撵着车尾追过来。按照普琼主任指的方向，吉普车向右拐进一个胡同，停在一家院门前。

我还没有下车，院门里蹦出一个清瘦高个的农民。他见车上下来的只有我和村委会主任，不相信似的趴在车窗上，晃着脏兮兮的脑袋往里看。确信车里再没有别人后，他的情绪极度低落。那些撵车的小孩滴着鼻涕，吵闹着赶到了这里。他们一见到这个哭丧着脸的农民，转身往回跑。

"这是从县公安局来的。贡布请人家进屋呀!"普琼主任说这话时，屋里两女一男也来到了院门口。

贡布垂着双肩，闷闷地转身，跨过低矮的门槛，把清瘦的背影扎在我的眼睛里。

"请进来，索曲打酥油茶去。"头发发白，手里转着经筒的女人，对旁边的中年妇女吩咐。

"不用。"我说。

"赶了这么远的路，肯定口渴了。喝点茶再办案吧。"普琼主任附和道。

我的脚跨过了门槛，一眼看到躺在院子里的种牛。真不敢相信，有这么庞大的牛呀! 它把院子的一角全给占据了，午时的阳光下淡肤色的毛油光锃亮。我绕着种牛转了一圈，脖颈上的牛皮绳弯曲着耷拉在两个前蹄前，这一侧的身体上没有伤。

"帮我翻个身。"我们四个男人使足吃奶的劲，种牛才翻了个身。翻过来的这一侧也没有伤，我的注意力集中在了它嘴边涎着的唾液。我用力掰开它的嘴，粗糙的舌苔上是黏稠的液体和细碎的草。

"洗手吧。"普琼主任说。

叫索曲的女人已经接好了一铜瓢的水，这水慢慢流到我的手上。我的旁边是两只手插在袖管里，显得失魂落魄的贡布。

这时，贡布的院门口垒起了很多个黑不溜秋的脑袋，叽叽喳喳的议论声响个不停。普琼主任呵斥着把院门给关上了。

"贡布，你把事情的经过给我复述一遍。"我擦干手后跟贡布说。

"有什么说的！你直接把嘎玛多吉给抓起来，让他给我赔钱！"贡布的声音提高了几度，脖子梗得极直。

"这像什么话？办案得讲究个调查，这样一准能逮个正着。上楼，把事情经过跟公安同志好好讲讲。"

普琼主任的话使贡布的情绪稍稍平静了一些，硬实的脖子耷拉下来，他拖着脚上木梯。

"你让门外的村民散开，别让他们吵闹，我要单独问贡布。"我说完，径直上楼去。

我和贡布面对面坐下，把兜里的笔记本掏了出来。

"事情的经过一定要说实话，不能冤枉人。"

"脱缰的马能牵住，说出的话收不回。我怎么会说瞎话？"

"那行。你把上午发生的事情给我讲一遍。"

案件记录（一）

时　间：二〇〇六年十月二十五日下午一点二十分
地　点：然堆村
报案人：贡布，男，四十六岁，文盲，然堆村人

今天早晨太阳出来时，我在麻袋里装了些草料，然后牵着种牛到了村后的杨树下。像往常一样，我把种牛的牵绳绑在杨树树干上，草料倒在了它的面前。种牛晃着脑袋，咀嚼草料，那油光的毛色在阳光下闪亮。我一高兴抚摩起了它的脊背，想过些时让它给家里的两头母牛配种，那来年生出的牛犊肯定比村子里的任何牛都壮实。我一高兴就站在种牛旁待了很久。它把草料全吃完了，靠近杨树搓脊背。它肯定是痒了，我用十个指头帮它挠，它乖顺地低着头，甩动尾巴。等我挠完它的全身，太阳已经过了山头，阳光罩住了整个村子，有些妇女背水桶到村口去背水。我想在这儿待得够久了，得回家去。我拾起地上的麻袋往村里走去。

刚进村，迎面嘎玛多吉走过来。他右手握着一把砍柴刀，左手提着牛皮绳。我跟他没有打招呼，因为他是个坏人。好歹部分不清。

我刚把种牛买回来时，村子里的人都非常羡慕，唯独他那时就开始打起了坏主意。

那是今年的夏末，我从信贷所借到了五千元，又从亲戚、邻居那里东借西凑了三千元，再把家里的积蓄添上刚够一万元。就用这些钱从拉萨买回了这头种牛。先是让它坐车到了县里，而后改乘拖拉机运到了村子里。那天午时到的村子，全村人聚集在村口看牛，他们的眼珠子都要爆出来，嘴巴也歪了。拖拉机的声音淹没了他们的议论声。

我把牛从拖拉机上赶下来，准备牵往自家院子里。嘎玛多吉凑过来，撑开他的巴掌，在种牛屁股上狠狠地拍了一下。我很不高兴，黑下脸吼道，又不是你家的，这么狠心拍呀！嘎玛多吉却哈哈大笑，不去亲眼查看，烟和蒸汽易混淆，真是一头好牛啊！听到这话我的怒气也消了。全村人随着种牛来到了我家门口，其中的有些人进入到院子里，有些趴在院墙上往里瞅。这时我能真切地听到他们的啧啧惊叹声。我很高兴，觉得自己借款买种牛买对了。那天下午村民们围在我家问个没完，我一一回答说，种牛是阿米日嘎（美国）的。路上花了三天时间。科技人员说产奶量会翻倍地增长。给它喂草和其他的饲料都行。科技人员说我是我们村子里第一个靠牛致富的人。

月光落下来，他们还没有要走的意思。我既困又饿，只得请他们回去。村民们的表情一下不悦了，黑着脸陆陆续续地离开了。等人走完，我妈过来对我说，太白了容易弄黑，太长了容易折断。你要对村民们亲善一点，这样得罪的人会少一些。她开始转动她的玛呢。我没有理会，我也知道跟人怎么相处，只是我真的太累了，想早点躺下睡觉。我跟我媳妇说，去拿解渴的来。媳妇拿来了青稞酒。我把青稞酒和糌粑一拌，咕噜噜地喝进肚子里，然后跟我弟弟说，晚上你给种牛喂些草料，把它跟母牛隔得远一点。吩咐完，我就去蒙头睡觉。

第二天不到午时，已经陆陆续续地来了很多个村民，他们想让我的种牛给他们的母牛配种。哼，想得美！村里四十多头母牛，一个个都让它配种，它不虚脱才怪呢。我赶紧拿科技人员来压住他们的这种想法，说，科技人员嘱咐过我，说种牛刚从阿米日嘎过来，先要让它在山村里适应几个月，没有问题了才可以配种。我借钱买的牛，可不敢冒险呀！村民们不好再说什么了，临走时他们却说，等它适应过来，可别忘了你的承诺。我真的没有给他们许什么诺，他们这么一说倒是我的压力陡然增加了。我想这么多的母牛在等着，配种也不能当三顿饭呀，一天三次，那受得了吗？

我闷着头坐在阳台上晒太阳，这时大门门楣上的铃铛丁当响了一下，我伸长脖子一瞅，嘎玛多吉的黑手和圆脑袋从门板边伸进了院子里。我一下赌气，脸色阴沉下来。嘎玛多吉站在院子里仰起脸向我微笑。你说木炭即使用泉水洗、棉布擦，黑的本质能洗得掉擦得了吗？我一向认定嘎玛多吉是个坏人。他上楼来挨着我坐。村里人快把你家的门槛踏扁了吧？他说着给我一根烟。来过几个。我回答。一半多的人已经来过了，剩下的还在犹豫着呢。我可是个直爽的人，这样吧，配一次种要多少钱？嘎玛多吉问我。我又用科技人员来唬他。不料他却对我说，你这是瞎说。阿米日嘎人多壮实！阿米日嘎的牛那更不用说了。我真的说不赢他，只能说，你才瞎说呢。它要配种，先要配我家的母牛，然后我才考虑其他家的母牛。嘎玛多吉戳穿了我的谎言，一脸讥笑地盯着我看。他又递给我一根烟，我没有接。嘎玛多吉站起身对我说，我说的话，你考虑一下，多少价由你来定。没等我回答，他下楼出了院门。

河流都有两岸，事情都有两面。本想买了种牛以后我们家在村子里会受到尊敬，不料却成了村民们讨厌的对象。人们故意与我们家疏远，说些风凉话，这些我都能理解，我这个尖冒得太突出了，使他们都无法接受。按常理，所有人都在说你的时候，你家容易发生一些灾祸，我得避免这种事情发生。我背着家人准备好了供灯、哈达、二十元钱，在一个黎明翻山去了翅舞寺，并让僧人帮我念消灾免障的经。拜完佛我心头的那些个阴霾一扫而光，想到佛祖会好好保佑我的。我在村子里昂起了头，再也不怕人们的嘀咕了，经常牵着种牛在村子里进进出出。村民们虽然装作没有看见我，但我发现他们眼睛的余光还是落在我家种牛身上。这种争斗相持了十多天，村民们开始败下来，他们的态度又像先前一样了。我再牵着牛过去，他们跟我打招呼，给我一根烟或者一撮鼻烟，话题自然要落到配种上。碍于面子，我每次都要答应得含含糊糊，做到今后让他们抓不到话柄。我们家又融进了大家庭里。这样我母亲对我的怨言和责备减少了。要不她爱说，你把整个村的人弄得人心惶惶了。你把我们家置于孤立境地了。没有种牛，我们的生活过得一样开心……她的唠叨让我心烦。

我想一切都会好起来，村民们会慢慢接受种牛的。呸，就这个嘎玛多吉又给我生出了事端，真应验了那句：坏人不惩处，好人不安宁。那是个中午时分，我家的种牛拴在村后的杨树下，嘎玛多吉偷偷牵着他家的母牛，强行要让我的种牛配种。种牛怎么会看上那头干瘪的母牛，嘎玛多吉拽着种牛的绳子硬往母牛身上拉，种牛的前蹄一搭上去，母牛就趴倒在地上。这坏人还不死心，挑逗种牛的欲望，种牛被他骚得欲望难耐。嘎玛多吉怕他家的母牛扛不住种牛，自己钻到母牛肚皮底下帮它顶。种牛的前蹄一搭上去，嘎玛多吉和干瘪的母牛就摇摇晃晃。种牛一顶，嘎玛多吉和他的母牛摔倒在地。那时我在家里修理农具，突然眼皮跳个不停，哎，有什么倒霉的事要发生呢？我丢下手里的活，出门往拴种牛的方向走去。我到的时候嘎玛多吉雇了个帮手，嘎玛多吉钻在母牛肚子底，群佩引导种牛爬上去。一见到这场景，我气得脸涨红，喉咙干燥，跑过去一脚踢在群佩的屁股上，他趔趄着倒在地上。嘎玛多吉还从母牛肚皮底下喊，起来，快扶上去。我用鞋底踹母牛的侧背，嘎玛多吉和母牛仰翻在地。嘎玛多吉看到了愤怒的我，马上爬起来抢辩道：贡布，那天我们说好了的啊，配了种我给你付钱，可是现在还没有配上。你来了正好，帮帮忙。我看我四周，一块石头一根木棍都没有，我握紧拳头一拳飞向嘎玛多吉的右脸上，他被掀翻在地。我跑过去骑到嘎玛多吉的身上，揪住了他的头发。群佩跑过来拽我的手，这使我很生气，我松开手，站起来去撵打群佩。群佩被我的怒气吓住了，掉头往村子里跑。我一边大声谩骂一边捡石头向他砸去。我的谩骂声引来了很多村民，他们抱住我要我冷静。我当着村民们说，向三宝起誓，要是今天我不把嘎玛多吉和群佩宰死，我就不叫贡布！我的起誓让村民们后怕，有人跑去找来了普琼主任和村秘书。他们的调停让我很郁闷，我要求嘎玛多吉要给我配种费，可是普琼主任他们却裁决不用给，原因是配种没有成功。他们臭骂了一顿嘎玛多吉，并让他向我赔罪道歉。嘎玛多吉给我赔罪道歉，我坚持不接受，执意要求赔偿。村民中有人开始态度转向，从同情我转向反感我了。想钱想疯了！什么事都没有发生，还要什么赔偿？都是同一个村的，还要这么相逼……这些议论声让我的心境更加糟糕。我想：我借债买来一头种牛，却把全村人都给得罪了，难道村子里就容不下这头种牛吗？我既气愤又委屈，这时我妈挤进人堆里，拉着我的手，要我回去。我说还没有公正地解决这件事。她却说，虱不搔大山，虎不吃马尸。事情被主任和秘书像量尺一样公正地解决了，你还有什么不服的？我虽然气愤，可不能让妈妈伤心，她已经七十多了，只能顺从地听她的话。我骂骂咧咧地离开了人群。

这以后我都比较提防，转眼就过去了二十多天，种牛的身体愈加结实，我想到了该给自家的母牛配种。

今早我遇到嘎玛多吉后，心里有些忐忑，干脆调头跟在他的身后。嘎玛多吉发现我跟在后面，经过种牛旁边，他走向山脚延伸下来的斜坡，后来开始弯腰爬山。我这才折回来。我在家听了一会儿藏语广播，眼睛突然又跳了起来，第一个想到的是种牛，我赶紧跑下楼，到了村子后头。让我大吃一惊的是，牵绳的一截挂在树上，种牛却不见了踪影。我想肯定是嘎玛多吉使的坏。我向山后找去，在一个岩石后的荆棘丛里看到了种牛，那时它快要断气了，嘴里全是黏稠的唾液。我拼命地往回跑，在一个瓶子里泡了点舍利药丸，带着弟弟和路口碰到的三个村民来救种牛。我把药水灌进种牛嘴里时，它已经断了气，身体在渐渐冷却下去。村民们说，赶紧让普琼主任给县里打电话报案。我让弟弟去办这件事，顺便让他叫几个村民过来，帮我把种牛抬回家。事情的经过就是这样，我没有说一句假话，我可以向三宝起誓。

受害人：贡布

我给贡布重新读了一遍他的陈述，在确定没有出入的情况下，让他在名字上摁上了手印。

他问："能断案了吗？"

我说："不行。我还要找嫌疑人问话。另外，你带我到村后的杨树下和发现种牛的地方去实地查看。"

我仔细地查看了拴在杨树上的那截牛皮绳，然后到发现种牛的地方细心检查了一番。之后在普琼主任的带领下，来到了嘎玛多吉的家。

案件记录（二）

时　　间：二〇〇六年十月二十五日下午三点
地　　点：然堆村
嫌疑人：嘎玛多吉，男，二十二岁，初中文化，然堆村人

我嘎玛多吉今天真是倒霉。贡布家的种牛死了，责任却推到了我的头上，真的很冤枉。今早我父亲让我骑自行车到前村去问岩板的销路，我说不急，明天去。我先要给家里砍些柴禾，免得我不在的时候两个老人辛苦。要是今早我去了前村，就摊不上这件倒霉的事情。早晨太阳出来后，我把砍柴刀和绳子准备齐，到村后的山上去砍柴。我在路上碰到了贡布，本来他要回去的，一见我往村后走去就跟了过来。我当时就觉得好笑，想到他这人真是小肚鸡肠，头也没有回只顾着往前走。我在半山腰遇到了同村的洛桑，我们俩一起砍柴。当时，我还跟洛桑开玩笑说，贡布一直送我到了山上。洛桑回答，贡布怕你把他家种牛的生殖器给割掉。我们开着玩笑，嗵嗵嗵地砍伐灌木的枝干。（大概是什么时候？）太阳已经移到了山坡上的白塔上。当我俩把那些树打捆时，我爸气喘吁吁地跑上山来，揪住我的耳朵骂我，你怎么做出这样伤天害理的事情？你把贡布家的种牛给毒死了，我们赔不起，你自己坐牢去吧！说完他自己倒先哭了起来。种牛被毒死了？我问。已经死了，人家贡布说是被你毒死的，还叫来了县上的公安。我爸全身哆嗦，泪水淌个没完。瞎说，我一直和洛桑在山上，谁能证明是我下的毒？我理直气壮地回答。我爸不哭了，转身问洛桑，是真的吗？我们俩一直在一起，兴许是别的人看不惯，下的毒呢。洛桑回答。我爸沉思了一会儿，马上催促我俩下山。我们进村时遇到了几个村民，他们表情凝重，一脸的严肃。村秘书跑过来，通知我不要乱走动，待在家里等公安处置。我听了很生气，拍着胸脯问，凭什么？我想到哪里就到哪里去，这是我的自由！村秘书说，公安来了，你再跟他谈自由吧。我还想说的时候，我爸把我推了过去。

我们回到家等着公安的到来。

（听说以前你到贡布家，商谈过配种的事情，到底是怎么回事？）是呀。那时我刚从拉萨打工回来，身上有几千块钱。贡布家买来的那头种牛真的特别棒，我在拉萨时从电视里见过这种种牛，亲眼见到却是在我们这个小村子里。我也想拥有这么一头牛，或这头牛弄出的牛犊。种牛到的第二天我在村子里瞎转悠，听说一半的村民都去了贡布家，乞求他到时候给他们的母牛配种。贡布却说种牛还没有适应这个地方，需要一段时间的适应过程。村民们相信了，可让他们沮丧的是还要等很长的时间。我在地区和拉萨见过用引进的种牛配种，

人家才不说要适应呢，只要母牛主需要，能交得起钱，种牛就得拼上命来交配。我知道贡布不乐意让自家的种牛来给村里的母牛配种，他知道村民们不愿掏钱来配种，他们想用同一个村子的纽带来把钱压到最低，或者免费，这样他当然不乐意。换了我，我也不会答应。我看到了我的优势，我能马上给他配种的现金，而且绝不会欠半分钱。我带着优越感到了他家，我把我的想法说给了他，他却没有答应，我说我可以等待。之后的几天里，村民们的耐心失去了，他们看到种牛时心里痒得很，这种痒痒滋生出了妒忌和愤懑，无形中大伙结成了同盟，尽力孤立和打击他，背后损人的议论没个完。贡布一家人的兴奋劲一下子被端掉了，他木讷地弯着头在村子里进进出出。

我知道贡布不喜欢我，村子里上了点年纪的人都不喜欢我，原因是我初中毕业后没有考上高中，就回到了然堆村。你也知道几年不干农活，再让我下地种庄稼我干得了吗？我乐意干吗？村民们看不惯我懒惰的样子，经常拿我当反面例子。于是，后来我跟其他村子的几个落榜生到拉萨去打工了。辛辛苦苦地干个半年多，也能挣几千块钱。回到村子里村民们见我挣了钱，那表情像是嘴里吃到了苍蝇，别扭得让我很不舒服。（别扯远了，谈后来的事。）后来嘛，贡布一直没答复我，我看到他的处境，就想到这可能是个最佳时机。经过两天的观察，发现中午时间种牛要躺在杨树的阴凉地睡一会，贡布那时候不会出来看种牛。我选定了一个中午，赶着母牛到村后去配种，可是我们家的母牛太弱小了，经不起重压每次都要跪倒在地。我用一包烟雇了群佩，让他来帮忙。这时贡布来了，还打了我一顿。我做错了，所以我一直没有还手。可贡布贪得无厌，还要收取配种费。村委会主任和秘书了解了情况，按事实决定不用给钱。贡布却说不公正，一定要重新处理。还是贡布家的老母亲心善，她可是个真心向佛的人，她没有为难我，劝自己的儿子回家去了。

我想配种的事到此彻底终结了，于是同前村的其米合资，准备开采岩石板，卖出去。如今，贡布却指认我是杀死种牛的嫌疑人，那他要拿出证据来呀。我在拉萨知道不能乱冤枉人，一切要讲证据的。（这些你不用担心，证据会有我来收集，我只要你把事情的经过给我老老实实地交代清楚。）还要我说什么？（你真的没有靠近那头种牛？没有下过毒？你能保证？）贡布的种牛我真的没有碰过，我上山时他一直目送我的。再说我也不会下毒的，这样无缘无故地剥夺一条生命，我还要顾忌遭到报应呢。如果我说的有一句假话，你可以马上把我抓起来。（还有要补充的吗？）事情经过就是这样，其他我就没有什么可说的了。

嫌疑人：嘎玛多吉

案件记录（三）

时　　间：二〇〇六年十月二十五日下午三点五十分

　　地　点：然堆村

　　证　人：洛桑，男，四十四岁，小学文化，然堆村人

　　我在半山腰停下来，吸了口鼻烟。我往山下看，有个人在爬山，另外一个人站在了杨树下。当时太阳光很强烈，我不想费着劲认清谁是谁。吸完鼻烟我向山的左侧走去，那边有较多的荆棘和灌木丛，刚砍断几个枝丫，嘎玛多吉就站在了我的面前。嘎玛多吉是个很机灵的人，他喜欢待在村口把人聚集起来，讲城里的事情，人们围着他问个不停。他可以聊着把一上午的时间耗费掉。所以，我老婆她们经常提醒我少到那边去，说嘎玛多吉会勾人的心，会把人带坏。

　　嘎玛多吉和我一边聊着一边砍柴，接近中午十一点多嘎玛多吉的父亲扎多跑上山，他一来就揪着嘎玛多吉的耳朵，训斥个不停。我知道了贡布家那头漂亮的种牛死了。嘎玛多吉当着扎多的面发誓说他没有弄死种牛。我也插话说嘎玛多吉一直跟我在一起。（你能负责任地说他一直没有离开你？）我能负这个责任。扎多要我们下山去，说县上的公安马上要到。我们把捆好的柴禾背在背上下山。进村后遇到了村秘书，嘎玛多吉和村秘书发生了争执。他们俩以前一起上学，村秘书小学就辍学了，后来当的村秘书。嘎玛多吉从来没有服过村秘书，两个人之间较着劲呢。扎多用力一搡，嘎玛多吉就往自家走去。到现在我还没有见到他。

　　（你能说说对贡布家种牛的看法吗？）我是个靠种地生活的农民，能有什么看法？（想什么说什么吧，跟案子没有关系。）嗨，这下贡布家完蛋了。谁会想到会发生这种事情呢？一切都是命中注定的。注定的事情你能改变得了吗？贡布家生活水平在村子里也算是中等，不买那头种牛也能过得舒舒服服。他们在城里有个当官的亲戚，就是在他的鼓动下，他决心买那头种牛的。贷款的事也是那个亲戚中间疏通的。他去买种牛的时候，跟村子里的谁都没有说，一个人偷偷地走的。回来时站在拖拉机上，那得意劲让许多村民内心很自卑。那头种牛货真价实，我们想想它的那个价格，只能咋舌。不是有一句话嘛：国王靠着金山饿兮兮，乞丐一袋糌粑饱兮兮。贡布有了种牛烦恼也就比以往任何时候多了起来。求贡布家种牛配种的村民断不了，又遇到不本分的嘎玛多吉较劲，使他与村民们的矛盾日益突出。贡布也为难呀，他用种牛给这家配种，那家肯定不高兴。来点先后，排在后面的也要在背后说些坏话。贡布看着本分，他的心却不安分，要不他怎么敢花那么多钱买来阿米日嘎的种牛呢？

　　贡布的种牛把整个村子搅了个热热闹闹，跟当初嘎玛多吉出外打工，挣来千把块钱差不多。他们的区别是，贡布借债买了热闹，到头来要把家底都赔进去；嘎玛多吉是卖力挣钱，把城里人的油滑奸诈学会了，到头来村里没有一个人愿意给他掏心。

我想，现在贡布家该怎么办？（还有什么补充的？）没有了。我保证嘎玛多吉没有害死种牛。

证明人：洛桑

接着我又走访了几家，他们那时候全待在自家里，大伙都一再表明，除了嘎玛多吉可能会使坏外，村里人都很本分，谁都不会干出这种事。我的调查结束了，我和村委会主任普琼从村子里走过时，他说："村里人把三宝顶在头上，绝对不会干出伤害人的事情，这一点我可以跟你打保票。现在能把村子风气带坏的就是那些个没有考上学，知道一点外面情况的人。他们肠子花，头脑机灵，总能干出一些让我们吃惊的事来。"我知道当今的农村流行一句：初中毕业就回母亲怀抱。说的就是这种现状。

我和普琼主任走过村子里时，村民们向我们微弯着腰，露出一排白牙齿来。我也向他们笑一笑。几分钟后，我们已经走到了村委会门口。

"嘎玛多吉要抓起来吗？"村秘书问我。

"为什么？"我问。

"嘎玛多吉是嫌疑犯呀！"

"这样公正吗？有人证明他不在现场，也没有时间作案。"我说。

我坐在村委会的草垫上，把记录的口供从头到尾理顺了一遍，心里已经有谱了。

"把全村的人叫到这里来，我要把调查的结果跟他们宣布。"我说。

"你快去叫，让他们马上来。"普琼主任把村秘书派了出去。

转眼间，背着柳树筐，提着青稞酒的村民们稀稀拉拉地走进了村委会院子里。他们席地而坐，有人开始捻羊毛线，有人低着额头细声低语，有人纳鞋底。贡布扶着他的母亲坐在了台子下，嘎玛多吉一家却蹲坐在进门的角落边。

普琼主任把事情的经过给村民们大致地介绍了一下，然后让我来宣布调查结果。

我把调查过程简要说了一遍，然后宣布种牛是自己跑开的，没有人为的破坏行为。我提高嗓门说，"它是由于牛皮绳的断裂，自己离开杨树底，跑到了岩石后面的灌木丛里。"我停顿下来，把从杨树树干上取下的牛皮绳和拴在种牛脖子上的牛皮绳断裂处给村民们看。然后我解释说，"牛皮绳断裂处下半部分有新的皮丝绽开，这证明是经过用力拉扯后断裂的。要是用刀子割断的话，不会出现皮丝。再说，这根牛皮绳断裂处以前就有裂口了，旧的裂口到现在都是黑糊糊的。你们看看。这说明裂口已经有一段时间了。总之，是种牛自己用劲，才使牛皮绳断裂的。"村民们相信了。我又说，"至于种牛的死因，通过调查，我发现没有人下过毒，是种牛自己吃了有毒的草，中毒死的。"我把兜里的塑料袋掏出来，给村民们看，里面有从种牛舌苔上取下的碎草和唾液，以及我从岩石后取的同种草。我说，"这结果还有待化验，化验完了我要带着结果过来。"

贡布号啕大哭，村民们望着他一言不发。贡布的脑袋抵住他母亲的胸口，肩头阵阵颤动。村委会里寂静无比。贡布的哭声，把我的心绪搅得很乱，没有破案之后的喜悦心情。我能安慰他什么呢？他的盼头被我用事实给击碎了，我置他于水深火热中，我觉得有点愧疚。我指望普琼主任能打破这种局面，他却两手抱住大腿，谁也不看一眼。那哭声凄厉、尖锐，我看到贡布母亲也落下了泪。我局促不安，无计可施，呆呆地站在台子上。我心里不得不想，这案子我判得公正吗？我的同情心倾向贡布那边。

"我买种牛的六十斤肉。"这声音虽然不大，但充满底气。我循着声音望去，看到嘎玛多吉站在大门边，冲台上喊。

"买肉？"普琼主任轻声玩味。

"我也买二十斤。"

……

此起彼伏的喊声淹没了哭泣声。

普琼主任脸上的愁云顿然消散，马上安排人员，把种牛抬到了村委会，开始剖膛割肉。村秘书在本子上记录谁家买多少斤肉和多少价钱，不够的用青稞和鸡蛋来充账。

"这肉有毒，不能吃。"我说。

"只要不吃内脏，肉是没有毒的。以前其他村子里也发生过这种事情。"村委会主任边收钱边跟我说。

村委会院子里热闹无比。全村人围住种牛，要脊背肉，要后腿肉，要牛腩肉……

太阳落山时，一头种牛只剩下牛头、内脏和牛皮了，地上一摊殷红的血，血腥味盈满院子，上面嗡嗡地飞翔几只苍蝇。

"有多少现金？"我问。

"三千二百六十。还有粮食和鸡蛋，它们加起来可能有五千多。"

我的心稍微轻松了一些，我把钱夹里的五百块钱拿出来，交给了普琼主任。他死活不接，我只能说，"给我一点肉。"

"可是没有肉了。要不先拿我家买的那几斤肉？"

"嗨，主任，还有牛头呢，就把牛头装到警车里去。"村秘书嚷嚷道。

几个村民跑过去，打开车门，在后座上垫个纸箱，把牛头撂在上面。

"我不拿。"我说。

"钱还给你。"普琼主任说。

"那我拿了。"

村民们向我表示着感谢，灌了几十杯青稞酒，我有些飘飘然。我告别了然堆村的村民，扬起灰尘跑下山脚，然堆村离我越来越远了。我强烈地感觉，然堆村依然很宁静很祥和。

驶进沟壑里时，然堆村已经看不到了，我扭头看了一眼牛头，它两只眼睛睁开着，好像死不瞑目。

我想我断的案不公正吗？

北京吉普里我在前座上思索，没有发现什么纰漏。

我就问后座上的牛头，"我断得不公正吗？"

没有应声，我再次回了头，牛的眼睛已经闭上了，它的神态安详。我想我没有冤枉谁，我的心情好了起来。

前面的景物模糊不清了，我扭亮了吉普车的近光灯，这样我不会走错路了。

（原载《芳草》2009 年第 4 期）

千夫长

QIAN FU ZHANG

蒙古族。曾用鹤野等笔名。1962年出生于内蒙古哲里木盟科尔沁左翼后旗。1980年离开草原。1987年内蒙古民族师范学院中文系毕业后定居广州。先后从事过广告策划、报刊出版发行及专栏写作。2004年创作中国首部"手机短信"小说《城外》。现为广东文学院签约作家，广东金色田野影视制作有限公司董事长。

出版有长篇小说《中年英雄》《红马》《长调》、专栏作品集《野腔野调》《世道》及"手机短信"小说《城外》《城内》等。

喇 嘛 眼

转世的灰狼呵，

你到底去了何方？

——科尔沁民歌

一

额尔敦老喇嘛四仰八叉地躺在草地上，眯着眼睛看天空。在两眼的细缝中，天，蓝得干净，高得吓人。高远的天空就像一条永远也走不到尽头的路，也不知道这条路到底要通向何方？年轻的时候，老喇嘛就曾苦费心思地想过，他相信通往佛爷家的路途不会那么遥远。

白云离天顶还老远，浮在半天空中，奇形怪状，一团一团地移动，落在草地上的云影儿，东塔拉的牧人叫做荫凉，像大匹小匹的黑布，在他的身上飘来荡去，一会儿凉爽，一会儿温热。仔细看那些气象万千的云团，真是草地上有什么，天上就有什么。就是天上的要比草地上的大上十倍百倍，可能都不止。一大块厚厚胖胖的白云，幻化出一尊羊脂白玉的弥勒佛，笑呵呵地俯瞰人间。弥勒佛壮阔的身躯把日头爷挡上了大半个脸，日头爷在他的身后红红的就燃起了火焰纹。老喇嘛眨了一下眼，弥勒佛的身体就长高变得细长了，成了一尊慈悲微笑的观音。观音身后的日头爷霎时发射出万千道光芒，就像观音向人世间伸出了万千只手臂。恍惚一片动乱，观音座下的云团涌动了起来，从西北奔赴东南。先飘过来的是羊群，接着就是马群、牛群、驼群、人群、狼群、狗群、鸟群。让老喇嘛惊讶的是，这些云团经过观音座下，马群变成了人群，羊群变成了狼群，驼群变成了鸟群。全都乱了套，甚至狼群羊群人群都混在了一起，忽大忽小，变化莫测，蔚为壮观。老喇嘛躺在草地上的魂儿都要守不住了。

大的云团渐渐飘远消失了，一条丝丝缕缕绸缎般的白色哈达，还残留着刚才令人惊心动魄的生命气象。蜿蜒着的哈达，又形成了白色的云朵。天空还是如洗的净蓝。偶尔有一只孤独的老鹰，或者一群鸿雁列阵飞过，小得就像苍蝇。还是老鹰飞得高呵，它可以拔到一朵云之上，然后静立在那里纹丝不动，就像一个穿着白色僧袍的黑头喇嘛。雁阵的队伍很整齐，像经常训练的牧业队的民兵连，也嘎、嘎、嘎地，不断地发出民兵们常喊的一、二、三的喊叫声。一只绿头苍蝇，碰着了老喇嘛的眼睫毛，悠闲地飞过眼前，显得健壮肥大。苍蝇腿上粗硬的黑毛和瞪得圆亮的眼睛，把他吓了一跳。他惊慌地睁大了眼睛，以为是天空的老鹰掉在了脸上。

春阳温暖，暖得心肠很舒坦。身上还春捂着去冬的旧棉衣，原来黑黑的卡其布面，已经发灰破旧了。棉衣晒得滚热，摸起来却是温暖柔软，散发出一股陈旧的气息。老喇嘛不敢看天空了，他就左侧身，还是懒懒地躺在草地上，看羊吃草。牧群里的大羊小羊，都欢快地用粉红的舌尖在舔食嫩草。春天茎黄叶绿的鲜嫩草芽，在湿润的土里一簇一簇地往外冒，满是春天的暖意。老喇嘛似乎都感觉到了，铺在身下的老羊皮袄，在轻轻地拱动。

春天里刚生下的小羊羔，吃得尤其来劲儿。羊羔们聚着堆儿，边吃着嫩草，还撒着欢儿，还打着架。不停地互相嬉闹着。那只强壮的黑头，不断地欺负着群里的小羊们。长得块头大也不是当头羊的料呵，老喇嘛想，专横霸道，这个黑头没准就是狼转世。那个黑尾巴带着其他的小羊躲来躲去的，是不是人转世呢？也很难说。这个长黑胡子的小山羊，不喜欢食嫩草叶，专门用小蹄子刨开沙土，啃草根。魔鬼！狼投胎转世，不会错，一定是！老喇嘛像念经一样地骂着，还用硬牛粪块击打它。小山羊翘着黑胡子不以为然地眨眨眼，换个草坡继续啃，根本不在乎老喇嘛。小山羊不在乎老喇嘛，却在乎草尖上快速跑动的荫凉。当黑幕一样的荫凉铺天盖地折过来的时候，小山羊先是惊慌地抬起头来，停止嘴里的咀嚼，荫凉一过，就睁大兴奋的眼睛，迈开四蹄，扭着小肥屁股去追赶荫凉。荫凉跑远了，它就失望地走回来啃草根，等一会儿，荫凉来了，又去追赶。总是惊慌，总是兴奋，总是失望。这个小畜牲，没有记性，它愚蠢的脑筋怎么也搞不明白荫凉是咋回事。老喇嘛笑羊到底还是一只羊呵。

老喇嘛相信，真正的羊转世，都是一身洁白的纯净绒毛。这些身上带着黑色记号的，前辈子都不是羊。那是另一种生命，带着前世罪孽的痕迹。就像树上的野杏，花朵受了伤，结出的果子来肯定会有疤痕。我的佛爷，一群小羊羔里，也逃脱不了因果轮回。

躺在老喇嘛身边的头羊，好像刚睡醒的样子。撑开四条腿伸了一个很长的懒腰，身上还沾着草屑。看来它睡得还很深沉。头羊不是羊，是一条狗，肩宽腿粗的红毛狗，名字叫头羊。这些年和老喇嘛形影不离的就是这条红狗头羊。还是老喇嘛刚刚当上羊倌的时候，有一天他赶着羊群在草地上边吃草边走，走着走着，低头吃草的羊群，抬起头来，就自动绕开了什么东西，分开了两帮。

他走到近前，看到草地上原来有一只胖乎乎的小狗崽，是红毛的。小狗很精神，瞪着一对蓝色的小眼睛好奇、兴奋地看着羊群从身边走过。老喇嘛也很惊喜，抱起小狗崽来，小狗就亲热地往他的怀里钻，还伸出小舌头舔他粗黑油腻的脸。小红狗崽从此就跟上了老喇嘛，跟上了牧群。这条红狗不是合格的牧羊犬，它不喜欢在老喇嘛的身边，帮他维持羊群的秩序，而总是带头在羊群前面跑，它又不吃草，却喜欢带队。羊群也喜欢它，它蹦蹦跳跳地往哪里跑，羊群就跟着往哪里去。老喇嘛就干脆给它起名字叫头羊。

头羊睡醒了，看着黑头追荫凉，它也来了兴致跟着去追。

老喇嘛却有些困了，天空草地羊群，他看累了。他想闭一会儿眼睛，养养神，最好能睡着觉做个像头几天那样的好梦，梦到自己回到了塔拉庙里当喇嘛。过了晌午的时候，牧业队包喜队长骑马来通知他，从明天开始就不要放羊了，让他回去把塔拉庙维修一下，继续当喇嘛。包喜在红马背上对老喇嘛喊：政策变了，上级有通知，喇嘛爷子放下你的牧羊鞭，重新拿起念佛珠吧。佛爷断了香火，在塔拉庙里已经等你十多年了。东塔拉就剩下你一个老喇嘛了，回去吧！包喜队长的脸膛红红的，上面还有一些疙瘩，越是春天起风沙的季节，油腻的脸上疙瘩长得越多。

老喇嘛说，我的佛爷断不了香火，敬香的人不在，佛爷也不会呆在塔拉庙里，佛爷被我供了心坎上，我每天没有停止过念经。他的声音只有自己和身边的头羊才能听得见。十多年的批斗，已经养成习惯，让他和队长说话不能大声了。其实公平一点说，他打小的时候起说话声音本来就不大。三岁的时候就被送进了塔拉庙当喇嘛，面对师傅，面对活佛，面对神明，念经从来都是充满敬畏，轻声细语，小心翼翼的。这十多年来，面对放牧的羊群，他也是轻声细语的。

看着包喜队长那匹皮毛干净、膘肥体壮的红马渐渐跑没影了，老喇嘛欢喜地笑出了声音。他左手拎着一只军用黄胶鞋，鞋后跟已经磨出了破洞，光着右脚，在草地上一圈一圈转，懵懵懂懂，怎么也找不到自己的那只鞋了。天越来越矮了，天空也渐渐模糊起来。云块被夕阳染红，变成了妖雾弥漫的晚霞，又到了一个与白云蓝天绿草地不同的世界。羊群都自动集合好了，咩咩地叫着，好玩地看着他，吃了一天草，口渴了，唤他早点牧归。头羊走了一段路，回头见羊群没跟它走，又返回来了。老喇嘛不动步，羊群就不走。头羊跑过去不耐烦地扯他的裤脚。

老喇嘛一下子醒悟过来了，停下转动的脚步，好笑地拍打着手里拎着的破鞋子。他拍打头羊松开嘴，又坐在了草地上，两眼无神，恍惚地想：晌午后包喜队长是真的来过吗？我又做梦了吧？

二

围着破旧的塔拉庙,额尔敦老喇嘛领着头羊已经转了三圈,仔细查看。老庙的房顶和墙都不结实了,多年不维修,房顶漏了天,墙也脱皮风化了。墙上出现了一些大大小小的破洞,看洞口沉积的灰白鸟粪和鸟粪上沾着的鸟毛,就知道老庙已经作了多年鸟窝。门窗也歪扭着走了形。窗上的玻璃几乎都破碎了。蜘蛛网在破碎的缝隙间,粘着陈旧的灰土,补了又补。门上的老铁锁还是很牢固地锁着。这锁还是十三年前他亲手锁上的。锁已经锈迹斑驳,粗糙的黑漆也脱落得差不多了。可是,他从怀里拿出的一把钥匙却擦拭得锃亮,这把系着牛皮绳的钥匙,牢牢地拴在裤腰上。他每年都要在钥匙上面,精心地涂一层新熬出来的黄牛油。银白色的钥匙,扁扁的,像食指那么长,一个大齿,两个小齿,还有一个凹。顶尖、小齿、凹、小齿、大齿,他闭着眼睛都能从上到下画出来。锁眼里除了锈,还堵满了沙粒和灰尘。他用羊角刀尖小心、仔细地一点一点抠了出来。带着他的体温,抚摸了十三年的这把钥匙,捅进了那只冰凉锈蚀的锁孔里。费了半天劲儿扭动,里面的锁簧还是有力地跳动了一下,分别了十三年之后,锃亮温热的钥匙打开了斑驳冰凉的锈锁。

推开门,一股陈旧的气味就从庙里扑了出来。他腿有些颤抖,好像提不起劲儿迈进这道宽厚的门槛。头羊更是奇怪,全身的毛都竖了起来,发出了大敌当前的低吼。它不肯进庙门,咬着老喇嘛的裤脚也不让他往里进。老喇嘛甩开裤脚,拍着头羊的脑袋说:孩子,你没来过这里,这里是我的家呵。你不进来就去找羊群吧,可不能在庙里闹。

老喇嘛进来了,就像出了一趟远门的行者,十三年后回到了家。大雄宝殿的一扇门半开着,老喇嘛清楚地记得那年被赶出来的时候,虽然急急忙忙,还是回身特别用力地关上了门。然后就不许回头,不容停下脚步地被推出了门槛。现在门怎么开着?可能是哪一年的大风吹开的吧。十三年了,大殿里的香火气还没有消尽。佛爷们的雕像虽然面目模糊,一身尘埃,但还是那样慈悲庄严,黯然内敛,好像更加沉静了。他在装香的箱子里,找到了一把旧香。他以为应该很潮湿,恐怕点不着火了。抖掉尘土,那香每一根却都干爽得好像自己都急着要冒起火来。他点上香,跟着羊群行走了十三年的双腿,僵硬地跪了下去,膝盖叩到地上,也像老锁头一样上锈了,发出了喀喀的锁簧跳动的响声。可能是门开着,加之门框下面也裂开了缝隙,每天有风吹进来的缘故,老喇嘛发现膝盖跪在的地面上很少灰尘。从前跪拜留下的膝盖形的坑凹还隐约可见。香烟缭绕了起来,庙里立刻鲜活了。佛像上的尘埃纷纷扬扬地自己往下飘落。佛爷们好像睡了一觉又都醒了过来,在拍打浑身上下的尘土。庙里的电早就切断了,房顶的破洞和破碎的窗子,从不同的方向把明亮的春光照了进来。在光线和尘埃中，老喇嘛似乎看见前几世的活佛和喇嘛们，忙忙活活，正在兴高采烈地转经筒念佛经，好像在操办一场重大的法会。

老喇嘛也高兴起来了，嘴里不由自主就节奏欢快地念起经来。十几年来念经都是在心里念，从来不敢出声。现在回到了庙里，他内心欢欣，声韵好听。他感到有一股气息，在向他慢慢贴近，抬头，看到在塔拉庙二世葛根活佛和佛祖释迦牟尼的铜像之间，有一条灰色的影子很真实地闪动了一下。他站了起来，轻轻地走到佛像的后面，看到了一只灰狼。狼也看到了他。他双手合十说：佛爷保佑，原来是你在这里呵，去吧，去吧，赶快去吧，一会有人来了。狼没有走，很温顺，也不惧怕老喇嘛。蓝蓝的眼睛看着他，目光很慈悲。身上灰色的皮毛，干净整洁，闪着油光。老喇嘛又说，走吧，走吧，赶快走吧，一会有人来了，我的佛爷。

狼闭上眼，低下头，沉静了一会儿，便拖着漂亮的尾巴，转身向门外跑了。突然，一道红光从老喇嘛身后闪出来向灰狼扑去。老喇嘛大喊一声：头羊，回来！头羊站住了，老喇嘛抱住它说：孩子，它是你的兄弟，你们同宗同祖，让它走吧。

老喇嘛喝住了头羊，大门外却传来了一片喊叫声。有狼呵，这里有一只狼！快打！快跑！快躲起来！喊的声音惊慌错乱，声嘶力竭。老喇嘛快步赶到大门口，狼没影了，一群带着工具的汉人还在发抖呢。他们是牧业队从吉林双辽县请来的修庙施工队。

头羊比老喇嘛先冲出庙门，施工队的人见到头羊又慌乱地喊了起来：又出来一只，红毛的！

别怕，这是我的狗。老喇嘛迈出门槛冲他们喊着说。

施工队的那些人，见出来了一个黑衣老喇嘛，就不是惊慌了，而是惊奇。一个穿着灰色中山装，个子矮胖，长着两只肥大耳朵的中年人，走到老喇嘛跟前，伸出两只手，热情地说：师傅，你就是这个庙里的负责同志吧？我是包队长雇来修庙的施工队负责人李凤仁。

老喇嘛被眼前伸过来的这双短粗的手吓了一跳，他有些局促不安，他不知道该伸出哪只手来握。他这双握了十几年牧羊鞭的粗糙的手，还从来没有和别人的手握在一起过。汉人李凤仁的声音，虽然显得有些惊魂未定，老喇嘛听着还是有点感动。

老喇嘛就用两只手，一齐简短地抓了一下那两只伸过来的手说，呵，李队长。

李凤仁说，我的外号叫李大耳朵，别人都这么叫，你也叫我李大耳朵吧，我愿意听。

狼跑没影儿了，老喇嘛心里也安定下来。他看眼前这个敦厚诚实的李队长，富态饱满的身体里长有一副好心肠，心里顿生欢喜之情，就愉快地说：谢谢你们来帮忙修庙，那就开始干活吧。

李队长晃动着两只大耳朵，冲手下人挥着手说，没狼了，别害怕啦，进去开始干活吧。

一个手里拿着灰铲的瓦匠，恢复了黑瘦的正常气色。他打量着身体完好无损的老喇嘛，有些疑惑地问：老爷子，这个是狗，我们认识，红毛的狗也是狗。那刚才先跑出来的是狼还是狗呢？

老喇嘛说：那也是狗，哪里有狼，你们看花眼了。

拎着锯子也是黑瘦的木匠说：一个人看花眼，我们七个人还能都看花眼？看得清清楚楚的，夹着尾巴跑出来的，要不是狼那就是疯狗。

老喇嘛说，好狗疯狗都已经跑了，你们不要害怕，现在庙里只有佛爷，开始干活吧。

这时候，包喜队长骑着他的红马来到了庙门口，他喷着酒气的声音兴奋地说：喇嘛爷子，眼睛花的是你，好狗疯狗都不是，那是一条狼。我刚才亲眼看见它往西坨子跑了。我要集合民兵去打狼。

三

包喜队长不听老喇嘛的劝阻，他召集了一群民兵，准备对狼进行围剿。出发的前几天，就开始在牧村队部门前的草地上进行操练。民兵尽管着装五花八门，不管蓝衣服、绿衣服、黑衣服，宽的、瘦的，都统一在腰上扎了一条军用皮带，老红色。全体民兵编成了两个班。一班十个人，二班九个人。训练他们的是民兵连副连长，沈阳军区特务连已经退伍回来三年的白海源。

白海源细长的马脸皱褶分明，显得坚毅，嗓音洪亮，吐字标准，是见过世面、训练有素的标准军人出身。两个班的十九个人，一、二、三，步伐整齐，口号整齐，声音嘹亮。让牧村里前来围观的男女老少，联想到天空鸿雁的嘎嘎嘎叫声，毛骨悚然，心生敬畏。平时在牧村里游手好闲或窝窝囊囊的年轻人，一扎上军皮带，站成一排队伍，喊起口号来就马上精神焕发了。包括包喜和白海源，看到二十一个面孔的威武气势，没人会想到他们只是去对付一只跑掉的狼，都觉得他们应该去消灭队伍更加强大的敌人。民兵的队形，也让老喇嘛想起了躺在草地上看到的空中雁阵。可能是距离太近，看得太清楚了，这群没有翅膀的鸟儿，看起来显得丑陋不堪，面目邪恶，口号声也没有雁鸣那么悠扬舒畅，显得杀气腾腾。

民兵队伍里，有两个天津知青。一个是平时和老马倌在一起放夜马的大宽。大宽喜欢刻版画，平时走路总是习惯东张西望找东西。他刚来的时候，由于这个动作有点像贼，牧村里的人都充满警惕以为他要偷东西，观察了一年之

后，才确认他是在找木板。他找的都是那些边边角角的三合板。他在这些木板
上面，把东塔拉的房屋、炊烟、草地、牛羊、牧羊犬、月亮还有牧人刻上去。
他刻的牧人都是穿蒙古袍子的，可是现在除了几个老年人，已经没有人穿蒙古
袍子了。老人们说大宽用刀写出来的是五十年以前的东塔拉，可是五十年前大
宽还没有来到草原，连人世间都没有来到，他怎么知道呢？大家去问老喇嘛，
老喇嘛说，他的魂和前世是通灵的。一个人实际有三个魂，有一个跑到了天津
进了肉体的大宽，他另外两个的魂就在草原没走，等着他来。这个喜欢玩弄刻
刀和牧鞭的知青也喜欢打枪，由于身强体壮，他担任了民兵一排的排长。站在
一班九个人里的最前面很显眼，他的皮肤细腻白净，是草原人公认的大城市人
特征。

小学老师肖津生也是大城市里的人，却没有这个特征。他不但矮瘦，额头
上还有几条很深的抬头纹，东塔拉人看到大宽的木刻就会想起肖津生来，大宽
喜欢在木板上把人的额头都刻成这样的纹路。那种木纹的味道，真实地显示出
了皮肤上生命的味道。东塔拉的人经常取笑肖津生是从大宽的木板上走下来
的。原来大宽熟悉的不是从前的草原人，是和他一起来的肖津生。

肖津生不喜欢打枪，他是小学音乐老师，会拉手风琴。他刚当上小学老师
的时候，就建议包喜买乐器。有一年冬天卖完羊毛，他俩就去旗镇，买回来了
一台红色亮漆白键盘的手风琴。当肖津生把手风琴抱在怀里，骄傲地拉了一曲
《大海航行靠舵手》的时候，牧民们都觉得不好听。声音不高旷辽阔，节奏又
太快，听起来有点心烦意乱。肖津生被打击了积极性，也没有气馁，在学校继
续兴致勃勃地拉手风琴教孩子们唱歌。校长李金山也鼓励他说，就按你的水平
拉，老牧民没水平，不懂就别理他们。民兵连训练需要人吹号，牧民里会拉马
头琴、四胡的很多，却没有人会吹号。从前会吹号的都在塔拉庙里当喇嘛。包
喜觉得会拉手风琴就一定会吹号，就让他来吹。这个小个子肖津生气力很足，
果然吹得号音响亮。他站在二班前面的位置上，显得很不情愿，缺少民兵的昂
扬斗志和满怀激情。

赶马车的图门路过训练的队伍面前，停下车不满地说，那条狼又没在我们
的牧村里，你们破着嗓子喊那么大的声音干什么？喊也听不见，差点把我的马
车惊毛了。

坐在车上的接生婆乌云奶奶说，这些孩子大多数都是我接生的，带着哭声
脑袋先出来的，天生就是嗓门大。

包喜队长对图门也很不满，他说，狼听不见也要大声喊，我们民兵是喊给
自己听的，我们要表现出大无畏的英雄主义精神来。你这个落后分子，当了民
兵也不参加训练，我要处分你。

包喜队长兼任民兵连长，是这支队伍的最高领导。他神气地维持着场面，

在训练队伍和围观的村民面前耀武扬威。操练中间休息的时候，老喇嘛走到他的面前说：包喜队长，那不是狼，不能打。春天是忙活儿的季节，让孩子们都回去干活吧。

包喜拉住他，张狂地看着大伙，哈哈地笑着说：喇嘛爷子，你是亲眼看见的，可不能说瞎话呀，那不是狼是什么呢？

老喇嘛说，苍狼，那是草原的魂。不是真正的狼，打了要遭惩罚。

包喜说，喇嘛爷子，你这么说，我非要去打。我要打回来一只真正的狼，有血有肉有骨头有皮的狼，给你看。明天早晨我的民兵队伍就出发。提前出发！然后挥着拳头带领他的队伍喊：提高警惕，消灭敌人！

老喇嘛很难过，他走上前去，拉下包喜高举的胳膊说，别喊叫了，那狼不是你的敌人。

包喜来精神了，问老喇嘛：那谁是我们的敌人？

白海源在身边喊着说，北边的苏修是我们真正的敌人。

包喜的斗志被鼓舞起来了，冲着他的队伍问：同志们，还有谁是我们的敌人？

队伍里很整齐地回答：还有美帝，还有日本，还有台湾国民党。

老喇嘛痛苦地闭上了眼睛。他像念经似的嘟嘟囔囔地说：我的佛爷，你们干啥要这么多敌人呢？那些遥远的人关你们什么事？

老喇嘛离开塔拉庙当羊倌这么多年了，他的话没人听了。包喜不听，民兵也没人听，牧村里很多人都不听。狼的出现给牧村带来了兴奋。大家都积极参加要去打狼，很有热情。甚至连女人都要去。

包喜只允许经过训练的基干民兵参加，第二天早晨，天不亮肖津生就吹响了集合号，二十一个人喊着口号，操练一遍之后，带着枪分成两支马队就向西坨子出发了。包喜和白海源，各自率领一队人马，过了西坨子，进入了伊和塔拉、巴和塔拉两大茂盛草原。傍晚时包围着进入了海斯改沙坨子，第二天中午会师到了一起。前面是一片大湖，后面是一条车辆来回奔跑的公路。猎人世家出身的包喜根据狼的习性，判断那只狼一定藏在了前面的沙窝子里。指挥员包喜和白海源一致认为，狼已经被他们逼进绝路，落进了包围圈。

老喇嘛在进行维修施工的庙里烧香念咒。到了晚上，他绝望地说，那只狼逃不掉了，到处都是人，天罗地网，它往哪里逃？东塔拉牧村的厄运也逃不掉了。

施工队长李大耳朵中山装的扣子系得很整齐，像木偶一样，板板正正地站在老喇嘛身边。他胆小谨慎地问：那个包队长真的有本事能打到狼？

老喇嘛说，包喜的祖上都是猎人，他们家族熟悉狼的所有习性。我看他的前世就是一只狼。

李凤仁说，自己是狼，那他应该向着狼呵。

老喇嘛说，不会的，他投胎成了人，就会对狼更加凶狠。

工程队开工以来，维修工作进展得挺快，在对塔拉庙原貌的恢复中，工程队里的能工巧匠很用心力。尤其是这个队长李大耳朵原来还是一个画匠。他按照老喇嘛提供给他的庙里存留的样书和材料，用红、绿松石和玛瑙翡翠珊瑚磨成粉面，再配上金粉、朱砂，把庙里供奉的各位佛爷和历代活佛的塑像，都修复得栩栩如生，神灵活现。塔拉庙里沉淀积聚多年的，那种神秘陈旧的肌理和韵味，渐渐地恢复出来了。老喇嘛因此又是感激他，又是喜欢他。

李凤仁很困惑地问，那是怎么说的呢？我们可能是凡人吧，凡胎肉躯不明白这些道理。

老喇嘛哀叹一声，谁能明白呢？就再也不吭声了。

果然，只用三天的时间，科尔沁草原的最后一只狼就被灭掉了。

向狼开出致命一枪的是白海源。一枪，打碎了狼张开的嘴巴，把舌头都打穿了一个眼。他枪法准，在部队据说就获得过大比武的嘉奖。那天已经是深夜了，月亮很圆。狼在一个沙窝子里被发现了。民兵包围成了一个圈，低头嘴巴拱地的狼突然抬起了头，两只眼睛像两盏灯一样亮晶晶地闪着绿光。队长包喜悄悄告诉大伙别用枪打，用套马杆套活的。随着包围圈渐渐缩小，狼一圈一圈转，绿幽幽的眼睛灯一样地晃动着，寻找突破口。好像大家恍惚一眨眼，就发现眼前的狼不见了。看左右，包围圈密不透风。抬头就看见两只绿色的亮光，晃动着，像星星一样向天空升了起来。清冷的月光照得人心里恐慌，骨头发软。月晕像展开的一件肥大的袍子，舒展下来，要把狼包裹上去。包喜大喊一声：海源开枪！一声枪响，两颗星星陨落下来，掉在了地上，发出了沉重的响声，星光熄灭了。月晕也破碎了。

民兵们抬头看到了银白的月亮，好像喷上了狼血，破碎的月晕变得血红。虽然打到了狼，班师回朝的队伍却失去了胜利者的威武气势。他们拖着战利品，垂头丧气，步伐惊慌混乱。几乎同时，牧村里也看到了狼血喷到了月亮上。村民们害怕了，在血红的月光下，他们赶紧跑到塔拉庙去见老喇嘛。老喇嘛看得最清楚。他说，苍狼回到长生天那里的路被子弹切断了，它的魂儿回不去了，要到牧村里来了。老喇嘛这次看得更清楚的是，牧村里每个人那颗颤抖恐惧的心。尤其是包喜，把狼放在马背上驮回了牧村，悄悄送到了队部，却没有带到塔拉庙里去给喇嘛爷子看。

四

阴历狗年，一开年，就有一块黑云停留在东塔拉牧村的天空。云的形状，一眼看上去像一只鹰在扇动翅膀，仔细看就令人惊慌了，是一只狼在四腿跳跃着狂奔。狂奔的方向是冲东塔拉牧村来的，看上去是一种俯冲的动作。一块一块的白云气象万千地飘来飘去，有时会把黑云厚厚地遮上，但很快，就会看见那只黑狼从白云里窜出来。有时会下雨，天上乌云翻滚，那块黑云便混在乌云中看不见了。下雨之后，牧村里的人仰头望天空，第一眼看见的不是彩虹，还是那只狼。那只不知疲倦的狼，正湿漉漉地冲向东塔拉牧村而来。早晨起来，在阳光灿烂的蔚蓝天空中那飘移的朵朵白云间，第一眼看到的还是那只狼。牧村里的人们感觉狼的速度每天都在加快，离东塔拉的距离越来越近了。

老喇嘛三年前曾经预言，到了狗年这条狼会在东塔拉牧村转世，成为一个民兵家的孩子，然后复仇，然后滥杀无辜，可怕的因果报应不可避免，东塔拉牧村将遭遇难以逃脱的惩罚。虽然老喇嘛没有亲口对任何人讲过，大家去找他求证，他也从来没有证实过。但是牧村的所有人都相信，相信老喇嘛不但这样预言过，而且相信他的预言准确，一定会应验。预言像空气中的烟雾和味道一样，神秘莫测地弥漫在东塔拉牧村每一个人的心里。那年，民兵打狼的那个晚上，看到狼血喷到了月亮上，东塔拉的人又都开始相信老喇嘛了。牧村的人很害怕天上那块狼形的黑云，每个人低头走路都小心翼翼，路上互相见面都不敢乱说话。甚至，有的民兵家属都不敢仰望天空。他们不但怕狼冲下来，更怕狼的影子罩在自己的身上。有孕妇的人家，还会在天没亮之前，天空一片朦胧就赶紧去草甸子里割来长秆的大捆白艾蒿，铺在房顶和挂在窗子上。传说白艾蒿是驱邪的，也是狼最不喜欢闻的味道。早先，在原始荒凉的草原上，牧民们赶着牧群在茂密的草地里行走，闻到呛鼻的艾蒿味道，总是心中坦然，知道附近不会有狼窝。

东塔拉牧村一共有六十三户人家，五百一十二口人。牧村有三趟街，几乎都是清一色的牛粪末子拌碱土的坯篓子房。户型基本都是两间里屋，一间外屋，或者三间里屋，一间外屋。是很多年前建立牧场和牧村时，根据每户人家的人口多少统一盖出来分配的。这个灰乎乎的牧民定居点，是科尔沁草原上牧民停下马蹄子，游牧生活结束的一个句号。牧村叫东塔拉是因塔拉庙而得名。

之所以选择在旗镇的十五里之外建牧村，当时的苏和旗长充分地显示出来了政治智慧。对于旗镇来讲，放在附近好管理，看得见牧村在那里炊烟袅袅，又听不见狗吠牛羊叫。如果把他们放在遥远的原始草原去，到时候，牧村里一旦发生什么事情，旗镇都不知道，现去解决都来不及。马蹄子再快，也没有蒙古刀迅速。对于牧村来讲，离旗镇近，生活方便，购买生活用品，走路都可以当天打来回，中午还能在饭馆里吃几样炒菜就羊肉馅饼喝醉一顿酒。当时四六年解放的时候，年轻的苏和旗长还有一个私心的想法没说出来，那就是挨着塔拉庙建牧村，就像把牧群拴在了一个牢固的石头桩子上了。因为苏和是小喇嘛出身，他是从塔拉庙里去参加草原骑兵师的。不过后来塔拉庙被关闭了十多年，他是没有想到的，他也没有看到。苏和旗长五十年代调到了盟里，六十年代又调到了呼和浩特，官运亨通一路好风光。官当得大了，灾祸也就大了，第一批清理"内人党"，他就没命了。他的厅长官位和四十五岁的年龄，都终止在了一九六八年八月八日的那个鲜花盛开、水草丰美的日子。

三十多年过去了，虽然经历了很多天灾人祸，牧村里死的人仍然没有生的人多。牧村由当时的两趟街，扩展成了三趟街，家家户户还是显得很拥挤。现在住房子国家不给免费盖了，谁家要盖新房子都得自己家攒够了钱去请人、脱坯、买材料。

阴历狗年这一年，东塔拉牧村在心惊胆战中出生了十七个孩子，其中九个男孩，八个女孩。男孩最后成活了七个，女孩成活五个。额尔敦老喇嘛满怀善良的愿望念经说，希望在那死去的五个孩子中，能有狼来投胎的灵魂，可怜的狼魂被子弹在升天的路上拦截回来之后，终于又被佛爷超度收回去了。祈望狼的魂魄回到佛爷那里，回到长生天那里。牧村里的会计白音当时就问老喇嘛：喇嘛爷子，狼的魂要是真的回去了，到底要回到哪里去呢？佛爷的地方和长生天的地方是一个地方吗？

老喇嘛对这个问题感到很意外，他困惑地思索了一下，就肯定说，是一个地方，都是一个地方。长生天和佛爷住在一个地方。

在会计白音的明细账簿上，那年东塔拉牧业队总共出生了九十头牛犊，最后成活七十一头，其中公牛三十一头，母牛四十头；一千二百只羊羔，成活八百七十三只，其中公羊三百七十只，母羊五百零三只；二百零三匹马驹，成活一百九十九匹，其中公马九十九匹，母马一百匹；五十六条狗崽，成活五十五条，其中母狗二十七条，公狗二十八条；户口簿上增加了十二个人的名字，性别上七男五女。

因为难产，死了一个母亲，死了三头母牛，死了十五只母羊，死了三匹母马。母狗最安全，没有死的。母畜们用一个春天就生完了自己所有的犊羔驹崽，可是人生出这十七个孩子，却用了将近一年的时间。从正月初三到年底的腊月二十八。令人惊慌的是，生孩子的人家，大多数都是那年打狼的民兵家属。

这存活的十二个孩子有没有狼转世呢？老喇嘛在每家孩子出生的那天，都要到他们家的房屋院子前后转悠，牛圈羊圈，天空地上到处查看。希望发现异象。奇怪的事情都没有太发生，只是白海源的妻子，没发现怀孕就生出了一个儿子。白海源本来是不相信老喇嘛预言的。他喝醉了酒之后，就当街边走边猖狂地喊叫：老喇嘛自己都活得糊里糊涂，还会有什么明白的预言。我去问他，他一声都不敢吭。不要让他扰乱人心，要破除迷信。如果真的有狼转世，就转到我家来好了，狼投胎的儿子，长大了一定是个好枪手，是个猎人是个英雄是个好儿子。可惜呵，我家里已经生了三个儿子，三个女儿。现在老婆子绝了育，是一匹骗马，她的肚子里再也不能生孩子了。要能生就请狼到我家来吧，你们就都不用心惊胆战地害怕了。可是，过了几个月，他那已经绝育五年多的老婆子，一脸皱纹地怀孕了，进入狗年的第三天，也就是正月初三，就生出来了一个儿子。就是在那天，老喇嘛首先发现了天空那块狼形的黑云。

儿子一出生，再也听不见白海源喝醉酒大喊大叫了。他在家门口拉住了老喇嘛，跪下抱住老喇嘛的腿惊慌地说，喇嘛爷子，告诉我，是不是那条狼真的找我来了？

老喇嘛说，不要瞎猜，这是你的儿子，孩子生到了你家，就是你的缘。像羊群一样，和那些孩子放在一起好好养活。

白海源惊慌地说，那要不是，骗马怎么能下出马驹来！你听说过这样的荒唐事情吗？

老喇嘛说，我没听说过，可是我相信，人世间什么荒诞的事情都会发生。

白海源站起来就疯狂地说，你告诉我，这小子要是那条狼，我现在就枪毙他！他进屋里把孩子从炕上就抱了起来，走到院子里，胖乎乎的儿子冲他咧嘴笑了起来。白海源痛哭失声：这么好的孩子，怎么会是狼呢？不会的，不会的，狼是不会笑的。他自问自答，回身见老喇嘛走了。家里的六个孩子都胆怯地望着他手里举着的婴儿。大女儿十一岁的白玉荣惊慌地说，阿爸，抓紧你的手，那是我的老弟。

白海源老婆是狗年第一个生孩子的，在正月初三寒冷的下午，他老婆生出来了一个九斤一两的儿子。孩子取名叫白小。

接着二月，也就是刚出正月，老马倌沙恩的两个儿媳妇生出来了三个孩子。先是二月十八二儿媳妇生了双胞胎，还是龙凤胎。二儿媳家已经有了两个儿子，这回一下子又来了两个。老马倌家里出生子孙，就像他的马群生马驹儿一样，越多越高兴。可是今年生孩子，老马倌却是心情沉重。

二媳妇生双胞胎的时候，第一个出生的是先露出来一双腿，然后翘着坚硬的小鸡鸡，闭着眼睛，很安静就出来了。他的脑袋刚出来，又一个脑袋也跟了出来。刚开始把接生的乌云奶奶吓得叫了起来，还有一个脑袋，我的佛爷！这一喊，吓得等在门外的老马倌裆都软了，两个脑袋不是妖怪吗？可是紧接着那第二个脑袋先哭了起来。乌云奶奶把她拽出来，没有小鸡鸡，是一道细嫩的小沟沟。两个，双胞胎，还是龙凤胎。一个哥哥，一个妹妹。将来长大哥哥是靠腿吃饭的，妹妹是靠嘴巴吃饭的。接生婆乌云奶奶是牧村里一个很神道的女人。她和老喇嘛几乎就是村子里的精神支柱。牧村里遇到人的生死大事，包喜那个队长就啥用都没有了，也没人相信他了。乌云奶奶大声宣布，就是给生孩子累得神志不清的母亲，和等在外面的家里人听的。而且她坚信，孩子出生，腿先出来就是靠腿吃饭，脑袋先出来，就是靠脑袋吃饭，哭着出来就是靠嘴巴吃饭。不过，乌云奶奶事后跟自己比较好的邻居说，出生的日子，男占八骑大马，女占八守大寡。那个小子是个贵人命，丫头命不好，找不到好男人。不管是啥命，不是一条狼就行。

过了五天，二月二十三的晚上。老马倌惊魂未定，五儿媳妇又生了一个儿子。这是五儿子家的第二个儿子。家里添了三个孙男孙女，老马倌高兴不起来，还有点心里发虚胆怯。每天关上门，家里没有外人，就会酒话连篇，一个劲儿说，咱家里来了几个好孩子是好事，他们怎么都赶上这个年头来了呢？你看看，一个一个长得马驹子似的，多好看哪！可是真的像喇嘛爷子说的有一个是狼投胎来的那咋办呀。不会的，我又没作孽，狼怎么会来我们家？我们家是有一个小子去打狼了，可那是老三哪，孩子也不是老三家生的，老三这个地癞子还没有媳妇呢，再说老三也没开枪，就是跟着去玩玩。不会的，不会来的。老马倌这一年说的话太多了，他老婆子说和他生活一辈子了，这一年的话，比一辈子说得还多，下辈子的话可能都说完了，再投胎肯定是个哑巴。老马倌沙恩从小就放马，每天跟着马群走，一年到头，也见不着几个人，基本不和人讲话。每天牧马喊叫的声音也不是人话。其实他这一辈子，也和哑巴差不多。

老马倌沙恩的紧张在孩子没出生之前就开始了。还没有到狗年的时候，他看到二儿媳妇和五儿媳妇的肚子，每天渐渐鼓了起来，就心惊胆战。他放了四十多年马，年复一年，看着马肚子一天天大起来，小马驹儿一匹匹生出来。他相信，那些小马驹里，不都是纯种的马驹，有狼，有鹰，也有人。喇嘛爷子说得没错，女人肚子里生出来的孩子会有狼。

老马倌沙恩家还是摆了喜酒。他请老喇嘛给龙凤胎起名字。孙子叫通拉嘎孙女叫乌日娜，老喇嘛希望男孩子内心明净，女孩子心灵手巧。老马倌自己给另一个孙子起名叫巴图，是希望他长得牢固结实。

牧村小学的校长李金山，也是牧村的党支部副书记。牧村的人都知道，他的身上有一条人命。十年前，从旗镇中学毕业回来的李金山和白巴拉都分到了小学教书。同时分来的，还有一个旗镇师范学校的毕业生乌力吉。过了一个学期，个性独立的白巴拉不教学了，自己去开垦菜园种菜。李金山和乌力吉都参加了红卫兵，到处造反。乌力吉是奈曼旗人，家里离东塔拉牧村四百多公里。他住在学校的宿舍里。后来牧村的人听包喜队长说，这两个造反的老师还不是一个红卫兵队伍的。乌力吉的红卫兵队伍势力强大，有一次批斗会，把李金山的红卫兵袖章都给摘下来了。用皮带像抽马一样抽打他，他连反抗都不敢。可是那天晚上，在小学的办公室里被打死的却是乌力吉。大家都佩服地说最后的胜利者还是厉害的李金山，是他把乌力吉打死了。可是这件事情有点诡异，李金山并没有以胜利者的身份站出来炫耀。他打死了人，也没有人来抓他。牧业队里死一头牛犊，还要说道说道，找出死因让牧人承担责任呢。可是小学里死了老师也没人管。包喜说那是教育单位，他没有权力管教育系统的事情，也不敢管。乌力吉死了，包喜领着人在冰天雪地里刨开冻土，用两块席子卷着，埋进沙坨子里就完事了。第二年春天刮风沙，乌力吉矮小的坟包一天一夜就无影无踪了。后来，红卫兵解散了，恢复上课。李金山当了小学校长，还兼任了村里的团支部书记。过年的时候，娶上了包喜美丽的老妹妹，当小学数学老师的斯琴。

　　十年过去了，老喇嘛还记得这档子事。走路碰到面，他就对李金山说，李老师你要多行善，别让报应找上门。自己造了孽，瞒得过别人，瞒不过佛爷。所以村子里的人都说，最怕算的账，就是喇嘛账。李金山也参加了打狼。他不喜欢老喇嘛，说又脏又蠢的老喇嘛只知道说疯话，人类之间是用智慧斗争，胜者为王。四月初八的中午，李金山的儿子出生了，名字早就起好了，叫哈斯。哈斯，玉的意思，全名叫哈斯额尔敦，宝玉的意思。李金山在东塔拉牧村算是文化人，喜欢文学，尤其喜欢《红楼梦》和《一层楼》。《红楼梦》里有个贾宝玉，《一层楼》里有个璞玉，他就给儿子起名哈斯额尔敦，也是一块宝玉。遗憾的是，这个儿子太让他失望了。哈斯天生就是一个傻子。宝玉不是真傻子，璞玉也肯定不是傻子了。这个哈斯却真的是傻透腔了。脑袋瓜子不像玉像石头，像石头一样坚硬，像石头一样死性。傻子一出生，报应上了门。李金山开始从内心里害怕老喇嘛了。

　　到了十一月初五，村子里一天就出生了五个孩子。那天从早晨忙到深夜，累得乌云奶奶腰酸腿疼。其中有一个孩子叫冬月。冬月是在早晨天刚冒亮的时候出生的。是五个孩子里第一个来到牧村的。

　　冬月的爷爷是原来塔拉庙的老经师，已经去世多年了。他的阿爸图门是牧业队大车组组长，也就是赶马车的车老板都归他管，当然也是基干民兵。可是那一年，他并没有参加训练去打狼。冬月来到人世没有哭声，就像老熟人一样躺在那里，很安静，一声不吭。虽然是大雪茫茫的寒冷天气，那一天却没有一丝寒风，天亮得早，三点多钟太阳就出来了。朝霞红火，云朵洁白，天空湛蓝干净。天地一片安静吉祥。

　　图门看着孩子有点害怕，就哆嗦着问老喇嘛：这孩子不会是傻子吧？

　　老喇嘛说，图门侄小子，把酒拿出来烫热了喝吧，将来东塔拉再也没有比他更有智慧的人了。

　　图门说，那是什么人？

　　老喇嘛说，不是人。

　　图门又害怕了，急着问：是狼，那条狼来我家了？我可是没去打狼呵。

　　老喇嘛说，放心吧，今年出生的孩子，我只敢保证说冬月不是狼转世。

中国当代乡土小说大系

第三卷 ···

图门问，谁是冬月？

老喇嘛说，就是你的儿子，躺在炕上的这个小子就是冬月。

图门放心了，当着老喇嘛的面亲热地抱起了他的第五个儿子。他说，自己其实是希望这一胎能生出来一个肥胖的姑娘。

和冬月同一天出生的还有包喜的儿子斗争。斗争这小子真不简单。据接生婆乌云奶奶后来无数次地宣讲，她接生了一辈子，从来没有见过这样的孩子。天已经黑了，本来看见了一绺黑头发，知道脑袋要出来了，就让他阿妈使劲儿。我就凭经验在她的两腿间捧住脑袋，往外顺劲儿。谁知道，那脑袋自己好像一转头又回去了。影儿都不见了，我扒开阴道往里摸，却伸出一只手来，好像热情地要和我握手。我吓得心都不跳了，手出来，那身子就是横的，横生难产，不管马牛羊还是人狗，多数都得死，没有几个活的。看着产妇被折腾得难看的脸上，还用一种幸福的眼神在看着我，信任地等着我把她的孩子接出来。她不知道自己已到生死关头了。我控制不住就哭了，这个生孩子的女人可是我的亲侄女呵。是我把她介绍到东塔拉牧村来给包喜当媳妇的。我把孩子伸出来的手打了一下，说拿回去，抓住小手就往里塞，他就是不往回拿，还把另一只手也伸了出来。我哭声更大了，说孩子这不是闹着玩的，会要命呵。包喜听见我哭，就进来了，他看到孩子的手就明白了，牲口和人都是一个道理，他也懂。这双手会要了他老婆的命。包喜跑到了院子里，砰地就放了一枪。枪声清脆，惊心动魄。枪声一响，我看见那双手一抖就不见了，接着伸出脑袋乖乖地就爬了出来。包喜把孩子抱起来说，狼崽子有两下呵，我不开枪，你还不出来呢。你来报复我，也不能害你阿妈呀。我看你的名字就叫斗争吧。这辈子老子要和你斗争到底。他把老喇嘛请到屋子里喝酒，他说，喇嘛爷子，你告诉牧村里的人吧，那条狼崽子到我家来了，谁家也不要害怕了。

老喇嘛说，难说呀，好好养吧。

五

在和冬月同日生的还有关里人孔庆卜家的孩子。孔庆卜的爷爷是从山东逃荒来的。那时候的草原还没有牧业队，旗镇里也不是归旗委领导，是僧王家族的人来管理。当时孔庆卜的爷爷被留在东塔拉草原，就是因为他说自己会在沙坨子里种土豆。那时老喇嘛刚当小喇嘛，孔庆卜的爷爷孔昭贵在春风开刮的那一天，就在塔拉庙西南的沙坨子里种土豆了。那天早晨，僧王府的人也从旗镇赶来看新鲜，牧村里的人也都来看这新鲜事。额尔敦小喇嘛是陪着塔拉庙的老活佛来的。孔昭贵先把沙土翻了一遍露出湿土，然后打成一条一条弯弯曲曲的垄沟，就挎着一个柳条筐，里面装着切好了的土豆块，棱角分明的土豆块拌上了黑粪灰。挖出来一个坑，埋进去一个土豆块，再放上一把粪土，接着踩上几脚。种完一根垄，就留下一串结实的脚印，然后再浇上一遍水。

看新鲜的人对埋进沙土里的土豆块议论纷纷，却没有人给孔昭贵帮忙打下手。草原上很有名气的白皮匠，就是现在会计白音的爷爷说，你种进去一块土豆，到秋天再挖出一块土豆，这不是瞎耽误功夫吗？吃同样一块土豆，要让我们看着沙土等上两个季节。你这个山东人不会算账呵。

僧王府的管家说，白皮匠你是一个没有见识的人，种进去的是一小块土豆，秋天就会长出来一个大的土豆。就好比种进去的是一个小马驹儿，秋天就会长出来一匹骏马。

大家都不相信会有这样的好事，就都问活佛。

活佛说，如果春天种进去的是善因，秋天结出来的就会是善果。有的时候善果也会多过善因。

白皮匠问活佛那会多出多少呢？

活佛说，那要善因决定。有可能种进一匹马驹儿，会收获一个马群。

牧民们，包括僧王府家的人，对活佛的话都深信不疑。

结果到了秋天，大家又亲眼看到了，每一个种进去的小土豆块，都长出来了大大小小的十几个圆形的土豆，像一家人一样牵挂在一起。真是种进了一个马驹儿，长出来了一个马群。活佛从此更加德高望重了。

从那以后，不仅是旗镇的人，就是整个东塔拉草原都喜欢上了吃土豆。土豆炖羊肉当时成了科尔沁草原每个牧民家里，逢年过节的好嚼咕。冬天的时候，白皮匠的姐姐和孔昭贵结婚了。不过他给那个肥胖的女人种进去一个马群，结果只收获了一个马驹儿，就是孔庆卜的爸爸孔宪东。孔昭贵除了按照山东的规矩给儿子起了这个汉族名字之外，还有一个蒙古名字，叫阿拉坦乌拉——金山，看来这个山东人还是到东塔拉淘金来了。后来旗镇不归僧王府管了，被旗委接管了。孔宪东长大后跟着爸爸继续种土豆，他们被成立的牧业队编在了农业组。孔宪东也娶了一个蒙古姑娘，生下了孔庆卜。孔庆卜喜欢马，他就不种土豆了，长大后被分到了大车组赶马车。

后来他跟着爷爷回了一次山东老家，爷爷死了被埋进祖坟里，和蒙古奶奶守了一辈子，最后死了却分开了。他领了一个山东姑娘孟庆霞回来了。打狼的那天，山东姑娘孟庆霞比他还兴奋，草原还真有狼打呵，她说自己在老家也是民兵连的，而且是铁姑娘排的，也申请要参加。包喜没让她去，她恼怒地说包喜重男轻女，蒙古男人太封建。

孟庆霞今天也生孩子。这是他们的第一个孩子。那个孩子比斗争还凶狠，乌云奶奶把她拉出来的时候，只短促地哭了一声，就气绝身亡了。在出来的路上，把她妈妈阴道里的血管一脚就踢爆了，铁姑娘孟庆霞的阴道变成了河道，血水滔滔，好似她家乡的黄河洪水泛滥。结果，母女俩一个也没有活成。乌云奶奶说，这条恶狼是来催命的，一条母狼！

老喇嘛说，不总是种马驹收获马群，或者种马群收获马驹儿呀，有的时候会颗粒无收。但愿东塔拉的产妇从此平安吧。

那一年，其他的产妇确实平安了。可是生出来的孩子，还是又被佛爷叫回去了四个，其中三个男孩，一个女孩。

生孩子最顺利的要数海军他阿妈春节。春节的肚子比老马倌沙恩的二儿媳妇还大，当然也因为她的个子高大。老喇嘛说，东塔拉的女人都是母羊母马，只有春节是个母骆驼。春节是个好母驼，可是命不好，个子高了没有男人娶。后来不知道怎么勾搭上的，天津知青肖津生娶了春节。打完狼大宽就回天津了，肖津生也不在小学教书了，被安排到旗镇的冷冻厂当了工人。因为他已经娶了春节，旗镇的领导以为他不回去了，就给他安排了工作。春节长得不漂亮，个子高大，一米八零左右，不是很肥胖。肖津生个子矮小一米六九，很瘦。本来是两个快乐的人，又都喜欢讲笑话，高女人矮丈夫，大家都觉得日子过得挺好的。谁知道，今年肖津生突然就走了，工作不要了，老婆和她肚子里的孩子也不要了。跑回天津就不回来了。

当时牧村里的人看到老马倌家里生了双胞胎，就都用好奇的目光打量春节的肚子，好像有更大的期待。她早晚挺着个肚子，出现在牧村的当街上时，就像小学过六一儿童节的时候，走在前面的那个敲鼓的学生，胸前抱着一个大鼓。这么高大威武的一个孕妇，在街上昂首阔步地行走，无所畏惧。天上的那块黑云家家都害怕，只有她不害怕。身边少了一个肖津生，就像少了一条牧羊犬。大家也没看出春节有多么忧愁，还是很快乐，因为她要生儿子了，她坚持自己一定会生出儿子来的。

海军出生的那天是八月十五，在一轮银白色温暖的月亮下，很多人都在春节家的门口打探消息。当时吃得肚子饱饱的乌云奶奶，还喝了点高度草原白酒。她精力充沛、劲头十足地做好了接生双胞胎或者三胞胎的准备。随着孕妇春节黑紫色的肥大阴道徐徐张开，只听见哗啦一声，子宫里的羊水卷着浪花奔腾着涌了出来，一个漂亮的黑发婴儿，像一条小鱼儿一样跟着游了出来。小家伙被乌云奶奶赶紧抓住抱在了怀里，春节的肚子立刻就瘪了下来。乌云奶奶用手摸着孩子的小鸡鸡说，春节说对了，是个小子，这个小子干脆就叫海军吧。老喇嘛也觉得这是一个名副其实的好名字。门口等待消息的人，只听到了一声啼哭，就都很失望地回去了。

那一年生孩子最害怕的还不是白海源，是妇联主任山丹。十一月二十八的那天下午，山丹的女儿生了一个也是女儿。那个女孩子一出生倒是猛哭。声音也嘹亮。只是哭声不像小孩，也不像大人。也就是说那个孩子发出来的不是人的声音，是一种动物的嚎叫。进入腊月门前一天晚上，安静的东塔拉牧村里，突然就传出来了狼嚎。老喇嘛给那个孩子娶的名字叫格日乐。格日乐是牧村里出生的第十七个孩子，也是阴历狗年最后一个孩子。格日乐是光的意思。山丹疑惑地想是什么光呢？她没敢问老喇嘛。

一天早晨，老喇嘛发现天空中奔跑了快一年的那块狼形黑云不见了。哪一天消失的呢？好像没有人说得清楚。

六

早晨起来，牧村的气味最不好闻。就是闷了一夜的屎尿骚臭味道。最早是人起来拉屎撒尿，稀里哗啦，尿声屎声屁声哈欠声，乒乒乓乓。连绵不断的混响，惊动起来的狗，就开始到处找墙角、树墩、拴马桩，翘着一只后腿撒尿，撇开两腿拉屎。然后，牛圈里、羊圈里、马号里，都惊动起来了，都开始了。骚臭气味从房屋里，从牲畜圈里，飘向院子，飘向大街，然后家家户户汇合到一起，整个牧村就弥漫起来了骚臭味道。东塔拉的早晨就在这样的味道中开始了。现在是夏天，如果是冬天，屎尿上还会冒着热乎气。一派生机勃勃的生活气象。

家家户户都赶着牛群羊群走出院子，往草甸子去了。老喇嘛其实更早就离开了塔拉庙，进了东塔拉牧村。红毛狗头羊还是喜欢走在前头，尽管这几年都是领着老喇嘛一个人走。牧村里的人都习惯了，看见头羊，在它后面十步之外，或者五十步之外，最多不会超过一百步，就能看见走路有些缓慢，腰越来越弯曲的老喇嘛。头羊走几步就要回头望望老喇嘛，看他要赶上了就往前跑几步，看他落得远就等一等，太远看不见了，就跑回去寻找。这几年头羊也眼见得老了，那一身很抢眼的浓厚红毛，已经渐渐退色变得稀薄了。红毛粗硬变黑，也有的发白了。

塔拉庙的香火越来越旺，香火钱也越来越多。庙里也修缮得越来越富丽堂皇，老喇嘛住在庙里也越来越舒服。可是，东塔拉牧村阴历狗年出生的那些孩子们，总是让他的心不踏实，在舒服的庙里待得并不舒服。

现在，在牧村牛羊拥挤的街道上，头羊领着他，左瞧瞧，右看看，在牧群和牧人中穿行。他对牲畜不感兴趣，对老年牧人也不感兴趣，他目光的兴致就是八九岁的孩子。那些背着书包，挥着牧鞭的孩子。他们把家里的牛羊赶到草甸子上去自己吃草，把短柄长梢的皮鞭子缠绕好放进书包里，就去上学了。晚上放学就背着书包往草甸子上跑，从书包里拿出鞭子，把自家的牛羊再赶回来。

这就是东塔拉牧村，狗年出生的十二个孩子的每天日程。比孩子的父母们还熟悉这些日程的就是老喇嘛。他不是活佛，开了天眼，先知先觉。他是亲历亲为，自己跟在他们后面观察。早晨、中午、晚上，不但上学放学，放牧圈牛圈羊，他跟在孩子们的身后，就是学生在上课，他有时也悄悄地来到学校。

白海源的儿子白小，在那帮孩子中个头最高。老喇嘛总是能一眼就把他认出来。在放牧圈牧的牛群里，只有他的个子高出了牛脊梁。在学校的操场上，劳动、课间做操、上体育课，他总是排在队伍的最后一个。在二年二班的教室里，也是坐在最后一排。

老喇嘛喜欢看白小打篮球。这孩子长得身强体壮，平时看起来一脸肥肉，不像很聪明的样子，很憨厚，看着就是属于那种学习成绩不太好的笨学生。可是他在操场上跑起来，像一头牤牛犊子。这小子长了个好体格呵，老喇嘛自己赞叹。

中午的太阳滚热。中午牧村的味道也特别。是一股焦糊的味道。牛羊粪是用草和粮食在牛羊的肚子里做成的，在灶坑里一烧，就会发出了粮食和草成熟的焦糊味道。火上面的黑铁锅里贴的玉米面饼子，由于火大，也会烧焦了，发出焦糊的味道。还有土坯房子的老旧碱土，牲畜圈里积淀的老粪底子，院子里的陈年干草，太阳一晒，都会发出焦糊的味道。尤其是晌午，更浓烈。又是家家户户的相同味道，汇集到街上，就是牧村的晌午味道了。

大晌午的，多热呵。老喇嘛也不在庙里纳凉，还是在牧村里神秘兮兮地逛游。头羊不耐烦地在前面懒洋洋地晃着。中午的新鲜牛屎堆上，苍蝇特别多，老喇嘛由于全神贯注地看一个八九岁的孩子，总是要踩上几堆牛屎。现在，他就把一只新上脚的鞋陷进了一盘巨大的牛屎里。他耐心地甩几下脚丫子，然后蹲在荫凉地方，找一根树枝从新鞋和多皱的老脚丫上往下刮牛屎。中午孩子们放学回家吃完饭就睡午觉了，正晌午，太热，大人都不让孩子出去。老师也不让。中午不睡觉，下午打瞌睡，就上不好课了。校长李金山在操场上亲自宣布纪律。老喇嘛当时也听得清清楚楚。头羊见老喇嘛没跟上来，就回来找。看见他蹲在房荫凉的地方刮牛屎，就厌恶地躲在一边不往前走。

也不是一个孩子都见不到。小学校长李金山的儿子总是和他能见面。中午的热浪中，傻子哈斯满身流着汗水，一身粪土，穿着活裆裤，骑着一根弯曲破旧的套马杆就跑过来了。刚才，老喇嘛就是看哈斯的时候走了神，踩进了一大摊新鲜的牛屎里。这是狗年出生的孩子中，唯一的一个没有上学读书的孩子。老喇嘛看着对自己亲热地咧嘴流着口水的哈斯，他说孩子，天热，回家吧。他在心里说，我的佛爷，这样的孩子活得还不如头羊干净，让他来到人世干啥呢？是啥东西的灵魂装进了他的身体？村子里的人都传说，李金山当年打死的那个旗镇师范毕业生乌力吉，投胎转世成了他的傻儿子哈斯，让他每天看着自己造的孽，折磨他，惩罚他。孽缘！大家传说的时候，都说是老喇嘛说的。老喇嘛从来没说过，但是他也不否认。他也知道，仇人投胎转世到仇家，是有这样的事情。但是，这个傻孩子来了能干什么呢？就是让小学校长李金山天天心里难受？做出这样事情来的，不是狼的思维，应该是那个师范生。读书人都会拐弯抹角地损害人的心灵。

晚上牧村的味道最香，牛粪伴着肉味飘香。最好的时候就是太阳落到了草丛里。早晨的骚臭味道早就飘散了，中午的焦糊味道又被太阳带走了。牧村里开始飘荡自己最纯粹的味道。最早是煮肉的锅烧开了，伴着热气就从锅里飘到了屋子里，不停留地又从屋子飘到了院子里，然后就飘到了街道上，像一个在家里待不住的孩子，光着脚丫在往外跑。紧接着就是纷繁复杂的没有热气的味道从每家里散发出来。肥肉在黑铁锅里炼油，又有大酱和葱花炸锅。还有煮开了锅的肉和骨头在锅里翻滚。太阳落了，天空抱了一整天的云团，也慢慢地松开了手，可能是香味的诱惑吧，云团都一块一块地向牧村的上空飘来，把随着傍晚炊烟直直地升上空中的香味又都挡了回来。香味飘荡着，云团心满意足地吮吸着，渐渐地酒足饭饱了的云团，幻化成了色彩缤纷的晚霞。

现在牧村里的家家户户早晨开门晚上关门，都怕在门口碰见老喇嘛，尤其是晚上。怕他在家里发现什么不吉利的征兆。怕他在自己的孩子身上认出什么来。

冬月是那拨孩子中最喜欢老喇嘛的。冬月叫他喇嘛爷爷。这个孩子长得很瘦小，也很安静。他喜欢塔拉庙里的香味，也喜欢庙里的一尊一尊庄严肃穆、慈悲宽厚的佛爷。尤其那尊五世活佛的铜雕像，每次看见，他就像照镜子一样看见了灵魂中的自己。老喇嘛也喜欢冬月，甚至有些敬畏他。他觉得冬月太像二十年前就已经圆寂的老活佛。他多次想冬月是活佛转世回来了吧？但是嘴上一句也不敢说。有一次，老喇嘛有意把五世活佛的一个金刚杵挂在显眼的墙上，冬月见到奔过去熟练地就摘下来戴在自己的脖子上。不但像戴自己多年用的东西一样熟练，而且动作神态就是五世活佛。老喇嘛伺候活佛几十年，熟悉老活佛的所有举止言行。他站在那里看冬月，感动得老眼发酸。

其实在这群渐渐长大的孩子当中，最惹人喜爱的还是山丹的外孙女格日乐。大家还记得她刚出生的时候，不会哭，只会像狼一样嚎叫。现在可不是，这个孩子成了牧村里长得最漂亮，也是唱歌最好听的女孩子。格日乐学习成绩不好，可是跳舞唱歌的天分简直就是从前世带来的。两条小腿像鸿雁一样，走路轻盈、曼妙。抖肩、下腰、劈叉、顶碗，舞蹈老师一教就会。唱歌更是好听。那嗓子的清脆、悠扬、高亢，尤其是那绵延不绝的气息，让你怀疑这么一个小小的身体，怎么会爆发出那么强悍、悠长的音乐力量呢？现在班级的、牧村的、牧场的，甚至是旗镇，所有的演出都会出现她那迷人的身影，听到她那沁人的歌声。

老喇嘛也很喜欢格日乐，他说格日乐是一道佛爷的光。是专门给人的心灵带来快乐的。

七

老喇嘛最担心的应该是海军和斗争。在东塔拉牧村的正南两里多地，有一片湖泊，也叫淖尔或漫沼。牧村的人习惯叫那里为河泡子。老喇嘛说河泡子表面上看是一个美丽的天堂，底下却藏着残忍的地狱。

河泡子秋天长满了金黄的芦苇，苇秆粗壮，秋风一吹，犹如万千细腰美女莺歌燕舞，很是壮观、迷人。阳光照耀到芦苇叶子上，闪动片片摇动的亮光，像玻璃或冰的碎片，看得人心旌摇曳。东塔拉牧村的人，除了天津知青，没有人见过在地上生长的竹子，都希望秋天的芦苇不要被收割，也不要被冬天的寒雪冻死，来年春天继续发芽长叶变成竹子。可是每年在雪来之前就冻冰了，冻冰之前就收割了。粗壮坚实的苇秆和肥大的叶子都被捆扎得整整齐齐，结结实实地铺在了土坯房的房顶上。冬天寒风吹来，空洞的苇子秆，在房檐下，便发出了肃杀般的呼啸，在黑夜里这连绵起伏的呼啸，让东塔拉睡不着的人迷醉、恐慌，感觉到了神秘的魅力。没有被铺在房顶上的零枝碎叶，就变成了灶坑里点牛粪火的引料。春天来的时候，又是重新发芽长叶，到了秋天就又结束了一生，循环往复，年年轮回。东塔拉牧村的人，让芦苇变成竹子的期望虽然总是落空，他们又总是心满意足地收割苇子。

河泡子最美的是夏天，河面波光潋滟。河水清澈透明，不仅能清晰地看见河底芦苇的根须和各种不知名的水草，还能分辨出大鱼、小鱼，和鱼的种类：鲶鱼、鲤鱼、鲫鱼、黑狗鱼、泥鳅，还有青蛙、蟾蜍和蝌蚪。老喇嘛坐在泡子边沿上，看着这些水中的精灵游来游去，心中很欢喜。能够游在水里和飞在空中，都是前世修来的福报呵。他看头羊也伸着头往水里看得出神，就对头羊说，你也比人强呵，生来就穿着一身皮毛，冬天不冷，夏天不热，知足吧。

东塔拉牧村的孩子们总是像鱼一样，光着屁股跳进河里。一代一代大人的危险警告，吓得孩子们都只是在河边洗澡，不敢往里面游，尽管他们的水性都很好。里面水深不是危险的主要原由，危险的是河底长了很多水草和芦苇根系，就像魔鬼手里攥着的套马索一样，被套住就会越缠越紧，最后淹死。无数个魔鬼攥着无数个套马索蹲在水底，等待着要被套进地狱的人。东塔拉牧村，一代一代的人，当孩子的时候，家里的大人为他担心，长成了大人，就为自己的孩子担心，也是循环往复。这个河泡子像一个妖怪，三两年就要吃掉一两个孩子，有时吃不饱还要吃上一个大人。牛羊更是每年要吃，吃多少要看牛羊的运气和河泡子的脾气。

海军天生就是一条鲤鱼，是属于水里的动物。水淹不死他，谁见过水淹死过鱼？他一进水里，就像回了家，就成了大家赞美崇拜的偶像。一头扎进水里，眼前的水面上还是浪花、波纹，一会儿就平静了。突然在遥远的地方，一颗黑头从水里冒了出来，一只手抹了一把脸，噗地吹出一口吐气的声音，同时挥出另一只手。这时在泡子边上站着的同学，就同时喊起来：看到了，在那里呢！那里就是人人心中向往，却没有人敢去的地方。这个时候，大家就都快乐起来，包括高出海军一头的白小，还有女生格日乐、乌日娜。这个时候，只有斗争一个人不服气。他总是要和海军在水里比赛。比赛看谁游得远，比赛看谁憋气在水底待得时间长，比赛看谁不怕水草缠上，比赛看谁缠上了还能死里逃生。

斗争总是输。他不是输给一个人，就像在水里一个人输给了一条鱼。

可是今天的比赛，斗争赢了。

两个人刚刚扎进水里，海军就听见岸上在喊：海军，快点救斗争！

海军有一个本事，就是在水里能听见外面的声音，不但人说话的声音，就是牛羊叫声，鸟啼蛙鸣，都能听见。海军从水里伸出头来，见岸上的同学向他招手，指点着他身边。他见十米之外的斗争，两只手在水面上拍打挣扎着，头还在水里，好像是被水草缠上了。海军游过去，钻进水里就把斗争托出了水面。斗争一出水，说你输了，就笑着钻进水里往回游。原来他们的比赛规则是钻进水里憋一口气，看谁游得远，头露出来就算输。斗争这回赢了。他游回了下水的地方，上了岸，却不见海军回来。白小和冬月他们没有听见斗争对海军说你输了，水面上阳光照耀，河水闪亮，看不清斗争笑的表情。

还是没见海军回来，大家都目光焦急地在水面上寻找。突然一颗黑头就在大家的眼前冒了出来。海军上岸了，左脚腕子上缠着水草，芦苇的叶子已经把腿和脚上刮出了十多条血印子，脚脖子上已经在流血，有一只肥胖的蚂蟥，已经钻进去了半个身体。看来，海军和手里攥着水草的魔鬼狠狠地打了一架，才逃脱出来了。斗争很羞愧，再也不说自己赢了。

海军也没说斗争使诈的事，同学中谁也不知道，家长里也没有人知道。如果包喜知道了自己的儿子干出这样丢脸的事情，一定会在大庭广众之下用鞭子抽他。

可是，老喇嘛知道。当时老喇嘛领着头羊，在河泡子另一边的芦苇丛里，看得真真切切，听得清清楚楚。老喇嘛看天空乌云翻滚，心想下大雨的日子来了。他对老头羊说，老兄弟，回庙吧。

又是一个春天。春天的河泡子没有水。地下封冻的冰边化边往上翻浆，都是软软的烂泥。每天冒着泡，有两三米深。河泡子夏天有水的时候清澈见底，春天没水的时候却是神秘莫测。这个时候，河泡子就叫漫沼。就是烂泥弥漫的沼泽地。牛羊不小心走进去，就没得救出来。如果陷进去，身体不动，烂泥就慢慢地品味着，让你干瞪眼看着一头牛渐渐被吞没。如果这头牛挣扎着乱动，烂泥就会三下五除二，狼吞虎咽地把牛吃进去。

　　自从东塔拉牧业队把畜群和草地分给牧村里的各家各户之后，李金山虽然还是小学校长，但是他的心思用在牛羊身上的，比用在学生身上的要多得多了。当初在分牛的时候，包喜把队里从国外进口来的五头黑白花奶牛分给了他，理由是这牛是科学实验品，需要科学饲养，李金山有文化，懂科学，应该由他们家来饲养。李金山还是牧业队的副书记，那五头黑白花奶牛，当天就赶进了他家的牛圈。牧村里的人虽然没有什么异议，但还是很羡慕，说他家的牛圈是东塔拉最美丽的花园，红牛、黄牛、黑牛、白牛、红黄花、红白花，这些牛每家都有，独有他们家又增加了五朵黑白花。老喇嘛说，黑白花不是真正的牛。

　　乳牛下乳牛，三年五个头。现在李金山家已经是有一群黑白花了。这天，傻子哈斯赶着黑白花牛群，鬼使神差地就朝水泡子过来了。

　　突然，一头老黑白花奶牛，那最早的五头元老之一，疯了一样向漫沼里跑。哈斯也疯了一样跟在后面追。就差一步赶上了，哈斯已经挥起了鞭子，牛突然猛地一扭头，牛和人头对头就都不动了。他们一起陷进了漫沼里。漫沼很快乐，意外地来了两块肥肉。看来漫沼还是喜欢先吃牛肉。庙里的人、村子里的人、队部里的人、学校的人都赶着跑了过来。大家看到的是牛正在慢慢地往泥里陷。傻子的两条腿被漫沼牢牢地咬住，一动不能动，他也不敢动。岸上的人喊他抓住牛角别放手。

　　李大耳朵搀扶着老喇嘛的胳膊，跑得上气不接下气。头羊太老了，它没有跟来。十多年前，李大耳朵修完庙回去就自己单干了，原来的双辽县工程队，成了长春关东建筑装饰工程公司，他自己当了老板。李大耳朵每年都要回来进香，看望老喇嘛。三年前，他来了，给老喇嘛跪下磕了头，认完师傅就不走了。谁都不知道他家里发生了什么事情。别人问他也不会说，只有一个人要知道他会说的，但是他不问，就是老喇嘛。李大耳朵留在塔拉庙里，每天陪在老喇嘛身边伺候。老喇嘛走出庙门，头羊老了，它就替代头羊跟在身边。有空的时候，它就反复修饰大雄宝殿里的佛像。

　　包喜甩套马杆怎么也套不上牛头，他的手抖，牛头一动不动泪流满面。套马索套在了哈斯的身上了，可是让他把绳子往腿下撸，傻子却怎么也不干，一动都不敢动，这个傻子吓得更傻了，脸色苍白，浑身颤抖。后来大家都说，最怕死的是傻子呵。

　　李大耳朵用脚试了试漫沼的硬度，他在身边的那群孩子里，发现了瘦小的冬月。他告诉冬月，你躺在漫沼上，快速滚到哈斯的身边，把他身上的绳子撸到膝盖下面。

　　冬月滚动着来到哈斯身边，把绳子撸到膝盖下系紧了，又快速地滚了回来。冬月不但来回速度快，而且身子轻得出奇，一个来回，身下的草都没有压弯。老喇嘛担心的目光露出了惊喜。大家拉绳子，往出拽，哈斯却在泥里纹丝不动。黑白花突然就停止下沉了，接着就看到哈斯向下陷去。肯定是漫沼生气了，开始吃哈斯。岸上大家又用力拉，漫沼也在用力往里拉，叫上了劲儿。突然一声牛吼，牛伸出两个犄角插进了哈斯的腿下，大家一用力，哈斯被从漫沼里拔了出来。他躺在漫沼上，绳子捆着双腿被拉上了岸。在东塔拉牧村的记忆里能寻找到的，哈斯是第一个被从漫沼的嘴里抢回来的活人。每年被漫沼吃掉的人或者牛羊，只有到了夏季，烂泥退去，湖水清澈见底的时候，才能看见一些毛发，和几根白亮凌乱的骨头。

接着在包喜队长的指挥下，大家一起拉动牛角上的绳子，牛几乎被漫沼吞进去了。被从嘴里给抢走一个，漫沼更加生气了，便吧嗒嘴巴，开始了快速吞咽。绳子拴在一辆四匹马拉的马车上，四匹马的力量也没有漫沼大，漫沼紧紧地咬着牛的身体往下吞噬，最后在牛彻底消失之前，被活活拔下来了一只牛角。

哈斯从此变成了瘸子。李金山痛苦地说，一个又傻又瘸的孩子，还不如一头黑白花牛呢。

老喇嘛从来不喝黑白花的牛奶。看着草地上越来越多的黑白花牛群，老喇嘛说，前世要债的还债的都来了，往后草原上要热闹了。

冬天的河面上闪着银光，从旗镇到东塔拉牧村来，只要天上有阳光，或者晚上有月光，远远的，你就能看见河泡子上在闪着光。让远道来的陌生人和当年生的小牛小羊，从来不会迷失方向。

这时已经是冬天了。在这个月光清凉的雪夜里，东塔拉牧村早早地就睡着了。可是塔拉庙却还醒着，塔拉庙醒着，是因为老喇嘛没有睡觉。一个人待在月光清凉的雪夜里，是很容易忘记白天刚经历过的俗世生活。这个时候，老喇嘛的心里空荡荡的。苦闷、难过、失望、担心、惧怕、焦虑、欲望，好像什么都没有了。人到了这个境界，就感觉到心灵真的是有一双翅膀，想飞到哪里，就飞到哪里。一飞翔起来才明白，当一只苍蝇和当一只苍鹰根本没有区别。也是飞起来才看清，茫茫白雪覆盖上了牧村、牛圈、羊圈和牧村西北地的墓群，都是一个圆圆的雪包，原来人和牲畜，生和死，真的都是一样。

在这个月光清凉的雪夜，其实东塔拉牧村也不是睡得很死。因为还有一个人根本没有睡觉。斗争在家里刚写完作业，他睡不着觉。他的屋子里很冷了，他不想往灶坑里塞牛粪，让火燃烧起来，虽然那是很简单的事情。好像他喜欢冷。冷让他的脑子很清楚，今天的作业不是很难，很容易就做完了。课本上，从前学过的李白的《静夜思》，他背得很熟，今夜好像很有灵感，渐渐地写成了一首诗，严格说是修改的，他本来是想自己写，以前没有写过诗，写起来就显得笨手笨脚，李白的诗又不断地来搅乱他，就成了现在这个样子，不过他还是很满意，把他的意思明白地表达了出来。我们现在一起看看这首诗："窗前凉月光，冷过地上霜。举头望寒月，冻得直筛糠。"斗争念着自己的诗，觉得很忧伤。

八

　　草原上没有太老的村庄。东塔拉牧村就算比较老了，是因为挨着一座老庙。牧群的蹄子和勒勒车的轮子在草原上转了一圈又一圈，年年的，塔拉庙就像一个轴心，怎么转都要转回来。天空中的北斗星，草地上的塔拉庙，是科尔沁草原牧民的方向和心灵。后来固定下来的旗镇也固定了旗镇西北十五里地的东塔拉牧村。这是僧王府和旗政府在百年之内的两个决策。旗镇的西北方向为什么叫东塔拉牧村呢？如果是根据塔拉庙起的名字，牧村没在塔拉庙的东侧呵，而是在塔拉庙的西南。有点令人费解。却也好像没人想过，老喇嘛可能也没想过。虽然牧羊人都是很讲究方位的，但那方位都是由羊群、牧草和曲水决定的，牧羊人每天把羊赶出去再赶回来，并保卫它们的安全，维持它们的秩序，但是不决定它们的方向。羊群的方向是自由选择的，也是现实的。哪里草好，哪里水美，它们就往哪里去。尤其是老喇嘛这样的牧羊人，他的方位是佛爷指引的，佛爷的方位从前世到今生到来世，绵延不断，却是看不见的。不需要北斗星指引，坐标是塔拉庙。有一天小喇嘛冬月问了他这个问题，他说，那是在草原的西部还有更大的一个轴心。

　　老喇嘛狗年的预言，让东塔拉牧村从塔拉庙到旗镇，整个方位发生了变化。一座距离东塔拉牧村五公里的新牧村每天正在悄悄地长大。方位就变成了这样，在正北离旗镇十五公里的塔拉庙，西边两公里半是一个牧村叫东塔拉，东边两公里半还是一个牧村，也叫东塔拉。如果两个牧村是一个牧村，那么，原来在东塔拉牧村东边的塔拉庙，现在就正好在东塔拉牧村的中间了。

　　东西两个东塔拉牧村，一个是老的，一个是新的，新牧村正在丰满长大。老牧村却在空洞变小。新牧村的建造搬迁是悄悄进行的，事先没有任何张扬。最先盖房子搬家的是老喇嘛的外甥白巴拉家。白巴拉是一个身强体壮的实诚人，是牧业队菜园子里种菜的园头。牧村里都叫他园头巴拉。因为不爱讲话，所以性格也就不爱声张。每天，牧村里的人都会看见园头巴拉戴个大草帽，蹲在菜地里拔草，间苗，浇水，施肥，或者摘黄瓜，摘豆角，摘茄子。他摘什么，那天牧民家的锅里就煮什么。牧村里的人，老人孩子，见到园头巴拉，都有一种感激的目光。在东塔拉，有一个菜园子能吃上黄瓜豆角西红柿，那比吃羊肉要珍贵多了。羊肉在羊群里，放在羊身上的肉，随时就可以取来吃。蔬菜以前没有，在旗镇蒙中读高中的巴拉毕业回来之后，是他开垦了菜园种菜。当时牧业队分配他和李金山一起当小学老师。他当了一个学期就不干了，一定要开荒种菜。巴拉的菜园子结束了东塔拉牧村常年只吃土豆白菜的可怜生活。

令牧村里人人敬重的园头巴拉，这回却受到了嘲笑。他在离牧村五公里外塔拉庙的那一侧挖碱土、轧碱草和泥脱坯。牧村里的人都很好奇，但都一致认为脑子好使的园头巴拉这回脑子出毛病了。他常年一个人孤独地守在菜园子里，那些蔬菜又不会讲话，一定憋出毛病来了。否则为什么要到那么远去脱坯？那里的碱土特别好吗？你怎么往回搬那些沉重的土坯，要用马车一车一车拉吗？

会骑自行车的白音会计，骑车来到了园头巴拉脱坯的现场。他小心翼翼地停好东塔拉唯一的一台永久牌自行车，走向正在干活的园头巴拉。那片碱甸子走在上面软软的，白白的起了一层皮。白会计抓一点放在舌尖上，品一品，吐了出来，来到巴拉身边说，这里的碱土确实好，碱性大，巴拉兄弟的眼光好呵。

巴拉用坯模子一排一排地码出一块一块光亮的坯来，边弯腰干活，边说书本上叫这个东西是硝。

白音没接他的话头，每次讲话，巴拉一说书本，会计就不吭声了，他没有巴拉书本读得多，也相信巴拉的书本有道理。

白音说，土是好土，坯也脱得漂亮。可是坯晾干了，往回运就费劲儿了。

巴拉说我不往回运。

白音不说话了，骑上自行车回到队部和队长包喜说：园头巴拉的坯不往回运，那他是想干啥呢？

包喜说你没问问？

白会计说，没问，问了怕他不说。

包喜想了想，好像一下子明白了什么道理，没吭声，出门就上了他常年骑的那匹老红马。看见巴拉在弯腰抹坯模子，就在马背上喊，巴拉，我猜你是还想建一个更大的菜园子是吧？你眼睛里太没人了，瞧不起你哥哥我，也要尊重队长呵。我是队长，你咋地也要和我商量一下。不过现在我同意了，你建吧，菜种多了吃不完，咱们可以拉到旗镇去卖。现在的政策变了，允许出去卖东西了。要是缺人手，我给你派来，多少人都行，我有一个连的民兵呢。

巴拉说，我没想给牧村里建菜园子，咱们东塔拉的菜园子够吃了。

那你要建什么？

巴拉没吭声，安静了一会儿，他抬起头来，红马的影子已经消失了。

包喜知道巴拉不喜欢说的话，问了也没有用，他不会说的。惹急他了，别再让牧村里没菜吃。他知道让谁来问他最好使，保准他会说。

白云变成晚霞的时候，老喇嘛来了。巴拉搓搓手上的泥，从裤腰上解下黑布的烟口袋，又从上衣兜里拿出两张裁得整整齐齐的白纸，一看就知道，白纸来自于学生的算草本。巴拉先卷上头大尾小像炮弹的一支烟，点上火，抽了两口，递给了老喇嘛，还说了一句：舅舅达木。旗镇离东北吉林近，草原上的人几乎都会讲一口标准的东北汉话，腔调比东北人讲得要洋气一点，有一点很外国的蒙古味道。但是他和舅舅之间还是喜欢称呼烟的时候，用蒙语叫达木。好像只有那样，他们才能找到抽烟的快乐滋味。巴拉五岁还不到的时候，抽的第一支烟，就是舅舅从嘴里拔出来塞到了他的嘴里，告诉他抽的是达木。他被呛哭了，也学会了达木这个词，他哭着向阿妈告状说，舅舅达木。舅舅接过烟来，很幸福地抽了起来。憋着不吐烟雾出来，然后吧嗒嘴回味着烟的呛辣。

巴拉又给自己卷。那张整齐的长方形白纸条，手指一聚拢，轻轻一捻，就成了一个喇叭筒，然后装进烟丝，右手的拇指、食指、中指聚在一起，把喇叭筒的头一拧，几乎同时舌尖一闪，就在烟卷的尾部沾上了唾液，几秒钟，一只炮弹形的烟就卷成了。最后拧下尖头，咬掉尾部，几乎手和舌头同步进行。他很有成就地把烟掂在手上看了一眼，就点着火也抽了起来。两个人安静地抽烟，一声不吭，也不互相看一眼。目光都在烟雾里。舅舅抽得慢，刚抽完，把还冒着烟的烟头，扔到了五步开外的泥堆旁，那里没有草。巴拉也抽完了。他的烟头也冒着烟，紧跟着和舅舅的烟头落在了一起。就在烟头落地的刹那，巴拉的一口唾液，也闪着亮光飞奔着跟了上去，几乎同时，两支烟蒂都发出了吱吱的湮灭声。

老喇嘛咧着嘴开心地笑了，露出了残缺洁白的牙齿。

巴拉说，跟你学的。

舅舅赞叹地看了外甥一眼说，你是想在这里盖房子，从村子里搬出来？

巴拉说，我不想和狼住在一起。

老喇嘛说，他们害不到你。

巴拉说，还是离远点好。

一阵嬉闹声从一片高草丛里传出来，老喇嘛看见一个一个晃动的黑头，从摇曳的草丛里冒出来。牧村里在旗镇上中学的学生们回来了。白海源的儿子白小比别的孩子高出一个头来，老喇嘛一眼就认出来了。让他惊诧的是这帮男生几乎都是狗年出生的。是他们自己愿意齐堆聚在一起，还是别的孩子有意不和他们在一起？老喇嘛在想。

身高体胖的白小搂着身体比他矮小的斗争，大家正在无忧无虑地说笑着往回走路，突然就见白小把书包递给身边的海军，撒腿就往前奔跑。老喇嘛猜想白小发现野兔子了，去追赶。可是感到奇怪，海军他们那些孩子，却没有任何反应，继续往前走。也就跑了十多步远，白小就不见了。后面的同学也往前走了十多步远，就见白小又在同学中出现了，继续在前面领头晃着脑袋走。老喇嘛注意到，白小的手里没有抓到兔子，好像抓了一把草随手就扔了出去。同学们在他刚才蹲过的地方绕着走了过去，好像地上躺着个什么怪物。

那群学生走没影了，老喇嘛在回去的路上特意到那个地方看了一眼，原来是白小厮屙了很大一泡屎。绿头苍蝇和屎壳螂很快都爬了上去开始占领地盘了。

巴拉搬家了，放羊的搬了，接着白会计的家也搬了。大家就都开始跟着搬了。当五公里外东塔拉的新牧村炊烟袅袅，散发出牛粪炊烟的飘香时，东塔拉的旧村子就空出了一大半。

会计白音搬家的那天，算计好了，用两辆四挂马车跑上两个来回就能把东西拉干净。晚上收工，大家都坐好已经开始了喝酒，拉车的马也卸下夹板、鞍子、龙套，要饮水吃草了。白音清点财务，发现少了一个羊圈的木栅门。赶车的老板子在牧业队都是属于有身份的人，白音不好意思再让人家去赶车跑一趟。他的那双像算盘珠子一样往外突出的眼睛，在老板子坐的桌子上，看到了一个年轻的面孔——老马倌沙恩的孙子巴图，这小子不爱念书，初中没毕业就不念了，现在跟着牧业队的马车组学赶车。他走过去，悄悄地拍了一下巴图说，巴图，出来一下。

到了外面，白音说，孩子，我羊圈的木栅门忘记拉过来了。你再去跑一趟？

巴图很痛快，他说，行呵，我看到那个羊圈门了。我还寻思你不要了呢，吃完饭我想扛回去。

白音说，哪能不要，那是好东西，榆木的。快去套车吧，给我拉回来。

巴图只套了一匹辕马，一个羊圈门很轻，那些马正在吃草料，不愿意动。这匹灰色长了几个黑点的老辕马，名叫沙力棒子。它也不愿意去，还是用鞭子抽了几下才上套的。

巴图赶着马车拉着羊圈门在回来的路上，天已经很黑了。过了塔拉庙，在快进新东塔拉村子的一条小路上，巴图突然感到万籁寂静，有一股热气向他的脸扑来，然后就钻进了大脑和心窝里，全身一阵发冷，毛骨悚然，非常害怕。沙力棒子突然就惊慌失措地跑了起来，甩掉了鞍子和龙套。马毛了，车翻了，羊圈门和巴图一起被砸在了车底下。

会计白音当了一辈子会计，算了几十年账，这笔账算走了眼。事后，包喜撤了他的会计职务。会计也是牧业队的主要领导，他的错误就是让一个学赶马车的新手在晚上独立赶车，结果翻了车，死了人。白音总结自己的错误是不该让巴图赶车，不是因为他是新手——他搬到新牧村来，不就是躲这些孩子吗？白音当会计，在他的账上，牧业队几乎年年有盈余，这回在自己的账上却是亏大了。最亏的就是不敢见老马倌沙恩一家人，这笔账活到死也还不清了。还不只欠一家，他从此后再也不敢回到老东塔拉牧村了，巴图的死，他觉得每家都在向他讨债。

不当会计了，他就每天都到塔拉庙进香。他说要留下给老喇嘛看庙门。老喇嘛说，庙门不用人看，庙里的账也不用打算盘珠来算。你就诚心烧香吧。

早晨，李大耳朵搀扶着老喇嘛，来到了新东塔拉牧村靠最东头的白音家。老喇嘛走路已经很蹒跚了。他不能骑马了，也不喜欢坐马车。头羊更老了，已经懒得走出庙门。偶尔走出来，常常就找不到回去的路。水坑边、粪堆上到处随便睡。这个时候，牧村的人谁看见了，就把它抱着送回庙里。多数的时候，都是李大耳朵把它找回来，或者是傻子哈斯把它抱回来。在老喇嘛的身后，很少见到它那红色的身影。那匹名叫沙力棒子的老辕马，被拴在马圈里。马槽子里草料很满，不但草扎得短、整齐，还拌了只有跑长途、干重活才能吃上的料。料里面还藏着几穗大粒的玉米棒子。这么好的草料，沙力棒子好像没心思吃。它伤心地流着泪，打着喷嚏。老喇嘛看到马身上皮毛暴起来了一道道鞭痕，有的已经浸出了血迹。老喇嘛想这个白音把火气都发在了马的身上，可怜的马，这顿痛打可是不轻呵。打完一定是又心疼了，给它加好料吃。看来这匹出过车祸的马，他是不想要了，按照东塔拉的规矩，这个不吉利的畜牲，一定是要卖到外地去了。

老喇嘛摸摸马的鼻子，帮他在眼角擦了擦流出来的眼泪。泪水已经浸湿了皮毛，在长长的脸上流出来了一道沟。沙力棒子由于鞭伤的疼痛，皮肉一阵一阵痉挛地跳动。老喇嘛看到马的身上大小不匀也不规整的圆形黑色斑块，心中一惊。他抓住沙力棒子的耳朵，掰开了它的嘴巴，看马的牙口。这匹马很老了，已经十几年了。具体是哪一年生的呢？早晨刚起来就带着醉意的白音也进了马圈。他看老喇嘛在验马的牙口，就说，喇嘛爷子，别费心了。我已经查过账本了，这匹马也是狗年生的。分畜到户的时候，给各家上账的是我，你说我咋就忘记这个茬儿了呢。报应都找到了我的头上，那年我也没去打狼呵。

老喇嘛说，你想要卖掉沙力棒子？

白音说，你说还能留吗？

老喇嘛说，我买了，你给牵到庙上去吧。多少钱你定。

白音当天中午就把沙力棒子牵到了庙上，他一分钱也不要。他想见老喇嘛，被冬月喇嘛拒绝了。他看到李大耳朵把马牵到了马号里，心中感叹，这匹马都比自己的面子大呵。

睡到半夜，老喇嘛醒了。摸索着从黑洞洞的屋里出来。星星很多，密麻麻地挂在天空，垂得很低，把塔拉庙的院子照得比屋子里还亮堂。撒了一泡尿，来了精神，他走到马号，看到沙力棒子正在咀嚼吃料，看得出马的心情好多了。萤火虫飞来飞去，比天上的星星还多。老喇嘛的眼睛看花了，不但分不清星星和萤火虫了，就是连马和人也分不清楚了。李大耳朵来给马添夜草，走到他面前一脸热情地喊着喇嘛爷子，老喇嘛听到了熟悉的声音，看到的还是马脸。

九

九十多岁的额尔敦老喇嘛虽然不是活佛，但也被当成佛爷供养了起来。冬月被政府确认为了转世活佛，成为塔拉庙六世葛根。现在冬月葛根能量越来越大了，塔拉庙也越修越宏伟壮观，香火更加旺盛了。其实，人们来庙里烧香捐钱不仅是为了拜见活佛，多是来叩拜老喇嘛。老喇嘛的名声太大了。从内蒙古东部草原，到东三省，过了河北进北京，信佛的人都知道塔拉庙里有个近百岁的老喇嘛很神奇、很灵验。

旗镇里的蒙中今年高考结束了。老东塔拉和新东塔拉牧村里，在蒙中上学的毕业生，考上了十一人。老东塔拉牧村，狗年出生后成活的十二个孩子中，半路又死了巴图。现在除了傻子哈斯，活佛冬月，有九个人参加高考。四个男生，五个女生。结果一下子考上了五名。双胞胎的妹妹乌日娜考上了外交学院的国际关系专业，据说将来毕业要出国当外交家，真的是靠嘴巴吃饭了。哥哥通拉嘎考上了内蒙古民族大学计算机系，那就不是靠腿吃饭了，是靠脑子，还不是一般的脑子。白海源的儿子白小如愿以偿地考上了公安大学。格日乐考上了科尔沁职业艺术学院大专班。包喜的儿子斗争考上了旗里的师范学校普师班。海军和其他的三人没考上也不复习了，有的已经开始在旗镇做买卖了，有的还要去广东东莞经商呢，据说现在旗镇上住着几个广东东莞的商人，在收购羊毛。在孩子们收到了录取通知书，要去学校报到的前夕，这几个未来的大学生，被初中毕业就进了庙里当了喇嘛，现在是活佛的冬月，请到庙里吃了一顿庆祝的素斋。离开庙里，回到家，又悄悄地被家长领着，回到塔拉庙单独拜见老喇嘛。

老喇嘛很老了。他笑呵呵地左手拿一串念珠，右手摸着跪在地上的孩子的头，都重复说一句话：好好学习，升官发财。然后拿出三件宝，一串佛珠给学生戴在手腕上，一个小法轮配着红绳戴在脖子上。又送一张自己的四寸彩色照片。送照片的想法是冬月活佛的主意，身上穿的金黄色绣法轮的蓝领袈裟，也是老喇嘛九十寿辰的时候，冬月活佛按照自己的袈裟级别，用上等的丝绸专门给他订做的。

白海源把嘴巴凑在老喇嘛的耳边说，喇嘛爷子，我是那年打狼的白海源，这个儿子就是狗年生的，今年考上公安大学了，将来毕业以后就是警察呵。老喇嘛定睛看了看白小，又笑呵呵地说，好，好，好呵，升官发财，好好学习。

老马倌是领着龙凤胎来的。老马倌也说，我这两个狗年生的宝贝孩子现在都考上大学了，姐姐乌日娜还要进北京去读书，是学习外国话的。老喇嘛还是笑呵呵地说，好好好，好好学习，升官发财。摸完顶又特别喜爱地摸了摸乌日娜白嫩的小手，说胖乎乎的真好看。送他们出了庙门，李大耳朵对老马倌说，喇嘛爷子说过，头几年你的那个孙子巴图走了，把你们家的罪孽和不幸都带走了，福报都留给了这两个孩子。老马倌沙恩听了之后，站在庙门口长长地出了一口气，感到胸腔里一下子就空旷了，舒畅无比。巴图死了之后带给他的痛苦消失了，心也平静了下来。

山丹已经不是妇联主任了，她的女儿在生第三胎的时候难产死了。外孙女格日乐一直由她抚养。这回格日乐考上了艺校，山丹很高兴，庙门都关上了，她领着格日勒来敲门见老喇嘛。

格日乐给老喇嘛唱了一首歌，是长调《劝奶歌》。老喇嘛先还是笑呵呵地听，慢慢地边听边流泪，歌还没唱完就放声地哭了起来。老喇嘛边哭边想起了自己的阿妈，他就哭着说：阿妈，你咋死了呀？让儿子替你去死吧。阿妈，你在哪里呀？儿子找不到你了。冬月活佛过来哄了半天才停止哭声，他示意李大耳朵把老喇嘛背回房间去睡觉了。老喇嘛哭得很畅快，趴在李大耳朵宽厚的脊背上，还不停地抽抽噎噎。

斗争参加了冬日活佛组织的聚会，包喜没有领他单独见老喇嘛。斗争他们的师范学校就在旗镇，他不用出门远行。

十

新东塔拉牧村长了十几年，还没长大，还在继续延长。村西头园头巴拉的几个蔬菜大棚，蒙着塑料布圆圆的头冲着塔拉庙，很像一群低头叩拜的光亮脑袋。然后顺着身子往东南，一条一条街道和房子，就像一条一条长腿，迈向旗镇。现在的新房子，已经不是当年牛粪末子掺碱土的土坯篓子了，几乎都是清一色钢筋水泥的砖石结构，房子的名字统称北京平房。有的还是两三层的楼房。远处看东塔拉，就像穿上了一套红灰格子的新衣服。老年的东塔拉人觉得很奇怪，在草原上奔跑的马蹄子，十里地也踢不到一块石头，走百里路也见不到一座山包。哪里来的这么多石头呢？东塔拉到旗镇十五公里的距离，走了十几年，现在还有三五公里之距了。巴拉现在种植蔬菜的本事更大了，他的塑料大棚冬天可以长出夏天的蔬菜来，黄瓜、西红柿、菠菜都有，还有金针菇、银针菇、鸡腿菇。外面天寒地冻，里面温暖如春。这个有本事的人，把春天和夏天都搬到冬天里来了。巴拉带着新鲜蔬菜来庙里看望老喇嘛的时候，还是老习惯卷上一支烟，点着火，抽两口给他塞到嘴里，说，舅舅达木。老喇嘛就幸福地抽了起来。他已经不太认识人了，巴拉一喊舅舅达木，他就想起来了，还一定要巴拉给他表演用唾液追赶烟头。每次表演，他都开心地呵呵笑出声音来。

老东塔拉牧村正在往草地里缩小，连倒塌断裂的房框子也一天天在减少。白海源的老婆跟儿子白小去了呼和浩特，其他的儿女也都婚姻嫁娶离开了这里。老马倌和老伴跟着二儿子一家进了北京。其他多数的都搬到了旗镇，也有的人家搬去了新东塔拉牧村。

傻子哈斯现在也是瘸子哈斯，他是东塔拉牧村里唯一一个不给老喇嘛下跪磕头的人。李金山现在不是小学校长了，也不是牧村里的党支部副书记，是养黑白花奶牛的专业户。东塔拉的牧场几乎都被他承包了。连当年的包喜队长都成了给他放牛挤奶的雇工了。

当年狗年出生的人，还有三人在旗镇，海军没考上大学，也没有如愿以偿地去当海军。有的说他体检没合格，有的说根本就没有哪个部队会到沙漠里来招收海军。他通过到卫校自费进修，在旗医院当了牙科医生。不过遗憾的是他在几年前刚拔牙的时候，把白小的阿爸白海源给拔死了。据说那是一颗已经松动的牙。白海源军人出身，本身就有一种英雄气质，再加上他的儿子白小在呼和浩特当特警，就显得更是神气活现。可是牙疼不算病，疼起来真要命，在他的身上应验了。有一天晚上了，他疼得实在睡不了觉，就捂着左腮帮子来旗镇找海军。海军已经下班了，他就又到了海军家去找。海军的阿妈春节很热情，就给他和儿子炒了几个好菜，让他们喝完酒再拔牙。

海军热情地说：海源叔喝点高度白酒不怕，还消炎止疼。喝完了我给你拔牙，这对我来说是小儿科。白海源也很高兴，还赞美海军的妈妈春节怎么活都不老，还骂海军的天津阿爸肖津生忘恩负义，没有福气。

喝完酒，海军就领着白海源回到医院拔牙。进医院大门的时候，看门的老赫头还问，海医生，这么晚还来医院？海军说，我们东塔拉村里的海源叔来了，我给他拔一颗牙。喝得满脸通红的白海源，还拿出一根马牌雪茄烟来客气地递给了老赫头。五分钟后，听到白海源在叫，又过了三分钟，听到了海军在叫，老赫头惊慌地跑进去，看见刚才给他烟的那个人躺在拔牙的椅子上断气了。那根雪茄烟还在老赫头的手指间夹着冒烟呢，一股甜丝丝的味道，烟灰洁白。

后来海军对回来办丧事的白小说，他的牙都已经活动了，凭我的经验一钳子就下来了。可是我一钳子没拔下来，根连得很紧，开始可能喝了酒，他说不疼。我再一钳子，他就大喊疼。我说怕疼那就打一针麻药吧。没想到我的针扎进他的牙床子里，刚推进去麻药，针头还没拔出来呢，他当场就没气了。嘴张着，脸拉得很长。这是不可能发生的事儿呀，我看着他，当时都傻了。

白小穿着新换装的警服，喝得两眼通红，他说你还记得老喇嘛爷子说的那只狼吗？我阿爸就是一枪把狼的牙打掉了。我看你就是那只狼。说完白小从腰里拔出枪，咔地顶上子弹，枪口就抵在了海军的左腮帮子上了。白小用力很猛，海军感到了牙疼。白小没有开枪，他回到老东塔拉牧村的家里，发送完阿爸，第二天就把阿妈接到呼和浩特去了。

经商的是赛罕，先是和已经回到天津的知青大宽，往天津倒卖羊绒，又从天津往旗镇倒卖摩托车。已经很有经济实力了。据说在天津买了房子，已经娶了一个天津塘沽的女人，经常领回来的那个黄毛就是。赛罕喝完酒吹牛总是说两件事，一件是说自己去过广东的东莞，那个地方到处都是台湾人和香港人，自己经常跟他们去夜总会，喝酒的时候总是台湾人把他给灌醉了，小姐把台湾人灌醉了，香港人又把小姐给灌醉了，我却把香港人给灌醉了。他得意地问身边的人，你说谁的酒量大？身边好奇的人回答是谁都不对，最后他总是诡秘地说，不是酒的问题，是钱的问题。在这个小地方，你们的脑筋就是不行。还有一件事就是炫耀他的老板多么有钱，他的老板就是大宽，现在是真正的大款了。但是他们的名声都不太好，卖羊绒的时候，往羊绒里掺沙子，卖摩托车的时候，买假零件回来组装。白音在骑组装的摩托放羊的时候，摩托车在羊群里突然就四分五裂，白音被摔成了脊椎断裂，瘫痪在炕上已经四年多了。这两个得意的人现在又干起了新行当，科尔沁草原到处是麻黄草，他们已经开始在旗镇建厂房了，马上要开药厂。

在旗镇名气最大的就是包喜的儿子斗争。斗争师范毕业没到学校教书，这个读中学就喜欢写诗的文学爱好者，因为给盟里的报纸写过一篇散文，毕业直接就被旗里要去当秘书了。他的名气大不是因为当了旗里的秘书，而是因为在去年就已经吞枪自杀了。

斗争当了秘书后，一个山东的女人来草原做生意跟他搭上了关系，据说那个女人是孔庆卜老家的远房亲戚。他管那个女人叫颜姐。在旗里搞了几个项目都挺好，最成功的是生产加工土豆粉，都已经出口给日本人吃了。当时旗里都在传说二十几岁的斗争，马上就要提拔为招商局长。去年有一天，斗争回家。包喜问他有啥事？他说没有就是想喝酒。父子俩喝了一个晚上的酒，地上倒着三个五粮液的空瓶。后半夜，就用出生时他阿爸把他吓出来的那把半自动步枪，自杀了。原来，那个山东女人颜姐从他手里骗走了五百万的扶贫款。

斗争死了，包喜进了塔拉庙，敬上香，跪在老喇嘛面前痛苦地说：喇嘛爷子，我的儿子斗争死了，是开枪自杀的。

老喇嘛那天很清醒，他温和地说，死就死了吧，他死了只是那个穿着衣服的肉体没有了，魂儿还都在。花落还开，水流不断。你把他的儿子养好吧。

斗争死了之后，冬月活佛为这个同年同月同日生的伙伴，举行了一场超度亡灵法会。火化之后，就把他的骨灰装在坛子里存放了塔拉庙里。给李金山当挤奶工的老包喜，已经傻乎乎的了，他没有意见。在给斗争做法会的那天，老包喜躺在旗镇海军的牙科诊所里，张着嘴让海军往外拔牙，那样子就像一匹没了牙口的老马。过几天他就把斗争的儿子包生活送进了塔拉庙里。

其他几个远离家乡的一个比一个遥远。白小在首府呼和浩特已经提升为特警队的队长。他的枪法比当年他阿爸白海源还准。这个美梦成真的人，不但穿上新款警服潇洒威武，相伴在身边的女人更是令他锦上添花。现在已经是当红歌手的格日乐已经成了他的夫人。双胞胎的姐姐乌日娜在北京外交部当翻译，据说本事很大，内蒙很大的领导进北京办事都要找她。她虽然还是独身一人，却在北京的怀柔买了很大的一套豪华别墅，把老马倌一家人都接到了北京去住。弟弟通拉嘎在美国读完计算机博士，没有到西海岸的硅谷创业，也没有到微软、戴尔的亚洲区或大中华区去当个打工皇帝，他却选择了也是在西海岸的佛光山西来寺，出家当了和尚。

昨天塔拉庙举行了声势浩大的法会，庆祝额尔敦老喇嘛百岁大寿。他现在是整个川青蒙藏地区寿命最长的喇嘛。北京、青海、西藏、云南、四川、呼和浩特都来了相关的重要领导人和佛教界领袖，来为老喇嘛庆贺。白小是作为自治区领导的安全保卫人员来的，而且是带着夫人格日乐。在法会之后的宴会上，白小敬酒，格日乐连续唱了三首歌。冬月活佛微妙地发现坐在自己左右的领导，对白小和格日乐敬酒献歌的表现很满意。昨晚，白小特意留在塔拉庙里，和活佛一起回忆往事，展望未来，聊了很久，聊得很畅快，很投缘，充满希望。

冬月活佛今天亲自把百岁的额尔敦老喇嘛，背到草地的阳坡上晒日头爷。自从两年前红毛狗头羊老死了，除了李大耳朵就是傻子陪他晒日头爷。

白小和格日乐他们都亲热地围在老喇嘛身边。通拉嘎也从国外赶了回来，见面始终是跪在老喇嘛的身边，虔诚地低着头。看来这个通拉嘎将来还真是靠腿吃饭了，严格地说是膝盖。

百岁的老喇嘛像刚出生的婴儿一样，好奇地看着这个世界。他睁开的眼睛显得很混沌，神态却是天真烂漫，看看天空的云朵，看看草地上吃草的羊羔，和傻子哈斯一瘸一拐赶着的奶子肥大的黑白花牛群，看看跪在面前，让他摩顶祈求祝福的熙熙攘攘的远道香客，香客下跪的膝盖有大的，有小的，有胖的，有瘦的，有硬的，有软的，五颜六色。他欢欣地呵呵笑了起来。不知道他这双苍老的眼睛还能看到什么？还能看清什么？还能看透什么？看他那神情，好像这个苍苍茫茫的世界一片空洞。

老东塔拉牧村已经消失在草根之下了，牧村遗址花草茂盛。微风吹动，传唱了很多年的科尔沁草原的古老民歌，清晰真切地在草叶和花瓣上飘荡了过来：

> 转世的灰狼呵，
> 你到底去了何方？

（原载《作家》2009 年第 5 期）

陈世旭

CHEN SHI XU

1948 年出生于江西省南昌市。1964 年初中毕业后在赣北农场插队务农。1970 年到九江县委宣传部从事新闻报道工作，后调入九江县文化馆。1980 年在鲁迅文学院学习。1981 年进江西省文艺研究所从事专业创作及研究。1985 年考入武汉大学中文系学习。1982 年加入中国作家协会。现为江西省文联主席，江西省作协主席。

1972 年开始发表作品。著有中短篇小说集《带海风的螺壳》《天鹅湖畔》《陈世旭小说精选》，长篇小说《梦洲》《裸体问题》《将军镇》《世纪神话》《边唱边晃》《一半是黑色一半是白色》，散文随笔集《风花雪月》《都市牧歌》等。小说《小镇上的将军》、《惊涛》、《马车》分别获得 1979 年、1984 年和 1987—1988 年全国优秀短篇小说奖，中篇小说《镇长之死》获第一届鲁迅文学奖。

立冬·立春

立　冬

一

何教授上床好像只有眨眼工夫湖上就起了风，一阵一阵越掀越大，搞得一个何谷岛像水瓢一样晃动。插紧了的窗户照旧咣当咣当响，夹着吓人的泼水声。

下雨了么？何教授把头伸出被窝。

没呢。满妹应了一声。她还在灶下忙着，明天选举委员会全班人马在他们家吃午饭。她说话声细，又缓，何教授没听见，就喊起来：满妹我问你是不是下雨了？

我说了，没呢。满妹提高了声音。

何教授还是觉得没听清楚，干脆爬起来，裹件衣服跑到外面。

天上星斗锃亮，给大风刮过的夜空透明。

何教授松了口气，忽然觉得自己好笑。在湖上住了几十年，怎么跟个城里干部一样？冬冷冬晴，夜里起大风，一定是大晴天。风刮起的湖水跟雨还分不清？事先反复看了天气预报，明明也讲的是晴天。是真老了，疑心重。

闹钟响的时候，何教授正在拉尿，到处拉，一拉好长，却总也拉不完，憋得在人堆里也不得不扯落裤子——人堆里面还站着李秀梅，眉眼直直地看着他。

要不是闹钟响，何教授只怕真会被这泡夜尿憋死。

二

村委会在原址上盖新房子的时候，把广播器材都搬到了何教授家里。房子盖好了，何教授说，莫搬来搬去了，横直是我用。村支书何来庆想想真是这回事，就让何教授家做了村里的广播室，加上何教授当兵的儿子给他买的电脑，又成了文印室，有什么书面上的事，也都在这里办。

"各位村民，各位选民，今天是何谷村神圣的日子。我们要选举新一届何谷村村委会，请你们在神圣的时刻投出自己神圣的一票。"

教授听着自己的声音钻出灰黑的屋瓦，向村子的上空和无边的湖面扩散，很陶醉。他的发声能力是回来好久才慢慢恢复的，依旧是很嘶哑，像从裂缝的老竹竿里发出来的，中气又不足，明显有气无力，但是抑扬顿挫、起承转合、节奏分明，内行人一听就能听出是一个起码有三十年教龄的老教师的声音。

上初三那年，何谷村跟李家边因为争湖打大仗，何教授父亲受了重伤，县医院的急救车没有到就断了气。何教授当年休学回来下湖打鱼，在湖上漂了两年，还是想读书，老哥见他五心不定，干脆让他上岸。他就跑去找先前的班主任。班主任是老三届知青，现在当了校长，一贯是赏识他的，介绍他到乡中学的附小代课，一边旁听高中的课程。过了两年，全国恢复高考，校长考上大学走了。临走前给他转成了正式编制，又把他提到初中教语文。

那是何教授最红的时候，二十郎当岁，意气风发。眉眼最好看的初三女生李秀梅对他特别着迷，上课的时候老是看着他发呆。下课又总去找他问功课。李秀梅上学晚，中间因为家里供不起又休过两年学，就比同班同学大几岁。晓得何教授也休过学，更是有些同病相怜。

何谷村跟李家边是有世仇的，双方都发过血誓永不通婚。他们两个要想做中国的罗密欧与朱丽叶，除非跑去外国——这是玩笑话。根本问题是，老师是以持重秉正为人师表的，跟自己的女学生谈恋爱，成何体统？有个乡中学在湖心，离岸远，教学和财政的条件都差，正缺老师，何教授向县教育局主动要求调去了那里。只是为师道尊严就付出这样的代价，真是"教授"！都什么年代了，到处改革开放，他还这么古板。那时候的教授大家看得很神圣的。

调动的那年，何教授跟家里早就定了亲的满妹圆了房。多年后，他的喉炎越来越厉害，学校的工资都保证不了发够数，医疗费报销更是难上难。满妹生了个龙凤胎，喜是大喜，负担却沉重。儿女日日渐大，鼎罐天天觉小。声带长了息肉，他也舍不得去医院，上起课来声嘶力竭，终至失声。算算够了文件规定的工龄，便提前内退回来。回首三十年光阴，逝如流水，人过半百矣。

何谷村已不是先前的何谷村，年轻人都出去打工，剩下老小。何教授回来，何来庆最欢喜。何教授当过他父亲的老师，论辈分他却是何教授的叔。何来庆原来在村小当校长，前任村支书出了事，乡里让他兼上村支书。上一届的村委会选举稀里糊涂地给几个人操纵，结果没满届那几个人就都犯在前任村支书那个案子里了。有了教训，乡里特别叮嘱：这回看你的本事。

得亏有何教授！

是真的是假的？是真的我就考虑，是假的你就自己忙。何教授脸色铁青。上届的选举他就是作壁上观，那几个人请他写条标语他都说身上不好过，推了。

当然是真的，何来庆嗓门很大。

那就正正规规按章法来。何教授是老师的口气。

对对对，就是这个意思。何来庆自然不敢拿叔的架子。

"各位村民，各位选民，今天是何谷村神圣的日子。我们要选举新一届何谷村村委会，请你们在神圣的时刻投出自己神圣的一票。"

何教授哑哑的绵绵的声音，在湖上悠悠地飘得很远。老北风忽然间就停了，日头在天水相连的地方亮亮地浮起，有条船在日头前面像是一动不动，两支桨雁翼一样张着。

三

何谷村的田地在对过湖滩的鲤鱼嘴，几十户人家大都聚居在何谷岛上。岛小，除了巷子就是屋，家家开门临水。何教授退休回来，写了副门联：

明明当湖却日何谷

面面临水难分谁家

很是贴切。

这一届村委会选举委员会，村支书何来庆是当然的主任，副主任公推了何教授。吃过早饭，何来庆带上他那拨人去镇上，有十好几户村民在那里开店的开店，办厂的办厂，打工的打工。之后再去鲤鱼嘴，那里也还有属于何谷村的七八户人家。何教授带的一拨人就在本岛。

他们的任务是挨门挨户让选民投票。

何谷村的选民虽不多，但分散，想把人头全聚拢了开会选举根本不可能。虽说选民过了半数选举也可以生效，但何教授坚持，能做圆满的事为什么不做，不就是我们多走几脚路吗？

日头高升，湖面起了烟，村子晒得烘热，石板都有了暖意。门口的竹躺椅上，或者干脆就是门方的石礅上，老倌子刚靠下去不久就响起了鼾声，口涎流得老长。狗也都趴在地上，见了外人最多懒懒地抬一下头就又歪下去。女人都在灶下、菜园或湖边忙着。日头一好，女人就有做不完的事。好几家在兴土木，要抢在年前乔迁，拆老屋的，粉新楼的，一个个灰头土脸，只见眼珠和牙齿。立冬晴，一冬晴；立冬雨，一冬雨。今年老天很讲人情。

每到一家，跟随的几个就去拢人，把屋前屋后、楼上楼下的拢到一块儿，听何教授讲要求。有在屋顶揭瓦在楼上粉刷的不肯下来，说谁谁在下面，可以代表我。何教授不听:下来,你不下来我就站在这里等你。谁敢让他老人家等,只有从命。

总共是两张票,何教授扬起手上的空白选票,哪怕面前只有两个人,也像是对着一个几十号学生的班级:

一张选村主任,候选人一名,等额;一张选村委会委员,候选人四名,选举两名。两张票每个候选人的名字后面都各有四个框,赞成,反对,弃权,另选人姓名。各人根据自己的决定在一个框里画圈,不可以同时在两个和两个以上的框里画圈,只有反对才可以写另选人姓名,反对一名写一名,不可以多写,可以不写。票进屋去写,写完了折好拿出来,投进这个票箱。票箱是我们选委会共同监制的。等等。

何教授一边说一边比比划划。翻来覆去,不厌其详。总算把票发到写票人手上,人家要进屋写票了,又一把扯住:我真的讲清了?

走了没有几家,何教授的喉咙就哑了,只有让另一个人讲,必须照他讲的一句不少,他在一边盯住人家的嘴,少了一句,马上就做手势:重讲!谁讪笑着想打折扣,他死活不允。一边说话一边眼睛盯定了来接选票的人,一见湿手、泥手、沾了灰拍几下想了事的手,立即拦住,非让洗净擦干了再来。等到写好票的人出来,他摇着手上一张事先折叠好的空白选票让那个人对照,是不是把写好的选票折叠成了他那个标准。他那张是分毫不差地角对角,对折,再对折,这样,一次最多两张选票刚好可以插进票箱口。折得不齐的,想硬塞的,对不起,回屋去,重折,折标准了再来。票箱是他头天当着选委会众人的面一手糊起来的:两只八成新的水果箱,边角和接缝都糊了个严严实实。大家说多余的,还怕选票长脚?他圆睁起眼睛:不糊怎么可以?敞着,怎么能让人相信投进去的选票不多不少?那个投票口留得只有一指长宽,投票必须小心仔细。费事是费事些,保险。

何教授面子最大,谁也奈他不何。

四

待何教授这一拨一家不少地把选票收完,去镇上和鲤鱼嘴的何来庆他们已经班师回朝好一阵了。何教授家的厅堂里,抽烟的喝茶的嗑瓜子的,乱哄哄地挤满了人。除了何来庆他们,还有村里特为庆贺村委会选举请的串堂班。

早年本县曾是通埠大邑,人烟辐辏,楚骚遗风,扬其善声,给戏曲发展创造了条件。其地方戏,史上曾班社林立,名伶辈出,观者如堵,如醉如痴。"深夜三更半,村村有戏看,鸡叫天明亮,还有锣鼓传"。做屋架梁、婚庆喜寿、建校升学、修桥筑路、参军当官、宗祠开谱都必请戏班。戏目分菩萨戏、谱戏、酒戏、寿戏、庙戏，甚至有赌戏、瘟戏。皆由地方头面人物主持，七天七夜，日演花戏，夜打目连，配道士打醮。

串堂班是其诸多形式的一种。故事成戏曰串，优伶至家表演曰堂会，串堂班兼此二义。

串堂人少灵活，最宜乡村。一伙文场，一伙武场，加起来十来个人光景。文场者操弦管乐，武场者操打击乐，每人又各兼一个或两个生旦净末丑行当，能唱整本或折子戏中的几个角色，既是演员，又是乐工，没一个滥竽充数的南郭先生。又平易近人，上门串户，不需接送，一应器具，各自携带，坐堂清唱，不设台表演，一张八仙桌，几条长板凳足矣，空处都给听众站脚。除只唱不做之外，乐器、唱腔、剧目都与大戏并无二致。乡人于农忙之余，聚集一起，各尽所能，一样的过足戏瘾。

而今自然是当年风光不再，年轻人有几个看戏？但这种串堂班并未绝迹。事实上当地城里剧团的许多台柱子也是从此发轫的，只不过弃了渡船，上了彼岸就是。渡船照旧在，野渡无人舟自横。

村里请的这个串堂班，是何教授退休回来后拉扯起来的。

何教授父亲是戏迷，上台扮过薛仁贵，跨马横刀，有招有式，声音沙哑浑厚，如家酿谷酒，又有种悲怆，让人伤感，却难舍难离，不知道害得几多妹子茶饭不思。他最大的理想就是进县剧团，哪怕敲锣打鼓也心满意足。平日走在村中的青石板上，听着谁家飘出戏词，脚就迈不开。若是雨天，那眼里就一定濡湿。实在熬不过去，瞒着老婆，咬牙买了个砖头样的半导体，一有戏曲节目就开着，深更半夜何教授爬起来拉尿，还听见父亲房里的包公在呜呜哇哇地审案。那场大阵打完，何教授母亲把那只收音机放进了男人的棺材里。

不光是为了告慰九泉下的父亲，何教授说，一个地方，断了文脉，就不是这个地方了，地方戏就是地方文脉的一种表征。他一家家去凑人，凑齐了倒也不难，虽然荒了多年，手却始终痒着。自此浮于荡荡碧水藏于森森古樟中的何谷，时有若雨若烟、似有还无的弦索之响，丝丝缕缕的水韵芳馨，令人疑在一个遥遥旧梦。

串堂班管饭管脚钱就行，到哪家都像是走亲戚，在何教授家里就更没有一个拘束的。见到何教授，一起兴奋起来：总算回来了，开饭开饭，吃饱了好开场。

何教授在门口的井边，一边往脸上扑水，一边唔唔说行行行，大家只管上桌。

满妹一头大汗把菜都端上桌，很丰盛，鸡鸭鱼肉俱全。立冬、立春、立夏、立秋为"四立"，古时皇帝也要率百官祭祀的。立冬犒赏的是一年辛苦，说的就是"立冬补冬，补嘴空"。一屋子人摩拳擦掌。

何来庆在自己身边给何教授留了个位子，便于交换投票情况。他那拨去的两处，二十几户只缺了两户。那两户人一早去县城了，午后才会回来。投票率在百分之九十以上。何来庆很满意。何教授的眉头却皱起来：既是午后就回，为何不等？何来庆看他神色，紧张起来：就两户，说不定他们本来就想弃权。

弃权也是权，也要表达了才算。何教授把刚刚抓起的筷子轻轻放下，站起，离开饭桌：哪几个愿跟我走一趟？

何来庆连忙站起：你歇你歇，我去。

何教授已经出了门槛。

五

对不住各位了，让大家饿肚子。船离了岸，何教授见一帮人二话没说就跟了来，有了歉意。

好饭还怕晚！就是累死满妹了。几位倒是心宽，依旧兴致盎然。

从何谷岛到鲤鱼嘴并不远，中间隔了个瓢背，行船来去要不了个把钟头。瓢背是个小岛，像只反扣在湖上的水瓢。岛上除了一个单门独户、比人头高不了多少的娘娘庙，没有人家。整个岛子被厚厚的树和草掩埋着，就是大炼钢铁那个疯样的年头，湖里湖外无数的山剃了光头，瓢背始终是一团锦绣。瓢背是何谷村的风水。心术不正的人，敢冒险去外湖偷鱼，绝不敢伤瓢背一草一木。这里的一切生灵皆被视为神物。生灵有知，也把这里当做了天国。何来庆的祖父年轻时在湖上抱回一羽在异地中了鸟枪的白鹤，伤养好后那鹤竟不肯离去。何来庆祖父高寿故世，那鹤日夜哀鸣，直至绝食而亡。瓢背年年有两季候鸟，夏有鹭鸶，冬有白鹤，一来就铺天盖地。鹭鸶来时，瓢背就像是下了六月雪，白得晃眼地浮在深碧的湖水上。白鹤之来就更其壮观，一个又一个从云端钻出的鹤群，长羽临风，翩跹而来；长喙含云，吟哦而来；长跗踏浪，高蹈而来。漫天是惊心动魄的鹤舞和鹤鸣。辽阔明亮的湖面，跃动着千姿百态的鹤影，仙子一样的尊贵，处女一样的纯洁，士大夫一样的优雅。

何教授把这些话写进盘算中的"何谷风景区"介绍的时候，想过，外人看了，会不会觉得夸张，或不通俗？踌躇再三还是未作改动。那些话讲的都是实情，只怕还不能尽意呢。

何教授回村后做过许多盘算：发动村民引资和股份合作，网箱养殖，水产加工，开发旅游。趁年轻出外打工，对多数人来说终究不是一辈子的事。村里有前景，他们就会回来，何谷也就会跟上发达的形势。但他那些文韬武略只能是纸上谈兵，先前那几个村干部听了说：照你这些搞法，翻翻鸡巴天了光！你等得，我们等不得。"等不得"的结果却是坐牢。

这回村委会选举，几个候选人都很中何教授的意。他们都在镇上有产业，有点家底子，又还讲公心，何教授那些想法，他们也都听得进去，让他们带头，是指望得上的。

鲤鱼嘴的湖滩上也有了鹤群，对一帮下船的人视若不见，或埋头在水里寻食，或专心啄羽毛，或昂首阔步高视徜徉。几条壮硕的水牛卧在将枯未枯的草丛里，与那些轻盈的白鹤默契着，憨憨地眨着滚圆的眼睛。

何教授不由站住，眯细了眼睛：得天独厚啊。

荒着，是可惜了。何来庆跟着说。

何教授看着远处的瓢背和何谷岛，长长地吁了口气。

远远听见吠声，很快就有一群狗争先恐后窜到湖滩，人前人后欢蹦乱跳。冬闲，来鲤鱼嘴的人少，偏是今天，才走一拨，又来一拨，狗们又惊又喜。

鲤鱼嘴两户一早去县城的人已经回来了。原来是李秀梅和她小叔子两家。来之前何来庆还来不及说何教授就站起走了，上了船因为何教授一直闷着，何来庆也不知从何说起。李秀梅初中毕业回去嫁了本村人，男人在大队当会计，也算是半个干部了，就是一身老病多年治不断根，干部没有当到头，公社取消前就回了李家边。昨夜病发得厉害，今天一早他老弟就开农用车帮着嫂子把他送去县医院。

李家边地势低洼，多年来陆续在移民。去年又遭了大洪灾，剩下的这几户今年先先后后迁到了鲤鱼嘴。乡里做这样的安置，除了鲤鱼嘴有安置的条件，也有磨合两个村历史仇隙的意义。几户移民里有李秀梅一家，何教授是知道的，毕竟师生一场，一直想着过来看看，但又总像是碍着什么，到鲤鱼嘴转过几回都没有进李秀梅的屋。

李秀梅就是两口子，一直没有生育，他们住的是何谷岛上的人来鲤鱼嘴作田堆放农具的库房，属于村里的公产。靠他们自己哪有能力重新起屋。

屋里空空荡荡，腿脚不全的桌椅板凳七零八落。抢眼的就是中堂上供着的一尊观音老母，在贴了壁才能勉强立着的残破香案上，端坐莲花，通身晶莹透亮。

中堂背后的灶间，李秀梅在慌慌张张地烧水泡茶，不断传来磕磕碰碰的叮当声。何教授面对观音老母略略下视的慈眉善目，想起如烟往事，想起人的命运，半天说不出话。

<h2 style="text-align:center">六</h2>

一通锣鼓开场，接着是二胡唢呐齐鸣，串堂班就在何教授家的厅堂，围八仙桌而坐，一个个浑身来劲，唱得高亢明亮：

"小尼姑年方二八，正青春被师父削去了头发，每日里在佛殿上烧香换水……"

选举委员会一帮人就在后屋统计选票。满妹早把屋子收拾得窗明几净，一尘不染。儿子探亲时从部队驻地带回的上等名茶，——给各人泡好，端上，就听何教授说，忙你的吧，出去把门带上。

一张硬板老床，选委会的人四面围住。票箱的封口割开，选票倒出，计数：发出多少，收回多少，一张不差。然后一张张展开，开始唱票、记票。

才唱了几张，何教授就喊起来：怎么回事？打住打住！

差不多张张村委委员选票，另选人那一栏必有一个名字：何蛟寿。

这是何教授的大号。

何来庆说，不管怎样，先把选票唱完记完再讲。

唱票、计票继续进行。何教授丢下先前计票的笔，坐在一边，听着唱票的不时唱出自己的名字，不停地摇头，出粗气：哪有这样搞法的？开玩笑！

也未必是开玩笑。计票结果出来，几个人都并不意外。

村委委员那张选票，百分之九十以上的另选人一栏有何教授的名字，还有几张村主任的票也另选了他。

为什么多数人把你写在委员票上，不写在主任票上？不是不想写，是怕你劳累。说明大家还是盘算过的。何来庆说。

我晓得大家的好意，村里的事，该做的能做的我都会做，何教授脸色和缓下来，但是章法不容松动，没有规矩不成方圆。

锣鼓管弦盈耳，串堂班正唱得热闹。

自幼多病、被父母送进空门的小尼姑色空到底受不了"禅灯一盏伴奴眠"的寂寞，趁着师父师兄多不在寺的机会，终于扯破袈裟，逃下山去：

"啊呀，由他！火烧眉毛，且顾眼下……奴把袈裟扯破，埋了藏经，弃了木鱼，丢了铙钵……下山去寻一个少年哥哥，凭他打我骂我，说我笑我，一心不愿成佛，不念弥陀般若波罗……"

前面厅堂，门里门外黑压压一片人，都静谧着，整个何谷岛都静谧着，唯戏词和乐声穿墙出户，漾漾没入水天。

立　春

一

何来庆天生一个福相，圆头，圆脸，圆眼睛，圆身子，说话的时候怀了身孕似的大肚子一上一下耸动，打赤膊的时候女人样软绵绵的两个奶子塌在浑圆的肚皮上。坐在那里像尊笑呵呵的弥勒佛。当了村支书，出去开会，人家一见面就说他撑饱了民脂民膏，不用查就是个贪官。他说，我是长了个犯错误的样，但是不犯错误，不像你们，看着道貌岸然，实际男盗女娼。在学校里，没有一个学生怕他。他说"上课了"，底下也跟着说"上课了"；他说"莫吵死"，底下也跟着说"莫吵死"；他说"我要发恶了"，底下也跟着说"我要发恶了"。事实上他发不了恶，那句话刚出口，他自己就笑起来了。

村小就是一二年级两个班，加到一块儿十来个学生。两个班一块儿上课，一年级这个班讲一会儿一加一等于二，然后做练习，去二年级那个班讲"李白乘舟将欲行"；那个班做练习，又回这个班接着讲二加二等于四。人少，但语、数、体、音、美一样不能少。何谷村小只有一二两个年级。离何谷岛最近的一个乡中心小学也在对岸鲤鱼嘴那边。一二年级的学生太小，来往行船不安全，只能留在岛上。

"'李白乘舟将欲行'，念！"

底下跟着一片杂乱的嫩秧秧的声音，只有何宝盆的最高："李白乘招（舟）将欲行。"

"李白乘舟将欲行。"何来庆又带了一遍。

何宝盆还是"李白乘招（舟）将欲行"。

"乘舟！"

"乘招！"

"舟！"

"招！"

何宝盆明显是故意捣蛋。

何来庆鼓了两下圆眼睛，想想，喊起他旁边的何引弟："何引弟，你来带读。"

还真是怪，何引弟带读，何宝盆马上就老实了，乖乖地把"乘招"念作了"乘舟"。

> 李白乘舟将欲行，
> 忽闻岸上踏歌声。
> 桃花潭水深千尺，
> 不及汪伦送我情。

何引弟念一句，另外五个跟着念一句，有轻有重，有高有低，有起有伏，清清爽爽，很悦耳。

学生朗读的时候，何来庆在黑板上写出"踏歌"、"桃花潭"、"汪伦"几个有生字的词，回头让大家在本子上抄写练习。

二

体育课两个班一起上。村小没有操场，下雨天就在室内活动：课桌拼起来，打乒乓球；墙上钉个铁环，投篮球；地上铺上几层防汛用的草包，翻筋斗。天晴就在校门口外的路上，由何来庆领着做操，然后绕着岛子跑几圈。跑着跑着男生就不听口令了，在湖滩上任意胡闹。搂着扭打翻滚的，眯着眼睛四仰八叉在石头护坡上装打仗牺牲的，往湖里扔石子打水漂的，各行其是。

这时候也是何来庆最惬意的时候，他常常看着远处出神。

天和水在很远的地方连接起来。天上一丝云也没有，水被天照出一片白亮，刺得眼睛生痛。飘起轻烟的拖船和后面拽着的驳船、缀了补丁的帆船把那白亮划破。风在水上滑动，淡淡的紫色的雾气弥漫，湖边的泊船轻摇，撞出亲昵的响声。

口袋里的手机忽然响了，一看是何文勇的电话。

何文勇从小学到高中都跟何来庆同班，毕了业又一起回村，到村小教书。两个人在班上都是高才生，高考离上线就差几分，很是怀才不遇：我靠！考个鬼，不考了！不相信这么大的天下就没有老子走的路了。何文勇是最早离开村小的，也走得最远。几年下来，已经是特区一家星级宾馆的总经理，拿年薪。前些时他特地打长途让何来庆上网看他开的个人网页，上面有他管的那个宾馆，宾馆外的海景，他西装革履的工作照、俊秀健美的泳照，他刚讨的花枝招展的老婆，还有诗，意气风发，豪情万丈。过后又来电话问何来庆的感想：你那么在乎那个穷村官？快些来吧，不讲混出个人五人六，至少比我强。

从决定离开何谷的那天起，何文勇就从来没有停止过鼓动何来庆。何来庆没有跟他一块儿走，不是不想走，是走不了，父亲一辈子打鱼，风湿和哮喘都很厉害，一年总有半年起不了床。他走了，母亲一个人哪里顾得过来？

"怎么样，还没有拿定主意？"何文勇还真是一片热心。

"快了。"何来庆说。

"什么叫'快了'？是快拿定主意了，还是快动身了？"

"就算是快动身了吧。"

这一头，就他来说，应该没有什么问题了。父母亲都主张他出去，你这个年纪的人，哪个不心活？连你嫁了的姐都跟着男人去大地方打工了。我们把你窝在家里，哪是个事。还有成家，这年头，乡下的好妹子都往城里跑，连个像样的亲也没法提。过年，姑姑来走亲，也说侄子你就放心走吧，你老子有什么事我会过来帮忙照应。姑姑住在县城，姑父已经从机关退休了，儿女上完大学留在外地工作，在家里闲着也是闲着。乡里几个头也说通了。人往高处走，水往低处流，应该的，只莫下回见了我们装着不认得。村支书我们先让个副乡长兼一下，村小先请村里退休的何老师代课，一边去县里招人，不相信这么大个县就找不到一个愿来何谷做伢儿头的。

何宝盆从护坡上飞跑下来，一头撞在何来庆屁股上，"老师老师你快去，"何宝盆气急败坏，"引弟一个人，在哭。"

何来庆本来给撞得一头莫名火气，一听是何引弟的事，马上就冷静了，任由何宝盆拽着裤腿把他拉到何引弟身边。

何引弟坐在离大家老远的地方，两只手抱着腿，头埋在膝盖中间，肩和背很厉害地耸动，但听不到哭声。

"哦——嗬嗬嗬嗬嗬嗬……"

湖中间的一条船上，村上最快活的何神仙在叫喊。他每天一早起来就喝酒，整天酒气冲天。还远不到热天，就脱了赤膊，虾一样赤红精壮的肉巴，在白亮的日头下闪闪发光。

> 天上星子朗朗稀，
> 莫笑我穷穿破衣。
> 山上树木有长短，
> 湖中涨水有高低。
> 是人都有出头时。

尖细蛮野的叫喊和湖歌悠然绵长，渐渐消失了，却又被远处的山撞回来，是快乐的歌，又像伤心的哀号。

何引弟的事是个挠头事。何引弟的父亲何良材靠做木匠的手艺和人脉在镇上开了家装修店，接着跟何引弟母亲离了婚，找了个新女人做老板娘。老板娘早就怀上了，到省城找何良材父亲帮忙在医院做过B超，是男孩。何良材当初给女儿取名"引弟"指望的就是这个，但何引弟母亲被男人的常年冷淡和花心气不过，不打招呼就去医院做了结扎，何良材知道以后就更不把她当回事了。他在生性风流不负责任这一点上像全了他父亲，他父亲调到省城不久就抛弃了老婆儿子。那年何良材刚念完小学，娘改嫁，他不肯跟走，死活赖上村里几个出外搞基建的人，几年下来，学了一手好木工。人聪明，手艺好，长得又清秀，一年到头四处走，断不了花花草草。总算成了家，一样不知道爱惜，依旧一年到头在外面做花脚猫。离了婚，何引弟的母亲只有回外县的娘家，娘家人说你总不能在娘家里过一辈子，总要再嫁的，拖个油瓶，还是个女儿，如何嫁？何良材想想，只有送人，找个说得过去的亲戚领养。后妻说，你憨不憨，养成这么大个女孩，做什么便宜了别人？把引弟带到镇上来，我们儿子生出来，正愁没有帮手。何良材说，对头，我怎么就没有想到！回村办离婚手续的时候他跟何来庆打招呼，开春就把何引弟带到镇上去。

何引弟跟何良材去镇上，无疑就是失学。

"你能不能保证她不失学？"何来庆忍不住说出了自己的担心。

"她是我女儿还是你女儿？"

"我就是想知道，引弟跟你到了镇上还能不能继续上学。"

"你这叫咸吃萝卜淡操心，狗捉老鼠多管闲事，鄱阳湖打篱笆管得宽。"何良材伶牙俐齿，就是不肯正面回答。

"何引弟是未成年人，有未成年人的权利。你是她家长，有责任保障她的权利。"

"什么权利？"

"眼面前最起码的是义务教育法给她的权利。"

"我就是搞不懂了，这里头究竟有你什么事？"

"我是她老师。"

"那又怎样？要不，照老话讲的，一日为师终身为父，干脆让她去你家，你养她！"

何来庆噎住了。大不了就是不走了，大不了就是一辈子不讨老婆了，发个狠就真把何引弟领养了！

他发得了那个狠吗？

三

拿起粉笔，何来庆忽然想起都德的《最后一课》。本想在黑板上写下这几个字，还是放弃了。要跟下面这几个小学二年级的毛孩子讲清个子丑寅卯，还真不是件容易事。又有什么必要往这么阳光的地方添堵？真要讲清了，留下的阴影也未免太过凝重了。

但他马上就发现，其实用不着他说什么，今天的气氛已经够凝重了。叫过老师好重新坐下之后，所有人都规规矩矩地反背了手，挺直了身子，眼睛一眨不眨地看定了他。何宝盆那张仰起的黑脸上，一条晶亮的鼻涕越过门牙残缺的半张着的嘴巴，就那样悬着，要在平日，他早伸舌头舔了。

他们都明白，这是何引弟的最后一课。

临上船前何引弟听见何来庆吹的上课哨子，忽然在跳板上站住，说："我想去，就一堂课。"她直直地看着还站在跳板下的何良材，口气很绝。何良材的心里一动，说："那你去吧。"

"今天我们复习上一课，"何来庆说，"默写唐诗《赠汪伦》，大家默写得出来吗？"

"默——得——出——来——"

"那好，来一个同学在黑板上写，其他同学在练习本上写。谁上来？"

何宝盆自己不举手，也不管别人是不是举了手，噌地就从座位上跑出来，冲到黑板前面。

> 李白乘舟将欲行，
> 忽闻岸上踏歌声。
> 桃花潭水深千尺，

不及汪伦送我情。

何宝盆一笔一画，歪歪斜斜地写着，写得有些吃力，偶尔停下来，挠头，擦鼻涕，再接着写。写完了，一字不差。

"好！"何来庆响亮地喊。

"老师，我也写完了！"下面几个都站起来，高高地举起手上的练习本。

何来庆一本一本地看过，说："好，都写得好！"

只有何引弟静静地坐着，眼睛里噙着泪水。何来庆赶紧把视线从她脸上移开。

窗外，一只水鸟在那条泊船的桅杆顶上打了个趔趄，翅膀散开来，拍了几下，重又站稳。然后就神气活现地站在那里，不时勾下头，啄一啄羽毛。

"何老师，还写吗？"何宝盆问。

何来庆忽然惊醒："哦——"

何良材出现在窗子外面，钩着手指敲窗玻璃："来庆你能不能快些下课啊？"

何来庆不搭理，只对自己的学生说话："同学们，大家都知道了，引弟同学今天——马上就要离开我们。我们现在不写了，一起来背诵《赠汪伦》，送她，好不好？"

"好！"

"李白乘舟……乘舟……踏歌……踏歌声……深千尺……深千尺……不及汪伦……情……情……"

一出教室，节奏就乱了，重重复复，参差不齐，何来庆不纠正，就任它那样杂乱着，抓着何引弟瘦小的手，想说什么，又什么也说不出。

何良材没好意思跟大家走在一堆，快跑几步先上了船。何来庆等何引弟上了跳板，拉着的手快够不着了，才不得不放开。

这回的寒潮还没有过去，半上午，湖上的风煞气很重，直往骨头缝里钻。近岸的水里，经过冬天的芦苇稀疏了很多，但毕竟立春了，苇丛里不时响起低低的鱼跃声，芦苇跟着摆动。几只水鸟被惊动，唑唑地鸣叫起来，拍着翅膀，从苇尖上掠过，消失在阴沉沉的天空。

冬天才过，水还枯着，湖湾浅，船抽了跳板之后，一直靠篙子撑着湖岸缓缓向湾子的出口移动。何来庆领着几个学生也就一直在岸上跟着。

"老师，莫让引弟走！"

何宝盆忽然揪着何来庆的裤腿尖叫了一声，几个人都跟着喊起来："老师，莫让引弟走！"

看看何来庆没有反应，他们又一齐转身，对着快要荡出湖湾的船大喊："引弟，你莫走！"

何引弟从走出教室后就再没有出声，在跳板上也没有回过头，到了船上，死死地抱住桅杆，既不看湖滩上的何来庆他们，也不进船舱，何良材从船舱里探出身子扯了她一把，她一扭身挣脱了。

篙子也收起了，响起如丝如缕的橹的欸乃声。出了湖湾的船，船头对准了茫茫水天。摇橹的人，挡住了船篷，船篷挡住了前面的何引弟，只露出被何引弟搂着的桅杆的尖头。

湾口的水大多了，一阵一阵细细的涌浪噜噜地上了滩，又噜噜地下了滩，听起来就像叹息。船渐行渐远，后面留下一湾豆绿的、澄澈的湖水。篙子提起的一刹那，何来庆记起一个关于篙子的谜语：

> 曾经绿叶婆娑，
>
> 而今青少黄多。
>
> 莫提起，
>
> 提起泪满江河。

"引弟——"几个毛孩子跳着脚哭喊起来。

"停停!"何来庆一把按住他们。

"何——老——师——"

何引弟突然开了口，清脆的凄厉的声音，在风中颤抖。

何来庆三下两下把自己扒得只剩了一条短裤，说："我去带引弟回来。你们莫乱动，就在这里等我，宝盆你负责!"然后一头扎进湖水。

（原载《人民文学》2009 年第 5 期）

刘震云
LIU ZHEN YUN

1958 年出生。河南新乡延津人。1973 年入伍。1978 年复员后在家乡当中学教师，同年考入北京大学中文系。1982 年毕业后到《农民日报》工作。1988 年至 1991 年曾在鲁迅文学院攻读研究生。1990 年加入中国作家协会。历任《农民日报》记者、文化编辑部主任，中国作协全委会委员。

1982 年开始文学创作。著有中短篇小说集《塔铺》《一地鸡毛》《官场》《官人》，长篇小说《故乡天下黄花》《故乡相处流传》《故乡面和花朵》《一腔废话》《手机》《我叫刘跃进》《一句顶一万句》及《刘震云文集》（4 卷）等。小说《塔铺》获 1987—1988 年全国优秀短篇小说奖。

一句顶一万句

（内容梗概）

杨百顺家境贫寒，他爹老杨是个卖豆腐的。老杨与赶大车的老马是朋友，老杨跟老马过心，老马跟老杨却不过心，可老杨就为了一个说得着，凡事总爱找老马商量。四十年后老杨中风了，瘫痪在床。当年跟他一块儿在集上做买卖的老段去看他，跟他回忆了四十年前一起做过买卖的老人儿，老杨好些人都想不起来了，遭到老段的奚落和报复："不拿你当朋友的，你赶着巴结了一辈子；拿你当朋友的，你倒不往心里去。当时集上的人都烦你敲鼓，就我一个人喜欢听。为听这鼓，多买过你多少碗凉粉。有事想跟你多说一句话，你倒对我爱搭不理。经心活了一辈子，活出个朋友吗？"老杨气得骂老段："老段，当初我没看错你，你不是个东西。"

杨百顺兄弟三人，哥哥杨百业窝囊无能，一直跟爹做豆腐。十九岁那年，东家老秦的女儿秦曼卿跟她跑掉的未婚夫赌气，放出消息，无论贵贱，凡有不嫌她少一只耳垂者皆可提亲。老杨听了老马的话便去提亲，秦曼卿被杨百业表象迷惑，以为他诚实踏实，也有些书生气，将来一定说得着，便屈尊下嫁。谁想嫁过去第一天便看出这个人注定一辈子跟自己说不着。

弟弟杨百利因为不如杨百顺脑子好使，老杨以为即便送他出去上学，今后也必定回到豆腐坊帮忙，于是在决定百利和百顺抓阄去县城上学的事情上做了手脚，最终百利到县城上学了。在那儿，杨百利跟同学牛国兴特别要好，皆因为他们俩都喜欢"喷空"，就是有影没影的事儿，一个人无意中提起一个话头，另一个人接上去，你一言我一语，把整个事情搭起来。俩人因为"喷空"好得形影不离。不想延津新学停办，杨百利便跟着牛国兴回到牛家做了个看大门的。一个月后，牛国兴因为杨百利"喷空"和日常的一举一动都不再顺着自己的意思，而跟他闹翻了。这时杨百利刚好认识了新乡机务段的一个采买老万，俩人很说得来，就跟着老万去火车上当了个司炉工。

　　杨百顺跟他爹隔心隔肺，说不着话。十三岁那年，他为了听罗家庄的罗长礼喊丧，没看好家，丢了家里的一只羊，被老杨逼着去找羊。羊没找着，不敢回家的百顺躲在村头打谷场的草垛里，又饿又累，半夜里就发烧昏睡了过去，得到路过此地的剃头匠老裴的帮助。于是杨百顺十六岁之前，觉得世上最好的朋友就是剃头的老裴。虽然他们之间没说过几句话，可是彼此的沟通在心里，杨百顺一直到七十岁以后还常常想起他。

　　杨百顺十六岁开始跟他爹做豆腐，可是豆腐只做了一个月，就因为去延津新学上学的事儿跟老杨闹翻了，跑了出去。他先是跟着曾家庄的老曾学杀猪，一开始师徒俩聊些家长里短，乃至自个儿的心事，倒也能说到一起。后来老曾续了弦，师徒二人说话，就不像原来那么直来直去了。杨百顺心里不悦，背后说了些师娘的坏话，传到了师傅耳朵里。他只好离开了曾家庄另谋出路。

　　杨百顺又在蒋家庄老蒋的染坊里当上了学徒。染坊里雇了十三个伙计，分五个来路：五个是延津人，三个是开封人，两个是山东人，一个内蒙古人，还有两个南方浙江人。十三个人在一起，相处的情景又有不同，相互之间有说得着的，有说不着的。同来的往往有隔阂，过去相互不认识的，处着处着倒能成为朋友。杨百顺长了心眼儿，他不招惹是非，染坊里虽然人多事杂，可他跟哪一个人都不远不近，希冀以此保住自己的饭碗。可是万万没有料到的是，他却因为一次大意，把掌柜老蒋的宠物猴子放跑而被迫逃离了蒋家庄。

　　逃离的路上，杨百顺遇到了天主教牧师老詹，从此做了他的徒弟，老詹还给他改了名字叫杨摩西。

　　杨摩西跟着老詹来到了延津县城，在北街老鲁的竹业社找了份破竹子的差事。可是他白天破竹子，晚上还要听老詹讲经，天长日久精力支撑不住，被老鲁给赶了出去。生活都成了问题，他也没闲心信主，就离开了老詹。此后他开始在延津县城四处打工。年底县城闹社火的时候，他临时救场扮演阎罗，被县长老史看上，让他帮忙打理自己的菜园。杨摩西就等于是个县政府的人了，因此县城西街的寡妇吴香香托人说媒，招杨摩西做了上门女婿。杨摩西又改了名字，成了吴摩西。

　　但是吴香香和吴摩西说不到一块儿，不爱他，而和邻居银匠老高私通，后被吴摩西发现，吴香香就和老高一起私奔了。在各方的压力下，吴摩西带着五岁的养女巧玲极不情愿地去寻找这对男女。他想在一个地方待一段时间，回来就说没找着，不想在寻找的途中丢失了女儿。吴香香和他说不着，可是巧玲跟他说得着，两人感情融洽，情同亲生父女。此时，全力寻找女儿的吴摩西，碰巧看到了他要找的那对男女，但见俩人一个擦皮鞋，一个卖洗脸水。半夜里买了烤红薯，俩人依偎着说笑，你喂我一口，我喂你一口，笑得十分开心。吴摩西看到此情此景，心想吴香香和他在一起一年多也没有如此亲密过。

他心里流着泪远走他乡谋生，改名罗长礼，再也没有回到那个让他伤心的故乡。

吴摩西丢失了的女儿巧玲被辗转拐卖给河北一户姓曹的人家，改名为曹青娥。长大成人后的曹青娥私下和同村开拖拉机的小伙侯宝山相好，遭到养父母反对，曹青娥便想和侯宝山私奔，但宝山舍不得丢掉开拖拉机的活路，她只好作罢。

曹青娥嫁给了老实无能的牛书道，窝窝囊囊地过了一辈子，生有三男一女，可到晚年时她只和儿子牛爱国说得着，一有空就和他讲六七十年前的那些事儿。

牛爱国娶妻生子，但两口子说不到一起，妻子庞丽娜先后两次跟人私奔。牛爱国在各方劝说下，同样极不情愿地踏上了寻找妻子的征途。

牛爱国只想找个地方待一段时间回来就说没找着，于是去滑县投奔当年在山西长治修高速公路时结识的厨子陈奎一。原以为两人很能说得着，投奔他一定没错，谁想见面后才知道陈奎一如今也很潦倒，根本无力帮助他。又无意中得知滑县与延津只有一百多里地，便突然想起母亲临终前留下的一封来自延津的信，信是母亲的养父吴摩西的孙子罗安江八年前写来的。信中提到他很想见见曹青娥，会在延津姜素荣家等她的回音，还留了电话号码。

牛爱国就转道坐车去了延津，想知道八年前罗安江到底为什么想见他妈。在延津得到的信息只是吴摩西的孙子罗安江曾经到过延津，在那儿等曹青娥的回音没等到，半个月后便回山西咸阳了。

牛爱国又搭车去了咸阳，见到了罗安江的妻子何玉芬，才知道罗安江八年前得了胃癌，想在临死之前找到曹青娥，跟她说说他爹罗长礼生前留下的一句话。牛爱国至此明白，吴摩西一辈子都惦记着与他说得着却被他丢失了的养女巧玲。

经历这许多事情后，牛爱国突然开始佩服"那对狗男女的勇气"了：就为了一个说得着，他们远走他乡，相依为命。他以前曾和"老李美食城"的老板娘相好，俩人每次在一起也有说不完的话。女老板娘要和一起跑了，但他不敢。此时他突然想通了，有了勇气，决定放弃寻找妻子，去找自己的相好的。尽管一时半会儿找不到，但他相信走遍天涯海角总会找到的。家人给他打电话说：找不到妻子就回来。

他回答：不行，得找。

（长江文艺出版社 2009 年 3 月版，张丽四编写）

附录一
乡土作家谈创作

早晨从中午开始

——《平凡的世界》创作随笔（节选）

路　遥

献给我的弟弟王天乐

1

在我的创作生活中，几乎没有真正的早晨。我的早晨都是从中午开始的。这是多年养成的习惯。我知道这习惯不好，也曾好多次试图改正，但都没有达到目的。这应验了那句古老的话：积习难改。既然已经不能改正，索性也就听之任之。在某些问题上，我是一个放任自流的人。

通常情况下，我都是在凌晨两点到三点入睡，有时甚至延伸到四点五点。天亮以后才睡觉的现象也时有发生。

午饭前一个钟头起床，于是，早晨才算开始了。

午饭前这一小时非常忙乱。首先要接连抽三五支香烟。我工作时一天抽两包烟，直抽得口腔舌头发苦发麻，根本感觉不来烟味如何。有时思考或写作特别紧张之际，即使顾不上抽，手里也要有一支燃烧的烟卷。因此，睡眠之后的几支烟简直是一种神仙般的享受。

用烫汤的水好好洗洗脸，紧接着喝一杯浓咖啡，证明自己同别人一样拥有一个真正的早晨。这时，才彻底醒过来了。

午饭过后，几乎立刻就扑到桌面上工作。我从来没有午休的习惯，这一点像西方人。我甚至很不理解，我国政府为什么规定了那么长的午睡时间。当想到大白天里正是日上中天的时候，我国十一亿公民却在同一时间都进入梦乡，不免有某种荒诞之感。又想到这是一种传统的民族习性，也属"积习难改"一类，也就像理解自己的"积习"一样释然了。

整个下午是工作的最佳时间，除过上厕所，几乎在桌面上头也不抬。直到吃晚饭，还会沉浸在下午的工作之中。晚饭后有一两个小时的消闲时间，看中央电视台半小时的新闻联播，读当天的主要报纸，这是一天中最为安逸的一刻。这时也不拒绝来访。

夜晚，当人们又一次入睡的时候，我的思绪再一次活跃起来。如果下午没有完成当天的任务，便重新伏案操作直至完成。然后，或者进入阅读（同时交叉读多种书），或者详细考虑明天的工作内容以至全书各种各样无穷无尽的问题，并随手在纸上和各式专门的笔记本上记下要点以备日后进一步深思。这时间在好多情况下，思绪会离开作品，离开眼前的现实，穿过深沉寂静的夜晚，穿过时间的隧道，漫无边际地向四面八方流淌。入睡前无论如何要读书，这是最好的安眠药，直到睡着后书自动从手中脱离为止。

第二天午间醒来，就又是一个新的早晨了。

在《平凡的世界》全部写作过程中，我的早晨都是这样从中午开始的。对于我，对于这部书，这似乎也是一个象征。当生命进入正午的时候，工作却要求我像早晨的太阳一般充满青春的朝气投身于其间。

2

小说《人生》发表之后，我的生活完全乱了套。无数的信件从全国四面八方蜂拥而来，来信的内容五花八门。除过谈论阅读小说后的感想和种种生活问题文学问题，许多人还把我当成了掌握人生奥妙的"导师"，纷纷向我求教："人应该怎样生活?"叫我哭笑不得。更有一些遭受挫折的失意青年，规定我必须赶几月几日前写信开导他们，否则就要死给我看。与此同时，陌生的登门拜访者接踵而来，要和我讨论或"切磋"各种问题。一些熟人也免不了乱中添忙。刊物约稿，许多剧团电视台电影制片厂要改编作品，电报电话接连不断，常常半夜三更把我从被窝里惊醒。一年后，电影上映，全国舆论愈加沸腾，我感到自己完全被淹没了。另外，我已经成了"名人"，亲戚朋友纷纷上门，不是要钱，就是让我说情安排他们子女的工作，似乎我不仅腰缠万贯，而且有权有势，无所不能。更有甚者，一些当时分文不带而周游列国的文学浪人，衣衫褴褛，却带着一脸破败的傲气庄严地上门来让我为他们开路费，以资助他们神圣的嗜好。这无异于趁火打劫。

也许当时好多人羡慕我的风光，但说实话，我恨不能地上裂出一条缝赶快钻进去。

我深切地感到，尽管创造的过程无比艰辛而成功的结果无比荣耀，尽管一切艰辛都是为了成功；但是，人生最大的幸福也许在于创造的过程，而不在于那个结果。

我不能这样生活了。我必须从自己编织的罗网中解脱出来。当然，我绝非圣人。我几十年在饥寒、失误、挫折和自我折磨的漫长历程中，苦苦追寻一种目标，任何有限度的成功对我都至关重要。我为自己牛马般的劳动得到某种回报而感到人生的温馨。我不拒绝鲜花和红地毯。但是，真诚地说，我绝不可能在这种过分戏剧化的生活中长期满足。我渴望重新投入一种沉重。只有在无比沉重的劳动中，人才会活得更为充实。这是我的基本人生观点。细细想想，迄今为止，我一生中度过的最美好的日子是写《人生》初稿的二十多天。在此之前，我二十八岁的中篇处女作已获得了全国第一届优秀中篇小说奖，正是因为不满足，我才投入到《人生》的写作中。为此，我准备了近两年，思想和艺术考虑备受折磨；而终于穿过障碍进入实际表现的时候，精神真正达到了忘乎所以。记得近一个月里，每天工作十八个小时，分不清白天和夜晚，浑身如同燃起大火，五官溃烂，大小便不畅通，深更半夜在陕北甘泉县招待所转圈圈行走，以致招待所白所长犯了疑心，给县委打电话，说这个青年人可能神经错乱，怕要寻"无常"。县委指示，那人在写书，别惊动他（后来听说的）。所有这一切难道不比眼前这种浮华的喧嚣更让人向往吗？是的，只要不丧失远大的使命感，或者说还保持着较为清醒的头脑，就决然不能把人生之船长期停泊在某个温暖的港湾，应该重新扬起风帆，驶向生活的惊涛骇浪中，以领略其间的无限风光。人，不仅要战胜失败，而且还要超越胜利。

3

那么，我应该怎么办。

有一点是肯定的：眼前这种红火热闹的广场式生活必须很快结束。即使变成一个纯粹的农民，去农村种一年庄稼，也比这种状况于我更为有利。我甚至认真地考虑过回家去帮父亲种一年地。可是想想，这可能重新演变为一种新闻话题而使你不得安宁，索性作罢。

但是，我眼下已经有可能冷静而清醒地对自己已有的创作做出检讨和反省了。

换一个角度看，尽管我接连两届获全国优秀中篇小说奖，《人生》小说和电影都产生了广泛影响。但实际上并没有什么。作家的劳动绝不仅是为了取悦于当代，而更重要的是给历史一个深厚的交代。如果为微小的收获而沾沾自喜，本身就是一种无价值的表现。最渺小的作家常关注着成绩和荣耀，最伟大的作家常沉浸于创造和劳动。劳动自身就是人生的目标。人类史和文学史表明，伟大劳动和创造精神既是产生一些生活和艺术的断章残句，也是至为宝贵的。

劳动，这是作家义无反顾的唯一选择。

但是，我又能干些什么呢？当时，已经有一种论断，认为《人生》是我不能再逾越的一个高度。我承认，对于一个人来说，一生中可能只会有一个最为辉煌的瞬间——那就是他事业的顶点，正如跳高运动员，一生中只有一个高度是他的最高度，尽管他之前之后要跳跃无数次横杆。就我来说，我又很难承认《人生》就是我的一个再也跃不过的横杆。

在无数个焦虑而失眠的夜晚，我为此而痛苦不已。在一种几乎是纯粹的渺茫之中，我倏然间想起已被时间的尘土埋盖得很深很远的一个早往年月的梦。也许是二十岁左右，记不清在什么情况下，很可能在故乡寂静的山间小路上行走的时候，或者在小县城河边面对悠悠流水静思默想的时候，我曾经有过一个念头：这一生如果要写一本自己感到规模最大的书，或者干一生中最重要的一件事，那一定是在四十岁之前。

我的心不由为此而颤栗。这也许是命运之神的暗示。真是不可思议，我已经埋葬了多少"维特时期"的梦想，为什么唯有这个诺言此刻却如此鲜活地来到心间？

几乎在一刹那时，我便以极其严肃的态度面对这件事了。是的，任何一个人，尤其是一个有某种抱负的人，在自己的青少年时期会有过许多理想、幻想、梦想，甚至妄想。这些玫瑰色的光环大都会随着时间的流逝和环境的变迁而消散得无踪无影。但是，当一个人在某些方面一旦具备了某种实现雄心抱负的条件，早年间的梦幻就会被认真地提升到现实中并考察其真正复活的可能性。

经过初步激烈的思考和论证，一种颇为大胆的想法逐渐在心中形成。我为自己的想法感到吃惊。一切似乎是不可能的。

但是，为什么又不可能呢？

4

我决定要写一部规模很大的书。

在我的想象中，未来的这部书如果不是此生我最满意的作品，也起码应该是规模最大的作品。

说来有点玄，这个断然的决定，起因却是缘于少年时期一个偶然的梦想。其实，人和社会的许多重大变数，往往就缘于某种偶然而微小的因由。即使像一次世界大战这样惊心动魄的历史大事变，起因却也是在南斯拉夫（"一战"结束后才形成南斯拉夫，此处应为萨拉热窝或塞尔维亚。——编者注）的一条街巷里一个人刺杀了另一个人。

幻想容易，决断也容易，真正要把幻想和决断变为现实却是无比困难。这是要在自己生活的平地上堆积起理想的大山。

我所面临的困难是多种多样的。首先，我缺乏或者说根本没有写长卷作品的经验。迄今为止，我最长的作品就是《人生》，也不过十三万字，充其量是部篇幅较大的中型作品。即使这样一部作品的写作，我也感到如同陷入茫茫沼泽地而长时间不能自拔。如果是一部真正的长篇作品，甚至是长卷作品，我很难想象自己能否胜任这本属巨人完成的工作。是的，我已经有一些所谓的"写作经验"，但体会最深的倒不是欢乐，而是巨大的艰难和痛苦，每一次走向写字台，就好像被绑赴刑场；每一部作品的完成都像害了一场大病。人是有惰性的动物，一旦过多地沉湎于温柔之乡，就会削弱重新投入风暴的勇气和力量。要从眼前《人生》所造成的暖融融的气氛中，再一次踏进冰天雪地去进行一次看不见前途的远征，耳边就不时响起退堂的鼓声。

走向高山难，退回平地易。反过来说，就眼下的情况，要在文学界混一生也可以。新老同行中就能找到效仿的榜样。常有的现象是，某些人因某篇作品所谓"打响"了，就坐享其成，甚至吃一辈子。而某些人一辈子没写什么也照样在文学界或进而到政界去吃得有滋有味。可以不时乱七八糟写点东西，证明自己还是作家；即使越写越乏味，起码告诉人们我还活着。到了晚年，只要身体允许，大小文学或非文学活动都积极参加，再给青年作者的文章写点序或题个字，也就聊以自慰了。

但是，对于一个作家，真正的不幸和痛苦也许莫过于此。我们常常看到的一种悲剧是，高官厚禄养尊处优以及追名逐利埋葬了多少富于创造力的生命。当然，有的人天性如此或对人生没有反省的能力或根本不具有这种悟性，那就另当别论了。

动摇是允许的，重要的是最后能不能战胜自己。

退回去吗？不能！前进固然艰难，且代价惨重；而退回去舒服，却要吞咽人生的一剂致命的毒药。

还是那句属于自己的话：有时要对自己残酷一点。应该认识到，如果不能重新投入严峻的牛马般的劳动，无论作为作家还是作为一个人，你真正的生命也就将终结。

最后一条企图逃避的路被堵死了。

我想起了沙漠。我要到那里去走一遭。

5

我对沙漠——确切地说，对故乡毛乌素那里的大沙漠——有一种特殊的感情或者说特殊的缘分。那是一块进行人生禅悟的净土。每当面临命运的重大抉择，尤其是面临生活和精神的严重危机时，我都会不由自主地走向毛乌素大沙漠。

无边的苍茫，天边的寂寥，如同踏上另外一个星球。嘈杂和纷乱的世俗生活消失了，冥冥之中，似闻天籁之声。此间，你会真正用大宇宙的角度来观照生命，观照人类的历史和现实。在这个孤寂而无声的世界里，你期望生活的场景会无比开阔。你体会生命的意义也更会深刻。你感到人是这样渺小，又感到人的不可思议的巨大。你可能在这里迷路，但你也会廓清许多人生的迷津。在这单纯的天地间，思维常常像洪水一样泛滥。而最终又可能在这泛滥的思潮中流变出某种生活或事业的蓝图，甚至能明了这蓝图实施中的难点易点以及它们的总体进程。这时候，你该自动走出沙漠的圣殿而回到纷扰的人间。你将会变成另外一个人，无所顾忌地去开拓生活的新疆界。

现在，再一次身临其境，我的心情仍像过去一样激动。赤脚行走在空寂逶迤的沙漠之中，或者四肢大展仰卧于沙丘之上眼望高深莫测的天穹，对这神圣的大自然充满虔诚的感恩之情。尽管我多少次来过这里接受精神的沐浴，但此行意义非同往常。虽然一切想法都已在心中确定无疑，可是这个"朝拜"仍然是神圣而必须进行的。

在这里，我才清楚地认识到我将要进行的其实是一次命运的"赌博"（也许这个词不恰当），而赌注则是自己的青春抑或生命。

尽管我不会让世俗观念最后操纵我的意志，但如果说我在其间没做任何世俗的考虑，那就是谎言。无疑，这部作品将耗时多年。这其间，我得在所谓的"文坛"上完全消失。我没有才能在这样一部作品的创作过程中，还能像某些作家那样不断能制造出许多幕间小品以招引观众的注意；我恐怕连写一封信的兴趣都不再会有。如果将来作品有某种程度的收获，这还多少对抛洒的青春热血有个慰藉。如果整个地失败，那将意味着青春乃至生命的失败。这是一个人一生中最好的一段年华，它的流失应该换取最丰硕的果实——可是怎么可能保证这一点呢！

你别无选择——这就是命运的题旨所在。正如一个农民春种夏耘。到头一场灾害颗粒无收，他也不会为此而将劳动永远束之高阁，他第二年仍然会心平气静去春种夏耘而不管秋天的收成如何。

那么，就让人们忘记掉你吧，让人们说你已经才思枯竭。你要像消失在沙漠里一样从文学界消失，重返人民大众之中，成为他们中间最普通的一员。要忘掉你写过《人生》，忘掉你得过奖，忘掉荣誉，忘掉鲜花和红地毯。从今往后你仍然一无所有，就像七岁时赤手空拳离开父母离开故乡去寻找生存的道路。

沙漠之行斩断了我的过去，引导我重新走向明天。当我告别沙漠的时候，精神获得了大解脱、大宁静，如同修行的教徒绝断红尘告别温暖的家园，开始餐风饮露一步一磕向心目中的圣地走去。

沙漠中最后的"誓师"保障了今后六个年头无论多么艰难困苦，我都能矢志不移地坚持工作下去。

只有初恋般的热情和宗教般的意志，人才有可能成就某种事业。

6

准备工作平静而紧张地展开。狂热的工作和纷繁的思考立刻变为日常生活。

作品的框架已经确定：三部，六卷，一百万字。作品的时间跨度从一九七五年初到一九八五年初，为求全景式反映中国近十年间城乡社会生活的巨大历史性变迁。人物可能要近百人左右。

工程是庞大的。

首先的问题是，用什么方式构造这座建筑物？

如果这个问题不解决，或者说解决得不好，一切就可能白白地葬送，甚至永远也别想再走出自己所布下的"迷魂阵"。

这个问题之所以最先就提出，是因为中国的文学形势此时已经发生了十分巨大的变化，各种文学的新思潮席卷了全国。当时此类作品倒没有多少，但文学评论界几乎一窝蜂地用广告的方法扬起漫天黄尘从而笼罩了整个文学界。

说实话，对我国当代文学批评至今我仍然感到失望。我们常常看到，只要一个风潮到来，一大群批评家都拥挤着争先恐后顺风而跑。听不到抗争和辩论的声音。看不见反叛者。而当另一种风潮到来的时候，便会看见这群人作直角式的大转弯，折过头又向相反的方向拥去了。这可悲的现象引导和诱惑了创作的朝秦暮楚。同时，中国文学界经久不衰且时有发展的山头主义又加剧了问题的严重性。直言不讳地说，这种或左或右的文学风潮所产生的某些"著名理论"或"著名作品"其实名不副实，很难令人信服。

在中国这种一贯的文学环境中，独立的文学品格自然要经受重大考验。在非甲必乙的格局中，你偏是丙或丁，你的情况就可想而知了。

在这种情况下，你之所以还能够坚持，是因为你的写作干脆不面对文学界，不面对批评界，而直接面对读者。只要读者不遗弃你，就证明你能够存在。其实，这才是问题的关键。读者永远是真正的上帝。

那么，在当前各种文学思潮文学流派日新月异风起云涌的背景下，是否还能用类似《人生》式的已被宣布为过时的创作手法完成这部作品呢？而想想看，这部作品将费时多年，那时说不定我国文学形式已进入"火箭时代"，你却还用一辆本世纪以前的旧车运行，那大概是十分滑稽的。

但理智却清醒地提出警告：不能轻易地被一种文学风潮席卷而去。

实际上，我并不排斥现代派作品。我十分留心阅读和思考现实主义以外的各种流派。其间许多大师的作品我十分崇敬。我的精神常如火如荼地沉浸于从陀思妥耶夫斯基和卡夫卡开始直至欧美及伟大的拉丁美洲当代文学之中，他们都极其深刻地影响了我。当然，我承认，眼下，也许列夫·托尔斯泰、巴尔扎克、司汤达、曹雪芹等现实主义大师对我的影响要更深一些。

我要表明的是，我当时并非不可以用不同于《人生》式的现实主义手法结构这部作品，而是我对这些问题和许多人有完全不同的看法。

7

就我个人的感觉，当时我国出现的为数并不是很多的新潮流作品，大都处于直接借鉴甚至刻意模仿西方现代派作品的水平，显然谈不到成熟，更谈不到标新立异。当然，对于中国当代文学来说，这些作品的出现本身意义十分重大，这是毋庸置疑的。我不同意那些感情用事的人对这类作品的不负责任的攻击。从中国和世界文学史的角度观察，文学形式的变革和人类生活自身的变革一样，是经常的，不可避免的。即使某些实验的失败，也无可非议。

问题在于文艺理论界批评界过分夸大了当时中国此类作品的实际成绩，进而走向极端，开始贬低甚至排斥其他文学表现样式。从宏观的思想角度检讨这种病态现象，得出的结论只能是和不久前"四人帮"的文艺殊途同归，必然会造成一种新的萧瑟。从读者已渐渐开始淡漠甚至远离这些高深理论和玄奥作品的态度，就应该引起我们郑重思考。

在我看来，任何一种新文学流派和样式的产生，根本不可能脱离特定的人文历史和社会环境。为什么一种新文学现象只在某一历史阶段的某个民族或语种发生，比如当代文学中的"魔幻现实主义"为什么产生于拉美而不是欧亚就能说明问题。一种新文学现象的发生绝非想当然的产物。真正的文学新现象就是一种创造。当然可以在借鉴的基础上创造，但不是照猫画虎式的临摹和改头换面的般弄，否则，就很可能是"南橘北移"。因此，对我国刚刚兴起的新文学思潮，理论批评首先有责任分清什么是创造，什么是模仿甚至是变相照抄，然后才可能估价其真正的成绩。当我们以为是一颗原子弹问世的时候，其实许多年前早就存在于世了，甚至几百年前中国的古人已经做得比我们还好；那么为此而发出的惊叹就太虚张声势了。

一九八七年访问联邦德国的时候，我曾和一些国外的作家讨论到有关这方面的问题，并且取得了共识。我的观点是，只有在我们民族伟大历史文化的土壤上产生出真正具有我们自己特性的新文学成果，并让全世界感到耳目一新的时候，我们的现代表现形式的作品也许才会趋向成熟。正如拉丁美洲当代大师们所做的那样。他们当年也受欧美作家的影响（比如福克纳对马尔克斯的影响），但他们并没有一直跟踪而行，反过来重新立足于本土的历史文化，在此基础上产生了真正属于自己民族的创造性文学成果，从而才又赢得了欧美文学的尊敬。如果一味地模仿别人，崇尚别人，轻视甚至藐视自己民族伟大深厚的历史文化，这种生吞活剥的"引进"注定没有前途。我们需要借鉴一切优秀的域外文学以更好地发展我们民族的新文学，但不必把"洋东西"变成吓唬我们自己的武器。事实上，我们已经看到，当代西方许多新的文化思潮，都不同程度地受到中国传统文化的启发和影响，甚至已经渗透到他们社会生活的许多方面，而我们何以要数典忘祖轻薄自己呢？

8

至于当时所谓的"现实主义过时论"，更值得商榷。也许现实主义可能有一天会"过时"，但在现有的历史范畴和以后相当长的时代里，现实主义仍然会有蓬勃的生命力。生活和艺术已证明并将继续证明这一点，而不在于某种存有偏见的理论妄下断语。即使有一天现实主义真的"过时"，更伟大的"主义"君临我们的头顶，现实主义作为一定历史范畴的文学现象，它的辉煌也是永远的。

现在的问题是，如果认真考察一下，现实主义在我国当代文学中是不是已经发展到类似十九世纪俄国和法国现实主义文学那样伟大的程度，以至我们必须重新寻找新的前进途径？实际上，现实主义文学在反映我国当代社会生活乃至我们不间断的五千年文明史方面，都还没有令人十分信服的表现。虽然现实主义一直号称是我们当代文学的主流，但和新近兴起的现代主义一样处于发展阶段，根本没有成熟到可以不再需要的地步。

现实主义在文学中的表现，决不仅仅是一个创作方法问题，而主要应该是一种精神。从这样的高度纵观我们的当代文学，就不难看出，许多用所谓现实主义方法创作的作品，实际上和文学要求的现实主义精神大相径庭。几十年的作品我们不必——指出，仅就"大跃进"前后乃至"文革"十年中的作品就足以说明问题。许多标榜"现实主义"的文学，实际上对现实生活作了根本性的歪曲。这种虚假的"现实主义"其实应该归属"荒诞派"文学，怎么可以说这就是现实主义文学呢？而这种假冒现实主义一直侵害着我们的文学，其根系至今仍未绝断。

"文革"以后，具备现实主义品格的作品逐渐出现了一些，但根本谈不到总体意义上的成熟，更没有多少容量巨大的作品。尤其是初期一些轰动社会的作品，虽然力图真实地反映出社会生活的面貌，可是仍然存在简单化的倾向。比如，照旧把人分成好人坏人两类——只是将过去"四人帮"作品里的好人坏人作了倒置。是的，好人坏人总算接近生活中的实际"标准"，但和真正现实主义要求对人和人与人关系的深刻揭示相去甚远。

此外，考察一种文学现象是否"过时"，目光应该投向读者大众。一般情

中国当代乡土小说大系

第三卷 ··

况下，读者仍然接受和欢迎的东西，就说明它有理由继续存在。当然，我国的读者层次比较复杂。这就更有必要以多种文学形式满足社会的需要，何况大多数读者群更容易接受这种文学样式。"现代派"作品的读者群小，这在当前的中国是事实；这种文学样式应该存在和发展，这也毋庸置疑；只是我们不能因此而不负责任地弃大多数读者不顾，只满足少数人。更重要的是，出色的现实主义作品甚至可以满足各个层面的读者，而新潮作品至少在目前的中国还做不到这一点。

至于一定要在现实主义创作方法和现代派创作方法之间分出优劣高下，实际是一种批评的荒唐。从根本上说，任何手法都可能写出高水平的作品，也可能写出低下的作品。问题不在于用什么方法创作，而在于作家如何克服思想和艺术的平庸。一个成熟的作家永远不会"鲁叟谈五经，白发死章句"，他们用任何手法都可能写出杰出的篇章。当我反复阅读哥伦比亚当代伟大作家加西亚·马尔克斯用魔幻现实主义手法创作的著名的《百年孤独》的时候，紧接着便又读到了他用纯粹古典式传统现实主义手法写成的新作《霍乱时期的爱情》。这是对我们最好的启发。

以上所有的一切都回答了我在结构《平凡的世界》最初所遇到的难题——即用什么方式来构建这部作品。

9

我决定要用现实主义手法结构这部规模庞大的作品。当然，我要在前面大师们的伟大实践和我自己已有的那点微不足道的经验的基础上，力图有现代意义的表现——现实主义照样有广阔的革新前景。

我已经认识到，对于这样一部费时数年，甚至可能耗尽我一生主要精力的作品，绝不能盲目而任性。如果这是一个小篇幅的作品，我不妨试着赶赶时髦，失败了往废纸篓里一扔了事。而这样一部以青春和生命作抵押的作品，是不能用"实险"的态度投入的，它必须在自己认为是较可靠的、能够把握的条件下进行。老实说，我不敢奢望这部作品的成功，但我也"失败不起"。

这就是我之所以决定用现实主义方法结构这部作品的基本心理动机的另一个方面。

我同时意识到，这种冥顽而不识时务的态度，只能在中国当前的文学运动中陷入孤立境地。但我对此有充分的精神准备。孤立有时候不会让人变得软弱，甚至可以使人的精神更强大，更振奋。

毫无疑问，这又是一次挑战。是个人向群体挑战。而这种挑战的意识实际上一直贯穿于我的整个创作活动中。中篇小说《惊心动魄的一幕》是这样，《在困难的日子里》也是这样。尤其是《人生》，完全是在一种十分清醒的状态下的挑战。

在大学里时，我除过在欧洲文学史、俄国文学史和中国文学史的指导下较系统地阅读中外各个历史时期的名著外，就是钻进阅览室，将新中国成立以来的几乎全部重要文学杂志，从创刊号一直翻阅到"文革"开始后的终刊号。阅读完这些杂志，实际上也就等于检阅了一九四九年以后中国文学的基本面貌、主要成就及其代表性作品。我印象最强烈的是，这些作品中的人很少例外地被分成好坏两种。而将这种印象交叉地和我同时阅读的中外名著做一比较，我便对我国当代文学这一现象感到非常的不满足，当然也就对自己当时的那些儿童涂鸦式的作品不满足了。"四人帮"时代结束后，尽管中国文学摆脱了禁锢，许多作品勇敢地揭示社会问题并在读者群众中引起巨大反响，但仍然没有对这一重要问题作根本性的检讨。因此，我想对整个这一文学现象作一次挑战性尝试，于是便有了写《人生》这一作品的动机。我要给文学界、批评界，给习惯于看好人与坏人或大团圆故事的读者提供一个新的形象，一个急忙分不清是"好人坏人"的人。对于高加林这一形象后来在文学界和社会上所引起的广泛争论，我写作时就想到了——这也正是我要达到的目的。

既然我一直不畏惧迎风而立，那么，我又将面对的孤立或者说将要进行的挑战，就应当视为正常，而不必患得患失，忧心忡忡。应该认识到，任何独立的创造性工作就是一种挑战，不仅对今人，也对古人；那么，在这一豪迈的进程中，就应该敢于建立起一种"无榜样"的意识——这和妄自尊大毫不相干。

10

"无榜样意识"正是建立在有许多榜样的前提下。也许每一代作家的使命就是超越前人（不管最后能否达到），但首先起码应该知道前人已经创造了多么伟大的成果。任何狂妄的文人，只要他站在图书馆的书架面前，置身于书的海洋之中，就知道自己有多么渺小和可笑。

对于作家来说，读书如同蚕吃桑叶，是一种自身的需要。蚕活到老吃到老，直至能口吐丝线织出茧来；作家也要活到老学到老，以使自己也能将吃下的桑叶变成茧。

在《平凡的世界》进入具体的准备工作后，首先是一个大量读书过程。有些书是重读，有些书是新读。有的细读，有的粗读。大部分是长篇小说，尤其是尽量阅读、研究、分析古今中外的长卷作品。其间我曾列了一个近百部的长篇小说阅读计划，后来完成了十之八九。同时也读其他杂书，理论、政治、哲学、经济、历史和宗教著作等等。另外，还找一些专门著作，农业、商业、工业、科技以及大量搜罗许多知识性小册子，诸如养鱼、养蜂、施肥、税务、财务、气象、历法、造林、土壤改造、风俗、民俗、UFO（不明飞行物）等等。那时间，房子里到处都搁着书和资料；桌上、床头、茶几、窗台，甚至厕所，以便在任何时候任何地方随手都可以拿到读物。读书如果不是一种消遣，那是相当熬人的，就像长时间不间断地游泳，使人精疲力竭，有一种随时溺没的感觉。

书读得越多，你就越感到眼前是数不清的崇山峻岭。在这些人类已建立起的宏伟精神大厦面前，你只能"侧身西望长咨嗟"！

在"咨嗟"之余，我开始试着把这些千姿百态的宏大建筑拆卸开来，努力从不同的角度体察大师们是如何巧费匠心把它们建造起来的。而且，不管是否有能力，我也敢勇气十足地对其中的某些著作"横挑鼻子竖挑眼"，去鉴赏它们的时候，也用我的审美眼光提出批判，包括对那些十分崇敬的作家。

在这个时候，我基本上是"两耳不闻窗外事，一心只读圣贤书"。我甚至有意"中止"了对眼前中国文学形势的关注，只知道出现了洪水一样的新名词、新概念，一片红火热闹景象。

"文坛"开始对我淡漠了，我也对这个"坛"淡漠了。我只对自己要做的事充满宗教般的热情。"相看两不厌，只有敬亭山"。只能如此。这也很好。

在我所有阅读的长篇长卷小说中，外国作品占了绝大部分。

从现代小说意义来观察中国的古典长篇小说，在成就最高的《水浒传》、《三国演义》、《金瓶梅》和《红楼梦》四部书中，《红楼梦》当然是峰巅，它可以和世界长篇小说史上任何大师的作品比美。在现当代中国的长篇小说中，除过巴金的《激流三部曲》，我比较重视柳青的《创业史》。他是我的同乡，而且在世时曾经直接教导过我。《创业史》虽有某些方面的局限性，但无疑在我国当代文学中具有独特的位置。这次，我在中国的长卷作品中重点研读《红楼梦》和《创业史》。这是我第三次阅读《红楼梦》，第七次阅读《创业史》。

无论是汗流浃背的夏天，还是瑟瑟发抖的寒冬，白天黑夜泡在书中，精神状态完全变成一个准备高考的高中生，或者成了一个纯粹的"书呆子"。

11

为写《平凡的世界》而进行的这次专门的读书活动进行到差不多甚至使人受不了的情况下，就立刻按计划转入另一项"基础工程"——准备作品的背景材料。

根据初步设计，这部书的内容将涉及一九七五年到一九八五年十年间中国城乡广泛的社会生活。

这十年是中国社会的大转型期，其间充满了密集的重大历史性事件；而这些事件又环环相扣，互为因果，这部企图用某种程度的编年史方式结构的作品不可能回避它们。当然，我不会用政治家的眼光审视这些历史事件。我的基本想法是，要用历史和艺术的眼光观察在这种社会大背景（或者说条件）下人们的生存与生活状态。作品中将要表露的对某些特定历史背景下政治性事件的态度；看似作者的态度，其实基本应该是那个历史条件下人物的态度；作者应该站在历史的高度上，真正体现巴尔克扎克所说的"书记官"的职能。但是，作家对生活的态度绝对不可能"中立"，他必须做出哲学判断（即使不准确），并要充满激情地、真诚地向读者表明自己的人生观和个性。正如伟大的列夫·托尔斯泰所说："在任何艺术作品中，作者对于生活所持的态度以及在作品中反映作者生活态度的种种描写，对于读者来说是至为重要、极有价值、最有说服力的……艺术作品的完整性不在于构思的统一，不在于对人物的雕琢，以及其他等等，而在于作者本人的明确和坚定的生活态度，这种态度渗透整个作品。有时，作家甚至基本可以对形式不做加工润色，如果他的生活态度在作品中得到明确、鲜明、一贯的反映，那么作品的目的就达到了。"（契尔特科夫笔录，一八九四年）

现在，首要的任务是应该完全掌握这十年间中国（甚至还有世界——因为中国并不是孤立的存在，它是世界的一员）究竟发生过什么。不仅是宏观的了解，还应该有微观的了解，因为庞大的中国各地大有差异，当时的同一政策可能有各种做法和表现。这十年间发生的事大体上我们都经历过，也一般地了解，但要进入作品的描绘就远远不够了。生活可以故事化，但历史不能编造，不能有半点似是而非的东西。只有彻底弄清了社会历史背景，才有可能在艺术中准确描绘这些背景下人们的生活形态和精神形态。

较为可靠的方式是查阅这十年间的报纸——逐日逐月逐年地查。报纸不仅记载了国内外每一天发生的重大事件，而且还有当时人们生活的一般性反映。

于是，我找来了这十年间的《人民日报》、《光明日报》，一种省报、一种地区报和《参考消息》的全部合订本。

房间里顿时堆起了一座又一座"山"。

我没明没黑开始了这件枯燥而必需的工作，一页一页翻看，并随手在笔记本上记下某年某月某日的大事和一些认为"有用"的东西。工作量太巨大，中间几乎成了一种奴隶般的机械性劳动。眼角糊着眼屎，手指头被纸张磨得露出了毛细血管，搁在纸上，如同搁在刀刃上，只好改用手的后掌（那里肉厚一些）继续翻阅。

用了几个月时间，才把这件恼人的工作做完。以后证明，这件事十分重要，它给我的写作带来了极大的方便——任何时候，我都能很快查找到某日某月世界、中国、一个省、一个地区（地区又直接反映了当时基层各方面的情况）发生了什么。

在查阅报纸的同时，我还想得到许多当时的文件和其他至关重要的材料（最初的结构中曾设计将一两个国家中枢领导人作为作品的重要人物）。我当然无法查阅国家一级甚至省一级的档案材料，只能在地区和县一级利用熟人关系抄录了一些有限的东西，在极大的遗憾中稍许得到一点补充，但迫使我基本上放弃了作为人物来描写国家中枢领导人的打算。

12

一年多的时间不知不觉过去了，但是，似乎离进入具体写作还很遥远。

所有的文学活动和其他方面的社会活动都基本上不再参与，生活处于封闭状态。

全国各地文学杂志的笔会时有邀请，一律婉言谢绝。对于一些笔会活动，即使没有这部书的制约，我也并不热心。我基本上和外地的作家没有深交。一些半生不熟的人凑到一块，还得应酬，这是我所不擅长的。我很佩服文艺界那些"见面熟"的人，似乎一见面就是老朋友。我做不到这一点。在别人抢着表演的场所，我宁愿做一个沉默的观众。

到此时，我感到室内的工作暂时可以告一段落，应该进入另一个更大规模的"基础工程"——到实际生活中去，即所谓"深入生活"。

关于深入生活的问题，与"政治和艺术的关系"一样，一直是我国文艺界长期争论不休的问题。这一点使我很难理解。我不知道这是一个多么艰深的理论问题值得百谈不厌。生活对于作家艺术家来说，就如同人和食物的关系一样。至于每个作家如何占有生活，这倒大可不必整齐一律。每个作家都有自己感受生活的方式；而且随着社会生活的变化，同一作家体验生活的方式也会改变。比如，柳青如果活着，他要表现八十年代初中国农村开始的"生产责任制"，他完全蹲在皇甫村一个地方就远远不够了，因为其他地方的生产责任制就可能和皇甫村所进行的不尽相同，甚至差异很大。

是的，从一九七五年到一九八五年中国大转型期的社会生活发生了巨大的变化。各种社会形态、生活形态、思想形态千姿百态且又交叉渗透，形成比以往任何一个时期都更为复杂的局面。而要全景式反映当代生活，"蹲"在一个地方就不可能达到目的，必须纵横交织地去全面体察生活。

我提着一个装满书籍资料的大箱子开始在生活中奔波。一切方面的生活都感兴趣。乡村城填、工矿企业、学校机关、集贸市场；国营、集体、个体；上至省委书记，下至普通老百姓；只要能触及的，就竭力去触及。有些生活是过去熟悉的，但为了更确切体察，再一次深入进去——我将此总结为"重新到位"。有些生活是过去不熟悉的，就加倍努力，争取短时间内熟悉。对于生活中现成的故事倒不十分感兴趣，因为故事我自己可以编——作家主要的才能之一就是编故事。而对一切常识性的、技术性的东西则不敢有丝毫马虎，一枝一叶都要考察清楚，脑子没有把握记住的，就详细笔记下来。比如详细记录作品涉及的特定地域环境中的所有农作物和野生植物；从播种出土到结子收获的全过程；当什么植物开花的时候，另外的植物又处于什么状态；这种作物播种的时候，另一种植物已经长成什么样子；全境内所有家养和野生的飞禽走兽；民风民情民俗；婚嫁丧事；等等。在占有具体生活方面，我是十分贪婪的。我知道占有的生活越充分，表现生活就越自信，自由度也就会越大。作为一幕大剧的导演，不仅要在舞台上调度众多的演员，而且要看清全局中每一个末端小节，甚至背景上的一棵草一朵小花也应力求完美准确地统一在整体之中。

春夏秋冬，时序变换，积累在增加，手中的一个箱子变成了两个箱子。

奔波到精疲力竭时，回到某个招待所或宾馆休整几天，恢复了体力，再出去奔波。走出这辆车，又上另一辆车；这一天在农村的饲养室，另一天在渡口的茅草棚；这一夜无铺无盖和衣躺着睡，另一夜缎被毛毯还有热水澡。无论条件艰苦还是舒适，反正都一样，因为愉快和烦恼全在于实际工作收获大小。

时光在流逝，奔波在继续，像一个孤独的流浪汉在鄂尔多斯地台无边的荒原上漂泊。

在这无穷的奔波中，我也欣喜地看见，未来作品中某些人物的轮廓已经渐渐出现在生活广阔的地平线上。

13

这部作品的结构先是从人物开始的，从一个人到一个家庭到一个群体。然后是人与人，家庭与家庭，群体与群体的纵横交叉，以最终织成一张人物的大网。在读者的视野中，人物运动的河流将主要有三条，即分别以孙少安孙少平为中心的两条"近景"上的主流和以田福军为中心的一条"远景"上的主流。这三条河流都有各自的河床，但不时分别混合在一起流动。而孙少平的这条河流在三条河流中将处于最中心的位置——当然，在开始的时候，读者未见得能感觉到这一点。

人物头绪显然十分纷乱。

但是，我知道，只要主要的人物能够在生活和情节的流转中一直处于强有力的运动状态，就会带动其他的群体一起运动，只要一个群体强有力的运动，另外两个群体就不会停滞不前。这应该是三个互相咬接在一起的齿轮，只要驱动其中的一个，另外的齿轮就会跟着转动。

对于作者来说，所有的一切又都是一个完整的整体。整个生活就是河床，作品将向四面八方漫流——尽管它的源头只是黄土高原一个叫双水村的小山庄。

从我国当代现实主义长篇小说的结构看，大都采用封闭式的结构，因此作品对社会生活的概括和描述都受到相当大的约束。某些点不敢连接为线，而一些线又不敢作广大的延伸。其实，现实主义作品的结构，尤其是大规模的作品，完全可能作开放式结构而未必就"散架"。问题在于结构的中心点或主线应具有强大的"磁场"效应。从某种意义上说，现实主义长篇小说就是结构的艺术，它要求作家的魄力、想象力和洞察力；要求作家既敢恣意汪洋又能细针密线，以使作品最终借助一砖一瓦而造成磅礴之势。

真正有功力的长篇小说不依赖情节取胜。惊心动魄的情节未必能写成惊心动魄的小说。作家最大的才智应是能够在日常细碎的生活中演绎出让人心灵震颤的巨大内容。而这种才智不仅要建立在对生活极其稔熟的基础上，还应建立在对这些生活深刻洞察和透彻理解的基础上。我一再说过，故事可以编，但生活不可以编；编造的故事再生动也很难动人，而生活的真情实感哪怕未成曲调也会使人心醉神迷。

这样说，并不是不重视情节。生活本身就是由各种"情节"组成的。长篇小说情节的择取应该是十分挑剔的。只有具备下面的条件才可以考虑，即：是否能起到像攀墙藤一样提起一根带起一片的作用。一个重大的情节（事件）就应该给作者造成一种契机，使其能够在其间对生活作广阔的描绘和深入的揭示，最后使读者对情节（故事）本身的兴趣远远没有对揭示的生活内容更具吸引力，这时候，情节（故事）才是真正重要的了。如果最后读者仅仅记住一个故事情节而没有更多的收获，那作品就会流于我们通常所说的肤浅。

14

阅读研究了许多长篇长卷小说，基本搞清了作品所涉及的十年的背景材料，汇集和补充了各个方面的生活素材，自然就完全陷入了构思的泥淖之中。在此之前，有些人物，有些篇章早已开始在涌动，不过，那是十分散乱的。尔后，这就是一个在各种层面上不断组合、排列、交叉的过程；一个不断否定、不断刷新、不断演变的过程。

所有的一切都还远远地不能构合成一个较为完整的整体。

需要一些出神入化的灵感。

苦思冥想。为无能而痛不欲生。

瞧。许多呼之欲出的人物在急迫地等待你安排场次以便登台表演。

所有要进入作品河流的人物，哪怕是一个极次要的人物，你也不能轻视忽略，而要全神贯注，挟带着包括枯枝败叶在内的总容量流向终点。

终点！我构思的习惯常常是先以终点开始而不管起点。每个人物，尤其是主要人物，他（她）们的终点都分别在什么地方呢？如果确定不了终点，就很难寻找他（她）们的起点；而在全书的整个运行过程中，你也将很难把握他（她）们内在的流向。当然，预先设计的终点最后不会全部实现，人物运动的总轨迹会不断校正自己的最终归宿；也有一些人物的终点不可能在书的结尾部分，在某些段落中就应该终结其存在。

毫无疑问，终点绝不仅仅是情节和人物意义上的，更重要的是它也是全书的题旨所在。在这个"终点"上，人物、情节、题旨是统一在一起的。为什么要在这里结束，绝不仅仅是因为故事到这里正好讲完了。即使最"漫不经心"的意识流小说家，在戛然而止的地方也是煞费心机的。

找到了"终点"以后，那么，无论从逆时针方向还是从顺时针方向，就都有可能对各个纵横交错的渠渠道道进行梳理；因为这时候，你已经大约知道这张大网上的所有曲里拐弯的线索分别最终会挽结在什么地方。这时候，你甚至还可以放心地把这些线索抖弄得更"乱"一些，以至将读者引入"八卦"之阵，使其读不到最后就无法判断人物和事物的命运。

如果有这样的大布局，再有可能处处设置沟壑渠道，那么，读者就很难大跨度地跳跃到全书的结局部分。绝不能有广大的平坦让读者长驱直入。必须让他们不得不在每一个曲里拐弯处停下来细心阅览方可通过。

这些沟壑渠道曲里拐弯处就可能是作品断章断卷的地方。整体的衔接难，但要把整体断成许多"碎块"也许更难——因为这种所谓的"断开"正是为了更好地衔接。这是艺术结构机制中的辩证法。

为了寻找总的"终点"和各种不同的"终点"，为了设置各种渠渠道道沟沟坎坎，为了整体地衔接，为了更好地衔接而不断"断开"……脑子常常是一团乱麻纠缠在一起。走路、吃饭、大小便，甚至在梦中，你都会迷失在某种纷乱的思绪中。有时候，某处"渠道"被你导向了死角，怎么也寻找不到出路，简直让人死去活来。某个时候，突然出现了转机，你额头撞在路边的电线杆上也不觉得疼。你生活的现实世界变为虚幻，而那个虚幻的世界却成了真实的。一大群人从思维的地平线渐渐走近了你，成为活生生的存在。从此以后，你将生活在你所组建的这个世界里，和他们一起哭，一起笑。你是他们的主宰，也将是他们的奴隶。

15

现在，动笔之前的最后一个问题是，从什么地方开头呢？

真是奇妙！最后一个问题竟然是关于"开头"。

万事开头难，写作亦如此。这是交响乐的第一组音符，它将决定整个旋律的展开。

长卷作品所谓的"开头"，照我的理解，主要是解决人物"出场"的问题。

在我阅读过的长篇作品中，有的很高明，有的很笨拙。最差劲的是那种"介绍"式的出场方法。人物被作者被动地介绍给读者。这种介绍是简历性的，抽象的，作者像一堵墙横在读者与人物之间，变为纯粹的"报幕员"；而且介绍一个人物的时候，其他人物都被搁置起来。人物和人物之间的关系也得由作者交代。等读者看完这些冗长的人物简历表，也就厌烦了。

实际上，所有高明的"出场"都应该在情节的运动之中。读者一开始就应该进入"剧情"，人物的"亮相"和人物关系的交织应该是自然的，似乎不是专意安排的，读者在艺术欣赏的过程中不知不觉就接受了这一切。作者一开始就应该躲在人物的背后，躲在舞台的幕后，让人物一无遮拦地直接走向读者，和他们融为一体。

但是，在一部将有近百个人物的长卷中，所有的人物是应该尽可能早地出现呢？还是要将某些人物的出场压在后面？我的导师柳青似乎说过，人物应该慢慢出场。但我有不完全相同的看法。比如《创业史》里和孙水嘴（孙志明）同样重要的人物杨油嘴（杨加喜）第二部才第一次露面，显然没有足够的"长度"来完成这个人物。与此相联系的问题，如此重要的角色，在第一部蛤蟆滩风起云涌的社会生活中，此人干什么去了？这个人物的出现过于唐突。

在我看来，在长卷作品中，所有的人物应该尽可能早地出场，以便有足够的长度完成他们。尤其是一些次要人物，如果早一点出现，你随时都可以东鳞西爪地表现他们，尽管在每个局部他们仅仅可能只闪现一下，到全书结束，他们就可能成为丰富而完整的形象。除过一些主要的角色，大部分人物都是靠点点滴滴的描写来完成的。让他们早点出现，就可能多一些点点滴滴；多一些点点滴滴，就可能多一些丰满。

怎样在尽可能少的篇幅中使尽可能多的人物出场呢？这是一个很大的难题。必须找到一种情节的契机。

我为此整整苦恼了一个冬天，在全书的构思完成之后，从哪里切入是十分困难的。

某一天半夜，我突然在床上想到了一个办法，激动得浑身直打哆嗦。我拉亮灯，只在床头边的纸上写了三个字：老鼠药。

后来，我就是利用王满银贩老鼠药的事件解决了这一难题。解决得并不是很好，但总算解决了。我把这个事件向前后分别延伸了一点，大约用了七万字的篇幅，使全部主要的人物和全书近百个人物中的七十多个人物都出现在读者面前。更重要的是，我基本避免了简历式地介绍人物，达到了让人物在运动中出现的目的，并且初步交叉起人物与人物的冲突关系。这是一种巨大的优势，它能使我尽快自由而大规模地展开或交织矛盾，进入表现阶段，不必为了介绍某一个新出现的人物而随时中断整个情节的进程。

16

迄今为止，我大约觉得，写作之前的一些重大准备工作基本有了眉目。

不是说一切都完备了。永远没有完备的时候。现在所有的工作，只是给未来的作品搞起一个框架，准备了一些建筑材料而已。一旦进入写作，一旦人物真正活动起来，这个框架就可能有大变动、大突破，一些材料可能完全失去作用，而欠缺的部分将不知要有多少。绝大部分问题要等进入写作才能暴露出来。需要一边写作，一边调整、变动、补充。

不知不觉已经快三年了。真正的小说还没写一个字，已经把人折腾得半死不活。想想即将要开始的正式写作，叫人不寒而栗。

现在要利用这点空隙让脑子歇一歇，凉一凉。多吃一点有营养的东西。我知道，要是忙起来，常常会顾不上吃饭或胡凑合着吃（为此付出了沉重的代价）。

这时候，是足球运动员开赛前的几分钟，是战壕里的士兵等待着冲锋的号声，按捺不住的激动，难以控制的紧张。

不管怎样，总得装着轻松几天。

接下来，怀着告别的心情，专意参加了两次较欢愉的社会活动，尤其是组织了一次所谓长篇小说促进会，几十号人马周游了陕北，玩得十分痛快。可是，其间一想到不久就要面临的工作，不免又心事重重，有一种急不可待投入灾难的冲动。

在整个准备阶段中，有许多朋友帮过我的忙。有些是自动乐意帮忙的，有些是"强迫"他们帮的。记得为了弄清农村责任制初期阶段的一些非常具体的情况，我曾把两个当过公社领导的老同学关在旅馆的一间房子里谈了一天一夜，累得他们中间不时拉起鼾声。

我得要专门谈谈我的弟弟王天乐。在很大的程度上，如果没有他，我就很难顺利完成《平凡的世界》。他像卫士一样为我挡开了许多可怕的扰乱。从十几岁开始，我就作为一个庞大家庭的主事人，百事缠身，担负着沉重的责任。此刻天乐已自动从我手里接过了这些负担，为我专心写作开辟了一个相对的空间。另外，他一直在农村生活到近二十岁，经历了那个天地的无比丰富的生活，因此能够给我提供许多十分重大的情节线索；所有我来不及或不能完满解决的问题，他都帮助我解决了。在集中梳理全书情节的过程中，我们曾共同度过许多紧张而激奋的日子；常常几天几夜不睡觉，沉浸在工作之中，即使他生病发高烧也没有中断。尤其是他当过五年煤矿工人，对这个我最薄弱的生活环境提供了特别具体的素材。实际上，《平凡的世界》中的孙少平等于是直接取材于他本人的经历。在以后漫长的写作过程中，我由于陷入很深，对于处理写作以外的事已经失去智慧，都由他帮我料理。直至全书完结，我的精神疲惫不堪，以致达到失常的程度，智力似乎像几岁的孩子，连过马路都得思考半天才能决定怎样过。全凭天乐帮助我渡过了这些严重的阶段。的确，书完后很长一段时间，我离开他几乎不能独立生活，经常像个白痴或没世面的小孩一样紧跟在他后边。我看见，这世界上所有的人都比我聪敏。我常暗自噙着泪水，一再问自己：你为什么要这样？你怎么搞成了这个样子？

有关我和弟弟天乐的故事，那是需要一本专门的书才能写完的。

眼下，当我正在相对悠闲的日子里瞎转悠的时候，天乐正忙着"查看阵地"，帮我寻找进入写作的一个较为合适的地方。

17

我决定到一个偏僻的煤矿去开始第一部初稿的写作。

这个考虑基于以下两点：一、尽管我已间接地占有了许多煤矿的素材，但对这个环境的直接感受远远没有其他生活领域丰富。按全书的构思，一直到第三部才涉及煤矿。也就是说，大约在两年之后才写煤矿的生活。但我知道，进入写作后，我再很难中断案头工作去补充煤矿的生活。那么，我首先进入矿区写第一部，置身于第三部的生活场景，随时都可以直接感受到那里的气息，总能得到一些弥补。二、写这部书我已抱定吃苦牺牲的精神，一开始就到一个舒适的环境去工作不符合我的心意。煤矿生活条件差一些，艰苦一些，这和我精神上的要求是一致的。我既然要拼命完成此生的一桩宿愿，起先就应该投身于艰苦之中。实行如此繁难的使命，不能对自己有丝毫的怜悯之心。要排斥舒适，要斩断温柔，只有在暴风雨中才可能有豪迈的飞翔；只有用滴血的手指才有可能弹拨出绝响。

为了方便工作，我在铜川矿务局兼了个宣传部的副部长。很对不起这个职务。几年里，我只去过宣传部一次，"上下级"是谁都不清楚。我兼此职，完全是为了到下面的矿上有个较长期的落脚地方，"名正言顺"地得到一些起码的方便条件。

正是秋风萧瑟的时候，我带着两大箱资料和书籍，带着最主要的"干粮"——十几条香烟和两罐"雀巢"咖啡，告别了西安，直接走到我的工作地——陈家山煤矿。

我来之前，矿上已在离矿区不很远的矿医院为我找好了地方。那是一间用小会议室改成的工作间，一张桌子，一张床，一个小柜，还有一些无用的塑料革沙发。

陈家山是我弟弟为我选的地方。这是铜川矿务局现代化程度较高的煤矿，地面设施也相当有规模。最重要的是，这里有我弟弟的两个妻哥，如我有什么事，他们随时都可以帮助我。

亲戚们都十分热心厚道。他们先陪我在周围的山上转了一圈。四野的风光十分美丽。山岩雄伟，林木茂盛，人称"旱江南"。此时正值"霜叶红于二月花"之时，满山红黄绿相间，一片五彩斑斓。亲戚们为了让我玩好，气氛十分热烈。但我的心在狂跳，想急迫地投入工作，根本无心观赏大自然如画的风光。

从山上回来，随手折了几枝红叶，插在办公桌对面的沙发缝隙里。心情在一片温暖的红色中颤栗着。铺好床，日用东西在小柜中各就其位；十几本我认为最伟大的经典著作摆在桌边——这些书尽管我已经读过多遍，此间不会再读，但我要经常看到这些人类所建造的辉煌金字塔，以随时提升自己的精神境界。

随后，我在带来的十几本稿纸中抽出一本在桌面上铺开，坐下来。心绪无比的复杂。我知道接下来就该进入茫茫的沼泽地了。但是，一刹那间，心中竟充满了某种幸福感。是的，为了这一天的到来，我已经奔波了两三年，走过了漫长的道路；现在，终于走上了搏斗的拳击台。

是的，拳击台。对手不是别人，正是自己。

18

开头。

这是真正的开头。

写什么？怎么写？第一章，第一自然段，第一句话，第一个字，一切都是神圣的，似乎是一个生死存亡的问题而令人难以选择，令人战战兢兢。

实际上，它也是真正重要的，它将奠定全书的叙述基调和语音节奏。它将限制你，也将为你铺展道路。

一切诗情都尽量调动起来，以便一开始就能创造奇迹，词汇像雨点般落在纸上。

可是一页未完，就觉得满篇都是张牙舞爪。

立刻撕掉重来。

新换了一副哲学家的面孔。似乎令人震惊。但一页未完，却又感到可笑和蹩脚。

眼看一天已经完结，除过纸篓里撕下的一堆废纸，仍然是一片空白。

真想抱头痛哭一场。你是这样的无能，竟然连头都开不了，还准备写一部多卷体的长篇小说呢！

晚上躺在孤寂的黑暗中，大睁着眼睛，开始真正怀疑自己是不是能胜任如此巨大的工作。

完全可能是自不量力！你是谁？你是一个普通人，一个写了一点作品的普通作家，怎么敢妄图从事这种巨大的事业？许多作家可能是明智的，一篇作品有了影响，就乘势写些力所能及的作品，以巩固自己的知名度，这也许才是一种"实事求是"的态度。而你却几年来一直执迷不悟，为实现一种少年时的狂想就敢做这件不切实际的事。少年时，你还梦想过当宇航员，到太空去活捉一个"外星人"，难道也可将如此荒唐的想法付诸实施？你不成了当代的堂·吉诃德？

迷糊几个小时醒来，已是日上中天——说明天亮以后才睡着的。

再一次坐在那片空白面前。强迫自己重新进入阵地。

反悔的情绪消失了。想想看，你已经为此而准备了近三年，绝不可能连一个字也不写就算完结；如果是这样，那就是一个世界级的笑话。

又一天结束了。除过又增加了一堆揉皱的废纸外，眼前仍然没有一个字。

第三天重蹈覆辙。

三天以后，竟然仍是一片空白。

叫天天不应，叫地地不灵。

开始在房间不停地转圈圈走。走，走，像磨道的一头驴。

从高烧似的激烈一直走到满头热汗变为冰凉。

冰凉的汗水使燃烧的思索冷静了下来。

冷静在这种时候可以使人起死回生。

冷静地想一想，三天的失败主要在于思想太勇猛，以致一开始就想吼雷打闪。其实，这么大规模的作品，哪个高手在开头就大做文章？瞧瞧大师们，他们一开始的叙述是多么平静。只有平庸之辈才在开头就堆满华丽。记着列夫·托尔斯泰的话，艺术的打击力量应该放在后面。这应该是一个原则。为什么中国当代的许多长篇小说都是虎头蛇尾？道理就在于此。这样看来，不仅开头要平静地进入，就是全书的总布局也应该按这个原则来。三部书，应该逐渐起伏，应该一浪高过一浪地前进。

黑暗中似有一道光亮露出。

现在，平静地坐下来。

于是，顺利地开始了。

为了纪念这不同寻常的三天，将全书开头的第一自然段重录于后——

一九七五年二三月间，一个平平常常的日子，细蒙蒙的雨丝夹着一星半点的雪花，正纷纷淋淋地向大地飘洒着。时令已快到惊蛰，雪当然再不会存留，往往还没等落地，就已经消失得无踪无影了。黄土高原严寒而漫长的冬天看来就要过去，但那真正温暖的春天还远远地没有到来。

……

19

工作的列车终于启动,并且开始缓慢而有节奏地向前运行。

既然有能力走向前去,就应该不顾一切地往前走。

第一个音符似乎按得不错。一切都很艰难,但还可以继续进行。写作前充分的准备工作立刻起到了作用。所用的材料和参考资料一开始就是十分巨大的。即使这些材料、资料、素材大都不会直接进入作品,但没有它们,就很难想象有具体的产品产生。

把所有的资料都从箱子里拿出来,分类摆满桌面,只留够放下两条胳膊写东西的地方。桌面摆不下,有些次要的退在旁边的窗台上、柜头上。更次要一些的放在对面的沙发上。紧张的写作有时不能有半点停顿。不允许外来的干扰,也不允许自己干扰自己。需要什么,甚至不需要眼睛寻找,靠意识随手就可拉到面前,以便迅速得到利用。

五六天过后,已经开始初步建立起工作规律,掌握了每天大约的工作量和进度。

墙上出现了一张表格,写着从一到五十三的一组数字——第一部共五十三章,每写完一章,就划掉一个数字;每划掉一个数字,都要愣着看半天那张表格。这么一组数字意味着什么,自己心里很清楚。那是一片看不见边际的泥淖。每划掉一个数字,就证明自己又前进了一步。克制着不让自己遥望那个目的地;只要求扎实地迈出当天的一步,迈出第二天的一步。

无法形容的艰难。笔下出现的每一句话,每一个细节,不仅要在这个具体的地方是适当的,还要考虑它在第一部是否适当;更远一点,在全书中是否适当。有时候眼下的痛快会给以后的工作带来无穷灾难。但又不能缩手缩脚。大胆前进。小心前进。在编织的每一条细线挽结每一个环扣的时候,都要看见整个那张大网。

工作进展已经在量上表现了出来。这方面确定的第一个目标是突破十三万字。这是《人生》的字数,迄今为止自己最高的横杆。突破这个数字带有象征意义。在一个庞大繁难的工程中,这种小小的情绪刺激具有非常重要的作用。处于创作状态中的心理机制是极其复杂的,外人很难猜度。有些奇迹是一些奇特的原因造成的。

十三万字的数量终于突破。兴奋产生了庄严。庄严又使人趋于平静。

这是一个小小的征服。接下来,脚步已经开始变得豪迈了一些。最少在表象上看,下一步将从自己写作史上的一个新的起点出发了。

下一个数量上的目标是越过这一部的二分之一处。

这个目标再有几万字即可达到,但这是在创造新的纪录。情绪为之而亢奋。

写作整个地进入狂热状态。身体几乎不存在；生命似乎就是一种纯粹的精神形式。日常生活变为机器人性质。

但是，没有比这一切更美好的了。

20

在狂热紧张繁忙的工作中，主要的精神状态应该是什么？

那就是认定你在做一件对你来说是前所未有的工作，甚至是做一件前无古人的工作。不论实质上是否如此，你就得这样来认为。你要感觉到你在创造，你在不同凡响地创造，你的创造是独一无二的；你应该为你的工作自豪，就是认为它伟大无比也未尝不可。

这不是狂妄。只有在这种"目中无人"的状态下，才可能解放自己的精神，释放自己的能量。应该敢于把触角延伸到别人没有到过的地方，敢于进入"无人区"并树起自己的标志。每一个思想巨人都可以用自己的方法认识这个世界，揭示这个世界的奥妙，为什么你不可以呢？你姑且认为你已经发现了通往华山的另一条道路。

这样的时刻，所有你尊敬的作家都可以让他们安坐在远方历史为他们准备的"先圣祠"中，让他们各自光芒四射地照耀大地。但照耀你的世界的光芒应该是你自己发出的。

把一切伟人和他们的写作方法、写作技巧都统统赶出房子。完全用自己的心灵写作。没有样板，所谓的样板都诞生于无样板中。

当然，绝不可能长期保持这种"伟大感"。困难会接踵而来。你一时束手无策。你又感到自己是多么可笑和渺小。抬头望望桌边上那十几座金字塔，你感到你像儿童在河边的沙地上堆起了几个小土堆。

有什么可以自鸣得意的？

难言的羞愧与窘迫。

不会长期颓丧，因为你身处战场。

停下笔来，离开作品，想想其他的事。

这时候，来到眼前的常常是对过去生活的回忆。

童年。不堪回首。贫穷饥饿，且又有一颗敏感自尊的心。无法统一的矛盾，一生下来就面对的现实。记得经常在外面被家境好的孩子们打得鼻青眼肿撒退回家；回家后又被父母打骂一通，理由是为什么去招惹别人的打骂？三四岁你就看清了你在这个世界上的处境，并且明白，你要活下去，就别想指靠别人，一切都得靠自己。因此，当七岁上父母养活不了一路讨饭把你送给别人，你平静地接受了这个冷酷的现实。你独立地做人从这时候就开始了。

中学时期一月只能吃十几斤粗粮，整个童年吃过的好饭几乎能一顿不落地记起来。然后是卷入狂热的"文化大革命"，碰得头破血流……

而今，你坐在这里从事这样崇高的工作，如果没有一个大的收获，怎么对得起自己？

为什么此刻停顿下来？记着，你没有权利使自己停顿不前。你为自己立下了森严的法度，布下了天罗地网，你别指望逃脱。

重新拿起笔。既失去了"伟大感"也没有渺小感。变为一个纯粹的兢兢业业的工匠，仔细认真检查停顿下来的原因，穿不过去的原因。不断地调整思考的角度。大量地应用"逆向思维"。

开始有了振奋人心的新思路，一潭死水再一次激荡起澎湃的涛声。

精神随之便进入新的巨大。

每一次挫折中的崛起都会提示你重温那个简单的真理：一次成功往往建立在无数次失败之中。想想看，面前的那些金字塔的建造者，哪一个不是历尽艰难挫折才完成了自己的杰作？

从开始一直顺利到最后说不定是一种舒舒服服的失败。

"伟大感"与渺小感，一筹莫展与欣喜若狂，颓丧与振奋，这种种的矛盾心情交织贯穿整个写作过程中。这样的时候，你是作家，也是艺术形象；你塑造人物，你也陶铸自己；你有莎士比亚的特性，你也有他笔下的哈姆雷特的特性。

21

写作是艰苦的。与之相伴的是生活的艰苦。

一般地说来，我对生活条件从不苛求。这和我的贫困的家庭出身有关。青少年时期如前所述，我几乎一直在饥饿中挣扎。因此，除过忌讳大肉（不是宗教原因）外，只要能填饱肚子就满足。写作紧张之时，常常会忘记吃饭，一天有一顿也就凑合了。

但这里的生活却有些过分简单。不是不想让我吃好，这里的人们一直尽心操办，只是没有条件。深山之中，矿工家属有几万人，一遇秋雨冬雪，交通常常中断，据说有一年不得不给这里空投面粉。没有蔬菜，鸡蛋也没有，连点豆腐都难搞到。早晨我不吃饭。中午一般只有馒头米汤咸菜。晚上有时吃点面条，有时和中午一模一样。这是矿医院，医生职工都回家吃饭，几乎没有几个住院的，伙食相当难搞。

如果不工作，这伙食也可以。只是我一天通常都要工作十几个小时，这种伙食无法弥补体力的消耗。河对面的矿区也许有小卖部什么的，但我没有时间出去。

没有时间！连半个小时的时间都不敢耽搁。为了约束自己的意志，每天的任务都限制得很死，完不成就不上床休息。工作间实际上成了牢房，而且制定了严厉的"狱规",决不可以违犯。

每天中午吃完两个馒头一碗稀饭，就像丢下襁褓中的婴儿一样匆忙地赶回工作间，在准备当天工作的空当，用电热杯烧开水冲一杯咖啡，立刻就坐下工作。晚上吃完饭，要带两个馒头回来，等凌晨工作完毕上床前，再烧一杯咖啡，吃下去这说不来是夜宵还是早点的两个冷馒头。

后来，晚饭后得多带一个馒头，原因是房间里增加了"客人"。

不速之客是老鼠。

煤矿的老鼠之多实在惊人。据说是矿工们经常乱扔吃剩的馒头，因此才招惹来如此多的老鼠。

经常光顾我房间的有两只老鼠。天知道它们是从什么地方进来的，而且一开始就没把我放在眼里。它们在地上乱跑，嬉闹追逐，发出欢快的"吱吱"声，简直视此地为它们的"迪斯尼"乐园。它们甚至敢跑到我写字台对面的沙发上目不转睛盯着我工作。有时候，竟放肆地跳上我堆材料的窗台，在与我咫尺之间表演奔跑技巧。

我手脑并用十分紧张之时，根本顾不上下逐客令，有时实在气急了，手里拿着笔和笔记本撵着追它们。它们当然立刻就会消失得无踪无影。我刚坐下，这该死的东西便又故伎重演。尤其是晚上，我一拉灭灯，这两个家伙就大闹起来，有几次居然上了床，在我的头边上跑来跑去。

没办法，只好叫来医院几个职工，堵住门窗，终于消灭了一只。但是另一只仍然如期地来我这里做客。

我于是才"灵机一动"，干脆由黩武主义变为绥靖主义，每天晚上多拿一个馒头放在门后边供其享用。这样，老鼠晚上便不闹了。每天中午起床后，我先习惯性地向门背后投去一瞥：那里会一无例外地有一摊吃剩的馒头渣。

后来，我和这只老鼠一直和平共处到我离开这里。它并且成了这个孤独世界里我唯一的伙伴。直到现在，我还记着它蹲在我对面，怎样用一双明亮的小眼睛盯着我工作的神态。我感到内疚的是，我伙同别人打死了它的伙伴——那说不定是它的丈夫或妻子。

22

越过第一部分二分之一处时，感到自己似乎征服了一个新的人生高度。

对数字逐渐产生了一种不能克制的病态的迷恋。不时在旁边的纸上计算页码，计算字数，计算工作日，计算这些数字之间的数字，尽管这些数字用心算也是简单而一目了然的。只有自己明白，这每一个简单的数字意味着已经付出了什么代价或将要付出什么代价。每一个数字就是一座已翻越的大山或将要征服的大山。认真地演算这些算术的时候，就像一个迷信的古卜师和一个财迷心窍的生意人。这也是紧张写作过程中一种小小的自娱活动。

是的，紧张的思维和书写所造成的焦虑或欢快已经使精神进入某种谵妄状态。上厕所是一种小跑，到厕所后，发现一只手拿着笔记本，一只手拿着笔；赶忙又一路小跑回到工作间放下"武器"，再一路小跑重返厕所。有时进厕所，惊动了这里的长期住户——老鼠，则立刻又有一番大动乱，惊恐地立在便池旁反应不过来眼前发生了什么事，一直要五六分钟才能恢复正常。以后进厕所时，为了免受惊吓，就先用脚在厕所门上狠狠端几下，以便让那些家伙提前"回避"。

白天，矿医院的院子里正在搞基建，各种机器人声嘈杂成一片。进入工作后，这些声音似乎就不存在了。这时最怕外来人的干扰。好在医院的人很懂规矩，我工作时，从没有人进我的房间。

可是某一天，我的黄金时间里，突然闯进来一个手执某新闻单位临时记者证的人要采访我，我一再给他解释，但无济于事，他反而坐在对面的沙发上准备和我"长期作战"。我已经失去了理智和耐心，站起来粗暴地抓住他，将他推搡着送出房间。

我坐回桌边，心在乱跳。我后悔我的无礼行为，但没有办法，如果我让他满意，我这一天就要倒霉了。我将无法完成今天的"生产任务"。今天完不成任务，将会影响以后的工作，我那演算的数字方程式将全部打乱变为另一张图表，这要给我带来巨大的精神痛苦。每一个人进行类似工作的时候，的确像进行一种神圣的宗教仪式，不允许有任何的骚扰出现，无论是别人还是自己破坏这种情绪都不能原谅。

无比紧张的工作和思考一直要到深夜才能结束。

凌晨，万般寂静中，从桌前站立起来，常常感到两眼金星飞溅，腿半天痉挛得挪不开脚步。

躺在床上，有一种生命即将终止的感觉，似乎从此倒下就再也爬不起来。想想前面那个遥远得看不见头的目标，不由得心情沮丧。这时最大的安慰是列夫·托尔斯泰的通信录，五十多万字，厚厚一大卷，每晚读几页，等于和这位最敬仰的老人进行一次对话。不断在他的伟大思想中印证和理解自己的许多迷惑和体验，在他那里寻找回答精神问题的答案，寻找鼓舞勇气的力量。想想伟大的前辈们所遇到的更加巨大的困难和精神危机，那么，就不必畏惧，就心平气静地入睡。

长卷作品的写作是对人的精神意志和综合素养的最严酷的考验。它迫使人必须把能力发挥到极点。你要么超越这个极点，要么你将猝然倒下。

只要没有倒下，就该继续出发。

（节选自《路遥文集》第五卷，人民文学出版社 2005 年版）

谈 谈 写 作

铁 凝

写作是不容易的，作家通过自己讲述的故事，不仅要让读者感受他们熟知的种种气息，还须有本领引导读者发现他们没有能力发现和表述的一切陌生的熟悉。作家的理想应如同出色的捷克画家科普卡常常告诫的那样："如果人们在去画展的路上能看到更好的树，我画树又有什么意义呢?"我想说，任何一个刻意取悦读者的作家都不会是一个能有好的发展的作家。因为刻意取悦读者的作家其精神必然缺乏必要的集中，写作时的情态也定然缺少必要的忘我。写作需要忘我。

再真实的小说也抵不上生活的真实；再荒诞的小说也抵不上生活的荒诞。我的有些小说看上去对生活不大恭敬，那实在是因为我期望着生活更神圣。生活是不容易的，因为有各种各样的不容易才更动人，我企盼在各种各样的不容易之中给读者以希望，这希望也可以在表现失望中获得。

我对写作永远充满神圣的敬仰。我认为文学可以表现生活中的表演，但是作家应该忌讳表演生活。作家应该眼睛永远向下，中国是发展中的农业大国，人人与农民、农村、土地有关，所以我会主动去农村生活，目的是让自己了解最基层的人的原生态想法。写作永远是我安身立命的生存方式。

对于写作我只盼望三点：一是要有一个健康的身体，写长篇耗神耗体力。二是要有一颗明镜的心，这说说容易，做起来不易。三是我想离优秀的文学作品近些、再近些。我只能像农民对土地深深地弯下腰去那样，对生活深深地弯下腰去，以更宽广的胸襟营养心灵、体贴生活；不敷衍我们所处的时代，不敷衍我的笔、我的灵魂、我的读者。

寻找属于自己的句子

——《白鹿原》创作手记（节选）

陈忠实

难忘 1985，打开自己

1985 年，在我以写作为兴趣以文学为神圣的生命历程中，是一个难以忘记的标志性年份。我的写作的重要转折，自然也是我人生的重要转折，在我今天回望的感受里，是在这年发生的。

这年的 11 月，我写成了八万字的中篇小说《蓝袍先生》。这部中篇小说与此前的中、短篇小说的区别，我一直紧紧盯着乡村现实生活变化的眼睛转移到 1949 年以前的原上乡村，神经也由紧绷绷的状态松弛下来；由对新的农业政策和乡村体制在农民世界引发的变化，开始转移到人的心理和人的命运的思考，自以为是一次思想的突破和创作的进步。还有一点始料不及的事，由《蓝袍先生》的写作勾引出长篇小说《白鹿原》的创作欲望。

这年的最后一个月的最后十天，我随中国作家代表团出访泰国。这是我第一次走出国门，为此置备了一套质地不错的西装。当我第一次穿上西装打上领带站在穿衣镜前自我端详也自我欣赏的时候，我的脑海里浮出蓝袍先生来。这是我在一月前刚刚写成的中篇小说《蓝袍先生》里的主要人物，其中有一个我自己很欣赏的细节，他穿了许多年的蓝色长袍，从解放前的教书先生一直穿到走进人民共和国的一所新式教师进修学校，在同学的讥笑声中脱下了作为封建残余标志的蓝袍，换上了象征着获得精神解放的"列宁装"。我脱下穿了几十年的四个兜中山装再换上西装的那一刻，切实意识到我就是刚刚塑造完成的蓝袍先生。我在解析蓝袍先生的精神历程揭示心理历程的人生轨迹时，也在解析自己；我以蓝袍先生为参照，透视自己的精神禁锢和心灵感受的盲点和误区，目的很单纯也很专注，打开自己。

　　人生的每一个年轮都会发生大大小小许多事，过去了也就过去了，无论好事或者挫折的事，对人尔后的经验积累和人生体验，都有益处。而几件难忘的事完全是毫无意识地凑到一起，事后回嚼起来发现如此的奇妙。正当我以一种强烈的自觉意识希求打开自己的时候，中国作家协会通知我随团访问泰国。到泰国首都曼谷机场时已是傍晚，在机场完成礼仪性会见仪式再乘车驶上高速公路，我被河流一样的汽车车灯吓得不知所措。不仅我这个乡下人第一次看到这奇观异景，随团的北京几位作家也连连发出惊叹。还有一个细节至今记忆犹新，参观曼谷一家超市时，郑万隆让我和他合作做一项社会调查，他数往这边过来的顾客四十人，让我数往那边走去的顾客也数四十人，有男也包括女，看看能有几个人穿着相同式样和颜色的衣服。结果是他没有看到我也没有看到服装完全一样的两个人。这个细节之所以比泰国那些保存完美的古典宫殿还要深刻地保持记忆，在于太赋予一个时代的讽刺性征了。大约就在1985年前一年，胡耀邦在某次重要的中央会议上，把他穿戴整齐的西装领带示范给与会的各位党政领导人，身体力行倡导穿西装。西状和中山装已经成为思想解放和思想保守的时代性标志。我的《蓝袍先生》，就是在这种处处都可以感受到生活正在发生的激烈而又广泛的深层冲突过程中，引发思考触动灵魂也产生创作欲望的。我那时候把这种过程称作"精神剥离"。

　　我生活周围的乡村人有一句自我嘲弄的卑称，相对见多识广也富裕文明的城市人，把自己称作"乡棒"，由此演绎出许多"乡棒"进城的笑话。我在曼谷超市大楼上被五颜六色的各种式样的服装搞得眼花缭乱的那一刻，确凿意识到，不仅我是"乡棒"，教我观察服装的北京作家郑万隆也是"乡棒"。面对世界，1985年的中国人大都是"乡棒"。胡耀邦倡导各级党政领导脱下中山装换上西装领带，应该是换一种思想也换一种思维方式的符号，强烈地要改变中国"乡棒"的形象，进入世界充当角色。作为作家，我在泰国看到的生活世象，恰好吻合着我当时的心态，这儿的人是以这样的形态生活着，这就足以让我开了眼界了——打开自己。

　　我更迫切也更注重从思想上打开自己，当然还有思路和眼界。这肯定与我业已发生的新的创作内容有关系，即在此前两三个月产生的长篇小说的内容。1986年的清明过后，我去蓝田县查阅县志和党史文史资料，开始把眼光关注于我脚下这块土地的昨天。我同时也开始读一些非文学书籍，这种阅读持续了两年，直到我开笔起草《白鹿原》初稿，才暂且告一段落。我印象深的有两本书，一本是号称日本通的一个美国人赖肖尔写的《日本人》的书，让我颇为惊悚。我曾在十四年前与评论家李星的对话中较为充分地阐述了惊悚引发的思考，不再重述，倒是这种惊悚之后关于历史和现实的态度，进入一种较为理性的沉静，对于我所正在面对的白鹿原百年变迁的生活史料的理解，大有益处，甚至可以说至关重要。我在惊悚之后进入这样一种状态，"所有发生过的重大事件都是这个民族不可逃避的必须要经历的一个历史过程，所以我便从已往的那种为着某个灾难而惋惜的心境或企图不再发生的侥幸心理中跳了出来。"这部书让我了解了明治维新前后的日本，正好作为我理解中国近代史一个绝好的参照；意料不及的意外收获，让我看取历史理解生活的姿态进入理性境界。另一部书名为《兴起与衰落》。这是青年评论家李国平推荐给我读的，他大约风闻我在查阅西安周围几个县历史资料的举动，让我读一读他已读过且以为很有见解深度的这本书。这是研究以古长安为中心的关中历史的书，尽管历史教科书向每一个读过中学的人普及了长安曾经的几度辉煌，然而作者对这块土地上的兴盛和衰落的透彻理论，也给我认识近代关中的演变注入了活力和心理上的自信。同样在与李星的对话里也谈到这一点，"当我第一次系统审视近一个世纪以来这块土地上发生的一系列重大事件时，又促进了起初的那种思索进一步深化而且渐入理性境界，甚至连'反右'、'文革'都不觉得是某一个人偶然判断的失误或是失误的举措了。所有悲剧的发生都不是偶然的，都是这个民族从衰败走向复兴复壮过程中的必然。这是一个生活演变的过程，也是历史演进的过程。"这是我那时候的真实感受，是给我以可靠感觉的阅读文本，帮我打开了禁封的自己。

　　我集中阅读了一批文学书籍，主要是长篇小说，意图也很明确，需要更进一步在艺术上打开自己。实际上我的艺术视野在新时期以来是不断扩展的，每一本有独到性的小说乃至某一个优秀的短篇小说，都在起着打开艺术眼界的效果。我向来是以阅读实现创作的试验和突破的。印象最深的是作为新时期文艺复兴的标志性的 1978 年的夏天，我确信文学创作可以当作一项事业来干的时代到来的时候，要求从行政部门调到西安郊区文化馆。这年秋天，我在文化馆一间废弃的房子支了一张床，把墙上用粗笔写的"打倒"、"砸烂"之类的黑墨字用报纸糊起来，把吊在空中的顶棚重新搭好，我就开始坐下读书。1978 年冬天还找不见新翻译小说，我在文化馆图书馆把所有的契诃夫和莫泊桑的短篇小说搜出来，坐在那间只有一张旧桌子一把旧椅子和一张床的房子里阅读。这大约是我一生读书经历中心境最好的一次。最重要的一点，我在此时确定下来一个尚不敢张扬的人生志愿，要当一个作家。我在"文革"前一年刚刚发表散文处女作，到"文革"摧毁一切的时候，仅仅发表过六七篇散文，还有诗歌、快板。那时候能在报刊上发表作品的业余作者远远比不得现在这样多，尽管我自己很鼓舞，却也能掂出自己那些小散文的分量，确凿还不敢确信自己能成为一个作家。作家柳青和王汶石就在离我不远的西安，是我顶礼膜拜的人，他们才是作家，等不得我有创作的新发展，也等不得我有当作家的雄心壮志产生，"文革"把我最切实也最平庸的能发点文章就不错的好梦也打碎了。到"文革"

后几年，被赶出作家协会院子的作家和编辑得到指令，从陕南陕北关中几处劳动改造的乡村回到西安，组建陕西省文艺创作研究室（不许复旧作协名称），创办一本文学杂志《陕西文艺》（不许复旧《延河》），老作家惊魂未定，大多数没有动手写作，用心偏重于培养"工农兵"业余作者。我从 1973 年到 1976 年中国发生第二次"解放"的四年里，写了四篇小说，还有一些散文。第一个短篇小说处女作被改编为电影，后来留下笑柄。这几篇小说都演绎阶级斗争，却也有较为浓厚生动的乡村生活气氛，当时颇得好评。尽管如此，我也没有产生当作家的梦，依旧认真地在当时的西安郊区一个公社里"学大寨"。我把这几年的写作自嘲为"过瘾"，大约只有我深知自己的这种写作感受。我真喜欢写作，如同酒鬼的酒瘾和烟民的烟瘾，我一年写一个短篇外加几篇生活速写或散文，就是要过一过文字表述的"瘾"，最大的安慰就是在杂志和报纸发表出来的时候，看着被铅印的自己的名字，有某种自我欣赏的愉悦。那时候取消了稿酬，没有一分钱的实际利益，写作又是最冒风险的事，一句话写不好就会有"帽子"扣过来，就形成只想"过瘾"不做作家梦的清醒而又矛盾的状态。

现在想当作家了，我当时能想到的切实举措就是读书。我那时想从短篇起步，就读契诃夫和莫泊桑。我一边关注着新的文学观点，重心却在这两位大家的作品的阅读感受，是驱逐排解以往接受的极左到可笑的非文学因素的最有效的办法。我在契诃夫与莫泊桑之间又选定莫泊桑，把他小说集里我最喜欢的十数篇作为精读的范本。房子里生着火炉，我熬着最廉价的砖茶，从秋天读到冬天直读到春节，整个沉浸在阅读的愉悦之中，没有物质要求，也不看左凉右热的脸，是一种最好的读书心境。到 1979 年的春节过后，我在依然凛冽的寒风里敏感到春的骚动，开始涌动起写作的欲望。这一年，我写了近十篇小说，《信任》获得全国短篇小说奖。此前一年冬天围着火炉的阅读，不仅从极左的文艺禁锢下得到拯救和重生，而且开始形成自己，也成为我创作道路上的一次深刻的记忆。现在看，当是第一次打开自己。

我在七八年后又发生了这种迫切的阅读欲望。我在《白鹿原》创作苗头发生以后，突然意识到以往阅读长篇小说太粗心了，竟然没有留心解读它们的结构。《白》的主要人物重大情节和一些自以为得意的重要细节基本确定以后，如何把已经意识到的内容充分合理地表述出来，结构就成为横在眼前的首要难题。我尊敬的西北大学教授蒙万夫老师，得知我想写长篇小说之后，十分关切，不止一次郑重告诫我，长篇小说是一个结构艺术。其实我不单是一个结构问题，我既想见识各种长篇小说的结构方式，也想看看各路作家的语言选择，甚至如何开头和结尾才恰到好处。我已十分切近地感到某种畏怯，第一次写长篇，人物和内容又那么多，时间跨度也那么长，写砸了就远不是某个中篇或短篇不尽如人意所可类比。阅读以开扩眼界，同时也在完成心理调整，排除畏怯心理，树起自信来。

我先后选择了十多部长篇作为范本阅读。我记得有《百年孤独》，是郑万隆寄给我的《十月》杂志上刊发的文本，读得我一头雾水，反复琢磨那个结构，仍是理不清头绪，倒是忍不住不断赞叹伟大的马尔克斯，把一个网状的迷幻小说送给读者，让人多费一番脑子。我便告诫自己，我的人物多情节也颇复杂，必须条分缕析，让读者阅读起来不黏不混，清清白白。我读了王蒙的《活动变人形》和张炜的《古船》，这是那两年先后出版的两部深得好评的长篇小说。在我的印象里是新时期文艺复兴刚刚开端的长篇小说创作，一出手就把长篇小说创作推到一个标志性的高度。我读这两部长篇小说时，完全不同《百年孤独》的感受，不是雾水满头而是清朗爽利。《活动变人形》呈现一种自然随意的叙述方式，结构上看去不做太讲究的痕迹，细看就感到一种大手笔的自由自在的驾驭功夫，把人物的现在时和过去时穿插得如此自然自如。我在《古船》的阅读中却看到完全不同的结构方式，直接感知到一种精心设计的刻意。我又一次加深体验了我说过的话，想了解一个作家的最可靠最直接的途径，就是阅读他的作品。《古船》和《活动变人形》对近代和当代生活的叙述，就显示着张炜和王蒙的不同质地和个性，这且不多论。我在这两部小说阅读中得到的关于结构的启示，不单是一个方式方法问题，而是如何找到合理结构的途径；不是先有结构，或者说不是作家别出心裁弄出一个新颖骇俗的结构来，而是首先要有对人物的深刻体验，寻找到能够充分表叙人物独特的生活和生命体验的恰当途径，结构方式就出现了。这里完成了一个关系的调整，以人物和内容创造结构，而不是以先有的结构框定人物和情节。我必须再次审阅我的人物。

这时候刚刚兴起的一种研究创作的理论给我以决定性的影响，就是"人物文化心理结构"学说。人的心理结构主要由接受并信奉不疑且坚持遵行的理念为柱梁，达到一种相对稳定乃至超稳定的平衡状态，决定着一个人的思想质地道德判断和行为选择，这是性格的内核。当他的心理结构受到社会多种事象的冲击，坚守或被颠覆，能否达到新的平衡，人就遭遇深层的痛苦，乃至毁灭。我在接受了这个理论的同时，感到从已往信奉多年的"典型性格"说突破了一层，有一种悟得天机茅塞顿开的窃喜。我自喜欢上文学创作，就知道现实主义的至为神圣的创作目标，是塑造典型性格的人物；我从写第一篇小说就实践着典型性格人物的创作，短篇小说和中篇小说都在作着这种努力；我已经写过几十个短篇小说和七八部中篇小说，却没有一个人物能被读者记住，自然说不上典型了。我曾经想过，中国古典几部经典小说塑造的张飞、诸葛亮、曹操、贾宝玉、王熙凤、林黛玉、孙悟空、猪八戒等典型性格，把中国人的性格类型概括完了，很难再弄出新的典型性格来；我也想到新文学，仅就性格的典型性而言，大约只有阿 Q 和孔乙己。我自然想到我的这部长篇小说，几十万字写出来，如果给读者不能留下一两个性格显明的人物，读者读完便什么都忘了，我写它的必要性还有多大？且不敢妄想"典型性"。我在以偷得天机地接受"人物文化心理结构"说之后，以为获得了塑造《白》的人物的新的途径，重新把正在酝酿着的几个重要人物从文化心理结构上再解析过滤一回，达到一种心理内质的准确把握，尤其是白嘉轩和朱先生，还有孝文和黑娃，他们坚守的生活理念和道德操守，面对社会种种冲击和家庭意料不及的变异，坚守或被颠覆，颠覆后的平衡和平衡后的再颠覆，其中的痛苦和欢乐，就是我要准确把脉的心灵流程的轨迹。我已树立起一个信念，把自以为对这些人物的心灵轨迹心理脉象把准了，还能有恰切恰当的叙述文字，这些人物的内在气质和个性应当是立体的。为了实现从这条途径刻画人物的目的，我给自己规定了一条限制，不写人物的外貌肖像，看看能否达到写活人物的目的。这样，我的思路明晰了，也单纯，就是从人物各个不同的心理结构下笔，《白》书的结构框架也脉络清晰水到渠成了。我在和李星的对话里说过："最恰当的结构便是能负载全部思考和所有人物的那个形式，需得自己去设计，这便是创造。"

我至今记着 1985 年的一个细节。这年早春三月，中国作协在河北涿县召开"农村题材创作"研讨会。我在赴京的火车上和由北京赴涿县的汽车上，看到河北平原寒凝大地的凋残景象，一望无际的越冬小麦的垄畦里，看不到一缕绿色，贴在冻结的地皮上的麦苗的叶子，一抹被冻死风干的黄色，我顿然意识到不同于我的家乡关中冬天的严酷了。在关中，在我的祖居和现居的白鹿原下的灞河川道，即使数九天里，小麦的叶子只不过稍微变成深灰，却仍然是绿的底色。三月的河川和原坡，已经是一派葱茏的返青的麦苗了，柳树已蓬勃着一派嫩绿浅黄的柔和诗意。我第一次领略到河北平原的三月，是这样一番不堪的景致，虽然颇多惊诧，却毫不影响我参加这次会议的兴致。我感动中国作协对以农村题材写作为主的作家的关心，召开这样一个专题研讨会，起码给我提供了一个难得的机会，可以听取那些在农村题材创作上成就卓著的老作家的经验，也可以了解新时期在农村题材创作上出手不凡的年轻作家的创作思路，还有涉及农村题材创作诸多话题的种种见解，我可以开阔眼界扩展思路和视角，对往后的创作肯定只有益处。我只是一个聆听者，一个虔诚的聆听者，这是我起程赴会时就自我确定的姿态和心态。我一次不缺参加分组讨论和大会发言，都是倾心真诚地聆听各路新老作家的见解，即使完全相对相背的看法，我都认真听取，在我的思想里过滤、判断和选择。我至今留下的印象，这是难得的一次有质量的会议，讨论的话题已不局限在农村题材，很自然地涉及整个文学创作，即上世纪八十年代中期文学创作的现状和走向。其中现代派和先锋派的新颖创作理论，有如白鹭掠空，成为会上和会下热议的一个话题。记得是在大会安排的发言中，我听到路遥以沉稳的声调阐述他的现实主义创作主张，结束语是以一个形象比喻表述的："我不相信全世界都成了澳大利亚羊。"

那个时候刚刚引进来澳大利亚优良羊种，正在中国牧区和广大乡村推广，路遥的家乡陕北地区素来习惯养羊，是陕西推广澳大利亚羊的重点地区。他借此事隐喻开始兴起的现代派和先锋派创作，却没有挑明直说；他只说自己崇尚并实践着的现实主义写作方法，自然归类于陕北农民一贯养育着的山羊了。我坐在听众席上看他说话，沉稳的语调里显示着自信不疑的坚定，甚至可以感到有几分固执。我更钦佩他的勇气，敢于在现代派先锋派的热门话语氛围里亮出自己的旗帜，不信全世界只适宜养一种羊。我对他的发言中的这句比喻记忆不忘，更在于暗合着我的写作实际，我也是现实主义写作方法坚定的遵循者，确信现实主义还有新的发展天地，本地羊也应该获得生存发展的一方草地。然而，就现实主义写作本身，尽管我没有任何改易他投的想法，却已开始现实主义写作各种途径的试探，这从近两年的中短篇小说尤其是中篇小说的写作上可以看出变数。1985年早春的涿县会议使我更明确了此前尚不完全透彻的试探，我仍然喜欢现实主义创作方法，但现实主义写作方法必须丰富和更新，寻找到包容量更大也更鲜活的现实主义。

我随后便以自觉的意识回看自己的现实主义写作历程。这是1985年最活跃的文学创作氛围冲击下获得的自觉。我自然会想到柳青和王汶石，他们对渭河平原乡村生活的描写，不仅在创作上，甚至在纯粹欣赏阅读的诗意享受上，许多年来使我陷入沉醉。"文革"中的1974年我到南泥湾"五七干校"锻炼，规定要带《毛泽东选集》，我悄悄私带了一本《创业史》，在窑洞里度过了半年，那是一种纯粹的欣赏性阅读。这两位作家对我整个创作的影响，几乎是潜意识的。我的早期小说，有人说过像柳青的风格，也有人说沾着王汶石的些许韵味。我想这是自然的，也是合理的，当年听到时还颇为欣慰，能让评论家和读者产生这种阅读感觉，起码标志着不低不俗的起步的基点。到了1985年，当我比较自觉地回顾包括检讨以往写作的时候，首先想到必须摆脱柳青和王汶石。我曾在一篇文章里写到过这段经历，概括为一句话说：一个业已长大的孩子，还抓着大人的手走路是不可思议的。还有一句决绝的话：大树底下好乘凉，大树底下不长苗。这是我那段时间反省的结论。在之后酝酿构思《白》书的两年时间里，想要形成独立的自己的欲念已经稳固确立，以自己的理解和体验审视那一段历史。但有一点我还舍弃不了，这就是柳青以"人物角度"去写作人物的方法。

不同的作家有不同的写作人物的方法，有的是全知的叙述或描写，有的则是作家自己的视角和口吻，等等。柳青的"人物角度"写作方法，是作家隐在人物背后，以自己对人物此一境况或彼一境遇下的心理脉象的准确把握，通过人物自己的感知作出自己的反应。我曾经一直实验着这种方法。我在 1985 年获得并决定接纳"人物文化心理结构"说的跃跃欲试的兴奋情境里,似乎很自然地把柳青的"人物角度"写作方法联想起来。我较长时月里虽然都在使用这种方法,总是苦于把握不准"人物角度",或者留下生硬的痕迹,难得如柳青那样自然熨帖。我这时才意识到,"人物角度"只是现实主义写作的一种方法,这个方法谁都可以用,用得好用得不好,或者说能否显示这种写作方法独具的艺术效力,关键还在作家对自己要写的人物深度理解上,一个本身没有多少思想负载的人物,单凭某种写作方法是无法为其增加分量和深度的。我也就豁然开朗,我可以使用"人物角度"的写作方法,而关于历史和现实生活的理解和体验,只能由自己发生,这是无法借助或教授所能获得。关于上世纪前五十年的生活体验生命体验,自以为是新鲜的独自的;对那些已经酝酿着的人物的"文化心理结构"的把握,顿然确信获得了"人物角度"写法的自由。在后来的写作中,自我感觉果然比较自如,在人物直接出场的行为中,我以"人物角度"描写他们;在人物不直接出场纯由作者叙述的篇章,我也能比较自如地以"人物角度"进行叙述;描写和叙述都从"人物角度"得以实现,我以为真正的要领在于"人物文化心理"的把握,才获得了描写和叙述的自由。"人物文化心理结构"说,在上世纪八十年代中期令人难忘的思想和学术的活跃氛围里,似乎还没有形成轰动效应,大约是学术味太偏浓的缘故,我却有幸领教了也接纳了,而且直接进入创作试验了。我便想到,谁接受什么拒绝什么,也是因谁的具体个案而决定取舍的。我说不清我为什么接纳"人物文化心理结构"说,要说还是一句大实话大白话,觉得它有道理,有道理就可以信赖,就对自己认识世界认识生活以及正在努力着的写作具有启示意义,自然就信服了。而我确切地感知到这是一次重要的非同一般的启示。

我想到阅读《百年孤独》的情景。我是在《十月》上读到这部名著的。这部小说和作家马尔克斯风靡中国,一直持续到今天,新时期以来任何一位获得诺贝尔文学奖的作家和作品,都无法与其相比在中国文坛的影响。我随后看到中国个别照猫画虎式的某些模仿,庆幸我在当初阅读时的感受和判断,尚未发昏到从表面上去模仿,我感受到马尔克斯的《百年孤独》是一部从生活体验进入生命体验之作,这是任谁都无法模仿的,模仿的结果只会是表层的形式的东西,比如人和动物的互变。就我的理解,人变甲虫人变什么东西是拉美民间土壤里诞生的魔幻传说,中国民间似乎倒不常见。马尔克斯对拉美百年命运的生命体验,只有在拉丁美洲的历史和现实中才可能发生并获得,把他的某些体验移到中国无疑是牛头不对马嘴的,也是愚蠢的。我由此受到的启发,是更专注我生活的这块土地,这块比拉美文明史要久远得多的土地的昨天和今天,企望能发生自己独自的生活体验,尚无把握能否进入生命体验的自由境地。在形式上，我也清醒地谢辞了"魔幻"，仍然定位自己为不加"魔幻"的现实主义。这道理很简单，我所感知到这块土地的昨天和今天，似乎没有人变甲虫的传闻却盛传鬼神。我如果再在中国仿制出人变狗或变虾鱼的细节来，即使硬撑着顶住别人的讥讽，独处时也会为这种低能而羞愧的。我确信中国民间的鬼神传闻在本质上不同于魔幻，不单是一句批判意义上的迷信，尽管其发生和传播的一条原因在于科学的缺失，然而仍蕴涵着不尽的文化，也应是中国某些人"文化心理结构"的一根构件，即使是小小的不起眼的一件。我自幼接受的第一件恐惧事象不是狼而是鬼。天黑之后我不敢去茅房，四周似乎都有鬼的影子。即使在我已经做了乡村教师，还是在路过有孤坟的一段村路时由不得起鸡皮疙瘩。我在未识字前的最丰富生动的想象力，就集中体现在对鬼的千姿百态的描绘上。我对神却是一片迷糊，从来没有想象出一幅神的图像来。在《白》书的构思里，有几处写到闹鬼情节，却不是为了制造神秘魔幻，而是出于人物自身的特殊境遇下的心理异常。鹿三杀死小娥后就发生了行为举止失措的变化，这是仅仅出于鹿三这个人独具的文化心理结构，按他的道德信奉和善恶观，无法容忍小娥的存在；然而出于同样的文化心理结构，杀人毕竟不是拔除一根和庄稼争水肥的野草，在一时义举之后就陷入矛盾和压迫，顺理成章就演绎出小娥鬼魂附体的鬼事来……我少年和青年时期，不下十回亲自看见乡人用桃条抽打附着鬼魂的人身上的簸箕，连围观的我都一阵阵头皮发紧发凉。有论家说我在《白》书中的这些情节是"魔幻"，我清楚是写实，白鹿原上关于鬼的传说，早在"魔幻"这种现实主义文学传入之前几千年就有了，以写鬼成为经典的蒲松龄，没有人给他"魔幻"称谓；鲁迅的《祝福》里的祥林嫂最后也被鬼缠住了，似乎没有人把它当作"魔幻"，更不必列举传统戏剧里不少的鬼事了；我写的几个涉及鬼事的情节，也应不属"魔幻"，是中国传统的鬼事而已……

真是难忘的 1985。我在文学艺术的各种流派新潮的涌动里，接纳并试验了我以为可以信赖的学说，打开了自己；我在见识各种新论的时候，吸收了不少自以为有用的东西，丰富了自己；我也在纷繁的见识中进行了选择，开始重新确立自己，争取实现对生活的独自发现和独立表述，即寻找属于自己的句子。

（节选自《寻找属于自己的句子》，上海文艺出版社 2009 年 8 月版）

《秦腔》后记

贾平凹

在陕西东南，沿着丹江往下走，到了丹凤县和商县（现在商洛专区改制为商洛市，商县为商州区）交界的地方有个叫棣花街的村镇，那就是我的故乡。我出生在那里，并一直长到了十九岁。丹江从秦岭发源，在高山峻岭中突围去的汉江，沿途冲积形成了六七个盆地，棣花街属于较小的盆地，却最完备盆地的特点：四山环抱，水田纵横，产五谷杂粮，生长芦苇和莲藕。村镇前是笔架山，村镇中有木板门面老街，高高的台阶，大的场子，分布着塔，寺院，钟楼，魁星阁和戏楼。村镇人一直把街道叫官路，官路曾经是古长安通往东南的唯一要道，走过了多少商贾、军队和文人骚客，现还保留着骡马帮会会馆的遗址，流传着秦王鼓乐和李自成的闯王拳法。如果往江南岸的峭崖上看，能看到当年兵荒匪乱的石窟，据说如今石窟里还有干尸，一近傍晚，成群的蝙蝠飞出来，棣花街就麻碴碴地黑了。让村镇人夸夸其谈的是祖宗们接待过李白、杜甫、王维、韩愈一些人物，他们在街上住宿过，写过许多诗词。我十九岁以前，没有走出过棣花街方圆三十里，穿草鞋，留着个盖盖头，除了上学，时常背了碾成的米去南北二山去多换人家的包谷和土豆，他们问："哪里的？"我说："棣花街的！"他们就不敢在秤上捣鬼。那时候这里的自然风景和人文景观依然在商洛专区著名，常有穿了皮鞋的城里人从 312 国道上下来，在老街上参观和照相。但老虎不吃人，声名在外，棣花街人多地少，日子是极度的贫困。那个春上，河堤上的柳树和槐树刚一生芽，就全被捋光了，泉池里石头压着的是一筐一筐煮过的树叶，在水里泡着拔涩。我和弟弟帮母亲把炒过的干苕蔓在碾子上砸，罗出面儿了便迫不及待地往口里塞，晚上稀粪就顺了裤腿流。我家隔壁的厦子屋里，住着一个李姓的老头，他一辈子编草鞋，一双草鞋三分钱，临死最大的愿望是能吃上一碗包谷糁糊汤，就是没吃上，队长为他盖棺，说："别变成饿死鬼。"塞在他怀里的仍是一颗熟红苕。全村镇没有一个胖子，人人脖子细长，一开会，大场子上黑乎乎一片，都是清一色的土皂衣裤。就在这一群人里谁能想到有那么多的能人呢：宽仁善制木。本旺能泥塑。东街李家兄弟精通胡琴，夜夜在门前的榆树下拉奏。中街的冬生爱唱秦腔，吃了上顿没下顿的，老婆都跟人去讨饭了，他仍在屋里唱，唱着旦角。五林叔一下雨就让我们一伙孩子给他剥玉米棒子或推石磨，然后他盘腿搭手坐在那里说《封神演义》，有人对照了书本，竟和书本上一字不差。生平在偷偷地读《易经》，他最后成了阴阳先生。百庆学绘画，拿锅黑当墨，在墙上可以画出二十四孝图。刘新春整理鼓谱。刘高富有土木设计上的本事，率领八个弟子修建了几乎全县所有的重要建筑。西街的韩姓和东街的贾姓是棣花街上的大族，韩述绩和贾毛顺的文墨最深，毛笔字写得宽博温润，包揽了全村镇门楼上的题匾。每年从腊月三十到正月十五，棣花街都是唱大戏和闹社火，演员的补贴是每人每次三斤热红苕，戏和社火去县上会演，总能拿了头名奖牌。以至于外地来镇上工作的干部，来时必有人叮咛：到棣花街了千万不敢随便说文写字。再是我离开了故乡生活在了西安，以写作出了名，故乡人并不以为然，甚至有人在棣花街上说起了我，回应的是：像他那样的，这里能拉一车！

就在这样的故乡，我生活了十九年。我在祠堂改做的教室里认得了字。我一直是病包儿，却从来没进过医院，不是喝姜汤捂汗，就是拔火罐或用瓷片割破眉心放血，久久不能治愈的病那都是"撞了鬼"，就请神作法。我学会了各种农活，学会了秦腔和写对联、铭锦。我是个农民，善良本分，又自私好强，能出大力，有了苦不对人说。我感激着故乡的水土，它使我如芦苇丛里的萤火虫，夜里自带了一盏小灯，如满山遍野的棠棣花，鲜艳的颜色是自染的。但是，我又恨故乡，故乡的贫困使我的身体始终没有长开，红苕吃坏了我的胃。我终于在偶尔的机遇中离开了故乡，那曾经在棣花街是一件惊天动地的事情。记得我背着被褥坐在去省城的汽车上，经过秦岭时停车小便，我说："我把农民皮剥了！"可后来，做起城里人了，我才发现，我的本性依旧是农民，如乌鸡一样，那是乌在了骨头里的。

我必须逢年过节就回故乡，去参加老亲世故的寿辰、婚嫁、丧葬，行门户，吃宴席，我一进村镇的街道，村镇人并不看重我是个作家，只是说：贾家老四的儿子回来了！我得赶紧上前递纸烟。我城里小屋在相当长的年月里都是故乡在省城的办事处，我备了一大摞粗瓷海碗，几副钢丝床，小屋里一来人肯定要吃捞面，腥油拌的辣子，大疙瘩蒜，喝酒就划拳，惹得同楼道的人家怒目而视。所以，棣花街上发生了任何事，比如谁得了孙子，是顺生还是横生，谁又死了，埋完人后的饭是上了一道肉还是两道肉，谁家的媳妇不会过日子，谁家兄弟分家为一个筲篮致成了仇人，我全知道。一九七九年到一九八九年的十年里，故乡的消息总是让我振奋，土地承包了，风调雨顺了，粮食够吃了，来人总是给我带新碾出的米，各种煮锅的豆子，甚至是半扇子猪肉，他们要评价公园里的花木比他们院子里的花木好看，要进戏园子，要我给他们写中堂对联，我还笑着说：棣花街人到底还高贵！那些年是乡亲们最快活的岁月，他们在重新分来的土地上精心务弄，冬天的月夜下，常常还有人在地里忙活，田堰上放着旱烟匣子和收音机，收音机里声嘶力竭地吼秦腔。我一回去，不是这一家开始盖新房，就是另一家为儿子结婚做家具，或者老年人又在晒他们做好的那些将来要穿的寿衣寿鞋了。农民一生三大事就是给孩子结婚，为老人送终，再造一座房子，这些他们都体体面面地进行着，他们很舒心，都把邓小平的像贴在墙上，给他上香和磕头。我的那些昔日一块套过牛，砍过柴，偷过红苕蔓子和豌豆的伙伴会坐满我家旧院子，我们吃纸烟，喝烧酒，唱秦腔，全晕了头，相互称"哥哥"，棣花街人把"哥哥（gē）"发音为"哥哥（guǒ）"，热闹得像一窝鸟叫。

对于农村、农民和土地，我们从小接受教育，也从生存体验中，形成了固有的概念，即我们是农业国家，土地供养了我们一切，农民善良和勤劳。但是，长期以来，农村却是最落后的地方，农民是最贫困的人群。当国家实行起改革，社会发生转型，首先从农村开始，它的伟大功绩是解决了农民吃饭问题。虽然我们都知道像中国这样的变化没有前史可鉴，一切都充满了生气，一切又都混乱着，人搅着事，事搅着人，只能扑扑腾腾往前拥着走，可农村在解决了农民吃饭问题后，国家的注意力转移到了城市，农村又怎么办呢？农民不仅仅只是吃饱肚子，水里的葫芦压下去了一次就会永远沉在水底吗？就在要进入新的世纪的那一年，我的父亲去世了。父亲的去世使贾氏家族在棣花街的显赫威势开始衰败，而棣花街似乎也度过了它暂短的欣欣向荣岁月。这里没有矿藏，没有工业，有限的土地在极度地发挥了它的潜力后，粮食产量不再提高，而化肥、农药、种子以及各种各样的税费迅速上涨，农村又成了一切社会压力的泄洪池。体制对治理发生了松弛，旧的东西稀里哗啦地没了，像泼去的水，新的东西迟迟没再来，来了也抓不住，四面八方的风方向不定地吹，农民是一群鸡，羽毛翻皱，脚步趔趄，无所适从，他们无法再守住土地，他们一步一步从土地上出走，虽然他们是土命，把树和草拔起来又抖净了根须上的土栽在哪儿都是难活。我仍然是不断地回到我的故乡，但那条国道已经改造了，以更宽的路面横穿了村镇后的塬地，铁路也将修有梯田的牛头岭劈开，听说又开始在河堤内的水田里修高速公路了，盆地就那么小，交通的发达使耕地日益锐减。而老街人家在这些年里十有八九迁居到国道边，他们当然没再盖那种一明两暗的硬梁房，全是水泥预制板搭就的二层楼，冬冷夏热，水泥地面上满是黄泥片，厅间蛮大，摆设的仍是那一个木板柜和三四只土瓮。巷口的一堆妇女抱着孩子，我都不认识，只能以其相貌推测着叫起我还熟悉的他们父亲的名字，果然全部准确，而他们知道了我是谁时，一哇声地叫我"八爷！"（我在我那一辈里排行老八。）我站在老街上，老街几乎要废弃了，门面板有的还在，有的全然腐烂，从塌了一角的檐头到门框脑上亮亮地挂了蛛网，蜘蛛是长腿花纹的大蜘蛛，形象丑陋，使你立即想到那是魔鬼的变种。街面上生满了草，没有老鼠，黑蚊子一抬脚就轰轰响，那间曾经是商店的门面屋前，石砌的台阶上有蛇蜕一半在石缝里一半吊着。张家的老五，当年的劳模，常年披着裰子当村干部的，现在脑中风了，流着哈喇子走过来，他喜欢地望着我笑，给我说话，但我听不清他说些什么。堂兄在告诉我，许民娃的娘糊涂了，在炕上拉屎又把屎抹在墙上。关印还是贪吃，当了支书的他的侄儿家被人在饭里投了毒，他去吃了三大碗，当时就倒在地上死了。后沟里有人吵架，一个说：你张狂啥呀，你把老子×咬了?！那一个把帽子一卸，竟然扑上去就咬×，把×咬下来了。村镇出外打工的几十人，男的一半在铜川下煤窑，在潼关背金矿，一半在省城里拉煤、捡破烂，女的谁知道在外边干什么，她们从来不说，回来都花枝招展。但打工伤亡的不下十个，都是在白木棺材上缚一只白公鸡送了回来，多的赔偿一万元，少的不过两千，又全是为了这些赔偿，婆媳打闹，纠纷不绝。因抢劫坐牢的三个，因赌博被拘留过十八人，选村干部宗族械斗过一次。抗税惹事公安局来了一车人。村镇里没有了精壮劳力，原本地不够种，地又荒了许多，死了人都熬煎抬不到坟里去。我站在街巷的石碌子碾盘前，想，难道棣花街上我的亲人、熟人就这么很快地要消失吗？这条老街很快就要消失吗？土地也从此要消失吗？真的是在城市化，而农村能真正地消失吗？如果消失不了，那又该怎么办呢？

父亲去世之后，我的长辈们接二连三地都去世，和我同辈的人也都老了，日子艰辛使他们的容貌看上去比我能大十岁，也开始在死去。我把母亲接到了城里跟我过活，棣花街这几年我回去次数减少了。故乡是以父母的存在而存在的，现在的故乡对于我越来越成为一种概念。每当我路过城街的劳务市场，站满了那些粗手粗脚衣衫破烂的年轻农民，总觉得其中许多人面熟，就猜测他们是我故乡死去的父老的托生。我甚至有过这样的念头：如果将来母亲也过世了，我还回故乡吗？或许不再回去，或许回去得更勤吧。故乡呀，我感激着故乡给了我生命，把我送到了城里，每一做想故乡那腐败的老街，那老婆婆在院子里用湿草燃起熏蚊子的火，火不起焰，只冒着酸酸的呛呛的黑烟，我就强烈地冲动着要为故乡写些什么。我以前写过，那都是写整个商州，真正为棣花街写得太零碎太少。我清楚，故乡将出现另一种形状，我将越来越陌生，它以后或许像有了疤的苹果，苹果腐烂，如一泡脓水，或许它会淤地里生出了荷花，愈开愈艳，但那都再不属于我，而目前的态势与我相宜，我有责任和感情写下它。法门寺的塔在倒塌了一半的时候，我用散文记载过一半塔的模样，那是至今世上唯一写一半塔的文字，现在我为故乡写这本书，却是为了忘却的回忆。

　　我决心以这本书为故乡树起一块碑子。

　　当我雄心勃勃在 2003 年的春天动笔之前，我奠祭了棣花街上近十年二十年的亡人，也为棣花街上未亡的人把一杯酒洒在地上，从此我书房当庭摆放的那一个巨大的汉罐里，日日燃香，香烟袅袅，如一根线端端冲上屋顶。我的写作充满了矛盾和痛苦，我不知道该赞歌现实还是诅咒现实，是为棣花街的父老乡亲庆幸还是为他们悲哀。那些亡人，包括我的父亲，当了一辈子村干部的伯父，以及我的三位婶娘，那些未亡人，包括现在又是村干部的堂兄和在乡派出所当警察的族侄，他们总是像抢镜头一样在我眼前涌现，死鬼和活鬼一起向我诉说，诉说时又是那么争争吵吵。我就放下笔盯着汉罐长出来的烟线，烟线在我长长的呼气中突然地散乱，我就感觉到满屋子中幽灵飘浮。

　　书稿整整写了一年九个月，这期间我基本上没有再干别事，缺席了多少会议被领导批评，拒绝了多少应酬让朋友们恨骂，我只是写我的。每日清晨从住所带了一包擀成的面条或包好的素饺，赶到写作的书房，门窗依然是严闭的，大开着灯光，掐断电话，中午在煤气灶煮了面条和素饺，一直到天黑方出去吃饭喝茶会友。一日一日这么过着，寂寞是难熬的，休息的方法就是写毛笔字和画画。我画了唐僧玄奘的像，以他当年在城南大雁塔译经的清苦来激励自己。我画了《悲天悯猫图》，一只狗卧在那里，仰面朝天而悲嚎，一只猫蹑手蹑脚过来看狗。我画《抚琴人》，题写："精神寂寞方抚琴"。又写了条幅："到底毛颖是吞虏，沧浪随处可濯缨"。我把这些字画挂在四壁，更有两个大字一直在书桌前："守侯"，让守住灵魂的侯来监视我。古人讲：文章惊恐成。这部书稿真的一直在惊恐中写作，完成了一稿，不满意，再写，还不满意，又写了三稿；仍是不满意，在三稿上又修改了一次。这是我从来都没有过的现象，我不知道是年龄大了，精力不济，还是我江郎才尽，总是结不了稿，连家人都看着我可怜了，说：结束吧，结束吧，再改你就改傻了！我是差不多要傻了，难道人是土变的，身上的泥垢越搓越搓不净，书稿也是越改越这儿不是那儿不够吗？

　　写作的整个过程中，有一位朋友一直在关注着，我每写完一稿，他就拿去复印。那个小小的复印店，复印了四稿，每一稿都近八百页，他得到了一笔很好的收入，他就极热情，和我的朋友就都最早读这书稿。他们都来自农村，但都不是文学圈中的人，读得非常兴趣，跑来对我说："你要树碑子，这是个大碑子啊！"他们的话当然给了我反复修改的信心，但终于放下了最后一稿的笔，坐在烟雾腾腾的书房里，我又一次怀疑我所写出的这些文字了。我的故乡是棣花街，我的故事是清风街，棣花街是月，清风街是水中月，棣花街是花，清风街是镜里花。但水中的月镜里的花依然是那些生老病离死，吃喝拉撒睡，这种密实的流年式的叙写，农村人或在农村生活过的人能进入，城里人能进入吗？陕西人能进入，外省人能进入吗？我不是不懂得也不是没写过戏剧性的情节，也不是陌生和拒绝那一种"有意味的形式"，只因我写的是一堆鸡零狗碎的泼烦日子，它只能是这一种写法，这如同马腿的矫健是马为觅食跑出来的，鸟声的悦耳是鸟为求爱唱出来的。我唯一表现我的，是我在哪儿不经意地进入，如何地变换角色和控制节奏。在时尚于理念写作的今天，时尚于家族史诗写作的今天，我把浓茶倒在宜兴瓷碗里会不会被人看做是清水呢？穿一件土布袄去吃宴席会不会被耻笑为贫穷呢？如果慢慢去读，能理解我的迷惘和辛酸，可很多人习惯了翻着读，是否说"没意思"就撂到尘埃里去了呢？更可怕的，是那些先入为主的人，他要是一听说我又写了一本书，还不去读就要骂母猪生不下狮子，狗嘴里吐不出象牙。我早年在棣花街时，就遇着过一个因地畔纠纷与我家置了气的邻居妇女，她看我家什么都不顺眼，骂过我娘，也骂过我，连我家的鸡狗走路她都骂过。我久久地不敢把书稿交付给出版社，还是帮我复印的那个朋友给我鼓劲，他说："真是傻呀你，一袋子粮食摆在街市上，讲究吃海鲜的人不光顾，要减肥的只吃蔬菜水果的人不光顾，总有吃米吃面的主儿吧?!"

但现在我倒担心起故乡人如何对待这本书了，既然张狂着要树一块碑子，他们肯让我树吗，认可这块碑子吗？清风街里的人人事事，棣花街上都能寻着根根蔓蔓，画鬼容易画人难，我不至于太没本事，要写老虎却写成了狗吧。再是，犯不犯忌讳呢？我是不懂政治的，但我怕政治。十几年前我写《商州初录》，有人就大加讨伐，说："调子灰暗，把农民的垢甲搓下来给农民看，甭说为人民写作，为社会主义写作，连'进步作家'都不如!"雨果说：人有石头，上帝有云。而如今还有没有这样的人呢？我知道，在我的故乡，有许多是做了的不一定说，说了的不一定做，但我是作家，作家是受苦与抨击的先知，作家职业的性质决定了他与现实社会可能要发生摩擦，却绝没企图和罪恶。我听说过甚至还亲眼目睹过，一个乡级干部对着县级领导，一个县级干部对着省级领导述职的时候，他们要说尽成绩，连虱子都长了双眼皮，当他们申报款项，却恓惶了还再恓惶，人在喝风屙屁，屁都没个屁味。树一块碑子，并不是在修一座祠堂，中国从来没有像今天这样渴望强大，人们从来没有像今天需要活得儒雅，我以清风街的故事为碑了，行将过去的棣花街，故乡啊，从此失去记忆。

（在写作过程中参考了《当代中国乡村治理与选举观察研究丛书》中的有关材料和数据，特在此说明并致谢。）

（原载《秦腔》，作家出版社 2005 年 4 月版）

关 于 乡 土

张 炜

　　每个地方都理应有自己的文学。真正的艺术总是超出世俗而更具时间意义。如果说岩石也在流逝的岁月中剥蚀，那么熔铸了心汁的墨页则可以永葆芳香。

　　我们走在一片独特的土地上，总不免有些悠思遥想。不用说十九世纪，也不说二十世纪初，起码在近代长达五十几年的一段时间里，人们或可期待每一片土地都孕育出更为绚烂的文学之花。

　　这不是苛求。对土地不能苛求。

　　我说的只是一种乡土式的企盼，一种希望。当今天的人们谈论"乡土文学"的时候，你会感到真正的尴尬。或者是对土地和生命的深深隔膜，或者是对艺术天生的褊狭无知。

　　我们真的有过自己的"乡土文学"吗？

　　没有对一片土地痛苦真切的感知和参悟，没有作为一个大地之子的幻想和浪漫，就永远不会产生那种文学。人们在今天极少关于土地这个概念的理解，就像极少关于生命、文化之类概念的深切理解一样。一切都萎缩了、俗化了，想象的触角被一点点磨钝。

　　不错，乡土观念包括对于传统的固守，对于昔日事物的留恋，对于一种文明的断断续续的追溯和衔连；显而易见，它同时也包括了久长思之的、小心翼翼的甄别。乡土作家一般指生于斯长于斯、对土地同时也对整个家族血脉饱蕴深情的人。牵动他的是责任和良知，是早已存在了的使命。

　　诗人应该坚立于故土与尘风，这里有他需要的一切。他今天诚然不必足不出户，但沉着于自己的生活仍旧是完全必要的。一方水土可以长成一个人的血肉，也同样可以养大一个人的灵魂。真正的智者是纯粹的、在纷乱动荡中仍保从容的人。他的关于乡土的温情和执拗一起滋生成长，以至于永不消逝。

一谈到乡土文化人们就会想到俚俗，想到那些时髦的关于故地风物的描摹，想到流畅但却平直的创作。乡土作家似乎不必理会人类有史以来发生过哪些重要思想，不必关心历史演变和时代进程——带有嘲讽意味的，恰恰也正是这一类作家更早失去自己的"乡土"。

不言而喻，我们要求他是一个独创境界、心气高远又极端质朴的人。他的不间断的辛劳被一种平凡色彩包裹了，但他的人生却正因此而变得神奇，化为了不朽。

从某种意义上讲，乡土文学才是真正的文学。艺术家的求索如果不是背倚乡土，也就失去了文化根柢。也正因为如此，所以任何对于它的狭隘规范，都是令人不能容忍的。

我们呼唤真正的乡土文学。

（原载《匆促的长旅》，中国海关出版社 2008 年 1 月版）

过去是一种深刻

——《弥天》序

刘醒龙

 不知不觉中，对过去的痕迹产生莫大兴趣已有一段时间了。在我心情郁闷时，这痕迹就像乡土中晚来的炊烟，时而蛰伏在屋后黝黑的山坳里，时而恍恍惚惚地飘向落寞的夜空。假如我的心情不错，本是无影无踪的痕迹，就会是雨过天晴之际，经由那肥硕的蚯蚓一耸一耸地爬过，犁出一条宛如房东女人的粗针大线，并且更像小路弯弯的五彩和七色。更多的时候，心如止水，一切如同从来没有发生。痕迹便成了秋收之后弥漫在田间地头的各种印花，有四瓣，有五瓣，有墩实，有轻盈，那是狐狸和黄鼠狼，还有狗獾、猪獾，甚至还有果子狸，总之都是小兽们留下来的脚印。我明白，在这些想法的背后，是自己离开乡土的太久太久，太远太远。

 在人生的旅途上忘乎所以地走了又走，最终也不会像一滴自天而降的雨水，化入江湖不见毫发，就是因为我们的灵魂总是系着我们的痕迹之根。

 在习惯里，灵魂是果实，是人的贡品；痕迹是枝蔓，能作为薪柴就不错了。其实，人是大可不必对灵魂如此充满敬畏，对灵魂的善待恰恰是对它的严酷拷问。唯有这些充满力量的拷问，才有可能确保生命意义与生命进程息息相关。

 很多时候，一个看上去毫无异相的人，会用其生命爆发出一种异常强大的力量，无论从什么角度去看，得到的解释都与奇迹有关。与之相反的是那惯于登高振臂呼风唤雨的一类：他们的伟岸是不真实的，是别人的匍匐衬托出来的。他们的强悍也不真实，因为与之对应的人并不是真的无法把握自己，是他们自己缴了自己的枪械，自己废了自己的功夫。在时光的长河里，只要有人敢于苏醒过来，哪怕只是对曾经的作为，画上半个问号，那些自傲的巨人就会半身不遂，筋骨酥散。坐着轿子行走，就算能日行千里，那本领也是虚伪的。问题的实质是，我们愿意还是不愿意将拷问的鞭子对准自己的胸脯。事关历史的过去不会开玩笑，也不会闹误会，刻在它们身上的那些错误从来就不属于它们。过去的光荣与耻辱，甚至连创造这些过去的人都不属于！他们已经逝去，烟消烟灭了！不管接受还是不接受，它已经属于后来者。于是，过去是一堆包袱，过去也是一笔财富，过去更是一种深刻。对于肉体，这样的深刻毫无用处，它只能面对后继者的灵魂而存在。

怀想过去是实在的，无论它所带来的内容是憎恨、愤懑，还是懊恼与醒悟。站在生活雄关上的人，离未来只有几步之遥。真要走到那边去仍然很难。有过去在身后适时提出警醒，就是憧憬太多，也不会迷失方向。所有能够被称为过去的东西，都会有它的用处。

小时候，曾在一本书中读一句让我终生不忘的话：若知朝中事，去问乡下人。放在过去，这样的话是不用多作解释的。可惜再提起这话时已是现在了。大批大批的人被现代化迷雾麻木了自己的思维，忘了乡土的遥远，足以使人的目光变得更加深邃和高眺，也忘了乡土的平淡，可以排遣阻碍自己认知与批判的滥欲。在这本书中，我一遍遍地问过他们。时间上虽然是过去，要问的道理却是现今的。同样，我也一遍遍地问自己。即便是蜗居在整日喧嚣都市里，我还是想听到有鞭子闪击而来，在头顶阵阵作响。

而我的写作是隐喻的。这是生活所决定。在过去，生活就是如此神秘地向我诉说着，能不能听懂完全是看我的造化。现在和将来，生活继续是这样。还有一句话，也是我常常听到的：三十年河东，三十年河西。从我所写的那个七十年代算起，正好又到了新轮回新变迁的起始。生活的表象看上去有了天壤之别，生活的精髓变化并不大。仿佛还要经历一次三十年河西，三十年河东。真的这样那也太可怕了。一个人如果毕生呆在炼狱里，不知道世上还有天堂，他一定会认为炼狱是最好的去处。值得高兴的是，不仅仅是我，很多很多的人都已经知道天堂是一种真实的存在。这一点正是过去了的东西不再在我们生活中轮回的力量之源。

（原载《弥天》，上海文艺出版社 2002 年 4 月版）

农村小说怎么写?

陈应松

农村小说怎么写,是一个问题,而不是一个经验的传授。农村题材各有各的写法,我的经验并不能代表你的经验,你也未必赞同我的经验。我今天是来跟大家一起探讨农村小说怎么写,不是我来传授农村小说怎么写。我是昨天刚从犁耙水响的荆州乡下回来的,看见你们很亲切,我也算个农村题材小说作家吧,算半个农民吧。应该说我们有共同的追求,共同的兴趣,共同的话题来进行共同的探讨。

农村题材的优势

农村题材这四个字是否准确,有很多争论。是否应叫乡村题材?乡土题材?大地题材?自然题材?有人说你是不是写农村题材的?我说我是写山区的,神农架山区,叫山区题材作家,也有这种说法,还说我是乡土作家。但更多的是说我是底层文学、底层叙事、打工文学什么的,还有环保作家,生态作家,这都是可以的,但它有一个总的指向,是在写农村。我们姑且把它称为农村题材。这是理论界的一个问题,我们不必要太较真,不要管它。农村题材是相对于城市题材而言的。农村题材的小说是有传统的,古今中外出了数不清的优秀作家和作品。这些作品当然也不全是写农村乡村,但至少有农村生活的场景,有农耕时代的影子。比方说哈代的《德伯家的苔丝》、托尔斯泰的《复活》、斯坦贝克的《愤怒的葡萄》,还有福克纳的一系列小说,也是写农场,写小镇,写狩猎的。特别是拉美的魔幻现实主义小说,基本上是写山区农村的荒凉、混乱、贫瘠的生活,比如胡安·鲁尔福、阿斯图里亚斯、马尔克斯、略萨等。还有法国自然主义小说,如吉奥诺的《庞神三部曲》、《人世之歌》,还有他的学生卡里埃尔写的《马鄂的雀鹰》,都是非常优秀的小说。还有获诺贝尔奖的赛珍珠写中国安徽农村的小说《大地》、杜拉斯的《阻挡太平洋的堤坝》,

西班牙的伊巴涅斯——这也是一个非常重要的写乡村的小说家，如他的《茅屋》、《五月花》、《芦苇与泥塘》等等，这些作家我大多受过他们的影响。因为有这么多优秀的作品我们可以学习和借鉴，所以说这种小说是有它的优势的，具体表现在：

一、它是有传统可以继承的一种写作。城市题材难一些。农村题材的书写经验是非常丰富的，作品可以说是汗牛充栋。前面我说了外国的作家，在国内，几乎南北大地都有大家存在，北方有浩然、刘绍棠、柳青、赵树理、孙犁、莫言、张炜等，南方则有鲁迅、茅盾、叶圣陶、周立波——他曾经用湖南方言写过《山乡巨变》、丁玲、汪曾祺等。城市的书写经验几乎为零，这是一个奇怪的现象。在现代文学中值得一提的就是一个张爱玲，当代的就一个王安忆，这是公认的。王安忆继承了张爱玲的书写经验。当然，据说王安忆否定过张爱玲，这是另一回事。而写农村题材的作家在方方面面进行了探索，关于人物怎么样塑造，它的语言怎么样使用，怎么样使用北方的语言、南方的语言，它的结构，它的故事的框架，怎么样开头，怎么样结尾，都是比较清楚的，可以拿来我用。只要多读，你就能写。比方说：姓名，写农村题材的，要用荷花呀，桂花呀，秀呀芝呀英呀，它要用这些。男的就用二狗子、三蛋子、咬脐、和尚什么的，这是约定俗成的，也是非常成熟了的，这么写一下子就有了乡土气息，她不可能叫玛妮亚、安妮、雅娜之类。再比如，"哩"字的运用，这已经很成熟了，我认为中国有一批"哩"字主义作家，这个字是农村题材小说专用的一个字，城市题材是少见的。只要继承了这个"哩"字，孙犁的味儿、刘绍棠的味儿就出来了，风格也出来了。后来用"哩"字非常成熟、达到了登峰造极的地步的就是张炜。过去在孙犁老一辈作家中，这个字是用在正面人物身上的，它表现的是农民的纯朴，乡下女孩的羞涩，小伙子的憨厚。在张炜的手上，把它用在坏人身上了。坏人也可以用"哩"，这就是一个进步。"哩"字北方作家用得多一点，南方作家也用，我就用，但我后来用一个什么字呢？用"唢"，"唢"有着我们长江流域荆楚土地的一种情调。但有时候非得用"哩"，而不能用"唢"。由此进入，很容易造成事半功倍的效果，一下子就像有了一个大家高手的风范，不信你们用这些字眼写写看。还比如不说村主任，一律叫村长，这是一个很好的简化，说村主任就减少了农村小说的那样一种生活味，那样一种韵味。这就是一种经验，是可以继承的。你不必要较劲，说我们那儿没有村长，只有村主任。那你就错了，你最好用村长就完了。

二、只要是写乡村的，你的写作一下子就有一种超越感，比起城市那种小资生活的暧昧、孤寂、茫然、惶惑、变态，乡村小说相对容易把握些，城市题材不好把握，写人都是莫名其妙的、变态的、恍恍惚惚的。

写农村生活和人物就不存在这个问题，可以一下子短距离地进入到我们的现实生活，人就是那样明明白白的人，事就是那样清清楚楚的事，不像城市总像是摸头不是脑的、千头万绪的、扯不断理还乱的东西，比方说感情啦官场的尔虞我诈啦商场的波诡云谲啦之类。乡村小说可以一下子就直嗵嗵地面对我们严峻的现实，以及人的生存状态。你写乡村就会面对这些问题，无法让你转弯抹角，隐晦恍惚，吞吞吐吐，语焉不详。因为"三农"问题直接，明显，明摆在那儿的，你绕不过。城市题材太难进入和把握。我劝过许多人，你明明出生在乡下的，你有那么多真实美好的故事和记忆，非常宝贵的，你不写，偏要去编造城市高级别墅的生活。写又找不到感觉。写城市题材如小资、白领、情爱题材总是写得艰涩、困难，出不来人。而写城市生活如小资，局促在一个密室中，是在一个很小的狭窄的空间里，且是喃喃自语。写乡村一下子就是大视野，非常开阔，这种开阔是城市题材小说特别是那些没有生活胡编乱造的青年作家们望尘莫及无可比拟的。它不是写小空间小情感的，自恋，变态，哀怨，神经质，自虐，矫情。乡村生活没有这些，不存在这种种毛病。一般来说是健康的、明朗的。你进入的是广大的原野，无边的群山，你只要写，整个世界，整个大地都是属于你的。你尽可以舒展驰骋，精骛八极，上天入地。

三是乡村特点突出。比起城市题材的那种哀哀怨怨，卿卿我我，农村题材是有特点的。现在所谓市场化、全球化、现代化、城市化就是西方化的过程，所谓的现代化就是西方化。新农村建设也就是城市化的过程。我们到韩国去，中国作家代表团，谈到新农村建设，说是学他们当年的新村运动，他们的农村真的是建设得很好了，我们去过他们的村庄看过，这种变化就是得益于当年朴正熙的新村运动。可他们却说，千万别学他们，你们的新农村建设是错误的，他们认为他们的新村运动是失败的。即整个韩国包括乡村都西方化了，传统的东西都没有了，价值观都变了。现代化说穿了就是一个西方化的过程。特别是这十年二十年间，城市飞速的发展，快速的进步，使得各个地方的文化迅速地消失，比如我们武汉好多的老街都拆除了，过去的记忆没有了。开发商的短视，官商勾结，追求利益的最大化、优先化，传统和义化记忆成为被剿灭和抹杀的对象。我们的城市与城市之间没有了什么区别，楼房一样的，只是比高度和怪异而无内涵。像中央电视台的"大裤衩"就是城市畸形发展的怪胎，西方化的悲剧。

此城市与彼城市大同小异，人们住同样的房子，在同样的写字楼里上班，同样的朝九晚五，全国的婚礼一样的了，穿同样的婚纱。武汉与南京有什么区别？上海与深圳有什么区别？城市人的生活有什么区别？特别是各地的小资和白领有什么区别？没有区别。建筑有什么区别？也没有。你在上海喝的咖啡跟武汉喝的咖啡有什么不同？没有。你穿的名牌服装，上海穿的武汉一样穿，同时流行。使用的手机，一样的，使用的化妆品，使用的汽车，一样的，逛的超市都是一样的，反正就这些。生活的同一化非常的严重，城市独特的文化景观消失是惊人的，大量的破坏、消亡。那么我们的农村呢？那就不同了，大为不同，这就是我们的优势。乡下有所谓五里不同风，十里不同俗之说，独特的文化习俗，独特的生活风情，使得河北跟湖北绝对不同，湖南跟河南肯定不同，贵州苗族壮族跟西藏藏族，跟东北鄂伦春族肯定是不同的，而且就算是一个地方，可以写出完全不同的乡村小说来。我们湖北每个县也不同，文化习俗差别非常之大，连语言都不同，一个县有几种方言很正常。我上次与叶文玲老太太在一起，她说她们那个县，玉环县，是一个岛，她说她们县里有十几种方言，不用翻译完全听不懂。农村因为发展相对滞后，或者与发展没有关系。我估计，如果能复制录音的话，在某一地，四百年前的人跟今天的人讲话口音和方言肯定是一样的，肯定没什么变化。语言是顽固的。我看到我们公安的三袁，公安派的袁宏道，在他的文章中使用的方言，今天我们依然在用。因为他喜欢用俚语俗词。包括更早的屈原时代。屈原的诗中用到的湖北方言我们今天依然在用。比如屈原在《离骚》中有"揽茹蕙以掩涕兮，沾余襟之浪浪"，这里的"浪浪"过去作"流泪状"解。但现在有人认为是指衣襟、衣裳的单薄。这很有道理。我们荆州方言中说衣裳很薄就说"浪浪甚"，"穿的的确凉浪浪甚"。你看两千多年前与现在的方言有什么不同？我们荆州的方言中有许多古语，比如说"今天"，我们叫"即日"，说人软弱叫"孱头"，"礼貌"我们叫"礼性"，"天气"我们叫"天道"，乡村顽固地保存了我们民族文化的特征。当然还有不同的风土习俗、生活方式、生存环境等等，比方你写一个农村小说，你虚拟一个地方，鄂东的是鄂东的情调，鄂西的是鄂西的味道，江汉平原的是江汉平原的风情，三峡地区是三峡地区的习俗，这个是不能混淆的。可是城市生活可以混淆，我写一个城市小说，我写上海，写完后我在电脑上把上海全部替换为深圳，这是可行的，别人看不出来。可农村小说却是不行的。正因为此，我们农村小说表现的空间就非常巨大，可写的东西就非常多。现在各地研究本土文化的很多，本土文化是一个挖掘不完的、无穷尽的宝藏，提供给农村题材作家的东西也是无穷尽的，丰富无比的。

四是乡村山水、自然的描写比城市更丰富。这一点我深有体会。大家看我的神农架小说，里面有许多，既写它的河谷，也写它的山冈，山上的植被，山村的景色，各种山川风物。就是那些植物也够你写的，山啊水啊，动物啊飞禽走兽，尽可以成为你笔下的内容，而且写起来美，美不胜收。那些植物的动物的名字，那山里、大地上的早晨、黄昏、夜晚、天晴、下雨、下雪、春夏秋冬等等，叙述描写起来，都比城市丰富、生动、美丽、壮观、新奇。城市连一棵野草都找不到的，不好写。我在荆州，办郁金花展，要我去参观，我不去，我说在神农架什么花没见过。城里看到一点花就很兴奋，可农村到处是闲花野草，不会大惊小怪。前几天我到江陵秦市乡去采访，看到田埂上大片大片的野芹菜，没人采摘。当地人说这个猪都不吃。可城里根本吃不到野芹菜，吃到了还很贵，如是在城里，人们不要疯狂抢挖呀？有懂中草药的又在那儿认出了什么天门冬、麦门冬、半夏、桔梗等等，遍地是中草药。你只要去认识，各种各样的，乡村真是美，东西真多，可入小说的东西俯拾即是，写进小说里面斑斓纷呈。城市光秃秃的，没有这些东西，乡村是属于大地的，大地的恩赐钟情于农村。

五是乡村的道德、价值观都是恒定的而且是厚重的。这是非常非常重要的一点。你要写乡村就必须写我们乡村保存下来的那种传统美德，这也比较容易把握，它比写乱伦，写同性恋，写失恋、变态、一夜情、虐待狂更有意义。这些当然也可以写得有意义，但要大家高手来写，我觉得我是写不好的，虽然我在城市生活了二十九年。写城市题材的作家特别是比较年轻的写手，写去写来就是那些玩意儿。城市是漂浮的，无根的，是没有根基的。而乡村的伦理、价值判断一般不会出问题，是有深厚根基的，很能引起共鸣。可写城市的那些东西，你很难接受，那些感情很难被人认同。而乡村比如你写媳妇孝敬老人，这是对的，有根基的，就是要孝敬老人，赡养老人嘛，它是中国人的传统美德。乡村题材小说，很容易被评论界和文坛认可，他会说你厚重、深刻。厚重这两个字，往往用在农村小说和农村题材作家身上，不信你们去看。说城市小说写得很厚重，这种评价很少。因为农村的生存条件是相对恶劣，农民是相对贫困的。而城市小说写的事都是吃饱了撑的，无事生非的，如写偷情哪，无聊哪，耐不住寂寞哪，孤独哪。写农村就必须写人的命运，人与严酷的生存环境和命运搏斗，在搏斗中所显示出的中国农民的特质，某种英雄主义气质，善良、忍耐、坚韧、不屈等等大美的东西，这些东西都可以表现得淋漓尽致，气势磅礴，令人歆歎，令人感叹，小说的基调也是非常好定的。最主要的是，很容易获得承认和认可。城市小说我认为基调不好定，写是游离的，漂浮的，很难进入。

六是，乡村是我们共同的家园，特别是我们的精神家园，这个也很重要。它是有东西可以存放和寄托的。而农业是我们生命的根，立命的本，活命的泉，"三农"问题又是我们社会最关注的问题，至今还未找到好的出路，是非常重大的现实问题，因而有大量的东西可以写，可以挖掘。在经济全球化的今天，农村许多消失的文化、生活方式和美丽的大自然又是我们忧心忡忡的，如道德的败坏，乡风的恶化，河流的污染，农民读不起书看不起病，农民作为这个社会最没有发言权的弱势群体，他们的生存现状，是我们每一个有良知的作家必须面对和关注的。现在当然中央开始重视"三农"问题，新农村建设也进行了很大的投入，大家知道的，如土地平整，沟渠硬化，乡村低保、医保，但都在起步阶段。所谓的小康，标准也是很低的，低水准的。农民家里还是穷的。我去采访了乡下的富人，家里有几百万上千万的，他们家里的摆设，他们的生活质量，还不如一个城里的下岗工人。他们家是蹲便式厕所，没有坐便器。他的电器，他的床上的用品，他的整个生活方式，还是上世纪七八十年代的。我采访了一些村长，都很富有，但生活质量不高，说是千万富翁，穿的内衣还是浑身起球的化纤衣裳。他们有钱也买不到，大量的廉价、伪劣产品都倾销到了乡下，有钱也买不到好的，大超市也到不了农村。农村方方面面的问题都没有得到解决，因此文学可能会为此助一臂之力。当年如农民负担过重等问题，农村题材作家用作品给予的呼吁，就为取消农业税作出了作家应有的贡献，包括农村题材小说作家和报告文学作家。我们是有所作为的，不是无所作为的。

困难的农村小说

我前面说的是它的优势，其实，农村题材的小说和写农村小说充满了我们意想不到的困难和挑战。

一是农村题材的小说传统它又是不可以继承的。那种认为我可以成为浩然第二，柳青第二，赵树理第二的想法是极其错误的。因为作家只能是独创性的，我的小说可能有某人的影子，但我不是柳青的直接传承人，我也不是周立波的直接传承人。国外作家我也不是斯坦贝克的直接继承人，也不是哈代的直接继承人，没有的。有些自称是某人的学生的，也不可能小说是一样的，在风格上很不相同。前面我说的卡里埃尔是吉奥诺的学生，但你们去看看他们的小说，是多么的不同。只不过他们都写了一个地方，法国的普罗旺斯高原。就是题材相同而已，只不过继承了自然主义的这么一种写法，写得诗意、细致，也写得很严酷。某人的风格我们可以学一学，这个无伤大雅，也可以用"哩"字，但如今你要想获得文坛承认，在农村题材小说中闯出一片自己的天地，有自己的一席之地，非常之难。

不可否认，湖北农村题材也是有传统的，解放后，特别是上世纪八十年代开始，出了一批作品，但这些作品现在看有些是站不住脚的。农村题材小说很容易跟风，很容易弄成主旋律。后来又出了一批作家如刘醒龙、我、方方也写了不错的农村小说，如《闲聊宦子塌》、《奔跑的火光》，还有刘继明等等。这些都是写农村题材小说在全国很有影响的。农村小说出新非常难，这就是一些本来出生在农村，却喜欢写城市小说，写白领丽人、豪华酒店、高级别墅的原因。当然还有别的原因，比如自卑，不希望别人说自己是乡下人。他也没到高级别墅生活，他总是写那种高级别墅。他也没吸过毒，可能连吸毒者都没见到过，也很少到小包房去。他觉得这些容易写一些，时尚些，前卫些，后现代些。常言说得好，画鬼容易画人难。有人就不敢碰农村题材，因为农村题材小说在中国非常成熟，各种风格主义都有了，各种写法都被人写了，写尽了，你总逃不脱那些窠臼，那些模式。要么写得飘，浪漫主义；要么又写得太实，很难把握，很难玩新花样，你会有总是在人屁股后头的感觉。

二是后税费时代，农村的矛盾不那么尖锐突出了，甚至平息了，有的是隐蔽了，遮蔽了。比如农民与政府间的矛盾，村民与村干部之间的矛盾，过去催粮派款，拆你的房子牵你的猪捆你的人，现在没有了。村干部不敢了。我采访了一个村长，他说，我过去一年收六十几万款上来，搞夏征，一个月、两个月就收上来了。现在收三万多收不回来。过去很简单，去收款，一根绳子背在后头，你交不交，不交把你一捆送到乡政府。现在他跟你论理，说别村里都不交，再是说你服务没搞好，没争取到项目，别村为什么搞土地平整我们没搞？别村道路硬化乡村整治，你们给我们村民带来了哪些好处？什么都没搞凭什么要我们交钱？你跟他解释半天，他又说我没钱你把老子怎样？扭头就走了，你干瞪眼，你又不能抓人。他动不动就跟你打官司，现在农民的法治意识法治水平也提高了。这样作家有力使不上。过去我写个坏村长，催粮派款坏事做尽，可村长们现在没这么了，你不能硬生生地把他放在对立面，你怎么写？现在我直犯困惑。

三是乡村生活与现代阅读的兴趣有落差。乡村生活节奏跟当代生活节奏是不同调的，导致阅读的障碍。

四是人们审美味，越来越时尚化、城市化。加上出版的商业化，农村题材的小说很难出版。加上城市价值观的颠倒，乡村生活的无趣、贫苦、单调，所写的内容对城市人兴趣不大，没劲。加上当代年轻人崇尚的叛逆，愤青，与乡村道德又是相悖的，可能会被人认为陈旧，过时，老套。它还面临另外的两难，你写明亮了，会认为是主旋律，歌德派；写灰暗了，揭露了一些问题，又被认为是给社会主义抹黑，专写阴暗面，难以通过和承认。我自己就是一个典型的例子，到现在某些领导还在说我写得太灰暗，太沉重，没有光明面，专写农村的落后。真不好写，我写真实了，上级不高兴，我讲假话，良心又不安，读者也不买账。真是两只手提篮上街，左难右也难。

农村作者的写作策略

农村作者的写作策略，这个问题我依然不是讲怎么写作。写是因人而异的，各有各的写法，我的写法对你并不一定适用。我这几天思考了一下，从我认为的你们最需要的东西讲起。

一是与生活保持距离。但现在和过去都是提倡贴近生活的。贴近生活是我们这些作家，这些在城里的作家。我们没有生活，连泥土都没看见过，泥土和植物的气味都忘记了，怎么写乡村？你们不缺生活，恰恰你们生活多了，多了是个负担。不识庐山真面目，只缘生在此山中。为什么农村题材的知名作家不是在农村而是在城里写作呢？当然我们可以找出很多原因，但主要是他们与农村保持了一定的距离，美学中的一个观点，距离产生美。与生活保持一定的距离，你才能看清农村。我在这里不客气地说，农民作者因为见识的比较缺乏，可能会出现小气，短视，肤浅，看问题拘泥于事物的枝节，一时一地，而忽视了它的重大内涵和意义、意蕴。比如说，怎么取舍。上次我与方方在鄂西，跟当地作者座谈时，我说过，本土作家生活太多了，你不厌其烦地去写你的哭嫁，写你的丧俗，你的山歌，它会伤害到你的作品，堆砌这些东西，没有任何意义。本来是一个很有意义的东西，最后变得没有一点意义。要取舍，要综合。他说我这里就是这些呀，我不写这些写什么呢？我不会这么写。比如我也写神农架的婚俗，但我不写一地的，我掌握了大量的资料，我把其他地方的加进去，更精练。写丧俗，我也加了别的地方的，比神农架丧俗有意思的，有表现力的。反正神农架是虚拟的。我写的都是湖北的风俗，这有什么不可？别人会去追究你？

再比如，那些太琐碎让人难以明白的事情要跳过，不然你交代半天别人还是不明白，又没有意味，叙述沉闷、拖沓。现在农村的村干部甚至乡镇干部工资多是转移支付，你写这个转移支付，解释了半天还是解释不清楚，就是搞懂了又有什么意思呢？又没有语言文字美感，你就要绕开这个，就说工资多少吧。不必要说村长的工资是五千块钱，两千是乡里给的，其余是通过什么什么来转移支付的，你看多没意思，它破坏你的叙述，叙述的节奏。你要不停地绕开，要该虚的地方虚一些，小说就是虚构的文本，要后退一步，在生活面前后退一步，要从生活里跳出来。没有生活不行，生活太多又难以提炼。你们差的是综合能力，提炼能力，技巧，视野和笔力。不能你是哪里就老实写哪里。比方你是仙桃，你写东荆河，不能就写东荆河两岸的所有都可考证的东西。东荆河是个筐，什么东西都往里面装。我过去就是采取的这个办法，全世界发生的事都在神农架，这就完了。神农架哪有这么多东西写？全世界稀奇古怪的事不可能都发生在神农架。但作家就是让它们全发生在一个地方。你们对生活的书写要克制，不能太细，太琐碎。

二是认清"乡村"这两个字的价值。这一点与前面一点有关联。不要太实，但也不能太浪漫主义，两者必须把握拿捏得很好，很有分寸。太实陷入事务主义的叙述，太虚又会回到八十年代浪漫主义书写的传统。要掂量、掂量、再掂量。说白了就是不要太现实主义，也不要太浪漫主义。要认清乡村，这两个字代表什么？是现实生活？是"三农"问题？这没错，我也赞同，但是乡村更重要的是一个巨大的象征物。乡村对文坛，对当代社会，对我们所有人，是一种精神取向，一种价值取向，是能寄托、寄放、寄存我们整个灵魂的地方，而不仅仅是一个现实问题的说明，表现，书写。我们大家要明白这个事理，这个问题不搞清楚，我们的作品不会有太大的价值。乡村是我们的归宿，是我们的乡愁，是我们的梦境。乡村还代表大地，有一种非常宽大的胸怀，是生命、生存、生与死的所有的表演场。这样你的小说不仅让农民喜欢，而要让更多城里人、知识分子关注和接受，你才达到了你写作的目的。

三是不要太实又必须很真。真一点，是我的一贯主张。农村题材本来要求真实，可是，作家们就是写不真实，这很奇怪。我还是要提请大家注意八十年代的农村小说，有多少是反映了当时农村的真实面貌的？有一篇写过农村是贫困的吗？如果有一篇，这就是路遥的《人生》，一部非常优秀的小说。大部分所谓得奖小说，所谓表现了农村新面貌、新生活、新气象的，现在看，很假，很做作。一直到如今，我们的作家依然在虚情假意地写农村。以电视剧为例，赵本山的那些乡村故事，我认为是不真实的。莫非东北农村这么富了？农民都在度假村上班？农民不是这样的。这说明了我们作家抗压性是低的，很容易迎合官方的趣味，特别是戏剧、影视。我们的农民作者一定不要去迎合别人的口味。有的作者是因为生存的需要，或缺乏自信，意志力不坚强，不能挺住。里尔克有一句诗："挺住，意味着一切。"我非常喜欢这句诗，经常把它写在我写小说的笔记本上。再或者说报纸、电视的暗示，审查的框框，写出来的作品虚假，不敢真实地反映乡村的矛盾和自己的看法、观点，认为那样写肯定是不行的。不过我倒要反问你，为什么又不行呢？

还有的受老一套写作方法的影响，认为只有写美，写诗情画意的东西，而写乡村的混乱、贫困等等不符合写作教义，又不好把握，发表。这是一种误解。写混乱和贫困就不美吗？写好了一样是美的，更美，是一种大美，壮丽的美。农村是什么就写什么，不要回避问题和矛盾，这样的作品才有力量，才能震撼，才能镇得住人，才经得住历史和时间的证明和考验。大家不要有负于历史，要为农村留下你们真实的声音，否则，不痛不痒，不死不活，不荤不素，那还不如不写。

实是技术问题，而真是一种态度，这要搞清楚。我举自己小说的例子，《狂犬事件》，这是写税费时代的一个村长的。当时《松鸦为什么鸣叫》没得奖之前《狂犬事件》比《松鸦为什么鸣叫》还有名，因为在上海得了奖，后来因《松鸦为什么鸣叫》而被遮蔽了。它就是真实，真实地表现了一个山区的村长。他是一个好人，又是一个坏人，心理还有点阴暗，想报复别人。你不能只写他是个好人。像这种灾难小说，也有那么写的，如加缪的《鼠疫》，写的就是一个几乎圣洁的大好人里厄医生，这是一种写法。我写的这个村长在疯狗进村后他带领全村人是怎样转危为安的，制止这场混乱的。说实话，你也可以把这个村长写得很好，十全十美，是个完人。我写的这个村长是有好有坏的人，好事做尽，坏事做绝。还有一大帮子人，性格各异。这就让别人说我写得很真实。在上海评奖时上海评论家王宏图这么评价：在描绘农村生活的作品中，这是一部很有力度的作品。它借一个突发事件，深刻地展现了当今乡村社会的众生相，将人与人之间复杂微妙的关系表现得淋漓尽致。村长这个人物塑造得特别真实，他不是一个概念化的人物，他在上级镇政府与村民之间费力地周旋，那种种无奈、惶恐表现得相当真切，给人留下了非常深刻的印象。另一个评委、评论家唐静恺说：村长赵子阶的形象塑造得最为生动饱满，入木三分，展示了作者对人物内在世界剖析的深刻和扎实的艺术功力。还有一些评论，大家在网上可搜索到，说这个村长是独一无二的，在过去是没有见过的。

四是发现。要善于发现。有人说你陈应松写的《马嘶岭血案》这是四十多年前的旧事，我们都知道。的确这是一个旧案，就发生在神农架韭菜垭，两个挑夫杀了七个来神农架踏勘的国家林业部和省林业厅的技术员。我把它写成了寻金矿的教授和博士硕士。那两个挑夫是两个坏人，有偷盗前科的，我写的这两个农民却是好人。我在神农架挂职时听到这个故事，发现很有意义，我决定写成小说。如果就按原样写，时间不变，也是一个不错的小说。但我想如果是现在他们会不会杀人呢？说不定他们会杀得更彻底，如果按我的构思的话。你光有生活不能发现是不行的，总会让别人抢先。这个故事几十年了，为什么没人写？要发现某件事中深刻的东西，闪光的东西。要相当的敏感，敏锐，不能麻木。要发现它重大的社会意义和文学价值。这也不是一个技术问题，依然是你的立场和态度问题。农村作者你们有生活真的是幸福的，我在乡下采访一天都会大有收获，你们该有多少可写的东西。要仔细地想想，要分析，哪些是值得我写的。有些小事可以写出很震撼的小说，大事倒不好写。有人觉得是个事，你觉得这不是一个事。我们缺少一双犀利的独具的慧眼。

以上四点我认为是农村作者最需要亟待解决的，至于其他，如勤奋、多读书、坚持、思考那都是必须的，不必要我在这里啰嗦、重复，别人都说过了。怎样写语言，怎样编故事，并且让你的小说有意味，让文坛青睐，这当然也很重要，但技术性问题都是容易解决的，只要自己慢慢琢磨，多多写作。但我认为你们如能解决好以上四个问题，你们就会掌握到写作的根本的东西，会让自己飞快地向上提升。

（根据 2009 年 4 月 15 日在湖北省作家协会农民作家培训班上的演讲整理，有删节）

喧嚣的世界，沉默的土地

——谈农村题材创作

关仁山

自从描写海湾风情转移到平原上以后，我一直关注着农民和土地。在创作了《九月还乡》、《大雪无乡》、《天壤》、《冻土地带》、《平原上的舞蹈》等十几个中篇小说后，我还写了几部长篇小说《天高地厚》、《白纸门》、《麦河》等。我国已经加入WTO，随着时代的发展，农民和土地上所发生的事情必然是新的，我想把每一篇小说的故事，都放在时代的大背景下展开。新时期农村生活的变化是异常迅速的，复杂的，多变的，这就要求每一个作家从客观上、全局上把握农村发展的总动向和总趋势，同时还要求作家从微观上分析农民和土地上的具体事情，特别是人与土地、人与人的微妙变化，以及心灵上的冲击和命运上的起落。距离生活越近，就越难以把握，甚至被迷惑，让人失去判断和把握能力。农村题材小说的经典树立在我们的面前，所以想写好乡村小说就像农民增收一样艰难。正因为难，我才不想离开这个阵地，因为毕竟中国有八亿农民，在今天的形势下，"三农"问题越来越急迫地摆在我们面前，农民可以不关心文学，但是文学必须关心农民的生存。

在长期的农业文明中，农民聚族而居，相依相帮，温暖而闲适。古老和谐的农家亲情，一直是我们这些走出乡村游子的精神慰藉。市场经济对这个氛围的冲击和破坏，使乡村正在经历着一场从没有过的震荡。农民命运的沉浮和他们的心理变迁，在这一时期表现得尤为丰富、生动。在新的躁动、分化和聚合中，孕育着一种新的生活方式和思维方式。有人提到"农民真苦，农村真穷，农业真危险"，我是与大家一样有同感的。就拿我曾挂职的唐海县来说，连续两年大旱，农民不仅没增收，还连年歉收，农民大量涌入城市打工，村里和乡里的提留款竟然要由打工挣来的血汗钱来填补。农民的生活水平与城市正在拉大，甚至达到或超出了国际上公认的安全线。我的一个农村朋友，过去是个乡村诗人，他在城里打工回来对我说："大地给了我高贵的尊严，大地让我吃不饱饭！"他用种麦子举例，说除了浇地，购化肥、买种子，耙、耕、犁、翻，哪样不花钱？这些下来每亩地至少又得摊上七八十元，加上浇地钱，一亩地就得搭进了 230 块，可到头来一亩地产粮能卖多少呢？按亩产 250 公斤小麦算，也就是 200 多块！真是划不来啊！咱农民种了国家的地，理所当然就应该交纳公粮，公粮、村提留和乡统筹合一块交，靠种庄稼谁交得起？前两年我爹和大哥家里，都是靠我接济着，用打工赚来的钱交的提留款！我听后心里很酸楚。

现在我们议论最多的问题就是"三农"问题，我国加入 WTO 以后，农业受到冲击最大，当然机遇也跟着来了。可是就我们目前的能力来讲，农业将要有很艰辛的路要走。我国第二轮土地承包之后，一家一户的联产承包责任甲方不会改变，其实国际上的农业也是以家庭为单位的。但是，我们比国外少了一个最重要的环节，农民合作组织！美国、日本、澳大利亚等农业发达国家都有。有了中介，市场上只见粮食不见农民。可我们不能忘记自己跟国外农民的差距！喊了几年产业化，搞起来却步履维艰。眼下一家一户的承包制，要跟国际上集团军竞争，那等于蚊子撞大炮！但是，国际上的好经验我们为什么不学呢？这就是经济人协会。有叫农协的，也有叫经济公司的，还有叫合作社的，总之就是把松散的农民联合起来，逐步形成合力！比如阿根廷的拉马洛合作社，有 1500 名社员，社员多是拥有 50 公顷以下的小农户，这与我们就接近了。合作社除了为农民提供种子、化肥、农药等生产资料外，还提供抵押贷款和农作物种植建议，但仅供农民参考，决不强买强卖，绝不兜售假冒产品！阿根廷拉马洛合作社，他们有 15 万吨的粮食储备能力，有自己的运粮码头，一年能为农民代理销售粮食 28 万吨。我在《天高地厚》里面对经济人协会做了适度的描写。我们的经济人刚刚诞生，这个将有二十或三十年的艰难历程要走，但是农业未来的前景是美好的。但是，穷也罢，富也罢，这不是我们文学所应该解决的，我们也不能够解决。如果需要反映，也应该是新闻部门的事情。穷和富，都不能构成小说。小说是对这些生活的体验和感悟之后产生形象、故事和意境。我们河北冀东大平原时常被缥缥缈缈的雾所笼罩。在浓雾里触摸我们的土地，在雾里看我们父老乡亲的面孔。我感觉浓雾里的平原和人就有了文学需要的质感和味道。丰富的幻想爬满了春天的篱笆，可是收获的季节却姗姗来迟！

父老乡亲与多情深厚的土地一样，是我们永恒的主题，是我们创作的源泉。看一个作家是否有力量，要看他从人民大众身上吸收了多少营养，看他与这个时代、民族精神生活有无深刻的联系，一个作家认识历史的深度，取决于我们精神视点的高度。在写作《天高地厚》的时候，我一直思考着这样一个问题：我是不是有人民立场？人民的立场是不是能够真实记录农村改革三十年的历程?

人民性为民族精神提供了深厚的基础。我们判断本民族与其他民族文学的异同,关键是看这种文学反映了哪种民族精神。我们的民族,有着雄厚的历史积淀,我们自己形成了属于自己的独特习俗、情趣、观念等,便内涵着民族的独特精神。以这个视角反思我们的创作,是不是有脱离人民的现象呢?我想是有的。尽管我曾挂职体验生活,可是我们很难像柳青、赵树理文学前辈做得那样扎实,时代必定不同了,我们面临的诱惑太多。学习前辈的精神,把创作建立在人民与土地的生活体验和生命体验之上。人民和土地上有无数真善美的故事,尽管不同时代的真善美变幻着不同的辞章,可我们的创作就是要花费在这种变化里,三题合一产生文学瑰丽的景象。将政治情怀融入文学具体的意象描绘之中。创作要冲破旧有模式,以鲜活的生活之流,书写农民的命运史。我是农民的儿子,这是我心中的一个永久的理想。

我写农村题材小说,不过我不是农业问题专家,我不能为农民指出什么道路。但是文学能够记录这一时期农民的生存状态和命运起伏。文学的发展过程是对人、人性、人道和人的精神的认知过程。转型期的社会有多复杂,人就有多复杂。我在乡村经历和可能经历的最美好的事情,不仅对我的创作有用,而且对我的人生态度有深远影响。要冲破旧有模式,就是要捕捉新生活的暖流,从熟悉中寻找陌生,探寻一些本质性的东西。思想能够帮助我们穿透繁杂的现象。农村干部腐败、一家一户生产的局限,农民负担过重,产业化进程的艰难,农民自身素质的低差。以及农民"破产"之后,剩余劳动力向城市转移的痛苦。还有哪一时代的乡村比今天更丰富呢?惋惜也罢,忧虑也罢,惶惑也罢,时代的潮流依旧不可抗拒地奔流着,新的产业农民正在艰难的蜕变中萌芽、破土。正是这样的动因,每时每刻牵动着我的乡愁情绪,中国勤劳勇敢的传统农民的最后消失将是很悲壮的一幕,我们的文学应该记录这个悲壮的瞬间。

对于现实主义,我们往往强调它的批判功能,这是需要的,而且现今的文学和社会都非常需要。但是批判功能不能简化生活的复杂性。乡村生活中美好的东西,怎样保全自己?农民将如何把握自己命运?我们企盼一个让美好尽情绽放的环境,即便这是一种理想,也是好的。如果我们连理想都没有了,乡村还有什么希望?时代还能进步吗?

城市作为当今市场经济最集中、最活跃的地方,得到了迅速膨胀式的发展,必然导致城市文学的兴起和繁荣,与之相比农村题材小说就明显衰弱了。好像农村题材小说成为陈旧话题,是一穗过分成熟的老玉米。书市上很难见到农村题材小说了,别说畅销,就连面孔都没有了。农村题材小说能否"置死地而后生"呢?文学这东西就是这样残酷,它一方面让你拼命翻新,另一方面又要求你别背离它的本质。所以我们没有退路。

最近我出版了农村三部曲的第二部《麦河》。麦河游走于大山、平原和滩涂，使命平凡而神秘。它滋养了生命，同时诞生了地域文化。除了我向往的小麦文化，还诞生了冀东民间艺术"三枝花"：评剧、皮影和乐亭大鼓。我的家乡在冀东平原的丰南县东田庄乡谷庄子村。村头几条小河交汇，我常到河里游泳逮鱼。我记得小时候，有乐亭大鼓艺人来村里说书，有睁眼的，也有盲人。我们坐在村口老槐树下听书，是非常惬意的。我十岁那年，正在村里读小学，放学背着书包钻草棵子玩耍。蒿草高高的，没了大人的腰，我钻进去就没影了。听见母亲喊我，就从蒿草丛里钻出来，看见母亲领个一位手执竹竿的盲人，我一眼就认出是唱乐亭大鼓的。这位盲人给我算了一卦，细节记不清了，只记得瞎子说我长大"吃笔墨饭"。说完，母亲给了他一些黄豆和鸡蛋，瞎子给了我一颗麦穗儿。我有些不解，险些把麦穗儿扔掉，母亲说麦穗儿能避邪，保佑我平安。我在作品里多次对小麦进行描述，但并不知道，这就开始了麦子的崇拜。对麦子的崇拜，也就是对土地的崇拜。

说到土地崇拜，我有很多的经历。我记得家乡过去有一座土地庙，乡亲们都叫"连安地神"。有一年，我回到故乡，住在了老姨家。老姨给我讲起了土地上的故事和传说。我的故乡管地神叫"连安"。地神在民间被称为土地，而祭土之神坛则演变为土地庙。在民间驳杂浩繁的神圣家族中，土地神算得上是最有人缘的神了。村里可以没有其他神庙，但不能没有土地庙。土地爷神小，可管的事挺多，庄稼生产，婚丧嫁娶，生儿育女，每天都忙忙活活。过去，我们鹦鹉村也有一座土地庙。里面住着土地神连安，庙堂宽敞，供养丰足，人们就把土地奶奶"包指甲花"请来了。连安是麦河流域的真正父母官，地头上的事，无论大小，他都得管，还能管得到。魑魅魍魉、妖怪邪祟之流，就派土地奶奶包指甲花来管。记得狗儿爷说过，过去村里死了人，都要到土地奶奶那里，让亡灵向土地爷、土地奶奶报到。土地奶奶给他们登记注册，上了户口，才真正被阴间接纳。现在村人死了，也都到土地庙来注册。有这样一个故事：周朝一位官吏张福德，自小聪颖至孝，三十六岁时，官至朝廷总税官，他为官廉正，勤政爱民，至周穆王三年辞世。有一贫户以四大石围成高高的石屋，用土来奉祀，不久，这家穷人由贫转富，百姓认为是神恩保佑，便合资建庙并塑金身膜拜，取其名而尊为"福德正神"。"福得正神"是我们"连安"的老祖了。还有一个传说。很久以前，晴天一个霹雳，劈倒了河西岸的土地庙。人们决定重修土地庙。摆好了香案，放上了供品，跪在地上给"福德正神"磕头。焚香磕头完毕，就开始用锹镐扒庙了，扒到福德正神"金身"的时候，恐怖的局面出现了。人们用绳子拉，喊着号子推，"金身"都纹丝不动。人们累得瘫倒在地。明明是泥胎，咋就弄不动呢？是人的力气不够吗？于是，就用八头骡子来拉。却听"嘎嘣"一声，粗壮的绳子断了。这个时候，土地爷"福德正神"说话了："到此为止，我不管了，这方土地交给我儿子连安啦！不要每村都设土地庙，合成一个，神力无边。我走了，你们给他塑个金身吧!"惊恐的人们纷纷跪地，请求饶恕，承诺照办。这个时候，又听"咔嚓"一声，"福德正神"的泥像自然倒塌，飞溅了大片烟尘。人们吓得不敢睁眼，骡子惊得目瞪口呆。过了很长时间，人们抬眼去看倒塌的泥像，尘埃落定，露出了福德正神的金身"胎心"，原来"胎心"是一根粗粗的树桩，庞大的树根紧抓着大地。爷爷活着的时候跟我说过，他听老人说过，这地方原有一棵合抱粗的银杏树。建庙时将银杏树的上半身锯掉，剩下就半截做了"胎心"。按福德正神旨意，麦河流域三十多个村庄拆了土地庙，在上鹦鹉村建了"连安土地神庙"，连安塑像用了一根千年枣树，而且是雷震枣木，木工雕成了栩栩如生的神像，把土地上所有的力量集结起来，形成一种更大的神通。有妖魔来混事，连安就彰显神力驱魔。

　　传说连安的神力超过了父亲"福德正神"。因为这棵枣树有一个树杈无法锯掉，工匠就给他雕了一根拐杖，连安手里多了一个"麦穗儿"。他想去哪里，把"麦穗儿"往两腿间一夹，就像鹰一样飞去了。这根"麦穗儿"有非凡的魔力。举个例证吧，有一年大旱，人们到土地庙祈雨，一道白光闪过，连安手里"麦穗儿"一挥，滂沱大雨就落下来了。这些传说，更加印证了土地的神奇。我的眼前激起了种种幻象。传说中的连安手里的"麦穗儿"，总是表达出对小麦的热爱，对善的呵护，对恶的惩罚。人只有脚踩大地，才会力大无穷。我塑造的农民就找到了力量的根基。我想起了那一年麦收时节二叔关学祥的死。二叔有点倔，喜欢种地，本来子女都到县城打工了，可以搬到城里去，他家的主要经济来源已经不靠土地了，可他还是想种地。我的一个堂哥回村搞"土地流转"，几次给他做工作，他都不愿意把土地让出来，谁也说服不了他。说到土地流转，他有好多担忧和困惑。二叔耕种土地，一头牛，一架铁犁，牛拉着犁，二叔扶着犁，一点点翻动着土地，配合的是那样默契。他家的粮和菜都能自给自足，过着与"市场"无关的小日子，自得其乐。二叔对我说："别看你在城里住高楼，坐汽车，山珍海味吃着，我不眼热，哪有我这一亩三分地舒服?"可是，那年麦收，二叔赶着马车往麦场拉麦子，二叔拉的麦子在河岸上与河南来的收割机相遇，不料马惊了，二叔从高高的麦垛上摔了下来，头朝地，后脊椎折了，当场就死了。二叔尸体放在丰南县城医院，事情迟迟不能解决。后来二婶找到我，我托在乡党委当书记的同学给调节，拖了二十天，二叔终于入土为安了。这件事情给我震动很大，二叔满可以离开土地的呀？后来我明白了，他是一个小农业生产者。我小说中的老一代农民郭富九，则是一个颇有代表性的小农业生产者。他勤劳、俭朴、能干，满足于"分田到户"的传统生活。但在农村改革不断深化，走向集中化、机械化的时候，他充满了抗拒、敌对情绪。面对土地流转大势，他忧心、愤怒，成为农村变革的"钉子户"。这类农民身上，自私、狭隘、固执，把土地当作命根，是没有长远眼光的传统农民形象。从他身上，我们再一次看到了像梁三老汉、许茂这样勤劳而糊涂的影子。

清明节我回故乡扫墓，我给爷爷、奶奶的坟头烧纸。那是二叔下葬的第二年，二叔没有埋在我们家族坟场，我顺便到二叔墓地烧点纸。二叔的坟头上，有金黄的麦穗儿铺着，二婶说二叔死在麦收，坟头要铺满麦穗儿。坟前还摆着酒菜、水果。二婶和堂弟用土把坟堆填高，用铁锹挖一个圆形土块儿，做一个坟帽儿放在坟尖上，压了几张黄纸。二婶跟我说，他每到夜深人静的时候，就过来和二叔说说话。我愣了一下，真的能说话？二叔能回话吗？二婶说她能听到二叔的回答。我淡淡一笑，也许是二婶的幻觉吧？这是我在《麦河》中写瞎子白立国与鬼魂对话的一个启发。小时候，我对乡村坟地非常恐惧。可是，这些人都是在这块土地生活过的人。他们曾经有血有肉，有叹息，有歌声。有什么好怕的？有一次，我陪同朋友到滦河畔的白羊峪村捡石头，那里河床的石头很有特点。听说到这样一个风俗，村里有点德性的人死了，就给捏一个泥塑立在坟头，这个泥塑就有墓碑的功能，比墓碑更形象传神。这种带有魔幻色彩的说法，让我对乡村的生与死，有了新的理解，甚至减弱了对死亡的恐惧。小小的泥塑都活了，他们打着呼噜，他们谈天说地，他们为后人祈祷，饶恕一切，超越了时空。他们矗立在刺眼的光芒中，那是历史的复活，也是人性的复活。我对这个秘密感动着、鼓舞着。这段故事，一下子让我找到了"诉说历史"的视点。让瞎子与鬼魂对话，虚实相间，增加历史厚度，还能节省篇幅。但是，这种尝试也让我惶恐不安，读者会接受吗？

我以为，人的肉体消失了，与阳光和土地融为一体，通过虚无进入永恒。人被埋在泥土里，就等于被土吃了，尸体腐烂化为泥土，这样就在泥土中下沉，逐渐接近地心，就会通过万物的根须获得再生。《麦河》中关于善庆的民间故事，就在我们那儿流传着。传说善庆化作一棵树，我们寻找着每一棵树，对着树问："你是善庆吗？"树没有回答，只有风吹树叶的声响。我后来写过一幅书法："福为善庆"，送给许多朋友，他们都喜欢。这是我们美好的愿望。其实，善庆离我们远去了，一些恶人在我们的生活中"耀武扬威"。这就让我无法回避善与恶的思考了。有人说："善有善报那是过去神话故事，今天的传说都是恶有善报。"然后就给我讲一些例证。但是，没有信仰的国度，不要忘记，善就是信仰，善良就是天使，有天使陪伴是幸福的，幸福不就是回报吗？如果没有善，没有理想，生活还有啥希望呢？

在《麦河》部书里，我想以悲悯写民情、民魂和民心。农民吃的不好，穿的不好，也没有啥娱乐生活。天一黑就搂着老婆睡觉。偶尔会听鼓书，特别是乐亭大鼓，听一段评剧，要一要驴皮影，日子缓慢而枯燥，但是，一走到田野里去，看见了广袤的土地，一下子就来了精神。土地是物质的，同时也是精神的，让人感奋、自信、自尊，给心灵世界注入力量和勇气。正是这方土地、这条河水滋养，才有了民间生活的深切回应。瞎子白立国与桃儿，他与曹双羊，他与乡亲们来往中，有一种人情，一种心心相印的优美人情。

有人问我，为什么用瞎子白立国为全书的视角展开叙述？瞎子看不见世界，他是没有视角的，他所能调动的是鼻子和耳朵。这就给写作带来了相当的难度。但是，陪伴瞎子的有一只神鹰，佛家认为万物皆有灵性。我相信这一点，狗通人性，鹰也通人性。小说中的百年老鹰虎子就是证明。有一天，我做了个梦，梦见一只鹰嘴里叼着一根麦穗儿飞翔。苍鹰是麦河的精灵，麦穗儿是土地的精灵。这让我很兴奋，最初，瞎子只是书中的人物，我想用鹰的视角来叙述全篇。尝试写了一些文字，因为我把握不好鹰说话的语气和节奏，就重新启用瞎子来叙述，让老鹰虎子充当瞎子的“眼线”，替瞎子洞察这个五彩缤纷的世界。阴雨天气，虎子跟瞎子喝酒，虎子发出奇怪的声音，竟然被瞎子听懂了，虎子像鹦鹉一样是会说话的，只是这话只有瞎子能懂。我熟悉身边很多艺人，包括乐亭大鼓艺人。我还熟悉一些算命的盲人，所以塑造了瞎子白立国。我的朋友东湖先生，就是一个盲人，他会算卦，还参与村里好多事务。乡村的一切尽在心中，乡村需要这样的智者。工业化进程中，当曹双羊用工业思维改造农业的时候，一切都在瓦解，乡村变得更加冷漠，最糟糕的是，过去相依相帮的民间情分衰落了，人的精神与衰败的土地一样渐渐迷失，土地陷入普遍的哀伤，瞎子白立国呼唤乡间真情，抚慰受伤的灵魂。我记得台湾作家陈映真说：“文学是使绝望丧志的人重新点燃希望的火花，使扑倒的人再起，使受凌辱的人找回尊严。”瞎子白立国就担负着这样的使命，他寄托着我的一些道德理想，他永远与弱者站在一起，让那些被欺凌被侮辱的失地农民得到安慰，找回属于自己作为人的尊严。我想他的力量来源于土地。

中国是一个“乡土社会”，农业文明延续了数千年。农业文明离不开土地关系的演变。土地演变过程中，总是伴随着“人的心灵与土地相依恋的冲突”。中国是乡土的，中国进行着前所未有的“蜕变”，如果搞不明白土地沿革和土地问题，那就很难读懂中国。往事鲜活依旧，四代农民所经历的土地演进史，我们有回顾的必要。旧中国的土地私有化，土地改革、合作化、公社化，农民分到的土地又集体所有了；这种过早的土地集体所有制制约了农民劳动的积极性，看似先进的土地所有制其实是一种倒退，于是产生农民的贫穷，甚至有了饥饿的时代。“文化大革命”后期，亦即二十世纪的七十年代中期以及“文革”之后，有了土地使用的新形式，即“大包干”形式，安徽凤阳小岗村农民的一种创造,大大解放了农村的生产力,解决了几亿农民的温饱问题。但是,城市改革开始,土地面对市场日益衰败,一家一户的小农经济怎样抵御大市场的冲击?发展现代农业的时代来临了,但是现有土地政策继续调整,这才出现了小说着力的"土地流转"。安徽小岗村在沈浩书记带领下,大张旗鼓地搞起了"土地流转"。这种形式只是探索,我走访了一些"土地流转"的地方,有很多精彩与无奈。土地关系还会转变下去,但是,任何形式变化都不能彻底解决"三农"问题,中国农村城市化进程是漫长的。土地、权力、资本、市场、人格、掠夺与反抗、悲情与沧桑,复杂多变,一切都在博弈,一切都在寻找,一切都是追问。农民在问,我的土地还能回来吗?专家在问,这招儿行吗?土地流转能走多远?作家在问,祖先在我们的土地上藏匿了什么?这些藏匿对我们的生命有什么样的意义?今天怎样破译土地?我们从哪里来又往哪里去?

我的心情与农民种地一样,是在惶惑、绝望、希望中交替运行的。我的小说到底有没有面对土地的能力?有没有面对社会问题的能力?能不能超越事实和问题本身,由政治话题转化为文学的话题?"三农"的困局需要解开,我创作的困局也需要解开。我走访中发现,农村的问题很多,农业现代化问题、土地所有权问题、农产品价格问题、农村剩余劳力出路问题、农村贫富分化问题、农田基本建设问题、农村社会保障问题等等。我感觉核心问题还是土地问题。农村走进了时代的漩涡。这个问题解决不好,农村非但不能跨入现代社会,甚至会出现混乱、停滞或倒退。土地问题怎样解决?有人说,搞现代农业,应该首先解决土地所有权问题。在惯常的理解中,有两种解决方式,要么土地公有制,要么土地私有化。这方面的争论一直延续着,我不做分析了。2002年,我国颁发了《土地承包法》,对土地流转(转包、出租、互换和转让)等都作出了规定。允许农村土地承包经营权流转,是继包产到户以来农村土地政策的又一次重大突破。农村土地承包经营权流转,是我国第三次地权改革。"流转"中的农民更加自由,也不断增加着收入。

"土地流转"这种探索是否成功,需要时间来印证。但是,我们的文学能否表现土地流转过程中现实问题的严峻,情况的复杂、激烈的斗争、内心的矛盾和行动的困惑,这一切都给我带来创作的激情。

我的农村题材小说,大多集中在写河北冀东平原。一方水土养一方人。"一方"指的是某一块地域;"水土"包括地理位置、物候环境;"一方人",则是长期生活在这一地域的人。不同地域上的人,由于环境不同、生存方式不同、地理气候不同、思想观念不同、人文历史不同、为人处世不同,文化性格特征也不同。每个地区的水土环境,人文环境都不同,人的性格,生活方式,思想观念,人文历史也就随之而改变。

我创作《天高地厚》的时候就说:"农民可以不理会文学,但文学不能不关注农民。"这句话后来被媒体引用，今天我再补充一句："文学可以沉迷传统，但不能忽略新的农民。"这也是我痴迷现实题材的原因。这是有巨大风险的，表现当下，没有距离，这距离同时也是审美的距离。现实生活不好表现，作家在当下生活面前碰上了很大的困难，认知的困难和表现形式的困难。抛开惯性写作，寻找新的空间的时候，我才感觉到认识我们的现代生活，表现现代生活有多困难。价值的混乱，现象的复杂，从而增加了把握的难度，也就增加了寻找全新体验的难度。实际上这不是一个新问题，是所有作家必须遭遇的。我想，当年柳青写《创业史》、梁斌写《红旗谱》同样面临着认知当下时代生活的问题。面对今天农村风云际会的宏阔背景，作家应该怀着一种"以人为本的现代意识"，从人性复杂多样的角度，来审视乡村社会所有人的行为动因。我们就能从新鲜的生活流里找到新意。透过这些事件前就能洞察到那条时缓时急的时代之河，可以感受到沉重的历史同改革浪潮的剧烈冲突以及相互制动。中国农民的历史姿态在这样的交汇点上会变得清晰而辽阔。下面就看我们有没有宏阔的眼光了。农民都敢走一条无路之路，我想，作家应该有勇气接受这个挑战！

　　生命是一条河，乡村便是每一条河的源头。乡村作为我们的背景和摇篮，滋养着乡人。就是远离土地的都市人，也挣不掉与乡村脐带般的深远牵系。作为本土作家，感受了乡村的苦难，也谛听到了乡村变迁的脚步声。感受乡土那种一触即发的疼痛，也会看到土地上澎湃的生命和生机。当生活激活我的想象，我便感到创作不仅仅是兴趣，一切有关乡村的叙事，便有了一份深重，多了一份亲情，添了一份责任。给乡土唱一曲挽歌，给传统农民唱一曲挽歌，这是必要的。在这部书里，我给狗儿爷、枣杠子、韩腰子这样的农民唱了挽歌。但是我想，面对这样伟大的变革时代，仅仅唱挽歌是不够的，也是不客观的。我有一个单身朋友特别爱听哀乐，他家里常常播放哀乐，他后来结婚了，就再不听哀乐了，为问他为什么？他回答说："哀乐和挽歌并不是生活的全部，我爱听乡村音乐了，欢快、喜庆，那里有我需要的东西。"我想廉价的欢快也是不妥的，农村需要唱一首严峻的乡村牧歌。乡土文学的焦虑来源于现实原则与审美原则不能达成一致。作家陷入双重焦虑，一是乡村陷落了，原有的记忆失效了，成为记忆的碎片；另外，乡土未来的形态还没有建立，未来的可能性非常模糊。就像我故乡的土地，旧的土地庙宇已经毁灭，新的土地庙宇还没有建立，这让我们如何是好？

　　农民与土地、农民与粮食，几乎成为热点。有一年麦收，我到唐山老家滦河流域的农村看了看，很是感动。广大农村发生的一切，众多农民的生活，是我们中国最基本"国事"。我们再也不能用老眼光看今天的新农村了。我们的农业文明和农业文化有着数千年的历史，农村题材文学经典摆在我们面前。但是今天，农村是农耕文化气息、现代城镇工业气息和科技信息杂糅融合阶段，农民艰难地行进在农业文明向现代工业文明转轨的半路上。现实是我们文学的土壤，文化则是文学的精神。如何把握今天的农村生活？今天的农村生活五光十色，时尚冲乱了规律，思潮压倒了文体。我们的创作如果游离于社会潮流之外，其活力和价值就会减少。但是要表现好这个时代，还要多一些真思考。我想，要把握今天的农村和农民生活，就首先要深入下去，但是光有深入和贴近是不够的，走马观花式的贴近只能使我们茫然。今天的调整和明天的政策，其实都属于"事件"，是瞬息万变的现象，是历史长河中的浪花，如果不把它放在历史深层结构中去考察，我们就会被现象迷惑。所以说，我们还是应该贴近人心，体验农民的心灵，寻找属于这个时代的精神"内核"是什么？我们尊重农民，尊重他们尊严，除了尊重他们生活的场景，还要尊重他们生活的逻辑。今天农民心理是多层次的，历史的、文化的东西也必然沉淀到他们的心理中去，传统农民要转变成现代农民，要经过艰难漫长的路程。农村正以迟缓、渐变、多样的形式出现。就像春天的冰河，表面千里冰封，但在大河深层，坚冰在悄悄地消融，河水变得湍急。

《麦河》的原始素材中，有关于家族的爱恨情仇内容，但是，我把它放弃了，没有写家族斗争，而是把目光转向土地，转向土地上的人。韩腰子、郭富九和枣杠子这样的农民，感叹自己弄不过曹双羊，倒不是曹双羊有三头六臂，有什么特殊的地方。从根本上说，历史曾经为他们构筑了舞台，这个舞台上，他们有过出色的表演，但是，他们必须谢幕了，唱给他们的挽歌早已回归土地。我们发现时代又构筑了新的舞台，这个舞台上一切都将重新洗牌，这个新天地里的"弄潮儿"应该是新农民了。新农村必然出现新的农民，这是历史的必然。

孙犁在1942年写了一篇文章，主要谈农村新事物与新人物塑造。现在读起来很有启发意义，他强调说新的时代一定要写新的人物、新的感情和新的气氛，最核心的就是创作主体要怀有感情。我想，感情来自平等的目光，来自对农民的理解和尊重。不能用施舍的、悲悯的、俯视的心态看待农村和农民命运。乡土文学要有乡土味道，这种味道相当大的程度取决于农民形象的塑造。新的农民应该有什么样的面貌？我们应该塑造和呼唤什么样的新农民？这是一个带有根本性意义的重大课题。目光狭窄、笨手笨脚、游手好闲、装神弄鬼、重利忘义，这是新农民吗？显然不是。农业技术的提高、农业机械化的普及、土地流转的开始、雇工和长工的出现，都给农民形象的塑造带来了新的课题。

评论家段崇轩在一篇文章中说过："我们可以继续刻画那些在时代转型中落伍、彷徨、失败的农民，也可以依旧描绘那些坚守农民的文化传统的静观、守望、智慧的农民。但更需要塑造那种在'新农村建设'中勇于开拓、探索、创造的新农民。中国农民精神人格的建构，是一个比经济、政治建设更为漫长的历史，因此作家对农民的走近、熟悉、探索、塑造，也是一条艰难、无尽的路程。1990年代以来的乡村小说，在塑造人物上作出了许多努力，但在拥拥挤挤的人物画廊中，传统的、旧式的农民形象较多，而现代的、新型的农民形象却很难看到。像《创业史》中的梁生宝、《陈奂生上城》里的陈奂生，《乡场上》中的冯幺爸等新农民形象，今天的文坛上几近绝迹了。"我读后触动很大，也很受启发，今天的梁生宝在哪里？今天的陈奂生在哪里？我们怎样塑造新农民？创作了《天高地厚》之后，我一直想塑造一个新农民，一直为此思考着、苦恼着。铁凝主席在《天高地厚》研讨会发言中提到："《天高地厚》最成功的地方，我觉得是关仁山敏锐地把握并且表现了当代农村新一代农民的出现。他们不同与以往作品中的英雄或正面人物，他们不是一身正气的清官，甚至不是能够左右形势的金钱和权势的拥有者；他们不是有缺点的好人，甚至没有感人泪下的英雄行为。他们只是一群有了新的眼界、新的见识、新的思维方式和行为方式的普通人，这些人物都比较合适地承载了他们所苦斗的时代内容。能够写出这样一群有生活说服力的人物，我以为不仅是在当前农村题材创作中殊为难得，就是在城市、工业或其他题材的创作中，也是少见的。"这对我塑造新农民是个鼓舞。《天高地厚》中鲍真、梁双牙就具有新农民的精神元素，但是，遗憾的是他们在市场上没能走太远。我要重新走进生活，继续叙写他们以后的生活，新农民的"胚胎"已经萌芽，怎样让他脱颖而出？《麦河》中的曹双羊在我心中培育了一些年，终于慢慢成型了。

农村题材小说从哪里突破？叙述和技巧解决不了根本问题，只能从两个方面下手，一是风俗画的描绘。我们知道，乡土小说的魅力在与描绘美丽传神的风俗画，在风俗画的背景下演绎沉重的人生悲喜。可是，如今的读者已经没有耐心欣赏风俗画了，既然这样，那么还有一个突破口就是农民形象。要想改变人物形象的苍白、单调和肤浅靠什么？靠创新。农民形象怎样创新？新农民的新的元素是什么？比如开拓精神，市场意识和科学头脑，这是传统农民所缺乏的。新农民不是神，而是人，是一个根植土地的复杂的矛盾体。他们身上也积存着旧式农民狭隘、迷信和小农意识的惰性，同时，也有农民传统文化的精华部分，比如，勤劳、诚信、仁义，但是写足了这些，新农民还是没有站立起来，改革开放三十多年的实践，为我们创造新农民形象提供了土壤，土壤中滋生的农民的进取、探索，以及强大的对大市场冲击力，形成了一种全新的观念，土地在他们眼里变得更加功力和复杂，这种转变是前所未有的。新农民中农业人格向商业人格的转型，那是一场灵魂的"蜕变"，这场"蜕变"中，新的农民会真正站立起来。这样的农民是大量存在的，比如知名的吴仁宝，比如大寨的郭凤莲，比如创建河北中旺食品集团有限公司的民营企业家王中旺，

"五谷道场"牌方便面火遍全国。他与康师傅集团成功联姻，迅速壮大了企业，带动了整个地区的农业和产业，还有秦皇岛的李家庚，等等。他们的奋斗生活，给我塑造曹双羊提供了雄厚基础。挖掘双羊身上的文化基因，与滦河文化紧紧相连。尽管双羊嘴边挂着："老虎的屁股，球儿！"这样的口头禅，但他还是个好脸面的人，加上祖训中"善有善报"的文化基因作用，在完成血淋淋的原始积累之后，陷入精神危机之中，回归土地让他找到了根，由恶回归善，发财之后开始乐善好施。我还要说明的是，曹双羊是一个发了财的农民。在他没有觉醒之前，他对土地是疯狂掠夺的，并没给土地带来大的帮助，相反，却是连安地神保佑了他，是土地支撑着他，瞎子、凤莲、桃儿和曹玉堂这些普通农民，为曹双羊提供了民间的精神庇护。这也是新农民的曹双羊的福气。

关于农民的未来，我们让老鹰虎子做了一些预见。明天的农村上何处去？麦田还会有吗？早晨的露珠还那么鲜亮吗？河水还那么清澈吗？用麦秸烧出的炊烟还是那种甜甜的味道吗？我想说的是，大量农民会一步一步走进城市，乡村也会变好的。现在想来，大工业越发达，每个人的内心越想留住一片土，一片净土。这是一部土地的悼词，也是一首土地的颂歌！我想把人放逐在麦田里，让他们劳动、咏唱、思考，即便知道前方没有路，也不愿放弃劳动和咏唱，也不愿停止前行的脚步。多少年后，我们富足了，一切物质的狂欢都会过去，我们最终不得不认真、不得不严肃地直面脚下的土地，直面我们的灵魂。我们对土地的守护，就是对我们自己心灵的守护！面对现实的写作，是需要现实精神的。有人说，就农村题材作家而言，现实精神就是土地精神。中国乡村的土地精神是什么？回望田园的早晨，万情涌动。时代没有摹本，只有不穷的精神。文学需要承接这种精神，背负这沉重，亲吻大地。我觉得拥有土地的人，是最富有的人。土地上成熟的果实是根和叶，即使流水冲走了叶，还会留下根的。我们灵魂的东西在萌动，对于未来，我们说土地不朽，人的精神就会不朽！

当代文学：农村与乡土的两次历史演变

孟繁华

一

60 年来的中国当代文学，农村或乡村中国一直是最重要的文学创作资源和叙述对象。因此，对农村或乡村中国的文学叙述，就形成了 60 年来当代中国的主流文学。这个主流的形成，一方面与中国社会在本质上是"乡土中国"有关。乡村记忆，是中国作家最重要的文化记忆；另一方面，中国革命的胜利，主要依靠的力量是农民，新政权的获得如果没有广大农民的参与是不能想象的。因此，对乡村中国的文学叙述，不仅有中国本土的文化依据，同时有政治依据，或者说，它既有合理性又有合法性。但是，这个主流文学在中国社会历史发展的左右下，出现了两次转折：一次是乡土文学向"农村题材"的转移，这个转移发生于 20 世纪 40 年代初期；一次是"农村题材"向"新乡土文学"的转移，这个转移发生于 20 世纪 80 年代初期。

乡村叙事整体性的出现，与中国共产党建立现代民族国家的目标密切相关。农民占中国人口的绝大多数，动员这个阶级参与建立现代民族国家的进程，被后来的历史证明是必由之路。于是，自延安时代起，特别是反映或表达土改运动的长篇小说《太阳照在桑干河上》《暴风骤雨》等的发表，中国乡村生活的整体性叙事与社会历史发展进程的紧密缝合，被完整地创造出来。乡村中国的文学叙事在这个时代被"农村题材"取代了。此后，当代文学关于乡村中国的书写都来自于这一模式，"史诗性"是这些作品基本的、也是最后的追求。《创业史》《山乡巨变》《三里湾》《风雷》《艳阳天》《金光大道》等概莫能外。

乡土文学转向"农村题材"之后，中国主流文学在思想倾向和审美取向上发生了重大变化：在思想倾向上，是民粹主义的民众崇拜；在审美取向上是暴力美学崇拜。中国原本没有民粹主义的思想脉流，"以民为本"不是民粹主义思想，而是中国本土历代帝王的统治谋略。

民粹主义或民众崇拜，是"农村题材"最重要的思想特征。与此相关的是，在"阶级"划分业已完成的时代，"一个阶级消灭一个阶级"的革命冲动和激情，形成了"农村题材"最鲜明的美学特征，这就是"暴力美学"。在《太阳照在桑干河上》有一段斗地主钱文贵的场面：义愤填膺的翻身农民要同钱文贵"算总账"，地主必须在农民面前"跪下！跪下！"戴上"高帽子"的钱文贵还被吐了一口痰。当急风暴雨的革命成为过去之后，对暴力的欣赏仍然是普通读者主要追逐的对象。80 年代以来，武侠小说的风行证实了这个趣味的顽固存在。当暴力在社会生活中不再具有合法性的时候，那个虚拟的文学空间就成为血雨腥风血流成河的替代场所。

但是，"农村题材"的整体性的叙事很快就遇到了问题，或者说，在这条思想路线指导的乡村中国和广大农民，没有找到他们希望找到的东西。不仅柳青的《创业史》难以续写，浩然的"艳阳天"下也没有出现那条"金光大道"。1979 年周克芹发表了《许茂和他的女儿们》，作品以现实主义的方式，率先对这个整体性提出了质疑；1980 年张弦发表了《被爱情遗忘的角落》、高晓声发表了《陈奂生上城》、1981 年古华发表了《爬满青藤的木屋》，再现了乡村中国依然处于蒙昧状态的不同景象。这些作品的发表，虽然有意识形态的因素，有思想解放的社会政治环境，但乡村中国文学叙述的传统对文学内在规律的激活，也是重要的原因。这是来自中国本土的文学背景。

二

20 世纪 80 年代之后，中国文学界对包括世界文学在内的文学经典，有一个再确认的过程，曾经被否定的世界文学经典重新被认同。80 年代初期，世界文学名著被读者狂热购买的场景今天仍然历历在目。无论是作为一种文学知识，还是作为一种重要的文学遗产，世界文学显然潜移默化地、深刻地影响了中国近三十年来的文学创作。这种情况在中国文学主流的创作中，看得更清楚。

美国小说家马克·吐温对家乡密西西比河乡村生活的描摹，意大利小说家维尔加对故乡西西里岛乡村底层生活的叙述，福克纳对美国南方风情画般的描绘，俄罗斯小说家屠格涅夫、契诃夫、托尔斯泰等对俄罗斯广阔的草原、森林和乡村生活的由衷赞美，以及拉美"爆炸文学"对古老的民族传统和神秘地域的神奇记载等，都给当代中国作家以启示或灵感。莫言说："从 80 年代开始，翻译过来的西方作品对我们这个年纪的一代作家产生的影响是无法估量的。如果一个 50 岁左右的作家，说他的创作没受任何外国作家的影响，我认为他的说法是不诚实的……甚至说没有他们这种作品外来的刺激，也不可能激活我的故乡小说"；"我们这一代作家谁能说他没有受到过马尔克斯的影响？我的小说在 1986、1987、1988 年这几年里面，甚至可以说明显是对马尔克斯小说的模仿。"（新浪网：《著名作家莫言做客新浪网访谈实录》）批评家朱大可在揭示这一现象的同时，也措辞严厉地批评说："'马尔克斯语法'对中国文学的渗透，却是一个无可否认的事实。长期以来，马尔克斯扮演了中国作家的话语导师……对于许多中国作家而言，马尔克斯不仅是无法逾越的障碍，而且是不可告人的秘密。"（《马尔克斯的噩梦》，载《中国图书评论》2007 年第 6 期）无论如何，世界文学与中国当代主流文学的关系就这样缠绕在一起。

中国本土乡村叙述的传统和世界文学对乡土文化的描摹，改变了作为中国主流文学的"农村题材"的整体面貌：血腥的暴力退出了文学叙事，代之而起的是对中国乡村历史多重性的发现；民众崇拜不见了，意外被发现的是乡村身份和精神的危机；诗意的家园不见了，那个诞生中国革命主体力量的所在，在精神上几乎还是蛮荒之地。90 年代以来，先后发表的《白鹿原》《羊的门》《万物花开》《丑行或浪漫》《受活》《白豆》《我的生活质量》《妇女闲聊录》《笨花》《上塘书》《秦腔》《空山》《吉宽的马车》《湖光山色》《白纸门》《高兴》《一句顶一万句》等长篇小说，构成了中国当下"新乡土文学"的崭新图景。这一转向，使中国主流文学的面貌发生了根本性的变化。这个变化最重要的特征，一是对乡村中国"超稳定文化结构"的发现；一是乡村叙事整体性的破碎。

所谓"超稳定文化结构"，是指在中国乡村社会一直延续的风俗风情、道德伦理、人际关系、生活方式或情感方式等。虽世风代变，政治文化符号在表面上也流行于农村不同的时段，这些政治文化符号的变化告知着我们时代风云的演变。但我们同样被告知的还有，无论政治文化怎样变化，乡土中国积淀的超稳定文化结构并不因此改变。它依然顽强地缓慢流淌。政治文化没有取代乡土文化。铁凝的《笨花》是一部书写乡村历史的小说。小说叙述了笨花村从清末民初一直到 40 年代中期抗战结束的历史演变。但是，值得注意的是，国家民族的历史演变更像是一个虚拟的背景，而笨花村的历史则是具体可感、鲜活生动的。因此可以说，《笨花》是回望历史的一部小说，但它是在国家民族历史背景下讲述的民间故事，是一部"大叙事"和"小叙事"相互交织融汇的小说，也可以看作是一部对"整体性"的逆向写作。《笨花》是一部既表达了家国之恋也表达了乡村自由的小说。家国之恋是通过向喜和他的儿女并不张扬、但却极其悲壮的方式展现的；乡村自由是通过笨花村那种"超稳定"的乡风乡俗表现的。因此，这是一部国家民族历史背景下的民间传奇，是一部在宏大叙事的框架内镶嵌的民间故事。可以肯定的是，铁凝这一探索的有效性，为中国乡村的历史叙事带来了新的经验。

如何表达变革时期乡村中国的社会生活和世道人心，如何展现一个真实的乡村中国的存在，可能是在这个范畴内展开文学想象的所有作家面对的共同困惑。当现代性、后现代性等问题在都市文学中几近爆裂的时候，真正具有巨大冲击力的小说，可能还是存在于对乡土中国的书写和表达中。范小青的《赤脚医生万泉和》叙述的故事，从"文革"到改革开放历经几十年。万泉和生活在"文革"和改革开放两个不同的时期。这两个时期对中国的政治生活来说是两个时代。但时代的大变化、大动荡、大事件等，都退居到背景的地位。进入故事后我们发现，后窑村的日常生活并没有因为政治发生根本性的变化，传统的风俗风情仍在延续并支配着后窑人的生活方式。那些鲜活生动的乡村人物也没有因为是"文革"期间就改变了性情和面目。

三

当然，乡土中国社会的发展，并不是一部简单的自然发展史，并不是以不变应万变的物理时间。现代中国政治风云的变幻，深刻地影响了中国乡村的发展。这不止是说经过百年的社会变革，中国农民的政治身份和经济地位发生了根本性的变化，而且乡村中国的社会结构也发生了极大的变化，其中一个重要现象就是乡绅阶层的消失。乡绅在中国乡村社会有非常重要的作用，它非常类似西方的市民社会。当然，乡绅的作用没有、也不会像西方市民社会那样完善。但是，作为非政府、非组织的乡绅阶层，在中国乡村社会结构中，有一定的权威性，在民众中有相当程度的文化领导权。它的被认同已经成为乡村中国文化传统的一部分。家长、族长、医生、先生等，对自然村落秩序的维护以及对社会各种关系的调理，都有不可替代的作用。比如《白鹿原》中白嘉轩就是这样的人物。在《赤脚医生万泉和》中，赤脚医生万人寿和万泉和，在乡土中国，就应该是"乡绅"式的人物。但在"文革"中，赤脚医生作为新生事物，他们自然不会、也不能行使乡绅的职责，发挥乡绅的功能。但我们可以明确感受到普通人对他们的尊敬、羡慕和热爱。但是，万人寿和万泉和毕竟不是乡绅了，万人寿甚至可以被批斗，万泉和也几起几落朝不保夕。这种情况就是社会政治生活对乡土中国社会结构的改变。文化或文明在乡土中国的不断跌落，在这个现象上可以充分地被认识到。

赤脚医生万泉和就是在这样的文化环境中被哺育和滋养成长的。他天生木讷、敦厚、诚恳和诚实，不合时宜；他的无奈、无辜、失败和悲剧，都给人一种彻骨的悲凉。因此，《赤脚医生万泉和》是对乡土中国孕育的人性、人心以及为人处世方式的遥远想象与凭吊。那是原本的乡土中国社会，是前现代或欠发达时代中国乡村的风俗画或浮世绘。医生和被救治者本来是拯救和被拯救的关系，但在小说中，万泉和始终是力不从心勉为其难。他不断地受到打击、嘲讽、欺骗甚至陷害。而那些人，就是以前被称为民众、大众、群众的人。这样的民众，我们在批判国民性的小说中经常遇到，但在怀乡的小说或其他文体中还不曾遇到。乡土中国人心复杂的变化是意味深长的。启蒙话语受挫之后，救治者优越的启蒙地位在万泉和这里不复存在。书中万泉和居住的平面图显示，万泉和的房子越来越小，生存空间越来越狭窄直至倾家荡产。一个乡村"知识分子"就这样在精神和物资生活中濒于破产的边缘。他的两难处境，甚至自身难保的处境都预示了乡土中国超稳定文化结构的存在，同时也表达了社会历史变迁给乡土中国带来的异质性因素。

乡村中国叙事整体性的碎裂，与中国现代性的不确定性有关，当然也与作家对中国乡村文化的再认识有关。在对历史的叙述上，陈忠实的《白鹿原》对社会变革关系的处理，因远离了整体性而使这部作品具有某种"疏异性"。在孙惠芬的《上塘书》中，上塘的历史已演化为一份"村志"，那客观性的记录或有意滤去的历史建构，从另一个方面表达了作家面对历史的困境。在张炜的《丑行或浪漫》中，历史仅存于一个女人的身体中。在林白的《妇女闲聊录》中，王榨村的历史几为真空。这种变化首先是历史发展与"合目的性"假想的疏离，或者说，当设定的历史发展路线出现问题之后，真实的乡村中国并没有完全沿着历史发展的"路线图"前行，因为在这条"路线"上并没有找到乡村中国所需要的东西。这种变化反映在文学作品中，就出现了难以整合的历史。整体性的瓦解或碎裂，是当前表现乡村中国长篇小说最重要的特征之一。

乡村叙事整体性的碎裂，在阿来和贾平凹的创作中大概最为明显。读阿来的《空山》会觉得这是一部很奇怪的小说：《尘埃落定》是一部英雄传奇，是叱咤风云的土司和他们子孙的英雄史诗，他们在壮丽广袤的古老空间上演了一部雄赳赳的男性故事，也是从前现代走向现代的浪漫历史。但《空山》几乎没有值得讲述的故事，拼接和连缀起的生活碎片充斥全篇，在结构上也是由两个不连贯的篇章组成。《随风飘散》是《空山》的第一卷。这一卷只讲述了私生子格拉和母亲相依为命毫无意义的日常生活，他们屈辱而没有尊严，甚至冤屈地死亡也浑然不觉。如果只读《随风飘散》我们会以为这是一部支离破碎很不完整的小说片段，但是，当读完卷二《天火》之后，那场没有尽期的大火不仅照亮了自身，同时也照亮了《随风飘散》中格拉冤屈的灵魂。格拉的悲剧是在日常生活中酿成的，格拉和他母亲的尊严是被机村普通人给剥夺的，无论成人还是孩子，他们随意欺辱这仅仅是活着的母子。原始的愚昧在机村弥漫四方，于是，对人性的追问就成为《随风飘散》挥之不去一以贯之的主题。

《天火》是发生在机村的一场大火。但这场大火更是一种象征和隐喻，它是一场自然的灾难，更是一场人为的灾难。自然的"天火"并没有也不可能给机村毁灭性的打击，但自然天火后面的人为"天火"，却为这个遥远的村庄带来了更大的不测。那个被"宣判"为"反革命"的多吉，连撒尿的权利都被剥夺了，他为了维护做人的尊严，只有舍身跳进悬崖；那个多情的姑娘央金，当她从死神手中挣扎回来，已经是救火战场上涌现的女英雄了。这个女英雄脸上出现了一种"大家都感到陌生的表情"：她神情庄重，目光坚定，望着远方。这是那个时代的电影、报纸和宣传画上先进人物的标准姿态。多吉的命运和央金的命运是那个时代人物命运的两极，一念之差，或者在神秘的命运之手的掌控下，所有的人，既可以上天堂也可以下地狱。《空山》将一个时代的苦难和荒谬，蕴涵于一对母子的日常生活里，蕴涵于一场精心构划却又含而不露的"天火"中。这时我们发现，任何一场运动，一场灾难过后，它留下的是永驻人心的创伤而不仅仅是自然环境的伤痕。生活中原始的愚昧，一旦遭遇适合生长的环境，就会以百倍的疯狂千倍的仇恨挥发出来，那个时候，灾难就到来了。机村琐碎生活的叙述与《尘埃落定》宏大的历史叙述构成了鲜明的比较。仅仅几年的时间，历史主义在阿来这里已烟消云散化为乌有。

贾平凹是这个时代最重要的作家之一，他已经完成的创作无可置疑地成为这个时代重要的文学经验的一部分。他的备受争议、毁誉参半恰恰证实了他的重要：他是一个值得争议和批评的作家。二十多年来，贾平凹用文学作品的方式，密切地关注着他视野所及变化着的生活和世道人心，并以他的方式对这一变化的现代生活，特别是农村生活和人的生存、心理状态表达着他的犹疑和困惑。但值得注意的是，在贾平凹的早期作品中，比如《浮躁》《鸡窝洼人家》《腊月·正月》《远山野情》等，虽然也写了社会变革中的矛盾和问题，但可以肯定的是，这些作品总还是洋溢着不易察觉的历史乐观主义。即便是《土门》《高老庄》这样的作品，仍能感到他对整合历史的某种自信和无意识。

但是到了《秦腔》，情况发生了我们意想不到的变化。在他以往的作品中，都有相对完整的故事情节，都有贯穿始终的主要人物推动故事或情节的发展。或者说，在贾平凹看来，以往的乡村生活虽然有变化甚至震荡，但还可以整合出相对完整的故事，那里还有能够完整叙事的历史存在，历史的整体性还没有完全破解。这样的叙事或理解，潜含了贾平凹对乡村中国生活变化的乐观态度，甚至是对未来的允诺性的期许。但是，到了《秦腔》这里，小说发生了重大的变化：这里已经没有完整的故事，没有令人震惊的情节，也没有所谓形象极端个性化的人物。清风街上只剩下了琐屑无聊的生活碎片和日复一日的平常日子。再也没有大悲痛和大欢乐，一切都变得平淡无奇。"秦腔"在这里是一个象征和隐喻，它是传统乡村中国的象征，它证实着乡村中国曾经的历史和存在。在小说中，这一古老的民间艺术正在渐渐流失，它片段地出现在小说中，恰好印证了它艰难的残存。疯人引生是小说的叙述者，但他在小说中最大的作为就是痴心不改地爱着白雪，不仅因为白雪漂亮，重要的还有白雪会唱秦腔。因此引生对白雪的爱也不是简单的男女之爱，而是对某种文化或某种文化承传者的一往情深。对于引生或贾平凹而言，白雪是清风街东方文化最后的女神：她漂亮、贤惠、忍辱负重又善解人意。但白雪的命运却不能不是宿命性的，她最终还是一个被抛弃的对象，而引生并没有能力拯救她。这个故事其实就是清风街或传统的乡村中国文化的故事：白雪、秦腔以及"仁义礼智信"等乡村中国最后神话即将成为过去，清风街再也不是过去的清风街，世风改变了一切。

《秦腔》并没有写什么悲痛的故事，但读过之后却让人很感伤。这时候，我们不得不对"现代"这个神话产生质疑。事实上我们在按照西方的"现代"改变或塑造我们的"现代"，全球一体化的趋势已经冲破了我们传统的堤坝，民族国家的特性和边界正在消失。一方面它打破了许多界限，比如城乡、工农以及传统的身份界限；一方面我们赖以认同的文化身份也越来越模糊。如果说"现代"的就是好的，那我们还是停留在进化论的理论。我同时也不免踌躇：《秦腔》站在过去的立场或怀旧的立场面对今日的生活，它对敦厚、仁义、淳朴等乡村中国伦理文化的认同，是否也影响或阻碍了他对"现代"生活的理解和认知，对任何一种生活的理解和描述，都不免片面甚至夸张。《秦腔》的"反现代"的现代性，在这个意义上也是值得讨论的。因此，面对"现代"的叩问或困惑，就不止是《秦腔》及作者的问题，对我们而言同时也是如何面对那个强大的历史主义的问题。

刘震云的《一句顶一万句》是一部"去历史化"的小说，但它发现了普通人的心灵史。在平淡无奇的生活中发现小说的元素，这是刘震云的能力；但刘震云的小说又不是传统的明清白话小说，叙述上是"花开两朵各表一枝"，功能上是"扬善惩恶宿命轮回"。他小说的核心部分，是对现代人内心秘密的揭示。这个内心秘密，就是关于孤独、隐痛、不安、焦虑、无处诉说的秘密，就是人与人的"说话"意味着什么的秘密。亚里士多德发现，伴随着城邦制度的建立，在人类共同体的所有必要活动中，只有两种活动被看成是政治性的，就是行动和言语，人们是在行动和言语中度过一生的。就像荷马笔下的阿基利斯，是"一个干了一番伟业，说了一些伟辞"的人。在城邦之外的奴隶和野蛮人，并非被剥夺了说话能力，而是被剥夺了一种生活方式。因此，城邦公民最关心的就是相互交谈。现代之后，交谈是意味着亲近、认同、承认的交流，在这个意义上，说话就成了生活的政治。

在《一句顶一万句》中，"说话"是小说的核心内容。这个我们每天实践、亲历和不断延续的最平常的行为，被刘震云演绎成惊心动魄的将近百年的难解之谜。百年是一个时间概念，大多是国家民族或是家族叙事的历史依托。但在刘震云这里，只是一个关于人的内心秘密的历史延宕，只是一个关于人和人说话的体认。对"说话"如此历经百年地坚韧追寻，在小说史上还没有第二人。无论是杨百顺出走延津寻女，还是牛爱国奔赴延津，都与"说话"有关。"说话"的意味在日常生活中是如此不可穷尽。这些人物不知道存在主义，也不知道哈贝马斯的交往理论，但"话"的意味在这些人物中是不能穷尽的。说出的话，有入耳的、有难听的、有过心的、有不过心的、有说得着的、有说不着的、有说得起的、有说不起的、有说不完的还有没说出来的。老高和吴香香私通前说了什么话，吴摩西一辈子也没想出来；章楚红要告诉牛爱国的那句话最后我们也不知道；曹青娥临死也没说出要说的话。没说出的话，才是"一句顶一万句"的话。当然，那话即便说出来了，也不会是惊天动地的话。在小说中普通人的心灵史就这样被严酷又生动地呈现出来。

　　中国当代文学主流从"农村题材"向"新乡土文学"的转变，是一个重大的转变。它告知我们的是，政治意识形态完全支配文学的时代终结了。如果说在这些文学中也不可避免地隐含了某些政治因素的话，那是作家主体选择的结果。而我们更多看到的，则是广袤的乡村中国绵延不绝的本土文化的脉流。

（原载《文艺报》2009 年 8 月 6 日）

废墟上的精魂

——《白鹿原》论

雷 达

一

我从未像读《白鹿原》这样强烈地体验到，静与动、稳与乱、空间与时间这些截然对立的因素被浑然地扭结在一起所形成的巨大而奇异的魅力。古老的白鹿原静静地伫立在关中大地上，它已伫立了数千载，我仿佛一个游子在夕阳下来到它的身旁眺望，除了炊烟袅袅，犬吠几声，周遭一片安详。夏雨，冬雪，春种，秋收，传宗接代，敬天祭祖，宗祠里缭绕着仁义的香火，村巷里弥漫着古朴的乡风，这情调多么像吱呀呀缓缓转动的水磨，沉重而且悠长。可是，突然间，一只掀天揭地的手乐队指挥似的奋力一挥，这块土地上所有的生灵就全都动了起来，呼号、挣扎、冲突，碰撞、交叉、起落，诉不尽的恩恩怨怨、死死生生，整个白鹿原有如一鼎沸锅。在从清末民元到建国之初的半个世纪里，一阵阵飓风掠过了白鹿原的上空，而每一次的变动，都震荡着它的内在结构：打乱了再恢复，恢复了再打乱。在这里，人物的命运是纵线，百回千转，社会历史的演进是横面，愈拓愈宽，传统文化的兴衰则是精神主体，大厦将倾，于是，人、社会历史、文化精神三者之间相互激荡，相互作用，共同推进了作品的时空，我们眼前便铺开了一轴恢宏的、动态的、纵深感很强的关于我们民族灵魂的现实主义的画卷。

我也很少看到当代作品中像《白鹿原》这样，把人在历史生活中的偶然与必然的复杂微妙关系，揭示到了如此出神入化的境界。那种常见的，作者受某种观念驱使，又让人物去体现这种观念的"手"放松了，一任隐蔽的规律性在作品中自由前行。近五十年岁月，在白鹿原这块土地上，盛衰兴替，人事沧桑，变动不可谓不剧烈，但是，你将奇妙地感到，一旦舍弃了表层变动，后面是一个深邃的海；几乎每个人的生死祸福，升降沉浮，都是难以预料的，出人意表的，却又是不可逆转的，合情合理的。书读到一半的时候，没有人能像读有些作品那样，预知主要人物的命运归宿。好像有种不可见的"道"主宰着一切，又好像高踞云端的上苍默默注视着人群，每个人都恪守着自己的性格逻辑行动，每个人都被自身的利欲情欲驱遣，他们争夺着，抵消着，交错着，平衡着不断地走错房间，最终谁也难以完全达到预想的目标，谁也跳不出辩证法的掌心，大家仿佛都成了命运的玩物、天道的工具，共同服从于一种不可抗拒的强大的必然。这可真是令人惊讶的真实，它既不同于非理性的、不可知的历史神秘主义，也不同于把人当作"历史本质"的理念显现符号的先验决定论。

在阅读《白鹿原》的整个过程中我强烈感到，原先的陈忠实不见了，一个陌生的大智若愚的陈忠实站到了面前。他在什么时候悟了"道"，得了"理"，暗暗参透了物换星移、鱼龙变化的奥秘？在陕西灞桥镇闭门谢客，著书五载的陈忠实只是朴素地说："当我第一次系统审视近一个世纪以来这块土地上发生的一系列重大事件时，又促进了起初的那种思索，进一步深化而且渐入理想境界，甚至连'反右'、'文革'都不觉得是某一个人的偶然判断的失误或是失误的举措了。所以悲剧的发生都不是偶然的，都是这个民族从衰败走向复兴复壮过程中的必然。这是一个生活演变的过程，也是历史演进的过程。"同样的话，别人也说得出，但理性的感知与饱和着生活血肉的感悟是大不一样的。对于创作出《白鹿原》整体意象的陈忠实来说，这是了不起的觉醒和发现。陈忠实的全部努力，就在于揭去覆盖在历史生活上的层层观念障蔽，回到事物本身去，揭示存在于本体中的那个隐蔽的"必然"。

由于廓清了某些观念的迷雾，浮现出生活的本相，尽管《白鹿原》的取材、年代、事件已被许多人写过，《白鹿原》依然呈现出全新的面貌，给人以刮垢磨光后的惊喜；惊喜于那么多本在的人物、心理、文化形态何以到了今天才被发掘出来。

《白鹿原》是一个整体性的世界，自足的世界，饱满丰富的世界，更是一个观照我们民族灵魂的世界。说它是民族灵魂的一面镜子，并不过分。对一部长篇小说而言，它是否具有全景性、史诗性，并不在于它展现的外在场景有多大，时间跨度有多长，牵涉的头绪有多广，主要还在于它本身是否是一个浓缩了的庞大生命，是否隐括了生活的内在节奏，它的血脉，筋络，骨骼以至整个肌体，是否具有一种强力和辐射力。《白鹿原》正是以这种凝重、浑厚的风范跻身于我国当代杰出的长篇小说的行列。

二

若仅就聚拢生活的手段、概括生活的基本方式而言，《白鹿原》并无多少标新立异之处，它不可能逃出许多经典的现实主义作品已经提供的范式。白鹿原是一片地域，黄土高原上一块聚族而居的坡塬，散落着几个村庄。最大的白鹿村由白、鹿两姓组成，形成一个大宗族，一个典型的基层文化单元，一个血缘共同体组成的初级社会群体，"它具有初级性和稳定性，外延可以很方便地伸向广大社会，内涵可以是广大社会的缩影"。于是，《白鹿原》采用了"通过一个初级社会群体来映现整个社会"的方法。事实上，《红楼梦》、《静静的顿河》、《喧哗与骚动》、《百年孤独》从大的结构框架来说，莫不如此。我国当代长篇小说中，《太阳照在桑干河上》、《暴风骤雨》、《创业史》、《艳阳天》、《芙蓉镇》、《古船》等，也概莫能外。

然而，方式终究只是方式，问题在于你究竟翻新了什么，注入了什么，有多少独特的、重要的发现，概括了多少新的社会历史内容和民族文化底蕴。我们不妨拿《白鹿原》与《艳阳天》略作比较——两作的时代背景和主旨不同，但也不是绝对不可比。两作相比，真有恍若隔世之感。按说，白鹿村与《艳阳天》里的东山坞，同是北方农村，同属一个文化源流，不是没有一脉相承之处的。可是，东山坞的一切生活形态，一切人物及其心理，都用阶级斗争的漏斗分解过了，尽管浩然在当时允许的范畴内还是表现了难得的才情，全书也不乏细节的生动与丰富和某些人物的活脱的生命，但观念化毕竟排挤和钳制着生活化，萧长春们，焦淑红们，马之悦们，马老四们的一言一动，一怒一笑，无不与阶级斗争和路线斗争挂钩，只有在"斗争"的间隙，才流露出少许自然的世俗感情和人间气，与《白鹿原》的写法相比，它不知遗漏了多少文化意蕴和精神空间啊。对于中国农民性格和灵魂的探索，以及养育他们的文化土壤和精神血缘的挖掘，它都淡化掉了，因而它只能是一部缺乏深厚的文化根基的作品。《白鹿原》写了"最后一个地主"白嘉轩，这个人与传统文化有千丝万缕联系，甚至他本身就是传统文化的象征；《艳阳天》倒也写了个地主马小辫，这个人除了念念不忘破坏和变天，他那"心不死"的"心"里就没有更多的东西可言了。诚然，地主也是多种多样的，但他属观念的工具还是鲜活的生命，有无丰厚的文化内涵，还是不难判别的。直到今天，我仍然认为《艳阳天》对于它的时代而言不失为比较优秀的长篇，但它的构筑太多"左"的阶级斗争观念的廊柱，它在无情的时间的冲刷下东倒西歪也就不足为怪了。

同样，《白鹿原》与《芙蓉镇》也不是不可以略加比较。这两部作品的时代和主题不同，但概括方式近似，都是透过"小社会"旋转变化来隐括大社会、大时代的变迁。《芙蓉镇》也在对历史进行深切反思，那反思集中在拨开"阶级斗争扩大化"（此系当时的提法）所布下的迷阵，寻踪辨迹，力求还历史和人物以本来面目。它的最大功绩在于恢复和坚持了"写真实"这一现实主义的要义，因而它对极"左"路线破坏下的中国农村现实的揭示是深刻的，它对

"三中全会"的路线和政策的拥护也是由衷而热烈的、加以作者奇妙地把湖南山镇的风土人情与政治斗争的狂飙巨澜糅合起来，使作品焕发出久违了的艺术魅力。可是，冷静一想，作者的眼光终究局限在一个短时期内，他虽然扬弃了"左"的"阶级斗争理论"，但没有也不可能摆脱狭义的政治本位视角。这当然是当时的思想解放的程度和风气所局限，但它不可能不影响作品去发掘更深邃更广大的真实，尤其是影响了作品的文化意蕴的深度。

那么《白鹿原》呢？如果说，《芙蓉镇》的写法是对《艳阳天》的写法的一次否定（哲学意义上的）和反拨，表现了现实主义发展的某些征兆的话，那么《白鹿原》又是对《芙蓉镇》的写法的一种提升和深化，同样传递着现实主义在当今中国文学中推进的最新信息。就在《芙蓉镇》发表后不久，我国思想界兴起了研究文化的热潮，文学界也掀起了一股"寻根热"，无论其创作实绩如何，这一思潮乃是思想解放运动的继续，它扩大了人们的眼界，把"文化"这一尘封多年的、更为广大的视角引入了思想界，大大扩充了人们审度生活的眼光和认识世界的图式，打破了固守着单一的政治视角的狭局。人们意识到，看取生活的眼光，总会受到媒介和角度的制约，认识活动终究还是主观世界的活动，怎样使这个主观世界更接近事物的本质，就需要多种视角的互补和矫正，这才有可能趋向本体的最大真实。这并没有取消政治视角、经济视角的意思，而是还须动用文化参照的眼光，学会把事物放到长时期中追本溯源、寻根究底的本领。《白鹿原》并没有回避20世纪上半叶一系列重大的政治事件，如辛亥革命、国共合作、大革命、抗日战争、解放战争等等都直接或间接地涉及了，当然它的焦点始终聚结在白鹿原上的宗法制和礼俗化的农村，但是，在这里，无论是大革命的"风搅雪"，大饥荒大瘟疫的灾祸，国共两党的分与合，还是家族间的明争暗斗，维护礼教的决心，天理与人欲的对抗，以至每一次新生与死亡，包括许许多多人的死，都浸染着浓重的文化意味，都与中华文化的深刻渊源有关，都会勾起我们对本民族历史文化的深长思考。这也许就是《白鹿原》与《芙蓉镇》在把握生活、反思历史上的最明显的不同。《白鹿原》无疑具有更大的文化性、超越性、史诗性。虽然都在观照一个村庄，从《艳阳天》到《芙蓉镇》再到《白鹿原》，作家们的眼光发生了怎样深刻的历史性变化呵。

为了使《白鹿原》达到足够的心理深度和文化深度，作者切入历史生活的角度和倚重点也很值得注意。作者在卷首引用了巴尔扎克的一句话："小说被认为是一个民族的秘史。"不管巴尔扎克说这话的本意是什么，也不管它有无奥义，由这句话再证之以作品，可看出陈忠实独特的追求。秘史之"秘"，当指无形而隐藏很深的东西，那当然莫过于内心，因而秘史首先含有心灵史、灵魂史、精神生活史的意思。《白鹿原》的叙述风格确乎具有很强的心理动作性；

它的笔墨也确乎不在外部情节的紧张而在内在精神的紧张。更重要的是对"民族秘史"的理解。那自然是相对于历史而言的。民族历史通常是指政治史、军事史、经济史和一般意义的文化史，那么陈忠实所理解的"民族秘史"是什么呢？简而言之，家族秘史。家族制度在我国根探蒂固，有如国家的基础，故有"家国一体"之说。重在写家族，也就深入到了宗法社会的细胞。但作者又不是一般地写家族秘史，他的写法，带有浓重的"家谱性质"，也就是说，他要力求揭示宗法农民文化最原始、最逼真的形态。在作者看来，白鹿原所在的关中地区乃多代封建王朝的基地，具有深潜的文化土层，而生成于这个土层的白、鹿两族的历史也就典型地积淀着我们民族的文化秘密。我们不会忘记，《白鹿原》以怎样精细曲折的笔墨描写了"天然尊长"借乡约、族规、续家谱来施展文化威力，甚至不吝篇幅把族规的原文都存留下来。《白鹿原》固然是个宏大的建筑，但究其根本，它的础石乃是对中国农村家族史的研究；它是枝叶繁盛的大树，那根系扎在宗法文化的深土层中。所以，与其说它是"通过一个初级社会群体来映现整个社会"，不如进一步说，它是通过家族史来展现民族灵魂史。

写宗族制度、宗法文化自然并非《白鹿原》的新发现，鲁迅先生开创的新文学运动早就省察及此，洞若观火；冥顽不灵的赵太爷、鲁四老爷之流也早在一些中短篇小说里露面，这些代表人物的可憎面目我们决不陌生。在现代文学的发展中，矛头直指宗族罪恶的也不在少数。可是，我们细细检点一番后发现，正面剖视农村家族内部结构的作品并不多，家族尊长曲面目也多少有点凝固化、模式化了，更多的作品把重点放到冲出家族牢狱的新生代身上，家族本身的文化形态和历史变迁反倒被遗落了。《白鹿原》恰恰是把白、鹿两族的生存状态作为宗法文化的完整模型置放在风雨纵横的历史进程中，进行正面的、系统的、深刻的综合审视。作者的视线有时也随白、鹿两家的子孙活动，转向城市、根据地或抗日前线，但那视点始终又回落到家族的历史文化变迁上。而且，最重要的是，作者的审视是站在今天思想文化高度的重新审视，那诸多的新发现，那宗法文化的余晖和临近终结，就不是过去的文学可以包括。

三

《白鹿原》的思想意蕴要用最简括的话来说，就是正面观照中华文化精神和这种文化培养的人格，进而探究民族的文化命运和历史命运。倘与另一部政治文化色彩浓厚的长篇《古船》相比，可以说：《古船》写的是人道，《白鹿原》写的是人格。

《白鹿原》的作者，对于浸透了文化精神的人格，极为痴迷，极为关注。

他虽也渲染社会的变动，但真正的目的是，穿越社会，深入腠理，紧紧抓住富于文化意蕴的人格，洞观民族心理的秘密。在他看来，一个富有文化价值的人格，犹如一把钥匙，可以打开民族文化的库藏。支配中国社会几千年的文化传统，它的人伦精神，思维方式，生活观念以至伦理型文化的特征，均可通过人格的结构反映出来。《白鹿原》有多少充满魅力的人格啊，白嘉轩、朱先生、鹿子霖、黑娃、白孝文、田小娥、鹿兆海、鹿三……哪一个不是陌生而复杂！其中，白鹿村族长白嘉轩，尤被作为中华文化的正统人格代表突现于作品中，占有举足轻重的地位。

面对白嘉轩，我们会感到，这个人物来到世间，他本身就是一部浓缩了的民族精神进化史，他的身上，凝聚着传统文化的负荷，他在村社的民间性活动，相当完整地保留了宗法农民文化的全部要义，他的顽健的存在本身，即无可置疑地证明，封建社会得以维系两千多年的秘密就在于有他这样的栋梁和柱石们支撑着，不绝如缕。作为活人，他有血有肉，作为文化精神的代表，他简直近乎人格神。

白嘉轩是作者的一个重大发现。现当代文学史上，虽不能说没有原型，但的确没有人用如此的完整形态，如此细密的笔触，如此的评价眼光描写过他。在经济上，他当过地主，尽管因解放前三年鹿三已死他未再雇长工，恰好"漏了网"，但这并不能说明他不具备地主阶级的思想意识。作者写他，不是纠缠在常见的阶级斗争眼光下的善善恶恶，也不是按着常见的反向形象的模式来处理，而是超越了简单化的批判层面，从文化的根因上来写。对于他的狡黠，迷信风水，视土地如命，作者倒也没有放过。小说开始不久，他就精心策划了一场买地戏，内心欲火中烧，外表上显出可怜和无奈，可谓深谙人心之道，目的则在把鹿家的风水宝地弄到手，保佑白家福运绵长。这不是典型的地主阶级的思维吗？但这些不是白嘉轩的重心所在，由于他终生不脱离劳动，生活方式与自耕农并无不同，他表达的实际是农民的思想情绪，这个深沉的精灵似的人物远不是一般的地主可以望其项背。其实，在静默的、较为封闭的农村，至今我们仍能嗅到白嘉轩的灵魂的残余气息，这种封建精英人物长久地活在我们民族的精神生活中，陈忠实终于捕捉到了他。

白嘉轩一出场，就以他的"六娶六亡"以至不得不娶第七房女人的传奇经历先声夺人。小说劈头第一句话便是："白嘉轩后来引以为豪壮的是一生里娶过七房女人。"有人发现这一段有声有色的描写与后面的情节关系不大，就认为不过是有趣的楔子或哗众的手段罢了，或认为无非是写其传宗接代的生活目标而已。其实不然。这里既有生殖崇拜的影子，又在渲染这位人格神强大的雄性的能量，暗喻他的出现如何不同凡响。作者写这位白鹿原的族长，有意疏离其社会性，强化其文化性。白嘉轩对政治有种天然的疏远，他的全部注意力集中到内省、自励、慎独、仁爱上去，监视着每一个可能破坏道德秩序和礼俗规范的行为，自觉地捍卫着宗法文化的神圣。控制他的人格核心的东西，是"仁义"二字。"做人"，是他的毕生追求。"麦草事件"中，于情急中长工鹿三代他出头，他大为感动，那评价是这样一句话："三哥，你是人！"这个评价也是他自己的心迹表露。人者，仁也，包含着讲仁义，重人伦，尊礼法，行天命的复杂内涵。他未必受过系统的儒家教育，但他对儒家文化精义的领悟和身体力行，真是活学活用，无与伦比。他淡泊自守，"愿自耕自种自食，不愿也不去做官"，一生从不放弃劳动。他的慎独精神仿佛是天生的，说"人行事不在旁人知道不知道，而在自家知道不知道"。他的心理素质的强韧，精神纪律的一丝不苟，确实让人惊叹。他有如一只逆历史潮流而行的舟子，一个悲剧英雄，要凭着自身的最后活力坚持到最后一息。正是这种精神力量，使他享有桃李无言的威望。

按说，白嘉轩所信奉的文化，所恪守的戒律是最压抑人性的，他却表现出非常独立的人格，不能不说是个奇迹。这大约也是需要我们重新审视传统文化的一个方面吧。如果权且抛开阶级属性和文化属性仅仅作为一个人来欣赏，白嘉轩沉着，内敛，坚强，不失为大丈夫，男子汉，具有强大的魅力。他的身形特点是"腰板挺得太直太硬"，后来被土匪打断了腰，自然"挺"不下去了，佝偻着腰仰面看人，如狗的形状，但在精神上，他依然"挺得太直太硬"。这个人，真有"三军可夺帅，匹夫不可夺志"的勇毅，"尚志"精神贯彻始终。当然，这里的独立人格与近代民主思潮所谓个性解放、人格独立不可同日而语。

为了维护他的人格尊严和他所忠诚的纲常名教，白嘉轩遭受的精神打击异常残酷。在家族内部，他把教育视为头等大事，言传身教，用心良苦。他深夜秉烛给儿子讲解"耕读传家"的匾额，唯恐失传，强令儿子进山背粮食，为的是让他们懂得"啥叫粮食"。长子白孝文新婚后有"贪色"倾向，被他警觉，及时遏制；小女儿白灵是他掌上明珠，任其娇纵，可是一发现白灵有离经叛道的苗头，他即不惜囚禁，囚禁失效，他居然忍痛割断父女关系，"只当她死了"。凡是事关礼教大义，他就露出了很少表露的残忍性。对于白孝文的堕落，他痛心疾首地说："忘了立身立家的纲维，毁了的不止是一个孝文，白家要毁了。"孝文倒向荡妇田小娥的怀抱一节，是深刻揭示白嘉轩的灵魂最有力量的情节。起初这只是"杀人的闲话"，等到眼看就要证实的瞬间，作品写来真有惊天动地，万箭钻心之力：

"白嘉轩在那一瞬间走到了生命的末日，走到了终点，猛然狗似的朝前一纵，一脚踏到窑洞的门板上，咣当一声，自己同时也栽倒了。"这真是灵魂的电闪雷鸣！能够承受一切的白嘉轩，在这个静静的雪夜体验了真正意义上的精神死亡和彻底绝望，他被真正击中了要害。我们不能不赞赏作者的诛心之笔。然而，即使面对如此摧毁性的打击，白嘉轩也还没有倒下，可见他的精神之可惧，生命力之泼旺。他说："要想在咱庄上活人，心上就得插得住刀！"鹿三的一句："嘉轩，你好苦啊"，道尽了他为维持礼教和风化所忍受的非凡痛苦。

白嘉轩的人格中包含着多重矛盾，由这矛盾的展示便也揭示着宗法文化的两面性：它不是一味地吃人，也不是一味地温情，而是永远贯穿着不可解的人情与人性的矛盾——注重人情与抹煞人性的尖锐矛盾。这也可说是《白鹿原》的又一深刻之处。白嘉轩人情味甚浓，且毫无造作矫饰，完全发乎真情，与长工鹿三的"义交"，充分体现着"亲亲、仁民、爱物"的风范；对黑娃、兆鹏、兆海等国共两党人士或一时落草为匪者，他也无党派的畛域，表现了一个仁者的胸襟。可是，一旦有谁的言行违反了礼义，人欲冒犯了天理，他又刻薄寡恩，毫不手软。他在威严的宗祠里，对赌棍烟鬼施行的酷刑，对田小娥和亲生儿子孝文使用的"刺刷"，令人毛骨悚然。他的一身，仁义文化与吃人文化并举。田小娥死后，尸体腐烂发臭，后来蔓延的一场大瘟疫据说就是由她引起的，村人们无不栗栗自危，对这昔日的"淫妇"、"婊子"烧香磕头，还许愿要"抬灵修庙"。白嘉轩却不顾众怨，沉静如铁，说："我不光不给她修庙还要给她造塔，把她烧成灰压到塔下，叫她永世不得见天日。"他果然在小娥的旧居上造了塔，连同荒草中飞起的小飞蛾一并烧灭。这个最敦厚的长者同时是最冷血的食人者。

的确，白嘉轩把"仁义"发挥到了淋漓尽致的程度，他的私德也几乎无可指摘，这容易使人产生作者是否无条件地肯定传统文化的疑问。只有把与白嘉轩对立的另一人物鹿子霖拉出来一起考察，才能看出作者的思考是深刻的。如果白嘉轩是真仁真义，鹿子霖就是假仁假义。白、鹿两家的矛盾贯串始终，这两家也确乎为争地争权发生过一些冲突，特别是鹿子霖的巧设风流圈套拉孝文下水，深重地伤害过白嘉轩。但我以为，白、鹿两家的矛盾并不像有些作品，纠缠于一般的政治、经济纷争，它是高层次的，主要表现为人格的对照，精神境界的较量。鹿子霖是白鹿原的"乡约"，是反动政权布置在村社里的爪牙。他贪婪，阴险，自私，淫荡，舍不得放弃任何眼前利益。他也耐不住半点寂寞，"官瘾比烟瘾还难戒"；他被欲望和野心燃烧着，一面在上司田福贤面前摇尾乞怜，一面在田小娥身上发泄疯狂的占有欲。他的两个儿子都很成材，兆鹏是中共高层领导，兆海是国民党内的抗日军官，他除了在不同时期从儿子们身上分些余炙，夸耀乡里，并无多少真挚的骨肉之亲。真是尊长不像尊长，父亲不像父亲。白嘉轩对官职坚辞不受，他却为谋官极尽钻营；白嘉轩不靠官职声威自重，他却必须惜一个官名撑持门面。冷先生一语："你要能掺上嘉轩的三分性气就好了"，点穿了他极端自私的卑污人格。他有时毒辣得惊人，看着因捉奸而气昏倒地的白嘉轩，"像欣赏被自己射中倒地的一只猎物"；有时又怯懦得可鄙，受儿子牵连入狱后逢人表白，以泪洗面。当然，他也不是天良泯绝到了万劫不复，"麦草事件"中他与儿媳妇在性心理上一报一还，耳热心跳，潜台词丰富，但终究还是在乱伦的边缘收住了脚。再说，他的贪婪燥热，急功近利对白鹿原的沉滞生活也许还有点推动作用呢。作者把白嘉轩的道德人格与鹿子霖的功利人格比照着写，意在表明；像白嘉轩这样的人，固然感召力甚大，但终不过是凤毛麟角，他所坚持的，是封建阶级和家族长远的、整体的利益，他头上罩着圣洁的光环，具有凌驾一切富贵贫贱之上、凛然不可犯的尊严，但是，真正主宰着白鹿原的，还是鹿子霖、田福贤们的敲诈和掠夺，败坏和亵渎，他们是些充满贪欲的怪兽，只顾吞噬眼前的一切。于是，白嘉轩的维护礼义，就面临着双重挑战：一面是白鹿原上各式各样反叛者的挑战，一面是本阶级中如鹿子霖们的挑战。江河日下，道将不存，他怎不倍感身心交瘁呢？

毫无疑问，白嘉轩是个悲剧人物，他的悲剧那么独特，那么深刻，那么富有预言性质，关系到民族精神生活的长远价值问题，以至写出这个悲剧的作者也未必能清醒地解释这个悲剧。质而言之，白嘉轩的悲剧性也即民族传统文化的悲剧性，就是二十世纪末叶的今天，这个悲剧也没有绝迹，现代国人不也为找不到精神家园和文化立足点而浮躁、焦灼吗？我们看到，虽然白嘉轩在白鹿原上威望素著，但在几十年颠来倒去的政治斗争中，他愈来愈找不到自己的位置和空间，愈来愈陷入无所作为的尴尬。怀抱着仁义信念的白嘉轩发现，昔日滋水县令授予"仁义白鹿村"的荣耀已成旧梦，暴动、杀戮、灾祸、国难、流血的武装斗争却接踵而来，他无力回天，只能和他的精神之父朱先生一起，把白鹿原喻为"烙烧饼的鏊子"了。纵观白嘉轩的一生，可谓忧患重重，创巨痛深。他为反对横征暴敛发动过"交农事件"；大革命时他被游街示众，事后并不参与血腥报复，他被土匪致残；他经受过失女之痛，丧妻之悲，破家之难，不肖子孙的违忤之苦……但这一切都不能动摇他的文化信仰。他坚持认为，"凡是生在白鹿村炕脚地上的任何人，只要是人，迟早都要跪倒到祠堂里头"。他的文化态度决定了他既看不惯共产党，也看不惯国民党，在现实斗争中无所凭依，就只能做些积德行善，维持风化的事务，到了最后，他除了在冷寂中续续家谱，已无所事事。这不是一个抱着农民乌托邦的理想主义者吗？

究其根本，白嘉轩的思想是保守的、倒退的，但他的人格又充满沉郁的美感，体现着我们民族文化的某些精华，东方化的人之理想。我同意这样的看法："白嘉轩的悲剧性就在于，作为一个封建性人物，虽然到了反封建的历史时代，他身上许多东西仍呈现出充分的精神价值，而这些有价值的东西却要为时代所革除，这些有价值的东西就显出浓厚的悲剧性。""我想，只要我们懂得把封建思想和传统文化区别开来，白嘉轩的某些精神品性在今天仍具某种超越性和继承性，是不成其为问题的。问题在于，作者缺乏更清醒的悲剧意识，小说临近尾声如强弩之末，白嘉轩的悲剧性本应愈演愈烈，作者却放弃了最后"冲刺"，逆使"生于末世运偏消"的悲剧力量的挽歌情调大为减弱，实为全书最大之遗憾。

四

《白鹿原》终究是一部重新发现人，重新发掘民族灵魂的书。在逆历史潮流而行的白嘉轩身上展现出人格魅力和文化光环，这是发现；但更多的发现是，在白嘉轩们代表的宗法文化的威压下呻吟着、反抗着的年轻一代。《白鹿原》一书中交织着复杂的政治冲突、经济冲突和党派斗争、家族矛盾，但作为大动脉贯穿始终的，却是文化冲突所激起的人性冲突——礼教与人性、天理与人欲、灵与肉的冲突。这也是全书最见光彩，最惊心动魄的部分。无数生命的扭曲、荼毒、萎谢，构成了白鹿原上文化交战的惨烈景象。人不再是观念的符号，人与人的冲突也不再直接诉诸社会观和价值观的冲突，而是转化为人性的深度，灵魂内部的鼎沸煎熬。

如果抛开一个阶级一个典型的成见．我们将发现，黑娃也好，白孝文也好，田小娥也好，他们都是直接从生活中提取的异常复杂的形象。田小娥不是潘金莲式的人物，也不是常见的被侮辱与被损害的女性，她的文化内涵相当错杂。她早先是郭举人的小妾，实际地位"连狗都不如"，是一种特殊的锦衣玉食的奴隶性奴隶。她与黑娃的相遇和偷情，是闷暗环境中绽开的人性花朵，尽管带着过分的肉欲色彩，毕竟是以性为武器的反抗。她和黑娃都首先是为了满足性饥渴，但因为合乎人性和人道，那初尝禁果的战栗，新奇的感觉，写来可以当作抒情诗读。小娥的人生理想不过是当个名正言顺的庄稼院的媳妇罢了，可这点微末的希望也被白嘉轩的"礼"斩绝了，不准她进祠堂，因而也不被白鹿原的社会承认。黑娃出逃后，她伶仃如秋燕，无依无靠，鹿子霖趁机占有了她，她虽出于无奈，但也带着出卖性质。社会遗弃了她，她也开始戏弄社会；她是受虐者，但也渐渐生出了施虐的狠毒。只是，她常常找错了对象。她诱骗狗蛋，已有为虎作伥之嫌，至于在鹿子霖的教唆下，把白孝文的"裤子码下来"，则已堕为宗族争斗诡计的工具。白嘉轩用"刺刷"让人当众打得她鲜血淋漓，这固属封建礼教对她的摧残；她以牙还牙，诱白孝文成奸，给"清白"泼污水，也不失为于与汝偕亡的决绝；可是，受鹿子霖操纵，却等于助纣为虐，又使仅有的一点正义性打了折扣。这是多么复杂的纠葛啊！善耶？恶耶？是反抗，还是堕落？是正义，还是邪恶？实难简单判断。

这个"尤物"、"淫妇"以仅剩的性为武器在白鹿原上报复着，反抗着，亵渎着，肆虐着，她是传统文化的弃儿，反过来又给这文化以极大的破坏。设陷阱败坏孝文的名声，本出于报复的恶念，目的达到后她却没有欢悦，只有沉重；她对孝文原本满怀敌意，待孝文倒入她的怀抱后，她又顿生爱怜之情；她教孝文抽大烟本是出于爱惜，结果使孝文加倍地沉沦。这心态又是何等复杂！她是连自己也以为下贱的，但在构陷孝文成功后的"狂欢"之夜里，性事完了后她却"尿了鹿子霖一脸"！这个奇怪的举动，可说是她对鹿子霖卑鄙人格的一种最奇特、最恶谑、最蔑视的嘲弄，只有她才干得出来。这一笔堪称绝唱。鲁迅先生谈到陀思妥耶夫斯基时指出："他把小说中的男男女女，放到万难忍受的境遇里，来试炼他们，不但剥去了表面的洁白，拷问出藏在底下的罪恶，而且还要拷问出藏在那罪恶之下的真正洁白来。而且还不肯爽利的处死，竭力要放他们活得长久。"作者的写田小娥，真也近乎这样的人性深邃程度。她以恶的方式生，又以恶的方式死。她被自己的公公鹿三杀害，但鹿三并不是真正的凶手；鹿三是善良的笃信礼教的劳动者，"义仆"，连鹿三都不能见容，可见宗法文化对她是何等的深恶痛绝。她当然斗不过白嘉轩，白嘉轩有巨大的靠山，那就是经过几千年积淀和磨砺的道统，她没有靠头，靠山山崩，靠水水流，只有还算年轻的肉体和盲目的报复心理，她的毁灭是必然的。她死后尸体腐烂了，居然引发了关中地区一场大瘟疫，这个恨世者用她年轻的生命表达了对旧文化的抗议，尽管是病态的、有毒的抗议。

　　同样触目惊心的，是白孝文的命运突变，大起大落。如果田小娥是被传统文化从外面压碎的话，那么白孝文就是从旧文化营垒中游荡出来，险些自我毁灭的浪子，他的文化拷问意义比田小娥更深刻。为了培养这个族长的接班人，白嘉轩耗费了多少心血啊，真是惕惕厉厉，如履薄冰，孝文也果然不负厚望，一副非礼勿亲、端肃恭谨的神态，他从精神到行动都俨然新任的族长了。可是，这个孝子贤孙却像沉默的活火山潜藏着危险。这一点连白嘉轩都没有觉察，他自己也不知道。田小娥的诱惑等于打开牢门放出了他躯体中的野兽，尽管他起初怒斥着这下贱的女人，但恶兽放出便不可收拾，禁锢解除后便欲海难填。他通奸，他吸毒，他沉迷在幻觉中无力自拔，成为人人不齿的败家子。这个从德高望重的白家门楼逃逸出来的不肖子孙，经过了从灵的压抑到肉的放纵的迷狂；他不具备任何革命性，因而只能受躯壳支配，"世界也就简单到只剩下一个蒸馍和一个烟泡儿"了。小说写他与田小娥最初的性活动，"那个东西"戏剧性地忽而中用忽而不中用，其实是在写灵与肉的分离、礼教的压抑对人的残酷的戏弄，颇为深刻。

　　诚然，揭露礼教对人性的压抑并不是个新话题，但是，站在二十世纪末重新发现人的高度，以文化批判的眼光深入探究民族灵魂，揭示宗法文化下人的可怜、扭曲、变态的惨相，就具有了现代意义。作者的笔伸向人的潜意识深层。比如，鹿子霖的儿媳妇，新婚一夜后，就不能再过正常生活，丈夫兆鹏十分厌弃她且渺无踪迹，她渐渐产生了性妄想，公公的性挑逗加剧了她的谵妄，肉体成为罪恶的牢狱，这个善良本分的农村妇女最终陷入不能自拔的绝路，患上淫疯病，终于死去。礼教杀人，杀得惨酷，她的牺牲几乎找不到凶手。

也许我们会感到困惑：作者一面不无赞赏地描写白嘉轩的仁义境界和人格魅力，一面又毫不留情地揭露宗法文化的噬人本质，这不是自相矛盾的悖论吗？其实，作者的出发点是共同的，这出发点就是一切为了"人"，怎样使人从人之暗夜走向健全、光明之路。由于"人"回到主体位置，对民族灵魂的探索占压倒地位，因而人的历史不再是与政治经济发展史相平行的被动的活动史，获得了本体意义上的相对独立性，才出现了这种貌似悖论的现象。试想，如果不是把表现"历史地发生了变化的人的本性"（马克思语）放在首位，不是突出了文化性格，《白鹿原》与许多反映农村历史变迁的作品又有多少区别呢？它还能拒绝平庸吗？

五

《白鹿原》的作者不再站在狭义的、短视的政治视点上，而是站到了时代的、民族的、文化的思想制高点上来观照历史。他以民族心史为构架，以宗法文化的悲剧和农民式的抗争作为主线来结构全书。每一个重大的历史事件和每一次大变动，都使白鹿原小社会在动荡中重新聚合，都在加深这一悲剧。作者势必遇到的问题是，怎样把政治上的阶级斗争，党派斗争，经济上的状态和人与自然的斗争，纳入到文化审视的大框架中。虽然，它突出着人的主体地位，深掘着个体的文化内涵，但是，倘若脱离了具体的政治经济斗争，它给自己规定的文化主题无论多么高深，也必将流于虚飘。现在，《白鹿原》里的众生不是抽象的文化符号，他们一刻也没有停止具体的、历史的社会实践和相互猛烈撞击，可是，他们又一个个展现出丰沛的文化性格，此中的奥秘何在？作者是怎样处理人、历史、文化的关系的？

我不认为作者已经全然放弃了阶级斗争的评价眼光，他的努力在于，即使写阶级斗争，也尽可能多地浸淫浓重的文化色调，把原先被纯净化、绝对化了的"阶级斗争"还原到它本来的混沌样相，还原到最大限度的历史真实。这当然不是外敷一点文化的油彩就可以奏效的，而是，既看到阶级关系，也看到某些非阶级因素，既看到党同伐异，又看到共通的民族心理模式。

我们注意到，《白鹿原》里的人与人的关系，有种"斗不够、打不散"的奥妙，似乎谁也不能容忍谁，谁又离不开谁，这种相互斗争又相互依存的关系长久地维持着。家族之间如白家之与鹿家，国共两党之间的兆鹏、白灵之与兆海、岳维山，宗族领袖之间如白嘉轩之与鹿子霖，情敌之间如黑娃之与孝文，主仆之间如白嘉轩之与黑娃……除了鹿三与白嘉轩的关系有些特殊，其余的真是打得难解，合得难分。作品中有一趣节：白灵与兆海这对恋人，在国共合作时期曾用抛一枚铜圆来决定谁投"国"谁姓"共"，虽属游戏，却象征着一种真实。他们后来果真戏剧性地交换了各自的党派属性。这种不弃不离的描写，正是进入了规律性思考的表现，颇有几分参透了天地造化的味道。作者的创造性在于，他在充分意识到文化制约的不可抗拒的前提下，把文化眼光与阶级斗争眼光交融互渗，从而把真实性提到一个新高度。主要人物黑娃的成功创造，即是一例。

黑娃不同于我们熟悉的那种草莽英雄，也不是由农民成长起来的共产主义战士，而是宗法文化的牺牲品，虽然他们做过的他都做过。黑娃的阶级意识是天然的，又是模糊的，尽管白嘉轩对他的父亲鹿三优厚有加、极为器重，他仍然对白含着敌意，潜在的、不自觉的敌意。白家的儿女待他也不薄，一起上学堂，还给他冰糖吃。他永远也忘不了这世界上最好吃的东西。可是，在他当了土匪冲进白家时，他还是由不得自己对着一袋冰糖撒尿。这又是一种本能的仇恨。他怀着对富人和祠堂的憎恨，投身大革命，打土豪，闹农协，砸宗祠里的石碑，掀起一场"风搅雪"。然而，可悲的是，他虽在毁族规，砸招牌，却一点也没有跳出宗法文化的樊篱。他一度沦落为流寇、土匪，支撑他的无非是江湖义气；他后来又归附过国民党，再后来大彻大悟，投到朱先生门下埋首四书五经；解放前夕他率部起义，竟因白孝文的暗算而被人民政府错杀。临刑时，他拒不与田福贤、岳维山之流站在一起受刑，表现他至死也未失去阶级本能。

黑娃的经历可谓极尽曲折，其文化意味更是引人深思。虽然他金刚怒目，敢作敢为，不愧为顶天立地的好汉，虽然他国、共、匪、儒家信徒一身而四任，但他仍在长夜中摸索，他的困境实为我们民族的文化困境。若仅从文化意义看，他的革命比起阿Q的革命来，并没有多少实质性的进步。尽管他比阿Q坚强得多，行动得多，但他也如阿Q一样，并没有真正清醒地意识到自己的奴隶地位，特别是封建宗法文化的奴隶的地位。他像一个盲目的弹子，在世事如麻的棋局中撞来撞去，始终撞不出文化怪圈。他与白嘉轩原本势不两立，最后却走到了一起，跪回到白的宗祠里。我不知道作者究竟是以赞赏的还是遗憾的心情在看黑娃的忏悔、修身、拜朱先生为师。在我看来，这除了证明传统文化的黑洞具有极大吸力之外，声泪俱下的黑娃的呢喃："不孝男兆谦跪拜祖宗膝下，洗心革面学为好人，乞求祖宗宽容"，是颇有些滑稽的。黑娃在解放战争的枪炮声中做此抉择，这真能安顿他的灵魂吗？无疑的，这只能仍是悲剧，文化的悲剧，精神的悲剧。

我发现，只要作者坚持从民族文化性格入手，就写得深入；一旦回到传统的为政治写史的路子或求全、印证、追求外在化的全景效果，就笔墨阻塞，不能深入。鹿兆鹏的地位本是极重要的，他是中共省委委员，多次大斗争的策划者，但作者吃不准他的文化性格，又怕不写他不足以概括全景，于是，这个人物似乎经常露面，又一触即走，入不了"戏"。他甚至斗不过田福贤，他的作为好像只是秘密地开过一次省委扩大会，搞掉过一个叛徒；而这，也还是通过作者交代出来的。由于作者对都市历史较为生疏，写地下斗争的章节缺少声色。比较起来，倒是白灵与兆海这两个年轻的出走者、叛逆者写得动人，他们的命运有极强烈的感染力。原因是，他们虽然远离了白鹿原，但灵魂还留在白鹿原上，所谓"白鹿精魂"。他们都没有死于敌人的枪下，却死于自己人的锋刃，不也是文化的别一种悲剧么？

我始终认为，陈忠实在《白鹿原》中的文化立场和价值观念是充满矛盾的：他既在批判，又在赞赏；既在鞭挞，又在挽悼；他既看到传统的宗法文化是现代文明的路障，又对传统文化人格的魅力依恋不舍；他既清楚地看到农业文明如日薄西山，又希望从中开出拯救和重铸民族灵魂的灵丹妙药。这一方面是文化本身的两重性决定的，另一方面也是作者文化态度的反映。如果说他的真实的、主导的、稳定的态度是对传统文化的肯定和继承，大约不算冤枉。我并不完全同意他的文化价值观念，但我坚决捍卫他作为一个作家保留自己独特的评价生活的眼光的权利。作家就是作家，他不是社会学家、历史学家、文化史家、哲学史家，他没有必要必须与一般的社会史、文化史、政治史的观点保持一致，这就好像许多优秀的批判现实主义作家，从来就不与市场经济保持一致，从来就批判着金钱的罪恶一样。这是不影响他们揭示出充分的真实的。换句话说，正是他们世界观与创作的矛盾，使他们看到了别人看不到的隐蔽的真实。对我们的作家来说，可悲的倒不是出现了这种错位和矛盾，而是这种矛盾太少，太不深刻。当然，这样说并不是要否定深邃的、富于穿透力的思想眼光往往可提取更大的真实的意义。

由朱先生这个人物，是不难透露出作者倾向性的消息的。如果白嘉轩只达到道德境界，那么作者所塑造的关中学派的大儒朱先生，就进入天地境界了。钱穆先生曾对"天地良心"四字有过绝妙的解释，他说："（天地良心）但亦可谓天属宗教，地属科学，心属哲学，宗教、科学、哲学之最高精义亦可以此四字涵括，以融通合一。亦可谓中国文化传统即在此天地良心四字一俗语中。"朱先生其人也正就浸淫着"天地良心"四字。他确乎继承着中国士大夫中独善其身，淡泊退藏的一脉，每当事关民生疾苦，他又肯挺身而出，如只身却敌，禁绝烟土，赈济灾民，投笔从戎，发表宣言等等，突出表现了他的民本思想。但就个人生活而言，他与政治严格保持距离，绝仕进，弃功名，优游山水，著书立说，编撰县志。国民党想借他的名声欺骗舆论，威胁利诱他发宣言，他决不屈从，表现出富贵不能淫，威武不能屈的凛凛气节。他又料事如神，未卜先知，状类半人半仙。他平生只出过一次远门到南方，颇不耐烦南人的狡黠，抱着很深的成见，从此隐身林泉，过着一箪食一瓢饮式的清淡生活。这样的描写，自然是文化气息再浓厚不过了，可是我总觉得，朱先生缺乏人间气和血肉之躯，他更像是作者的文化理想的"人化"，更接近于抽象的精神化身。

这个判断可能有些武断，但我们是可以提出许多问题来问一问的。比如，朱先生身处清末民元，他为什么一点也没有受到康梁以至孙中山思想的影响？他对诸如大革命、国共两党究竟抱何种看法？因为，作为当时的一个知识分子，哪怕是隐士型的知识分子，也不可能毫无立场。他称白鹿原是"烙烧饼的鏊子"，其实是各打五十大板。他虽然拒发宣言，但主要是为了保全自己的名节。他的最后一卦是算定共产党要胜利，但根据是国民党旗上的"满地红"。弄不清是出于深刻的看法，还是一种神秘主义的机敏。他死后墓砖上刻着"折腾到何日为止"，"文革"中被学生们挖出；引起一片惊呼。连几十年后的"文革"他也料到了。我并不是说，作者不可以用"神化"的浪漫笔调，只能用写实的方法，而是认为，朱先生对一系列重大问题的看法太朦胧了。他时而让人想起伯夷、叔齐，时而让人想到超现实的神仙。他死后终于化身为白鹿飘逸而去。

问题不在于能不能这样写，而在于作者为什么要这样写。我想，作者站在中华文化的立场上是无可厚非的，他着力表现中华文化的深厚，博大，源远流长，根深叶茂也无可厚非，但是，要真正看清传统文化的利与弊，又不可仅仅固守在本民族文化的立场上，还需要借镜外来文化的眼光，看到传统文化面临的挑战，才能更深刻地探索中华文化的历史命运。沉醉于朱先生的飘逸，欣赏朱先生的高蹈，召唤朱先生的退藏，连同他的神秘主义，作为审美对象固然是不错的，但毕竟不是中华文化的当代出路。我想陈忠实这样写是不奇怪的，甚至其他来自农村的作家这样写也是不奇怪的。对于传统农民的儿子，血管里流淌着传统农民的血液，精神上饱受农民文化熏陶的陈忠实来说，他更容易认同农业文化及其哲学观，更容易接受重理轻欲、贵义贱利的传统观念。作家的思想倾向到底还是影响了他的艺术世界——"白鹿原"毕竟是个封闭的、自足的世界。这个艺术世界对于它的存在状态来说是极为真实的，对于未来的世纪来说，它提供得最多的还是教训，而不是广阔的文化前景。

六

《白鹿原》的出现，给当今寂寞的文学界带来了新的震撼和自信，它告诉人们，我们民族的文学思维并没有停滞，作为有社会良知的作家们，也没有放弃对时代精神价值的严肃思考。这样大气的作品，没有足够的沉潜和冷静，没有充分的积累和学养，是断然写不出来的。它是那样地饱满，厚实，绵密，又是那样地古拙，苍凉，沉郁。尝有读者说："看《白鹿原》有听秦腔的感觉。"这是准确捕捉到了它的风格特质。《白鹿原》确实深入到了秦汉文化的魂魄，以至于它使我们蓦然想起这样的诗句：秋色从西来，苍然满关中。五陵北原上，万古青濛濛……

然而，《白鹿原》的出现又绝非偶然。它不可能在八十年代出现，但正是八十年代为它准备了条件。我们可以明显地感到，凡是新时期文学发展中的重要的积极变革成果，都对《白鹿原》的创作发生了直接或隐蔽的影响。倘若没有思想解放运动，没有深长的政治反思、经济反思和文化反思，没有文化寻根，没有现代主义思潮的激荡，没有外来文学的广开思路，《白鹿原》是不可能产生的。所以，在充分肯定作者的厚积薄发的同时，应该看到它是新时期文学发展到现阶段的一次飞跃。它在人们盛谈"后新时期文学"的时候出现，似乎又一次证明着物质发展与精神生产的不平衡。

读《白鹿原》，对它的艺术形态会感到几分陌生。作为一部现实主义作品，它的现实主义不是原有的概念、范畴、方法特征可以轻易概括的，就像一个正处在嬗变中的新东西难以命名一样。它无疑在认识方式和概括方式上继承了传统现实主义的优势，但它又明显地、有意识地克服着以往现实主义（主要是"革命现实主义"）的某些局限，例如，对政治视角的过分推崇，突出理性、意义、本质的要求对表现生活原生态的削弱，戏剧化和两极化的倾向，强调社会属性，轻视文化属性和自然属性的倾向，等等。以往许多作品的一个突出弱点是，在捕捉生活时，往往只抓住了理性的经络，却让大量生命的活水和层次丰富的"生活流"从指缝间漏掉了。《白鹿原》除了用文化眼光统率全局，化解全局外，一个最突出的特点是，找到了一种有能量、有张力的叙述方式。它有如一股叙事流，融动作、心理、质感、情绪于一体，推动情节，充满动势，浩浩乎漫流而下，取代了笨拙的对话和慢悠悠的描写。它的意义决不限于叙述语言，它是一种浓度很大的，致力于回到事物本身的现实主义创作精神的表现。这也许是新写实小说对作者的启发吧。

但《白鹿原》决不是跟在新写实小说身后亦步亦趋，它的气度要大得多。如果说，新写实小说对传统的典型观深表怀疑的话，《白鹿原》的作者对之仍然尊崇，典型人物的刻画仍是他惨淡经营的核心。不过，他对典型性格的理解更侧重于典型的文化人格。在对人的描写上，《白鹿原》有两方面极具突破性质。一是强烈的、不可臆测的命运感。每个人物都沿着自己的命运轨迹在运动，到处都是活跃的元素，而每个人的命运又都不是直线，无不极尽峰回路转，柳暗花明，冲波逆折，腾挪跌宕之妙，好像九节鞭似的曲折。这里并无人为的编造痕迹，而是人生的复杂、曲折、丰富的真实显现，是深化了的现实主义的表征。不是深刻地洞悉人物，不是大力排除"理念"和"本质"的干扰，人物是不可能如此充分地暴露自我的。

第二个方面更加重要。那就是，随着作者对人本身的重新发现，人的自身世界的扩大，作者表现人的手段也更加丰富，突破了拘守理性的传统现实主义的疆界。作者把潜意识、非理性、魔幻、性力、死亡意识等现代主义感兴趣的领域和手段，大胆借进了自己的方法世界。其中以通过性意识活动展示人物的文化精神和生命活力显得突出。作者力图写出社会属性、心理属性、生物属性相统一的完整的人性。在死亡大限面前深掘灵魂，更是《白鹿原》的一大特色。它写了很多生命的陨落：小娥之死，仙草之死，孝文媳妇之死，鹿三之死，白灵之死，兆海之死，朱先生之死，黑娃之死……真是各有各的死法，充分表现了每个人都是独一无二的人，一反过去有些作品在死亡描写上的大众化、平均化、模式化的平庸。这些死亡，决无雷同，它通过"无"让人看到"有"的价值，且能超升到文化境界中去，真所谓"知死方能知生"。这不也是现实主义的具体而微的发展变化么？

当然，《白鹿原》也时有驳杂、生硬、不协调的部分，借鉴和糅合的功夫还不到家。不少论者指出他受《百年孤独》的影响，事实上，他受俄苏现实主义文学史诗观的影响更为明显。《静静的顿河》里流荡着哥萨克民族的犷悍之气；仿佛受了葛利高里的启发似的，《白鹿原》里的白嘉轩，则浸润着秦汉文化的血脉，以及那块土地上的山水风云和艰苦卓绝、忍辱负重的精神。作者一再说，他写的是"白鹿精魂"，一部《白鹿原》展示给我们的不正是宗法文化废墟上的民族精魂吗？

在我国当代现实主义文学的发展中，《白鹿原》无疑带有过渡性、不确定性，它的作者致力于原生态与典型化的整合，文化审视与社会历史概括的整合，现实主义方法与某些现代主义手法的整合，取得了突出的成绩。站在今天的历史高度来看，开放的现实主义具有多种可能性，更高的峰峦还在前面！

（原载《文学评论》1993 年第 6 期）

接续起乡村写作的乌托邦精神

——评周大新的《湖光山色》

贺绍俊

　　乡村写作无疑仍是当代文学的重头戏。乡村写作也是现代文学传统的重中之重，从文学传统的承接来看，乡村写作仍占据重要位置似乎是理所当然的。但应看到，今天的乡村文化语境已大大不同于从前。在全球化的背景下，中国正处在现代化焦虑之中，中国攒着劲要把与西方世界的差距拉近。但中国又是一个完备的传统农业社会，因此在一定意义上说，现代化的历史就是改变农民的历史，我曾将现代化比喻为一条建造在乡村与城市之间的高速公路，它诱使农民舍弃土地，沿着这条道路朝城市奔跑，跑进了城市，也就是跑进了现代化。眼下的农民已经不是几十年前处在传统农业社会大环境下的农民，因此作家笔下的农民形象也不同于五六十年代周立波、赵树理、柳青以及八十年代高晓声、乔典运等作家笔下的农民形象。但人们似乎普遍对当下的乡村表达并不十分满意，我想不满意的原因主要是当下的作品并没有为我们提供太多新的叙事，与这个已急剧变化的乡村情景不大谐调。我曾经认为，乡村写作的不足主要是由于作家们仅仅关注奔跑在城乡之间那条高速公路上的农民，而对仍困守在乡村土地上的农民关注得太少，所以乡村写作要突破就要立足于乡村的土地。但后来我发现立足于土地的观点并不确切。最近又读到周大新的《湖光山色》，觉得这就是一部摆脱土地束缚而在乡村写作上有所突破的小说，它从文本上佐证了我的想法。

　　《湖光山色》（作家出版社 2006 年出版）是周大新的又一部长篇小说，从写家族历史的《第二十幕》到写城市生活的《二十一大厦》，周大新再一次回到了他最擅长的当代乡村。乡村叙述是当代小说的重头戏，在全球化和现代化的大背景下，乡村已经不是过去田园般的乡村，它为当代文学提供了新的写作资源。尽管社会的中心舞台在城市，但当代小说似乎仍然是由乡村唱主角，有人认为这是由于当代作家还缺乏表达城市的文学经验，其实根本问题并不在这里，问题还在于中国的城市哪怕从外观上已经非常的洋气和摩登，但它至今仍未找到融会乡村的正确途径，乡村被抛在现代化的轨道之外，因此乡村始终是当代作家心中的疼痛，于是我们从小说中看到了乡村的凋敝、荒芜和贫困，也听到了文学良知为苦难与不公而发出的呐喊。这成为了当代文学的一个最基本的表达。毫无疑问，周大新对于乡村的苦难也是深有感触的，但他的思考并不仅仅停留在对苦难的揭露上，而是要为乡村的父老乡亲们谋出路。他像其他立足于乡村立场的作家一样，看到了当今现代化进程中的最大问题：城市现代化的崛起是以疯狂攫取农村资源为代价的，被透支了的乡村丧失了元气，在现代化的速度面前它只能被抛在身后。大新看到了这样的现实，但他不愿意让这样的现实成为永恒的真理。在《二十一大厦》里，大新试图在城市的版图里为乡村找到出路，或者说，他发现乡村正在跃跃欲试地拥入到城市中，包括那些民工，那些漂泊者，他们对日益衰败没落的乡村失望，以为城市会是他们新的梦乡。周大新通过一座象征性的大楼，严正地告诉人们，城市不是乡村的梦乡。当然这样的思考并不是周大新所独有的，当代作家对于现代性尤其是在中国土地上发生的有所畸型的现代性保持着足够的警惕。对于怀着庄严责任感的周大新来说，如果让他的思考到此为止，那就不啻是让他经受心灵的折磨。但在"三农"问题不绝于耳的现实中，乡村只能给作家提供一张迷茫的图景。于是周大新设置了一个田园的乌托邦，这就是我们在《湖光山色》所看到的使暖暖以及楚王庄村民摆脱贫困、走向幸福生活的丹湖迷魂烟雾。

暖暖是小说的主人公，也是作者着力打造的一个代表着乡村未来的新型农民。新型农民自然是乡村年轻的一代，他们有知识，也接受了现代化的薰陶。这些基本特征都体现在暖暖身上。暖暖也和其他的乡村年轻姑娘一样，在她青春荡漾的时期，把自己的幸福寄托在城市，希望能够通过高考上大学实现自己的梦想，但这个梦想很快就破灭了，后来她来到城市打工。从眼下的标准来衡量，暖暖应该说成功了，她终于逃离了乡村，开了眼界，学会了穿戴打扮，收拾出来"最像个城里人"，而她"存折上的数字正在缓慢向一万靠近"。但就是在暖暖充满憧憬的时候，作者果断地将她拽回了乡村，因为城市终究不是暖暖的归宿。那么，乡村的希望在哪里？过去的乡村所依赖的是土地，土地是农民的命根子，农民不仅把种子播撒在土地里，也把希望播撒在土地里。但这只是传统农业社会的观念，它已经被现代化的实践所瓦解。更重要的是，现代化的风暴刮走了土地的肥沃和滋润，往日的田园成为了板结的荒野，它再也生长不出年轻一代的希望。回到乡村的暖暖也想依凭着土地致富，但不仅没有致富，还被城里贩卖假种子的小人骗了，背下了沉重的债务。搞考古研究的谭教授的到来，让暖暖触摸到农村的真正希望，这就是发展旅游业。她看到了自己家乡的自然风光和历史文化的开发价值，先从开办家庭旅馆开始，学会接待游客，一步一步把自己的事业扩大。暖暖的"楚地居"给贫穷的楚王庄带来的富裕和幸福。小说的结尾，是众多的国外游客来到楚王庄观赏丹湖的迷魂烟雾，当碧绿的水面上袅袅升起如梦如幻的烟雾，各种奇异的景观如海市蜃楼般在游客们眼前出现时，暖暖用英语对众人说道，在烟雾里你们会看到你们心中特别想看到的东西。这是一个很有意思的结尾。在虚幻的烟雾中实现自己的愿望。这不就是一种乌托邦吗？

乌托邦是逐渐被我们疏远的文学圣地。这个术语最早由由英国著名的人文主义者托马斯·莫尔创制，它的词根是两个希腊词，一个词的意思是"好的地方"，另一个词的意思是"没有的地方"。这就决定了乌托邦的双重含义。一方面人们将其视为"空想"、"白日梦"的同义词，另一方面，人们在为某种指向未来的"理想"、"规划"或"蓝图"命名时也往往不约而同地想到"乌托邦"。（参见姚建斌《乌托邦文学论纲》，载《文艺理论与批评》2004年第2期）。正因为此，作家们往往愿意在作品中建构一个乌托邦，来寄寓自己的美好理想。人们把柏拉图的《蒂迈欧篇》视为最早的乌托邦文学。我们可以列举出许多描绘乌托邦的文学名篇。如阿里斯托芬《鸟》中的"云中鹁鸪国"，拉伯雷《巨人传》中的"德廉美修道院"，陶渊明《桃花源记》中的"世外桃源"，李白《梦游天姥吟留别》中的"神仙居洞天"等。（参见谢永新《乌托邦理想社会的文化底蕴》，载《学术论坛》1999年第2期）文学中的乌托邦可以说是作家建构的一个虚无的存在，但正是通过这种虚无的存在，作家表达了他对现实的不满和批判及对理想的憧憬。人们在谈到乌托邦时常常会引用当代美国神学家蒂利希的一段话，他说："要成为人，就意味着要有乌托邦，因为乌托邦植根于人的存在本身……没有乌托邦的人总是沉沦于现在之中；没有乌托邦的文化总是被束缚在现在之中，并且会迅速地倒退到过去之中，因为现在只有处于过去和未来的张力之中才会充满活力。"（蒂利希：《政治期望》，徐钧尧译，四川人民出版社，1989年出版，第215～216页）

当然，这不过是作者为农村设想的一个乌托邦。作者借省城五洲旅游公司经理薛传薪之口对这个乌托邦设想作了阐述。在大新看来，城市化往往造成农村的衰败，使农村的田园风光消失，农村的人口迅速老化和减少，农地也会荒原化和野生化。大新在这部小说中提出了一个重要的概念："田园风光"。田园风光可以说是小说情节结构的粘合剂。因为，田园风光是一个比土地更为重要的乡村资源，不仅具有经济价值，也具有文化价值。那么，乡村抵御城市化的破坏的最佳方式就是要主动开发田园风光的价值。只有开发了田园风光的价值，田园风光才不会被破坏。而开发田园风光的途径之一就是发展旅游业，使田园风光处在"被看"的位置。依据这样的思路，大新将暖暖所在的楚王庄安排为还没有完全被城市化所破坏的田园乌托邦："这清澈的湖水，满山的绿树，遍地的青草，拴在村边的牛、驴、羊，还有你们这安静的村子，相对原始的耕作方法，楚国的文化遗存，古老的处理食物的方法，比如你们村里的石碾、石磨、土灶等等，使这儿具有了被看的价值。"暖暖在这种理念的启发下，很快就把楚王庄的旅游业发展起来了。这里盖起了高级宾馆，有了规范的服务，而被包装的旅游景点吸引了络绎不绝的中外游客。这一切发展起来后，却又带来另一个问题。薛传薪暗中支持色情服务，使一股恶浊的空气在楚王庄蔓延开来。于是在后来的日子里，暖暖的主要精力就放在了与这种恶浊势力进行抵制和斗争。小说以暖暖的斗争取得胜利而告终。这个完满的结局自然是构建乌托邦的需要，它让我们看到乡村的希望。

　　说到底，周大新还是一位现实主义作家，因此他的田园乌托邦并不是逃离现实的虚无缥缈，他把这个乌托邦搭建在现实的土壤上。于是现实的种种矛盾也会在这个乌托邦中得到反映，他又是通过解决这些矛盾从而使乌托邦得以完善。这个矛盾主要可以归结为城市与乡村的矛盾、物质与精神的矛盾。城市对乡村的破坏，乡村为城市作出的牺牲，这在许多作家的作品中都得到了反映。在表现城乡冲突时，也几乎所有的作家都站在乡村的立场上，对城市持批判的态度，但这样一种文学的批判往往都是以城乡截然对立为前提的，仍摆脱不了二元思维的缺陷。周大新虽然同样是站在乡村的立场，但他并不强调城乡对立，相反，他认为城市的现代性既给乡村造成困境，又是乡村走出困境的契机，因此，他的田园乌托邦也需要依赖城市的力量。在小说中，楚王庄的被看价值并不是由居住在楚王庄的村民们发现的，也包括暖暖这样的渴望改变现状的、见过世面的年轻人。发现楚王庄被看价值的是来自城市的薛传薪。薛传薪很骄傲地称自己是楚王庄的拯救者。的确，没有薛传薪带来的投资和理念，暖暖以及楚王庄的旅游业不可能在短期内成规模地发展起来。但薛传薪显然不是楚王庄的真正拯救者，因为从物质的层面看，他促使楚王庄摆脱了贫困，然而从精神层面看，他的经营方式带来了楚王庄的道德失范、人心涣散。他拯救了贫困，却又制造了邪恶，而从楚王庄后来的混乱来看，邪恶比贫困更可怕。于是城乡矛盾转化为物质与精神的矛盾。而后者才是更为本质性的矛盾。也就是说，在周大新设计的田园乌托邦中，光解决了生存上的温饱还不行，甚至光解决了现代性所造成的乡村的物质层面的困境也还不行。比如，生态问题，这是一个前沿的问题，生态哲学重新认识人类与自然的关系，可以说是匡正现代性弊病的。实际上，《湖光山色》中关于"田园风光"的理念就是以生态哲学为基础的。但当我们拿起生态哲学作为武器时，同样有一个瞄准目标的问题。如果仅仅停留在物质层面，也许可以解决土地荒弃、空气污染、生态破坏的问题，但精神的堕落照样会继续下去。因此生态哲学应该关涉到物质和精神两个层面，我们不仅要保持大自然的生态平衡，也要保持精神世界的生态平衡，否则，即使是处在生态良好的自然环境下，人类也不可能获得和谐自由的心境。暖暖正是痛感精神堕落的危险性，她才会不顾一切地要把赏心宛的邪恶揭露出来，净化楚王庄精神世界的空气。也只有在旷开田和薛传薪被绳之以法，楚王庄才可能建立起真正的田园乌托邦。

当周大新把物质与精神的矛盾引入到乌托邦时，他就使乌托邦具有了现代的意识。自古以来，作家们就通过建构乌托邦来表达自己的理想。旧的乌托邦主要建立在平等和民主的基础上，在旧乌托邦里，人人均分财产，在民主的制度下人人可以自由表达意志。而到了现代社会以后，在现代思想的烛照下，乌托邦更注重人类精神的自由解放。爱，美，同情，理解，自尊心，想象力，作家们用种种精神的元素培育着一个精神健全的乌托邦社会。因此，新的文学乌托邦更注重精神的质量。当然，文学中的乌托邦有时是以反乌托邦的方式出现，特别是现代主义文学开启的文学传统更是如此。

当代文学从二十世纪九十年代以来就逐渐疏远了乌托邦。这看似是八十年代的必然后果。八十年代的新时期文学，一方面要与中国过去僵化的政治乌托邦彻底决裂；另一方面，也受到西方现代主义文学影响，反乌托邦的文学叙述成为时尚。但这些文学的内部原因并不会扼杀乌托邦情结。因为乌托邦是人类寄寓精神的重要场所，只要精神不死，乌托邦情结就会存在。詹姆逊说："在工业社会中，个人受到摧残的表现就是欲望得不到满足，个人内心的欲望永远是被压抑，受到摧残，便普遍地存在着乌托邦式的冲击，乌托邦式的对整个世界的幻想改变。"（詹姆逊：《后现代主义与文化理论》，陕西师范大学出版社1986年版，第170页）显然，詹姆逊有批判一切都被"物化"的现代主义的工业社会时，仍然认为现代主义的驱动力就是一种关于理想社会的乌托邦精神，它表达了对未来的乐观主义的憧憬和重建。中国的当代文学在八十年代还没有完成重建未来理想的工作，就被九十年代决堤涌来的市场经济大潮冲刷得支离破碎了。于是一种形而下的欲望化叙事成为九十年代的文学主流，在这样的叙事里，乌托邦几乎没有立锥之地。如果我们认同九十年代文学缺乏精神的向度和力量的说法，那么，作家舍弃了乌托邦情结也是造成这一结果的重要原因。今天，不少作家意识到文学精神向度的重要性，努力提升叙述的精神品格。而重建文学乌托邦无疑是一个重要的途径。

周大新的《湖光山色》的意义就在于，小说所构建的田园乌托邦为乡村写作开辟了一道亮丽的风景。乡村叙事可以说是五四新文学以来最重要的一种文学叙事。这自然与中国是一个农业文化形态发展得非常完备的传统社会有关系。尽管五四新文学是以现代化为主旨的，但现代化精神首先就必须面对着乡村经验的冲撞。乡村成为了现代性表达的现场。这种表达依据作家对现代性的不同理解，大致上采取了两种表达方式。一种是从启蒙主义的立场出发，揭示乡村的苦难与愚昧。一种是从城乡冲突出发，以乡村田园诗意的想象去抵消现代化的弊病。关于这一点，我是受到张清华观点的启发。他在一篇文章中曾将现代文学对农民的书写概括为两种方式。他说："鲁迅和文学研究会的作家们眼里的乡村却是破败的，他们眼里的农民也只是愚昧和麻木的……那是因为他们试图去拯救这些人，试图去改变他们的命运，或者换句话说，他们以为自己是高于底层劳动者的，《故乡》中鲁迅虽然对那里的人民充满了热爱，可是连闰土据说也偷拿了老爷的东西，这是多么让人感到悲凉和绝望的消息，鲁迅的拯救意识导致了另一种更悲剧性的体验——那就是绝望，他的作品由此产生了另一种接近荒诞的诗意。除了五四作家，还有另一种书写的角度，这就是沈从文式的，把乡土和劳动者的人生进行诗化的处理，使之变成知识分子最后的精神乌托邦。"（张清华：《"底层生存写作"与我们时代的写作伦理》，《文艺争鸣》2005 年第 3 期）我想指出的是，不仅沈从文的书写是一种乌托邦的表达，鲁迅的书写也是一种乌托邦的表达，这是一种启蒙的乌托邦，他以启蒙乌托邦比照乡村现实，才会感到绝望，但他仍在拯救，因为有乌托邦的支撑，也就有了拯救的信心和期待。我以为张清华所体会到的"接近荒诞的诗意"就来自这里。也许可以这么认为，现代文学是一个充溢着乌托邦情结的文学时代。二十世纪九十年代以来的乡村叙事，基本上仍是苦难叙事和田园诗意叙事两大类型，但因为现实场景的改变，这两类叙事中都缺乏乌托邦情结的支撑，因此我们就会感到当今的乡村叙事不及现代文学的精神力度。张清华在他的文章里归纳出现代文学的两种乡村书写，但他对这两种书写是有批评的，在他看来，这两种书写都包含着作家内心的"优越感"，他认为在这两种写法之外还有一种"在现时代最朴素和最诚实的写法"，这是一种"再现和呈现式的表达"，这就是他所认为的与底层保持同等身份的叙事，在他看来，"打工诗歌"就属于这一类叙事。我不反对在乡村书写中提倡一种与叙事对象采取平等姿态的书写，但我以为也不必因为要强调平等姿态在伦理上显得更为优先，就完全否定知识分子姿态所呈现出的"优越感"。有时候，这种优越感是从作家内心的乌托邦情结释放出来的。在当今的乡村叙事中，其实不乏现实批判的勇气，也不缺乏人文关怀。比如像陈应松，他一直在农村挂职体验生活，并写了《望粮山》《马嘶岭血案》等反映当下农民生活的小说，他同情农民的生存处境，对农民为生存而做出的种种努力哪怕是不合常情的努力都充满了理解，具有一种难得的悲悯情怀。比如像阎连科，他是怀着满腔的悲愤去写当下的乡村苦难的。从《受活》到《丁庄梦》，我以为都是流淌着作者血泪的文字，在作者对乡村苦难的大胆揭示中表达了对于现实的深刻和尖锐的批判，我是怀着无比的敬意读这些作品的。不过，在读到大量关于苦难的乡村叙事后，仅仅有苦难还是有所欠缺的，文学精神会被沉重的苦难压得抬不起头来。这时候，我们需要捡拾起现代文学乡村叙事中的乌托邦精神。当然我们也许会担忧乌托邦将导致我们精神上的时间倒流，把我们引到前现代的境遇里去。不是没有这种可能，假如我们过于把自己困在土地上，以为土地才是乡村的一切，而建立在土地上的乌托邦也许只能是一种反现代性的田园诗意。这就是我为什么觉得乡村写作不必固守着土地的原因，就像周大新在《湖光山色》中所尝试的那样，也许这并不是他自觉的尝试，但他从物质与精神的矛盾入手超越城乡冲突的思路，也就使他心中的乌托邦连接到了未来前景的通道上。

（原载《南方文坛》2006 年第 3 期）

《秦腔》：乡土中国叙事的终结

阎晶明

陕西人说"秦腔"二字，语气里绝对含有更多的精气神。痴迷、骄傲、辩护等杂合而成的情绪溢于言表，让外来的好奇者因此更感好奇。"秦腔"二字里，包含着一种强烈的文化认同和乡土迷恋。写作领域从不离开关中大地的贾平凹，以《秦腔》为名创作一部长篇小说，显然是对关中文化的一次集中表达，是一位作家对尘土飞扬的乡村世界进行一次清晰的文学梳理的努力。正如作家本人所言，他要为自己的故乡"竖起一块碑子"，而且要主动接受乡亲父老的检阅。对一位小说家来说，这无论如何是一次巨大的考验。创作这样一部小说，贾平凹想象中的读者大概不是书斋里的批评家和城市里的知识青年，而是要用一次完整的写作走近那些曾经熟悉、依然亲切的故乡人的心灵。看待和评价《秦腔》，这是一个不可绕开的视角和暗示。

把精神说清楚是一个巨大的诱惑，也是一种极度的冒险。贾平凹以前的小说世界是一个相对宽泛的乡土概念，这一次的"清风街"是他彻底回乡的写作行动。正是因此，我们看到的《秦腔》，不是"百年历史"的描述，这种"百年历史"的宏大构想，在近十多年来的长篇小说创作里，已是一种通行的惯例。《秦腔》里的时间是弯曲的、回转的，有时候看上去还是静止的，而且充满了太多的剩余。《秦腔》的空间是具体的，清风街这个乡村世界是整部小说唯一展现的空间，就是在这样仿佛静止的时间和相对狭小的空间里，贾平凹要描述一场人间悲喜剧，让这个平静的世界充满动感。

辨认贾平凹长篇小说有一个最基本的套路，这就是他特别喜欢用一件事、一个人把乡村和城市连接起来，"临时回乡"的知识分子已经好几次在他的小说里充当主要人物。《高老庄》是这样的结构，《怀念狼》也是相近的做法。《秦腔》的叙述眼光从来没有离开过清风街，但小说描写的却是两个世界的事情。在鸡鸣狗吠的乡村生活里，小说逐渐突显出要表现的三个主要人物。白雪、引生和夏风。白雪是这个世界的天平，她维持着平衡，引来更多的人对生活充满憧憬和想象。引生，一个完全代表乡村世界的人，是一个智力、能力、实力都处于弱者地位的卑微人物，但他有一个永远不变而且令人恐惧的武器，即他对白雪的无条件的痴情，这种痴情已经使他对世界的认知失去完整的判断，从而成为一个精神癫狂的人物，他代表和象征一个传统社会的生命向往是如此执着、狭隘而又在软弱中显示着惊人的力量。引生对白雪的过度追求，使他的行为充满了变形，并蕴含了某种隐喻。小说的另一个主要男性人物是夏风，他总是在没有表情的情形下出场，轻易地拥有引生用生命转换都无法得到的生活。当他愿意时，他就可以娶白雪为妻，他并不为此激动不已，也不为此改变自己本来的生活，他仍然从容地往返于省城和清风街之间，他是这个世界从容不迫的占有者，可以随意处置让另一个人痴狂的人和事。

这种精神的两极本来是现实生活和精神变异之间的反差，小说里的引生也的确被村人看成脑子不正常的"疯子"，而夏风在村人的眼里是文明、成功的典型，他的一言一行都代表着某种村人并不拥有却心向往之的先进文化。大量的平凡庸碌的生活场景填塞在小说里，把以白雪为中心的三人世界包裹在一种世俗的场景和现实中，成为某种与土地密切相关的精神寓言，这正是《秦腔》这部小说给人最具印象的地方。

小说的叙事也因此极具特殊性。小说里明显有两个叙述人。一个是常见的全知全能视角，清风街上发生的任何事情，都无孔不入地被挖掘出来。另一个就是引生。最奇特的是，这两种叙述在小说里不是互相补充或交叉有序地进行。引生的"我"可以在任何时候取代全知全能的叙述身份，讲述他想讲述的故事，这种叙述与他对故事的参与程度无关，只与他倾诉需求相联系。两者在无痕迹的状态中互相转换，从而达到了作家想要表达的意念与主题。

过多地强调现代化背景下乡村秩序的消亡是《秦腔》的主题，在我看来并非是一种合理的解释甚至有效的误读。事实上，《秦腔》并没有在时代标识上做刻意的强调，既然是为故乡"竖一块碑子"，就一定会找寻当下生活中那些更具"共时性"的内容。关注小说中夏风和引生对白雪的不同拥有，就可以理解作家的创作意图。引生的痴情达到了无以复加的地步，甚至他在小说开始就自残阉割的情节，在很大程度上也是为了对这种纯粹的表达。而夏风对白雪的随意态度，正好和引生形成强烈反差，这是正常人和疯子的区别，也是世俗人与纯粹者的差异。一个人可以掌控并随意对待另一个人用一生诉求的人和事。事实上，国道的修通对乡村生活的破坏程度，远比不上传统的情感对漠然对待、无情碾碎更让人揪心，而这种漠然和挤压，从一开始就是命定了的。这不仅仅是一个人对一个特定时代的冲突与回应，而是一种生命本真与生俱来的残缺与命运征兆。

　　《秦腔》里的大爱与至善被包容在烦琐的人生事相中，沉闷中的激情只能开放出奇异的花形与色彩。小说的第一句话"要我说，我最喜欢的女人还是白雪"是大爱的直白表达，小说的最后一句话"从那以后，我就一直在盼着夏风回来"又是一种至善的情绪流露。一切都仿佛是在不经意间发生的，但你要愿意，还是可以找到其中深藏着的意味。

　　回到秦腔，那种需要怒吼才能到位的艺术在今天是如此陌生。然而她的灵魂依然潜伏与流荡，在任何时候都有可能触动人的心弦。秦腔，是一方水土上的人永远的恋歌，尽管她的呈现方式并非像她蕴含着的那样丰富多彩。秦腔是否还能具有她曾经拥有的那种穿越灵魂的魅力，这是一个令人焦灼的问题，白雪的演艺生涯已经是一种征兆和暗示。这是作家为小说找到的最好基调，也是与这块"碑子"最契合的音乐。如果我对《秦腔》有一点不满足的话，读过之后的回想倒并不是进入情节的漫长和回转，而是秦腔的穿透力和象征意味应当可以更浓烈一些，使这首乡土恋歌更具灵动色彩和悲悯意味。

　　《秦腔》表达的是一种灵魂隐忧，是这种内心隐忧与眼神里的惊恐结合而成的一次文学书写。就此而言，她的出现的确是一种独特的存在。

（原载《南方都市报》）2005 年 6 月 13 日）

极致叙事的当下意义

——重读《日光流年》^① 所想到的

谢有顺

一

《日光流年》最初出版于一九九八年，当时在文学界产生了较大的影响，直到今天，它依然是研究中国当代小说史的重要作品。这部小说讲述了三姓村人如何抵抗死亡的悲壮故事。这个村的人，无论男女，都活不过四十岁，为了解除这个加在他们头上的宿命般的咒语，他们在几代村长的带领下，进行了旷日持久的生存斗争，或者多生孩子，或者改种农作物，或者翻地引水，尝试了各种方法，历尽千辛万苦，最终仍以悲剧告终。因此，这部小说的主角与其说是司马蓝、蓝四十、司马笑笑等人，还不如说是时间和死亡本身。"日光流年"既是时间的意象，也是一次面向死亡的言说。在此之前，我还没有看到哪一部中国小说，能够将死亡作为直接的叙事主体来审视，同时又把死亡描述得如此惨烈而触手可及。

在过去的小说中，死亡事件并不鲜见，何以阎连科笔下的死亡更令人震动？原因在于，阎连科将死亡压缩在了一个更短暂、更窄小的空间里来展开。在三姓村，每个人的死亡都无端提前到四十岁，甚至更早，他们无法像外村人那样长寿，更无法想象自己也有满头白发、飘着白胡子的日子。在本当壮年的时候，一种叫"喉堵症"的病就会如期而来，"村里的蓝姓、杜姓或司马姓，会如牲口般喉咙一痛就死了。死了就埋了，埋了就压根从人世消失了。"^② 于

---

① 《日光流年》，阎连科著，花城出版社 1998 年 11 月第一版。本文所据版本由春风文艺出版社 2004 年 1 月出版。

② 阎连科：《日光流年》，第 3 页，长春，春风文艺出版社，2004。

是，时间成了三姓村人最大的敌人。中国人本来习惯在时间面前顺从，所谓达观知命，但三姓村人做不到——他们无法和时间保持着一种谐顺的关系，因为他们不能像别人那样，活到七十岁、八十岁，而是活不过四十岁就得奔赴死亡，这种命运的不公，迫使他们正视死亡提前到来的原因，并学习面对它、征服它。

有意思的是，《日光流年》里所写的死亡，不是那种令我们尊敬的道义之死，而恰恰一种无法反抗的自然之死——能把自然之死写得如此惊心动魄，这是《日光流年》最大的特色之一。按照常理，值得小说家写的死，多半是道义之死，孔子说，"朝闻道，夕死可矣"，这个死，就是道义之死。也就是说，小说中的人物之死，一般得有一个精神上的理由，如《红楼梦》（曹雪芹）中的林黛玉是死于爱情，泪尽而亡，《祝福》（鲁迅）里的祥林嫂是死于苦难、麻木和愚昧，《饥饿艺术家》（卡夫卡）里那个艺术家是死于"找不到适合自己胃口的食物"，等等，他们的死，都非单纯的自然之死，背后总是关乎着某种道义，所以，他们的死可称之为是悲剧。相反，纯粹的自然之死，比如一个百岁老人在某个早晨不再醒来，比如一个人患病而亡，这样的死，悲剧意味并不强烈，在文学书写上也无多大的回旋空间，作家往往不会花太多笔墨去写。因此，文学作品中，写道义之死者多，写自然之死者少。"道义之死，与自然之死，同属一死，同属人生职责之大限。人当在道义中生，即可在道义中死。君子之死，即就是死于自然，也还是死于道义。小人生在不道义之中，他不尽职责，忽然死了，那只是一种自然之死，与死一禽兽无异，那绝不是道义之死，因此也不得为完人。人必然有一死，如何死在道义中，其唯一方法，即求生在道义中，自然便死在道义中。""自然的随时随地而死，是命；人道之随时随地可死，是义。"① 道义之死写起来充满光辉，因它事关道义，职责，人生的价值，而自然之死写起来却难出新意。阎连科挑战了这一写作难度，他有意在《日光流年》中写一种自然之死，写一种命，写人如何抗命的过程。尽管《日光流年》里也不乏道义之死，如司马蓝和蓝四十相拥而死，他们间有着刻骨铭心的感情记忆，如司马笑笑用自己的身体去喂乌鸦，隐含他有一种为自己的决策失误赎罪的意思；但更多的时候，三姓村人是以自己顽强的生命意志在反抗自然之死的宿命。

死是一种结束，也是一种完成。在道义中死，即是人生的完成，此外，人生总是一种缺憾。人生有限，这是一切苦痛之根源，而如何才能在有限的人生中安适、快乐地活着，又是人类最高的精神目标之一。因此，我们常说的人生观，其实也是一种人死观。"不知生，焉知死"，也可以反过来说，离开了死亡

---

① 钱穆：《人生十论》，第 55 页，桂林，广西师范大学出版社，2004。

教育，生也将会变得茫然。

自古以来，阅读小说的意义之一，就在于它不断地提醒人们，人是会死的，而小说呢，正是一种面向死亡的讲述，如李敬泽所说，"任何一部小说——我现在谈论的仅仅是我认为好的小说——无论它写的是什么，不管主人公在最后一页里是否活着，它都受制于一个基本视野：它是在整个人生的尺度上看人、看事，也许小说呈现的是一个瞬间、一个片断，但是，作者内在的目光必是看到了瞬间化为永恒或者片断终成虚妄，这就如同一趟列车，车上很热闹，但有一个人知道这趟车的终点在哪儿，那就是死亡——小说在死亡的终极视野中考验和追究生命。……在我们这个时代，我们的文明、文化、生活方式、经济方式和思想方式的一个根本特点就是，我们努力忘掉自己的死，好像这件事永远不会发生。……小说是知死所以知生，小说相信个人的生命是一个有意义的整体，它反对将人简化为零散的碎片，小说看到'有'，看到我们的欲望、看到围困着我们的物质，小说也看到'无'，看到欲望的尽头和物质的尽头横亘着的死亡，看到人的精神力量，在'有'和'无'之间，我们的生活成为探索'存在'的英勇斗争。"[1]

——这段话，仿佛说的就是《日光流年》。尽管阎连科在小说中写的多是自然之死，但他通过对死亡的极致化表达，把三姓村人的死变成了一个公众事件，也变成了一个值得探究的精神事件。

"三姓村"是一个寓言，它象征一个封闭、匮乏而没有希望的世界，每个人都活不过四十岁象征生命的时间大限——它的背后，是那种不可动摇的无奈和困苦。在这个被活下去的信念折磨得气喘吁吁的村庄里，活着的过程，其实就是适应死亡、学习死亡的过程。在小说的第四十七章，村长杜拐子说："我死了停死半月，让全村十岁往下的男女娃儿都去陪夜，从小就让他们明白死就死了，就和灯灭了一样，没啥了得的事情，别一辈子活在世上，对死惊惊怕怕。"[2] 这就是三姓村人的死亡教育仪式。除了死亡教育，还有残酷的生存教育。村里人缺钱了，想到的是"再去卖一次人皮吧"，这时，司马笑笑不忘告诉村民，"把三岁以上的娃儿都带去，让他们看看卖皮是咋样一会事，过些日子老村长死了，照村长的吩咐，再让他们陪着死尸睡几夜，他们就算长成大人了。"[3] 司马蓝、司马鹿、蓝四十、竹翠等这一茬娃儿，就是在那个时候第一次经历了卖人皮，完成了他们的成人礼。残酷见得多了，也就不残酷了，正如死亡过于密集，并且可以预期之后，它就会被生者轻视；因为轻视死，生也随

---

① 李敬泽：《为小说申辩——一次演讲》，《天涯》2007年第1期。
② 阎连科：《日光流年》，第472页。
③ 阎连科：《日光流年》，第491页。

之变得潦草而简陋。这就是三姓村人日复一日的生命图景。

印度思想家克里希那穆提说："要了解生命的完整动态，我们必须深入了解三件事情。这三件事情是时间、悲伤、死亡。"①《日光流年》写的正是这种生命的状态和限度，它向我们讲述了时间、悲伤和死亡在一个村庄的演变，并告诉我们，人类如果缺了这种关于死亡和苦难的思索，他的生命就不再是完整的。现在的很多小说，书写的多是生命的某些片段，或者生命的表层现实，诸如吃喝玩乐，欲望的细节，柔软的情调，等等，在它的背后，缺乏生命的完整动态，也缺乏悲伤那非凡的深度。《日光流年》试图重新庄严地面对生命的完整维度，它以"司马蓝要死了"开头，以司马蓝在母亲的子宫里笑着"把头脸挤送到了这个世界上"结尾，从死到生，整部小说用一种回溯、逆向叙述、"倒剥皮"的方式②，叙写了以司马蓝为代表的三姓村人生命苦难的整个流程，尤其是它对饥饿和死亡的壮观描写，为人类生命在绝境里的遭遇，增加了悲伤的一页。

二

《日光流年》是一个彻头彻尾的悲剧，一个关于死亡的悲剧。

"喉堵症"使三姓村人止步于四十岁，之后的生活到底怎样，他们无从得知。村长司马蓝活到三十九岁那年，在村里就算是高寿了。这样一个无法改变的生命大限，把三姓村人的生存注意力全部集中在了如何使自己活下去的念想上，其他的事情，与活着比起来，便显得无关紧要。即便是当村长这样的大事，也有人不想和司马笑笑争，"你当吧，谁当都活不过四十岁，死了不都是一把黄土嘛。"③

在三姓村，死太容易，生的艰难反而被忽视了。苦也好，累也好，只要能活着就好。活的乐趣被无限地放大，为了活着而受的痛楚，委屈，凌辱，都可以忘却。"活着"这个词，在三姓村人的眼中，闪烁着独特的光芒。《日光流年》第三十一章，司马蓝的母亲杜菊上吊了，司马蓝就在母亲上吊的地方说：

> 活着该有多好呀，能吃能喝，能穿衣，能睡觉，手能摸，眼能
> 看，耳能听，嘴能说，可是死了呢？人死了还能干啥儿，还能说话

---

① ［印］克里希那穆提：《生与死》，第9页，廖世德译，台北，方智出版社，2002。

② 关于《日光流年》在叙事结构上的这种探索，已有多篇研究论文发表，可参见王一川：《生死游戏仪式的复原——〈日光流年〉的索源体特征》，《当代作家评论》2001年第6期；关于《日光流年》在语言上多用象声词来表达通感等方面的探索，则可参见南帆：《反抗与悲剧——读阎连科的〈日光流年〉》，《当代作家评论》1999年第4期，这些我均不再多加论述。

③ 阎连科：《日光流年》，第519页。

吗？还能做事吗？还能冬天到门口晒日头，夏天到梁上吹西风吗？司马蓝想，世上千好万好的事，还有啥儿比活着更好呢？更为实在呢？①

宁愿苟活，也不愿意死；连死都不怕，还怕活吗？这是三姓村独特的生存环境所形成的生命哲学，它把活下去看作是人生的第一要义：

> 死了有啥好？死了啥儿也没了，连尸体、衣裳、棺材，三年五年就成土成灰了，骨头还要被虫蛀下许多蜂窝似的洞，最后成灰白色的粉末埋在地下边。头发最耐沤，三五十年在地下还是黑的一撮儿，可人没了，不能吃饭了，不能穿衣了，不能和人说话了，就是用刀砍、用针扎、也流不出一滴血，叫不出一声疼，要那一撮沤不烂的头发有啥用？……活着是多实在的一件事，多具体的一件事，迈腿了就能从这儿到那儿，说话了就有声音发出来，饿了能吃饭，种地有粮打，身子破了有疼感，有血流，然死就什么也没有了，像云彩一样飘失了，再有云彩也不是生前那块了。你为什么就不明白这简简单单的道理哩？娘哟，司马蓝叫了一声说，你就是像姑姑司马桃花那样，只要是活着都比死了好。司马桃花姑姑不是活得有滋有味吗？不是还把姑夫杜岩送到了公社里，姑夫知道了姑姑和卢主任的事，不是对村人笑了笑，说合算呢，只要能活着，比啥儿都合算。你与其这样死了，倒不如你和姑那样活着哩，只要活着，比什么都好。……既然不想活了，何不侍奉了卢主任，由他领着人马把村里土地换完田土再说死活呢？司马蓝想，娘呀，你毕竟是村里这些寡妇中长得最好看的哟……②

这真是动人心魄的心灵私语。"只要活着，比什么都好"，这种苟全生命的活命哲学，在别处、别人身上，或许是要遭到鄙视的，然而，在三姓村，这一切都变得合情合理。在魔咒般的"喉堵症"面前，原有的道德和理想都失效了，生存被简化成了粗线条的活着——单纯的身体活着。生的尊严从来是对那些可以活下去的人说的，对于一个四十岁不到就要死的人来说，活着比如何活着要重要得多。因此，为了筹钱给司马蓝治病，好让他带领村里人把灵隐渠修通，把灵隐水引到村里来，让全村人都活过四十、五十、六十、七老八十岁，蓝四十甘愿在众人的目送下去九都、郑州做人肉生意，"她脸上隐含的羞耻和怨怒不见了，取而代之的是一脸板正的毅然。"——比起活着来，羞耻心并不值得珍重；为了能让外乡人留下来给三姓村翻地，司马桃花的身体送去伺候卢主任后，司马蓝对她说，"你为了全村，其实是贞洁的事情哩。"——活下去才

---

① 阎连科：《日光流年》，第 316 页。
② 阎连科：《日光流年》，第 316—317 页。

是三姓村最高的道德，一个人贞洁与否，参照的应是三姓村人所信守的道德。连司马蓝都想，他母亲的私情被发现后，她去上吊自杀是一件傻事，那还不如去伺候卢主任呢，"只要能活着，比啥儿都合算。"——三姓村人有着自己的计算生命的方式，也有着自己独有的人伦道德，所不同的是，所有这些，都要无条件地服从于活着这个宏大的目标。

这种对生的强烈向往，背后隐藏的其实是对死的恐惧。《日光流年》在写生的勇气的同时，也着力书写了这种恐惧。这种恐惧，甚至在孩提时候就早已种下了。以司马蓝为例，他在童年的时候，就开始为人的死亡一事感到焦虑和不解，他不明白，人活得好好的，怎么突然喉咙一红肿就死了呢？"到四岁五岁时，想到死他就彻夜不眠了，苦思冥索到天亮，穿好衣服，坐在大门槛上，听着日光在树叶上哗哗哩哩的流动，恐惧在他心里就汪洋得满山遍野，死亡给他带来的惊颤，像冰粒儿一样，在他猛然的一个哆嗦中，噼里啪啦，从身上抖落下来，滚得满世界都是了。"① 这种打小就有的恐惧，弥漫在三姓村的上空，它直接催生了三姓村人那种近乎偏执、顽强的求生意志：

> 哪怕吃得不好，穿得也不好，又得天天扛着锄锨、担着箩筐，箩筐里装满了泥粪下地干活，只要能活着就好。②

由恐惧到求生，由求生到反抗。一场人与天地、人与命运的盛大斗争开始了。

第一代村长杜拐子让大家多生育，按他的设想，只要村里的女人生娃和猪下崽一样勤，就不怕村人活不过四十；第二代村长司马笑笑发动全村人种油菜，他说他见过的几个长寿老人都说他们是吃油菜，也许让三姓村人吃几年油菜，也能活到七老八十；第三代村长蓝百岁带领大家把全村的地翻一遍，把陈土翻下去，把新土翻上来，以为这就能逃脱死神提前降临的宿命；第四代村长司马蓝率领全村劳力花几年时间，凿通几十公里的水渠引来"灵隐水"，他想，只要能喝上了外面的水，生命兴许就有救了。在这个过程中，为了维护这种活下去的指望，三姓村人不惜一切代价——卖大腿皮，卖淫，把女儿送给革委会主任，用生命换农具，家庭财产全部征用（包括死人的棺木），等等。最残酷的一幕，为了不让全村人饿死，男人们决定把自家的残疾孩娃都扔到荒山野岭，让他们自生自灭，免得分了健全人的口粮，大家都活不成：

> 谁让他们是残疾孩娃哩？不残疾不就活下来了吗。残疾了就是活下来，一辈子也是一个废人呢，不能下地干活，不能做饭缝衣，爹娘活不到四十岁也就要死了，你们残疾着成不了家业，谁给你们烧饭

---

① 阎连科：《日光流年》，第 467 页。
② 阎连科：《日光流年》，第 446 页。

哟，谁给你们洗衣哟。也许是死了好哩。你参他考虑的周全，让你们死了比活着好哩，参娘活着，看着你们死啦，那是送你们去享清福，参对你们好他才这样哩，让全村的残娃这样哩。①

这是何等深切的人间惨剧！但是，即便如此，几代人的努力，割肉般的痛苦，还是不能使三姓村人摆脱"死亡哐当一下像瓦片样落到头上"的命运。一次次地绝望，又一次次地存着希望，在希望与绝望之间，三姓村人挣扎，叹息，悲伤，咒骂，默默忍受，无声地消失，"他们就这样使人感到把楼山脉还在为活着大声喘息"。一个令人窒息的世界，在阎连科笔下被创造了出来，它如此尖锐，又如此沉痛，作者在为那些哀号、无助的生灵画像时，那支笔仿佛蘸着血。

三姓村人悲壮的求生旅程，令我们想起《旧约全书》里以色列人"出埃及"的故事。在《日光流年》第四卷，每章的开头，阎连科均引《出埃及记》的文字作旁证，他大约是想用古代以色列人的遭际，来映衬三姓村人的命运，并用以色列人在摩西的带领下，走出埃及和旷野，寻找"流奶与蜜之地"的决心和信念，来比照三姓村人求生的艰苦过程和精神意志。不同的是，以色列人最后穿过旷野、约旦河，到达了耶和华要他们去的地方——迦南美地，流奶与蜜之地，摆脱了奴役之苦；而三姓村人冒着千辛万苦开山修渠引来灵隐水，原以为可以由此开始一种新生活，没想到，当水流到三姓村时，可怕的景象出现了：

发黑的污草，泡胀的死鼠，灌满泥浆的塑料袋和旧衣裙、旧帽子，红的死畜肚，白的脏皮毛，挤挤搡搡，推推捅捅在水面上又碰又撞。……树上的孩娃刚才还呼天换地地惊喜着，这一会却都缩身蔫声了。有几个叫着参娘，说这水咋这么臭呀，要把人都熏死呢……
一片死静。②

如果说以前的三姓村还是一个封闭的世界，他们的求生方法还是一种朴素的自我救援，现在，通过修渠引水，它打开了和外面世界相联系的通孔，把头探了出去，没想到他们所看到的却是一个被严重污染的水世界——这水，对他们来说，就是新生命的象征。面对这幅黑暗的图景，人心溃散，意志崩败，生之欣喜彻底消失，一种无可挽回的绝望彻底在三姓村生了根："一切也就结束了，袅袅飘飘地烟消云散了。杜柏领着村人葬埋了儿子杜流、司马弟兄、蓝四十及别的六七村人。喉咙里开始肿胀得如喉管里塞了一段红萝卜。"③ 死亡就

---

① 阎连科：《日光流年》，第419—420页。

② 阎连科：《日光流年》，第135页。

③ 阎连科：《日光流年》，第139页。

等在正前方，很快就将和每个人劈面相迎，无路可逃，无法可想。

难道活着本身就是一个错误，不容修改？

三

《日光流年》深刻地写出了这种对死的恐惧，以及强烈的求生意志也无法修改的无底的绝望。而这部小说出现在这个崇尚轻盈、热衷消费的时代，确实把一些有重量的话题重新带到了我们面前。

必须承认，很长一段时间来，中国小说正在失去面对基本事实、重大问题的能力。私人经验的泛滥，使小说叙事日益小事化、琐碎化；消费文化的崛起，使小说热衷于讲述身体和欲望的故事。那些浩大、强悍的生存真实、心灵苦难，已经很难引起作家的注意；文学正在从精神领域退场，正在丧失面向心灵世界发声的自觉。从过去那种政治化的文学，过渡到今天这种私人化的文学，尽管面貌各异，但从精神的底子上看，其实都是一种无声的文学，因为这种文学，如索尔仁尼琴所说，"绝口不谈主要的真实，而这种真实，即使没有文学，人们也早已洞若观火。"①

什么是"主要的真实"？我想就是在现实中急需作家用心灵来回答的重大问题，关于活着的意义，关于生命的自由，关于人性的真相，关于生之喜悦与死之悲哀，等等。在当下中国作家的笔下，很少看到有关这些问题的追索和讨论，许多人的写作，只是满足于对生活现象的表层抚摩，他们普遍缺乏和现实、存在深入辩论的能力。

一个没有灵魂的社会正在出现，一个空心的写作时代业已来临。英国作家伍尔夫曾说，"心灵"是俄罗斯文学的主要人物和全部实质；中国文学在我看来，缺的正是这种贵重的"心灵"。心灵的缺位，使得很多作家可以轻易地就把写作和人生分开，他所写的，和他真实的生活并无多大关系。"面对现实，中国文学往往是轻盈地转身。它是一种调剂，一种慰藉，是藉着外界影像来抒写胸中的情愫，而不是生命的写实。更现代的作家也是着力表现个人对周围环境的细腻感受，对生活的真相却漠不关心。"② 作家正在对人性的沉沦、对生活和精神的双重溃败保持集体沉默。

阎连科显然不愿做这样的作家，所以，他的内心，还一直纠缠着生命的苦

---

① 索尔仁尼琴语，转引自景凯旋：《我们理解索尔仁尼琴吗？》，《南都周刊·生活报道》总第132期，2007年6月29日。

② 景凯旋：《我们理解索尔仁尼琴吗？》，《南都周刊·生活报道》总第132期，2007年6月29日。

难和精神的恐惧，他的写作也还保持着心灵的重量。"我注重的是对精神，对生命的描写，或者说对人在某种生存状态中力量的展示。"①《日光流年》就是很好的例证。这部小说写了人类的苦难，但阎连科并没有沉迷于苦难的展示，他是想通过苦难，把人内心那种庄严的勇气和力量写出来——这正是人类的希望之所在。譬如，他笔下的司马蓝，身上就洋溢着人类那种永不言败的斗争精神，他有农民式的狡猾和粗俗，同时也是一个勇敢、坚定、不屈服于命运的民间英雄。他率领村民开凿出了几十公里长的水渠，这个水渠引来的虽是脏水——村民长达数年的努力遭遇到了意想不到的失败，但司马蓝身上那种坚不可摧的力量、面对生活的勇气，却依然值得我们尊敬。

司马蓝身上有一种孤绝的品质，一种"知其不可为而为之"的精神，他在某种程度上正好呼应了中国文化中那种原始的、本真的精神。正如"女娲补天"、"精卫填海"、"夸父追日"、"后羿射日"这样的神话寓言，照刘再复先生的研究，它们体现的无一不是"知其不可为而为之"的精神。"天可以补吗？海可以填吗？烈焰可以追赶吗？太阳可以射落吗？都不可能。但远古的英雄却偏偏说：能！偏偏把不可能的事当作可能去争取，去奋斗。这就形成一种大精神。精卫是一只小鸟，它嘴上所衔的树枝那么细微，而沧海却那么深广浩瀚，这是何等巨大的反差，但是坚韧的生命不在乎这种反差。因为他们有一种原始的天真，不知计较成败，不知计较得失，只知一往无前地进取。进取的过程是最重要的，结果倒在其次。生命的精彩全在争取另一种可能性的过程之中。"②——《日光流年》的精神底子，也洋溢着一种原始的天真，一种对生命可能性的不懈进取和追寻，它是一个关于绝望与信心、苦难与勇气的巨大寓言。

三姓村是一个原始的村落，司马蓝是一个原始英雄，他们承受着生命的苦难，也创造着生活的奇迹，阎连科把这种苦难和奇迹，以一种极致叙事的方式呈现出来，很惨烈，也很直接。应该说，这种充满极端力量的小说，在当下并不多见。

在这个阅读神经日益麻木的时代，那种温和的过日子文学，正在变成生活中无关痛痒的装饰，而类似阎连科小说中的这种极致叙事，反而有可能惊醒读者的灵魂。当然，朴素的表达，平常心的叙事，也可以产生好的文学，正如李长之在研究《红楼梦》时所说，写小说并不一定要选取那些奇异的、太过理想

---

① 阎连科、侯丽艳：《关于〈日光流年〉的对话》，《小说评论》1999年第4期。

② 刘再复：《中国文化的原始精神》，引自刘再复的新浪博客：http://blog.sina.com.cn/s/blog_4cd081e9010008vr.html. 上网时间2007年4月21日。

化的材料，而是在于"你如何把平常的实生活的活泼经验拿住"①。但是，当作家们都在轻松地展示"实生活"的经验，以致现在的文学中充满了精神的造假和心灵的猥琐，这个时候，在写作方式上揭竿而起，以极致体验来对生命进行庄严的写实，这未尝不是一种有效的文学革命。"走向极致，拒绝妥协，这是一种令人尊敬的写作精神，然而，这种精神，在中国当代小说界似乎已成绝响。越来越多的作家，都在寻找一条新的写作道路，以期达成和这个消费社会的秘密和解。在这个过程中，首先被使用的小说材料就是经验，那些大胆的、身体的经验，只要假借一个故事的形式出现，往往就能被热情地消费。写作和消费之间的甜蜜合唱，大多就是在这种经验书写中完成的。可是，我们是否想过，当小说过度依赖经验来取悦消费的时候，小说的精神和元气却正在受损？"②

因此，今天有必要重申文学对生活的介入和抗议精神，让作家们重新意识到，写作在许多的时候，应坚持一种孤独的灵魂叙事。瓦尔特·本雅明说"小说的诞生地是孤独的个人"，"写一部小说的意思就是通过表现人的生活把深广不可量度的带向极致。小说在生活的丰富性中，通过表现这种丰富性，去证明人生的深刻的困惑。"③ 把生活带向极致，把存在追问到底，把人生的困惑通过生活的丰富性表达出来，把生与死这一"主要的真实"当作小说的主角来写，阎连科的写作一直在朝着这个方向努力。

这正是我要特别指出的：作为阎连科写作史上的转折性作品，《日光流年》所确立起来的极致叙事的风格，对于在精神上日渐疲软的当代小说界，具有不同寻常的意义。阎连科之前的小说不乏温情、朴素，但《日光流年》之后，包括同一时期的《年月日》、《耙耧天歌》等作品，他的文字突然被一种强烈的绝望感、苦难意识、生命抗争精神所控制，面对现实，他下手既凶狠，又严厉，并在一种绝境生存的书写中，毫不掩饰地说出一个作家面对基本世界时那种悲凉而荒谬的感受——这种感受，给许多读者带来了很大的震动。

阎连科在二〇〇一年出版的《坚硬如水》，二〇〇三年出版的《受活》，都可以看作是这种极致叙事的延续。革命，政治，性，残酷精神和荒诞现实，奇特地交织在一起，使阎连科的小说看起来更像是一场话语的狂欢——在狂欢的背后，隐藏着作家对生存真实的持续开掘和对民间中国的深刻关怀。而正是因为极致叙事在阎连科的小说中显得如此尖锐，他的作品才会在文学界引起截然

---

① 李长之：《〈红楼梦〉批判》，见伍杰、王鸿雁编：《李长之书评》，石家庄，河北教育出版社，2006。

② 谢有顺：《比权力更广大的是人心》，《当代作家评论》2005 年第 6 期。

③ 〔德〕瓦尔特·本雅明：《本雅明文选》，第 295 页，陈永国、马海良编，张耀平等人译，北京，中国社会科学出版社，1999。

不同的评价。有一些人，为阎连科笔下那逼人的残酷写真所震撼；另一些人，则为他在小说情节的设置上用力过猛，以致走向了难以置信的怪诞，而觉得很难被他说服。我认为，这两种阅读意见，是分别从两个不同的角度来理解阎连科的小说世界。

在写作中到底存一颗平常心好，还是走极致叙事的路子好，这并没有结论。写《故乡》和《祝福》时的鲁迅是存着平常心的，所以他可以把悲伤藏得很深；写《狂人日记》和《阿Q正传》的鲁迅，则故意走了极致叙事的道路，他把自己所要塑造的人物，所要表达的情愫和社会洞见，处理得风格强烈，以致像阿Q的言行，已经迹近怪诞和荒唐——但我们依然无法否认这也是一条可信的描摹现实的路径。正如福楼拜的小说写得像机械钟表的仪器一样，严丝合缝，绵密结实，而卡夫卡的小说写得如同传奇，充满一个作家对存在的极致体验，但它们都堪称经典。可见，重要的不是作家如何写，而是要看作家在写作之前，和自己笔下的现实建立起了怎样的写作契约，以及他是否很好地完成了这份契约。因此，至少存在两种作家：一种作家以日常性经验对生命进行写实，另一种作家则以象征性经验对精神展开追问。

阎连科显然更接近后者。他一直向往极致叙事所带来的阅读冲击力。在一次关于《日光流年》的对话中，阎连科说，"卖皮与卖肉完全是我虚构出来的，实际上，我没听说过这样的事，教火院也是一种虚构。设计这样一些极端的情节，我觉得更能表达我的某种内心的感受，某种思考。"① 确实，把这些极端元素集中在一部小说中，其实就是为了创造一个极其严峻的生存背景，从而把小说所要表达的那种时间的力量、悲伤的深度、在绝望中生存的勇气极致性地凸显出来。

为了使《日光流年》的叙事更具冲击力，阎连科在小说中把各种生存符号都加以极致化处理。他笔下的三姓村，是一个极度封闭的世界。"三姓村仅有蓝姓、杜姓、司马姓组成。地理位置为三县交界之地，然三县上千年的志史记载中，却均无三姓村之来源。据他们自己祖辈代代相传的说法，是明末清初之时，因战乱、灾祸之故，蓝姓从山东、杜姓从山西、司马姓从陕西逃荒至耙耧山脉的深皱之间，见这儿人烟稀少，水土两旺，于是也就搭棚而居，常住下来，耕种劳作，通婚繁衍，成为村落。"② 他笔下的三姓村人，寿限极其短暂。"百余年来，三姓村人又大都死于喉堵症，人的寿限从六十岁减至五十岁，又从五十岁减至四十岁，终于到了人人都活不过四十岁的境地，到了满世界不和

---

① 阎连科、侯丽艳：《关于〈日光流年〉的对话》，《小说评论》1999年第4期。
② 阎连科：《日光流年》，第11页。

附录三
当代乡土文学
评论篇目辑录
(2000—2009)

2000 年

2001 年

2002 年

2003 年

2004 年

2005 年

2006 年

2007 年

2008 年

2009 年

■ 2000 年

　　本辑录篇目按年度编排。未收录博士、硕士论文。每一年度文章，按作者姓名的汉语拼音排序。（2000—2009）

■ **2001 年**

■ **2002 年**

《文艺理论与批评》2002 年第 2 期

范伯群　　论"都市乡土小说"

《文学评论》2002 年第 3 期．

郜元宝　　评尤凤伟的《泥鳅》兼谈"乡土文学"转变的可能性

《当代作家评论》2002 年 第 5 期

郭亚明　　自由意志与命运的较量

　　　　　——试论汪曾祺小说创作的审美特质

《内蒙古师范大学学报（哲社版）》2002 年第 6 期

金文兵　　故乡何谓：论"寻根"之后乡土小说的精神归依

《江南大学学报（人文社科版）》2002 年第 3 期

李敬泽　　乡土之路

《文艺报》2002 年 9 月 10 日

邢建昌　　何申小说的意义与局限

《河北学刊》2002 年第 1 期

姚晓雷　　故乡寓言中的权力质询

　　　　　——刘震云故乡系列小说的主题解读

《文学评论》2002 年第 1 期

赵学勇/刘颖　　九十年代的西北乡土小说

《光明日报》2002 年 5 月 8 日

周水涛　　城市进逼下的乡村

　　　　　——90 年代农村小说的文化思考

《小说评论》2002 年第 5 期

■ 2003 年

陈晓明　　解开乡村的精神困局

《文艺争鸣》2003 年第 2 期

陈昭明　　论刘绍棠乡土文学的审美范型

《南昌大学学报（人文社科版）》2003 年第 1 期

丁　帆　　论近期小说中乡土与都市的精神蜕变

　　　　　——以《黑猪毛白猪毛》和《瓦城上空的麦田》为考察对象

《文学评论》2003 年第 3 期

彭在钦/杨经建　　世纪之交的中国乡土小说创作

《理论与创作》2003 年第 6 期

王又平　　从"乡土"到"农村"

——寻根文学对于现代性的批判

《沈阳大学学报》2004 年第 5 期

郭爱民　农民身份的缺失与农村题材创作的式微

《文艺理论与批评》2004 年第 5 期

贺仲明　20 世纪乡土小说的创作形态及其新变

《南京师大学报（社科版）》2004 年第 3 期

黄海阔　略论近年乡村小说乡土意识的变化与矛盾

《当代文坛》2004 第 4 期

刘复生　历史的转折与"新乡土小说"的意识形态

《文艺理论与批评》2004 年第 4 期

孟繁华　重新发现的乡村历史

——本世纪初长篇小说中乡村文化的多重性

《文艺研究》2004 年第 4 期

邵燕君　与大地上的苦难擦肩而过

——由阎连科《受活》看当代乡土文学现实主义传统的失落

《文艺理论与批评》2004 年第 6 期

张　克　乡土哲学的价值偏爱及其现代性焦虑

——论路遥的文学遗产：反思与领会

《理论与创作》2004 年第 2 期

周水涛　"城市化"的乡村小说

《文艺评论》2004 年第 1 期

■ 2005 年

陈树萍/李相银　　农具的隐喻：城市化进程中乡村的焦虑

——评李锐的"农具系列"

《小说评论》2005 年第 4 期

陈晓明　乡土叙事的终结和开启

——贾平凹的《秦腔》预示的新世纪的美学意义

《文艺争鸣》2005 年第 6 期

陈昭明　论新时期乡土小说关于国民性批判的新探索

《江汉论坛》2005 年第 5 期

丁　帆　中国乡土小说生存的特殊背景与价值的失范

《文艺研究》2005 年第 8 期

杜国景　文学的乡土情怀及其当代命运

《东南学术》2005 年第 6 期

南　帆　　启蒙与大地崇拜：文学的乡村
　　　　　　《文学评论》2005 年第 1 期

施学云　　论当代文学中流动农民形象书写的嬗变轨迹
　　　　　　《理论与创作》2005 年第 5 期

苏　奎　　永远的异乡人
　　　　　　——论"农民工"主题小说
　　　　　　《当代文坛》2005 年第 3 期

肖　鹰　　真实的可能与狂想的虚假
　　　　　　——评阎连科《受活》
　　　　　　《南方文坛》2005 年第 2 期

谢有顺　　尊灵魂，叹生命
　　　　　　——贾平凹《秦腔》及其写作伦理
　　　　　　《当代作家评论》2005 年第 5 期

徐德明　　"乡下人进城"的文学叙述
　　　　　　《文学评论》2005 年第 1 期

杨立元　　新乡村小说的特色
　　　　　　《文艺报》2005 年 8 月 4 日

叶　君　　从乡土到农村：中国现当代文学题材的重要转换
　　　　　　《河北学刊》2005 年第 3 期

禹建湘　　后现代语境下的乡土想象
　　　　　　《文艺报》2005 年 6 月 2 日

袁爱华　　无言以对的乡土
　　　　　　——贾平凹《秦腔》叙事解读
　　　　　　《理论与创作》2005 年第 6 期

袁朝钢　　沈从文与汪曾祺乡土小说之比较
　　　　　　《苏州大学学报》2005 年第 6 期

周景雷　　后乡村叙事：后工业时代的乡村呈现
　　　　　　《社会科学辑刊》2005 年第 3 期

周水涛　　90 年代以来乡村小说创作的价值分化与价值调整
　　　　　　《小说评论》2005 年第 2 期

周水涛　　90 年代乡村小说创作的文化守成
　　　　　　《小说评论》2005 年第 3 期

周水涛　　新时期乡村小说农民文化人格审视
　　　　　　《小说评论》2005 年第 4 期

■ 2006 年

吴道毅　中国农民生存命运的书写
　　　　——向本贵乡土小说主题解读
　　　　　《理论与创作》2006 年第 6 期

吴晓东　中国文学中的乡土乌托邦及其幻灭
　　　　　《北京大学学报（哲社版）》2006 年第 1 期

吴雪丽　乡村、本土与日常美学
　　　　—— 论《笨花》在乡土小说史上的意义
　　　　　《理论与创作》2006 年第 6 期

轩红芹　"向城求生"的现代化诉求
　　　　——90 年代以来新乡土叙事的一种考察
　　　　　《文学评论》2006 年第 2 期

叶　君　乡土·农村·家园·荒野
　　　　——论中国当代作家的乡村想象
　　　　　《文艺研究》2006 年第 7 期

张　琦　虚拟的乡土与真实的身体
　　　　——对近期小说中方言写作的一种阐释
　　　　　《社会科学辑刊》2006 年第 3 期

张　洋　乡土诗意何以消解
　　　　——解读长篇小说《秦腔》
　　　　　《理论学刊》2006 年第 8 期

张懿红　从当代中国大陆乡土小说透视乡土叙事之动力机制
　　　　　《文艺理论与批评》2006 年第 4 期

■ 2007 年

包晓玲　乡土文学的发展与文化选择
　　　　——以湖南乡土文学创作为例
　　　　　《当代文坛》2007 年第 3 期

陈家洋　返归山野自然，彰显乡村意义
　　　　—— 评韩少功的《山南水北》
　　　　　《当代文坛》2007 年第 4 期

陈家洋　乡土本位意识的紧张及其缓解
　　　　——以近年四部乡土叙事作品为例
　　　　　《海南大学学报（人文社科版）》2007 年第 6 期

陈忠实　村子，乡村的浓缩和解构

    ——评孙惠芬的《上塘书》

        《理论与创作》2007 年第 2 期

庞秀慧   《笨花》与《棉花垛》乡土叙述的比较

    ——兼及对《铁凝的〈笨花〉批判》的批判

        《理论观察》2007 年第 1 期

逄增玉/姚树义   地域文化与乡土叙事的"方志性"

    —— 赵本夫乡土小说特色论

        《扬子江评论》2007 年第 5 期

施学云   当代乡土小说与农民文化心理的嬗变

        《南京师范大学文学院学报》2007 年第 4 期

施战军   乡村小说：时代之变与文学之难

        《上海文学》2007 年第 10 期

苏美妮   论十七年与新时期乡土文学的价值取向

        《理论与创作》2007 年第 2 期

孙   曙   狰狞的乡土

    ——"温家窑"细端详

        《社会科学论坛》2007 年第 11 期（上）

谭伟平   和谐文化视野下的乡村文学想象

        《理论与创作》2007 年第 4 期

王光东   "乡土世界"文学表达的新因素

        《文学评论》2007 年第 4 期

王嘉良   民俗风情：透视"乡土中国"的生存本貌

    ——"风俗文化"视阈中的现代中国文学

        《天津社会科学》2007 年第 5 期

王   军   关于乡村主体的"叙事"

        《延河》2007 年第 1 期

王   宇   现代性与被叙述的"乡村女性"

        《扬子江评论》2007 年第 5 期

韦永恒/陆汉军   论阎连科乡村小说的苦难意识

        《广西社会科学》2007 年第 5 期

韦永恒   论阎连科乡村小说创作中的地域文化色彩

        《广西大学学报（哲社版）》2007 年第 4 期

徐德明   乡下人的记忆与城市的冲突

    ——论新世纪"乡下人进城"小说

        《文艺争鸣》2007 年第 4 期

《黄河》2008 年第 4 期

丁帆/施龙　　人性与生态的悖论

　　　　　——从《狼图腾》看乡土小说转型中的文化伦理蜕变

　　　　　《文艺研究》2008 年第 8 期

方爱武　　试论中国当代乡土小说现实主义精神的嬗变

　　　　　《理论与创作》2008 年第 3 期

韩春燕　　在街与道之间徘徊

　　　　　——解析孙惠芬乡土小说的文化生态

　　　　　《当代文坛》2008 年第 1 期

韩鲁华　　城市化语境下的后乡土叙事

　　　　　《小说评论》2008 年第 2 期

贺绍俊　　《笨花》叙述的革命性意义

　　　　　—— 重读《笨花》及其评论

　　　　　《解放军艺术学院学报》2008 年第 1 期

贺绍俊　　在天高云淡的意境里阅读郭文斌

　　　　　《当代文坛》2008 年第 3 期

贺仲明　　论中国乡土小说的现代性困境

　　　　　《南京大学学报（哲社版）》2008 年第 5 期

胡言会　　农村题材小说中"农民性"的价值重建问题探析

　　　　　《宁夏社会科学》2008 年第 1 期

李丹宇　　厚土·乡巴佬·莜面味儿

　　　　　《当代文坛》2008 年第 1 期

李徽昭　　从乡土小说与高晓声谈起

　　　　　——访谈韩东

　　　　　《当代文坛》2008 年第 1 期

李兴阳　　"新世纪"的边界与"新世纪乡土小说"的边界

　　　　　——新世纪中国乡土小说转型研究之一

　　　　　《扬子江评论》2008 年第 1 期

李兴阳　　安详的民俗人生与成长中的天问

　　　　　——郭文斌新世纪乡土小说论

　　　　　《南京师范大学文学院学报》2008 年第 4 期

李运抟　　从乡村到城市的迷惘

　　　　　——论新世纪两种乡土书写意识的矛盾

　　　　　《江汉论坛》2008 年第 10 期

梁　鸿　　"灵光"消逝后的乡村叙事

《南京师范大学文学院学报》2008 年第 4 期

王春林　　乡村世界的现实关注与历史透视

　　　　——对 2007 年乡村长篇小说的一种描述与分析

　　　　《天津师范大学学报（社科版）》2008 年第 5 期

王锐/宋云　　葛水平乡土小说漫谈

　　　　《当代文坛》2008 年第 1 期

吴长青　　现实主义叙事与新乡土美学建构的可能性

　　　　《当代文坛》2008 年第 1 期

夏维波/刘佳音　　村庄的意义与表达

　　　　——谈新文学传统中的"村庄叙事"

　　　　《文艺争鸣》2008 年第 7 期

咸立强　　话语启蒙的拆解与人性的深度

　　　　——尤凤伟土改系列小说创作的探索进程

　　　　《当代文坛》2008 年第 3 期

谢文芳/陈国和　　阎连科乡村小说的生命寓言

　　　　《学术探索》2008 年第 3 期

邢小利　　乡村人物和乡村命运

　　　　——读冯积岐的长篇小说《村子》

　　　　《扬子江评论》2008 年第 1 期

熊沛军　　乡土小说：全球化视阈中的困境与突围

　　　　《北方论丛》2008 年第 2 期

徐　青　　试析乡土写作在"80 后"文学中受冷落现象

　　　　《南京师范大学文学院学报》2008 年第 3 期

徐肖楠/施军　　乡土文学的挽歌情调

　　　　《文艺评论》2008 年第 3 期

许玉庆　　20 世纪 90 年代以来乡土叙事立场的转型

　　　　《郑州大学学报（哲社版)》2008 年第 2 期

阎晶明　　在"故乡"的画布上描摹"善"

　　　　——鲁敏小说解读

　　　　《小说评论》2008 年第 5 期

张国龙　　底层叙事与乡土之"痛"

　　　　——王方晨小说创作侧论

　　　　《时代文学》2008 年第 3 期

张瑞英　　论四川乡土小说中"洄水沱"式的生命形态

　　　　《东岳论丛》2008 年第 4 期

《当代文坛》2009 年第 4 期

李云雷　　我们如何叙述农村?

　　　　——关于"新乡土小说"的三个问题

　　　　《江苏社会科学》2009 年第 1 期

罗先海/谭伟平　　世纪之交的回响

　　　　　　——阎连科乡土小说论

　　　　《理论与创作》2009 年第 1 期

孟繁华　　百年中国的主流文学

　　　　——乡土文学/农村题材/新乡土文学的历史演变

　　　　《天津社会科学》2009 年第 2 期

苏沙丽　　"外来者"：文化的困境与突围

　　　　——论韩少功乡土抒写的姿态

　　　　《大众文艺》2009 年第 23 期

曾海津　　乡土叙事的审美流变

　　　　——兼论贾平凹的乡土小说

　　　　《安徽文学（下半月）》2009 年 12 期

曾一果　　寻找人类的"村庄"

　　　　——王安忆小说中的乡村与城市

　　　　《江苏社会科学》2009 年第 3 期

张浩文　　农村题材 60 年：在负重中前行

　　　　《文艺报》2009 年 7 月 4 日

张丽军　　新世纪乡土中国现代性裂变的审美镜像

　　　　——读贾平凹的《秦腔》与《高兴》

　　　　《文艺争鸣（当代文学版)》2009 年第 2 期

张　琦　　新世纪乡村小说的几种表情

　　　　《文艺评论》2009 年第 1 期

张懿红　　新时期甘肃乡土小说的美学风格与局限性

　　　　《文艺理论与批评》2009 年第 1 期

附录四
新时期获奖小说篇目
（1977—2009）

1977—1988 年全国优秀小说奖获奖篇目

1—5 届鲁迅文学奖获奖小说篇目

1—7 届茅盾文学奖获奖小说篇目

1977—1988 年全国优秀小说奖获奖篇目

短篇小说

1978 年全国优秀短篇小说获奖名单

《班主任》	刘心武	《人民文学》1977 年第 11 期
《神圣的使命》	王亚平	《人民文学》1978 年第 9 期
《窗口》	莫 伸	《人民文学》1978 年第 1 期
《我们的军长》	邓友梅	《上海文艺》1978 年第 7 期
《湘江一夜》	周立波	《人民文学》1978 年第 7 期
《足迹》	王愿坚	《人民文学》1977 年第 7 期
《顶凌下种》	成 一	《汾水》1978 年第 1 期
《愿你听到这支歌》	李 陀	《人民文学》1978 年第 12 期
《弦上的梦》	宗 璞	《人民文学》1978 年第 12 期
《伤痕》	卢新华	《文汇报》1978 年 8 月 11 日
《从森林里来的孩子》	张 洁	《北京文艺》1978 年第 7 期
《骑手为什么歌唱母亲》	张承志	《人民文学》1978 年第 10 期
《辣椒》	张有德	《人民文学》1978 年第 4 期
《取经》	贾大山	《河北文艺》1977 年第 4 期
《满月儿》	贾平凹	《上海文艺》1978 年第 3 期
《最宝贵的》	王 蒙	《作品》1978 年第 7 期
《献身》	陆文夫	《人民文学》1978 年第 4 期
《墓场与鲜花》	萧 平	《上海文艺》1978 年第 11 期
《眼镜》	刘富道	《人民文学》1978 年第 2 期
《姻缘》	孔捷生	《作品》1978 年第 8 期
《抱玉岩》	祝兴义	《安徽文艺》1978 年第 7 期
《"不称心"的姐夫》	关庚寅	《鸭绿江》1978 年第 7 期

《看守日记》	齐　平	《解放军文艺》1978 年第 12 期
《芙瑞达》	于　土	《广东文艺》1978 年第 1 期
《珊瑚岛上的死光》	童恩正	《人民文学》1978 年第 8 期

1979 年全国优秀短篇小说获奖名单

《乔厂长上任记》	蒋子龙	《人民文学》1979 年第 7 期
《小镇上的将军》	陈世旭	《十月》1979 年第 3 期
《剪辑错了的故事》	茹志鹃	《人民文学》1979 年第 2 期
《内奸》	方　之	《北京文艺》1979 年第 3 期
《李顺大造屋》	高晓声	《雨花》1979 年第 7 期
《彩云归》	李栋/王云高	《人民文学》1979 年第 5 期
《我们家的炊事员》	母国政	《北京文艺》1979 年第 6 期
《阿扎与哈利》	樊天胜	《人民文学》1979 年第 4 期
《记忆》	张　弦	《人民文学》1979 年第 3 期
《悠悠寸草心》	王　蒙	《上海文学》1979 年第 9 期
《谁生活得更美好》	张　洁	《工人日报》1979 年 7 月 15 期
《战士通过雷区》	张天民	《人民文学》1979 年第 7 期
《信任》	陈忠实	《陕西日报》1979 年 6 月 3 期
《蓝蓝的木兰溪》	叶蔚林	《人民文学》1979 年第 6 期
《话说陶然亭》	邓友梅	《北京文艺》1979 年第 2 期
《因为有了她》	孔捷生	《人民文学》1979 年第 10 期
《我爱每一片绿叶》	刘心武	《人民文学》1979 年第 6 期
《我应该怎么办?》	陈国凯	《作品》1979 年第 2 期
《重逢》	金　河	《上海文学》1979 年第 4 期
《罗浮山血泪祭》	中杰英	《十月》1979 年第 2 期
《办婚事的年轻人》	包　川	《人民文学》1979 年第 7 期
《空谷兰》	张　长	《解放军文艺》1979 年第 12 期
《雕花烟斗》	冯骥才	《当代》1979 年第 2 期
《独特的旋律》	周嘉俊	《上海文学》1979 年第 2 期
《努尔曼老汉和猎狗巴力斯》	艾克拜尔·米吉提	
		《新疆文艺》1979 年第 3 期

1980 年全国优秀短篇小说获奖名单

| 《西线轶事》 | 徐怀中 | 《人民文学》1980 年第 1 期 |

《乡场上》	何士光	《人民文学》1980 年第 8 期
《月食》	李国文	《人民文学》1980 年第 3 期
《三千万》	柯云路	《人民文学》1980 年第 11 期
《笨人王老大》	锦云/王毅	《北京文艺》1980 年第 7 期
《一个工厂秘书的日记》	蒋子龙	《新港》1980 年第 5 期
《陈奂生上城》	高晓声	《人民文学》1980 年第 2 期
《灵与肉》	张贤亮	《朔方》1980 年第 9 期
《夏》	张抗抗	《人民文学》1980 年第 5 期
《南湖月》	刘富道	《人民文学》1980 年第 7 期
《天山深处的"大兵"》	李斌奎	《解放军文艺》1980 年第 9 期
《你是共产党员吗?》	张 林	《当代》1980 年第 3 期
《空巢》	冰 心	《北方文学》1980 年第 3 期
《春之声》	王 蒙	《人民文学》1980 年第 5 期
《结婚现场会》	马 烽	《人民文学》1980 年第 1 期
《丹凤眼》	陈建功	《北京文艺》1980 年第 8 期
《红线记》	罗 旋	《人民文学》1980 年第 8 期
《小贩世家》	陆文夫	《雨花》1980 年第 1 期
《西望茅草地》	韩少功	《人民文学》1980 年第 10 期
《被爱情遗忘的角落》	张 弦	《上海文学》1980 年第 1 期
《活佛的故事》	玛拉沁夫	《人民日报》1980 年 7 月 12 日
《镢柄韩宝山》	张石山	《汾水》1980 年第 8 期
《心香》	叶文玲	《当代》1980 年第 2 期
《勿忘草》	周克芹	《四川文学》1980 年第 4 期
《最后一个军礼》	方南江/李荃	《解放军文艺》1980 年第 11 期
《手杖》	京 夫	《延河》1980 年第 1 期
《彩色的夜》	王群生	《红岩》1982 年第 2 期
《美与丑》	益希卓玛	《人民文学》1980 年第 6 期
《海风轻轻吹》	吕 雷	《作品》1980 年第 12 期
《卖蟹》	王润滋	《山东文学》1980 年第 10 期

1981 年全国优秀短篇小说获奖名单

《内当家》	王润滋	《人民文学》1981 年第 3 期
《卖驴》	赵本夫	《钟山》1981 年第 2 期
《一个猎人的恳求》	乌热尔图	《民族文学》1981 年第 5 期
《飘逝的花头巾》	陈建功	《北京文学》1981 年第 6 期

《女炊事班长》	简 嘉	《青春》1981 年第 8 期
《路障》	达 理	《海燕》1981 年第 10 期
《黑箭》	刘厚明	《人民文学》1981 年第 5 期
《普通老百姓》	迟松年	《鸭绿江》1981 年第 2 期
《山月不知心里事》	周克芹	《四川文学》1981 年第 8 期
《少年 chen 女》	舒 群	《人民文学》1981 年第 4 期
《大淖记事》	汪曾祺	《北京文学》1981 年第 7 期
《头像》	林斤澜	《北京文学》1981 年第 7 期
《蛾眉》	刘绍棠	《长春》1981 年第 1 期
《黑娃照相》	张一弓	《上海文学》1981 年第 7 期
《爬满青藤的木屋》	古 华	《十月》1981 年第 2 期
《飞过蓝天》	韩少功	《中国青年》1981 年第 13 期
《本次列车终点》	王安忆	《上海文学》1981 年第 10 期
《金鹿儿》	航 鹰	《新港》1981 年第 4 期
《拜年》	鲁 南	《山东文学》1981 年第 8 期
《最后一篓春茶》	王振武	《芳草》1981 年第 3 期

1982 年全国优秀短篇小说获奖名单

《拜年》	蒋子龙	《人民文学》1982 年第 3 期
《这是一片神奇的土地》	梁晓声	《北方文学》1982 年第 8 期
《八百米深处》	孙少山	《北方文学》1982 年第 2 期
《明姑娘》	航 鹰	《青年文学》1982 年第 1 期
《哦，香雪》	铁 凝	《青年文学》1982 年第 5 期
《不仅仅是留恋》	金 河	《人民文学》1982 年第 11 期
《种包谷的老人》	何士光	《人民文学》1982 年第 6 期
《敬礼！妈妈》	宋学武	《海燕》1982 年第 9 期
《女大学生宿舍》	喻 杉	《芳草》1982 年第 2 期
《三角梅》	王中才	《解放军文艺》1982 年第 6 期
《赔你一只金凤凰》	李叔德	《长江文艺》1982 年第 1 期
《火红的云霞》	吕 雷	《人民文学》1982 年第 1 期
《七岔犄角的公鹿》	乌热尔图	《民族文学》1982 年第 5 期
《第九个售货亭》	姜天民	《青春》1982 年第 8 期
《漆黑的羽毛》	石 言	《雨花》1982 年第 9 期
《芨芨草》	鲍 昌	《新港》1982 年第 8 期
《声音》	张 炜	《山东文学》1982 年第 5 期

《母亲与遗像》	海　波	《人民文学》1982 年第 4 期
《老霜的苦闷》	矫　健	《文汇月刊》1982 年第 1 期
《远处的伐木声》	蔡测海	《民族文学》1982 年第 10 期

1983 年全国优秀短篇小说获奖名单

《围墙》	陆文夫	《人民文学》1983 年第 2 期
《我的遥远的清平湾》	史铁生	《青年文学》1983 年第 1 期
《抢劫即将发生……》	楚　良	《星火》1983 年第 8 期
《阵痛》	邓　刚	《鸭绿江》1983 年第 4 期
《秋雪湖之恋》	石　言	《人民文学》1983 年第 10 期
《兵车行》	唐　栋	《人民文学》1983 年第 5 期
《琥珀色的篝火》	乌热尔图	《民族文学》1983 年第 10 期
《那山　那人　那狗》	彭见明	《萌芽》1983 年第 5 期
《亲戚之间》	林元春	《民族文学》1983 年第 9 期
《公路从门前过》	石　定	《山花》1983 年第 7 期
《条件尚未成熟》	张　洁	《北京文学》1983 年第 9 期
《树上的鸟儿》	王　戈	《飞天》1983 年第 9 期
《沙灶遗风》	李杭育	《北京文学》1983 年第 5 期
《肖尔布拉克》	张贤亮	《文汇月刊》1983 年第 2 期
《雪国热闹镇》	刘兆林	《解放军文艺》1983 年第 7 期
《遭遇之乐》	陶　正	《北京文学》1983 年第 4 期
《除夕夜》	达　理	《人民文学》1983 年第 5 期
《旋转的世界》	陈继光	《人民文学》1983 年第 11 期
《四个四十岁的女人》	胡　辛	《百花洲》1983 年第 6 期
《船过青浪滩》	刘舰平	《萌芽》1983 年第 7 期

1984 年全国优秀短篇小说获奖名单

《干草》	宋学武	《青年文学》1984 年第 2 期
《小厂来了个大学生》	陈　冲	《人民文学》1984 年第 4 期
《麦客》	邵振国	《当代》1984 年第 3 期
《蓝幽幽的峡谷》	白雪林	《草原》1984 年第 12 期
《打鱼的和钓鱼的》	金　河	《现代作家》1984 年第 1 期
《奶奶的星星》	史铁生	《作家》1984 年第 4 期
《六月的话题》	铁　凝	《花溪》1984 年第 2 期
《哦，小公马》	邹志安	《北京文学》1984 年第 1 期

《最后的堑壕》	王中才	《鸭绿江》1984 年第 11 期
《同船过渡》	映 泉	《青年文学》1984 年第 3 期
《姐姐》	张 平	《青春》1984 年第 6 期
《野狼出没的山谷》	王风麟	《人民文学》1984 年第 9 期
《危楼记事》	李国文	《人民文学》1984 年第 6 期
《生死之间》	苏叔阳	《芳草》1984 年第 8 期
《一潭清水》	张 炜	《人民文学》1984 年第 6 期
《父亲》	梁晓声	《人民文学》1984 年第 11 期
《白色鸟》	何立伟	《人民文学》1984 年第 10 期
《惊涛》	陈世旭	《人民文学》1984 年第 3 期

1985—1986 年全国优秀短篇小说获奖名单

《五月》	田中禾	《山西文学》1985 年第 9 期
《系在皮绳扣上的魂》	扎西达娃	《西藏文学》1985 年第 9 期
		《民族文学》1985 年第 9 期
《满票》	乔典运	《奔流》1985 年第 3 期
《今夜月色好》	彭荆风	《人民文学》1985 年第 5 期
《窑谷》	谢友鄞	《上海文学》1986 年第 4 期
《远行》	何士光	《人民文学》1985 年第 8 期
《你不可改变我》	刘西鸿	《人民文学》1986 年第 9 期
《支书下台唱大戏》	邹志安	《北京文学》1986 年第 6 期
《甜苣儿》	张石山	《青年文学》1986 年第 6 期
《合坟》（《厚土》之一）	李 锐	《上海文学》1986 年 11 期
《减去十岁》	谌 容	《人民文学》1986 年第 2 期
《洞天》	李贯通	《山东文学》1986 年第 4 期
《夫妻粉》	庞泽云	《海燕》1985 年第 11 期
《继续操练》	李 晓	《上海文学》1986 年第 7 期
《狗日的粮食》	刘 恒	《中国》1986 年第 9 期
《汉家女》	周大新	《解放军文艺》1986 年第 8 期
《焦大轮子》	于德才	《上海文学》1986 年第 2 期
《他在拂晓前死去》	张廷竹	《解放军文艺》1985 年第 11 期
《这一片大海滩》	杨显惠	《长城》1985 年第 6 期

1987—1988 年全国优秀短篇小说获奖名单

| 《甜的血腥的铁》 | 杨咏鸣 | 《上海文学》1987 年第 3 期 |

《牛贩子山道》	雁　宁	《人民文学》1987 年第 3 期
《葫芦沟今昔》	马　烽	《人民文学》1987 年第 4 期
《小诊所》	周大新	《河北文学》1987 年第 4 期
《清高》	陆文夫	《人民文学》1987 年第 5 期
《马嘶·秋诉》	谢友鄞	《上海文学》1987 年第 5 期
《陪乐》	朱春雨	《中国作家》1987 年第 3 期
《塔铺》	刘震云	《人民文学》1987 年第 7 期
《马车》	陈世旭	《十月》1987 年第 4 期
《喊会》	柏　原	《青年文学》1988 年第 12 期
《年关六赋》	阿　成	《北京文学》1988 年第 12 期

中篇小说

1977—1980 年全国优秀中篇小说

一等奖

《人到中年》	谌　容	《收获》1980 年第 1 期
《在没有航标的河流上》	叶蔚林	《芙蓉》1980 年第 3 期
《天云山传奇》	鲁彦周	《清明》1979 年第 1 期
《犯人李铜钟的故事》	张一弓	《收获》1980 年第 1 期
《蝴蝶》	王　蒙	《十月》1980 年第 4 期

二等奖

《土壤》	汪浙成/温小钰	《收获》1980 年第 6 期
《追赶队伍的女兵们》	邓友梅	《十月》1979 年第 1 期
《啊!》	冯骥才	《收获》1979 年第 6 期
《大墙下的红玉兰》	从维熙	《收获》1979 年第 2 期
《蒲柳人家》	刘绍棠	《十月》1980 年第 3 期
《淡淡的晨雾》	张抗抗	《收获》1980 年第 3 期
《开拓者》	蒋子龙	《十月》1980 年第 6 期
《三生石》	宗　璞	《十月》1980 年第 3 期
《甜甜的刺莓》	孙健忠	《芙蓉》1980 年第 1 期
《惊心动魄的一幕》	路　遥	《当代》1980 年第 3 期

1981—1982 年优秀中篇小说获奖名单

| 《高山下的花环》 | 李存葆 | 《十月》1982 年第 6 期 |
| 《赤橙黄绿青蓝紫》 | 蒋子龙 | 《当代》1981 年第 4 期 |

《洗礼》	韦君宜	《当代》1982 年第 1 期
《人生》	路 遥	《收获》1982 年第 3 期
《黑骏马》	张承志	《十月》1982 年第 6 期
《祸起萧墙》	水运宪	《收获》1981 年第 1 期
《相见时难》	王 蒙	《十月》1982 年第 2 期
《那五》	邓友梅	《北京文学》1982 年第 4 期
《太子村的秘密》	谌 容	《当代》1982 年第 4 期
《燕儿窝之夜》	魏继新	《青年文学》1982 年第 5 期
《苦夏》	汪浙成/温小钰	《小说界》1982 年第 1 期
《射天狼》	朱苏进	《昆仑》1982 年第 1 期
《流逝》	王安忆	《钟山》1982 年第 6 期
《普通女工》	孔捷生	《小说界》1982 年第 3 期
《张铁匠的罗曼史》	张一弓	《十月》1982 年第 3 期
《驼峰上的爱》	冯苓植	《收获》1982 年第 2 期
《沙海的绿荫》	朱春雨	《十月》1981 年第 3 期
《远去的白帆》	从维熙	《收获》1982 年第 1 期
《你在想什么》	顾笑言	《花城》1981 年第 2 期
《山道弯弯》	谭 谈	《芙蓉》1981 年第 1 期

1983—1984 年全国优秀中篇小说获奖名单

《山中,那十九座坟茔》	李存葆	《昆仑》1984 年第 6 期
《今夜有暴风雪》	梁晓声	《青春增刊》1983 年第 1 期
《迷人的海》	邓 刚	《上海文学》1983 年第 5 期
《美食家》	陆文夫	《收获》1983 年第 1 期
《棋王》	阿 城	《上海文学》1984 年第 7 期
《没有纽扣的红衬衫》	铁 凝	《十月》1983 年第 2 期
《远村》	郑 义	《当代》1983 年第 4 期
《拂晓前的葬礼》	王兆军	《钟山》1984 年第 5 期
《烟壶》	邓友梅	《收获》1984 年第 1 期
《北方的河》	张承志	《十月》1984 年第 1 期
《祖母绿》	张 洁	《花城》1984 年第 3 期
《市场角落的"皇帝"》	韩静霆	《丑小鸭》1983 年第 8 期
《燕赵悲歌》	蒋子龙	《人民文学》1984 年第 7 期
《绿化树》	张贤亮	《十月》1984 年第 2 期
《春妞儿和她的小嘎斯》	张一弓	《钟山》1984 年第 5 期

《凝眸》	朱苏进	《昆仑》1984 年第 5 期
《神鞭》	冯骥才	《小说家》1984 年第 3 期
《啊，索伦河谷的枪声》	刘兆林	《解放军文艺》1983 年第 8 期
《猎月·正月》	贾平凹	《十月》1984 年第 4 期
《老人仓》	矫 健	《文汇月刊》1984 年第 5 期

1985—1986 年全国优秀中篇小说获奖名单

《桑树坪纪事》	朱晓平	《钟山》1985 年第 4 期
《军歌》	周梅森	《钟山》1986 年第 6 期
《一路风尘》	王小鹰	《收获》1986 年第 2 期
《小鲍庄》	王安忆	《中国作家》1985 年第 2 期
《红高粱》	莫 言	《人民文学》1986 年第 3 期
《爸爸，我一定回来》	达 理	《芙蓉》1985 年第 1 期
《灵旗》	乔 良	《解放军文艺》1986 年第 10 期
《你别无选择》	刘索拉	《人民文学》1985 年第 3 期
《馕神小传》	宋清海	《小说家》1986 年第 4 期
《风泪眼》	从维熙	《十月》1986 年第 2 期
《红尘》	霍 达	《花城》1986 年第 3 期
《前市委书记的白昼与夜晚》		
	张笑天	《花城》1985 年第 3 期

1987—1988 年全国优秀中篇小说获奖名单

《白马》	王星泉	《十月》1987 年第 1 期
《烦恼人生》	池 莉	《上海文学》1987 年第 8 期
《风景》	方 方	《当代作家》1987 年第 5 期
《去意徊徨》	刘 琦	《昆仑》1987 年第 6 期
《冬天和夏天的区别》	苗长水	《解放军文艺》1988 年第 4 期
《懒得离婚》	谌 容	《解放军文艺》1988 年第 6 期
《天桥》	李 晓	《青年文学》1988 年第 8 期
《追月楼》	叶兆言	《钟山》1988 年第 5 期

1—5 届鲁迅文学奖获奖小说篇目

第一届（1995—1996）

短篇小说

《老屋小记》	史铁生	《东海》1996 年第 8 期
《雾月牛栏》	迟子建	《收获》1996 年第 5 期
《赵一曼女士》	阿　成	《人民文学》1995 年第 5 期
《镇长之死》	陈世旭	《人民文学》1996 年第 2 期
《哺乳期的女人》	毕飞宇	《作家》1996 年第 8 期
《心比身先老》	池　莉	《百花洲》1995 年第 1 期

中篇小说

《父亲是个兵》	邓一光	《上海文学》1995 年第 8 期
《小的儿》	林　希	《小说》1995 年第 1 期
《挑担茶叶上北京》	刘醒龙	《青年文学》1996 年第 3 期
《年前年后》	何　申	《人民文学》1995 年第 6 期
《涅　槃》	李国文	《钟山》1996 年第 2 期
《天知地知》	刘　恒	《北京文学》1996 年第 9 期
《没有语言的生活》	东　西	《收获》1996 年第 1 期
《黄金洞》	阎连科	《收获》1996 年第 2 期
《天缺一角》	李贯通	《大家》1996 年第 1 期
《双鱼星座》	徐小斌	《大家》1995 年第 2 期

第二届（1997—2000）

短篇小说

《鞋》	刘庆邦	《北京文学》1997 年第 1 期

《清水里的刀子》	石舒清	《人民文学》1998 年第 6 期
《吹牛》	红 柯	《时代文学》1999 年第 1 期
《厨房》	徐 坤	《作家》1997 年第 8 期
《清水洗尘》	迟子建	《青年文学》1998 年第 8 期

中篇小说

《梦也何曾到谢桥》	叶广芩	《十月》1999 年第 1 期
《被雨淋湿的河》	鬼 子	《人民文学》1997 年第 3 期
《永远有多远》	铁 凝	《十月》1999 年第 1 期
《吹满风的山谷》	衣向东	《橄榄绿》2000 年第 1 期
《年月日》	阎连科	《收获》1997 年第 1 期

第三届（2001—2003）

短篇小说

《上边》	王祥夫	《花城》2002 年第 4 期
《驮水的日子》	温亚军	《天涯》2002 年第 3 期
《大老郑的女人》	魏 微	《人民文学》2003 年第 4 期
《发廊情话》	王安忆	《上海文学》2003 年第 7 期

中篇小说

《玉米》	毕飞宇	《人民文学》2001 年第 4 期
《松鸦为什么鸣叫》	陈应松	《钟山》2002 年第 2 期
《好大一对羊》	夏天敏	《当代》2001 年第 5 期
《歇马山庄的两个女人》	孙惠芬	《人民文学》2002 年第 1 期

第四届（2004—2006）

短篇小说

《城乡简史》	范小青	《山花》2006 年第 1 期
《吉祥如意》	郭文斌	《人民文学》2006 年第 10 期
《白水青菜》	潘向黎	《作家》2004 年第 2 期
《将军的部队》	李 浩	《朔方》2004 年第 10 期
《明惠的圣诞》	邵 丽	《十月》2004 年第 6 期

1—7 届茅盾文学奖获奖小说篇目

第一届（1977—1981）

《许茂和他的女儿们》	周克芹	百花文艺出版社 1980 年版
《东方》	魏 巍	人民文学出版社 1978 年版
《将军吟》	姚雪垠	中国青年出版社 1977 年版
《李自成》（第二卷）	莫应丰	人民文学出版社 1980 年版
《芙蓉镇》	古 华	人民文学出版社 1981 年版
《冬天里的春天》	李国文	人民文学出版社 1981 年版

第二届（1982—1984）

《黄河东流去》	李 準	北京出版社 1984 年版
《沉重的翅膀》	张 洁	人民文学出版社 1984 年第 2 版
《钟鼓楼》	刘心武	人民文学出版社 1984 年版

第三届（1985—1988）

《平凡的世界》	路 遥	中国文联出版公司 1986、1987、1988 年版
《少年天子》	凌 力	北京十月文艺出版社 1987 年版
《都市风流》	孙力/余小惠	浙江文艺出版社 1989 年版
《第二个太阳》	刘白羽	人民文学出版社 1987 年版
《穆斯林的葬礼》	霍 达	北京十月文艺出版社 1988 年版

第四届 (1989—1994)

《战争和人》(一、二、三)①　王　火　　人民文学出版社 1987、1989、
　　　　　　　　　　　　　　　　　　　　1992 年版

《白鹿原》(修订本)　　　陈忠实　　人民文学出版 1993 年版

《白门柳》(一、二)②　　刘斯奋　　中国文联出版公司 1984、1991 年版

《骚动之秋》　　　　　　刘玉民　　人民文学出版社 1990、1991 年版

第五届 (1995—1998)

《抉择》　　　　　　　　张　平　　群众出版社 1997 年版

《尘埃落定》　　　　　　阿　来　　人民文学出版社 1998 年版

《长恨歌》　　　　　　　王安忆　　作家出版社 1996 年版

《茶人三部曲》(一、二)③　王旭峰　　浙江文艺出版社 1995、1998 年出版

第六届 (1999—2002)

《张居正》　　　　　　　熊召政　　长江文艺出版社 2002 年版

《无字》　　　　　　　　张　洁　　北京十月文艺出版社 2002 年版

《历史的天空》　　　　　徐贵祥　　人民文学出版社 2000 年版

《英雄时代》　　　　　　柳建伟　　人民文学出版社 2001 年版

《东藏记》　　　　　　　宗　璞　　人民文学出版社 2001 年版

第七届 (2003—2006)

《秦腔》　　　　　　　　贾平凹　　作家出版社 2005 年版

《额尔古纳河右岸》　　　迟子建　　北京十月文艺出版社 2006 年版

《湖光山色》　　　　　　周大新　　作家出版社 2006 年版

《暗算》　　　　　　　　麦　家　　人民文学出版社 2006 年版

---

① 《战争和人》包括：第一部《月落乌啼霜满天》，第二部《山在虚无缥缈间》，第三部《枫叶荻花秋瑟瑟》。

② 《白门柳》三部曲包括：第一部《夕阳芳草》，第二部《秋露危城》，第三部《鸡鸣风雨》。

③ 《茶人三部曲》包括：第一部《南方有嘉木》，第二部《不夜之侯》，第三部《筑草为城》。